DIE GEHÄUSE
DER ZEIT

*Die besten
Zeitreisegeschichten
aller Zeiten*

herausgegeben
von
KARL MICHAEL ARMER
&
WOLFGANG JESCHKE

Sonderausgabe

WILHELM HEYNE VERLAG
MÜNCHEN

HEYNE SCIENCE FICTION & FANTASY
Band 0605075

Aus dem Englischen und Amerikanischen übersetzt
von Gertrud Baruch, Sylvia Pukallus, Gisela Stege,
Ulrike von Putkamer, Biggy Winter, Wulf H. Bergner,
Walter Brumm, Wolfgang Crass, Wolfgang Eisermann,
Michael Görden, Rudolf Hermstein, Alfred Joseph,
René Mahlow, Heinz Nagel, Horst Pukallus,
Walter E. Richartz, Rainer Schmidt, Günter Treffer
und Tony Westermayr;
aus dem Französischen und Italienischen
von Hilde Linnert
Das Umschlagbild malte Karel Thole

SONDERAUSGABE
der beiden Bände 28 und 29 der
BIBLIOTHEK DER SCIENCE FICTION LITERATUR
(DIE FUSSANGELN DER ZEIT und ZIELZEIT)

Redaktion: Wolfgang Jeschke
Copyright © 1985 by Karl Michael Armer und Wolfgang Jeschke
(Einzelrechte sowie Rechte an den Übersetzungen und die
jeweiligen Übersetzer sind am Ende der Texte vermerkt)
Printed in Germany 1994
Umschlaggestaltung: Atelier Ingrid Schütz, München
Technische Betreuung: Manfred Spinola
Satz: Schaber Satz- und Datentechnik, Wels
Druck und Bindung: Ebner Ulm

ISBN 3-453-07268-5

INHALT

»Raum und Zeit sind nicht Sachen,
sondern Anordnungen von Sachen.«

GOTTFRIED LEIBNIZ

»Wir können uns Zeit
mehr als nur begreifen.«

NOVALIS

Vorwort der Herausgeber

Das Auswahlkriterium für unsere Zeitreise-Anthologie, die wir Ihnen hiermit vorlegen, war höchst einfach: Wir wollten ausschließlich die besten Stories zu diesem Thema aufnehmen – unabhängig vom Bekanntheitsgrad des Autors und unabhängig davon, ob sie hierzulande bereits veröffentlicht wurden oder nicht.

Nicht in die engere Auswahl haben wir solche Erzählungen gezogen, die über ein Limit von 70 Seiten hinausgingen oder die erst vor kurzem erschienen sind. Obwohl wir recht wählerisch waren, hat uns doch die Vielzahl der Stories überrascht, die wir schließlich als Essenz des Themas herausgefiltert haben.

Einige dieser Erzählungen sind bereits auf deutsch erschienen, wenn auch zum Teil vor langer Zeit und in Bänden, die heute kaum mehr zugänglich sind. Natürlich freut es uns auch, Neuheiten wie die formidablen Stories des leider zu wenig bekannten David I. Masson erstmals dem deutschen Leser präsentieren zu können. Daß hochkarätige, nicht genretypische Autoren wie Burgess oder Fitzgerald mit eindrucksvollen Erzählungen vertreten sind, gibt diesem Zusammenhang schließlich noch eine zusätzliche Würze.

Dem Thema selbst haben wir uns sehr undogmatisch genähert und den Begriff Zeitreise einfach als ›eine von der Norm abweichende Bewegung durch die Zeit‹ definiert. Diese extrem weitgefaßte Definition erlaubte es uns auch, Erzählungen aufzunehmen, in denen z. B. keine Zeitmaschine vorkommt, ja im klassischen Sinn nicht einmal eine Zeitreise stattfindet.

Wir haben diese überraschenden Begegnungen mit dem Phänomen Zeit relativ locker aneinandergefügt. Es war nicht unser Interesse, einen penibel gegliederten Katalog der verschiedenen Zeitreiseformen abzuliefern; in diesem Fall wären zu viele ähnliche Geschichten aufeinandergefolgt bzw. der Gliederungspunkt hätte vielleicht die Pointe der Story vorweggenommen.

Nein, unser Anliegen war es, eine zwar repräsentative, aber auch abwechslungsreiche Sammlung zusammenzustellen. Das Leseabenteuer war uns dabei wichtiger als die wissenschaftliche Ordnung.

Natürlich hat die Anthologie dennoch eine gewisse Abfolge, die wir aber nicht explizit als Gliederung aufgeführt haben. In der ersten Gruppe von Erzählungen ist der Zeitreisende ein staunender Erlebender, in der zweiten Gruppe manipuliert er die Zeit, in der dritten ist er ihr Opfer. In der vierten Gruppe schließlich gewinnt die Zeit mythische, surreale, märchenhafte Dimensionen. Sie erweist sich als rätselhaftes, unnahbares Element, dem wir ausgeliefert sind – und das ist, obwohl es die unrealistischsten Geschichten sind, wahrscheinlich die realistischste Einschätzung.

Und nun wird es Zeit, daß wir die Bühne freigeben. Wir wünschen Ihnen unterhaltende, verblüffende und anregende Stunden.

Karl Michael Armer
und
Wolfgang Jeschke

ANTHONY BURGESS

Die Muse

»Sind Sie wirklich entschlossen, das Unternehmen durchzuführen?« fragte Swenson zum hundertsten Mal. Seine Hände wanderten über die fünf Manuale des Armaturenpultes, seine Füße tanzten im Gegenrhythmus auf den Pedalen. Er war ein sehr alter Mann, wirkte aber dank der Verjüngungsdrogen wie mit dem Firnis der Jugend überzogen. Obwohl er ein Jahrhundert lang Erfahrungen gesammelt hatte und sehr weise geworden war, sah er nicht viel älter aus als Paley, der fünfundzwanzigjährige Literaturhistoriker, der neben ihm saß. Mit dem gewohnten geduldigen Lächeln antwortete Paley: »Ja, ich bin dazu entschlossen.«

»Es wird nicht ganz Ihren Vorstellungen entsprechen.« (Auch das hatte Swenson schon viele Male gesagt.) »Völlig identisch kann es nämlich nicht sein. Sie werden möglicherweise Schocks erleben, wo Sie am wenigsten damit rechnen. Wenn ich nur an damals denke, als ich Wheeler mitnahm! Der arme Kerl hatte sich auf das vierzehnte Jahrhundert eingestellt, wie er es aus seinen Büchern kannte. Aber es war ein ganz anderes vierzehntes Jahrhundert. Es gab zwar strohgedeckte Hütten und Kirchen und Herrenhäuser und wunderbare Kathedralen und dergleichen. Aber die Feudalherren waren vielköpfige Ungeheuer mit Fangarmen. Wie Wheeler behauptete, sprachen sie ein höchst gepflegtes Anglonormannisch.«

»Wie lange war er dort?«

»Er sandte uns bereits nach drei Tagen Signale. Aber der arme Kerl mußte ein Jahr warten, bis wir ihn zurückholen konnten. Er war nämlich in einem Verlies. Denen ist wahrscheinlich sein Mittelenglisch verdächtig vorgekommen. Er hatte weiße Haare und plapperte unverständliches Zeug, als wir ihn wieder an Bord nahmen. Er ist dort von einer Art dreifüßigem Ektoplasma bewacht worden.«

»Das war doch nicht etwa im System B 303?«

»Natürlich nicht!« Im bissigen Ton dieser Antwort verriet sich das wahre Alter Swensons. »Das hat sich vor ein paar Jahren abgespielt. Und vor ein paar Jahren erfreute sich das System B 303 der zweifelhaften Segnung protoelisabethanischer Herrschaft. Und das tut es auch heute noch.«

»Ja, natürlich. Wie dumm von mir!«

»Einige von euch jungen Leuten«, sagte Swenson, während er die Monitoren beobachtete, »erwarten zu viel vom Phänomen Zeit. Ihr glaubt, die geschichtliche Zeit sei ebenso formbar wie andere Zeitkategorien. Weil es möglich ist, mit mikrochronischen und makrochronischen Abläufen zu spielen, denkt ihr, wir könnten das gleiche mit . . .«

»Tut mir leid, wirklich! Ich habe einfach nicht *gedacht!*« War es denn verwunderlich, daß er, der an soviel zu denken hatte, gelegentlich die fade Realität der mit der Uhr gemessenen Zeit, der Solarzeit, vergaß?

»Das ist eben das Problem mit euch jungen . . . oh, das hat fabelhaft geklappt! Ein herrlicher Übergang!« So mühelos, wie die menschliche Zunge von Phonem zu Phonem wechselt, hatten sie die Kategorie der Zeit mit der des Raumes vertauscht. Ihr Schiff hatte die Millionen und Abermillionen von Meilen, die zwischen dem Planeten Erde und dem System B 303 lagen, bewältigt, als handle es sich um eine Spritztour über den Atlantik. Und jetzt, da sie sich jenem anderen Planeten Erde näherten – der so unvorstellbar weit von ihnen entfernt lag, daß er der gleiche war, wenn auch in einem früheren geschichtlichen Stadium –, jetzt hatte die Massenanziehungskraft sie, wie von einem Traum in den anderen, in eine Welt gleiten lassen, in der feste Körper existieren konnten, so fremd, daß sie bereits wieder vertraut waren, und den Gesetzen der Schwerkraft unterworfen. Obwohl Swenson von Jugend an mit der Austauschbarkeit von Raum und Zeit vertraut war, empfand er noch heute die fast langweilige Selbstverständlichkeit, mit der das *Nacheinander* in das *Nebeneinander* überging, als ein Wunder. Auf dem Monitor war noch nichts zu sehen, aber der kristalline Computer genau in der Mitte der Kontrollsäule begann Daten auszuspucken – nüchterne und präzise Informationen über das

Sonnensystem, das sie soeben erreicht hatten. Swenson las die Daten von den Streifen ab und nickte. Er stand gegen die Bordwand gelehnt – ein nordischer Typ, der von synthetischer Jugendlichkeit strahlte. Paley betrachtete neidvoll die hochgewachsene, knorrige Gestalt. Dann aber dachte er daran, daß ein Mann wie Swenson niemals in das Gewand einer Zeit schlüpfen konnte, deren Menschen weniger gut ernährt waren. Er selbst dagegen, klein und dunkel wie jene legendären Silurer in der Morgendämmerung Britanniens, würde sich in das protoelisabethanische England, dem sie sich jetzt näherten, einschleichen können, ohne als Fremder erkannt zu werden.

»Erstaunlich, wie geringfügig die Abweichungen sind«, sagte Swenson. »Wie endgültig der Kosmos ist, wie beklagenswert unfähig zur Erschaffung neuer Formen ...«

»Sie übertreiben«, sagte Paley lächelnd.

»Wenn Sie sich überlegen, was die alten Komponisten mit nur zwölf Noten zuwege gebracht haben ...«

»Der menschliche Verstand«, sagte Paley, »bewegt sich geradlinig. Der Kosmos ist gekrümmt.«

Swenson wandte sich von dem riesigen Knäuel aus Lochstreifen ab, blickte zum Armaturenpult, stellte fest, daß die Kontrolllämpchen regelmäßig aufleuchteten, und ging dann hinüber zu einem Schaltbrett, dessen Hebel eher für die Hand eines Schmiedes als für die eines Organisten gemacht schienen. »Steuerbord«, sagte er. »158. Jetzt spielen wir mit den Gesetzen der Schwerkraft.«

Er betätigte einen der wuchtigen Hebel. Auf den Bildschirmen erschienen helle Streifen, die sich unablässig nach oben bewegten. »Ich glaube, das ist ...« Er drehte an den Korrekturskalen, die in Schulterhöhe über den Hebeln angebracht waren. »Jetzt! Freier Fall!«

»Das heißt«, sagte Paley, »daß wir jetzt der Anziehungskraft der ...«

»Korrekt. Sind Sie wirklich entschlossen, das Unternehmen durchzuführen?«

Paley lächelte geduldig. »Sie wissen so gut wie ich, daß ich es durchführen *muß*. Um der Forschung willen. Um meines wissenschaftlichen Rufes willen.«

»Wissenschaftlicher Ruf!« sagte Swenson verächtlich. Er beobachtete den Monitor. »Achtung! Jetzt ist etwas zu erkennen!«

Dunstschwaden, Wolkenfetzen und ein fester Umriß, der immer wieder aus der Milchsuppe auftauchte. »Es ist die Erde«, sagte Paley staunend.

»Es ist *ihre* Erde.«

»Die gleiche wie unsere. Amerika, Afrika ...«

»Sie sieht etwas anders aus. Sehen Sie sich mal die Südspitze von ...«

»Ich sehe überhaupt keinen Unterschied.«

»Madagaskar ist dort viel kleiner.«

»Jetzt sind wieder Wolken da.« Paley starrte auf den Monitor. Es war unglaublich!

»Überlegen Sie doch«, sagte Swenson nachsichtig, »wie viel absolut unberechenbare Systeme existieren müssen, damit Sie eines Tages das gleiche Schöpfungsmuster erkennen können. Das hier erscheint Ihnen wie ein Wunder, weil Sie sich nicht vorstellen können, wie viele Myriaden anderer Welten unserer eigenen *nicht* ähnlich sind.«

»Und die Sterne?« fragte Paley, dem eine neue Idee gekommen war. »Ich meine, die Sterne, die sie von dort aus sehen können, von *ihrem* London aus – sind das die gleichen Sterne wie unsere?«

Swenson zuckte die Achseln. »Ungefähr. Es besteht eine gewisse Ähnlichkeit. Aber genau haben wir das noch nicht erforscht. Sie wissen ja, daß Ihre Reise erst die zehnte oder elfte ist. Und auch wenn wir eines Tages alles darüber wissen werden, wird das Gesetz eben doch nichts anderes sein als Vergangenheit. Warum soll man in die Vergangenheit zurückkehren, wenn man in die Zukunft reisen kann?« Sein Gesicht bekam einen selbstgefälligen Ausdruck. »G 9. Ich habe diese Reise einige Male unternommen. Es ist angenehm zu wissen, daß man noch weitere zwanzig Jahre Leben vor sich hat. Ich habe es dort gesehen, ganz genau: ein kleines Schild am Rostron Place. Darauf stand: *Zur Erinnerung an G. F. Swenson, 1963–2084.«*

»Wir müssen die Geschichte verifizieren«, sagte Paley etwas unsicher. Sein Vorhaben erschien ihm jetzt fragwürdig: So viel technischer Aufwand, so viel wissenschaftliche Erfahrung – und das alles, um etwas im Grund Unwichtiges herauszufinden. »Ich muß wissen, ob William Shakespeare diese Stücke tatsächlich geschrieben hat.«

Erwartungsgemäß reagierte Swenson sarkastisch. »Da haben Sie sich wirklich etwas Schönes vorgenommen! Dieses Jahr wird sein fünfhundertster Geburtstag gefeiert, und ausgerechnet jetzt wollen Sie beweisen, daß es gar nichts zu feiern gibt. Ich gebe zu, daß ich persönlich wenig von diesen Dingen verstehe. Habe nicht viel Zeit für Dichtung gehabt. Aaah!« Er beugte sich vor und beobachtete den Bildschirm. Im Atlas war eine neue Seite aufgeschlagen worden: Nun kam Europa auf sie zu. »Jetzt muß der Kurs absolut exakt sein«, sagte Swenson. Mit konzentriertem Gesichtsausdruck, aber fröhlich vor sich hin summend, drehte er die Skalenscheiben. Dann scheuchte er Paley auf: »Wie wär's, wenn Sie sich jetzt fertig machten?«

Paley wurde rot vor Scham. Da hatte er nun ein riesiges Stück Weltraum durchquert und so gut wie nichts getan, und jetzt, da er kurz vor dem Ziel war, blieb ihm kaum Zeit für die notwendigen Vorbereitungen. Er zog seinen Overall aus und holte das elisabethanische Kostüm aus dem Schrank. Hemd, Beinkleider, Hosenbeutel, Wams, französischer Federhut, geschlitzte Schuhe. Die Kleider waren aus synthetischem Material angefertigt, das eine genaue Nachahmung der damals üblichen Webart war. Die Schuhe waren aus gutem Leder und handgearbeitet. Und hier war seine Reisetasche mit dem doppelten Boden, in dem ein winziges Signal- und Empfangsgerät versteckt war. Er wußte, daß es ihm, falls er in Schwierigkeiten geriet, wenig nutzen würde. Denn laut strikter Anweisung würde er erst in genau einem Jahr von Swenson abgeholt werden. Bis dahin würde er das Gerät dazu benutzen, seinen jeweiligen Standort zu signalisieren, beziehungsweise zu melden, daß er überhaupt noch da war – ein Gast in einer vergangenen Zeit, sozusagen ein blinder Passagier. Swenson mußte seine Reise durch den Weltraum fortsetzen. In FH 78 war Professor Shimmins abzuholen, in G 210 Dr. Guan Moh Chan, und auf dem Rückweg würde Paley wieder an Bord gehen. Er probierte das Signalgerät aus und kontrollierte dann den ›offiziellen‹ Inhalt seiner Reisetasche.

Von besonderer Bedeutung war eine Shakespeare-Ausgabe. Sie enthielt jedoch nicht die frühen Werke, sondern eine Auswahl von sechs Dramen, die im B 303-Jahr 1595 n. Chr. noch nicht geschrieben waren. Man hatte die Texte nach einem Faksimile der ersten Folio-Ausgabe in ziemlich gut nachgemachter elisabethanischer Schrift kopiert; das Papier war eine recht gelungene Imitation des derben, rauhen Schreibmaterials, das die elisabethanischen Dramatiker benutzten. Außerdem enthielt die Reisetasche kleine Beutel mit pulverisierten Medikamenten und – das Wichtigste überhaupt – nagelneue Goldstücke, Portugalöser, Silbermünzen.

»England, wir kommen!« sagte Swenson mit einem leisen Anflug von Erregung, Paley sah auf vertraute Flußläufe hinab – Dees, Humber, Themse. Beklommen memorierte er rasch noch einmal seine Anweisungen. »Jetzt beginnt der Countdown«, sagte Swenson. Eine synthetische Stimme begann die Sekunden zu zählen: 300, 299 ... »Dann muß ich mich wohl verabschieden«, stammelte Paley und öffnete die Luke, durch die man zu dem winzigen Ein-Mann-Flugkörper gelangte. »Meiner Berechnung nach müßten Sie genau in der Themsemündung landen«, sagte Swenson. »*Au revoir*, nicht *adieu*. Ich hoffe, Sie werden das Problem, dem Sie nachjagen, lösen!« 200, 199, 198. Paley stieg hinunter, ließ sich auf den Pilotensitz nieder und kontrollierte die einfachen Armaturen. Die Sekunden schienen unendlich langsam zu verstreichen. Gequält lächelnd versuchte er sich vorzustellen, welch seltsamen Anblick er bot: ein Elisabethaner am Steuer eines Miniaturjets des einundzwanzigsten Jahrhunderts. Er übte in Gedanken noch einmal die zeitgenössische Aussprache. Er rekapitulierte noch einmal seine fiktive Biographie: Er war ein junger Mann aus Norwich mit dramatischen Ambitionen (»Seht, dieses Theaterstück habe ich geschrieben, und es scheint mir ein gutes Stück«). Die synthetische Stimme dröhnte in der engen Kabine: 4, 3, 2, 1.

Zero. Die Landefähre löste sich aus dem Bauch des Mutterschiffes. Paley, der während des Manövers plötzlich ganz ruhig geworden war, geriet jetzt in freudige Erregung. Der Mond schien, das grünbewachsene Land dort unten lag im Schlaf. Der Fluß schimmerte silbern. Der Kurs der Landefähre war von

Swenson programmiert worden. Paley selbst konnte ihn nur geringfügig korrigieren, doch die Landung auf dem Wasser ging glatt vonstatten. Jetzt mußte er aufs Ufer zusteuern. Der kleine Motor tuckerte leise. Der Fluß war hier so breit, daß Paley das Gefühl hatte, nur von Wasser und Himmel umgeben zu sein. Allmählich kam das Ufer näher – Bäume, Riedgras, Dickicht. Nirgends eine menschliche Behausung, nirgends ein Wasserfahrzeug. Wofür würde jemand, der mit einem Boot unterwegs war, das fremde Fahrzeug halten? Paley machte sich darüber keine Sorgen, denn aus der Entfernung sah das kleine Luftschiff mit den zusammengeklappten Tragflächen wie ein Flußkahn aus. Die Tarnung war ausgezeichnet. Und gleich würde er es aus Sicherheitsgründen im Ried verstecken und mit Zweigen bedecken. Aber bevor er ausstieg, mußte er die Schaltuhr einstellen, die, sobald er sicher an Land war, den Metallrumpf des Flugkörpers unter Hochspannung setzen würde: eine tödliche Abwehrmaßnahme gegen mögliche Eindringlinge. Bedauerlich, aber notwendig. In genau einem Jahr würde der Strom automatisch abgeschaltet werden. Was aber würde der neugierige Forscher im Verlauf dieser zwölf Monate entdecken, welchen Mythen, welchen Tollheiten würde er auf die Spur kommen, was würde er dem ungläubigen, blasierten London berichten können?

Es ist soweit: London, hier kommt er!

Die nächtliche Wanderung flußaufwärts bereitete Paley keine Schwierigkeiten. Die Feldwege und Steige waren in Mondlicht getaucht. Hie und da ein stilles kleines Bauernhaus. Einmal schien es ihm, als pfiffe irgendwo irgend jemand eine Melodie. Einmal glaubte er, eine Turmuhr schlagen zu hören. Er wußte weder Monat noch Tag noch Stunde, aber er vermutete, daß Spätfrühling war und daß in etwa drei Stunden der Tag anbrechen würde. Daß man das Jahr 1595 schrieb, war – Swensons Berechnung zufolge – sicher. Die Zeit lief hier genau wie auf seinem eigenen Planeten ab; vor zwei Jahren hatte Swenson einen Passagier nach Moskwa gebracht, wo ebenfalls die christliche Zeitrechnung eingeführt war und wo man damals das Jahr 1593 schrieb. Während seines Fußmarsches stellte Paley fest, daß die Luft gut war und ihm das Atmen leicht fiel. Von Zeit zu Zeit beschlich ihn jedoch eine gewisse Unruhe angesichts einiger ihm unvertrauter Sternbilder. Er erkannte zwar die Kassiopeia (der etwas schief geratene Buchstabe von Shakespeares Vornamen), aber dort waren Sternbilder, die er noch nie gesehen hatte. Konnten die Sterne, wie die Elisabethaner geglaubt hatten, tatsächlich die Geschichte beeinflussen? Konnte dieses elisabethanische London, das zu Sternen aufsah, die man auf der wirklichen Erde nicht kannte, identisch sein mit jenem, von dem man nur aus Büchern wußte? Bald würde er diese Fragen beantworten können.

London brach nicht wie ein graues, steinernes Monstrum über ihn herein. Es nahm ihn langsam und sanft in sich auf – Häuser inmitten von Wiesen und Feldern, umgeben von Bäumen: die kühlen Außenbezirke, wo die Reichen wohnen. Und dann, wie ein gedämpfter Trompetenstoß unter dem sinkenden Mond: der Tower! Und dann die dichtgedrängten, schlafenden Häuser. Paley atmete den Geruch dieses frühsommerlichen London ein, und der Geruch war ihm unangenehm. Es stank nach alten Lumpen, Fett und Abfall, aber dieser Gestank erinnerte ihn auch an seinen Abstecher nach Borneo, wo er ziemlich zaghaft in den Dschungel eingedrungen war. Irgendwie roch es auch hier nach Dschungel. Und noch dazu vernahm er plötzlich ein fernes Heulen – aber es war nur das Heulen eines Hundes. Hunde, des Menschen beste Freunde, hier draußen im Weltraum! Hunde, die über die unvorstellbare Weite des Kosmos hinweg einander zujaulten! Und jetzt eine menschliche Stimme und der Klang von Schritten auf dem Kopfsteinpflaster: »Die Klock hat vier geschlagen, einen guten Morgen, ihr Leut'!« Instinktiv schlüpfte Paley in einen schmalen Durchgang und preßte sich gegen die feuchte Mauer. Er durfte noch nicht in Erscheinung treten. In Gedanken wiederholte er den Ruf des Nachtwächters, die scharfen Konsonanten, die offenen Vokale. Als ihm plötzlich aufging, daß er endlich die genaue Tageszeit wußte, wollte er mechanisch nach seiner Armbanduhr greifen, die er natürlich nicht angelegt hatte. Dann überlegte er sich, was er tun sollte, bis es hell geworden war. Hier gab es keine Hotels mit Nachtportiers. Er fingerte nachdenklich an seinem drei Monate alten schwarzen Bart herum. Je früher er mit seinen Nachforschungen begann, desto besser. Er würde sich also sofort nach Shoreditch aufmachen, wo das ›Theater‹ stand. Der Überlieferung nach war es ein neues, ansehnliches Gebäude, das man außerhalb der Stadtgrenze errichtet hatte, um es dem Zugriff der theaterfeindlichen Stadtväter zu entziehen. Vom Wissensdurst des Gelehrten, von der Neugier des Forschers ergriffen, spürte er nicht, daß plötzlich ein kühler Morgenwind aufgekommen war. Seine Vertrautheit mit dem London seines eigenen Jahrhunderts nutzte ihm wenig, als er versuchte, sich in den Straßen zurechtzufinden. Er ging in nördlicher Richtung: die Minories, Houndsditch, Bishopsgate – und wurde unterwegs ein paarmal von Brechreiz befallen: Aus den Rinnsteinen drang ein fürchterlicher Gestank. Später roch es noch penetranter, noch ekelhafter; wahrscheinlich der Gestank von Fleet Ditch, dachte Paley, zog ein Pulver aus seiner Reisetasche und nahm es ein, um seinen Magen zu beruhigen.

Kein Mäuschen regt sich, dachte er im Weitergehen. Und dann sah er es, sah es auftauchen unter den ziehenden Silberwolken: das *Theater!* Aber sogleich verspürte er eine gewisse Enttäuschung. Derbes Fachwerk auf einem Holzsockel, ein schäbiges Strohdach. In Wirklichkeit war immer alles kleiner, immer alles gewöhnlicher als man es sich vorgestellt hatte. War es abgeschlossen, oder konnte man einfach hineingehen? Einen Nachtwächter schien es hier nicht zu geben. Bevor er sich der Tür näherte (sie hätte eher zu einem Aborthäuschen als zu einem Musentempel gepaßt), ließ er den Blick noch einmal über die mondbeschienene Szene schweifen – die dürftigen Häuser, das Kopfsteinpflaster, die vielen Bäume und Büsche, die er hier nicht vermutet hatte. Und dann sah er die ersten Tiere.

Kein Mäuschen regt sich – hatte er das vorhin gedacht? Nun, die langschwänzigen Tiere dort waren zweifellos Ratten: drei Ratten, die nicht weit vom Theatereingang an einem Stück Abfall nagten. Angewidert ging er auf sie zu, und als sie davonhuschten, konnte er im Mondlicht ihre Schnurrhaare erkennen. Es waren Ratten, wie er sie aus den Laboratorien seiner

Universität kannte, Ratten mit böse glitzernden Augen und fleischigen Schwänzen. Dann aber sah er, was sie gefressen hatten.

Aus einem Abfallhaufen hatten sie einen menschlichen Unterarm gezerrt. Dieser Anblick traf Paley nicht unvorbereitet: Er hatte genug Abbildungen von Verräterköpfen gesehen, die man vor dem Tempel aufgespießt hatte, von Leichen, die von der Flut angeschwemmt worden waren und am Themseufer verrotteten, von Gliedmaßen, die man in Tyburn (heute Marble Arch) abgehackt und den Aasfressern überlassen hatte. (Geier, dachte er, hier gibt es natürlich Geier. Aber die schlafen jetzt alle.) Da sein Magen jetzt nicht mehr revoltierte, sah er sich den angenagten Arm genauer an. Das Festmahl mußte gerade erst begonnen haben, denn fast alles Fleisch war noch am Knochen. Am Handgelenk jedoch fiel ihm eine aufgerissene, schwammige Stelle auf, die ihn an irgend etwas erinnerte, das zwar zum menschlichen Körper, keinesfalls aber zum Arm gehörte. Einen Augenblick lang dachte er an eine Augenhöhle, aus der man den Augapfel herausgerissen hatte, ohne das umliegende Gewebe gänzlich zu zerstören. Dann lächelte er über diese Idee, obwohl ihm das Lächeln schwerfiel.

Er wandte sich von dem traurigen Überbleibsel ab und ging zur Tür. Zu seiner Überraschung war sie nicht verschlossen. Sie quietschte beim Öffnen – eine Art Willkommensgruß in dieser Welt des Jahres 1595, dieser fremden und zugleich vertrauten Welt. So also sah das Theater von innen aus: Ein festgestampfter Lehmboden, der von den Zuschauern auf den Stehplätzen immer noch fester gestampft wurde; die Galerien, die Vorbühne; die vorhanglose Innenbühne; die balkonartige Oberbühne; das Dachgeschoß mit dem Fahnenmast. Paley, von Ehrfurcht ergriffen, holte tief Atem. Das war es also, das *Theater!* Und plötzlich –

»Heda, hab' ich dich auf frischer Tat ertappt!« Paley schien das Herz aus der Brust zu springen. Seine erste Begegnung mit einem Elisabethaner! Er drehte sich um. Zum Glück sah der Mann ganz normal aus, wenn auch ziemlich schmuddelig. Er trug derbe Stiefel, gänsedreckfarbene Strümpfe und ein speckiges Wams. Er war etwas unsicher auf den Beinen und als er näher kam, um den Eindringling genauer zu betrachten, schlug

Paley ein entsetzlicher Bierdunst entgegen. Der Mann hatte glasige Augen und beschnüffelte Paley, als wollte er ihn nach seinem Geruch identifizieren. Betrunken und benebelt, dachte Paley verächtlich; und mit welcher Unverfrorenheit er mich beschnuppert! Sorgfältig auf seine Aussprache achtend, sagte er: »Ich bin ein Gentleman aus Norwich und eben erst hier eingetroffen. Halte Er gefälligst Distanz! Kann Er Herren von Stand nicht erkennen, wenn Er ihnen begegnet?«

»Ich kenne dich nicht und weiß nicht, was du bei nachtschlafender Zeit hier zu suchen hast.« Aber er trat ein paar Schritte zurück. Paley war von Stolz geschwellt: Er hatte einen kleinen Triumph erlebt – wie jemand, der zu Hause Russisch gelernt hat, zum ersten Mal nach Moskau reist und sich dort perfekt verständigen kann.

»Er redet mich mit *du* an? Mit *du*? Das ist wahrlich eine Frechheit, Bursche! Ich werde mich darob bei Master Burbage beschweren.«

»Bei welchem Master Burbage? Beim alten oder beim jungen?«

»Bei beiden. Ich habe Theaterstücke verfaßt und möchte sie hier zur Kenntnis bringen.«

Der Nachtwächter – denn das war offenbar seine Funktion – begann wieder zu schnüffeln.

»Ihr mögt ein Gentleman sein, aber Ihr riecht nicht wie ein Christenmensch. Und Ihr seid auch zu unchristlicher Stunde unterwegs.«

»Ich sagte bereits, daß ich eben erst eingetroffen bin –«

»Wo ist Euer Pferd? Und wo Euer Reisemantel?«

»Ich habe … ich habe beides in der Herberge zurückgelassen.«

»Sieh einer an! Und mir erzählt Ihr, Ihr wäret eben erst eingetroffen«, brummte der Nachtwächter. Dann lachte er in sich hinein und streckte langsam die rechte Hand aus, als wollte er Paley segnen. »Ich weiß, was Euch hierhergeführt hat«, sagte er kichernd. »Ein sündhaftes Begehren. Ihr wolltet mit einer Dirn scharmutzieren, nein, mit einem Eheweib gewiß, aber für sie hat die Morgenstund kein Gold im Mund, hä?« Paley konnte damit wenig anfangen. »Und jetzo«, sagte der Mann, »seid Ihr gehörig abgekühlt.« Paley sah ihn verständnislos an. »Was Euch nottut, ist ein Nachtlager«, sagte der andere mit erhobener Stimme. Endlich verstand Paley, und er verstand auch, was die aufgehaltene Hand und das Fingerzucken bedeuteten. Geld. Er griff in die Reisetasche, holte ein Goldstück heraus und reichte es dem Mann, der vor Staunen den Mund nicht mehr zubrachte. »Sir«, sagte er und lüftete den Hut.

»Um der Wahrheit die Ehre zu geben«, sagte Paley, »ich bin zu später Stunde von einem Besuch zu meiner Herberge zurückgekehrt und konnte mich, so laut ich auch klopfte, dem Wirt nicht bemerkbar machen.«

»Hm.« Der Nachtwächter legte den Finger an die Nase (eine Geste, die Paley von zu Hause durchaus vertraut war), kratzte sich mit dem Goldstück an der Wange, fuhr sich dann ein paarmal damit über die Brust und steckte es schließlich in einen kleinen Beutel, den er am Gürtel trug. »Kommt mit, Sir!«

Er watschelte eilig hinaus. Als Paley ihm folgte, spürte er sein Herz klopfen. »Wohin führt Er mich?« Er erhielt keine Antwort. Der Mond ging unter, der Morgen dämmerte, ein kühler Wind wehte. Paley fröstelte. Er bedauerte, daß er keinen Mantel mitgebracht hatte, weil er sich erst hier einen zulegen wollte. Wenn der Mann wirklich vorhatte, ihm ein Bett zu verschaffen, sollte es ihm recht sein. Ein paar Stunden Schlaf unter einer warmen Decke würden ihm gut tun, und selbst die Flöhe würde er in Kauf nehmen. Auf der Straße war kein menschliches Wesen zu sehen. Aus der Ferne drang ein Katzenkonzert an sein Ohr: eine herzzerreißende Liebeswerbung, der, noch herzzerreißender, die Kopulation folgte – genau wie auf der wirklichen Erde. Kurz nach Bishopsgate bog der Nachtwächter in eine enge, dunkle Gasse. Es stank entsetzlich. Die Wirkung des Medikaments war verflogen, und wieder revoltierte Paleys Magen. Es war nicht ganz der gleiche Geruch wie zuvor. Paley, seiner Sinne kaum mehr mächtig, hatte das Gefühl, als verbreite sich der Gestank in einzelnen Wellen, die mit fast automatischer Regelmäßigkeit aufeinander folgten. Ein höchst beunruhigendes Phänomen! Paley sah zu den verblassenden Sternen auf und stellte auch dort eine geheimnisvolle Veränderung fest: Neue Konstellationen waren entstanden, ähnlich wie sich in einem Behälter mit Sand neue Muster bilden, wenn man ihn auf ein Klavier stellt und auf die Tasten hämmert.

»Hier ist es«, sagte der Nachtwächter, ging auf eine Tür zu und klopfte. »Metzen«, sagte er augenzwinkernd, aber seine Lider bewegten sich über glasige Leere. Er klopfte noch einmal.

»Die Leute öffnen nicht«, sagte Paley. »Es ist zu spät oder zu früh, um sie aus dem Bett zu scheuchen.« In der Nähe krähte ein Hahn; es war das krächzende Krähen eines jungen Hahnes, der noch der Übung bedurfte.

»Weder zu spät noch zu früh«, sagte der Nachtwächter. »Das gehört zu ihrem Geschäft.« Er wollte wieder klopfen, doch im gleichen Augenblick ging die Tür auf. Eine schlaftrunkene Frau mit mürrischem Gesicht stand vor ihnen. Sie trug ein fleckiges Nachtgewand, aus dessen Ausschnitt etwas hervorlugte, das wie eine Lilie aussah. Mit einer ärgerlichen Handbewegung ließ sie das Ding im Ausschnitt verschwinden. Sie war eine elisabethanische Matrone, Ende dreißig und grauhaarig.

»Was wünscht Ihr?« knurrte sie.

»Immer mit der Ruhe! Der hier sagt, er sei ein Gentleman.« Der Nachtwächter nahm das Goldstück aus dem Beutel und hielt es ihr vors Gesicht. Sie hob die Kerze und betrachtete es. Wieder schob sich die Lilie aus dem Gewand. Mit breitem Lächeln knickste die Frau und bat Paley herein.

»Ich wollte Euch nur um ein Bett bitten, Madame«, sagte er. Die beiden anderen quittierten diese Anrede mit Gelächter. »Ich komme aus Norwich, und die Reise war lang und mühsam.« Die Frau knickste noch tiefer, mit einem noch spöttischeren Gesichtsausdruck, und sagte mit krächzender Stimme:

»Ein Bett sollt Ihr haben. Ihr braucht weder mit dem Strohsack noch mit dem Fußboden vorlieb zu nehmen. Ein Bett für den Gentleman aus Norwich, wo man Kühe mästet mit Porridge.« Der Nachtwächter grinste. Er ist blind, dachte Paley, er ist bestimmt blind. Am Daumen des Mannes schien sich irgend etwas zu bewegen. Die Tür fiel ins Schloß, Paley und ›Madame‹ waren allein in dem übelriechenden Hausgang.

»Folgt mir!« Sie ging vor ihm die knarrende Stiege hinauf. In der grauen Morgendämmerung warf ihre Kerze nur noch schwache Schatten. Im Stiegenhaus hingen gerahmte Bilder.

Eines davon war ein primitiver Holzschnitt, auf dem ein Märtyrer zu sehen war, den man über einem brennenden Holzstoß an einem Baum aufgehängt hatte. Aus seinem lächelnden Mund quoll eine Blase, in der die Worte standen: UND DENNOCH SAGE ICH EUCH, DASS WIR DURCH MOGRADON LEBEN. Auf einem anderen Bild war ein König mit Krone, Szepter und Reichsapfel zu sehen, der auf der Stirn ein drittes Auge hatte. »Welcher König ist das?« fragte Paley. Die Frau wandte sich verblüfft um. »Ihr in Norwich wißt schier gar nichts. Gott segne und behüte Euch.« Paley stellte keine weiteren Fragen und behielt sein Erstaunen über ein anderes Bild für sich. Es trug die Aufschrift ›Q. Horatius Flaccus‹, aber es war das Porträt eines bärtigen Arabers. War das nicht Averroes?

Droben klopfte die Frau kräftig an eine Tür. »Bess, Bess! Es gibt Gold zu verdienen, mein Täubchen! Ein schmuckes Herrchen, meiner Seel!« Zu Paley gewandt, sagte sie grinsend: »Sie wird sogleich erscheinen. Sie muß sich schmücken wie eine Braut.« Aus dem Ausschnitt ihres Nachtgewandes ragte wieder die Lilie hervor, und Paley glaubte zwischen den Blütenblättern ein zwinkerndes Auge zu erkennen. Und nun regte sich in ihm eine Furcht ganz besonderer Art: weniger das Entsetzen vor etwas Unbekanntem als das vor etwas Bekanntem. Er hatte seinen Flugkörper unverletzbar gemacht: die Welt hier konnte ihm nichts anhaben. Aber war es nicht möglich, daß diese Welt sich mittels einer anderen Methode ebenfalls unverletzbar gemacht hatte? In Gedanken glaubte er eine Stimme zu hören, klar und deutlich: »Man stört nicht ungestraft die...« Und dann ging die Tür auf und das Mädchen Bess erschien und lächelte einladend. Ebenfalls lächelnd sagte Madame zu Paley:

»Da habt Ihr einen Braten, wie er saftiger kaum zu denken ist!« Sie hielt die Hand auf. Verwirrt griff Paley in seine Reisetasche und holte eine Handvoll mattglänzender Münzen heraus. Er legte eine davon in die geöffnete Hand, aber die Frau rührte sich nicht. Er legte eine zweite dazu und dann noch eine. Sie schien befriedigt, aber Paley hatte das Gefühl, daß sich das bald ändern würde. »Wir haben Wein«, sagte sie. »Soll ich...?« Paley lehnte dankend ab. Ihr graues Haar sträubte sich. Knicksend zog sie sich zurück.

Paley, wachsam geworden, folgte Bess in die Schlafkammer. Die Decke des Raumes vibrierte in gleichmäßigem Rhythmus. »Mein Ziegenböckchen!« krächzte Bess und zog sich das Oberteil ihres Gewandes von den Schultern. Die Brüste quollen hervor, und die Brustwarzen starrten Paley an. Es waren, wie er vermutet hatte und jetzt fast mit Befriedigung feststellte, Augen. An Schlaf war jetzt natürlich nicht mehr zu denken. »Mein süßer Schatz«, gurrte Bess; die Augen auf der Brust blitzten und die langen Wimpern klimperten kokett. Paley umklammerte seine Reisetasche. Wenn dieses Gefühl der Verstörung – das, soweit er es beurteilen konnte, immer stärker wurde –, wenn diese Verwirrung der Sinne von dieser Welt zum Schutz gegen Eindringlinge erzeugt wurde, warum wußte man dann in seiner Welt nichts davon? Andere Zeitreisende waren doch unversehrt und mit einer Fülle vernünftiger Informationen zurückgekehrt. Halt, war das wirklich so? War man dessen wirklich sicher? Als Swenson erwähnte, daß Wheeler im Mittelalter von einer Art dreifüßigem Ektoplasma gefangengehalten worden war, hatte er gesagt: »Er hatte weiße Haare und plapperte unverständliches Zeug, als wir ihn wieder an Bord nahmen.« Swensons eigene Worte. Und wie stand es mit Swensons eigener Zukunftsvision? Ein Schild mit seinem Geburts- und Todesdatum? Vielleicht wehrte sich die Zukunft nicht gegen Eindringlinge aus der Vergangenheit. Aber (Paley bewegte den Kopf heftig hin und her, als sei er betrunken und wollte sich wieder zu klarem Denken zwingen) es ging gar nicht um Vergangenheit oder Zukunft, sondern um andere Welten, die jetzt existierten. Was *jetzt* Vergangenheit war, war abgeschlossen, was *jetzt* Zukunft war, war abgeschlossen. Vielleicht war das Schild am Rostron Place, das Swensons Tod in zwanzig Jahren anzeigte, nur eine Vorspiegelung, eine Maßnahme, die Beruhigung statt Furcht erzeugen, aber dennoch den Eindringling davon abhalten sollte, sich in den großen Plan einzumischen? »Ich habe nicht viel Zeit«, sagte Paley plötzlich in der flüchtigen, verschliffenen Aussprache des einundzwanzigsten Jahrhunderts. »Ich werde Ihnen Gold geben, wenn Sie mich zum Haus von Master Shakespeare führen.«

»Maister ...?«

»Shairkspeyr.«

Bess starrte Paley an, ihre Ohren wurden größer, und an der Wand hinter ihr erschienen in rascher Folge gefilmte Schlachtszenen.

»Ihr seid gewiß nicht von *dieser* Art. Ihr wollt's mit Weibsleuten treiben. Das steht Euch im Gesicht geschrieben.«

»Die Sache ist dringend. Eine geschäftliche Angelegenheit. Rasch! Ich glaube, er wohnt in Bishopsgate.« Er konnte noch etwas herausfinden, bevor die Feinde ihm jede neue Erkenntnis verwehrten. Und was dann? Mit allen Mitteln zu überleben suchen! Von einer ruhigen Stelle aus ein Jahr lang Signale senden und auf diese Weise den Verstand wachhalten! Signale an Swenson senden und seine beruhigende Antwort empfangen; vielleicht, wer weiß?, von weit draußen im Weltraum die Nachricht erhalten, daß man ihn vorzeitig nach Hause bringen würde; Instruktionen von der Erde über den geänderten Zeitplan.

»Sie weiß gewiß«, sagte er zu Bess, »von wem ich spreche, Master Shakespeare, der Schauspieler vom *Theater*.«

»Ja, Sir, ja.« Ihre Stimme klang immer dumpfer. ›Ich selbst‹, dachte Paley, ›ich selbst kann bestimmen, was ich sehen will und was nicht; dieses Mädchen hat keine Augen auf den Brüsten, der Mund, der sich unter ihrem Kinn zu formen beginnt, existiert überhaupt nicht.‹ Als sei es ihm gelungen, sie zurückzudrängen, begannen die Halluzinationen unscharf zu werden. Aber ihre Heimsuchungskraft war groß. Bess bedeckte ihren nackten Körper mit einem schlichten Gewand und holte einen abgetragenen Umhang aus dem Schrank. »Rückt damit heraus!« sagte sie. Paley begriff erst nach einigem Überlegen, daß sie sofort Geld wollte. Er gab ihr einen Portugalöser.

Sie schlich die Stufen hinunter. Paley versuchte, sich die Bilder im Stiegenhaus genauer anzusehen, doch er kam nicht dazu, herauszufinden, was sie wirklich darstellten. Die Treppenstufen spielten ihm einen Streich und verwandelten sich in eine Rolltreppe des einundzwanzigsten Jahrhunderts. Er zwang sie in ihr knarrendes Stiegendasein zurück. Er war überzeugt, daß Bess, falls er es zuließe, sich in irgendein Ungeheuer verwandeln würde, das sein Herz in Stein verwandeln konnte.

Schnell! Er konnte sich nur mit Mühe auf sein Vorhaben konzentrieren. Ein paar Leute waren auf der Straße. Er wagte nicht, sie anzusehen. »Ist es weit?« fragte er. Ringsum hörte er Hähne krähen, ausgewachsene Hähne.

»Nicht weit.« Nein, in diesem zusammengepferchten, zerfallenden London konnte es keine weiten Entfernungen geben. Mit äußerster Anstrengung versuchte Paley bei Verstand zu bleiben. Schweiß strömte ihm von der Stirn, ein Tropfen fiel auf seine Reisetasche, die er – als hätte er Leibschmerzen – fest an seinen Körper preßte. Ohne anzuhalten und immer wieder auf dem Kopfsteinpflaster stolpernd, betrachtete er den Schweißtropfen. Gehörte dieser salzige Tropfen, der aus seinen Poren gedrungen war, zu dieser fremden Welt oder zu seiner eigenen? Wenn er seine Haare abschnitte und liegen ließe, wenn er seine Notdurft an diesen stinkenden Gossen verrichtete, würde das B 303-London sich dagegen wehren wie ein menschlicher Organismus gegen eine fremde Niere? Vielleicht handelte es sich gar nicht um ein Naturgesetz, sondern um das Walten eines diesem System eigenen Gottes, eines Gottes, gegen den man sich, falls man den Teufel auf seiner Seite hatte, behaupten konnte? Stemmte er sich gegen die privaten Regeln dieses Gottes und nicht gegen eine natürliche Ordnung? Jedenfalls stemmte er sich, und das elisabethanische London, über dem silbrig der Morgen dämmerte, gewann Kontur, wankte, gewann Kontur, nahm feste Gestalt an. Aber die Anspannung war entsetzlich.

»Hier, Sir!« Sie deutete auf eine schäbige Tür. Paley hatte das Gefühl, daß diese Tür sich in Wasser auflösen und über die Pflastersteine fließen würde, falls seine Konzentration auch nur einen Moment nachließ. »Geld«, sagte Bess. Aber Paley hatte ihr schon genug gegeben. Ärgerlich schüttelte er den Kopf. Sie streckte ihm die Faust hin, die sich in das Gesicht eines bärtigen Mannes verwandelte, das ihn drohend ansah. Paley hob die Hand, um Bess zu schlagen. Als sie winselnd davonlief, ballte er die Hand zur Faust und schlug an die Tür. Während er wartete, fragte er sich, wann er den verzweifelten Versuch, die Welt ringsum in eine feste Form zu zwingen, endgültig aufgeben würde. Was würde geschehen, wenn er einschliefe? Würde sich dies alles auflösen und ihn in heulendem Elend im leeren Raum zurücklassen?

»Was wollt Ihr?« In der Tür stand ein ungestalter, häßlicher Mann. Sein knopfloses Hemd klaffte über der Brust auseinander, und von dort blitzten Paley Augen entgegen, die in einer waagerechten Reihe angeordnet waren. Das ist nicht Shakespeare, dachte Paley entsetzt, das kann er nicht sein! Erstaunt darüber, daß er fähig war, seine Aussprache sorgfältig unter Kontrolle zu halten, sagte er: »Ich möchte Maister Shairkspeyr meine Aufwartung machen.« Mürrisch ließ ihn der Mann eintreten und zeigte ihm durch ein knappes Schulterzucken, an welcher Tür er klopfen sollte. Hier also, hier *war* es! Paleys Herz hämmerte wild. Er klopfte. Diese Tür war aus Eichenholz und drohte nicht, sich zu verflüssigen.

»Ja?« Eine helle Stimme, eine angenehme Stimme ohne jede Spur von Morgenmüdigkeit und schlechter Laune. Paley holte tief Atem und trat ein. Verdutzt sah er sich im Raum um. Eine Schlafkammer. Ein ungemachtes Bett, ein Tisch mit Schriftstücken, ein Stuhl, ein geschlossenes Fenster, durch das die Morgendämmerung drang. Er ging zum Tisch und las, was auf dem obersten Blatt stand (»... gib's ihm, damit er uns in seiner Widerspenstigkeit nicht wieder die Hölle heiß macht!«). Paley überlegte, ob die Stimme vielleicht aus einem angrenzenden Zimmer gekommen war. Dann hörte er sie wieder, diesmal hinter sich.

»Es schickt sich nicht, ohne Erlaubnis die privaten Notizen eines Gentleman zu lesen.« Paley fuhr herum und sah eine Reproduktion des Shakespeareporträts von Droeshout, die in einem quadratischen Rahmen steckte und sich im Rhythmus wiegte. Die Lippen bewegten sich, aber die Augen waren leblos. Er wollte schreien, brachte aber keinen Laut über die Lippen. Der sprechende Holzschnitt bewegte sich auf ihn zu – »Unverschämt, keine Manieren! Wohl gar ein Spion des Kronrates?« – und dann dehnte sich der Rahmen seitwärts immer weiter aus, das abgebildete Gesicht verschwamm, und ein rundes Etwas aus schwarzen Linien und hellen Zwischenräumen verdichtete sich allmählich zu einer festen Form. Paley war wie gelähmt; es gelang ihm nicht einmal, die Augen zu schließen. Der Körper vor ihm sah jetzt wie der eines Tieres aus, unbeschreiblich plump und häßlich – eine Art riesiger Spiegel, der mit schaudererregender Intelligenz begabt, nickte und lächelte. Paley riß sich zusammen und zwang das Ungeheuer in eine menschenähnlichere Form. Seine Furcht wich einer abgrundtiefen Niedergeschlagenheit, als ihm klar wurde, daß vor ihm eine fiktive Gestalt namens William Shakespeare stand, ein Schauspieler, der diese Figur darstellte. Warum konnte er nicht zu dem ›Ding an sich‹, dem Kantschen Noumenon, vordringen? Aber das Problem war eben, daß das Ding an sich durch den jeweiligen Beobachter in ein seinem eigenen Zeit-Raum-Begriff entsprechendes Phänomen verwandelt wurde. Paley faßte Mut und fragte:

»Welche Stücke habt Ihr bisher geschrieben?«

Shakespeare schien überrascht. »Wer will das wissen?«

»Ihr werdet kaum glauben, was ich Euch jetzt sage. Ich komme aus einer anderen Welt, die den Namen Shakespeare kennt und in hohen Ehren hält. Ich glaube, daß es einen Schauspieler namens William Shakespeare gegeben hat, oder gibt. Aber daß Shakespeare die Stücke, die seinen Namen tragen, wirklich geschrieben hat – das kann ich nicht glauben.«

»Dann«, sagte Shakespeare (der sich allmählich in eine Wachsfigur, die nur ein Abklatsch seiner selbst war, zu verwandeln schien), »dann sind wir beide Zweifler. Ihr seid also wohl ein Geist aus jener anderen Welt, die Ihr erwähnt habt? Dann hättet Ihr rechtens beim ersten Hahnenschrei verschwinden müssen.«

»Vielleicht ist meine Zeit ebenso kurz bemessen wie die eines Geistes. Welche Stücke haben Sie bis zu diesem Tag tatsächlich verfaßt?« Paley war wieder in die Ausdrucksweise seiner eigenen Zeit verfallen. Obwohl die Gestalt vor ihm undeutlicher wurde und andere Umrisse anzunehmen begann, veränderten sich ihre Augen kaum. Es waren wache, kluge, moderne Augen. Dann sagte die Stimme:

»Tatsächlich verfaßt? *Heliogabalus, Ernste Warnung an einen Hurenbock, Die jammervolle Regierungszeit Harolds des Ersten und Letzten, Der Teufel in Dulwich* ... und viele, viele andere.«

»Aber . . .« Paley war völlig verwirrt. War das Ernst oder Scherz, gaukelte dieser Mann ihm etwas vor oder sein eigenes Gehirn, ein Gehirn, das sich verzweifelt bemühte, der Situation Herr zu werden, den Sinneseindrücken Sinn zu verleihen? Dort auf dem Tisch, dieser Stapel Papier! »Zeigen Sie mir etwas, irgend etwas!« flehte er.

»Zeigt mir zuerst Euer Empfehlungsschreiben! Doch nein, ich werde Euch lieber selbst in Augenschein nehmen.« Er ging gutgelaunt auf Paley zu, seine mit seltsamen dunklen Pünktchen gesprenkelten Augen blitzten. »Ein hübscher Knabe«, sagte Shakespeare. »Nicht ganz so hübsch, wie mancher andere, besonders jener eine, aber durchaus geeignet für ein kurzes Morgenvergnügen, bevor die sommerliche Wärme beginnt.«

»Weichet von mir!« rief Paley und empfand im gleichen Augenblick diese altmodische Ausdrucksweise als seltsam frivol. Die Gestalt vor ihm wurde abstoßend häßlich, ihr Hals blähte sich, auf den ausgestreckten Händen glitzerten Augen. Aus dem Gesicht wuchs ein riesiger Rüssel, der sich tastend hin und her bewegte und an dessen Ende sich mehrere Saugnäpfe bildeten, die nach Paley griffen. Um sich besser verteidigen zu können, ließ er seine Reisetasche fallen. Die Stimme dieses Ungeheuers klang dumpf, und schließlich war nur noch ein Grunzen und Lallen zu hören. In die Ecke hinter dem Tisch gedrängt, entdeckte Paley eine Manuskriptseite mit vielen ausgestrichenen Stellen. (War nicht behauptet worden, er habe niemals auch nur eine einzige Zeile durchgestrichen?)

Ich quälte mich mühte mich? fragte mich? wie ich vergleichen könnt'

Den Kerker Verlies? der mein Heim nun, mit der Erde Welt? Und da und weil?

Der Forscher in ihm regte sich noch, der Wissensdrang war noch da, indes sein Körper sich gegen die riesigen Hände wehrte, die – beide zehnfingrig – nach ihm griffen. Der Forscher rief:

»Richard II.! Sie schreiben also gerade Richard II.?«

Und nun glaubte er, ein Claude Bernard der Literatur, alles riskieren zu müssen, um Swenson die Nachricht zu übermitteln, daß Richard II. im Jahr 1595 von Shakespeare geschrieben wurde. Er ließ sich plötzlich zu Boden fallen, griff nach seiner Reisetasche und hämmerte durchs Futter auf die Taste des Signalgeräts. Shakespeare schien überrascht, daß der Fremde plötzlich keinen Widerstand mehr leistete. Er streckte die gabelgleichen Hände aus, aber sie griffen ins Leere. Schweißüberströmt und schweratmend signalisierte Paley: »R2 von WS«. Dann wurde die Tür geöffnet.

»Ich habe Lärm gehört«, sagte der ungestalte, häßliche Mann mit den Augen auf der Brust. Er war jetzt noch häßlicher und änderte seine Form ständig, und zwar so plötzlich, als schlügen unüberhörbare, unsichtbare Hämmer auf ihn ein. »Er wollte Euch überfallen, hä?«

»Er war nicht hinter Geld her, Tomkin. Er besitzt selbst genug Gold. Dort!« Aus der Reisetasche, die Paley plötzlich fallengelassen hatte, waren Goldstücke auf den Boden gerollt. Paley hatte es nicht bemerkt; er hätte, so dachte er, das Gold herausnehmen und in seine...

»Gold!« Das Ungeheuer namens Tomkin starrte gierig auf die Münzen. »Die anderen Fremden haben kein Gold mitgebracht.«

»Nimm das Gold mit und ihn auch«, sagte Shakespeare unbewegt. »Du kannst mit beiden machen, was du willst.« Tomkin näherte sich Paley, der einen Schrei ausstieß und ihn mit der Hand, in der er die Tasche hielt, abzuwehren versuchte.

Tomkins Klaue entriß ihm die Tasche mühelos.

»Da ist noch mehr Gold drin!« geiferte er.

»Habe ich dir nicht gesagt, du würdest in meinen Diensten auf deine Kosten kommen?« sagte Shakespeare.

»Und hier sind Schriftstücke.«

»Sieh da, Schriftstücke!« Shakespeare nahm sie an sich. »Schaffe ihn zum königlichen Marshal! Ein Fremder in unserer Stadt. Redet törichtes Zeug, wie der Aleman, der vor ihm gekommen ist. Wirres Zeug, würde ich sagen. In anderen Worten, er redet wie ein Narr. Der Marshal wird wissen, was zu tun ist.«

Hände wie Schaufeln packten Paley. »Nein, nein!« schrie er, »ich bin ein Gentleman! Ich komme aus Norwich. Ich schreibe fürs Theater, wie Ihr selbst. Seht doch, Ihr haltet in der Hand, was ich geschrieben habe!«

»Erst ein Geist, dann aus Norwich.« Shakespeare lächelte. Er schwebte wieder in der Luft wie sein eigenes Porträt, ein Porträt mit Manuskriptseiten in der Hand. »Und das soll ich glauben? Gibt es nicht andere Welten, ähnlich der unseren, die man mittels Zauberkraft verlassen kann, um diese hier zu besuchen? Ich habe dergleichen Geschichten schon früher gehört. Da war ein Deutscher ...«

»Es ist wahr, es ist wahr, was ich Ihnen erzählt habe!« Paley klammerte sich an die Beteuerung und zugleich klammerte er sich an die Kammertür, während Tomkin ihn hinauszuzerren versuchte. »Sie sind der intelligenteste Mensch ihrer Zeit! Sie können sich so etwas bestimmt vorstellen!«

»Und Dichter, die noch nicht geboren sind, soll ich mir wohl auch vorstellen können? Drythen, oder so ähnlich, und Lord Tennisball und einen betrunkenen Walliser und P. S. Elliot? Man wird sich um Euch kümmern, genau wie um den anderen.«

»Aber es ist wahr, es ist wahr!«

»Hinaus mit dir!« fauchte Tomkin. »Du bist wahrhaftig ein Narr!« Und er schleifte Paley, den zu Boden gesunkenen Paley, der Schaum vor dem Mund hatte und tobte, zur Tür.

»Ihr existiert überhaupt nicht, keiner von euch!« schrie Paley. »Ihr, ihr seid die Geister! Ich bin wirklich, es ist alles ein Irrtum, laßt mich frei, laßt mich alles erklären!«

»Er redet wirklich seltsames Zeug«, sagte Tomkin. Und dann schleifte er ihn hinaus.

»Schließ die Tür!« sagte Shakespeare. Tomkin stieß sie mit dem Fuß zu. Von draußen drang die schreiende Stimme, begleitet vom Geräusch stampfender Schritte, in die Kammer. Aber bald wurde es stiller und Shakespeare konnte mit der Lektüre beginnen.

Das sind, dachte er, gute Stücke. Eigenartig, daß eines davon von einem wucherischen Juden zu handeln schien. Der Mann aus Norwich hatte offenbar Marlowe gelesen und die dramatischen Möglichkeiten eines bösen, an Lopez erinnernden Charakters erkannt. Er, Shakespeare, hatte bereits selbst mit dem Gedanken gespielt, ein Stück wie dieses zu schreiben. Und jetzt lag es plötzlich vor ihm. Und hier waren auch zwei anscheinend brauchbare Historien. Über König Heinrich IV. Und hier eine Komödie mit dem Titel *Viel Lärm um nichts.* Wahrlich Geschenke des Himmels! Er lächelte. Er dachte an jenen Deutschen, Doktor Schleyer oder so ähnlich, der mit einer Geschichte aufgewartet hatte, die der dieses Narren glich. (War er wirklich irr? Konnten Narren so etwas schreiben? »Der Narr, der Liebende und der Dichter« – ein guter Vers aus dem Stück über Feen, das Schleyer mitgebracht hatte. Der arme Schleyer! Er war an der Pest gestorben.) Die Stücke, die Schleyer gebracht hatte, waren gut, aber vielleicht nicht ganz so gut wie diese hier.

Verstohlen (obwohl er allein war) kratzte er sich. Wenn Dichter von der Muse gesprochen hatten, waren dann vielleicht fremde Besucher wie dieser gemeint, der jetzt hilflos auf der Straße schrie, oder wie der Deutsche Schleyer, oder wie jener, der unter der Folter geschworen hatte, er sei aus Virginia in Amerika gekommen und in Amerika gebe es Universitäten, die ebensogut seien wie Oxford, Leyden oder Wittenberg, ja sogar besser? Er zuckte die Achseln und dachte daran, daß es mehr Dinge im Himmel und auf Erden gibt usw. usw. Nun, wer immer diese Besucher sein mochten, ihm waren sie herzlich willkommen, solange sie Stücke mitbrachten. Die Historie *Richard II.* von Schleyer hatte – vielleicht – die Verbesserungen nötig, mit denen er gerade beschäftigt war, aber die früheren Stücke, angefangen von *Heinrich IV.,* erfreuten sich großer Beliebtheit. Die klugen grauen Augen auf das oberste Blatt des neuen Stapels gesenkt, strich er seinen silberdurchwobenen kastanienbraunen Bart. Er seufzte, griff nach einer seiner eigenen Manuskriptseiten und las sie noch einmal, bevor er sie zusammenknüllte. Das ist nicht gut, dachte er, der Vers hinkt, und es ist zu viel Zauberwerk im Spiel.

Herzog Igenio:
Bedenkt, ihr Herrn, so wie im Ozean,
Was auf dem Land lebt, seinesgleichen findet,
So auch in fernen Himmeln unser Leben.
Kein Wesen, kein Geschehen, das nicht sich spiegelt,
Auch Zwillinge haben Zwilling' ohne Zahl,
und selbst die Sterne ihre Ebenbilder ...

Zu phantastisch; es war nicht zu gebrauchen. Er warf es in den Abfalleimer, den Tomkin später ausleeren würde. Dann nahm er ein neues Blatt und begann, in schöner Handschrift, mit dem Abschreiben:

DER KAUFMANN VON VENEDIG

Er schrieb und schrieb und strich keine einzige Zeile aus.

Originaltitel: ›The Muse‹
Copyright © 1971 by Anthony Burgess
Copyright © 1973 der deutschen Übersetzung
by Kindler Verlag, München;
mit freundlicher Genehmigung des Kindler Verlags.
Aus dem Englischen übersetzt von Gertrude Baruch

DAVID J. MASSON

Reis durch zween Zeiten

Ich stund, wie der Zufall wollte, im Schatten eines niedern
Bogens, allwo ich von denjenigen, so des Weges kämen, nicht
leicht konnte gesehen werden, als ich vor der alten Scheuer
gegenüber ein blendend Licht auf der Gasse sahe. Dies Mira-
culum schiene sogleich, als wollte es dichter werden, und bald
hernach stund ein Ding gleich einer Sänfte, jedoch ohne Trage-
stangen, vor der Scheuer. Es war von weißlicher Farbe, und
einer saße darin und spähete hinaus in die Welt, als forchte er
vor sein Leben. Alsdann wendet dieser Kerl sich zu einem Ding
vor ihm in der Sänfte und bewegt die Hände, worauf er wiederum umherspähet als besorgte er eine Verschwörung zum Mord
an seiner Persona, und endlich aus der Sänfte herfürkommt
und sich mit vielen Blicken links und rechts durch die Gassen
fortmacht. Er hatte die wunderlichsten Kleider an, so ich jemalen
gesehen. Vielleicht, so gedachte ich, ist er es, von dem mir die
vorige Nacht so übel geträumet, daß er meine Dinge gestohlen.

Ich ginge unter meinem Bogen hinaus auf die Gasse und ihm
ein Stücklein nach, schauete aber nicht offen zu ihm hin sondern machte, als wollt ich mir einen Stecken schneiden, daß er
nicht sonderlich auf mich Bedacht hätte, so er sich umwenden
möchte. Dann sahe ich, daß er sich eine gute Achtelmeile von
seiner Sänfte entfernet und nicht umgewendet, und eilete zu
derselbigen. Niemand war weit umher.

Ich nahme mir ein Herz und schauete in diese Sänfte, dergleichen ich niemalen gesehen. Ein Dach hatte sie, vier Wände,
vier Fenster von dickem Glas, zwei kleine Türen mit Glasscheiben darin, und einen Boden, und war im gesamten wie von
Silber, aber ohne den Glanz und die Kälte desselbigen. Drinnen
war ein harter silberiger Sitz, welcher dem menschlichen Gesäße trefflich angepaßt; und vor diesem gewahrte ich, was eines
Pfaffen Lectorium oder einer Kirchenbank gliche, oben darauf

ausgeziert mit vielen Kreisen und Zahlen darin, gleichwie, etlichen Ührlein und Instrumenta, mit Griffen und Anzeigern dem Astrolabium des Seefahrers ähnlich. Ich öffnete die Tür zu diesem wunderseltsamen Gemach und sahe mir alles von der Nähe an. Ein Kreis trug zierlich gravierte römische Schrift, die Worte aber verstunde ich nicht: GEODÄTISCH-KOSMISCHER RENORMALISATOR. GEEICHT UND VOM HERSTELLER VERSIEGELT. Ein anderer zeigte die Worte: HÖHENSTEUERUNG, und ein dritter schiene einem Drehbrett nachgeahmet, so man auf Jahrmärkten findet, mit JAHR (0 = 1) gravieret und versehen mit einem Zeiger und Zahlen um den Rand herum, so gleich der Uhr einander folgeten, aber von 0 bis 99 gingen. Ein drittes Ziffernblatt hatte die Inschrift JAHR X 10^2 und Zahlen von 0 bis 9; und ein viertes endlich JAHR X 10^3 und Zahlen von 49 unten bis 0 oben; und wiederum bis 49 hinabwärts zur rechten. Was der kleinen Ziffernblätter mehr waren, so zeigete eines die MONAT, ein weiteres die TAG und ein drittes die STUNDE, selbiges aber 24 statt 12 Zahlen aufwiese. In der Mitten von alledem war ein Stumpf von roter Farben, glatt und ein wenig ausgehohlt, groß wie mein Daumen.

Dies Ding ist Zauberei, gedachte ich bei mir, und mein Unverstand hielte es dennoch vor nichts Böses, ob es gleich das Abc war, in derjenigen Kunst zu exzellieren, so man die schwarze nennet und die endlich den allerrichtigsten Weg zum Teufel zuführet. Also machte ich mich ans Studium der Jahresscheiben, und indem ich von der Mathematik beizeiten wohl einiges gelernet, verstunde ich, daß 10^3 dem Tausend gleich war, 10^2 aber dem Hundert. Als ich der Sache dieser Ziffernblätter und Uhrzeiger genugsam nachgedacht, merkte ich, daß die Zeiger nicht das Jahr 1683 der Gegenwart wiesen, sondern das Jahr 1964. Monat, Tag und Stunde hingegen waren dieselbigen als dieser Tag im April. Schlag mich der Hagel, sagte ich zu mir, dieser Schwarzkünstler würde sich selbsten zweihunderteinundachtzig Jahr nach dieser Zeit finden, wann er müde geworden zu sehen, wie es allhier 1683 zugehet. Aber der geneigte Leser muß verstehen, daß ich ganz in Verwirrung war, dieweil mir diese Gedanken durch den Kopf gingen.

Hierauf wollte ich retirieren, doch da gleitet mein Fuß auf

dem sonderbarlich glatten Silber und ich strecke die Hände von mir, meinen Körper vor einem schlimmen Sturz zu bewahren, und meine linke Hand schlaget ohnversehens auf den roten Stumpf, so mit ein dumpf Geräusch nachgebet und im Lectorium versinket. Mir ward, als sollte ich in Ohnmacht niedersinken, und die Gasse entschwande meinem Blick, aber die Sänfte rührete sich nicht von der Stell. Wo aber die Gasse und die alte Scheuer gewest, sahe ich nun einen neuen und seltsamen Ort, der einem Saal gliche, und ein schauerlich Getöse war um mich her.

Das Zimmer war hoch und glatt. Ich konnte nicht sehen, ob es von Holz oder Stein erbauet war, weil alles mit einem glatten Bewurf und heller Farben bedecket war. Die Fenster waren ohngewöhnlich groß und ließen vieles Licht herein, und ich sahe durch selbige ein große Straßen und großmächtige Bauwerk von Stein. An des Zimmers Decke gewahrte ich lange Stäbe von einem Stoff, so wie in der Essen erhitztes Eisen glüheten und weißes Licht von sich strahleten. Ich besorgte, daß sie auf mich herabfallen und mich brennen möchten. Des weitern sahe ich Tische und Stühle von eckichter Gestalt, so von Metall waren.

Ich vermeinte, das Getöse komme von außerhalb. Es wandelte sich immerfort unter forchterlichem Donnern, Brausen und Ächzen, als ob tausend Teufel daselbsten ihre Höllenfeuer vor die armen Seelen schüreten. Ich blieb also mausstill in meines Zauberers Sänfte sitzen und befahle meine Seele dem Allmächtigen, dann ich sorgte, daß ein gräßlich Unheil nahete, Krieg oder Erdbeben oder sonsten ein Teufelswerk, das mich bald verderben möchte. Das Lärmen schwoll wiederum an, und ein Fuhrwerk kam die Straße dahergerumpelt, wie ich noch keines jemalen gesehen. Keine Pferd noch Ochsengespann waren vorgeschirret, und doch fuhre es so schnell dahin, daß ich es nicht begreifen konnte. Es donnerte und brüllete, bis ich vermeinte, die Seele müsse mir vor Schrecken zum Leib hinausfahren. Ich verharrete noch in ängstlichem Beben, als abermalen ein solch Ungeheuer vorüberrumpelte, wann gleich in der anderen Richtung. Darinnen vermeinte ich ein Gesicht zu sehen, so starr geradeaus blickte, ohne meiner oder der Gebäude zu beiden Seiten zu achten. Hierauf bedunkte mich, daß alles Lärmen und Getöse, so beständig alles ringsumher erzittern machte, von denen in der Nachbarschaft zirkulierenden Fuhrwerken und Kutschen herrühren müsse.

Nun, gedachte ich, wann ein Ding sein soll, so schickt sich alles darzu. Hatte vordem der Zauberer um sein Leben gebanget, also erginge es jetzt mir. Und sollte ich mich von der zauberischen Maschine fortmachen und Gefahr laufen, daß sie vom erstbesten Fremdling entführt würde, wie es vordem durch mich geschehen? Hierauf besahe ich abermalen die Invention des Schwarzkünstlers und tat dieses sorgsamer dann zuvor. Nun entdecket ich zu meinen Füßen einen schwarzen Stab, so sich in einem Schlitz oder Loch hin und wieder bewegen ließe. Daselbsten er stak, war in Metall geschrieben IN BETRIEB, und zur anderen Seite lase ich GESPERRT. Nach langem Zagen ergriffe ich nun den Stab und bewegte ihn nach links, alsdann wieder nach rechts. Ich verstunde die Worte nicht, dieweil aber nichts geschahe, resolvierte ich, daß die Maschine sicher sein sollte, wann der Stab nach links geschoben wäre, und niemand nicht ehender etwas damit anzufangen vermöchte, als bis der Stab wieder auf der rechten Seite stund. Besagter Zauberer hatte solche Achtsamkeit ohngeachtet aller Ängste vermissen lassen.

Also stieße ich den Stab mit abermaligem Gebet auf die linke Seite und stahle mich aus der Sänfte herfür. Im Zimmer war es warm und wundersam reinlich, aber die Luft roche seltsam und wie von Verbranntem; ich vermeinte, der Geruch möchte von den glühenden Stangen an der Decke herrühren, wann es gleich keinen Herd noch offen Feuer gab. Der Boden war eben wie Holz oder Stein, gliche im Ablick jedoch mehr einem Leintuch oder Teppich. Auf einem langen Borde stunden aufgereiht des Zauberers Bücher, so in Stoff statt in Leder gebunden waren und in mancherlei Farben prangten. Ihr Papier war wunderbarlich fein und weiß, aber dünn und schwach, als möchte es zerreißen, wann dem Leser über der Lectura etwan ein kräftig Niesen ankommen sollte. Die Lettern waren wunderseltsam klein und säuberlich gedrucket, allein zu lesen, was darin geschrieben stund, kam mich gar sauer an. Es war in

London gedrucket, ein anderes jedoch zu Chicago (welcher Name mich meiner Reisen nach Hispanien gemahnete). Dieweil ich die Worte in den Zauberbüchern nicht verstund, vermochte ich auch ihre Lehr nicht zu estimieren. Zum meisten schienen sie der mathematischen Scientia verschwägert, von selbiger ich noch niemalen sonderliche Kenntnus gehabt. Ihre Tituln lauteten *Diamagnetismus* und *Thermistorentechnik* etc., und sie steckten voller Geheimzahlen und Geometria, was aber dies alles bedeutet, mochte der Teufel wissen. Allerdings fand ich daselbsten Bilder, so ich niemalen zuvor gesehen, waren sie doch dergestalt glatt und fein, daß sie ehender dem wirklichen Augenschein als einem Kupferstiche glichen. Ich vermochte darinnen nichts zu erkennen, dieweil mich alles fremd und ohngewöhnlich dünkte, außer einem Finger und Daumen in einem Bild, so sehr groß erschienen, und einer Nadel in einem anderen, so auch sehr groß war.

Auf einer Bank lagen bedruckte Papiere zuhauf, und ich sahe, daß sie von einem absonderlich spiegelndem Glanz waren. Mir aber schiene es ohnmöglich, daß ein verständlicher Mensch seiner Lebtag soviel der gedruckten Worte möchte zu sehen wünschen, um so weniger als solche der trockensten Materia gewidmet schienen. Von einem Nagel an der Wand hing ein großmächtig Pergament, so sich als ein Kalender oder Almanach des Monats April erwiese. Die Wochentage aber waren allesamt verschoben, derohalben ich in nicht geringe Verwirrung geriete, bis ich sahe, daß dies in der Tat Anno Domini 1964 war und der Zauberstuhl mich wie angezeigt befördert hatte. Und ich dankte davor dem Allmächtigen Gott und betete und flehete inbrünstig von ganzem Herzen, daß alles gut ausgehen möchte.

Unterdessen hatte ich mich des Lärmens und Tosens außerhalb ein wenig gewohnet und war nun so kühn, daß ich gedachte, ich könne wohlbehalten aus diesem Zimmer und der Nähe der Zaubermaschine mich entfernen. Also öffnete ich leis die Türe (und was vor eine seltsam Tür das war!) und horchte und spähete hinaus. Vor mir lag ein gedeckter Hof oder ein Hallen mit nackten glatten Wänden und erhellet von den weißlicht glühenden Stangen an der Decken, so aber keine Wärme verbreiten täten. Niemand war zu sehen, aber viele Türen öffneten sich auf den Hof. Ich sahe mich um, die Tür des Zimmers zu merken, wann ich wiederkäme, und gewahrte, daß sie hoch oben die Numero 13 trug, gefertiget aus einer schwarzen Materia. Möchte dieser Zahl, so gedachte ich, kein schlechtes Omen anhaften. Alsdann schlosse ich die Türe, öffnete sie wieder, schlosse sie abermalen und schliche mich endlich durch den gedeckten Hof zu einem Winkel, allwo ich Tageslicht scheinen sahe.

Alsbald gelangte ich zu einem großen Tor, so hinausführet auf die Straßen und wo das Getöse der Fuhrwerk vielmalen lauter donnerte. An der Wand hingen große Tafeln gespicket mit Papieren, Karten, Ziffern und anderen Dingen, so ich nicht mit Mußen betrachten konnte, dieweil eine Tür aufsprang und ein Kerl herfürkam. Er war so absonderlich gekleidet, daß ich laut hätte lachen mögen, wäre ich nicht so sehr in Ängsten gewest. Er hatte lange Beinkleider von heller Farb an, so Ofenröhren glichen und darinnen seine Beine staken, darzu einen kurzen Rock, so ihm kaum das Gesäße bedecket und vorn offen war; item ein Hemde, von selbigem ein Streifen bunten Stoffes hinge. Sein Haar war kurz, als wann er der Wärme halber seine Perucken abgeleget. Er sahe mich an, tat das Maul auf und sagte in einer Sprach, so mich dem Böhmischen gleich bedunkte, maßen ich nichts darvon verstunde, was an dieser Stell wiederholt seie.

Er: »Mih weme doho Blasna sebao, bowe deme ho gbabo Oberstwoi?«

Ich: »Ich bitt' Euch, werter Herr, vermöget Ihr meiner zu verstehen?«

Hierauf runzlete er die Stirn, kehrte sich zurück in seine offene Tür und sprache zu einem andern die folgenden Worte.

»Prschis am bambo ano, mi ho nagonie possadeine, van rosumi nimeschke, won bude mit Kratock wille sebao.«

Der ander: »Watschull metis Karlsin? Harhetn tüflin lid unis besetn; detüfl küret met utjeme.«

Schlag mich der Donner, gedachte ich bei mir, ich kann dahier nicht bleiben, oder wie wollte ich mein Dasein und Vorsatz explizieren, wann sie mich nicht verstunden? Also eilete ich, so leis ich vermochte, zurück zu der Türe Numero 13, öffnete und schlosse sie, bestiege meine Zaubersänfte, schobe die Stange nach rechts und stellete den Anzeiger der Monate auf einen weniger, so mich das allersicherste bedunkte, und drückete den roten Stumpf. Nach einer kurzen Ohnmacht, daselbsten das Zimmer in der Mitten wolkicht und dunkler ward, fande ich mich wieder an Ort und Stell, schobe die Stange zurück und kam herfür. In der Tat zeigte der Kalender den Monat März, und abermalen stahle ich mich durch den Hof. Ehe ich mich zum Tor hinauszupacken vermochte, kam ein andrer, so gekleidet war wie der erste. Ich war dankbar, daß ich mein eigen Haar truge, maßen keiner von denen Kerlen eine Perucken aufhatte und ich nachgehends ermaß, daß alle Leut in dieser Zeit ihr eigen Haar zu tragen pflegten. Er sahe mich an, und ich verneigte mich, kehrete um und ging, von wannen ich gekommen. An der Türe spähete ich zurück, der Mann aber war nicht zu sehen. Eilends bestiege ich die Sänfte, bewegte den Stab und sanne der Sache hin und her, wohin ich mich nun verfügen sollte. Endlich resolvierte ich mich, einige Monat voraus mein Glück zu suchen, stellete den Monatzeiger auf August und fande mich alsbald daselbsten.

Sogleich hörete ich wieder das Getöse, aber weniger laut denn hiebevor, und als ich hinausschliche, sahe ich niemand, ob ich gleich eine halbe Stund wartete. Als ich nun das große Tor zur Straßen wollte öffnen, fande ich es wohlverschlossen, und es wollte um nichts in der Welt aufgehen. Ich hielte davor, daß ich auf einen Feiertag müsse verfallen sein, und also war's: ein Sonntag, wie ich mich anhand des Kalenders der Gewißheit versicherte. Das Haus bedunkte mich eine Universität zu sein, maßen ich in denen Zimmern, deren viele waren, am mehristen Bücher vorfande, so den verschiedenen Scientiae gewidmet waren, wann die trefflichen Professores, deren ich zu meiner Zeit einige kannte, sich gleich würden höchlichst verwundert haben. Da gabe es niederländische und französische und viel englische Bücher, wann es auch ohnmöglich war, darinnen zu lesen, hingegen nicht eines in Latein. Diese Entdeckung mehrete meine Sorgen, dann wie sollte ich mit heiler Haut aus dieser mißlichen Lage herfürgehen, wann ich nicht einmal ein falsche Rollen spielen konnte, wie etwan diejenige eines Reisenden, damit man mich in Ruhe ließe? Wann ich zum wenigsten eine Zeitung finden könnte, so vermöchte ich Nachrichten daraus zu gewinnen, doch wie sollte ich mich der fremdländischen Sprache bemeistern?

Derweilen ich der Sache hin und her sanne, fand ich in einem von denen Zimmern eine große Menge Flugschriften, so sorglich zusammengeleget waren. Ich verfiele nun darauf, aus selbigen Unterrichtung zu gewinnen, und sahe bald, daß ich ein Zeitung oder Relation vor mir hatte, darinnen alle Nachricht gedrucket war, so diese Leute interessieren möchte. Die Lettern waren in langen Kolummnen ausgeschossen, mit langen Linien darzwischen und großmächtigen Tituln darüber. Aber wie hiebevor verstunde ich auch anjetzo wenig, und was ich ermaß, war vollends nur Rauberei und Mord, Unzucht und Kriegsgeschrei. Außerdem sahe ich Kupferstich derselbigen feinen Art, so ich vordem im Buch gesehen und sehr dem Leben gleich waren: von Menschen, so gleichwie Narren da und dorten renneten, von Antlitzen, so mich traurig anschaueten, und von nackten Huren und liederlichen Weibspersonen. Auf einem Blatt war eine pferdlose Kutsche, wie ich auf der Straßen allbereit gesehen. Item lase ich Nachricht aus India, aus China, von denen Moskowitern und den amerikanischen Colonias, und alle schienen nur einen Tag älter als die Zeitung selbsten, so vom Samstag war. Darauf erschrake ich nicht wenig und gedachte bang, unter welch mächtige Zauberer ich gefallen seie, so wissen konnten, was in der weiten Welt vorging, als läge sie gleichsam vor ihrer Türschwellen.

Nunmehr retiriere ich wiederum zu meiner Maschine wie ein Hund in seinen Schlafwinkel, und sanne nach, wessen ich mich zu verhalten hätte. Gar zu gern hätte ich mehrers von dieser Welt gekennet, aber ich wußte um mein Leben nicht, wie ich darinnen sollte umgehen. Da fiele mein Blick auf einen Schriftzug HORIZONTALE BEWEGUNG am Lectorium, und ich bedunkte mich, daß hier ein Mittel seie, wodurch ich reisen oder zum wenigsten ohnvermerkt aus diesem Haus gelangen könnte. Das Stück ließe sich gleich einem Pultdeckel hinwegnehmen, und darunter sahe ich glänzende kleine Platten wie

Kristallfenster im Metall, deren jede quadratweis unterteilet war und rechts wie links zwei kleine Stumpen hatte. Unterhalb der ersten Platte aber war geschrieben METER; unter der zweiten TM, HM; und unter der dritten endlich KM × 1, 10. Die Quadraten der zweiten und dritten Platten waren jeweilen von zehn feinen Linien zerteilet, so feinere Quadraten macheten. Endlich gab es zwei kleine Halbkugeln mit Linien der Länge und der Breite gleich denen Meridianen, und weiters feine Linien, so die Kontinente zeigeten. Die Halbkugel zur Linken war mit dem Buchstaben N versehen, die andere mit dem S, daran man leicht erkennete, daß sie die Erde in Nord und Süd vom Äquator meineten. Diese Halbkugeln hatten alsdann wiederum jeweilen zwei kleine Stumpen. Der linke war signieret mit einem nach rechts verbogenen Pfeil und dem Buchstaben N, der andre desgleichen, doch mit dem Buchstaben O. Ich dachte der Sache nach und sagte zu mir selbsten: Es muß so sein, daß die erste Platte vor die geringste Bewegung ist, die Halbkugeln aber vor die größte seind, so um die Welt gehet. Von denen Stumpen, so dem Gehörn einer halbjährigen Geiß gleichen, versetzet der linke dich nordwärts, wann du ihn gleich dem Uhrzeiger drehest, oder südwärts, wann du darüber drehest; und die Stumpen zur Rechten bewegen dich gen Osten oder Westen. Anjetzo will ich mit diesem großen grünen Stumpf (dann einen solchen gab es ebenso wie einen roten, aber unter denen Platten) ein Exemplum machen.

Also sandte ich abermalen ein Gebet zum Himmel, daß der Allmächtige mich vor aller schädlichen Anfechtung durch diese zauberische Invention bewahren möchte, hierauf drehete ich sehr achtsam den linken Stumpen. Sogleich sahe ich eine kleine schwarze Linie über die Platte hinwachsen. Als sie ein Quadrat Länge erreicht, ließe ich aus, und sie wuchse nicht weiter und stund still. Ich aber druckte den großen grünen Stumpf, und siehe da, etwas stieße an meine Schulter, und ich vermerkte, daß die Maschine um zwei Schuh zur Seite verrückt und ihre Wand in der Zimmerwand gleichsam verschwunden war. Überdem sahe ich ein kleine Scheiben mit einer Nadel unter denen Platten, so mit einem N gezeichnet war und dahero ein Kompaß sein mußte. Die Straße aber war in Nordost, und die Länge oder Breite von einem Meter, so ermaße ich nun, mochte drei oder vier Schuh betragen. Behutsam bewegete ich die Maschine einen Meter ostwärts und hatte also die vierte Wand wieder, worvor ich von Herzen dankbar war. Es verhielte sich also, daß ein Meter in der Sprache dieser Menschen einem Schritt gleich war, wofern die Maschine wahrhaftig von ihnen gemacht war, worvon ich freilich keine Gewißheit hatte. Der Weg aber, den ich bislang genommen, war auf der ersten Platte wie von einem Zauberstift in Schwarz angezeiget.

Demnach, so grüblete ich, müßte ich ersticken, wann ich mit der Maschine eben dahinführe und in einen Hügel geriete, oder aber aus der Höhe herab zu Tode fallen, wann ich ober einem Tal hinauskäme. Wiederum besahe ich den Kreis, so die Höhe anzeigete, und fande darinnen zwei weitere, einen in dem anderen, dessen der äußere mit GROB, der innere aber mit FEIN benennet war. Daselbsten sahe ich auch ein dünnes gläsern Röhrlein, darinnen ein grüner Lichtfunke gleichsam schwebete wie die Luftblasen in der Richtwaage des Steinmetzen, und darunter stund geschrieben METER, OBERFLÄCHEN-INDEX, BLAU = KONTAKT; und ebenmäßige Gradstriche zerteilten die Länge des Röhrleins. Lange gedachte ich dieser Dinge und schlosse zuletzt, daß ich ihre Bedeutung verstünde: FEIN verhieße ein sanftes Auf und Nieder, GROB hingegen ein weites. Sahe ich einen blauen Funken, so galte es zu zeigen, wo die Maschine sich befände und wie fern dem Grün, ehe ich den roten oder grünen Stumpf niederdruckte. Also sollte ich vor dem Tode bewahret bleiben.

Demnach ich mich unter Stoßgebeten und Anrufungen Gottes wie der Heiligen resolviert hatte, versetzte ich die Maschine von dem Gebäude hinaus auf die Straßen, aber jenem so nahe, daß sie nicht Gefahr liefe, von einer Kutschen angeprellet zu werden.

Allhier war das Getöse doppelt greulich, und der Dunst von Verbrenntem, so süßlich und erstickend war, erfüllete die Luft, worvon mich die Übelkeit ankame. Ich sahe keine Menschenseele, aber viele Kutschen rollten schnelle hin und wider, darinnen starr blickende Leute denen Puppen gleich saßen. Ich hielte davor, daß es angezeiget sei, die Maschine nahe einer

Wand zu postieren, was mir mit einiger Mühe gelingen täte. Dieses war kaum geschehen, als ein Schwarm von Kindern des Weges kam und vorbeipassierte. Einer hatte einen Stecken, mit welchem er über die Wand und meine Maschine hinfuhr. Ein zweiter bliebe stehen und blöket, was ich verstunde als: »Guck, ein neuer Kiost, hat Sonntag offen!« Ich kriegte mählich mit der Angst zu tun, aber andre Kinder riefen: »Numachschon, esiss spät!« und sie renneten alle miteinander fort. Nunmehr vermerkte ich drei Kutschen, so müßig an der Straßen stunden. Die Häuser bei mir waren großmächtig und von Stein, allwo aber die Kutschen stunden, waren sie niedrich und von roten Ziegeln. Auch Bäume wuchsen da, und ein jedes Haus besaße ein Stücklein Vorgarten, wo aber nicht etwan Blumen prangeten oder Kohlstrünke ihre nützlichten Häupter erhoben, sondern nur Gras gediehe, so kurzgescheret war wie der Kopf eines Krätzigen. Daselbsten entdecket ich alsbald einen Kerl mit einem blauen Kübel und sahe, daß er eine Kutschen solchermaßen abreibt, als wann es ein schweißiger Gaul wäre. Zu beiden Seiten der Straße ragten hohe Stangen wie Piken von Riesensoldaten, aber von Stein und jeweilen mit einem kleinen Glaskäfig auf der Spitzen, so daß ich gedachte, es möchten daselbst Vögel zur Zierde gehalten werden, wann ich gleich keine sahe. Nachgehends erfuhre ich, daß es offentliche Laternen seind, wessen ich noch vermelden werde. Die Ränder der Straßen waren sauber, öd und eben, es gabe weder Graben noch Wasserlachen etc., darinnen Enten, Schweine und anders Getier sich zu tummeln pflegen, sondern die Straßen war glatt und schwarz und nach der Mitten zu ein wenig gewölbet. Entlang den Säumen, wo hinter niederen Steinen dürftig Gras dahinkümmerte, waren stark vergitterte Löcher gleich den Fenstern unterirdischer Kerker, doch mochten sie bei Regen wohl das Wasser einschlucken.

Als ich mich nun versichert, daß sonsten keine Gefahr bestund, ward ich neugierig zu sehen, wessen der Kerl an der Kutsche sich befleißige. Ich sahe ihn mit dem leeren Kübel zum Haus hingehen, wohl um an einer Pumpen mehrers nachzufüllen, und derweilen er geschäftig war, versetzete ich meine Maschine soviele Meter als ich vor richtig hielte, um zu ihm auf die andere Seiten zu gelangen. Wie groß aber war mein Schrecken, als ich mich auf der Mitten der Straßen sahe, deren Oberfläche auf einer Seiten den Boden meiner Sänfte so übersteigete, als wann dieselbige ein gestrandet Schiff seie. Und schon kam eine Kutschen wie vom Teufel gefuhrwerket auf mich her. Ich gab mich allbereit vor verloren, da aber dürmelte die Kutschen mit einem Kreischen wie von zehen Schweinen, so gemetzget werden, und wiche meiner gestrandeten Sänfte mit einer seitwärtigen Bewegung aus. Hinter der Glasscheiben aber funkelt wahrhaftig ein Teufelsantlitz herfür. Der Kerl mit dem Wasserkübel aber schauete sich um, sahe mich, rennete zum Straßenrand und riefe: »He, wassollas, wassdunsi mitten Dingsda?« Ich verstunde ohngefähr, was er meinete, und da ich mich folgends von meinem Schrecken erkoberte, öffnete ich die Türe der Sänfte und riefe zurück: »Wann Ihr einen Faden oder zwei zurückgehen wollet, so werde ich wohlbehalten hinübergelangen.« Er schiene zu ermessen, was ich wollte, maßen er zu seiner Kutschen zurückeilete und mich von daselbsten anstarrete, als wann ich nicht von dieser Welt wäre. Unterdessen versetzete ich die Maschine einige Meter in seine Richtung und hobe sie mit der Einstellung FEIN genugsam aufwärts, daß der Boden herfürkam. »Wiwimachnsi dass?« sagte er, dann anjetzo war er derjenige, so in Schrecken geriete. Ich gedachte, daß die Maschine diesen Leuten vielleicht unbekannt seie, als sie entweder das Geheimnus eines Schwarzkünstlers sein oder aus einer andren Zeit kommen müsse. Der Mann war von weichem, offenherzigen Angesicht, so mir Vertrauen einflößete. Also schob ich den schwarzen Stab vorwärts, der die Maschinen versperrete, stieg hinaus und sagte ihm, daß ich durch einen wunderbarlichen Zufall von einer anderen Zeit gekommen seie, allwo ich diese Maschine gefunden und mit selbiger umzugehen gelernet hätte, item daß sie einen Menschen von einem Ort zum anderen und von einer Zeit in eine andere zu expedieren vermöchte. Hierauf sagte ich ihm, daß ich seine Sprache schwerlich verstunde, daß ich ihm aber desto leichter folgen könne, wann er bedachtsam spräche.

»Könnsi das Dingda inschattn Beinhaus schdeln?« sagte er und wiese mit dem Finger. Ich schickte mich darzu und versetzete die Maschine Stück vor Stück dahin, allwo er sie haben wollte, und versperrete sie wiederum. »Kommsi rain«, sagte er und öffnete seine Türe, und ich folgete ihm ins Haus.

Herinnen war alles glatt und glänzend und mehrernteils sehr reinlich. Alle Türen waren übermalet, und an den Wänden papierne Tapezerei. Die Luft, so heraussen trüb und rauchig gewest, ob am ganzen Himmel gleich keine Wolken dahinzoge, war wohltemperiert von Seifen und Gewürz. Nachdem der Mann mich in einem Sessel akkomodiert, blickt er mich eine Weile an, worauf er die Hand zu einer Stelle an der Wand erhobe. Unversehens schien ein Licht aus einer Schale, so von der Decken hing. Es war keine Flamme darin und brennete vollkommen ruhig, aber ich konnte auf kein Ursach sinnen, warum es sollte aufgeflammet sein. Ich kann sehen, schiene er zu sagen, daß Sie nicht von dieser Zeit seind (aber ich verstund ihn nur, wann er bedachtsam sprach und ich mir manches hinzudenket, so ich nicht begriffe). »Ich vermute, daß Sie von dem siebzehnten oder achtzehnten Jahrhundert kommen?« Ich erwiderte, daß es das Jahr 1683 seie. Nun stellete er mir eine Menge Fragen, deren ich einige nicht verstunde, andere aber vorgab, nicht zu verstehen, weil ich ihm nicht zuviel Instruktion geben wollte. Aber ich sagte ihm, daß ich vor eine Weil hier zu verbleiben wünschete, maßen ich besorgte, der Zauberer, so die Maschine zu meinem Dorf gebracht, möchte mir übel mitspielen. Und wann ich die Maschine länger daselbst ließe, würde er sich ihrer bald wieder bemächtigt haben, und dann wäre mir alle Gelegenheit zu ferneren Exkursionen genommen. Dann sagte er (in seiner wunderlichen Sprache), ich müsse seine Frau begrüßen, und ginge hinaus, sie aus dem Garten zu rufen. Unterdessen sahe ich nach meiner Maschine, so ungefährdet an der Wand stunde. Hierauf brachte er sein Eheweib herein (eine sehr ansehenliche Frau, wie ich vermerkte, nachdem ich mich der unchristlich dreisten Kleidermode gewohnet hatte), und wir berieten, wie ich allda leben sollte. Es seie keine Frage, daß ich bei ihnen bleiben müsse, sagte sie, und wann ich ihr lieblich Antlitz betrachtete, fiele mir's leicht, ihr beizustimmen. Aber mich bedruckte, wie ich sie darvor entschädigen sollte, und wie ich unbemerkt in

diesen den ihrigen so ungleichen Kleidern in der Stadt herum-
vagieren könnte. Alsdann wollte er wissen, ob ich nichts von
Wert bei mir hätte, davon wir Kleider kaufen möchten. Ich
erwiderte, daß ich nichts hätte, so mir zu Kleidern verhelfen
könnte. Nun frug er, ob ich etwan Bücher, Uhren oder Silber
daheim hätte, maßen solche Dinge in dieser Zeit hohe Preise
erlöseten. Wie der Zufall es wollte, wisse er, wo man diese Art
von Antiquitäten vorteilhaft an den Mann bringen könne. Ich
erkläre te mein Einverständnus und verspreche heimzukehren
und einiges Sach von Wert herbeizuschaffen. Doch wolle ich
bis zum folgenden Tage warten, dieweil es sein möchte, daß
mein Zauberer bis dahin die Suche nach der Maschine werde
aufgegeben haben oder weit fortpassieret sein. Dies war ihm
recht, und sein Weib sagte, sie wolle uns einen Tee bereiten, er
solle mir unterdessen das Haus zeigen. Er aber führete mich
schnurstracks die Stiegen hinauf zu einem Abtritt, so durch
Abwärtsziehen an einer Ketten alle Leibesnotdurft mit Wasser
hinwegspülete. Darneben war ein Kammer, so allein der Reini-
gung des Leibes dienete. Hier fande sich ein Becken mit zweien
Brunnenrohren, daraus sich Wasser ergosse, wann man an
Schrauben drehete. Eines brachte sehr heißes Wasser herfür,
daran ich mich um ein geringes gebrühet hätte, wäre nicht der
Dampf davongegangen. Daselbst gab es noch einen großen
Trog mit weiteren Wasserspeiern und einer zerlöcherten Schei-
ben darüber.

Nachdem ich ferners eine mir zugdachte Schlafkammer
beschauet, begaben wir uns wieder die Stiegen hinunter und
akkomodierten uns zu einem Imbiß. Außer dem Tee gab es
Weizenbrot und Gelee von Gartenbeeren und allerlei Back-
werk. Hernach ging der Mann zu einem Kasten, so abseits auf
einem Tisch stunde, und unversehens brache ein greuliches
Getöne aus dem Kasten herfür, darin ich alsbald ein wüste
Musica erkennete, als wann ein Dutzend Tollhäusler sich etwan
vor Spielleute ausgegeben und zum Tanz aufspieleten.
Gemach, Bruder, gedachte ich bei mir, dies muß ein neumo-
disch Spielzeug sein. Nachgehends aber endigte das höllische
Lärmen, und eines Mannes Stimme drange plötzlich aus dem
Kasten, daß ich von Furcht übermannt ward und aufsprang,

mich in aller Eil zum Haus hinauszupacken. Hierauf disputierte eine andere Stimme vor eine Weile mit der erstern, und die wilde Musica hub von neuem an. Sie erkläreten mir, daß es Musik seie, so viele Meilen anderwärts gemacht werde, wie sie aber in ihren Kasten gelangen konnte, vermochten sie nicht darzutun. Diesen Kasten nenneten sie ein Radio. Folgends besanne der Mann sich wiederum auf seine Kutschen, so er seinen Wagen hieße, und ginge hinaus, ihn des weiteren herauszuputzen. Er sagte, daß der Wagen durch ein inneres Verbrennen führe, und nachdem er eine gute Weil angestrengt gewerket, als wann er sein eigener Knecht gewest wäre, entzündet er den Ofen mittels eines kleinen Schlüssels, so er blos zu drehen brauchte. Er setzete sich hinein und fuhr ihn in seine Remise, selbige er ein Karasch hieße. Er meinete, meine Maschine seie sicherer im Haus, und nachdem er sie mit einem biegsamen Band aus Stahl abgemessen, versetzete ich sie bedachtsam Stück für Stück zur Türe hinein in die geraumige Diele.

Nach einem Nachtessen von kaltem Hammel, den wir mit bitterem Bier aus einer Glasflaschen hinuntergespület, versicheret er mir wiederum, daß ich imstand sein sollte, vor ein Buch oder ein Stück Silber aus meiner Zeit einen guten Preis zu erlösen. Mehrere Pfund Sterling, sagte er, genugsam vor ein Hemd oder deren zwei. Meine Stimmung hobe sich beim ersten Teil seines Satzes, um sodann mit dem zweiten wieder herniederzusinken. Daß ein Buch, so vor einen Schilling zu haben war, dergestalt geschätzet sein sollte, daß es mehrere Pfund erlösen würde, vermochte ich schwerlich zu glauben, und desto weniger, daß man mit einer solch hohen Summa allgemach nur ein Hemde sollte erstehen können. Er aber replizierte hinwieder, daß ein Pfund heutigentages nichts seie. Ich sahe, daß ich mich bei der Exkursion in meine eigene Zeit reichlich würde mit Handelsware versehen müssen. Unterdessen aber gerieten wir in ein Gespräche über den Zustand des Landes. Sie hielten mich vor einen Iren, wie es schiene, was mich außer Fassung brachte, bis ich sahe, daß sie es nicht böse meineten, und zeigeten sich höchlichst verwundert ob meiner Sprache, so sie in der Tat nicht leichter fanden dann ich die ihrige. Derowegen erzählete ich ihnen, daß ich aus einem Dorf seie, so an derselben Stelle stund als ihre Stadt in dieser Zeit. Und ich erfuhre, daß der Name meines Dorfes anjetzo der Name einer Vorstadt seie, daselbst wir uns befänden. Mich bedunkte, daß ihre Stadt gewaltig groß sein müsse, er aber erwiderte, daß sie mit fünfzigtausend Seelen blos von mittlerer Größe seie. Es läßt sich denken, wie ich darob Augen und Maul aufsperrete. Vor diese Leute aber ist eine Stadt nicht groß, so sie weniger als zweihunderttausend Seelen zählet; und dergleichen haben sie eine gute Zahl, dieweil etliche der größten mehr als eine Million haben. Wie das Land soviele nähren und kleiden kann, vermag ich nicht zu sagen, aber wo wir einen Menschen haben, da haben sie deren zehen oder zwölf. Als wir disputierten, erstrahleten mit einem Mal alle Laternen längs der Straßen in hellem Licht, ohne daß jemand sie angezunden. Meine Wirtsleute sagten, das Licht seie aus der Elektrizität, so sie in großen Gebäuden macheten, allda mit Dampf Räder gedrehet würden, oder anderwärts mittels einer Alchimie, so nur bestimmte Eingeweihete kenneten. Diese Elektrizität sendeten sie alsdann durch Drähte viele Meilen weit. Ich wurde schier zum Narren darüber, weil es mir so fremd vorkam.

Lange vor meinen Gastgebern ward ich schläfrig, und sie bereiteten mir das Bett in der Kammer unter dem Dach. Ehvor ich mich aber zur Ruhe niederlegte, überredet mein Gastgeber mich, daß ich gehen und meinen Leib in diesem Trog waschen solle, so er mir vordem gezeiget. Die zerlöcherte Scheibe ober dem Trog war vor einen künstlichen Regen, so unversehens auf einen niederprasselt, wann man einen Knollen von Metall drehet, aber mir gefiele er nicht. Sie waschen sich bald alle Tag in diesen Trögen und nennen das ein Bad. Derwegen wird das Wasser mit derselben Elektrizität, so ihnen nahezu alles machet, was sie wollen, immerfort erhitzet, daß sie sich alldieweil wohlriechend erhalten, woran ihnen viel gelegen, und sich den Ruß und Schmutz abwaschen, so allenthalben in der Luft schwebet und Ursach ihres Gestankes nach Verbrennetem ist.

Anfangs hatte ich aus Ursach des immerfort andauernden Getöses von denen Kutschen ein unruhig Nacht, so der Schlaf mich flohe, doch erwacht ich endlich doch zur gewohnten Stund. Von meinen Gastgebern war kein Laut zu vernehmen, und auch heraußen war alles still, was mich sehr seltsam dünkte. Da gedachte ich meines Vorsatzes und resolvierte mich, daß dies die rechte Zeit sein möchte, sicher und ungestraft heimzukehren, der verkäuflichen Dinge an mich zu nehmen, was ich vermöchte, und hieher zu schaffen. Ich hängte meine Schuh an den Gürtel, damit man mich desto weniger trappen hörete, und verfügete mich die Stiegen hinunter. Bald hernach hatte ich die Türe aufgebracht, sperrete die Sänfte auf und besanne mich, daß ich zum April zurückkehren sollte. Derohalben justieret ich die Ziffernblätter vor den Monat und das Jahr meiner Abkunft. Dann sahe ich den grünen Funken in der Röhre steigen, so die Höhe angezeiget, bis er etwan drei Meter erreichte; darunter aber war blauer Schein. So ermaße ich, daß ich daheim unter dem Wiesenbuckel oder nahebei herfürkommen sollte. Alsdann studiert ich die Platten zur genauen Abfahrung und drehete die Stumpen, bis die Linien sich daselbst befanden, wo ich angefangen, und der grüne Funke sank herabwärts und schluckete den blauen. Nun versuchet ich mein Fortun mit dem roten Stumpf, und alles war gut, dieweil ich mich daheim auf der Gasse vor der Scheuer befande, von wannen ich gekommen. Aber mir war, als wann ich einstmals in diesem Augenblick gewest, und in meinem Kopf ging es um gleichwie in einem Rausch. Hierauf gewahrte ich, daß es nicht trüber Morgen war, sondern hellichter Nachmittag; und ein Vogel, den ich auf einem Zweig nahebei gesehen, saße daselbsten wie hiebevor. Endlich vermerkt ich, daß ich zu selbigem Augenblick zurückgekehret, so ich die Sänfte entführet, und daß mein Zauberer sich just durch die Gassen fortbegeben hatte und augenblicks wiederkommen konnte. Ich hatte die Ziffernblätter vor Tag und Stunde vergessen. Sogleich drehete ich sie elf Stunden zurück zum frühen Morgen des Tages, so er noch nicht dagewesen.

Als ich den roten Stumpf drückte, sahe ich mich in grauem Morgenlicht. Noch niemand war auf den Beinen, und behutsam bewegete ich die Maschine die Gasse hinunter zu meinem Haus, so zugesperret und verriegelt war. Alsdann versetzet ich die Maschine in die große Stuben und schliche im Finstern herumber, bis ich mein Weidmesser, ein hohen zinnern Krug, einen solchen von Silber, ein Schnupftabaksdosen, meine treffliche Taschenuhr, eine Schalen von Glas, zwei geistliche Bücher, drei Flugschriften mit satyrischen Versen sowie den Band, so vor zwölf Jahren erschienen, darinnen Mr. Sympkins von seinen Reisen berichtet, beisammen hatte. Nun aber kame mir bei, daß ich mir den Bart würde balbieren müssen; derwegen ging ich mein bestes Rasiermesser suchen. Und anjetzo wußte ich auch, wer es gewest, so in jener Nacht all diese schätzbarlichen Dinge aus meinem Haus hinweggetragen, und daß der Zauberer es nicht getan. Ich stecket alles in einen alten Sack, nur meine Schnupftabaksdose und die Schale wickelt ich in weichen Stoff und tate sie in ein kleinen Kasten. Alles zusammen stopfet ich sodann mit einiger Mühe in die Sänfte und schickte mich allbereit an, von meinem Hause abzuscheiden, als ich mich der Zeit besanne und gedachte, wann ich zu selbiger Stunde schlafend im Bett gelegen. Also grübelte ich, ob ich nun in meinem Bett seie, oder aber dahier, wo ich stunde. Maßen es mir ohnmöglich schiene, mich in dieser Sache zu resolvieren, stahle ich mich hinauf in meine Schlafkammer, zu sehen, ob meiner Selbsten dort seie. Ein wenig Tageslicht schiene allbereit herein, und daselbst lage ich im Bett, das Haar ganz zerstrobelt, und schnarchete die Wände an. Aber es war ein Flimmern über allem, so man an heißen Tagen über denen Feldern siehet. Mir ward kalt wie Eis, ein Gänshaut überliefe mich, und ich hörete mein Herz pochen, als wollte es sein Behältnus aufsprengen. Und ich spürete, wie meine Leibsgestalt (meine eigene, darinnen ich sozusagen stecket) zu jenem Selbst im Bett hingezogen ward, gleichwie ein Eisenkorn zu einm Magnetstein gezogen wird. Nach einer kleinen Weil regte sich mein schlafendes Selbst, wälzet sich grunzend als wie ein Sau herumb und stöhnet »Ischhh« oder etwas dergleichen. Ich stürzet zur Kammer hinaus, und es war so, als wann ich gegen ein kräftigen Wasserstrom watet. Mit Gepolter rumpelt ich die Stiege hinunter, kroche bebend in meine Maschine und packte mich in aller Eil zum Haus hinaus. Bei Tageslicht brachte ich es sodann zuwege, den Morgen des nächsten Augusttages 1964 zu stellen und hinwieder vor das Haus meiner Gastgeber zu gelangen. Als ich die Maschine zur Türe hinein bugsierte, stieße ich allda einen Kasten um, aber mein Fortun bliebe mir hold und niemand erwachete. Und ich warf mich in meiner Sänfte auf die Knie (wobei ich mir das Schienbein aufschluge und den Ellbogen blutig schrammete), erflehete in Demut die Vergebung des Allmächtigen, so ich mit solch unnatürlicher Reise gegen Seine Gesetze sollte mich vergangen haben, bate Ihn eindringlich, mich vor den Fallstricken des Teufels zu bewahren, und schwur des Henkers Großmutter ein Bein ab, daß ich mich dergleichen Vorwitz künftighin enthalten wollte.

Es war die Stunde, da ich aufgebrochen; aber mir war am Alleinsein niemalen weniger gelegen als anjetzo, und ich besorgte, daß noch geraume Zeit verstreichen möchte, bis diese Langschläfer aufstunden. Derohalben stellete ich das Stundenziffernblatt um zwei Stunden vorwärts. Und siehe da, sie waren auf, hatten meiner gemisset und liefen in ihren Nachtgewändern hin und her und vermeineten, ich seie vor immer auf und davon. Ich beruhigete sie und sagte, daß ich in meiner eigenen Zeit gewest, um Handelsware herbeizuschaffen. Alsdann bate ich sie, daß sie mir gleiches niemalen wieder abverlangen möchten, maßen ich es um nichts auf der Welt noch einmal tun wolle, bis ich endgiltig heimkehren würde, und wann man mir alles Gold Indias verheißen wollte. Darauf sagte die Frau, daß ich aussähe, als ob ich soeben ein Gespenst gesehen, und ich erwidert ihr, daß ich wahrhaftig eins gesehen: mein eigen Selbst. Mehr wollte ich nicht sagen, aber ich gedachte, welchergestalt es wohl ausgegangen wäre, wann ich von meinem andern Leib wäre eingesauget worden?

Hernach balbierte ich mich mit meinem Rasiermesser, und der Ehemann liehe mir Kleider, so ich anlegte, um nicht vor eine Erscheinung angesehen zu sein, wo ich ging und stunde. Die Dinge in meinem Sack wollte er vorerst nicht beschauen, dieweil er, wie er sagte, zur Arbeit müsse, allwo er mir werde sagen können, wieviel vor meine Ware zu erlösen seie. Wir drei genossen ein vortreffliches Frühstück von zerdrucktem Habern und Roggen, so nicht gemahlen war, mit Milch genossen und Frühstücksspeis genennet ward; sodann gabe es ein großen

Topf Kaffee, so aber zu dick war, maßen sie ihn mit warmer Milch aus einer Flaschen mischeten; item gebratenen Speck mit Eiern sowie Scheiben gerösteten Weizenbrotes mit frischer Butter und einem Mus von Pomeranzen, so sie darauf strichen.

Nicht lang darauf hieße der Mann mich neben ihm in seine Kutschen steigen, tate meinen Sack und Kasten auf die rückwärtigen Plätze und schnallet mich und sich selbsten in ein Geschirr, daß wir nicht umhergeschlaudert würden, und fuhr die Kutsche zur Mitten der Stadt. Das tobende Lärmen, die andern Kutschen (es waren deren Hunderte) und das Gewimmel der vielen Menschen, so wie vom Teufel Besessene hierhin und dorthin durcheinanderrenneten, waren mir Ursach zu neuerlichen Schrecken. Diese wären ohn Zweifel noch ärger worden, wäre in meinem Leib nicht ein seltsam Gefühl erstanden, das mich an ein Seefahrt gemahnete, schiene es doch, daß ich von einer Seite zur andern und wieder in den Sessel gestoßen ward. Dies gab meinem Magen Ursach zu sonderlichem Unbehagen, desto mehr als in der Kutschen etliche süßlichte und erstickend schwere Gerüche wider einander um die Vorherrschaft stritten. Wir fuhren am langsamsten von allen Kutschen oder Wagen, dahero ich beständig andere vorübersausen sahe, worvon mir angst und bang ward. Neben diesen gab es großmächtige Frachtfuhrwerke, so dichten schwarzen Qualm ausstießen und brülleten als der biblische Behemoth, und ferner ohngewöhnliche geraumige Kutschen mit zwei Geschossen. Sie waren rot bemalet und voll von Menschen wie Sklavenschiffe. Mein Gastgeber sagte (soweit ich ihn im Getöse verstund), daß es offentliche Kutschen seind, Busse geheißen, und jeder, dafern er mitfahren wolle, müsse darvor bezahlen. Von vielen Wagen funkelten hier und dorf Lichter herfür, zu zeigen, wie er sagte, was sie zu tun gedächten. Als alle Wagen in ein groß Gedränge gerieten und stille stunden, sahe ich riesengroße Bilder am Straßenrand, in bunten Farben grell und ohne Kunstfertigkeit gemalet, hatte jedoch nicht Gelegenheit, ihn zu fragen, was sie bedeuteten. Auf einem großen Platz voll von Wagen verließe er den seinigen, nahme mich beim Arm und führete mich ein gutes Stück des Wegs vorüber an langen und hohen Fenstern, dahinter alle Arten Waren zum Verkauf feilgehalten wurden, und zuletzt in seinen Laden, allwo er und andere Hausrat und Bücher (aber in Leder gebunden, nicht wie jene, so ich in der Universität gesehen) sowie vielerlei Tand und Silbergeschirr verkauften. Er besprach sich mit einem anderen und führete mich sodann in ein Hinterzimmer. Nun bate er mich, Sack und Kasten aufzutun. Erstlich schauete er in meine Bücher, zuvorderst in den Band der Reiseberichte. Ich sahe seine Augen begehrlich funkeln, als er den Titul lase und der Seiten etliche wendete, dann eilete er in einen Winkel, allwo er einen Schreibsekretär und Haufen von Papier und Schreibgerät, gleichwie mehrere abgegriffene Schwarten in einem Durcheinander liegen hatte. Er schlug da und dorten nach, kam zurück und murmelte zu sich selbsten: »Auch nicht im Wing« (was immer er damit meinete). Nun sahe er mich an und sagte, er wolle mir fünfzig Pfund darvor geben. Ich war nachgerade willens, auf sein Angebot einzuschlagen, vermerket aber wie er sich vor Begehrlichkeit die Lefzen schlecket und mit der Hand zittert. Dahero beriete ich mit mir und sagte: »Es bekümmert mich, lieber Herr, aber dieser alte Gefährte und Freund ruhsamer Stunden ist mir nicht feil. Ich könnte mich niemalen von ihm trennen, es sei denn vor dreihundert Pfund.« (Dann ich wußte nun, daß diese Pfunde allhier nicht weit langten.) Darob lachte er hohnvoll, aber wir verfielen auf Feilschen und wurden zuletzt mit hundertfünfundsiebzig Pfund handelseinig, doch mußte ich noch eine Flasche guten Weines darzuschlagen, so ich daheim mit in den Sack gestecket. Gleichwie nun aber das Buch verkauft seie, sagte er, könne ich Sympkins' Worte vor mich bewahren, dann er habe ein wunderbarliche Maschine, so genaue und treffliche Bilder von allem zu machen imstand seie, was man hineinlege, und dies in einem Augenblicke. Er nennete diese Maschine eine Zerocks. So viele Seiten als das Buch habe, sagte er, würden freilich ihre Zeit kosten. Nachgehends aber könne ich diese Bilder der Buchseiten in losen Blättern mit mir nehmen.

Vor den Rest der Bücher und Traktate einigten wir uns auf einige Dutzend Pfund jeweilen, aber mehr vor das Silber und Glas, und am mehristen vor meine Schnupftabaksdose. Auch das Weidmesser, so eine gute Klinge hatte, wollte ihm sehr gefallen. Am End war ich genugsam reich vor einen langen Aufenthalt, so versichert er mir, doch müsse er zuvorderst sein Geld von einem Haus abziehen, da er es hingeliehen habe, und das wolle er selbigen Tags tun. Sodann riete er mir, daß ich stille in diesem Hinterzimmer verweilen sollte, dieweil er im Laden geschäftig seie. Zuvor aber zeigete er mir die Zerocks, so einem mit Glas bedecketen Bottich gliche, darinnen jedoch nichts als Stücke von Metall, Drahtrollen und ein grünes Licht zu sehen war, so kam und wieder ginge. Er gab mein Buch einem anderen und bate ihn, gut acht darauf zu haben. Das Licht ginge immerfort an und aus, und an einer Seite kamen die bedruckten Blätter herfür.

Mein Gastgeber überließe mir ein in sehr kleiner Schrift auf dünnem Papier gedrucket Wörterbüchlein, ferner ein Weltatlas in Duodezformat, sowie die Zeitung, die er am Morgen in seinem Haus vorgefunden, aber noch nicht gelesen hatte. Da gab es vieles, so ich nicht verstunde, doch erfuhre ich daraus, daß es anjetzo große Staatengebild in Amerika, Afrika und Asia gibt, item einen antipodischen Kontinent, so Australia genennet, und einen öden Kontinent um den Südpol. Zwischen diesen Ländern durchpflügen Schiffe die Meere, und ein jeder kennet der Händel und Geschäft aller anderen. *Terra Incognita* schiene es keine mehr zu geben, nachdem nahzu alle Welt kartieret war. In der Zeitung lase ich, daß Männer und Frauen schwimmend den Ärmelkanal bemeisterten, ohne daß jemand sie darzu zwungen; waren sie gleich keine Riesen, so waren sie doch Riesen an Kraft.

Zur Mittagszeit, so er nach einer wunderseltsam kleinen Uhr kennete, welche von einer Kette aus Metallstücker an seinem linken Handgelenk gehalten ward, führete mein Gastgeber mich zu einem Speisehaus. Männer und Weiber und sogar etliche Kinder stunden allda in langer Reihen und warteten, um, sobalden sie vorgerucket, nach dero Belieben allbereit zugerichtete Speisen von einem langen Buffet zu nehmen und an einer Kassa am Ende zu bezahlen, allwo es auch Messer und Gabeln und Löffel auszuleihen gab. Sodann trugen alle ihre Speisen zu kleinen Tischen, um sie dorten in aller Eil hinabzuschlingen. Ich verstunde noch wenig außer dem, so mein Gastgeber und sein Weib bedachtsam zu mir sprachen, dahero saße ich als wie ein Fremder in einem fernen Land. Aber es nahme mich wunder, daß sich unter der großen Zahl von Menschen, so allenthalben und gleichwie Ameisen in der Stadt umherrenneten, niemand sollte finden lassen, im Speisehaus das Essen aufzutragen. Hierauf geleitet er mich zu seiner Bank, dem Haus, allda er sein Geld hingeliehen. Er sagte ihnen, er wolle von seinem Geld ein anderst Konto einrichten, so er Antiquitätenkonto zu nennen die Ehr habe, und ließe folgends die in unserem Handel verabredete Summa dahin übertragen, doch geschahe alles blos auf dem Papier, mit viel Geschreibsel und Unterfertigungen. Nebenbei sagte er mir, daß er nicht wage, mich zu seinem Kunden dieses Bankgeschäftes zu machen, maßen er besorgte, daß zu viele Fragen gestellet würden, wann ich aber so dabeistünde, würden sie denken, ich seie sein Bediensteter. Alsdann zog er zwanzig Pfund vor kleinere Ausgaben herfür, etliches darvon in Münzen, zum meisten jedoch in Papier, und behändigte es mir. Ich wähnete mich genasführt, maßen ihre Pfunde nichts als Fetzen Papier mit grünen Bildern darauf seind; doch er versichert mir auf seine Ehr, daß man darvor Waren im Wert von einem Pfund bekomme, und so verhielte es sich in der Tat (wann mit einem Pfund gleich herzlich wenig zu erlösen). Hernach führete er mich in eine Schneiderwerkstatt, allwo die Röcke, Hosen und Mäntel allbereit fertig hingen, und kaufte etliches an Wäsche und einen Anzug mit Rock und Beinkleidern. Vor all dies bezahlte er mit einem Büchlein von Papieren, deren er eines beschriebe und herausrisse. Er nennete es einen Scheck auf das neue Konto und ließe mich sehen, wieviel es gekostet. Es war eine große Zahl von Pfunden, deren ich noch nicht gewohnet war.

Als wir nachgehends zu seinem Laden zurückkehreten, war es halber vier. Ich verbrachte die nächsten drei Stunden mit Studien, ferners beschauet ich die Zeitung, kam aber nicht viel weiter. Am Abend endlich fuhre er mich mit dem Wagen wieder zu seinem Haus. Als ich dort bei der Türe stunde, sahe ich einen Meteor am blauen Abendhimmel und beobachtet ihn. Er zog gemächlich ein weiße Bahn, wie ich meiner Lebtag niemalen gesehen, aber mein Gastgeber schauete kaum hinauf und meinete, das seie ein Kondensstreifen, woraus ich nicht klüger ward. Bald aber erhobe sich ein Grollen und Brüllen in der Ferne, und in einem andern Teil des Himmels erschiene ein Ding gleich dem Vogel Greif, doch schluge es nicht mit den Flügeln. Er sagte, es seie Wiedereinflugzeug, und gabe mir zu verstehen, daß Menschen darinnen reiseten. Sie würden auf diese Weise an einem Tag nach Amerika gelangen, und der Antrieb seie die gleiche Art von innerer Verbrennung, so er in seinem Wagen habe.

In seinem Haus wurden wir von der Frau freundlich willkommen geheißen, indem sie jedem von uns ein Glas Sherry-Wein darbote, so ich mit Freuden annahme, unangesehen es sehr klein war. Indessen sie ein Mahlzeit bereitete, machete er sich über ein Guckkasten mit ein Fenster darinnen her, und in dem Fenster scheinet ein Bild auf, so sich immerfort beweget und verändert, akkompagnieret von Musica, allerhand Geräusch und Geplapper, als wann es eine Komödie in ein Zwergleintheater seie, aber alles war grau mit einem bläulichten Schimmer, und das Auge fande schwerlich Ruhe; wann es eben begonnen, sich des Bildes zu gewohnen, war dieses allbereit verschwunden, und ein neues gauklete an seiner Stelle. Erstlich waren Neuigkeiten zu sehen, sodann aber vernehmlich allerlei Narretei. Auch dies haben sie in allen Häusern vermittels der Elektrizität. Ich machete ein Bündel aus meinen alten Kleidern und tat dieses in die Maschine, so von meinem Gastgeber mit einem großen Plachen zugedecket ward, damit sie nicht von törichten Händen traktieret würde oder Anlaß zu allerlei Geschwätz gäbe.

Über der Mahlzeit und hernach (wann sie nicht in den Guckkasten mit dem Fenster schaueten, so sie ein Diewie nennen) diskutiereten sie mit mir über den Zustand der Welt. Es wäre zuviel der Umschweifigkeiten, hochgeehrter lieber Leser, wann ich es auf mich nehmen wollte, aller Erlebnisse zu gedenken, so mir im Fortgang dieses Abenteuers widerfahren. Gleichwohl möchte manch einem die Frage im Kopf umgehen, welchergestalt diese Leute recht eigentlich seind, unter die ich gefallen; und gleichwie es mich viele Wochen gekostet, bis ich ermaße, wie weit es mit der Menschheit gekommen, will ich nachgehends versuchen, ein kurze Abhandlung darvon zu machen. Sie sprachen viel von der Ungebührlichkeit der Jugend, so ihnen ein neuartig Ding zu sein bedunkte, mir aber schiene diese Ungebührlichkeit eine Frucht des Wohllebens und Müßigganges zu sein. Es gab allhier keine widerspenstigen armen Lehrjungen, so von ihren Lehrmeistern mehr Prügel als Brot empfangen; schon als unreife junge Bürschlein verdieneten sie ohne viel Mühe gutes Geld. Leicht und ungezügelt ist auch das Leben von dero Kindern (wiewohl die Schule ihnen oftmalen hart zusetzet, wie ich noch berichten werde); worin die Ursach aller anderen Ärgernis zu suchen. Sie werden nicht zu Gehorsam und Gottesfürchtigkeit erzogen, sondern, wie ich fande, zu Unehrerbietigkeit und Aufsässigkeit, dahero es kein Wunder ist, wann sie ihrer Eltern schon im zarten Alter spotten und schmähen. Dies alles aber hat seinen Ursprung in denen Weibspersonen, so nicht dem Ehegemahl und *pater familias* untertänig seind, nicht einmal vor dem Gesetz, sondern ihm in allen Dingen gleich. So nehmen sie alle Art von Arbeit an, maßen sie so gut geschult sind als die Männer und im gleichen Staat und Aufputz einhergehen, ob sie reich oder arm seind, und überlassen es ihren Kindern, sich selbsten aufzuziehen, so daß viele ohne Anleitung und Aufsicht heranwachsen, gleichwie man es bei den Tieren siehet. Statt der Erziehung ihrer Kinder zu gedenken, ergeben sie sich aller Arten von Narretei und Torheit und gehen auf Männerfang, wie ich einem Journale entnahme, so in Farben gedrucket und insonderheit vor die Weibspersonen gemachet war. Sie gehen mit bloßen Beinen oder ziehen feine enge Strümpf darüber, und es ficht sie keineswegs an, die Schenkel ober den Knien zu zeigen, wann es nur geeignet seie, die Männer mit dem Anblick in wollustige Anfechtungen zu stürzen. In jenem Journal sahe ich unzüchtige Bilder jeglicher Art, doch sagte mein Gastgeber, diese wären bei weitem nicht so unanständig als man in Journalen finden könne, so für die Männer gemacht. Was den Männerfang angehet, so werden Ehen nicht nach dem Willen und Darvorhalten der Eltern geschlossen, sondern gemeiniglich allein nach dem (allzu oft gar flüchtigen) brünstigen Verlangen der Liebesleute, wann sie nicht gleich vorziehen, im sündhaften

Konkubinat zu leben. So rasch dies Verlangen in der Ehe erlöschet, maßen kein andere Gemeinsamkeit vorhanden, also leicht ist hernach die Ehescheidung, von welcher dann auch zu viel Malen Gebrauch gemachet wird. Religion hat zu alledem wenig zu sagen, weil die Menschen am mehristen gottlos seind. Sie predigen der Toleranz Lob und meinen ihre Gleichgültigkeit, und ob es gleich Kirchen gibt, so gehen nur wenige hinein. Dahero haben sie nichts, darvor zu leben ihnen Glück und Inhalt wäre, und sie trachten nur, soviel zu bekommen, als sie kriegen können, seie es Vergnügen oder Geld.

Bei alledem erfreuen sie sich eines leichten und sorglosen Lebens. Ich sahe wenig Kranke, Schwachsinnige und Krüppel auf den Straßen, und Skrofulose, Wechselfieber, Pocken und was der Seuchen mehr seind, haben allen Schrecken gänzlich verloren, da man die Befallenen alsbald heilen kann. Den geneigten Leser möchte es sauer ankommen, dies zu glauben, doch ist es dennoch wahr; wie es auch wahr ist, daß schwerlich ein Kind stirbt, ehe es das Erwachsenenalter erreichet. Gleichwohl sind die Wohnungen nicht voller Kinder, dann man hat Mittel gefunden, daß die Frauen nicht empfangen, es seie denn, sie wollten es. Dies schiene mir des Teufels und eine gottlose Invention, so der verwerflichsten Unzucht und Wollusten Vorschub leistet, die Leute aber finden nichts dabei, ausgenommen die Papisten und wenige andere. Alle Männer und Frauen seind des Lesens und Schreibens kundig und machen Gebrauch darvon, seie es auch nur vor das unchristlich Glücksspiel, so sie Lotto nennen und worzu sie jede Woch ein Papier mit Kreuzlein bemalen und mit dem Wetteinsatz einhändigen, sowie auch vor die Lektüre deren Plakatanschläge und Anzeigen, so sich allenthalben finden und den Leuten einreden, welche Waren sie kaufen und wohin sie darzu gehen müssen. Auf den Wegen und Feldern gehet man sicher und ohne Furcht vor Strauchdieben und Mordgesellen, also daß Diebstahl, Gewalttat und niedrigster Mord wichtigste Neuigkeit in denen Zeitungen seind; aber sie schlachten einander mit ihren Wagen ab, maßen dieselben schneller fahren als die Menschen sie zu lenken vermögen. Darneben leben sie alle zu jeder Zeit unter dem Damoklesschwert einer Vernichtung vom anderen Ende

der Welt, und zwar durch die obgemeldten Wiedereinflugzeug, oder ein Artillerie, so viele tausend Meilen schießen und
mit einer Kugel ein halbes Land verwüsten kann, wie sie mich
glauben machen wollten.

Sie haben eine Königin, doch ist die Macht der Krone vorlängst dergestalt vermindert, daß die Monarchie nur von der
Gnaden des Parlaments und durch die Treue des gemeinen
Volks fortlebet, so sein Vergnügen an den Vanitäten des höfi-
schen Prunkes findet. Dies ist desto mehr zu verwundern, als
ein Dritteil aller Einkunft im Lande dem Steuereintreiber zufal-
let, wie man es zu meiner Zeit niemalen gehört. Jeglicher Mann
und (was schlimmer ist) jegliche Frau gleich welchen Standes,
ob er oder sie auch noch so unwissend seind, hat das Wahlrecht
vor das Parlament, die in dasselbige gewähleten Abgeordneten
aber scheren sich nicht um die Promessen, so sie hiebevor
gemachet, als sie die Gunst der Wähler erbuhleten, sondern
stimmen im Parlament, wie ihre Oberen ihnen befehlen. Der
wahre König des Landes aber ist das Geld, maßen die großen
Kaufleute, Grund- und Manufakturbesitzer nach Belieben verfahren. Die Arbeiter wiederum sinnen auf die Verbesserung
ihres Loses, und wann es ihnen allzu sauer ankommen möchte,
bewegen sie ihre Zunft zu einer Order, daß alle, so ihr ange-
hören, das Werkzeug niederlegen und fortpassieren und sollte
es gleich Monate dauern, bis Ihr Verlangen befriedigt ist. Die
Zunft zahlet ihnen unterdessen den Unterhalt. Unter alledem
aber müssen die übrigen Leute Einbuße erleiden, dieweil nichts
getan wird und die Preise nachgehends hinaufgetrieben werden.

Haben sie in ihrem Dasein gleich genugsam zu besorgen, so
verstehen sie sich trefflich auf die Kunst, mehr auszugeben als
sie einnehmen, und besser zu leben als man ihnen füglich
zubilligen möchte. Sie haben sich der Sauberkeit und des sat-
ten, friedfertigen Lebens so gewohnet, daß sie des geringsten
Schmutzes oder der nützlichsten Maulschelle ein groß Aufhebens machen. Ihr Gesetzbuch kennet keine Todesstrafe, sei es
durch Verbrennen, Vierteilen, Köpfen oder Ertränken, vom
Henken und Pfählen zu schweigen. Auch gibt es keine Körper-
strafen wie Brandmarken und Auspeitschen, und Übeltäter

werden nicht einmal an den Pranger gestellet. Die niederträchtigsten Spitzbuben und Mordgesellen kommen gemeiniglich mit einem längeren Aufenthalte im Gefängnus darvon, und selbiger wird ihnen mit allerlei Kurzweil zu Leibesertüchtigung und Unterhaltung versüßt, so daß manch einer sich wünschen möchte, er seie im Gefängnus, so er nicht hungern noch frieren brauchte. Wann viele Bürger auch besorgen, daß die Gewalttaten überhand nehmen könnten, habe ich doch zu Zeiten meines Aufenthaltes niemalen ein Raufferei, einen Auflauf oder auch nur einen Betrunkenen gesehen, so im Rausch hätte Unflat und Beleidigungen umhergestreuet. Auch sahe ich niemalen einen Bettler und nur wenige, so arm oder von Krankheit ausgezehret schienen.

In Wahrheit seind sie ein gesetzt und phlegmatisch Volk, so nicht leicht zum Lachen oder Weinen neiget und kein heftige Leidenschaft kennet. Seie es von ihrer Vielzahl, von der rußichten schlechten Luft oder von der großen Eil, in der sie zu und von der Arbeit laufen, in ihren Antlitzen siehet man viel saure Unzufriedenheit, und ihrer Nachbarn achten sie wenig. Fürsorglich aber hegen sie ihre Lieben daheim, und mitleidenlich helfen sie Kranken und Armen in fernen Ländern, wann ihnen ein Hilfersuchen zu Ohren kommt. Was ihr Fehden angehet, so seind sie aller Waffen ledig, maßen es bei Straf verboten, ein Degen, Terzerol oder Musket zu tragen, wann es gleich genugsam Strauchdieb und anderst Gelichter gebet, so dergleichen Verbot mißachten und hier eine Bank und dort ein Handelshaus berauben, um ohn sonderliche Gefahr im Nu ein Vermögen zu erraffen. Ehrenhändel hingegen kennen sie nicht, und ist einer ernstlich beleidiget worden, so laufet er zum Rechtsanwalt, damit selbiger ihm Genugtuung verschaffe, worvon gar viele Jurister ihre Fortun machen.

Daß sie mit der Zeit so weich und friedfertig worden, rühret vielleicht von dem Wohlleben her. Wann sie Licht oder Heizung oder etwan ein Herdfeuer wollen, bedarf es jeweilen blos einer Handbewegung, und sie haben's; dies alles ist freilich nur vor gutes Geld zu haben, und etlichmal im Jahr, sagte mein Gastgeber, kommet ein Faktura, darvon ihnen die Haar zu Berge stehen möchten. In einer Truhen, so auch in der Som-

merzeit ganz wunderseltsam innerlich mit Eis und Reif ver-
krustet, behalten sie ihre Fleischwaren über Wochen hinweg so
frisch, als sie vom Metzger kommen, und wann es sie gelustet,
mit einem Freund zu sprechen, so anderwärts lebet, haben sie
eine Maschine in ihren Häusern, an selbiger sie Zahlen drehen,
deren jegliche Person eine zu eigen hat, und folgends mit dem
andern sprechen und ihn hören, als wann er in der kleinen
Maschine verborgen säße. Dies alles aber kommt von ihrer
wundersamen Elektrizität, so ihrer aller Dienerin ist. Hingegen
gibt es schwerlich einen Knecht oder ein Magd, und alles Haus-
gesind ist rar. Die Ursach darvon ist, daß wenige bereit seind zu
dienen, viele aber voll Hoffart und Eigendünkel umhergehen,
wann sie auch nichts gelernet. Die Allerreichsten, so sagte mein
Gastgeber, erkennet man daran, daß sie ein Diener und anderst
Hausgesinde haben.

Sie kaufen und verkaufen in einem fort, und allerwegen
glauben sie, daß ihnen noch diese Maschine oder jenes Zeug
fehle, und wann sie zu Geld kommen, eilen sie hin und kaufen
es; unterdessen aber sind allbereit neue Wünsche in ihnen
erwachet, so erfüllt sein wollen, und es verlanget sie nach
anderem. Die Ursach von alledem ist, daß sie von den Dingen
besessen seind und ohne sie nicht mehr leben können. Ja, es
gebet Menschen, die sich das Terzerol an die eigne Stirn setzen,
maßen sie lieber tot als ohne ihre Dinge sein wollen. Darum
auch ruhen ihre Hände und Maschinen niemalen im Herstellen
von Dingen, und ihre Häuser seind so voll darvon, daß es
mehrer Fuhrwerke bedürfte, alles fortzuschaffen. Um die vielen Dinge und Maschinen aber hervorzubringen, seind aller
Arten von Materia vonnöten, so sie teils von fernher, teils aus
dem Lande selbsten herbeiholen. Derowegen ist das Land um
die großen Städte öd und häßlich, die Luft voller Rauch und
pestilenzialischem Gestank, das Wasser der Bäche und Flüsse
stinkend und trüb. Bedenke ich es recht, so ist es eine große
Armut, wann der Mensch vieler Dinge bedarf; dann er bewei-
set dardurch, daß er arm ist an Dingen des Geistes.

Die Herren der Welt, so sagte mein Gastgeber, seind in dieser
Zeit Amerikaner und Russen, so die Artilleria haben, deren ich
hiebevor erwähnet. Außerdem kommen von jenen Ländern

die Inventionen von Maschinen und Raketen, so sie zum Mond und den Planeten Mars und Venus entsandten und nun Bilder und Neuigkeiten von ihren Reisen zurückschicken; und so dünkt mich, daß es bald dreihundert Jahre und ausländischer Inventionen bedurfte, um Mr. Drydens schmeichelhafte Verse zu erfüllen:

> Dann wollen wir zum Saum der Erde gehn,
> Und schau'n, wo Meer und Himmel sich vereinen;
> Dort werden wir zu Nachbarwelten späh'n,
> Erfreu'n uns an des Mondes Scheinen.

Beide Länder haben überdem Maschinen in die Luft hinausgeschossen, einige wohl Hunderte von Meilen hoch, allwo sie nun den Erdball umkreisen wie die Schmeißfliegen ein Aas, manche gar besetzt mit Männern, so man vordem hineingezwänget und hernach wohlbehalten herausgezogen. Doch niemand wußte von meiner Maschine.

Die Russen aber und die Hiesigen argwohnen einander gleich Papisten und Lutheraner, maßen daselbst Gleichmacher regieren, so wir zu meiner Zeit im Parlament gehabt und was, wie jedermann weiß, ein groß Verdruß und Aufhebens unter denen Adligen gabe, besorgten sie doch, daß von ihren Reichtümern könnte genommen und den Landlosen gegeben werden. Diese Furcht vergället den Reichen noch heute den Schlaf, und so argwohnen sie Kundschafter unter ihren Betten und sonst allerorten, wo sie Staatsgeheimnusse belaustern könnten. In der Religion hingegen machen sie kein Unterschied und wissen schwerlich, wes Bekenntnisses ein ander ist oder worzu sie selbsten sich bekennen sollten.

Mein Gastgeber beklagte sich sehr der vielen Fremden im Lande, welche, vornehmlich Mohren und Indier, gekommen seien, durch Arbeit am Wohlleben teilzuhaben. Sie seien in solch großer Zahl eingezogen, daß ihre Nachbarn besorgen, sie möchten ihnen Arbeit und Lohn wegnehmen, Seuchen und Ungeziefer einschleppen und durch ihr fremdartig Wesen und Treiben das offentliche Wohl verderben. Einheimische Männer, so sagte er, hätten allbereit den Kampf aufgenommen, und es seie zu schweren Raufhändeln gekommen. Aber die Mehrzahl der Einheimischen scheue sich das Maul aufzutun, maßen sie besorgten, Rassisten geheißen zu werden, wovor sie im Gedenken an eine Zeit vor zwei Dutzend Jahren, als man in Teutschland unter den Juden aufgeraumet, sowie mit Bedacht auf Verfolgungen in Afrika und anderstwo ein höllische Furcht hätten.

Vor diese Duckmauserei haben sie ein Ausred, indem sie sagen, daß alles Eine Welt seie, darinnen Ideen sich rasch verbreiteten und alle über kurz oder lang gänzlich würden vermischet sein. Ich aber halte davor, daß dies (wie noch viel anderes mehr) blos ein wohlfeil Übertünchen ist, darunter Ratlosigkeit, Aberglaube und allerlei wetterwendisch Wankelmut verborgen, nachdem alle lesen können und vor das Parlament wählen, als wenn sie gleich wären, die mehristen aber weder Gottes Gebote, noch die Lehr der Religion, noch gar das Wort der Vernunft in acht haben, sondern unter den wechselhaften Brisen der offentlichen Meinung und erst recht unter dem geringsten Atemhauch eines Tadels ihrer Mitmenschen wie Schilfrohr im Winde schwanken. Sie haben ein große Vorlieb vor die Sophisterei, glauben dabei aber nur zu gern, wie sie möchten, daß es seie, und seind vernünftiger Überlegung durchaus abgeneiget. Wer jeglichem, was gesaget oder getan wird, einen guten oder schlechten Namen anhängen kann, wird selten zur Red gestellet; vielmehr plapperet alle Welt nach, was er verbreitet. Solchergestalt werden die Menschen von denen Zeitungsschreibern, Guckkastensprechern und Erfindern der Reklamen genasführet, daß man darzu nur sagen kann: die Blinden führen die Blinden.

Ein weitere Ursach vor ihre Geduld und Fügsamkeit mag vielleicht sein, daß sie nach dem Hasten und Rennen des Tages wenig Verlangen nach Unruhe haben, und wenig Raum, allwo sie mit ihren Gedanken allein seind. Dann so sie gleich gut leben, seind sie immerfort in Eil, und fragt man sie, so höret man, daß sie keine Zeit haben. Sie wäre indessen schon da, doch sehen sie sie nicht und nennen tausend Dinge, so ihnen die Zeit nehmen. Es scheinet in dieser Zeit nur wenige Menschen zu geben, welche wirklich Zeit haben, selbst wann sie nichts zu tun hätten. In ihrem blinden Jagen nach jeder neuen

Torheit, Meinung, Mode und sonstiger Narretei und ihrer immerwährenden Hast, von hier nach da oder dorten zu gelangen, möchten sie wahrhaftig Bastarde von Ameisen und Affen sein, so sich zu ihrer Erzeugung gepaaret.

All dies lernete ich nicht sogleich, sondern im Verlaufe vieler Wochen. Die Vormittage pflegt ich in den rückwärtigen Zimmern des Ladens zu verbringen, darauf ginge ich mit meinem Gastgeber in ein Speisehaus oder kehrete mit ihm zu seinem Haus zurück. Fuhren wir heim, bliebe ich nach dem Mittagsmahl oftmals daselbsten und machte mich über die Gartenarbeit, oder ich liefe in der Nachbarschaft herumber, bis ich sie recht gut kennete. Die Frau, so auch den Wagen lenken konnte, behielte ihn nach dem Mahl bisweilen bei sich; dann kehret der Mann mit einem Bus zum Laden zurück. War das Wetter schön, so kutschieret sie mich mit dem Wagen bisweilen über Land. Vor mich war es ein arges Erschrecken, als ich unser schönen stillen Hügel also kahl und verwüstet sahe, überdecket von Wohnhäusern, breiten Straßen und Türmen von Eisengitter, so die Elektrizität in die Ferne tragen. Und mochte es gleich der schönste Sonnentag sein, die Luft war erfüllet von Dampf und übelriechenden Rauchschwaden. Ein fröhlich Bächlein, so sich durch Wiesen und Aue schlängelte und woselbsten ich gern die Angel auszuwerfen pflege, war zu einer schwarzen Cloaca worden, eingezwänget von den Steinmauern einer andern Stadt, wo heutigentags gottlob nur ein Gehöft zu finden (nach welchem diese Stadt benennet, wie ich hörete). Der Großteil des Landes ringsum ist unter ihren Häusern begraben, und allwo sich unsere Feldwege traulich winden und Lerchentriller die Luft erfüllen, seind harte Straßen, darauf unablässig ihre Wagen brüllend vorübersausen. Ihre Städte seind mehrernteils aus roten Ziegeln erbauet, aber geschwärzet vom Ruß, so in großen Mengen von denen Fabriken ausgeblasen wird. Diese seind groß wie ganze Dörfer und bevölkert wie Städte, und daselbst werden die obgemeldten Dinge gemacht. Wann ich dies alles sahe und bedachte, befiele mich ein tiefe Melancholia, und ich konnte nimmermehr glauben, was ich vorlängst geglaubet, daß nämlich alles nach Gottes Willen sich zum Höheren und Besseren vervollkommnen werde.

An schönen Samstagen oder Sonntagen (dann sie gingen zu keiner Kirche, was mir viel Kummer bereitet) fuhren meine Gastgeber weiter mit dem Wagen fort, bisweilen gar zum Meer. Daselbsten harrte meiner ein neue Überraschung, dann vor dem Strande stunden wohl Tausende Wagen, wo nur irgend ein Platz zu finden, und am Strande selber sahe ich ungezählte Tausend Männer, Weiber und Kinder versammelt. Die mehrersten saßen und lagen im Sand (und viele mit Radios, deren wüstes Lärmen meine Ohren anfiele), und wohl einige Hundert begaben sich gar in die anbrandenden Wogen der See, wo sie nicht zu tief. Alle aber waren mit so geringen Fetzen und Stücklein von Stoff bekleidet, daß sie schwerlich etwas verbargen. Auch meine Gastgeber wollten im Meere baden, so sie es nenneten, und hatten diese der Begehrlichkeit und dem Laster dienlichen Bekleidungen mitgebracht, auch eine vor mich, wie ich sahe, ich aber bliebe standhaft und begnügete mich mit Zuschauen. Welch Vergnügen die Menschen diesem Aufenthalte abzugewinnen vermeineten, kann ich nicht sagen, es seie denn der Anblick nackter Leiber, maßen es nichts gab als Sand, der einem ins Gesicht gewehet, zu kalten Wind, zu heiße Sonne und eine lärmende Menge von Menschen und Hunden.

Ihre Gasthäuser seind Orte, da man sehr gute Unterhaltung finden kann und, dieweil sie mehrernteils reinlich seind, gut akkomodiert ist. Das Essen ist freilich fade, und berauschende Getränk werden blos zu gewissen Stunden ausgeschenket, mehr erlaubet das Gesetz nicht. Das Bier ist dünn und ohne rechten Geschmack, und den Weinen ermanglet es an der Stärke. So ist es nicht verwunderlich, daß sie ein große Vorlieb vor den Branntwein in mancherlei Gestalt haben. Zu den Speisen tragen sie meist Tomaten und Pampelmusen auf, welch letztere die Niederländer eingeführet: eine große gelbe Frucht gleich der Pomeranze oder Apfelsine, aber sehr sauer und nicht nach meinem Geschmack. An anderen Früchten haben sie, was von ehemal bekannt, darzu einiges aus andern Ländern, doch der Äpfel gibt es nur noch wenig Sorten, und diese seind nicht die besten. Das Obst wird nicht, wie es unter verständigen Menschen der Fall, nach dem Geschmack geschätzet, sondern allein darnach, wie es sich dem Auge darbietet; dann darvor können die Kaufleute am mehristen erlösen. Also besprühet man die Obstbäum zu viel Malen im Jahr mit Gift und Wachs, damit alle Fliegen, Wespen und Mucken tot herabfallen und nur kein Wurm und kein Fleck die Früchte mit eingebildetem Makel behaften möchte.

Der üblen Gewohnheiten (der liebe Leser wird vermerkt haben, daß deren nicht etwan weniger seind als zu unserer Zeit, wie man in Betracht der allgemeinen Zunahme an Gelehrsamkeit und Kenntnissen meinen sollte) eine der übelsten ist sonderlich verbreitet unter den jungen Leuten beiderley Geschlechtes und bestehet im unmäßigen Genusse des Tabaks so sie in dünnen Papierstäblein dergestalt rauchen, daß sie den Rauch tief in die Lungen einziehen. Diese Tabakstäblein nennen sie Krebsspargel, weil sie nach Jahren die Lungen gar vieler von ihnen zerfressen. Darvon rauchen sie allerorten, auf dem Oberdeck von Bussen, in den Speisehäusern, wann sie daheim mit Freunden trinken, bei der Arbeit und wann sie auf der Straßen promenieren. In ihren Kinos (von denen noch zu sprechen ist) ist die Luft voll von ihrem Rauche.

Obgleich die Städte so überfüllet seind, daß man in dem Gedräng kaum stehen konnte, sagten meine Gastgeber, daß viele Einwohner zu dieser Zeit nicht daheim seien. (Und im Oktober war das Gedränge zehen Mal so schlimm, ob ich mich zu der Zeit gleich allbereit gewohnet hatte.) Dann jeder, so nicht zu den Ärmsten zählet, retiriret wenigstens einmal im Jahr mit seiner Familia vor eine Wochen oder auch deren zwei anderwärts, sich von den Mühseligkeiten der Arbeit zu erkobern. Dies nennen sie ein Urlaub. Meine Gastgeber hatten ihres Urlaubs allbereit im Mai genossen, wann auch nur vor eine Woche. Des Urlaubs bedürfen sie, weil man der alten Feiertag beinahe gänzlich abgeschaffet, so sie nicht auf die Sonntag fallen. Manche suchen die Meeresküsten auf (dahero die gewaltigen Menschenmengen, welche ich am Strand sahe), manche retirieren in Gebirg und Einöden, um denen Menschenmengen zu entfliehen (da es aber gar viele gibt, so Einsamkeit und Stille suchen, fangen sie allbereit an, einander auch in den Bergen auf die Füße zu steigen), aber viele reisen in andere Länder, so daß der gewöhnlichste Kleinhändler seine *Tour d' Europe* machet, als wann er eines reichen Edelmanns Sohn wäre, und nicht blos einmal im Leben, sondern alle Jahr oder doch mehrern Mal, wann auch nur vor zwei Wochen, wohingegen besagter Edelmann sich ein ganzes Jahr oder auch deren zwei Zeit nehmet. Meine Reisen, so vor mich reich an Erlebnussen und wohl der Erinnerung wert, waren ihnen gleich nichts. Dies rühret freilich nur von der Schnelligkeit her, mit der sie mühelos durch die Luft oder über Land und Meer dahinjagen, und ich halte davor, daß ich, wann ich nur zwei Wochen mit dem Wanderstab durch das Land ziehe, daselbsten mehrers sehen und erleben möchte als jene, so dem ruhlosen Ahasverus gleich schnell wie ein Pfeil die Welt durcheilen.

Die jungen Männer und ledige junge Weiber reisen, wie ich hörete, oftmals gemeinsam (wie in Ansehung der allgemeinen Sittenlosigkeit nicht zu verwundern) in andere Länder, allwo sie sich winters Bretter gleich Faßdauben unter die Füße binden und damit im Schnee die Berge hinabsausen, so sie ehvor erklommen. So weich ist ihre Lebensart worden, daß viele von der kühneren Art nicht ehender zufrieden seind, als bis sie in dieser Weise die Gesundheit ihrer Glieder aufs Spiel setzen und ihre Leiber ermüden können. So üben sie viel Sport und Spiel, wie sie dergleichen Narreteien nennen, sei es, daß sie mit Keulen, Knütteln, Fäusten oder Beinen Kugeln und Bälle auf einem Spielfeld hin und wider treiben, sei es, daß sie Kegeln oder Tennis spielen, wie es auch bei uns der Brauch unter den Müßiggängern. Andere tun sich zu Mannschaften zusammen, die einander Feind seind, und trachten einen kopfgroßen Ball in ein Tor von Holzlatten zu treten, so auf dem feindlichen Gebiet stehet. Hunderte und Tausende von Zuschauern, mein Gastgeber sagte, bisweilen seien es gar Hunderttausende, stehen und sitzen ringsum auf den Stufen großmächtiger Amphitheater, wie sie vorlängst im Römischen Reich zu Volksbelustigungen verwendet worden, beschauen den Kampf und werden alsbald fortgerissen von den Parteiungen und Leidenschaften und wandeln sich allda zu tobenden Pöbelhaufen, als wann sie alle miteinander aus einem Tollhaus entloffen wären. Und über all dies wird allweg in den Zeitungen berichtet und in den

Schenken hitzig diskutieret, als wärs das Bedeutsamste auf Erden. Anderwärts huldigen sie dem Eislauf, gleichwie die Niederländer es tun, dahier aber treiben sie es gleich im Sommer, nämlich in großen Hallen, allwo das Eis von der Elektrizität kalt erhalten wird. Andere klettern in unterirdische Löcher und Höhlen oder hinwieder auf die höchsten Berge, wo jedes Jahr nicht wenige in Eis und Schnee und Fels das Leben lassen. Wieder andere schwimmen mit Luftflaschen unter Wasser und tauchen wie die Seehund wohl zwanzig Faden tief, oder sie begeben sich in die Lüfte und lassen sich mit weitspannenden Flugmaschinen von den Winden treiben. Manche gar springen zum schieren Vergnügen aus den Flugmaschinen und stürzen Tausende von Faden in die Tiefe, blos um das Gefühl auszukosten, retten sich aber zuletzt mit großen Luftbeuteln, so sich beizeiten öffnen, mit Luft füllen und sie aufhalten, so daß sie sanft zu Boden schweben. Dieser Tollheiten aber befleißigen sich Frauen wie Männer mit großer Hingabe und lassen es sich noch darzu ein Batzen Geld kosten.

Gleichwohl ziehen die mehrern es vor, ihrer selbsten nicht dergestalt zu tribulieren und in Gefahr zu bringen, sondern im Guckkasten zu schauen, wie die andern es treiben, wann sie nicht aus ihren kleinen Radios, so sie bald überall mit sich tragen, jene unmenschliche Musica hören, vor welcher man sich die Ohren zuhalten möchte, mit der sie sich hingegen den ganzen Tag umgeben würden, wann sie es könnten. Einer großen Beliebtheit, vor allem bei den Jungen, erfreuet sich ferner das Kino, so dem Guckkasten gleichet, aber so groß ist, daß man ihm eigene Paläste erbauet. In diesen ist es finster auch am hellen Tag, so daß einer den andern nicht erkennet. Hier hocken sie eng beieinander im Dunkeln und starren die große Guckkastenwand an, allwo Schauspiele aufgeführet werden, die zuvorderst von Folterungen, Schändungen, Zauberei und Mord handeln, sodann (in Komödien) von allerlei Tollheiten, alles sehr groß und in Farben, so der Wirklichkeit sehr nahe kommen. Die Menschen dieser Zeit lieben das Kino und denken sich in das falsche Leben hinein, so ihnen vorgespielt wird. Hier kann der Arme den Reichen spielen, der Kranke kann sich gesund denken, der Schwache stark. Ein jeder mag hier im

Dunkeln erleben, was er im wirklichen Leben niemalen erleben wird. Diesem Schein geben die Menschen sich mit so großer Leidenschaft hin, daß gar viele von ihnen darüber ihr wahres Leben vergessen möchten, dessen Ödnis und Einerlei ihnen genugsam zuwider ist, um darvor in die Scheinwelt des Kinos zu fliehen.

Außer denen Wagen, so manchen unter ihnen das höchste Gut und Heiligtum auf Erden dünken, daß sie lieber Frau und Kinder hungern sähen als von dem Umherfahren zu lassen, haben sie Zweiräder mit Maschinen, welche vornehmlich von jungen Burschen bemeistert werden und im Lärmen jene Wagen noch übertreffen. Andere Zweiräder wiederum werden mit den Füßen angetrieben und rollen sacht und still dahin, wann auch nur so schnell als einer rennen kann.

Wollen sie einen Brief schreiben, so bedienen die mehrern unter ihnen sich einer Maschine, so mit den Fingern betrieben wird und mit Geklapper Buchstaben und Wörter einem gedruckten Buch gleich auf ein Blatt Papier reihet. Ein solcher Brief ist leicht zu lesen, schreiben sie jedoch mit der Hand, so merkt man, daß sie dessen nicht gewohnet; schwerlich einen unter zwanzig Briefen konnt ich lesen, wann die Lettern auch den unsrigen gleichen. In ihren Briefen ist wenig Courteoisie, noch seind sie um einen schönen Stil bemühet, hingegen befleißigen sie sich einer sonderlich unwahrhaftigen Freundlichkeit, indem sie eine jegliche Anred mit ›Liebe‹ oder ›Lieber‹ beginnen, ob sie den Adressaten nun kennen oder nicht. Alles übrige aber ist abrupt und unbedachtsam, im Schreiben wie im Reden, und wann sie einen noch kaum kennen, traktieren sie ihn dennoch sogleich mit seinem Vornamen, wordurch ein falscher Schein von Vertraulichkeit und Freundschaft entstehen mag, der leicht zu falschen Erwartungen führet. Hingegen begrüßen sie einander mehrernteils ohn die geringste Geste und lassen sich nur das erste Mal zu einem Händedruck herbei.

Sobalden ich mich meiner Sach sicherer fühlet, ginge ich allein in die Kinos und bezahlte die Gebühr; oder kaufte in einem großen Laden ein, allwo ich die Waren auswählen und in einen Metallkorb tun konnte. Eine Frau nahm sie alsdann heraus und machte die Rechnung. So sehr gewohnete ich mich dessen, daß ich meiner Gastgeberin zu ihrer Freude die Besorgungen machte.

Unter den Besuchern meiner Gastgeber waren auch solche, so Kinder hatten, und ich hörete, daß die Kinder hierzuland bei aller schlechten Erziehung und Ungebührlichkeit gegen die Eltern angestrengt arbeiten müssen, derweil sie vom sechsten bis zum fünfzehnten Jahr (und manches Mal, bis sie erwachsen seind) die Last der Schule zu tragen haben. Wann sie nachgehends im Leben ein guten Platz finden wollen, müssen sie bei denen Examen, vor die sie zu viel Malen lange Abhandlungen schreiben und Antworten auf schwierige Fragen finden sollen, gute Zensuren erringen.

Im September hatte mein Gastgeber Geschäfte in London, seie es, daß er daselbsten auf dem Krempelmarkt nach guten Stücken spüren wollte, seie es, daß er allda zu verkaufen hoffte, was er daheim nicht an den Mann bringen konnte. Er fuhre mich in seinem Wagen mit dahin und verschafft mir so ein weitere und allergrößte Überraschung. Dann das London, so wir kennen, war nahezu verschwunden, mit der Ausnahme weniger Monumente, so vom Ruß geschwärzet und beinahe unkenntlich waren, erstickt im Bauche einer Stadt, welche mehr einem ganzen Lande gliche. Der verehrte Leser wird mir keinen Glauben schenken, wann ich sage, daß vierzig Meilen von einem Ende zum andern seind, und allesamt bebauet mit Häusern, Palästen und Straßen, durchtoset und durchwimmlet von Fahrzeugen und Menschenmassen und mehrernteils vom Rauch hunderttausender Kamine geschwärzet. Bei Nacht jedoch ist alles erhellt von vielfarbigen Lichtern und gleichet einer wundersamen Märchenstadt. Diese Lichter, so die Nacht zum Tage machen, mögen eine Ursach sein, daß es in denen großen Städten in Ansehung ihrer Bevölkerung so wenig Mordtaten und Raubereien gibt. Wann ich aber die St. Pauls-Kathedrale halb begraben in der Mitten von ungeheuren, wohl an die tausend Schuh hohen Bauwerken sahe, war ich froh, wieder davonzukommen.

In diesem Oktober war eine bedeutsame Wahl vor eine neue Regierung angesetzet, und ich gedachte, daß es Aufruhr und

Tumult geben werde, aber ob die Zeitungen gleich ein großes Aufhebens darvon machten, vermochte es die Leute um mich her schwerlich aus der Ruhe zu bringen. Am Ende hatten die Tories, welche mehr als ein Dutzend Jahre an der Macht gewest, die Wahl verloren, und die andere Partei gewonnen. Nun, so sagten alle, werde es gewaltige Veränderungen geben; von welcher Art sie aber sein sollten, wußte niemand gewiß.

Schon länger hatte ich der Frage meines weiteren Verbleibens hin und her gesonnen, so ich des Lärmens, der Menschenfülle und der schlechten Luft mählich überdrüssig geworden und mit Verlangen der Ruhsamkeit meiner vormaligen Lebensumständ gedacht, deren ich noch immer ergeben war. Auch gedachte ich anderer Zeiten, die ich allzu gerne gesehen. Bald hernach aber geriete ich unversehens in einen Reigen von Begebenheiten, die folgends zu einer Antwort hindrängten, ehe ich noch ein festen Vorsatz gefaßt.

Es schickte sich, daß das Weib meines Gastgebers und ich eines Septembertags zum Fenster hinaus in den Regen schaueten. Es war ein Freitag, und sie begehrte zu wissen, ob das Wetter am Samstag schön sein werde. Alsdann fragte sie mich, warum wir nicht in meinem ›Kasten‹ den morgigen Tag aufsuchen und daselbst sehen könnten, wie es würde? Erstlich wollte ich darvon nichts wissen und erkläret ihr, daß, so ich mich in den morgigen Tag versetzete, ich allda meiner Selbsten antreffen würde, und das könne ich unter keinen Umständen tun. Darauf meinete sie, wir sollten den frühen Morgen wählen und meinen Schlafraum mit Bedacht meiden. Also ließe ich mich überreden, wollte den Versuch aber allein machen, maßen es in der Sänfte so eng war, daß schwerlich genug Raum für einen zu finden. Doch nein, sie wollte um jeden Preis mitkommen und diese Art der Reise erproben. Lang mühete ich mich, sie umzustimmen, mußte endlich aber nachgeben. Wir zogen das Tuch von der Maschine und zwängten uns hinein, wobei es sehr eng zuginge. Ich stellete das Ziffernblatt ein und war um einiges beruhigt, als ich sahe, daß sie der Instrumente wenig achtete. Alsdann drückt ich den roten Stumpf, und sie schrie auf und umfinge mich ängstlich, aber ich tröstet sie. Wir lauschten eine gute Weile, doch war alles still und dunkel. Also krochen wir hinaus und gingen leis ins Wohnzimmer, wo der Guckkasten war. Die Nacht war windig, der Regen nicht mehr zu vernehmen. Darauf schlichen wir zurück, sie öffnete leis die Haustüre, und wir traten hinaus. Der Boden unter unseren Füßen war feucht, aber es regnete nicht. Einige Sterne blinzelten durch ziehende Wolken, und derweilen wir hinaufschaueten, kam der Halbmond herfür. Schließlich stahlen wir uns Hand in Hand ins Haus zurück, sperrten zu und krochen abermalen in die Maschine. Die Zahlen, Zeiger und Lettern glommen in der Dunkelheit, also war es leicht, die Maschine zum Sonntagmorgen zu versetzen. Diesmal herrschte heller Mondenschein, und keine Wolke stund am Himmel. Die Luft war sehr warm, der Boden trocken. Also wußten wir, daß ein schönes Wochenende zu gewärtigen. Als wir wieder hineingingen, zog sie mich ins Wohnzimmer, daß wir uns des Mondenscheins erfreuten, ohne besorgen zu müssen, daß jemand uns von der Straße beobachtete. Daselbst verweilten wir, und sie bezeiget mir ihre Gunst mit solcher Holdseligkeit, wie ich nicht erwartet. Zuletzt aber kehrten wir (und ich mit schweren Bedenken gegen meiner selbst) zum Freitagnachmittag zurück und deckten die Maschine wieder mit ihrem Stoff zu.

Unser Wettererkundung erwiese sich als richtig, und wir drei erfreuten uns einer Ausfahrt, sagten dem Ehegemahl aber nichts von unser Zeichendeutung. Von da an machten sie und ich mehrern Malen Erkundungen des Wetters vor den folgenden Tag oder die nächste Wochen, aber allweg bei Nacht. Weil wir wußten, daß unser beider Selbsten oben in den Betten lagen, erfreuten wir uns mit dem Gedanken eines köstlichen Schauderns. In den Tagesstunden blieben wir zumeist besonnen, da oftmalen Leute kamen, Post oder Waren zu bringen, die Elektrizität abzurechnen oder etwas an der Türe zu verkaufen. Mit der Zeit aber vermeinten wir in unserem sündhaften Tun ungefährdet zu sein und gewohneten uns, mit dem Wagen zu Orten zu fahren, daselbst man sie nicht kannte, und unser Schäferstündlein bei Tag in ihrer Schlafkammer zu halten.

Eines Nachmittags im November (wir waren noch nicht lang

von einem Ausflug in die vorvergangene Nacht zurück und eilig in die Schlafkammer hinaufpassieret, um unseren schändlichen Begierden zu frönen) erschiene unversehens ihr Gemahl, der ehender als sonsten heimgekommen und ungehört die Stiegen heraufgeschlichen war. Als er uns zusammen im Bette akkomodieret sahe, geriet er in unheiligen Zorn, packte und warf mich die Stiege hinunter, daß ich mir um ein Geringes das Genick gebrochen hätte. In meiner Verwirrung rettete ich mich in die Maschine und entflohe, indem ich sie ohne Besinnen wohl ein Achtelmeile die Straße hinauf versetzte.

Und allda erwies sich, daß ich einen Fehler gemacht, dann in meiner Maschine fande ich den Mast einer Bushaltestelle und ein altes Weib, so in Angst und Schrecken kreischet, da sie mich in meiner Nacktheit gewahrte. Ich stieß sie hinaus, und sie vagierte eilends davon, gleich wann sie betrunken wäre, und schrie darzu Zeter und Mordio, derweilen ihr etliche Waren aus dem Korb kollerten. Da ging ich nun mit mir zu Rate und besahe mit Sorgfalt die Instrumente, um die Maschine vermittels der notwendigen Vorkehrungen an jenen Ort zu versetzen, von wannen ich zuerst gekommen, aber in meiner Zeit. Ich stellte die Ziffernblätter auf die genaue Stunde, da ich mein Dorf verlassen, dann ich sagte mir, daß eine frühere Zeit gefährlich seie, maßen ich meiner Selbsten begegnen könnte, ein späterer aber zu meiden seie, sonsten die Dorfbewohner meiner Abwesenheit gewahr werden und mich mit Fragen bestürmen möchten. Überdem liefe ich Gefahr, der Zauberei bezichtigt zu werden, wann meine Maschine jemand zu Augen käme. Schwerlich eine Atempause war mir vergönnt, dann als ich die Ziffernblätter drehet, sahe ich allbereit einen Bus die Straße heraufkommen.

Als ich den roten Stumpf drückte, überkame mich eine lähmende Benommenheit und Schwäche, ärger als vormals. Gleichwohl hatte ich den Verstand, mich zu erinnern, daß ich allbereit zweimal zu dieser Zeit an diesem Ort gewest, und daß ich warten mußte, bis meine andern zwei Selbste von hinnen passiert sein möchten, das eine mit der Maschine in die Zukunft, das ander zu jenem frühen Morgen, elf Stunden zuvor. Endlich lichtet sich der Nebel. Ich arretieret den Stab, worvon ich eine Sicherheit versprach, legte in Eil meine alten Kleider an, deren Bündel in die Maschine zu legen ich gottlob genug Verstand gehabt, und kroche hinaus auf die leere Gasse. Darauf eilete ich heim, so schnell die Füße mich tragen konnten, dann ich hatte einen Plan. Ich gedachte, da ich nun einmal über die Wundermaschine gebot, andere Zeiten in Zukunft und Vergangenheit aufzusuchen, mich aber zuvor mit mehrern Waren zu versehen (was mir noch geblieben war), um mir daselbsten den Lebensunterhalt zu sichern. Unglücklicherweis begegnet ich einem alten Mann, der mich gut kennet und ein lange Ansprach mit mir hatte und das Blau vom Himmel herunterredet. Endlich entkam ich ihm, zog den Schubkarren aus meinem Schupfen und füllet ihn mit feinen Kleidern, drei Pistolen, etlichen Kleinodien, einem Spiegel und einer Zusammenstellung von Karten aus dem Atlas des Joannes Janßonius. Dies alles fuhr ich die Gasse hinunter, aber meine Maschine war fort. Da sie versperret gewesen, resolvierte ich, daß der Zauberer wiedergekehret und sie mit sich fortgenommen. Also blieb mir nichts übrig, als meinen Schubkarren zurückzufahren und meine Schätze zu entladen. Ich war es auch so zufrieden, war mir doch die vertraute Heimat geblieben. Zwar war ich um einige hundert Pfund (1964) ärmer, hatte die Blätter von Sympkins Reiseschilderung und einiges an Kleidung eingebüßt und einen unrühmlichen Abschied von der Zukunft genommen, war aber desto reicher an Erinnerungen, den Kenntnissen von einer nimmermehr zu erratenden Zukunft, und einer Armbanduhr.

Originaltitel: ›A Two Timer‹
Copyright © 1965 by David J. Masson
Aus dem Englischen des 17. Jahrhunderts
übersetzt von Walter Brumm

ROBERT SHECKLEY

Trübe Aussichten

Eines strahlenden Septembermorgens sah Peter Honorius seine Post durch und entdeckte darin eine Letzte Ehe-Mahnung seines Bürgeraufsichtsamtes, die ihn nachdrücklich aufforderte, innerhalb der nächsten zwei Wochen seiner Heiratspflicht nachzukommen, andernfalls drohe ihm wegen Verstoß gegen das Persönlichkeitspflege-Wohlfahrtsgesetz (PersöPfleWG) eine Geldstrafe nicht unter 50 000 Verrechnungseinheiten und 1- bis 5jährige Verbannung nach Lunaville mit sozialer Zwangsarbeitsverpflichtung.

Honorius war tief enttäuscht. Im letzten Monat hatte er einen Junggesellen-Status-Verlängerungsantrag (JuStaVA) für ein weiteres halbes Jahr gestellt, dem normalerweise vom Amt in einer Routineprozedur stattgegeben wurde. Jetzt blieben ihm nur noch wenige Tage, eine passende Frau zu finden oder nach Mexiko abzuhauen. Und letzteres war im Jahre 2038 alles andere als eine Alternative.

Verfluchter Mist!

Beim Mittagessen besprach Honorius das Problem mit seinem alten Freund Earl Underfjord. »Es ist so verdammt unfair von den Brüdern«, beklagte sich Honorius. »Irgendwer in dem verdammten Amt hat was gegen mich. Aber warum? Ich bin doch kein Terrorist. Ich weiß wie jeder andere gute Bürger, daß die Eheschließung das Mindestmaß an Sozialbekenntnis darstellt und die Grundlage der Staatssicherheit bildet. Verdammt, ich *will* ja heiraten! Ich finde bloß einfach nicht die richtige Frau!«

»Vielleicht bist du zu wählerisch«, überlegte Underfjord laut zwischen zwei Bissen. Er war schon seit gut einem Monat verheiratet, und für ihn sahen alle zwischenmenschlichen Beziehungen zur Zeit recht simpel aus.

Honorius schüttelte den Kopf. »Im Augenblick würde ich

jede Verbindung akzeptieren, die keine völlige Katastrophe wird. Aber trotz Computerprofilen und modernsten Psycho-Vergleichen weiß man nie, worauf man sich einläßt, solange man es noch nicht tatsächlich ausprobiert hat, und dann ist es zu spät. Man weiß nie wirklich, an wen man gerät, das ist mein Problem.«

»Ja«, meinte Underfjord beruhigend, »in dieser Situation befinden wir uns alle, wenn es ans Heiraten geht. Die meisten Leute jedenfalls.«

»Wieso die meisten? Wer denn nicht?«

»Na ja, es gibt tatsächlich einen Weg, diese Unsicherheit zum größten Teil echt auszuschalten. Ich habe es selbst auch so gemacht. So habe ich Janie gefunden. Bisher habe ich nie über die Sache gesprochen, weil ich weiß, daß du alles scheust, was nicht ganz legal ist.«

»Natürlich versuche ich nach den Gesetzen der ethischen Sozialhygiene zu leben«, versicherte Honorius. »Aber diesmal bin ich in bösen Schwierigkeiten, da kann ich schon etwas flexibler sein. Wen muß ich umbringen?«

»So schlimm ist es gar nicht«, sagte Underfjord. Er kritzelte eine Adresse auf die Serviette. »Sprich mal mit diesem Mr. Fuler. Er leitet den Clandstine Computer Service. Sag ihm, daß ich dich geschickt habe.«

Der Clandstine Computer Service hatte sich zur Zeit in einer verstaubten Büro-Etage im heruntergekommenen Lincoln-Center niedergelassen und firmierte dort als ›Gebrauchte-Software-Aufpolierungsgesellschaft mbH‹. Fulers Sekretärin, eine hübsche und gewandte junge Dame namens Dinah Grebs, führte Honorius in Mr. Fulers Privatbüro. Fuler erwies sich als ein kleiner, plumper, freundlicher, rotwangiger Mann mit einem entwaffnenden Charme und Haarproblemen. Er hatte sich bemüht, sein Büro so einzurichten, daß es wie ein englischer Salon aus König Edwards Zeiten aussah, aber es wirkte eher wie das Stilmöbel-Fenster eines Diskont-Möbelhauses.

»Bei mir sind Sie richtig«, versicherte Fuler sofort, nachdem Honorius sein Problem ausgebreitet hatte. »Der Staat verlangt, daß wir zur Sicherheit der sozialen Stabilität heiraten, und er tut recht daran, denn es ist erwiesen, daß Kriminelle, Terroristen, Revolutionäre, Psychopathen, Kinderschänder, Sozialreformer, Anarchisten und andere Gemeinschaftsschädlinge in der überwiegenden Mehrzahl alleinlebende, unverheiratete Personen sind, die nichts anderes zu tun haben, als sich ihren selbstsüchtigen Vorstellungen hinzugeben und Umsturzpläne gegen den Staat zu schmieden. Die Heirat ist deshalb das Mindestmaß an Loyalitätsbezeugung, das wir Bürger unserem Staat gegenüber aufzubringen haben. Und natürlich hat niemand ernsthaft etwas daran auszusetzen, denn die Heiratspflicht dient ja wie alle anderen Erlasse des Ministeriums für Geistige Gesundheit nur unserer eigenen Psychohygiene. Die Notwendigkeit der Ehe erkennen wir alle an, wir möchten lediglich sicher gehen, daß es auch eine gute Ehe wird, weil so dem Individuum und dem Staat am besten gedient ist.«

»Genau«, unterbrach Honorius, »das ist es, weshalb ich hier sitze. Haben Sie irgendwelche praktischen ...«

Fuler ließ sich seine einführende Ansprache nicht nehmen und fuhr ungerührt fort: »Was wir brauchen, ist eine wissenschaftliche Methode, um das Risiko bei der Partnerwahl möglichst klein zu halten. Der Psychogramm-Vergleich im Computer reicht dafür längst nicht aus, denn er ist eine statische Angelegenheit. Wir brauchen eine Möglichkeit, die *Entwicklung* des jeweiligen Partners nach dem Eheschluß zuverlässig vorauszusagen. Erst wenn man weiß, was wirklich in der Ehe passieren wird, kann man sich auf eine Heirat einlassen. Wir wollen wissen, wie die Sache läuft, bevor wir uns für die nächsten sechzig Jahre binden. Kurz und gut, wir wollen exakt wissen, welche Situation uns in der Ehe mit einem bestimmten Partner erwartet.«

»Wenn wir das nur könnten!« rief Honorius, dem aus der Seele gesprochen worden war. »Aber es ist unmöglich. Oder haben Sie hier eine Zigeunerin mit einer funktionierenden Kristallkugel sitzen?«

»Es gibt eine Möglichkeit«, verkündete Fuler mit einem breiten Lächeln.

»Hat jemand eine Zeitmaschine erfunden?«

»Sie kennen die Sache unter einem anderen Namen. Man

nennt sie Weltpolitische-Analyse- und Simulations-Programm, kurz WASP.«

»Ich habe davon gehört«, sagte Honorius. »Es ist dieser Supercomputer unter einem Berg in Nord-Dakota, der ständig ausrechnet, was andere Länder mit uns machen, wenn wir etwas mit ihnen machen, damit wir vorher etwas machen können. Aber ich verstehe nicht, was dieses Ding mit meiner zukünftigen Ehefrau zu tun haben könnte, solange sie kein General oder Regierungschef ist.«

»Überlegen Sie doch, Mr. Honorius. Es gibt eine Maschine, die darauf programmiert ist, die Interaktionen zwischen verschiedenen Gruppen und Untergruppen von Menschen zu simulieren und zu analysieren. Könnte man sie dann nicht auch dazu benutzen, die möglichen Interaktionen, das Eheleben nämlich, zwischen zwei Individuen zu simulieren?«

»Das wäre toll«, meinte Honorius. »Aber, soviel ich weiß, ist das WASP besser bewacht als Fort Knox.«

»Aber mein Lieber, es ist eine einfache Sache, Gold zu bewachen, mit Informationen sieht es da anders aus, selbst wenn man einen Berg darauf setzt! In der Hand eines korrupten oder idealistischen Programmierers kann man aus jedem Input-Terminal für WASP, die es in den verschiedensten Regierungsdienststellen gibt, auch einen Output bekommen. Ich kann hier auch nicht andeutungsweise erklären, wie das funktioniert, aber wir haben da unsere Methoden. Ich kann nur soviel sagen, daß der WASP-Simulator Ihr Problem durchspielen wird, und Sie selbst miterleben können, wie Ihre Ehe mit einem bestimmten Partner, von dem wir selbstverständlich das Datenprofil brauchen, aussehen wird.«

»Ich kann mir überhaupt nicht vorstellen, wie Sie näher als 10 Meilen an diesen Supercomputer herankommen wollen.«

»Das brauchen wir auch gar nicht. Wir sind in Besitz eines beweglichen Terminals, der direkt mit WASP in Verbindung steht.«

Honorius pfiff leise durch die Zähne und bewunderte die ruhige Selbstsicherheit dieses freundlichen kleinen Mannes. »Mr. Fuler, wann kann ich anfangen?«

Über die Bezahlung war man sich schnell einig, und Fuler

warf einen Blick auf seinen Terminkalender. »Da Ihr Fall so dringend ist, kann ich Ihnen übermorgen zehn Minuten Computerzeit dazwischenschieben. Seien Sie nachmittags hier, und Miß Grebs wird sie zu unserem Terminal bringen und entsprechend einweisen. Und vergessen Sie nicht ihre Datenkarten und die Ihrer möglichen Gattinen mitzubringen.«

Honorius hielt seinen Termin pünktlich ein. In einem Briefumschlag brachte er die Datenkarten von fünfzehn in Frage kommenden heiratspflichtigen Frauen mit, die ihm die Ehepaßform-Partnervermittlung, eine exklusive Madison Avenue Agentur, aus der Staatskartei Heiratspflichtiger Frauen auf der Basis der Beantwortung von 1006 sorgfältig psychologisch ausgewerteter Fragen herausgesucht hatte. Die Frauen selbst waren Honorius nur als Nummern bekannt, denn bis zur Offiziellen Partnerwahlzusage, abgegeben beim Bürgeraufsichtsamt, wurde strenge Anonymität bewahrt. Alle Frauen hatten die Freiwillige Präventivzusage gegeben, was hieß, daß Honorius nur ein Formular zu unterschreiben hatte, und die Sache war gelaufen, sobald er seine Wahl getroffen hatte. (Honorius' Datenkarte wies ihn unter anderem als groß, lockenhaarig, gutaussehend, von ruhigem Temperament, freundlich zu Kindern und kleinen Tieren, und als den jüngsten Präsidenten in der Geschichte von Glip Electronics mit einem Jahreseinkommen über 35 000 und unbegrenzten beruflichen Möglichkeiten aus. Für Datenprofile wie dieses gaben die meisten Frauen eine Präventivzusage ab. Honorius war genau die Art von falschem Partner, mit der viele Frauen es gerne ein Leben lang aushalten würden.)

Miß Grebs führte Honorius auf Umwegen zu einem Gebrauchtwaren-Handel in der DeKalb-Avenue. Der Terminal war dort auf dem Parkplatz in einem alten Möbelwagen versteckt. Zwei Techniker, als Automechaniker verkleidet, führten Honorius in ein abgetrenntes Hinterabteil des Möbelwagens, wo der Terminal leise vor sich hin summte. Sie setzten ihn auf einen schweren Programmierersessel und befestigten die psychometallischen Elektroden an seiner Stirn und seinen Handgelenken.

Miß Grebs nahm die Karten. »Sie werden heute nur für eine Karte Zeit haben«, erklärte sie. »Gleich erleben Sie, was in den fünf Jahren nach der Eheschließung passieren wird, komprimiert auf zehn Minuten realer Zeit, also passen Sie gut auf. Mit welcher Karte wollen wir anfangen?«

»Das spielt keine Rolle«, versicherte Honorius. »Sie sind alle gleich aussichtsreich. Die Karten, meine ich. Nehmen Sie die, die oben drauf liegt.«

Miß Grebs gab die Karte in den Terminal ein. Irgendwo klickte es sanft, und Honorius fühlte ein Klingeln hinter den Augen. Seine Umgebung verblaßte, und als sie wieder deutlicher wurde, sah er wie auf einem Fernsehschirm sich selbst und ein hübsches, appetitliches Mädchen mit langen, dunklen Haaren vor sich. Das war also Miß 1734-PZ-2103C.

Die Informationen wurden ihm in einer Serie von Montagen, Szeneneinblendungen und visuellen Vignetten vermittelt. Er sah sich selbst mit 1734 in einem überfüllten italienischen Restaurant beim Dinner, danach liefen sie Hand in Hand die Bleeker Street hinunter. Dann standen sie am Washington Square neben einem Springbrunnen, 1734 spielte Gitarre und trällerte einen Folksong. Hübsch war sie! Und wie glücklich sie beide zu sein schienen! Jetzt lagen sie vor einem kleinen Kamin in einem bescheidenen Apartment an der Gay Street. Sie trug nun einen Mittelscheitel und eine dunkle Brille und las ein Drehbuch; sie wollte zum Film! Aber daraus wurde wohl nichts, denn in der nächsten Szene lebten sie in einem feudalen Apartment am Sutton Place, und sie briet stumpfsinnig Hamburger fürs Abendessen. (Sie hatten sich gestritten und redeten nicht mehr miteinander: er las das WALL STREET JOURNAL, und sie studierte ihre astrologischen Bücher.) Und dann lebten sie in einem wunderschönen alten Haus in Connecticut mit einem Holzzaun und einem sonnigen Kinderzimmer, das sie aber als Abstellraum benutzten. Er fuhr in diesem Winter sehr viel alleine Ski, während sie Tantra-Studien bei einer Buddhistengruppe in Maryland nachging. Als sie davon zurückkehrte, hatte sie das Haar kurzgeschoren und konnte beliebig im Lotussitz meditieren. Ihre niemals blinzelnden Augen sahen mitten durch ihn hindurch, und sie sah im Sex nur noch eine unwillkommene Ablenkung von der Visualisierung ihres Mandala. Ein Jahr später lebten sie nicht mehr zusammen. Sie hatte sich einer Ashram-Gruppe auf einer Farm bei Schenectedy angeschlossen, und er hatte eine Freundin in Brattleboro. Und damit reichte es ihm, was Miß 1734 anbelangte. Die nächste verfügbare Simulatorzeit bekam er drei Tage später.

Die zweite, Miß 3543, war ein hochgewachsenes, lebenslustiges Mädchen mit sandfarbenem Haar und hinreißenden Sommersprossen auf der Nase. Sie und Honorius ließen sich in Malibu nieder, wo sie jeden Tag Tennis spielte und ›Schöner-Wohnen‹-Magazine las. Wie gut sie aussah, als sie ihm seinen Waldorf-Salat neben dem Holzkohlengrill servierte und zu ihren Füßen der Cockerspaniel herumtobte! Dann waren sie in Paris – aus dem Spaniel war ein traurig dreinblickender Dackel geworden, und sie torkelte im Parnaß betrunken über die Straße und rief ihm irgend etwas Beleidigendes hinterher. Dann gab es ähnliche Szenen in Rom, Villefranche, Ibizza. Sie war jetzt ständig betrunken, und sie schienen den Dackel gegen ein Kind eingetauscht zu haben, und dann war da noch ein Kind und dazu kamen zwei Katzen und eine Haushälterin, die sich um das alles kümmerte, während 3543 eine Entziehungskur in einem sehr guten Sanatorium bei Grissons machte. Und jetzt waren sie in London. Sie war jetzt wieder fast ganz trocken, eine große, knochige, ernste Frau, die den Mund seltsam verzog, als könne sie nicht mehr grinsen, während sie auf dem Trafalgar Square Scientology-Flugblätter verteilte, und das war das Ende von 5 Jahren mit Miß 3543.

Bei Nummer Drei konnte sich Honorius nur noch daran erinnern, daß sie als ein bezauberndes, schüchternes Mädchen angefangen hatte, das seiner dämmrigen Easthampton-Wohnung mit ihrem langen, köstlichen, sexy Schweigen einen Hauch beständiger knisternder Erotik gab. Zwei Jahre später, in einer Suite im Cattleman-Hotel von Tulsa, brüllte er sie an: »Sag endlich irgendwas, du Wachsfigur! Egal was! Rede mit mir, um Himmels willen, sag doch was, du dumme Kuh!« Nummer

Vier entdeckte ihr verborgenes Talent mit 27 und wurde ein Rollerball-Star. Nummer Fünf war die Selbstmörderin, der immer etwas dazwischenkommt. Oder war das Nummer Sechs gewesen?

Einen Tag vor Ablauf der Frist hatte Honorius vierzehn Karten durchprobiert, ohne daß etwas Ermutigendes dabei herausgekommen wäre. Er fühlte sich gereizt, in die Enge getrieben und zutiefst beunruhigt. So ging er zu seinem letzten Rendezvous mit düsteren Ahnungen, fast schon entschlossen, es mit der 11. Karte durchzustehen, einem ewig kichernden Ding mit zwei dämlichen Brüdern, aber wenigstens keine so schreckliche Katastrophe wie die anderen.

Aus Sicherheitsgründen war der Terminal aus dem Möbelwagen entfernt worden und stand jetzt in einer nicht mehr benutzten Toilette zwei Etagen unter Fulers Büros. Honorius ließ sich einschalten und sah sich über einen kalifornischen Strand laufen, an seiner Seite Miß 6903, eine gutaussehende Brünette, die ihm irgendwie bekannt vorkam. Hier liefen sie auch schon lachend über die George-Washington-Brücke, offenbar ohne jede Vorahnung zukünftiger Ehe-Schrecknisse. Als nächstes aßen sie Schafskäse auf einer Klippe über der Ägäis und tranken dazu schweren Rotwein. Sie standen auf einer weiten steinigen Ebene mit schneebedeckten hohen Bergen im Hintergrund. Tibet? Peru? Und dann liefen sie in Miami zusammen durch den Regen, sie trug seinen Regenmantel und lachte. Es folgte ein Szene in einem flachen, weißen Haus irgendwo auf dem Land, und sie liebten sich oft, und dann lief er nachts im Schlafzimmer auf und ab, und wiegte ein Baby mit Magenkoliken auf den Armen. Das war's. Die fünf Jahre waren um.

Honorius eilte in Fulers Büro. »Fuler«, rief er. »Ich habe sie doch noch gefunden. Ich glaube, ich liebe 6903!«

»Herzlichen Glückwunsch, mein Lieber!« sagte Fuler. »Ich habe mir schon Sorgen gemacht. Wann wollen Sie das Vorstellungsarrangement haben?«

»Ich werde jetzt gleich die Heiratszusage abgeben«, erwiderte Honorius begeistert. »Schalten Sie Ihren Einwohnermelde-Terminal ein, und verbinden Sie mich mit der Bürgerregistratur! 6903, was für eine attraktive Nummer, nicht wahr! Ich bin gespannt, wie sie richtig heißt!«

»Das kann ich sofort für Sie herausfinden«, sagte Fuler, von Honorius' Begeisterung angesteckt. »Dies hier ist schließlich der Clandstine Computer Service! Lassen Sie mich die Nummer eben in unseren Prozessor eingeben ... so, da haben wir sie. Es ist Miß Dinah Grebs, 4885 Railroad Street, Flushing, Queens.«

»Kommt mir vor, als hätte ich den Namen schon mal irgendwo gehört«, meinte Honorius.

»Mir auch«, meinte Fuler. »Er klingt so eigentümlich vertraut. Grebs, Grebs ...«

»Haben Sie mich gerufen, Sir?« fragte Miß Grebs aus dem Nachbarzimmer.

»Das sind Sie!« schrie Fuler.

»Das sind Sie!« schrie Honorius. »Sie kam mir ja gleich so bekannt vor. Sie ist 6903!«

Fuler brauchte eine Minute, diese Enthüllung zu verarbeiten. Dann sagte er sehr entschieden: »Miß Grebs, können Sie mir erklären, wie Ihre Datenkarte zwischen die der von Mr. Honorius ausgewählten Kandidatinnen kommt?«

»Das möchte ich gern Mr. Honorius unter vier Augen erklären«, antwortete sie leise aber bestimmt.

Nachdem Fuler gegangen war, standen sich Honorius und Grebs in seinem Büro gegenüber. »Würde es Ihnen etwas ausmachen, mir den Grund zu sagen?« erkundigte sich Honorius.

»Sie sind ein guter Fang, Mr. Honorius«, antwortete Dinah Grebs. »Aber ich habe mich tatsächlich in Sie verliebt, als Sie zum ersten Mal bei uns hereinsahen. Ich brauchte nicht die Hilfe der größten Denkmaschine der Welt, um mir da sicher zu sein. Ihre First-Class-Agentur hätte meine Karte niemals in die nähere Wahl einbezogen. Und Sie haben mir keinen einzigen Blick nachgeworfen. Aber ich wollte Sie, Honorius, und deshalb tat ich, was ich tun mußte, um Sie zu kriegen. Und ich schäme mich nicht im geringsten deswegen!«

»Ich verstehe«, erwiderte Honorius. »Ich muß Ihnen aber sagen, daß Sie aus meiner Sicht keinerlei legale Eheansprüche gegen mich haben. Trotzdem möchte ich Ihnen für Ihr Interesse, Ihre Zeit und die ganzen Ungelegenheiten eine angemessene finanzielle Entschädigung anbieten.«

»Was habe ich da gerade gehört? Stimmt das wirklich?« rief Grebs. »Sie bieten mir Geld an, damit ich Sie gehen lasse?«

»Ja, sicher«, bestätigte Honorius. »Ich möchte eine faire Regelung für uns beide.«

»Dreckskerl«, sagte die Grebs. »Es wird dich keinen Cent kosten, mich loszuwerden. Du hast es gerade schon geschafft. Endgültig!«

»Warten Sie doch einen Moment«, sagte Honorius erschrokken. »Ich habe das Gefühl, da haben Sie etwas in die ganz falsche Kehle gekriegt. Ihr Ton ist völlig fehl am Platz. *Ich* bin doch derjenige, der sich hier verletzt fühlen muß, nicht Sie.«

»Sie fühlen sich verletzt? Ich verliebe mich Hals über Kopf in Sie, begehe wegen Ihnen mehrere kriminelle Handlungen, riskiere alles mögliche, mache mich vor Ihnen zum Narren, und Sie stehen hier vor mir und erklären mir auch noch, Sie fühlten sich durch mich verletzt!«

»Aber Sie haben doch versucht mich hereinzulegen! Ich nehme an, Sie haben die Datenkarten irgendwie manipuliert, oder etwa nicht?«

»Da haben Sie recht«, schrie sie. »Ich bin sicher, jede davon würde Ihren primitiven Ansprüchen genügen. Ich empfehle Nummer Drei, das war die, die nie redete. Bei der bekommen Sie wenigstens immer recht!«

Honorius murmelte etwas, das nach einer Verwünschung klang, und trat dicht an sie heran. Grebs holte mit der Hand aus, und Honorius packte Ihr Handgelenk. Und plötzlich waren sie sich körperlich sehr nahe. Sie lagen sich zwar nicht gerade in den Armen, aber sie fühlten sich gegenseitig und sahen einander direkt in die Augen, während sie heftig atmeten.

Liebe, das geheime und dem Staat unzugängliche Herz des Paarungsverhaltens beim Menschen, ist eine beobachtbare, aber niemals zu simulierende Größe in den zwischenmenschlichen Beziehungen. Liebe überwindet alle gegenteiligen Vorsätze und macht jeden bereits gefaßten Entschluß hinfällig. Der gegenseitige Liebesblick ist die Simulation aller zukünftigen Liebe, denn er gibt den Vorgeschmack aller kommenden Freuden und Sorgen und setzt den automatischen Paarungsmechanismus in Gang, auf dem Erfolg und Sicherheit unseres Staatswesens beruhen.

Später fragte Honorius: »Sag mal, war unsere Zukunft, die ich da im Computer gesehen habe, echt oder hast du die Daten zurechtgemauschelt?«

»Da mußt du schon abwarten und es selber herausfinden«, sagte ihm Dinah, und das hörte er nicht zum letzten Mal von ihr.

Originaltitel: ›Sneak Previews‹
Copyright © 1978 by Robert Sheckley
Copyright © 1981 by Bastei Verlag
Gustav H. Lübbe, Bergisch Gladbach
Aus dem Amerikanischen übersetzt von Michael Görden

RICHARD D. NOLANE

Die Zeit der Überraschungen

Die Straße, in der William Clayne wohnte, war so eng, daß der Droschkenkutscher sich weigerte, hineinzufahren, und mich schon in der Queens Street absetzte. Der eisige Nebel drang mir sofort bis ins Knochenmark. Ich schlug den Mantelkragen hoch und begann durch die schwarzen Pfützen zu laufen, die in dem Gäßchen standen. Kurz darauf langte ich bei der niedrigen Tür zu Claynes Wohnung an. Ich läutete, und sie ging auf; hinter ihr lag ein muffiger Korridor, den die Kerze in Claynes zitternder Hand kaum erhellte.

»Ich bin glücklich, daß Sie gekommen sind, Monsieur Corbett«, begrüßte er mich.

Ich antwortete nicht und begnügte mich mit einem leichten Nicken. Ich wollte möglichst bald wieder fort und zu meiner Verlobten zurückkehren, die in dem kleinen Restaurant an der Themse auf mich wartete, in dem wir einander vor sechs Monaten kennengelernt hatten.

Sobald ich mich im Zimmer des alten, leicht gebeugten Mannes befand, überflog ich den Raum mit einem Blick. Alle Wände waren mit staubigen Büchern bedeckt: sie lagen kunterbunt auf Regalen herum, deren Bretter sich unter der Last bogen. Im Zimmer herrschte ein solches Durcheinander, daß ich mich nicht weiter vorwagte. Clayne bedeutete mir, mich zu setzen, und reichte mir ein Glas Whisky, das er schon vorbereitet hatte.

»Sie müssen entschuldigen, aber ich habe nichts anderes im Haus«, erklärte er. »Ich bin wirklich glücklich darüber, daß Ihre Zeitung sich für meine Geschichte interessiert.«

Ich setzte ein höfliches Lächeln auf, denn ich wollte ihm nicht gestehen, wie unbedeutend meine Beiträge für *Piccadilly Clarion* waren.

»Man hört ja nicht jeden Tag von einer Maschine, mit der

man durch die Jahrhunderte reisen kann«, sagte ich nach einer kurzen Pause, um auf das eigentliche Thema zu sprechen zu kommen.

William Clayne wartete, bis ich meinen Notizblock bereitgelegt hatte, bevor er zu reden begann.

»Möchten Sie, daß ich Ihnen zunächst das Prinzip meiner Maschine erkläre?«

Ich nickte.

»Wenn man es mit einfachen Worten ausdrücken will, so könnte man sagen, daß sie genauso funktioniert wie die komischen Gebetsmühlen, die die Reisenden aus Nepal mitbringen.«

»Das ist merkwürdig«, bemerkte ich, nachdem ich einen Schluck Whisky getrunken hatte.

»Auf den ersten Blick vielleicht. Um den Vergleich weiterzuspinnen: die Kabine meiner Maschine, in der sich die Person, die das Experiment durchführt, befindet, entspricht dem zentralen Teil der Gebetsmühle. Die Maschine wird durch einen Mechanismus in Gang gesetzt, der mit einer Dampfmaschine des gleichen Typs verbunden ist, den die modernsten Schiffe heutzutage verwenden. Sobald die Dampfmaschine eingeschaltet wird, löst die auf die Kabine übertragene Zentrifugalkraft einen Mechanismus aus, den ich erfunden habe. Dieser erzeugt Vibrationen von einer solchen Intensität, daß sie Kräfte in Bewegung setzen, die meiner Meinung nach zum subätherischen Universum gehören. Diese Kräfte, die auch für mich ein Geheimnis geblieben sind, schleudern Kabine und Passagier in die Tiefen der Zeit.«

Ich stellte mein Glas ab und versuchte mir einzureden, daß ich es nicht mit einem Wahnsinnigen zu tun hatte.

»Ich verstehe . . . Und wann haben Sie die ersten Experimente unternommen?«

Clayne trat an seinen mit Papieren überladenen Schreibtisch.

»Anfang 1875, also vor etwas mehr als einem Jahr. Ich habe meinen Hund zweimal in die Vergangenheit geschickt, zuerst um ein Jahr, dann um zwei Jahre. Es handelt sich um ein altes Tier, ich ging also kein großes Risiko ein. Nach seiner Rückkehr ließ ich ihn unter einem Vorwand von einem Tierarzt untersuchen. Da sich dabei ergab, daß er keinen Schaden genommen hatte, wurde die dritte Reise von einem Menschen durchgeführt.«

»Es war sicherlich nicht leicht, einen Freiwilligen zu finden?«

»Ganz im Gegenteil«, stellte der alte Mann lächelnd fest. »Keiner dieser verkommenen Vagabunden kann einer warmen Mahlzeit und ein paar leicht verdienten Schillingen widerstehen! So war es jedenfalls bei den ersten beiden Reisen. Dann haben die Leute begonnen, unsinnige Gerüchte über mich zu verbreiten, und ich habe meine Vorgangsweise ändern müssen.«

»Man hat Sie beschuldigt, die Vagabunden getötet zu haben«, murmelte ich.

Clayne hob die Arme zum Himmel.

»Die Leute behaupten alles mögliche. Die Polizei hat mir nie etwas nachweisen können. Aus dem einfachen Grund, weil meine beiden Versuchskaninchen verschwunden sind. Ich hatte meine Maschine so eingestellt, daß sie sie zum Anfang des Jahrhunderts transportierte. Sie ist beide Male leer zurückgekommen.«

Ich bemerkte, daß sich der Ton meines Gesprächspartners geändert hatte.

»Zuerst habe ich angenommen, daß sie vielleicht dort geblieben waren. Aber eine Untersuchung der Maschine ergab, daß ich mich geirrt hatte: Sie hatten die Kabine nie verlassen, mußten sich also unterwegs verflüchtigt haben. Damals nahm ich an, daß die Reise in die Zeit eine Utopie ist. Ich gab meine Versuche auf und unternahm eine Reise auf den Kontinent.«

Ich wollte eine Frage stellen, aber Clayne hinderte mich daran.

»Ich fuhr nach Wien zu einem Freund«, fuhr er fort, »der mir einen jungen Mann vorstellte, mit dem ich über meine mißglückten Versuche sprach. Er fand die Lösung des Problems und bestand darauf, mit mir nach London zu kommen. Ich konnte ihn nicht davon abbringen, als nächster die Reise anzutreten ...«

»Und was waren die ersten Ergebnisse?«

»Bei der ersten Reise, die zehn Jahre in die Vergangenheit

führte, bestätigte sich seine Annahme: Die Reisenden können nicht über das Datum ihrer Geburt hinausgelangen! Als Vorsichtsmaßnahme hatte ich einen dieser neuen photographischen Apparate, die kaum größer sind als die Laternen einer Kutsche, in der Kabine angebracht; ein Mechanismus löste ihn in dem Augenblick aus, in dem die Kabine ihr Ziel erreichte. Als die Platte entwickelt wurde, zeigte sie meinen jungen Freund, der bewußtlos im Fauteuil der Kabine lag. Das heißt, sie zeigte den Jugendlichen, der er vor zehn Jahren gewesen war! Unglücklicherweise erinnerte er sich bei seiner Rückkehr an nichts mehr. Ich gebe offen zu, daß ich mich damals fragte, welchen Wert Zeitreisen angesichts der wunderbaren Erfindungen haben, die in den letzten Jahren gemacht wurden, zum Beispiel diesen neuen unterseeischen Schiffen, von denen man seit einiger Zeit so viel spricht ...«

Clayne wartete, bis ich mir alles notiert hatte.

»Haben Sie nie daran gedacht, eine Reise in die Zukunft zu versuchen?«

»Sie stellen diese Frage vollkommen zurecht, mein lieber Corbett. Mein junger Freund überredete mich dazu, einige Anschlüsse in der Kabine zu ändern, und sein erster Sprung in die Zukunft verlief zur vollsten Zufriedenheit, denn die Platte zeigte meinen Freund leicht gealtert, aber offensichtlich bei bester Gesundheit. Die nächste Reise ging über vierzig Jahre und brachte das gleiche Ergebnis, nur daß er jetzt ein würdiger alter Herr geworden war. Erst bei der dritten Reise erhielt ich den Beweis dafür, daß es eine Reinkarnation gibt!«

Ich gebe zu, daß ich unwillkürlich zusammenzuckte. Die Reinkarnation? Davon hatte er in dem Brief an die Zeitung nichts erwähnt.

»Ja, Mosieur Corbett, der Tod ist nicht der Schlußpunkt!«

»Wie bitte?«

»Ich habe meinen Freund in das Jahr 1960 geschickt, in dem er sicherlich nicht mehr am Leben war, und wissen Sie, was die Platte zeigte?«

»Nein«, antwortete ich gespannt, während ich meinen Notizblock weglegte.

Clayne war wirklich geisteskrank.

»EIN SCHWEIN! Auf der Platte befand sich das durchscheinende, unscharfe Bild eines Schweins! Ich möchte gern wissen, womit er das verdient hat, denn Sie wissen zweifellos, daß der Theorie der Reinkarnation zufolge die Seele nach dem Tod jene äußere Hülle erhält, die ihr auf Grund ihres vergangenen Lebens zusteht. Mein Freund war über diese Offenbarung so empört, daß er mit meiner Maschine geflohen ist. Die Skala war auf das Jahr eingestellt, in dem ich ihn kennengelernt hatte. Ich hoffe für ihn, daß er sich von dem Schock erholt hat, denn in dem Augenblick, in dem er die Kabine verlassen hat, wurde er nach Wien projiziert. Es handelt sich dabei um ein erstaunliches Paradoxon, das sich aber irgendwie auflösen muß, denn ich besitze ja Fotos aus der Zukunft von ihm ... Ein weiteres Rätsel für unsere Wissenschaft. Außerdem ist die gesamte Episode, die er mit mir erlebt hat, sicherlich aus seinem Gedächtnis gelöscht ...«

Ich hatte genug gehört und erhob mich.

»Ich nehme an, daß Sie Beweise für Ihre Behauptungen haben«, meinte ich sarkastisch.

Der alte Mann seufzte.

»Unglücklicherweise wurden meine Maschine und die Platten bei einem Brand zerstört ... Aber ich schwöre Ihnen, daß es sich um die reine Wahrheit handelt. Außerdem habe ich nichts davon, wenn ich Sie belüge, denn meiner Meinung nach hat das Zeitreisen keine Zukunft, wenn ich mich so ausdrücken darf. Ich habe Ihrer Zeitung nur geschrieben, damit die Menschen davon erfahren. Es gibt sogar Augenblicke, in denen ich mich frage, ob die letzte Platte vielleicht schon belichtet war, als ich sie verwendete. Das Bild war unscharf, müssen Sie wissen, und man mußte schon genau hinsehen, um die Gestalt eines Schweines zu erkennen ...«

Der aufrichtige Ton des Alten rührte mich, und ich erkundigte mich zum Spaß nach dem Namen seines Wiener Freundes, der nach seinem Tod angeblich in die schmutzige Haut eines gewöhnlichen Schweines schlüpfen würde.

»Ach«, meinte Clayne, »er hatte einen merkwürdigen Namen, der Ihre Leser vielleicht amüsieren wird ...«

Nachdem er mir den Namen buchstabiert hatte, steckte ich

meinen Notizblock endgültig ein und verließ rasch die düstere Behausung; in Gedanken befand ich mich bereits bei meiner Geliebten.

Erst in der Kutsche sagte ich mir lächelnd, daß dieser Sigmund Freud sicherlich eine sexuelle Fixierung oder etwas Ähnliches hatte, wenn ihm ein solches Los bestimmt war. Vorausgesetzt, daß es ihn und die Maschine William Claynes wirklich gab ...

Was ich allerdings entschieden bezweifelte.

Originaltitel: ›Le temps des surprises. Fragment d'une histoire inconnue des sciences et techniques‹
Copyright © 1981 by Richard D. Nolane
Aus dem Französischen übersetzt von Hilde Linnert

ALFRED BESTER

Die Mörder Mohammeds

Da war ein Mann, der verstümmelte die Weltgeschichte. Er stürzte Kaiserreiche und entwurzelte ganze Dynastien. Ginge es nach ihm, wäre Mount Vernon kein Nationalheiligtum und hieße Columbus in Ohio Cabot, Ohio. Seinetwegen sollte der Name Marie Curie in Frankreich verflucht sein, und keiner könnte mehr beim Barte des Propheten schwören. In Wirklichkeit kam es nicht so weit; er war ein verrückter Professor, oder anders ausgedrückt: er erreichte nur, daß die Dinge für ihn selber unwirklich wurden.

Nun, der geduldige Leser kennt den landläufigen Typ des verrückten Professors zur Genüge – zu kurz geraten, dafür mit buschigen Augenbrauen ausgestattet, der in seinem geheimnisvollen Laboratorium schreckliche Ungeheuer hervorbringt, die sich unweigerlich gegen ihren Erfinder wenden und seine liebreizende Tochter bedrohen. Diese Geschichte handelt aber nicht von einem solchen Hexenmeister. Sie handelt vielmehr von Henry Hassel, einem waschechten verrückten Professor, der auf gleicher Stufe steht mit bekannten Größen wie Ludwig Boltzmann (1844–1906), Jaques Alexandre César Charles (1746–1823) und André-Marie Ampère (1775-1836).

Von Ampère sollte man wissen, daß die Maßeinheit der elektrischen Stromstärke nach ihm benannt ist. Ludwig Boltzmann, ein bedeutender österreichischer Physiker, wurde durch seine Arbeiten über die Strahlung schwarzer Körper und über ideale Gase bekannt. Jacques Charles war der erste Physiker, der sich für Luftfahrt interessierte. Er erfand den Wasserstoffballon (› Charlière ‹), mit dem er sich beinahe zwei Minuten in der Luft hielt. Diese drei waren Männer von Fleisch und Blut.

Sie waren aber auch verrückte, echte Professoren. Ampère beispielsweise befand sich auf dem Wege zu einer wichtigen Tagung der Naturwissenschaftler in Paris. In der Droschke kam ihm eine glänzende Idee (ich nehme an, elektrischer Natur), er zog einen Bleistift hervor und notierte die Formel auf der Seitenwand des Wagens. Sie lautete: $dH = ipdl/r^2$, wobei der senkrechte Abstand von H zu der Linie des Faktors dl ist; oder $dH = i \sin \varphi \, dl/r^2$. Dies wird auch manchmal als Laplacesches Gesetz bezeichnet, obwohl dieser nicht in der Sitzung war.

Die Droschke fuhr an der Académie vor. Ampère sprang heraus, bezahlte den Kutscher und eilte in die Versammlung, um seine Idee vorzutragen. Er konnte die Aufzeichnungen nicht finden, errinnerte sich aber, wo er sie niedergeschrieben hatte, und mußte nun kreuz und quer durch die Straßen von Paris der in der Droschke rollenden Gleichung nachjagen. Manchmal kommt es mir so vor, als ob Fermat auf ähnliche Weise sein berühmtes ›Letztes Theorem‹ verloren haben könnte, obwohl auch er nicht auf der Tagung war, dieweil er etwa zweihundert Jahre vorher das Zeitliche gesegnet hatte.

Oder man nehme Boltzmann. Der gab einen Kurs über fortgeschrittene ideale Gase und würzte seine Vorlesung mit schwierigen Berechnungen aus der höheren Mathematik, die er spielend und schnell im Kopf bewältigte. Er hatte eben so einen Kopf. Seine Studenten, die seinen Ausführungen nicht folgen konnten, baten ihn, seine Gleichungen an die Tafel zu schreiben.

Boltzmann versprach das auch und entschuldigte sich. In der nächsten Vorlesung begann er: »Meine Herren, wenn man das Boylesche Gesetz mit dem von Charles kombiniert, gelangt man zu der Gleichung $pv = p_0 v_0 (l + at)$. Nun, wenn $_aS^b = f(x) \, dx\varphi(a)$ ist, dann ist offenbar $pv = RT$ und $_vSf(x, y, z) \, dV = O$. Das ist so einfach, wie zwei und zwei vier ist.« In diesem Augenblick erinnerte sich Boltzmann seines Versprechens. Er ging zur Tafel und schrieb sorgfältig $2 + 2 = 4$ an. Dann fuhr er im Text fort, wobei er spielend die komplizierten albgebraischen Probleme im Kopf löste.

Jacques Charles, ein glänzender Forscher und der Entdecker des nach ihm benannten Gesetzes (auch als Gay-Lussacsches Gesetz bekannt), hatte den krankhaften Ehrgeiz, als anerkannter Paläograph (Entdecker und Kenner alter Manuskripte) zu gelten. Ich vermute, daß die Vorstellung, seinen Ruhm mit

Gay-Lussac teilen zu müssen, ihn aus dem Gleichgewicht gebracht hat.

So zahlte er einem offenkundigen Betrüger namens Vrain-Lucas zweihunderttausend Francs für Briefe, die eigenhändig von Julius Caesar, Alexander dem Großen und Pontius Pilatus geschrieben sein sollten! Dieser Charles, ein Mann, der jedes Gas – ideal oder nicht – durchschauen konnte, glaubte tatsächlich an diese plumpen Fälschungen, ungeachtet dessen, daß sie in modernem Französisch auf modernem Schreibpapier – mit modernen Wasserzeichen – aufgeschrieben waren. Er versuchte sogar, diese teuer erkauften Machwerke dem Louvre zu stiften!

Trotz alledem waren diese Männer keine Schwachköpfe. Sie waren Genies, die einen hohen Preis für ihre einseitige Begabung zahlten, denn ihre übrige Denkweise war nicht von dieser Welt. Ein Genie ist jemand, der auf unerwarteten Wegen zur Erkenntnis der Wahrheit gelangt. Unglücklicherweise führen aber unerwartete Wege im täglichen Leben leicht ins Verhängnis. So erging es Henry Hassel, Professor für angewandte Kompulsion an der Unknown University, im Jahre 1980.

Kein Mensch weiß, wo die Unknown University liegt oder was dort gelehrt wird. Sie hat einen Lehrkörper von rund zweihundert Spinnern und eine Hörerzahl von zweitausend Versagern – von der Sorte, die namenlos bleibt, bis sie den Nobelpreis gewinnt oder erstmalig auf dem Mars landet. Man kann einen ehemaligen U.-U.-Absolventen leicht erkennen; unweigerlich beantwortet er die Frage, wo er studiert habe, mit einem ausweichenden »Staats-Uni« oder »eine Universität hinterm Mond, kennen Sie doch nicht«.

Jedenfalls begab sich unser Henry Hassel an einem frühen Nachmittag von seinem Arbeitsplatz im Psychotic Center nach Hause und ging durch den Säulengang auf dem Campus, welcher der Körperkultur gewidmet ist. Es stimmt nicht, daß er diesen Weg wählte, um sich am Anblick der nackten Studentinnen zu weiden, die da ihre Übungen in anthroposophischer Eurhythmie betrieben, nein, Hassel pflegte sich an den Siegespreisen zu ergötzen, die in der Arkade ausgestellt waren, zum Andenken an Mannschaften der Unknown University, die

Wettbewerbe in Sportarten gewonnen haben, wo eben Mannschaften der Unknown University hervorstechen, wie Strabismus, Protrusion und Botulismus. (Hassel war drei Jahre hintereinander Sieger im Frambösie-Einzelspiel.) Beschwingt eilte er heim und – fand seine Frau in den Armen eines fremden Mannes.

Da war sie, eine sehr attraktive Dame von fünfunddreißig mit tizianrotem Haar und Mandelaugen, innig umschlungen von einem Zeitgenossen, dessen Taschen mit Aufzeichnungen, Schriftstücken, mikrochemischen Instrumenten und einem Reflexhammer vollgepfropft waren. Also ein typisches U.U.-Exemplar. Die Umarmung war so intensiv, daß keine der anstößigen Parteien merkte, wie Hassel vom Korridor her wütende Blicke nach ihnen schoß.

Nun denke man an Ampère, an Charles und Boltzmann. Hassel wiegt über neunzig Kilogramm; er ist ein Muskelprotz ohne Hemmungen. Es wäre ein Kinderspiel für ihn gewesen, Weib und Liebhaber in Stücke zu reißen und so schnurstracks und unmittelbar das gewünschte Ziel zu erreichen, nämlich das zeitliche Ende der Existenz seiner Gattin. Aber Henry Hassel gehörte nun einmal zur Klasse der Genies; sein Gehirn arbeitete anders.

Hassel holte tief Luft und raste wie eine Lokomotive in sein Privatlabor. Er öffnete eine Schublade mit der Aufschrift Duodenum und nahm einen Revolver vom Kaliber 0,45 heraus. Geschwind öffnete er eine Reihe anderer Schubladen mit interessanten Beschriftungen und setzte allerei Geräte zusammen. In genau siebeneinhalb Minuten (so groß war seine Wut) baute er eine Zeitmaschine auf (so ein genialer Mensch war er).

Professor Hassel setzte sich in seine Zeitmaschine, stellte den Hebel auf 1902, nahm den Revolver und drückte auf einen Knopf. Die Maschine rasselte wie eine verstopfte Wasserleitung und Hassel verschwand. Er tauchte am 3. Juni 1902 in Philadelphia wieder auf und ging geradewegs in die Walnutstreet 1218, einen roten Ziegelbau. Auf sein Klingeln öffnete ein Mann.

»Mr. Jessup?« fragte Hassel mit erstickter Stimme.

»Ja?«

»Sie sind doch Mr. Jessup?«

»Der bin ich.«

»Sie werden einen Sohn haben – Edgar? Edgar Allan Jessup – so benannt wegen Ihrer bedauerlichen Vorliebe for Poe?«

Der dritte Smith Brother war verdutzt. »Nicht daß ich wüßte«, sagte er, »ich bin noch nicht verheiratet.«

»Das kommt noch«, sagte Hassel wütend. »Und ich habe das Pech, mit der Tochter Ihres Sohnes, Greta, verheiratet zu sein.« Damit hob er den Revolver und erschoß den künftigen Großvater seiner Frau.

»Sie hat aufgehört zu existieren«, murmelte Hassel, den Rauch aus dem Lauf blasend. »Ich werde Junggeselle bleiben – vielleicht heirate ich auch eine andere ... Großer Gott! Wen bloß?«

Ungeduldig wartete Hassel auf die automatische Rückkehr der Zeitmaschine, um wieder in sein Laboratorium zu gelangen. Er eilte ins Wohnzimmer und – da war sein rothaariges Weib, immer noch in den Armen des fremden Mannes.

Hassel war wie vom Blitz getroffen.

»So ist das also«, knurrte er, »Treulosigkeit als Familientradition. Na schön, da müssen wir eben noch was unternehmen. Es gibt Mittel und Wege.« Er gestattete sich ein hohles Lachen, ging in sein Labor und ließ sich in das Jahr 1901 tragen. Alsdann schoß er Emma Hotchkiss tot, die künftige Großmutter seiner Frau mütterlicherseits. Er kehrte zurück in seine Zeit und in sein Heim. Was sah er? Sein rothaariges Weib – wieder in den Armen eines anderen Mannes.

»Aber ich *weiß* doch genau, daß die alte Schraube ihre Großmutter war«, brummte Hassel, »die Ähnlichkeit ist doch unverkennbar. Was, zum Donnerwetter, ist schiefgegangen?«

Hassel war verwirrt und niedergeschlagen, allein er wußte sich zu helfen. Er ging in sein Arbeitszimmer, nahm mit zitternder Hand den Telefonhörer ab und wählte mit Mühe die Nummer des Informationszentrums. Seine Finger blieben beinahe in den Löchern der Drehscheibe stecken. »Sam?« sagte er. »Hier ist Henry.«

»Wer?«

»Henry!«

»Bitte deutlicher sprechen!«

»Henry Hassel!!«

»Oh, guten Tag, Henry.«

»Ich wünsche genaue Auskunft über Zeit.«

»Zeit? Hmmm…« Der Simplex- und Multiplex-Computer räusperte sich, während er darauf wartete, daß sich der Datenkreislauf schloß. »Ahem. Zeit 1) absolut 2) relativ 3) wiederkehrend 1) absolut: Periode, Ablauf, Dauer, Abschnitt, Unendlichkeit…«

»Bedaure, Sam. Falsche Rubrik. Nochmal von vorne. Was ich wissen will, ist: Zeit, Aufeinanderfolge von…, Reise in die…«

Sam verstellte das Getriebe und begann nochmals zu arbeiten. Hassel lauschte gespannt. Er nickte. Er grunzte. »Uh huh. Richtig. Ja, ich verstehe. Hab' ich mir gedacht. Kontinuierlich, eh? Handlungen in der Vergangenheit müssen die Zukunft ändern. Dann bin ich also auf der richtigen Fährte. Die Handlung muß aber wesentlich sein, eh? Massenwirkungsergebnis. Kleinigkeiten können den Strom des Geschehens nicht ablenken. Hmm. Aber ist eine Großmutter eine Lappalie?«

»Was beabsichtigst du eigentlich, Henry?«

»Meine Frau umzubringen!« stieß Hassel hervor und legte auf. Er ging in sein Labor zurück und überlegte, immer noch rasend vor Eifersucht.

»Muß was Wesentliches unternehmen«, murmelte er. »Greta ausrotten! Alles ausrotten! Himmeldonnerwetter, ich werd' es ihnen zeigen!«

Hassel versetzte sich in das Jahr 1775, begab sich auf eine Farm in Virginia und schoß einen jungen Obersten in den Bauch. Sein Name war George Washington. Hassel überzeugte sich, daß er tot war, dann kehrte er zurück in seine Zeit und in sein Haus. Da war sein rothaariges Weib – immer noch in den Armen eines anderen.

»Verflucht noch mal!« rief Hassel. Die Munition war ihm ausgegangen. Er öffnete eine neue Patronenschachtel, fuhr zurück in die Zeit und knallte Kolumbus, Napoleon, Mohammed und ein halbes Dutzend anderer Berühmtheiten nacheinander ab. »Das müßte reichen, zum Donnerwetter!« sagte Hassel zu sich.

Er kehrte in seine Zeit zurück und fand sein Weib wie zuvor.

Die Knie versagten ihm den Dienst, seine Füße schienen mit dem Fußboden zu verschmelzen. Er schleppte sich in sein Labor wie in einem Alptraum.

»Was, zum Teufel, ist wesentlich?« fragte Hassel sich bitter. »Was gehört dazu, die Zukunft zu ändern? Zum Henker, diesmal werde ich sie ändern. Ich gehe aufs Ganze!«

Er reiste nach Paris und besuchte um die Wende des zwanzigsten Jahrhunderts Madame Curie in ihrem Mansardenlabor nahe der Sorbonne. »Madame«, redete er sie in seinem schauderhaften Französisch an, »ich bin Fremder Ihnen zum äußersten, aber Mann von Wissenschaft, gänzlich. Wissend von Ihrer Experiment mit Radium – oh, Sie sind noch nicht gekommen zu Radium? Macht nichts – ich bin hier, Ihnen alles über Atomspaltung zu lehren.«

Er lehrte sie. Und er hatte die Genugtuung, Paris in einer unheimlichen pilzförmigen Rauchwolke untergehen zu sehen, bevor der automatische Rückkopplungsmechanismus der Zeitmaschine ihn heimbrachte. »Das wird Weiber lehren, treu zu sein«, knirschte er. »Grr!« stieß er zwischen den Zähnen hervor, als er sein rothaariges Weib immer noch... Aber wozu das wiederholen?

Wie durch eine Nebelwand tastete Hassel sich in sein Arbeitszimmer und versuchte, seine Gedanken zu ordnen. Während er grübelt, möchte ich noch betonen, daß dies keine landläufige Zeitreisegeschichte ist. Wer aber jetzt glaubt, daß Henry nun entdecken wird, daß der Mann, der sein Weib liebkost, er selber sei, der hat sich geirrt. Der Schurke ist auch nicht etwa sein Sohn Henry Hassel oder gar Ludwig Boltzmann. Hassel macht auch eine enttäuschende Rundreise in der Zeit, um da zu landen, wo die Geschichte anfängt, aus dem einfachen Grund, weil die Zeit weder rund noch geradlinig, scheibenförmig, elliptisch oder dehnbar ist. Die Zeit ist eine private Angelegenheit; das sollte Hassel entdecken.

»Muß irgendwas versiebt haben«, brummte er, »und das muß ich herausbekommen.« Er zerrte an dem Telefon, das ihm tonnenschwer erschien, und bekam endlich Verbindung mit der elektronischen Zentralbibliothek.

»Hallo, Bibliothek? Hier Henry.«

»Wer?«

»Henry Hassel.«

»Bitte deutlicher!«

Henry Hassel!

»Oh, guten Tag, Henry.«

»Ich wünsche Auskunft über George Washington.«

Bibliothek gluckste, während ihre Tasten das Material sichteten. »George Washington, erster Präsident der Vereinigten Staaten, geboren am ...«

»Erster Präsident? Wurde er nicht 1775 ermordet?«

»Aber Henry! Was für eine absurde Frage! Jeder weiß, daß George Wash ...«

»Weiß denn keiner, daß er erschossen worden ist?«

»Von wem?«

»Von mir.«

»Wann?«

»1775.«

»Wie hast du das denn gemacht?«

»Mit dem Revolver.«

»Nein, ich meine, wie du das vor zweihundert Jahren gemacht hast?«

»Ich habe eine Zeitmaschine.«

»Tja, davon steht hier nichts«, sagte Bibliothek, »in meinem Katalog ist er ganz in Ordnung. Du mußt danebengetroffen haben.«

»Ich habe nicht danebengetroffen! Was ist mit Christoph Kolumbus? Steht da was von seinem Tod im Jahre 1489?«

»Aber er hat doch 1492 die Neue Welt entdeckt.«

»Nein – er wurde 1489 ermordet.«

»Wie denn?«

»Mit einer 0,45-Kugel in den Bauch.«

»Wieder von dir, Henry?«

»Ja.«

»Ist hier nicht vermerkt«, erwiderte Bibliothek, »du mußt ein lausiger Schütze sein.«

»Ich will mich nicht aufregen«, sagte Henry zitternd.

»Und warum nicht, Henry?«

»Weil ich es schon bin!« brüllte Hassel. »Also gut, was ist mit

Marie Curie? Hat sie oder hat sie nicht die Atombombe erfunden, die Paris um die Jahrhundertwende zerstört hat?«

»Hat sie nicht. Enrico Fermi ...«

»Hat sie doch!«

»Hat sie nicht!«

»Ich selber habe sie gelehrt. Ich! Henry Hassel!«

»Du bist bekannt als großartiger Theoretiker, aber du bist ein miserabler Lehrer, Henry. Du ...«

»Zum Teufel mit dir, du altes Huhn! Es muß doch eine Erklärung geben.«

»Warum?«

»Ich komme gerade nicht drauf. Ich hatte etwas im Sinn, aber mir ist es jetzt schnuppe. Was schlägst du vor?«

»Hast du wirklich eine Zeitmaschine?«

»Natürlich hab' ich eine Zeitmaschine.«

»Dann geh zurück und sieh nach.«

Henry kehrte in das Jahr 1775 zurück, suchte Mount Vernon auf und störte die Frühlingssaat. »Verzeihen Sie, Colonel«, begann er.

Der berühmte Mann betrachtete ihn neugierig. »Ihr habt eine komische Aussprache«, sagte er. »Wo kommt Ihr her?«

»Och, eine Universität hinterm Mond, kennen Sie doch nicht.«

»Ihr seht auch komisch aus, sozusagen nebelhaft.«

»Sagen Sie, Colonel, was hört man von Christoph Kolumbus?«

»Nicht viel«, antwortete Colonel Washington, »tot seit zwei-, dreihundert Jahren.«

»Wann ist er gestorben?«

»Fünfzehnhundertsoundso, soweit ich mich erinnern kann.«

»Stimmt nicht. Er starb im Jahre 1489.«

»Ihr irrt Euch in den Daten, Freundchen. Er entdeckte Amerika im Jahre 1492.«

»Cabot hat Amerika entdeckt. Sebastian Cabot.«

»Unsinn. Cabot kam eine Weile später.«

»Ich habe unzweifelhafte Beweise«, begann Hassel. Er stockte, als ein gedrungener Kerl mit vor Wut ulkig rotgequollenem Gesicht sich näherte. Er trug ausgebeulte graue Hosen und eine Tweedjacke, die ihm zwei Größen zu klein war. In der

Hand hielt er einen Revolver vom Kaliber 0,45. Es dauerte einen Augenblick, bis Henry Hassel erkannte, daß er sich selber anstarrte, und es war ihm unbehaglich zumute.

»Allmächtiger«, murmelte Hassel, »ich bin's, zurückgekommen, um Washington zum erstenmal zu erschießen. Hätte ich diese zweite Reise nur eine Stunde später angetreten, so hätte ich Washington tot vorgefunden. He!« rief er. »Noch nicht! Einen Moment! Ich muß noch etwas in Ordnung bringen.«

Hassel schenkte sich keine Beachtung, ja er schien sich seines Selbst nicht bewußt zu sein. Er ging stracks auf Colonel Washington zu und schoß ihn in den Bauch. Colonel Washington fiel um, mausetot. Der erste Mörder inspizierte die Leiche, ignorierte Hassels Versuch, ihn aufzuhalten und zur Rede zu stellen, machte kehrt und schritt davon, Verwünschungen murmelnd.

»Er hat mich nicht gehört«, wunderte sich Hassel, »er hat mich nicht einmal gespürt. Und wieso kann ich mich nicht erinnern, daß ich mich selbst beim erstenmal davon abhalten wollte, den Colonel zu erschießen? Was geht hier vor, zum Kuckuck?«

Reichlich verwirrt begab sich Henry Hassel nach Chikago und geriet auf den Squashplatz der Universität Anfang der vierziger Jahre. Überzogen von Kohlenstaub, suchte er einen italienischen Naturforscher namens Fermi auf.

»Wie ich sehe, wiederholen Sie das Forschungswerk von Marie Curie, Dottore«, sagte Hassel.

Dr. Fermi sah sich um, als ob er ein schwaches Geräusch gehört hätte.

»Sie wiederholen also das Werk von Marie Curie, Dottore!« brüllte Hassel.

Fermi sah ihn sonderbar an. »Wo kommen Sie her, amico?«

»Von der Staatlichen.«

»Staatlichen Verwaltung?«

»Einfach Staatliche Uni. Sagen Sie, Dottore, hat nicht Marie Curie im Jahre neunzehn null null die Kernspaltung entdeckt?«

»Nein! Nein! Nein!« schrie Fermi. «Wir sind die ersten! Und wir sind noch nicht so weit. Hilfe! Polizei! Spione!«

»Diesesmal wird es vermerkt werden«, knurrte Hassel. Er zog seine zuverlässige Schußwaffe, jagte den Inhalt in Dr. Fermis

Brustkorb und wartete auf seine Verhaftung und die Schlagzeilen in den Zeitungen. Zu seinem Erstaunen brach Dr. Fermi nicht zusammen. Der fühlte nur sorgfältig seine Brust ab und sagte zu den Leuten, die auf seine Rufe herbeigeeilt waren: »Nicht der Rede wert. Ich bekam plötzlich einen innerlichen Schmerz. Vielleicht ist es eine Neuralgie der Herznerven, aber wahrscheinlich sind es nur versetzte Blähungen.«

Hassel war zu erregt, um die automatische Rückkehr der Zeitmaschine abzuwarten. Er begab sich, so wie er war, zur Unknown University. Jetzt hätte ihm ein Licht aufgehen müssen, er war aber zu verbissen, um zu merken was los war.

Um diese Zeit sah ich (1913–1975) ihn zum erstenmal – eine schemenhafte Gestalt, die durch geparkte Autos, verschlossene Türen und Ziegelmauern trabte mit einem Ausdruck krankhafter Entschlossenheit.

Er glitt in die Bibliothek, um eine eingehende Auskunft einzuholen, wurde aber von den Registern weder gehört noch wahrgenommen. Dann ging er zum Informationszentrum, wo Sam, der Simplex- und Multiplex-Computer, über ein Installationssystem verfügt, das bis zu 10 700 Ångströmeinheiten anspricht. Sam konnte Henry nicht sehen, vermochte ihn aber zu hören, mit Hilfe einer Art Wellen-Interferenz-Phänomen.

»Sam«, sagte Henry, »ich habe eine tolle Entdeckung gemacht.«

»Du machst andauernd Entdeckungen, Henry«, seufzte Sam. »Deine Informationsquote ist voll. Muß ich ein neues Band für dich einlegen?«

»Aber ich brauche Rat. Wer ist die maßgebende Autorität für Zeit, Aufeinanderfolge von ..., Reise in die ?«

»Das wäre Israel Lennox, Astrophysiker, Professor in Yale.«

»Wie kann ich ihn erreichen?«

»Gar nicht, Henry. Er ist tot. 1975 gestorben.«

»Welche lebende Autorität gibt es noch für Zeit, Reise in ...«

»Wiley Murphy.«

»Murphy? Von unserer Trauma-Abteilung? Das trifft sich gut. Wo ist er jetzt?«

»Du wirst lachen, Henry – er ist gerade in dein Haus gegangen, um dich was zu fragen.«

Henry schwebte heim, hielt vergeblich Ausschau in seinem Laboratorium und Arbeitszimmer und gelangte schließlich ins Wohnzimmer, wo sein rothaariges Weib immer noch in den Armen eines fremden Mannes lag. (Der Leser bedenke, daß all dies in wenigen Augenblicken nach der Konstruktion der Zeitmaschine stattgefunden hat; so ist nun einmal das Wesen der Zeit und der Zeitreise.) Hassel räusperte sich und versuchte, seiner Frau auf die Schulter zu klopfen. Seine Finger gingen durch sie hindurch.

»Entschuldige, Liebling«, sagte er, »hat William Murphy mich sprechen wollen?«

Dann sah er genauer hin und stellte fest, daß der Mann, der seine Frau so innig umarmte, Murphy selbst war.

»Murphy!« rief Hassel aus. »Du bist der Mann, den ich suche! Ich habe eine äußerst merkwürdige Beobachtung gemacht.« Mit diesen Worten eröffnete Hassel eine klare Darstellung seiner ungewöhnlichen Beobachtung, die etwa so lautete: »Murphy, $u - v = (u\frac{1}{2} - v\frac{1}{4})\ (u^a + u^x\ v^y + v^b)$, aber wenn George Washington $F\ (x)\ y^2\varphi\ dx$ und Enrico Fermi $F\ (u\frac{1}{2})\ dxdt$ einhalb Marie Curie ist, wie verhält es sich dann mit Christoph Kolumbus mal die Wurzel von minus eins?«

Murphy ignorierte Hassel ebenso wie Mrs. Hassel. Ich notierte Hassels Gleichung auf dem Dach eines vorbeifahrenden Taxis, das neben mir vor einer Ampel hielt.

»Hören Sie mal zu, Murphy«, sagte Hassel, »liebe Greta, würdest du uns mal einen Moment allein lassen? Ich – zum Donnerwetter, wollt ihr wohl diesen Unfug sein lassen! Es ist etwas Wichtiges...«

Hassel versuchte, die beiden auseinanderzubringen, sie spürten und hörten ihn aber nicht. Es war, als ob er auf ein ideales Gas loshämmerte. Ich hielt es für geraten, einzugreifen.

»Hassel!«

»Wer ist da?«

»Komm mal einen Augenblick raus! Ich muß dich sprechen.« Er entschwand durch die Mauer. »Wo bist du?«

»Hier drüben.«

»Du siehst so verschwommen aus.«

»Du auch.«

»Wer bist du?«

»Ich bin Lennox. Israel Lennox.«

»Israel Lennox, Astrophysiker, Professor von Yale?«

»Genau.«

»Aber Sie sind doch 1975 gestorben.«

»Ich bin 1975 verschwunden.«

»Was heißt das?«

»Ich habe eine Zeitmaschine erfunden.«

»Herrgott, ich auch!« rief Hassel aus. »Heute nachmittag. Die Idee kam mir wie eine Erleuchtung – wieso, weiß ich nicht –, und ich habe eine merkwürdige Entdeckung gemacht. Lennox, die Zeit ist nicht kontinuierlich.«

»Nein?«

»Sie ist eine Aufeinanderfolge von Teilchen – wie eine Perlenkette.«

»So?«

»Jede Perle ist ein ›Jetzt‹. Jedes ›Jetzt‹ hat seine eigene Vergangenheit und Zukunft. Aber keine ist mit irgendeiner anderen verbunden. Sehen Sie, wenn $a = a_1 + a_2 ji + \varphi\ ax\ (b_1)$ …«

»Lassen Sie die Arithmetik, Henry.«

»Es ist eine Art Transfer von Energiequanten. Zeit wird in kleinsten Teilchen oder Quanten ausgeströmt. Wir können jedes individuelle Quantum aufsuchen und darin Änderungen herbeiführen, aber keine Änderung in irgendeinem Körperchen beeinflußt ein anderes Körperchen. Richtig?«

»Falsch«, sagte ich bedauernd.

»Na, dann äußern Sie sich«, meinte er.

»Haben Sie bemerkt, daß Sie gewissermaßen substanzlos geworden sind? Daß Raum und Zeit Sie nicht mehr beeinflussen?«

»Ja.«

»Henry, ich habe 1975 eine Zeitmaschine konstruiert.«

»Das habe ich vernommen. Sagen Sie, wie steht es mit der Antriebsleistung? Ich schätze, man braucht etwa 7,3 Kilowatt pro …«

»Lassen Sie die Antriebsleistung, Henry. Auf meiner ersten Reise in die Vergangenheit besuchte ich das Pleistozän. Ich wollte unbedingt das Mastodon, das Riesenfaultier und den Säbelzahntiger fotografieren. Als ich zurücksetzte, um ein Mastodon genau ins Blickfeld zu bekommen und bei einer Blende von 5,6 und $\frac{1}{1000}$ Sekunde oder auf der LVS-Skala ...«

»Lassen Sie die LVS-Skala«, sagte er.

»Also, wie ich zurücksetze, habe ich aus Versehen ein kleines Insekt der Pleistozänwelt zerquetscht.«

»Aha!« sagte Hassel.

»Ich war über dieses Ereignis verstört. Es drängte sich mir die Vorstellung auf, daß ich bei der Rückkehr mein Weltbild verändert antreffen würde, als Folge dieses einen Todesfalles. Stellen Sie sich mein Erstaunen vor, als ich in meine Welt zurückkam und nichts verändert fand.«

»Oho!« sagte Henry.

»Meine Neugier war geweckt. Ich ging zurück in das Pleistozän und erlegte das Mastodon. Das Jahr 1975 zeigte keine Veränderung. Wieder kehrte ich ins Pleistozän zurück und brachte alle möglichen wilden Tiere um – wieder ohne Auswirkungen. Ich kreuzte durch die Zeit und tötete und zerstörte – versuchte, dadurch die Gegenwart zu ändern.«

»Dann haben Sie es genauso gemacht wie ich«, rief Hassel aus.

»Komisch, daß wir uns nicht getroffen haben.«

»Gar nicht komisch.«

»Ich habe Kolumbus umgelegt.«

»Und ich Marco Polo.«

»Ich habe Napoleon umgelegt.«

»Und ich dachte, Einstein sei wichtiger.«

»Mohammed hat kaum die Situation verändert – hätte mehr von ihm erwartet.«

»Ich weiß. Den habe ich auch umgelegt.«

»Wie meinen Sie das?« fragte Hassel.

»Ich brachte ihn am 16. Mai 599 um.«

»Und ich legte ihn am 5. Januar 598 um.«

»Ich glaube Ihnen.«

»Aber wie konnten Sie ihn umbringen, nachdem ich ihn schon umgebracht hatte?«

»Wir haben ihn beide umgebracht.«

»Unmöglich!«

»Mein lieber Freund«, sagte ich, »die Zeit ist völlig subjektiv. Sie ist eine private Angelegenheit – eine persönliche Erfahrung.

Eine objektive Zeit gibt es nicht, ebensowenig wie es eine objektive Liebe oder eine objektive Seele gibt.«

»Wollen Sie sagen, daß reisen in die Zeit unmöglich ist?«

»Gewiß, wir taten es zwar, soweit ich weiß. Aber jeder von uns reist in seine eigene Vergangenheit – nicht in die eines anderen. Es gibt kein allgemeines Kontinuum, Henry. Es gibt Milliarden von Individuen, von denen jedes sein eigenes Kontinuum hat; und ein Kontinuum vermag nicht ein anderes zu beeinflussen. Wir sind wie Millionen von Spaghetti in demselben Topf. Kein Zeitreisender kann jemals einen Gefährten in der Vergangenheit oder Zukunft treffen. Jeder von uns kann nur seine eigene Strähne bereisen.«

»Aber wir haben uns doch getroffen.«

»Wir sind keine Zeitreisenden mehr, Henry. Wir sind zur Spaghetti-Soße geworden.«

»Spaghetti-Soße?«

»Ja. Sie und ich können jede Strähne nach Belieben bereisen, weil wir uns vernichtet haben.«

»Das verstehe ich nicht.«

»Wenn ein Mensch die Vergangenheit ändert, dann nur seine eigene, nicht die jemandes anderen. Die Vergangenheit ist wie das Gedächtnis. Wenn man das Gedächtnis eines Menschen auslöscht, so tilgt man ihn, aber keinen anderen. Wir haben beide unsere Vergangenheit ausgelöscht. Die individuellen Sphären der anderen bestehen weiter, aber wir haben aufgehört zu existieren ...« Ich machte eine bedeutsame Pause.

»Was meinen Sie damit – ›aufgehört zu existieren‹?«

»Mit jedem Zerstörungsakt haben wir uns mehr und mehr aufgelöst. Nun sind wir am Ende. Wir haben Zeitmord begangen. Wir sind Geister geworden. Ich hoffe, Mrs. Hassel wird mit Mr. Murphy glücklich sein ... Gehen wir zur Académie. Ampère hält gerade einen glänzenden Vortrag über Ludwig Boltzmann.«

Originaltitel: ›The Men Who Murdered Mohammed‹
Copyright © 1967 by Robert Silverberg (›Voyagers in Time‹);
mit freundlicher Genehmigung des Autors
Copyright © 1970 der deutschen Übersetzung
by Marion von Schröder Verlag GmbH
Aus dem Amerikanischen übersetzt von Alfred Joseph

So frustrieren wir Karl den Großen

»Wir haben ja schon einige dicke Sachen gemacht«, sagte Gregory Smirnow vom Institut, »aber so einen Brocken wohl noch nie. Und bestimmt keinen, bei dessen Beginn wir so vor Erwartung gezittert haben. Immerhin, wenn die Berechnungen von Epiktistes stimmen, wird alles klappen.«

»Es *wird* klappen, Leute«, warf Epikt ein.

War dies tatsächlich Epiktistes, die Ktistec-Maschine? Kaum zu glauben. Der Hauptteil von Epikt stand zwar fünf Stockwerke tiefer, aber er hatte sich selbst eine Verlängerung konstruiert, die bis hier herauf in den Salon des kleinen Penthauses reichte. Und alles, was es dazu bedurft hatte, war ein Kabel von nur einem Meter Durchmesser mit einem geeigneten Kopf am Ende.

Und was für einen Kopf er sich ausgesucht hatte! Es war der Kopf einer Seeschlange, eines Drachens, anderthalb Meter lang und einem alten Karnevalsboot nachgebaut. Außerdem hatte sich Epikt eine Art menschlicher Sprache zugelegt, eine Mischung aus irischem, jüdischem und holländischem Komödiantenjargon, der aus der alten Vaudeville-Atmosphäre zu stammen schien. Und wenn Epikt seinen riesigen, glotzäugigen Schädel mit dem Drachenkamm auf den Tisch legte und die längsten Zigarren rauchte, die existierten, dann war er bis in sein letztes DNS-Relais wahrhaftig ein echter Komiker.

Im Hinblick auf dieses Projekt jedoch war er todernst.

»Wir haben perfekte Testbedingungen«, stellte Epikt, die Maschine, fest, als wolle sie die anderen zur Ordnung rufen. »Wir haben Vorlagetexte herausgesucht, und wir prägen uns die Welt, wie sie jetzt ist, sorgfältig ein. Falls sich die Welt verändert, dann müßten sich auch die Texte hier, vor unseren Augen, verändern. Als Testobjekt haben wir uns das Zentrum unserer eigenen Stadt ausgesucht, das wir von diesem großartigen Beobachtungsposten aus überblicken können. Falls sich die Welt in ihrem Vergangenheits-Gegenwarts-Ablauf durch unser Eingreifen verändert, dann wird sich auch das Gesicht unserer Stadt verändern, während wir sie im Auge haben.

Und wir, die wir hier versammelt sind, repräsentieren die hervorragendsten Geistesgrößen und Experten der Welt: acht Menschen und eine Ktistec-Maschine – ich. Vergeßt nicht, daß wir zu neunen sind. Das könnte von Bedeutung sein.«

Die hervorragendsten Geistesgrößen waren: Epiktistes, die transzendente Maschine, auf die das K in Ktistec zurückzuführen war; Gregory Smirnow, der großherzige Direktor des Instituts; Valery Mok, eine Dame und Leuchte der Naturwissenschaft; ihr etwas düsterer, überintelligenter Ehemann Charles Cogsworth; der humorlose unfehlbare Glasser; Aloysius Shiplap, das aufkeimende Genie; Willy McGilly, ein Mann mit ungewöhnlichen Eigenschaften (wie etwa dem sehenden Mittelfinger an seiner linken Hand, den er sich auf einem Planeten von Kapteyn's Star zugelegt hatte) und ohne falsche Bescheidenheit; Audifax O'Hanlon; Diogenes Pontifex. Die beiden letzteren waren (aufgrund der Minimal Decency Rule) zwar keine Mitglieder des Instituts, doch wenn die hervorragendsten Geistesgrößen der Welt zusammengerufen werden, kann man die beiden unmöglich übergehen.

»Wir werden ein winziges Detail der Weltgeschichte verändern und dann die Auswirkungen beobachten«, erklärte Gregory. »Das hat bisher noch niemand getan. Wir werden uns in eine Ära zurückbegeben, die einmal ›ein kleines Licht in tiefer Dunkelheit‹ genannt worden ist: in die Zeit Karls des Großen. Wir werden überlegen, warum dieses Licht erloschen ist und keine weiteren entzündet hat. Dadurch, daß jene Flamme ausgegangen ist, während doch offenbar reichlich Brennstoff vorhanden war, hat die Welt vierhundert Jahre verloren. Wir werden uns zurückbegeben, in jene falsche Morgendämmerung Europas, und überlegen, wo sie versagt hat. Es war das Jahr 778, und es war in Spanien. Karl der Große hatte mit Marsilies, dem Araberkönig von Saragossa, ein Bündnis gegen den Kalifen Abd ar-Rahman von Cordoba geschlossen und eroberte Städte wie Pamplona, Huesca und Gerona, um sich den Durchgang zu

Marsilies in Saragossa freizukämpfen. Der Kalif ergab sich in sein Schicksal. Saragossa sollte Freistadt werden und sowohl den Moslems als auch den Christen offenstehen. Die nördlichen Marken bis an die Grenze nach Frankreich sollten ihr Christentum bewahren dürfen, und jedermann sollte in Frieden leben.

Marsilies hatte die Christen von Saragossa zwar schon lange als gleichberechtigt behandelt, doch jetzt sollte es sogar einen offenen Weg vom Islam bis in das fränkische Kaiserreich geben. Zur Besiegelung dieses Handels überließ Marsilies Karl dem Großen dreiunddreißig Gelehrte (Moslems, Juden und Christen) sowie eine Anzahl spanischer Maultiere. Somit hätte es zu einer gegenseitigen Befruchtung der Kulturkreise kommen können.

Diese Möglichkeit wurde jedoch sehr schnell vereitelt: Bei Roncesvalles wurde die Nachhut Karls des Großen auf dem Rückweg nach Frankreich in einen Hinterhalt gelockt und vernichtet. Die Wegelagerer waren zwar Basken und keine Moslems, doch Karl der Große verriegelte das Tor der Pyrenäen und schwor, er werde von nun an nicht einmal mehr einen Vogel über die Grenze fliegen lassen. Er hielt den Paß fest geschlossen, genau wie es nach ihm sein Sohn und seine Enkel taten. Indem er jedoch die islamische Welt derart von seinem Reich abschloß, riegelte er auch seinen eigenen Kulturkreis von ihr ab.

In späteren Jahren war er bemüht, die Kultur mit Hilfe eines Sammelsuriums von irischen Halbgelehrten, griechischen Vaganten und römischen Nachahmern, die fast an ein älteres Rom denken ließen, wieder ein wenig zu beleben. Dieser Versuch mißlang, aber es fehlte nicht viel, und er hätte es doch geschafft. Wäre das Tor zum Islam offen geblieben, so hätte es möglicherweise schon damals eine Wiedergeburt der Wissenschaften gegeben, statt erst vierhundert Jahre später. Wir werden nun dafür sorgen, daß der Überfall bei Roncesvalles nicht stattfand und daß das Tor zwischen den beiden Kulturkreisen nicht geschlossen wurde. Dann werden wir sehen, was mit uns geschieht.«

»›Einschleichen wie ein heimlicher Dieb‹«, zitierte Epikt.

»Wer ist ein Dieb?« wollte Glasser wissen.

»Ich«, antwortete Epikt. »Wir alle. Das stammt aus einem alten Gedicht. Den Autor habe ich vergessen; er ist irgendwo unten in meinem Hauptgehirn verzeichnet, falls es euch interessiert.«

»Wir haben als Vorlagetext ein Werk von Hilarius ausgewählt«, fuhr Gregory fort. »Wir werden es uns genau ansehen und es uns so, wie es jetzt ist, in der Erinnerung bewahren. Sehr bald schon müssen wir vielleicht sagen: so, wie es *war*. Ich denke, daß sich die Sätze auf der Buchseite beim Zusehen verändern werden, und zwar sobald wir unseren Plan ausgeführt haben.«

Der Vorlagetext in dem aufgeschlagenen Buch lautete:

›Gano, der Verräter, spielte ein doppeltes Spiel. Mit dem Geld, das er vom Kalifen von Cordoba bekam, mietete er baskische Christen (als Mozaraber aus Saragossa verkleidet), die der Nachhut der Franken einen Hinterhalt legen sollten. Um diesen Plan durchzuführen, mußte Gano mit den Basken in Verbindung bleiben und zugleich die Nachhut der Franken aufhalten. Gano diente den Franken daher als Führer wie auch als Pfadfinder. Der Hinterhalt wurde gelegt. Karl der Große verlor seine spanischen Maultiere. Und schloß das Tor zur islamischen Welt.‹*

So lautete der Text des Hilarius.

»Wenn wir sozusagen aufs Knöpfchen drücken (Epiktestes zunickend), wird sich dies alles verändern«, sagte Gregory. »Mit Hilfe eines Komplexes von gewissen Mechanismen, die er zusammengebaut hat, wird Epikt einen Avatar (teils technischer, teils geisterhafter Konstruktion) aussenden, und dann wird dem Verräter Gano eines Abends auf dem Weg nach Roncesvalles, ungefähr gegen Sonnenuntergang, etwas zugestoßen sein.«

»Hoffentlich ist dieser Avatar nicht zu teuer«, warf Willy McGilly ein. »Als ich ein Junge war, begnügten wir uns mit einem aus biegsamen Ulmenholz geschnitzten Pfeil.«

»Wir haben jetzt keine Zeit für Witze«, protestierte Glasser. »Wen hast du denn, Willy, als Junge jemals rechtzeitig getötet?«

»Oh, eine Menge. Den König Wu von den Mandschus, zum Beispiel, Papst Adrian VII., Präsident Hardy aus unserem eigenen Land, König Marcel von der Auvergne und den Philosophen Gabriel Toeplitz. Es ist wirklich gut, daß wir die erwischt haben. Das waren ekelhafte Kerle.«

»Aber ich habe noch nie von ihnen gehört, Willy«, sagte Glasser.

»Natürlich nicht. Wir haben sie umgebracht, als sie noch Kinder waren.«

»Genug jetzt von deinen Späßen, Willy«, unterbrach Gregory.

»Willy scherzt nicht«, versicherte Epikt, die Maschine. »Was glaubt ihr denn, woher ich sonst meinen Einfall habe?«

»Ihr solltet jetzt lieber die Welt betrachten«, ermahnte sie Aloysius sanft. »Wir sehen von hier aus das Zentrum unserer Stadt mit einem halben Dutzend Hochhäusern aus pastellfarbenem Backstein. Wir werden aufpassen, ob sie wächst oder schrumpft. Wenn sich die Welt verändert, wird sie sich ebenfalls verändern.«

»Es gibt in der Stadt zwei Shows, die ich noch nicht gesehen habe«, warf Valery ein. »Bitte, laßt die möglichst nicht verschwinden. Schließlich gibt es überhaupt nur drei Shows in der Stadt.«

»Wir betrachten aber auch die schönen Künste, wie sie hier in den Kritiken beschrieben sind, die wir uns als Vorlagetexte ausgesucht haben«, sagte Audifax O'Hanlon. »Ihr könnt ja sagen, was ihr wollt, aber die Kunst ist noch nie auf ein so tiefes Niveau gesunken, und zwar in all ihren Zweigen. In der Malerei gibt es nicht mehr als drei Schulen, die alle schlecht sind. Die Bildhauerei besteht einzig aus jener Schule, die nur mit verrosteten Metallteilen an scheußlichen Blechspielzeug-Effekten arbeitet. Die einzige volkstümliche Kunst, die Graffiti an Mingitorio-Wänden, ist phantasielos, stilisiert und häßlich geworden.

Die einzigen Denker, die erwähnenswert wären, sind der verstorbene Teilhard de Chardin, und außerdem Sartre, Zielinski und Aichinger, die Totgeborenen. Aber ... Na ja, wenn ihr lacht, ist es sinnlos, weiterzureden.«

»Jeder einzelne von uns ist Fachmann auf seinem Gebiet«,

sagte Cogsworth. »Die meisten von uns aber sind Experten für alles. Wir kennen die Welt, wie sie jetzt ist. Tun wir also, was wir uns vorgenommen haben, und sehen wir uns die Welt hinterher wieder an.«

»Epikt, aufs Knöpfchen drücken!« befahl Gregory Smirnow.

Und Epiktistes, die Ktistec-Maschine, schickte aus ihren Tiefen einen Avatar, teils technischer, teils geisterhafter Konstruktion, hinaus. Und Gano, der Verräter, wurde am 14. August des Jahres 778 gegen Sonnenuntergang auf dem Weg von Pamplona nach Roncesvalles ergriffen und an einen Johannesbrotbaum gehängt – den einzigen, den es in jenen Eichen- und Birkenwäldern gab. Und von da an war plötzlich alles anders.

»Hat es geklappt, Epikt? Haben wir es geschafft?« fragte Louis Lobachewski. »Ich kann keine Veränderungen erkennen.«

»Der Avatar ist zurückgekommen und berichtet, er habe seinen Auftrag erfüllt«, erklärte Epikt. »Aber auch ich kann keinerlei Veränderungen erkennen.«

»Sehen wir uns die Vorlagen an«, schlug Gregory vor.

Die dreizehn – zehn Menschen, sowie die Ktistec-, die Chresmoeidec- und die Proaisthematic-Maschine – wandten sich also den Vorlagen zu, und ihre Enttäuschung wuchs.

»Im Buch des Hilarius hat sich nicht ein einziges Wort verändert«, knurrte Gregory. Und tatsächlich lautete der Vorlagetext immer noch:

›Der König Marsilies von Saragossa spielte ein doppeltes Spiel. Er nahm vom Kalifen von Cordoba Geld und überredete Karl den Großen dafür, von einer Eroberung Spaniens abzusehen (die Karl der Große niemals geplant hatte und auch nie hätte ausführen können); er nahm von Karl dem Großen Geld als Entschädigung dafür, daß die Städte der nördlichen Marken wieder der christlichen Herrschaft unterstellt wurden (obgleich Marsilies sie nie unter seiner Herrschaft gehabt hatte); und er nahm von allen Geld als Zoll für den neuen Handel, der durch seine eigene Stadt ging. Marsilies selbst gab nichts aus der Hand als dreiunddreißig Gelehrte, die gleiche Anzahl von Maultieren und ein paar Wagenladungen Buchmanuskripte aus den alten

*hellenistischen Bibliotheken. Aber es wurde ein Weg über die
Berge geöffnet, der beide Welten miteinander verband, und
auch ein Teil der Mittelmeerküste wurde für beide geöffnet. Es
entstand ein begrenzter Austausch zwischen den beiden Welten, und in jeder von ihnen eine begrenzte Wiederbelebung
der Kultur.‹*

»Nein, an diesem Text hat sich kein einziges Wort verändert«,
knurrte Gregory. »Die Geschichte hat denselben Verlauf genommen. Wie kommt es nur, daß unser Experiment mißlungen
ist? Wir haben versucht, die Reifungszeit der Wiedergeburt
durch eine Methode, die mir jetzt ein wenig schleierhaft ist, zu
verkürzen. Aber sie wollte sich nicht verkürzen lassen.«

»Die Stadt hat sich in keiner Hinsicht verändert«, berichtete
Aloysius Shiplap sanft. »Es ist noch immer eine schöne Großstadt mit zwei Dutzend eindrucksvollen Hochhäusern aus viel-
farbigem Kalkstein und Midland-Marmor. Es ist eine mit Leben
erfüllte Metropole, die wir alle sehr lieben, aber sie ist noch
immer genau wie zuvor.«

»Es gibt noch immer zwei Dutzend gute Shows in der Stadt,
die ich noch nicht gesehen habe«, sagte Valery vergnügt, während sie die Programmankündigung studierte. »Ich fürchtete
schon, daß irgend etwas mit ihnen geschehen sein könnte.«

»Nach den Kritiken hier, die wir als Textvorlagen genommen
haben, gibt es auch bei den schönen Künsten keine Veränderung«, meldete Audifax O'Hanlon. »Ihr könnt ja sagen, was ihr
wollt, aber noch nie hat es mit der Kunst je besser gestanden, in
all ihren Zweigen nicht.«

»Ein Fehlschlag«, sagte die Maschine Chresmoeidec.

». . . noch kennt den Pfad, wer ihn nicht dreimal ging«, sagte
die Maschine Proaisth. »Das stammt aus einem alten Gedicht.
Den Autor habe ich vergessen; er ist in meinem Zentralgehirn
in England gespeichert, falls es euch interessiert.«

»Ach ja, das ist doch diese Dreiecksgeschichte, die wieder
endet, wo sie angefangen hat«, sagte die Maschine Epiktistes.
»Aber sie ist gut, und wir sollten uns daran erfreuen. Es gibt viele
Zeitalter, die nicht einmal das gehabt haben.«

»Was wollt ihr eigentlich?« fragte Audifax, ohne es wirklich wissen zu wollen. »Die Kunst der Malerei ist erregend in ihrer Blüte. Die vielen ausgezeichneten Schulen sind wie eine dicht mit Sternen besetzte Galaxis, und die Hälfte der Menschen arbeitet nur aus Vergnügen. Die skandinavische und die Maori-Bildhauerei haben es schwer, ihre Überlegenheit zu bewahren, weil es auf diesem Gebiet kaum etwas anderes als Überragendes gibt. Die Liebeskomödie hat die Musik von beinahe all ihren Banden befreit. Seit spekulative Mathematik und Psychologie zu den darstellenden Künsten gehören, bietet das Leben um ein Beträchtliches mehr an Zerstreuungen.

Hier gibt es zum Beispiel eine Studie über Pete Teilhard, die ihn als hochbegabten Science Fiction-Autor mit großem Talent für extravagante Burleske darstellt. Das Brainwood-Motiv hat er natürlich übertrieben, aber was für eine herrlich komische und überspannte Dichtung hat er daraus gemacht! Und dann sind da Muldoom, Zielinski, Popper, Gander, Aichinger, Whitecrow, Hornwhanger ... Wieviel verdanken wir überhaupt dem Saft und der Kraft dieser Kultisten! Und auf dem Hauptsektor gibt es geradezu Massen und Kontinente von großartigen Romanen und Romanciers.

Eine ewig volkstümliche Kunst, die Graffiti an Mingitorio-Wänden, ist nach wie vor ganz ausgezeichnet. ›Travel Unlimited‹ bietet eine neunundneunzigtägige Kunstreise um die Welt zur Besichtigung der exquisiten und überaus lustigen Miniaturen an den Wänden der berühmtesten Toiletten. Ach, in welch einer reichen Welt leben wir doch!«

»Es gibt mehr Gras, als wir abweiden können«, ergänzte Willy McGilly. »Wirklich, die Quantität des Erreichten ist erstaunlich. Oh, ich frage mich, ob meine Wortwahl vielleicht einem leisen Rachegefühl entspringt. Denn das Experiment ist natürlich mißlungen, aber ich muß sagen, ich bin froh darüber. Ich habe gern eine erfüllte Welt. Warum wollen wir sie noch verbessern?«

»Immerhin, noch wollen wir das Experiment nicht als mißlungen bezeichnen«, erwiderte Gregory. »Wir haben ja erst ein Drittel davon hinter uns. Morgen werden wir unseren zweiten Versuch mit der Vergangenheit machen. Und wenn uns danach noch eine Gegenwart bleibt, werden wir am darauffolgenden Tag den dritten Anlauf nehmen.«

»Nur los, ihr Lieben, nur los!« sagte die Maschine Epiktistes. »Wir sehen uns morgen wieder. Inzwischen aber macht euch auf: ihr zu euren Vergnügungen, wir zu den unsrigen!«

An diesem Abend unterhielten sich die Menschen allein und ohne die Maschinen, weil sie auf diese Weise abwegige Vermutungen anstellen konnten, ohne sofort ausgelacht zu werden.

»Laßt uns auf gut Glück eine Karte aus dem Spiel ziehen und es dann damit versuchen«, meinte Louis Lobachewski. »Nehmen wir doch mal einen rein intellektuell entscheidenden Höhepunkt einer etwas späteren Zeit und beobachten, ob das die Welt verändern wird.«

»Da würde ich Ockham vorschlagen«, sagte Johnny Konduly.

»Weshalb?« wollte Valery wissen. »Er war der letzte und schlechteste der mittelalterlichen Gelehrten. Wie könnte sich durch ihn etwas geändert haben?«

»O nein, er war es, der der Kultur das Messer an die Kehle gesetzt hat«, erwiderte Gregory. »Und er hätte die Kehle auch durchschnitten, wenn ihm das Messer nicht aus der Hand genommen worden wäre. Aber irgend etwas scheint mir da nicht ganz zu stimmen. Mir ist, als erinnerte ich mich dunkel, daß Ockhams Terminalismus damals, als die Dinge um ihn noch nicht so zugespitzt waren, nicht die Deutung erfahren hat, die er nach unserem jetzigen Wissen erfahren müßte.«

»Gut, schneiden wir also die Kehle durch«, sagte Willy. »Stellen wir fest, wie der logische Ablauf des Terminalismus aussieht und wie tief Ockhams Messer überhaupt schneiden kann.«

»Machen wir«, nickte Gregory. »Unsere Welt hat so eine Art Wohlstandsbauch bekommen; sie widert mich an; das hat mich den ganzen Abend schon gestört: Wir werden feststellen, ob rein intellektuelle Theorien praktische Folgen haben können. Die Einzelheiten werden wir Epikt überlassen; der Wendepunkt jedoch kam, glaube ich, im Jahre 1323, als John Lutterell von Oxford nach Avignon reiste, wo sich zu jener Zeit der Heilige Stuhl befand. Er brachte sechsundfünfzig Thesen aus Ockhams Kommentar zu den Dogmen mit und schlug vor, sie als Irrlehre zu verdammen. Dieses geschah zwar nicht direkt, doch Ockham wurde bei jenem ersten Angriff hart geschlagen und konnte sich nie wieder ganz davon erholen. Lutterell bewies eindeutig, daß Ockhams Nihilismus purer Unsinn war. Und so ging die Ockham-Lehre sang- und klanglos unter. Sie hallte nur noch an den kleinen deutschen Fürstenhöfen nach, wo Ockham seine Waren anpries, die er auf den großen Märkten nicht mehr so recht loswurde. Und dennoch hätte seine Lehre den Untergang der Welt herbeiführen können – falls intellektuelle Theorien tatsächlich praktische Folgen haben.«

»Wir hätten Lutterell bestimmt nicht gemocht«, meinte Aloysius sanft. »Er hatte keinen Humor und kein Feuer, und außerdem hatte er immer recht. Ockham dagegen hätten wir sicher gemocht. Er war charmant, aber er hatte unrecht, und möglicherweise werden wir die Welt jetzt doch noch zerstören. Es könnte sein, daß wir unsere Reaktion bekommen, wenn wir dem Ockham freie Hand geben, China war Tausende von Jahren erstarrt – dank einer Geisteshaltung, die doch bei weitem nicht so welterschütternd war wie die von Ockham. Indien liegt wie hypnotisiert in einer unerklärlichen Stagnation, die sich zwar revolutionär nennt, die aber dennoch praktisch unbeweglich ist: ebenso hypnotisiert durch eine Geisteshaltung. Eine Geisteshaltung wie die von Ockham jedoch hat es nie wieder gegeben.«

Und so beschlossen sie, John Lutterell, den ehemaligen Rektor von Oxford, der immer schon ein kränkelnder Mann gewesen war, auf dem Weg nach Avignon in Frankreich mit einer weiteren Krankheit zu schlagen, damit er dort nicht eintreffen und die Ockham-Affäre abschießen konnte, bevor sie ihren Einfluß auf den Gang der Welt nahm.

»Ans Werk, ihr Lieben!« brummelte Epikt am folgenden Tag.

»Ich soll also einen Mann daran hindern, im Jahre 1323 von Oxford nach Avignon zu gelangen. Na schön. Kommt her, nehmt eure Plätze ein und laßt uns anfangen!« Und Epiktistes' großes Seeschlangenhaupt erglühte in allen Regenbogenfarben, während er eine siebenfache Pooka-Dooka qualmte und das Zimmer mit duftenden Rauchwolken füllte.

»Alles bereit, sich die Kehle durchschneiden zu lassen?« erkundigte sich Gregory munter.

»Nur los!« antwortete Diogenes Pontifex. »Aber viel verspreche ich mir nicht davon. Wenn euer Versuch gestern keinen Erfolg gezeigt hat, dann kann ich mir kaum vorstellen, daß ein englischer Gelehrter, der vor nahezu siebenhundert Jahren einem anderen nachjagte, um ihn in Frankreich an einem italienischen Hof in schlechtem Latein wegen sechsundfünfzig Punkten unwissenschaftlicher, abstrakter Logik zur Rechenschaft zu ziehen, Erfolg haben soll.«

»Wir haben perfekte Testbedingungen«, sagte die Maschine Epikt. »Wir haben einen Vorlagetext aus Cobblestones ›History of Philosophy‹. Falls unser Versuch gelingt, wird sich der Text vor unseren Augen verändern. Genau wie jeder andere Text und auch die Welt.«

»Beobachtet die Welt«, mahnte Aloysius Shiplap sanft. »Das habe ich gestern schon gesagt, aber ich muß es unbedingt noch einmal wiederholen. Wir haben die Welt, wie sie ist, in unseren Augen und unserer Erinnerung bewahrt. Falls sie sich irgendwie verändert, müssen wir es sofort bemerken.«

»Epikt, aufs Knöpfchen drücken!« befahl Gregory Smirnow.

Und Epiktistes, die Ktistec-Maschine, schickte aus ihren Tiefen einen Avatar, teils technischer, teils geisterhafter Konstruktion, hinaus. Und John Lutterell wurde im Jahre 1323 gegen Sonnenuntergang auf dem Weg von Mende nach Avignon, in der alten Languedoc-Provinz Frankreichs, von einer seltsamen Krankheit befallen. Er wurde in die kleine Herberge eines Bergdorfes gebracht, siechte dahin und ist möglicherweise dort verschieden. Auf jeden Fall gelangte er niemals nach Avignon.

»Hat es geklappt? Haben wir es geschafft?« erkundigte sich Aloysius sanft.

»Sehen wir uns die Vorlagen an«, antwortete Gregory.

Alle vier, die drei Menschen und Epikt, der Geist, eine Kachenko-Maske mit einem Sprachrohr daran, wandten sich mit wachsender Enttäuschung den Vorlagen zu.

»Da ist immer noch der Stock mit den fünf Kerben«, sagte Gregory. »Er war unser Teststock. Es hat sich nichts auf der Welt verändert.«

»Und auch die Kunst ist noch genauso, wie sie vorher war«, ergänzte Aloysius sanft. »Unser Bild hier auf dem Stein, an dem wir so viele Jahre gearbeitet haben, ist noch dasselbe. Wir haben die Bären schwarz, die Büffel rot und die Menschen blau gemalt. Wenn wir eine Möglichkeit fänden, noch eine weitere Farbe zu machen, dann könnten wir auch die Vögel darstellen. Ich hatte gehofft, daß unser Experiment uns diese Farbe verschaffen könnte. Ich hatte sogar geträumt, die Vögel würden vor unseren Augen auf dem Steinbild erscheinen.«

»Zu essen haben wir auch noch immer ausschließlich getrocknetes Stinktierfleisch und weiter nichts«, klagte Valery. »Ich hatte gehofft, es würde sich durch unser Experiment in Hirschkeule verwandeln.«

»Beruhigt euch, es ist noch nicht alles verloren«, antwortete Aloysius sanft. »Wir haben noch immer die Hickorynüsse. Das war meine letzte Bitte, bevor wir mit dem Experiment begannen. ›Erhalte uns unsere Hickorynüsse‹, habe ich gebetet.«

Sie saßen um den Konferenztisch, der aus einer großen, flachen Felsplatte bestand, und zerschlugen die Hickorynüsse mit Faustkeilen aus Stein. Sie waren splitternackt, und die Welt war, wie sie schon immer gewesen war. Sie hatten gehofft, sie durch ihren Zauber verändern zu können.

»Epikt hat uns im Stich gelassen«, beschwerte sich Gregory. »Wir haben sein Gestell aus den besten Hölzern gemacht und sein Gesicht aus den weichsten Gräsern geformt. Wir haben ihn bis an den Rand voller Zauber gesungen und unsere wertvollsten Schätze in seine Backentaschen gesteckt. Also, was könnte die Zaubermaske denn jetzt noch für uns tun?«

»So frag sie doch, frag sie!« sagte Valery. Sie waren zu viert – die hervorragendsten Geistesgrößen der Welt: Gregory, Aloysius und Valery, die drei Menschen (die einzigen Menschen der Welt, falls man nicht diejenigen, die in anderen Tälern wohnten, hinzurechnen wollte), und Epikt, der Geist, eine Kachenko-Maske mit einem Sprachrohr daran.

»Was machen wir jetzt, Epikt?« fragte Gregory. Dann ging er um Epikt herum und trat hinter das Sprachrohr.

»Ich erinnere mich an eine Frau, der eine Wurst an der Nase hing«, sagte Epikt mit Gregorys Stimme. »Hilft euch das weiter?«

»Es könnte uns weiterhelfen«, sagte Gregory, nachdem er

seinen Platz an dem Steinplatten-Konferenztisch wieder eingenommen hatte. »Es stammt aus einem alten (Was ist eigentlich alt daran? Ich hab's ja selber erst heute morgen erdacht!) Volksmärchen. Es heißt: ›Die drei Wünsche‹.«

»Laß Epikt das Märchen erzählen«, verlangte Valery. »Der kann das viel besser als du.« Valery trat hinter Epikt an das Sprachrohr und blies den Rauch ihrer riesigen, lose gedrehten, schwarzen Zigarre hindurch.

»Die Frau verschwendet einen Wunsch auf die Wurst«, erzählte Epikt mit Valerys Stimme. »Eine Wurst ist ein Stück Wildfleisch, das in ein Stück Wildmagen eingebunden ist. Der Mann ist böse, daß seine Frau einen Wunsch verschwendet hat, denn sie hätte sich ja auch ein ganzes Stück Wildbret wünschen und viele Würste haben können. Er wird so böse, daß er sich wünscht, die Wurst möge ihr für immer an der Nase hängenbleiben. So geschieht es, und die Frau jammert, und der Mann merkt, daß er den zweiten Wunsch verschwendet hat. Den Rest habe ich vergessen.«

»Du darfst ihn aber nicht vergessen haben, Epikt!« rief Aloysius erregt. »Die Zukunft der ganzen Welt kann davon abhängen, daß du dich an den Schluß erinnerst. Komm, laß mich mal mit dieser verdammten Maske reden!«

Aloysius trat hinter Epikt an das Sprachrohr.

»Ach ja, jetzt erinnere ich mich«, sagte Epikt mit Aloysius' Stimme. »Der Mann benutzte den dritten Wunsch, um seiner Frau die Wurst wieder von der Nase zu nehmen. Also war alles wieder genau wie zuvor.«

»Aber wir wollen es nicht so wie zuvor!« jammerte Valery. »Wie ist es denn jetzt? Ewig nur getrocknetes Stinktierfleisch zu essen, und ich habe nichts anderes anzuziehen als mein Affenfellcape. Wir wollen es besser haben. Wir wollen Wild- und Antilopenfelle.«

»Akzeptiert mich als Zauberer, oder laßt mich in Ruhe.« Epikt war tief gekränkt.

»Auch wenn die Welt schon immer so war, so haben wir doch Hinweise auf andere Dinge«, sagte Gregory. »Welcher Volksheld war es doch, der den Pfeil erfunden hat? Und woraus hat er ihn gemacht?«

»Der Volksheld war Willy McGilly«, erwiderte Epikt mit Valerys Stimme. Das Mädchen war gerade noch rechtzeitig ans Sprachrohr gelangt. »Und er hat ihn aus biegsamem Ulmenholz geschnitzt.«

»Könnten wir einen Pfeil anfertigen, wie ihn Willy, der Volksheld, erfunden hat?« erkundigte sich Aloysius.

»Wir müssen«, erklärte Epikt.

»Könnten wir auch eine Schleuder machen und ihn aus unserer Sphäre hinausschießen, bis in . . .«

»Könnten wir damit einen Avatar töten, bevor er noch jemand umbringt?« erkundigte sich Gregory aufgeregt.

»Wir werden es jedenfalls versuchen«, antwortete der Geist Epikt, der nichts weiter war als eine Kachenko-Maske mit einem Sprachrohr daran. »Ich habe diese Avatars noch nie richtig leiden können.«

Man *glaubt* ja nur, daß Epikt nichts weiter war als eine Kachenko-Maske mit einem Sprachrohr daran! Im Grunde aber war er viel, viel mehr. Er hatte rote Granatsteine und richtiges Seesalz in sich und pulverisierte Biberaugen und die Klappern von Klapperschlangen und die Panzer von Gürteltieren. Es war die erste Ktistec-Maschine.

»Gib mir das Kommando, Epikt!« rief Aloysius einige Augenblicke später und legte den Pfeil in die Schleuder.

»Schieß! Triff diesen Avatar-Schuft!« schrie Epikt.

Irgendwann gegen Sonnenuntergang in einem ungenannten Jahr stürzte ein Avatar auf dem Weg von Nirgendwo nach Eom mit einem Pfeil aus biegsamem Ulmenholz im Herzen tot zu Boden.

»Hat es geklappt, Epikt? Haben wir es geschafft?« fragte Charles Cogsworth aufgeregt. »Es muß geklappt haben, denn ich bin ja hier. Beim letztenmal war ich nicht dabei.«

»Sehen wir uns die Vorlagen an«, meinte Gregory völlig gelassen.

»Zum Teufel mit den Vorlagen!« fluchte Willy McGilly. »Vergeßt nicht, wo ihr das zum erstenmal gehört habt.«

»Hat es schon angefangen?« fragte Glasser.

»Ist es schon beendet?« erkundigte sich Audifax O'Hanlon.

»Epikt, aufs Knöpfchen drücken!« kommandierte Diogenes.

»Ich glaube, ich habe einen Teil verpaßt. Versuchen wir es doch noch einmal von vorn.«

»O nein!« prostetierte Valery. »Auf keinen Fall. Da hinten gibt es nur getrocknetes Stinktierfleisch und totalen Wahnsinn.«

Originaltitel: ›Thus We Frustrate Charlemagne‹
Copyright © 1967 by Galaxy Publishing Corp.
Mit freundlicher Genehmigung des Autors
und seiner Agentin, Virginia Kidd
Copyright © 1971 der deutschen Übersetzung
by Lichtenberg Verlag GmbH, München
Aus dem Amerikanischen übersetzt von Gisela Stege

MARION GROSS

Die tüchtige Hausfrau

Minnie Leggety bog von der Elm Street in den Gehweg zu
ihrem Bungalow ein und sah, daß sie es wieder mit einer Krise
zu tun hatte. Als ob es nicht genug wäre, in diesen Zeiten mit
Omars Rente auskommen zu müssen, fiel ihr wieder einmal die
undankbare Aufgabe zu, ihm mit gutem Zureden und zartfüh-
lendem Interesse durch seine Perioden der Entmutigung zu
helfen! Sie zwang eine Fröhlichkeit in ihre Stimme, die sie nicht
empfand.

»Da sieh einer an, Vater, was tust du hier draußen? Bist du
zum Luftschnappen herausgekommen?« Minnie ließ sich neben Omar auf die Bank neben der Haustür nieder und setzte
den Papierbeutel ab, den sie getragen hatte. So ein kleiner
Beutel, und doch hatte er den größten Teil ihres wöchentlichen
Lebensmittelbudgets verschlungen! Alte Leute brauchten pro-
teinreiche Nahrung, viel magere Steaks und Koteletts, sagten
die freundlichen ärztlichen Ratgeber in den Radiosendungen,
aber solange sie einem nicht erklären konnten, wie man bei
den Preisen als Rentner zu seinem Steak kam, konnten sie sich
geradesogut die Mühe sparen. Auch sie hätte sich die Mühe
ihrer freundlichen Ansprache ersparen können, denn Omar
schenkte ihr keine Beachtung. Er starrte blindlings geradeaus,
als sähe er sie nicht. Das sah nach einem seiner ganz schweren
Stimmungstiefs aus. Sie nahm seine knorrige Hand und tätschelte sie.

»Was ist los mit dir, Vater? Schwierigkeiten mit deiner Vorrichtung?« Die ›Vorrichtung‹ nahm drei Wände und einen guten Teil der Bodenfläche des größten Kellerraumes ein, aber für
Minnie blieb es eine ›Vorrichtung‹ – eine von seinen genialen
Ideen, die allesamt mit dem Mangel behaftet waren, daß sie in
ihrer technischen Verwirklichung nicht recht funktionieren
wollten.

Omar hatte zeitlebens an Geräten und Vorrichtungen gebastelt. In jüngeren Jahren war sie ihm gegen ihre Schwägerinnen hitzig beigesprungen: »Also, es ist jedenfalls besser als Schnaps, und billiger als Glücksspiele; wenigstens weiß ich, wo er abends ist.« Nun, da sie älter waren und Omar in Ruhestand lebte, gewann seine Bastelei eine neue Bedeutung. Sie bewahrte ihn vor dem Schicksal vieler Rentner, die aus dem Berufsleben unvorbereitet in den Ruhestand gingen und an tödlicher Langeweile zerbrachen, weil sie nicht genug Interessen hatten, die ihre Zeit und ihre Gedanken ausfüllen konnten.

»Was ist los, Vater?« fragte sie wieder.

Der alte Mann schien sie endlich gewahr zu werden. Traurig schüttelte er den Kopf. »Minnie, ich bin ein Versager. Das Ding taugt nichts; es ist nicht praktisch. Nach allem, was ich dir versprochen hatte, Minnie, und der Art und Weise, wie du mir beigestanden bist und alles ... es will einfach nicht funktionieren.«

Minnie hatte nie damit gerechnet. Es schien ihr einfach undenkbar, daß ein Mensch sich in der Weise würde bewegen können, wie Vater es für den Fall, daß seine Vorrichtung funktionierte, vorausgesagt hatte. Sie tätschelte weiter seine Hand und sagte besänftigend: »Ich weiß nicht, aber vielleicht ist es nur zum Besten, Vater. Ich würde bestimmt luftkrank oder zeitkrank werden, oder was es auch sein mag. Woran wirst du nun arbeiten, wenn du die Zeitmaschine aufgegeben hast?«

»Du verstehst nicht, Minnie«, sagte der alte Mann. »Ich bin fertig. Ich habe versagt. Ich habe in allem versagt, was ich je versucht habe. Es ist immer das gleiche: jedesmal funktionieren die Dinger beinahe, und jedesmal gibt es etwas, was ich einfach nicht richtig zusammenbringe. Ich wußte nie genug, Minnie, hatte nie die Ausbildung, und jetzt ist es zu spät dafür. Ich gebe ganz auf. Ich bin fertig!«

Das war ernst. Wenn Vater nichts zu tun hatte, wenn er nicht im Keller arbeitete, wenn er ihr beständig im Weg umging, wenn er nur untätig herumsaß – nun, was sollte ihn dann noch daran hindern, einfach zusammenzusinken und sich aus dem Leben fortzustehlen, wie der alte Mr. Mason es getan hatte? Das war etwas, woran sie nicht denken mochte. »Vielleicht ist es doch nicht ganz so schlimm«, sagte sie. »All diese hübschen Teile, die du in deine Vorrichtung eingebaut hast, vielleicht könntest du uns daraus einen Fernseher oder was machen. Du meine Güte, ein Fernseher! Das wäre schön.«

»Ach, das kann ich nicht, Minnie. Ich wüßte nicht, wie ich einen Fernseher bauen sollte; außerdem funktioniert die Vorrichtung beinahe, wie ich sagte. Sie ist bloß nicht praktisch. Nicht so, wie ich es mir vorgestellt hatte. Komm mit hinunter, ich werde es dir zeigen!« Er nahm sie bei der Hand und zog sie ins Haus und die Treppe hinunter in den Keller.

Die Zeitmaschine ließ so wenig freien Raum, teils wegen des Heizkessels und des Kohlenbehälters, teils wegen der Waschwannen, daß Minnie auf der Treppe stehenbleiben mußte, während er ihr alles erklärte. Und es bedurfte der Erklärung, denn die Vorrichtung hatte mehr farbige Lichter als ein Spielautomat, mehr Steckverbindungen als die Telefonvermittlung in Hillsdale, und mehr Hebel und Schalter als ein Flugzeug.

»Schau her«, sagte er und zeigte auf verschiedene Teile der Maschine, »ich habe dieses Ding so konstruiert, daß wir uns sowohl in der Zeit als auch im Raum vorwärts oder rückwärts bewegen könnten. Ich dachte, wir würden losziehen und Gegenden im Ausland besuchen und große Ereignisse miterleben und so auf unsere alten Tage ein interessantes Leben haben.«

»Nun, ich weiß wirklich nicht, ob mir das Spaß gemacht hätte, Vater«, sagte Minnie zweifelnd. »Ich glaube nicht, daß ich wüßte, wie ich mit all den Ausländern und ihren fremdartigen Reden und Gewohnheiten und allem zurechtkommen sollte.«

Omar schüttelte verdrießlich den Kopf. »Das Heilige Land. Sicherlich hättest du gern das Heilige Land besucht? Du hättest mit den anderen Menschen in Galiläa sitzen und den Worten des Herrn direkt von Seinen Lippen lauschen können. Das hätte dir Freude gemacht, oder?«

»Omar, wenn du so redest, hört die ganze Geschichte sich wie ein Sakrileg und gegen den Willen des Herrn an. Außerdem wird er hebräisch gesprochen haben, und ich verstehe kein Wort davon, und du auch nicht. Ich weiß nicht, ich bin froh, daß du das Ding nicht so vervollkommnen konntest, daß es funktioniert«, sagte sie rechtschaffen.

»Aber Minnie, es funktioniert ja!«

»Aber du sagtest ...«

»Ich habe nie gesagt, daß es nicht funktioniert. Ich sagte, daß es nicht praktisch ist. Es arbeitet nicht gut genug, und ich weiß nicht, was ich tun sollte, damit es besser funktioniert. Ich weiß nicht genug, das ist es.«

Die Arbeit an der Vorrichtung war eine Sache, aber zu glauben, daß sie funktionierte, war etwas anderes. Minnie begann sich zu beunruhigen. Vielleicht hatten die Leute recht; vielleicht war Omar zu guter Letzt doch noch übergeschnappt. Sie schaute besorgt zu ihm hin. Er schien ruhig und besonnen, und nun, da er ihr etwas erklären konnte, schien auch die Niedergeschlagenheit von ihm gewichen.

»Wie meinst du das, sie arbeitet, aber nicht gut genug?« fragte sie ihn.

»Nun, schau her«, sagte Omar und zeigte auf eine komplizierte Schalttafel. »Ich wollte es dir erklären, bevor du mich unterbrachst, daß du mit Ausländern nicht zurechtkämst, und daß dies hier ein Sakrileg sei und was noch. Ich habe dieses Ding so konstruiert, daß es einen Körper in Zeit und Raum nach Belieben bewegen sollte. Hier ist ein Globus eingebaut, und ich dachte, wenn ich den Globus drehte und diese Zeitschaltung auf ein beliebiges Jahr einstellte, könnte ich jeden Ort und jede Zeit aufsuchen, nach denen mir der Sinn steht. Nun, so funktioniert es nicht. Ich habe es eine ganze Woche ausprobiert, und egal wie ich den Globus einstelle, egal wie ich die Zeitmaschine einstelle, es kommt immer das gleiche heraus. Das Ding landet mich drüben auf der Hauptstraße, direkt vor Purdeys Metzgerei.«

»Was gibt es dagegen zu sagen?« fragte Minnie. »Das könnte recht praktisch sein.«

»Du verstehst nicht«, sagte Omar. »Ich komme nicht jetzt hin, sondern vor zwanzig Jahren! Das ist das Dumme, das Ding bringt mich zu keinem von den Orten, die ich sehen möchte, nur auf die Hauptstraße. Und es bringt mich nicht in die Zeiten, die mich interessieren würden, sondern nur zwanzig Jahre zurück, und von der Wirtschaftskrise habe ich genug erlebt, also habe ich keine Lust, meine alten Tage zu verbringen, indem ich zusehe, wie die Leute Äpfel verkaufen. Und damit nicht genug, arbeitet die Zeiteinstellung hier nicht richtig.« Er zeigte auf eine weitere Anzeigeskala. »Es ist so gedacht, daß man die Zeit einstellt, die man ausbleiben will, gleichgültig, wo es ist, aber es funktioniert überhaupt nicht. Zwanzig Minuten, und dann schwupp! bist du wieder hier im Keller. Nichts funktioniert, wie ich es möchte.«

Minnie war nachdenklich geworden, als Omar die Fehler der Maschine aufgezählt hatte. War es nicht etwas Bemerkenswertes, daß selbst ein kluger Mann wie Vater, klug genug, um eine Zeitmaschine zu bauen, in seinen ganzen hundertachtundvierzig Pfund nicht eine Unze gesunden Menschenverstandes hatte? Sie ließ sich schwerfällig auf die Kellertreppe nieder, entleerte den Inhalt ihrer Geldbörse in den breiten Schoß und machte sich daran, die Kassenzettel zu prüfen.

»Suchst du was, Minnie?« fragte Omar.

Sie blickte mitleidig zu ihm auf. War es nicht eigenartig ...?

Metzger Purdey lehnte unglücklich an seinem Hauklotz. Der Laden blitzte vor Sauberkeit, der Boden war mit frischem Sägemehl bestreut, und Purdey selbst hatte sich ungeachtet der Ausgaben um der Moral willen eine frische Schürze umgebunden. Gleichwohl war ihm so schwer ums Herz, daß er nahe daran war, sich an einem seiner verchromten Fleischhaken aufzuhängen.

Der Himmel war blau und frei von Rauch und Abgasen, was er nie gewesen war, solange die Fabriken gearbeitet und die fünftausend Brotverdiener des Tals beschäftigt hatten. Was an potentiellen Kunden auf der Hauptstraße unterwegs war, hatte ein schäbiges, fadenscheiniges Aussehen. Drüben vor dem Bijou auf der anderen Straßenseite verkaufte der alte Mr. Ryan Äpfel aus seinem Garten.

Während er hinausschaute, erschien an der Ecke eine ziemlich beleibte, energisch aussehende ältere Frau. Sie blickte rasch umher, streifte den alten Mr. Ryan und seine Äpfel mit ihrem Blick und kam dann entschlossen auf Purdeys Metzgerladen zu. Purdey richtete sich auf.

»Schönen guten Tag, Madam, was kann ich für Sie tun?« Er

strahlte, als ob die Lichtrechnung nicht seit drei Monaten überfällig wäre.

»Ich möchte ein schönes Filetsteak«, sagte die Dame zögernd. »Wie teuer ist Filetsteak?«

»Fünfundvierzig Cents das Pfund, das Beste vom Besten«, antwortete Purdey und hielt ein herrliches Stück zur Begutachtung in die Höhe. Er war fast sicher, daß sie es sich anders überlegen würde.

»Dann nehme ich ein Pfund«, sagte die Dame. »Und sechs Lammkoteletts. Für den Sonntag möchte ich ein Rippenstück, aber das kann ich später besorgen. In meinem Alter soll man nicht so viel tragen«, setzte sie erklärend hinzu. »Könnten Sie sich bitte beeilen, ich habe nicht sehr viel Zeit.«

»Neu zugezogen?« fragte Purdey, als er sich zur Registrierkasse wandte, um den Betrag einzutippen.

»Ja, so könnte man sagen«, antwortete die Frau. Als Purdey sich wieder der Kundin zuwenden und sie nach dem Namen fragen wollte, war sie schon draußen. Aber er wußte, daß sie wiederkommen würde. Sie wollte ein Rippenstück für den Sonntag. »Da sieht man wieder«, sagte Purdey bei sich und betrachtete befriedigend das von der Registrierkasse aufgestellte Preisschild, »daß immer noch Geld da ist. Zwei Dollar, und sie hat nicht mit der Wimper gezuckt. Da sieht man's wieder!«

Originaltitel: ›The Good Provider‹
Copyright © 1952 by Marion Gross;
mit freundlicher Genehmigung von Barthold Fles
Aus dem Amerikanischen übersetzt von Walter Brumm

ALFRED BESTER

Die Achterbahn

Ich gab ihr eine kleine Kostprobe vom Messer: wenn du es jemand über die Rippen ziehst, schmerzt es höllisch, ist aber nicht gefährlich. Der Schnitt sah zuerst weiß aus, dann rot. Sie wich erschrocken zurück, mehr entsetzt über das Messer als über den Schnitt. Man fühlt diese Schnitte nicht gleich. Das ist das Dumme mit dem Messer; es betäubt und der Schmerz kommt allmählich.

»Paß auf, Herzchen!« sagte ich. (Ich hatte ihren Namen vergessen.) »Das hier habe ich dir mitgebracht. Schau es dir an!« Ich fuchtelte mit dem Messer und schlug ihr die flache Klinge ins Gesicht. »Fühl es.« Sie schwankte rückwärts zur Couch, setzte sich und begann zu zittern. Darauf hatte ich gewartet.

»Na los, du Schlampe! Antworte!«

»Bitte, David«, stieß sie hervor.

Schwer von Begriff. Nicht gut.

»Ich gehe, du lausige Schnalle«, sagte ich. »Du bist wie all die anderen billigen Flittchen.«

»Bitte, David«, wiederholte sie mit leiser Stimme.

Nichts los mit ihr. Stumpfsinnig. Aber einen Versuch wollte ich noch machen.

»Ich dachte, du bist für zwei Dollar die Nacht zu haben, und nun sollen es zwanzig sein.« Ich zog Geld aus der Tasche, zählte die zwanzig in Eindollarscheinen ab und gab sie ihr. Sie wollte das Geld nicht anrühren. Sie saß auf dem Rand der Couch, splitternackt, und das Blut lief an ihr herunter. Sie sah mich nicht an. Einfach langweilig. Ein Mädchen, wohlgemerkt, das es mit den Zähnen machte. Wie eine Katze hatte sie mich immer mit den Nägeln gekratzt. Und jetzt ...

»Bitte, David«, sagte sie.

Ich zerriß die Scheine und warf sie ihr in den Schoß.

»Bitte, David«, sagte sie.

Keine Tränen. Keine Schreie. Keine Bewegung. Sie war unmöglich. Ich ließ sie sitzen und ging.

Das Dumme mit diesen Neurotikern ist, daß man sich nicht auf sie verlassen kann. Du machst dich an sie heran und bearbeitest sie, du bereitest den Höhepunkt vor und gibst den Anstoß, aber die Hälfte von ihnen stellt sich dumm, wie dieses Mädchen. Man wird nicht schlau aus ihnen.

Ich sah auf die Uhr. Der Zeiger stand auf zwölf. Ich beschloß zu Gandry zu gehen. Freyda war bei ihm in der Wohnung und wahrscheinlich schon dabei, ihn für die Abschiedsvorstellung herzurichten. Ich brauchte Rat von Freyda und hatte nicht mehr viel Zeit.

Ich ging die Sixth Avenue nach Norden – nein: die Avenue of the Americas. Fünfundfünfzigste bog ich nach Westen und steuerte das Haus gegenüber vom New York City Center an. Ich nahm den Aufzug zur Dachgeschoßwohnung und wollte gerade bei Gandry läuten, als ich Gas witterte. Ich kniete nieder und schnüffelte am Türspalt. Es kam aus seiner Wohnung.

Ich war nicht so dumm, die Türglocke zu läuten. Statt dessen zog ich meine Schlüssel hervor, hielt sie gegen den Metallbeschlag des Aufzugknopfes, um jegliche elektrostatische Aufladung zu beseitigen, und machte mich an die Arbeit. In zwei oder drei Minuten brachte ich das Schloß auf, öffnete die Tür und ging hinein, das Taschentuch vor der Nase. In der Wohnung war es stockfinster. Ich ging sofort in die Küche und stolperte über einen Körper, der am Boden lag und den Kopf im Backofen hatte. Ich drehte das Gas zu und stieß das Fenster auf. Dann lief ich ins Wohnzimmer und öffnete auch dort das Fenster. Nachdem ich den Kopf hinausgestreckt hatte, um Atem zu holen, öffnete ich die übrigen Fenster der Wohnung.

Dann sah ich mir den Körper an. Es war Gandry, wie ich vermutet hatte. Er lebte noch. Sein dickes Gesicht war geschwollen und purpurrot, und seine Atmung kam mir ziemlich Cheyne-Stokes-mäßig vor. Ich ging zum Telephon und rief Freyda an.

»Hallo?«

»Freyda?«

»Ja?«

»Wo bist du? Warum bist du nicht hier oben bei Gandry?«

»Bist du es, David?«

»Ja. Ich bin gerade eingebrochen und finde Gandry halbtot in der Küche. Selbstmordversuch.«

»Oh, David!«

»Gas. Er hat den Höhepunkt ganz allein erreicht. Hattest du ihn vorbereitet?«

»Natürlich, aber ich hätte nie gedacht, daß er ...«

»Daß er sich so vor der Auszahlung davonstehlen würde? Ich habe dir das hundertmal gesagt, Freyda. Auf potentielle Selbstmordkandidaten wie Gandry kannst du dich nicht verlassen. Ich habe dir die Narben an seinem Handgelenk gezeigt. Von Leuten seines Schlages kannst du keine Aktion und Gegenwehr erwarten. Diese Typen –«

»Halt mir keine Vorträge, David!«

»Schon gut. Mein Mädchen war auch ein Reinfall. Ich dachte, sie sei der hitzige, aufgeregte Typ. Aber als es soweit war, erwies sie sich als stumpfsinnig und sentimental. Ich möchte es mit dieser Bacon versuchen, die du erwähntest. Kannst du sie empfehlen?«

»Ganz entschieden.«

»Wie kann ich sie finden?«

»Durch ihren Mann, Eddie Bacon.«

»Und wo finde ich den?«

»Versuch's bei Shawn oder Dugal oder Breen oder beim Griechen! Aber er ist ein Schwätzer, David, ein Zeitverschwender; und du hast nicht viel Zeit übrig.«

»Macht nichts, wenn seine Frau die Mühe wert ist.«

»Das ist sie, David. Das mit der Pistole habe ich dir gesagt.«

»Richtig. Nun, was machen wir mit Gandry?«

»Ach, zum Teufel mit Gandry!« Sie legte auf.

Das war mir nur recht. Es war an der Zeit, daß Freyda vernünftig wurde und die Finger von den Psychotikern ließ. Ich legte auch auf, schloß alle Fenster, ging zurück in die Küche und drehte das Gas wieder an. Gandry hatte sich nicht bewegt. Ich löschte das Licht und verließ die Wohnung.

Nun machte ich mich auf die Suche nach Eddie Bacon. Zuerst

versuchte ich es bei Breen, dann bei Shawn und bei Dugal. Beim Griechen in der zweiundfünfzigsten Straße hatte ich endlich Glück.

Ich fragte den Barkeeper: »Ist Eddie Bacon da?«

»Hinten.«

Ich spähte an der Musikbox vorbei. Der rückwärtige Raum war gedrängt voll. »Welcher ist Eddie Bacon?«

Er zeigte auf einen schmächtigen Mann, der allein an einem kleinen Ecktisch saß. Ich ging zu ihm und setzte mich. »He, Eddie.«

Bacon blickte auf. Er hatte ein gefurchtes Gesicht mit Hängebacken, seidiges blondes Haar, unfreundliche blaue Augen. Er trug einen braunen Anzug und einen blauen Schlips mit weißen Punkten. Er sah meinen Blick und sagte: »Das ist der Schlips, den ich zwischen den Kriegen trage. Was trinken Sie?«

»Scotch. Wasser. Ohne Eis.«

»Englischer geht's wohl nicht?« Er schrie: »Chris!«

Ich bekam meinen Whisky. »Wo ist Liz?«

»Wer?«

»Ihre Frau.«

»Ich bin mit sechs Metern Frauen verheiratet gewesen«, murmelte er. »Von einem Ende zum anderen. Jede zwei Meter. Welche meinen Sie?«

»Die dritte. Die letzte. Man sagte mir, sie habe Sie verlassen.«

»Sie haben mich alle verlassen.«

»Wo ist Liz?«

»Es war so«, sagte Bacon in verdrießlichem Ton. »Ich werde daraus nicht schlau. Niemand kann sich einen Reim darauf machen. Ich fuhr mit den Kindern nach Coney Island ...«

»Lassen wir die Kinder beiseite. Wo ist Liz?«

»Darauf komme ich noch«, erwiderte Bacon gereizt. »Coney Island ist ein verrückter Rummel. Trotzdem sollte jeder einmal diese Falle ausprobieren. Absolut primitiv. Unterhaltung auf niedrigstem Niveau. Sie jagen einem eine Heidenangst ein, und man ist begeistert. Irgendwie muß es den Steinzeitmenschen in uns ansprechen. Den Cro-Magnon und so weiter.«

»Die Cro-Magnons sind ausgestorben«, sagte ich. »Sie meinen die Neandertaler.«

»Ich meine prähistorische Erinnerungen«, fuhr Bacon fort. »Sie schnallen einen in diese Achterbahn, und ehe man sich's versieht, ist ein Dinosaurier hinter einem her. Er verfolgt einen, und man versucht ihm zu entwischen. Primitiv. Es rührt an die Urinstinkte in uns. Deshalb sind Kinder so scharf darauf. Jedes Kind ist ein rudimentärer Überrest aus der Steinzeit.«

»Die Erwachsenen auch. Was ist mit Liz?«

»Chris!« schrie Bacon. Der Barkeeper brachte zwei frische Gläser. »Ja ... Liz«, sagte Bacon. »Dieses Mädchen ließ mich völlig vergessen, daß es je eine Liz gegeben hatte. Ich traf sie, als ich aus der Achterbahn schwankte. Sie wartete. Wartete auf Beute. Die Schwarze Witwe.«

»Liz?«

»Nein. Die kleine Hure, die nicht da war.«

»Wer?«

»Haben Sie nicht von Bacons vermißter Geliebter gehört? Von der Unsichtbaren Dame? Von Bacons eingebildeter Liebesaffäre?«

»Nein.«

»Zum Teufel, wo sind Sie gewesen? Wie Bacon eine Wohnung für eine Dame mietete, die nicht existierte. Darüber lachen sie heute noch. Alle bis auf Liz. Die ganze Branche redet davon.«

»Ich bin nicht in Ihrer Branche.«

»Nein?« Er tat einen tiefen Zug, stellte das Glas ab und starrte finster auf den Tisch, wie ein Junge, der eine Algebraaufgabe zu lösen versucht. »Sie hieß Freyda. F-R-E-Y-D-A. Wie Freya, die Göttin des Frühlings. Ewige Jugend. Äußerlich war sie wie eine Jungfrau von Botticelli. Aber unter der Oberfläche steckte ein Tiger.«

»Freyda was?«

»Ich weiß nicht. Ich habe es nie erfahren. Vielleicht hatte sie keinen Nachnamen, weil sie imaginär war, wie man mir immer wieder erzählt.« Er holte tief Atem. »Ich mache eine Krimiserie für das Fernsehen. Ich kenne jede krumme Tour, die es gibt. Das ist mein Geschäft – das Diebsgeschäft. Aber sie hatte eine neue Masche. Sie machte sich an mich heran, indem sie vorgab, die Kinder von irgendwo zu kennen. Wer kann schon sagen, ob ein Kind wirklich jemanden kennt oder nicht? Die sind ja nur halb menschlich. Ich schluckte die Geschichte und bis ich merkte, daß sie gelogen hatte, war es zu spät. Da hatte sie mich schon am Haken.«

»Wieso?«

»Eine Frau ist eine Frau«, sagte Bacon. »Drei Frauen sind bloß mehr von demselben. Dies aber hieß mit einem Tiger zu Bett gehen.« Er lächelte verdrießlich. »Bloß ist alles nur eingebildet, sagt man mir immer wieder. Alles hat sich nur in meinem Kopf abgespielt. Ich habe sie nie umgebracht, weil sie nie wirklich gelebt hat.«

»Sie haben sie umgebracht? Freyda?«

»Es war Krieg von Anfang an«, sagte er, »und es endete damit, daß ich sie umbrachte. Mit ihr war es nicht Liebe, es war Krieg.«

»Und alles war nur Einbildung?«

»Das behaupten jedenfalls die Kopfschrumpfer. Eine Woche verlor ich, sieben volle Tage. Man sagt mir, ich hätte schon eine Wohnung gemietet, die Frau aber nicht hinaufgebracht, weil es niemals eine Freyda gegeben habe. Wir hätten einander nicht in Stücke gerissen, weil es die ganze Zeit nur mich da oben in der Wohnung gegeben habe. Allein. Es habe kein verrücktes Weibsstück gegeben, das wie eine Furie über einen herfiel und zum Abschied immer sagte: ›Sigma, Liebling ...‹«

»*Was* sagte sie?«

»Sie haben doch gehört. ›Sigma, Liebling.‹ Das war ihre Art, Abschied zu nehmen. ›Sigma, Liebling.‹ Das sagte sie auch am letzten Tag, und in ihren Augen war ein verrücktes Glitzern. Sie sagte mir, es sei nicht gut zwischen uns. Sie habe Liz angerufen und ihr alles erzählt. Und nun werde sie gehen und nicht wiederkommen. ›Sigma, Liebling‹, sagte sie, und ging zur Tür.«

»Sie hat Liz alles erzählt? Ihrer Frau?«

Bacon nickte. »Ich hielt sie fest und zog sie von der Tür fort. Dann sperrte ich die Tür ab und rief Liz an. Diese Bestie biß und zerrte und kratzte die ganze Zeit. Ich bekam Verbindung mit Liz, und es stimmte tatsächlich. Liz war schon beim Packen. Ich knallte dieser Schlampe den Hörer auf den Kopf. Ich war wild. Ich riß ihr die Kleider vom Leib, schleifte sie ins Schlafzimmer,

warf sie hin und würgte sie. Mein Gott! Wie ich sie erdrossel-
te ...«

Nach einer kleinen Weile fragte ich: »Und Liz?«

»Als ich zu mir kam, hörte ich, daß gegen die Wohnungstür
geschlagen wurde«, fuhr Bacon fort. »Ich wußte, daß sie tot war.
Sie mußte tot sein. Ich ging und machte auf. Draußen standen
sechs Millionen Bullen und sechs Millionen brave Bürger und
waren noch in heller Aufregung wegen der Schreie. Ich dachte
mir: ›Na, das ist ja genau wie die Serie, die du jede Woche
machst. Am besten spielst du wie nach dem Drehbuch.‹ Ich
sagte zu ihnen: ›Kommen Sie nur, Herrschaften, schließen Sie
sich dem Mord an!‹« Er brach ab.

»War sie tot ... diese Freyda?«

»Es gab keinen Mord«, sagte er nach einer kleinen Weile. »Es
gab keine Freyda. Die Wohnung war im zehnten Stock des
Hauses vom Hotel Kingston. Es gab keine Feuerleiter, nur die
Wohnungstür, vor der die Bullen und Spießer sich drängten.
Und in der Wohnung war niemand als ein verrückter Kerl –
nackt, schwitzend und fluchend. Ich.«

»Sie war fort? Wohin? Wie? Wie soll man das verstehen?«

Er schüttelte den Kopf und starrte in mürrischer Ratlosigkeit
auf sein leeres Glas. Nach einer langen Pause fuhr er fort:
»Spurlos verschwunden war sie. Aber etwas später fand ich ein
verrücktes Souvenir, das sie zurückgelassen hatte. Sie mußte es
bei unserem Kampf verloren haben – dem Kampf, von dem alle
sagten, er sei imaginär gewesen. Es war das Zifferblatt von ihrer
Uhr.«

»Was war daran verrückt?«

»Die Ziffern zeigten jede zweite Stunde an, von zwei bis
vierundzwanzig. Zwei, vier, sechs, acht, zehn ... und so weiter.«

»Vielleicht war es eine ausländische Uhr. Die Europäer verwenden das Vierundzwanzigstunden-System. Das heißt, Mittag
ist zwölf, und ein Uhr ist dreizehn Uhr und ...«

»Hören Sie schon auf!« unterbrach er mich überdrüssig. »Ich
war beim Militär. Ich weiß das alles. Aber ich habe noch nie ein
Zifferblatt von der Art gesehen. Niemand hat dergleichen je
gesehen. Das Ding war nicht von dieser Welt. Ich meine das
buchstäblich.«

»Ja? – Wieso?«

»Ich traf sie wieder.«

»Freyda?«

Er nickte. »Ich sah sie wieder in Coney Island, wo sie bei der Achterbahn herumlungerte. Ich bin schließlich kein Dummkopf. Ging wieder hin, sah mich nach ihr um und fand sie.«

»Wie sah sie aus? Zerzaust?«

»Nichts anzumerken. Frisch wie der junge Morgen, obwohl es nur ein paar Wochen später war. Da stand sie, die Schwarze Witwe, und wartete auf die Fliegen, die benommen aus der Achterbahn getaumelt kamen. Ich kam von hinten auf sie zu, packte sie, zog sie in einen Durchlaß zwischen den Schaubuden und sagte: ›Einen Pieps und du bist tot, aber diesmal endgültig.‹«

»Wehrte sie sich?«

»Nein«, sagte er. »Es gefiel ihr. Sie sah aus wie jemand, der gerade in der Lotterie gewonnen hat. Dieses Glitzern in den Augen ...«

»Ich verstehe nicht.«

»Aber ich verstand, als ich sie ansah ... Als ich in dieses jungfräuliche Gesicht sah, glücklich und lächelnd, weil ich sie anschrie. Ich sagte: ›Die Bullen schwören, daß außer mir niemand in der Wohnung war. Die Psychiater schwören, daß außer mir niemand in der Wohnung war. Das machte dich zu einem Phantasiegebilde von mir, und das brachte mich für eine Woche in die psychiatrische Abteilung.‹ Ich sagte: ›Aber ich weiß, wie du hinausgekommen und wohin du gegangen bist.‹«

Bacon schwieg und sah mich fest an. Ich blickte unverwandt zurück.

»Wie betrunken sind Sie?« fragte er.

»Betrunken genug, um alles zu glauben.«

»Sie verschwand durch die Zeit«, sagte Bacon. »Verstehen Sie? Durch die Zeit. In eine andere Zeit. In die Zukunft. Sie löste sich in Luft auf.«

»Was? Zeitreisen? So betrunken bin ich nicht, daß ich das glaube.«

Er nickte. »Zeitreisen. Deshalb hatte sie diese Uhr – eine Art Zeitmaschine. Deshalb war sie so rasch wiederhergestellt. Sie kann ein Jahr dort geblieben und dann genau zum Jetzt zurückgekehrt sein, oder zu einem Zeitpunkt zwei Wochen nach dem Jetzt. Und deshalb sagte sie immer: ›Sigma, Liebling.‹ Das ist so eine Wendung, wie die da oben sie gebrauchen.«

»Augenblick mal, Eddie ...«

»Und deshalb war sie so scharf darauf, dem Umgebrachtwerden so nahe wie möglich zu kommen.«

»Aber das ergibt doch keinen Sinn. Sie wollte von Ihnen mißhandelt werden?«

»Sagte ich doch. Sie war versessen darauf. Sind sie alle. Sie kommen hierher, die Teufel, wie wir nach Coney Island gehen. Sie kommen nicht hierher zurück, um Studien oder Forschungen durchzuführen oder irgendwelchen wissenschaftlichen Zwecken nachzugehen. Unsere Zeit ist ein Vergnügungspark für sie, das ist alles. Wie die Achterbahn.«

»Wie meinen Sie das, die Achterbahn?«

»Emotionen. Gefühlsausbrüche. Geschrei und Gekreische. Nervenkitzel, Liebe und Haß, Gewalttat und Mord. Das ist ihre Achterbahn. Daran haben sie ihren Spaß. Es muß oben in der Zukunft in Vergessenheit geraten sein, wie wir vergessen haben, wie es ist, von einem Dinosaurier verfolgt zu werden. Also kommen sie in unsere Zeit zurück, um es zu genießen. Für sie ist es die Steinzeit.«

»Aber ...«

»Denken Sie an die vielen Untersuchungen über den unaufhaltsamen Anstieg der Gewaltverbrechen wie Körperverletzung, Vergewaltigung und Mord! Das sind nicht wir, wir sind nicht schlechter als unsere Väter es waren. Sie sind es! Sie sind hierher zurückgekommen. Sie verleiten uns, stacheln uns an. Provozieren uns, bis wir aus der Haut fahren und ihren Drüsen eine Fahrt mit der Achterbahn geben.«

»Und Liz?« fragte ich. »Hat sie Ihnen das geglaubt?«

Er schüttelte den Kopf. »Sie gab mir keine Gelegenheit zu einer Aussprache.«

»Es muß sie mächtig aufgeregt haben.«

»Kann man wohl sagen. Einen Meter achtzig irischen Jähzorn. Sie nahm mein Gewehr von der Wohnzimmerwand – das Schießeisen, das ich mit mir herumschleppte, als ich mit Patton in Europa war. Wäre es geladen gewesen, dann würde es kein eingebildeter Mord gewesen sein.«

»Das kann ich mir vorstellen. Und wo ist Ihre Frau jetzt?«

»Sie ist in ihrer alten Wohnung und ärgert sich.«

»Und wo ist das?«

»Park Avenue zehn.«

»Mrs. Elizabeth Bacon?«

»Nicht nachdem der Name Bacon in den Zeitungen mit Delirium tremens in Verbindung gebracht worden ist. Sie gebraucht ihren Mädchennamen.«

»Ich verstehe. Also Elizabeth Noyes, nicht?«

»Noyes? Wie kommen Sie darauf? Nein. Elizabeth Gorman.«
Er hob den Kopf und schrie: »Chris! Was ist los – sind wir hier in der Wüste?«

Ich warf einen Blick auf meine Uhr. Der Zeiger stand zwischen zwölf und vierzehn. Das gab mir noch elf Tage, bevor ich zurückkehren mußte. Gerade noch genug Zeit, um Liz Gorman anzukurbeln. Das mit dem Gewehr klang vielversprechend. Freyda hatte recht. Es war ein guter Hinweis. Ich stand auf.

»Muß jetzt gehen«, sagte ich. »Sigma, Eddie.«

Originaltitel: ›The Roller Coaster‹
Copyright © 1953 by Alfred Bester
Aus dem Amerikanischen übersetzt von Walter Brumm

ROBERT A. HEINLEIN

Entführung in die Zukunft

2217 Zeitzone V (EST) 7. Nov. 1980 NYC – ›Pop's Place‹: Ich war eben dabei, ein Schnapsglas zu polieren, als die Ledige Mutter hereinkam. Ich merkte mir die Zeit — zehn Uhr siebzehn abends, Eastern Standard Time, 7. November 1980. Zeitagenten merken sich stets Zeit und Datum; das müssen wir.

Die Ledige Mutter war ein Mann von etwa fünfundzwanzig Jahren: nicht größer als ich, unreife Gesichtszüge und ein aufbrausendes Temperament. Der Kerl gefiel mir nicht – er hatte mir noch nie gefallen –, aber er war der Junge, den ich hier anwerben sollte, er war mein Mann. Ich lächelte mein bestes Barkeeperlächeln.

Vielleicht bin ich zu kritisch. Er war nicht weibisch; er trug diesen Spitznamen nur wegen seiner Standardantwort auf die Frage nach seinem Beruf. »Ich bin eine ledige Mutter«, pflegte er zu sagen. Wenn er in halbwegs guter Laune war, fügte er hinzu: »... für vier Cent pro Wort. Ich schreibe Lebensbeichten.«

Wenn er in miserabler Stimmung war, lauerte er darauf, daß jemand etwas daraus machte. Er kämpfte merkwürdig weiblich – und deshalb wollte ich ihn. Aber das war nicht der einzige Grund.

Er hatte zuviel getrunken, und sein Gesicht zeigte, daß er die Menschheit heute mehr als sonst verachtete. Ich gab ihm einen Doppelten, den er sofort kippte, und ließ die Flasche stehen. Er schenkte sich nach.

Ich wischte die Bar ab. »Na, wie steht's im Ledigen-Mütter-Geschäft?«

Er schien mir das Glas nachwerfen zu wollen. Ich tastete nach meinem Gummiknüppel. Dann beobachtete ich das winzige Absinken der Spannung, das wir im Training erkennen gelernt hatten. »Tut mir leid«, sagte ich. »Das war nur eine Frage. Wie ist das Wetter draußen?«

Er zuckte die Achseln. »Das Geschäft läuft. Ich schreibe, die Stories werden gedruckt, ich habe zu essen.«

Ich schenkte mir selbst einen ein. »Du schreibst nicht übel«, behauptete ich und trank ihm zu. »Ich habe schon ein paar gelesen. Du bringst den weiblichen Standpunkt prima heraus.«

Dieses Risiko mußte ich eingehen; er hatte noch nie gesagt, welche Pseudonyme er benutzte. Aber er ging zum Glück nur auf den letzten Satz ein. »Den weiblichen Standpunkt!« wiederholte er verächtlich. »Ja, den kenne ich allerdings. Kein Wunder!«

»Oh?« Ich runzelte die Stirn. »Schwestern?«

»Nein. Meine Geschichte würdest du mir nie glauben!«

»Barkeeper und Psychiater wissen, wie verrückt die Wahrheit sein kann«, erklärte ich ihm. »Wenn du wüßtest, was ich schon alles . . . unglaublich, kann ich dir sagen!«

»Du weißt gar nicht, was ›unglaublich‹ bedeutet.«

»Pah! Mich verblüfft nichts mehr, mein Junge.«

»Wollen wir um den Rest in der Flasche wetten?«

Ich stellte eine volle auf die Theke. »Das ist mein Einsatz.«

»Hmm . . .« Ich gab dem anderen Barkeeper ein Zeichen, er solle allein weitermachen. Wir waren am äußersten Ende der Theke völlig ungestört; die Gäste sahen sich einen Boxkampf im Fernsehen an, und jemand hatte eben die Musikbox angestellt. »Okay«, begann er. »Ich bin ein uneheliches Kind . . .«

»Das ist nichts Besonderes«, unterbrach ich ihn. »Meine Eltern waren auch nicht verheiratet.«

»Ich . . .« Er lächelte zum erstenmal, seitdem ich ihn kannte. »Ist das dein Ernst?«

»Klar! In unserer Familie heiratet kein Mensch. Alles uneheliche Kinder.«

»Blödsinn – du bist doch verheiratet.« Er zeigte auf meinen Ring.

»Oh, den meinst du.« Ich zeigte ihm den Ring. »Der sieht nur wie ein Ehering aus; ich trage ihn, um vor Frauen sicher zu sein.« Ich hatte ihn 1995 einem Kollegen abgekauft, der ihn aus dem vorchristlichen Kreta mitgebracht hatte. »Das ist der Wurm Ouroboros...«

Er sah kaum hin. »Dann kannst du dich also in meine Lage versetzen. Als kleines Mädchen...«

»Oha!« sagte ich. »Habe ich das richtig gehört?«

»Wer erzählt hier seine Story? Als kleines Mädchen... Hast du schon einmal von Christine Jorgenson oder Roberta Cowell gehört?«

»Geschlechtsumwandlung? Willst du etwa...«

»Unterbrich mich nicht, sonst höre ich auf! Ich bin ein Findelkind – 1955 mit einem Monat vor einem Waisenhaus in Cleveland ausgesetzt worden. Als kleines Mädchen habe ich Kinder mit Eltern beneidet. Als ich dann aufgeklärt wurde – das wird man im Waisenhaus verdammt früh, Pop...«

»Ja, ich weiß.«

»... habe ich mir geschworen, meine Kinder sollten einen Vater und eine Mutter haben. Dieser Vorsatz hat mich bewogen, meine ›Unschuld‹ zu verteidigen, was in der Umgebung, in der ich leben mußte, nicht einfach war. Ich mußte mich schon kräftig wehren, um das zu schaffen. Als ich dann älter wurde, erkannte ich, daß ich wenig Heiratsaussichten hatte – aus dem gleichen Grund, aus dem ich nicht adoptiert worden war.« Er machte ein finsteres Gesicht. »Ich war häßlich, hatte vorstehende Zähne, war flach wie ein Bügelbrett und hatte strähniges Haar.«

»Du siehst auch nicht schlimmer als ich aus.«

»Wen kümmert's, wie ein Barkeeper aussieht? Oder ein Schriftsteller? Aber Adoptiveltern nehmen am liebsten blonde blauäugige Engel, die ruhig dumm sein dürfen. Und später wollen die Jungen eine gute Figur, ein hübsches Gesicht und ein Lächeln, das ihnen sagt, wie wunderbar sie sind.« Er zuckte die Achseln. »Das hatte ich nicht zu bieten. Deshalb habe ich mich um den Posten einer Mannschaftsbetreuerin in Raumschiffen beworben.«

»Ah, ich verstehe...«

»Gar nichts verstehst du! Das Raumkorps hat frühzeitig erkannt, daß die Männer nicht monatelang allein sein wollten. Deshalb wurden Freiwillige gesucht, die vor allem intelligent und emotional stabil sein mußten. Schönheit spielte keine Rolle, denn dafür gab es Operationen – kostenlos, wohlgemerkt. Und die Mädchen konnten damals wie heute damit rechnen, daß sie nach Ablauf ihrer Verpflichtungszeit einen netten Mann bekommen würden.

Mit achtzehn wurde ich einer Familie als ›Stütze der Hausfrau‹ vermittelt. Die Familie wollte nur eine billige Arbeitskraft, aber das war mir gleichgültig, weil ich erst mit einundzwanzig ins Raumkorps eintreten konnte. Ich habe tagsüber gearbeitet und abends angeblich einen Schreibmaschinenkurs besucht – aber in Wirklichkeit war ich bei einem Benimmkurs, um meine Chancen zu verbessern.

Dann habe ich diesen Kerl mit seinen Hundertdollarscheinen kennengelernt.« Er verzog das Gesicht. »Er hatte tatsächlich ein ganzes Bündel in der Tasche. Eines Abends hat er sie mir gezeigt und mich aufgefordert, mir ein paar zu nehmen.

Aber ich habe es nicht getan. Er war der erste Mann, der nett zu mir war, ohne mich gleich ausziehen zu wollen. Ich habe den Kursus aufgegeben, um mich öfter mit ihm treffen zu können. Damals war ich glücklich.

Bis es eines Abends im Park doch passiert ist.«

»Und dann?« fragte ich.

»Nichts! Ich habe ihn nie wiedergesehen. Er hat mir vor der Haustür versichert, er liebe mich, hat mich geküßt – und ist verschwunden.« Er machte ein böses Gesicht. »Wenn ich den Kerl hier hätte, würde ich ihn umbringen!«

»Ich kann mir vorstellen, wie dir zumute ist«, behauptete ich, »aber ist das nicht ein bißchen stark? Vielleicht hat er eine Tracht Prügel dafür verdient, daß er dich im Stich gelassen hat, aber . . .«

»Er verdient viel mehr! Warte nur, bis du den Rest hörst.« Er trank einen Schluck. »Ich habe mich irgendwie zusammengerissen und mir eingeredet, das sei alles zu meinem Besten gewesen. Schließlich stand mir das Raumkorps noch offen, bildete ich mir ein. Aber dann merkte ich, was noch passiert war!«

»Schwanger?«

»Und wie! Meine geizige Familie hat möglichst lange darüber hinweggesehen und mich dann auf die Straße gesetzt – und ins

Waisenhaus konnte ich nicht zurück. Ich bin als Hausschwangere in einem Krankenhaus untergekommen und habe Nachttöpfe geschleppt, bis es endlich soweit war.

An die Entbindung erinnere ich mich nicht mehr. Ich bin in einem Bett aufgewacht und war von der Brust abwärts wie gelähmt. Der Arzt kam herein. ›Na, wie geht's uns denn?‹ wollte er wissen.

›Ich komme mir wie eine Mumie vor.‹

›Kein Wunder, denn Sie sind eingepackt wie eine und haben ein schmerzstillendes Mittel bekommen. Ein Kaiserschnitt ist eben keine Kleinigkeit.‹

›Kaiserschnitt? Doc, habe ich mein Kind verloren?‹

›O nein. Dem Baby geht es gut.‹

›Oh. Junge oder Mädchen?‹

›Ein gesundes kleines Mädchen von etwas über fünf Pfund.‹

Ich war zufrieden. Es ist immerhin etwas, ein gesundes Kind auf die Welt gebracht zu haben. Aber der Arzt sprach weiter.

›Ich muß Ihnen noch eine Mitteilung machen. Am besten erzähle ich Ihnen alles auf einmal und gebe Ihnen dann eine Spritze, damit Sie schlafen können. Sie werden sie brauchen.‹

›Warum? Worauf wollen Sie hinaus, Doc?‹

›Haben Sie schon einmal von dem schottischen Arzt gehört, der bis zum fünfunddreißigsten Lebensjahr als Frau gelebt hat? Dann hat er sich operieren lassen, ist ein Mann geworden und hat geheiratet. Alles in bester Ordnung.‹

›Was hat das mit mir zu tun?‹

›Darauf will ich eben hinaus. Sie sind ein Mann.‹

Ich versuchte mich aufzurichten. ›*Was* bin ich?‹

›Immer mit der Ruhe. Als wir Sie auf dem Operationstisch hatten, blieb uns keine andere Wahl. Sie wären als Frau nie wieder richtig gesund geworden, aber als Mann haben Sie gute Aussichten. Machen Sie sich deswegen keine Sorgen. Sie sind jung, und wir können einen richtigen Mann aus Ihnen machen.‹

Ich begann zu weinen. ›Und mein Baby?‹

›Sie können es natürlich nicht stillen und ... An Ihrer Stelle würde ich es zur Adoption freigeben.‹

›*Nein!*‹

Er hob die Schultern. ›Das ist Ihre Entscheidung. Aber darüber brauchen Sie noch nicht nachzudenken; wir machen Sie erst wieder gesund.‹

Am nächsten Tag durfte ich meine Tochter zum erstenmal sehen. Sie war häßlich wie alle Neugeborenen. Trotzdem liebte ich sie und war fest entschlossen, selbst für sie zu sorgen. Aber vier Wochen später war dieser Vorsatz wertlos.«

»Warum?«

»Sie ist entführt worden.«

»Entführt?«

Die Ledige Mutter nickte heftig. »Aus dem Krankenhaus entführt!« Er atmete schwer. »Wenn das kein Verbrechen war …«

»Wirklich schäbig«, stimmte ich zu. »Spurlos verschwunden, was?«

»Die Polizei hat kaum Hinweise gefunden. Jemand hat sich als ihr Onkel ausgegeben. Als die Krankenschwester einen Augenblick weggehen mußte, ist er mit der Kleinen verschwunden.«

»Personenbeschreibung?«

»Nur ein Mann wie du und ich.« Er runzelte die Stirn. »Ich glaube, daß es ihr Vater war. Wer würde sonst ein Kind entführen? Kinderlose Frauen tun das manchmal – aber seit wann auch Männer?«

»Was ist aus dir geworden?«

»Ich war noch elf Monate im Krankenhaus und bin dreimal operiert worden. Dann wurde ich als Mann entlassen.«

»Eigentlich geht's dir gar nicht schlecht«, erklärte ich ihm. »Du bist ein Mann, verdienst genug Geld und hast keine größeren Sorgen. Und das Leben einer Frau ist nicht gerade leicht.«

Er starrte mich an. »Was weißt du schon davon!« Er schüttelte den Kopf. »Kannst du dir vorstellen, wie schwer es war, sich an das neue Leben zu gewöhnen? Ich mußte erst lernen, wie man ein Mann ist.«

»Das dauert einige Zeit, nehme ich an.«

»Allerdings! Damit meine ich nicht, wie man sich kleidet und in welche Toilette man zu gehen hat; das habe ich im Krankenhaus gelernt. Aber wovon wollte ich leben? Welchen Job konnte ich annehmen? Stell dir vor, ich konnte nicht einmal Auto fahren! Ich war beruflos; ich durfte nicht schwer arbeiten, weil ich zu viele Narben und empfindliches Wundgewebe hatte. Außerdem hätte mich auch niemand angestellt, weil mein Fall durch die Presse gegangen und sensationell aufgebauscht worden war. Deshalb habe ich meinen Namen geändert und bin nach New York gekommen. Zuerst war ich Griller, dann habe ich mir eine Schreibmaschine gemietet und ein Schreibbüro aufgemacht. Lächerlich! In vier Monaten habe ich fünf Briefe und ein Manuskript getippt! Das Manuskript war für ›Real Life Tales‹ schauderhaft schlecht – aber der Kerl hat es verkauft! Das hat mich auf eine Idee gebracht; ich habe mir einen Stapel dieser Magazine gekauft und sie gelesen.« Er lächelte zynisch. »Jetzt weißt du also, woher ich den authentischen Standpunkt einer ledigen Mutter kenne ... obwohl ich die wahre Version noch nie verkauft habe. Gewinne ich die Flasche?«

Ich schob sie zu ihm hinüber. Dann dachte ich wieder an die Arbeit. »Würdest du dich am liebsten auch heute noch an diesem Schuft rächen?«

Seine Augen leuchteten raubtierhaft auf.

»Augenblick! Du würdest ihn doch nicht umbringen?«

Er grinste häßlich. »Warum denn nicht?«

»Immer langsam. Ich weiß mehr darüber, als du denkst. Ich kann dir helfen. Ich weiß, wo er ist.«

Er griff nach mir. »Wo steckt der Kerl?«

»Laß mein Hemd los, Sonny – sonst landest du im Hinterhof, und wir sagen der Polizei, daß du ohnmächtig geworden bist.« Ich zeigte ihm meinen Gummiknüppel.

Er ließ mich los. »Entschuldigung. Aber wo ist er? Und woher weißt du so viel?«

»Alles zu seiner Zeit. Es gibt Unterlagen, aus denen alles hervorgeht – Krankenblätter, Waisenhausakten und so weiter. Das Waisenhaus wurde von Mrs. Fetherage geleitet, stimmt's? Und du warst als ›Jane‹ dort, stimmt's? Und das weiß ich nicht von dir, weil du es nicht erwähnt hast, stimmt's?«

Er war verblüfft und ein wenig ängstlich. »Was soll das alles?«

»Ich möchte dir einen Gefallen tun. Ich kann dir diesen Kerl ausliefern. Du tust mit ihm, was dir gefällt – und ich garantiere dafür, daß dir nichts passiert. Aber ich glaube nicht, daß du ihn umbringen würdest. So verrückt bist du nicht ...«

»Wo ist er?« drängte er aufgeregt.

»Nicht so hastig! Ich tue etwas für dich – folglich kannst du auch etwas für mich tun.«

»Äh ... was denn?«

»Dein Job gefällt mir nicht. Was würdest du zu hohem Gehalt, regelmäßiger Arbeit, einem unbegrenzt hohen Spesenkonto, selbständiger Tätigkeit und interessanter Beschäftigung sagen?«

Er winkte ab. »Unsinn, Pop – das gibt's nicht alles auf einmal.«

»Okay, ich mache dir einen Vorschlag: Ich liefere ihn dir, du rechnest mit ihm ab und versuchst es dann mit meinem Job. Wenn er dir nicht gefällt ... nun, du bist schließlich ein freier Mensch.«

Er schwankte leicht; der letzte Drink war etwas zuviel gewesen. »Wann krieg' ich ihn?« murmelte er undeutlich.

»Wenn wir uns einig sind – *sofort!*«

Er streckte mir die Hand entgegen. »Einverstanden!«

Ich nickte meinem Assistenten zu, er solle meine Arbeit mitübernehmen, merkte mir die Zeit – 2300 – und verschwand mit der Ledigen Mutter in Richtung Lagerraum. Nur mein Geschäftsführer und ich hatten einen Schlüssel dafür; nur ich hatte den Schlüssel für einen kleinen Raum hinter dem Lager.

Er sah sich um. »Wo steckt er also?«

»Kommt gleich!« Ich öffnete einen Kasten in der Mitte des Raums; er enthielt einen Koordinatentransformator, Modell IX, Baujahr 2002 – eine wunderbare Maschine, keine beweglichen Teile, Gewicht 23 kg voll aufgeladen, äußerlich nicht von irgendeiner Kiste zu unterscheiden. Ich hatte ihn bereits justiert; jetzt brauchte ich nur noch das Metallnetz, durch das das Transformationsfeld begrenzt wird.

Das tat ich jetzt. »Was ist das?« wollte er wissen.

»Eine Zeitmaschine«, antwortete ich und warf das Netz.

»He!« rief er und wich zurück. Aber damit geriet er nur noch sicherer unter das Netz. Ich nützte seine Überraschung aus, um den Schalter zu betätigen.

1030-V-3. April 1973 – Cleveland, Ohio – Apex Bldg.: »He!«
wiederholte er. »Nimm mir das verdammte Ding ab!«

»Entschuldigung«, sagte ich und stopfte das Netz wieder in
den Kasten. »Du willst ihn doch aufspüren, nicht wahr?«

»Aber ... Du hast gesagt, das sei eine Zeitmaschine!«

Ich deutete aus dem Fenster. »Ist dort draußen November?
Oder New York?« Während er sich von seiner Überraschung
erholte, nahm ich ein Bündel Hundertdollarscheine aus dem
Kasten und überzeugte mich davon, daß die Nummern und
Unterschriften mit 1973 vereinbar waren. Das Zeitbüro hat
nichts gegen hohe Ausgaben, aber es duldet keine vermeidba-
ren Anachronismen. Das Geld war in Ordnung. Er drehte sich
um. »Was ist passiert?«

»Er ist draußen. Sieh zu, daß du ihn erwischst. Hier hast du
Geld für deine Ausgaben.« Ich drückte es ihm in die Hand.
»Sobald du mit ihm abgerechnet hast, hole ich dich hier wieder
ab.«

Hundertdollarscheine wirken geradezu hypnotisch auf
Leute, die nicht an sie gewöhnt sind. Er starrte sie ungläubig an,
als ich ihn behutsam in den Flur hinausschob. Der nächste
Sprung war leicht; ich mußte mich nur in der Zeit bewegen.

1700-V-10. März 1974 – Cleveland – Apex Bldg.: Unter meiner
Tür steckte die Mitteilung, daß der Mietvertrag nächste Woche
auslief; ansonsten war das Zimmer unverändert. Draußen
waren die Bäume jetzt kahl. Ich beeilte mich, ins Krankenhaus
zu kommen. Es dauerte zwanzig Minuten, bis ich die Krankenschwester so gelangweilt hatte, daß sie mich gern einen Augenblick mit dem Baby allein ließ. Ich nahm es mit ins Apex Building. Diesmal war die Einstellung der Zeitmaschine komplizierter, da das Ziel 1955 noch nicht existiert hatte. Aber ich hatte
alles vorausberechnet.

0100-V-20. Sept. 1955 – Cleveland – Skyview Motel: Transforma-
tor, Baby und ich trafen in einem Motel außerhalb der Stadt ein.
Ich hatte mich dort schon vorher als ›Gregory Johnson, Warren,
Ohio‹ angemeldet, so daß wir in einem Zimmer landeten,
dessen Schlüssel ich bereits hatte.

Alles weitere war einfach. Jane schlief fest; ich trug sie hinaus, legte sie auf dem Rücksitz des Wagens, den ich bereitgestellt hatte, in eine Obstkiste, fuhr zum Waisenhaus und setzte sie vor dem Eingang aus. Dann rief ich von einer Telefonzelle aus dort an, kam rechtzeitig zurück, um zu sehen, wie sie hereingeholt wurde, ließ den Wagen in der Nähe des Motels stehen, kam zu Fuß in mein Zimmer und stellte die Zeitmaschine neu ein.

2200-V-24. April 1973 – Cleveland – Apex Bldg.: Ich hatte den Ablauf genau vorausberechnet. Wenn ich mich nicht irrte, entdeckte Jane in dieser lauen Frühlingsnacht im Park, daß sie doch weniger tugendhaft war, als sie bisher geglaubt hatte. Ich ließ mich mit einem Taxi zu der Adresse fahren, wo sie bei der geizigen Familie arbeitete, und wartete in der Nähe.

Dann tauchten die beiden engumschlungen aus der Dunkelheit auf. Er verabschiedete sich mit einem langen Kuß von ihr. Als er endlich ging, vertrat ich ihm den Weg. »Das genügt, mein Junge«, stellte ich fest. »Ich hole dich jetzt ab.«

»Du!« Er starrte mich an.

»Ich. Du weißt nun, wer er ist – und wenn du ein bißchen nachdenkst, kommst du auch darauf, wer das Baby ist ... und wer ich bin.«

Er gab keine Antwort; er war ziemlich erschüttert. Es ist ein Schock, bewiesen zu bekommen, daß man der Versuchung, sich selbst zu verführen, nicht widerstehen kann. Ich nahm ihn mit ins Apex Building. Wir sprangen wieder.

2300-VII-12. Aug. 1995 – Ausbildungslager: Ich weckte den wachhabenden Sergeanten, zeigte ihm meinen Ausweis und befahl ihm, den Neuen mit einem Schlafmittel ins Bett zu stecken und morgens zu rekrutieren. Der Sergeant machte ein böses Gesicht, aber er tat, was ich sagte; allerdings hoffte er bestimmt, daß er bei unserem nächsten Zusammentreffen Colonel und ich Sergeant sein würde. »Wie heißt er?« wollte er wissen.

Ich schrieb ihm den Namen auf. Er zog die Augenbrauen hoch. »Hmm ...«

»Tun Sie gefälligst Ihre Pflicht, Sergeant!« Ich wandte mich an meinen Begleiter. »Dein neuer Job gefällt dir bestimmt – und du bist für ihn geeignet. Das weiß ich.«

»Aber . . .«

»Schlaf dich aus und laß dir dann alles erklären. Der Job gefällt dir bestimmt!«

»Klar«, fügte der Sergeant hinzu. »Nehmen Sie nur mich – ich bin 1927 geboren, bin noch immer jung und genieße das Leben.« Ich ging in den Sprungraum zurück.

2301-V-7. Nov. 1980 – NYC – ›Pop's Place‹: Ich kam mit einer Whiskyflasche in der Hand aus dem Lagerraum zurück, damit die Gäste wußten, wo ich gewesen war. Die Ledige Mutter konnte durch den Hinterausgang verschwunden sein; darum kümmerte sich niemand. Ich war verdammt müde.

Die Arbeit ist anstrengend, aber seit dem großen Fehler von 1982 ist es nicht leicht, jemand aus späteren Jahren zu rekrutieren. Kann man sich eine bessere Möglichkeit vorstellen, als Unzufriedene und Benachteiligte an Ort und Stelle anzuwerben, um ihnen gutbezahlte, interessante (aber auch gefährliche) Jobs zu geben, die der Menschheit nützen? Jedermann weiß, warum es 1977 nicht zu einem Atomkrieg gekommen ist: Die für New York bestimmte Rakete zündete nicht, und hundert andere Dinge gingen schief. Dafür waren Zeitagenten verantwortlich.

Ich schloß fünf Minuten früher und ließ in der Kasse einen Brief an meinen Geschäftsführer zurück, sein Angebot sei akzeptiert, und er solle sich wegen des Verkaufs an meinen Anwalt wenden, da ich längere Zeit verreist sei. Damit war alles geordnet. Ich ging in den Lagerraum zurück und sprang ins Jahr 2003.

2200-VII-12. Jan. 2003 – Ausbildungslager – Zentrale Rekrutierungsstelle: Ich meldete mich bei dem Wachhabenden zurück und ging dann in meine Unterkunft, um erst einmal auszuschlafen. Ich hatte den Whisky mitgenommen (schließlich hatte ich ihn gewonnen) und trank einen Schluck, bevor ich meinen Bericht verfaßte. Das Zeug schmeckte scheußlich, aber es war besser als gar nichts; ich bin nicht gern stocknüchtern, ich denke dann zuviel. Aber ich bin auch kein Säufer; andere Leute sehen Schlangen – *ich* sehe Menschen. Ich diktierte meinen Bericht: vierzig Anwerbungen, die von unseren Psychologen bestätigt werden mußten. Darunter auch meine eigene, die keine Schwierigkeiten machen durfte. Ich war doch hier, nicht wahr? Anschließend verfaßte ich ein Gesuch um Versetzung in eine andere Abteilung, weil ich die Rekrutierung satt hatte. Dann warf ich beides in den Einwurfschlitz und ging schlafen.

Mein Blick fiel auf ›Die Statuten der Zeit‹ über meinem Bett:

Tue niemals gestern, was morgen getan werden müßte

Unternimm nie einen zweiten Versuch, wenn du endlich Erfolg hast.

Ein Stich zur rechten Zeit erspart neun Milliarden.

Ein Paradoxon läßt sich paradoktern.

Es ist früher, wenn du denkst.

Vorfahren sind nur Menschen.

Selbst Jehova nickt.

Sie inspirierten mich nicht mehr wie damals, als ich noch ein Rekrut gewesen war; dreißig subjektive Jahre als Zeitagent laugen einen aus. Als ich mich auszog, betrachtete ich meine Bauchdecke. Ein Kaiserschnitt hinterläßt eine große Narbe, aber ich bin so behaart, daß sie kaum noch zu sehen ist.

Dann betrachtete ich den Ring an meinem Finger.

Die Schlange, die immer und ewig ihren Schwanz verschlingt ... Ich weiß, woher ich stamme – aber woher kommt ihr Wiederbeseelten?

Ich spüre, daß ich Kopfschmerzen bekam, aber ich wollte keine Tablette nehmen. Das habe ich einmal getan – und ihr seid alle fortgegangen. Deshalb kroch ich unter die Decke und stieß einen Pfiff aus, um das Licht zu löschen.

Ihr seid nicht wirklich dort. Außer mir – Jane – ist hier niemand in der Dunkelheit. Ihr fehlt mir schrecklich!

Originaltitel: ›All you Zombies...‹
Copyright © 1964 by Mercury Press Inc.;
mit freundlicher Genehmigung des Autors
Aus dem Amerikanischen übersetzt von Wulf H. Bergner

Die Sehr Langsame Zeitmaschine

(1990)

Die Sehr Langsame Zeitmaschine – der Einfachheit halber: die
SLZM* – erschien um genau zwölf Uhr mittags am 1. Dezember
1985 an einer leeren Stelle im Nationalen Laboratorium für
Physik. Ihre Ankunft wurde von einem lauten Knall und einem
Schwall von verdrängter Luft begleitet. Dr. Kelvin, der zufällig in
die Richtung sah, berichtete, daß die SLZM genaugenommen
nicht völlig unvermittelt ins Dasein *sprang*, sondern aus einer
punktgroßen Quelle mit hoher Geschwindigkeit expandierte.
Dies erklärt vermutlich, warum sich keine Explosion größeren
Ausmaßes ereignete, als die SLZM die im Raum bereits vorhandene Luft verdrängte. Kelvin erklärte später, was er eigentlich
gesehen habe, sei die *Implosion* der SLZM gewesen. Immerhin
ließ der Luftstrom die Türen zuschlagen, statt sie aufzu-
schleudern. Es war dies jedoch ein Augenblick höchster Verwirrung – und die Verwirrung hielt an, denn der Insasse der
SLZM (der als einziger Licht in die Angelegenheit hätte bringen
können) war nicht nur Zeit-verkehrt im Verhältnis zu uns, sondern auch ganz schön verrückt.

Was uns so zur Verzweiflung trieb, ist die Tatsache, daß der
Insasse sichtlich an geistiger Gesundheit und an Ansehnlichkeit
gewinnt (in seiner umgekehrten Weise), je mehr Zeit ver-
streicht. Wir haben das Gefühl, daß wir mit all der harten Arbeit
und dem Nachdenken, das sich mit dem Rätsel der SLZM
beschäftigt, unsere Energie sozusagen in den Ausguß der Entropie schütten, denn die Antwort wird von ihm kommen, von
innen, nicht von uns. Somit hätten wir ebensogut einfach
abwarten können, bis sein Zustand sich verbesserte (oder, aus

---

* Der Ausdruck SLZM wird nachträglich und im Lichte des in der Folgezeit
erlangten Verständnisses dieses Problems eingefügt (2019).

seiner Sicht, sich zu verschlechtern begann). Inzwischen hat seine Ankunft wesentliche Forschungsarbeiten unseres Laboratoriums durcheinandergeworfen und aus der Bahn gebracht, ohne daß dafür irgendwelche greifbaren, nützlichen Ereignisse erzielt worden wären.

Die SLZM war etwa so groß wie ein kleiner Lieferwagen; in der Form jedoch glich sie einem großen Bleisulphid- oder Galenit-Kristall – der Jargon der Kristallographen beschreibt so etwas als Oktaeder-plus-Kubus-Formation, die aus acht großen sechseckigen Flächen besteht, wobei die Zwischenräume von sechs kleineren, quadratischen Flächen ausgefüllt sind. Sie balancierte scheinbar halsbrecherisch, aber unbeweglich, auf dem Basisquadrat. Die vier unteren Sechsecke zogen sich, auswärts geneigt, nach oben, wo sie sich in der Mitte durch vier weitere Quadrate (vertikal auf der Spitze stehend) mit der oberen, spiegelbildlich gestalteten Halbkugel verbanden, die dann in einem quadratischen Nordpol gipfelte. Tatsächlich sah die SLZM aus wie eine Art Globus, dessen Rundung zu flachen Ebenen gestutzt und geschnitten war. Und bis zum heutigen Tage ist sie auch so etwas wie eine eigenständige, private Welt geblieben, sie und ihr Passagier.

Alle ihre Flächen bestanden aus blankem Metall, bis auf ein Quadrat am Äquator, das südwärts in den Hauptteil des Laboratoriums gerichtet war. Hier befand sich ein Glasfenster – so dick wie bei einer Tiefseetauchglocke –, das offensichtlich von innen, und nur von innen, geöffnet werden konnte.

Der Passagier im Innern war zerlumpt und verlottert wie ein Tramp, und er wirkte so verrückt, schmutzig, jämmerlich und zottelhaarig wie ein Wahnsinniger in der Zelle irgendeines alten Irrenhauses. Augenscheinlich war er sehr alt; zumindest hatte langes Alleinsein in dieser Zelle bewirkt, daß er so aussah. Er war bleich, gebeugt und klapperdürr, und seine Zähne waren verfault. Er tobte und murmelte, für uns unhörbar, im Licht unserer Scheinwerfer. Vielleicht formte er seine Worte auch nur mit den Lippen, denn wir hätten durch das dicke Glas ohnehin nichts hören können. Als wir zwei Tage später die Dienste eines Lippenlesers in Anspruch nahmen, schien es, als rede der alte Mann puren Unsinn, einen Mischmasch von

Lauten. Oder vielleicht doch nicht? Man konnte ja nicht erwarten, daß jemand rückwärts Lippenlesen konnte. Dr. Yang hatte schon auf Grund seiner Handlungen und Gesten die Vermutung geäußert, daß der Mann Zeit-verkehrt sei. Also nahmen wir alle Mundbewegungen des Passagiers auf Videoband auf und spielten sie für unseren Lippenleser rückwärts ab. Nun, es war immer noch Unsinn. Rückwärts oder vorwärts, der unglückselige Passagier war sichtlich übergeschnappt. In der Tat war es ein Beweis für seinen Wahnsinn, daß er überhaupt versuchte, in diesem späten Stadium seiner Reise mit uns zu sprechen, statt mit uns zu kommunizieren, indem er beschriebene Tafeln hochhob, wie er es jetzt begonnen hat. (Aber mehr von diesen Mitteilungen später. Sie beginnen erst – oder, aus seiner Sicht, sie enden, als er immer tiefer im Wahnsinn versinkt – im Sommer 1989.)

Ohne weitere Hoffnung auf eine Erklärung von ihm machten wir uns auf die Suche nach irgendwelchen wissenschaftlichen Erklärungen. (Fruchtlos. Andere, wichtigere Arbeit wurde ruiniert. Laborprojekte wurden umgestürzt, und im Verlauf der Angelegenheit die gesamte Physik.)

Um eine Andeutung zu vermitteln, in welcher Weise wir unsere Zeit vergeudeten, sollte ich hier vielleicht vermerken, daß der erste ›Hinweis‹ für uns in der Form der SLZM lag. Ich erwähnte schon, sie sah aus wie ein Bleisulphid- oder Galenitkristall. Yang hob die Tatsache hervor, daß Galenit als Halbleiter in Kristallgleichrichtern Verwendung findet, in Geräten also, die Wechselstrom in Gleichstrom umwandeln. Sie bilden in der einen Stromrichtung einen viel höheren Widerstand als in der anderen. Gab es hier vielleicht eine Analogie zum Zeitstrom? Konnte es sein, daß die Geometrie der SLZM – oder die Geometrie der Energien, die in ihren vermutlich mit gedruckten Schaltkreisen ausgelegten Wänden zirkulierten – den Vorwärtsstrom der Zeit wirksam blockierte und umkehrte? Es war uns unmöglich, die SLZM aufzubrechen. Alle Versuche, sie aufzuschneiden, erwiesen sich als wirkungslos und wurden bald abgebrochen, und die Durchleuchtung mit Röntgenstrahlen wurde durch eine Bleilegierung, die offenbar in den Wänden enthalten war, vereitelt. Die Sonarabtastung erbrachte grob umrissene Bilder von Formen im Innern, aber etwas so Feines wie Schaltkreise erfaßte sie nicht. Wir mußten uns also auf das verlassen, was wir von der äußeren Form und durch das Fenster sehen konnten – und auf reine Theorie.

Yang betonte zudem, Galenitgleichrichter würden genau wie Diodenröhren arbeiten. Sie können nicht nur elektrischen Strom umwandeln, sie können auch *demodulieren*. Sie sondern Informationen aus einer modulierten Trägerwelle aus – so etwa in einem Radio oder einem Fernseher. War die SLZM, wie wir sie vor uns sahen, eine Maschine, die ›Informationen‹ – in Gestalt des Vehikels an sich und seines Passagiers – aus einer Trägerwelle aussonderte, die sich in der Zeit zurückerstreckte? War die SLZM vielleicht eine feste, greifbare Analogie eines dreidimensionalen Fernsehbildes, das rückwärts lief?

Wir bauten eine ganze Reihe von Modellen der SLZM auf der Grundlage dieser Ideen und versuchten, sie in die Vergangenheit oder in die Zukunft zu schicken – oder überhaupt irgendwohin! Aber sie alle verharrten monoton in der Gegenwart und im Laboratorium, störrisch verankert in Zeit und Raum.

Kelvin erinnerte sich seines Eindrucks, die SLZM sei anscheinend, von einem Punkt ausgehend, nach außen expandiert, und bemerkte, daß dreidimensionale Wesen wie wir ein vierdimensionales Objekt möglicherweise so wahrnehmen würden, wenn wir zum ersten Mal damit in Berührung kämen. So würde eine vierdimensionale Kugel als Punkt erscheinen, zu einer vollen Kugel anschwellen und sich dann wieder zu einem Punkt zusammenziehen. Aber ein vierdimensionales Oktaeder-plus-Kubus? Nach den Regeln unserer Mathematik konnte eine solche Form im vierdimensionalen Raum analog nicht existieren; nur ein einfaches Oktaeder konnte das. Außerdem, was könnte man mit einer vierdimensionalen Zeitmaschine anfangen, die genau in dem Moment zu einem Punkt zusammenschrumpft, wenn der Passagier einsteigt? Nein, die SLZM war kein echter vierdimensionaler Körper, aber wir verschwendeten viele Wochen damit, Computerprogramme laufen zu lassen, die sie als einen solchen beschrieben, und der Auffassung zu folgen, der Passagier sei ein gewöhnlicher, dreidimen-

sionaler Mann im Innern einer vierdimensionalen Struktur –
und die Diskrepanz von einer Dimension zwischen ihm und
seinem Vehikel isoliere ihn wirksam vom Rest des Universums,
so daß er rückwärts reisen könne.

Daß er tatsächlich rückwärts reiste, war inzwischen eindeutig
aus seinen Eßgewohnheiten ersichtlich geworden (d. h. er
würgte sein Essen hervor), wenngleich er seine Körperfunk-
tionen mit Heimlichkeiten umgab. Dies, und der überaus ver-
schmutzte Zustand, in dem er sich befand, führte dazu, daß wir
uns dessen erst nach einigen Monaten ganz sicher waren.

Alles das warf wiederum ein neues, unlösbares Problem auf:
Wenn die SLZM tatsächlich rückwärts durch die Zeit reiste,
wohin genau *verschwand* sie dann im Augenblick ihrer
Ankunft am 1. Dezember 1985? Der Passagier befand sich wohl
kaum auf einem archäologischen Streifzug, denn sonst hätte er
wohl auszusteigen versucht.

Endlich, am Mittsommertag 1989, hielt unser Passagier eine
auslöschbare Plastiktafel hoch, auf der in Blockbuchstaben eine
Mitteilung geschrieben stand:

BERGAB KRIECHEN, BERGAUF GLEITEN

Er hielt die Tafel zehn Minuten gegen das Fenster. Die Druck-
schrift wirkte krakelig und fahrig, ebenso wie er selbst.

Dies war möglicherweise sein letzter klarer Moment, bevor
er dann endgültig in Wahnsinn verfiel, verzweifelt an der Sinn-
losigkeit all seiner Versuche, mit uns in Verbindung zu treten.
Danach würde es *nur noch bergab* gehen, folgerten wir. Er sah
uns und unsere immer noch eifrigen, immer noch ratlosen
Gesichter und konnte fortan nur noch unzusammenhängen-
des Gestammel von sich geben, wie ein vor Wut über unsere
schiere Dummheit rasender Affe.

In den nächsten drei Monaten kam überhaupt nichts von
ihm.

Als er seine nächste (d. h. vorletzte) Mitteilung hochhielt, sah
er ein wenig ordentlicher und ein bißchen weniger verrückt
aus (zumindest verglichen mit der brabbelnden, schmutzigen
Erscheinung, zu der er schließlich wurde).

DIE EINSAMKEIT! ABER LASST MICH ALLEIN!
IGNORIERT MICH BIS 1995!

Wir hielten Tafeln hoch (und wir erkannten schnell, daß seine
Schrifttafel die Antwort darauf gewesen war):

REISEN SIE ZURÜCK IN DER ZEIT? WARUM? WIE?

Gern hätten wir auch gefragt: WOHIN VERSCHWINDEN SIE
AM 1. DEZEMBER 1985? Aber es wäre nicht klug gewesen, diese
drängendste aller Fragen zu stellen, denn vielleicht war sein
Verschwinden ja eine Art Unfall, und damit hätten wir ihn dann
schon im voraus verurteilt und seinen geistigen Zusammenbruch beschleunigt. Dr. Franklin beharrte darauf, dies sei Unsinn. Er war *sowieso* zusammengebrochen. Dennoch – hätten
wir dieses Schild hochgehalten, wären wir von Gewissensbissen
nicht verschont geblieben: *vielleicht* hätten wir damit seinen
Zusammenbruch verursacht und ein wunderbares Unternehmen ruiniert ... Wir waren sicher, daß es sich um ein wunderbares Unternehmen handeln mußte, das ein solches persönliches
Opfer, einen solchen Verzicht, eine solche Trennung vom Rest
der Menschheit erforderte. Aber das ist auch schon alles, was
uns ganz sicher erschien.

(1995)
Keinerlei Fortschritte bei unserem Rätsel. Unsere gesamte Forschungsarbeit ist auf seine Lösung gerichtet, aber das lassen wir
ihn nicht merken. Während Diplomstudenten ihn im Schicht-
dienst rund um die Uhr beobachten, beschäftigen sich unsere
besten Gehirne mit der wirklichen Kopfarbeit anderswo im
Gebäude. Er sitzt in seinem Vehikel, nur weniger schmutzig
und verwirrt, aber in monumentaler Schweigsamkeit: ein
Trappistenmönch unter einem Schweigegelübde. Die meiste
Zeit verbringt er damit, dieselben, von Eselsohren gezierten
Bücher zu lesen, die in unserer Vergangenheit in Fetzen gegangen sind: Defoes *Tagebuch des Pestjahres* und *Robinson Crusoe*, und Jules Vernes *Reise zum Mittelpunkt der Erde*; oder er

hört sich Tonbänder an, die vermutlich Musik enthalten – und die er, 1989, aus den Kassetten reißt und in einer kurzen, irrsinnigen Fiesta wie Luftschlangen durch sein winziges Quartier schleudert (was wir da natürlich sehen, ist das plötzliche, rasende Entwirren und Aufspulen von Tonbändern, in manischer Hast und Ordentlichkeit, von Tonbändern, die jahrelang zertreten am Boden herumgelegen haben).

Oberflächlich haben wir ihn (und er uns) bis 1995 ignoriert: Wir gingen davon aus, daß seine letzte Schrifttafel eine Bedeutung hatte. Da unsere eigene Arbeit völlig ergebnislos geblieben ist, erwarten wir jetzt von ihm etwas.

Er ist jetzt, im Jahre 1995, sauberer, ordentlicher und bei besserer geistiger Gesundheit (und selbstverständlich auch zehn Jahre jünger), und so können wir leichter abschätzen, wie alt er tatsächlich ist, und dies wiederum gibt uns einen Anhaltspunkt, um den ungefähren Ausgangspunkt seiner Reise zu bestimmen.

Er muß Ende vierzig oder Anfang fünfzig sein – obwohl er in den letzten zehn Jahren schrecklich gealtert ist; 1985 sah er eher wie siebzig und achtzig aus. Wenn wir voraussetzen, daß man in der Zukunft nicht über lebensverlängernde Medikamente verfügt (denn dann könnte er hundert Jahre oder älter sein!), muß er die SLZM irgendwann zwischen 2010 und 2025 bestiegen haben. Wenn das letztere Datum zutrifft, kann er zu Beginn der Reise höchstens um die Zwanzig gewesen sein, und das würde darauf hindeuten, daß er ein Freiwilliger auf einem Himmelfahrtskommando ist, nicht mehr als ein Passagier in dem Vehikel. Das erste Datum läßt auf einen schon etwas reiferen Forscher schließen, der bei der Entwicklung der SLZM eine wesentliche Rolle spielte und die Tests damit nur am eigenen Leibe durchführen konnte. Ganz sicher aber sind wir jetzt, da sein Wahnsinn nachgelassen und sich in eine verschlossene, meditative Haltung, begleitet von normalen Aktivitäten wie etwa Lesen, verwandelt hat, eher geneigt, ihn für einen Mann von moralischem Format und nicht für einen Zeitkamikaze zu halten. Deshalb datieren wir den Beginn seiner Reise auf etwa 2010 bis 2015 (nur fünfzehn, bis zwanzig Jahre in der Zukunft), wenn er ungefähr dreißig Jahre alt sein wird.

Durch seine Anwesenheit ist nicht nur die theoretische Physik, sondern auch die grundlegende Raumfahrtwissenschaft auf ein Nebengleis geraten.

Bei den Versuchen, den Menschen zu den Sternen zu transportieren, hatten wir große Hoffnung auf eine Art Tiefschlaf- oder Einfriersystem gesetzt. Es ist offensichtlich, daß dies um das Jahr 2015 herum nicht existiert, denn sonst würde unser Passagier es verwenden. Nur ein Wahnsinniger würde sich freiwillig für endlose Jahrzehnte in ein winziges Gehäuse setzen, um dort zu altern und zu verfallen, wenn er diese Zeit ebenso gut verschlafen könnte, um genauso jung wieder aufzuwachen, wie er am Tage seiner Abreise gewesen war. Andererseits scheint er über so tadellose Lebenserhaltungssysteme zu verfügen, daß er in der Enge seines Vehikels jahrzehntelang existieren und wiederaufbereitete Luft, Wasser und Feststoffe mit hundertprozentiger Effizienz verwerten kann. So etwas kann nur das Ergebnis eines beträchtlichen Forschungs- und Entwicklungsaufwandes sein, entliehen aus einem anderen Bereich, offenbar aus der Raumfahrtwissenschaft. Das bedeutet, die Astronauten um 2015 benötigen Langzeit-Lebenserhaltungssysteme, die in der Lage sind, sie über Jahre und Jahrzehnte hinweg im wachen Zustand zu versorgen. Was für eine Art von Raumfahrt müssen sie betreiben, wenn sie so etwas benötigen? Nun, das kann nur heißen, sie sind unterwegs zu den Sternen – auf die langsame Art. Allerdings nicht auf die *ganz* langsame Art, nicht über Jahrhunderte, aber doch über Jahrzehnte. Äußerst engagierte Männer müssen viele Jahre in der einsamen Enge eines winzigen Raumschiffes verbringen, um Alpha Centauri, Tau Ceti, Epsilon Eridani und andere Sterne zu erreichen. In einem Fahrzeug von derart geringen Abmessungen wird jede zusätzliche Ladung zu einem untragbaren Ballast. Wer aber würde eine solche Reise aus purer Neugier in Betracht ziehen? Niemand. Die bloße Vorstellung ist lächerlich, *es sei denn*, diese Raumfahrthelden transportieren etwas zu ihrem Bestimmungsort, das sie dann unfehlbar und augenblicklich mit der Erde verbindet. Ein Tachyonenempfänger ist die einzige und offenkundige Erklärung. Sie führen das andere Ende eines Tachyonen-Transmissionssystems mit sich, mit dem man

Objekte und sogar Menschen hinaus zu den Sternen beamen kann!

So kommt es, daß heute die eine Hälfte der Physik mit den Problemen der Umkehrzeit kämpft, während die andere Hälfte, finanziert von einem Großteil des Geldes aus dem Raumfahrt-Forschungsprogramm und unter Einbeziehung der bis jetzt schon existierenden Programme, Methoden zu entwickeln versucht, mit denen man Tachyonen nutzbar machen und modulieren kann.

Es *scheint* ziemlich klar, daß diese überlichtgeschwinden Partikel existieren; dessen sind wir uns jetzt so gut wie sicher. Das Hauptproblem liegt woanders. Die Technologie für ihre Nutzbarmachung wird schon *vorweg* gebraucht, um beweisen zu können, daß sie tatsächlich existieren, um danach wiederum genau herauszufinden, *wie* man sie nutzbar machen kann.

Und diese ganzen Neuorientierungen der Wissenschaft nur, weil *er* dort vorsätzlich von uns getrennt in seinem rätselhaften Vehikel sitzt und *Robinson Crusoe* liest, mit einem Ausdruck von Anspannung im Gesicht, während der Zeitpunkt seines Zerbrechens immer näher rückt.

(1996)
Wenn Sie für *x* Jahre in einer SLZM eingeschlossen wären, würden Sie dann einen ständig sichtbaren Kalender haben wollen, oder nicht? Würden Sie das als Trost oder als Hohn empfinden? Offenbar sind seine Instrumente geeicht, es sei denn, es war purer Zufall, daß seine Reise um genau zwölf Uhr mittags am 1. Dezember 1985 endete! Aber kann er ihre Einstellung sehen? Oder will er sich lieber vom Ende seiner Reise überraschen lassen, statt die Jahre langsam mahlend abrollen zu sehen? Es geht darum, daß wir zu erklären versuchen, warum er 1995 nicht mit uns in Verbindung getreten ist.

Häftlinge in Einzelhaft kratzen mit den Fingernägeln die Tage in Strichform an die Wände, um nicht den Verstand zu verlieren. Das Gefühl der verstreichenden Zeit hält sie aufrecht. Andererseits haben Versuche zur Wahrnehmung der Zeit, durchgeführt an Höhlenforschern, die freiwillig mehrere Monate ununterbrochen unter Tage blieben, erwiesen, daß die innere

Uhr beträchtlich nachgeht – bis zu zwei Wochen in einem Zeitraum von drei Monaten. Unserem SLZM-Passagier könnten ein Jahr – oder auch fünf Jahre! – der gesamten subjektiven Reisezeit erspart werden, wenn er das Verstreichen der Zeit ignoriert. Die Höhlenforscher konnten Tag und Nacht nicht unterscheiden, aber das kann er schließlich auch nicht! Seit seiner Ankunft brennt ständig Licht im Laboratorium. Er war ständig unter Beobachtung ...

Er ist kein Sträfling, denn sonst würde er sicherlich protestieren. Er würde darum betteln, daß wir ihn herauslassen, würde um Gnade flehen und versuchen, uns seine Situation zu erläutern. Schleppt er eine tödliche Krankheit mit sich – eine so unglaublich infektiöse Krankheit, daß sie sich über die ganze Menschheit ausbreiten muß, wenn er nicht isoliert wird? Eine Krankheit, die sich nur in einer Zeitkapsel isolieren läßt? Die nicht einmal durch Isolation auf dem Mond oder dem Mars daran gehindert werden kann, die Menschheit zu erfassen? So sieht er kaum aus ...

Angenommen, er mußte aus einem sehr guten Grund isoliert werden, und angenommen, er ist mit seiner Isolation einverstanden (was er augenscheinlich ist, wie er dort sitzt und zum n-ten Male seinen Defoe liest) – was könnte eine derartige Trennung eines einzelnen Mannes vom ganzen Kontinent des menschlichen Lebens und von seiner eigenen Zeit, seinem eigenen Raum, erforderlich machen? Medizin, Psychiatrie, Soziologie, sämtliche Humanwissenschaften werden im Kielwasser von Physik und Raumfahrtwissenschaft in das Problem hineingezogen. Nur dadurch, daß er dort sitzt und nichts tut, ist er zu einer Art Trichter für sämtliche Natur- und Gesellschaftswissenschaften geworden: ein menschliches Schwarzes Loch, in das sich ungeheure Energien ergießen, für den Lohn einer winzigen Erweiterung im Radius unserer Erkenntnis. Dieses einzelne Individuum hat ebensoviel Spaltungspotential akkumuliert, wie ein auf Lichtgeschwindigkeit beschleunigtes einzelnes Atom, welches alle im Universum verfügbare Energie benötigt, um in diesem Zustand zu verbleiben.

Unterdessen berichten die Tachyon-Laboratorien aus dem Orbit, daß sie kurz davorstehen, Quantenmechanik, Gravitations- und Relativitätstheorie zu vereinigen. Wenn dies erreicht ist, werden sie endlich die ersten hochbeschleunigten Partikelbündel über die C-Barriere in die Überlichtgeschwindigkeit und wieder zurück in unseren Raum ›springen‹ lassen. Aber *das* berichteten sie schon im letzten Jahr, und dann ›sprangen‹ ihre Partikelbündel als Antimaterie zurück und ließen Geräte im Wert von fünf Milliarden Dollar verschwinden. Es gab dreißig Tote. Sie waren überhaupt nicht in eine Tachyonenschwingung gesprungen, sondern hatten sich auf Möbiusbändern durch Wurmlöcher im Raum-Zeit-Gewebe gemogelt.

Nichtsdestoweniger wirkt unser SLZM-Passagier, sei er nun Gefangener einer Überzeugung (zweifellos seiner eigenen Überzeugung!) oder was auch immer, von Jahr zu Jahr vornehmer. Je weiter wir uns von seinem schließlichen Irrsinn entfernen, desto deutlicher wird uns seine Hingabe, seine Selbstaufopferung (für eine Sache, die noch immer außerhalb unseres Fassungsvermögens liegt), seine Wittgensteinische Geistigkeit. »Alles in allem genommen, er ist ein Mensch. Einen solchen werden wir nicht noch einmal sehen...« Nein? Wir *werden* noch einmal einen solchen sehen. Den Mann selbst, der mit jedem Jahr an Größe gewinnt! Das ist das Wunderbare. Es ist, als werde Christus, frei von seiner Last als Sohn Gottes, *ent*kreuzigt, als werde sein ganzes Leben vor unseren Augen und im vollen, sicheren Wissen um seine wahre Rolle noch einmal vollzogen. (Nur ... die Rolle dieses Mannes ist Schweigen.)

(1997)
Er ist ohne Zweifel ein heiliger Mann, der um eines großen menschlichen Projektes willen die geistige Kreuzigung erleiden wird. Zur Zeit liest er wieder Defoes *Pestjahr*, jenen klassischen Bericht über kollektive Einkerkerung, die Widerstandskraft des menschlichen Geistes und die menschliche Organisationsfähigkeit. Ganz gewiß ist der Hinweis auf die ›Pest‹ im Titel bedeutungslos. Der eigentliche Grundton dieses Buches ist die pure Kraft des Geistes, mit der die Große Pest in London besiegt wurde.

Unser Passagier ist mittlerweile zum Gegenstand populärer Kulte geworden, ein Brennpunkt für verfeinerte Gefühle. Auf diese Weise hat seine bloße Gegenwart die Völker der Welt einander nähergebracht, Würde und gegenseitige Achtung gefördert, uns vom Rande des Krieges zurückgerissen und Zehntausende aus ihren Konzentrationslagern befreit. Diese Kulte reichen von bloßen modischen Erscheinungen – T-Shirts mit seinem Gesicht, jetzt sauber rasiert im Stil von Vandyke; Ringe und Ketten aus Galenitkristallen – über architektonische (Oktaeder-plus-Kuben als Meditationsmodule) Stilformen bis hin zu ganzen Lebensweisen: ein Zen-ähnliches ›Ruhig sitzen und nichts tun‹.

Für unser Jahrhundert ist er Rodins *Denker,* der Apoll von Belvedere und Michelangelos *David* in einem, während das Jahrtausend sich seinem Ende zuneigt. Noch nie zuvor sind die beiden Bücher von Defoe und der Roman von Verne in derartig hohen Auflagen gedruckt worden. In Meditationsübungen lernen die Leute sie auswendig und rezitieren sie als überaus klare, rationale Mantras des Westens.

Das Nationale Laboratorium für Physik ist zu einem Wallfahrtsort geworden und unser Grundstück und die Rasenflächen zu einem riesigen Campingplatz – Woodstock und Avalon, Rom und Arlington zugleich. Von dem jähen, ruinösen Niedergang seiner letzten Tage ist weniger die Rede, obgleich auch die ihre Anhänger haben: Eremiten des späten zwanzigsten Jahrhunderts, St.-Antonius-Nachfolger, die auf Säulen hocken oder sich inmitten der städtischen Wüsten in Höhlen einmauern und karge Geistigkeit in eine Welt zurückbringen, die scheinbar ihre Seele verloren hatte. Dies allerdings ist lediglich eine Randerscheinung, die allgemeine Stimmung ist geprägt von Vornehmheit und Zurückhaltung und ruhiger Rücksichtnahme auf andere.

Und jetzt hält er eine Schrifttafel hoch.

ICH HABE **NICHTS** ZU BEDEUTEN. KÜMMERN SIE SICH NICHT UM MEINE ANWESENHEIT. BITTE TUN SIE IHRE ARBEIT WEITER. ICH KANN ERST IM JAHR **2000** ERKLÄREN.

Er hält sie einen ganzen Tag lang hoch und sieht dabei weniger ärgerlich als vielmehr schmerzlich berührt aus. Als die Neuigkeit bekannt wird, geht angesichts seiner Bescheidenheit, seiner Selbstgenügsamkeit, seiner Zurückhaltung und seiner Demut ein seliges Seufzen durch die Welt. Dies muß die für 1995 versprochene Botschaft sein. Sie kommt zwei Jahre zu spät (oder zwei Jahre zu früh; offenbar hat er noch einen weiten Weg). Jetzt ist er das Orakel, er ist das Jahrtausend. Hier ist Delphi.

Die Laboratorien im Orbit haben neue Schwierigkeiten in der Tachyonenforschung, aber immer noch fließen ihnen Geldmittel zu, darunter auch private Spenden von nie gekanntem Ausmaß. Die Welt entledigt sich ihres überschüssigen Reichtums, um die Materie zu demontieren und sie über die Grenzlinie zwischen Sub-Licht und Trans-Licht zu schleudern.

Die Entwicklung der recycling-versorgten Wohnkapseln der Trägerfahrzeuge, die die Tachyonenempfänger zu den Sternen bringen sollen, macht gute Fortschritte. Diese Tatsache wirft natürlich die pardoxe Frage auf, ob seine Anwesenheit die Entwicklung der Technologie, vermittels derer er überlebt, nicht überhaupt erst in Gang gebracht hat. Unser Nationales Laboratorium für Physik ist, wie jede andere vergleichbare Forschungsanstalt in der Welt, davon überzeugt, daß ein Durchbruch in unserem Verständnis der Zeitumkehrung kurz bevorsteht – aus dem intuitiv auch eine Verbindung zu jener anderen Grenzlinie im Reich der Materie, der zwischen unserer Welt und der Welt der Tachyonen, hervorgehen müßte –, und paradoxerweise haben wir außerdem das Gefühl, daß unsere gegenwärtige Forschung zwangsläufig zur Entwicklung der SLZM führen muß, die ausgerechnet dann für uns bedeutsam sein wird, aus Gründen, die wir noch nicht kennen. Niemand hat den Eindruck, er vergeude seine Zeit. Er ist die Zukunft. Seine Gegenwart hier rechtfertigt jede unserer Bemühungen – und sei sie noch so sehr ins Ungewisse gerichtet.

Was für eine Art Messias wird er sein, wenn er die SLZM besteigt? Wieviel Charisma, Respekt, Verehrung und Bewunderung muß er auf sich gezogen haben, wenn er seine Reise beginnt? Denn es wird die ganze Welt sein, die ihn aussendet! Er wird im Brennpunkt von soviel kollektiver Hoffnung und Anbetung stehen, daß wir sogar mit der ernsthaften Erforschung von Psi-Phänomenen beginnen: Es existiert die Konzeption eines geistigen Gruppenschubes als Hypothese für das Prinzip seiner Fortbewegung, als werde er nicht über die vierte Dimension durch die Zeit dirigiert, sondern von den Wellen des menschlichen Willens und Verlangens geleitet.

(2001)
Die Jahrtausendwende kommt und geht ohne irgendwelche Enthüllungen. Das war natürlich vorauszusehen. Er liegt ein Jahr oder auch achtzehn Monate zurück. (Offenbar kann er die Einstellung seiner Instrumente nicht sehen. Er hat es so gewollt, es war seine Methode, auf der langen Reise den Verstand nicht zu verlieren.)

Aber jetzt endlich, im Herbst 2001, hält er wieder mit lautlosem Frohlocken eine Schrifttafel hoch.

WERDE ICH **1985** MIT GESUNDEN GLIEDERN VON HIER FORTGEHEN?

Lautloses Frohlocken, weil wir (aus seiner Sicht) die Tafel mit der Antwort bereits hochgehalten haben:

JA! JA!

Wir alle sprechen ihm äußerst leidenschaftlich zu. Es ist eigentlich auch keine Lüge. Er ist ja tatsächlich mit relativ gesunden Gliedern verschwunden. Nur sein Geist war zerrüttet ... Vielleicht ist das wirklich unwesentlich, bedeutungslos, denn sonst hätte er seine Frage wohl nicht so formuliert, daß sie sich ausschließlich nur auf seinen Körper bezog.

Er muß sich allmählich dem Augenblick seiner Abreise nähern. Er hat einen leichten Anfall von Zehn-Jahres-Niedergeschlagenheit – die Unruhe des ersten Jahrzehnts, Selbstzweifel –, und das bewältigen wir für ihn ...

Warum weiß er nicht, in welchem Zustand er hier ankam? Darüber mußte es doch Aufzeichnungen gegeben haben, als er aufbrach ... *Nein!* Die Zeit kann nicht unveränderlich festgelegt sein. Nicht einmal die Vergangenheit. Die Zeit ist probabilistisch. Er hat sich in all den Jahren jeder Äußerung enthalten, um die Zeitstränge der Vergangenheit nicht zu entflechten und auf andere, unerwünschte Weise wieder zusammenzufügen. Er ist ein starker Turm gewesen. Ein' feste Burg ist unser Zeitgänger! Aber zurück ans Zeichenbrett und zu den probabilistischen Gleichungen für (a) Tachyonenstreuung im Normalraum und (b) Zeitumkehrung.

Ein paar Wochen später hält er wieder eine Schrifttafel hoch; dies muß die versprochene delphische Enthüllung sein:

ICH BIN DIE MATRIX DES MENSCHEN.

Natürlich! Natürlich! Dazu hat er sich im Laufe der Jahre gemacht.

Was sonst noch?

Eine Matrix ist ein Muster für eine Gießform. Und nach ihm sind in der Tat seit dem Ende der neunziger Jahre immer mehr Formen gestaltet worden. So groß war sein Einfluß.

Wurde er zurückgeschickt, um die Welt davor zu bewahren, sich selbst abzuschlachten, indem er ihr ein so makelloses Beispiel gab, das dann erst in den achtziger Jahren zerfiel, als es nicht mehr wichtig war, als er sein Ziel schon erreicht hatte?

Aber eine Matrix ist auch eine bestimmte Anordnung von Komponenten, mit der man aus einem Code in einen anderen übersetzen kann. Deshalb beschäftigt man sich jetzt mit Yangs Hypothese von der Informationsdemodulation, diesmal allerdings gekoppelt mit der Idee, daß die SLZM vielleicht eine Matrix ist, mit der man die in einem Menschen enthaltene ›Information‹ durch Raum und Zeit transmittiert (die im Orbit durchgeführten Versuche zur Transmission von Menschen werden mit verdoppelter Anstrengung weitergeführt); daraus folgt (was die verzückte Welt natürlich nicht erfahren dürfte), daß der Passagier vielleicht im realen Sinne *überhaupt nicht da war*, niemals wirklich existierte, und wir lediglich Zeugen eines Experiments waren, das die Möglichkeit der Transmission eines Menschen durch die Galaxis erprobte, durchgeführt auf einer zukünftigen Erde von zukünftigen Wissenschaftlern, um den Verminderungsfaktor zu testen, den Zerfall der Information;

vom Raum auf die Zeit übertragen, so daß wir, ihre Vorgänger, es beobachten konnten! Das würde bedeuten, daß das Einsetzen des Wahnsinns (d. h. der Zerfall der Information) bei unserem Passagier, in Jahren von seinem Ausgangspunkt an gerechnet, vielleicht die in *Lichtjahren* gerechnete physikalische Grenze derjenigen Entfernung bezeichnet, innerhalb derer das (tachyonische?) Beamen eines Menschen möglich ist. Dies war für die Raumfahrtwissenschaft natürlich ein Schlag ins Gesicht, dennoch gab es ihr ungeheuren Auftrieb. Ein Schlag ins Gesicht, weil es darauf schließen ließ, daß physisches Reisen durch den interstellaren Raum unmöglich war, vielleicht wegen der geringen menschlichen Widerstandsfähigkeit gegen das Bombardement der kosmischen Strahlung. Deswegen war die gesamte Entwicklung der intensiv recycling-versorgten Raumkapseln für einzelne Kurierastronauten als sinnlos zu betrachten. Aber es gab eben auch starken Auftrieb, denn die Möglichkeit eines empfängerlosen Transmitters war damit deutlich in Sicht. Der inzwischen etwas ältere Yang äußerte die Vermutung, der 1. Dezember 1985 sei tatsächlich der Zeitpunkt des Starts zu den Sternen gewesen. Da sei unser Passagier dann, wahnsinnig wie er war, zu einem dreißig oder vierzig Lichtjahre entfernten Punkt im All gereist. Dementsprechend war die SLZM sozusagen der Bruchtest eines zukünftigen Systems zum Beamen von Menschen gewesen, und praktisch verwendbare Modelle der Zukunft würden sich folglich auf (zeitliche) Entfernungen von sieben oder acht Jahren beschränken. (Daher waren – bisher – auch noch keine weiteren SLZMs implodiert.)

(2010)

Ich bin erschöpft von meinem Leben voller erfolgloser Arbeit. Die menschliche Rasse in ihrer Gesamtheit jedoch ist zugleich erfüllt von ruhiger Liebe und frenetischer Hoffnung, denn wir müssen kurz vor dem Ziel stehen. Unser Passagier ist jetzt in den Dreißigern (sei er nun ein lebendes Individuum oder lediglich das Epiphänomen eines Systems zur Transmission der in einem menschlichen Wesen enthaltenen Information: buchstäblich ein › Geist in der Maschine ‹). Dies setzt eine Grenze. Es setzt eine Grenze. Bei einer solchen geistigen Kraft muß er in den

Zwanzigern gewesen sein, als er startete, oder (was ich nicht hoffe) nur wenig jünger. Obgleich die Jahre zwischen fünfzehn und zwanzig im allgemeinen die Zeit sind, in der man Keuschheitsgelübde ablegt, ins Kloster eintritt, sein Leben einer Sache widmet ...

(2015)
Die allgemeine Euphorie hat mich aus meiner Schwermut gerissen, und ich habe meine Pensionierung erfolgreich um weitere vier Jahre verschoben. Unser Passagier ist jetzt Mitte zwanzig, und die ›Anbetung‹ seiner Person erfährt zur Zeit eine seltsame Wandlung, ein Anzeichen (wie ich glaube) für eine unterbewußte Woge von Besorgnis und auch Freude. Freude natürlich darüber, daß der Augenblick bevorsteht, da er seine Wahl trifft und die SLZM besteigt, so wie Christus das Zimmermannshandwerk aufgab und Nazareth verließ. Besorgnis jedoch in Anbetracht der Möglichkeit, daß er den kritischen Punkt überschreiten und zum Kind werden könnte, so lächerlich das auch erscheinen mag! Er kann Bücher lesen, und das kann er sich nicht selbst beigebracht haben. Er kann sich auch nicht *in vitro* das Sprechen selbst gelehrt haben – hat er uns doch gewiß verständliche, wenn auch geheimnisvolle Mitteilungen zukommen lassen. Nichtsdestoweniger ist der internationale Hit dieses Jahres William Blakes *Der Geistreisende,* ein Schlager, der von Sitar, Gongs und Glockenspiel begleitet wird ...

> *Er ißt und trinkt und wird doch dabei*
> *nur jünger mit jedem Tag,*
> *und einsam in wilder Wüstenei*
> *wandern beide, von Grauen geplagt ...*

Die unausgesprochene Angst, die sich in der Verbreitung dieses Liedes über die ganze Welt zeigt, liegt darin begründet, daß er sich uns vielleicht doch noch entziehen könnte, er zum Säugling wird und die SLZM im Augenblick seiner Geburt (wobei sich dann finden wird, welche Lebenserhaltungssysteme ihn bis dahin ernähren!) wieder dorthin implodiert, woher sie kam: ein widerlicher Scherz irgendeines fremden Superbewußtseins, das mit einem wissenschaftlichen ›Wunder‹ in das Leben der Menschen eindringt und alles menschliche Streben sinn- und bedeutungslos macht. Nicht viele Leute zeigen diese Angst offen. Es ist keine populäre Ansicht. Jemand, der sie in der Öffentlichkeit äußerte, würde wahrscheinlich geviertelt werden. Der menschliche Verstand weigert sich, etwas Derartiges zu akzeptieren, und er spült seine Angst mit einem langen Freudenlied davon, welches das Geheimnis der SLZM gleichzeitig verspottet, kopiert und verehrt.

Menschen haben diesen höchsten aller *Menschen* in die Maschine gesetzt. Dennoch spukt das Bild der Madonna mit Kind in den Köpfen der Welt … und es herrscht ein weicher, femininer Stil, die neue, fließend-graziöse Kleidermode des Westens sind Röcke für Männer. Und er ist jetzt so edel, so schön in seiner Jugend, so leuchtend und stark – ein Zarathustra, der dort eingeschlossen ist.

(2018)

Er kann höchstens ein- oder zweiundzwanzig sein. Die Welt betet ihn an, bemuttert ihn über die unüberbrückbare Kluft der Umkehrzeit hinweg. Im Sonnensystem gibt es keinen Fortschritt und an der interstellaren Front schon gar nicht. Weshalb sollten wir von hier fortgehen wollen, und sei es nur bis zum Mars, von Pluto ganz zu schweigen, wenn uns hier eine Offenbarung bevorsteht, wenn alle Geheimnisse hier auf der Erde entschlüsselt werden? Auch in der Erforschung der Tachyonen oder der Negativzeit gibt es keine Fortschritte mehr. Und von ihm kommen keine weiteren Botschaften. Aber er selbst *ist* seine Botschaft. Seine Gegenwart allein ist schon Ausdruck der Menschheit: Hoffnungen, Mut, Heiligkeit, Entschlossenheit.

(2019)

Man hat mich aus dem Ruhestand zurückgeholt, denn er präsentiert wieder Schrifttafeln: der Athlet, der das olympische Feuer hochhält.

Er hält jede eine halbe Stunde lang hoch, als ständen wir nicht alle mit weit aufgerissenen Augen da, als filmten wir nicht jeden einzelnen Moment für den Fall, daß uns etwas, irgend etwas entgeht.

Als ich ankomme, hat er schon folgende Tafel gezeigt:

(Tafel Eins) DIES IST EINE SEHR LANGSAME ZEITMASCHINE. (Und ich nehme die entsprechenden Korrekturen vor und streiche alle anderen Bezeichnungen, die wir ihr nacheinander, im Laufe der Jahre gegeben haben, wieder aus. Ein paar Sekunden lang frage ich mich, ob er die Maschine tatsächlich benannte, sie definierte, oder ob er sich über sie beklagte! Als habe man ihn mit einem Trick zu ihrem Passagier gemacht, als sei er davon ausgegangen, eine Zeitmaschine müsse ihren Bestimmungsort *instanter* erreichen, nicht im Schneckentempo. Aber nein. Er benannte sie.) WENN MAN IN DIE ZUKUNFT REIST, MUSS MAN ZUNÄCHST IN DIE VERGANGENHEIT REISEN UND RÜCKWÄRTSPOTENTIAL AKKUMULIEREN. (DIES HEISST: BERGAB KRIECHEN.)

(Tafel Zwei) SOBALD MAN EIN GROSSES QUANTUM ZEIT AKKUMULIERT HAT, SPRINGT MAN VORWÄRTS, UND ZWAR UM DIE GLEICHE ZEITSPANNE ÜBER SEINEN AUSGANGSPUNKT HINAUS. (DIES HEISST: BERGAUF GLEITEN.)

(Tafel Drei) EINE REISE IN DIE ZUKUNFT DAUERT EBENSOLANGE, WIE WENN MAN DIE JAHRE IN REALZEIT DURCHLEBT; ZUGLEICH ABER ÜBERSPRINGT MAN DIE DAZWISCHENLIEGENDEN JAHRE UND ERREICHT DIE ZUKUNFT AUGENBLICKLICH. (PRINZIP DER KONSERVIERUNG VON ZEIT.)

(Tafel Vier) UM ALSO DIE DISTANZ ZU ÜBERSPRINGEN, MUSS MAN IN DIE ANDERE RICHTUNG KRIECHEN.

(Tafel Fünf) ZEIT IST IN ELEMENTARE QUANTEN EINGETEILT. KEIN MASSSTAB KANN KLEINER SEIN ALS DAS UNTEILBARE ELEMENTAR-ELEKTRON. DIES IST EINE ›ELEMENTARLÄNGE‹ (EL). DIE ZEIT, DIE DAS LICHT BENÖTIGT, UM EINE EL ZURÜCKZULEGEN, IST DIE ELEMENTARZEIT (EZ): SIE DAUERT 10^{-23} SEKUNDEN UND IST EIN ELEMENTARES QUANTUM DER

ZEIT. DIE ZEIT SPRINGT BESTÄNDIG UM DIESE WINZIGEN
QUANTEN VORWÄRTS, FÜR JEDES PARTIKEL; DOCH DA SIE
NICHT SYNCHRONISIERT SIND, BILDEN DIESE EINEN KONTI-
NUIERLICHEN ZEITOZEAN UND NICHT EINE ABFOLGE VON
EINZELNEN ›MOMENTEN‹, DENN SONST HÄTTEN WIR KEIN
ZUSAMMENHÄNGENDES UNIVERSUM.

(Tafel Sechs) ZEIT-UMKEHRUNG EREIGNET SICH NORMA-
LERWEISE BEI STARKEN NUKLEAREN INTERAKTIONEN, D. H.
BEI EREIGNISSEN IN DER GRÖSSENORDNUNG VON 10^{-23} SE-
KUNDEN. DIES BEZEICHNET DEN ›ERSTARRTEN GEIST‹ DES
ERSTEN MOMENTS DES UNIVERSUMS, WO EIN ›ZEITPFEIL‹
STOCHASTISCH DETERMINIERT WURDE.

(Tafel Sieben) (Hier kam ich dazu, und man zeigte mir Polaroid-
photos der ersten sieben Tafeln. Es ist bemerkenswert, daß er
die Tafeln von uns aus gesehen in linearer Sequenz hochhält –
eine beachtliche Leistung in Voraussicht und Erinnerungsver-
mögen, wenngleich wir nicht weniger von ihm erwartet ha-
ben.) JETZT IST ES UNVERÄNDERLICH UND EINGEFROREN,
ABER DAS UNIVERSUM ALTERT. DAS DEHNEN DER RAUM-
ZEIT DURCH EXPANSION ERZEUGT IM MEER DER ZEIT ›WEL-
LEN‹, DIE ZEIT-ENERGIE TRANSPORTIEREN UND DEREN
PERIODE (X) PROPORTIONAL ZUR EXPANSIONSRATE UND
ZUM VERHÄLTNIS VON VERSTRICHENER ZEIT ZU DER INS-
GESAMT FÜR DIESEN KOSMOS VERFÜGBAREN ZEIT IST. GLEI-
CHUNGEN FÜR X ERGEBEN GEGENWÄRTIG EINEN ZEITAB-
SCHNITT VON 35 JAHREN ALS EINEN MOMENT DER
MAKRO-ZEIT, INNERHALB DESSEN MAKROSKOPISCHE ZEIT-
UMKEHRUNG MÖGLICH WIRD.

(Tafel Acht) KONSTRUIEREN SIE EINE ›ELEKTRONENSCHALE‹,
INDEM SIE DIE ELEKTRONENUMKEHRUNG SYNCHRONI-
SIEREN. DAS LOKALE SYSTEM WIRD DARAUFHIN EINEN
ZEIT-VERKEHRTEN MINI-KOSMOS BILDEN UND SICH RÜCK-
WÄRTS BEWEGEN, BIS X VERSTRICHEN IST. DANN WIRD DIE
ZEITKONSERVIERUNG DES UNIVERSUMS INSGESAMT DEN

MINI-KOSMOS (DER SLZM) WIEDER VORWÄRTS AN SEINEN PLATZ IM RASTER DES UNIVERSUMS ZIEHEN, D. H. UM 35 PLUS 35 JAHRE NACH VORN.

»Aber wie?« riefen wir. »Wie synchronisiert man eine Unzahl von Elektronen? Wir haben nicht die geringste Vorstellung!«

Jetzt wissen wir wenigstens, wann er seine Reise begonnen hat: 35 Jahre nach 1985. *Im nächsten Jahr.* Wir sollen im nächsten Jahr alles wissen! Warum hat er so lange gewartet, bis er uns schließlich auf die richtige Spur brachte?

Und er will in das Jahr 2055. Was ist so wichtig im Jahr 2055?

(Tafel Neun) ICH GEBE EUCH DIESE INFORMATIONEN NICHT, WEIL SIE DAZU FÜHREN WERDEN, DASS IHR DIE SLZM ERFINDET. DIE SITUATION IST EINE VÖLLIG ANDERE. DIE ZEIT IST PROBABILISTISCH, WIE EINIGE UNTER EUCH VIELLEICHT VERMUTEN. ICH WEISS, DASS ICH DURCH MEINE ANKUNFT IN EURER VERGANGENHEIT (IM AUGENBLICK MEINER ABREISE IN DIE ZUKUNFT) WAHRSCHEINLICH DEN LAUF VON GESCHICHTE UND WISSENSCHAFT VERÄNDERN WERDE. ES IST DAHER WICHTIG, DASS IHR NICHT ZU FRÜH ERKENNT, IN WELCHER LAGE IHR SEID, DENN SONST WÜRDEN EURE VERZWEIFELTEN VERSUCHE, SIE ZU UMGEHEN, EINE ZEITLINIE HERVORBRINGEN, IN DER IHR DANN AUF MEINE ABREISE NICHT VORBEREITET WÄRT. UND ES IST WICHTIG, DASS SIE STATTFINDET, DENN ICH BIN DIE MATRIX DES MENSCHEN. ICH BIN LEGION. MYRIADEN WERDEN IN MIR SEIN.

MEINE ZURÜCKHALTUNG DIENT ALLEIN DEM ZWECK, DIE WELT IN EINIGERMASSEN STABILEN BAHNEN ZU HALTEN, AUF DENEN ICH DANN ZURÜCKREISEN KANN. DIES ERZÄHLE ICH EUCH AUS MITGEFÜHL, UND UM EUREN GEIST AUF DIE ANKUNFT GOTTES AUF ERDEN VORZUBEREITEN.

»Er ist wahnsinnig. Er war von Anfang an wahnsinnig.«

»Man hat ihn aus gutem Grund dort isoliert. Ansteckender Wahnsinn, das ist es.«

»Nehmen wir an, ein Wahnsinniger könnte seinen Wahnsinn planen ...«

»Das hat er doch schon getan, jahrzehntelang!«

» ... und ihn regelrecht in das Bewußtsein der ganzen Welt projizieren. Ein Wahnsinniger mit einer solchen Geisteskraft, daß er als Schablone, ja, als Matrix für alle anderen fungieren und sie zu Marionetten, zu Kopien seiner selbst machen könnte, und nur wenige Leute blieben immun, die dann diese SLZM bauen könnten, um ihn zu isolieren ...«

»Aber wir haben jetzt keine Zeit mehr, diese Möglichkeit zu untersuchen!«

»Was würde es denn nützen, das Problem um fünfunddreißig Jahre aufzuschieben? Er würde nur wieder erscheinen ...«

»Ohne seine Kraft! Ausgelaugt. Senil. Zerbrochen. Ausgehungert ohne die Verbindung zur menschlichen Rasse. Eingetrocknet. Ein geistiger Blutegel. O ja, er hat versucht, seine Kraft zu bewahren. Hat ruhig dagesessen. Gelesen, gewartet. Aber er ist zerbrochen! Gott sei Dank. Es war von lebenswichtiger Bedeutung für die Zukunft, daß er wahnsinnig wurde.«

»Das ist absurd! Wenn er die Maschine nächstes Jahr besteigen soll, muß er jetzt schon leben! Er muß schon irgendwo da draußen sein und seinen angenommenen Wahnsinn auf uns projizieren. Aber das tut er nicht. Wir sind allesamt einzelne, geistig gesunde Individuen, wir haben alle die Freiheit, zu denken, was wir wollen ...«

»Wirklich? Die ganze Welt ist in den letzten zwanzig Jahren immer mehr von ihm besessen gewesen. Moden, Religionen, Lebensformen: Er hat die ganze Welt auf den Kopf gestellt, vom Augenblick seiner Geburt an! Er muß vor ungefähr zwanzig Jahren geboren sein. Um 1995 herum. Bis dahin beschäftigte sich eine umfangreiche Forschung mit ihm. Die Jagd nach den Tachyonen. Alles das. Aber erst danach war die Welt von ihm als geistiger Figur *besessen*. Von 1995 oder 1996 an. Als er ein Baby war. Nur daß wir unsere Gedanken und Überlegungen nicht auf sein kindliches Drängen richteten, denn wir hatten ihn hier, als Erwachsenen, dem wir uns mit Besessenheit widmen konnten ...«

»Warum sollte er denn mit einem kindlichen Drängen geboren sein? Wenn er so außergewöhnlich ist, könnte er ebensogut schon vom Augenblick seiner Geburt an wie ein Blutsauger am Geist der Welt gehangen haben, und er könnte schon damals alles um ihn herum gewußt, alles gekannt haben ...«

»Ja, aber das wirkliche Charisma begann erst da! Dieser emotionale Rausch, der von ihm ausging!«

»All das Bemuttern. All die Furcht und die Verehrung seiner Kindheit. Diese Bethlehem-Hysterie. Es wurde immer stärker, je älter er wurde und je mehr seine Projektionen an Kraft gewannen. Wir waren von Bethlehem ebenso besessen wie von Nazareth, nicht wahr? Die beiden gingen Hand in Hand.«

(Tafel Zehn) ICH BIN GOTT. UND ICH MUSS EUCH BEFREIEN. ICH MUSS DIE VERBINDUNG ZWISCHEN MIR UND MEINEM VOLK DURCHTRENNEN, MUSS MICH IN DIE HÖLLE DER ISOLATION STÜRZEN.

ICH BIN ZU FRÜH GEKOMMEN, IHR WART NOCH NICHT BEREIT FÜR MICH.

Uns wird allmählich sehr kalt, und doch können wir nicht frieren. Irgend etwas hindert uns daran – eine Art bösartiger, ansteckender Gelassenheit.

Es scheint alles so *richtig*. Es fügt sich so reibungslos exakt in unsere Köpfe wie der letzte Stein in einem Puzzle, und wir wissen, es ist wahr, was er sagte. Irgendwo da draußen in unserer besessenen, gesegneten Welt wächst er auf, und er wartet nur darauf, zu uns zu kommen.

(Tafel Elf) (Obwohl die Reihenfolge seiner Tafeln aus seiner Sicht Zeit-verkehrt war, herrschte jetzt das Empfinden eines echten Dialogs zwischen ihm und uns, als wären wir synchron. Doch in Wahrheit war es nicht so, denn die Vergangenheit ist unveränderlich und er spielte lediglich eine Rolle, die er ›aus der Geschichte‹ kannte. In Wirklichkeit war er so fern von uns wie eh und je. Es war die spürbare Anwesenheit *seiner selbst* in der wirklichen Welt, die ihren Schatten auf uns warf, unsere Gedanken formte und unsere Fragen seinen Antworten anpaßte. Das wurde uns jetzt allen klar. Es fiel uns wie Schuppen von den

Augen. Das Raten, das Umhertappen war vorüber. Wir standen unter dem Diktat eines überwältigenden Wesens, dessen Gegenwart uns allen bewußt war. Und es war nicht gefangen in der SLZM. Die SLZM war Nazareth, der Ausgangspunkt; aber zugleich war die ganze Welt Bethlehem, der Mutterleib des göttlichen Embryos, sein Säuglingsalter, seine Kindheit und Jugend von seiner Allwissenheit zu einer einzigen, synchronen Sequenz kombiniert, und deren Höhepunkt war seine wunderbare Geburt, die um so durchdringender in das Bewußtsein der Menschen sickerte.) MEIN ANDERES ICH HAT ZUGANG ZU ALLEN WISSENSCHAFTLICHEN SPEKULATIONEN, DIE ICH HERVORGEBRACHT HABE. UND ICH HABE BEREITS DIE LÖSUNG DER ZEIT-GLEICHUNGEN. BALD WERDE ICH KOMMEN UND IHR WERDET MEINE SLZM BAUEN, UND ICH WERDE SIE BESTEIGEN. IHR SOLLT SIE IN EINER GENAUEN NACHBILDUNG DIESES LABORATORIUMS BAUEN, AN DER SÜDWESTLICHEN SEITE. DORT IST PLATZ. (Tatsächlich hatte es Pläne für einen derartigen Ausbau des Nationalen Laboratoriums für Physik gegeben, aber sie waren nie verwirklicht worden, weil die SLZM unsere gesamte Forschungsarbeit durcheinandergebracht hatte.) WENN DER AUGENBLICK MEINER ABREISE KOMMT, WENN DIE ZEIT SICH UMKEHRT, WIRD DIE WAHRSCHEINLICHKEIT DIESES LABORATORIUMS VERSCHWINDEN, UND DAS ANDERE WIRD DANN IMMER DAS WIRKLICHE LABORATORIUM GEWESEN SEIN, IN DEM ICH BIN, IM INNERN DIESER SLZM. DAS LEERE GRUNDSTÜCK, AUF DEM IHR BAUT, WIRD JETZT HIER SEIN. IHR KÖNNT DIE UMKEHRUNG MITANSEHEN: SIE WIRD MEIN ERSTES PROBABILISTISCHES WUNDER SEIN. ES GIBT HYPERDIMENSIONALE GRÜNDE FÜR DIE PROBABILISTISCHE INVERSION IM AUGENBLICK DER ZEIT-UMKEHRUNG. ACHTET DARAUF, DASS SICH NIEMAND IN DIESEM LABORATORIUM BEFINDET, WENN ICH AUFBRECHE, WENN ICH DIE BAHNEN WECHSLE, DENN DIESES SEGMENT DER REALITÄT HIER WIRD DANN EBENFALLS DIE BAHNEN WECHSELN, ES WIRD AUSGELÖSCHT WERDEN.

(Tafel Zwölf) ICH BIN GEBOREN, EUCH IN MEINEM BUSEN ZU UMSCHLIESSEN, IN EINEM WELT-GEIST ZU VEREINEN, IM GÖTTLICHEN RAUM. GLEICHWOHL WERDEN EURE INDIVI-DUELLEN SEELEN IN DER VERSCHMELZUNG WEITER EXISTIE-REN. ABER IHR SEID NOCH NICHT BEREIT. IHR MÜSST EUCH IN DEN KOMMENDEN 35 JAHREN BEREITMACHEN, INDEM IHR DIE GEISTIGEN ÜBUNGEN VOLLZIEHT, DIE ICH EUCH ZEIGEN WERDE: MEINE MEDITATIONEN. WENN ICH JETZT, DA ICH AN KRAFT GEWINNE, BEI EUCH BLEIBE, WÜRDET IHR EURE SEELEN VERLIEREN. SIE WÜRDEN SICH AUFLÖSEN UND VON MIR AUFGESOGEN WERDEN. ABER WENN IHR AN KRAFT GEWINNT, KANN ICH EUCH UNZERSTÖRT IN MIR VEREINEN, OHNE EUCH DABEI ZU VERLIEREN. ICH LIEBE EUCH ALLE. IHR SEID MIR KOSTBAR, UND DESHALB GEHE ICH IN DIE VERBANNUNG.

IM JAHRE 2055 WERDE ICH ZURÜCKKEHREN. ICH WERDE AUS DER ZEIT AUFERSTEHEN, AUS DER SINNLOSEN QUAL EINES LIMBO, IN DEM ES KEINE SEELEN GIBT, DENN IHR SEID ALLE HIER AUF DER ERDE.

Das war die letzte Tafel. Er sitzt da, liest und hört Musik vom Tonband. Er ist strahlend und glorreich. Wir sehnen uns da-nach, uns fallen zu lassen, in ihm zu sein.

Aber wir hassen und fürchten ihn auch, doch die Liebe spült über den Haß hinweg und wäscht ihn davon, ertränkt ihn in ihren Tiefen.

Er sammelt seine Kräfte, irgendwo dort draußen: in Wichita oder Washington oder Woodstock. In nur wenigen Wochen wird er kommen und sich uns offenbaren. Jetzt wissen wir es alle.

Und dann? Könnten wir ihn töten? Unsere Herzen würden unsere Hände binden. Ohnehin wissen wir, daß das Gefühl der Verlassenheit, der nackte Schmerz über seine Abreise nach rückwärts in die Zeit unsere Seelen fast zerreißen wird.

Aber ... IM JAHRE 2055 WERDE ICH ZURÜCKKEHREN, hat er versprochen. Und dann wird er uns umschließen, uns als einzelne, denkende Seelen vereinen, wenn wir seine Medita-tionen vollziehen. Wenn wir uns aber nicht bereitmachen, wird er uns aufsaugen wie Puppen, wie Roboter. Was ist dann, wenn Gott aus dem Grab der Zeit aufersteht *und wahnsinnig ist?*

Er weiß doch sicher, daß er seine Reise im Wahnsinn beschließen wird! Daß er uns alle, als bewußte Lebewesen, der Matrix seines Irrsinns einverleiben wird!

Es ist eine historische Tatsache, daß er 1985 als zerlumpter, sabbernder Irrer erschienen ist, über jedes erträgliche Maß hinaus gefoltert durch die Trennung von uns.

Dennoch verlangte er 1997 frohlockend, wir sollten ihm seine unverletzte Ankunft bestätigen, und wir belogen ihn und sagten JA! JA! Und er muß uns geglaubt haben. (Ließen die Entzugserscheinungen ihn schon da allmählich wahnsinnig werden?)

Wenn ein Laboratoriumsgebäude in die Wahrscheinlichkeit des gleichen Gebäudes nebenan rotieren kann: Wenn die Zeit probabilistisch ist (was wir niemals konkret beweisen oder widerlegen können; denn wir können niemals sehen, *was nicht gewesen ist*, alle die alternativen Möglichkeiten, auch wenn sie vielleicht waren), dann müssen wir wünschen, daß das, von dem wir *wissen*, daß es die Wahrheit war, *nicht* die Wahrheit war. Wir können neben der versprochenen Inversion der Laboratorien, von der er gesprochen hat, nur auf ein weiteres probabilistisches Wunder hoffen, und er 1985 tatsächlich ruhig, wohlgepflegt, von strahlender Gesundheit und mit gefaßtem Geist ankommt. Und was ist das anderes als das Tor zum Wahnsinn für nationale Wesen wie uns? Wir müssen einen Akt des Wahnsinns begehen: Wir müssen glauben, daß die Welt anders ist als sie war, damit wir im Jahre 2055 einen gesunden, gesegneten, liebevollen Gott in unserer Mitte empfangen können. Eine wunderbare Vorbereitung auf die Ankunft eines wahnsinnigen Gottes! Denn wenn wir uns selbst zum Wahnsinn treiben, indem wir leidenschaftlich glauben, was nicht wirklich war, werden wir ihn dann nicht anstecken mit unserem Wahnsinn, so daß er ebenfalls wahnsinnig ist/sein muß/sein wird/und immer war?

Credo quia impossibile: Wir müssen glauben, weil es unmöglich ist. Die Alternative ist grauenhaft.

Bald. ER wird kommen. Bald. In ein paar Tagen, ein paar

Dutzend Stunden. Wir alle fühlen es. Wir sind von Glückselig-
keit überwältigt.

Dann müssen wir IHN in eine Kammer sperren, IHN verlieren
und IHN in seiner Verlassenheit wahnsinnig werden lassen, in
der sicheren, festen Hoffnung auf eine Auferstehung in Gesundheit und Liebe nach fünfunddreißig Jahren – auf daß ER
nicht die Hölle aufwühle und sie mit SICH zur Erde zurückbringe.

Originaltitel: ›The Very Slow Time Machine‹
Copyright © 1978 by Christopher Priest (›Anticipations‹);
mit freundlicher Genehmigung des Autors
Copyright © 1982 der deutschen Übersetzung
by Droemersche Verlagsanstalt Th. Knaur Nachf.
Aus dem Amerikanischen übersetzt von Rainer Schmidt

HENRY SLESAR

Der Stoff

»Bitte, Doktor, keine Lügen mehr«, sagte Paula. »Ich habe im vergangenen Jahr nichts als Lügen hören müssen. Jetzt bin ich es leid. Ich will die Wahrheit wissen, sonst nichts.«

Bernstein streifte die reglose Gestalt unter dem weißen Bettlaken mit einem mitleidigen Blick, ehe er leise die Tür des Krankenzimmers schloß. Auf dem Gang draußen nahm er den Arm der jungen Frau und stützte sie. Langsam ging er mit ihr in Richtung der Empfangshalle des Hospitals. Dann erst antwortete er:

»Er stirbt, daran kann kein Zweifel bestehen. Wir haben Ihnen das nie verschwiegen, Mrs. Hills. Erinnern Sie sich nicht, was wir Ihnen immer gesagt haben?«

»Ja, das tue ich.« Ihre Stimme klang bitter. Vor Bernsteins Zimmer blieben sie stehen, und sie zog ihren Arm aus dem seinen. »Und warum haben Sie mich holen lassen? Was ist mit der Droge, die Sie erwähnten?«

»Dazu bin ich verpflichtet. Senopolin darf nur dann verabreicht werden, wenn der Patient dazu seine ausdrückliche Einwilligung gibt. Leider ist Ihr Gatte seit vier Tagen bewußtlos. Es blieb uns also nichts anderes übrig, als Sie hierher zu bitten und Ihre Genehmigung einzuholen.«

Er hatte die Tür geöffnet und gab ihr den Weg in sein Büro frei. Sie zögerte, dann trat sie ein. Er schloß die Tür und folgte ihr. Hinter seinem Schreibtisch nahm er Platz, nachdem Paula sich ebenfalls gesetzt hatte. Er nahm den Telefonhörer ab, zögerte und legte ihn wieder auf die Gabel zurück. Nervös wühlte er in einigen Akten, dann betrachtete er seine Hände, als habe er sie noch nie gesehen.

»Senopolin ist eine sehr merkwürdige Droge«, begann er schließlich. »Ich selbst habe noch nicht viel Erfahrung in der praktischen Anwendung. Aber Sie werden schon genug darüber gehört haben, um zu wissen, welche Diskussionen bereits um das Mittel geführt worden sind.«

»Nein«, flüsterte sie, »ich habe noch nie davon gehört. Es würde mich auch wohl kaum interessiert haben, seit Andy krank ist.«

»Wie dem auch sei, Sie sind der einzige Mensch auf der Welt, der nun entscheiden kann, ob wir Ihrem Gatten die Droge geben dürfen oder nicht. Ich betonte schon, daß es sich um ein merkwürdiges Mittel handelt, aber soviel kann ich Ihnen mit Sicherheit verraten: im augenblicklichen Zustand Ihres Gatten kann es keinen Schaden mehr anrichten.«

»Wird es ihm dann wenigstens guttun?«

»Das«, seufzte Bernstein, »ist eine Frage der persönlichen Auffassung. An diesem Punkt beginnen bereits die Kontroversen und Widersprüche.«

Mit kräftigen Ruderschlägen trieb er das Boot über den See, dann pausierte er. Er ließ die Hände in das kühle Wasser sinken und fühlte die Strömung, die allmählich schwächer wurde, bis das Boot bewegungslos auf der glatten Fläche schwamm. Paulas Hände lagen auf seinem Gesicht, und er nahm und küßte sie zärtlich. Als er seine Augen öffnete, sah er zu seinem Erstaunen, daß er nicht in einem Boot, sondern in einem Bett war. Das Wasser war der Regen, der gegen die Fenster trommelte, und die Trauerweiden am Ufer waren nichts als lange Schatten an den Wänden. Nur Paulas Hände waren wirklich vorhanden. Er spürte ihre Wärme.

Er grinste.

»Komische Sache, Paula. Für einen Augenblick glaubte ich, wir wären wieder am Fingersee. Erinnerst du dich an jene Nacht, in der unser Boot ein Leck bekam? Ich werde nie dein Gesicht vergessen, als deine Kleider naß wurden.«

»Andy«, erwiderte sie sehr leise. »Weißt du, was geschehen ist?«

Er kratzte sich am Kopf.

»Mir war so, als wäre eben Dr. Bernstein noch hier gewesen. Ich glaube, er hat mir wieder eine Spritze gegeben.«

»Ja, eine Droge, Andy. Kannst du dich nicht mehr erinnern?

Eine Wunderdroge soll es sein. Ein ganz neuer Stoff. Senopolin oder so ähnlich soll er heißen. Der Doktor hat dir davon erzählt und gemeint, ein Versuch würde nie schaden.«

»Doch, doch, jetzt entsinne ich mich.«

Er setzte sich aufrecht ins Bett, als habe er das alle Tage getan. Es schien ihm keine Schwierigkeiten zu bereiten. Vom Nachttisch nahm er eine Zigarette und zündete sie an. Er zog ein paarmal und stieß den Rauch genußvoll aus, ehe er sich plötzlich bewußt wurde, daß er schon acht Monate lang nicht mehr im Bett gesessen, sondern nur gelegen hatte. Mit der freien Hand strich er sich prüfend über seine Rippen.

»Der Haltegurt, Paula«, sagte er verwundert. »Wo, zum Teufel, ist der Gurt geblieben?«

»Sie haben ihn abgenommen.« Paulas Stimme war tränenerstickt. »Andy, sie haben dir den Gürtel abgenommen. Du brauchst ihn nicht mehr. Du bist gesund, richtig gesund. Ein Wunder ...«

»Ein Wunder ...?«

Sie beugte sich zu ihm und nahm ihn in die Arme. Sie hatten sich seit einem Jahr nicht mehr so umarmen können, seit der Unfall passiert war. Jener Unfall, bei dem sein Rückgrat an mehreren Stellen gebrochen wurde. Er war zweiundzwanzig gewesen, als das geschah.

Drei Tage später konnte er das Hospital verlassen.

Nach der langen Zeit, die er in der weißen und desinfizierten Welt verbracht hatte, erschien ihm das Leben in der Stadt doppelt lebenswert. Andy hatte sich in seinem ganzen Leben noch nie so wohl gefühlt, und er spürte, wie seine alten Kräfte zurückkehrten. Bernstein hatte zwar vom Ausruhen gesprochen und ihm die üblichen Ermahnungen mit auf den Weg gegeben, aber schon eine Woche nach der Entlassung aus dem Krankenhaus waren die beiden auf dem Tennisplatz.

Andy war schon immer ein guter Spieler gewesen, aber seine steife Vorhand hatte schon dafür gesorgt, daß er nie mehr als ein guter Amateur wurde. Jetzt aber war das alles ganz anders. Nach kurzer Zeit schon gab es keinen im Club mehr, der es mit ihm aufnehmen konnte. Kein Ball entging ihm, und sein Netzspiel war derart, daß er jeden hervorragenden Partner zum blutigen Anfänger degradierte.

Selbst Paula, die im College einige Meisterschaften errungen hatte, kam nicht mehr gegen ihn an. Lachend gab sie auf und sah zu, wie er einen Favoriten nach dem anderen besiegte. Andy fühlte, daß nicht die Medizin allein, sondern wirklich ein Wunder ihn gerettet hatte.

Auf dem Heimweg sprachen sie darüber, fröhlich und unbeschwert wie Kinder. Andy, der mit seinem Beruf alles andere als zufrieden war, überlegte sich, ob er nicht eine andere Laufbahn einschlagen sollte. Vielleicht Tennis?

Um sicherzugehen, daß nicht alles Zufall war, gingen sie auch am nächsten Tag in den Club. Sie hatten Glück. Ein Davispokalsieger war Ehrengast. Andy forderte ihn heraus – und gewann!

An diesem Abend sagte Andy zu Paula, die auf seinem Schoß saß: »Nein, Kleines, ich betrachte Tennis wirklich nur als Spiel, und ich könnte mir nicht vorstellen, daß es ein Beruf für mich wäre.« Zärtlich streichelte er ihr langes Haar. »Vielleicht würde ich sogar alle Preise und Pokale gewinnen, aber es wäre kein Leben für mich, für uns. Viel lieber würde ich malen.«

»Malen?« Ihr Gesicht verriet Erstaunen. »Du hast in deinem ganzen Leben noch kein gutes Bild zustande gebracht. Du glaubst doch nicht im Ernst, daß du damit Geld verdienen könntest?«

»So schlecht bin ich auch nicht, Paula. Vielleicht könnte ich mit gutbezahlten Illustrationen beginnen – das wäre ein Anfang. Wenn wir dann aus dem Gröbsten raus wären, könnte ich so malen, wie es mir gefällt.«

»Du willst mich wohl auf den Arm nehmen? Nachher sitze ich allein hier im Haus, weil du Kind und Frau verlassen hast, um in der Südsee nach geeigneten Motiven zu jagen.«

»Welche Kinder?«

Sie befreite sich aus seinem Griff, ging zum Kamin und legte die Scheite zurecht. Als sie zu ihm zurückkehrte, war ihr Gesicht gerötet. Es kam nicht allein von der Hitze des Feuers. Sie hatte ihm eine Nachricht mitzuteilen.

Andrew Hills junior wurde im September geboren. Zwei Jahre später lag Dennis in derselben Wiege und wurde Nesthäkchen.

Zu dieser Zeit signierte Andy bereits die Titelbilder der bekanntesten amerikanischen Magazine und wurde dafür gut bezahlt. Außerdem war er der bekannteste Tennisamateur.

Als Andrew junior drei Jahre alt geworden war, stellte sich ein weiterer Erfolg für Andy ein – nicht auf dem Titelblatt der ›Saturday Evening Post‹, sondern im Museum für moderne Kunst. Seine erste Ausstellung erregte derartiges Aufsehen, daß die ›New York Times‹ ihr die erste Seite widmete. Im Haus der Hills fand an diesem Abend eine private Feier mit guten Freunden statt. Man verbrannte alte Magazincovers und schüttete die Asche unter fröhlichem Gesang in eine tönerne Urne.

Schon vier Wochen später zogen sie um. Sie besaßen nun ein kleines Haus auf den Hügeln von Westchester. Das Atelier hatte eine Glaswand nach Norden und war so groß wie ihre ganze frühere Wohnung.

Mit fünfunddreißig entschloß sich Andy, eine politische Karriere zu beginnen. Sein Ruf als Künstler machte es ihm leicht, in den Stadtrat aufgenommen zu werden, ganz davon abgesehen, daß er immer noch ein guter Tennisspieler war. Zuerst war er dagegen, aber dann zwang man ihn förmlich dazu, bei den nächsten Wahlen zu kandidieren. Er wußte selbst nicht, wie es geschah, aber als er vierzig Jahre alt wurde, wählte man ihn zum Senator des Staates.

Sie verbrachten in diesem Frühjahr ihren Urlaub in Acapulco, wo sie ein herrliches Landhaus besaßen. Hinter ihnen war das Gebirge, vor ihnen die blaue Fläche des Golfs.

»Ja, ich weiß, was die Partei plant«, sagte er zu Paula und schüttelte den Kopf, »aber das ist doch Unsinn. Sie können mich doch nicht zum Präsidentschaftskandidaten aufstellen! Das wäre doch verrückt!«

Die Entscheidung wurde ihm abgenommen.

Im Sommer war die Asiatische Allianz der endlosen Verhandlungen müde und griff Alaska an. Andy wurde als Major eingezogen und sofort an der Front eingesetzt.

Seine Tapferkeit und seine ausgezeichnete strategische Begabung ermöglichten die Rückeroberung von Shaktolik und einigen anderen Gebieten, die von den Asiaten eingenommen worden waren. Unter seiner Führung drang die Streitmacht der Alliierten weiter vor nach Westen, und es dauerte nicht lange, da war Andy General.

Nach einem Jahr Krieg erhielt er den Auftrag, als Vertreter der Alliierten die Verhandlungen mit dem Gegner auf Fox Island zu führen. Als diese erfolgreich abgeschlossen wurden, stritt er ab, allein für den guten Ausgang verantwortlich zu sein, aber das amerikanische Volk betrachtete ihn als seinen Helden und schwemmte ihn auf den Wogen der Begeisterung direkt ins Weiße Haus. Noch nie hatte es in diesem Lande eine so steile politische Karriere gegeben.

Mit fünfzig Jahren verließ er Washington, aber sein größter Triumph stand ihm noch bevor. Während seiner zweiten Amtszeit hatte er viel mit den Vereinten Nationen zu tun gehabt, und sein Interesse für diese Organisation hatte ihm eine bedeutende Rolle in der Weltpolitik zugespielt. Als Erster Sekretär des Weltsicherheitsrates gelang es ihm, zwischen den Machtgruppen der Erde einen Kompromiß zu erarbeiten. Ganz allein ihm war es zu verdanken, daß schließlich die Weltregierung gebildet wurde.

Als Andy Hills vierundsechzig wurde, wählten die Delegierten ihn zum Weltpräsidenten, ein Amt, das er bis zu seinem freiwilligen Rücktritt am fünfundsiebzigsten Geburtstag behielt. Er fühlte sich immer noch gesund und bei Kräften, er spielte mit Erfolg auf allen Tennisplätzen und schlug alle jüngeren Konkurrenten mit Leichtigkeit. Auch malte er noch und erhielt viele Auszeichnungen. Zusammen mit Paula wohnte er nun in dem Landhaus in Acapulco am Golf.

Erst als er sechsundneunzig Jahre alt war, verspürte er die erste Müdigkeit. Er verlor einfach die Lust daran, noch weiterzuleben. Er hatte alles erreicht, was ein Mann erreichen konnte, und blickte auf ein ausgefülltes Leben zurück. Sein Sohn Andrew hatte ihm vier Enkel geschenkt, und Dennis besuchte ihn mit seinen Zwillingen, bevor er sich zum Sterben legte.

»Was ist das nun für eine Droge, Doktor?« fragte Paula. »Bringt sie Heilung oder nicht? Ich möchte es endlich wissen.«

Dr. Bernstein zog die Augenbrauen in die Höhe. Sein Gesicht blieb ernst.

»Es ist sehr schwer zu beschreiben, Mrs. Hill. Die Droge hat keine Heilkraft im üblichen Sinne. Sie besitzt mehr die Natur einer hypnotischen Droge. Der Effekt ist erstaunlich, um es gelinde auszudrücken. Sie ruft einen Traum hervor, ganz einfach gesagt.«

»Einen Traum? Ich verstehe nicht ...«

»Einen langen und sehr detaillierten Traum, in dem der Patient scheinbar ein ganzes Leben an sich vorüberziehen sieht. Er lebt sein Leben darin so, wie er es gern gelebt hätte. Sie können mir vorwerfen, es sei ein Betrug, aber glauben Sie mir, Mrs. Hill, Senopolin ist der humanste Betrug, der jemals angewendet wurde.«

Paula sah auf die erbarmungswürdige, abgezehrte Gestalt im Bett hinab. Jetzt bewegte sich Andys Hand auf sie zu, suchte die ihre.

Paula beugte sich über ihn. »Andy«, hauchte sie. »Andy, mein Liebling ...«

Seine Hand war schwach, kalt und knochig. Eine alte Hand.

»Paula«, wisperte er kaum hörbar. »Du warst eine wunderbare Frau, das ganze Leben lang. Bitte ... wenn ich jetzt sterbe ... grüß die Kinder von mir ... Ich liebe sie ... Ich liebe dich ...«

Als er die Augen schloß, sah er glücklich aus.

Ein Mann, der alles gehabt hatte, was ein Mann sich wünschen kann.

Originaltitel: ›The Stuff‹
Copyright © 1961 by Galaxy Publishing Corporation;
mit freundlicher Genehmigung des Autors
Copyright © 1965 der deutschen Übersetzung
by Wilhelm Heyne Verlag GmbH & Co. KG, München
Aus dem Amerikanischen übersetzt von Walter Ernsting

JAMES TIPTREE, JR.

Ein Leben für eine Decke
der Hudson Bay Company

Dov Rapelle war ein netter Junge. Und weil er so nett war, fiel es kaum auf, daß er nicht übermäßig helle war. Er hatte einen sehnigen Körper und ein vereinsamtes, verträumtes kanadisches Gesicht, das er von seinem Urgroßvater hatte, der als Wünschelrutengänger nach Calgary, Alberta, gekommen war. Zu der Zeit, als das Gesicht sich auf Dov vererbt hatte, gehörte ein ansehnliches Aktienpaket der Alberta Hydroelectric dazu. Aber die Rapelles lebten einfach; Calgary, Alberta, war noch im einundzwanzigsten Jahrhundert einer der wenigen Orte, wo ein junger Mann wie Dov noch sein konnte, und nicht verwöhnt wurde bis zum Überdruß.

Calgary hat den höchsten Wasserturm des Kontinents, wie man wissen muß, und Weizenanbau und Wintersport bringen eine Menge Geld. Aber noch immer ist es weit von den Lebensformen entfernt, die sich in den Stadtregionen Boston-Washington und San Frangeles entwickelt haben. Leute aus Calgary besuchen im Urlaub immer noch ihre Verwandten. Und in Calgary ist man es noch nicht gewohnt, am Weihnachtsmorgen um zwei Uhr früh von fremden Mädchen in Callao, Peru, angerufen zu werden.

Das Mädchen war sehr emotional. Dov fragte es immer wieder nach dem Namen, und es rief und schluchzte die ganze Zeit: »Sag doch etwas, Dovy, bitte, Dovy!« Ihre Stimme hatte ein kehliges Quieken, das jung und kostspielig klang.

»Was soll ich sagen?« fragte Dov bieder.

»Deine Stimme, oh, Dovy!« weinte sie. »Und ich bin so weit entfernt! Bitte, bitte sprich zu mir, Dovy!«

»Nun, also ich weiß nicht ...«, begann Dov unschlüssig, und die Verbindung wurde unterbrochen.

Als seine Leute fragten, was das gewesen sei, zuckte er die

Achseln und lächelte sein nettes Lächeln. Er hatte nichts davon verstanden.

Weihnachten war an einem Montag. Am Mittwochabend läutete das Telefon wieder. Es war dasselbe Mädchen.

»Dovy? Dovy Rapelle?« Sie atmete heftig.

»Ja, am Apparat. Wer ist dort?«

»Oh, Dovy. Dovy, bist du es wirklich?«

»Yeah. Ich bin's. Hör mal, hast du vor ein paar Tagen schon mal angerufen?«

»Habe ich das?« sagte sie vage. Und dann fing sie wieder an zu schluchzen: »O Dovy, o Dovy«, und es war der gleiche Dialog wie beim ersten Mal, bis die Verbindung unterbrochen wurde.

Er kapierte es nicht.

Als der Freitag gekommen war, begann Dov sich eingeengt zu fühlen und beschloß, in der Hütte am Split Mountain nach dem Rechten zu sehen. Die Rapelles waren keine lärmfrohen Typen; sie liebten den Frieden und die Stille. Dov fuhr mit dem einfachen alten Geländewagen die Straße am Bragg Creek hinauf zum Paß, soweit die Schneepflüge geräumt hatten, und dann schnallte er seine Ski an, belud sich mit dem Rucksack und begann eine Spur zu legen. Der Schnee war ausgezeichnet, trocken und schnell. Mit den Steigfellen kam er rasch voran, und bald hatte er die Region der kahlen Espen und Lärchen hinter sich und kam in die Fichtenwälder.

Bei Sonnenuntergang erreichte er die Moräne am See. Der Schnee war hier zu mächtigen Dünen angeweht. Er überquerte einen Teil des Sees auf blankgefegtem Eis und fand die Vorderseite der Hütte unter einem zwei Meter hohen Schneeüberhang begraben. Bis er den Eingang freigeschaufelt und ein Feuer in Gang gebracht hatte, war es Nacht. Er war gerade im Begriff, seinen zweiten Eimer Schnee zum Schmelzen in die Hütte zu tragen, als er das Knattern eines Hubschraubers hörte, der vom Paß herüberkam.

Die Maschine kam rasch heran und blieb zwischen See und Hütte in der Luft hängen. Dann ging sie in zwanzig Meter Entfernung nieder und fegte eine Welle von Weiß in alle Richtungen, und niemand purzelte heraus.

Zuerst dachte Dov, zu Hause habe es ein Unglück oder einen

Krankheitsfall gegeben. Er war noch mit den Implikationen beschäftigt, als er bemerkte, daß der Hubschrauber wieder aufstieg. Die Rotorblätter fegten ihm einen wütenden Schneesturm ins Gesicht, und als Dov wieder blinzeln konnte, sah er einen kleinen blassen Körper durch den tiefen Schnee näherwaten.

»Dovy! Dovy! Bist du es?«

Es war das Mädchen, oder wenigstens ihre Stimme.

Sie wankte und strauchelte wie betrunken, bis zu den Hüften im Schnee eingesunken. Gerade als Dov sie erreichte, fiel sie vornüber in den Schnee, und alles, was er zuerst sehen konnte, war ihr kleiner nackter rosa Hintern, der mit einem glitzernden grünen Ding auf einer Backe zu ihm aufschaute.

»Yo ho«, sagte er unwillkürlich; das war ein Indianerausdruck, den er kannte und der soviel wie ›Siehe da!‹ bedeutete.

Sie krabbelte wieder auf die Füße und hob ein hübsches Babygesicht mit einem grünen Stein an der Stirn zu ihm auf. »Du bist es!« nieste sie. Ihre Zähne klapperten.

»Du bist wirklich nicht für dieses Klima angezogen«, bemerkte Dov. »Hier.« Er hob sie auf und trug sie in die Hütte, Schnee und grüne Smaragdkäfer und rosigen Hintern und alles. Seinen frostig-roten Weihnachtskuchen mit eingebackener Rasierklinge.

Lampenlicht und Feuerschein zeigten, daß sie vorn so nackt war wie hinten, und höchstens sechzehn Jahre alt. Ein Kind, dachte er, irgendein übergeschnapptes junges Ding. Während er sie in seine Wolldecke mit dem eingewebten Schriftzug ›Hudson Bay Company‹ hüllte, versuchte er sich zu entsinnen, von wo er sie kennen könnte. Ohne Erfolg. Er bedeutete ihr, sich auf den Stuhl zu setzen, und legte mehrere Holzscheite ins Feuer, um die Hütte rasch zu erwärmen. Sie schnupfte und klapperte weiter mit den Zähnen, aber das war nicht sehr lehrreich.

»Oh, Dovy, Dovy, du bist es! D-dovy! Sprich zu mir! Sag etwas, bitte, Dovy!«

»Nun, für den Anfang ...«

»Gefalle ich dir? Ich bin attraktiv, nicht wahr?« Sie schlug die Decke auseinander, um sich selbst zu betrachten. »Ich meine, findest du mich attraktiv? Oh, Dovy, s-sag doch was! Ich bin so weit gekommen, dreimal mußte ich die Maschinen wechseln, ich – oh, Dovy!« Und sie explodierte aus der Decke in seine Arme und versuchte ihn wie ein Affe zu erklettern, während sie winselte: »Bitte, Dovy, hab mich lieb!« Ihr zitternder kleiner Körper wand sich und drängte sich an ihn, und sie steckte kalte kleine Finger in seinen Schneeanzug. »Bitte, Dovy, bitte, es ist nicht viel Zeit. Hab mich lieb!«

Worauf Dov nicht ganz so reagierte, wie man erwarten würde. Das mochte daran liegen, daß diese Hütte der Hauptschauplatz seiner pubertären Phantasien gewesen war. Besonders der Winterphantasie; bei der Dov behaglich in den Decken lag und das Feuer ausgehen sah und dem Heulen des Sturms lauschte … und dann hört er ein schwaches Kratzen an der Tür … und es ist ein hübsches Mädchen, das sich verlaufen hat, und er muß ihr die nassen Kleider ausziehen und sie überall aufwärmen und in die Hudson Bay-Decke wickeln … und er ist sehr behutsam und respektvoll, aber sie weiß, was geschehen wird, und später macht er mit ihr alle möglichen Sachen auf der Decke. In einer Version war das Mädchen eine Rothaarige namens Georgiana Ochs, und später brachte er Georgiana tatsächlich einmal zur Hütte hinauf, wo sie ein Wochenende verbrachten und sich schrecklich erkälteten. Seit damals war die Hütte Schauplatz mehrerer anderer erotischer Inszenierungen gewesen, aber irgendwie waren sie alle nie an das Originaldrehbuch herangekommen.

Und nun war er hier, und die Inszenierung lief genau nach dem Originaldrehbuch ab, aber es war immer noch nicht ganz richtig. In dem Drehbuch zog Dov das Mädchen aus, und seine Hände besorgten das Befühlen. Die Rolle des Mädchens verlangte nach bebender Erwartung, aber nicht danach, daß sie wie eine Verrückte an ihm hochkletterte und ihm mit eiskalten Pfoten in die Hose griff.

So stand er eine Weile verwirrt da und hielt sie von sich ab, bis sie etwas merkte und aufblickte.

»Oh, warte«, keuchte sie und runzelte einen Moment lang die Stirn, anscheinend über sich selbst verwirrt. »Bitte … Ich bin nicht verrückt, Dovy, ich … ich …«

Mehr von ihr gezogen als aus eigenem Antrieb ging er steifbeinig hinüber zum Wandbett, bestrebt, seinen Schneeanzug am Herabrutschen zu hindern. Als sie sich ohne Umschweife auf das Bett fallen ließ, gelang es ihm, sich den sehnsüchtigen Armen einstweilen zu entziehen und auf die Bettkante zu setzen.

»In Ordnung«, sagte er fest (aber freundlich). »Nun hör mal zu. Wer bist du?«

Ihr Mund arbeitete stumm, und ihre Augen morsten unentwegt Signale der Liebe zu ihm auf. Es schien nichts Wahnhaftes oder vom Drogenrausch Besessenes darin zu sein, aber sie hatten einen komischen Funken tief unten, als ob etwas dort lebte.

»Dein Name. Wie heißt du?«

»L-loolie«, wisperte sie.

»Loolie was?« sagte er geduldig.

»Loolie Arovulpa.« Irgendwo in seinem Kopf funkten ein paar Neuronen, aber ihre Impulse trafen nicht am Ziel ein.

»Warum bist du hierhergekommen, Loolie?«

Ihre Augen glänzten naß, liefen über. »O nein«, schluchzte und schluckte sie. »Es war ein so weiter, schrecklich weiter Weg...« Ihr Kopf rollte von einer Seite zur anderen, als ob sie Schmerzen hätte. »O bitte, Dovy, für all das ist später Zeit. Ich weiß, daß du dich nicht an mich erinnerst. Bitte zier dich nicht so, bitte – es tut so weh...«

Weiche Arme reckten sich ihm entgegen, kleine Brüste bettelten mit ihren runzligen Nasen. Dies kam dem Drehbuch schon näher. Als Dov sich nicht rührte, winselte sie plötzlich und krümmte sich. »Ich habe alles verpfuscht«, weinte sie und wühlte ihr Gesicht in die Hudson Bay-Wolldecke.

Das war für einen netten Jungen wie Dov zuviel. Eine seiner Hände setzte sich in Bewegung und streichelte ihren Rücken, und dann kam die andere der ersten zu Hilfe, und sein Schneeanzug rutschte und fiel auf den Boden. Ihr Rücken wurde irgendwie zu ihrer Vorderseite, und Arme und Beine ringelten sich um Dov, und seine Knie fühlten den rauhen Strohsack, während zwei zarte Schenkelchen seine Hüften umklammerten und ihn einsaugten.

Der Schock kam ein bißchen spät, und unter den Umständen hatte er keine andere Wahl, als ihr schmerzliches Quieken zu überhören und weiterzumachen, bis die Sonne in seinem Schädel explodierte, aber es ist eine Tatsache, daß man selbst in Calgary, Alberta, nicht mehr viele Jungfrauen antrifft.

Nun ist eine Jungfrau im einundzwanzigsten Jahrhundert keine große Sache – soziopsychologisch gesehen. Andererseits war es doch etwas, besonders für einen netten Jungen wie Dov. Es erhob die Episode über die Klasse der gewöhnlichen Phantasien hinaus in eine andere.

Um so mehr, als Loolie sagte, was Mädchen oft sagen, danach. Ängstlich-demütig zu ihm aufblickend und seinen Magen streichelnd: »Macht es dir was aus? Ich meine, daß ich noch Jungfrau war?«

»Nun, ganz bestimmt nicht«, versicherte Dov.

»Es hat ein bißchen weh getan ... oh, deine Decke ...«, rief sie abgelenkt, »sie ist auf den Boden gefallen!«

Er legte neue Holzscheite nach, und sie beschlossen, daß die Decke unwichtig sei. Nach einer Weile begann Loolie ihre Fingernägel zu betrachten, und dann schmiegte sie sich wieder an ihn und begann seinen Hals zu küssen.

»Du Dovy, meinst du nicht, könnten wir nicht«, murmelte sie. »Ich meine, ich hatte vorher noch nie ... Ob wir es noch mal versuchen könnten?«

Dov fand, daß er nichts dagegen hatte.

Das zweite Mal war viel besser. Das zweite Mal war etwas, das die Phantasie herausforderte. Es war so gut, daß der kleine Rest von Dovs Verstand, der nicht mit dem elektrischen Baby beschäftigt war, das sich wie ein Aal unter ihm wand, sich zu wundern begann. Nach seiner Erfahrung war es mit einer Jungfrau nie so gut, weil es meistens eine Menge Hemmungen und ängstliche Schüchternheit gab. Davon war hier nichts zu spüren.

»... noch nicht schlafen, Dovy, bitte wach auf!«

Er öffnete ein Auge und wälzte sich halb herum; er war ein sehr netter Junge.

Loolie legte Unterarm und Kinn auf seine Brust und bedeckte ihn mit ihrem langen aschblonden Haar.

»Ich hätte beinahe was vergessen.« Sie grinste, plötzlich übermütig und ungezogen. Er fühlte, wie ihr Haar über seinen Bauch und seine Beine streifte, dann bemerkte er schläfrig eine feuchte Wärme, die seinen großen Zeh umschloß. Ihr Mund oder ...? Irgendeine Art von Zehenfetischismus? Während er noch seine Spekulationen anstellte, traf das Signal in seinem Gehirn ein.

»Au-u-u!« Er schlug im Reflex auf ihr Hinterteil. »Das tut weh! Du hast mich gebissen!«

Ihr Kopf kam herum, und er sah durch den Vorhang ihrer Haare, daß sie lachte. Sie sah wirklich hübsch aus. »Ich habe dich in den großen Zeh gebissen«, sagte sie feierlich nickend. »Das ist sehr wichtig. Es bedeutet, daß du meine wahre Liebe bist.« Auf einmal wurden ihre Augen wieder naß. »Ich hab' dich so lieb, Dovy. Wirst du dich erinnern, daß ich in den Zeh gebissen habe?«

Er grinste unbehaglich. »Nun, natürlich werde ich mich erinnern.« Die Neuronen, die sich vorhin gemeldet hatten, kamen endlich miteinander in Verbindung, stimuliert von seinem schmerzenden Zeh. »Sag mal, Loolie – sagtest du nicht, dein Name sei Arovulpa?«

Sie nickte.

Er versuchte sich zu entsinnen, was er über den Namen und seine Träger wußte. In seiner Familie war früher des öfteren darüber gesprochen worden ... Mr. Arovulpa, glaubte er sich zu erinnern, war nicht im Einklang mit dem einundzwanzigsten Jahrhundert – vielleicht nicht mal mit dem zwanzigsten. Und dies war seine Tochter?

»Könnte es vielleicht möglich sein, daß dein Vater eine Privatarmee hinter dir herschickt, Loolie?«

»Armer Papa«, sagte sie lächelnd. »Er ist tot.« Das ferne Leuchtfeuer in ihren Augen kam näher. »Dovy, du hast mich nicht nach meinem ganzen Namen gefragt.«

»Deinem was?«

»Mein voller Name ist Loolie Arovulpa-Rapelle.«

Er sperrte die Augen auf und starrte sie an. Er kapierte überhaupt nichts.

»Ich verstehe nicht – bist du etwa irgendwie mit mir verwandt?«

Sie nickte. Ihre Augen waren enorm, unheimlich. »Eine sehr nahe Verwandte.« Ihre Lippen streiften seine Wange, leicht wie die Berührung einer Feder.

»Ich schwöre, daß ich dich noch nie gesehen habe.«

Er sah sie schlucken. Sie stützte sich auf einen Ellbogen und betrachtete ihn lächelnd für die Dauer einiger Atemzüge, und dann blickte sie auf ihren kleinen Finger. Er sah, daß sie, eingepflanzt in den Nagel, eine winzige Uhr trug.

»Du hast mich auch noch nie gefragt, wie alt ich bin«, sagte sie in einem veränderten, nüchternen Ton.

»Und?«

»Ich bin fünfundsiebzig.«

»Was?« Dov starrte sie verständnislos an. Es gab keine geriatrischen Mittel, die so etwas bewirken konnten . . .

»Fünfundsiebzig Jahre alt bin ich. Ich meine, innen drin.«

Dann verstand er. »Du . . . du . . .«

»Ja. Ich habe einen Zeitsprung gemacht.«

»Zeitspringer . . .« Er hatte davon gehört, aber nie daran geglaubt. Nun schaute er sie an und sah – fünfundsiebzig Jahre aus ihren Kinderaugen herausschauen. Alt. Der Funke da drinnen war alt.

Loolie besah wieder den Fingernagel. »Ich muß dir was sagen, Dovy.« Sie legte impulsiv ihre Hand an seine Wange. »Ich muß dich warnen. Es ist sehr wichtig. Liebling, du darfst nie ig-g-g-eugh-gh . . .«

Ihr Unterkiefer klappte herab, Speichel floß aus ihrem Mund, ihr Kopf fiel auf seine Brust – und ihr ganzer Körper lag schlaff und leblos auf ihm, tot.

Entsetzt krabbelte er unter ihr heraus, dann wälzte er sie auf den Rücken und hatte gerade sein Ohr auf ihrer Brust, um nach dem Herzschlag zu lauschen, als Loolies Mund nach Luft schnappte. Er hob den Kopf und sah, wie ihre Augen sich öffneten, weiteten und ihn anstarrten. Ihr Blick wanderte über seinen Körper, dann über ihren eigenen Körper und zurück zu seinem.

»Wer bist du?« fragte sie interessiert. Wie jemand, der um eine Information bittet.

Er wich zurück. »Uh . . . Dov Rapelle.« Er betrachtete ihr

Gesicht, ihre Augen waren anders. Sie setzte sich neben ihm auf. Ein fremdes Mädchen saß in seinem Bett und musterte ihn so kritisch und nüchtern, daß er nach der Decke griff und seine Blöße bedeckte.

»He, sieh mal!« Sie zeigte zum Fenster. »Schnee! Oh, großartig! Wo bin ich? Wo sind wir hier?«

»Meine Hütte. Nicht weit von Calgary. Sag mal, ist alles in Ordnung mit dir? Du hattest einen Zeitsprung gemacht, glaube ich.«

»Ja«, sagte Loolie abwesend, zum Schnee hinauslächelnd. »Ich kann mich an nichts erinnern, das ist immer so.« Sie rückte ein wenig zur Seite, starrte ihn prüfend an, erhob sich ein wenig vom Bett und ließ sich wieder darauf nieder. Nach einer Weile sagte sie erstaunt: »Ach du meine Güte«, und hörte auf, im Raum herumzublicken. Ihre Augen blickten forschend in sein Gesicht. »Nun ... ich meine – was ist eigentlich passiert?«

»Ja«, begann Dov, »du hast ... ich meine, wir haben ... ähem ...« Er war ein zu netter Junge, um sie für alles verantwortlich zu machen.

Ihre Augen wurden groß und größer. »Aber das ist unmöglich!«

Dov schüttelte den Kopf: nein. Dann veränderte er hastig seine Kopfbewegung zu ja.

»Nein«, beharrte sie verwirrt. »Ich meine, ich bin hypnotisiert worden. Papa ließ mich hypnotisieren, so daß ich nicht konnte. Das heißt, Männer sind abstoßend für mich.« Sie nickte bekräftigend. »Mädchen auch. Sex bedeutet mir überhaupt nichts. Regattasegeln ist alles, was ich tue. Ach, es ist langweilig!«

Dov wußte nicht, was er sagen sollte; er saß einfach da und hielt krampfhaft die Decke fest. Loolie streckte ihre Hand aus und berührte versuchsweise seine Schulter.

Sie runzelte die Stirn. »He, das ist komisch. Du fühlst dich nicht abstoßend an.« Sie berührte ihn mit der anderen Hand. »Du fühlst dich ganz gut an. He, das ist seltsam. Du meinst, wir haben es ... miteinander gemacht?«

Er nickte.

»Hat es mir ... Spaß gemacht?«

»Es schien so, ja.«

Sie schüttelte verwundert den Kopf, dann begann sie breit zu grinsen. »Oh, hoho. Papa wird wild werden, wenn er davon erfährt!«

»Dein Vater?« fragte Dov. »Ist er nicht – du sagtest, er sei tot.«

»Papa? Wieso sollte Papa tot sein? Natürlich ist er nicht tot.« Sie starrte ihn an. »Ich kann mich an nichts erinnern. Ich weiß nur, daß ich in einem großen alten Haus saß und fünfundsiebzig war. Es war furchtbar.« Sie schauderte. »Alles faltig und zittrig. Ich fühlte mich – bääh ... Und diese unheimlichen alten Leute. Ich sagte gerade, ich sei krank und ging und legte mich hin und sah fern. Und schlief. Zwei Tage lang, glaube ich. He, welches Datum haben wir? Ich bin hungrig!«

»Neunundzwanzigster Dezember«, sagte Dov benommen. »Machst du das oft, dieses Zeitspringen?«

»O nein.« Sie strich ihr Haar zurück. »Nur ein paarmal bisher. Papa hat die Sache erst vor kurzem installiert. Ich war von den ewigen Segelregatten so gelangweilt, daß ich dachte, nun, es würde mal was anderes sein, eine nette Abwechslung. Ich meine, wenn man alt ist, macht es einem Spaß, für eine Weile wieder sechzehn zu sein, nicht wahr?«

»Kann ich nicht sagen, wir haben hier nichts Derartiges. Tatsächlich glaubte ich bis heute nicht, daß es so was gibt.«

»Oh, es gibt Geräte.« Sie nickte bedeutungsvoll, sah ihn stirnrunzelnd an. »Natürlich sind sie sehr teuer. Es gibt nur ein paar auf der ganzen Welt, nehme ich an. Übrigens sah ich dein Bild dort. Beim Spiegel. Mann, hab' ich einen Hunger! Es muß doch was zu essen geben. Sex macht einen hungrig, nicht?«

Sie krabbelte aus dem Bett, zog die Decke mit sich. »Ich bin ausgehungert! Kann ich dir kochen helfen? Oh, was ist das? Ist das der Mond? Wir sind oben in richtigen Bergen?« Sie lief herum, von einem Fenster zum anderen. »Papa läßt mich nie wohin gehen. Oh, Berge sind phantastisch! He, du siehst wirklich nett aus. Ich meine, es ist nicht so gräßlich, ein Mann zu sein.« Sie kam wieder zu ihm und stellte sich vor ihm auf. »Hör mal, du mußt mir alles darüber sagen.« Ihre Augen blickten an ihm vorbei, plötzlich scheu. »Ich meine – alles. Meine Güte, bin ich hungrig. Hör zu, nachdem wir, ich meine, ich mich nicht

197

erinnere, weißt du, könnten wir es nicht noch mal probieren. Übrigens, ich habe deinen Namen vergessen, tut mir leid ...«

»Loolie.« Dov schloß die Augen. »Würdest du bitte einen Augenblick lang still sein? Ich muß nachdenken.«

Aber er konnte nur denken, daß sie eine gute Idee gehabt hatte: essen.

Also briet er den Inhalt einer Dose Corned Beef als eine Art Haschee, während Loolie wie ein Affe überall in der Hütte herumsprang, die Tür öffnete, sich Schnee ins Gesicht schmierte, den Mond und die Berge bewunderte und gerannt kam, um ihn mit einem Eiszapfen zu kitzeln. Als sie ihre Aufmerksamkeit dem Feuer zuwandte, war er erfreut zu sehen, daß sie die Holzscheite richtig auflegte. Sie setzten sich zum Essen. Dov wollte gern mehr über ihren Vater hören, aber weil er Dov war, konnte er Loolies Aufregung über ihn und die Berge und die Hütte und alles nicht durchbrechen ...

Es begann ihm zu dämmern, daß diese kleine Arovulpa ein ziemlich langweiliges Stückchen des einundzwanzigsten Jahrhunderts erwischt hatte. »Du solltest mal hier sein, wenn die Schneeschmelze ist«, sagte er. »Wenn die Lawinen kommen.«

»Ach Dovy, ich hab' diese Leute und diese Städte so satt. Ich meine, niemand hat mehr was für die echten Dinge übrig. Hier ist es schön. Dovy, wenn ich ...«

Da kam ihres Vaters Privatarmee mit Geknatter aus dem Nachthimmel herab.

Dov krabbelte in seinen Anzug und entdeckte, daß die Armee aus einem kleinen aufgeregten und einem großen glatzköpfigen Mann bestand.

»Onkel Vic!« rief Loolie. Sie rannte auf die beiden zu und umarmte den kleinen Mann, während der Glatzkopf Dov mehrere geprägte Plaketten zeigte.

»Dein Vater, dein Vater!« zeterte Onkel Vic, stieß Loolie von sich und blickte finster in der Hütte umher. Sein Blick konzentrierte sich auf das Bett. Der Glatzkopf stand gleichmütig neben der Tür.

»Zornig ist gar kein Ausdruck!« ächzte Onkel Vic. Er nahm seinen Hut ab und setzte ihn wieder auf und packte Dovs Schneeanzug. »Wissen Sie, wer dieses Mädchen ist?« zischte er.

»Sie sagt, sie sei Loolie Arovulpa. Sie hat einen Zeitsprung gemacht«, sagte Dov.

»Ich weiß, ich weiß! Schrecklich!« Der kleine Mann rollte mit den Augen. »Louis – Mr. Arovulpa – schaltete das Gerät aus. Wie konntest du ihm das antun, Mädchen?«

»Ich habe Papa nichts angetan, Onkel Vic.«

Ihr Onkel marschierte zum Bett hinüber, riß das befleckte Laken heraus, zischte und warf es auf den Boden. »Du ... du ...«

»Papa hatte kein Recht, das zu tun!« rief Loolie. »Es ist mein Leben. Es hat sowieso nicht geklappt. Ich – es gefällt mir hier, meine ich. Ich glaube, ich ...«

»Nein!« kreischte der kleine Mann. Er kam zurück zu Loolie und schüttelte sie. »Dein Vater!« schrie er. »Er wird dich psychen lassen, er wird dich löschen lassen! Puta! Pfui! Und was Sie angeht, Sie ...« Er wandte sich zu Dov und begann Unhöflichkeiten zu sprudeln.

Obwohl Dov ein netter Junge war, wurde er zunehmend verdrießlicher. Er erinnerte sich, daß er hier heraufgekommen war, um Frieden und Stille zu finden. Nun sah er mißmutig den kleinen Mann und den großen Mann und Loolie an und schnürte seine Stiefel zu.

»Stehen Sie auf! Bewegung!« schrie der kleine Mann. »Sie kommen mit uns!«

»Meine Leute werden sich fragen, wo ich bin«, wandte Dov sehr vernünftig ein. Er beobachtete die beiden Männer und ihre Kleider und kam zu dem Schluß, daß sie Städter waren.

»Auf die Füße, chulo!« Onkel Vic klatschte in die Hände, und der große Mann kam von der Tür und machte eine Kopfbewegung zu Dov. »Los, mach voran, Junge!« Er hatte eine Hand in der Tasche, wie in einem alten Film.

Dov stand auf. »In Ordnung, aber Sie werden Kleider für Miß Arovulpa brauchen, meinen Sie nicht? Vielleicht wird ihr Vater nicht so wild sein, wenn Sie ihm die Tochter angekleidet zurückbringen.«

Onkel Vic, momentan abgelenkt, richtete seinen finsteren Blick auf Loolie, die von der Decke nur unvollkommen verhüllt wurde.

»Ich werde einen Schneeanzug aus dem Schrank holen«, sagte Dov. Er bewegte sich vorsichtig zu der Tür neben der Feuerstelle, die in den Holzschuppen führte, und überlegte, ob städtische Typen ihm das mit einem Schrank in einer Berghütte abkaufen würden. Der große Mann nahm seine Hand aus der Tasche, und es lag etwas darin, das auf Dovs Rücken zeigte, aber er blieb stehen, wo er war.

Gerade als Dov den Fallriegel hob, hörte er Loolie Atem holen und eine Bewegung machen und verhielt. Aber sie sagte nichts.

Dann schlüpfte er durch die Tür in den Holzschuppen und riß die Hauptstütze vom Holzstoß. Die sauber aufgeschichteten Scheite polterten gegen die Tür, während Dov die Axt ergriff, aus dem Holzschuppen rannte und auf das Dach kletterte.

Von dort erreichte er das Hüttendach und die andere Seite des Kamins. Von unten ertönten Schläge.

Die mächtige Schneewehe über dem Eingang war noch da. Er rutschte inmitten einer Dachlawine über die Tür herab, griff seine Ski und galoppierte durch die Schneewehen zur anderen Seite des Hubschraubers.

Als er seine Axt gegen die Lager des Hauptrotors schwang, kamen die erste Schüsse durch das Hüttenfenster. Sein Körper war durch den Rumpf des Hubschraubers gedeckt, und die Hüttenfenster waren zu klein, als daß der Glatzkopf hätte durchklettern können. Als er mit der Axt eine befriedigende Wirkung auf die Rotoren erzielt hatte, gab Dov dem Treibstoffbehälter ein paar kräftige Hiebe, beschloß aber, das auslaufende Benzin nicht anzuzünden, zerschmetterte den kleinen Heckrotor, und machte sich über den Moränenhügel in eine Rinne davon. Hinter ihm zerklirrte Glas, bellten Stimmen.

Die Rinne wurde zu einem langen, schmalen Tunnel unter den schneegebeugten Fichten. Dov kroch darin aufwärts, bis die Geräusche kaum noch zu hören waren. Bald weitete sich die Rinne und mündete in ein steiles Schneefeld. Dov schnallte seine Ski an. Der Mond glitt aus einem Wolkenfeld. Dov ging in die Hocke und sauste das glitzernde Weiß hinunter. Als er so dahinflog, den Wind im Gesicht, das Zischen des Schnees in den Ohren, und den Frieden und die Stille der Landschaft einsog, hoffte er, daß Loolie nichts zustoßen würde. Aber dieser Vic war ihr Onkel, es mußte also in Ordnung gehen.

Nach einer Stunde hatte er den geparkten Geländewagen erreicht und fuhr zurück nach Calgary, wo sein Onkel, Ben Rapelle, Chef der Gebirgspatrouille der Royal Canadian Mounted Police war.

Er fühlte sich frei.

Aber er war es nicht.

Denn Loolie – das heißt Loolie Nummer eins – hatte gesagt, daß sie eine Rapelle sei. Und sein Zeh schwoll an. Das erwies sich, wie sie ebenfalls gesagt hatte, als sehr wichtig.

Am nächsten Morgen, nachdem die Patrouille Loolie und Onkel Vic und seinen Helfer alle sicher und gesund ins Hauptquartier nach Calgary gebracht hatte, bestand Loolie darauf, ihren Psychomed anzurufen. Und als ihr Vater, Mr. Arovulpa, in seiner Privatmaschine eintraf, war der Psychomed bei ihm.

Mr. Arovulpa war Onkel Vic ganz und gar unähnlich, der, wie es schien, nur ein entfernter Cousin war. Zu viele Generationen hindurch waren dunkelhäutige Arovulpa-Spermien in skandinavische Gebärmütter geschwänzelt; der zeitgenössische Mr. Arovulpa war ein großer gelbgrauer Gletscher mit einem sorgenvollen, klumpigen schwedischen Gesicht. Wenn er wütend war, ließ er es sich nicht anmerken. Er schien nur sehr müde zu sein.

»Eulalia«, seufzte er erschöpft in Ben Rapelles Büro. Das war Loolies richtiger Vorname, und da er kein Talent für die Vaterrolle hatte, nannte er sie immer bei diesem Namen. Er blickte von seinem einzigen Kind zu dem Psychomed, den er angestellt hatte, um für ein makelloses heiratsfähiges Produkt zu sorgen.

Nun war alles geplatzt.

»Aber wie...?« fragte Mr. Arovulpa. »Sie versicherten mir, Doktor...« Seine Stimme klang ruhig, aber nicht warm. Onkel Vic schreckte nervös zusammen. Sie standen alle im Büro herum, Dov mit einem gestrickten Hüttenschuh an einem Fuß.

»Der Zeitsprung«, sagte der Psycher achselzuckend. Er war dicklich und hatte glasig aussehende Augen, was ihm einen Anschein von manischer Heiterkeit verlieh. »Es war die ältere Loolie, die in diesem Körper steckte. Diese ältere Persona war nicht mehr konditioniert. Sie hätten wirklich vorsichtiger sein sollen. Was in aller Welt wollten Sie mit einem solchen Ding? In Ihrem Alter Zeitspringen? Und die Kosten, mein Gott!«

Mr. Arovulpa seufzte. »Ich tat es zu einem bestimmten Zweck.« Er sah die Rapelles mit abwesendem Stirnrunzeln an. »Einen sehr kleinen Sprung. Ich wollte sehen ...«

»Sie wollten sehen, ob Sie einen Enkel haben würden, eh? Eh, eh?« Der Psycher gluckste und schnaubte. »Natürlich. Geben Sie es zu!«

»Ich fand mich an meinem Schreibtisch«, sagte Mr. Arovulpa. »Auf ihm war ein Porträt.« Sein düsterer Blick ruhte auf seiner Tochter, wanderte weiter zu Dov. Dov zwinkerte. Ihm war gerade der Gedanke gekommen, daß eine Jungfrau nicht besser vor Mutterschaft geschützt werden könne, als durch zuverlässige Hypnose. Loolie saugte ihre Unterlippe ein und zog ein Gesicht.

Der Psychomed beäugte sie beide, den Kopf leicht geneigt. »Sag mir, Loolie, als du zu dir selbst zurückkehrtest, fandest du diesen jungen Mann ... ah ... widerwärtig? Abstoßend? War die Situation traumatisch?«

Loolie lächelte ihn an, breiter und breiter, und schwang ihren Kopf langsam von Seite zu Seite. »O nein. O *nein!* Es war *phantastisch.* Er ist schön. Nur ...«

»Nur was?«

Ihr Lächeln richtete sich auf Dov, und sie schien dahinzuschmelzen. »Nun, ich meine, wir haben nie ... das heißt, ich wünschte, wir hätten ...«

»Schon gut!« Der Psycher hielt seine Hand hoch. »Ich verstehe. Nun denk einmal nach, Loolie! Hast du ihm vielleicht zufällig in den Zeh gebissen?«

Onkel Vic machte ein Geräusch, und Loolie blickte ungläubig in die Runde. »Ich? Ihm in den Zeh gebissen? Selbstverständlich nicht!«

Der Psychomed wandte sich zu Dov. Sein Blick wanderte abwärts und ruhte auf dem Hüttenschuh. »Sagen Sie, junger Mann – hat sie?«

»Warum?« fragte Dov vorsichtig. Alle begannen sich für seinen Hüttenschuh zu interessieren.

»Hat sie?«

»Niemals!« sagte Loolie idigniert.

»Du weißt es nicht«, sagte Dov zu ihr. »Du hast es vorher getan. Als du fünfundsiebzig warst.«

»Dir in den Zeh gebissen? Aber wozu?«

»Weil das das Schlüsselsignal war«, sagte der Psychomed. Er zupfte ungeduldig an seinem Ohrläppchen. »Zum Henker, Sie müssen sich erinnern, Mr. Arovulpa! Ich erzählte es Ihnen.«

Mr. Arovulpas Miene hatte sich weiter in die Eiszeit zurückgezogen.

»Die Idee war, dich nicht für dein ganzes Leben zu einem geschlechtslosen Dasein zu konditionieren, mein liebes Kind«, sagte der Psycher zu Loolie. »Es mußte einen Schlüssel geben, ein Signal, das die Konditionierung aufheben würde. Etwas Einfaches und doch Unwahrscheinliches, das nicht durch Zufall geschehen konnte. Ich erwog mehrere Möglichkeiten. Ja, und bei Abwägung aller Aspekte schien der Zehenbiß das Beste zu sein.« Er nickte wohlwollend. »Sie entsinnen sich, Mr. Arovulpa, Sie wollten keine ehelichen Skandale.«

Mr. Arovulpa sagte nichts.

»Ein sauberes Engramm, wenn ich so sagen darf«, erklärte der Psycher strahlend. »Den Mann, in dessen Zeh sie beißt, wird sie lieben, solange sie lebt. Und nur diesen Mann. Garantiert!«

In der momentanen Stille strich Mr. Arovulpa mit einer Hand über seine Dag Hammarskjöld-Stirn und atmete gemessen seufzend aus. Sein Blick wanderte von Loolie zu Dov und weiter zu Ben Rapelle, und er hatte etwas von dem Blick einer Python, die auf unerklärliche Weise ungenießbar gewordene Kaninchen betrachtet.

»Es ist ... möglich ... daß wir uns in Zukunft noch öfter sehen werden«, bemerkte er kalt. »Einstweilen werden Sie hoffentlich nichts dagegen haben, daß meine Tochter in ihre Schule zurückkehrt. Victor!«

»Bin schon da, Louis!«

»Du wirst bleiben, um diesen Herren unser ... Bedauern auszusprechen und etwaige ... äh ... Reparaturen an der Hütte zu veranlassen. Ich bin ... nicht erfreut. Komm, Eulalia!«

»Ach, Dovy!« rief Loolie, als sie hinausgeführt wurde. Dovs Onkel Ben grunzte warnend. Und die Arovulpas gingen.

Aber natürlich nicht für immer.

Der Frühling hielt Einzug in die Rockys, und mit ihm ein sehr rundbäuchiges und sich in Liebe verzehrendes junges Mädchen, diesmal eskortiert von eine Matrone von unverkennbarem Charakter: grimmige Entschlossenheit und Energie. Dov holte die Pferde heraus, und sie ritten hinauf durch die singenden Wälder und alle die scheuen, freien Köstlichkeiten der Wildnis, die Dov liebte. Und er sah, daß Loolie wirklich dort leben und seine Art von Leben mit ihm teilen wollte, und jeder konnte sehen, daß Loolie selbst warmherzig und gutmütig und dabei klug war, besonders wenn es darauf ankam, die Matrone loszuwerden. Und Dov war wirklich ein netter Junge, trotz des Mißtrauens, das die Arovulpas ihm entgegenbrachten.

Als der Sommer seinem Ende entgegenging, reiste Dov mit sehr gemischten Gefühlen zu der Insel der Arovulpas vor Pulpit Harbour, wo er bald entdeckte, daß die Sippschaft ihn nicht halb so sehr abstieß wie Loolie ihn anzog. Selbst der netteste junge Mann ist nicht immun gegen die Vorstellung von einer schönen, kleinmädchenhaften, immer verliebten Braut von großem Reichtum.

»Was für ein ... äh ... Berufsziel hast du dir gesteckt?« fragte Mr. Arovulpa seinen widerwillig akzeptierten künftigen Schwiegersohn anläßlich eines seiner seltenen Besuche auf der Insel.

»Lawinenforschung«, sagte Dov und bestätigte so, was Arovulpas Agenten bereits in Erfahrung gebracht hatten. Die Augenlider des alten Mannes sanken für eine Weile herab und verbargen seinen Blick. Die Verbindungen, die er für Loolie als passend angesehen hätte, repräsentierten Interessen eines weitaus seismischeren Typs.

»Im Grunde bin ich Geo-Ökologe. Es ist ein überaus weites Feld.«

»Oh, es ist wundervoll, Papa!« zwitscherte Loolie. »Ich werde all seine Aufzeichnungen machen!« Arovulpas Blick wanderte vom Gesicht seiner Tochter zu ihrem Bauch. Der Inhalt der Wölbung war nun als männlich bekannt. Mr. Arovulpa hatte den Platz, an dem er stand, nicht durch das Ignorieren von Tatsachen erreicht. »Ah«, sagte er trübe und ging.

Aber die Hochzeit selbst war alles andere als trübe. Sie war herrlich einfach, draußen auf der sanft abfallenden Rasenfläche über der Meeresküste, mit einem Kraftfeld, das das unwirtliche Wetter von Maine fernhielt, und einem halben Hektar importierter Wildblumen. Die Gästeliste war klein und wurde von einer Anzahl komplizierter alter Damen mit exotischen Titeln und Gefolge beherrscht, gegen die sich die Abordnung aus Alberta wie freundliche Getreidesilos ausnahmen.

Und dann gingen alle fort und ließen Dov und Loolie für eine Woche allein im Paradies.

»Oh, Dovy«, seufzte Loolie am dritten Tag, »ich wünschte, es könnte den Rest meines Lebens so bleiben!«

Diesem nicht sehr bemerkenswerten und ziemlich realitätsfernen Wunsch wurde Ausdruck verliehen, als sie im Sauna-Solarium lagen und wie ganz frisch gekochte Krabben glühten.

»Das sagst du bloß, weil du mir in den Zeh gebissen hast«, brummte Dov. Er dachte an Segeln, womit er in letzter Zeit vertraut gemacht worden war.

»Hab' ich nie getan!« protestierte Loolie. Dann wälzte sie sich herum. »He, ich frage mich wirklich, weißt du. Wann haben wir uns eigentlich kennengelernt?«

»Letzte Weihnachten.«

»Nein, das ist nicht, was ich meine. Ich meine, ich kam doch dorthin, weil ich dich bereits liebte, nicht wahr? Also muß ich dich gekannt haben. Es ist komisch.«

»Yeah, komisch.«

»Ich hab' dich so lieb, Dovy.«

»Ich dich auch. Hör zu, laß uns heute mit dem großen Boot rausfahren.«

Und sie machten eine wundervolle Segelfahrt mit dem tanzenden Trimaran, die ganze Strecke um Acadia Park Island und zurück zu einem großartigen Muschelessen. Abends im Bett fing Loolie wieder davon an.

»Hmm«, sagte Dov schläfrig.

Sie fuhr mit ihrem Näschen über sein Rückgrat. »Hör zu,

Dovy! Würde es nicht phantastisch sein, diesen Tag noch einmal zu erleben? Ich meine, wenn wir alt sind.«

»Hmm-mh.«

»Papa hat die Maschine hier, weißt du. Ich war über Weihnachten hier, als ich es machte. Dafür ist auch das Kraftwerk da drüben in der Bucht, wie ich dir sagte.«

»Hmm.«

»Warum machen wir es nicht morgen?«

»Hmm«, sagte Dovy. »He, was sagst du?«

»Wir könnten miteinander zeitspringen, morgen«, sagte Loolie, träumerisch lächelnd. »Dann, wenn wir alt sind, könnten wir wieder für eine Weile jung sein, wie wir es sind. Miteinander.«

»Kommt nicht in Frage«, sagte Dov. Und er sagte ihr, warum es eine blödsinnige Idee war. Er erklärte es ihr immer und immer wieder.

»Es ist gefährlich. Was, wenn sich herausstellt, daß einer von uns zu dem gewählten Zeitpunkt tot ist?«

»Oh, wenn du tot bist, passiert nichts, ich meine, du brauchst nur mit dir selbst den Platz tauschen. Ich meine, wenn du nicht dort bist, passiert nichts. Dann bleibst du einfach hier. Das steht so im Buch, es ist völlig sicher.«

»Es ist trotzdem verrückt. Was ist mit dem Kind?«

Loolie kicherte. »Es würde ein großartiges Erlebnis für ihn sein.«

»Wie meinst du das? Wie, wenn er sich mit dem Verstand eines Embryos im sechsten Monat wiederfindet, während er eine Düsenmaschine steuert.«

»Ach, das könnte er gar nicht! Ich meine, er würde wissen, daß es geschehen würde, denn es geschah, verstehst du? Also würde er sich hinsetzen oder was, wenn er so alt würde. Genauso ist es, wenn ich fünfundsiebzig werde; dann weiß ich, daß ich hierher zurückspringen und dich kennenlernen werde.«

»Nein, Loolie. Es ist verrückt. Schlag dir das aus dem Kopf.«

Das tat sie. Für mehrere Stunden.

»Dovy, ich mach mir solche Sorgen. Ist es nicht furchtbar, daß wir alt werden müssen? Stell dir vor, wie großartig es sein würde, einen Tag zu haben, auf den man sich freuen kann.

Wieder jung zu sein, nur für einen Tag. Oder auch nur für eine halbe Stunde. Ist es nicht scheußlich, über das Altwerden nachzudenken?«

Dov öffnete ein Auge. Er hatte auch schon solche Gedanken gehabt.

»Ich meine, jetzt würden wir ein paar Stunden nicht vermissen. Wir haben soviel Zeit. Aber denk an die Zeit, wenn du, sagen wir, sechzig oder siebzig bist. Vielleicht wirst du krank oder verkalkt sein – aber du wirst wissen, daß zu zurückspringen und dich großartig fühlen und segeln gehen und so sein wirst, wie wir jetzt sind!«

»Du hast keine Gewißheit, daß es sicher ist, Loolie.«

»Nun, ich hab's gemacht, oder nicht? Dreimal. Nichts geht deswegen schief, weil du weißt, daß es geschehen wird«, wiederholte sie geduldig. »Ich meine, wenn du hinkommst, erwartest du es. Ich fand eine Notiz, die ich mir selbst geschrieben hatte und die mir sagte, was zu tun war. Zum Beispiel, daß der Name des Hausdieners Johann war. Und wer meine Freunde waren. Und was es so gibt.«

»Du konntest die Zukunft sehen?« Dov furchte die Stirn. »Was passiert in der Welt, ich meine, die Nachrichten und so?«

»Oh, nun, ich weiß nicht, ich meine, ich war nicht sehr neugierig, verstehst du? Alles was ich sah, war so ein altes Haus. Sah aus, als ob es halb unterirdisch wäre, glaube ich. Aber Dovy, du kennst dich aus, du könntest all die Nachrichten sehen, selbst in einer halben Stunde könntest du herausbringen, wie es in der Welt zugeht. Du könntest vielleicht sogar deine eigene Forschungsarbeit lesen, vielleicht!«

»Hm . . .«

Das war natürlich noch nicht das Ende davon. Es war am Abend des sechsten Tages, als Dov und Loolie vom Mondlicht am Ufer zurückkamen und Hand in Hand in Mr. Arovulpas stille Korridore gingen. (Die unversperrt gefunden wurden, eine ungewöhnliche und nicht zu Arovulpas Charakter passende Tatsache, es sei denn, man erinnert sich, daß auch Arovulpa Blicke in die Zukunft tun konnte.)

Loolie drückte einen Schalthebel herunter, und hinter einer schimmernden Wand, in die eine massive Luftschleuse eingebaut war, begann Energie zu summen. Sie öffnete den Einstieg, und Dov blickte in eine viereckige kleine Kammer im Innern der Wand.

»Gerade groß genug für uns drei«, kicherte sie, als sie ihn hineinzog. »Was meinst du, werden wir tun? Ich meine uns als Alte?«

»Frag deinen Sohn«, sagte Dov abwesend, in Gedanken schon bei den aufregenden Dingen, die er über die Zukunft in Erfahrung bringen wollte.

Und so stellten sie die Skalen ein, die sie vierzig Jahre in die Zukunft befördern sollten, wenn Dov – guter Gott, zweiundsechzig sein würde! Loolie hieß Dov vorsichtig sein (dieses erste Mal, sagte sie sich insgeheim), und er wählte eine Dauer von dreißig Minuten, nicht mehr. Sie nahmen sich bei den Händen, und Loolie schaltete den Aktivatorkreis ein, der die Kammer in eine zeitliche Anomalie versetzen sollte.

Und der den jungen Dov Rapelle durch einen Zufall von einer Million zu eins just in die tödliche halbe Stunde schoß, wo eine Herzarterie sich erweiterte und platzte, als er allein in einer fremden Stadt lag.

Und so kehrte Loolie Arovulpa-Rapelle von einem bedeutungslosen Schaufensterbummel in Pernambuco zurück, um Dovs leblosen Körper auf dem Boden des Kontrollraums liegend zu finden. Denn der Tod ist zu jeder Zeit eine Erfahrung, die man nicht überlebt. Nicht einmal – wie Loolie später den zahlreichen Zeitingenieuren erklärte, die ihr Vater kommen lassen mußte – nicht einmal, wenn ein Paradox damit verbunden ist. Denn wie konnte Dov mit zweiundzwanzig gestorben sein, wenn er tatsächlich mit zweiundsechzig starb? Etwas war ganz und gar nicht in Ordnung. Etwas, das in Ordnung gebracht werden mußte, und wenn es das ganze Arovulpa-Vermögen kosten sollte. Das war Loolies Meinung, und sie bestand darauf, weil der Psychomed völlig recht gehabt hatte. Dovy war der einzige Mann, den sie je liebte, und sie liebte ihn ihr ganzes Leben lang.

Die Zeitingenieure zuckten die Achseln, und das gleiche taten die Mathematiker. Sie sagten ihr, daß Paradoxa sich zu der Zeit auch anderswo in der Gesellschaft häuften, obwohl nur einige bedeutende Persönlichkeiten über die Möglichkeit des Zeitspringens geboten. Alternierende Zeitspuren, vielleicht? Oder zeitunabhängige Hysteresis? Paradoxa waren natürlich falsch; sie sollten nicht vorkommen.

Aber wenn eins vorkommt – bei wem beschwert man sich?

Alles das war keine große Hilfe für ein liebendes kleines Mädchen, das sich neunundfünfzig langen, grauen, leeren Jahren gegenübersah ... Einundzwanzigtausendfünfhundertfünfundvierzig trüben Tagen und einsamen Nächten, die sie warten mußte ... auf ihre Stunde in den Armen ihres Mannes auf einer Decke der Hudson Bay Company.

Originaltitel: ›Forever to a Hudson Bay Blanket‹
Copyright © 1973 by James Tiptree, jr.
Aus dem Amerikanischen übersetzt von Walter Brumm

F. SCOTT FITZGERALD

Der seltsame Fall des
Benjamin Button

I

In den alten Zeiten um 1860 gehörte es sich noch, daß man zu Hause geboren wurde. Heutzutage, sagt man mir, haben die Obergötter der Medizin verordnet, daß die ersten Schreie der Kleinen in der anästhetischen Luft eines Krankenhauses ausgestoßen werden – möglichst in die eines schicken Krankenhauses. Mr. und Mrs. Button waren also der Mode um fünfzig Jahre voraus, als sie eines Tages im Sommer 1860 beschlossen, daß ihr erstes Kind in einem Krankenhaus geboren werden sollte. Ob dieser Anachronismus irgendeine Bedeutung für die erstaunliche Geschichte hat, die ich hier niederschreiben will, wird man niemals wissen.

Ich erzähle Ihnen, was geschah, und lasse Sie selbst urteilen.

Die Roger Buttons hatten eine beneidenswerte Stellung im Vorkriegs-Baltimore, sowohl gesellschaftlich wie finanziell. Sie waren mit der Familie Soundso verwandt und mit der Familie Dieunddie, und dies erlaubte ihnen, wie jeder Südstaatler wußte, die Zugehörigkeit zu der riesigen Oberschicht, aus der die Südstaaten überwiegend bestanden. Es war ihre erste Erfahrung mit der reizenden alten Sitte des Kinderkriegens – und Mr. Button war natürlich nervös. Er hoffte, daß es ein Junge sein würde, so daß man ihn zum Yale College nach Connecticut schicken konnte, jener Anstalt, in der Mr. Button vier Jahre lang unter dem irgendwie naheliegenden Spitznamen ›Knöpfchen‹ bekannt gewesen war.

An dem Septembermorgen, der dem ungeheuren Ereignis geweiht war, stand er unruhig um sechs Uhr auf, kleidete sich an, zupfte seine tadellose Halsbinde zurecht und eilte durch die Straßen von Baltimore zum Krankenhaus, um zu ermitteln, ob die Dunkelheit der Nacht ein neues Leben aus ihrem Busen entlassen hatte.

Als er etwa hundert Meter vor dem Privatkrankenhaus Maryland für Damen und Herren entfernt war, sah er den Familienarzt Dr. Keene, der die Eingangstreppe herabstieg, wobei er sich die Hände rieb – mit jener Waschbewegung, die die ungeschriebene Berufsmoral von den Ärzten fordert.

Mr. Roger Button, Präsident von Roger Button & Co, Eisenwarengroßhandel, rannte auf den Doktor Keene los; er rannte mit weit weniger würdiger Haltung, als man es von einem Gentleman aus den Südstaaten jener malerisch-altväterlichen Epoche erwartet hätte. »Doktor Keene!« rief er. »Oh, Dr. Keene!«

Der Doktor hörte, blickte sich um und blieb wartend stehen, wobei ein sonderbarer Ausdruck sich auf seinem rauhen Medizinergesicht niederließ, während Mr. Button sich näherte.

»Was ist passiert?« rief Mr. Button, als er keuchend bei ihm anlangte. »Was war es? Wie geht's ihr? Ein Junge? Wer ist es? Was . . .«

»Reden Sie vernünftig!« sagte Doktor Keene mit scharfem Ton. Er schien etwas gereizt.

»Ist das Kind geboren?« fragte Mr. Button bittend.

Doktor Keene runzelte die Stirn. »Naja, schon, vermutlich – in gewisser Weise.« Wieder warf er einen sonderbaren Blick auf Mr. Button.

»Geht's meiner Frau gut?«

»Ja.«

»Ist es ein Junge oder Mädchen?«

»Hören Sie!« schrie Doktor Keene mit der vollen Heftigkeit seines Zorns. »Wollen Sie bitte selbst nachsehen. Skandal!« Er schnellte das letzte Wort hervor, fast wie *eine* Silbe, dann wandte er sich ab und sagte leiser: »Glauben Sie, daß ein solcher Fall meinem beruflichen Ansehen hilft? Noch sowas, und ich bin ruiniert. So was ruiniert jeden!«

»Was ist denn los?« fragte Button verstört. »Drillinge?«

»Nein, keine Drillinge!« antwortete der Doktor schneidend. »Mehr noch, Sie können das selbst nachprüfen. Nehmen Sie einen anderen Arzt. Ich habe Sie auf die Welt gebracht, junger Mann, und ich war vierzig Jahre Ihr Familienarzt, aber jetzt reicht's mir! Ich möchte weder Sie noch sonst einen Ihrer Verwandten jemals wiedersehn! Adieu!«

Er drehte sich abrupt, stieg ohne ein weiteres Wort in seinen Zweispänner, der am Straßenrand wartete, und fuhr mit strenger Miene ab.

Da stand Mr. Button auf dem Trottoir, verblüfft und zitternd von Kopf bis Fuß. Was für ein schreckliches Unglück war da passiert? Plötzlich war ihm jedes Verlangen abhanden gekommen, das Privatkrankenhaus Maryland für Damen und Herren aufzusuchen – und nur mit großer Überwindung zwang er sich, einen Augenblick später, die Treppen hinaufzusteigen und durchs Portal zu gehen.

Eine Schwester saß hinter einem Schreibtisch in der trüben Düsternis der Eingangshalle. Mr. Button überwand seine Verlegenheit und trat zu ihr.

»Guten Morgen«, sagte sie leichthin und schaute ihn freundlich an.

»Guten Morgen. Ich – ich bin Mr. Button.«

Da breitete sich ein Ausdruck von äußerstem Schrecken auf dem Gesicht des Mädchens aus. Sie sprang auf, und es schien, als wollte sie fliegend aus der Halle entweichen; nur mit sichtlicher Mühe konnte sie an sich halten.

»Ich möchte mein Kind sehen«, sagte Mr. Button.

Die Schwester stieß einen kleinen Schrei aus. »Oh – ja, natürlich«, rief sie hysterisch. »Die Treppe hoch, gleich oben. Immer rauf!«

Sie zeigte die Richtung, und Mr. Button, in kalten Schweiß getaucht, wandte sich um und begann schwächlich zum ersten Stock aufzusteigen. Auf dem oberen Flur sprach er die nächste Schwester an, die sich ihm näherte; sie hielt eine Schüssel in der Hand. »Ich bin Mr. Button«, brachte er heraus. »Ich möchte mein Kind ...«

Pläng! Die Schüssel fiel mit blechernem Geräusch zu Boden und rollte zur Treppe hin. Pläng! Pläng! Sie begann einen systematischen Abstieg, als sei auch sie von dem allgemeinen Schrecken erfaßt, den dieser Herr hervorrief.

»Ich will mein Kind sehen!« Mr. Button kreischte fast. Er war dem Zusammenbruch nahe.

Pläng! Die Schüssel hatte den unteren Stock erreicht. Die Schwester beherrschte sich wieder und warf Mr. Button einen Blick zu – einen Blick voll herzhafter Verachtung.

»Na schön, Mr. Button«, sagte sie mit gedämpfter Stimme. »Schon gut. Wenn *Sie* wüßten, was hier *deswegen* schon los war heut morgen! Es ist einfach unerhört! Dieses Krankenhaus wird bestimmt nie mehr das geringste Ansehen haben, nachdem . . .«

»Schnell!« schrie er heiser. »Ich ertrag's nicht mehr!«

»Na, dann kommen Sie mal mit, Mr. Button!«

Er schleppte sich hinter ihr her. Am Ende eines langen Flurs kamen sie in ein Zimmer, aus dem vielfältiges Schreien drang – es war, wie man es später nannte, das ›Brüllzimmer‹. Sie traten ein. An den Wänden stand ein halbes Dutzend weißlackierter Kinderbetten, jedes mit einem Schild, das am Kopfende befestigt war.

»Und?« keuchte Mr. Button. »Wo ist meins?«

»Da«, sagte die Schwester.

Mr. Buttons Blicke folgten ihrem Zeigefinger, und was er sah, war dies: In ein bauschiges, weißes Bettuch gewickelt und so gut wie möglich in eines der Kinderbetten gewürgt, kauerte ein alter Mann von anscheinend etwa siebzig Jahren. Sein dünnes Haar war fast weiß, und von seinem Kinn hing ein langer, rauchfarbener Bart; er wurde von dem Luftzug, der durch das Fenster kam, auf bizarre Weise vor und zurück geweht. Er blickte mit trüben, verblichenen Augen, in denen ein wirrer, fragender Ausdruck stand, zu Mr. Button auf.

»Bin ich verrückt?« donnerte Mr. Button, dessen Schrecken sich in Zorn verwandelte. »Ist das einer von diesen gräßlichen Krankenhaus-Witzen?«

»Uns kommt's nicht wie ein Witz vor«, antwortete die Schwester streng. »Und ich weiß auch nicht, ob Sie verrückt sind oder nicht – jedenfalls ist das bestimmt Ihr Kind.«

Der kalte Schweiß verdoppelte sich auf Mr. Buttons Stirn. Er schloß die Augen, öffnete sie wieder, schaute noch mal hin. Kein Zweifel – er sah einen Mann von siebzig Jahren an – ein

Baby von siebzig, ein Baby, dessen Beine über dem Rand des Kinderbettchens hingen, in dem es lagerte.

Der alte Mann blickte einen Moment lang gelassen von einem zum anderen; plötzlich redete er mit spröder und uralter Stimme: »Sind Sie mein Vater?« fragte er.

Mr. Button und die Schwester fuhren heftig zusammen.

»Weil – wenn Sie es sind«, fuhr der Alte quengelig fort, »dann hätte ich gern, daß Sie mich hier wegbringen – oder wenigstens sagen, daß die mir hier einen bequemen Schaukelstuhl reinstellen.«

»Um Himmels willen, wo kommen Sie her? Wer sind Sie?« stieß Mr. Button hervor; er war in Panik.

»Ich kann Ihnen nicht genau sagen, wer ich bin«, antwortete ihm die nörgelnde Stimme, »weil ich erst vor ein paar Stunden geboren bin – aber mein Familienname ist Button, das ist mal sicher.«

»Du lügst! Sie sind ein Betrüger!«

Der alte Mann wandte sich mit müder Bewegung der Schwester zu. »Nette Art, ein Neugeborenes zu begrüßen«, klagte er mit schwacher Stimme. »Sagen Sie ihm, daß er sich irrt. Sagen Sie's ihm!«

»Sie irren sich, Mr. Button«, sagte die Schwester streng. »Das ist ihr Kind; sehen Sie zu, wie Sie damit zurechtkommen. Wir wünschen, daß Sie es baldmöglichst mit sich nach Hause nehmen – irgendwann heute.«

»Nach Hause?« wiederholte Mr. Button ungläubig.

»Ja. Hier können wir ihn nicht brauchen, wirklich, es geht nicht.«

»Da bin ich aber froh«, klagte der alte Mann. »Ein netter Aufbewahrungsort ist das für einen ruhigen jungen Mann. Bei dem ganzen Geschrei und Geheul hab ich noch kein bißchen Schlaf bekommen. Ich wollte was zu essen« – seine Stimme bekam den schrillen Klang eines Beschwerdeführers –, »und die brachten mir eine Flasche Milch!«

Mr. Button sank auf einen Sessel in der Nähe seines Sohnes und verbarg das Gesicht in den Händen. »Lieber Gott!« raunte er im Übermaß des Schreckens. »Was werden die Leute sagen! Was mach ich bloß!«

»Sie müssen ihn mit nach Hause nehmen«, forderte die Schwester – »und zwar sofort!«

Ein groteskes Bild erschien mit grauenvoller Deutlichkeit vor den Augen des gequälten Mannes – das Bild seiner selbst, wie er durch die belebten Straßen der Stadt wanderte, an seiner Seite steifbeinig diese abstoßende Erscheinung. »Ich kann nicht!« stöhnte er.

Leute würden stehen bleiben und ihn anreden; was würde er dann sagen? Er würde ihn vorstellen müssen, diesen Siebzigjährigen: »Dies ist mein Sohn; er ist heute früh geboren.« Dann würde der alte Mann sein Laken wieder festzurren, und sie würden weiter trotten, an den geschäftigen Läden vorbei, am Sklavenmarkt – einen dunklen Augenblick lang wünschte sich Mr. Button, sein Sohn wäre schwarz – an den Luxushäusern des Wohnviertels, am Altersheim vorbei ...

»Los! Nehmen Sie sich zusammen!« sagte die Schwester befehlerisch.

»Jetzt hören Sie mal«, erklärte plötzlich der alte Mann, »wenn Sie glauben, daß ich in diesem Laken nach Hause gehe, sind Sie schief gewickelt.«

»Babies haben immer Laken.«

Mit einem boshaften Krächzen hielt der Alte ein kleines, weißes verschlungenes Kleidungsstück hoch. »Hier!« sagte er mit schwankender Stimme: »Das haben sie mir gegeben!«

»Babies tragen immer Windeln!« sagte die Schwester.

»Also, dieses Baby«, sagte der alte Mann, »wird jetzt bald gar nichts mehr anhaben. Dieses Laken kratzt. Sie hätten mir wenigstens ein Leintuch geben können!«

»Lassen Sie's an!« sagte Mr. Button eilig. Er wandte sich an die Schwester. »Was mach ich nur?«

»Gehen Sie und kaufen Sie Ihrem Sohn was anzuziehen!«

Die Stimme von Mr. Buttons Sohn folgte ihm bis hinunter zum Eingang: »Und einen Stock, Vater, ich will einen Stock!«

Mr. Button warf heftig die Portaltür zu ...

II

»Guten Morgen«, sagte Mr. Button nervös zum Verkäufer des Chesapeake-Bekleidungshauses. »Ich möchte etwas Bekleidung für mein Kind kaufen.«

»Wie alt ist Ihr Kind, Sir?«

»Etwa sechs Stunden«, antwortete Mr. Button, ohne richtig nachzudenken.

»Die Kleinkinder-Abteilung ist dort hinten.«

»Naja, ich glaube nicht – das brauche ich eigentlich nicht. Es – er ist ein ungewöhnlich großes Kind. Außergewöhnlich... äh... groß.«

»Da gibt's auch die größten Baby-Größen.«

»Wo ist denn die Abteilung für Knaben?« fragte Mr. Button; es war ein Ausweg der Verzweiflung. Der Verkäufer konnte sicher seine geheime Schande riechen, dachte er.

»Hier bei uns.«

»Ja, also...« Er zögerte. Der Gedanke, er könnte seinen Sohn in Männerkleidung stecken, widerstrebte ihm. Wenn er zum Beispiel einen sehr großen Knabenanzug finden würde, dann könnte er diesen gräßlichen Bart abschneiden, das weiße Haar braun färben und dadurch das Schlimmste einigermaßen kaschieren, um seine eigene Selbstachtung zu bewahren – ganz abgesehen von seiner Stellung in der Gesellschaft von Baltimore.

Aber bei einer hektischen Durchsicht in der Knabenabteilung fanden sich keine Anzüge, die dem neugeborenen Button passen könnten. Er beschwerte sich über den Laden – natürlich; in solchen Fällen beschwert man sich immer über den Laden.

»Wie alt, sagten Sie noch, ist Ihr Sohn?« fragte der Verkäufer neugierig.

»Er ist sechzehn.«

»Oh, Entschuldigung, ich dachte, Sie hätten sechs Stunden gesagt. Die Abteilung für junge Männer ist auf der anderen Seite des Gangs.«

Mr. Button wandte sich deprimiert ab. Aber dann blieb er stehen, und sein Gesicht hellte sich auf; er zeigte auf eine

Kleiderpuppe in der Auslage. »Da!« rief er, »den Anzug nehme ich, da draußen auf der Puppe.«

Der Verkäufer war verblüfft. »Aber das ist kein Anzug für ein Kind!« wandte er ein. »Vielleicht höchstens etwas Extravagantes. Sie könnten das selber tragen!«

»Packen Sie's ein!« wiederholte sein Kunde nervös. »Genau das will ich haben.«

Der erstaunte Verkäufer gehorchte.

Mr. Button kehrte ins Krankenhaus zurück und ins Kinderzimmer; er schmiß seinem Sohn das Päckchen hin. »Da sind Ihre Kleider«, raunte er.

Der alte Mann schnürte das Päckchen auf und beäugte den Inhalt mit Verwunderung.

»Sehen mir ein bißchen komisch aus«, klagte er. »Man soll keinen Narren aus mir machen . . .«

»Du hast einen Narren aus *mir* gemacht!« erwiderte Mr. Button wütend. »Mach du kein Theater von wegen komisch aussehen! Zieh sie an – oder ich – oder ich verhau dich!« Er schluckte unbehaglich bei diesem vorletzten Wort; trotzdem fand er, daß es genau das Richtige war.

»Na schön, Vater« – mit einer grotesken Schaustellung von kindlichem Respekt –, »du hast länger gelebt, du wirst es wissen. Wie du willst.«

Wie vorher ließ der Ton des Wortes ›Vater‹ Mr. Button heftig zusammenfahren.

»Mach schnell!«

»Ich mach ja schnell, Vater.«

Als sein Sohn angezogen war, betrachtete Mr. Button ihn voller Niedergeschlagenheit. Das Kostüm bestand aus gepunkteten Socken, rosa Hosen und einer Bluse mit breitem, weißem Kragen und einem Gürtel. Darüber wehte der lange, weißliche Bart, der fast bis zur Taille hing. Die Wirkung war nicht gut.

»Moment.«

Mr. Button nahm eine große Windelschere und entfernte mit drei schnellen Schnitten einen großen Teil des Bartes. Aber auch nach dieser Verbesserung blieb die Angelegenheit sehr unvollkommen. Was da von dem zerzausten Pinselhaar übrig war, die wäßrigen Augen, die Alterszähne, das alles schien sonderbar mit dem fröhlichen Kostüm zu kontrastieren. Aber Mr. Button blieb nun dabei; er streckte die Hand aus. »Komm mit!« sagte er streng.

Sein Sohn ergriff vertrauensvoll die Hand. »Wie soll ich denn heißen, Papa?« sagte er zittrig, als sie das Kinderzimmer verließen. »Erst mal nur ›Baby‹, bis dir ein besserer Name einfällt?«

Mr. Button brummelte. »Weiß nicht«, antwortete er rüde. »Ich glaube, wir nennen dich Methusalem.«

III

Auch nachdem man dem neuen Mitglied der Familie Button das Haar kurzgeschnitten und dann zu einem unnatürlich spärlichen Schwarz gefärbt hatte und nachdem man sein Gesicht glänzend scharf rasiert und das ganze in Knabenkleidung gehüllt hatte, welche ein schreckensbleicher Schneider nach Maß genäht hatte, konnte Mr. Button noch immer nicht an der Tatsache vorübergehen, daß sein Sohn nicht gerade das war, was man sich unter einem Stammhalter vorstellte. Trotz seiner Altersgebeugtheit war Benjamin Button – denn so nannten sie ihn dann, statt des zwar angemessenen aber unfreundlichen Methusalem – einen Meter siebzig groß. Seine Kleidung verbarg dies nicht, und auch die gestutzten und gefärbten Augenbrauen verdeckten nicht die Tatsache, daß die Augen unter ihnen wäßrig, blaß und müde waren. So hatte auch die Kinderschwester, die man schon vorher engagiert hatte, nachdem sie einen Blick drauf geworfen hatte, das Haus äußerst ungehalten verlassen.

Mr. Button jedoch beharrte auf seiner Einstellung. Benjamin war ein Baby, und ein Baby sollte er bleiben. Zu Anfang ordnete er an, daß Benjamin, wenn er keine warme Milch wolle, überhaupt nichts zu essen haben konnte, aber schließlich ließ er sich erweichen, seinem Sohn Brot und Butter, und sogar Haferbrei zu gestatten. Eines Tages brachte er eine Rassel mit, überreichte sie Benjamin und forderte mit großer Deutlichkeit, daß er ›damit spielen‹ sollte, worauf der alte Mann, mit einem müden

Gesichtsausdruck, nach ihr griff und sich den ganzen Tag über, in Abständen, mit melodischem Rasseln hören ließ.

Es kann jedoch kein Zweifel sein, daß die Rassel ihn langweilte und daß er, wenn er allein war, andere und angenehmere Vergnügungen fand. So stellte Mr. Button eines Tages fest, daß er in der Vorwoche mehr Zigarren geraucht hatte als je zuvor – eine Entdeckung, die ein paar Tage später eine Erklärung fand, als die Schwester beim unerwarteten Eintreten ins Kinderzimmer das Zimmer voll von blauem Dunst fand und Benjamin mit schuldbewußtem Gesichtsausdruck einen dunklen Havanna-Stumpen zu verstecken suchte. Hier war natürlich eine strenge Züchtigung angebracht, aber Mr. Button merkte, daß er unfähig war, sie zu verabfolgen. Es blieb bei einer Verwarnung an seinen Sohn: das würde ›sein Wachstum bremsen‹.

Dennoch blieb seine Einstellung dieselbe. Er brachte Bleisoldaten nach Hause mit, er brachte Spielzeugeisenbahnen, er brachte hübsche, große Wolltiere, und er trieb schließlich die Illusion so weit – wenigstens für sich selbst –, daß er den Verkäufer des Spielwarengeschäftes dringlich ausfragte, ob ›von der rosa Ente die Farbe abginge, wenn das Baby sie in den Mund steckte‹. Aber trotz aller Bemühungen seines Vaters verweigerte Benjamin jedes Interesse. Er schlich sich heimlich die Hintertreppe herunter und kehrte mit einem Band der ›Enciclopaedia Britannica‹ ins Kinderzimmer zurück, in der er sich den Nachmittag lang versenkte, während seine Stoffkühe und seine Arche Noah vernachlässigt auf dem Boden herumlagen. Gegen solche Hartnäckigkeit konnten Mr. Buttons Mühen wenig ausrichten.

Das Aufsehen, das in Baltimore entstand, war anfangs enorm. Wie dieses Unglück den Buttons und ihren Verwandten weiterhin gesellschaftlich hätte schaden können, ist nicht festzustellen, denn der Ausbruch des Bürgerkriegs lenkte die Aufmerksamkeit in der Stadt auf anderes. Ein paar Leute, deren Höflichkeit durch nichts zu erschüttern war, zermarterten sich das Hirn nach Komplimenten, die man den Eltern machen könnte; sie kamen schließlich auf den ingeniösen Einfall festzustellen, daß Baby ähnele dem Großvater, eine Tatsache, die entsprechend dem üblichen Verfall aller Siebzigjährigen unbestreitbar war. Mr. und Mrs. Button waren nicht erfreut, und Benjamins Großvater war beleidigt und tobte.

Nachdem er einmal aus dem Krankenhaus war, nahm Benjamin das Leben, wie es kam. Man hatte ein paar kleine Jungen eingeladen, ihn zu besuchen, und er verbrachte einen steifen Nachmittag bei dem Versuch, ein Interesse für Kreisel und Murmeln zu entwickeln – ganz zufällig gelang es ihm auch, mit einem Stein und einer Schleuder ein Küchenfenster kaputtzuschießen, eine Leistung, die seinem Vater ein geheimes Vergnügen machte.

Benjamin nahm sich daraufhin vor, jeden Tag irgend etwas kaputtzumachen, aber er machte das nur, weil es von ihm erwartet wurde und er von Natur aus gefällig war.

Als die anfängliche Feindschaft seines Großvaters schwand, gewannen die beiden Herren ein Riesenvergnügen aneinander. Stundenlang konnten sie – obgleich so weit auseinander an Alter und Erfahrung – zusammensitzen und monoton und unermüdlich über die alltäglichen Ereignisse debattieren. Benjamin fühlte sich bei seinem Großvater wohler als bei seinen Eltern – sie schienen immer irgendwie ehrerbietig ihm gegenüber zu sein, trotz der diktatorischen Herrschaft, die sie über ihn ausübten, und sie redeten ihn öfters mit ›Herr‹ an.

Er war über sein augenscheinlich vorgerücktes Alter seines Geistes und Körpers genauso verwundert wie alle anderen. Er versuchte, etwas darüber in der medizinischen Zeitschrift zu finden, aber er fand, daß bis dahin kein solcher Fall verzeichnet worden war. Auf Drängen seines Vaters gab er sich ehrlich Mühe, mit anderen Jungen zu spielen, und er beteiligte sich öfter an den leichteren Sportarten – Football rüttelte ihn zu sehr durch, und er fürchtete, daß seine uralten Knochen, wenn sie mal brachen, nicht mehr zusammenheilen könnten.

Er war fünf, als man ihn zur Vorschule schickte; man weihte ihn dort in die Kunst ein, grünes Papier auf oranges Papier zu kleistern, farbige Täschchen zu weben und diese ewigen Halsketten aus Pappe herzustellen. Er neigte dazu, mitten in dieser Arbeit einzunicken, eine Angewohnheit, die seine junge Lehrerin reizte, aber auch erschreckte. Zu seiner Erleichterung beklagte sie sich bei seinen Eltern, und sie nahmen ihn aus der Schule. Ihren Freunden gegenüber meinten die Buttons, daß er zu jung sei.

Als er zwölf Jahre alt war, hatten sich seine Eltern allmählich an ihn gewöhnt. Ja – so stark ist die Macht der Gewohnheit – sie hatten jedoch nicht mehr das Gefühl, daß er anders als andere Kinder war, außer wenn irgendeine Absonderlichkeit sie daran erinnerte. Aber ein paar Wochen nach seinem zwölften Geburtstag machte Benjamin eines Tages, als er in den Spiegel schaute, eine erstaunliche Entdeckung – oder schien ihm nur so? Täuschte ihn sein Auge, oder war sein Haar in den zwölf Jahren seines Lebens – unter der Farbe, die das verdeckte – eisengrau geworden, wo es weiß gewesen war? War das Netzwerk der Runzeln auf seinem Gesicht weniger auffallend? War seine Haut gesünder und fester, vielleicht mit einem Hauch von winterlicher Rotbäckigkeit? Er konnte es nicht sicher sagen. Er wußte, daß er nicht mehr gebückt ging und seine Körperverfassung sich seit den ersten Lebenstagen verbessert hatte.

Ist es möglich …? dachte er bei sich selbst, oder, vielmehr: Er wagte es kaum zu denken.

Er ging zu seinem Vater: »Ich bin groß geworden«, erklärte er mit Entschlossenheit: »Ich will lange Hosen anziehen.«

Sein Vater zögerte. »Also«, sagte er endlich, »ich weiß nicht. Lange Hosen trägt man ab vierzehn. Und du bist erst zwölf.«

»Aber du mußt zugeben«, entgegnete Benjamin, »daß ich groß für mein Alter bin.«

Sein Vater betrachtete ihn mit verschwommenen Gedanken. »Da bin ich nicht so sicher«, sagte er. »Als ich zwölf war, war ich so groß wie du.«

Das stimmte nicht – aber das alles gehörte zu Roger Buttons stiller Abmachung mit sich selbst: seinem Glauben, daß sein Sohn normal sei.

Schließlich schloß man einen Kompromiß. Benjamin sollte weiterhin sein Haar färben. Er sollte sich mehr Mühe geben, mit Jungen seines Alters zu spielen. Er sollte seine Brille und seinen Stock nicht auf der Straße tragen. Als Gegenleistung für diese Konzessionen gestattete man ihm seinen ersten Anzug mit langen Hosen …

IV

Über das Leben von Benjamin Button zwischen seinem zwölften und zwanzigsten Lebensjahr möchte ich nicht viel sagen. Es sei nur festgehalten, daß es Jahre ganz normalen Antiwachstums waren. Als Benjamin achtzehn war, war er so aufrecht wie ein Mann von fünfzig; er hatte mehr Haare, und die waren dunkelgrau; sein Schritt war fest, seine Stimme hatte ihre brüchige Zittrigkeit verloren und wurde zu einem tiefen, gesunden Bariton. Nun schickte sein Vater ihn nach Connecticut, um seine Eintrittsprüfung für das Yale College abzulegen. Benjamin bestand seine Prüfung und wurde Student im ersten Semester.

Am dritten Tag nach seiner Immatrikulation erhielt er eine Aufforderung von Mr. Hart, dem Registrator des Colleges, in seinem Büro zu erscheinen und seine Vorlesungen zu belegen. Benjamin betrachtete sich im Spiegel und stellte fest, daß sein Haar wieder mal einer neuen Braunfärbung bedurfte, aber ein besorgter Blick in seine Schreibtischschublade ergab, daß kein Färbemittel da war. Da fiel es ihm ein: er hatte es am Tage zuvor leer gemacht und die Flasche weggeworfen.

Er war in einer Zwickmühle. In fünf Minuten mußte er bei dem Registrator sein. Offenbar gab's keinen Ausweg – er mußte gehen wie er war. Und er ging.

»Guten Morgen«, sagte der Registrator höflich. »Sie wollten eine Auskunft über Ihren Sohn?«

»Naja ... also ... eigentlich: ich heiße Button ...«, begann Benjamin, aber Mr. Hart unterbrach ihn.

»Sehr erfreut, Sie kennenzulernen, Mr. Button. Ihr Sohn muß jeden Augenblick hier sein.«

»Das bin ich!« platzte Benjamin heraus. »Ich bin der Student!«

»Was?«

»Student im ersten Semester!«

»Sie scherzen gewiß.«

»Überhaupt nicht.«

Der Registrator runzelte die Stirn und schaute auf die Karte, die er vor sich hatte. »Also, hier steht, daß Mr. Button achtzehn Jahre alt ist.«

»So alt bin ich«, bestätigte Benjamin und verfärbte sich leicht.

Der Registrator warf ihm einen müden Blick zu. »Aber ich bitte Sie, Mr. Button, Sie erwarten doch nicht, daß ich das glaube!«

Benjamin lächelte müde. »Ich bin achtzehn«, wiederholte er.

Der Registrator wies ihn mit böser Miene zur Tür. »Raus hier!« sagte er. »Raus aus dem College, und raus aus der Stadt! Sie sind ein gefährlicher Irrer.«

»Ich bin achtzehn.«

Mr. Hart öffnete die Tür. »So ein Einfall!« rief er. »Ein Mann Ihres Alters will hier das Erstsemester spielen! Achtzehn Jahre sind Sie? Ich gebe Ihnen achtzehn Minuten, und dann sind Sie aus der Stadt!«

Benjamin Button schritt würdevoll aus dem Zimmer, und ein halbes Dutzend Studenten, die im Flur warteten, folgten ihm mit neugierigen Blicken. Als er ein Stück gegangen war, drehte er sich um, schaute den aufgebrachten Registrator an, der noch immer in der Tür stand, und wiederholte mit fester Stimme: »Ich bin achtzehn Jahre alt!«

Während von den Studenten ein Kichern zu hören war, entfernte sich Benjamin.

Er sollte jedoch nicht so leicht davonkommen. Auf seinem trübseligen Weg zur Eisenbahnstation bemerkte er, daß zunächst ein Grüppchen, dann ein ganzer Schwarm und schließlich eine dichte Horde junger Studenten ihm folgte. Es war bekannt geworden, daß ein Irrer die Eintrittsprüfung für Yale bestanden hatte und dann versuchte, als Jüngling von achtzehn durchzugehen. Fieberhafte Erregung kam im College auf. Männer rannten ohne Hut aus den Vorlesungen, das Footballteam unterbrach das Training und schloß sich der Meute an, Professorenfrauen mit Hütchen und verrutschten Korsetten rannten laut keifend hinter dem Zug her, aus welchem fortwährend neue Bemerkungen zu hören waren, die es auf die empfindlichen Stellen von Benjamin Button abgesehen hatten.

»Er muß der ewige Jude sein.«

»In seinem Alter sollte er in die Vorschule gehen.«

»Schaut euch das Wunderkind an!«

»Er dachte, das sei das Altersheim!«

»Geh doch nach Harvard!«

Benjamin beschleunigte seine Schritte, dann rannte er. Er würde es ihnen zeigen! Ja, er würde nach Harvard gehen, und dann würden sie ihre passenden Sticheleien noch bereuen!

Als er glücklich im Zug nach Baltimore saß, streckte er den Kopf aus dem Fenster. »Das bereut ihr noch!« schrie er.

»Haha!« lachten die Studenten. »Ha-ha-ha!« Es war der größte Fehler, den man im Yale College je gemacht hat ...

V

1880 war Benjamin Button zwanzig Jahre alt, und er demonstrierte das, indem er an seinem Geburtstag für seinen Vater in der Firma Roger Button Eisenwarengroßhandel zu arbeiten begann. Im gleichen Jahr begann er auch, in die Gesellschaft zu gehen, das heißt, er absolvierte auf seines Vaters nachdrücklichen Wunsch mehrere Tanzkurse. Roger Button war jetzt fünfzig, und er und sein Sohn vertrugen sich immer besser, ja seitdem Benjamin sein Haar nicht färbte (das noch immer ergraut war), sahen sie ungefähr gleichaltrig aus; man hätte sie für Brüder halten können.

Eines Abends im August bestiegen sie, angetan mit ihren Gesellschaftsanzügen, ihren Zweispänner und fuhren zu einem Ball in Shevlins Landhaus, das eben außerhalb Baltimores liegt. Es war ein herrlicher Abend. Ein voller Mond übergoß die Straße mit matter Platinfarbe, die spätblühenden Kornblumen strahlten einen duftenden Hauch in die bewegungslose Luft; es war wie dunkles halblautes Lachen. Das offene Land, meilenweit ein einziger Teppich von hellem Weizen, schimmerte, als sei es Tag. Es war beinahe unmöglich, nicht von der reinen Schönheit des Himmels hingerissen zu sein – beinah.

»Das Textiliengeschäft hat eine große Zukunft«, sagte Roger Button. Er war kein geistvoller Mann – sein Sinn für Ästhetik war kümmerlich.

»Alte Burschen wie ich lernen keine neuen Tricks«, bemerkte

er tiefgründig. »Aber ihr Jungen mit eurer Energie und Lebenskraft, ihr habt die große Zukunft vor euch.«

Am fernen Ende der Straße kamen die Lichter von Shevlins
Landhaus in Sicht, und man hörte einen seufzenden Laut,
immer näher, immer näher – es hätte das leise Klagen von
Geigen sein können oder das Rascheln des silbrigen Weizens
unter dem Mond.

Sie hielten hinter einem hübschen Wagen, dessen Fahrgäste
gerade ausstiegen und hineingingen. Eine Dame stieg aus, dann
ein älterer Herr und dann noch eine junge Dame – schön wie
die Sünde. Benjamin fuhr zusammen; etwas wie eine chemische Verwandlung schien die Elemente seines Körpers geradezu aufzulösen und neu zusammenzusetzen. Eine Starre ergriff
ihn, Blut stieg in seine Wangen, in seine Stirn und in regelmäßigen Wellen in die Ohren. Es war seine erste Liebe.

Das Mädchen war schlank und zart, mit einem Haar, das
aschfarben unter dem Mond erschien und honigfarben unter
den zischenden Gaslampen der Veranda. Über ihre Schultern
hatte sie eine spanische Mantilla geworfen – sie war von zarte-
stem Gelb, mit schwarzer Stickerei; ihre Füße waren glitzernde
Knöpfe unter dem Saum ihres knisternden Kleides.

Roger Button beugte sich seitwärts zu seinem Sohn. »Das ist
die junge Hildegarde Moncrief«, sagte er, »die Tochter des Ge-
nerals Moncrief.«

Benjamin nickte kühl. »Hübsche Kleine«, sagte er gleichgültig. Aber als der Negerjunge den Wagen weggebracht hatte,
sagte er noch was: »Papa, würdest du mich mit ihr bekannt machen.«

Sie näherten sich einer Gruppe, in deren Mittelpunkt Miß
Moncrief stand. Nach der alten Tradition, in der sie erzogen
war, machte sie einen Knicks vor Benjamin. Ja, sie würde ihm
einen Tanz gestatten. Er dankte ihr und wanderte ... nein,
wankte fort.

Die Zwischenzeit, bis er an die Reihe kommen sollte, zog sich
unendlich hin. Er stand nahe an der Wand, schweigsam, un-
durchdringlich und beobachtete mit tödlichen Blicken die jungen Heißsporne von Baltimore, die um Hildegarde Moncrief
herumfüßelten, mit Mienen der leidenschaftlichsten Bewun-

derung. Wie widerwärtig sie Benjamin erschienen; wie unerträglich rosig! Ihre welligen, braunen Schnurrbärte erzeugten in ihm fast ein Gefühl der Übelkeit.

Als aber die Zeit für ihn gekommen war, und er mit ihr auf einem anderen Tanzboden zu den Klängen des neuesten Pariser Walzers schwebte, da schmolz all seine Eifersucht und Angst dahin wie eine Schneedecke. Blind vor Seligkeit fühlte er, daß das Leben erst anfing.

»Sie und Ihr Bruder kamen gleichzeitig mit uns an, nicht wahr?« fragte Hildegarde, und schaute mit Augen zu ihm auf, die waren wie hellblaues Emaille.

Benjamin zögerte. Wenn sie ihn für den Bruder seines Vaters hielt, wäre es gut, sie aufzuklären? Er dachte an sein Erlebnis in Yale und entschied sich dagegen. Es wäre unhöflich, einer Dame zu widersprechen; es wäre ein Verbrechen, wenn er diese erlesene Chance durch die groteske Geschichte seiner Herkunft verderben würde. Vielleicht später. So nickte er, lächelte, lauschte und war glücklich.

»Ich mag Männer von Ihrem Alter«, sagte Hildegarde zu ihm. »Die jungen Leute sind so idiotisch. Die berichten mir, wieviel Sekt sie im College trinken und wieviel Geld sie beim Kartenspiel verlieren. Männer von Ihrem Alter wissen mit Frauen umzugehen.«

Benjamin fühlte, wie nahe er an einem Heiratsantrag war – mühsam drängte er den Impuls zurück.

»Sie sind gerade im romantischen Alter«, fuhr sie fort. »Fünfzig. Fünfundzwanzig ist zu weltläufig, dreißig, das heißt gewöhnlich: blaß vor Überarbeitung; vierzig ist das Alter der Geschichten, die eine Zigarrenlänge dauern; sechzig – oh, sechzig ist zu nah an siebzig. Aber fünfzig, das ist die Reife. Fünfzig liebe ich.«

Fünfzig erschien Benjamin als das glänzende Alter. Er wünschte sich leidenschaftlich, fünfzig zu sein.

»Ich habe immer gesagt«, sprach Hildegarde weiter, »lieber heirate ich einen Fünfzigjährigen, der für mich sorgt, als einen Dreißigjährigen, für den *ich* sorgen muß.«

Für Benjamin war der Rest des Abends in honigfarbene Nebel gehüllt. Hildegarde gestattete ihm noch zwei Tänze, und sie entdeckten, daß sie in allen Tagesfragen wunderbar übereinstimmten. Sie wollte mit ihm am folgenden Sonntag ausfahren, und dann würden sie sich weiter über diese Fragen unterhalten.

Als sie kurz vor Anbruch der Dämmerung im Zweispänner nach Hause fuhren – die ersten Bienen summten, und der verblassende Mond schimmerte durch die kühle Tauluft – nahm Benjamin nur undeutlich wahr, daß sein Vater über Eisenwarengroßhandel diskutierte.

»... und, was glaubst du wohl, verdient unsere größte Aufmerksamkeit als nächstes, nach den Hämmern und Nägeln?« sprach der ältere Button.

»Liebe«, antwortete Benjamin geistesabwesend.

»Riegel!« rief Roger Button aus. »Na, über Riegel hab ich doch eben geredet.«

Benjamin betrachtete ihn mit geblendeten Augen, als das Licht plötzlich den Osthimmel aufriß und ein Strahlenkranz durch alle Ritzen der Bäume drang.

VI

Als sechs Monate danach die Verlobung von Miß Hildegarde Moncrief mit Mr. Benjamin Button bekannt wurde (ich sage ›bekannt wurde‹, denn General Moncrief erklärte, lieber wolle er sich in seinen Degen stürzen als das öffentlich erklären), erreichte die Erregung in der Gesellschaft von Baltimore einen fiebrigen Höhepunkt. Man erinnerte sich fast der vergessenen Geschichte von Benjamins Geburt und fütterte damit, mit abenteuerlichen und unglaublichen Variationen, die Strudel der Gerüchtemühle. Man sagte, Benjamin sei in Wirklichkeit Roger Buttons Vater, er sei sein Bruder, der vierzig Jahre im Gefängnis gesessen habe, er sei der verkleidete John Wilkes Booth – und schließlich: er habe zwei spitze Hörner, die aus seinem Kopf sprössen.

Die Sonntagsbeilagen der New Yorker Zeitungen trugen noch dicker auf, sie brachten faszinierende Skizzen von Benjamin Buttons Kopf auf einem Fischleib, einer Schlange und schließlich auf dem Unterteil von massivem Messing. Für die Journalisten war er das Männliche Mysterium von Maryland. Die wahre Geschichte jedoch, wie es meistens ist, fand eine sehr geringe Verbreitung.

Aber jedermann war einig mit General Moncrief, daß es ein Verbrechen sei, wenn ein reizendes Mädchen, das jeden Adonis von Baltimore hätte heiraten können, sich in die Arme eines Mannes von gewiß fünfzig Jahren warf. Vergebens ließ Roger Button in Baltimores Zeitung *Blaze* den Geburtsschein seines Sohnes in großen Lettern abdrucken. Keiner glaubte es. Man brauchte Benjamin nur anzusehen, dann wußte man Bescheid.

Bei den am meisten betroffenen beiden Menschen gab es jedoch kein Schwanken. Es waren so viele falsche Geschichten über ihren Verlobten im Umlauf, daß Hildegarde sich sogar hartnäckig weigerte, die wahre Geschichte zu glauben. Vergeblich machte General Moncrief sie auf die hohe Sterblichkeit von fünfzigjährigen Männern aufmerksam – oder doch jedenfalls von Männern, die nach fünfzig aussahen; vergeblich sprach er zu ihr über die Unsicherheit des Geschäftes mit Eisenwaren. Hildegarde hatte sich entschlossen, einen reifen Mann zu heiraten – und sie heiratete auch …

VII

In einem Punkt jedenfalls irrten sich Hildegarde Moncriefs Freunde. Das Geschäft im Eisenwarengroßhandel florierte erstaunlich. In den fünfzehn Jahren zwischen Benjamin Buttons Hochzeit im Jahr 1880 und dem Jahr 1895, als sein Vater sich zur Ruhe setzte, wurde das Vermögen der Familie verdoppelt – und das war größtenteils dem jüngeren Partner der Firma zu verdanken.

Unnötig zu sagen, daß Baltimore das Paar schließlich an seinen Busen drückte. Sogar der alte General Moncrief versöhnte sich mit seinem Schwiegersohn, als dieser ihm das Geld gab, um seine ›Geschichte des Bürgerkrieges‹ in zwanzig Bänden herauszubringen, die von neun prominenten Verlegern abgelehnt worden war.

Für Benjamin selbst hatten die fünfzehn Jahre viele Veränderungen mit sich gebracht. Ihm schien es, als ströme das Blut mit neuer Lebenskraft durch seine Adern. Es wurde ein Vergnügen, frühmorgens aufzustehen, mit lebhaftem Schritt durch die geschäftige, sonnige Straße zu gehen und unermüdlich am Versand von Hämmern und Nagelpackungen zu arbeiten. Im Jahr 1890 gelang ihm sein berühmter geschäftlicher Coup: Er erhob die Forderung, daß alle Nägel, welche beim Vernageln von Kisten benutzt werden, in denen Nägel versandt werden, Eigentum des Empfängers seien, eine Forderung, welche vom Obersten Richter Fossile bestätigt wurde und Roger Button & Co., Eisenwaren-Großhandel, eine Ersparnis von jährlich *sechshundert* Nägeln brachte.

Überdies stellte Benjamin fest, daß er immer stärker von den Lustbarkeiten des Lebens angezogen wurde. Es war bezeichnend für seine wachsende Vergnügungssucht, daß er als erster Mensch in Baltimore ein Auto besaß und fuhr. Wenn sie ihm auf der Straße begegneten, blickten seine Zeitgenossen neiderfüllt auf diesen Inbegriff der Gesundheit und Lebenskraft.

»Er scheint jedes Jahr jünger zu werden«, bemerkten sie dann.

Und wenn der alte Roger Button, der jetzt fünfundsechzig war, anfangs seinen Sohn nicht so recht willkommen heißen wollte, so veränderte er schließlich seine Einstellung so sehr, daß er ihn geradezu bewunderte.

Hier kommen wir nun zu einem unerfreulichen Thema, das man am besten so schnell wie möglich erledigt. Es gab nur eines, was Benjamin Button beunruhigte: Seine Frau hatte für ihn keine Anziehungskraft mehr.

Damals war Hildegarde eine Frau von fünfunddreißig Jahren, mit einem Sohn, Roscoe, der vierzehn Jahre alt war. Aber als die Jahre vergingen, verwandelte sich die Honigfarbe ihres Haares in ein wenig aufregendes Braun, das blaue Emaille ihrer Augen bekam etwas von billigem Küchenporzellan – außerdem, und vor allem, war sie zu festgefahren in ihren Lebensgewohnheiten, zu still, zu selbstzufrieden, ihre Gefühle zu blutleer, ihr Geschmack zu nüchtern. Als Braut war sie es gewesen, die Benjamin zu allen Bällen und Festessen geschleppt hatte – jetzt hatten sich die Verhältnisse umgedreht. Sie ging mit ihm in Gesellschaft, aber ohne Begeisterung, schon ganz von lustloser Trägheit ergriffen, die eines Tages unser Lebensgefährte wird und es bis zum Ende bleibt.

Benjamins Unzufriedenheit wurde immer größer. Beim Ausbruch des Spanisch-Amerikanischen Krieges 1898 war ihm sein Zuhause so uninteressant geworden, daß er beschloß, zur Armee zu gehen. Durch seine geschäftlichen Beziehungen verschaffte er sich den Hauptmannsrang, und er erwies sich seiner Tätigkeit so gut gewachsen, daß man ihn zum Major machte und schließlich sogar zum Oberstleutnant – gerade rechtzeitig, um noch an dem berühmten Sturmangriff auf den San Juan Hill teilzunehmen. Er wurde leicht verwundet und bekam einen Orden.

Das tätige und erregende Leben in der Armee hatte Benjamin so zugesagt, daß er bedauerte, es aufzugeben, aber sein Geschäft beanspruchte seine Aufmerksamkeit, also nahm er seinen Abschied und kam nach Hause. Er wurde am Bahnhof von einer Blaskapelle empfangen und nach Hause eskortiert.

VIII

Hildegarde stand zur Begrüßung auf der vorderen Veranda und winkte mit einer großen Seidenflagge; schon als er sie küßte, fühlte er mit betrübtem Herzen, daß diese drei Jahre ihren Tribut gefordert hatten. Sie war jetzt eine Frau von vierzig Jahren, mit einem leichten Anflug von grauem Haar. Der Anblick bedrückte ihn.

Oben in seinem Zimmer betrachtete er sein Bild in dem vertrauten Spiegel – er trat näher und prüfte sein Gesicht mit Besorgnis; darauf verglich er es mit einer Fotografie in Uniform, die gerade vor dem Krieg von ihm gemacht worden war.

»Lieber Gott!« sagte er laut. Die Entwicklung ging weiter. Es gab keinen Zweifel – er sah jetzt aus wie ein dreißigjähriger Mann. Früher hatte er einmal gehofft, daß das groteske Phänomen, das seine Geburt überschattet hatte, seine Wirkung verlieren würde, wenn er einmal körperlich das Alter erreichte, das er den Jahren nach hatte. Er erschauerte. Sein Schicksal erschien ihm grauenhaft, unfaßbar.

Als er die Treppe herunterkam, erwartete ihn Hildegarde. Sie wirkte verändert, und er dachte, ob sie am Ende herausgefunden hatte, daß was nicht in Ordnung war. Bemüht, die Spannung zwischen ihnen zu mindern, brachte er die Angelegenheit beim Essen zur Sprache – auf feine Art, wie er meinte.

»Tja«, bemerkte er so nebenbei, »alle sagen, ich sähe jünger aus denn je.«

Hildegarde betrachtete ihn verachtungsvoll. Sie rümpfte die Nase. »Findest du, man sollte sich damit brüsten?«

»Ich brüste mich nicht«, stellte er unbehaglich fest.

Sie zog wieder die Nase kraus. »Was für eine Idee«, sagte sie – und gleich darauf: »Ich hätte gedacht, daß du genug Stolz in dir hast, um damit aufzuhören!«

»Wie kann ich das?« fragte er.

»Ich werde mich nicht mit dir streiten«, erwiderte sie. »Aber es gibt eine rechte Art zu handeln und eine unrechte. Wenn du dir vorgenommen hast, anders als alle anderen zu sein, so kann ich dich wohl nicht hindern; aber ich finde, es ist wirklich nicht sehr rücksichtsvoll.«

»Aber Hildegarde, ich kann es nicht ändern!«

»Sicher kannst du. Du bist bloß stur. Du denkst, du willst nicht wie die anderen sein. So warst du immer, und so wirst du bleiben. Aber überlege bloß mal, wie es wäre, wenn alle anderen auch diesen Standpunkt hätten; was wäre das für eine Welt!«

Da dies ein unangemessenes Argument war, auf das eine Antwort nicht möglich war, gab Benjamin keine Antwort, und von da an begann die Kluft zwischen ihnen breiter zu werden. Er fragte sich, wie es sein konnte, daß sie jemals eine solche Faszination auf ihn ausgeübt hatte.

Die Kluft wurde noch breiter, als er – je weiter das neue Jahrhundert fortschritt – seinen wachsenden Vergnügungshunger bemerkte. Keine Party, von welcher Art auch immer, in dieser Stadt Baltimore, wo er nicht war; er tanzte mit den hübschesten jungen Frauen, er plauderte mit den beliebtesten jungen Debütantinnen und fand ihre Gesellschaft bezaubernd, während seine Frau, eine Matrone, eine böse Fee, zwischen Müttern und Tanten saß und ihn mit strengen, verwunderten und vorwurfsvollen Blicken verfolgte.

»Schaut nur!« sagten dann die Leute. »Was für ein Jammer! Ein so junger Bursche an eine Fünfundvierzigjährige gekettet! Er muß zwanzig Jahre jünger sein als seine Frau.« Sie hatten vergessen – wie die Leute eben immer vergessen–, daß damals, im Jahr 1880, ihre Mamas und Papas ebenfalls Bemerkungen über dieses ungleiche Paar gemacht hatten.

Benjamins wachsende Unzufriedenheit zu Hause wurde durch seine zahlreichen neuen Interessen ausgeglichen. Er fing an, Golf zu spielen, und wurde damit sehr erfolgreich. Er begeisterte sich für das Tanzen: 1906 war er ein Experte für den › Boston‹, 1908 betrachtete man ihn als den größten Könner im › Maxixe‹, während sein › Castle Walk‹ im Jahr 1909 von allen jungen Männern der Stadt beneidet wurde.

Sein gesellschaftlicher Eifer beeinträchtigte natürlich bis zu einem gewissen Grad seine Arbeit im Geschäft; aber schließlich hatte er fünfundzwanzig Jahre lang hart im Eisenwaren-Großhandel gearbeitet und war der Meinung, er werde ihn bald seinem Sohn Roscoe überlassen können, der kürzlich in Harvard zu Ende studiert hatte.

Er und sein Sohn wurden übrigens häufig miteinander verwechselt. Benjamin gefiel das – er vergaß bald die geheime Angst, die ihn nach seiner Rückkehr aus dem Spanisch-Amerikanischen Krieg überfallen hatte; allmählich machte ihm sein Aussehen ganz einfach Spaß. Nur *ein* Wermutstropfen war in diesem köstlichen Becher: Er haßte es, mit seiner Frau unter Leute zu gehen. Hildegarde war jetzt beinahe fünfzig; wenn er sie ansah, kam er sich absurd vor.

IX

An einem Septembertag im Jahr 1910 – ein paar Jahre nachdem die Firma Roger Button & Co., Eisenwaren-Großhandel von dem jungen Roscoe Button übernommen worden war – ließ sich ein junger Mann von augenscheinlich zwanzig Jahren als

Student im Harvard College in Cambridge einschreiben. Er machte nicht den Fehler, mitzuteilen, daß er die Fünfzig nur noch von hinten sah, und er erwähnte auch nicht, daß sein Sohn sein Studium an dieser selben Institution vor zehn Jahren beendet hatte.

Er wurde zugelassen und erreichte fast augenblicklich eine hervorragende Stellung unter seinen Kommilitonen – nicht zuletzt, weil er etwas älter als die anderen Studenten zu sein schien, deren Durchschnitt bei etwa achtzehn lag.

Aber zur Hauptsache beruhte sein Erfolg darauf, daß er so glänzend Football gegen Yale spielte, so rasant und mit einem so kalten, mitleidlosen Zorn, daß ihm sieben *touchdowns* und vierzehn *field goals* für Harvard gelangen und er es fertigbrachte, daß eine gesamte Elf von Yale einzeln vom Feld getragen wurde – alle bewußtlos. Er war der am meisten gefeierte Mann im College.

Merkwürdig war, daß er in seinem dritten, also dem Junior-Jahr kaum mehr den Anforderungen für das Team genügte. Die Trainer sagten, er habe Gewicht verloren, und den Aufmerksameren unter ihnen schien es auch, daß er nicht mehr so groß war wie vorher. Es gelangen ihm keine *touchdowns* – ja eigentlich wurde er nur noch deshalb in der Mannschaft behalten, weil man hoffte, sein enormer Nimbus würde das Team von Yale in Schrecken und Unordnung stürzen.

Im Jahr vor seinem Studienabschluß kam er überhaupt nicht mehr in die Mannschaft. Er war so zart und schlank geworden, daß manche Studentinnen ihn für einen Studienanfänger hielten – ein Vorgang, der eine schreckliche Demütigung für ihn war. Er wurde als eine Art Wunderkind bekannt – ein höheres Semester, das bestimmt nicht älter als sechzehn war. Oft fühlte er sich durch die Abgebrühtheit seiner Kommilitonen schockiert. Das Studium erschien ihm jetzt schwieriger – er fand, daß man zu weit mit dem Pensum war. Er hatte seine Kommilitonen von St. Midas sprechen hören, der berühmten Studienvorschule, wo so viele von ihnen sich für das College präpariert hatten, und er beschloß, nach der Abschlußprüfung in St. Midas einzutreten, wo das behütete Leben zwischen Jungen von seiner Körpergröße ihm mehr zusagen würde.

Nach seinem Examen im Jahr 1914 kehrte er nach Baltimore zurück, in der Tasche sein Harvard-Diplom. Hildegarde lebte nun in Italien, also zog Benjamin zu seinem Sohn Roscoe, um bei ihm zu leben. Obgleich er dort schon allgemein willkommen geheißen wurde, hatte Roscoe jedoch offensichtlich keine herzlichen Gefühle für ihn, ja man konnte bei seinem Sohn eine Einstellung entdecken, daß ihm Benjamin, der jünglingshaft verträumt das Haus durchstreifte, irgendwie im Weg war. Roscoe war jetzt verheiratet, er hatte eine angesehene Position in Baltimore, und er wünschte nicht, daß sich im Zusammenhang mit seiner Familie ein Skandal entwickelte.

Benjamin war jetzt nicht mehr der Liebling der Debütantinnen und der jüngeren College-Studenten, er sah sich oft alleingelassen, abgesehen von der Gesellschaft von drei oder vier Fünfzehnjährigen aus der Nachbarschaft. Da fiel ihm wieder ein, daß er ja zu der St. Midas Schule hatte gehen wollen.

»Hör mal«, sagte er eines Tages zu Roscoe, »ich habe dir doch schon so oft gesagt, daß ich in diese College-Vorschule gehen will.«

»Gut, dann geh doch!« antwortete Roscoe kurz. Die Angelegenheit war ihm widerwärtig, und er wollte eine Diskussion vermeiden.

»Allein kann ich nicht«, sagte Benjamin hilflos. »Du mußt mich anmelden und dann hinbringen.«

»Ich habe keine Zeit«, sagte Roscoe brüsk. Seine Augen verengten sich, er betrachtete seinen Vater voll Unruhe. »Übrigens«, fügte er hinzu, »du solltest nicht weitermachen mit dieser – Wirtschaft. Reiß dich doch mal zusammen! Du solltest ... du solltest ...« – er brach ab, und sein Gesicht wurde rötlich, da er nach Worten suchte – »du solltest jetzt mal anders rum, in die andere Richtung. Die Sache ist zu weit gegangen, das ist jetzt kein Witz mehr. Es ist nicht mehr komisch. Du – du benimmst dich jetzt anständig!«

Benjamin schaute ihn an, er weinte fast.

»Und noch was«, fuhr Roscoe fort. »Wenn im Haus Besucher sind, möchte ich, daß du mich ›Onkel‹ nennst – nicht ›Roscoe‹, sondern ›Onkel‹ – verstehst du? Es nimmt sich verrückt aus, wenn ein fünfzehnjähriger Junge mich beim Vornamen nennt!

Oder besser: sage immer ›Onkel‹ zu mir, damit du dich dran gewöhnst.«

Roscoe warf einen harten Blick auf seinen Vater und wandte sich ab.

X

Als diese Audienz beendet war, stieg Benjamin trübselig die Treppe hinauf und betrachtete sich im Spiegel. Er hatte sich drei Monate nicht mehr rasiert, und doch konnte er in seinem Gesicht nur einen zarten Flaum feststellen, mit dem man sich nicht zu befassen brauchte. Am Anfang, als er gerade von Harvard zurückgekehrt, war Roscoe ihm mit dem Vorschlag gekommen, daß er eine Brille tragen und sich einen falschen Bart an die Wangen kleben sollte, und für einen Augenblick schien ihm, als wiederholte sich hier das Possenspiel seiner früheren Jahre. Aber der Bart juckte und beschämte ihn. Er weinte, und widerstrebend ließ Roscoe davon ab.

Benjamin schlug ein Geschichtsbuch für Knaben auf: ›Die Boy-Scouts in der Bimini-Bucht‹, und er fing an zu lesen. Aber fortwährend ertappte er sich bei Kriegsgedanken. Einen Monat zuvor hatte Amerika sich der Sache der Alliierten angeschlossen, und Benjamin wollte sich melden; aber leider war das Mindestalter sechzehn Jahre, und so alt sah er nicht aus. Sein wahres Alter, siebenundfünfzig, würde ihn von vornherein disqualifiziert haben.

Es klopfte an der Tür; der Butler erschien mit einem Brief, der auf der linken Ecke einen dicken offiziellen Absender trug und an Mr. Benjamin Button gerichtet war. Benjamin riß das Kuvert begierig auf und las den Inhalt mit Vergnügen. In dem Brief wurde mitgeteilt, daß viele Reserveoffiziere, die im Spanisch-Amerikanischen Krieg gedient hatten, mit einem höheren Rang wieder einberufen wurden; er enthielt sein Patent als Brigadegeneral der Armee der Vereinigten Staaten sowie den Befehl, sich unverzüglich zu melden.

Benjamin sprang auf, bebend vor Begeisterung. Genau das hatte er sich gewünscht. Er nahm seine Mütze und zehn Minuten später war er in ein großes Schneidereigeschäft in der

Charles Street eingetreten; er forderte mit seiner mutierenden Stimme, daß man ihm eine Uniform anmessen sollte.

»Willst Soldat spielen, Jungchen?« fragte ein Angestellter lässig.

Benjamin wurde rot. »Hören Sie! Was ich will, geht Sie nichts an«, entgegnete er ärgerlich. »Ich heiße Button und lebe am Mt. Vernon Place, also wissen Sie, daß ich Kredit habe.«

»Na schön«, gab der Verkäufer zögernd zu, »wenn nicht du, dann bestimmt dein Papa.«

Es wurde von Benjamin Maß genommen, und nach einer Woche war die Uniform fertig. Er hatte Schwierigkeiten, die richtigen Generals-Abzeichen zu bekommen, denn der Verkäufer blieb beharrlich dabei, daß ein hübsches CVJM-Abzeichen genauso hübsch aussähe und beim Spielen mehr Spaß machte.

Zu Roscoe sagte er nichts und verließ das Haus eines Nachts, um mit dem Zug nach Camp Mosby, South Carolina, zu fahren, wo er das Kommando einer Infanterie-Brigade übernehmen sollte. An einem schwülen Apriltag näherte er sich dem Eingang des Camps, bezahlte ein Taxi, das ihn vom Bahnhof hergebracht hatte, und wandte sich dem Wachtposten zu.

»Holen Sie mir jemanden, der mein Gepäck reinschafft!« sagte er forsch.

Der Posten betrachtete ihn abschätzig. »Hör mal, Jungchen«, sagte er, »wo willst du denn mit dem Generals-Lametta hin?«

Benjamin, der Veteran aus dem Spanisch-Amerikanischen Krieg, fuhr mit feurigen Augen, aber leider auch mit falsettartig überschnappender Stimme auf ihn los.

»Nehmen Sie gefälligst Haltung an!« versuchte er zu brüllen; er holte Atem – da plötzlich sah er den Posten die Hacken zusammenschlagen und das Gewehr präsentieren. Benjamin suchte ein befriedigtes Lächeln zu verbergen, aber als er um sich blickte, wich das Lächeln von ihm. Nicht er war es gewesen, der den Gehorsam eingeflößt hatte, sondern ein imposanter Artillerie-Oberst, der sich zu Pferde näherte.

»Herr Oberst!« rief Benjamin schrill.

Der Oberst kam näher, zog die Zügel an und zwinkerte ein wenig. »Wessen kleiner Junge bist du denn?« erkundigte er sich.

»Ich werde Ihnen bald zeigen, wessen kleiner Junge ich bin, verdammt noch mal!« antwortete Benjamin wutentbrannt. »Runter von dem Pferd!«

Der Oberst brüllte vor Lachen.

»Du willst es wohl haben, was – General?«

»Hier!« schrie Benjamin verzweifelt. »Lesen Sie das!« Und er hielt mit heftiger Gebärde dem Oberst sein Patent hin.

Der Oberst las es, wobei ihm die Augen aus den Höhlen traten.

»Wo hast du das her?« fragte er und steckte sich das Dokument in die Tasche.

»Ich habe es von der Regierung – wie Sie sehr bald erfahren werden!«

»Du kommst mal mit mir mit«, sagte der Oberst mit sonderbarem Augenausdruck. »Wir gehen jetzt mal ins Hauptquartier und reden mal drüber. Komm mit!«

Der Oberst drehte sich um und ging, das Pferd am Zügel, in Richtung Hauptquartier. Benjamin blieb nichts anderes übrig, als ihm – in möglichst würdiger Haltung – zu folgen. In seinem Inneren gelobte er eine strenge Vergeltung.

Aber die Vergeltung kam nicht zustande. Statt dessen kam zwei Tage später sein Sohn Roscoe aus Baltimore, erhitzt und erbost über die plötzliche Reise, und nahm den weinenden General, ohne Uniform, mit nach Hause.

XI

1920 wurde Roscoes erstes Kind geboren. Während der Festlichkeiten zu dieser Gelegenheit hielt es niemand für angebracht zu erwähnen, daß der schmuddelige kleine Junge von anscheinend zehn Jahren, der da im Haus mit Bleisoldaten und einem kleinen Zirkus herumspielte, der Großvater des neugeborenen Babys war.

Es hatte niemand eine Abneigung gegen den kleinen Jungen, dessen frisches fröhliches Gesicht mit einer Andeutung von Trauer überschattet war, aber für Roscoe Button war seine Existenz eine Quelle der Qual. In der Sprache seiner Generation

war die ganze Sache für Roscoe einfach nicht ›zweckmäßig‹.
Für ihn war es so, daß sein Vater, indem er einfach nicht wie
sechzig aussehen wollte, sich nicht wie ein ›richtiger Kerl von
einem Mann‹ benommen hatte – das war Roscoes Lieblingsaus-
druck –, sondern sonderbar und abartig. Wenn er über diese
Sache auch nur eine halbe Stunde nachdachte, war er schon am
Rande des Wahnsinns. Roscoe war der Meinung, daß man,
wenn man sich fit hielt, jung bleiben konnte; wenn man es aber
zu weit trieb, dann war es einfach – einfach – nicht zweckmäßig.
Und dabei blieb es für Roscoe.

Fünf Jahre später war Roscoes kleiner Junge alt genug, um
mit dem kleinen Benjamin unter Aufsicht der gleichen Kinderschwester seine Kinderspiele spielen zu können. Roscoe
brachte die beiden am gleichen Tag in den Kindergarten, und
Benjamin entdeckte, daß das Spielen mit kleinen farbigen
Papierstreifen, die Herstellung von Papiermatten und Ketten
mit seltsamen und schönen Mustern das fesselndste Spiel von
der Welt war. Einmal war er unartig und mußte in der Ecke stehen – dann weinte er; aber meistens waren es frohe Stunden in
dem lustigen Raum, wo die Sonne durch die Fenster schien und
Miß Baileys Hand ab und zu einen Augenblick auf seinem zerzausten Haar lag.

Nach einem Jahr kam Roscoes Sohn in die erste Volksschul-
klasse, aber Benjamin blieb im Kindergarten. Er war sehr glücklich. Nur manchmal, wenn andere kleine Burschen drüber
redeten, was sie einmal machen wollten, wenn sie erwachsen
waren, fiel ein Schatten über sein kleines Gesicht, als wisse er
auf eine blasse, kindliche Weise, daß der an diesen Dingen keinen Teil mehr haben würde.

Die Tage glitten in zufriedenem Gleichmaß vorbei. Er besuchte den Kindergarten noch ein drittes Jahr, aber nun war er
zu klein, um zu begreifen, wofür die hell leuchtenden Papierstreifen da waren. Er weinte, weil andere Jungen größer waren
als er und er Angst vor ihnen hatte. Die Kindergärtnerin sprach
mit ihm, aber sosehr er es auch versuchte, er konnte nicht verstehen.

Man nahm ihn aus dem Kindergarten. Die Kinderschwester
Nana in ihrem gestärkten Baumwollkleid wurde das Zentrum

seiner kleinen Welt. An schönen Tagen gingen sie im Park spazieren; Nana zeigte auf ein großes graues Ungeheuer und sagte: »Elefant«, und Benjamin sprach es ihr nach; und wenn er am Abend fürs Zubettgehen ausgezogen wurde, sagte er immer wieder mit lauter Stimme: »Elifant, Elifant, Elifant«. Manchmal ließ ihn die Nana ins Bett springen, und das war lustig, weil, wenn man genau richtig aufkam, dann schnellte es einen wieder hoch auf die Füße, und wenn man ein anhaltendes »Aah« von sich gab, während man sprang, dann ergab sich ein sehr gefälliger rhythmischer Toneffekt.

Sehr gerne nahm er einen großen Spazierstock vom Hutbord, lief herum, schlug auf Stühle und Tische und schrie: »Feste feste feste!« Wenn Besuch da war, dann drückten ihn alte Damen an sich, was ihn interessierte, und junge Damen versuchten ihn zu küssen, was er milde gelangweilt über sich ergehen ließ. Wenn der lange Tag um fünf Uhr vorüber war, dann kletterte er mit Nana die Treppe hinauf und bekam Haferbrei und andere nette manschige Nahrung eingelöffelt.

In seinem kindlichen Schlaf gab es keine Erinnerungen, die ihn bedrückten; keine Spur eines Bildes von seiner glänzenden College-Zeit, von den glanzvollen Jahren, als er viele Mädchenherzen hatte eifriger schlagen lassen, erreichte ihn mehr. Es gab nur noch die sicheren weißen Wände seines Kinderbettchens und die Nana und einen Mann, der ihn manchmal besuchte, und einen riesengroßen orangefarbenen Ball, auf den Nana vor seinem Zubettgehen im Abendzwielicht zeigte und den sie »Sonne« nannte. Wenn die Sonne unterging, waren seine Augen schläfrig – es gab keine Träume, keine Träume, die ihn verfolgten.

Die Vergangenheit – die kühne Attacke an der Spitze seiner Männer den San-Juan-Hügel hinauf; die ersten Ehejahre, als er in der belebten Stadt bis zur späten Dämmerung des Sommers arbeitete – für Hildegarde, die er liebte; die Tage zuvor, als er bis spät in die Nacht in dem düsteren alten Haus der Buttons in der Monroe-Street mit seinem Großvater saß und rauchte – all das war in ihm verblaßt, wie undeutliche Träume, als hätte es das nie gegeben.

Er hatte keine Erinnerung. Er erinnerte sich nicht deutlich, ob die Milch bei der letzten Fütterung warm oder kühl gewesen war oder wie die Tage vorübergingen – nur das Bettchen war da, und Nanas vertraute Gegenwart. Und dann erinnerte er sich gar nicht mehr. Wenn er hungrig war, schrie er – das war alles. Er atmete durch Tage und Nächte, und über ihm war ein sanftes Murmeln und Brummeln, das er kaum hörte, und kaum unterscheidbare Gerüche und Licht und Dunkelheit.

Dann war alles dunkel, und das weiße Bettchen und die matten Gesichter, die sich über ihm bewegten, und das warme süße Aroma der Milch verloren sich gänzlich aus seinem Geist.

Originaltitel: ›The Curious Case of Benjamin Button‹
Copyright © 1922 by F. P. Collier & Son Co;
erneuert 1949 by Frances Scott Fitzgerald Lanahan
Copyright © 1980 der deutschen Übersetzung
by Diogenes Verlag AG Zürich
Aus dem Amerikanischen übersetzt von Walter E. Richartz
Abdruck mit freundlicher Genehmigung
der Diogenes Verlag AG Zürich

Chronopolis

Sein Prozeß sollte am nächsten Tag stattfinden. Um welche Uhrzeit genau, das wußte allerdings weder Newman noch sonst jemand, wahrscheinlich jedoch im Laufe des Nachmittags, sofern die Hauptbeteiligten – der Richter, die Geschworenen und der Ankläger – es schafften, sich um dieselbe Uhrzeit im selben Gerichtssaal zu versammeln. Wenn er Glück hatte, würde auch sein Verteidiger im richtigen Augenblick erscheinen, obgleich sein Fall im Grunde bereits entschieden war und er nicht damit rechnete, daß der Verteidiger sich noch großartig ins Zeug legen würde – es war außerdem auch immer gar nicht so leicht, ins alte Strafjustizgebäude zu kommen; eine endlose Warterei auf dem schmutzigen Sammelplatz unterhalb der Gefängnismauern war damit verbunden.

Newman hatte die Zeit in der Untersuchungshaft nutzbringend verbracht. Zum Glück lag seine Zelle nach Süden hinaus, und so fiel den größten Teil des Tages Sonnenlicht ein. Er hatte die Fläche, die von den Sonnenstrahlen erreicht wurde, mit Hilfe eines spitzen Mörtelbrockens, den er aus dem Fenstersims gebrochen hatte, in zehn gleiche Abschnitte unterteilt, die den Stunden mit Tageslicht entsprachen. Die zehn Abschnitte hatte er dann jeweils noch einmal in zwölf kleine Teilstücke aufgeteilt.

Damit stand ihm ein durchaus brauchbarer Zeitmesser zur Verfügung, der buchstäblich auf die Minute genau war (die letzte Unterteilung in Fünftel nahm er in Gedanken vor). Die strahlenförmigen weißen Linien, die an der einen Zellenwand nach unten liefen, sich über den Fußboden und das Metallbett hinzogen und an der gegenüberliegenden Wand wieder in die Höhe gingen, wären in ihrer Bedeutung von jedem erkannt worden, der mit dem Rücken zum Fenster gestanden hätte; das kam jedoch nie vor. Außerdem waren die Gefängniswärter auch zu dumm und hätten das System sowieso nicht begriffen, und so war Newman mit seiner Sonnenuhr ihnen gegenüber im Vorteil. Wenn er nicht gerade damit beschäftigt war, die Linienführung zu präzisieren, stand er an der vergitterten Klappe in der Zellentür und beobachtete das Dienstzimmer der Wärter.

»Brocken!« pflegte er morgens um 7.15 Uhr zu rufen, wenn der Schattenrand die erste Markierung auf der Sonnenuhr erreicht hatte. »Morgeninspektion! Auf die Beine, Mann!« Der angesprochene Wachtmeister kam dann regelmäßig schwitzend aus seiner Koje und schnauzte die anderen Wächter schon an, während gerade erst die Signalglocke schrillte.

Im weitern Verlauf des Tages rief Newman dann auch die übrigen Tagesordnungspunkte aus: das Ausrufen der Namen, die Zeit zum Aufräumen der Zellen, das Frühstück, den Rundgang im Freien – und so weiter, bis kurz vor Sonnenuntergang noch einmal ein namentlicher Aufruf an der Reihe war. Brocken gewann regelmäßig den Preis für den bestgeführten Zellenkomplex, und er verließ sich ganz auf Newman, der für ihn den Tag einteilte, den nächsten Punkt auf dem Tagesplan ansagte und ihn warnte, falls einmal etwas zu lange dauerte – in einigen Zellenkomplexen nahm man sich zum Aufräumen der Zellen nur drei Minuten Zeit, während das Frühstück oder der Rundgang im Freien sich stundenlang hinzogen, weil keiner der Wächter genau wußte, wann die Zeit um war und die Häftlinge natürlich behaupteten, sie hätten gerade erst angefangen.

Brocken forschte nie nach, wieso Newman in der Lage war, alles so genau zu organisieren; allerdings berührte ihn dessen Schweigen an Tagen, an denen es regnete oder bedeckt war, merkwürdig, und dann gemahnte ihn das heillose Durcheinander, zu dem es regelmäßig kam, an die Vorzüge einer guten Zusammenarbeit. Newman wurde bevorzugt behandelt; er bekam so viele Zigaretten, wie er haben wollte. Für Brocken war es eine Schande, daß der Termin für Newmans Prozeß schließlich doch noch festgesetzt worden war.

Auch Newman selbst bedauerte das. Fast keine der Untersuchungen seines Falls hatte bisher zu einem Ergebnis geführt. Seine größte Sorge bestand darin, daß es ihm nicht mehr möglich sein könnte, die Zeit zu schätzen, falls er wegen der Schwere der ihm auferlegten Strafe in eine nach Norden hinaus gelegene Zelle verlegt werden würde. Der Neigungswinkel der Schatten in den Innenhöfen des Gefängnisses, der der Wachttürme und Mauern, war für seine Zwecke kaum zu gebrauchen. Er müßte die Gradeinteilung ja ohne optische Hilfsmittel vornehmen, weil die mit Sicherheit sehr schnell entdeckt werden würden.

Was er brauchte, war eine Art innerer Zeitmesser, ein unbewußt funktionierender, psychischer Mechanismus, der zum Beispiel auf dem Pulsschlag oder auf dem Atemrhythmus beruhte. Er hatte sich alle Mühe gegeben, sein Zeitgefühl auszubilden, und eine sorgfältig ausgetüftelte Testreihe durchgeführt, um die Fehlerquote festzustellen – und die hatte sich als enttäuschend hoch herausgestellt.

Wenn er jedoch nicht in jedem Augenblick die genaue Zeit angeben könnte, dann würde er wahnsinnig werden – soviel stand fest.

Seine Besessenheit, die ihm jetzt eine Mordanklage eintrug, hatte sich ziemlich unschuldig angelassen.

Wie allen Kindern, war auch ihm als Kind hin und wieder einmal ein alter Glockenturm ins Auge gefallen, an dem immer eine weiße Scheibe mit zwölf Teilstrichen zu sehen gewesen war. In den schäbigeren Stadtvierteln hingen die eigentümlichen runden Scheiben oftmals über billigen Juweliergeschäften, ganz verrostet und kaputt.

»Das sind einfach nur Zeichen«, erklärte seine Mutter. »Die haben nichts zu bedeuten, nichts wie meinetwegen Sterne oder Ringe.«

Nutzloser Schmuck, hatte er damals gedacht.

Einmal trafen sie in einem alten Möbelgeschäft auf eine Uhr mit Zeigern, die mit dem Zifferblatt nach unten in einer Kiste mit Feuereisen und allerlei anderem Trödel lag.

»Elf und zwölf«, sagte Conrad und zeigte auf die Zeiger.

»Was hat das zu bedeuten?«

Seine Mutter zog ihn weg und schwor sich, diese Straße nie wieder zu betreten. Die Züpo, jene Polizeitruppe zur Überwachung der Zeitgesetze, sollte, so hieß es, immer noch bestehen und alle Zuwiderhandlungen registrieren. »Nichts«, erklärte sie deshalb scharf. »Damit ist es jetzt vorbei.« Bei sich fügte sie hinzu, wie zur Übung: Fünf und zwölf. Fünf *vor* zwölf. Ja.

Wie üblich verging die Zeit schleppend und mehr oder weniger unbewußt. Sie wohnten in einem baufälligen Haus in einer jener gestaltlosen Vorstädte, einer Gegend endloser Nachmittage. Manchmal ging er zur Schule; bis zu seinem zehnten Lebensjahr verbrachte er die meiste Zeit damit, mit seiner Mutter vor geschlossenen Lebensmittelgeschäften Schlange zu stehen. Nachmittags spielte er mit der Horde aus der Nachbarschaft auf dem öden Bahnhofsgelände, stakte einen selbstgebauten Wohnwagen über die verwilderten Gleise oder brach in eines der leerstehenden Häuser ein und erklärte es vorübergehend zum Kommandoposten.

Er hatte es nicht eilig, erwachsen zu werden; die Welt der Erwachsenen war ziellos und ohne Ehrgeiz. Nachdem seine Mutter gestorben war, verbrachte er lange Tage auf dem Dachboden, wühlte in Kisten und zwischen alten Kleidern herum, spielte mit Hüten und Perlen und versuchte, etwas von ihrer Persönlichkeit wieder lebendig werden zu lassen.

Im untersten Fach eines Schmuckkästchens stieß er auf einen flachen Gegenstand, ein Gehäuse aus Gold, das mit einem Armband versehen war. Die Uhr hatte keine Zeiger mehr, doch die zwölf Ziffern erregten seine Neugier, und so befestigte er sie am Handgelenk.

Sein Vater hätte sich beinahe an der Suppe verschluckt, als er sie am Abend entdeckte.

»Conrad! Um Gottes willen! Woher hast du die denn?«

»Aus Mamas Schmuckkasten. Darf ich sie behalten?«

»Nein, Conrad, das geht nicht. Gib sie her. Tut mir leid, mein Sohn.« Und nachdenklich fügte er hinzu: »Mal sehen – du bist jetzt vierzehn. In ein paar Jahren werde ich dir alles erklären, Conrad.«

Dieses neue Tabu gab den Anstoß. Er sah keine Notwendigkeit, auf die Enthüllungen seines Vaters zu warten. Er wußte schon bald alles. Die älteren Jungen kannten die ganze

Geschichte, aber merkwürdigerweise war sie ziemlich enttäuschend.

»Ist das alles?« wiederholte Conrad fortgesetzt. »Das begreife ich nicht. Warum die ganze Aufregung wegen Uhren? Wir haben doch Kalender, oder etwa nicht?«

Da er mehr dahinter vermutete, durchstreifte er die Straßen und untersuchte jede kaputte Uhr nach einem Schlüssel zum wahren Geheimnis. Die meisten Zifferblätter waren verstümmelt, Zeiger und Ziffern abgebrochen, der Kranz mit der Minuteneinteilung abgekratzt und verrostet. Da Uhren scheinbar willkürlich über die ganze Stadt verstreut waren, an Geschäften, Banken und öffentlichen Gebäuden hingen, war ihr wahrer Zweck nur schwer zu erkennen. Sicher war, daß sie die Zeit anhand von zwölf beliebigen Intervallen maßen, doch schien das kaum ein hinreichender Grund zu sein, sie für ungesetzlich zu erklären. Schließlich war eine ganze Reihe von Zeitmessern im allgemeinen Gebrauch: in Küchen, Fabriken, Krankenhäusern, überall dort, wo eine bestimmte Zeitspanne gemessen werden mußte. Sein Vater hatte nachts einen Zeitmesser neben dem Bett stehen. In die allgemein übliche, kleine schwarze Schachtel eingelassen, angetrieben von winzigen Batterien, stieß er am Morgen vor dem Frühstück ein hohes und durchdringendes Pfeifen aus und weckte ihn, wenn er verschlafen hatte. Eine Uhr war nicht mehr als ein mit einer Zeiteinteilung versehener Zeitmesser, in vieler Hinsicht weniger nützlich, da sie einen mit einem ständigen Strom von unnötigen Informationen belieferte. Was, wenn es halb vier war, wie die alte Zählweise es ausdrückte, und man gar nicht die Absicht hatte, um die Zeit etwas zu beginnen oder zu beenden?

Seine Fragen so naiv wie möglich formulierend, führte er eine ausgedehnte und sorgfältige Umfrage durch. Von fünfzig Befragten schien keiner auch nur die leiseste Ahnung vom historischen Hintergrund zu haben, und selbst die älteren Leute begannen bereits zu vergessen. Ihm fiel auf, je ungebildeter sie waren, desto eher waren sie bereit zu reden, woraus hervorging, daß Handwerker und einfache Arbeiter in der Revolution keine Rolle gespielt und folglich auch keine schuldbeladenen Erinnerungen zu unterdrücken hatten. Der alte Mr. Crichton, der Klempner, der im Souterrain wohnte, erinnerte sich, ohne daß man ihn besonders zu bestürmen brauchte, aber nichts, was er sagte, warf irgendein Licht auf das Problem.

»Natürlich, damals gab es Tausende von Uhren, Millionen sogar, jeder hatte eine. Armbanduhren wurden sie genannt; sie wurden am Handgelenk getragen und mußten jeden Tag aufgezogen werden.«

»Doch was haben Sie damit gemacht, Mr. Crichton?« drang Conrad in ihn.

»Nun ja, man hat eben einfach nur – draufgesehen, und dann wußte man, wie spät es war. Eins oder zwei, halb acht – das war die Zeit, zu der ich zur Arbeit gehen mußte.«

»Aber jetzt gehen Sie zur Arbeit, wenn Sie gefrühstückt haben. Und wenn Sie sich verspäten, klingelt der Zeitmesser.«

Crichton schüttelte den Kopf. »Ich kann dir das nicht erklären, mein Junge. Frag du man deinen Vater.«

Doch Mr. Newman war auch nicht hilfsbereiter. Zu der an Conrads sechzehntem Geburtstag versprochenen Erklärung kam es nie. Als er zu fragen fortfuhr, wurde sein Vater schließlich der Ausflüchte müde und brachte ihn zum Schweigen, indem er ihn anherrschte: »Du hörst jetzt auf, darüber nachzudenken, hast du verstanden? Du bringst dich und uns alle noch in Teufels Küche.«

Stacey, der junge Englischlehrer, hatte Sinn für Sarkasmus und liebte es, die Jungen in der Klasse durch unorthodoxe Ansichten über die Ehe oder die Wirtschaft zu verwirren. Conrad verfaßte einen Aufsatz, in dem er eine imaginäre Gesellschaft beschrieb, die ausschließlich mit umständlichen Ritualen beschäftigt war, bei denen es sich darum handelte, das Verstreichen der Zeit minuziös zu beobachten.

Stacey ging auf die Anspielung nicht ein, gab ihm eine unverbindliche ›Beta plus‹ und erkundigte sich nach dem Unterricht bei ihm, was ihn zu dieser phantastischen Darstellung veranlaßt habe. Zuerst versuchte Conrad auszuweichen, schließlich kam er dann aber doch mit einer Frage heraus, die das ganze Rätsel enthielt.

»Warum ist es gegen das Gesetz, eine Uhr zu besitzen?«

»Ist es das denn?«

Conrad nickte. »Auf der Polizeiwache hängt ein vergilbter Anschlag, der jedem eine Prämie von hundert Pfund verspricht, der eine Uhr oder Armbanduhr abliefert. Ich habe den Anschlag gestern gesehen. Der Wachtmeister meinte, er wäre immer noch gültig.«

Stacey zog spöttisch die Augenbrauen in die Höhe. »Damit kannst du eine Million machen. Willst du in das Geschäft nicht einsteigen?«

Conrad überhörte die Frage. »Es ist gegen das Gesetz, ein Gewehr zu besitzen, weil man damit eventuell jemanden erschießen könnte. Aber wie kann man jemanden mit einer Uhr was antun?«

»Ist dir das nicht klar? Man kann ihn zeitlich überwachen und genug herausfinden, wie lange er braucht, um etwas zu tun.«

»Na und?«

»Dadurch kann man ihn veranlassen, es schneller zu tun.«

Mit siebzehn baute Conrad, einem plötzlichen Impuls folgend, seine erste Uhr. Die Beschäftigung mit der Zeit hatte ihn bereits eindeutig über seine Klassenkameraden erhoben. Der eine oder andere mochte intelligenter oder gewissenhafter sein als er, doch die Fähigkeit, seine Freizeit und die Stunden für die Hausaufgaben einzuteilen, erlaubte es ihm, seine Talente rationell einzusetzen. Wenn die anderen sich auf dem Heimweg von der Schule noch in der Nähe des Rangierbahnhofs herumtrieben, hatte er bereits die Hälfte seiner Schularbeiten erledigt, wobei er für die verschiedenen Aufgaben eine ganz bestimmte Zeitspanne veranschlagte.

Sobald er fertig war, ging er auf den Dachboden, der ihm jetzt als Werkstatt diente. Dort, inmitten der alten Schränke und Kisten, machte er seine Experimente – mit Kerzen, die er mit einer Gradeinteilung versah, mit primitiven Sonnenuhren, mit Sanduhren und mit einem komplizierten Uhrwerk, das ungefähr eine halbe Pferdestärke entwickelte und die Zeiger nach und nach immer schneller bewegte, was wie eine ungewollte Parodie auf seine eigene Besessenheit wirkte.

Seine erste ernstzunehmende Uhr wurde sozusagen durch

Wasserkraft angetrieben; sie bestand aus einem Wasserbehälter, in dem sich ein hölzerner Schwimmer befand. Während der Tank langsam auslief, sank der Schwimmer immer tiefer und bewegte dabei die Zeiger. Das war ein zwar einfacher Mechanismus, doch die Uhr ging einigermaßen genau und befriedigte Conrad für einige Monate, in denen er die immer ausgedehntere Suche nach einem richtigen Uhrwerk fortsetzte.

Er hatte schnell herausgefunden, daß die unzähligen Tischuhren, die goldenen Taschenuhren und die Zeitmesser jeder Art, die in Trödlerläden und in verkramten Schubladen in den meisten Haushalten verkamen, nie das Uhrwerk enthielten. Das war, ebenso wie die Zeiger und manchmal sogar die Zifferblätter, stets entfernt worden. Seine eigenen Versuche, eine Hemmvorrichtung herzustellen, die den Lauf eines normalen Uhrwerks regulierte, blieben erfolglos; alles, was er bisher über Uhren in Erfahrung gebracht hatte, bestätigte ihm, daß sie Präzisionsinstrumente waren, die genau durchdacht und ausgeführt sein mußten. Um seinen heimlichen Ehrgeiz – eine Uhr, die er bei sich tragen konnte, nach Möglichkeit eine richtige Armbanduhr – zu befriedigen, mußte er irgendwo eine finden, die noch funktionierte.

Eines Tages geriet ihm schließlich durch einen Zufall eine heile Uhr in die Hände. Als er nachmittags im Kino saß, erlitt ein älterer Herr neben ihm einen Herzanfall. Zusammen mit zwei anderen Zuschauern trug er ihn ins Büro des Kinobesitzers. Beim Hinaustragen, im schummerigen Licht des Ganges, fiel ihm am Handgelenk des Mannes ein metallisches Glänzen auf. Er faßte rasch hin und hatte die unverwechselbare linsenförmige Rundung einer Armbanduhr in der Hand.

Auf dem Heimweg kam ihm das Ticken der Uhr so laut vor wie das Läuten einer Totenglocke. Er hielt sie krampfhaft mit der Hand umschlossen, denn er meinte, jeder, der ihm auf der Straße begegnete, würde im nächsten Moment anklagend mit dem Finger auf ihn zeigen, die Züpo würde über ihn herfallen und ihn vor Gericht stellen.

Zu Hause, auf dem Dachboden, untersuchte er seine Beute atemlos. Wenn sein Vater sich im Schlafzimmer, das ein Stockwerk tiefer lag, regte, deckte er eiligst ein Kissen darüber. Erst viel später wurde ihm klar, daß das Ticken fast überhaupt nicht zu hören war. Die Uhr war wie die seiner Mutter; allerdings hatte sie statt eines roten Zifferblatts ein gelbes. Das goldene Gehäuse war zerkratzt und blätterte an einigen Stellen ab, das Uhrwerk schien jedoch noch in tadellosem Zustand zu sein. Nachdem er die Rückwand abgemacht hatte, konnte er sich an der hektisch huschenden Welt aus Zahnrädern und Rädchen nicht satt sehen; er war fasziniert. Weil er befürchtete, die Feder zu zerbrechen, zog er die Uhr nur zur Hälfte auf und verpackte sie sorgfältig in Watte.

Im Grunde hatte er nicht stehlen wollen, als er dem Mann die Uhr wegnahm; sein erster Impuls war gewesen, sie in Sicherheit zu bringen, bevor der Arzt sie entdecken konnte, der dem Kranken zweifellos den Puls fühlen würde. Aber da sie nun einmal in seinem Besitz war, verdrängte er jeden Gedanken daran, den Eigentümer aufzuspüren und sie ihm zurückzugeben.

Daß andere Leute noch Uhren trugen, überraschte ihn kaum. Seine Wasseruhr hatte ihm gezeigt, daß ein Zeitmesser dem Leben eine andere Dimension zu geben vermochte, die Energien einteilte und die zahllosen Tätigkeiten des alltäglichen Daseins einem bedeutsamen Maßstab unterwarf. Er brachte Stunden auf dem Dachboden damit zu, auf das kleine Zifferblatt zu starren, die langsamen Bewegungen des Miniaturzeigers zu verfolgen, zuzusehen, wie der Stundenzeiger kaum merklich vorrückte, wie ein Kompaß, der seine Reise durch die Zukunft verzeichnete. Sein Vater kam ihm mit der Zeit träge und dumm vor; denn er saß unausgefüllt herum und hatte keine Ahnung, wann irgend etwas stattfinden sollte.

Schon bald trug Conrad die Uhr den ganzen Tag über mit sich herum. Er nähte eine schmale Stoffhülle, in der er einen engen Schlitz ließ, durch den er das Zifferblatt sehen konnte. Er stoppte alles ab – die Dauer der Unterrichtsstunden, Fußballspiele, Mittagspausen, die Stunden, in denen Tageslicht herrschte, und die, in denen es dunkel war, in denen er schlief oder wachte. Er vergnügte sich endlos damit, seine Freunde in Erstaunen zu versetzen, indem er ihnen seinen sechsten Sinn vorführte, ihnen die Häufigkeit ihrer Herzschläge oder den Beginn der stündlichen Nachrichtensendungen im Radio vorhersagte und eine Anzahl gleich harter Eier ohne Zuhilfenahme eines Zeitmessers kochte.

Dann verriet er sich.

Stacy, gewitzter als die anderen, kam dahinter, daß er eine Uhr trug. Conrad hatte bemerkt, daß Staceys Englischunterricht immer genau fünfundvierzig Minuten dauerte, und es sich zur Gewohnheit gemacht, seinen Tisch eine Minute, bevor Staceys Zeitmesser ertönte, aufzuräumen. Ein- oder zweimal fiel ihm auf, daß Stacey ihn neugierig betrachtete, doch konnte er der Versuchung nicht widerstehen, den Lehrer zu beeindrucken, indem er stets als erster zur Tür lief.

Eines Tages hatte er bereits seine Bücher verstaut und seinen Füllfederhalter zugeschraubt, als Stacey ihn aufforderte, eine kurze Zusammenfassung vorzulesen, die er angefertigt hatte. Conrad war sicher, daß der Zeitmesser in weniger als zehn Sekunden ertönen würde, und beschloß, stumm sitzenzubleiben und auf die übliche Jagd an die Tür zu warten, die ihn der Mühe entheben würde.

Stacey trat vom Katheder herab und wartete geduldig. Ein oder zwei Jungen drehten sich zu Conrad um und runzelten die Stirn. Conrad zählte die restlichen Sekunden.

Der Zeitmesser läutete nicht, stellte er überrascht fest. Entsetzt glaubte er zuerst, daß seine Uhr kaputt wäre, und er konnte sich noch gerade rechtzeitig davon abhalten, einen Blick darauf zu werfen.

»Hast du es eilig? Was ist, Newman?« fragte Stacey trocken. Er kam durch die Bankreihen auf Conrad zu und lächelte spöttisch. Verblüfft und mit rot-verlegenem Gesicht kramte Conrad sein Heft hervor, schlug es auf und las die Zusammenfassung vor. Wenige Minuten später und ohne auf das Läuten des Zeitmessers zu warten, entließ Stacey die Klasse in die Pause.

»Newman«, rief er. »Komm mal einen Moment her!«

Er machte sich hinter dem Katheder zu schaffen, als Conrad zu ihm trat. »Was ist denn los?« fragte Stacey. »Hast du heute früh etwa vergessen, deine Uhr aufzuziehen?«

Conrad antwortete nicht. Stacey zog den Zeitmesser hinter dem Katheder hervor, entriegelte ihn und lauschte dem Pfeifton, der daraus hervorbrach.

»Wo hast du sie her? Von deinen Eltern? Hab keine Angst, die Züpo ist vor Jahren aufgelöst worden.«

Conrad forschte eindringlich in Staceys Gesicht. »Sie hat meiner Mutter gehört«, log er. »Ich habe sie unter ihren Sachen gefunden.«

Stacey streckte die Hand aus, Conrad machte die Uhr nervös vom Handgelenk ab und reichte sie ihm.

Stacey ließ sie halb aus der Hülle hervorgleiten und warf einen Blick auf das gelbe Zifferblatt. »Von deiner Mutter, sagtest du? Hmm.«

»Werden Sie mich jetzt melden?« fragte Conrad.

»Was, die Zeit eines Psychiaters verschwenden, der sicherlich schon genug zu tun hat?«

»Ist es denn nicht gegen das Gesetz, eine Uhr zu tragen?«

»Nun, du bist nicht gerade eine Bedrohung für die öffentliche Sicherheit.« Stacey wandte sich zur Tür und bedeutete Conrad mit einer Handbewegung, ihm zu folgen. Er gab ihm die Uhr zurück. »Nimm dir für Samstagnachmittag nichts vor. Wir machen zusammen einen Ausflug.«

»Wohin?« wollte Conrad wissen.

»In die Vergangenheit«, erwiderte Stacey lässig. »Nach Chronopolis, in die Zeit-Stadt.«

Stacey hatte einen Wagen gemietet, ein riesiges zerbeultes Ungetüm mit viel Chrom und großen Heckflossen. Er winkte Conrad ausgelassen zu, als er ihn an der Öffentlichen Bücherhalle abholte.

»Steig ein!« rief er. Er deutete auf die bauchige Aktentasche, die Conrad zwischen sie auf den Sitz warf. »Hast du sie dir schon einmal angesehen?«

Conrad nickte. Als sie um den verlassenen Platz herum davonfuhren, öffnete er die Aktentasche und zog ein dickes Bündel Straßenkarten daraus hervor. »Ich habe gerade herausgefunden, daß die Stadt eine Fläche von fünfhundert Quadratmeilen bedeckt. Ich hatte keine Ahnung, daß sie so groß ist. Wo sind die Bewohner denn alle?«

Stacey lachte. Sie überquerten die Hauptstraße und bogen in eine lange, baumbestandene Allee ein, die auf beiden Seiten von Doppelhäusern gesäumt war. Die Hälfte der Häuser war leer, die Fenster zerbrochen, die Dächer eingefallen. Selbst die bewohnten Häuser machten einen behelfsmäßigen Eindruck; auf selbstgefertigten Gerüsten, die an den Schornsteinen festgezurrt waren, standen einfache Wasserbehälter, Pfahlreihen grenzten überwucherte Vorgärten ab.

»Dreißig Millionen Menschen haben früher in dieser Stadt gelebt«, bemerkte Stacey. »Jetzt liegt die Einwohnerzahl bei etwas mehr als zwei Millionen, und sie sinkt immer weiter ab. Wir, die wir noch übriggeblieben sind, harren in den ehemaligen Vorstädten aus, so daß die Stadt heute ein gewaltiger Ring ist, fünf Meilen breit, der ein riesiges, menschenleeres Zentrum mit einem Durchmesser von vierzig oder fünfzig Meilen umgibt.«

Sie durchfuhren verschiedene Seitenstraßen, passierten eine kleine Fabrik, in der noch gearbeitet wurde, obgleich die Arbeit eigentlich um zwölf Uhr mittags beendet sein sollte, und bogen schließlich in eine lange, schnurgerade Allee ein, die direkt nach Westen führte. Conrad verfolgte ihren Weg auf verschiedenen Straßenkarten. Sie näherten sich dem Rand des Ringes, von dem Stacey gesprochen hatte. Auf der Karte war sein Inneres grün überdruckt, so daß die Fläche sich wie ein leeres, unentdecktes Gebiet ausnahm, wie eine riesige *terra incognita*.

Sie ließen die letzten kleinen Geschäftsstraßen hinter sich, die Conrad noch vertraut waren, ein Grenzposten aus armseligen, flachen Häusern und trostlosen Straßenzügen, überspannt von hoch aufragenden Überführungen aus Stahl. Stacey zeigte nach oben, als sie unter einer Unterführung hindurchfuhren. »Ein Teil des ausgeklügelten Eisenbahnnetzes, das früher einmal bestanden hat, ein enormes Gewebe aus Stationen und Knotenpunkten, mit dem täglich fünfzehn Millionen Menschen in ein Dutzend große Bahnhöfe transportiert wurden.«

Eine halbe Stunde lang fuhren sie schweigend dahin; Conrad starrte aus dem Fenster, Stacey beobachtete ihn im Rückspiegel. Allmählich änderte sich das Bild. Die Häuser waren jetzt höher, hatten bunte Dächer, die Fußwege waren von den Fahrbahnen durch Gitter abgetrennt und mit Fußgängerampeln und Drehkreuzen ausgestattet. Sie waren in den inneren Vororten angelangt, in vollkommen menschenleeren Straßen mit mehrgeschossigen Supermärkten, glitzernden Filmpalästen und Kaufhäusern.

Das Kinn in eine Hand gestützt, starrte Conrad schweigend nach draußen. Da er nie ein Fahrzeug gehabt hatte, war er auch nie bis ins unbewohnte Innere der Stadt vorgedrungen, vielmehr hatte es ihn, wie alle Kinder, stets aufs offene Land hinausgezogen. Die Straßen hier waren seit zwanzig oder dreißig Jahren ausgestorben; Schaufensterscheiben waren aus den Rahmen gefallen und auf die Straße gestürzt, alte Leuchtreklamen, Fensterrahmen und Stromleitungen hingen von jedem Sims herab und hatten sich wie ein ausgefranstes Spinnennetz aus verrostetem Metall über die Fußwege gelegt. Stacey fuhr langsam und wich hin und wieder einem Omnibus oder einem Lastwagen aus, der verlassen mitten auf der Fahrbahn stand und dessen Reifen von den Felgen gemodert waren.

Conrad starrte zu leeren Fensterhöhlen auf, in enge Querstraßen und Seitenwege, spürte jedoch nichts von Furcht oder Bedrohlichkeit. Die Straßen waren bloß verfallen, wirkten ansonsten aber genausowenig gespenstisch wie eine halbvolle Mülltonne.

Ein Vorstadtzentrum löste das andere ab, eine Gruppe von Reihenhäusern ging in die nächste über. Mit jedem Kilometer änderte sich die Architektur; die Gebäude wurden immer höher, zehn oder fünfzehn Stockwerke hoch, ihre Fassaden waren mit grünen oder blauen Kunststeinplatten, mit Glas oder mit Kupferblech verkleidet. Sie fuhren in die Zukunft und nicht, wie Conrad erwartet hatte, wieder in die Vergangenheit einer fossilen Stadt.

Stacey steuerte den Wagen durch ein Gewirr von Seitenstraßen auf eine sechsspurige Schnellstraße zu, die auf schlanken Betonpfeilern über die Häuser hinwegführte. Sie erreichten eine Rampe, die sich zur Schnellstraße hinaufschlängelte. Oben angekommen, erhöhte Stacey das Tempo beträchtlich, und sie rasten auf einer der mittleren Fahrspuren ihrem Ziel entgegen.

Conrad beugte sich vor. In der Ferne, zwei oder drei Kilometer vor ihnen, wuchsen die schlanken, geradlinigen Umrisse von gewaltigen Wohnblocks in die Höhe, dreißig oder vierzig Stockwerke hoch. Zu Hunderten standen sie wie gigantische Dominosteine in scheinbar endlosen Reihen Seite an Seite.

»Wir kommen jetzt in die zentralen Wohnstädte«, erklärte Stacey. Die Gebäude säumten die Schnellstraße zu beiden Seiten, es wurden immer mehr, einige standen so dicht an der Fahrbahn, daß die Betonbänder, die die Straße seitlich abgrenzten, gar nicht mehr nötig waren.

Nach wenigen Minuten fuhren sie zwischen den ersten Wohnblocks hindurch, zwischen Tausenden von gleich aussehenden Wohneinheiten, die sich mit ihren schrägen Balkonen in den Himmel türmten; die Wandverkleidungen aus Aluminium glitzerten im Sonnenlicht. Die kleineren Häuser und Geschäfte der äußeren Vorstädte waren verschwunden. Für sie war hier kein Platz mehr. In den engen Schluchten zwischen den Wohnblocks drängten sich kleine Betongärten, Einkaufszentren, die zu riesigen unterirdischen Garagen hinabführten.

Und überall hingen Uhren, an jeder Straßenecke, über jeder Unterführung, hoch oben an den Häusern, in jedem nur möglichen Blickwinkel. Sie fielen Conrad sofort ins Auge. Die meisten waren in zu großer Höhe angebracht und hätten allenfalls mit einer Feuerwehrleiter erreicht werden können. Alle hatten noch Zeiger, alle zeigten dieselbe Uhrzeit an: 12.01 Uhr.

Conrad warf einen Blick auf seine Armbanduhr und stellte fest, daß es dreiviertel drei war.

»Sie wurden von einer Hauptuhr aus gesteuert«, erklärte Stacey. »Als sie stehenblieb, blieben im selben Moment auch alle anderen Uhren stehen. Eine Minute nach Mitternacht, vor siebenunddreißig Jahren.«

Es war dunkler geworden, weil die hohen Betonklippen das Sonnenlicht abschirmten und der Himmel nur noch aus einer Folge von schmalen Einschnitten bestand, die sich rings um sie herum auftaten und wieder schlossen. Auf dem Grund der Schluchten war es düster und bedrückend wie in einer Wildnis aus Beton und Milchglas. Die Schnellstraße gabelte sich, und sie fuhren weiter nach Westen. Nach mehreren Kilometern wichen die Wohnblocks den ersten Bürogebäuden im Zentrum der Stadt. Die Bürotürme stiegen sechzig oder siebzig Stockwerke hoch und waren durch spiralförmige Rampen und erhöhte Fußwege miteinander verbunden. Die Schnellstraße verlief fünfzehn Meter über dem Erdboden, die erste Etage der Bürohäuser lag mit ihr auf gleicher Höhe, denn sie standen auf wuchtigen Pfeilern, zwischen denen sich die verglasten Eingangshallen mit den Fahrstühlen und Rolltreppen befanden. Die Straßen waren breit, doch ohne Charakter. Die Fußwege paralleler Straßen trafen sich unterhalb der Gebäude und bildeten ein fortlaufendes Betonband. Hier und da standen noch Überreste von Tabakskiosken, von verrosteten Treppen, die zu Restaurants und Arkadengängen hinaufführten, errichtet auf Plattformen zehn Meter über dem Straßenniveau.

Conrad hatte nur Augen für die Uhren. Noch nie hatte er so viele auf einmal gesehen; an manchen Stellen hingen sie so dicht beieinander, daß sie sich gegenseitig im Wege waren. Ihre Zifferblätter hatten viele Farben: Sie waren rot, blau, grün und gelb. Die meisten hatten vier oder fünf Zeiger. Die Hauptzeiger standen auf einer Minute nach zwölf, die untergeordneten Zeiger wiesen auf die verschiedensten Zeiten, was seinen Grund offenbar in der jeweiligen Farbe des Zifferblattes hatte.

»Wozu dienten die zusätzlichen Zeiger?« erkundigte Conrad sich bei Stacey. »Und die verschiedenen Farben?«

»Sie markieren die Zeitzonen für die verschiedenen Berufsschichten und die entsprechenden Verbraucherkategorien. Noch einen Augenblick Geduld, wir sind gleich da.«

Sie verließen die Schnellstraße über eine Abfahrtsrampe und gelangten in die nordöstliche Ecke eines gewaltigen Platzes. Der Platz war achthundert Meter lang und vierhundert Meter breit, in seiner Mitte hatte sich einst eine ausgedehnte Rasenfläche befunden, die inzwischen jedoch verwildert und voller Unkraut war. Der Platz war leer, ein freier Raum, der überraschend wirkte, gesäumt von gläsernen Steilwänden, die den Himmel zu tragen schienen.

Stacey parkte den Wagen; sie stiegen aus, reckten sich und schlenderten auf die Rasenfläche zu. Conrad blickte in die vom Platz ausgehenden Straßenzüge; zum erstenmal wurde ihm die enorme Ausdehnung der Stadt klar. Sie wirkte auf ihn wie ein geometrischer Dschungel aus Betonklötzen.

Stacey stellte einen Fuß auf die Balustrade, die das Rasenbeet umgab, und deutete auf das entfernte Ende des Platzes, wo sich ein niedriges Gewirr aus Gebäuden in einem ungewöhnlichen Stil befand, Neugotik, Ende 19. Jahrhundert, fleckig vom Schmutz, arg zugerichtet von einer Reihe von Explosionen. Conrads Aufmerksamkeit wurde jedoch wieder vom Zifferblatt einer Uhr gefesselt, die in einen hohen Betonturm unmittelbar hinter den älteren Gebäuden eingebaut war. Das war das größte Zifferblatt, das er je gesehen hatte, mit einem Durchmesser von mindestens dreißig Metern, und die gewaltigen schwarzen Zeiger zeigten auch hier eine Minute nach zwölf an. Das Zifferblatt war weiß, das erste weiße Zifferblatt, das in der Stadt zu sehen war. Darunter bildete ein Dutzend kleinerer Uhren, kaum mehr als sechs Meter im Durchmesser, einen Halbkreis. Ihre Zifferblätter durchliefen das ganze Farbspektrum. Jede der kleineren Uhren hatte fünf Zeiger, und die untergeordneten davon standen auf allen möglichen Positionen.

»Vor fünfzig Jahren«, erklärte Stacey und zeigte auf die Ruinen unterhalb des Betonturms, »war diese Ansammlung von alten Gebäuden da eine der größten gesetzgebenden Versammlungen der Welt.« Er betrachtete sie eine Weile schweigend und wandte sich dann wieder an Conrad. »Hat dir die Fahrt Spaß gemacht?«

Conrad nickte begeistert. »Das ist ganz schön eindrucksvoll hier. Die Leute, die hier gelebt haben, müssen Giganten gewesen sein. Und am tollsten ist, daß es so aussieht, als hätten sie die Stadt erst gestern verlassen. Warum ziehen wir denn nicht wieder hierher?«

»Abgesehen von der Tatsache, daß wir nicht genug sind – aber selbst wenn wir genug wären, wir könnten das alles hier gar nicht mehr unter Kontrolle halten. In ihren Glanzzeiten war die Stadt ein phantastischer und in sich geschlossener sozialer Organismus. Die Kommunikationsprobleme kann man sich heute nur noch schwer vorstellen, wenn man nur die nackten Fassaden betrachtet. Es ist die Tragödie dieser Stadt, daß es anscheinend nur einen Weg gab, die Probleme zu lösen.«

»Sind sie gelöst worden?«

»Ja, natürlich. Aber sie sind aus dem Gleichgewicht geraten. Überleg dir doch nur einmal die Probleme. Jeden Tag fünfzehn Millionen Menschen ins Zentrum und wieder zurück zu transportieren, einen endlosen Strom von Autos, Bussen, Zügen, Hubschraubern hereinzuschleusen, jedes Büro, beinahe jeden Schreibtisch mit Videophonen auszustatten, jede Wohnung mit Fernsehen, Rundfunk, Elektrizität, Wasser und Lebensmitteln zu bedienen, die gewaltige Zahl von Menschen zu unterhalten, sie mit öffentlichen Diensten zu versorgen, also mit Polizei, Feuerwehr, Krankenhäusern – alles hing allein von einem Faktor ab.«

Stacey schüttelte die Fäuste gegen den großen Uhrturm. »Zeit! Nur indem jede Tätigkeit, jeder Schritt vorwärts oder rückwärts, jede Mahlzeit, jedes Anhalten eines Omnibusses, jedes Telefongespräch aufeinander abgestimmt wurden, konnte sich der Organismus am Leben erhalten. Wie die Zellen in einem Körper, die sich zu tödlichen Krebsgeschwüren auswachsen, wenn man ihnen erlaubt, ungehindert zu wuchern, so mußte sich hier jeder einzelne den vorrangigen Erfordernissen der Stadt unterordnen, weil bedrohliche Engpässe sie sonst in ein totales Chaos verwandelt hätten. Du und ich, wir können den Wasserhahn zu jeder Tages- und Nachtzeit aufdrehen, weil wir unsere eigenen Wasserzisternen haben, doch was wäre hier wohl geschehen, wenn jeder innerhalb derselben zehn Minuten sein Frühstücksgeschirr abgewaschen hätte?«

Sie gingen langsam über den Platz auf den Uhrturm zu. »Vor fünfzig Jahren, als hier nur zehn Millionen Menschen lebten, konnte man gerade noch für eine ausreichende Spitzenkapazität sorgen, doch selbst damals konnte ein Streik in einem wichtigen Dienstleistungszweig alle anderen lähmen. Die Leute brauchten zwei oder drei Stunden, um ins Büro zu gelangen, dieselbe Zeit, um das Mittagessen einzunehmen und um nach Hause zu fahren. Als die Bevölkerungszahl wuchs, wurden die ersten ernsthaften Versuche gemacht, die Arbeitszeit zu staffeln; in einigen Stadtbetrieben fing die Arbeit eine Stunde früher oder später an als in anderen. Fahrkarten oder Autonummern bekamen eine entsprechende Farbe, und wenn jemand versuchte, außerhalb der genehmigten Zeiten zu fahren, wurde er zurückgewiesen. Bald wurde diese Praktik ausgeweitet; man konnte seine Waschmaschine nur noch zu einer bestimmten Zeit einschalten, nur noch in einem bestimmten Zeitraum einen Brief aufgeben oder baden.«

»Klingt ganz plausibel«, bemerkte Conrad dazu; sein Interesse wuchs. »Wie wurde das denn alles durchgesetzt?«

»Mit Hilfe eines Systems farbiger Pässe, mit farbigem Geld, mit ausgeklügelten Tagesplänen, die jeden Tag veröffentlicht wurden wie das Fernseh- oder Rundfunkprogramm. Und natürlich durch Tausende von Uhren, wie du sie hier überall um dich herum siehst. Die untergeordneten Zeiger gaben jedem die für eine Tätigkeit noch verbleibenden Minuten an, dessen Farbkategorie mit der der Uhr übereinstimmte.«

Stacey blieb stehen und deutete auf eine Uhr mit blauem Zifferblatt, die auf einem der Gebäude am Platz angebracht war. »Sagen wir beispielsweise, daß ein kleiner Angestellter sein Büro zu der ihm zugewiesenen Zeit, um zwölf Uhr, verläßt, um zu Mittag zu essen, ein Buch in der Bibliothek umzutauschen, Kopfschmerztabletten zu kaufen und seine Frau anzurufen. Seine Farbzone ist blau, wie für alle Angestellten. Er nimmt den Zeitplan für die Woche zur Hand oder sieht in der blauen Spalte in der Zeitung nach und stellt fest, daß seine Essenszeit für diesen Tag zwischen 12.15 und 12.30 Uhr liegt. Er hat also noch fünfzehn Minuten Zeit. Gut, nun sieht er bei der Bibliothek nach. Als Zeitkode für den Tag ist 3 angegeben, das ist der dritte Zeiger an der Uhr. Er schaut auf die nächste blaue Uhr, der dritte Zeiger weist auf siebenunddreißig Minuten nach – ihm bleiben also dreiundzwanzig Minuten, um zur Bibliothek zu kommen. Er macht sich auf den Weg, bemerkt jedoch an der ersten Kreuzung, daß die Fußgängerampeln nur rot und grün anzeigen, er also nicht über die Straße kann. Das Gebiet ist vorübergehend nur für niedere weibliche Büroangestellte – rot – und für Handarbeiter – grün – zugänglich.«

»Was geschieht, wenn er die Ampel ignoriert?« fragte Conrad.

»Im Augenblick nichts, aber alle blauen Uhren im für ihn gesperrten Gebiet würden auf Null zurückspringen, und weder ein Geschäft, noch die Bibliothek würde ihn bedienen, es sei denn, er hätte zufällig rotes oder grünes Geld und gefälschte Bibliotheksmarken bei sich. Und außerdem, die Strafe wäre zu hoch, als daß es sich lohnen würde, das Risiko einzugehen. Das ganze System ist ja zu seiner Bequemlichkeit eingeführt worden, allein zu seiner Bequemlichkeit. Da er jetzt also nicht in die Bibliothek gelangen kann, entschließt er sich, zur Apotheke zu gehen. Der Zeitkode für die Apotheke ist 5, der fünfte und kleinste Zeiger. Er steht auf vierundzwanzig Minuten nach; unser Mann hat also sechs Minuten Zeit, eine Apotheke zu finden und seinen Einkauf zu tätigen. Nachdem das erledigt ist, bleiben ihm immer noch fünf Minuten bis zum Mittagessen. Er beschließt, seine Frau anzurufen. Als er unter dem Telefonkode nachsieht, stellt er fest, daß ihm an diesem Tag kein Zeitpunkt für private Telefongespräche zur Verfügung steht – am nächsten Tag auch nicht. Er muß also warten, bis er seine Frau am Abend zu Hause sieht.«

»Und wenn er anrufen würde?«

»Sein Geld würde nicht in den Zahlschlitz passen, und selbst dann – seine Frau, die, sagen wir, Sekretärin ist, hätte eine rote Zeitzone und wäre zu dieser Uhrzeit gar nicht mehr im Büro. Deshalb das Verbot für den Anruf. Alles war perfekt durchdacht. Das Zeitprogramm sagte einem, wann man den Fernsehapparat an- und wann man ihn wieder abschalten mußte. Alle elektrischen Anschlüsse waren abgesichert, und wenn man von den programmierten Zeiten abwich, hatte man eine saftige Strafe und eine Reparaturrechnung zu gewärtigen. Der wirtschaftliche Status des Fernsehzuschauers bestimmte offenbar die Wahl des Programms – und umgekehrt. Von Einschränkungen konnte also nicht die Rede sein. Das Programm eines jeden Tages führte die erlaubten Aktivitäten auf: Man konnte zum Friseur, ins Kino oder in eine Bar gehen, aber nur zu den festgelegten Zeiten, und wenn man es tat, dann durfte man sicher sein, schnell und gut bedient zu werden.«

Sie waren fast am hinteren Ende des Platzes angekommen. Ihnen gegenüber, auf dem Turm, befand sich das riesige Zifferblatt, das die ihm untergeordneten zwölf Gefährten beherrschte.

»Es gab ein Dutzend sozio-ökonomische Kategorien: Blau für leitende Angestellte, Gold für Angehörige freier Berufe, Gelb für Militär- und Regierungsangehörige – übrigens ist es eigenartig, daß deine Eltern in den Besitz dieser Armbanduhr gekommen sind, in deiner Familie hat doch nie jemand für die Regierung gearbeitet –, Grün für Handarbeiter, und so weiter. Aber selbstverständlich waren feinere Unterteilungen möglich. Der kleine Angestellte, den ich erwähnte, verließ sein Büro um zwölf Uhr, doch ein höherer Angestellter mit genau demselben Zeitkode ging schon um dreiviertel zwölf, hatte eine zusätzliche Viertelstunde zur Verfügung und fand die Straße leer vor, ehe das Gedränge zur Essenszeit der übrigen Büroangestellten anfing.«

Stacey zeigte zum Turm hinauf. »Das war die Große Uhr, der Chef, von der aus alle anderen Uhren gesteuert wurden. Die Zentrale Zeitkontrolle, eine Art Ministerium für Zeit, übernahm nach und nach die alten Parlamentsgebäude, da die gesetzgeberischen Funktionen des Parlaments unwichtig wurden. Im Grunde waren die Programmierer die eigentlichen Herren der Stadt.«

Während Stacey weitersprach, starrte Conrad zu den vielen Uhren hinauf, die alle hilflos bei 12.01 Uhr stehengeblieben waren. Irgendwie schien die Zeit selbst ausgesetzt zu haben; die Bürogebäude rings um den Platz verharrten in einem neutralen Raum zwischen gestern und morgen. Wenn man die Hauptuhr wieder in Bewegung setzen würde, dann würde vermutlich die ganze Stadt wieder in Schwung kommen und zu neuem Leben erwachen, dann würde sie im Nu wieder mit dem dynamischen Gedränge ihrer Millionen bevölkert sein.

Sie machten sich auf den Rückweg zum Auto. Conrad sah sich über die Schulter zur Großen Uhr um, deren gewaltige Zeiger die Stunde ihres Verstummens anzeigten.

»Warum ist die Hauptuhr stehengeblieben?«

Stacey warf ihm einen verwunderten Blick zu. »Habe ich das denn nicht deutlich genug zum Ausdruck gebracht?«

»Was meinen Sie?« Conrad riß sich vom Anblick der unzähligen Uhren los, die den Platz umgaben und blickte stirnrunzelnd zu Stacey auf.

»Kannst du dir vorstellen, wie das Leben für die dreißig Millionen Menschen hier gewesen sein muß – wenn man von einigen Privilegierten absieht?«

Conrad zuckte die Achseln. Blaue und gelbe Uhren, stellte er fest, waren weitaus in der Überzahl; offenbar hatten die wichtigsten Regierungsstellen in der Umgebung des Platzes gelegen. »Unwahrscheinlich organisiert, aber besser als das Leben, das wir führen«, erwiderte er schließlich, war dabei aber mehr am Anblick dessen interessiert, was ihn umgab. »Ich würde das Telefon lieber nur für eine Stunde am Tag haben, als überhaupt nicht. Mangelware ist immer rationiert, oder etwa nicht?«

»Aber dies hier, das war eine Lebensweise, bei der alles knapp war. Meinst du nicht, daß es einen Punkt gibt, an dem die Grenzen der menschlichen Würde erreicht sind?«

Conrad schnaubte verächtlich. »Hier scheint eine Menge Würde vorhanden gewesen zu sein. Sehen Sie sich die Gebäude an, die stehen noch tausend Jahre. Versuchen Sie mal, sie mit meinem Vater zu vergleichen. Wie dem auch sei, denken Sie an die Schönheit des Systems, genauso präzise ausgeklügelt wie eine Uhr.«

»Das war aber auch alles«, bemerkte Stacey dazu grimmig. »Die alte Metapher vom Rädchen im Getriebe war niemals zutreffender als hier. Die Summe einer menschlichen Existenz war in der Zeitung abgedruckt, die einem einmal im Monat vom Zeitministerium zugeschickt wurde.«

Conrad schaute in eine andere Richtung, und Stacey fuhr mit etwas lauterer Stimme fort: »Irgendwann kam es dann zur Revolte. Es ist interessant, daß es in allen heutigen Industriegesellschaften einmal in jedem Jahrhundert zu einer sozialen Revolution gekommen ist und daß die jeweils letzte Revolution ihren Anstoß von der jeweils höheren sozialen Schicht erhalten hat. Im 18. Jahrhundert war es das städtische Proletariat, im 19. Jahrhundert waren es die Handwerker, hier waren es die Büroangestellten, die in ihrer winzigen, sogenannten Wohnung lebten, durch Kreditpyramiden ein ökonomisches System trugen, das ihnen jede Freiheit des Willens oder der Persönlichkeit beschnitt, sie an Tausende von Uhren fesselte . . .« Er brach ab. »Was ist denn los?«

Conrad starrte in eine der Seitenstraßen. Er zögerte einen Moment lang und fragte dann beiläufig: »Wie wurden die Uhren angetrieben? Elektrisch?«

»Die meisten, ja. Einige auch mechanisch. Warum?«

»Ich dachte gerade darüber nach ... wie man es bewerkstelligt hat, daß alle liefen.« Er trödelte dicht hinter Stacey her, sah auf seiner Armbanduhr nach, wie spät es war, und blickte nach links. In der Seitenstraße hingen zwanzig oder dreißig Uhren, nicht zu unterscheiden von denen, die er den ganzen Nachmittag über gesehen hatte.

Eine von ihnen ging jedoch!

Sie war über einem Eingang in eine schwarze Glasscheibe eingelassen, auf der rechten Seite der Straße, etwa fünfzig Meter von der Ecke entfernt, und hatte einen Durchmesser von ungefähr einem halben Meter und ein verblichenes blaues Zifferblatt. Sie zeigte, anders als die anderen, fünfzehn Minuten nach drei an, die genaue Zeit. Conrad hatte Stacey gerade auf diesen scheinbaren Zufall hinweisen wollen, als er sah, wie der Minutenzeiger ein Stück vorrückte. Zweifellos hatte jemand diese Uhr wieder in Gang gesetzt; selbst wenn sie durch eine Batterie angetrieben wurde, die sich nie verbraucht, hätte sie nach siebenunddreißig Jahren nicht mehr so genau gehen können.

Er blieb hinter Stacey zurück, der gerade sagte: »Jede Revolution ist ein Symbol der Unterdrückung ...«

Die Uhr war jetzt fast aus seinem Blickfeld entschwunden. Er wollte sich gerade bücken, um seinen Schnürsenkel zu binden, als er den Minutenzeiger nach unten zucken sah, ein kleines Stück aus der horizontalen Stellung heraus.

Er folgte Stacey zum Wagen, hörte ihm aber schon gar nicht mehr zu. Zehn Meter vom Auto entfernt, drehte er sich um und rannte so schnell er konnte über die Straße auf das nächste Gebäude zu.

»Newman!« hörte er Stacey hinter sich herrufen. »Komm sofort zurück!« Er erreichte den Bürgersteig und verschwand zwischen den großen Betonpfeilern, die das Gebäude trugen. Hinter einem Fahrstuhlschacht blieb er einen Augenblick lang stehen und sah, wie Stacey hastig in den Wagen stieg. Der Motor sprang an und brüllte auf, und Conrad spurtete unter dem Gebäude hindurch auf die Parallelstraße zu, die zu der Seitenstraße zurückführte, in der die Uhr hing. Er hörte, wie eine Autotür zuschlug und der Wagen an Tempo gewann.

Als er in der Seitenstraße ankam, bog der Wagen dreißig Meter hinter ihm vom Platz her gerade um die Ecke. Stacey fuhr von der Fahrbahn auf den Bürgersteig und schoß auf Conrad zu; er trat ein paarmal hintereinander ruckartig auf die Bremse und hupte, um ihn zu erschrecken. Conrad wich dem Wagen aus und wäre beinahe über die Kühlerhaube gestürzt. Dann rannte er eine schmale Treppe hinauf, die in den ersten Stock führte, von dort aus über einige Stufen zu einem kurzen Absatz, der vor einer hohen Glastür endete. Hinter der Tür sah er einen breiten Balkon, der um das Gebäude herumführte. Eine Feuerleiter führte im Zickzack zum Dach hinauf. Im fünften Stock machte sie einer Cafeteria Platz, die die Straße überspannte und mit dem gegenüberliegenden Gebäude verband.

Unter sich hörte er Stacey über das Pflaster laufen. Die Glastür war verschlossen. Er riß einen Feuerlöscher aus der Halterung und warf ihn mit voller Wucht in die Scheibe. Das Glas zerbarst und prasselte wie ein Wasserfall auf den gekachelten Fußboden und ein paar Stufen nach unten. Er trat auf den Balkon hinaus und begann, die Leiter hinaufzusteigen. Er hatte die dritte Etage erreicht, als er unter sich Stacey erkannte, der zu ihm hinaufstarrte. Eine Hand vor die andere setzend, zog er sich die nächsten beiden Etagen in die Höhe und schwang sich über ein metallenes Drehkreuz in den offenen Vorplatz der Cafeteria. Tische und Stühle waren umgekippt. Überreste von Schreibtischen, die aus den oberen Etagen heruntergeworfen worden waren, lagen überall herum. Es war ein ziemliches Durcheinander.

Die Türen in das überdachte Restaurant standen offen, eine große Pfütze hatte sich unmittelbar hinter dem Eingang gebildet. Conrad watete hindurch, trat ans Fenster und blickte, hinter einer Plastikpflanze verborgen, in die Straße hinab. Stacey hatte die Verfolgung offenbar aufgegeben. Conrad durchquerte das Restaurant an der hinteren Seite, schwang sich über den Tresen und kletterte durch ein Fenster auf die Terrasse, die die

Straße überspannte. Über das Seitengitter hinweg konnte er den Platz sehen, die Bremsspuren von Staceys Wagen bildeten eine doppelte Linie, die sich bis in die unter ihm liegende Straße zog.

Er hatte schon fast den Balkon auf der anderen Straßenseite erreicht, als ein Schuß die Luft zerriß. Das grelle Klirren von splitterndem Glas war zu hören, dann verhallte das Geräusch der Detonation in den leeren Straßenschluchten.

Für einige Sekunden geriet Conrad in Panik. Er warf sich vom Gitter zurück, über das er nach unten geblickt hatte. Er war ganz taub. Er sah zu den rechteckigen Massiven hinauf, die sich zu beiden Seiten über ihm auftürmten, deren endlose Fensterreihen aussahen wie die Facettenaugen gigantischer Insekten. Stacey war also bewaffnet gewesen und gehörte mit ziemlicher Sicherheit zur Züpo!

Auf allen vieren kroch Conrad über die Terrasse, schlüpfte durch das Drehkreuz und wandte sich einem halbgeöffneten Fenster auf dem Balkon zu.

Nachdem er durch das Fenster gestiegen war, verlor er sich rasch in dem Gebäude.

Schließlich bezog er in einem Eckbüro in der sechsten Etage Posten; die Cafeteria lag rechts von ihm eine Etage tiefer; die Leiter, über die er entwischt war, lag genau gegenüber.

Stacey fuhr den ganzen Nachmittag über durch die umliegenden Straßen, manchmal rollte er leise mit abgestelltem Motor dahin, manchmal raste er mit voller Geschwindigkeit. Zweimal schoß er in die Luft und stoppte den Wagen anschließend, um laut nach Conrad zu rufen; doch gingen seine Worte in den Echos unter, die endlos durch die Straßen rollten. Häufig fuhr er auf den Fußwegen entlang, kurvte unter den Gebäuden herum, als erwartete er, Conrad hinter einem der Fahrstuhlschächte aufzuscheuchen.

Schließlich schien er es ganz aufzugeben, und Conrad wandte seine Aufmerksamkeit der Uhr in der Seitenstraße zu. Sie stand inzwischen auf 6.45 Uhr, was beinahe genau der Zeit entsprach, die seine Armbanduhr anzeigte. Er stellte sie nach der großen Uhr, weil er annahm, sie würde genau gehen. Dann lehnte er sich zurück und wartete auf denjenigen, der die Uhr in der Seitenstraße aufgezogen hatte. Die dreißig oder vierzig Uhren, die er von seinem Platz aus sehen konnte, zeigten auch weiterhin auf 12.01 Uhr.

Für fünf Minuten verließ er seinen Posten, schlürfte etwas Wasser aus der Pfütze, unterdrückte seinen Hunger und schlief kurz nach Mitternacht in der Ecke hinter dem Schreibtisch ein.

Als er am nächsten Morgen erwachte, strömte helles Sonnenlicht ins Büro. Er stand auf und klopfte den Staub von seinem Anzug; als er sich umwandte, stand ein kleiner, grauhaariger Mann in einem geflickten Tweedanzug vor ihm und betrachtete ihn mit durchdringendem Blick. Er hielt eine große Waffe mit schwarzem Lauf im Arm, deren Abzugshahn bedrohlich aufgerichtet war.

Der Mann legte ein Stahlrohr hin, das offenbar an einem Büroschrank gelehnt hatte, und wartete, bis Conrad sich gefangen hatte.

»Was machst du hier?« fragte er unwirsch. Conrad bemerkte, daß seine Jackentaschen zum Bersten voll waren, offenbar mit kantigen Gegenständen, und seine Jacke auf beiden Seiten tief nach unten hing.

»Ich ...« Conrad suchte krampfhaft nach einer Erklärung. Irgend etwas an dem Mann ließ ihn zu der Überzeugung kommen, daß er derjenige sein mußte, der die Uhr aufgezogen hatte. Auf einmal hatte er das Gefühl, er würde sich nichts vergeben, wenn er ehrlich wäre, und stieß hervor: »Ich habe gesehen, daß die Uhr geht. Die da unten, auf der linken Seite. Ich möchte dabei helfen, alle wieder aufzuziehen.«

Der alte Mann sah ihn interessiert an. Er hatte ein lebhaftes Vogelgesicht und unter dem Kinn Doppellappen wie ein Hahn.

»Wie stellst du dir das denn vor?« erkundigte er sich.

In Verlegenheit gebracht, meinte Conrad zögernd: »Ich würde irgendwo einen Schlüssel auftreiben.«

Der alte Mann runzelte die Stirn. »Einen Schlüssel? Das würde dir kaum weiterhelfen.« Er schien sich allmählich zu entspannen und schüttelte seine Taschen, so daß es dumpf klirrte.

Eine Weile sprach keiner von beiden. Dann hatte Conrad eine Idee und schob den Ärmel über seiner Uhr zurück. »Ich habe eine Uhr«, sagte er. »Es ist jetzt dreiviertel acht.«

»Zeig mal her!« Der alte Mann trat einen Schritt vor, nahm barsch Conrads Arm und untersuchte das gelbe Zifferblatt der Armbanduhr. »Movado Supermatic«, murmelte er vor sich hin. »Serie CTC.« Er trat zurück, ließ das Gewehr sinken, schien über Conrad nachzudenken. »Gut«, meinte er endlich. »Warte mal. Du mußt wahrscheinlich frühstücken.«

Sie verließen das Gebäude und gingen rasch die Straße hinunter.

»Manchmal kommen Leute hierher«, sagte der alte Mann. »Touristen und Polizei. Ich habe gestern beobachtet, wie du entwischt bist, du kannst von Glück sagen, daß du noch am Leben bist.« Sie wandten sich nach links und nach rechts durch leere Straßen, der alte Mann eilte zwischen den Treppen und Strebepfeilern hindurch. Im Gehen hielt er die Hände steif an den Körper gepreßt, um zu verhindern, daß seine Jackentaschen hin- und herschwangen. Conrad warf einen Blick hinein und sah, daß sie voller Schlüssel waren, große und rostige Schlüssel von jeder Form und Kombination.

»Ich nehme an, die Uhr hat deinem Vater gehört«, meinte der alte Mann.

»Meinem Großvater«, korrigierte Conrad ihn. Er erinnerte sich an Staceys Vortrag und fügte hinzu: »Er wurde auf dem Platz getötet.«

Der alte Mann runzelte teilnahmsvoll die Stirn und nahm einen Moment lang Conrads Arm.

Sie machten vor einem Gebäude halt, das sich kaum von den anderen in der Gegend unterschied und früher einmal eine Bank gewesen war. Der alte Mann sah sich aufmerksam um, blickte zu den umliegenden Steilwänden auf und ging schließlich auf einer nicht funktionierenden Rolltreppe voran.

Er hatte sich in der zweiten Etage eingerichtet, hinter einem Gewirr von Stahlgittern und Sicherheitstüren. Mitten in einer großen Werkstatt befanden sich ein Ofen und eine Hängematte. In einem ehemaligen Schreibzimmer war auf dreißig oder vierzig Tischen eine enorme Sammlung von Uhren ausgebreitet, die alle in Reparatur waren. Hohe Schränke umstanden die Tische; sie waren mit Tausenden von Ersatzteilen in säuberlich beschrifteten Ablagekästen gefüllt – Hemmungen, Sperrungen, Zahnräder, alles unter einer Rostschicht kaum noch zu erkennen.

Der alte Mann führte Conrad an eine Wandtafel und deutete auf eine Zahl, die neben einer Reihe von Daten aufgeführt war. »Schau dir das an! Mittlerweile laufen schon wieder 278. Du kannst mir glauben, ich bin wirklich sehr froh, daß du gekommen bist. Die Hälfte meiner Zeit brauche ich, um sie aufzuziehen.«

Er machte Frühstück und erzählte einiges über sich. Er hieß Marshall. Früher hatte er als Programmierer in der Zentralen Zeitkontrolle gearbeitet, hatte die Revolte und die Züpo überlebt und war zehn Jahre danach wieder in die Stadt zurückgekehrt. An jedem Monatsanfang fuhr er mit dem Fahrrad in eine der Vorstädte, um seine Rente abzuholen und einen Lebensmittelvorrat einzukaufen. Die Zeit verbrachte er damit, die immer größer werdende Zahl der funktionierenden Uhren aufzuziehen und nach anderen zu suchen, die er abmontieren und ebenfalls reparieren konnte.

»Die vielen Jahre, die sie dem Wetter ausgesetzt waren, haben ihnen nicht gutgetan«, erklärte er, »und mit den elektrischen kann ich nichts machen.«

Conrad ging zwischen den Tischen herum und betastete behutsam die in ihre Einzelteile zerlegten Zeitmesser, die wie die Nervenzellen eines gewaltigen, unvorstellbaren Roboters herumlagen. Er war aufgeregt und doch zugleich merkwürdig ruhig, wie ein Mann, der sein ganzes Leben darauf gesetzt hat, ein Rad in Bewegung zu setzen und der jetzt darauf wartet, daß es herumwirbelt.

»Wie sorgen Sie dafür, daß alle Uhren dieselbe Zeit anzeigen?« fragte er Marshall und wunderte sich, weshalb ihm die Frage so wichtig erschien.

Marshall machte eine gereizte Handbewegung. »Das kann ich nicht. Was spielt das denn auch für eine Rolle? So etwas wie eine hundertprozentig genaue Uhr gibt es nicht. Am nächsten kommt man bei einer, die stehengeblieben ist. Man weiß zwar nicht genau, wann, aber zweimal am Tag zeigt sie mit Sicherheit die genaue Zeit an.«

Conrad trat ans Fenster und zeigte auf die große Uhr, die zwischen den Dächern zu sehen war. »Wenn wir die in Gang setzten und alle anderen an sie anschlössen ...«

»Unmöglich. Der ganze Mechanismus ist gesprengt worden. Nur das Glockenspiel funktioniert noch. Außerdem sind die Leitungen der elektrisch angetriebenen Uhren schon seit Jahren nicht mehr zu gebrauchen. Eine ganze Armee von Technikern wäre nötig, um sie wieder herzurichten.«

Conrad nickte und blickte wieder auf die Wandtafel. Ihm fiel auf, daß Marshall anscheinend mit den Jahreszahlen nicht mehr zurechtkam – die Daten der Fertigstellung, die er da angeschrieben hatte, lagen siebeneinhalb Jahre zurück. Beiläufig dachte er über diese Ironie nach, beschloß jedoch, Marshall gegenüber nichts davon zu erwähnen.

Drei Monate lang lebte Conrad mit dem alten Mann zusammen, folgte ihm auf seinen Rundgängen, trug die Leiter und die Tasche mit den Schlüsseln, mit denen Marshall die Uhren aufzog, half ihm, solche abzumontieren, die noch zu reparieren waren, und sie in die Werkstatt zu transportieren. Sie arbeiteten den ganzen Tag über und häufig auch die halbe Nacht, reparierten die Uhrwerke, setzten die Uhren wieder in Gang und brachten sie an ihren ursprünglichen Platz zurück.

Die ganze Zeit über kreisten Conrads Gedanken um die große Uhr, die auf ihrem Turm den Platz beherrschte. Einmal konnte er sich davonstehlen und in das zertrümmerte Gebäude der Zentralen Zeitkontrolle vordringen. Wie Marshall gesagt hatte, würden die Uhr und ihre zwölf Satelliten niemals wieder gehen. Im Gebäude sah es aus wie im Maschinenraum eines versunkenen Schiffes, die Explosion hatte ein rostiges Gewirr aus Zahnrädern und Getriebeteilen hinterlassen. Einmal stieg er die Leiter zur höchsten Plattform des Turmes hinauf, die sich in sechzig Metern Höhe befand, und blickte von dort aus auf die flachen Dächer der Bürogebäude, die sich bis zum Horizont hinzogen. Unmittelbar unter ihm hingen in langen Reihen die Schlegel. Vorsichtig trat er mit dem Fuß gegen einen der Anschläge und schickte einen schwachen Glockenton auf den Platz hinaus.

Der Klang erzeugte merkwürdige Echos in seinen Gedanken.

Langsam machte er sich daran, den Glockenmechanismus zu reparieren; er zog neue Drähte ein, legte im Läuteraum die Kurbeln frei und besserte den Schaltmechanismus aus.

Mit Marshall sprach er nie über die Ziele, die sie sich selbst gesetzt hatten. Wie Tiere, die einem Instinkt folgen, arbeiteten sie unermüdlich und waren sich ihrer Motive dabei kaum bewußt. Als Conrad dem alten Mann eines Tages eröffnete, er habe die Absicht, ihn zu verlassen und die Arbeit in einem anderen Teil der Stadt fortzusetzen, war er sogleich einverstanden, gab ihm soviel Werkzeug, wie er selbst entbehren konnte, und ließ ihn ziehen.

Ein halbes Jahr später, fast auf den Tag genau, klang zum erstenmal das Läuten der großen Uhr über die Dächer der Stadt, jede Viertelstunde verkündete es das stetige Fortschreiten des Tages. In dreißig Kilometern Entfernung, in den Vorstädten, die den Ring um den Stadtkern formten, blieben die Menschen auf der Straße und in Hauseingängen stehen und lauschten den dumpfen, geisterhaften Tönen, die durch die langen Reihen der Wohnblocks aus der Ferne zu ihnen drangen, und zählten unbewußt die Schläge mit. Die Älteren flüsterten sich zu: »Vier Uhr, oder war es fünf? Sie haben die Uhr wieder in Gang gesetzt. Sonderbar, nach all den Jahren.«

Den ganzen Tag über hielten sie in ihrer Beschäftigung inne, wenn die Uhr schlug, eine Stimme aus längst vergangenen Tagen, die sie an eine geordnete Welt erinnerte. Sie stellten die eigenen Zeitmesser nach den Schlägen, und vor dem Einschlafen zählten sie mit, als es Mitternacht schlug, und in der klaren Luft des Morgens vernahmen sie das Läuten erneut.

Einige gingen zur Polizei und verlangten ihre Uhren zurück.

Nach dem Urteilsspruch – zwanzig Jahre für den Mord an Stacey, fünf Jahre für vierzehn Zuwiderhandlungen gegen das Zeitgesetz, gleichzeitig zu verbüßen – wurde Newman in eine Zelle im Souterrain des Gerichtsgebäudes abgeführt. Er hatte mit dem Urteil gerechnet und gab keine Erklärung ab, als der Richter ihn dazu aufforderte. Nachdem er über ein Jahr auf seinen Prozeß gewartet hatte, war der Nachmittag im Gerichtssaal nicht mehr als eine kurze Unterbrechung gewesen.

Er verteidigte sich nicht gegen die Anschuldigung, Stacey getötet zu haben – einerseits, um Marshall zu decken, der so ihre Arbeit ungestört fortsetzen könnte, und andererseits, weil er sich indirekt für den Tod des Polizisten verantwortlich fühlte. Stacey war nach einem Sturz aus dem zwanzigsten oder dreißigsten Stockwerk mit zertrümmertem Schädel aufgefunden worden, auf dem Rücksitz seines Wagens in einer unterirdischen Garage nicht weit vom Platz entfernt. Vermutlich hatte Marshall ihn beim Herumschnüffeln ertappt und erledigt. Newman erinnerte sich, daß Marshall eines Tages verschwunden und für den Rest der Woche kaum ansprechbar gewesen war.

Er hatte den Alten drei Tage vor dem Auftauchen der Polizei zum letztenmal gesehen. Barhäuptig und ohne Furcht war er jeden Morgen, wenn das Glockengeläut über den Platz hallte, mit energischen Schritten über den Platz gelaufen und hatte zu ihm heraufgewinkt.

Newmans Problem war es jetzt, sich eine Uhr zu schaffen, die ihm den Weg durch die kommenden zwanzig Jahre weisen würde. Am nächsten Tag wurde er in das Gebäude für Langzeitgefangene verlegt, und als er auf dem Weg zum Direktor an seiner neuen Zelle vorüberkam, sah er, daß ihr Fenster zu einem schmalen Lichtschacht hinausging. In strammer Haltung hörte er sich die übliche Standpauke des Direktors an und marterte währenddessen verzweifelt sein Gehirn nach einer Lösung, denn er befürchtete, ohne Uhr den Verstand zu verlieren. Außer die Sekunden zu zählen – jede der 86 400 eines Tages –, sah er keine Möglichkeit, die Uhrzeit zu bestimmen.

Als er endlich in seiner Zelle eingeschlossen war, ließ er sich erschöpft auf das schmale Bett sinken, zu müde, um das kleine Bündel seiner Habe auszupacken. Eine kurze Inspektion hatte ihm bestätigt, daß der Lichtschacht für seine Zwecke ganz und gar unbrauchbar war. Ein greller Scheinwerfer auf halber Höhe schirmte das einfallende Sonnenlicht ab.

Prüfend ließ er den Blick über die Zellendecke schweifen. In ihrer Mitte war eine Lampe angebracht, und es überraschte ihn, daß es in der Zelle offenbar noch eine zweite Lampe gab. Sie befand sich an der Wand, ziemlich dicht über seinem Kopf. Ihr gewölbtes Schutzglas hatte einen Durchmesser von fünfundzwanzig Zentimetern.

Er fragte sich, ob sie als Leselampe gedacht war, fand jedoch keinen Schalter.

Er setzte sich auf, um sie genauer zu untersuchen, und sprang erstaunt auf die Beine.

Es war eine Uhr! Er legte die Hände auf das Glas, besah sich das Zifferblatt und stellte die Stellung der Zeiger fest. 4.53 Uhr, das mochte etwa der richtigen Uhrzeit entsprechen. Es war also nicht nur eine Uhr, sondern überdies noch eine, die auch richtig ging! Sollte das ein makabrer Witz oder ein unpassender Versuch zur Rehabilitierung sein?

Er hämmerte an die Zellentür, bis ein Wärter herbeikam.

»Was soll der Lärm? Die Uhr? Stimmt was nicht damit?« Der Wärter schloß die Tür auf, drängte Newman beiseite und kam in die Zelle.

»Sie ist ganz in Ordnung. Nur, warum ist sie hier? Uhren sind doch verboten.«

»Ach, das macht dir also Sorgen?« Der Wärter hob die Schultern. »Siehst du, hier drin sind die Regeln etwas anders. Ihr Burschen habt eine Menge Zeit vor euch, und es wäre doch grausam, wenn man euch nicht wissen ließe, wo ihr steht. Weißt du, wie man damit umgeht? Gut.« Er knallte die Tür hinter sich zu, schob die Riegel vor und lächelte Newman durch das vergitterte Fenster zu. »Die Tage sind lang hier, das wirst du bald merken, und die Uhr soll dir helfen, sie durchzustehen.«

Ausgelassen warf Newman sich aufs Bett und blickte zur Uhr auf. Sie wurde elektrisch angetrieben und schien völlig in Ordnung zu sein. Jede halbe Minute hüpfte der große Zeiger abrupt vorwärts. Eine halbe Stunde lang ließ er sie nicht aus den Augen, dann räumte er seine Zelle auf. Zwischendurch blickte er immer mal wieder zu ihr auf, um sich zu vergewissern, daß sie noch da war, daß sie noch ging. Die Ironie der Situation, die totale Verdrehung der Gerechtigkeit erheiterte ihn, obwohl er zwanzig Jahre seines Lebens dafür hingeben mußte.

Zwei Wochen später kicherte er immer noch, als ihm zum erstenmal das überaus irritierende Ticken der Uhr auffiel ...

Als die Zeit ausbrach …

Der Zahnarzt begleitete sie lächelnd zur Tür, verbeugte sich und bestellte ein Taxi für sie. Es landete auf der Terrasse, als sie ins Freie trat.

Das Taxi war nicht vollautomatisiert und altmodisch genug, um wieder schick zu sein. Fifi Fevertrees bedachte den Fahrer mit einem strahlenden Lächeln und stieg ein.

»Bitte den Vorort-Tarif«, sagte sie. »Nach Rouseville an der Zett vier.«

»Sie leben auf dem Land, was?« fragte der Taxifahrer. Er segelte in das Pseudoblau hinauf und steuerte wie ein Verrückter nur mit einem Fuß.

»Dort lebt man auch nicht schlecht«, behauptete Fifi. Sie zögerte und gestattete sich dann eine kleine Prahlerei. »Außerdem ist es dort sogar besser, seitdem die Zeitleitungen bis aufs Land verlegt worden sind. Wir lassen unser Haus gerade an die Zeitleitung anschließen – wenn ich zurückkomme, müßte alles fertig sein.«

Der Taxifahrer zuckte die Achseln. »Ein teures Vergnügen, nehme ich an.«

»Drei Credits pro Grundeinheit.«

Er pfiff leise vor sich hin.

Sie hätte ihm am liebsten mehr erzählt, hätte ihm gesagt, wie aufgeregt sie war und wie sehr sie wünschte, Daddy wäre noch am Leben, damit er sehen könnte, wie schön es war, an die Zeitleitung angeschlossen zu sein. Aber sie konnte nicht sprechen, weil sie den Zeigefinger im Mund hatte und sich den Taschenspiegel vorhielt, um zu sehen, wie der Zahnarzt gearbeitet hatte.

Er hatte gute Arbeit geleistet. Der neue kleine Zahn wuchs bereits fest aus dem rosa Zahnfleisch. Fifi stellte fest, daß ihr Mund wirklich sexy war, was Tracey immer behauptete. Und der Zahnarzt hatte den alten Zahn mit Hilfe von Zeitgas entfernt. Das war ganz einfach. Sie hatte etwas Gas eingeatmet – und schon befand sie sich vorgestern nachmittag bei Peggy Hackenson, mit der sie Kaffee getrunken hatte, ohne an Zahnschmerzen zu denken. Zeitgas war eben wirklich praktisch. Sie freute sich schon darauf, daß sie es jetzt immer im Haus zur Verfügung haben würden.

Das Taxi stieg steil nach oben und verließ die große Kuppel, die schützend über der ganzen Stadt lag, durch eine automatische Schleuse. Fifi bedauerte es einen Augenblick lang, daß sie die Stadt verlassen mußte. Heutzutage waren die Städte so angenehme Wohnorte, daß niemand mehr auf dem Land leben wollte. Außerhalb der Städte war auch alles doppelt so teuer, aber zum Glück zahlte die Regierung Leuten wie den Fevertrees, die auf dem Land leben mußten, eine Teuerungs- und Erschwerniszulage.

Wenige Minuten später sank das Taxi wieder tiefer. Fifi zeigte dem Fahrer ihre Farm aus der Luft, und er landete genau auf der Terrasse, bevor er die Hand ausstreckte, um sich unverschämt viele Credits geben zu lassen. Erst als er Bargeld zwischen den Fingern hatte, beugte er sich zurück und öffnete Fifis Tür mit dem Fuß. Diese Schimpansen ließen sich nicht um den Fahrpreis betrügen!

Sie vergaß ihn sofort wieder, als sie ausstieg und ins Haus eilte. Dies war der große Tag! Die Handwerker hatten zwei Monate gebraucht, um die Anlage und das Zeitkontrollpult zu installieren – zwei Wochen länger als ursprünglich erwartet –, und das ganze Haus war in Unordnung gewesen, solange die Männer ihre Rohre und Drähte durch alle Räume zogen. Jetzt war wieder aufgeräumt. Sie tanzte fast durchs Zimmer, als sie ihren Mann aufsuchte.

Tracey Fevertrees stand in der Küche und sprach mit einem Handwerker. Als seine Frau hereinplatzte, drehte er sich nach ihr um, ergriff ihre Hand und lächelte auf seine Weise, die sie nur beruhigte, obwohl dieses gleiche Lächeln vielen Dorfschönheiten von Rouseville schlaflose Nächte bereitete. Aber selbst sein gutes Aussehen konnte sich natürlich nicht mit ihrer Schönheit messen, wenn sie wie jetzt aufgeregt war.

»Funktioniert endlich alles?« erkundigte sie sich ziemlich atemlos.

»Wir haben nur noch kleine Schwierigkeiten in letzter Minute«, brummte Mr. Archibald Smith.

»Oh, es gibt immer Schwierigkeiten in letzter Minute! Vergangene Woche waren es allein fünfzehn, Mister Smith. Was ist passiert?«

»Wahrscheinlich merken Sie gar nichts davon, Mrs. Fevertrees. Wie Sie wissen, mußten wir eine ziemlich lange Leitung legen, um das Gas von der Zentrale in Rouseville hierher zu Ihnen zu bringen, und jetzt ist es etwas schwierig, den Druck zu halten. Anscheinend ist irgendwo an der Hauptbohrung in der Zentrale ein Leck entstanden, das nicht leicht abzudichten ist. Aber darum brauchen Sie sich nicht zu kümmern.«

»Wir haben schon alles ausprobiert, und es hat tadellos geklappt«, erklärte Tracey seiner Frau. »Komm, ich führe es dir vor!«

Sie schüttelten Mr. Smith, der wie alle Handwerker nur ungern einen Ort verließ, an dem er gearbeitet hatte, zum Abschied die Hand. Er ging endlich, nachdem er ihnen versprochen hatte, am nächsten Morgen die letzte Werkzeugkiste abzuholen. Dann waren Tracey und Fifi mit ihrem neuen Spielzeug allein.

Das Zeitkontrollpult paßte sich den übrigen Hebeln, Knöpfen und Schaltern der Kücheneinrichtung unauffällig an. Es war neben dem Minireaktor installiert und bestand aus einem Dutzend kleiner Meßinstrumente und etwa zwanzig Kippschaltern.

Er zeigte ihr, wie der Zeitdruck eingestellt worden war: niedrig für Korridore und Arbeitsräume, höher für Schlafzimmer, veränderlich für den großen Wohnraum. Sie drängte sich an ihn und begann wie eine Katze zu schnurren.

»Du freust dich doch auch, nicht wahr, Liebling?« wollte sie wissen.

»Ich denke in erster Linie an die Rechnungen, die wir jetzt zu bezahlen haben. Und an die Rechnungen, die noch kommen werden – drei Credits pro Grundeinheit ... puh!« Dann sah er ihren enttäuschten Blick und fügte rasch hinzu: »Aber ich freue mich natürlich auch, Liebste! Du weißt doch, daß ich davon begeistert bin, endlich Zeitgas im Haus zu haben!«

Dann streiften sie durchs Haus, nachdem sie am Zeitkontrollpult ihre Wahl getroffen hatten. In der Küche selbst ließen sie sich an einen Vormittag vor wenigen Tagen zurückversetzen. Sie schwebten in der Zeit an der Stunde vorbei, die Fifi für ihre Hausarbeit bevorzugte – wenn sie gefrühstückt hatten, so daß sie den ganzen Vormittag zur Verfügung hatte, bevor sie das Mittagessen zusammenstellen und durch Knopfdruck wählen mußte. Fifi und Tracey hatten sich einen Morgen ausgesucht, an dem sie sich besonders ruhig und zufrieden gefühlt hatten; jetzt genossen sie diese Stunden zum zweitenmal.

»Wunderbar! Herrlich! Jetzt kann ich alles tun und kann dir alles kochen, Liebster!«

Sie küßten sich, liefen in den Flur hinaus und riefen dabei: »Ist die Wissenschaft nicht wundervoll?«

Dann blieben sie wie angenagelt stehen. »Nein, nein!« rief Fifi entsetzt aus.

Der Korridor war ordentlich und aufgeräumt; die Vorhänge an den beiden Fenstern glitzerten metallisch, kontrollierten die eindringende Lichtmenge und speicherten den Überschuß für die nächste Nacht; der Kriechteppich bedeckte den ganzen Boden, war neu gespritzt worden und transportierte sie langsam weiter; die Wandtäfelung war angenehm warm und weich, wenn man sie berührte. Aber sie hatten sich an einen Nachmittag vor vier Wochen zurückversetzen lassen; um drei Uhr nachmittags herrschte sonst Ruhe im Haus – aber vor einem Monat waren die Handwerker noch bei der Arbeit gewesen.

»Liebster, sie ruinieren den Teppich! Und ich weiß schon jetzt, daß die Wandtäfelung nicht mehr richtig angebracht wird! Oh, Tracey, sieh doch – sie haben die Vorhänge abgemacht, obwohl Smith mir versprochen hat, es nicht zu tun!«

Er legte ihr eine Hand auf die Schulter. »Liebling, alles ist in Ordnung – ehrlich!«

»Nein! Nichts ist in Ordnung! Überall liegen diese schmutzigen alten Zeitrohre herum. Und die vielen Kabel! Sie haben unsere schöne staubansaugende Decke ruiniert – siehst du nicht, wie überall Staub liegt?«

»Liebling, das ist nur der Zeiteffekt!« Aber er mußte zugeben, daß er seinen Augen nicht trauen wollte, die ihm einen ordentlich aufgeräumten Korridor zeigten. Er wurde wie Fifi von den Empfindungen bewegt, mit denen er vor einem Monat an der gleichen Stelle gestanden hatte, als Smith und seine schrecklichen Leute noch im Haus gearbeitet hatten.

Sie erreichten das Ende des Korridors und betraten das Schlafzimmer, das wieder in einer anderen Zeitzone lag. Fifi warf noch einen letzten Blick in den Korridor zurück und sagte mit Tränen in den Augen: »Mein Gott, wie sich die Zeit auswirkt, Tracey! Jetzt müssen wir die Einstellung für den Korridor verändern, nicht wahr?«

»Klar, wir stellen einfach einen Tag aus dem letzten Jahr ein – zum Beispiel einen schönen Sommernachmittag. Wie liefern jeden gewünschten Zeitpunkt! Das ist doch das Motto der Zentralen Zeitversorgung, was? Wie gefällt dir übrigens die Zeit hier?«

Fifi sah sich prüfend um. »Hmmm, ziemlich entspannt, finde ich.«

»Zwei Uhr morgens, Liebste. Eine milde Frühlingsnacht, und alle übrigen Bewohner unserer Zone schlafen fest. Jetzt brauchen wir keine Schlaflosigkeit mehr zu fürchten!«

Sie trat näher an ihn heran, lehnte sich an ihn und sah zu ihm auf. »Findest du nicht auch, daß elf Uhr abends besser als ... nun, besser als Schlafzimmerzeit geeignet wäre?«

»Du weißt doch, daß ich für solche Zwecke die Couch vorziehe, Liebste. Komm mit und sag mir, was du vom Wohnraum hältst.«

Der Wohnraum lag einen Stock tiefer, unmittelbar über der Garage. Er war ein schöner großer Raum mit schönen großen Fenstern, von denen aus man einen weiten Blick über die Landschaft bis hin zur Kuppel der Stadt hatte, und er enthielt vor allem eine schöne große Couch.

Sie versanken fast in diesen schwellenden Polstern und fielen sich in die Arme, weil alte Erinnerungen in ihnen wach wurden. Kurze Zeit später streckte Tracey die Hand aus und zeigte auf einen Schalter über der Rückenlehne der Couch.

»Wir können die Zeit von hier aus kontrollieren, ohne aufstehen zu müssen, Fifi! Du brauchst nur einen Zeitpunkt zu nennen, an den wir uns zurückversetzen lassen wollen.«

»Wenn du denkst, was ich denke, daß du es denkst, lassen wir uns lieber nicht weiter als zehn Monate zurückversetzen, weil wir damals noch nicht verheiratet waren.«

»Hör zu, Mrs. Fevertrees, seit wann bist du so altmodisch? Früher hast du dir doch auch nichts dabei gedacht.«

»Doch! Allerdings eher nachher, sobald ich wieder zur Besinnung gekommen war.«

Er strich ihr übers Haar. »Wir können gelegentlich auch etwas anderes versuchen – wir könnten uns in die Zeit zurückversetzen lassen, in der du erst zwölf warst. Du mußt damals verdammt sexy gewesen sein, und das möchte ich gern erleben. Was hältst du davon?«

Sie wollte sich diese Unverschämtheiten bereits so energisch verbitten, wie sie es sich als Frau schuldig zu sein glaubte, aber ihre Phantasie ging mit ihr durch. »Wir könnten uns sogar in eine Zeit zurückversetzen lassen, in der wir erst Kleinkinder waren!«

»Richtig! Du weißt doch, daß ich einen kleinen Lolitakomplex habe!«

»Aber wir müssen trotzdem vorsichtig experimentieren, Tracey, damit wir nicht in der Aufregung über unsere Geburt hinausschießen und plötzlich nur noch als Protoplasmaklümpchen oder dergleichen vorhanden sind.«

»Du brauchst nur die Bedienungsanleitung zu lesen, Liebste! Sobald der Druck genügt, um uns weiter als bis zu unserer Geburt zurückzuversetzen, leben wir einfach in unseren Vorgängern des gleichen Geschlechts weiter – du in deiner Mutter, ich in meinem Vater, und dann sind deine Großmutter und mein Großvater an der Reihe. Noch weiter zurück können wir nicht, weil der Druck in Rouseville nicht ausreicht.«

Sie sprachen nicht weiter, weil sie anderweitig beschäftigt waren, bis Fifi verträumt murmelte: »Die Zeit ist doch eine himmlische Erfindung! Wenn wir später alt und grau geworden sind, können wir uns zurückversetzen lassen und uns wieder wie jetzt amüsieren. Wir lassen uns doch hierher zurückversetzen, nicht wahr, Liebling?«

»Mmmm, gern«, stimmte Tracey zu.

Abends aßen sie einen riesigen synthetischen Hummer. In ihrer Aufregung über die neu installierte Zeitleitung hatte Fifi eine nicht ganz richtige Kombination eingestellt – obwohl sie bereit war, jeden Eid darauf zu schwören, daß das Kochprogramm, das sie dem Küchencomputer eingegeben hatte, fehlerhaft gewesen war –, und der Hummer schmeckte nicht ganz so gut wie erwartet. Aber sie ließen sich einfach an einen Zeitpunkt zurückversetzen, an dem sie vor knapp zwei Jahren einen wunderbaren Hummer gegessen hatten, als sie sich erst einige Tage kannten. Die Erinnerung an diesen Geschmack half ihnen, ihre Enttäuschung zu überwinden.

Während sie aßen, fiel der Druck plötzlich ab.

Sie hörten kein Geräusch. Äußerlich blieb alles unverändert. Aber innerlich spürten Fifi und Tracey, daß sie durch die Tage gewirbelt wurden, als seien sie welkes Laub, das der Wind übers Moor bläst. Mahlzeiten kamen und gingen, und der Hummer rief einen Brechreiz in ihnen hervor, weil sie sich einbildeten, nacheinander Truthahn oder Käse oder Rehbraten oder Torte oder Vanillepudding oder Eiskrem oder Pommes frites im Mund zu haben. Einige schreckliche Sekunden lang saßen sie wie versteinert am Tisch, während Tausende von verschiedenen Geschmäckern über ihre Zungen zu huschen schienen. Dann sprang Tracey endlich auf und unterbrach den Zeitfluß, indem er den Schalter an der Tür betätigte.

»Irgend etwas ist schiefgegangen!« rief er dabei aus. »Das war dieser verdammte Smith! Ich rufe ihn gleich an. Ich erschieße den Kerl!«

Aber als Smith auf dem Bildschirm erschien, war sein Gesicht so ausdruckslos wie immer.

»Dafür kann ich nichts, Mister Fevertrees«, beteuerte er. »Eben hat mich übrigens schon einer meiner Leute angerufen, um mir zu sagen, daß es im Zeitwerk von Rouseville, wo Ihre Leitung an die Hauptversorgung angeschlossen ist, Schwierigkeiten gegeben hat. Dort dringt Zeitgas ins Freie. Sie erinnern sich vielleicht daran, daß ich schon heute morgen davon gesprochen habe. Gehen Sie ins Bett, Mr. Fevertrees, wenn Sie meinen guten Rat annehmen wollen! Gehen Sie ins Bett, und morgen früh ist sehr wahrscheinlich alles wieder in Ordnung!«

»Ins Bett gehen! Wie kann er es wagen, uns das vorzuschlagen!« rief Fifi empört aus. »Das ist ein unsittlicher Vorschlag! Dieser Mann versucht etwas zu vertuschen, Tracey! Wahrscheinlich hat er selbst irgend etwas falsch gemacht und will sich jetzt mit diesem angeblichen Leck herausreden.«

»Das können wir gleich feststellen. Komm, wir fahren einfach hin!«

Sie gingen in die Garage und kletterten dort in ihr Landfahrzeug. Städter lachten manchmal über die kleinen Luftkissenfahrzeuge, die so sehr an die Automobile vergangener Zeiten erinnerten; aber diese Fahrzeuge waren auf dem Land außerhalb der großen Kuppeln einfach unentbehrlich, weil es hier keine kostenlosen öffentlichen Verkehrsmittel gab.

Nachdem das Garagentor sich lautlos geöffnet hatte, schwebte das Luftkissenfahrzeug ins Freie, blieb etwa einen halben Meter über dem Erdboden und beschleunigte rasch. Rouseville lag hinter dem nächsten Hügel, und das Zeitwerk erhob sich jenseits des Dorfes. Aber als die ersten Häuser vor ihnen auftauchten, geschah etwas Seltsames.

Obwohl alles ruhig blieb, begann das Luftkissenfahrzeug wild zu schlingern. Fifi prallte heftig gegen Tracey. Im nächsten Augenblick saßen sie in einer Hecke fest.

»Verflixt, diese Dinger sind schwer zu steuern!« sagte Tracey, als er ausstieg. »Ich muß doch einmal Fahrstunden nehmen!«

»Willst du mir nicht herunterhelfen, Tracey?«

»Pah, ich bin schon zu groß, um mit Mädchen zu spielen!«

»Du mußt mir aber helfen! Ich habe mein Püppchen verloren!«

»Du hast nie ein Püppchen gehabt! Du spinnst bloß!«

Er rannte über die Felder davon, und sie konnte ihm kaum folgen. Es war schrecklich schwer, den unbeholfenen schweren Körper eines Erwachsenen mit dem Verstand eines Kindes zu kontrollieren.

Sie fand ihren Mann mitten auf der Dorfstraße wieder; er saß dort, strampelte mit den Beinen und winkte ihr fröhlich zu. Er kicherte. »Tacy adda-adda gangen!« sagte er.

Aber kurze Zeit später konnten sie wieder zu Fuß weitergehen, obwohl Fifi dabei Schmerzen hatte, weil ihre Mutter in den letzten Lebensjahren Gelenkrheuma gehabt hatte. Sie humpelten nebeneinander her – zwei junge Menschen mit greisenhafter Körperhaltung. Als sie das kleine Dorf erreichten, das nicht unter einer Kuppel lag, stellten sie fest, daß sämtliche Einwohner auf den Beinen waren und das ganze Spektrum menschlicher Alterscharakteristiken verkörperten – von unschuldigen Wickelkindern bis zu zahnlosen senilen Greisen. Offenbar hatte es im Zeitwerk eine Katastrophe gegeben.

Zehn Minuten und einige Generationen später erreichten sie das Tor. Unter dem Wappen der Zentralen Zeitversorgung stand Smith. Sie erkannten ihn nicht; er trug eine Zeitmaske, aus deren Filter alte Augenblicke strömten, wenn er ausatmete.

»Ich habe mir gleich gedacht, daß Sie hierherkommen würden!« rief er aus. »Sie haben mir kein Wort geglaubt, was? Schön, dann kommen Sie am besten gleich mit, um sich selbst zu überzeugen. Bei der letzten Bohrung sind sie auf eine ergiebige Quelle gestoßen, aber die Ventile waren dem Druck nicht gewachsen und haben versagt. Ich nehme an, daß die ganze nähere Umgebung evakuiert werden muß, bevor der Schaden behoben werden kann.«

Während er sie durchs Tor führte, sagte Tracey: »Ich hoffe nur, daß die Russkies dabei keine Hand im Spiel gehabt haben!«

»Welche Rusties?«

»Die Russen«, erklärte Tracey ihm ungeduldig. »Das Ganze sieht nach russischer Sabotage aus. Das Werk ist doch geheim, oder?«

Smith starrte ihn verblüfft an. »Sind Sie übergeschnappt, Mister Fevertrees? Auch in Rußland gibt es natürlich Zeitleitungen, wie bei uns. Sie waren doch letztes Jahr auf Ihrer Hochzeitsreise auch in Odessa?«

»Letztes Jahr habe ich in Korea gekämpft, wenn Sie es genau wissen wollen!«

»Korea?!«

Ein schwarzes Ungetüm, an dessen Ober- und Unterseite zahlreiche rote Blinklichter aufblitzten, sank mit lautem Sirenengeheul aus dem Nachthimmel herab, um im Innenhof des Zeitwerks zu landen. Die Feuerwehr aus der Stadt wurde von einem Robotpiloten gesteuert, aber ihre menschliche Besatzung taumelte sichtlich verwirrt ins Freie, und ein junger Bursche verlangte, jemand solle ihm die Windeln wechseln, bevor die Zeitwerksangehörigen dazu kamen, ihnen allen Zeitmasken zu geben. Und es gab hier kein Feuer zu löschen, weil die Zeit nur eine unsichtbare Fontäne bildete, die inzwischen bereits hoch über das Zeitwerk und das ganze Dorf aufstieg und in alle Winde zerstob.

»Kommen Sie, wir sehen uns an, was es zu sehen gibt«, schlug Smith vor. »Und dann gehen wir am besten nach Hause, um einen kräftigen Schluck zu trinken, anstatt hier zu stehen und nichts zu tun.«

»Sie sind ein sehr leichtsinniger junger Mann, wenn Sie meinen, was Sie zu meinen scheinen«, behauptete Fifi mit ungewohnt strenger Stimme. »Heutzutage gibt es fast nur noch geschmuggelten Schnaps, der gesundheitsschädlich sein kann – und ich finde überhaupt, daß wir die Bestrebungen des Präsidenten, die Trunksucht ganz auszurotten, nach besten Kräften unterstützen sollten, nicht wahr, Tracey?«

Aber Tracey war in fremde Erinnerungen versunken und pfiff noch dazu leise ›La Paloma‹ vor sich hin.

Sie stolperten hinter Smith her und erreichten das Hauptgebäude, wo sie von zwei Polizisten aufgehalten wurden. Im gleichen Augenblick tauchte ein dicklicher Mann auf und sprach durch seine Zeitmaske mit den Polizisten. Smith rief ihn an, und sie begrüßten sich wie Brüder. Sie waren tatsächlich Brüder. Clayball Smith ließ sie alle eintreten und nahm dabei sehr galant Fifis Arm – mehr hatte er noch nie von einem hübschen Mädchen bekommen.

»Müßten wir uns diesen Gentleman nicht erst vorstellen lassen, Tracey?« flüsterte Fifi ihrem Mann zu.

»Unsinn, meine Liebe. Anstandsregeln sind zeitweise außer Kraft, wenn man die Tempel der Industrie betritt.« Während Tracey sprach, schien er einen imaginären Backenbart zu streicheln.

Im Innern des Zeitwerks herrschte ein unvorstellbares Chaos. Erst hier zeigte sich das ganze Ausmaß der Katastrophe. Eben wurden die ersten Bergleute aus dem Schacht geholt, in dem sich die Zeitexplosion ereignet hatte; einer der armen Kerle fluchte leise vor sich hin und gab George III. die Schuld an diesem Unglück.

Die ganze Zeitindustrie steckte noch in den Kinderschuhen. Erst vor knapp zehn Jahren waren tief im Erdinneren die ersten Zeittaschen entdeckt worden. Die ganze Sache war noch immer ziemlich unerklärlich und keineswegs gründlich erforscht.

Aber die Großindustrie hatte sich der Sache bemächtigt und mit ihrer typischen Großherzigkeit dafür gesorgt, daß jedermann einen gerechten Anteil an der Zeit bekam – zu einem anständigen Preis. Inzwischen war die Zeitindustrie zur wichtigsten und einflußreichsten Industrie der Welt geworden. Selbst in einem kleinen Dorf wie Rouseville war das Zeitwerk Millionen wert. Aber im Augenblick befand es sich außer Betrieb.

»Hier ist es schrecklich gefährlich – am besten bleiben Sie nicht allzu lange«, sagte Clayball besorgt. Er brüllte durch seine Zeitmaske. Der Lärm um sie herum war schauderhaft, seitdem ein Fernsehreporter dicht neben ihnen zu quasseln begonnen hatte.

Als sein Bruder ihm eine Frage zuschrie, antwortete Clayball: »Nein, es handelt sich um mehr als nur einen Riß in der Hauptleitung. Das haben wir zuerst behauptet, um die Öffentlichkeit abzulenken. Unsere tapferen Leute dort unten sind auf ein neues Zeitlager gestoßen, das jetzt unaufhörlich leckt. Wir können es nicht mehr abdichten! Die Hälfte unserer Leute war schon in die Zeit zurückversetzt worden, als die Normannen England eroberten, bevor wir merkten, was passiert war.« Er zeigte dramatisch auf die Fliesen unter ihren Füßen.

Fifi begriff gar nicht, wovon er überhaupt sprach. Seitdem sie Plymouth verlassen hatte, wurde sie das Gefühl nicht mehr los, den festen Boden unter den Füßen verloren zu haben – und das nicht nur bildlich gesprochen. Es war schon schwierig genug, die Pilgermutter eines der Pilgerväter zu sein, aber diese Neue Welt gefiel ihr ganz und gar nicht. Sie war bereits außerstande, zu der Erkenntnis zu gelangen, daß die moderne Technik den Zeitplan eines ganzen Planeten durcheinanderbrachte.

In ihrem gegenwärtigen Zustand konnte sie nicht wissen, daß die Illusionen dieser Zeitfontäne bereits den gesamten Kontinent und die ganze Welt erreichten. Fast alle Nachrichtensatelliten brachten mehr oder minder zutreffende Bildberichte von der Katastrophe, während die Zuschauer bereits in früheren Generationen wie in bodenlose Schneewehen versanken.

Jetzt raste ein Krankenwagen heran. Ein zweiter folgte dichtauf. Archibald Smith wollte Tracey zur Seite ziehen.

»Rühr mich nicht an, Schurke!« sprach Tracey und versuchte ein imaginäres Schwert zu ziehen. Aber die Sanitäter sprangen bereits aus den Wagen, und Polizisten sperrten einen Teil des Gebäudes ab.

»Sie wollen unsere tapferen Terranauten heraufholen!« rief Clayball laut.

Trotzdem war seine Stimme kaum zu hören. Überall waren Männer mit aufgesetzten Zeitmasken zu sehen; hier und dort zeigte sich auch eine weibliche Gestalt in ähnlicher Aufmachung – Krankenschwestern. Sauerstoff und warme Suppe wurden bereitgestellt, Scheinwerfer flammten auf und leuchteten in die quadratische Öffnung des Inspektionsschachts. Die Männer in gelben Schutzanzügen ließen sich jetzt in diesen Schacht hinab. Sie standen miteinander in Sprechfunkverbindung. Dann waren sie verschwunden. Ehrfürchtiges Schweigen erfüllte die große Halle und pflanzte sich nach draußen zu den Zuschauermassen fort.

Aber aus Sekunden wurden Minuten, und der Lärm brandete erneut auf. Weitere Männer in gelben Overalls kamen heran, und die Fernsehreporter wurden zur Seite gedrängt.

»Traun, mich deucht, 's wär besser, nicht länger zu verweilen!« flüsterte Fifi leise und hob mit zitternden Händen ihren Rock, um schneller laufen zu können. »Bei Gott, das gefällt mir nicht!«

Schließlich regte sich etwas an der Schachtöffnung. Schwitzende Männer zogen gemeinsam an Seilen. Der erste Terranaut, der seine charakteristische schwarze Uniform trug, kam jetzt in Sicht. Sein Kopf hing zur Seite, seine Maske war ihm vom Gesicht gerissen worden, aber er kämpfte verzweifelt darum, bei Bewußtsein zu bleiben. Er lächelte sogar verwegen und winkte zu den Fernsehkameras hinüber. Die Zuschauer klatschten Beifall.

Ein Reporter hatte sich bis in die erste Reihe vorgekämpft, um den Terranauten zu erreichen; er hielt ihm ein Mikrophon an die Lippen, wähend Milliarden ungläubiger Zuschauer das verzerrte Gesicht des Helden auf den Bildschirmen sahen.

»Dort unten ist die Hölle ... Dinosaurier und ihre Jungen«, keuchte der Terranaut, bevor er in den Krankenwagen geschoben wurde. »Ganz tief unten im Gas ... Noch ein paar hundert Meter, dann hätten wir ... dann wären wir auf ... auf die Erschaffung der Welt ... gestoßen ...«

Mehr war nicht zu hören. Die Polizei hatte Verstärkung bekommen und räumte jetzt das Gebäude von unerwünschten Zuschauern, bevor die übrigen Terranauten heraufgeholt wurden.

Als die Polizisten näherkamen, ergriffen Tracey und Fifi blindlings die Flucht. Sie begriffen nicht mehr, was um sie herum vorging. Sie liefen zum Ausgang, ohne auf die Rufe der Gebrüder Smith zu achten.

Dann lagen sie in der Dunkelheit unter der nächsten Hecke, während hoch über ihnen die Zeitfontäne unsichtbares Verderben verbreitete. Gelegentlich weinte einer von ihnen wie ein kleines Mädchen, während der andere wie ein alter Mann stöhnte. Sie atmeten beide schwer.

Der neue Tag brach an, als sie sich aufrafften, Rouseville hinter sich ließen und über die Felder davonwanderten.

Sie waren nicht allein. Die Dorfbewohner brachen ebenfalls auf und verließen ihre Häuser, die ihnen jetzt fremd und unbegreiflich waren. Tracey starrte sie mißtrauisch unter dichten Brauen heraus an und brach sich vom nächsten Baum einen dicken Ast ab, der ihm zur Not als Keule dienen konnte.

Der Mann und seine Frau marschierten über die Hügel und kehrten wie die meisten Menschen in die Wildnis zurück. Ihre gebeugten primitiven Gestalten zeichneten sich als Silhouetten vor dem roten Morgenhimmel ab.

»Ugh glumph hum herm morm glug humk«, murmelte die Frau.

Was aus der Sprache der Steinzeitmenschen übersetzt etwa
bedeutete: »Warum muß das der Menschheit immer wieder
passieren, wenn sie gerade dabei ist, halbwegs zivilisiert zu
werden?«

Originaltitel: ›The Night That All Time Broke Out‹
Copyright © 1967 by Brian W. Aldiss;
mit freundlicher Genehmigung des Autors
Copyright © 1969 by Wilhelm Heyne Verlag, München
Aus dem Englischen übersetzt von Wulf H. Bergner

DAVID J. MASSON

Ablösung

Es war ein apokalyptischer Sektor. Aus dem rotschwarzen
Vorhang der Sichtschranke voraus, die bei dieser Entfernung
von der Grenze nur ganze zwanzig Meter nördlich verlief,
kamen alle möglichen meteoritischen Schrecken: Fissions- und
Fusionsexplosionen, chemische Detonationen, ein Hagel von
Geschossen aller Größen und Geschwindigkeiten, thalamisch
wirkende Narkotika. Die Geschosse mit Aufschlagzündern de-
tonierten im nackten Felsgestein der Hänge oder im Beton der
Vorpostenstationen, von denen alle paar Minuten eine zer-
trümmert oder ausgeweidet wurde. Die überlebenden Anla-
gen des Befestigungsgürtels erwiderten das Feuer mit einem
ebenso intensiven Hagel von Raketengeschossen und Granaten. Da und dort sah man durch den Rauch und das unaufhör-
liche Blitzen der Detonationen Gestalten in schützenden
Kampfanzügen auf ihren mechanischen ›Bewegungshilfen‹
wie verzweifelte Bewohner eines mit Flammenwerfern ange-
griffenen Ameisenhaufens die Hänge herauf, entlang oder hinunter rennen. Die Flugbahnen zahlreicher feindlicher Geschosse rasten über die Vorpostenstellungen hinweg in die in-
digofarbene Dunkelheit der rückwärtigen Sichtschranke, die
ungefähr fünfzig Meter weiter südlich verlief und etwa vierzig
Meter unter der Augenhöhe des Beobachters auf das steil ab-
fallende Felsgelände traf. Im Osten und Westen war entlang
dem Sichtbarkeitskorridor ein unaufhörliches Trommelfeuer
beider Seiten zu beobachten, so weit das Auge reichte; das waren in dieser klaren Gebirgsluft, wenn die Rauch- und Staub-
wolken der Explosionen einmal aufrissen oder vom Wind
auseinandergetrieben wurden, ungefähr sechzig Kilometer (im
Westen abgeschnitten durch einen Gebirgsausläufer). Die
Ausdehnung des Hörbarkeitskorridors war ungleich größer; der
in allen Tonlagen pfeifende, heulende und krachende Ge-

fechtslärm, obschon nur durch das linke Ohr im Helm gehört, war beträchtlich.

»Muß computergesteuert sein«, sagte H's Sende-Empfangsgerät in sein rechtes Ohr. Kein Kürzel ging dieser Feststellung voraus, aber H kannte die Stimme B's, seines nächsten Vorgesetzten, der einen Meter neben ihm in der großen Betonkuppel stand, von wo aus sie ihren Frontabschnitt durch ein Panzerglasfenster und ein Infrarotsichtgerät mit einer Reichweite von einigen hundert Metern beobachteten. Sein nächster Vorgesetzter war seit drei Minuten im Bunker, anscheinend auf Inspektion, wahrscheinlich aber, um die Anerkennung der nächsthöheren Charge zu gewinnen, die sich jetzt vermutlich in Station VV aufhielt.

»Wie sonst könnten sie hier so genaue Treffer erzielen, meinen Sie?« sagte H.

»Nun, natürlich könnte es Langstrecken-Niederfrequenz sein; wir wissen nicht genau, wie die Zeit sich drüben auswirkt.«

»Aber wenn die Konzeleration asymptotisch zur Grenze verläuft, wie es sein sollte, wenn die Zeit beim Gegner spiegelbildlich wirkt, würde dann überhaupt etwas über die Linie gekommen sein?«

»Muß nicht sein, soweit ich sehen kann – vielleicht steilt es sich auf und fällt dann im gleichen Winkel auf der anderen Seite wieder zurück«, sagte B's Stimme. »Aber ich bin nicht gekommen, um wissenschaftliches Zeug zu reden: Ich habe Neuigkeiten für Sie, das heißt, wenn wir die nächsten Sekunden hier überstehen: Sie sind abgelöst.«

H fühlte eine schwarze innere Sichtschranke auf sich eindringen, und ein Dröhnen in seinen Ohren übertönte den Lärm des Trommelfeuers. Als seine Knie nachzugeben begannen, beugte er sich vornüber und kam wieder zu sich. Nun konnte er seinen Ersatzmann sehen, eine unschlüssig wirkende Gestalt in einem Schutzanzug (wie alle ihn hier oben trugen) auf der anderen Seite des Bunkerraumes.

»XN 3, welche Befehle?« sagte er militärisch knapp, während sein Pulsschlag sich beschleunigte.

»XN 2: Marschgepäck, Versorgungswagen 3333 nach VV. Zeigen Sie Plakette . . .« – er hielt ihm ein orangefarben leuchtendes

Etikett hin, das mit wenigen großen schwarzen Schriftzeichen bedruckt war – »und handeln Sie, wie dort befohlen!«

H wies mit dem rechten Daumen der in Ellbogenlänge seitwärts gehaltenen Faust salutierend nach oben. Die Situation war ungeeignet für Mienenspiel oder unnötige Reden. »XN 3, jawohl, Marschgepäck, Versorgungswagen 3333, Plakette (er hatte sie in seinen linken Handschuh genommen), weitere Befehle VV; abgemeldet!«

B's Nicken entging ihm, als er zum Ausgang eilte, ein kleines Bündel (eins von fünfzehn) vom vierten Wandhaken nahm und die speckig glänzende unterirdische Rutsche zu einer zehn Meter tiefer gelegenen, von einer Brennstoffzelle beleuchteten Höhle hinuntersauste. Dort angekommen, drückte er einen Leuchtknopf in der Wand, sah ein beleuchtetes Symbol eine Serie von Markierungspunkten passieren, sprang in den niedrigen Versorgungswagen, als dieser knirschend um die Kurve gerollt kam, und zog die Knie in der zweckmäßigen Embryohaltung an die Brust. Nachdem sein Gewicht den Verschließmechanismus ausgelöst hatte, klappte der Einstieg zu, und der Wagen (dessen Sicherheitsbügel H's Körper festhielten) sauste ratternd bergab durch den engen Tunnel.

Fünfundzwanzig Sekunden nach seiner Abmeldung langte H in der vorgeschobenen Empfängerzelle der Station VV an, beinahe einen Kilometer hangabwärts. Er klappte den Einstieg zurück und kroch aus dem Wagen, der gleich darauf davonrollte, ging zehn Schritte in dieser größeren Version seiner nördlicheren Vorpostenstellung, salutierte mit vorgerecktem Daumen und zeigte seine Plakette dem diensttuenden Offizier (kenntlich durch Helmfarbe und Helmzeichen). Gleichzeitig sagte er: »XN 3 Meldung. Abgelöst.«

»XN 1 an XN 3! Nehmen Sie dies ...« – und er zog eine ähnliche orangefarbene Plakette aus der Tasche und reichte sie ihm – »und nehmen Sie Versorgungsbahn in rückwärtige Zone. Abfahrt in – 70 Sekunden. Übrigens, schon mal einen Prehi gesehen?«

»Zu Befehl, nein.«

»Dann sehen Sie mal hier durch; sehen wie Pteros aus, aber primitiver.«

Das teleskopische Infrarotsichtgerät war auf Nordwest eingestellt und durchdrang die frontseitige Sichtschranke, die nordwärts in ungefähr vierzig Metern Entfernung verlief; ein gutes Stück hangaufwärts, aber noch innerhalb der dunklen Infrarot-Strahlungsschranke waren zwei geräuschlos kreischende und jammernde schuppige Tiere von der Größe ansehnlicher Hunde zu sehen, aber mit zwei Beinen und schweren Flügeln. Sie hüpften flügelschlagend um einen am Hang liegengebliebenen Felsblock. Vielleicht waren sie im Flug getroffen worden, denn an diesem öden, von Geschossen durchpflügten Hang konnten sie kaum beheimatet sein.

»Danke. Seltsam«, sagte H. Elf von den siebzig Sekunden waren verstrichen. Er zog einen Spritzbecher aus der Wand und zapfte ein Getränk aus dem Automaten, das er sich durch den Helm in den Mund spritzte. Siebzehn Sekunden waren vergangen, dreiundfünfzig fehlten noch.

»XN 1 an XN 3: wie sieht es vorn aus?«

Selbstverständlich war eine Meldung angebracht: XN 2 mochte nie zurückkehren, und die Kommunikation zeitaufwärts und zeitabwärts war in diesen Breiten über mehr als ein paar Meter nahezu unmöglich.

»XN 3. Die Gefechtstätigkeit hat sich den ganzen Tag über verstärkt; ich befürchte, daß in den nächsten Stunden ein Durchbruchversuch erfolgen könnte; nur meine Vermutung, natürlich. Aber ich habe Derartiges in der Zeit hier oben noch nicht erlebt. Ich nehme an, Sie werden es in VV auch bemerkt haben.«

»XN 1, danke für Meldung«, war die ganze Antwort. Aber er konnte selbst hören, daß das Dauerfeuer sehr viel intensiver war als alles, was er bisher auch auf dieser Ebene kennengelernt hatte.

Noch siebenundzwanzig Sekunden verblieben. Er salutierte und schritt mit seinem Marschgepäck und der neuen Plakette durch den Bunker zum Wachhabenden, der die Plakette abstempelte und wortlos in einen Korridor zeigte. H durcheilte diesen und gelangte nach vielen Metern zu einer kleinen Galerie. Eine Schienenschwebebahn mit Schiebetüren, die sich in Abteile öffneten, glitt leise längsseits. Ein Wächter winkte, als H und zwei weitere, die mit ihm warteten, Türen mit unbeleuchteten Indikatoren gefunden hatten und eingestiegen waren, die Türen schlossen sich, und H fühlte sich von einem federnden Bügel sachte in den rückwärts geneigten Sitz gedrückt, während der Zug talabwärts beschleunigte. Schon nach zehn Sekunden hielt er am nächsten Haltepunkt; im Abteil leuchtete ein kleines Feld auf und verkündete lapidar ›UMLEITUNG LINKS‹, vermutlich weil die direkte Route zerstört war. Der Zug beschleunigte wieder, aber diesmal sanfter, bog nach links ab, wie H fühlen konnte, und hielt an zwei weiteren Haltepunkten, bevor er wieder nach rechts bog und endlich verlangsamte. Nach Hads persönlichem Chronographen kam er 480 Sekunden nach der Abfahrt zum Stillstand, anstelle der 200, die er erwartet hatte.

An diesem Punkt war wieder Tageslicht zu sehen. Vom vorgeschobenen Bunker etwa der Bergstellung, wo XN 2 ihn beurlaubt hatte, war Had jetzt etwa fünfzehn Kilometer in südlicher Richtung entfernt und annähernd dreitausend Meter tiefer, die Umleitungen nicht mitgerechnet. Die vordere Sichtschranke war hier hinter der Schulter eines mit Riesenflechten bedeckten Berges verborgen, aber die südliche Barriere war als eine schwarzviolette Nebelwand nur einen halben Kilometer entfernt. Flechten, Gräser und niedriges Gestrüpp gediehen in der kargen, aus steinigen Mulden und von Schluchten zerrissenen Hängen bestehenden Landschaft. Der Schlachtenlärm war noch als dumpfes Tosen hörbar, vermischt mit dem Brausen stürmischer Winde, aber Einschläge waren in dieser rückwärtigen Zone selten und die sichtbaren Schäden vergleichsweise gering. Am Himmel jagten sich die Wolken. Einige sehr eigenartig aussehende Tiere, deren allgemeine Erscheinung irgendwo in der Mitte zwischen Eidechse und Wiesel zu liegen schien, liefen in der Nähe am Stamm eines Baumfarns auf und ab. Außer Had verließen sechs Männer den Versorgungszug. Zwei und drei marschierten in zwei Gruppen einen nach Osten führenden Weg hinab. Einer (er gehörte nicht zu denen, die in der Station VV eingestiegen waren) blieb bei Had.

»Ich bin ins Große Tal abkommandiert; habe es seit zwanzig Tagen nicht gesehen; alles wird verändert sein. Wohin schicken sie dich?« sagte die Stimme des anderen Mannes durch das Sende-Empfangsgerät in Hads rechtes Ohr.

»Ich – ich bin abgelöst«, sagte Had unsicher.

»Ich glaub, ich flieg auseinander!« brachte der andere hervor. Dann, nachdem er es verdaut hatte, sagte er: »Wohin willst du gehen?«

»Irgendwo im Süden ein Geschäft aufmachen, glaube ich. Ich mag Wärme, Wärme und Vegetation. Ich habe ein paar Techniken, die ich in der Wirtschaft auf diese oder jene Weise nutzbringend anwenden könnte. Tut mir leid, ich wollte mich damit nicht brüsten, aber du fragtest mich.«

»Das ist schon in Ordnung. Aber du mußt wirklich Glück haben. Ich bin noch nie einem begegnet, der abgelöst worden ist. Mach guten Gebrauch davon! Es hilft einem, hier oben auszuhalten – ich meine, jemand zu kennen, der ins Zivilleben abgeht und einer von all den anderen wird, die wir beschützen sollen. Das läßt sie uns in einer Weise real erscheinen.«

»Nett von dir, daß du es so aufnimmst«, sagte Had.

»Nein – es ist mein Ernst. Andernfalls würden wir uns fragen, ob es überhaupt Leute gibt, für die wir die Front halten.«

»Nun, wenn es diese Leute nicht gäbe, wer sollte dann das Material und die Techniken entwickeln und bereitstellen, die wir brauchen, um hier oben auszuhalten?« erwiderte Had.

»Einige von den Teccols, die ich früher im Großen Tal kennengelernt habe, könnten genug Techniken dafür entwickelt haben.«

»Ja, aber man darf die reine Wissenschaft nicht vergessen, die man braucht, um die Techniken zu entwickeln; ich bezweifle, daß solche Studien in den Teccols des Tales möglich sind.«

»Vielleicht nicht – das kann ich nicht sagen«, antwortete die Stimme des anderen ein wenig beleidigt, und sie blieben schweigend stehen, bis am Fuß der Station die nächste Seilbahngondel erschien. Had ließ den anderen einsteigen – er fühlte, daß er ihm das schuldig war –, und schon eine Minute später (nur fünf Sekunden oben in seinem Vorpostenbunker, dachte er plötzlich mit einem Anflug von Ironie) erschien die nächste Gondel. Er stieg ein, und als er zurückschaute, erblickte er einen sehr merkwürdig aussehenden purpurfarbenen Vogel mit langem, nacktem Hals auf dem Baumfarn der Wiesel-Eidechsen landen. Die Seilbahn trug ihn rasch über die Schluchten und Mulden abwärts, und der schwarzviolette südliche Vorhang glitt noch rascher vor ihm zurück. Als der Zeitgradient weniger steil wurde, begann sein Gehirn besser zu arbeiten, und ein Gefühl von Wohlbefinden und Bedeutsamkeit ergriff von ihm Besitz. Die Geschwindigkeit der Seilbahn verringerte sich.

Had war froh, daß er noch seinen Schutzanzug trug, als nahe der Seilbahntrasse mehrere chemische Explosionen krachten, vermutlich durch Zufall, aber nur fünfzig Meter unter ihm. Noch froher war er, als Granatsplitter einer weiteren Detonation weiter unten am Hang das Zugkabel zerfetzten, und die Notbremse seine Gondel am nächsten Mast zum Halten brachte. Er kletterte aus der Gondel, rutschte den Mast hinab und trat mit dem Sende-Empfangsgerät nahe an die Notrufanlage. Man wies ihn an, drei Kilometer in westlicher Richtung zur nächsten Seilbahnlinie zu gehen. Sein Gesprächspartner, so vermutete er, mußte von einer Position sprechen, die mehr oder weniger auf der gleichen Breite lag wie sein Mast, denn selbst hier war Kommunikation in Nordsüdrichtung noch immer unmöglich, es sei denn in Bereichen von wenigen Metern. Auch so hatte die andere Stimme einen quietschenden Ton und sprach unnatürlich schnell und abgehackt. Er vermutete, daß seine eigene Stimme dem anderen mürrisch und träge vorkommen mußte.

Unter Einsatz seiner Bewegungshilfen arbeitete er sich durch Schluchten und über schrofige, von Rinnen durchzogene Hänge. Dabei orientierte er sich nach dem Kompaß und beobachtete die Sichtschranken und den Doppler-Farbäquator voraus, um die Mißweisung zu korrigieren. Alles schön und gut, was dieser Mann über die Teccols erzählt, sagte er sich, aber er muß begreifen, daß sich so weit nördlich wie im Großen Tal keine Zivilisation entwickelt haben kann: es ist viel zu jung, als daß sich dort der Mensch von selbst entwickelt haben könnte – jedenfalls an diesem Ende; wer weiß, wie weit das östliche Ende nach Süden reicht.

Die Wanderung war nicht ohne Gefahren: mehrere Einschläge in der Nähe zwangen ihn, in Deckung zu gehen, und in zwei muldenartigen Bodensenken lag etwas wie ein künstlicher Dunst, der leicht zu übersehen war und seinen Argwohn erregte. Wahrscheinlich Kampfgas oder ein synthetisches Kontaktgift. Er beschloß die Gefahrenstelle zu umgehen. Damit nicht genug, sah er sich in einem malvenfarbenen Buschdickicht von einem zornigen Bärenfaultier angegriffen, das er mit der Waffe eliminieren mußte. Aber für einen, der gerade aus der Hölle des Gebirgszuges gekommen war, hatte dies alles dennoch den Anstrich eines angenehmen Spaziergangs.

Endlich erreichte er die Reihe der Masten und drückte den Notrufknopf am Fuß des nächstbesten, nachdem er sich vergewissert hatte, daß seine Breitenzahl annähernd richtig war. Dieselbe Stimme wie zuvor, nicht mehr ganz so fremdartig und abgehackt, unterrichtete ihn, daß in einer Dreiviertelminute eine Seilbahngondel eintreffen und an seinem Mast halten werde; sollte sie nicht halten, müsse er den Notbremshebel am Mast ziehen. Trotz seiner Bewegungshilfen war fast eine Stunde vergangen, seit er zu Fuß aufgebrochen war. Und vielleicht neunzig Minuten waren vergangen, seit er den Bunker der Vorpostenstellung verlassen hatte – mehr als eineinhalb Minuten nach dortiger Zeit.

Die Kabine kam und hielt, er kletterte hinauf und stieg ein, und diesmal verlief die Reise ohne Zwischenfall, sah man ab von gelegentlichen Windböen, welche die Gondel in gefährliche Schwankungen versetzten, und einer Beinahe-Kollision mit Schwärmen nervöser Krähen, bis die Seilbahn in der Talstation eintraf, einem gedrungenen, turmartigen Bau an den gesunden Hängen. Von unten kam ihm eine Kabine entgegen, und als sie einander passierten, rief ein Mann darin durch sein Sende-Empfangsgerät: »Die ersten einer Gruppe!« Und tatsächlich war das Innere der Talstation Warteplatz für ungefähr zwanzig Mann mit Marschgepäck und Waffen – beinahe genug, dachte Hadol, daß es sich gelohnt hätte, sie mit dem Hubschrauber nach vorn zu bringen, statt sie auf Kabinen warten zu lassen, die in langen Intervallen verkehrten. Die Männer sahen aufgeregt und erwartungsvoll und ganz und gar nicht niedergeschlagen aus, aber Hadol enthielt sich diesmal jeglicher Hinweise auf seine Zukunft. Er ging weiter zur Bergstation der Zahnradbahn und gesellte sich zu einer Gruppe von Wartenden, die sich mehr für die Landschaft zu interessieren schienen als für ihre Schicksalsgenossen. Ein dunkler rötlicher Vorhang von unbestimmbarer Dicke verhüllte ungefähr einen halben Kilometer nordwärts die Höhen, und ein bläulicher Dunst begrenzte die Aussicht über das Tal im Süden auf wenig mehr als einen Kilometer, aber zwischen beiden war die Breitenzone leidlich klar und ohne die offensichtlichen und allzu vertrauten Spuren des Krieges. Fichtenwälder bedeckten die höheren Hänge, während in den tieferen Lagen Laubmisch- wald aus Eichen und Eschen vorherrschte. Dieser überwucherte auch die zum Großen Tal überleitenden Steilhänge, zu deren Füßen das Grün von Wiesen auszumachen war. Wirbelnde Wolkenschatten jagten einander über die Hänge, graue Regen- fahnen zogen über das Land, und bisweilen zuckte ein Blitz aus dem Stau der dunklen Wolkenmassen entlang den hohen Ber- gen, nach geraumer Zeit gefolgt von fernem Donnergrollen. An den Waldrändern waren da und dort Hirsche zu sehen, und zwischen den Bäumen tanzten dichte Wolken von Mücken.

Die Zahnradbahn brachte sie in ungefähr fünfzig Minuten hinab, vorüber an zwei geschlossenen Stationen, durch zwei gebogene Tunnels, vorbei an Wasserfällen und Felsabbrüchen, wo Eichhörnchen zwischen den hängenden Wurzeln spran- gen, durch wärmere und immer wärmere Luft zu den Weiden und Getreidefeldern des Großen Tales, wo ein dicht zusam- mengedrängtes Dorf aus Betonhütten und Blockhäusern, das den Namen Emmel trug, auf einer Anhöhe über den Fluß- schleifen kauerte. Eine breite Straße führte gerade nach Osten, parallel zu einer Eisenbahnlinie. Der Fluß war hier nicht sehr groß, ein seichter, steiniger, aber landschaftlich reizvoller Was- serlauf, und das Große Tal (dessen ganze Breite sich nun dem Blick öffnete) war an diesem seinem westlichsten Punkt nicht breiter als ein paar hundert Meter. Die südlichen Hänge der nordwestlichen Hochebene, die das Talende begrenzten, waren mit dichtem Niederwald bestanden.

Der unglaubliche Kontrast zwischen diesen Bildern und dem, was oben in den Bergen und nach der Zeit des Vorpostenbunkers sich vor vielleicht vier Minuten ereignet hatte, machte Hadolar beinahe freudetrunken. Er ließ sich jedoch nichts anmerken, zeigte seine Plakette vor und ließ sie einem Strahlungstest unterziehen und vom diensthabenden Offizier der Kommandantur gegenzeichnen und abstempeln. Das abtrennbare Stück am Ende der Plakette wurde ihm zurückgegeben; es mußte in die Erkennungsmarke gesteckt werden, die ihrerseits in einem Schlitz in einer seiner Rippen untergebracht war; der andere Teil wurde archiviert. Er legte seinen schützenden Kampfanzug und die Bewegungshilfen ab, lieferte Bewaffnung, Munition und Marschgepäck ab, erhielt zwei Geldbörsen mit jeweils eintausend Kreditmarken und einen Zivilanzug. Eine Ordonnanz nahm die vorschriftsmäßige Unterbringung der Erkennungsmarke vor. Die gesamten Formalitäten seit seiner Ankunft beanspruchten 250 Sekunden – zwei Sekunden oben im Vorpostenbunker. Er ging hinaus wie einer, dem die Welt gehört.

Die Luft duftete nach Heu, Beeren, Blumen, Dung. Er sog sie in tiefen Zügen ein, berauscht von soviel Schönheit und Wohlgeruch. Im Wirtshaus bestellte und trank er vier Dezis helles Bier, dann bestellte er ein belegtes Brot und einen Apfel, zahlte und aß. Der nächste Zug nach Osten, so sagte man ihm, würde in einer Viertelstunde abgehen. Er hatte vielleicht eine halbe Stunde im Wirtshaus verbracht. Die Zeit reichte nicht mehr zu einem Spaziergang zum Flußufer hinunter, und so ging er zum Bahnhof, verlangte eine Fahrkarte nach Veruam, das etwa 600 Kilometer östlich an der Meeresküste, und, wie die detaillierte Übersichtskarte im Bahnhof zeigte, ungefähr fünfzig Kilometer weiter südlich lag, bezahlte und suchte sich ein freies Abteil, als der Zug aus seinem Schuppen hereingezogen wurde.

Ein Bauernmädchen und ein schläfrig aussehender Zivilist, wahrscheinlich ein Armeelieferant, stiegen kurz nach Hadolar zu, und sie teilten sich zu dritt das Abteil, als der Zug abfuhr. Hadolar betrachtete das Bauernmädchen mit Interesse, war es doch die erste Frau, die er seit hundert Tagen gesehen hatte. Sie war blond und sanft. Die Mode hatte sich, wie er sah, in den letzten dreißig Jahren nicht radikal verändert, zumindest nicht unter den Bauernmädchen aus Emmel. Nach einer Weile wandte er den Blick von ihr ab und betrachtete die Landschaft. Hier an seinem oberen Ende war das Tal trogförmig und im Norden und Süden von Steilhängen begrenzt, die da und dort die Form gelblicher, schwarzfleckiger Felswände annahmen. Sah man genauer hin, waren Unterschiede in der Färbung des Gesteins auf beiden Seiten erkennbar; aber das Tal hatte sich ein wenig verbreitert, und der Unterschied war vielleicht allein auf gewöhnliche Lichteffekte zurückzuführen. Der Fluß schlängelte sich anmutig durch den Wiesengrund von einer Talseite zur anderen, durchsetzt von kleinen, hasel- und erlenbestandenen Inseln. Da und dort waren Angler zu sehen, die am Ufer saßen oder im Wasser wateten. Die Bauernhäuser glitten am Abteilfenster vorüber. Im Norden erhoben sich über dem Tal die Hänge der hohen Berge, scheinbar frei von Anzeichen menschlichen Lebens, und es bedurfte genauer Beobachtung, um die vereinzelten Seilbahnstationen und die Hubschrauberlandeplätze auszumachen, denn die Höhen verloren sich in dem ungeheuren rötlich-bronzefarbenen Vorhang des Nichts, welcher nahe dem Zenit unerklärlich aus dem zur Hälfte wolkenbedeckten grünen Himmel wuchs. Wolkenwirbel verrieten die Einwirkung des Zeitgradienten auf das Wetter und überraschende Blitzentladungen, die weiter nördlich auf dem Kriegsschauplatz unbemerkt blieben, schienen zwischen den Wolken zu tanzen. Im Süden war das Hochland noch hinter den Höhen der steilen Talränder verborgen, aber die Anfänge des dunkelblauen Dunstes waren im Himmel über dem Steilabfall erkennbar. Der Zug hielt in einem Bahnhof, und das Mädchen stieg zu Hadolars Bedauern aus. Zwei Soldaten in leichten Uniformen stiegen zu und tauschten belanglose Erinnerungen aus: sie hatten Kurzurlaub, den sie in der nächsten Ortschaft, der Kleinstadt Granev, zu verbringen gedachten. Sie beäugten Hadolars neuen Zivilanzug, sagten aber nichts.

Granev war größtenteils aus Stahl und Glas gebaut: kein aufregender Ort. Es bestand aus je einem zwanzigstöckigen Block von sieben Kilometern Länge zu beiden Seiten der Straße, die auf der ganzen Länge von einem Tonnengewölbe aus Glas und Stahlträgern überdacht war. (Welch ein Glück, dachte Hadolar, daß Sprache und Verkehr das Große Tal so weit durchziehen konnten, ohne auf breitenbedingte Probleme zu stoßen: praktisch die ganzen 600 Kilometer.) Industrieansiedlungen und einige Teccols kamen in Sicht. Das Tal hatte sich allmählich verbreitert, bis die südlichen Steilhänge in einem Kilometer Entfernung im blauen Dunst zu verschwinden begannen. Bald hüllten sich auch die nördlichen Hänge in ein rauchiges Rotbraun, bevor sie sich ganz der Sicht entzogen. Der Fluß, angeschwollen von Zuflüssen, war nun einige hundert Meter breit und so tief, daß die Felsblöcke im Flußbett nicht mehr aus dem Wasser ragten. Bisher hatte der Zug erst an die achtzig Kilometer zurückgelegt, doch hatte die Temperatur wieder merklich zugenommen, und die Vegetation war üppiger. Fast alle Passagiere waren jetzt Zivilisten; manche von ihnen bedachten Hadolars neuen Einheitsanzug mit ironischen Blicken. Er beschloß, sich in Veruam bei erster Gelegenheit neu einzukleiden. Vorerst aber wünschte er in der kürzesten persönlichen Zeit so viele Kilometer wie möglich zwischen sich und jene Vorpostenstellung zu legen.

Einige Stunden später traf der Zug in Veruam an der Küste der Nordöstlichen See ein. Fünfzig Kilometer lang, vierzig Stockwerke hoch und in Nordsüdrichtung fünfhundert Meter breit, war es eine eindrucksvolle Stadt. In den Außenbezirken war nichts als Ebene zu sehen, denn der rötliche Nebel verhüllte noch immer alles, was im Norden lag, und der bläuliche Dunst begrenzte die Sicht nach Süden. Ein wohlgenährter Hadolaris suchte einen der Rehabilitationsberater der Stadt auf, denn zivile Techniken und materielle Hilfsmittel waren seit seiner letzten Bekanntschaft mit ihnen enorm fortgeschritten und Sprachgewohnheiten wie Dialektbildungen hatten sich auf eine verwirrende Art und Weise verändert; selbst der gesellschaftliche Verhaltenskodex schien einen beängstigenden Wandel durchgemacht zu haben. Bewaffnet mit einigen Handbüchern, einem Taschenabspielgerät und mehreren Kassetten mit Unterrichtsmaterial über Sprachformen, Dialektentwicklungen und Volkstum, erstand er dem warmen Klima angepaßte Kleidung, einen Wettermantel, Schreibzeug, weiteres Aufzeichnungsgerät, Reisegepäck und andere persönliche

Ausstattung. Nach einer Nacht in einem guten Gasthaus bemühte Hadolaris sich um Informationsgespräche mit den Arbeitsvermittlungsstellen von sieben subtropischen Entwicklungs- und Wirtschaftsförderungsbehörden, wurde Tests unterzogen und mit sieben Empfehlungsschreiben versehen und bestieg den Nachtzug nach dem 580 Kilometer entfernten Oluluetang im Süden. Einer der Herrenausstatter, die ihn mit Kleidung versehen hatten, hatte ihm anvertraut, daß man in stillen Nächten ein weit entferntes Grollen hören könne, das seinen Ursprung vermutlich in den Bergen des Nordens habe. Hadolaris wollte so weit weg von diesem Norden, wie es ihm nur irgend möglich war.

Er erwachte unter Palmen und Bambusgräsern. Hier unten war von keiner der beiden Sichtschranken etwas zu sehen. Die Stadt bestand aus kompakten Blöcken vielstöckiger Gebäude, voneinander getrennt durch Parkgürtel, Straßen- und Bahnlinien. Anders als die Städte im Großen Tal, war sie nicht in Ostwestrichtung angelegt, obgleich ihre Nordsüdachse immer noch relativ kurz war. Hadolarisóndamo suchte ein kleineres Gasthaus, studierte einen Übersichtsplan der Stadt und ihrer Industriegebiete, kaufte einen Führer für die Stadt und ihren Bezirk und verbrachte mehrere Tage mit Sondierungen der Gegend und dem Einziehen von Erkundigungen, bevor er die sieben Adressen aufsuchte, für die er Empfehlungsschreiben hatte. Seine Abende verbrachte er in Kursen der Erwachsenenbildung, in den Nächten absorbierte er im Schlaf unbewußt die Sprachform-Aufzeichnungen. Nach neunzehn Tagen (ungefähr vier Stunden auf der Breite von Veruam, vier Minuten auf der Breite von Emmel, und weniger als zwei Sekunden im Vorpostenbunker) erhielt er eine Stelle in der Verkaufsabteilung einer Organisation, die landwirtschaftliche Produkte vertrieb.

Er stellte fest, daß die verbale Kommunikation in Nordsüdrichtung über mehrere Kilometer hin möglich war, vorausgesetzt, man kannte die Regeln. Infolgedessen war die Zoneneinteilung hier alles andere als streng; für Ausflüge und gesellschaftliche Aktivitäten bot sich ein weites Feld. Militär sah man hier selten. Hadolarisóndamo kaufte ein Automobil, und als er in der Hierarchie der Organisation aufstieg, ein zweites zum Vergnügen. Er war beliebt bei seinen Kollegen und hatte bald einen Kreis von Freunden und verschiedene Steckenpferde, denen er sich in seiner Freizeit widmete. Nach einigen Liebesabenteuern heiratete er ein Mädchen, deren Vater eine leitende Stellung in der Organisation inne hatte, und fünf Jahre nach seiner Ankunft in der Stadt wurde er Vater eines Jungen.

»Arisón!« rief seine Frau aus dem Boot. Ihr Sohn, fünf Jahre alt, lag bäuchlings auf dem Strombord des Bootes und platschte mit den Händen im warmen Wasser des Sees. Hadolarisóndamo stand auf der kleinen Insel vor der Staffelei und versuchte das Spiel von Licht und Schatten am baumbestandenen sumpfigen Ufer gegenüber auf die Leinwand zu übertragen. »Arisón! Ich komme mit diesem Ding nicht zurecht. Könntest du herüberschwimmen und es versuchen?«

»Noch fünf Minuten, Mihányo. Kann jetzt nicht unterbrechen.«

Seufzend und ohne viel Hoffnung fuhr Karamihanyolàsve fort, am Bug des Bootes ihr automatisches Angelgerät auszubringen. Vielleicht bissen die Fische um diese Tageszeit sowieso nicht an. In den Zweigen zur Rechten flatterte ein Halsbandsittich. Sein buntes Gefieder leuchtete im Sonnenschein. Derestó, der Junge, hörte auf im Wasser zu platschen, steckte das Beobachtungsrohr mit dem Glas in den See und schaltete die Lampe ein. Dann spähte er unter der Oberfläche hierhin und dorthin und stieß aufgeregte kleine Rufe aus, wenn winzige Fische verschiedener Formen und Farben in sein Beobachtungsfeld schossen. Nach einer Weile klappte Arisón seine Staffelei zusammen, zog seine Hose aus, legte Leinwand und Farben darauf und schwamm zum Boot hinüber. In diesem See gab es keine Krokodile, Nilpferde waren weit entfernt, und die Erreger der Filariasis und der Bilharziose waren hier ausgerottet. Nach zwanzig Minuten angestrengter Bastelei war das Angelgerät wieder in Ordnung, und die von der lautlos arbeitenden Brennstoffzelle angetriebene Schraube bewegte das Boot zur Insel und von dort über den See zu der Stelle, wo die Strömung eines kleinen Zuflusses in die Weite der Wasserfläche drängte.

Dort fingen sie vier Fische. Als die Sonne sich dem Horizont näherte, machten sie am Bootssteg fest und fuhren nach Haus.

Als Derestó acht Jahre und damit alt genug war, den vollständigen Namen Lafonderestónami zu tragen, hatte er bereits eine dreijährige Schwester und einen kleinen Bruder von einem Jahr. Er war ein gewandter Schwimmer und Jollenführer und entwickelte sich zu Hause und in der Schule zu einem kleinen Organisator. Arisón war in der Firma an die dritte Stelle der Hierarchie aufgerückt, ließ sich davon aber nicht aus dem Gleichgewicht bringen. Die Ferien wurden entweder in den Tropen verbracht (wo man vom Zeitaustausch profitieren konnte), oder in den Vorgebirgen der Nordöstlichen See (wo man einen Zeitverlust in Kauf nehmen mußte), in zunehmendem Maße aber auch im landwirtschaftlich geprägten, von malerischen Wasserläufen durchzogenen westlichen Hochland, wo man vielerorts weite Ausblicke genießen und das wechselvolle Spiel der Wolken und ihrer über die Landschaft hineilenden Schatten beobachten konnte. Selbst dort waren die Sichtschranken bloße Nebelbänke nahe dem nördlichen und dem südlichen Horizont, hinter denen sich eine Dunkelheit am Himmel erstreckte.

In schlaflosen Nächten dachte Arisón bisweilen an die ›Vergangenheit‹. Meistens gelangte er zu dem Schluß, daß, selbst wenn es vielleicht eine halbe Stunde nach seiner Ablösung zu einem Durchbruch gekommen sein sollte, dieser Umstand in Anbetracht der nach Süden zu sich verstärkenden Zeitkontraktion kaum Einfluß auf sein und das Leben seiner Familie hier unten im Süden haben könne. Da feindliche Geschosse außerdem niemals Gebiete erreichten, die südlicher lagen als der Talschluß nördlich von Emmel, konnten ballistische Angriffe nur im Frontbereich stattfinden; falls aber der Feind über weitreichende Waffen verfügt, fehlte es ihm wiederum an Kenntnissen der Zeitgradienten und der Geographie des Südens, so daß der Abschuß von Raketen nördlich der Grenze auf Ziele weiter südlich kaum lohnend sein würde. Und selbst die schnellste Flugmaschine würde, da sie die Zeitkonzeleration gegen sich hätte, niemals durchkommen.

Als anpassungsfähiger Mensch hatte Arisón nicht lange unter den Nachteilen der Entfremdung gelitten, die in der ersten Zeit nach seiner Rückkehr von der Front so unerwartet stark in Erscheinung getreten waren. Reiseverkehr und andere Kommunikationsmittel hatten Sprache und Ethos vereinheitlicht, wenngleich die oberen Bereiche des Großen Tales und die militärische Zone in den Gebirgen des Nordens linguistisch und soziologisch ein wenig isoliert waren. Auch in den westlichen Hochländern überdauerten Rückzugsgebiete älterer linguistischer Formen und überkommener Bräuche und Einstellungen, wie die Familie im Laufe ihrer Ferienreisen feststellte. Im großen und ganzen aber hatte sich die Dialektform der ›zeitgenössischen‹ subtropischen Tiefländer durchgesetzt, hier und dort verändert durch regionale Eigentümlichkeiten wie die Onomatosynthesie oder ›Kürzelsprache‹. Gleichzeitig hatten sich ›zeitgenössische‹ ethische und gesellschaftliche Verhaltensnormen ausgebreitet. Man konnte sagen, daß die südliche Gegenwart die nördliche – sogar biologische – Vergangenheit kolonisiert hatte, etwa in der Form, wie Vögel und andere weiträumig wandernde Tierarten es getan hatten, aber unter Zuhilfenahme der weitaus wirksameren menschlichen Findigkeit, Anpassungsfähigkeit, Beharrlichkeit und Technologie.

Gewöhnliche Leute sorgten sich wenig um den Krieg. Die Zeitkonzeleration war auf ihrer Seite. Überschüssige geistige Energien verausgabten sich in einer Vielzahl spielerischer und unterhaltender Aktivitäten, in schöpferischen, darstellerischen, genießerischen, kritisierenden, theoretisierenden, diskutierenden, organisatorischen und geselligen Formen der Selbstverwirklichung, die aber nur selten über die eigene Zone hinausreichten. Er wurde im Laufe der Jahre Mitglied von einem Dutzend miteinander verbundener Zirkel, und Mihanyo war noch stärker engagiert als er. Nicht, daß sie nie allein gewesen wären: das eher gemächliche Lebens- und Arbeitstempo mit doppelten ›Wochen‹ von fünf Tagen Arbeit, zwei Tagen frei, sieben Tagen Arbeit und sechs Tagen frei, das Ganze verteilt über die Bevölkerung und alle Organisationen, ließ dem einzelnen viel Freizeit, die nach eigenem Belieben verbracht werden konnte. Arisón wandte sich der bildnerischen Gestaltung zu, um nach zwei Jahren zur Malerei zurückzukehren, doch bevorzugte er nun den Pinsel anstelle des Sprühstifts; geläutert durch seine bildnerische Arbeit, erreichte er eine kraftvolle Beherrschung der Fläche und machte sich einen Namen als Maler. Mihanyo wiederum wandte sich der Musik zu. Derestó zeigte ein offenkundiges Talent im Umgeng mit Menschen und Gruppen und hatte überdies, mit dreizehn, das sportliche Alter erreicht. Seine achtjährige Schwester besaß eine große Redegewandtheit und Diskutierfreude. Vom Sechsjährigen hofften die Eltern, daß er sich dem Schreiben zuwenden würde, wenigstens in seiner Freizeit: er hatte einen scharfen Blick für Dinge und Zusammenhänge, und sprach gern darüber. Arisón gab sich, als er es erreicht hatte, damit zufrieden, zweiter Mann in der Firma zu bleiben; eine Spitzenposition hätte ihm zuviel Einsatz abgefordert. Bisweilen meldete er sich in Bürgerversammlungen zu Fragen von lokalem Interesse zu Wort, übernahm jedoch keine größere Rolle.

Mihányo und Arisón lagen mit ihrem Motorboot vor der gebirgigen Küste der Nordöstlichen See und betrachteten ein Feuerwerk, das auf der Höhe eines Vorgebirges abgebrannt wurde. Das tintige Schwarz der nördlichen Sichtschranke verdeckte hier oben in einem gigantischen Bogen die Sterne und schuf einen samtschwarzen Hintergrund für die Schaustellung. Glücklicherweise war das Wetter schön. Im vielfarbenen Widerschein der Feuerwerkskörper waren die Umrisse anderer Boote zu erkennen. Auf einer Welt, die keinen Mond kannte, war der Genuß einer ›hellen Nacht‹ nur durch solche Schauspiele möglich. Das Mädchen und Derestó umkreisten schwimmend das Motorboot. Auch der kleine Junge durfte an dem Spektakel teilnehmen und beobachtete das Schauspiel eher müde und verwirrt. Schließlich stieg der dreifache grüne Stern hoch in den Nachthimmel, und das Feuerwerk war beendet. Es war Mitternacht. Derestó und Venoyyè wurden mit Rufen und Lichtsignalen hereingerufen und kletterten fröstelnd an Bord, wo sie wie Kobolde vor dem trockenen Heißluftgebläse auf und nieder hüpften. Arisón steuerte das Boot auf die Küste zu, und sie merkten, daß Silarrè eingeschlafen war. Als sie am Anlegesteg festmachten, schlief auch Venoyyè. Die Eltern mußten sie zum Ferienhaus hinauftragen.

Am nächsten Morgen packten sie und machten sich mit dem Automobil auf die Heimreise. Ihr zwanzigtägiger Urlaub hatte in der Zeit von Oluluetang 160 Tage gedauert. Es regnete heftig, als sie die Stadt erreichten. Sobald das Gepäck hereingetragen und die Kinder in ihrer vertrauten heimatlichen Umgebung waren, führte Mihányo ein langes Opsiphongespräch mit ihrer Freundin am anderen Ende der Stadt: sie, die Freundin, war mit ihrem Mann im westlichen Hochland gewesen, wo sie Wanderungen unternommen und Biber beobachtet hatten. Zuletzt schaltete sich auch Arisón ein und begann nach allgemeiner Unterhaltung mit dem Ehemann der Freundin einen Meinungsaustausch über Entwicklungen in der Kommunalpolitik.

»Ein Jammer, daß man hier unten so schnell alt wird«, jammerte Mihányo an diesem Abend; »wenn das Leben nur ewig so weitergehen könnte!«

»Ewig ist ein großes Wort. Außerdem ist das subjektive Gefühl für den Ablauf der Zeit hier unten nicht anders als oben an der See, nicht wahr?«

»Das kann schon sein. Aber es wäre doch ...«

Um sie auf andere Gedanken zu bringen, brachte Arisón das Gespräch auf Derestó und seine Zukunft. Nicht lange, und sie schmiedeten in der Art, wie Eltern es sich nicht abgewöhnen können, Zukunftspläne für das Leben ihrer Kinder. Mit seinem Einkommen und seiner Firmenbeteiligung wollten sie dem Jungen den Weg nach oben ebnen, daß er der große Administrator werden könnte, zu dem er offensichtlich berufen war, und es würde immer noch genug übrig bleiben, um den anderen alle Möglichkeiten zu bieten.

Am nächsten Morgen war Arisón noch durchglüht von leuchtenden Zukunftsperspektiven, als er sich von seiner Frau verabschiedete und zur Arbeit fuhr. Im Büro erwartete ihn ein äußerst arbeitsreicher Tag, und als er in der beginnenden Abenddämmerung aus dem Tor kam und zum Abstellplatz seines Automobils ging, sah er es von drei Uniformierten umstanden. Er blickte sie fragend an, den Wagenschlüssel schon in der Faust.

»Sie sind VSQ 389 MLD 194 RV 27 XN 3, bekannt als Hadolari-sóndamo, wohnhaft in ...« – es folgte die Adressenangabe – »und Vizepräsident dieser Gesellschaft.« Der sachliche Ton des Anführers verriet, daß es eine Feststellung war, keine Frage.

»Ja«, flüsterte Arisón, sobald er sich gefaßt hatte.

»Ich habe einen Vollziehungsbefehl für Ihre sofortige Reaktivierung zum Dienst in unseren Streitkräften. Sie haben sich unverzüglich zu Ihrer Einheit zu begeben und an dem Platz, wo Sie den Ablösungsbefehl erhielten, sich zum Dienst zu melden. Sie müssen sofort mit uns kommen!« Der Anführer zog eine leuchtend orangefarbene Plakette mit schwarzen Schriftzeichen hervor.

»Aber meine Frau und Familie!«

»Sie werden verständigt. Wir haben keine Zeit.«

»Und meine Firma!«

»Ihr Vorgesetzter wird verständigt. Kommen Sie jetzt!«

»Ich – ich – ich muß meine Angelegenheiten in Ordnung bringen.«

»Ausgeschlossen! Keine Zeit! Die Lage gestattet keinen Aufschub. Ihre Familie und Ihre Firma müssen das unter sich ausmachen. Ihre Befehle haben in jedem Fall Vorrang.«

»Wa-wa-was gibt Ihnen das Recht zu dieser Anweisung? Darf ich bitte Ihre Vollmacht sehen?«

»Diese Plakette sollte ausreichen. Sie stimmt überein mit dem Teil, den Sie, wie ich hoffe, noch in Ihrer Erkennungsmarke haben; wir werden alles das unterwegs nachprüfen. Kommen Sie jetzt mit!«

»Aber ich muß Ihre Vollmacht sehen, woher soll ich zum Beispiel wissen, daß Sie mich nicht berauben wollen, oder was?«

»Wenn Sie den Kode kennen, werden Sie begreifen, daß diese Symbole nur eine Situation bezeichnen können. Aber ich werde Ihnen den Gefallen tun: Sie dürfen diesen Vollziehungsbefehl sehen. Aber fassen Sie ihn nicht an!«

Die zwei anderen traten von links und rechts näher. Arisón sah, daß sie ihre Waffen schußbereit in den Händen hielten. Der Anführer zog ein Papier hervor. Im Licht der Taschenlampe, mit welcher der Anführer den Text beleuchtete, entnahm Arisón, dem die Buchstaben vor Augen tanzten, daß es ein

Befehl war, ihn, Arisón, an diesem Tag um die und die Zeit abzuholen, nach Möglichkeit unmittelbar nach Verlassen seiner Arbeitsstelle; und darunter war zu lesen, daß gleichzeitig ein Mann beauftragt werden sollte, Mihányo anzurufen, und ein anderer zu beauftragen sei, den Präsidenten der Firma zu verständigen. Der Reaktivierte und seine Eskorte hätten den Militärzug nach Veruam zu nehmen (der in ungefähr fünfzehn Minuten fuhr). Von dort sei der Reaktivierte auf dem schnellsten Weg zu seiner Einheit (Befehlsbunker VV) weiterzuleiten. Er habe sich dann zu der vorgeschobenen Stellung zu begeben (von der er vor ungefähr zwanzig Jahren gekommen war – aber in der Zeit jenes Vorpostenbunkers vor nur zehn Minuten, fuhr es Arisón durch den Kopf; abgesehen von sechs oder sieben Minuten, die seiner Reise nach Süden entsprachen).

»Wie können die wissen, ob ich nach all diesen Jahren noch wehrdiensttauglich bin?«

»Man wird zweifellos Erkundigungen über Sie eingeholt haben.«

Arisón dachte daran, einem ein Bein zu stellen, die zwei anderen niederzuschlagen und davonzulaufen, aber die Waffen der beiden Begleiter waren auf ihn gerichtet. Abgesehen davon, was würde er damit gewinnen? Ein paar Stunden, dann unnötige Schmerzen, Entehrung und Ruin für Mihányo, seine Kinder und sich selbst, denn er war überzeugt, daß sie ihn fangen würden.

»Das Automobil«, sagte er in einem letzten, schon lächerlichen Aufbäumen.

»Eine Kleinigkeit. Ihre Firma wird das erledigen.«

»Wie soll ich für die Zukunft meiner Kinder vorsorgen?«

»Kommen Sie schon, dieses Herumreden ist sinnlos! Sie kommen jetzt mit, lebendig oder tot, tauglich oder untauglich!«

Arisón verstummte. Widerstandslos ließ er sich zu einem leichten Militärfahrzeug führen.

Fünf Minuten später saß er im Militärzug, einer schußfesten Konstruktion mit dicken Fensterscheiben. Nach weiteren zehn Minuten, während der Zug den Bahnhof verließ, wurde er seiner Zivilkleider und Habseligkeiten beraubt (die später seiner Frau zurückgegeben werden sollten, wie man ihm sagte), mußte sich die Erkennungsmarke herausziehen, überprüfen und den Plakettenanhänger entfernen lassen, und hatte splitternackt zur militärischen Untersuchung vor dem Truppenarzt anzutreten. Offenbar verlief die medizinische Untersuchung befriedigend für die militärischen Stellen. Er bekam eine Uniform.

Er verbrachte eine schlaflose Nacht im Zug mit fruchtlosen Überlegungen, was er in dieser Angelegenheit getan habe, was aus jenem Vorgang werden sollte, an wen Mihányo sich notfalls wenden könnte, wer ihr am ehesten helfen würde, wie sie mit den Kindern durchkommen würde, wie hoch die Familienbeihilfe sein würde, die – wie man ihm zu verstehen gegeben hatte – von seiner Firma bezahlt werden sollte, wie weit ihre Zukunftspläne sich verwirklichen lassen würden.

Im Grau der frühen Dämmerung lief der Zug in Veruam ein. Schlaflos und ohne einen Bissen gegessen zu haben (er war unfähig gewesen, etwas von den Fertigrationen zu essen), blickte er geistesabwesend über den Verschiebebahnhof. Die Insassen des Militärzugs (offenbar waren nur wenige von ihnen Reaktivierte) wurden in geschlossene Lastwagen verladen, und die lange Fahrzeugkolonne setzte sich in Bewegung.

Während er untätig im schaukelnden und stoßenden Lastwagen saß, drängte sich die Konzelerationssituation wieder in Hadolaris' Bewußtsein. In der Zeit seines Vorpostenbunkers mußte seit seiner Abreise von Oluluetang ungefähr eine halbe Minute vergangen sein. Die Reise nach Emmel mochte weitere zwei Minuten in Anspruch nehmen. Der weitere Weg von dort zum Bunker würde zusätzliche zweieinhalb Minuten ausmachen, soweit man es überschlägig berechnen konnte. Fügte man die sechzehn bis siebzehn Minuten der Reise nach Süden und des zwanzigjährigen Aufenthalts dazu, so würde er sich nicht mehr als zweiundzwanzig Minuten nach seiner Ablösung im Bunker wiederfinden. (Mihan, Deres und die beiden anderen würden alle nahezu zehn Jahre älter sein, und die Kinder würden ihn bereits halb vergessen haben.) Das feindliche Feuer war zum Zeitpunkt seiner Ablösung beispiellos intensiv gewesen, und er erinnerte sich seiner Prophezeiung an XN1 (sie hatte seither in mehreren Alpträumen eine Rolle gespielt), daß innerhalb der nächsten Stunde ein Durchbruch zu erwarten sei. Selbst wenn er das Trommelfeuer überlebte, blieb es unwahrscheinlich, daß er einen Durchbruch überlebte; und einen Durchbruch wovon? Niemand hatte den Feind jemals gesehen, diesen Gegner, der sich seit undenklichen Zeiten bemühte, die Grenze zu überschreiten. Wenn er wirklich durchkäme, wäre für die Menschheit die Götterdämmerung gekommen. Kein Schrecken, so glaubte man an der Front, konnte dem Schrecken jenes Augenblicks gleichkommen. Nach ungefähr hundertfünfzig Kilometern schlief er vor Erschöpfung im Sitzen ein, verkrampft und eingekeilt zwischen seinen Nebenmännern. Heftige Stöße, Zwischenhalte und wiederholtes ruckartiges Anfahren weckten ihn in Intervallen aus seinem Dämmerschlaf. Der Konvoi fuhr mit höchster Geschwindigkeit.

In Emmel stolperte er hinaus in peitschenden Regen. Der Fluß führte Hochwasser. Die Männer formierten sich zur Kolonne und marschierten zum Militärdepot. Hadolar wurde ausgesondert und mußte sich in der Ausgabe melden, wo er geimpft wurde und Bewegungshilfen, Sturmgewehr, Marschgepäck, Kampfschutzanzug, Helm und anderes Zubehör erhielt, und eine Viertelstunde später (vielleicht sieben oder acht Sekunden nach der Zeit des Vorpostenbunkers) stieg er mit dreißig anderen Männern in einen Hubschrauber. Dieser hatte, von den Strahlen der aufgehenden Sonne erfaßt, kaum den ersten Höhenzug überflogen, als allenthalben Explosionen und grelles Aufflackern zu sehen waren. Die Maschine blieb unerbittlich auf ihrem Kurs, während die Sichtschranken sich allmählich von rückwärts heranschoben und sich voraus widerstrebend zurückzogen. Das altvertraute nachtwandlerische Schwindelgefühl des Nordens umschloß Had aufs neue. Der Gedanke an Kar und ihre Sprößlinge rührte jetzt an die Seelenqual eines Gespensts, das Gehirn und Körper mit ihm teilte. Nach fünfundzwanzig Minuten landeten sie bei der Talstation der Schwebebahn. Had sah, daß seine Schätzung von zweiundzwanzig Minuten Bunkerzeit noch unterboten wurde. Er bestieg als Dritter das enge Abteil des Zuges, und 190 Sekunden später kroch er in der Bergstation hinaus und marschierte durch den Stollen zum Bunker VV. XN 1 erwiderte seine Ehrenbezeigung lediglich mit einem kurzen Befehl, per Versorgungswagen zum Vorpostenbunker weiterzufahren. Wenige Augenblicke später stand er XN 2 gegenüber.

»Ach, da sind Sie ja. Ihre Ablösung ist gefallen, also haben wir Sie wieder angefordert. Sie waren erst ein paar Minuten weg.« Ein frisches, bröckeliges Loch in der Betonwand des Bunkers bezeugte den Vorfall. Der entkleidete Leichnam des Ersatzmannes wurde gerade in einem Wagen verstaut, um der Verwertungsmaschine zugeführt zu werden.

»XN 2. Bei uns geht es lebhafter denn je zu. Die da drüben sind jedenfalls nicht faul. Jeder neue Offensivschlag von hier wird innerhalb von Minuten in gleicher Stärke erwidert. Dieses neue Geschütz hatte kaum das Feuer eröffnet, als die gleichen Granaten von drüben zurückkamen ... Hätte nie gedacht, daß der Feind die Dinger auch hat. Wie du mir, so ich dir.«

H's von Hunger, Erschöpfung und viel Emotion scheinbar geläutertes Gehirn durchzuckte ein unaussprechlicher Verdacht, einer, den er niemals beweisen oder widerlegen konnte, weil er zu wenig Wissen und Erfahrung hatte, zu wenig Überblick. Niemand hatte den Feind je gesehen. Niemand wußte, wie oder wann der Krieg angefangen hatte. Information und Kommunikation waren hier oben in einer lähmenden Weise erschwert. Niemand wußte, was wirklich mit der Zeit geschah, wenn man der Grenze nahe kam oder sie überschritt. Konnte es sein, daß die Konzeleration dort unendlich wurde, und daß es jenseits der Grenze nichts gab? Konnten alle vermeintlichen Geschosse des Feindes in Wahrheit ihre eigenen sein, die irgendwie zurückkehrten? Vielleicht hatte der Krieg damit angefangen, daß ein Schafhirte unbekümmert einen Stein nordwärts geworfen hatte, der zurückgekehrt war und ihn getroffen hatte? Vielleicht gab es dann überhaupt keinen Feind?

»XN 3. Könnte es dann nicht sein, daß es die eigenen Granaten dieses Geschützes sind, die von der Grenze reflektiert werden?«

»XN 2. Ausgeschlossen! Sie werden jetzt versuchen, die vorgeschobene Raketenstellung durch das Gelände zu erreichen – unser Verbindungsstollen ist bei 15°40′ Ost zerstört. Sie können nahe der Sichtgrenze des Infrarotgerätes die Bodenerhebung

sehen. Überbringen Sie der Besatzung diesen Befehl und sagen
Sie ihr, daß sie die Feuergeschwindigkeit verdreifachen soll.«

Das Einschußloch war zu klein, um durchzukriechen. H. verließ den Bunker durch den geschützten rückwärtigen Einstieg.
Unterstützt von seinen Bewegungshilfen, rannte er durch ein
Gelände, das ein Dickicht aus Feuer war, ein Stachelschwein aus
Explosionen, ein Nessoshemd der Erde, wie in einem Traum. In
ein unvorstellbares Inferno von Lärm, Licht, Hitze, Druckwellen
und Einschlägen rannte er, weiter und weiter den nun fast unsichtbaren Hang hinauf ...

HARLAN ELLISON

Zähl ich den Glockenschlag, der Stunden mißt

Zähl ich den Glockenschlag, der Stunden mißt,
Und seh den stolzen Tag in Nacht versinken,
Schau ich das Veilchen nach der Blütenfrist
Und Rabenlocken, die versilbert blinken;
Seh ich den Waldbaum um sein Laub gekürzt,
Der sonst die Herde vor der Glut bewahrte,
Und Sommers Grün, in Garben hochgeschürzt,
Auf Bahren ruhn mit weißem Stachelbarte:
Dann über deine Schönheit grübel ich,
Daß du hinab mußt in der Zeit Verderben;
Denn Reiz und Schönheit läßt sich selbst im Stich
Und eilt, so rasch wie Neues wächst, zu sterben.
Nichts hält die Sense fern von deinem Haupt
Als Saat, die stehn bleibt, wann die Zeit dich raubt.

William Shakespeare, *12. Sonett**

Als Ian Ross eines Tages in der kühlen und wolkigen, vollkommen stillen Mitte eines Samstagnachmittags erwachte, fühlte er sich verloren und auf eine unbestimmte Weise in Furcht versetzt. Er lag in seinem Bett, war aber desorientiert; und es dauerte eine Weile, bis er sich erinnerte, wo er war, und zu welcher Zeit. Wo er war: in dem Bett, wo er jeden Tag seines fünfunddreißig Jahre alten Lebens erwacht war. Und die Zeit: der Samstag, an dem er etwas hatte tun wollen. Doch wie er so dalag, wurde ihm bewußt, daß er in der frühen Morgenstunde, kurz nach Anbruch der Dämmerung erwacht war; aber der Himmel hinter den hohen Flügelfenstern hatte nach Regen ausgesehen,

* Übers. Otto Gildemeister, 1871

und er hatte sich auf die andere Seite gedreht und war wieder eingeschlafen. Nun verriet ihm die Radiouhr auf dem Nachttisch, daß es Nachmittag war; und die Welt jenseits der Fenster war kühl und wolkig.

»Wo bleibt nur die Zeit?« fragte er sich.

Er war allein, wie immer. Niemand war in der Nähe, ihn zu hören oder zu antworten. So blieb er liegen, ließ die Zeit verstreichen und empfand eine unbestimmte Furcht. Als ob ihm etwas Wichtiges entginge.

Eine Fliege umkreiste ihn summend. Sie belästigte ihn seit geraumer Zeit. Er versuchte den Eindringling unbeachtet zu lassen und blickte über den Loch Tummel hinaus zu den verblüffenden Fleischtönen der Oktoberbäume, die sich auf die hinterlistige Zuwendung des Winters und das völlige Einschlafen des Tourismus vorbereiteten. Die Birken flammten bereits goldgelb, die Lärchen und Ebereschen verfärbten sich noch von Grün zu Rostbraun; in ein paar Wochen würden die Pechtannen und die anderen Nadelhölzer dunkeln, bis sie vor dem schieferfarbenen Himmel wie bloße Schatten erschienen.

Perthshire war zu dieser Jahreszeit am schönsten. Er hatte sich Zeit genommen, die Namen kennen und aussprechen zu lernen – Schiehallion, Killiecrankie, Pitlochry, Aberfeldy –, und war hierhergekommen, um zu sitzen und zu schauen. Der Traum. Der Traum, den er immer in seiner Brust gehegt hatte, der unausgesprochen in seinen müßigen Gedanken lebte und ihm nahe war. Der Traum, nach Schottland zu gehen. Aus welchem Grund, konnte er nicht sagen. Aber dies war der Ort, der ihn immer gerufen hatte, und er war gekommen.

Zum erstenmal in seinem Leben hatte Ian Ross etwas getan. Siebenunddreißig Jahre alt, verwurzelt in einer kleinen Wohnung in Chicago, so gut wie ohne Freunde, fünf Tage in der Woche am Reißbrett in einer Firma für Industriedesign, vor dem Fernseher bis zum Sendeschluß, bemüht um peinliche Sauberkeit und Ordnung in den zweieinhalb Zimmern, bis die Bilder an den Wänden in vollkommen räumlichem Einklang mit den Flächen der Wände und Decken waren, mit spitzer Füllfeder jede Veränderung seines Kontostandes in ein kleines

Hauptbuch eintragend, unfähig, sich zu erinnern, was am vergangenen Donnerstag geschehen war und was ihn vom vergangenen Mittwoch unterschied, einsamer Betrachter seines Spiegelbildes im Fenster der Cafeteria, während er langsam das Weihnachts-Sondermenü für 2,95 Dollar verzehrte, ein Einzelgänger, der den Wechsel der Jahreszeiten nur darin wahrnahm, daß es wärmer oder kälter war, der niemals Freude verspürte, weil er sich nicht erinnern konnte, daß man ihm gesagt hätte, was das war, der Bücher über Dinge und Gegenstände las, über Themen, nicht über Menschen, weil er so wenige Menschen kannte, und überhaupt niemanden genauer, der seine Arbeit tat und sich verlassen fühlte, aber niemals wußte, wo er die Hände lassen sollte, um dieses Gefühl zu erleichtern, ein Passant, der jeden Tag dieselben Straßen ging und nur undeutlich wahrnahm, daß es jenseits dieser Straßen noch andere gab, der Wasser und Apfelsaft und Wasser trank, nur antwortete, wenn er direkt angesprochen wurde, und dann bisweilen umherblickte, um zu sehen, ob wirklich er es sei, an den der Sprecher sich wandte. Der graue Socken und weiße Unterwäsche kaufte, aus den Fenstern seiner Wohnung die Schneeflocken auf Chicago herabrieseln sah, stundenlang in den unsichtbaren Himmel starrte und den dämonischen Wind vom Michigan-See spürte, wie er an den Fensterscheiben rüttelte, daß sie in den Rahmen klapperten, und der bei sich dachte, dies Jahr werde er die Scheiben frisch verkitten, es dann aber doch nicht tat, der sein Haar kämmte, wie er es immer getan hatte, seine Mahlzeiten selbst zubereitete, allein mit den Erinnerungen an Mutter und Vater, die innerhalb eines Jahres gestorben waren, beide am Krebs, und der zu keiner Frau als zu seiner Mutter jemals mehr hatte sagen können als ein paar unbeholfene Sätze... Ian Ross hatte sein Leben gleich dem Staub gelebt, der in einer dünnen Schicht auf dem hohen Kleiderschrank in seinem Schlafzimmer lag: farblos, unbemerkt, stumm, weder gebend noch nehmend. Bis er sich eines Tages gefragt hatte, wo all die Zeit geblieben sei. Und in den folgenden Monaten war ihm klar geworden, daß er sein Leben in keiner auch nur entfernt wertvollen Art und Weise gelebt hatte. Er hatte es vergeudet. Monate nach dieser ersten Frage, die sich zaghaft und unaufgefordert eingestellt hatte, gestand er sich ein, daß er sein Leben vergeudet hatte.

Er beschloß, wenigstens den einen Traum zu verwirklichen und nach Schottland zu gehen. Vielleicht, um dort zu leben. Um eine Kleinbauernstelle zu mieten oder sogar zu kaufen, am Rand einer Bergheide, vielleicht mit Blick auf einen der Seen, die in seinen Träumen eine Rolle spielten. Er hatte die ihm nach dem Tode seines Vaters zugefallene Versicherungssumme noch nicht angetastet. Und dort, in jenen fernen, kühlen Gegenden des Nordens wollte er leben ... mit einem Hund an der Seite durch das Hügelland wandern, eine Pfeife rauchend, aus der eine duftende Fahne bläulichweißen Rauches aufstieg, die Hände tief in den Taschen einer mit Schafwolle gefütterten Jacke. Er wollte dort leben, das war der Traum.

Und so hatte er die nie in Anspruch genommenen Urlaube, die er in elf Jahren am Reißbrett aufgespart hatte, zusammengezogen und war nach London geflogen. Nicht direkt nach Edinburgh, weil er sich dem Traum sehr langsam nähern wollte, damit er sich nicht in Luft auflöste wie eine Waldelfe, die ihren goldenen Kessel versteckte.

Und vom Bahnhof King's Cross hatte er den 21.30 Uhr-Nachtzug nach Edinburgh genommen, und er hatte die Royal Mile durchwandert und das Schloß hoch auf dem Felsen über dieser freigebigen Stadt bestaunt, und zuletzt hatte er einen Wagen gemietet und war die Queensferry Road nach Norden gefahren, über die Brücke, die den Firth of Forth überwand, weiter auf der A 90, bis er Pitlochry erreichte. Dann nach links, ziemlich willkürlich, aber doch mit dem Wissen, daß die Route ihn zu dem Aussichtspunkt führen werde, der als Queens View bekannt war und von dem manche sagten, er biete die schönste Aussicht auf Erden, mit Sicherheit aber von ganz Schottland, und er war die gewundene schmale Landstraße weitergefahren, tief hinein ins Hügelland von Perth.

Und dort hatte er den Wagen abgestellt, war ausgestiegen und ohne die Tür zu schließen, durch die oktoberfarbenen Hügel gewandert, um endlich und zu guter Letzt einen Rastplatz zu finden, wo er sich niedersetzte und den See überblickte, grün und blau und still wie der Spiegel seiner Erinnerung.

Wo nur die summende Fliege ihn an die Vergangenheit gemahnte.

Er war fünfunddreißig gewesen, als er sich gewundert hatte, wo all die Zeit geblieben sei, und er war siebenunddreißig, als er am herbstlichen Berghang saß.

Und dort starb der Traum.

Er blickte über die Hügel hin, über das Tal, das sich nach links und rechts gabelte, über die von Wolkenschatten und blitzendem Sonnenschein belebten Wasser des Sees, und begriff, daß er seine Zeit wieder vergeudet hatte. Er hatte beschlossen, etwas zu tun; aber er hatte nichts getan. Wieder nicht.

Hier gab es keine Bleibe für ihn.

Er war nicht im Einklang mit dem, was ihn umgab. Er war ein Fremdkörper. Eine ins Gras geworfene Bierdose. Wäre er wenigstens den Resten einer Mauer gleich, die allmählich zerfiel und eins mit der Erde wurde, der sie vor langer Zeit Stein um Stein entrissen worden war.

Er fühlte sich einsam, ausgehungert, unfähig, die Fäuste zu ballen oder sich zu räuspern. Ein Bruchstück aus einer anderen Welt, niedergesetzt auf fremdem Boden, Luft atmend, die ihm nicht zustand. In seinem Körper waren nicht Tränen noch Schmerzen, keine Tiefen und erbebenden Seufzer. In einem Augenblick, begleitet vom Gesumm einer Fliege, war der Traum für ihn gestorben. Er war nicht erlöst; war jedoch zu der plötzlichen Einsicht gelangt, daß es kindisch von ihm gewesen sei, zu glauben, es könne jemals anders werden. Was möchtest du werden, wenn du groß wirst? Nichts. Wie ich immer nichts gewesen bin.

Der Himmel begann auszubleichen.

Die schmerzlich schönen goldenen, orangefarbenen, gelben und roten Töne dunkelten ins Bräunliche. Das Blau des Sees veränderte sich unmerklich zu kalkigem Grau, wie ein mit schlechten Farben gemaltes Bild, das zu lange der Sonne ausgesetzt war. Die Vogelrufe und das Gesumm der Insekten wurden allmählich leiser und weniger zahlreich. Gleichzeitig kühlte die Luft ab. Der Himmel verblich zur grauweißen Farblosigkeit einer Zeitungsseite. Die zudringliche Fliege war fort. Es war kalt jetzt; sehr kalt.

Schatten begannen das staubige Helldunkel des anämischen Tages zu überlagern:

Eine Stadt der Türme und Minarette, wie durch seichtes, bewegtes Wasser gesehen; ein vergletscherter Gebirgszug mit unberührtem Schnee und endlos wie ein Ozean; ein Ozean, bewohnt von großen Tieren mit schlangenartig langen Hälsen, die durch jadefarbene Tiefen glitten; eine Prozession zerlumpter Kinder, die aus Ästen gehauene Kreuze trugen; eine große, von Wällen umgebene Festung inmitten einer versengten Einöde, die gelbe Erde rings um das Gebäude wie von Blitzschlägen gespalten; eine Straße, auf der Hunderte von Wagen so schnell dahinsausten, daß sie stroboskopischen Strahlen farbigen Lichts glichen; ein Schlachtfeld mit Männern in wehenden Gewändern auf breitbrüstigen Pferden, blitzendes Sonnenlicht auf Schwertern und Helmen; ein Wirbelsturm, der eine kleine Stadt aus Holzhäusern durchraste, ganze Gebäude von ihren Fundamenten hob und durch die Luft schleuderte; ein Lavastrom, der einer Erdspalte entquoll und brodelnd auf die schattenhafte Andeutung eines Vergnügungsparks zufloß, wo Massen von Ferientouristen sich von einer Attraktion zur anderen schoben.

Ian Ross saß erstarrt auf der Bergflanke. Die Welt um ihn her starb. Nein ... sie verschwand, verblich, verlor ihre Substanz. Als ob aller Sand aus dem Stundenglas um ihn geronnen wäre; als ob er der einzige dauerhafte, ortsfeste und unveränderliche Gegenstand in einem sich wandelnden Universum wäre, plötzlich losgelöst von seiner Verankerung in der Zeit.

Die Welt um Ian Ross verging, die Schatten verformten sich und siedeten und glitten vorüber, fortgerissen in einem zyklonischen Windkanal, und fegten an ihm vorüber, der in Dunkelheit zurückblieb.

Er saß still und unbeweglich, zu isoliert, um sich zu fürchten.

Er dachte, daß vielleicht Wolken die Sonne verdeckt hätten.

Es gab keine Sonne mehr.

Er dachte, vielleicht sei es eine Sonnenfinsternis, und die tiefe Konzentration auf seinen hoffnungslosen Zustand habe ihn daran gehindert, es zu bemerken.

Es gab keine Sonne mehr.

Und keinen Himmel. Der Boden unter ihm war fort. Er saß nur da, aber auf nichts, umgeben von Nichts, sah und fühlte nichts als eine unbestimmte Kälte. Es war kalt jetzt, sehr kalt.

Nach einer langen Zeit beschloß er aufzustehn und stand wirklich auf; unter und über ihm war nichts. Er stand in Dunkelheit.

Er konnte sich an alles erinnern, was je in seinem Leben geschehen war. Jeden Augenblick davon, mit vollkommener Klarheit. Es war eine völlig neue Erfahrung. Sein Gedächtnis war weder besser noch schlechter als das irgendeines anderen, aber er hatte alle Einzelheiten vergessen, viele Jahre, in denen nichts geschehen war, in denen er die Zeit vergeudet hatte – als ein beinahe stummer Zeuge der einförmigen Wiedergabe seines Lebens.

Nun aber, als er durch das Nichts ging, das alles war, was ihm von der Welt geblieben war, erinnerte er sich genau an alles.

Der Ausdruck von Schrecken im Gesicht seiner Mutter, als er sich mit dem Deckel der Limonadendose die Sehnen der linken Hand durchgeschnitten hatte: er war vier Jahre alt gewesen. Das Gefühl seiner neuen Thom McAn-Schuhe, die von Anfang an zu eng gewesen waren, die er aber jeden Tag zur Schule hatte anziehen müssen, obwohl sie ihm die Fersen wundgerieben hatten: da war er sieben Jahre alt gewesen. Die Four Freshmen, die zum Anlaß des Abschlußballs auf der Bühne gestanden und gesungen hatten. Er war allein gewesen, hatte die Eintrittskarte nur gekauft, um das Schulereignis zu unterstützen. Zu der Zeit war er sechzehn gewesen. Als er das erste Mal bei Choy Eierwecken gegessen hatte, mit vierundzwanzig. Die Frau, die er in der Bibliothek getroffen hatte, in der Abteilung für Tierbücher. Sie hatte sich die Schläfen mit einem weißen Spitzentaschentuch betupft. Es hatte nach Parfum geduftet. Er war dreißig gewesen. Er erinnerte sich an alle Details seiner Vergangenheit. Es war bemerkenswert in diesem Nichts.

Und er ging durch graue Räume, in denen die Schatten anderer Zeiten und anderer Orte vorüberwirbelten. Das Geräusch brausenden Windes, als ob die Leere, durch die er sich bewegte, ständig gefüllt und geleert worden wäre, endlos, ohne Maß und Substanz.

Hätte er gewußt, welche Emotionen er mobilisieren sollte, um Erlösung von diesem Zustand zu finden, er hätte es getan. Doch er war gefühllos in seiner Haut. Nicht bloß von der Kälte dieses leeren Raumes, sondern vom Rand seiner Wahrnehmungen bis zum Mittelpunkt seines Seins irgendwie gefühllos. Scharf und klar, zurückgezogen von der absoluten Vergangenheit, erinnerte er sich eines Tages, er war elf gewesen, als seine Mutter vorgeschlagen hatte, daß sie für ihn eine Geburtstagsfeier veranstalten würde, zu der er ein paar Freunde einladen sollte. Darauf (er erinnerte sich mit kristallklarer Vollkommenheit) hatte er sechs Jungen und Mädchen eingeladen. Sie waren nicht gekommen. Er hatte an jenem Samstag allein zu Hause gesessen, zwischen seinen Comic-Heften, die er für den Fall ausgebreitet hatte, daß Kuchen, Schokolade und Spiele nicht ausreichen würden, ihre Aufmerksamkeit zu fesseln. Niemand kam. Es wurde dunkel. Er saß allein, und von Zeit zu Zeit ging seine Mutter durch das Wohnzimmer und machte eine tröstende Bemerkung. Aber er war allein, und er wußte, daß es nur einen Grund für ihr Fernbleiben gab: sie hatten es alle vergessen. Es war einfach so, daß er für diejenigen, die wirklich ihr Leben lebten, eine Zeitverschwendung war. Weil er unwichtig war. Fast unsichtbar, ein Ding, das man nicht beachtete: wer beachtet den Briefkasten an der Straße, den Hydranten, die Zebrastreifen? Er war ein unsichtbares, nutzloses Ding.

Er hatte nie wieder erlaubt, daß ihm zu Ehren eine Geburtstagsfeier gegeben wurde.

Allzu klar erinnerte er sich an jenen Samstag. Und mit sechsundzwanzig Jahren Verspätung stellte sich die Emotion über dieses schreckliche Verschwinden der Welt ein. Er begann unkontrollierbar zu zittern und setzte sich nieder, wo es nichts gab, worauf er sich hätte niederlassen können, und er rieb die Hände aneinander und fühlte das Zittern in den Knöcheln und bis in die Fingerspitzen. In seiner Kehle war eine Beengung, er reckte den Kopf hierhin und dorthin, als suche er einen Ausweg aus Selbstmitleid und Einsamkeit; und dann weinte er. Leise, oberflächlich, weil er keine Erfahrung darin hatte.

Eine verkrüppelte alte Frau kam aus dem grauen Nebel des Nichts und sah ihn an. Seine Augen waren geschlossen, sonst hätte er sie kommen sehen.

Nach einer Weile schniefte er, blinzelte und sah sie vor sich stehen. Er starrte sie an. Obwohl der Boden dieses nichtexistierenden Ortes nicht zu sehen war, schien es, als stünde sie unter ihm an dem Hang, wo er sich eben zuvor niedergelassen hatte.

»Das wird nicht viel helfen«, sagte sie. Sie war nicht schroff, doch war auch nicht viel Beistand in ihrem Ton.

Sofort hörte er auf zu weinen.

»Wahrscheinlich nur hier hereingesaugt«, sagte sie halb zu sich selbst, obwohl auch etwas von einer Frage darin mitschwang.

Er starrte sie an, beseelt von der Hoffnung, daß sie ihm sagen könne, was mit ihm geschehen war. Und mit ihr. Denn auch sie war in diesem Nichts.

»Könnte schlimmer sein«, sagte sie, verschränkte die Arme auf der erschlafften Brust und verlagerte das Gewicht von ihrem verkrümmten linken Bein. »Es hätte ein Sarazene sein können, oder ein zorniger Ire von der Ribbon Society, oder gar einer von diesen haarigen Vormenschen.« Er antwortete nicht. Er wußte nicht, wovon sie redete. Sie lächelte schiefmäulig. »Der erste, dem ich begegnete, war so ein Zurückgebliebener, ein Junge von vielleicht fünfzehn. Der arme Junge mußte sein Leben in einer Gummizelle oder einem Krankenbett verbracht haben, etwas von der Art. Er saß bloß da und starrte mich an, sabberte und konnte kein Wort herausbringen. Ich fürchtete mich vor ihm und rannte kopflos davon. Dauerte nicht lange, bis ich jemanden traf, der englisch sprach.«

Er wollte antworten und fand seine Kehle trocken. Seine Stimme war nur ein Krächzen. Er schluckte und befeuchtete sich die Lippen. »Gibt es viele andere ... ah ... Leute? Wir sind nicht ganz allein hier?«

»Viele andere. Hunderte, Tausende, Gott allein weiß es; vielleicht ganze Länder voller Menschen. Aber keine Tiere. Sie vergeuden es nicht so, wie wir es tun?«

»Vergeuden? Was?«

»Das Leben, mein Junge, die Zeit. Die kostbare Zeit. Die schöne, dahinströmende Zeit. Tiere wissen nichts von Zeit.«

Während sie sprach, wirbelte der flüchtige Schatten einer wilden Szene vorüber und durch sie hindurch. Es war eine riesige Stadt, die in Flammen stand, und sie schien greifbarer als die flüchtigen Landschaften oder Meeresbilder, die vorher kaum erkennbar vorübergeglitten waren. Die hölzernen Gebäude und Türme der Stadt erschienen beinahe so massiv, als könnten sie alles zermalmen, was ihnen in den Weg geriet. Flammen loderten zum grauen, toten Himmel; enorme knatternde Flammenzungen, welche die Eingeweide der Stadt verzehrten und das Phantombild verschlangen, daß nur Asche blieb. (Aber selbst die tote Asche hatte mehr Leben als das Grau, durch welches die Vision wirbelte.)

Ian Ross duckte sich ängstlich, dann war das Bild fort.

»Mach dir deswegen keine Sorgen, Junge«, sagte die alte Frau. »Sah nach dem großen Londoner Brand aus. Zuerst die Seuche, dann das Fieber. Ich habe dergleichen öfter gesehen. Kann einen nicht verletzen. Nichts davon kann dir etwas antun.«

Er versuchte aufzustehen und merkte, daß er noch schwach war. »Aber was ist es?«

Sie hob die Schultern. »Das hat mir niemand mit Bestimmtheit sagen können. Aber ich wette, es gibt hier jemanden, der es kann. Eines Tages werde ich einen solchen treffen. Erfahre ich es, und wir treffen uns wieder, werde ich es dich wissen lassen.« Ihr Gesicht aber wurde unendlich traurig, und in ihren Zügen malte sich eine trostlose Verlassenheit. »Vielleicht. Vielleicht werden wir einander wiedersehen. Es ist noch nie geschehen, aber es könnte doch sein. Könnte passieren.«

Sie begann sich humpelnd zu entfernen. Ian stand mühsam auf, aber so schnell er konnte. »He, warten Sie! Wohin gehen Sie? Bitte, liebe Frau, lassen Sie mich nicht hier ganz allein! Ich fürchte mich, allein hier zu sein!«

Sie blieb stehen und wandte sich um, auf ihrem verkrüppelten Bein zur Seite geneigt. »Muß weiter, mein Junge. Immer in Bewegung bleiben, verstehst du? Wenn du bleibst, wo du bist, kommst du nirgendwohin; es gibt einen Weg hinaus … man muß einfach weitergehen, bis man ihn findet.« Sie setzte sich wieder in Bewegung und sagte über die Schulter: »Ich denke, ich werde dich nicht wiedersehen; ich glaube nicht, daß es wahrscheinlich ist.«

Er lief ihr nach und faßte sie am Arm. Sie schien sehr erschrocken, als ob in all der Zeit, die sie hier verbracht hatte, niemand ihr je so nahe gekommen wäre.

»Hören Sie, Sie müssen mir vieles erklären, was Sie wissen! Ich bin furchtbar in Angst, verstehen Sie nicht? Sie müssen doch irgendein Verständnis haben.«

Sie musterte ihn aufmerksam. »Einverstanden, soviel ich kann; dann läßt du mich gehen?«

Er nickte.

»Ich weiß nicht, was mir zugestoßen ist ... oder dir. Ist alles einfach verblaßt und verschwunden, bis nur noch dieses graue Nichts übrig war?«

Er nickte.

Sie seufzte: »Wie alt bist du, mein Junge?«

»Ich bin siebenunddreißig. Mein Name ist ...«

Sie winkte ungeduldig ab. »Der hat nichts zu sagen. Ich sehe, daß du nicht mehr weißt als ich. Also habe ich keine Zeit auf dich zu vergeuden. Du wirst das auch noch lernen. Geh einfach weiter, halte Ausschau nach einem Weg hinaus!«

Er ballte die Fäuste. »Das sagt mir überhaupt nichts! Was war diese brennende Stadt, was haben diese Schatten zu bedeuten, die immerfort vorüberziehen?«

Wie um seine Frage zu verdeutlichen, zog das schattenhafte Phantom einer Karawane kasuarähnlicher Tiere zwischen ihnen hindurch.

Sie zuckte die Achseln und seufzte. »Ich glaube, es ist Geschichte. Ich bin nicht sicher, es ist nur eine Vermutung, verstehst du. Aber ich glaube, es sind all die Bruchstücke und Fetzen der Vergangenheit, die auf ihrem Weg irgendwohin durchziehen.«

Er wartete. Sie bewegte wieder die Schultern, und ihr Stillschweigen zeigte – mit einer hilflosen stummen Bitte, daß er sie loslassen möge –, daß sie ihm nichts mehr sagen konnte.

Er nickte resigniert. »Schon recht. Danke.«

Ihr verkrüppeltes Bein zitterte, als sie sich zum Gehen wandte; sie hatte zu lang ihr Gewicht darauf ruhen lassen. Und sie entfernte sich in das graue Nichts. Als sie schon fast außer Sicht war, fand er die Stimme wieder und sagte – zu leise, um sie zu erreichen: »Auf Wiedersehen, gute Frau. Und danke.«

Er überlegte, wie alt sie sein mochte. Wie lang sie sich in dieser unwirklichen Welt schon aufhielt. Würde er eines Tages wie sie sein? Wenn alles vorüber wäre und er für alle Zeit in diesem Land der Schatten umherirren würde?

Und er fragte sich, ob die Menschen hier starben.

Bevor er Catherine kennenlernte, lange vorher traf er den Verrückten, der ihm sagte, wer er war, was ihm geschehen und warum es geschehen war. Sie sahen einander, als sie sich zu beiden Seiten eines besonders lebhaften Phantombildes der Schlacht von Waterloo gegenüberstanden. Das Schlachtgetümmel tobte an ihnen vorüber, und durch den Zusammenprall und das gegenseitige Abschlachten der Streitkräfte Napoleons und Wellingtons winkten sie einander zu.

Als die Vision vorübergezogen war und Leere zwischen ihnen hinterließ, stürzte der Verrückte vorwärts auf ihn zu und klatschte dabei in die Hände, als bereite er sich auf eine langwierige, mühselige und bei alledem erfreuliche Arbeit vor. Er war von unbestimmtem Alter, aber offensichtlich über die mittleren Jahre hinaus. Sein Haar hing ihm lang und wirr um den Schädel, er trug eine alte randlose Brille, und sein Anzug mochte der Mitte des neunzehnten Jahrhunderts entstammen. »Ei, sieh da, sieh da!« rief er, indem er auf Ian zueilte. »Welche Freude, Sie zu sehen, Sir!«

Ian Ross war erschrocken. In der zeitlosen Zeit, die er durchwandert hatte, war er Kulis und Berbern und thrakischen Händlern und schweigenden Goten begegnet … einem endlosen Strom vorübereilender Menschheit, die weder sprechen noch stehenbleiben wollte. Dieser Mann war anders. Ian spürte augenblicklich, daß er verrückt war. Aber er wollte reden!

Der ältere Mann erreichte ihn und streckte die Hand aus. »Cowper, Sir, Justinian Cowper. Alchimist, Metaphysiker, Berater der Kräfte von Zeit und Raum, o ja, der Zeit! Erkenne ich in Ihnen, Sir, einen Mann, der erst kürzlich in unser kleines

322

Weltall eingegangen ist, einen Mann, welcher der Erleuchtung bedarf? Ganz gewiß! Ich sehe Ihnen an, daß es sich so verhält.«

Ian wollte irgend etwas sagen, um eine Antwort zu geben, aber der heftig gestikulierende Alte fuhr atemlos fort: »Diese jüngste Manifestation, deren Zeugen zu sein wir soeben die Ehre hatten, zeigte, wie Ihnen sicherlich nicht entgangen sein wird, den entscheidenden Wendepunkt der Schlacht von Waterloo, in welcher der kleine Korporal sein Fett abkriegte. Ein faszinierendes Schaustück unserer Zeitgeschichte, finden Sie nicht auch?«

Zeitgeschichte? Ian wollte ihn fragen, wie lange er sich schon in dieser grauen Nebelwelt aufhielt, doch der alte Mann ließ sich kaum Zeit zum Luftholen, bevor sich ein neuer Sturzbach von Worten aus ihm ergoß.

»Eine verblüffende Reminiszenz in jener großartigen Szene in Stendhals *Kartause von Parma*, in welcher Fabrizio, jung, unschuldig, neu in dieser Umgebung, sich beim Durchwandern einer großen Wiese unversehens von Männern umgeben sieht, die in alle Richtungen rennen, dazu Lärm, Rufe, Verwirrung ... und er nicht wußte, was geschah; und erst mehrere Kapitel später erfahren wir – ah, wunderbar! – daß es tatsächlich die Schlacht von Waterloo war, durch die er gegangen war, ohne zu ahnen, daß ringsum Geschichte gemacht wurde. Er war dort und doch nicht dort. Genau unsere Situation, meinen Sie nicht?«

Er war außer Atem und mußte eine Verschnaufpause machen. Ian sprang in die Bresche. »Genau das ist es, was ich gern wissen möchte, Mr. Cowper: was ist mit mir geschehen? Ich habe alles verloren, zugleich aber kann ich mich an alles erinnern. Ich weiß, daß ich verrückt werden oder mich fürchten sollte, und ich habe auch Angst, aber keineswegs so, daß ich in Gefahr wäre, den Verstand zu verlieren ... Es scheint fast, daß ich dies akzeptiere, was es auch ist. Ich – ich weiß nicht, wie ich es nehmen soll, aber ich weiß, daß ich es noch nicht spüre. Und ich bin schon lange hier!«

Der alte Mann legte Ian den Arm um die Schultern und begann mit ihm zu gehen, zwei Herren, die in vertrautem Gespräch an einem Sommernachmittag am Rand eines kühlen

Parkes dahinschlendern. »Ganz recht, Sir, ganz recht. Dissoziatives Verhalten; Kennzeichen des Menschen, der unfähig ist, sein Schicksal zu akzeptieren. Akzeptieren Sie es, Sir, ich bitte Sie; und die Faszination folgt. Vielleicht sogar Besessenheit, aber dieses Risiko müssen wir auf uns nehmen, nicht wahr?«

Ian machte sich von ihm los und sah ihn an. »Hören Sie, lieber Herr, ich möchte all diese Verrücktheit nicht hören! Ich möchte wissen, wo ich bin, und wie ich hier herauskomme. Und wenn Sie mir das nicht sagen können, dann lassen Sie mich allein!«

»Nichts leichter als das, mein Guter. Erklärung ist das wenigste. Die Beobachtung der Phänomene, ja, da liegt der Schlüssel! Sie können mir folgen? Nun, denn: wir sind Opfer des Gesetzes der Erhaltung der Zeit. Untrennbar verbunden mit dem Gesetz von der Erhaltung der Materie. Materie kann, wie Sie wissen, weder geschaffen noch vernichtet werden. Die Zeit besteht ohne Ende. Aber es gibt ein unentrinnbares entropisches Gleichgewicht, das absolut notwendig ist, um die Ordnung des Universums aufrechtzuerhalten. Es hält die Ereignisse auseinander, verstehen Sie? In dem Maße, wie die Materie sich der universell gleichmäßigen Verteilung nähert, findet ein, wie soll ich es ausdrücken, ein ausgleichendes ›Auslaugen‹ der Zeit statt. Ungenutzte Zeit ist an Orten, wo nichts geschieht, keineswegs verloren; sie geht irgendwohin. Hierher, um genau zu sein. In meßbaren Einheiten, die ›Chronone‹ zu nennen ich mich nach längerer Überlegung entschlossen habe.«

Er hielt inne, hoffte vielleicht, daß Ian ihn zu seinem Beitrag zur wissenschaftlichen Nomenklatur beglückwünschen würde. Ian rieb sich die Stirn; er war verwirrt. »Das ist verrückt. Es ergibt keinen Sinn.«

»Es ergibt sehr wohl einen Sinn, seien Sie dessen versichert. Ich war zu meiner Zeit ein bedeutender Gelehrter; was ich Ihnen gesagt habe, ist die einzige Theorie, die mit den Tatsachen in Einklang steht. Ungenutzte Zeit ist nicht vergeudet; sie bleicht aus, geht in das normale Raumzeitkontinuum ein und wird wiederaufbereitet. All diese geschichtlichen Begebenheiten, die Sie an uns vorüberziehen sehen, sind Teile des Zeitstroms, der vergeudet wurde. Entropisches Gleichgewicht, glauben Sie mir!«

»Aber was tue ich hier?«

»Sie zwingen mich, Ihre Gefühle zu verletzen, werter Freund.«

»Was tue ich hier?!«

»Sie haben Ihr Leben vergeudet. Vergeudete Zeit. Überall um Sie her wurden Ihr ganzes Leben lang ungenutzte Chronone ausgelaugt, abgezogen vom benachbarten Universum, bis ihre Zugwirkung auf Sie unwiderstehlich wurde. Darauf wurden Sie wie ein Stück Holz in einem reißenden Sturzbach fortgerissen, ein winziges Stückchen Spreu, vom Wind davongewirbelt. Wie Fabrizio, waren Sie niemals wirklich dort. Sie wanderten durch Ihr Leben, ohne es zu sehen, ohne daran teilzunehmen, und so gab es nichts, was sie fest hätte in Ihrer Zeit verankern können.«

»Aber wie lange werde ich hierbleiben?«

Der alte Mann sah ihn traurig an und sprach zum ersten Mal in mitfühlendem Ton: »Für immer. Sie haben Ihre Zeit nie gebraucht, also haben Sie nichts, was Sie im normalen Raum verankert.«

»Aber alle hier glauben, es gebe einen Ausweg. Ich weiß es! Sie gehen weiter und weiter und versuchen einen Ausweg zu finden.«

»Toren! Es gibt keinen Weg zurück.«

»Aber Sie scheinen nicht zu den Leuten zu gehören, die ihr Leben vergeudeten. Einige von den anderen, die ich gesehen habe – ja, das sehe ich; aber Sie?«

Die Augen des alten Mannes wurden trüb. Er sprach mühsam. »Ja, ich gehöre hierher . . .«

Damit machte er kehrt und wanderte wie traumverloren fort. Ein Verrückter, der Phänomene beobachtete. Und dann verschwand er im Grau dieser von der Zeit verschlungenen Vorhölle. Teile einer Eiszeit glitten an Ian Ross vorüber, und er nahm seine ziellose Wanderung wieder auf.

Und nach einer langen, langen Zeit, die zeitlos war, doch angefüllt mit einem Überfluß von Zeit, begegnete er Catherine.

Er sah sie als einen dunklen Fleck vor dem grauen Nichts. Sie war ein gutes Stück entfernt, und er ging eine Weile weiter, beobachtete den verschwommenen dunklen Punkt und entschloß sich dann zu einer Richtungsänderung. Es war einerlei. Nichts war wichtig: er war allein mit seinen Erinnerungen, die er immer und immer wieder an seinem inneren Auge vorüberziehen ließ.

Der Untergang der *Titanic* wehte vorbei, so nahe, daß Ian sich inmitten des Geschehens sah.

Die junge Frau bewegte sich nicht, obwohl er direkt auf sie zukam. Als er sie erreichte, sah er, daß sie mit gekreuzten Beinen auf Nichts saß; sie schlief, den Kopf auf eine Hand gestützt, den stützenden Arm auf dem Knie.

Er stand vor ihr und schaute sie an. Er lächelte. Sie war wie ein Vogel, dachte er, der den Kopf unter einen Flügel gesteckt hat. Nicht wirklich, aber so sah er sie. Obwohl ihre Hand die Hälfte des Gesichts bedeckte, konnte er ein liebes Gesicht erkennen, sehr blaß, mit einem Muttermal an der Kehle. Sie hatte braunes, kurzgeschnittenes Haar. Die Augen waren geschlossen; er schloß, daß sie blau sein müßten.

Der griechische Senat, das nachperikleische Zeitalter, eine Menge von Kaufleuten und Grundbesitzern in aufgeregtem Geschrei über Lykurgos' Ermahnungen zugunsten des Sozialismus. Diesmal waren die bewegten Schatten so weit entfernt, daß sie ihn nicht umschlossen.

Ian stand und starrte, und nach einer Weile setzte er sich ihr gegenüber. Er lehnte sich zurück, auf die Arme gestützt, und beobachtete sie. Er summte eine alte Melodie, deren Namen er nicht wußte.

Endlich schlug sie die braunen Augen auf und blickte ihn an.

Zuerst momentanes Erschrecken, Angst, Ärger, Neugierde. Dann faßte sie sich. »Wie lang bist du schon hier?«

»Ich bin Ian Ross«, sagte er.

»Es ist mir gleich, wie du heißt«, erwiderte sie zornig. »Ich fragte dich, wie lange du schon hier bist und mich anstarrst?«

»Ich weiß nicht. Eine Weile.«

»Ich habe es nicht gern, wenn man mich beobachtet; du bist sehr unhöflich.«

Er stand wortlos auf und entfernte sich. Auch gut.

Sie sprang auf und lief ihm nach. »He, warte!«

Er ging weiter. Er legte keinen Wert darauf, sich herumzu-zanken. Sie holte ihn ein und vertrat ihm den Weg. »Du glaubst wohl, du könntest einfach so weggehen?«

»Ja, das glaube ich. Und ich kann. Tut mir leid, dich gestört zu haben. Bitte geh mir aus dem Weg, wenn du mich nicht in der Nähe haben willst!«

»Das habe ich nicht gesagt.«

»Du sagtest, ich sei unhöflich. Ich bin niemals unhöflich; ich bin ein Mensch, der stets großen Wert auf gute Manieren gelegt hat, und du warst einfach beleidigend.«

Er ging weiter. Sie lief ihm nach.

»In Ordnung, gut, vielleicht war ich ein wenig unfreundlich. Schließlich hatte ich geschlafen.«

Er machte halt. Sie stand vor ihm. Nun war es an ihr. »Ich bin Catherine Molnar. Wie geht es dir?«

»Nicht allzu gut.«

»Bist du schon lange in diesem Land?«

»Länger als ich hier sein wollte, soviel ist gewiß.«

»Kannst du erklären, was mit mir geschehen ist?«

Er dachte darüber nach. Die Wanderschaft mit jemandem zu teilen, würde eine hübsche Abwechslung sein. »Laß mich eine Frage stellen«, sagte Ian Ross und ging langsam weiter, auf das Phantombild der Hängenden Gärten von Babylon zu, das an ihnen vorüberwehte. »Hast du viel Zeit vergeudet, mit Herum-sitzen? Nicht viel getan, vielleicht oft und lange vor dem Fernseher gesessen?«

Sie legten sich nebeneinander nieder, weil sie müde waren. Nicht mehr. Die Schlacht in den Ardennen tobte um sie her. Kein Geräusch, nur geisterhafte Bewegung. Nebel, Dunst, abgeschossene Panzer, von Granaten zersplitterte Bäume rings-herum. In der Mitte des Niemandslandes lagen Tote.

Sie waren nun seit einiger Zeit beisammen ... waren es drei Stunden, sechs Wochen? Es war ein Monat voller Sonntage, ein Jahr, das zu erinnern sich lohnte. Es war die beste und die schlechteste Zeit: wer konnte sie messen? Es gab keine Aus-rufer, keine Kirchenglocken, keine Standuhren, keinen Wechsel der Jahreszeiten: wer konnte sie messen?

Sie hatten sich aneinander gewöhnt und sprachen offen miteinander. Er sagte ihr wieder, daß er Ian Ross heiße, und sie wiederholte, daß sie Catherine sei, Catherine Molnar. Sie bestätigte seine Vermutung, daß ihr Leben leer gewesen sei. »Unscheinbar«, sagte sie. »Ich war unscheinbar. Ich bin unscheinbar. Nein, gib dir keine Mühe zu sagen, daß ich hübsche Backenknochen oder eine nette Figur hätte; es würde nichts ändern. Wenn du Unscheinbarkeit willst, ich habe sie.«

Er sagte nicht, daß sie hübsche Backenknochen oder eine nette Figur habe. Aber er fand nicht, daß sie unscheinbar sei.

Die Schlacht in den Ardennen verwehte.

Sie schlug vor, daß sie miteinander schlafen sollten.

Ian Ross stand schnell auf und ging fort.

Sie sah ihm eine Weile nach und behielt ihn im Auge. Dann, kurz bevor er im Nebel verschwand, erhob auch sie sich, streifte die Hände an den Kleidern ab, obwohl nichts daran haftete, ein unbewußtes Nachwirken der Gewohnheit, und folgte ihm. Viel später, nachdem sie ihm lange gefolgt war, aber nicht versucht hatte, ihn einzuholen, fiel sie in einen Laufschritt, erreichte ihn atemlos und sagte: »Tut mir leid.«

»Keine Ursache.«

»Ich habe dich verletzt.«

»Nein, keineswegs. Mir war nur zum Gehen zumute.«

»Hör auf, Ian! Ich habe dich verletzt. Gib es zu!«

Er blieb stehen und wandte sich heftig zu ihr. »Glaubst du, ich sei unberührt? Das bin ich nicht.«

Seine Heftigkeit stieß sie vom Rand der Kühnheit zurück. »Nein, natürlich bist du es nicht. Daran hatte ich nicht gedacht.« Dann sagte sie: »Nun ... ich bin es.«

»Tut mir leid«, sagte er, weil er nicht wußte, was er darauf hätte sagen sollen, wenn es überhaupt eine passende Antwort gab.

»Nicht dein Fehler«, sagte sie. Und das war die richtige Antwort.

Von nichts zu nichts. Vierunddreißig Jahre alt, das angemessen verzweifelte Alter für Unverheiratete, Unbemutterte, Ungeliebte. Catherine Molnar, Janesville, Wisconsin. Die Sachen in ihrem Schmuckkästchen ordnen, die Kleider bügeln, die Pullover aus den Schubladen nehmen und neu zusammenlegen und wieder einordnen, die Hosen zu den Hosen hängen, die Röcke zu den Röcken, die Blusen zu den Blusen, die Mäntel, alles in der richtigen Reihenfolge im Kleiderschrank, jedes Wort in *Time* und *Reader's Digest* lesen, jeden Tag sieben neue Worte lernen, niemals sieben neue Worte am Tag gebrauchen, die Böden in der Wohnung aufwischen, einen ganzen Abend zur Erledigung der Rechnungen und Schreibarbeiten reservieren und Wisconsin ganz ausschreiben, niemals die WI-Abkürzung auf den Briefumschlägen, Radiohören, per Telephon die genaue Zeit erfragen, um die Uhren zu stellen, das Katzenklo säubern, die abgelösten Photos von rundgesichtigen Leuten wieder ins Album kleben, die Triebe der Coleus zurückschneiden, jeden Dienstag um sieben Tante Beatrice anrufen, in der Brathähnchenstation fröhlich mit der Kellnerin in der orangeblauen Uniform sprechen, sorgfältig die Fingernägel nachlackieren, so daß an jedem Nagel der Halbmond zu sehen ist, jeden Morgen Wasser für die Tasse Kräutertee wärmen, den Tisch mit Stoffserviette und Platzgedeck herrichten, Geschirr waschen, ins Büro gehen und die Frachtbriefe genau ausrichten. Vierunddreißig. Von nichts zu nichts.

Sie lagen Seite an Seite, aber sie waren nicht müde. Es war mehr daran.

»Ich hasse Männer, die nicht über das Kissen hinausdenken können«, sagte sie und strich ihm übers Haar.

»Was soll das sein?«

»Ach, es ist bloß etwas, das ich eingeübt habe, um es zu sagen, nachdem ich das erste Mal mit einem Mann geschlafen hätte. Ich hatte immer das Gefühl, daß man etwas Originelles sagen sollte, statt der Redensarten, die in Romanen zu lesen sind.«

»Ich finde, es ist ein sehr kluges Wort.« Noch jetzt fand er es schwierig, sie zu berühren. Er lag mit angelegten Armen da.

Sie wechselte das Thema. »Mit dem Klavierspiel habe ich es nie sehr weit gebracht. Ich habe einfach keine Spannweite zwischen Daumen und Zeigefinger. Und das ist wichtig, weißt du. Man muß eine lange Reichweite haben, eine gute Spanne, wie man es, glaube ich, nennt, um Chopin zu spielen. Eine Dezime: das sind zwei Noten mehr als eine Oktave. Eine volle Oktave, das ist bloß ein technischer Begriff, eigentlich überflüssig. Oktave ist gut genug. Nun, ich habe diese Spanne nicht.«

»Ich mag Klavierspiel«, sagte er und war sich bewußt, wie albern und langweilig es sich anhören mußte, und plötzlich fürchtete er, daß sie ihn so finden, daß sie ihn verlassen würde. Dann erinnerte er sich wo sie waren, und lächelte. Wohin sollte sie gehen? Wohin sollte er gehen?

»Auf Parties hatte ich immer eine Abneigung gegen die Männer, die Klavierspielen konnten ... alle Mädchen drängten sich um diese Leute. Bloß hat das heutzutage nachgelassen; es gibt nicht mehr viele Leute, die zu Hause ein Klavier stehen haben. Die Kinder wachsen heran und gehen fort, und niemand nimmt Stunden, und die Jungen kaufen keine Klaviere. Sie kaufen diese elektrischen Gitarren.«

»Akustische Gitarren.«

»Ja, die. Ich glaube nicht, daß es für Leute wie mich, die nicht spielen, viel besser sein würde, selbst wenn es akustische Gitarren sind.«

Sie standen auf und gingen wieder.

Einmal sprachen sie darüber, wie sie ihr Leben vergeudet hatten, wie sie die Hände in den Schoß gelegt und dagesessen hatten, während der Raum um sie von Zeit erfüllt gewesen war, die ihre ›Chronone‹ (er hatte ihr von dem Verrückten erzählt) ausgelaugt hatte. Sie meinte, es höre sich wie etwas von Benjamin Franklin an; worauf er sagte, der Mann habe nicht wie Benjamin Franklin ausgesehen, könne es aber vielleicht doch gewesen sein.

Einmal sprachen sie über das Paris der Revolution und die Hinrichtungen mit der Guillotine, weil die Schatten jener Ereignisse mit ihnen Schritt hielten. Einmal liefen sie der Fata Morgana einer Urweltlandschaft nach und hätten sie beinahe eingeholt. Einmal genossen sie den Vorzug, sich in der Mitte eines arktischen Schneesturms zu befinden, der eine Weile der unermeßlichen Zeit andauerte. Einmal sahen sie eine kleine Ewigkeit nichts, fröstelten aber in dem kalten Wind – anders als während des arktischen Schneesturms, der keine Wirkung auf sie gehabt hatte. Und einmal wandte er sich zu ihr und sagte: »Ich liebe dich, Catherine.«

Doch als sie ihn mit einem zärtlichen Lächeln anschaute, bemerkte er zum ersten Mal, daß ihre Augen grau und blaß zu sein schienen.

Dann, nicht viel später, sagte sie, daß auch sie ihn liebe.

Aber sie konnte Nebel durch das Fleisch seiner Hände sehen, als er sie ausstreckte, um ihr Gesicht zu berühren.

Die Arme umeinandergelegt, gingen sie weiter. Sie hatten sich gefunden. Viele Male sagten sie übereinstimmend, daß sie sich liebten, und daß das Zusammensein das Wichtigste in dieser endlosen Welt grauer Räume sei, selbst wenn sie niemals den Rückweg fänden.

Und sie begannen ihre gemeinsame Zeit zu gebrauchen, setzten sich jeden ›Tag‹ beim Erwachen kleine Ziele. Wir werden so weit gehen, wir werden Wortspiele spielen, in denen du den Namen eines weiblichen Filmstars mit dem letzten Buchstaben des Namens eines männlichen Filmstars beginnen mußt, den ich mit dem letzten Buchstaben des Namens eines weiblichen Filmstars beginnen muß; wir werden Hemd und Bluse tauschen und sehen, wie es sich anfühlt; wir werden alle Lagerlieder singen, an die wir uns erinnern können. Das Beisammensein begann ihnen Spaß zu machen. Sie fingen an zu leben.

Doch manchmal verlor sich seine Stimme, und sie konnte sehen, daß er die Lippen bewegte, ohne daß ein Ton herauskam.

Und bisweilen, wenn der Nebel sich ein wenig auflöste, war sie von den Knöcheln abwärts unsichtbar, und ihr Körper bewegte sich wie durch dicke Suppe.

Und als sie ihre Zeit gebrauchten, wurden sie Fremdkörper, wo die vergeudete Zeit zur Ruhe gekommen war.

Und sie begannen zu verblassen. Wie die Welt für Ian Ross in Schottland und für Catherine Molnar in Wisconsin ausgebleicht war, begannen nun sie aus dem Nichts zu verschwinden. Materie konnte weder geschaffen noch zerstört werden, aber sie konnte aufgelöst und dorthin geschickt werden, wo sie zur Aufrechterhaltung des entropischen Gleichgewichts benötigt wurde.

Er sah ihre blasse Haut durchsichtig werden.

Sie sah, daß seine Hände klar wie Glas geworden waren.

Und sie dachten: zu spät. Es kommt zu spät.

Unsichtbare Staubteilchen ihrer Körper wurden abgesogen und von jenem grauen Ort entfernt. Wurden dorthin übertragen, wo sie zur Aufrechterhaltung des Gleichgewichts benötigt wurden. Eins nach dem anderen wurden sie vom Wind der Zeit verweht und zu den entferntesten Ecken des Gewebes von Raum und Zeit geblasen. Und konnten niemals zurückgerufen werden. Und konnten niemals wieder zusammengefügt werden.

So berührten sie sich ein letztes Mal, dort im Nichts der verlorenen Zeit, und einen Augenblick lang existierten sie noch als Schatten, und dann waren sie verschwunden; er zuerst, so daß sie einen Moment schrecklicher Einsamkeit verspürte, ehe auch sie sich auflöste und zerstreut wurde. Trennung ohne Hoffnung auf Wiederkehr.

Große Ereignisse wirbelten vorüber, lautlos im Nebel. Ptolemäus' Krönung als König von Ägypten, die Schlacht im Teutoburger Wald, die Kreuzigung Jesu, die Gründung Konstantinopels, die Plünderung Roms durch die Westgoten unter Alarich, das Massaker unter den Omajjaden, der Hof der Fujiwara in Japan, die Eroberung Jerusalems durch Saladin ... und weiter und weiter ... große Ereignisse ... verschwendete Zeit ... leere Zeit ... und die zeitlose Bevölkerung schleppte sich endlos vorüber ... endlos ... ohne zu ahnen, daß schließlich zwei von ihrer Schar, hoffnungslos und zu spät, den Weg hinaus gefunden hatten.

Originaltitel: ›Count the Clock that Tells the Time‹
Copyright © 1978 by Harlan Ellison
Aus dem Amerikanischen übersetzt von Walter Brumm

J. G. BALLARD

Der Garten der Zeit

Gegen Abend, als der große Schatten der palladinischen Villa die Terrasse ausfüllte, verließ Graf Axel seine Bibliothek und begab sich über die ausladenden Rokokostufen unter die Zeitblumen. Hochgewachsen und gebieterisch von Gestalt, in einer schwarzen Samtjacke, eine goldene Krawattennadel unter dem George-V.-Bart glänzend, den Spazierstock steif in der Hand, die im weißen Handschuh steckte, musterte er ohne Bewegung die erlesenen Kristallblumen und lauschte den Klängen des Cembalos, auf dem seine Frau im Musikzimmer ein Rondo von Mozart spielte, das durch die halb durchsichtigen Blumenblätter hallte und vibrierte.

Der Garten der Villa dehnte sich vor der Terrasse gute zweihundert Meter weit aus, fiel zu einem von einer weißen Brücke überspannten Miniatursee ab, an dessen anderem Ufer sich ein schmächtiger Pavillon erhob. Axel wagte sich nur selten bis zum See vor; die meisten der Zeitblumen wuchsen gleich unterhalb der Terrasse in einem kleinen Hag, geschützt von einer hohen Mauer, die das ganze Anwesen umgab. Von der Terrasse aus konnte er die Ebene übersehen, die sich hinter der Mauer ausdehnte, ein weites, offenes Gelände, das wie eine ausladende Dünung bis zum Horizont rollte, wo es noch einmal sanft anstieg, bevor es den Blicken endgültig entschwand. Das Haus war auf allen Seiten von der Ebene umgeben, deren eintönige Leere die Entrücktheit und heitere Erhabenheit der Villa noch verstärkte. Hier im Garten schien die Luft klarer, die Sonne wärmer zu sein, während die Ebene immer dumpf und unnahbar war.

Ehe er sich zu seinem abendlichen Spaziergang aufmachte, blickte Graf Axel wie gewöhnlich über die Ebene zu der letzten Anhöhe hin, wo der Horizont wie eine ferne Bühne von der untergehenden Sonne erleuchtet wurde. Während die unter

den begnadeten Händen seiner Frau hervorströmenden Mo-
zartschen Klänge ihn sanft umspielten, fiel ihm auf, daß die
vorrückende Kolonne einer gewaltigen Armee sich langsam
über den Horizont schob. Auf den ersten Blick schienen die
langen Reihen sich in geordneten Linien voran zu bewegen,
doch bei näherem Hinsehen wurde deutlich, daß die Armee,
wie das unauffällige Detail einer Landschaft von Goya, sich aus
einem gewaltigen Menschengewimmel zusammensetzte, aus
Männern und Frauen, hier und da ein paar Soldaten in abge-
rissenen Uniformen darunter, die in einer aufgelösten Flut vorwärts drängten. Einige mühten sich unter schweren Lasten ab,
welche an primitiven Jochen, die ihnen im Genick lagen, hingen; andere kämpften mit schwerfälligen Holzkarren, zerrten
mit den Händen an den Radspeichen; ein paar stampften
mühsam allein dahin; doch alle bewegten sich im selben
Schritt, die gekrümmten Rücken von der untergehenden Sonne erleuchtet.

Die vorrückende Menge war noch so weit entfernt, daß man
sie kaum überblicken konnte, aber selbst während Axel mit
reserviertem, doch aufmerksamem Gesichtsausdruck hinsah,
kam sie merklich näher: diese Vorhut eines riesigen Pöbel-
haufens, der da am Horizont auftauchte. Schließlich, als das
Licht des Tages zu schwinden begann, erreichte die Spitze der
Menge die Kuppe der ersten Anhöhe unterhalb des Horizontes, und Axel wandte sich von der Terrasse ab und erging sich
unter den Zeitblumen.

Die Blumen waren fast zwei Meter hoch, ihre schlanken
Stengel, Gerten aus Glas ähnlich, trugen ein Dutzend Blätter,
deren einstmals durchsichtige Struktur durch die erstarrten
Blattnerven wie mit Reif überzogen wirkte. An der Spitze
eines jeden Stengels saß die Zeitblüte, groß wie ein Pokal. Ihre
undurchsichtigen äußeren Blütenblätter umschlossen das Kri-
stallherz. Dessen diamantener Glanz enthielt wohl tausend Gesichter, das Kristall schien die Luft ihres Lichts und ihrer Bewegung zu berauben. Als die Blumen sanft im Abendwind hin und
her schwangen, erglühten sie wie flammende Speerspitzen.

Viele der Stengel trugen keine Blüte mehr; Axel besah sie
sich sorgfältig, und während er nach weiteren Knospen suchte,

leuchtete von Zeit zu Zeit ein Hoffnungsschimmer in seinen Augen auf. Schließlich wählte er eine große Blüte aus, die auf dem der Mauer am nächsten wachsenden Stengel saß, zog die Handschuhe aus und knipste sie mit seinen starken Fingern ab.

Während er die Blüte auf die Terrasse trug, begann sie zu funkeln und zu zergehen, denn das Licht, das sie in ihrem Herzen eingeschlossen hatte, wurde endlich wieder frei. Das Kristall löste sich nach und nach auf, nur die äußeren Blütenblätter blieben erhalten, und die Luft rings um Axel wurde klar und leuchtend, erfüllt mit schrägen Strahlen, die ins schwingende Licht der Sonne davonzuckten. Merkwürdige Veränderungen verwandelten für einen Augenblick den Abend, auf subtile Weise seine Dimensionen von Zeit und Raum ändernd. Der nachgedunkelte Säulengang des Hauses, seiner Patina entblößt, wurde in einem eigenartig geisterhaften Weiß sichtbar, als ob er plötzlich in einem Traum erinnert würde.

Axel hob den Kopf und spähte noch einmal über die Mauer. Nur der entfernteste Saum des Horizontes wurde von der Sonne noch erhellt, und die große Menschenmenge, die sich zuvor schon fast über ein Viertel der Ebene ergossen hatte, hatte sich jetzt bis an den Horizont zurückgezogen, der ganze Strom hatte in einem Zeitumschwung abrupt kehrtgemacht und schien stillzustehen.

Die Blüte in Axels Hand war zur Größe eines gläsernen Fingerhutes zusammengeschrumpft, und die Blütenblätter hatten sich um das dahinschwindende Herz gelegt. Ein schwaches Funkeln flackerte in der Mitte auf und erlosch, und Axel fühlte die Blüte wie einen eiskalten Tautropfen in seiner Hand zerfließen.

Abenddämmerung senkte sich auf das Haus, dehnte ihre langen Schatten weit in die Ebene aus, und der Horizont ging in den Himmel über. Das Cembalo schwieg, und die Zeitblumen, die seine Klänge nicht länger reflektierten, standen regungslos wie ein einbalsamierter Wald.

Für einige Minuten sah Axel auf sie herab und zählte die verbleibenden Blüten, dann begrüßte er seine Frau, die ihm über die Terrasse entgegenkam und ihr brokatenes Abendkleid über die kunstvoll mit Ornamenten verzierten Fliesen rascheln ließ.

»Was für ein herrlicher Abend, Axel!« Sie sprach gefühlvoll, als ob sie ihrem Gatten für den großen, reich verzierten Schatten auf dem Rasen und für die dunkle, glänzende Luft persönlich danken wollte. Sie hatte ein heiteres und aufgewecktes Gesicht, ihr Haar, das am Hinterkopf von einer mit Juwelen besetzten Spange zusammengehalten wurde, war von Silberfäden durchzogen. Ihr Kleid, vorn tief ausgeschnitten, ließ ihren langen, schlanken Hals und ihr hohes Kinn zur Geltung kommen. Axel betrachtete sie mit zärtlichem Stolz. Er bot ihr seinen Arm, und gemeinsam schritten sie die Stufen in den Garten hinab.

»Einer der längsten Abende dieses Sommers«, pflichtete Axel ihr bei und fügte hinzu: »Ich habe eine vollendete Blüte gepflückt, meine Liebe, ein Juwel. Wenn wir Glück haben, kommen wir damit mehrere Tage aus.« Er zog die Augenbrauen leicht zusammen und sah unwillkürlich zur Mauer hinüber. »Sie scheinen jetzt von Mal zu Mal näher zu kommen.«

Seine Frau lächelte ihm ermutigend zu und zog seinen Arm fester an sich.

Sie beide wußten, daß der Zeitgarten einging.

Drei Abende später, wie er geschätzt hatte (wenn auch früher, als er insgeheim gehofft), pflückte Graf Axel noch eine Blüte im Zeitgarten.

Als er zuvor über die Mauer sah, füllte der näherkommende Pöbelhaufen die hintere Hälfte der Ebene aus und war wie ein dichter Wirrwarr über den Horizont gebreitet. Er vermeinte die leisen, bruchstückhaften Geräusche der Stimmen zu hören, die durch die leere Luft zu ihm drangen, ein dumpfes Gemurmel, unterbrochen von Schreien und Rufen, sagte sich aber schnell, daß er sie sich nur eingebildet hätte. Es war ein Glück, daß seine Frau am Cembalo saß, und die prächtigen kontrapunktischen Strukturen einer Bachfuge ergossen sich schwerelos über die Terrasse, jegliche anderen Geräusche überdeckend.

Zwischen Haus und Horizont war die Ebene durch vier große Anhöhen unterteilt, und der höchste Punkt jeder einzelnen war deutlich im schräg darauffallenden Licht zu erkennen. Axel hatte sich geschworen, sie niemals zu zählen, doch ihre Zahl war zu gering, als daß sie nicht ins Auge gesprungen wäre, zumal daran das Vorwärtskommen der heranrückenden Armee so eindeutig abzulesen war. Im Augenblick hatte die vorderste Linie die erste Anhöhe hinter sich gelassen und die zweite fast erreicht; der Hauptteil der Masse drängte nach und verdeckte den Kamm sowie das womöglich noch gewaltigere Gewimmel, das sich vom Horizont her ausbreitete. Als er den Blick vom mittleren Trupp weg nach links und nach rechts wandte, konnte Axel das offenbar unbegrenzte Ausmaß der Armee erkennen. Was sich anfangs wie die Hauptmasse ausgenommen hatte, war nicht mehr als ein unbedeutender Voraustrupp, einer von vielen ähnlichen Armeen, die über die Ebene ausgriffen. Der eigentliche Mittelpunkt war noch gar nicht aufgetaucht, doch nach allem, was bereits in Sicht war, schätzte Axel, daß dieses Heer, wenn es schließlich die Ebene erreicht haben würde, jeden Zentimeter Boden vollkommen ausfüllen würde.

Axel hielt nach irgendwelchen großen Fahrzeugen oder Maschinen Ausschau, aber alles war chaotisch und durcheinander wie immer. Es gab weder Banner oder Fahnen noch Maskottchen oder Lanzenträger. Den Kopf gesenkt, drängte die Menge voran, des Himmels nicht achtend.

Auf einmal, kurz bevor Axel sich abwandte, erschien die vorderste Reihe der Masse auf dem Kamm der zweiten Anhöhe und schwärmte in die Senke hinab. Was Axel in Erstaunen versetzte, war die unglaubliche Entfernung, die sie zurückgelegt hatte, solange sie seinen Blicken entzogen war. Die Gestalten waren jetzt doppelt so groß, jede einzelne klar zu erkennen.

Eilig verließ Axel die Terrasse, wählte im Garten eine Zeitblüte aus und brach sie vom Stengel ab. Als sie ihr verdichtetes Licht freigab, kehrte er auf die Terrasse zurück. Nachdem die Blüte in seiner Hand zu einer frostigen Perle zusammengeschrumpft war, blickte er wieder auf die Ebene hinaus und stellte mit Erleichterung fest, daß die Armee sich erneut bis an den Horizont zurückgezogen hatte.

Dann bemerkte er, daß der Horizont viel näher gerückt war als vorher und daß das, was er als Horizont angesehen hatte, die erste Anhöhe war.

Als er sich der Gräfin zu ihrem gemeinsamen Abendspaziergang anschloß, erwähnte er ihr gegenüber nichts davon, doch sie durchschaute seine lässige Unbekümmertheit und tat, was sie konnte, um seine Sorgen zu zerstreuen.

Von der Treppe aus deutete sie auf den Zeitgarten. »Was für eine herrliche Pracht, Axel. Es sind noch so viele Blüten da.«

Axel nickte und lächelte insgeheim über den Versuch seiner Frau, ihn zu beruhigen. Sie hatte ›noch‹ gesagt und dadurch unbewußt ihre Vorahnung vom Ende enthüllt. Tatsächlich war ein bloßes Dutzend von den vielen Hunderten von Blüten übriggeblieben, die es im Garten gegeben hatte, und mehrere davon waren kaum mehr als Knospen – lediglich drei oder vier waren voll erblüht. Als sie so auf den See zugingen und das Kleid der Gräfin über den kühlen Rasen raschelte, versuchte er zu entscheiden, ob er die größeren Blüten zuerst pflücken oder bis zuletzt aufsparen sollte. Genaugenommen wäre es besser, den kleineren Blüten noch mehr Zeit zu lassen, zu wachsen und sich zu entwickeln, denn dieser Vorteil wäre dahin, wenn er die größeren Blüten bis zuletzt zurückhielt, für die allerletzte Abwehr, wie er es am liebsten tun würde. Allerdings wurde ihm klar, daß es keine Rolle spielte, weder so noch so; der Garten würde ohnedies bald absterben, und die kleineren Blüten brauchten weit mehr Zeit, als er ihnen zugestehen konnte, um ihre verdichteten Zeitherzen aufzuladen. Während seines ganzen Lebens hatte er nicht das geringste Anzeichen für das Wachstum der Blumen feststellen können. Die größeren Blüten waren schon immer voll entwickelt gewesen, und keine der Knospen hatte je die geringste Entwicklung gezeigt.

Sie überquerten den See, und er und seine Frau betrachteten ihre Spiegelbilder auf dem ruhigen, schwarzen Wasser. Abgeschirmt vom Pavillon auf einer Seite, von der hohen Gartenmauer auf der anderen, die Villa in einiger Entfernung, fühlte Axel sich gefaßt und sicher und empfand die Ebene mit ihrer unberechtigt eindringenden Masse als einen Alptraum, aus dem er ohne Schaden zu nehmen erwacht war. Er legte einen Arm um die geschmeidige Hüfte seiner Frau und zog sie zärtlich an seine Schulter, wobei ihm einfiel, daß er sie schon seit mehreren Jahren nicht mehr umarmt hatte, obgleich ihr gemeinsames Leben zeitlos gewesen war und er sich erinnern konnte, als wäre es erst gestern gewesen, wie er sie zum erstenmal in die Villa gebracht hatte, um dort mit ihr zu leben.

»Axel«, bat seine Frau plötzlich mit ernster Stimme, »bevor der Garten eingeht ... darf ich da die letzte Blüte pflücken?«

Er verstand ihre Bitte und nickte langsam.

Eine nach der anderen brach er an den folgenden Abenden die restlichen Blüten und ließ eine einzige kleine Knospe, die unmittelbar unterhalb der Terrasse wuchs, für seine Frau übrig. Er nahm die Blüten wahllos, lehnte es ab, sie zu zählen oder einzuteilen, ja wenn nötig, pflückte er zwei oder drei von den kleineren Knospen gleichzeitig. Die anrückende Horde hatte inzwischen die zweite und dritte Anhöhe erreicht, eine gewaltige Masse aus tätigen Menschen, die den Horizont verdunkelte. Von der Terrasse aus konnte Axel deutlich die schwerfällig schlurfenden, bis zum äußersten angestrengten Reihen sehen, wie sie sich in die Senke ergossen und auf die letzte Anhöhe zubewegten, und gelegentlich wurden die Geräusche ihrer Stimmen zu ihm herübergetragen, vermischt mit Wutschreien und Peitschenknallen. Die Holzkarren schwankten auf schiefen Rädern von einer Seite zur anderen, die sie lenkten, hatten alle Mühe, sie unter Kontrolle zu halten. Soweit Axel das beurteilen konnte, hatte kein einziger aus der Menge eine Ahnung, in welcher Richtung man sich bewegte. Vielmehr schritt ein jeder blind aus und blieb unmittelbar auf den Fersen desjenigen vor ihm; der einzige Zusammenhalt war der der allgemeinen Richtung. Axel hoffte grundlos, daß das eigentliche Zentrum, das noch weit hinter dem Horizont war, sich in eine andere Richtung bewegen möge und daß die Menge allmählich ihren Kurs ändern, sich von der Villa und von der Ebene zurückziehen würde, wie eine Flut, die zurückweicht.

An dem letzten Abend, da er die Zeitblüte pflückte, hatte die vorderste Linie die Menge der dritten Anhöhe erreicht und schwärmte weiter vor. Während er auf die Gräfin wartete, betrachtete Axel die beiden Blüten, die noch übriggeblieben waren, beides erst kleine Knospen, welche die Menge am nächsten Abend lediglich für ein paar Minuten zurückdrängen würden. Die Glasstengel der toten Blumen ragten steif auf, doch der Garten hatte seinen Glanz verloren.

Den nächsten Vormittag verbrachte Axel geruhsam in seiner Bibliothek, wo er die kostbareren seiner Manuskripte in die Glasschränke zwischen den Galerien verschloß. Er ging langsam durch den Gang mit den Porträts, jedes der Bilder sorgfältig säubernd, dann brachte er seinen Schreibtisch in Ordnung und schloß die Tür hinter sich ab. Den Nachmittag über beschäftigte er sich in den Salons; er half seiner Frau unaufdringlich dabei, ihren Schmuck zu reinigen, und richtete die Vasen und Büsten.

Als es Abend war und die Sonne hinter dem Haus unterging, waren sie beide müde und staubig, und den ganzen Tag über hatte keiner von ihnen ein Wort mit dem anderen geredet. Als seine Frau auf das Musikzimmer zuging, rief Axel sie zurück.

»Heute pflücken wir die Blüten gemeinsam, meine Liebe«, sagte er gelassen zu ihr. »Für jeden eine.«

Er warf nur einen kurzen Blick über die Mauer. Weniger als einen halben Kilometer entfernt konnten sie das gewaltige, dumpfe Brüllen der Lumpenarmee hören, das Klirren von Metall und das Peitschengeknall, das auf das Haus zudrängte.

Axel pflückte rasch eine Blüte, eine Knospe erst, nicht größer als ein Saphir. Während sie sanft flackerte, wurde der Lärm draußen vorübergehend schwächer, dann begann er wieder zu wachsen.

Axel verschloß seine Ohren davor und ließ seinen Blick über die Villa schweifen, zählte die sechs Säulen des Säulengangs, starrte lange über den Rasen zur Silberscheibe des Sees hinüber, in der sich das letzte Abendlicht spiegelte, ließ die Blicke dann schweifen bis zu den Schatten, die sich zwischen den hohen Bäumen bewegten und auf dem mürben Torf länger wurden. Er ließ den Blick bei der Brücke verweilen, wo er und seine Frau so viele Sommer Arm in Arm gestanden hatten ...

»Axel!«

Draußen erhob sich der Lärm in die Luft, wohl tausend Stimmen brüllten nur zwanzig oder dreißig Meter entfernt. Ein Stein flog über die Mauer, landete zwischen den Zeitblumen und zerschmetterte mehrere der zerbrechlichen Stengel. Die

Gräfin eilte zu ihm, als noch ein Steinhagel gegen die Mauer prasselte. Dann wirbelte ein schwerer Ziegelstein über ihre Köpfe hinweg durch die Luft und krachte in eines der Wintergartenfenster.

»Axel!« Er legte die Arme um sie und strich seine Seidenkrawatte glatt, nachdem sie sich leicht mit der Schulter zwischen den Jackenaufschlägen verschoben hatte.

»Rasch, meine Liebe, die letzte Blüte!« Er führte sie die Stufen hinunter in den Garten. Den Stengel mit ihren juwelenbesetzten Fingern umfassend, knipste sie sie säuberlich ab und barg sie zwischen den Handflächen.

Für einen Moment ließ der Lärm etwas nach, und Axel faßte sich. In dem lebhaften Licht, das aus der Knospe aufflackerte, sah er die weißen, ängstlichen Augen seiner Frau. »Halte sie, so lange du kannst, meine Liebe, bis der letzte Funke erloschen ist.«

Zusammen standen sie auf der Terrasse, und die Gräfin hielt die glitzernde vergehende Perle mit den Händen umschlossen, und als sich draußen die Stimmen wieder erhoben, wurden sie von dem Geräusch eingehüllt. Der Pöbel schlug heftig gegen die schweren Eisentore, und die ganze Villa erbebte unter dem Ansturm.

Als der letzte Lichtschimmer verglomm, streckte die Gräfin ihre Hände in die Höhe, als würde sie einen unsichtbaren Vogel freilassen, dann legte sie ihre Hände in einem letzten Anflug von Mut in die ihres Mannes, und ihr Lächeln war strahlend wie die entschwundene Blüte.

»Oh, Axel!« rief sie.

Wie ein Schwert stürzte die Dunkelheit über sie herein. Keuchend und fluchend erreichten die vorderen Reihen der Menge die kniehohen Überreste der Mauer, die das zerstörte Grundstück umgaben, zerrten die Karren hinüber und die staubigen Fahrspuren entlang, die einstmals eine reich geschmückte Auffahrt gewesen waren. Die Ruine, früher eine geräumige Villa, unterbrach kaum den endlosen Lauf der Menschheit. Der See war leer, umgebrochene Bäume vermoderten auf seinem Grund, auf dem eine alte Brücke verrostete. Zwischen dem langen Gras des Rasens gedieh Unkraut, es überwucherte die kunstvoll angelegten Gartenpfade und in Stein gehauenen Zwischenwände.

Die Terrasse war zum größten Teil zerbröckelt, und der Hauptstrom der Masse zog quer über den Rasen an der ausgeraubten Villa vorbei, doch ein oder zwei von den Neugierigen kletterten hinein und durchwühlten die Ruine. Die Türen waren in den Angeln gefault, die Fußböden eingebrochen. Im Musikzimmer war ein altes Cembalo zerhackt und als Feuerholz verwendet worden, doch ein paar Tasten lagen noch in der Asche. In der Bibliothek hatte man alle Bücher aus den Regalen gezerrt und die Gemälde aufgeschlitzt; vergoldete Rahmen lagen zerbrochen auf dem Fußboden herum.

Als der Hauptteil der Menge beim Haus ankam, fing dieser an, die Mauer an allen Enden zu übersteigen. Zusammengedrängt stolperten die Leute in den ausgetrockneten See, schwärmten über die Terrasse und schoben sich durch das Haus auf die offenen Türen der Nordseite zu.

Nur ein Fleckchen widerstand dem endlosen Ansturm. Gleich unterhalb der Terrasse, zwischen dem zertrümmerten Balkon und der Mauer, befand sich ein dichtes, fast zwei Meter hohes Dornengestrüpp. Das mit Widerhaken versehene Blattwerk bildete eine undurchdringliche Masse, und die vorüberziehenden Menschen machten vorsichtig einen Bogen drum herum und bemerkten die umschlungene Tollkirsche zwischen den Zweigen. Die meisten von ihnen waren zu sehr darauf konzentriert, ihren Weg zwischen den umgekippten Steinplatten zu finden, als daß sie in die Mitte des Dornengestrüpps geblickt hätten, wo zwei in Stein gehauene Statuen Seite an Seite standen und von ihrem geschützten Aussichtspunkt aus über die Gegend starrten. Die größere der Figuren war das Abbild eines bärtigen Mannes, der eine Jacke mit hohem Kragen und einen Spazierstock unter dem Arm trug. Neben ihm stand eine Frau in einem vollendet gearbeiteten, bodenlangen Kleid, das schmale, heitere Gesicht von Wind und Regen nicht beeinträchtigt. In der linken Hand hielt sie zart eine einzelne Rose, deren grazil geformte Blütenblätter so dünn waren, daß man sie schon beinahe durchsichtig nennen konnte.

Als die Sonne hinter dem Haus versank, leuchtete ein ein-

zelner Lichtstrahl durch das zerbrochene Dachgesims und traf
die Rose, wurde vom Wirtel der Blütenblätter zu den Statuen
geworfen und erleuchtete den grauen Stein, so daß man ihn für
einen flüchtigen Moment nicht vom längst vergangenen
Fleisch derjenigen unterscheiden konnte, die die Statuen einst
gewesen waren.

CHRISTOPHER PRIEST UND DAVID REDD

Der Agent

Das Zeichen für das Ende des Abendessens war gegeben, als der
Diener die Dessertteller hinausrollte, das Geschirr klapperte,
während der Servierwagen über die blanken Dielen fuhr. Egon
Rettmer sah auf seine Armbanduhr und stellte fest, daß ihm
noch ein paar Minuten blieben.

Der Diener kam zurück und bot den beiden Männern Zigarren an: Rettmer, der ablehnte, und Piotr Wassilow, der sich
eine nahm. Die beiden Frauen schwiegen gerade.

Rettmer sah zu, wie sich Wassilow vom Diener Feuer geben
ließ. Er hielt den Augenblick für gekommen, sich zu verabschieden. Er schob seinen Stuhl zurück und stand auf.

»Entschuldigen Sie mich bitte, meine Damen, Herr Wassilow«, sagte er und blickte diplomatisch an ihnen vorbei. Dann
drehte er sich rasch um.

Wenn sie verärgert war, kam bei seiner Tante der Akzent
ihrer russischen Muttersprache durch. In scharfem Ton rief sie
ihm nach: »Aber bleib nicht zu lange aus, Egon!«

»Nicht länger als nötig.« Er konnte noch nicht wissen, wie
lange er fort sein würde.

Er verließ das Zimmer und ging durch die große Halle und
einen schmalen Gang zu einem Seitenausgang. Draußen blieb
er einen Moment stehen und sammelte sich. Er war ganz in
Weiß gekleidet. Die kühle Dunkelheit ringsum, die nur von
den verstreuten Lichtern der Stadt und des Hafens durchbrochen war, bildete einen beruhigenden Kontrast gegenüber
dem hellen, abgeschlossenen Eßzimmer. Die Dinnerparties
seiner Tante waren für ihn eine Strapaze; und seit dem Tod
ihres Mannes, seines Onkels, hatte er viele solcher Parties ertragen müssen. Die gesellschaftlichen Bräuche, die in diesem

Territorium gepflegt wurden, kamen ihm gerade in diesen Tagen, in denen der Krieg entlang der Küste immer näher rückte, besonders sinnlos und banal vor. Er hatte dieses Dinner einfach nicht länger ertragen.

Rettmer steckte sich eine Zigarre an und ließ die Minuten verstreichen. Zu Beginn des Abends hatte Heidi Blühm, die junge Frau, die Wassilow als sein Mündel vorgestellt hatte, unerwartete und nicht unwillkommene Anzeichen von Interesse gezeigt. Rettmer war eine gewisse Direktheit in der Art, wie sie ihn ansah, aufgefallen, und als sie ihm die Hand gab, schienen sich ihre Finger fester um seine zu schließen, als es üblich war. Mit Wassilow hatte er schon früher zu tun gehabt, geschäftlich, aber Heidi war er heute zum ersten Mal begegnet.

Ihr anfängliches Interesse hatte nicht angehalten. Es war Rettmer nicht gelungen, sie in ein Gespräch zu verwickeln, und jetzt, als er draußen im Freien stand, dachte er, daß der erste Eindruck eigentlich meistens falsch war. Ihre spröde Schönheit hatte durch ihre kühle und distanzierte Art ihren Reiz verloren; er war froh, als er endlich gehen konnte.

Kurischen, das Haus seiner Tante, stand auf einer Anhöhe, nicht weit vom Hafen. Rettmer zog mehrmals hintereinander an seiner Zigarre, er wollte sie zu Ende rauchen, ehe er sich auf den Weg machte. Er sah hinüber zum Hafen und verfolgte in Gedanken die Route, die er nehmen würde. Die Schienen des Verladebahnhofs hinter den Hafenbüros lagen im Schatten – der Güterverkehr war wegen des Krieges fast eingestellt –, aber neben den Wellenbrechern zogen sich die gelben Lampen wie eine Lichterkette durch die Dunkelheit.

Er warf wieder einen Blick auf die Uhr, dann drückte er den Stumpen aus und warf ihn in hohem Bogen in die Nacht. In zwei Minuten konnte er am Hafen sein.

Wenn sein gewagtes Unternehmen mißlang, war ihm zumindest die Mißbilligung seiner Tante gewiß. Wenn es glückte, würden sie und ihre Gäste keinen Verdacht schöpfen. Rettmer verzog das Gesicht zu einem Lächeln und machte sich auf den Weg.

Bald hatte er die Schotterstraße erreicht und kletterte über die Böschung zu den Rangiergleisen. Er stolperte über eine verborgene Weiche. Er hätte eine Taschenlampe mitbringen sollen, aber jetzt war keine Zeit, über Versäumtes nachzudenken. Eilig lief er weiter.

Seine Augen suchten die Dunkelheit vor ihm ab, konnten aber nichts entdecken, was auf eine Bewachung des Hafens hingewiesen hätte. Wie alle freien Territorien war Silte praktisch neutral und in den Krieg zwischen der Norddeutschen Republik und dem mächtigen Autonomen Masurischen Bund theoretisch nicht verwickelt. In der Praxis unterstand Silte längst dem ›Protektorat‹ der Masuren, genauso wie verschiedene andere Territorien entlang der Küste von der einen oder anderen kriegführenden Macht besetzt gehalten wurden. Obgleich es keine offizielle Bestätigung gab, hatte sich das Gerücht verbreitet, daß ND-Truppen gegen Silte im Vormarsch seien.

Rettmer bückte sich, um unter dem Draht, der zwischen den Rangiergleisen und den Hafengebäuden gespannt war, durchzukriechen. Er kam am Büro des Hafenmeisters vorbei, das nachts abgeschlossen war, und verglich die Zeit auf seiner Uhr mit den beleuchteten Ziffern der Uhr über der Tür. Das Experiment begann. Er ging den langen, ungeschützten Weg am hell erleuchteten Brackwasser entlang; tief unter ihm spülten die Wellen gurgelnd über den Kiesstrand.

Am anderen Ende der Mole tauchte ein masurischer Soldat auf.

Die Fremden hatten zahlreiche Polizeifunktionen übernommen. Der Soldat stand weiter hinten im Schatten zwischen zwei Lampen, die Pistole im Gürtel. Rettmer war jetzt auf gleicher Höhe mit ihm. An dieser Stelle führte eine Treppe zum Wasser, und an der untersten Stufe war das Boot befestigt, das sich Rettmer gemietet hatte, zwischen einer Reihe anderer, kleiner Schiffe. Der masurische Soldat beobachtete ihn mit gerunzelter Stirn.

Wenn man sein Boot sorgfältig durchsucht und das versteckte Gerät gefunden hätte, würde der Soldat ihn jetzt anhalten.

Rettmer ging ganz ruhig die Stufen hinunter. Aber nichts passierte. Er sprang an Bord. Das Boot hatte einen kleinen Außenbordmotor, für kurze Fahrten entlang der Küste geeignet, mit einer Windschutzscheibe vorn. Rasch löste er die Leine von der Vertäuung und ließ den Motor an. Er dröhnte durch die Stille der Nacht.

An der Hafenmündung leuchteten rote und grüne Navigationslampen. Rettmer steuerte zwischen ihnen hindurch aufs offene Meer. Niemand hatte versucht, ihn aufzuhalten; eine merkwürdige Freude bemächtigte sich seines Körpers. Er spürte, wie das Boot von den langen, gleichmäßigen Wellen hochgehoben und wieder fallen gelassen wurde und wie der Wind durch seinen dünnen, weißen Anzug blies. Selbst so spät im Frühjahr waren die Nächte noch kalt. Am Ende seiner Reise würde es wärmer sein.

Plötzlich war er hellwach und starrte angestrengt in die Dunkelheit. Er machte die schwachen Konturen eines anderen Boots aus, das in den Hafen zurückkehrte. Rettmer änderte sofort seinen Kurs und kauerte sich in die kleine Nische hinter der Scheibe. Er stellte den Motor ab. In der Stille war das Geräusch des anderen Boots zu hören, das wie ein entferntes, unheimliches Echo klang.

Das fremde Boot bewegte sich in etwa hundert Meter Entfernung von ihm in Richtung Hafen. Hinter dem Steuer sah er verschwommen eine weißgekleidete Gestalt, den Blick nach vorn gerichtet.

Rettmer schloß die Augen; er wagte nicht daran zu denken, was geschehen könnte. Er wartete und zählte die Sekunden, bis das andere Boot die Hafenmauern erreicht hatte und das Geräusch erstarb.

Eine merkwürdige Erscheinung, aber es war ein gutes Omen. Auch sein Zeitplan stimmte noch.

Er ließ den Motor wieder an und jagte weiter in nordwestlicher Richtung. Die Tatsache, daß er keine Schüsse gehört hatte, gab ihm Sicherheit. Diesem anderen hatten die masurischen Soldaten also keine Schwierigkeiten gemacht.

Er griff nach vorn unters Armaturenbrett. Seine Finger tasteten das Holz ab, bis sie den versteckten Schalter fanden. Sie drehten an ihm, und augenblicklich leuchtete das Signallämpchen, das unter der Schalttafel verborgen war, rot auf.

Der Sensor funktionierte also.

Bei jedem seiner nächtlichen Besuche auf der Insel spürte Rettmer, wie das Bewußtsein seiner wahren Identität immer stärker wurde. Er hatte zu lange gewartet. Sieben Jahre im Dienst des ND-Geheimdienstes und sieben Jahre im Hause seiner leiblichen, aber ungeliebten Tante in Silte waren einfach zu viel für einen gesunden Menschenverstand. Auf einer Fahrt wie dieser konnte er wieder klare Gedanken fassen und über seine Situation nachdenken. Vom Verstand her übte er Loyalität, aber tief im Innern, ganz instinktiv, sträubte er sich dagegen.

Oft fragte er sich, wie nützlich er den Herren war, denen er diente. Seine Informationen hatten ihnen dabei geholfen, die Pläne für ihre Besetzung der Küste aufzustellen, aber dieses Stadium der Vorbereitung müßte jetzt eigentlich vorbei sein. Die angebliche Invasion, von der in Silte so viel gesprochen wurde, war eine Tatsache: einerseits eine Tatsache und andererseits eine Bedrohung. Der Sensor hatte ihm in Silte zu einzigartigen Erkenntnissen verholfen. An der Küste, die hinter ihm lag, war eine Invasion wahrscheinlich; auf der Insel vor ihm war sie bereits vollzogen.

Um ihn herum flackerten Lichter in der Nacht.

Der Krieg war unvermeidbar gewesen. Damit die nationale Sicherheit auch wirklich gewährleistet war, mußten, gemäß der vorsintflutlichen Logik beider Seiten, alle Feinde ausgemerzt werden, und zwar mußte der Krieg so lange geführt werden, bis die eine Nation einen totalen Sieg über die andere errungen hatte. Neutrale Staaten, die den Krieg in irgendeiner Weise behinderten, wurden zu Feinden deklariert; Rettmer hatte beschlossen, nicht neutral zu sein.

Bisher war in Silte nichts geschehen, was von Bedeutung gewesen wäre; Rettmers Geheimdienst-Karriere hatte hauptsächlich aus der Überwachung von Hafeneinrichtungen und Schiffsbewegungen bestanden. Ein Frachter löschte seine

Ladung, ein anderer lief aus. Treibstoff und Ersatzteile für Maschinen wurden geliefert, Waren wurden verschifft. Ein beständiges und unauffälliges kleines Land der Freien Territorien ... aber das expandierende Norddeutschland brauchte Silte wegen seiner strategischen Lage und hatte sieben lange Jahre Rettmers Stellung im Hafenbüro als Informationsquelle benutzt.

Heute nacht hatte er wieder Daten der üblichen Art zu überbringen, aber sein Hauptinteresse galt etwas anderem.

Der Meereswind, der ihn frösteln gemacht hatte, schien plötzlich nicht mehr so eisig. Er starrte nach vorn und bemerkte wieder die flüchtigen Schatten am flackernden Himmel. Einen Augenblick noch, und er würde drüben sein –

Und dann geschah es: Der Himmel flackerte und war plötzlich in blaues Tageslicht getaucht, und die Nacht verschwand. Hoch über ihm strahlte die Sonne. Der kühle Wind hatte sich gelegt und in seinem Körper breitete sich Wärme aus.

Er war aus einer Frühlingsnacht in einen Sommertag übergetreten.

Rettmer sah sich argwöhnisch um, dann entspannte er sich. Das Wasser hatte eine friedliche blaugrüne Farbe und lag, bis auf eine silberne Silhouette jenseits der kleinen Insel, glatt und leer vor ihm. In dieser zukünftigen Zeit blieben die Fischerboote und Frachter in ihren Häfen, denn die baltischen Seewege waren blockiert. Sie wurden von den ND-Truppen kontrolliert.

Er sah nicht zurück, nach Silte, er wußte, was er dort zu sehen bekommen würde, und hob sich diesen Augenblick auf, bis er auf der Insel war.

Er warf einen Blick auf seine Armbanduhr. Sein Eintritt in die Zeitzone vollzog sich mit nur ein oder zwei Minuten Abweichung von dem Zeitplan, den er aufgestellt hatte.

Ein paar hundert Meter vor der Insel drosselte Rettmer den Motor. Der unbewohnte Hügel aus Fels und Sand mit seinen wenigen dürren Bäumen und Flecken mit schütterem, magerem Gras bot nur Seevögeln und Robben eine Heimat. Auf dem höchsten Punkt stand ein ausgedienter Leuchtturm, und am gegenüberliegenden Ufer hatten frühere Generationen von Fischern eine winzige Anlegestelle gebaut.

Rettmer steuerte das Boot bis zur Anlegestelle und machte es am rohen Mauerwerk fest. Weiter draußen im Meer lag der silbergraue ND-Kreuzer, der im tiefen Gewässer ankerte. Für den Fall, daß ihn die Wache nicht bemerkt hatte, stellte sich Rettmer auf die Mole und winkte mit den Armen.

Wenige Minuten später wurde vom Kreuzer eine Barkasse ins Wasser gelassen, die auf ihn zukam. An Bord waren vier Männer in Uniform: ein Feldwebel der Schutztruppe, ein paramilitärischer Techniker und zwei Matrosen.

»Rettmer!« rief der Feldwebel und sprang auf die Mole. »Wir dachten schon, Sie kommen nicht mehr.«

»Ich mußte einen günstigen Augenblick abwarten.« Allerdings wäre seine Tante an ihrem Eßtisch wohl anderer Meinung gewesen.

Er beobachtete, daß der Techniker geradewegs zu seinem Boot gegangen war und die Haube über dem Feldsensor hochgehoben hatte. Dieses Gerät hatte es ihm ermöglicht, in die zukünftige Zeitzone einzutreten. Der Mann nahm die Batterie heraus und schaltete die Aufzeichnungswalze ab. Die beiden Männer warteten in der Barkasse.

Rettmer interessierte sich nicht für die technischen Dinge. Er deutete zum oberen Rand des Hügels. »Und wie kommen wir voran?«

»Gehen Sie hinauf und sehen Sie selbst nach«, sagte der Feldwebel.

Sie kletterten zusammen den Grashang zum Gipfel hinauf. Der Wind hatte die verstreut wachsenden Wacholderbüsche zu niedrigen, grotesken Skulpturen verformt.

»Sie werden sehen, um wieviel besser Silte jetzt organisiert ist«, sagte der Feldwebel, als sie oben angekommen waren. Rettmer stand neben der Ruine des Leuchtturms und starrte übers Meer.

Da drüben lag Silte, die Stadt schmiegte sich eng an die weite Bucht. Ein Teil von ihr war noch vorhanden. Der Rest erinnerte düster daran, falls eine Erinnerung überhaupt nötig war, daß er fast einen Monat in die Zukunft gereist war. Die Stadt, in der es sonst von Leben wimmelte, lag in Trümmern und anscheinend völlig leer. Ohne jede Bewegung. Offenbar war die vierundzwanzigstündige Ausgangssperre noch in Kraft.

»Gründliche Arbeit«, sagte der Feldwebel und reichte Rettmer einen Feldstecher. »Hier, nehmen Sie das.«

Wie immer suchte Rettmer zuerst nach Kurischen, der Villa seiner Tante. Sie lag in Trümmern, wie er sie schon früher, aus der Zukunft, gesehen hatte. Der Rauch, der aus dem alten Haus aufgestiegen war, als er es das letzte Mal von der Insel aus gesehen hatte, hatte sich gelegt, aber die Fenster in den Mauerresten waren tot und geborsten. Heute sah es, wie durch einen optischen Trick, so aus, als flattere die grüne ND-Fahne, die an dem besetzten Gebäude dahinter aufgezogen war, direkt über der Ruine.

Nach einer Weile richtete er das Fernglas auf die übrige Stadt; in den vergangenen Tagen hatte man, wie er sah, den meisten Schutt und die Trümmer beiseite geschoben, so daß die Straßen frei waren. Ein ganzer Konvoi aus Mannschaftswagen der ND-Besatzung säumte die Kaimauer, und auf der Anhöhe jenseits der Stadt sah man die langgestreckten Umrisse neu errichteter Baracken.

Rettmer fragte: »Wie lang wird es dauern, bis ich in Silte wieder sicher bin?«

»Sie meinen, von heute an?«

Heute – hier und jetzt, meinte er, nicht sein übliches Vorinvasionsheute. »Ja.«

»Etwa drei oder vier Tage. Bis dahin wird man die Internierten wieder entlassen haben.«

Die Invasion würde chaotisch verlaufen. Die Masuren würden nach Sündenböcken suchen, die NDs nach potentiellem Widerstand, jeder würde in Verdacht geraten. Nur der Vormarsch der NDs würde gut organisiert sein. Allerdings hatte ihm der Feldwebel gesagt, daß die Masuren auf ihrem Rückzug mehrere hundert Zivilisten erschossen hätten, die unter dem Verdacht standen, den Feind unterstützt zu haben. Es war noch nicht klar, ob Rettmer zu den Opfern gehörte oder zu den

Internierten, die in den Lagern verhört wurden. Er fragte den Feldwebel nach Einzelheiten des Massakers, aber offenbar wußte er nichts Näheres.

Die Versuchung, hier draußen bei dem Kriegsschiff und in Sicherheit zu bleiben, war sehr groß. Aber die NDs waren pragmatische Vorgesetzte, und Sicherheit ein relativer Begriff.

Rettmer warf einen Blick auf die Uhr.

Der Feldwebel sah ihn verwundert an. »Sind Sie in Eile?«

»Nein. Ich wollte nur mal nachsehen.«

Sie gingen zum Anlegeplatz zurück.

Bei seinen früheren Einsätzen zur Insel hatte Rettmer festgestellt, daß sich sein Zeitgefühl verlangsamte, je länger er in der Zeitzone blieb. Er hatte es einmal dem Techniker gegenüber erwähnt, und der hatte ihm beigestimmt, Rettmers Beobachtung sei richtig, hatte aber nicht darüber reden wollen. Normalerweise hatte es sich nur um eine Differenz von wenigen Minuten gehandelt und war nicht weiter ins Gewicht gefallen, aber heute abend – heute und hier – hatte er die Absicht, länger als je zuvor innerhalb der Zone zu bleiben. Ein ganz persönliches Experiment, aus rein privatem Interesse; die ND-Behörden brauchten nichts davon zu wissen.

Beim Abstieg sagte der Feldwebel mit ungewöhnlichem Nachdruck: »Sie benötigen den Feldsensor für Ihren Übertritt bei der Rückfahrt. Aber sobald Sie die Zeitzone verlassen haben, müssen Sie ihn ausbauen, zerstören und versenken. Die Masuren dürfen nicht wissen, daß es so etwas gibt.«

»Ich verstehe. Und dann?«

»Sie warten, bis Sie wieder von uns hören.«

Rettmer nickte.

Der Techniker stand auf der Mole neben seinem Boot und hielt einen kleinen Metallbehälter in der Hand. Rettmer wußte, daß er die Aufnahmetrommel und andere Meßgeräte enthielt; der Feldsensor war vermutlich wieder an seinem Platz unter der Steuerkonsole.

»Fertig?« fragte der Feldwebel. Der Techniker nickte und reichte den Kasten einem der beiden Matrosen in der Barkasse.

Als sei es ihm erst jetzt eingefallen, stieg der Feldwebel in

Rettmers Boot, sammelte alle Papiere ein und stopfte sie in seine Tasche. Rettmer beobachtete ihn; bei den Papieren handelte es sich um Frachtrechnungen, Zollscheine und andere Dokumente, die er alle mühsam und mit großem Risiko für die Norddeutschen kopiert hatte. Die lässige, sorglose Art, mit der sie sich der Feldwebel in die Taschen stopfte, empfand Rettmer geradezu als beleidigend.

Noch immer wütend, sah er der Barkasse nach, die sich jetzt entfernte. Seit der ND-Geheimdienst die Übergabe auf diese Insel verlegt und zu diesem Zweck den Feldsensor installiert hatte, war es ihm vorgekommen, als würden seine neuen Kontaktleute der Schutztruppe die Papiere eher gleichgültig behandeln, fast so, als sei seine Arbeit ohne jede Bedeutung.

Nach dieser Kränkung und nach der zermürbenden Langeweile seiner Routine würde dieses kleine Experiment eine willkommene Abwechslung sein.

Rettmer steuerte sein Boot um die Insel, außer Sichtweite des ND-Schiffs; aber anstatt weiterzufahren, kehrte er um und legte im Schatten der Felsen an der Insel an. Er sicherte das Boot mit einem Anker und kletterte an Land.

Sie würden annehmen, daß er nach Silte zurückkehrte. Wenn sich niemand um seine Verspätung Gedanken machte und nachforschen kam, war er für sie vielleicht unwichtiger, als er gedacht hatte. Wieder sah er auf die Uhr; jetzt würde er sowohl den Feldsensor als auch seine ND-Herren testen.

Wenn seine Berechnungen stimmten, würde er keine halbe Stunde warten müssen.

Rettmer lag in dem rauhen Gras am Hang, die leichte Brise brachte den Geruch von Wacholder zu ihm. Er fühlte sich seltsam entspannt. Sein Boot lag unten am Strand in Sicherheit und schaukelte sanft auf den Wellen. Über ihm kreisten weiße Seevögel und stießen gellende Schreie aus; manche tummelten sich dicht über dem Wasser. Wahrscheinlich jagten sie den Abfällen von dem ND-Schiff nach.

In der Ferne lag Silte – die Stadt, geplündert, in Sonnenstrahlen getaucht.

Rettmer versuchte sich vorzustellen, was geschehen war, als die Invasionstruppen auf Silte vorrückten: wie das Schlachtschiff in die Bucht einfuhr und Geschwader von Kampfflugzeugen von Westen aus dem Himmel stießen, und dann der Bombenhagel, tagelang. Zuerst die Gegenwehr der Masuren, dann ihr Rückzug. Und die Menschen von Silte überlebten oder kamen um, neutral oder nicht neutral, sie saßen in der Falle. Aber die meisten würden überleben, wie die Vögel über dem Meer, vom Winde getragen. Vielleicht wäre es besser, ein Vogel zu sein, auf einer fernen Insel, als ein ND-Agent in Silte.

Er sah auf die Uhr. Noch sechs Minuten ... und bis jetzt hatte sich niemand sehen lassen.

Bei der Rückfahrt war der Himmel zu hell, um sich beim Überwechseln sichtbar zu verändern. Rettmer lenkte das Boot in Richtung der unsichtbaren Grenze, auf die glatte und leere See. An der Küste keine Bewegung, nichts.

Sein verlängerter Aufenthalt auf der Insel war niemandem aufgefallen; offenbar hielt ihn die Besatzung des ND-Schiffs für viel zu unwichtig, um ihn zu überwachen. Perverserweise, wie er fand, rechtfertigte ihr Verhalten jedoch beide Teile seines Experiments. Wenn der Feldsensor funktionierte, wie er hoffte, dürfte seine Rückkehr einigermaßen interessant werden.

Voller Zuversicht gab Rettmer Gas. Das Boot hüpfte von einer Welle zur nächsten.

Ohne Vorankündigung brach die Nacht herein.

Dichte Dunkelheit hüllte ihn ein. Rettmer steuerte blind drauf los, im Vertrauen darauf, daß sich ihm kein Hindernis entgegenstellte, bis sich seine Augen an die Dunkelheit gewöhnt hatten. Er konnte die flache schwarze Küste vor sich erkennen, die Kette gelber Lichter am Hafen, die Fenster und Straßenlaternen der Stadt. Alles wie sonst, völlig vertraut: die Stadt Silte vor der Invasion.

Der kalte Nachtwind machte ihn fröstelnd.

Rettmer stieg die Steinstufen zur betonierten Oberfläche der Mole hinauf. Der masurische Soldat stand mit verschränkten

Armen unter der Lampe und starrte ihn an, seine Augen und die obere Gesichtshälte waren von seiner Schirmmütze überschattet. Natürlich kam es ihm so vor, als sei Rettmer gerade eben erst hinausgefahren.

Wenn er jetzt zögerte, würde er nur Fragen herausfordern.

»Kein Benzin mehr«, sagte Rettmer und ging weiter, ohne eine Antwort abzuwarten. Er konnte die überschatteten Augen auf seinem Rücken fühlen, wie sie ihm folgten, auf dem ganzen Weg, durch die Lichtkreise der Lampen bis hinunter zur Hafenmauer.

Er ging am Büro des Hafenmeisters vorbei; die beleuchteten Zifferblätter der Uhr waren sieben Minuten weitergerückt. Dagegen zeigte seine Armbanduhr an, daß inzwischen mehr als anderthalb Stunden vergangen waren. Rettmer stellte seine Uhr zurück und ging weiter.

Bei seinen früheren Aufenthalten auf der Insel hatte er sich nach Erledigung seines Auftrags stets sofort auf den Rückweg gemacht, weil er instinktiv fühlte, daß er nicht zu lange in der Zeitzone bleiben sollte. Und jedes Mal hatte er bei der Rückkehr festgestellt, daß in Silte weniger Zeit vergangen war, als er selbst erlebt hatte. Die Fahrt zur Insel dauerte hin und zurück ungefähr eine Stunde, aber wenn er zurückkam, waren meist nur etwa fünfzig Minuten vergangen.

Diesmal war er absichtlich eine halbe Stunde länger in der Zukunft geblieben, aber nach Silte-Zeit waren zwischen Hin- und Rückfahrt nur sieben Minuten verstrichen.

Mit anderen Worten: Je länger er sich in der Zeitzone aufhielt, um so weniger Zeit verging andernorts.

Seine Mutmaßungen hatte er schon im voraus bestätigt gefunden, als er beim Ausfahren in dem anderen Boot der Gestalt im weißen Anzug begegnet war, und dann bei der Rückkehr eine entdeckte, die ganz ähnlich aussah und nicht weit von der Hafenmündung entfernt stand.

Bei beiden Erscheinungen handelte es sich um ihn selbst.

Den Feldsensor hatte er natürlich nicht zerstört. Vielleicht würde er ihn noch brauchen.

Als er in die Nähe von Kurischen gelangte, wurde ihm plötzlich klar, daß die sieben Minuten Normalzeit, für den ganzen Weg entlang der Mole und seine Fahrt in die Zeitzone und wieder zurück, viel zu kurz waren. Er war zurück, noch ehe er losgegangen war.

Dann konnte er den Feldsensor also praktisch für Zeitreisen in beide Richtungen benutzen ... einen Monat in die Zukunft oder beliebig lange in die Vergangenheit. Eine merkwürdige Entdeckung, die den NDs bestimmt nicht neu war.

Er erinnerte sich an eine Warnung, die der Techniker vor einiger Zeit ausgesprochen hatte: *Spielen Sie nicht mit dem Feldsensor herum, sonst kriegen Sie Ärger mit der Zeitzone.* Aber für die NDs war er nicht mehr von großem Nutzen, wie es schien, und in Silte gab es keine Sicherheit. Die Zeitzone konnte seine Rettung sein.

Diese Gedanken gingen ihm nur für einen Moment durch den Kopf. Er war nach Kurischen zurückgekehrt, nur das zählte.

Rettmer betrat das Haus durch dieselbe Tür, durch die er es verlassen hatte, und ging leise durch die Haupthalle zum Eßzimmer. Hier waren kaum mehr als zehn Minuten vergangen, seit er gegangen war: eine unhöfliche, aber nicht unbillige Geste.

Er setzte sich an seinen Platz am Eßtisch. Das Mädchen, Heidi Blühm, warf ihm einen kurzen, interessierten Blick zu, aber bevor er darauf eingehen konnte, sah sie weg.

»Ach, Egon«, sagte seine Tante Uljana mit ausgeprägtem russischen Akzent. »Wie nett von dir, daß du uns Gesellschaft leistest.«

»Ja, Tante«, sagte Rettmer. Wenn das Experiment nicht geklappt hätte, wäre er natürlich viel länger fort gewesen. Dafür hätte sich, wenn nötig, eine Erklärung finden lassen. Umständlich nahm er sich einen Stumpen, klopfte ihn auf der Zigarrenkiste aus und kramte nach einem Anzünder. Bevor er fertig war, sprach ihn Piotr Wassilow mit seiner akzentbeladenen deutschen Aussprache an.

»Wir haben gerade von der Möglichkeit gesprochen, daß es einen Krieg gibt, Herr Rettmer.«

»Es war sehr deprimierend«, sagte Heidi überraschend. Ihr Tonfall deutete darauf hin, daß sie sich auf das Thema der Unterhaltung bezog, nicht auf die Möglichkeit eines Krieges.

Rettmer sah sie einen Augenblick an, aber sie verriet nicht, was sie dachte oder fühlte.

»Gewiß, Herr Wassilow«, sagte er, »gewiß, in unseren Kreisen mögen wir den Krieg vielleicht kommen sehen und uns auf seine Folgen vorbereiten, mögen wir uns vor ihm fürchten ... aber in wohlerzogener Gesellschaft davon sprechen? Schließlich sind wir ein neutrales Land.«

»Neutral, verdammt noch mal!« stieß Wassilow aus, dem die Ironie in Rettmers Worten völlig entgangen war. »Ich gehöre nicht zur höflichen Gesellschaft hier an Ihrer Küste! Ich habe Interessen auf beiden Seiten, und ich werde verlieren, was immer geschieht. Außerdem kann ich einfach nicht glauben, daß Sie hier ruhig herumsitzen und abwarten, bis die NDs über Ihre Dinnerparty hereinbrechen.« Natürlich, Rußland war groß und weit genug entfernt, um seine Neutralität zu wahren.

»Es ist nicht unser Krieg«, sagte Rettmer. »Und unsere Politiker finden, daß die Masuren endlich abziehen sollten.«

»Zugegeben, sie sollten erst gar nicht hier sein. Aber wen trifft die Verantwortung? Die Freien Territorien im Osten geben verdammt gut acht, daß ihre Neutralität gewahrt bleibt. Und sie besitzen auch Waffen, um ihre Freiheit zu schützen.«

»Sie vergessen eins, Herr Wassilow –« Rettmer betonte den fremdländischen Klang des Namens – »bis vor ein paar Wochen war Silte ein stiller, friedlicher Ort, an dem niemand irgendwelche territorialen Ambitionen zeigte.«

»Silte ist der schwächste Punkt an der ganzen Küste«, sagte Wassilow.

Rettmer griff nach der Karaffe und füllte das Glas, das er vor seinem Weggehen geleert hatte. Aus der Tatsache, daß seine Tante es während seiner Abwesenheit nicht durch den Diener hatte nachfüllen lassen, ließ sich ihre Mißbilligung ablesen.

Er trank einen Schluck und vermied es bewußt, Wassilo anzusehen, um ihm zu zeigen, daß er an seinen Argumenten nicht interessiert war. Bei seinem letzten Aufenthalt in Silte vor sechs Wochen hatte der Russe angedeutet, daß er gewisse technologische Luxuswaren liefern könnte, falls Rettmer dafür einen Markt wüßte. Rettmer hatte ganz entschieden abgelehnt und durchblicken lassen, daß es sich dabei bestimmt nur um Schmuggelware handeln konnte. Und auch jetzt setzte Rettmer die gleiche frostige und ablehnende Miene auf wie damals. Wieder wurde der Wink verstanden, und Wassilow wandte seine Aufmerksamkeit wieder Tante Uljana zu. Geschickt brachte sie ein Thema von großem, lokalem Interesse zur Sprache: die Gründung eines neuen Orchesters, ein Projekt, das großer finanzieller Unterstützung bedurfte. Piotr Wassilow, der Industrielle und Amateurmusiker, war für sie eine ideale Adresse.

Rettmer lehnte sich im Stuhl zurück, und während er den ausweglosen Prozeß verfolgte, Wassilow um einen Teil seines Vermögens zu erleichtern, beobachtete er das Mädchen.

Sie hielt den Blick gesenkt und spielte nervös mit ihrem Eßbesteck. Er konnte nicht erkennen, was sie dachte. Ihr Gesicht erschien ihm jetzt nicht mehr ganz so spitz wie zu Beginn des Essens; ihr energisches Kinn und die hohen Backenknochen strahlten eine unerwartete Wärme aus, so daß ihm sein erster Eindruck von ihr, daß er sie attraktiv fand, wieder richtig erschien.

Sie warf ihm einen kurzen, unauffälligen Blick zu, als hätte sie gespürt, daß er sie betrachtete.

Seine Tante und Wassilow redeten pausenlos, in ihre Angelegenheiten vertieft. Rettmer schob seinen Stuhl zurück und drehte ihn etwas zur Seite, so daß er das Mädchen ansah.

»Ich bin sicher, Heidi, daß Sie an dieser Unterhaltung nicht interessiert sind«, sagte er.

»Und Sie? Finden Sie es interessant?«

Sie hatte ihn nicht angesehen. Er beugte sich vor und stützte die Ellenbogen auf den Tisch mit dem Leinentischtuch. »Nein, natürlich nicht. Aber nachdem wir von dieser russischen Unterhaltung ausgeschlossen sind, könnten wir zwei doch auch was reden. Erzählen Sie mir, wer Sie sind.«

Im ersten Moment schien sie überrascht. Sie runzelte die

Stirn, als warte sie auf eine Erklärung. Dann lächelte sie etwas gezwungen und sah rasch zu Wassilow, als wollte sie Rettmer andeuten, daß sie vorsichtig sein mußte.

»Von mir gibt es nicht viel zu berichten, Herr Rettmer.«

»Aber Ihrem Namen nach sind Sie nicht Russin?«

»Nein – ich gehöre zu den Freien Territorien, nicht zu Piotr. Er ist nur mein Vormund.«

»Sie begleiten ihn auf seinen Reisen?«

»Ja, überall hin – aber nur in den Territorien. Nicht, wenn er nach Rußland fährt.«

Die Zeit verstrich, und Rettmer und Heidi tranken immer mehr. Es war fast, als habe ihre Beziehung eine feine Veränderung erfahren, seit er von der Insel zurück war. Heidi erwies sich als gesprächig und intelligent. Während ihrer gesamten Unterhaltung hatte er das heimliche Gefühl von etwas Doppeldeutigem: Obgleich sie jetzt mehr aus sich herausging, konnte er sich nicht des Eindrucks erwehren, daß sie ihm nur etwas vorspielte. Trotzdem empfand Rettmer ihre Gesellschaft als entspannend, begann sie und das Geheimnisvolle an ihr zu genießen. Zu den etwas lästigen Dingen in seinem Leben gehörte das Anliegen seiner Tante, ihn mit einer geeigneten jungen Dame zu verheiraten, was zur Folge hatte, daß ein scheinbar endloser Strom von entfernten Verwandten, Freunden und Bekannten in Kurischen eintraf, fast alle in Begleitung junger Damen im heiratsfähigen Alter. Rettmer hatte sich längst daran gewöhnt; eine Heirat hatte in seinen Zukunftsplänen keinen Platz, so daß er schon bald eine ganze Reihe wirksamer Strategien entwickelt hatte, dieses Thema zu umgehen. In einigen Fällen hatte er diese Bekanntschaften zu kurzen sexuellen Beziehungen benutzt, da er aber nicht gewillt war, Aufmerksamkeit auf sich zu ziehen, hatte er sich nie allzu stark engagiert.

Bei Heidi schien das etwas anders zu sein. Offenbar hatte sie mehr vorzuweisen, als sich auf den ersten Blick erkennen ließ. Ihm gefiel ihr Lachen, der plötzliche Eindruck von Schüchternheit, und er spürte, wie seine Neugier auf die schmale Figur unter dem dünnen Kleid erwachte. Sie sah ihn jetzt unverhohlen an und beugte sich zu ihm. Rettmer wußte, daß er sie mühelos dazu bringen konnte, mit ihm die Nacht zu verbringen.

Er fing an, Pläne zu schmieden. Er lauschte der Stimme seiner Tante und erkannte an ihrem Tonfall, daß sie gleich vorschlagen würde, ins Musikzimmer zu gehen; das war eine Tradition auf Kurischen.

»Spielen Sie ein Instrument?« fragte er Heidi.

»Ein bißchen Klavier. Ich begleite meist nur Piotr, wenn er spielt. Er liebt seine Geige und seine nostalgischen Lieder.«

Sie würde also kaum etwas einzuwenden haben, wenn er sie für ein Weilchen entführte. Plötzlich fiel ihm eine höchst angenehme Lösung seiner Probleme ein. Wenn er während der ND-Invasion auf die Insel floh, würde ihm die Zeit lang werden und er würde sich einsam fühlen. Aber wenn er Gesellschaft hätte ...

Nein, ihm mußte der Wein zu Kopf gestiegen sein. Auf gar keinen Fall würde es ihm gelingen, dieses Mädchen, eine Bekanntschaft von nur wenigen Stunden, dazu zu überreden, ihrem Vormund davonzulaufen und mit einem Mann, der ihr praktisch fremd war, mehrere Tage auf einer einsamen Insel zu verbringen.

Trotzdem, ihre Gesellschaft war äußerst erstrebenswert.

Leise sagte er: »Heidi, wenn die Sitzung ins Musikzimmer verlegt wird, schlage ich vor, daß wir beide statt dessen einen kleinen Spaziergang machen.«

»Möchten Sie mich denn nicht spielen hören?«

»Später vielleicht.«

»Egon!« Offenbar hatte seine Tante mitgehört. »Du hast doch nicht etwa vor, uns schon wieder zu verlassen?«

»Wir brauchen beide ein wenig frische Luft, Tante. In einer halben Stunde sind wir wieder bei dir und Herrn Wassilow.«

Wassilow machte ein finsteres Gesicht, aber Tante Uljana legte ihm besänftigend die Hand auf den Arm.

»Lassen Sie die jungen Leute ihren Spaziergang machen, Piotr. Hier ist wirklich ein ziemlicher Rauch.« Sie sah zuerst Wassilow und dann Rettmer an. »Wir beide können ja schon mal ins Musikzimmer gehen.«

Der Blick, mit dem sie Rettmer bedachte, war unmißverständlich aufmunternd. Offenbar hielt seine Tante Heide für eine geeignete Partie.

Wassilow hatte nachdenklich geschwiegen, dann nickte er kurz. »Na schön. Es wird mir ein Vergnügen sein.«

Steif stand er auf und bot Uljana seinen Arm an. Sie lächelte Rettmer und Heidi zu und legte die Hand auf den Arm des Russen, der sie gemessenen Schritts ins angrenzende Musikzimmer führte.

Rettmer und Heidi standen auf und gingen zusammen in die Halle hinaus.

Kaum waren sie allein, da bemerkte Rettmer, wie eine geheimnisvolle Wandlung mit dem Mädchen vorging. Sie schien überzusprudeln vor seltsamer, nervöser Erregung. »Endlich ist es vorbei! War es das, was du wolltest?«

»Ja, natürlich.«

»Als du dich nach dem Dinner davongeschlichen hast, dachte ich schon, daß du unseren Plan ändern willst. Warum hast du nicht gesagt, daß du weggehen würdest?«

»*Unser* Plan?« Rettmer fragte sich, ob er richtig gehört hatte.

»Ja du weißt schon, heute morgen ...«

Rettmer bemühte sich nachzudenken, zu verstehen, und sagte: »Nein, ich habe nichts geändert. Ich mußte bloß mal zum Hafen. Geschäftlich.«

»Gibt es etwa Schwierigkeiten mit dem Boot? Es ist doch startklar, oder?«

Einen Augenblick lang fürchtete er, sie spiele auf den Feldsensor an, so abwegig die Idee war. Vorsichtig sagte er: »Keine Sorge. Aber was wissen Sie von dem Boot?«

»Nur so viel, wie du mir gesagt hat. Heute morgen!«

Er musterte sie eingehend und sah in ihren Augen denselben Grad an Verwirrung, den er selbst empfand. Entschlossen ergriff er ihre Hand.

»Nicht hier, Heidi. Die anderen oder die Dienstboten könnten uns hören. Sprechen wir draußen weiter.«

»Gut.«

Er führte sie rasch durch den Seitengang und nach draußen.

Die Tür hinter ihnen blieb halb offen, der Lichtschein ergoß sich über Blumen und Sträucher. Die Düfte der Nacht hüllten sie ein.

»Und jetzt erzählen Sie mir, was heute morgen los war.«

»Erinnerst du dich denn nicht?« Das Licht vor der Tür schien auf ihr Gesicht, und ihre Augen funkelten. Sie war beunruhigt, aber nicht zornig; sie streifte ihn mit einem kurzen Blick.

Als Antwort auf ihr Lächeln, nicht auf ihre Frage, sagte Rettmer: »Helfen Sie mir ein bißchen.«

»Ich habe gehofft, daß du das sagen würdest.«

Heidi kam einen Schritt näher, sie schob ihre Hand hinter Rettmers Kopf und zog sein Gesicht zu sich herunter. Sie küßte ihn mit kaum unterdrückter Leidenschaft, ihre Zunge schnellte durch ihre geöffneten Lippen gegen seine. Als er die Hand hob, ergriff sie sie und drückte sie gegen die Brust; durch das eng anliegende Kleid konnte er die sanfte Rundung fühlen, die festen Spitzen. Ein tiefes Stöhnen entfuhr ihrer Kehle und ihr Körper bewegte sich sinnlich in seinen Armen hin und her.

Als der Kuß beendet war, drückte Rettmer ihr Gesicht fest gegen seine Wange und starrte hinter ihrem Rücken zu Boden, er versuchte zu begreifen.

Was war heute morgen geschehen? Wie gewöhnlich hatte er den ganzen Tag im Hafenbüro verbracht; er hatte Heidi weder gesehen, noch mit ihr gesprochen. Das erste Mal, daß er sie gesehen hatte und überhaupt erfuhr, daß sie existierte, war heute abend gewesen, als sie mit Wassilow zum Essen kam. Trotzdem sprach und benahm sie sich so, als wären sie gut bekannt, als wären sie ein Liebespaar.

Das erklärte ihr rätselhaftes Verhalten während des Abendessens ... Aber was hatten sie geplant, und wieso wußte sie von seinem Boot?

Sie benahm sich ihm gegenüber buchstäblich so, als hätte er sich an zwei Orten gleichzeitig aufgehalten ... als wäre er ihr heute morgen begegnet und hätte ihr von seinen Fluchtplänen erzählt, die er doch erst vor wenigen Minuten halbwegs ersonnen hatte!

Außer, die Zeit ließ sich zurückdrehen, außer, er hatte die

Zeitzone *bereits* zur Flucht benutzt. Es war ein phantastischer Gedanke, aber wenn man die Möglichkeiten des Feldsensors bedachte, durchaus logisch.

Er wich etwas von ihr zurück, hielt sie mit den Armen fest und sah ihr ins Gesicht. Im Lichtschein von der Tür her wirkten ihre Augen groß, ihre Lippen waren noch immer geöffnet. Im Hinblick auf ein Schicksal, das vielleicht schon vorbestimmt war, riskierte er eine Frage: »Bist du bereit, fortzugehen?«

»Das weißt du doch«, sagte sie und drückte ihn liebevoll an sich. »Mein Koffer liegt unter einem Busch, dort, hinter dir, wie du es gesagt hast.«

»Und was ist da drin?«

»Die Kleider, die ich mitnehmen sollte.«

Er drückte sie wieder fest an sich. Er mußte nachdenken, durfte sich jetzt nicht anmerken lassen, daß alles, was sie wußte, noch gar nicht geschehen war. Wenn er weitersprach oder sie ansah, würde er sich verraten.

Sie waren bereits ein Paar. Wenigstens nach Heidis Erfahrung. Die Weichen waren gestellt, nun galt es, ihnen zu folgen. Er mußte irgendwie in der Zeit zurückgesprungen sein, obwohl er wußte, daß das nicht der Fall war.

Noch nicht.

Jetzt mußte er über seine Zukunft entscheiden, das Zeitraster akzeptieren, so wie er all die Jahre das Angebot der NDs akzeptiert hatte.

Er mußte es tun.

Die Nachtluft wehte den Klang eines Klaviers zu ihnen. Eine kräftige, männliche Stimme nahm die Melodie auf.

»Laß uns gehen, Egon«, flüsterte Heidi in seinen Armen. »Ich möchte nicht, daß Piotr mich mit dir sieht.«

»Natürlich, gleich.« Rettmer gab ihr einen flüchtigen Kuß, dann ließ er sie los. »Aber vorher mußt du mir noch etwas sagen, Heidi. Heute morgen ... Warum hast du dich da von mir verführen lassen?«

Zu seiner Erleichterung lachte sie. »Das weißt du ganz genau!«

»Nein. Ich bin mir nicht sicher.«

»Wegen Piotr! Du warst so neugierig, so eifersüchtig auf jemanden, den du kaum kanntest! In diesem Café in der Tekkenstraße, als wir noch kaum miteinander gesprochen hatten, da hast du dich aufgeführt, als gehörte ich dir!«

»Und deshalb wolltest du mit mir schlafen?«

»Nein, natürlich nicht. Aber ich fing an, mich für dich zu interessieren. Alles andere weißt du ja.«

Rettmer lächelte, als ob er es wüßte, und ließ ihre Hand los.

»Ich wollte mich nur vergewissern. Es ging alles so schnell. Und jetzt muß ich nachsehen, ob niemand beim Grundstück ist, Heidi. Wartest du hier auf mich?«

»Wie lange wird es dauern?«

»Ich weiß nicht genau«, sagte Rettmer. »Vielleicht nur ein oder zwei Minuten, vielleicht ein bißchen länger. Ich werde mich beeilen.«

»Ich warte lieber im Haus.« Sie sah zur Tür.

»Gut. Aber paß auf, daß Uljana und Wassilow dich nicht sehen. Ich bin bald wieder da.«

Er gab ihr noch einen flüchtigen Kuß und lief eilig davon.

Ein Stück weiter hinten, zwischen den Büschen versteckt, glaubte er, eine vertraute, weiß gekleidete Gestalt zu sehen.

Die Lampen über den Wellenbrechern verbreiteten ein schwaches Licht. Der masurische Wachposten bobachtete ihn mißtrauisch, wie er einen Benzinkanister – der allerdings leer war – zu seinem Boot trug.

»Was ist da drin?«

»Nur ein bißchen Benzin«, sagte Rettmer. »Es war schwierig genug, überhaupt eins aufzutreiben.«

In Wirklichkeit hatte er den Kanister unterwegs auf einer Müllhalde gefunden.

Der Soldat schwieg, ließ ihn aber nicht aus den Augen. Rettmer blieb abwartend stehen, aber als keine weiteren Fragen folgten, ging er weiter die Stufen hinunter.

Wenig später steuerte er das Boot durch das dunkle Wasser hinaus aufs Meer, der Insel entgegen.

Er lag wieder auf den rauhen Grasbüschen am Hang, hinter ihm versank die Sonne in glühenden Farben im Meer. Möwen kreisten am Himmel, vermutlich dieselben, die er vorhin gesehen hatte. Er verspürte den instinktiven Drang, sich zu beeilen, wieder fortzukommen von dieser Insel und zu Heidi zurückzukehren. Aber wenn sich die Zeit zurückdrehen lassen sollte, würde er warten müssen, würde er die Stunden ereignislos in der Zeitzone verstreichen lassen müssen.

Und danach? Er konnte jederzeit entkommen; der Feldsensor würde ihn, ganz nach Belieben, in die Zeitzone versetzen und wieder aus ihr herausbefördern. Wenn er das nächste Mal auf die Insel kam, konnte er dort in sicherer Entfernung von Silte abwarten, bis sich der mit der Invasion der NDs verbundene Tumult wieder gelegt hatte. Kurischen, sein Zuhause während der letzten beiden Jahre, würde dann zerstört sein, aber er würde sicherlich woanders Unterschlupf finden. Vielleicht überlebte seine Tante, vielleicht nicht; im letzten Fall würde sie ihm hinterlassen, was von ihrem Vermögen übrigblieb ...

Es war sehr erholsam, einfach dazuliegen und all diese Dinge für ein paar Stunden vor sich herschieben zu können. Der Wacholderduft ringsum erinnerte ihn an seine Kindheit, an die vielen Stunden, die er in der Heide verbracht hatte, beim Sammeln von Brennholz.

Er döste ein, wachte aber zwischendurch immer wieder auf, weil er aufpassen mußte, um nicht zu lange in der Zeitzone zu bleiben. Er hatte wirre Träume, in denen geisterhafte Schlachtschiffe vorüberglitten, und er stellte sich vor, Heidi läge neben ihm, weich und warm. Ihm blieb nichts anderes zu tun, als abzuwarten.

Dichter Morgennebel lag über Silte und dem Hafen, als er zurückkehrte. Vor ein oder zwei Stunden war der Tag angebrochen, und das alltägliche Gewimmel im Hafen hatte noch nicht richtig begonnen. An den Schiffen, die am Kai festgemacht waren, konnte er erkennen, daß es der Morgen des gleichen Tages war, an dem er, ein paar Stunden später, Heidi begegnen würde.

Rettmer nahm nicht den üblichen Kurs um die Mole herum,

sondern steuerte eine Bucht außerhalb der Hafenmauer an. Wie er sich erinnerte, hatte den ganzen Tag nur ein einziges Boot an seinem üblichen Anlegeplatz gelegen, nie waren es zwei gewesen, und jede Ungereimtheit zur ihm bekannten Vergangenheit konnte gefährlich werden. Er würde den Feldsensor noch brauchen, daher ließ er ihn am besten in seinem Versteck im Boot, bis er ihn nach Dunkelwerden fortschaffen konnte.

Er verließ den Hafen und ging durch den Nebel zu einer Schiffslände und mietete einen kleinen Kabinenkreuzer, der bis zum Abend aufgetankt und mit Proviant an Bord für ihn bereitstehen sollte. Die Gebühr war zu hoch, und obgleich Rettmer an einem Tag wie diesem bereitwillig jede Summe gezahlt hätte, hielt er es, um jeden Verdacht zu vermeiden, für besser, das sonst übliche Feilschen in Kauf zu nehmen. Fast eine halbe Stunde verstrich, bis er den Vertrag unterschrieben hatte. Er bat, das Schiff zur Mole zu bringen, wenn es bereit war, damit er es dort abholen konnte.

Es war eine merkwürdige Vorstellung, daß gar nicht weit entfernt von ihm sein anderes Ich, sein früheres Ich, seine gewohnte Arbeit im Büro des Hafenmeisters aufnahm. Dieses frühere Ich würde keine Gelegenheit haben, Heidi Blühm zu begegnen.

Der Nebel, der ihn bis dahin eingehüllt hatte, lichtete sich allmählich, als Rettmer in die Tekkenstraße kam. Die schmale Gasse war gewunden und holprig, und in ihren alten Häusern waren zahlreiche kleine Läden, Galerien und Ateliers. Drei Cafés hatten schon geöffnet, und Rettmer sah in jedem nach, ob Heidi schon da war.

Aus der Ferne hörte er das regelmäßige, düstere Tuten des Nebelhorns. Rettmer bummelte durch das Gäßchen und wartete auf Heidi, während die Käufer, die unterwegs waren, immer weniger wurden. Plötzlich tauchte sie auf, und er war entzückt. Er hatte das Zeitraster also richtig gelesen und war nun dabei, den Tag so zu gestalten, wie es ihm paßte. Heidi kam näher. Er sah ihr direkt entgegen, er wollte – es war notwendig –, daß sie ihn bemerkte. Ihr grauer Mantel war sittsam bis oben zugeknöpft, dazu trug sie eine passende graue Kappe.

Bei Tageslicht wirkte sie sehr jung.

Er sah, wie sie ihm einen kurzen Blick zuwarf, dann wegschaute und immer näher auf ihn zukam. Rettmer drehte sich um und ging in einigem Abstand vor ihr her. Sie mußte ihn bemerkt haben; einmal ertappte er sie dabei, wie sie ihn offen anstarrte.

Er blieb vor einem Schaufenster stehen und tat so, als sähe er sich die Auslage an. Heidi ging an ihm vorbei. Einen Augenblick später folgte er ihr.

Heidi ging zwei Häuser weiter in ein Café. Mit der üblichen Vorsicht blieb Rettmer stehen, bis er sich vergewissert hatte, daß sie allein war. Dann ging er hinein.

Sie saß an einem Tisch in der Ecke; außer der halb hinter der Theke verborgenen Wirtin war das kleine Café leer. Rettmer setzte sich an den Nebentisch und überflog die Weinkarte. Als er wieder aufsah, zog sich Heidi gerade langsam die Handschuhe aus und starrte stirnrunzelnd auf die Karte.

Die Wirtin kam und ging zuerst zu Heidi.

»Haben Sie den Wenzeslaus da?« fragte Heidi leise.

»Gewiß, meine Dame.« Die Frau drehte sich zu Rettmer um. »Und was wünscht der Herr?«

»Bringen Sie mir dasselbe, bitte.« Er lächelte. Die Wirtin verschwand mit verdutztem Gesicht.

Heidi sah ihn mit unverhohlener Neugier an. »Warum sind Sie mir nachgegangen?«

»Verzeihen Sie«, sagte Rettmer rasch. »Mein Name ist Egon Rettmer und Sie heißen Heidi Blühm, nicht wahr?« Sie nickte und war plötzlich ganz ruhig. Rettmer fuhr mit seinen Erklärungen fort. Er sagte, seine Tante habe sie ihm beschrieben. »Wahrscheinlich wissen Sie, daß Sie und Piotr Wassilow heute abend unsere Gäste sind, nehme ich an.«

»Die Einladung zum Abendessen, ja«, sagte Heidi. »Aber ich bin Ihrer Tante noch nie begegnet. Wie konnte sie mich da beschreiben?«

Rettmer zuckte die Achseln. »Ich nehme an, sie hat Ihren

Vormund gründlich ausgefragt. Unsere russischen Verwandten reden gern und viel.«

»Das ist allerdings wahr«, sagte Heidi.

Die Frau kam mit den Getränken zurück. Sie warf Rettmer einen resignierten Blick zu und stellte beide Gläser auf Heidis Tisch. Derartige Begegnungen zwischen Fremden waren hier nichts Ungewohntes. Rettmer nickte, stand auf und setzte sich zu Heidi an den Tisch.

»Sie haben doch nichts dagegen . . .?«

»Doch, habe ich«, erwiderte Heidi. »Aber Sie offenbar nicht. Also will ich mal nicht so sein.«

Rettmer hob sein Glas und trank ihr zu. »Sie sind sehr direkt, Fräulein Blühm.«

»Gewöhnlich bin ich nicht sehr höflich.«

»Sie wissen vielleicht, daß meine Tante beim Dinner großen Wert auf gutes Benehmen legt?«

»Piotr hat mich bereits gewarnt. Allerdings pflege ich für gewöhnlich auch nicht die Suppe zu verschütten oder Geschirr gegen die Wände zu werfen. Ich sage bloß, was ich denke.«

»Das ist gut.«

Rettmer betrachtete ihr Gesicht, ihm fiel auf, daß sich ihre Stimmung irgendwie auf ihre ganze Erscheinung auswirkte. Als er sie zuletzt gesehen hatte, in der bevorstehenden Nacht, war sie sanfter und inniger gewesen, und ihr Gesicht dementsprechend anziehender. Jetzt war sie wachsam, und ihr Gesicht hatte eine gewisse Härte angenommen. Es war faszinierend, sie zu beobachten.

»Ich bin Piotr Wassilow schon einige Male begegnet«, sagte Rettmer. »Aber er hat Sie nie erwähnt.«

»Hätte er das tun sollen?«

»Natürlich, das waren geschäftliche Besprechungen. Trotzdem, wenn Sie meine . . . Begleiterin wären, wäre ich stolz, von Ihnen zu reden.«

»Piotr ist mein Vormund«, sagte sie. »Wenn er in den Territorien ist, erwartet er, daß ich ihn auf seinen Reisen begleite.«

In diesem Augenblick fiel Rettmer etwas ein: In der Nacht sagte Heidi dann, daß er auf Piotr Wassilow merkwürdig eifersüchtig gewesen sei. Jetzt verstand Rettmer. Wenn er sich diese junge Frau zusammen mit Wassilow vorstellte, überkamen ihn sexuelle Phantasien, die ihn beunruhigten.

»Ach so«, sagte er nur.

Heidi sah ihn scharf an. »Falls Sie sich darüber wundern sollten, Herr Rettmer, warum wir uns noch nicht begegnet sind, Sie und ich: Ich war bis zu Beginn dieses Jahres am Konservatorium. Mein Studium ist jetzt beendet. Wegen des Krieges meint Piotr ... na ja, er hält es für sicherer, wenn wir zusammenbleiben.«

»Er beschützt Sie also?«

»Er ist sehr fürsorglich. Nur als ich das Konservatorium besuchte, konnte ich ein einigermaßen normales Leben führen. Aber selbst da hat er ...«

Rettmer wartete, aber sie führte den Gedanken nicht weiter aus und wandte den Blick von ihm ab.

»Herr Rettmer, wissen Sie eigentlich, daß ich schon über einen Monat in den Freien Territorien bin? Und daß ich in dieser ganzen Zeit mit niemandem aus seinem Freundeskreis gesprochen habe, den Piotr nicht zuerst gutgeheißen hat? Sie sind der erste Mensch in meinem Alter, mit dem ich rede, seit ich vom Konservatorium abgegangen bin!«

»Er kontrolliert Sie also.«

»Völlig!«

»Und er ... ich meine, lassen Sie zu, daß er ...?«

Sie lächelte, es war ein berechnendes Lächeln. »Sie drücken das sehr höflich aus, Herr Rettmer. Sie meinen ob ich mit ihm schlafe? Die Antwort ... nein, darauf gebe ich Ihnen keine Antwort. Machen Sie sich selbst ein Bild.«

Und mit einer schnellen, überraschenden Bewegung ergriff sie ihr Glas und trank es in einem Zug aus.

Ihr Verhalten brachte Rettmer ein wenig aus der Fassung. Er hatte sich vorgestellt, daß sie seine Avancen begierig entgegennehmen würde, und, etwas nüchterner vielleicht, überlegt, wie er sie von sich überzeugen könnte, aber ganz bestimmt hatte er nicht erwartet, daß sie derart geradeheraus und energisch sein würde, wenn auch irgendwie unreif. Vielleicht wollte sie mit ihrer offenen Unhöflichkeit nur beweisen, wie unabhängig sie sich trotz ihrer überaus fürsorglichen Umgebung fühlte? Er war sich nicht sicher. Eigentlich war sie gar nicht so attraktiv, wie sie ihm während des Essens und danach vorgekommen war ... aber jedenfalls war sie dieselbe junge Frau; ihre Persönlichkeit ließ sich nicht leugnen.

Aber auch jetzt fand er sie aufregend. Sie hatte gesagt, sie hätten im Verlauf des Tages miteinander geschlafen; es war vorherbestimmt. Und dann, am Abend, würde er sie auf die Insel mitnehmen.

Er sagte: »Wissen Sie, daß eine Invasion der Territorien unausweichlich ist?«

»Ich habe so etwas läuten hören«, sagte sie.

»Das haben wir alle. Angenommen, die NDs marschieren morgen früh in der Stadt ein. Was dann?«

»Die sind doch nirgends in der Nähe von Silte. Und außerdem, warum sollten sie neutrales Gebiet angreifen?«

»Wegen der Präsenz der Masuren. Und die Masuren werden natürlich kämpfen, um Silte für sich zu behalten, und dann wird es Tote geben.«

»Piotr und ich würden fliehen.«

»Sie würden also bei ihm bleiben?«

Wieder schlug sie die Augen nieder.

»Heidi«, sagte Rettmer, »ich weiß, daß wir uns eben erst kennengelernt haben, aber ich möchte Ihnen einen Vorschlag machen. Ich werde Silte verlassen und an einen sicheren Ort gehen, bis sich die ganzen Unruhen gelegt haben. Wollen Sie nicht mit mir kommen?«

Ein Ausdruck stolzer Unabhängigkeit flammte in ihrem Gesicht auf, aber ihre Stimme klang beherrscht, als sie antwortete: »Ich käme nicht von Piotr los.«

»Nicht können? Oder nicht wollen?«

»Wenn ich nur wüßte, wie«, sagte sie schließlich ganz ruhig. »Wenn ich mir sicher wäre, dann könnte ich es auch.«

Hastig trank Rettmer den Rest aus seinem Glas aus und stand auf. Er schob einen Geldschein unter sein Glas.

»Wo wollen Sie hin?« fragte Heidi.

»Wir machen einen kleinen Spaziergang«, sagte er. »Das ist die einzige Möglichkeit, den masurischen Ohren, die überall sind, zu entkommen.«

Er hielt die Tür für sie auf, und als sie hinausging, gelang es ihm, einen Blick auf die Uhr zu werfen.

Noch zwölf Stunden.

Eine Stunde später gingen Rettmer und Heidi über die Wiesen und Felder vor der Stadt. Der Nebel hatte sich längst gehoben, und von den flachen Hügeln aus hatten sie einen weiten Blick über das klare, blaue Meer. Drüben, im Nordwesten, glaubte Rettmer einen verschwommenen, winzigen Punkt zu erkennen: die Insel.

Während sie dahinschlenderten, gab es für Rettmer eine Menge zu erklären: die Sache mit dem Kabinenkreuzer, wie sie dorthin gelangten und wohin sie fahren würden. Allerdings blieb noch einiges übrig, was er ihr nicht erklärte: zum Beispiel die Zeitzone und die Ereignisse der kommenden Nacht. Beim Abendessen mußte sie ihn wie einen völlig Fremden behandeln. »Nach dem Essen werde ich Sie bitten, mich an heute morgen zu erinnern. Dann sind wir sicher.« Er riet ihr, für ihren Aufenthalt einen kleinen Koffer mit Kleidung zu packen.

»Es wird mehrere Tage dauern, vielleicht auch länger«, sagte er. »Werden Sie meine Gesellschaft so lange ertragen können?«

Sie hatte seine Hand gefaßt und drückte sie jetzt leicht.

»Das kommt ganz darauf an«, sagte sie.

Rettmer entdeckte auf einem der Felder einer einfachen Heuschober, und sie gingen hinein. Sie legten sich auf den Boden. Heidi knöpfte ihren Mantel auf und drückte sich fest an ihn.

»Ich muß mich von ihm befreien, Egon!« flüsterte sie mit eindringlicher Stimme.

Rettmers Hand glitt über ihre Brüste, fand den Verschluß ihres Kleides und knöpfte es auf. Sie benutzte ihn genauso, wie er sie benutzte, und so schien beiden geholfen. Noch fünf Stunden.

Am späten Nachmittag schlenderte Rettmer über die Mole. Er stellte fest, daß sein Kabinenkreuzer bereits auf ihn wartete; nur der Feldsensor fehlte noch. Jetzt wäre die ideale Zeit, den Apparat zu holen, aber es war unmöglich, den Feldsensor von seinem Boot auf der äußeren Mauer unbeobachtet abzutransportieren. Es war immer mindestens ein masurischer Soldat in der Nähe. Später, wenn es dunkel war, würde das Unternehmen völlig gefahrlos sein. Heidi konnte aufpassen und ihn rechtzeitig warnen, wenn sich ein Wachposten näherte.

Er hatte noch Zeit, daher ging er in ein Restaurant und bestellte sich etwas zu essen; er hatte heute erst einmal gegessen, und zwar zusammen mit Heidi, in der Stadt. Er lieh sich von dem Wirt des Restaurants einen Rasierapparat aus und frischte sich auf der Toilette etwas auf. Bei Einbruch der Dunkelheit machte er sich auf den Weg nach Kurischen.

Er hatte sich im dichten Gebüsch des Gartens versteckt, als Wassilow mit Heidi zum Abendessen kam; eine Stunde später beobachtete er, wie sein früheres Ich sich zum ersten Mal auf den Weg zur Insel machte. Ein paar Minuten später sah er sich wieder zurückkommen. Alles spielte sich so ab, wie er es in Erinnerung hatte.

Jetzt kam die längste Wartezeit, jedenfalls schien es ihm so: die Zeit, in der er und Heidi im Haus waren und sich nach dem Essen unterhielten. Damals war es ihm so vorgekommen, als hätten sie nur kurz miteinander gesprochen, aber als er draußen wartete, schienen sich für Rettmer die Minuten endlos hinzuziehen.

Endlich ging die Tür auf, und er kam mit Heidi heraus. Im selben Augenblick, wie es schien, fielen sie sich in die Arme, küßten und umarmten sich. Rettmer kam sich wie ein Voyeur vor und verspürte Eifersuchtsgefühle, als sei Heidi mit einem anderen Mann zusammen. Aus dem Haus ertönten Klavierspiele und Wassilows Bariton, der auf russisch von verlorener Liebe und der alten Heimat sang. Seltsame, irrationale Gefühle erfüllten Rettmer, während er das Paar auf der Türschwelle beobachtete.

Er konnte sein Versteck noch nicht verlassen; er wagte es nicht, seinem anderen Ich in die Augen zu sehen.

Plötzlich ließen die beiden voneinander ab: Heidi ging ins Haus zurück, und der andere Rettmer lief durch den Park davon.

Rettmer wartete, bis er genau wußte, daß er allein war, dann ging er rasch zur Tür und öffnete sie. Heidi hätte drinnen auf ihn warten sollen.

Sie war nicht da.

Rettmer blieb in dem hellerleuchteten Korridor stehen, verwirrt, aber wachsam. Er erinnerte sich genau, daß er sie gebeten hatte, zu warten.

Plötzlich hörte Wassilow auf zu singen, und Rettmer wußte sofort, wo Heidi war.

Er stürmte ins Musikzimmer. Seine Tante saß vor dem Klavier; Wassilow und Heidi standen seitlich von ihr. Sie hielten sich umschlungen, so wie er sie gerade eben noch umschlungen hatte.

»Heidi!« stieß Rettmer aus.

Seine Tante erhob sich und machte ein Gesicht, als wäre sowohl Heidis Benehmen wie auch sein plötzliches Erscheinen äußerst peinlich für sie. »Egon, mein Lieber, vielleicht sollten wir beide uns jetzt zurückziehen.«

»Nein, Tante Uljana. Bitte, bleib hier. Heidi, was hat das zu bedeuten?«

Das Mädchen löste sich aus Wassilows Armen. Wortlos umarmte sie den Russen noch einmal liebevoll und gab ihm noch einen Kuß auf die Lippen. Dann ließ sie ihn langsam los.

»Komm, Heidi«, sagte Rettmer. »Bleibt alles, wie wir es besprochen haben?«

»Ja«, flüsterte Heidi.

»Fräulein Blühm befindet sich unter meinem gesetzlichen Schutz«, rief Wassilow. »Was sind das für Pläne, die Sie beide ausgeheckt haben?«

Heidi wich ihrem Vormund aus, der sie festhalten wollte, und lief zu Rettmer. Er packte sie am Arm und zog sie rasch hinaus in die Halle.

»Heidi? Du hast es dir doch nicht anders überlegt?«

»Nein. Aber ich mußte mich doch verabschieden. Er . . . er hat versucht, gut zu mir zu sein . . .«

»Ich rufe sofort die masurische Wache!« brüllte Wassilow. »Uljana, wo ist das Telefon?«

Rettmer holte Heidis Koffer aus dem Gebüsch, und dann liefen sie schnell davon, in die Nacht hinaus.

Der Weg bis zur Mole war ein Alptraum. Rettmer zog Heidi in ihrem langen, engen Kleid, das sie beim Gehen behinderte, hinter sich her; der große Koffer mit ihren Sachen schlug ihm bei jedem Schritt schmerzhaft gegen die Beine, wenn er das Tempo beschleunigte. Endlich waren sie an dem Zaun angelangt. Er half ihr, unten durchzukriechen, und dann vorbei an den Hafengebäuden. Er bemühte sich, ruhiger zu atmen. Die Mole lag genauso da, wie er sie vor diesem Abend schon zweimal gesehen hatte: Die Hafenmauer war in kaltes, gelbes Licht getaucht. Alles war still. Nirgends eine Bewegung. Nebel breitete sich aus, begann zwischen die verankerten Boote zu kriechen.

Vor ihnen hatte sich der Wachposten von der Mole aufgebaut; er war von seinem früheren Platz heruntergestiegen und stand mit breiten Beinen da und versperrte ihnen den Weg.

»Wenn wir ihn nicht provozieren, kann uns nichts passieren«, sagte Rettmer leise zu Heidi. Er hatte die Hand auf ihren Arm gelegt, in der anderen hielt er den Koffer. Unbeirrt gingen sie weiter.

»Piotr muß Alarm geschlagen haben«, flüsterte sie.

»Ganz ruhig bleiben. Ich mach das schon.«

Sie standen jetzt dicht vor dem masurischen Soldaten. Plötzlich hörte Rettmer, wie in der Stadt eine Sirene aufheulte. Zum Glück unterdrückte er den Impuls, sich umzudrehen, denn solche Geräusche waren in letzter Zeit zur Gewohnheit geworden.

»*Sie* schon wieder«, sagte der Wachposten und versperrte ihnen den Weg. Er nickte mit dem Kopf und musterte Rettmer und Heidi eingehend.

»Ja«, sagte Rettmer barsch, ohne sich aufhalten zu lassen.

»Nicht so eilig. Wo soll's denn hingehen?«

»Nur ein bißchen raus, zum Fischen.«

»Schon wieder? Nicht noch mal. Sie bleiben hübsch hier.«

»Ach, wie schade«, sagte Heidi zu dem Soldaten. »Ich hatte mich schon so gefreut. Könnten Sie denn nicht – ich meine, könnten Sie nicht dieses eine Mal ...«

Der Soldat hatte schon die Hand am Gürtel, zögerte aber noch. Rettmer wußte, daß er sofort handeln mußte, wenn er nicht in der Falle sitzen wollte; die Sirene in der Stadt konnte ein Zufall sein, oder auch nicht.

Rettmer holte mit Heidis Koffer aus und traf den Soldaten voll in den Bauch. Als er zu Boden stürzte, ging die Pistole los, und am Boden spritzten Zementsplitter auf. Rettmer trat wie wild nach dem Mann, bis ihm die Pistole aus der Hand fiel und über den Mauerrand rutschte.

Hinter ihm heulte ein Motor auf. Weitere Wachen – von dem Schuß alarmiert? Es war unmöglich, jetzt noch den Kabinenkreuzer zu erreichen und den Feldsensor herüberzubringen.

»Schnell, Heidi! Rüber zur Außenmauer!«

Er packte sie am Arm und stieß sie buchstäblich die Stufen zu seinem ursprünglichen Boot hinunter. Der Wagen mit ihren Verfolgern kam schneller auf sie zu, mit voll aufgeblendeten Scheinwerfern.

Fast Hals über Kopf fiel er mit ihr in das Boot, mitsamt ihrem Koffer, den er immer noch in der Hand hielt. »Laß den Motor an!«

»Wie denn?«

Fluchend riß Rettmer die Leine los, mit der das Boot vertäut war; dann hastete er zum Anlasser und zog kräftig das Seil durch. Beim dritten Versuch sprang der Motor an. Das Boot schaukelte gegen die Mauer.

»Bleib unten!« schrie er. Oben an der Treppe sah er einen Trupp masurischer Soldaten, die aus ihrem Wagen sprangen. Mit einem Satz war er am Steuer und lenkte das Boot, tief gebückt, aus dem Hafen.

Zwei Schüsse krachten; um sie herum spritzte Wasser auf.

Heidi zitterte am ganzen Körper, und Rettmer hörte ihren keuchenden Atem durch den Lärm des Motors hindurch.

Dann waren sie aus dem Lichtschein heraus und in sicherer Dunkelheit, und die Masuren blieben schnell hinter ihnen zurück.

Heidi lag noch immer am Boden und klammerte sich an die Schiffsplanken, als das kleine Boot die offene See erreichte und auf den hohen Wellen auf und ab schaukelte.

»Hast du dich verletzt?«

»Nein.« Sie kam zu ihm gekrochen. »Von dem Boot hast du mir gar nichts gesagt.« Sie richtete sich mühsam auf. »Sie haben auf uns geschossen! Dieser Soldat, den du niedergeschlagen hast ... ist ihm was passiert?«

»Nur ein paar blaue Flecken, glaube ich. Ich mußte es tun. Er hätte uns nicht durchgelassen.«

»Das war dumm von dir!« sagte Heidi. »Ich hätte ihn schon überredet!«

Rettmer zuckte die Achseln. »Auf jeden Fall haben wir es geschafft. Und noch was, Heidi: Was wir für unsere Flucht brauchen, befindet sich hier an Bord.«

Er griff unters Armaturenbrett und drehte an dem Schalter; das rote Signallämpchen des Feldsensors glühte auf.

Heidi sah ihn an. »Ist das ein Signal?«

»Nicht direkt«, sagte Rettmer.

Hinter ihnen war Motorengeräusch zu hören. Rettmer sah sich um. Eine große Polizei-Barkasse hatte den Hafen verlassen und kam auf sie zugerast.

»Kopf runter, Heidi!« schrie Rettmer, und das Mädchen folgte sofort. Auch er duckte sich tief hinters Steuerrad, um kein Ziel abzugeben.

Rettmer sah auf die Benzinuhr: gerade genug bis zur Zeitzone, falls er dem Polizeiboot entkam, für das es jedoch kein Problem sein dürfte, sein kleines Fahrzeug mühelos einzuholen.

Schüsse fielen, unregelmäßig, aber er hörte keinen Einschlag. Offenbar zielte der Feind absichtlich daneben, man wollte ihn nicht töten, sondern nur einschüchtern. Jeder Treffer wäre reiner Zufall, ausgelöst nur durch den hohen Wellengang, durch den die Schiffe auf und ab schaukelten.

Innerhalb weniger Minuten hatte die Polizei-Barkasse den Abstand zwischen ihnen um die Hälfte verringert. Für jeden guten Schützen wäre er jetzt ein sicheres Ziel, aber Rettmer hoffte, daß er den Masuren lebendig mehr wert war. Jeder ND-Agent, den sie lebendig kriegen konnten, war wichtig für sie.

»Dein Wassilow!« schrie er Heidi durch den Lärm zu. »Arbeitet der für die Masuren?«

»Er arbeitet für jeden, der zahlt.«

»Weiß er was von mir?«

»Was soll er von dir wissen?«

Rettmer gab keine Antwort. Ihm wurde klar, daß alles – die Wachposten, das Auto und die Barkasse – Teil einer kunstvoll konstruierten Falle darstellte. Voller Bitterkeit erinnerte er sich an gewisse beiläufige Fragen von Wassilow, die dieser ihm gestellt hatte, Fragen, die sich plötzlich zu einem unheilvollen Muster zusammenfügten. Offenbar würde Heidi noch so manches über die Aktivitäten ihres Vormundes erfahren müssen, falls er überhaupt ihr Vormund war.

Hinter ihnen kreischte ein Lautsprecher und forderte sie auf, anzuhalten, aber Rettmer fuhr weiter. Er ignorierte die Benzinuhr, deren Zeiger jetzt fast auf Null stand. Der Feldsensor würde sie retten; ganz bestimmt, er mußte es tun. Er konnte jetzt schon das tiefe Aufheulen des Barkassenmotors hören, ganz dicht an seiner Seite, und untermalt von dem gewaltigen Tosen der aufgewühlten See.

Jetzt schob sich die Barkasse an ihnen vorbei und lag vor ihnen.

Und im selben Augenblick, zu seiner großen Erleichterung, ein kurzes Flackern am Himmel.

Gleißende Sonnenstrahlen im hellen Tageslicht und die glatte tiefblaue Oberfläche des Meeres, wohin man sah. Heidi blinzelte ungläubig mit den Augen, und Rettmer brach in lautes Lachen aus. Die Polizei-Barkasse, die keinen Feldsensor besaß, war verschwunden.

Vor ihnen segelten Möwen am Himmel oder gingen im

Sturzflug nach unten, auf die Insel. Sie schien zu begreifen. Ganz ruhig lauschte sie seinen Erklärungen, fast in sich gekehrt, und betrachtete die Insel mit ausdruckslosem Blick, als Rettmer mit dem Boot anlegte. Da sein Besuch nicht gerade offizieller Art war, wollte er sich lieber wieder zwischen den Felsen verstecken, außer Sichtweite des Kreuzers. Er lenkte das Boot ins seichte Wasser; der Benzintank war so gut wie leer. Aber anscheinend war er nicht der erste hier. An der gleichen Stelle lag bereits ein anderes Boot vor Anker, sanft hin und her schaukelnd, das ganz genauso aussah wie sein eigenes.

Es war leer. Rettmer begriff, daß das sein eigenes Boot war, mit dem er hier angelegt hatte, um darauf zu warten, daß die Zeit zurücklief. Und jetzt befand er sich in der Zeit seines früheren Aufenthalts auf der Insel. Irgendwo oben am Hang lag er selbst, sein früheres Ich, und schlief.

Er sah hinauf zur Sonne; noch etwa eine halbe Stunde bis zur Dämmerung. Er erinnerte sich, daß es bis zum Einbruch der Nacht ungefähr eine Stunde gedauert hatte und daß er sein Versteck damals ziemlich rasch gefunden hatte und die ganze Zeit über dort geblieben war.

Er hatte niemanden gesehen; er war allein gewesen.

Aber wenn dieser frühere Rettmer ihn nun sah ...

Heidi bemerkte seine Verwirrung. »Stimmt irgendetwas nicht?« fragte sie.

»Es ist nicht weiter schlimm.« Er deutete auf das andere Boot. »Es ist nur – es scheint jemand hier zu sein. Wir dürfen ihn auf keinen Fall stören.«

»Aber du hast doch gesagt, wir würden allein sein.«

»Ich erkläre es dir gleich. Nur du und ich werden hier sein.«

Ihr Aussehen, oder auch seine Wahrnehmung ihres Aussehens, hatte sich verändert. An der hellen Sonne wirkte ihr Gesicht nicht mehr so lebhaft wie früher, sondern eher verkniffen und humorlos. Ihr sonst so graziler Körper, der noch immer in das hautenge Abendkleid gezwängt war, bewegte sich jetzt steif und ungeschickt. Die Flucht mußte sie ziemlich mitgenommen haben. Er seufzte; sie war zu jung für diese ganze Geschichte, zu unvorbereitet.

Rettmer warf den Anker aus. Er mußte ein Stück durch seichtes Wasser waten, um an Land zu kommen, oder aber direkt neben dem anderen Boot festmachen ... und dazu konnte er sich nicht überwinden.

Er nahm den Koffer. »Da ist doch nichts Zerbrechliches drin? Gut.« Mit aller Kraft warf er ihn im hohen Bogen hinüber auf die trockenen Felssteine. Dann zog er Schuhe und Socken aus und krempelte sich die Hosen hoch.

»Soll ich dich rübertragen?« fragte er Heidi.

»Nein, danke, es geht schon.«

Zu seinem Erstaunen stellte sich Heidi aufrecht ins Boot und zog ihr Kleid aus. Sie rollte es der Länge nach auf und warf es mit einer lässigen Bewegung neben ihren Koffer. Barfuß und nur mit einem dünnen Höschen bekleidet, kletterte sie über den Bootsrand und watete an Land. An ihrem Nacken sah er ein paar schwache Kratzer, die er ihr beigefügt hatte, als sie zusammen geschlafen hatten.

Als er sie auf den Felsen einholte, hatte sie schon einen dicken Wollpullover und lange Hosen angezogen. Rettmer, der sich die Beine abtrocknete, war für eine Nacht auf der Insel weitaus schlechter ausgerüstet.

Heidi sah von einem Boot zum anderen. Schließlich sagte sie: »Das ist aber sehr komisch. Wer ist denn außer uns noch hier?«

»Ich«, sagte Rettmer.

Sie runzelte die Stirn, und er fuhr fort: »Ein früheres Exemplar von mir. Ich war nämlich schon mal hier ... vor allem auch, um mich mit dir treffen zu können.«

Er erzählte ihr, wie er die Möglichkeit der Zeitumkehr entdeckt hatte und wie er dadurch ihre gemeinsame Flucht hatte vorbereiten können.

»Ach, so. Jetzt verstehe ich erst. Dieses Ding, dieser Feldsensor – der war in diesem Boot hier, und nicht in dem Kabinenkreuzer. Und woher hast du ihn?«

»Das kannst du dir doch denken, Heidi. Und jetzt verstehst du vielleicht auch, weshalb ich weg mußte.«

»Aber ich verstehe nicht, warum du mich unbedingt dabeihaben wolltest, nachdem du doch gegen Piotr Verdacht geschöpft hattest.«

Er streckte die Hände aus und antwortete ausweichend: »Verdacht? Nein, ich hatte absolut keinen Grund, Piotr zu mißtrauen, bis ich am Hafen in diese Falle lief. Und was dich betrifft, Heidi … Ich dachte mir, du würdest froh sein über diese Zufluchtstätte. Hast du schon mal zurückgesehen nach Silte, von hier aus?«

»Nein.« Heidi stand auf und hielt die Hand über die Augen. Inzwischen schien sie ihr früheres Selbstvertrauen zurückgewonnen zu haben. Zuerst konnte sie an der gegenüberliegenden Küste offenbar nichts Besonderes entdecken, aber dann schien sie etwas zu sehen.

»Ach!« Sie machte einen Schritt zurück und kletterte dann hastig den Hang hinauf.

»Heidi! Du mußt vorsichtig sein! Paß auf, daß dich niemand sieht!«

»Ich muß es sehen! Silte – ich kann es einfach nicht glauben!«

Eilig kletterte sie weiter, unter ihren Fußsohlen lösten sich ganze Grasbüschel und rutschten den Hang hinunter.

»Heidi!«

Nur ein Stückchen weiter oben, zwischen den Wacholderbüschen versteckt, lag sein früherer Rastplatz. Plötzlich hatte er Angst und lief ihr nach.

Als er sie einholte, stand sie wie erstarrt da. Aber sie sah nicht hinüber nach Silte, sondern vor sich auf den Boden.

Unter dem Wacholderstrauch lag Egon Rettmer. Er schlief. Seine Augen waren geschlossen, die eine Hand hatte er wie ein Kissen unter den Kopf geschoben.

»Es hat also tatsächlich gestimmt«, sagte Heidi ruhig. »Du bist es wirklich.«

»Heidi, komm weg da.« Er ertrug es nicht, so dicht neben sich selbst zu stehen.

Sie drehte sich zu ihm um. »Bitte, Egon, bring mich nach Silte zurück.«

»Das kann ich nicht«, sagte er. »Ich habe kein Benzin mehr,

Heidi. Außerdem wäre es gefährlich. Komm mit zum Strand, dann erkläre ich dir alles.«

»Nein. Du hast immer für alles eine Erklärung, aber auf nichts eine Antwort. Sag es mir hier. Sofort. Ich rühre mich nicht von der Stelle, bis du mir gesagt hast, was an dieser Situation so gefährlich ist.«

Er erkannte, daß sie fest entschlossen war, und beschwor sie: »Bitte, sprich leise, und hör mir gut zu. Meine Situation ist ganz einfach. Wenn ich während der Besetzung in Silte bin – der Besetzung, die gerade stattfindet«, er deutete auf Silte, »dann werde ich von den Masuren verhaftet und verhört. Und zufällig ist mir bekannt, daß die meisten Internierten erschossen werden.«

»Das würde Piotr nicht zulassen.«

»Ich glaube kaum, daß er mir irgendwelches Mitgefühl entgegenbringen würde.«

Rettmer ging ein paar Schritte zurück, fast flehend sah er sie an, aber sie folgte ihm nicht. Sie blieb dicht neben seinem schlafenden Doppelgänger stehen.

»Piotr ist wichtiger, als du vielleicht denkst«, sagte Heidi. »Die Militärs werden auf ihn hören. Er hatte Gerüchte von einer neuen Waffe der NDs gehört und kam nach Silte, weil er glaubte, daß du irgendwie damit zu tun hättest. Und ich bin mitgekommen ... na ja, um ihm zu helfen.«

»Er ist also gar nicht dein Vormund.«

»Nein. Aber jemand, den ich liebe. Hast du dich nicht gewundert, daß mich mein Vormund ganz allein ins Café gehen ließ, ohne Begleitung. Wir wollten uns dort treffen, aber als er sah, daß du auch da warst ...«

Rettmer wußte nicht, was er sagen sollte.

Der andere Rettmer rückte unruhig hin und her, wahrscheinlich störten ihn ihre Stimmen.

Der Sonnenuntergang kam Rettmer bekannt vor, und weit hinten, hinter Heidis Rücken, sah er jetzt die Umrisse des ND-Kreuzers, der im tiefen Wasser jenseits der Insel vor Anker lag. Es wäre bestimmt sicherer gewesen, sich auf die Schutztruppe zu verlassen.

»Ich will wieder nach Silte«, sagte Heidi. »Vor Piotr brauchst du keine Angst zu haben, er wird dir nichts tun; vielleicht stellt er dich sogar in seine Dienste, wenn du ihm nützlich sein kannst.«

»Du hast immer noch nicht begriffen.« Rettmer deutete auf sein schlafendes Gegenstück. »*Er* geht nach Silte zurück. Nicht ich.«

»Und wie lang sollen wir hier warten?«

»Bis uns die NDs entdecken.«

In einem plötzlichen Wutanfall riß er Heidi an der Schulter herum, so daß sie die Masten und Aufbauten des Kreuzers sah. Selbst auf diese Entfernung war die grüne Flagge der Norddeutschen deutlich zu erkennen.

»Nein!« rief sie. »Dann gehe ich mit ihm zurück!«

Sie kniete sich neben den schlafenden Rettmer und rüttelte ihn an der Schulter.

»Egon, wach auf ...«

»Halt!« Er riß sie zurück, aber es war schon zu spät.

Egon Rettmer war wach.

Sein verschlafener Blick schien bei Heidi zu verweilen, dann löste er sich langsam von ihr und wanderte weiter zu Rettmer. Seine Augen weiteten sich.

Rettmer sah in sein eigenes Gesicht, das ihn anstarrte.

Nacht brach herein.

Zuerst glaubte Rettmer, die Sonne sei untergegangen, auf ganz natürliche Weise, wenn auch ungewöhnlich plötzlich, aber dann erkannte er seinen Irrtum sofort. Es handelte sich um den Übergang zu einer anderen Nacht. Die Zeit war mißbraucht worden, und sie hatte darauf reagiert.

Der schlafende Rettmer war verschwunden, und sein Boot ebenfalls.

Heidi und er rückten während der ganzen Nacht eng zusammen, um sich zu wärmen; der Sommer war vorbei, und es ging ein eisiger Wind. Am nächsten Morgen, als Rettmer den Hügel hinaufstieg, um dem Kreuzer Zeichen zu geben, mußte er feststellen, daß auch er verschwunden war.

Jenseits des glatten Meeresspiegels lag Silte, im Nebel eingebettet.

Eine Stunde nach Tagesanbruch hörten sie die ersten Schüsse. Rettmer und Heidi saßen nebeneinander und lauschten den endlosen Serien von Explosionen.

Nach und nach hob sich der Nebel, und sie sahen, daß der Beschuß von einem guten Dutzend großer Schiffe aus durchgeführt wurde, die eine Salve nach der anderen auf die völlig ungeschützte Stadt abfeuerten. Er mußte an die Vision denken, die er im Halbschlaf gehabt hatte, an Kriegsschiffe, die an der Insel vorbeiglitten, und endlich begriff er auch, wie die Invasoren die Zeitzone für ihre Zwecke benutzt hatten. Jetzt ging das häßliche Geräusch des Gemetzels in ein nicht enden wollendes Donnergrollen über, und eine schwarze Rauchwolke stieg über Silte auf. Auf den Hügeln rings um die Stadt brannten Wald und Felder, als die ersten Flugzeuge in den Kampf eingriffen.

Im Laufe des Nachmittags liefen ein paar Schiffe aus Silte aus; vielleicht war auch die Barkasse dabei, die sie nachts verfolgt hatte. Sie waren das einzige Anzeichen für einen Gegenangriff der Masuren; innerhalb weniger Minuten waren sie alle versenkt.

Für diesen Krieg waren Rettmer und Heidi jetzt ohne jede Bedeutung. Aus dieser Einsicht heraus schlossen sie eine Art Waffenstillstand. Sie hatten nichts mehr zu essen.

»Wie ich hörte, hatte dein Kabinenkreuzer Proviant für eine Woche«, sagte Heidi. »Ich wünschte, du hättest es mir überlassen, uns an dem Wachposten vorbeizuschleusen.«

»Dann wären wir jetzt nicht hier. Deine Freunde hätten doch gesehen, wie ich den Feldsensor hole.« Rettmer stieß einen Seufzer aus. »Du hättest sie bestimmt gerufen. Warum ist mir Wassilow bloß nicht selbst gefolgt?«

»Das wollte er ja, aber es ging nicht. Es wäre nicht logisch gewesen.«

Rettmer starrte weiter auf die Trümmer von Silte – irgendwo unter dem Rauch ging Kurischen in Flammen auf.

Es war Heidi, die den ND-Kreuzer entdeckte, der in den tieferen Gewässern auf der anderen Seite der Insel vor Anker ging.

Rettmer lief zu dem kleinen Anlegeplatz unten am Strand, kletterte auf die Mauer und winkte mit beiden Armen, um die Aufmerksamkeit auf sich zu ziehen. Nach einigem Hin und Her an Deck des Schiffes wurde schließlich ein Boot zu Wasser gelassen, das auf sie zukam. Heidi stand neben ihm und hielt seinen Arm fest.

Von Süden her näherte sich jetzt ebenfalls ein Schiff.

Es war ein kleines Motorboot, hinter dessen Steuer, hoch aufgerichtet, eine weißgekleidete Gestalt zu erkennen war. Langsam glitt es durch das stille Wasser. Immer näher und näher.

Rettmer sah in sein eigenes Gesicht, das ihm starr entgegenblickte.

Nacht brach herein.

PHILIP K. DICK

Eine Kleinigkeit für uns Temponauten

Erschöpft schleppte sich Addison Doug den langen, mit synthetischen Rotholzscheiben ausgelegten Weg herauf. Schritt für Schritt, den Kopf leicht gesenkt; er bewegte sich, als hätte er körperliche Schmerzen. Das Mädchen beobachtete ihn. Es hätte ihm gerne geholfen, und es tat ihm weh, ihn so niedergeschlagen und unglücklich zu sehen, zugleich jedoch war es voll Freude, daß er überhaupt wiederkehrte. Schritt für Schritt kam er näher, ohne aufzublicken, er ging ganz nach Gespür ... Wie so oft, dachte sie. Er kennt diesen Weg zu gut. Wie kam das nur?

»Addi«, rief sie und lief ihm entgegen. »Im Fernsehen haben sie gesagt, ihr wärt tot. Ihr wärt alle umgekommen!«

Er hielt inne und strich sich das dunkle Haar aus dem Gesicht, es war jedoch gar nicht lang; kurz vor ihrem Start hatten sie es ihm gestutzt. Aber er hatte das wohl vergessen. »Glaubst du denn alles, was sie im Fernsehen erzählen?« erwiderte er und kam nun schwankend, aber lächelnd auf sie zu. Und streckte die Arme nach ihr aus.

Mein Gott, was für ein Gefühl, ihn wieder im Arm zu halten, an ihn gepreßt zu werden, heftiger, als sie erwartet hatte. »Ich hatte mich gerade nach jemand anderem umsehen wollen.« Sie rang nach Luft. »Als Ersatz für dich.«

»Wenn du das machst, dreh' ich dir den Hals um!« entgegnete er. »Abgesehen davon, wäre das sowieso nicht möglich: Ich bin doch nicht zu ersetzen!«

»Aber was war denn nun mit der Implosion?« fragte sie. »Beim Wiedereintritt, haben sie berichtet ...«

»Weiß nicht mehr«, antwortete Addison in dem Ton, den er immer anschlug, wenn er über etwas nicht reden wollte. Früher hatte sie dieser Ton immer geärgert; jetzt war das nicht der Fall. Jetzt fühlte sie, wie schrecklich die Erinnerungen für ihn sein mußten. »Ich werde ein paar Tage bei dir wohnen«, sagte er, als sie zusammen auf die offenstehende Eingangstür des Schrägdachhauses zugingen. »Wenn du einverstanden bist. Benz und Crayne werden später nachkommen, vielleicht auch schon heute abend. Wir haben eine Menge zu besprechen und zu überdenken.«

»Dann habt ihr alle drei überlebt!« Sie starrte in sein vergrämtes Gesicht empor. »Also war alles, was sie im Fernsehen gesagt haben ...« In diesem Augenblick begriff sie alles. Oder glaubte zumindest, es zu verstehen. »Es war nur eine Tarngeschichte. Aus politischen Gründen, um die Russen irrezuführen. Stimmt's? Ich meine, daß die Sowjetunion denken soll, daß das Unternehmen mißglückte, weil beim Wiedereintritt ...«

»Nein«, antwortete er. »Vermutlich werden sie uns einen Chrononauten vorbeischicken. Um herauszufinden, was eigentlich geschehen ist. General Toad sagt, es wäre schon einer unterwegs hierher. Die Regierung hat gleich ihr Einverständnis erteilt. Wegen der ernsten Lage.«

»Lieber Gott!« entfuhr es dem verwirrten Mädchen. »Wozu dann diese getürkte Geschichte?«

»Komm, laß uns erst mal was trinken«, schlug Addison vor. »Dann werde ich dir alles erklären.«

»Ich hab' aber nur kalifornischen Brandy im Haus.«

»So wie ich mich jetzt fühle«, sagte Addison Doug, »würde ich alles trinken.«

Die Stimme des Sprechers klang verzerrt aus dem Autoradio. »... drückt sein Bedauern aus über den unvorhergesehenen Verlauf der Ereignisse, wie sie heraufbeschworen wurden durch unerwartete ...«

»Blödsinnige offizielle Erklärung«, fand Crayne und drehte das Radio aus. Er und Benz hatten einige Schwierigkeiten, das Haus wiederzufinden; sie waren erst einmal dort gewesen. Es berührte Crayne merkwürdig, sich auf so unförmliche Weise zu einer Unterredung von dieser außergewöhnlichen Bedeutung zu begeben, sich im Haus von Addisons Schätzchen zu treffen, hier, wo sich Fuchs und Hase gute Nacht sagten. Andererseits wären sie vor Neugierigen geschützt. Und vermutlich hatten sie nicht allzu viel Zeit. Aber das zu entscheiden war schwierig; niemand konnte es genau sagen.

Die Hügel zu beiden Seiten der Straßen waren früher von Wäldern bewachsen gewesen, stellte Crayne fest. Nun versperrten Häuserreihen und ihre unregelmäßigen, verschlungenen Kunststoffwege den Blick in die Höhe. »Früher war das bestimmt einmal eine hübsche Gegend«, sagte er zu Benz, der den Wagen fuhr.

»Der Los-Padres-Nationalpark ist hier ganz in der Nähe«, entgegnete Benz. »Dort habe ich mich mal verirrt, als ich acht Jahre alt war. Vier Stunden lang rannte ich herum in Panik vor Klapperschlangen. In jedem Stöckchen sah ich eine Schlange.«

»Jetzt hat dich die Klapperschlange erwischt«, sagte Crayne.

»Uns alle«, meinte Benz.

»Weißt du«, sagte Crayne, »es ist schon ein Scheißgefühl, tot zu sein.«

»Findest *du*.«

»Aber theoretisch gesehen ...«

»Wenn man Radio und Fernsehen glauben will, dann schon.« Benz wandte ihm sein großes zerfurchtes Gesicht zu, in dem mahnende Strenge stand. »Wir sind genauso wenig tot wie irgend jemand anderer auf diesem Planeten. Der Unterschied für uns liegt darin, daß unser Todesdatum in der Vergangenheit liegt, während es für jeden anderen auf einen unbekannten zukünftigen Zeitraum festgesetzt ist. Tatsächlich steht es für einige Leute verdammt genau fest: für Krebskranke zum Beispiel; sie leben in der gleichen Gewißheit wie wir. Mehr noch: Wie lange können wir beispielsweise hierbleiben, ehe wir zurück müssen? Wir verfügen über einen Spielraum, eine Zeitspanne, die ein Krebsopfer nicht hat.«

»Als nächstes«, unterbrach ihn Crayne scharf, »wirst du uns empfehlen, uns zu freuen, daß wir keine Schmerzen haben.«

»Aber Addi hat welche. Ich habe gesehen, wie er heute früh hinausschwankte. Er hat psychosomatisch bedingte Beschwerden. Als ob ihm das Schicksal im Nacken säße, weißt du, als ob er eine übermäßig schwere Bürde schleppte, nur daß er sich nicht offen beklagt ... nur ab und zu weist er auf die Stigmata.« Er grinste.

»Addis Leben hatte auch mehr Sinn als unseres.«

»Jedermanns Leben hat mehr Sinn als das des anderen. Ich hab' zwar kein hübsches Häschen, mit dem ich ins Bett steige, aber ich hätte schon ganz gern noch ein paarmal den Sonnenuntergang vom Riverside Freeway aus gesehen. Es ist nicht die Frage, wofür man lebt, es ist die Frage, was man im Leben gern sieht, daß man gern lebt – das ist so verdammt traurig.«

Schweigend fuhren sie weiter.

Die drei Temponauten saßen im stillen Wohnzimmer im Haus des Mädchens, rauchten und versuchten entspannt zu sein; Addison Doug dachte bei sich, daß das Mädchen heute außergewöhnlich flott und begehrenswert aussah in seinem enganliegenden weißen T-Shirt und dem Minirock, und er wünschte sich sehnlichst, es sähe ein bißchen weniger reizvoll aus. Er konnte es sich nicht leisten, sich auch noch in so was verstricken zu lassen. Er war zu müde.

»Weiß sie«, fragte Benz und deutete auf das Mädchen, »was hier überhaupt los ist? Ich meine, können wir offen reden? Wird sie nicht ausflippen?«

»Ich habe es ihr noch nicht erklärt«, sagte Addison.

»Das hättest du mal besser getan«, brummte Crayne.

»Was ist denn nun los?« fragte das Mädchen bestürzt. Sie saß steif auf dem Sofa, eine Hand zwischen den Brüsten. Als ob sie ein Amulett umklammern würde, das gar nicht da ist, dachte Addison.

»Wir sind beim Wiedereintritt hops gegangen«, sagte Benz ohne Umschweife. Er war tatsächlich der Grausamste der drei. Oder zumindest der Härteste. »Wissen Sie, Miß ...«

»Hawkins«, flüsterte das Mädchen.

»Angenehm.« Benz beobachtete sie auf seine kalte, reglose Art. »Haben Sie keinen Vornamen?«

»Merry Lou.«

»In Ordnung, Merry Lou«, fuhr Benz fort. Den beiden anderen Männern zugewandt, bemerkte er: »Klingt wie ein Name, den eine Kellnerin auf ihre Bluse gestickt hat. Ich heiße Merry Lou und werde Ihnen Abendessen und Frühstück und Mittagessen und Abendessen und Frühstück für die nächsten Tage servieren, ober wie lange es eben dauern mag, bis Sie wieder in ihre eigene Zeit zurückkehren. Das macht fünfunddreißig Dollar und acht Pence ohne Bedienung. Und ich hoffe, Sie kommen niemals zurück, verstanden?« Seine Stimme begann zu schwanken; die Zigarette zwischen seinen Fingern bebte. »Entschuldigen Sie, Miß Hawkins«, sagte er dann. »Wir sind alle ziemlich fertig durch die Implosion beim Wiedereintritt. Sobald wir in die ZPA zurückkehrten, haben wir es bemerkt. Wir wußten es früher als alle anderen; als wir die Zwischenphase erreichten, wußten wir es schon.«

»Aber wir konnten nichts dagegen tun«, fügte Crayne hinzu.

»Niemand kann etwas tun«, erklärte ihr Addison und legte den Arm um ihre Schultern. Der Augenblick bannte ihn wie ein Déjà-vu-Erlebnis, dann wußte er auch, warum. Wir befinden uns in einer geschlossenen Zeitschleife, dachte er, wir erleben das gleiche immer und immer wieder, versuchen jedesmal, das Wiedereintrittsproblem zu lösen, glauben jedesmal, es sei das erste Mal, das einzige Mal ... und es klappt nie. Der wievielte Versuch war das jetzt? Vielleicht der millionste; wir haben millionenmal hier gesessen, die gleichen Tatsachen wieder und wieder durchgesprochen, und nichts kam dabei heraus. Er fühlte sich hundemüde, als ihm diese Gedanken durch den Kopf gingen. Und er empfand eine Art philosophischen Haß gegenüber allen anderen Menschen, die nicht ein solches Rätsel zu lösen hatten. Wir gehen alle einem Ziel entgegen, wie es in der Bibel heißt, dachte er. Nur ... wir drei hatten dieses Ziel schon erreicht. Wir sind dort. Also ist es falsch, von uns zu verlangen, wir sollten noch auf der Erde bleiben und grübeln und herausbekommen, was schiefgegangen ist. Sollen das doch unsere Nachfahren ausführen. Wir haben schon genug hinter uns.

Er sprach seine Gedanken nicht aus – es war besser so.

»Vielleicht seid ihr mit etwas zusammengestoßen«, mutmaßte das Mädchen.

»Sind wir vielleicht ›mit etwas zusammengestoßen‹?« meinte Benz sarkastisch und schaute die anderen an.

»Die Fernsehkommentatoren«, beharrte Merry Lou, »sprachen ständig über das Risiko der räumlichen Phasenverschobenheit beim Wiedereintritt und des Zusammenpralls mit Tangentialobjekten bis hinab zur Molekularebene, von denen jedes ...« Sie hob hilflos die Hände. »Ihr wißt ja: Zwei Objekte können nicht zur gleichen Zeit den gleichen Raum einnehmen! Dann flog alles deshalb in die Luft?« Sie sah die Männer fragend an.

»Das ist der größte Risikofaktor«, stimmte Crayne zu. »Zumindest theoretisch, wie Doktor Fein bei der Planung errechnet hat, als sie die Gefahren untersuchten, aber wir hatten eine Menge von Sicherheitsvorkehrungen, die automatisch funktionierten. Der Wiedereintritt konnte erst erfolgen, wenn diese Geräte uns räumlich so stabilisiert hatten, daß wir mit nichts zusammenstoßen konnten. Natürlich können diese Sicherheitsvorkehrungen, im nachhinein gesehen, alle ausgefallen sein. Eine um die andere. Ich habe meine Kontrollgeräte beim Eintauchen beobachtet, sie bestätigten alle, jedes einzelne, daß wir richtig lagen. Ich habe keinen Alarm gehört. Und keine Warnlampe aufblinken sehen.« Er zog eine Grimasse. »Und dann ist es ja auch nicht passiert.«

Benz fiel plötzlich etwas ein. »Ist euch klar, daß unsre nächsten Angehörigen jetzt reich sind? Unsre ganzen staatlichen und privaten Versicherungen. Aber unsre ›nächsten Verwandten‹, Himmel noch mal, sind doch wir, schätze ich. Wir können Zehntausende von Dollars verlangen, bar auf den Tisch. Wir können in das Büro unsres Versicherungsmaklers spazieren und sagen: ›Ich bin tot, also rücken Sie das Sümmchen heraus.‹«.

Addison Doug dachte an das Staatsbegräbnis, das man nach der Autopsie für sie vorgesehen hatte. An die lange Reihe schwarzverhüllter Cadillacs, die die Pennsylvania Avenue hinunterrollen würde, mit all den Würdenträgern der Regierung und großkotzigen Wissenschaftlern – *und wir werden auch dabei sein*. Gleich zweifach. Einmal in den von Hand gezimmerten, messingbeschlagenen, fahnengeschmückten Eichensärgen, aber auch ... vielleicht werden wir in offenen Limousinen mitfahren und der trauernden Menge zuwinken.

»Die Beisetzungsfeierlichkeiten«, entfuhr es ihm.

Die anderen sahen ihn an, ärgerlich, verständnislos. Dann verstanden sie, einer nach dem anderen, was er gemeint hatte; er konnte es in ihren Gesichtern ablesen.

»Nein«, krächzte Benz. »Das ist ... ausgeschlossen.«

Crayne schüttelte heftig den Kopf. »Sie werden befehlen, daß wir dazusein haben, und wir werden da sein. Als getreue Befehlsempfänger.«

»Ob wir wohl auch noch *lächeln* müssen?« fragte Addison. »Dieses beschissene *Lächeln*?«

»Nein«, sagte General Toad langsam. Sein großer bärtiger Kopf wackelte auf dem Hals wie auf einem Besenstiel. Seine Haut war schmutzfarben und fleckig, als ob die Menge von Uniformschmuck an seinem steifen Kragen so abgescheuert hätte. »Sie brauchen nicht zu lächeln, ganz im Gegenteil, Sie sollen einfach gramgebeugt erscheinen. Um mit der landesweiten Trauerstimmung des Augenblicks konform zu gehen.«

»Das wird uns außerordentlich schwerfallen«, meinte Crayne.

Der russische Chrononaut reagierte nicht, sein mageres, spitzes Gesicht, um das sich eng die Translator-Kopfhörer schmiegten, blieb starr vor Konzentration.

»Die Nation«, fuhr General Toad fort, »wird Ihre Anwesenheit während dieses kurzen Zeitraums zur Kenntnis nehmen, die Kameras aller bedeutender Sender werden Sie ohne Ankündigung ins Bild bringen, die Kommentatoren werden unterrichtet sein, dem Publikum sinngemäß das Folgende zu sagen:« Er zog einen vervielfältigten Text hervor, setzte seine Brille auf und räusperte sich. »›Unsere Kameras sind auf drei Gestalten in einem Wagen gerichtet. Ich kann sie nicht genau erkennen. Erkennen Sie sie?‹« General Toad ließ das Blatt sinken. »So werden sie in diesem Augenblick ganz improvisiert ihre Kollegen fragen. Schließlich werden sie rufen, ›nun Roger‹ oder Walter oder Ned, je nachdem, um welchen Sender es sich handelt . . .«

»Oder Bill«, unterbrach ihn Crayne. »Falls es der Sender Bufonidae ist, hier draußen im Sumpf.«

General Toad beachtete ihn gar nicht. »Sie werden nun dem anderen zurufen: ›Nun, Roger, ich glaube, wir haben die drei Temponauten selbst vor uns! Sollte das tatsächlich bedeuten, daß die Schwierigkeiten . . .?‹ Und dann wird der Kollege mit etwas dunklerer Stimme antworten: ›Was wir im Augenblick sehen, David‹ – oder Henry oder Pete oder Ralph –, ›glaube ich, ist der erste augenfällige Eindruck der Menschheit davon, was die Techniker ZPA oder Zwischenphasenaktivität nennen. Im Gegensatz zum ersten Eindruck sind dies nicht, ich sagte *nicht*, unsere drei Herren Temponauten, wie wir sie kennen, sondern vielmehr die drei, wie sie unsere Kameras auf ihrer Reise in die Zukunft temporär suspendiert zeigen, der Reise, wovon wir uns mit gutem Grund erhofften, sie würde einen Zeitraum von zirka hundert Jahren umfassen . . . doch es scheint eher, daß sie irgendwie zurückgekehrt sind und sich nun in diesem Moment, der selbstverständlich unsre Gegenwart ist, hier befinden.‹«

Addison Doug schloß die Augen und dachte, Crayne wird ihn gleich fragen, ob er nicht mit einem Luftballon in der Hand und Zuckerwatte essend ins Bild kommen könnte. Ich glaube, wir werden darüber alle verrückt. Dann fragte er sich: Wie viele Male haben wir diesen idiotischen Wortwechsel schon geführt?

Ich kann es nicht beweisen, dachte er erschöpft. Aber ich weiß, daß es stimmt. Wir haben hier gesessen, gegrübelt, zugehört und den ganzen Unsinn erzählt, unzählige Male. Ihn schauderte. Jedes blödsinnige Wort . . .

»Was ist los?« fragte Benz plötzlich.

Der sowjetische Chrononaut ergriff zum ersten Mal das Wort. »Wie groß ist das maximale ZPA-Intervall, das Ihrem Drei-Mann-Team zur Verfügung steht? Und wieviel Prozent davon sind bis jetzt abgelaufen?«

»Man hat uns unterrichtet«, sagte Crayne nach einer kurzen

Pause, »ehe wir heute hierherkamen. Schätzungsweise die Hälfte unserer Gesamt-ZPA ist vorbei.«

»Jedenfalls«, brummte General Toad, »haben wir den Staatstrauertag so gelegt, daß er in die Zeit fällt, die Ihnen vermutlich an ZPA bleibt. Das bedeutet aber, daß wir die Autopsie und die anderen gerichtlichen Untersuchungen beschleunigen mußten. In den Augen der Öffentlichkeit ...«

Die Autopsie – der Gedanke jagte Addison Doug einen neuen Schauder über den Rücken. Diesmal mußte er sich Luft machen. »Warum beenden wir nicht diese sinnlose Zusammenkunft und gehen mal auf einen Sprung zur Pathologie und sehen uns die vergrößerten Gewebeproben in Farbe an? Vielleicht kommt uns da ein Haufen Ideen, die der Medizin auf ihrer Suche nach Erklärungen behilflich sein können? Erklärungen – das ist es, was wir brauchen. Lösungen von Problemen, die im Augenblick noch gar nicht existieren. Die Probleme können wir später entwickeln.« Er machte eine Pause. »Seid ihr einverstanden?«

»Ich werd' mir doch nicht meine Milz auf dem Bildschirm ansehen«, antwortete Benz grollend. »Beim Trauerzug fahre ich mit, okay, aber ich habe keine Lust, bei meiner eigenen Autopsie dabeizusein.«

»Du könntest doch mikroskopisch kleine rotgetupfte Scheibchen von dir an die Zuschauer entlang des Trauerzuges verteilen«, schlug Crayne vor. »Sie könnten jedem von uns einen Beutel voll mitgeben. Nicht wahr, General? Wir könnten Gewebeteilchen werfen wie Konfetti. Ich glaube, wir sollten doch lächeln ...«

»Ich habe diesbezüglich alle Protokolle durchgesehen«, widersprach General Toad und blätterte in den Papieren, die vor ihm lagen, »doch die übereinstimmende Handhabung bei Politikern besagt, daß Lächeln nicht zu den Gefühlen paßt, die die Nation bewegen. Somit ist diese Frage als erledigt zu betrachten. Was nun Ihre Anwesenheit bei der Autopsie betrifft, die gerade im Gange ist ...«

»Wir gehen leer aus, wie wir dasitzen«, sagte Crayne zu Addison Doug. »Ich gehe immer leer aus.«

Ohne ihm Beachtung zu schenken, wandte sich Addison an den sowjetischen Chrononauten. »Kollege Gauki«, sprach er in das Mikrofon, das an seiner Brust baumelte, »was ist Ihrer Ansicht nach das Schrecklichste, was einem Zeitreisenden widerfahren könnte? Daß sich genau im Moment des Wiedereintritts eine Implosion ereignet, wie bei unserer Landung? Oder wurden Sie und Ihr Kollege während Ihrer kurzen, aber sehr erfolgreichen Zeitreise von anderen traumatischen Ängsten gequält?«

Es dauerte eine Weile, ehe N. Gauki antwortete. »Plenja und ich haben mehrmals zwanglos unsere Gedanken ausgetauscht. Ich glaube, ich kann für uns beide sprechen, wenn ich sage, daß wir in der ständigen Angst lebten, wir wären unabänderlich in eine Zeitschleife geraten, aus der es kein Entrinnen gäbe.«

»So daß Sie sie immer wieder für alle Zeit durchqueren müßten?« fragte Addison Doug.

»Ja, Mr. Doug«, antwortete der Chrononaut und nickte ernst.

Eine Furcht, die er niemals zuvor gekannt hatte, überflutete Addison Doug. Er drehte sich hilflos zu Benz und murmelte: »Scheiße.« Sie sahen einander in die Augen.

»Ich glaube wirklich nicht, daß *das* geschehen ist«, sagte Benz leise und legte eine Hand auf Dougs Schulter; er umfaßte ihn hart, eine Geste der Freundschaft. »Wir hatten nur eine Implosion beim Wiedereintritt. Nimm's nicht so schwer.«

»Könnten wir die Sitzung nicht bald vertagen?« bat Addison Doug mit heiserer, erstickender Stimme; er hatte sich schon halb aus seinem Sessel erhoben. Er fühlte sich von dem Raum und den Menschen plötzlich bestürmt und eingeengt. Klaustrophobie, erkannte er. Wie in der Grundschule, wenn sie uns eine überraschende Testarbeit in die Videogeräte gaben und ich feststellte, daß ich durchfallen würde. »Bitte«, sagte er nur. Er stand nun aufrecht. Alle sahen ihn an, jeder mit anderem Gesichtsausdruck. Das Gesicht des Russen war besonders mitfühlend und zeigte tiefe Besorgnis. Addison wünschte ... »Ich möchte nach Hause«, sagte er zu ihnen und kam sich albern dabei vor.

Er war betrunken. Es war schon spät in der Nacht, in einer Bar am Hollywood Boulevard; glücklicherweise war Merry Lou bei ihm, und er fühlte sich wohl; zumindest redete ihm das jeder ein. Er klammerte sich an Merry Lou. »Die große Einheit im Leben, das Wertvollste und Wichtigste, sind Mann und Frau. In ihrem vollkommenen Zusammenleben, stimmt's?«

»Ich weiß«, antwortete Merry Lou. »Das haben wir in der Schule gelernt.« Heute abend war Merry Lou, wie er es sich erbeten hatte, ganz das kleine blonde Mädchen mit dunkelroter, ausgestellter Hose, hohen Absätzen und offener, unter der Brust geknoteter Bluse. Vorher hatte sie einen Lapislazuli im Nabel getragen, doch während des Essens in Ting Hos Restaurant war er herausgefallen und verlorengegangen. Der Besitzer des Lokals hatte versprochen, weiter danach zu suchen, aber Merry Lou war traurig seitdem. Der Vorfall, so sagte sie, sei symbolisch. Wofür, sagte sie allerdings nicht. Oder er konnte sich nicht mehr daran erinnern; ja, das war es wohl. Sie hatte ihm gesagt, was es bedeutete, und er hatte es vergessen.

Ein eleganter junger Farbiger mit Afrofrisur, gestreifter Weste und breiter Krawatte hatte Addison vom Nebentisch aus schon eine Weile angestarrt. Er wollte sich offensichtlich gern an ihren Tisch setzen, getraute sich aber nicht; doch er schaute weiterhin herüber.

»Hast du schon jemals das Gefühl gehabt«, fragte Addison Merry Lou, »daß du im voraus genau gewußt hast, was geschehen ist? Was jemand gerade sagte? Wort für Wort? Bis ins kleinste Detail? Als ob du das Ganze schon einmal durchlebt hättest?«

»Das passiert doch jedem einmal«, antwortete Merry Lou. Sie nippte an einer Bloody Mary.

Der Schwarze erhob sich und kam auf sie zu. Er stand neben Addison. »Es tut mir leid, wenn ich Sie störe, Sir.«

Addison drehte den Kopf zu Merry Lou. »Jetzt sagt er gleich: ›Kenne ich Sie nicht von irgendwo? Habe ich Sie vielleicht im Fernsehen gesehen?‹«

»Genau das wollte ich sagen«, gab der Schwarze zu.

»Zweifellos haben Sie mein Bild auf Seite sechsundvierzig in der letzten Ausgabe der *Time* gesehen, unter der Rubrik ›Neue medizinische Entdeckungen‹. Ich bin dieser Arzt aus einer kleinen Stadt in Iowa, der überraschend zu Ruhm kam durch die Erfindung einer weitverbreiteten, leicht anwendbaren Kur für das ewige Leben. Verschiedene große Pharmakonzerne wetteifern schon um mein Serum.«

»Kann sein, daß ich da Ihr Bild gesehen habe«, sagte der Schwarze, doch er wirkte nicht überzeugt. Und er wirkte auch nicht betrunken; er sah Addison eindringlich an. »Darf ich mich zu Ihnen und der Dame setzen?«

»Sicher«, antwortete Addison. Jetzt bemerkte er in der Hand des Mannes den Ausweis des US-Sicherheitsdienstes, der das Projekt von Anfang an überwacht hatte.

»Mr. Doug«, sagte der Sicherheitsagent, als er sich neben Addison setzte. »Sie sollten hier wirklich Ihren Mund nicht so weit aufreißen. Wenn ich Sie erkannt habe, kann das jeder andere Idiot ebenso. Es ist alles bis zum Staatstrauertag genau festgelegt. Sie verstoßen praktisch gegen eine Regierungsanordnung, indem Sie hier sind, ist Ihnen das klar? Ich sollte Sie einlochen. Aber die Lage ist kompliziert, wir wollen nichts Unüberlegtes tun, keine Szene machen. Wo sind Ihre beiden Kollegen?«

»Bei mir zu Hause«, antwortete Merry Lou. Sie hatte seinen Ausweis offensichtlich nicht gesehen. »Hören Sie zu«, sagte sie scharf zu dem Agenten, »warum verschwinden Sie nicht? Mein Mann hat Schreckliches hinter sich, und dies ist die einzige Chance, daß er es bewältigen kann.«

Addison betrachtete den Mann. »Ich wußte, was Sie sagen würden, noch ehe Sie herübergekommen sind.« Wort für Wort, dachte er. Ich habe recht, und Benz hat unrecht; das Ganze wird sich immer wieder abspielen.

»Vielleicht«, sagte der Sicherheitsbeamte, »kann ich Sie veranlassen, freiwillig in Miß Hawkins' Wohnung zurückzukehren. Wir haben eine Mitteilung ...« – er tippte auf seinen winzigen Ohrhörer in seinem rechten Ohr –, »die vor wenigen Minuten durchkam, an Sie weiterzugeben, wenn wir Sie finden, es ist dringend.«

»Ich weiß«, sagte Addison.

»Sie meinen, sie hätten einen ersten Anhaltspunkt. Einer von Ihnen muß bei der Rückkehr etwas mitgebracht haben. Irgend etwas aus der ZPA, entgegen allem, was man Ihnen im Training vor dem Start beigebracht hat.«

»Lassen Sie mich eine Frage stellen«, bat Addison Doug. »Angenommen, jemand sieht mich hier. Angenommen, jemand erkennt mich. Was ist denn dann?«

»Die Leute glauben, daß der Wiedereintritt mißlungen ist, daß Projekt insgesamt jedoch, also das erste amerikanische Zeitreiseunternehmen, erfolgreich verlaufen sei. Drei US-Temponauten wurden hundert Jahre in die Zukunft geschleudert – also doppelt so weit wie die Russen im vergangenen Jahr. Daß es in Wirklichkeit nur eine Woche war, wird einen geringeren Schock für sie bedeuten, wenn sie glauben, daß Sie drei sich absichtlich entschieden haben, wieder zu erscheinen, weil Sie dabeisein wollten, sich verpflichtet fühlten, dabeizusein . . .«

»Weil wir an der Parade teilnehmen wollten«, unterbrach ihn Addison. »Gleich zweimal.«

»Sie werden an dem dramatischen und düsteren Schauspiel Ihrer eigenen Beerdigung teilnehmen müssen und dabei von den aufmerksamen Kamerateams aller bedeutenden Sender aufgenommen werden. Glauben Sie mir, Mr. Doug, es hat eine ansehnliche Menge planerischer Vorbereitung und Geld gekostet, diese mißliche Situation halbwegs zu bewältigen, haben Sie Vertrauen zu uns, glauben Sie mir. So wird dem Publikum alles leichter verdaulich sein, und das ist von höchstem Interesse, wenn die USA jemals eine neue Zeitreise starten sollten. Und genau das wollen wir doch schließlich alle.«

Addison Doug starrte ihn an. »Was wollen wir alle?«

Der Sicherheitsbeamte fühlte sich sichtlich unbehaglich. »Weitere Zeitreisen unternehmen. So wie Sie es getan haben. Bedauerlicherweise können Sie selbst es nicht mehr, da es diese unglückliche Implosion gab und Sie drei umgekommen sind. Andere Temponauten hingegen . . .«

»Was wollen wir alle? Das wollen wir?« Addison hob die Stimme; nun sahen schon Leute von den Nebentischen herüber. Sie waren nervös.

»Gewiß«, antwortete der Beamte. »Und sprechen Sie gefälligst etwas leiser.«

»*Ich* will das bestimmt nicht«, sagte Addison. »Ich will, daß Schluß ist. Schluß für immer. Nur in der Erde liegen, im Staub mit all den anderen. Keine Sommer mehr sehen … beziehungsweise immer denselben Sommer.«

»Einen gesehen, alle gesehen«, krächzte Merry Lou hysterisch. »Ich glaube, er hat recht, Addi, wir wollten hier weggehen. Du hast zuviel getrunken, und es ist schon spät, und dann noch die ganzen Neuigkeiten …«

»Was haben wir mitgebracht?« unterbrach Addison sie. »Wieviel Extramasse?«

»Die vorläufige Analyse ergab«, erklärte der Sicherheitsbeamte, »daß Maschinenteile von ungefähr hundert Pfund Gewicht in das Zeitfeld des Moduls gezerrt und mitgenommen wurden. Die beachtliche Masse …« Der Agent hob die Schultern. »Das hat die Kammer auf der Stelle in die Luft gejagt. Sie konnte so viel Masse mehr im Vergleich zum Start nicht kompensieren.«

»Mann!« entfuhr es Merry Lou, die mit großen Augen zugehört hatte. »Vielleicht hat euch einer eine Quadrofonanlage für einen Dollar neunzig einschließlich Hundert-Watt-Lautsprecherboxen und Gesamtausgabe von Neil-Diamond-Platten angeboten, und ihr konntet nicht widerstehen.« Sie versuchte zu lachen, doch der Versuch scheiterte kläglich; Tränen stiegen ihr in die Augen. »Addi«, flüsterte sie, »es tut mir leid. Aber es ist wie eine Bestimmung. Ich meine, so absurd. Ihr wart doch alle über eure zulässige Rückkehrmasse instruiert, nicht wahr? Ihr durftet dem ja nicht einmal ein Blatt Papier hinzufügen. Ich habe sogar gesehen, wie Dr. Fein die Gründe im Fernsehen erklärte. Und da soll einer von euch einen Hundert-Pfund-Koloß in das Feld gehievt haben? Das zu tun, wäre ja einer Selbstzerstörung gleichgekommen!« Die Tränen liefen ihr die Wangen hinunter; eine rollte die Nase hinab und blieb an der Nasenspitze hängen. Er streckte automatisch die Hand aus, um sie wegzuwischen, so als tröste er ein kleines Mädchen und nicht eine Erwachsene.

»Ich werde Sie zu dem Untersuchungslabor bringen«, sagte der Beamte und erhob sich. Er und Addison halfen Merry Lou auf die Beine; sie wankte, als sie einen Augenblick stehenblieb, um ihre Bloody Mary auszutrinken. Addison machte sich schwere Sorgen um sie; dann war auch das ganz plötzlich vorbei. Er fragte sich, warum. Selbst das kann einem zuviel werden, vermutete er. Sich um jemanden zu sorgen. Wenn es zu lange geht – immer und ewig. Und zuletzt würde man sogar noch danach etwas erleiden, was niemand zuvor, nicht einmal Gott selbst, hatte erleiden müssen, und würde letztlich, in drei Teufels Namen, diesem Leiden erliegen.

Während sie durch die dichtbesetzte Bar dem Ausgang zuschritten, wandte sich Addison Doug erneut an den Sicherheitsbeamten. »Wer von uns dreien …?«

»Sie wissen, wer«, antwortete der Beamte und hielt Merry Lou die Tür auf. Er stand nun hinter Addison und gab dem grauen Dienstwagen ein Zeichen, in die rote Parkzone vorzufahren.

»War ich es?« fragte Addison Doug.

»Das können Sie wohl annehmen«, entgegnete der Sicherheitsbeamte.

Der Trauerzug bewegte sich mit qualvoller Feierlichkeit die Pennsylvania Avenue hinunter, drei fahnenbedeckte Särge und ein Dutzend schwarzer Limousinen fuhren zwischen den Reihen der dunkel gekleideten, fröstelnden Trauergäste hindurch. Es war ein Tag, da der Nebel tief zwischen den Häusern hing, die grauen Konturen der Gebäude verschwammen in der regenfeuchten Trübnis des Washingtoner Märztages.

Mit prüfendem Blick durch sein Fernglas auf den voranfahrenden Cadillac thronte Starnachrichtensprecher und Fernsehkommentator Henry Cassidy vor seinem riesigen unsichtbaren Publikum, »… traurige Erinnerungen an jenen früheren Trauerzug, der den Sarg Abraham Lincolns durch die Weizenfelder zur Beerdigung in die Hauptstadt der Nation brachte. Wie sehr paßt heute das Wetter mit der dichten Wolkendecke und den Regenschauern zu dem traurigen Tag!« Auf seinem Monitor sah er, wie die Teleobjektive auf den vierten Cadillac zielten, der jenem mit den Särgen der drei toten Temponauten folgte.

Sein Techniker tippte ihm auf den Arm.

»Wir haben nun drei fremde Gesichter im Bild. Ich weiß nicht, wer die Männer sind«, sagte Henry Cassidy in sein Halsmikrofon und nickte zur Unterstreichung seiner Worte. »Bis jetzt kann ich sie immer noch nicht ausmachen. Hast du sie von deinem Standort aus besser im Bild, Everett?« fragte er seinen Kollegen und drückte auf den Knopf, der anzeigte, daß Everett Branton die Kommentierung übernehmen sollte.

»Tja, Henry«, antwortete Branton, dessen Stimme wachsende Erregung ausdrückte, »ich glaube, wir sind momentan Augenzeuge, wie die drei amerikanischen Temponauten sich während ihrer historischen Reise in die Zukunft zeitweilig uns zeigen ...«

»Heißt das«, unterbrach Cassidy, »daß jemand eine Lösung gefunden hat zur Rettung ...«

»Ich fürchte, nein, Henry«, antwortete Branton mit langsamer, bedauernder Stimme. »Zu unserer völligen Überraschung sind wir vielmehr Augenzeuge des ersten augenfälligen Einblicks der westlichen Welt in – wie es die Techniker bezeichnen – die Zeitphasenaktivität.«

»Ah, ja, die ZPA«, bestätigte Cassidy fröhlich, wie es nun das Orientierungspapier der Bundesbehörden vorschrieb, das man ihm vor der Sendezeit ausgehändigt hatte.

»Richtig, Henry. Im Gegensatz dazu, wie es auf den ersten Blick den Anschein haben könnte, sind dies nicht, ich sagte *nicht*, unsre drei tapferen Temponauten, wie wir sie kennen ...«

»Jetzt verstehe ich, Everett«, fiel Cassidy ihm aufgeregt ins Wort, da er im amtlichen Skript las: CASS. FÄLLT IHM AUFGEREGT INS WORT. »Unsre drei Temponauten haben im Augenblick ihre historische Reise in die Zukunft ausgesetzt, die, wie wir glauben, einen Zeitraum von hundert Jahren umfassen sollte ... Es scheint, als hätten die überwältigende Trauer und das Drama dieses unvorhergesehenen Trauertages sie veranlaßt ...«

»Entschuldige die Unterbrechung, Henry«, sagte Everett

Branton, »aber da der Zug auf seinem langen Weg gerade angehalten hat, glaube ich, daß wir vielleicht ...«

»Nein!« rief Cassidy, da man ihm gerade einen Zettel mit
flüchtig hingekrakelter Schrift zureichte, auf dem stand: *Tem-
pon. nicht interviewen. Dringend. Anweis. hinfäll.* »Ich glaube
kaum, daß wir die Möglichkeit dazu haben ...«, fuhr er fort,
»kurz mit den Temponauten Benz, Crayne und Doug zu
sprechen, wie du, Everett gehofft hattest. Wie wir es schließlich
alle gehofft hatten.« Er riß den Mikrofonausleger, der schon auf
den stillstehenden Cadillac zugeschwenkt war, heftig zurück.
Cassidy schüttelte wild den Kopf in Richtung des Tontechnikers
und Kameramanns.

Als Addison bemerkte, daß das Mikrofon auf sie zuschwebte, stand er im Fond des offenen Cadillacs auf. Cassidy stöhnte.
Er will sprechen, dachte er bei sich. Haben sie denn *ihm* keine
Anweisungen erteilt? Warum bin ich denn der einzige, den sie
informiert haben?

Nun schossen Mikrofonausleger anderer TV- und Rundfunk-
reporter zu Fuß hinzu, die ihre Mikrofone den drei Temponauten, besonders Addison Doug, vors Gesicht hielten. Doug
setzte schon zum Sprechen an, um auf eine Frage zu antworten,
die ihm ein Journalist zugerufen hatte. Da sein Mikrofon nicht
aufnahm, konnte Cassidy weder die Frage noch Dougs Antwort
hören. Widerwillig gab er Zeichen, daß man es einschalte.

»... zuvor«, sagte Doug gerade laut.

»Wie meinen Sie das: ›Das hatten wir alles schon einmal zuvor‹?« fragte der Radioreporter, der bei dem Wagen stand.

»Ich meine«, erklärte US-Temponaut Addison Doug mit
rotem, angespanntem Gesicht, »daß ich schon x-mal an diesem
Fleck gestanden habe, x-mal geredet habe, daß Sie alle schon
x-mal diese Parade und unseren Tod beim Wiedereintritt gesehen haben, daß dies ein geschlossener Zyklus abgegrenzter
Zeit ist, der durchbrochen werden muß.«

»Suchen Sie«, schnatterte ein anderer Reporter zu Addison
Doug seine Frage herunter, »nach einer Lösung für das Wieder-
eintrittsimplosionsdesaster, die rückwärtig anzuwenden wäre,
so daß, wenn Sie in die Vergangenheit zurückkehren, Sie die

Panne korrigieren und die Tragödie verhindern können, die Ihnen das Leben gekostet hat, ich meine, Sie drei noch kosten wird?«

»Ja, das tun wir«, antwortete Temponaut Benz.

»Wir versuchen die Ursache der heftigen Implosion zu ergründen und sie auszuschalten, ehe wir zurückkehren«, fügte Temponaut Crayne hinzu und nickte bekräftigend. »Wir haben schon herausgefunden, daß aus unbekannten Gründen eine Masse von fast hundert Pfund verschiedener Volkswagenersatzteile einschließlich Zylinder, Motorhauben und ...«

Das ist ja schlimm, dachte Cassidy. »Das ist erstaunlich!« rief er laut in sein Halsmikrofon. »Die bereits tragisch ums Leben gekommenen US-Temponauten haben mit einer Entschlossenheit, die nur der strengen Ausbildung und Disziplin, der sie unterworfen waren ... Vor einiger Zeit fragten wir uns, warum, nun wissen wir genau, warum ... Sie haben bereits den mechanischen Fehler analysiert, der offensichtlich ihren Tod verursacht hat, und haben mit den Laboruntersuchungen zur Durchsicht und Ausschaltung dieser Fehler begonnen, so daß sie ihr ursprünglich geplantes Unternehmen durchführen und ohne Mißgeschick zurückkehren können.«

»Man stellt sich die Frage«, murmelte Branton in den Äther und in seine Feedback-Kopfhörer, »welche Folgen diese Abwandlung der jüngsten Vergangenheit haben wird. Wenn beim Wiedereintritt *keine* Implosion stattfindet und sie *nicht* umkommen, werden sie nicht – ja, das alles ist zu kompliziert für mich, all diese Zeitparadoxa, die Dr. Fein vom Zeitextrusionslabor in Pasadena uns so oft geduldig und umfassend erklärt hat.«

In allen Arten von funktionstüchtigen Mikrofonen sprach nun wieder mit ruhigerer Stimme Addison Doug. »Wir brauchen die Ursachen der Implosion beim Wiedereintritt nicht auszuschalten. Die einzige Möglichkeit für uns, aus dieser Falle herauszukommen, ist zu sterben. Der Tod ist die einzige mögliche Lösung für uns drei.« Er wurde unterbrochen, da die Kolonne von Cadillacs sich wieder in Bewegung setzte.

Während Henry Cassidy sofort sein Mikro ausschaltete, sagte er zu seinem Kameramann: »Hat er den Verstand verloren?«

»Das wird uns die Zeit erweisen«, antwortete sein Kameramann mit fast unhörbarer Stimme.

»Ein historischer Augenblick in der Entwicklungsgeschichte der Zeitreisen in den Vereinigten Staaten!« Cassidy sprach nun in sein Live-Mikrofon. »Nur die Zeit wird erweisen – wenn Sie mir diese nachlässige Formulierung verzeihen –, ob Temponaut Dougs düstere Ausführungen, die ihm spontan entfuhren in einem Augenblick überwältigenden Schmerzes, wie er uns in geringerem Maße alle bewegt, die Worte eines von Kummer erfüllten Mannes oder eine zutreffende Einsicht in das makabre Dilemma sind, das theoretisch, wie wir alle wissen, jedes Zeitreiseunternehmen, sei es unseres oder eines der Russen, ereilen und mit seinem tödlichen Atem vereiteln kann.«

Hier unterbrach er für einen Werbespot.

»Wißt ihr«, murmelte Brantons Stimme ihm ins Ohr, nur für den Kontrollraum und ihn, nicht fürs Publikum vernehmbar, »wenn er recht hat, sollten sie die armen Teufel wirklich sterben lassen.«

»Sie sollten sie in Frieden lassen«, stimmte Cassidy zu. »Mein Gott, stell dir vor, so wie Doug aussah und redete, er hätte das tausend Jahre und mehr durchgespielt! Um nichts in der Welt wollte ich in seinen Schuhen stecken.«

»Ich wette mit dir fünfzig Flöhe«, sagte Branton, »daß sie das alles schon mal erlebt haben. Schon viele Male.«

»Wir dann doch aber auch«, fügte Cassidy stirnrunzelnd hinzu.

Nun fiel Regen. Die aufgereihten Trauergäste glänzten. Ihre Gesichter, ihre Augen, selbst ihre Kleider – alles schimmerte von den feuchten Widerspiegelungen des gebrochenen, diffusen, strahlenden Lichts, als der Abend dämmerte und sich graue Schwaden über alles legten.

»Sind wir im Bild?« fragte Branton.

Wer weiß, dachte Cassidy. Er wollte, der Tag wäre schon vorüber.

Der sowjetische Chrononaut N. Gauki hob leidenschaftlich beide Hände und sprach über den Tisch hinweg mit den Amerikanern; seine Stimme erweckte den Eindruck außerordentlicher Dringlichkeit. »Ich trage Ihnen meine eigene Meinung und die meines Kollegen Plenja vor, der für seine Pioniertaten in der Zeitreise zum Helden der Sowjetunion ernannt wurde. Sie basiert sowohl auf unseren eigenen Erfahrungen als auch auf dem theoretischen Material, das in Ihren akademischen Kreisen sowie in der Sowjetischen Akademie der Wissenschaften der UdSSR erarbeitet wurde. Wir glauben, daß die Befürchtungen von Temponaut Doug begründet sein können. Und die vorsätzliche Vernichtung seiner selbst und seiner Teamkameraden beim Wiedereintritt durch die Mitnahme einer Anzahl Autoteile aus der ZPA, womit er seine Befehle mißachtet hat, sollte als Verzweiflungstat eines Menschen angesehen werden, der keine andere Fluchtmöglichkeit mehr hat. Natürlich liegt die Entscheidung ganz bei Ihnen. Wir haben in dieser Angelegenheit nur beratende Funktion.«

Addison Doug spielte auf der Tischplatte mit seinem Feuerzeug.

Es summte ihm in den Ohren, und er fragte sich, was das zu bedeuten habe. Das Geräusch war elektronischer Herkunft. Vielleicht sind wir wieder im Modul, dachte er. Doch er nahm es nicht wahr; er empfand die reale Anwesenheit der Menschen um sich herum, den Tisch, das blaue Plastikfeuerzeug zwischen seinen Fingern. Während des Wiedereintritts Rauchen im Modul verboten, dachte er. Er steckte das Feuerzeug sorgsam in seine Tasche.

»Trotzdem haben wir keine konkreten Beweise finden können«, sagte General Toad, »daß hier eine geschlossene Zeitschleife entstanden ist. Wir haben nur die subjektiven Ermüdungsgefühle von Mr. Doug. Nur seine Annahme, dies alles wiederholte Male durchlebt zu haben. Wie er selbst sagt, ist dieses Empfinden sehr wahrscheinlich psychischer Natur.« Er wühlte wie ein Schwein in den Papieren vor ihm. »Ich habe hier einen Report für den internen Gebrauch, den vier Psychiater über seine psychische Verfassung erstellt haben. Obwohl er ungewöhnlich willensstark ist, weist er eine Tendenz zur Zyklothymie auf, die in akuter Depression kulminieren kann. Dies wurde selbstverständlich lange vor dem Start in Betracht gezogen, aber man nahm an, daß die Frohnaturen der beiden anderen des Teams dies im Endeffekt ausgleichen würden. Wie dem auch sei, momentan ist diese depressive Tendenz in ihm außerordentlich stark.« Er hielt den Papierbogen hoch in die Luft, doch keiner am Tisch wollte ihn abnehmen. »Trifft es nicht zu, Dr. Fein«, sagte er, »daß ein deprimierter Mensch die Zeit auf eine besondere Weise wahrnimmt, wie einen Kreislauf, Zeit die sich immer wiederholt, nirgendwo hinführt, immer nur im Kreis? Die betroffene Person wird so psychopathisch, daß sie sich weigert, die Vergangenheit als abgeschlossen zu betrachten, sie geht sie in ihrem Kopf immer wieder durch.«

»Aber sehen Sie«, entgegnete Dr. Fein, »diese subjektive Empfindung, gefangen zu sein, ist vielleicht das einzige, was uns zur Verfügung steht, falls eine Zeitschleife entstanden ist.« Er war der Physiker, dessen Arbeiten die theoretische Grundlage des Projekts geliefert hatten.

»Der General«, warf Addison Doug ein, »redet von Dingen, die er nicht versteht.«

»Ich habe das Wort, das ich nicht kannte, nachgeschlagen«, rechtfertigte sich General Toad. »Die psychiatrischen Fachausdrücke ... ich weiß, was sie bedeuten.«

Benz wandte sich an Addison Doug. »Wo hast du die ganzen VW-Teile hergekriegt, Addi?«

»Ich hab' sie doch noch gar nicht.«

»Wahrscheinlich im erstbesten Schrotthaufen aufgelesen, den er zu fassen bekam«, sagte Crayne. »Was ihm in den Weg geriet, ehe wir die Zeitreise antraten.«

»Antreten werden«, berichtigte Addison Doug.

»Hier sind meine Instruktionen an Sie«, sagte General Toad. »Es ist Ihnen untersagt, eine Panne oder Implosion oder einen Maschinenschaden während des Wiedereintritts zu verursachen, sei es durch Mitnahme von Zusatzmasse oder irgendeine andere Methode, die Ihnen in den Sinn kommt. Sie haben den Befehl, wie geplant zurückzukehren, so wie Sie es mehrfach bei den vorangegangenen Simultanproben getan haben. Dies gilt vor allem Ihnen, Mr. Doug.« Das Telefon zu seiner Rechten summte. Er runzelte die Stirn, nahm den Hörer ab. Eine Weile verstrich, dann seufzte er tief und knallte heftig den Hörer auf.

»Sie haben anderslautende Anweisungen«, vermutete Dr. Fein.

»Ja, richtig«, bestätigte General Toad. »Und ich muß sagen, daß ich diesmal persönlich froh darüber bin, denn meine Entscheidung war unerfreulich.«

»Dann können wir alles für die Implosion beim Wiedereintritt vorbereiten«, stellte Benz nach einem Moment fest.

»Diese Entscheidung sollten Sie selbst treffen«, sagte General Toad. »Schließlich geht es um Ihr Leben. Es bleibt völlig Ihnen überlassen. Ganz wie Sie wollen. Wenn Sie überzeugt sind, sich in einer geschlossenen Zeitschleife zu befinden, und Sie glauben, daß eine heftige Implosion beim Wiedereintritt sie aufbrechen könnte . . .«

Er verstummte, als Temponaut Doug aufstand. »Wollen Sie noch eine Rede halten, Doug?« fragte er.

»Ich möchte nur allen Beteiligten danken, daß sie die Entscheidung uns überlassen.« Er sah mit verstörtem und kummervollem Gesicht alle an, die um den Tisch saßen. »Ich bin wirklich froh darüber.«

»Weißt du«, sagte Benz langsam, »uns in die Luft zu jagen vergrößert in keiner Weise die Chance, die geschlossene Schleife zu durchbrechen. In Wirklichkeit könnte es sie erst verursachen, Doug.«

»Nicht, wenn wir alle dabei umkommen«, meinte Crayne.

»Also bist du Addis Ansicht?« fragte Benz.

»Tot ist tot«, konstatierte Crayne. »Ich habe es gegeneinander abgewogen. Gibt es eine sichere Methode, uns hier rauszukriegen? Wenn wir doch tot sind? Welche andere Möglichkeit wäre das?«

»Daß Sie in gar keiner Schleife sind«, erwog Dr. Fein.

»Aber wir können drin sein«, beharrte Crayne.

Doug stand immer noch, als er sich an Crayne und Benz wandte. »Könnten wir Merry Lou in unsere Beschlußfassung einbeziehen?«

»Warum?« fragte Benz.

»Ich glaube, ich kann keinen klaren Gedanken mehr fassen«, meinte Doug. »Merry Lou kann mir helfen. Ich verlasse mich auf sie.«

»Sicher«, sagte Crayne, und Benz nickte ebenfalls.

General Toad sah sturen Blicks auf seine Armbanduhr. »Meine Herren, unsere Diskussion ist beendet.«

Der sowjetische Chrononaut Gauki nahm seine Kopfhörer und sein Halsmikrofon ab und trat eilig auf die drei US-Temponauten zu; er sagte offensichtlich etwas auf russisch, aber keiner von ihnen konnte es verstehen. Sie gingen gemeinsam mit düsteren Mienen hinaus.

»Meiner Ansicht nach bist du verrückt, Addi«, gestand Benz. »Aber es sieht so aus, als sei ich jetzt in der Minderheit.«

»Wenn er *tatsächlich* recht hat«, sagte Crayne, »wenn – eins zu einer Milliarde – wir wirklich immer wieder zurückkommen, dann würde es das rechtfertigen.«

»Können wir jetzt zu Merry Lou?« fragte Addison Doug. »Vielleicht fahren wir hinüber in ihre Wohnung.«

»Sie wartet draußen«, sagte Crayne.

General Toad folgte ihnen hastig, offenbar in der Absicht, noch eine Erklärung abzugeben. »Wissen Sie, was die Entwicklung letztlich so bestimmt hat, wie sie nun eingetreten ist? Das war die öffentliche Reaktion auf Ihr Erscheinen und Ihr Auftreten bei den Beisetzungsfeierlichkeiten. Die Berater vom Nationalen Sicherheitsrat sind zu der Anschauung gelangt, daß die Öffentlichkeit genau wie Sie ziemlich fest davon überzeugt ist, daß es mit Ihnen ein Ende haben muß. Für sie ist es eine größere Erleichterung, zu wissen, daß man Sie von Ihrer Aufgabe entbunden hat, als daß das Projekt gerettet und der Wiedereintritt perfekt ablaufen könnte. Ich glaube, Sie haben wirklich einen bleibenden Eindruck hinterlassen, Doug. Mit diesem jämmerlichen Gewinsel.« Dann ging er weg und ließ die drei allein stehen.

»Vergiß ihn«, sagte Crayne zu Addison Doug. »Vergiß alle von seiner Sorte. Wir haben getan, was wir tun mußten.«

»Merry Lou wird mich aufklären«, meinte Doug. »Sie wird wissen, was zu tun ist, was richtig ist.«

»Ich gehe sie holen«, schlug Crayne vor, »dann fahren wir vier irgendwohin, vielleicht zu ihr nach Hause, und beschließen, was wir tun wollen. Einverstanden?«

»Danke.« Addison nickte ihm zu; er sah sich suchend nach ihr um und fragte sich, wo sie geblieben sei. Im Nebenzimmer vielleicht; oder irgendwo in der Nähe. »Das kann ich leiden«, sagte er.

Benz und Crayne warfen sich einen Blick zu. Er bemerkte es, wußte aber nicht, was es zu bedeuten hatte. Er wußte nur, daß er jemanden brauchte, Merry Lou vor allem, die ihm behilflich sein konnte, die Situation zu begreifen. Und zu sagen, was zu erledigen wäre, um zum Ende zu kommen.

Merry Lou fuhr sie im Norden von Los Angeles auf der Superschnellspur der Autobahn in Richtung Ventura, dann landeinwärts nach Ojai. Die vier sprachen sehr wenig. Merry Lou fuhr gut, wie immer; Addison Doug, der sich an sie lehnte, fühlte sich vorübergehend entspannt.

»Nichts ist schöner, als sich von einem netten Mädchen spazierenfahren zu lassen«, sagte Crayne, nachdem sie viele Meilen schweigsam zurückgelegt hatten.

»Es ist ein vornehmes Gefühl«, murmelte Benz zustimmend, »wenn eine Frau fährt. Als wenn alter Adel chauffiert wird.«

»Bis sie in was reinfährt«, sagte Merry Lou. »In irgendein großes, langsames Ding.«

»Als du mich beobachtet hast, während ich mich zu deinem Haus hochschleppte ... den Weg mit dem Rotholzbelag hinauf. Was hast du da gedacht? Sag's mir ehrlich.«

»Du hast ausgesehen«, antwortete das Mädchen, »als wärst du diesen Weg schon viele Male gegangen. Du sahst erschöpft und müde aus, als ob du ... gerne sterben würdest. Endlich sterben.« Sie zögerte. »Es tut mit leid, aber genau so sahst du aus, Addi. Ich dachte bei mir, er kennt den Weg zu gut.«

»Als ob ich ihn zu viele Male zurückgelegt hätte.«

»Ja.«

»Also plädierst du für die Implosion.«

»Nun ...«

»Sei ganz ehrlich zu mir!«

»Dreh dich um zum Rücksitz, da ist eine Schachtel auf dem Boden.«

Mit einer Taschenlampe aus dem Handschuhfach inspizierten die drei Männer die Schachtel. Voll Furcht erkannte Addison Doug ihren Inhalt. VW-Motorteile, rostige, alte Motorteile. Sie waren noch ölverschmiert.

»Ich hab' sie hinter einer Garage in der Nähe von meinem Haus gefunden«, sagte Merry Lou. »An der Straße nach Pasadena. Das war der erste Schrott, den ich fand, der aussah, als sei er schwer genug. Ich habe im Fernsehen gehört, wie sie beim Start erzählt haben, daß alles über fünfzig Pfund ...«

»Das wird's schon tun«, vermutete Addison. »Es hat es getan.«

»Dann ist es ja wohl unnötig, zu Ihnen zu fahren«, sagte Crayne zu Merry Lou. »Die Entscheidung ist gefallen. Wir können genausogut Richtung Süden fahren zum Modul. Und alles vorbereiten, um aus der ZPA zu kommen. Und zum Wiedereintritt.« Seine Stimme klang dumpf und gleichzeitig spitz. »Danke für Ihre Entschiedenheit.«

»Ihr seid alle so erschöpft«, erklärte sie.

»Ich nicht«, widersprach Benz. »Ich bin sauer. Höllisch sauer.«

»Auf mich?« fragte Addison Doug.

»Ich weiß nicht«, gestand Benz. »Es ist einfach ... höllisch.« Er verfiel in brütendes Schweigen. Er saß verkrümmt, stumpfsinnig und träge, so weit wie möglich von den anderen im Wagen weggerückt.

Beim nächsten Autobahnkreuz bogen sie nach Süden ab. Ein Gefühl des Befreitseins schien sie nun zu erfüllen, und Addison Doug spürte einen Teil seiner Müdigkeit weichen.

Aus den Ruftonempfängern an den Handgelenken der drei Männer drang der Summton; alle schraken zusammen.

»Was hat das zu bedeuten?« fragte Merry Lou und nahm den Fuß vom Gaspedal.

»Wir sollen uns so schnell wie möglich telefonisch bei General Toad melden«, erklärte Crayne und wies mit dem Zeigefinger zum Fenster hinaus. »Da vorn ist eine Tankstelle. Nehmen Sie die nächste Ausfahrt, Miß Hawkins. Von dort aus können wir telefonieren.«

Einige Minuten später brachte Merry Lou ihren Wagen vor der Telefonzelle zum Stehen. »Hoffentlich keine schlechten Neuigkeiten«, sagte sie.

»Ich rede mit ihm«, bot sich Doug an und stieg aus. Schlechte Neuigkeiten, dachte er in gequälter Belustigung. Wie schlecht denn noch? Er schritt steif zur Telefonzelle hinüber, trat ein, schloß die Tür hinter sich, warf eine Münze ein und wählte die vorwahlfreie Nummer.

»Tja, ich habe Neuigkeiten für Sie!« rief General Toad, nachdem die Telefonistin ihn verbunden hatte. »Wir können Ihnen Gutes mitteilen. Einen Augenblick – ich gebe Ihnen Dr. Fein, er soll es Ihnen selbst sagen. Ihm glauben Sie eher als mir.« Es klickte ein paarmal, dann ertönte Dr. Feins piepsige, präzise, lehrerhafte Stimme, doch klang sie aus Eindringlichkeit kraftvoller als gewöhnlich.

»Was gibt's für schlechte Neuigkeiten?« fragte Addison.

»Nicht notwendigerweise schlecht«, entgegnete Dr. Fein. »Ich habe seit unserem Gespräch noch ein paar Berechnungen durchlaufen lassen, und es scheint – ich meine, es ist statistisch wahrscheinlich, wenn natürlich immer noch nicht als sicher erwiesen –, daß Sie recht haben, Addison. Sie befinden sich in einer Zeitschleife.«

Addison Doug atmete heftig aus. Du alter selbstherrlicher Idiot, dachte er. Vermutlich hast du es schon die ganze Zeit gewußt.

»Nichtsdestotrotz«, sagte Dr. Fein aufgeregt und stammelte nur ein wenig, »habe ich auch errechnet – wir haben es alle zusammen getan, viele von der TH Kalifornien –, daß die größte Wahrscheinlichkeit, die Zeitschleife zu erhalten, bei einer Implosion beim Wiedereintritt besteht. Verstehen Sie, Addison? Wenn Sie alle diese rostigen VW-Teile mitnehmen und implodieren, sind Ihre statistischen Chancen größer, die

Schleife für immer aufzuziehen, als wenn Sie einfach zurück-kehren und alles klappt.«

Addison Doug schwieg.

»In der Tat, Addi ... und auf diese wichtige Sache muß ich den größten Nachdruck legen ... eine Implosion beim Wiedereintritt, besonders eine so schwere von der Art, wie sie sich abzeichnet ... verstehen Sie das alles, Addi? Können Sie mich hören? Um Himmels willen, Addi? ... *garantiert* praktisch den Abschluß einer undurchbrechbaren Schleife, so wie Sie sie annehmen, wie wir sie von Beginn an befürchtet haben.« Stille. »Addi? Sind Sie noch da?«

»Ich möchte sterben«, sagte Addison Doug müde.

»Das ist Ihre Erschöpfung von der Schleife. Gott allein weiß, wie viele Wiederholungen es für Sie drei schon gegeben hat ...«

»Nichts da.« Er wollte schon einhängen.

»Lassen Sie mich mit Benz und Crayne sprechen«, bat Dr. Fein schnell. »Bitte, bevor Sie den Wiedereintritt riskieren. Besonders mit Benz. Ich möchte besonders mit ihm reden. Bitte, Addison. Um Ihretwillen. Ihre Erschöpfung hat ...«

Er hängte den Hörer ein. Verließ die Telefonzelle, setzte mechanisch einen Fuß vor den anderen.

Als er wieder in den Wagen stieg, hörte er zwei Ruftonempfänger immer noch summen. »General Toad hat gesagt, daß das automatische Rufsignal in euren Empfängern noch eine Weile summen wird«, behauptete er. Und schloß die Wagentür hinter sich. »Fahren wir los!«

»Wollte er uns nicht sprechen?« fragte Benz.

»General Toad wollte uns nur mitteilen«, sagte Addison Doug, »daß sie eine Kleinigkeit für uns haben. Durch außerordentlichen Kongreßbeschluß werden wir für Tapferkeit ausgezeichnet oder irgend so ein Scheiß! Ein besonderer Orden, mit dem sie noch niemanden vorher ausgezeichnet haben. Posthum zu verleihen.«

»Ja, zum Teufel ... das ist die einzige Art, ihn verliehen zu bekommen«, sagte Benz.

Merry Lou begann zu weinen, als sie den Motor wieder anließ.

»Es wird eine Erleichterung sein«, sagte Crayne, als sie über die holprige Zufahrt auf die Autobahn zurückfuhren, »wenn es vorbei ist.«

Es wird nicht lange dauern, meldete sich Addison Dougs Bewußtsein. Die Empfänger an ihren Handgelenken gaben immer noch den summenden Signalton von sich.

»Die nerven uns noch zu Tode«, sagte Addison Doug. »Dieser endlose Verschleiß durch die verschiedenen bürokratischen Instanzen . . .«

Die anderen im Wagen drehten sich um und sahen ihn fragend an, mit Unbehagen, in das sich Erstaunen mischte.

»Tja«, sagte Crayne. »Diese automatischen Rufsignale sind wirklich nervtötend.« Seine Stimme klang müde. Genau so müde wie ich, dachte Addison Doug. Als ihm dies voll zu Bewußtsein gekommen war, fühlte er sich wohler. Es zeigte sich, wie recht er hatte.

Große Wassertropfen klatschten auf die Windschutzscheibe; es hatte zu regnen begonnen. Auch das gefiel ihm. Es erinnerte ihn an die erhabenste aller Erfahrungen seines kurzen Lebens: wie der Trauerzug sich langsam die Pennsylvania Avenue hinunterbewegte, an die fahnenbedeckten Särge. Er schloß die Augen, lehnte sich zurück und fühlte sich endlich wohl. Und hörte plötzlich wieder all die gramgebeugten Leute um sich herum. Und in Gedanken träumte er vom Sonderorden des Kongresses. Für Erschöpfung, dachte er. Einen fürs Müdesein.

Er sah sich im Geiste auch in anderen Paraden und in vielen Toden. Doch in Wirklichkeit waren es ein Tod und eine Parade. Langsam rollten Wagen durch die Straßen von Dallas, dann mit Dr. King . . . Er sah sich selbst immer und immer wieder zurückkehren, in seinen geschlossenen Lebenszyklus, zurück zum Staatsbegräbnis, das er und sie niemals vergessen konnten. Er würde dabeisein; sie würden immer dabeisein; so mußte es immer bleiben, und jeder von ihnen würde wieder und immer wieder zurückkehren. An den Ort und den Augenblick, den sie suchten. Zu dem Ereignis, das ihnen allen am meisten bedeutete.

Dies war sein Geschenk an sie, an das Volk, an sein Land. Er

hatte der Welt eine wundervolle Last auferlegt. Das furchtbare
und ermüdende Wunder des ewigen Lebens.

Verein der Freunde des Fusels

Der (technische) Erfolg von Simpsons Abstecher ins Jahr 2010 ermutigte die Regierung, ähnliche Experimente zu den verschiedensten Zeitzielen ausführen zu lassen. Auf diese Art erhielten wir einige merkwürdige und gelegentlich alarmierende Informationen; ich denke da weniger an die Politik, denn an die Entwicklung auf dem Gebiet des Trinkens.

Ein Beispiel: Ich möchte die Gelegenheit wahrnehmen und jedem jungen Menschen, der eine hohe Lebenserwartung und einen Hang zu Faßbier besitzt, empfehlen, so viel davon zu trinken, wie er nur kann – und so lange er kann, denn ab dem Jahr 2016 wird es nicht mehr erzeugt werden. Außerdem fand Simpson vor etwa sechs Monaten heraus, daß in der Welt des Jahres 2045 fast genau ein Drittel aller Todesfälle – oder nahezu ebensoviele wie Verkehrsunfälle und Selbstmorde zusammengenommen – auf das Konto des Alkoholismus und seiner Folgeerkrankungen gehen wird. Ganz allgemein wurde dies dem Umstand zugeschrieben, daß ab dem Jahr 2039 Weine und Spirituosen auf den Markt gebracht wurden, die frei waren von allen Kater verursachenden Elementen und selbst unter den härtesten Testbedingungen dennoch nicht unterscheidbar von ihren unbehandelten Gegenstücken – ein Durchbruch der Biochemotechnologie, dessen Gelingen der Mensch in geradezu aufreizender Weise bereits seit der Zeit nahe gewesen war, als ich meine ersten Bierkrüge leerte.

Jedenfalls zeigte sich durch einen glücklichen Zufall die Regierung plötzlich daran interessiert, den Ausgang der Präsidentschaftswahl des Jahres 2048 in den Vereinigten Staaten zu erfahren, und so reiste Simpson eben in dieses Jahr und brachte Neuigkeiten mit – nicht nur vom unmittelbar bevorstehenden

Einzug des siegreichen Rosenkreuzer-Kandidaten ins Schwarze Haus, sondern auch vom rigorosen Verbot der neuen Getränkeherstellung und all dessen, was damit im Zusammenhang stand. Nach einer vorsichtigen Bezugnahme auf das Thema während einer Konversation hatte sich Simpson glücklich geschätzt, unbeschädigt der Bar des Traveller's Club entkommen zu sein.

Dann wurde einige Zeit die Erforschung der entfernteren Zukunft durch unsere Abteilung von einer hartnäckigen Störung des TIOPEPE blockiert, wobei die Projektionsschaltkreise bei ungefähr 83,63 Jahren nach der jeweiligen Gegenwart blockierten. Dann, an einem Tag des Jahres 1974, brachte ein Genieblitz von Rabaiotti die Dinge wieder ins rechte Lot, und innerhalb einer Woche befand sich Simpson im Jahr 2145. Wie gewöhnlich waren wir alle im Labor, um ihn sicher wieder nach Hause zu bringen. Nachdem Schneider ihm die üblichen Beruhigungsspritzen gegeben hatte, rückte Simpson mit einigen schwerwiegenden Neuigkeiten heraus. Anläßlich einer Auseinandersetzung um Spionageflüge über den Monden des Saturn waren Wales und Mars – die beiden Hauptmächte der Inneren Planeten zu dieser Zeit – einander in die Haare geraten und hatten einen sonnensystemweiten Atomkrieg im Jahr 2101 entfacht. Die halbe Venusoberfläche und Gebiete von der Größe Europas auf der Erde waren faktisch ausradiert.

Nachdem Simpson zu Ende gesprochen hatte, war Rabaiotti der erste, der das Wort ergriff. »Na, jedenfalls zu weit in der Zukunft, um auch nur unsere Urenkel zu berühren«, stellte er fest.

»Das ist schon richtig. Aber was für Aussichten!«

»Jaja«, sagte ich.

»Hat keinen Sinn, deswegen Trübsal zu blasen, Baker«, meinte der Direktor. »Wir können es nicht ändern. Noch eine halbe Stunde bis zur Konferenz – erzählen Sie uns lieber, was aus den Gesöffen geworden ist!«

Simpson kratzte seine Glatze und seufzte. Ich bemerkte, daß seine Augen blutunterlaufen waren, aber das waren sie fast immer nach einem von diesen Abstechern in die Zukunft. Ein sehr gewissenhafter Alkohologe, unser guter Simpson. »Es wird Ihnen nicht gefallen.«

Es hat uns nicht gefallen.

Simpsons Landung im Jahre 2145 war ein annehmbarer Erfolg gewesen, aber es hatte einen unerklärlichen Fehler bei der Schätzung der Bodenhöhe gegeben, die eine Woche vorher von unserem jüngsten Geistesprodukt, der TIAMARIA (Temporaler Inspizierungs-, Analyse- und meteorologisch-astronomischer regionaler Interrelationsapparat) durchgeführt worden war. Dadurch materialisierte Simpson in dreieinhalb Metern Höhe und fiel heftig zu Boden – durch einen unverdienten glücklichen Zufall in ein Blumenbeet; der Sturz erschütterte ihn dennoch arg. Doch was folgte, erschütterte ihn dann noch mehr.

Durch die Rückschläge, die der Atomkrieg verursacht hatte, war Simpson die wiederaufgebaute Welt, in der er sich jetzt befand, kaum weniger vertraut als diejenigen Welten, die er bei seinen früheren, weniger weiten Ausflügen in die Zukunft vorgefunden hatte. Sein offizieller Bericht war – so beunruhigend er klang – recht schnell verfaßt, und es blieben ihm zwei Stunden, ehe ihn das Feld des TIOPEPE wieder in die Gegenwart holen würde. Er wählte ein Restaurant, das innerhalb des Aktionsradius seiner Finanzen lag (die Kameras der TIAMARIA, zusammen mit unseren Fälschern im Temporalen Schatzamt, hatten das Währungsproblem perfekt gelöst), fand einen leeren Tisch und bestellte einen Drink vor dem Essen.

»Gewiß, Sir«, sagte der Kellner. »Die marsianische Seekuhmilch ist heute ganz besonders schmackhaft. Wir haben auch eine frische Lieferung Saft fleischfressender Zitronen vom Iapetus bekommen, wenn Sie das Außergewöhnliche lieben, Sir. Sehr, äh, blutvoll, Sir.«

Simpson schluckte. »Sicher, sicher«, nickte er. »Aber ich dachte an ... nun, an etwas Stärkeres.«

Das Benehmen des Kellners erfuhr eine abrupte Änderung. »Ach, Sie meinen Alkohol«, meinte er kalt. »Manchmal frage ich mich, was noch aus dieser Stadt werden wird, ehrlich. Na gut, ich sehe nach, was ich für Sie tun kann.«

Der »Alkohol« kam auf einem Blechtablett in drei plumpen Kannen, die wie drei gleich große Stücke eines runden Kuchens arrangiert waren. Auf einer stand in Blockschrift das Wort BIEHR. Simpson goß die schmutzigbraune Flüssigkeit daraus in ein Glas. Es schmeckte wie Dünnbier, das man letzte Woche eingeschenkt und mit einem bißchen Industriealkohol versetzt hatte. Daraufhin versuchte er es mit der Kanne, auf der BOSCH-LEE stand. (Wir waren später dann einhellig der Meinung, daß es sich um eine Verballhornung des Wortes »Beaujolais« handeln mußte.) Das schmeckte wie rote Tinte mit *viel* Industriealkohol. Und zuletzt war da noch KONJAK. Industriealkohol mit einem bißchen schwarzen, kalten Tee.

Während er noch dumpf darüber nachbrütete, ob ihn ein Streich des TIOPEPE in irgendeine abgelegene Ecke der 60er Jahre des zwanzigsten Jahrhunderts verschlagen hatte, bemerkte Simpson, daß ihn der Mann, der am Nachbartisch saß, eingehend beobachtete. Als sich ihre Augen trafen, erhob sich der Mann, kam zu Simpson und setzte sich mit einer Entschuldigung ihm gegenüber. (Es war merkwürdig, stellte Simpson oft und gern fest, wie außerordentlich häufig die Leute Dinge dieser Art taten, wenn er die Zukunft besuchte.)

»Ich bitte um Vergebung«, sagte der Mann höflich, »aber ich schließe aus Ihrem Gesichtsausdruck, daß Sie ein Konnosör sind – habe ich recht? Oh, nebenbei bemerkt, mein Name ist Pjotr Davies, ich arbeite in den grönländischen Obstplantagen und mache Urlaub hier. Ich nehme an, Sie stammen nicht von der Erde, oder?«

»Oh ... nein. Ich komme soeben vom Merkur. Meine erste Reise, seit ich ein kleiner Junge war, um ehrlich zu sein.« Simpson bemerkte, daß Pjotr Davies' Gesicht von einem dichten Netz geplatzter Äderchen überzogen war, und seine Nase war der schönste Schnapszapfen, den unser Kollege je erblickt hatte. (Er vermied es, bei dieser Beschreibung unseren Direktor anzusehen.) »Ja, Sie haben recht«, fuhr Simpson fort, nachdem er sich vorgestellt hatte, »ich bin vielleicht so etwas wie ein Connaiss ... Konnosör. Ich versuche schon, scharf zu unterscheiden zwischen ...«

»Genau das!« rief Pjotr Davies aufgeregt. »Der feine Unterschied. Genau das. Ich wußte, daß ich mich nicht täuschte in Ihnen. Der feine Unterschied. Und die Tradition. Von beidem finden Sie heutzutage nicht mehr viel auf der Erde, fürchte ich. Und soviel ich gehört habe, auch auf dem Merkur nicht.«

»Nein ... nein, sicher nicht.«

»Schlechte Zeiten für uns Konnosöre. Der Planetenkrieg ist daran schuld. Und seine Nachwehen.« Davies schwieg und schien Simpson von neuem zu taxieren. Dann fuhr er fort: »Sagen Sie, haben Sie für heute abend schon etwas vor? Das heißt, praktisch jetzt gleich?«

»Na ja, ich habe eine Verabredung in etwas weniger als zwei Stunden, die ich unbedingt einhalten muß, aber bis dahin ...«

»Wunderbar. Gehen wir.«

»Und was ist mit meinem Essen?«

»Das werden Sie nicht mehr brauchen, wenn Sie mich begleiten.«

»Wohin?«

»An einen Ort, der wie gemacht ist für einen Konnosör. Sie hatten großes Glück, daß Sie ausgerechnet an mich geraten sind. Ich erkläre es Ihnen auf dem Weg.«

Draußen bestiegen sie eine Art radloses Taxi und bewegten sich auf ein Stadtviertel zu, in dem offensichtlich die Wohlhabenden zu Hause waren. Davies' Erklärungen waren wortreich und umfassend; Simpson nützte seinen Status als einer, der lange Zeit weit weg vom Schuß verweilt hatte, voll aus. Wie es schien, hatte der Planetenkrieg keine einzige der riesigen zentralisierten vollautomatischen Schnapsfabriken verschont, und die bakteriologische Kriegsführung hatte dem Anbau von vielen Feldfrüchten ein Ende gesetzt, einschließlich Rebstöcken, Gerste, Hopfen und selbst Zuckerrüben. Außerdem hatten die fanatischen religiösen Bewegungen nach dem Krieg mit Regierungshilfe Gesetze durchgedrückt, die das Trinken von Alkohol fast zwanzig Jahre lang unter Strafe stellten. Simpson erschauderte bei dem Gedanken.

»Und als die Menschen wieder ihre Sinne beisammen hatten«, sagte Davies verdrießlich, »war es zu spät. Das Know-how war weg. Oh, natürlich, ein Vorgang wie die Destillation kann nicht verlorengehen. Oder die Gärung. Das ist etwas zu Grundlegendes. Aber die speziellen Verfahren, die besonderen Zusätze, die Fachkenntnise, die *Tradition* – für immer dahin. Whisky – welch ein inhaltsreiches, erinnerungsschweres Wort. Wie mag das Zeug wohl geschmeckt haben? Das wenige, das in der erhaltengebliebenen Literatur darüber zu finden ist, gibt uns nur eine sehr vage Idee davon. Mossl – das war ein Weißwein, fast sicher aus Deutschland, der Gegend etwa, wo sich heute der große Krater befindet. Gin – ein Destillat mit Wacholdergeschmack, das wissen wir. Jetzt gibt es selbstverständlich keinen Wacholder mehr.

So ergab eines also das andere, und das Trinken starb aus. Das echte, zivilisierte Trinken, natürlich – ich spreche nicht von dem Zeug, das man versucht hat, Ihnen in dem Lokal dort vorzusetzen. Ich und ein paar gleichgesinnte Freunde, wir haben versucht, einige grundlegende Informationen zusammenzutragen, aber vergeblich, und dann hat zufällig einer von uns, ein Archäologe, irgendwo einen primitiven, zweidimensionalen Fernsehfilm ausgegraben, der fast zweihundert Jahre alt war. So erhielten wir eine genaue Beschreibung einiger altertümlicher Getränke und eine Darstellung der Bräuche, die im Zusammenhang mit ihrem Genuß geübt wurden – alle Details. Der Film hieß ›Endstation Gosse‹, womit in alten Zeiten der Lebensbereich von Menschen begrenzten Wohlstandes bezeichnet wurde, was wir aber in diesem Fall als das nahmen, was es ist: nämlich ironisch gemeint, satirisch. In dieser Ära erlebte die Satire eine Hochblüte, wissen Sie. Na, jedenfalls ergab sich schließlich als Folge der Entdeckung unseres Freundes ... dies hier.«

Mit großartiger Gebärde zog Davies eine Visitkarte aus der Tasche und reichte sie Simpson. Darauf stand:

VEREIN DER FREUNDE DES FUSELS
Gegründet 2139 zum Ziele des Trinkens
traditioneller Spirituosen in traditioneller Kleidung
und in traditioneller Atmosphäre

Noch ehe Simpson sich den Kopf zerbrechen konnte, was das heißen sollte, ließ sein Begleiter das Taxi anhalten und schob ihn einen Augenblick später vor sich her durch das Portal einer großen und prächtigen Villa. Am Ende des mit dicken Teppichen ausgelegten Foyers befand sich eine steile und enge Treppe, welche sie hinabstiegen. Als sie an ihrem unteren Ende angelangt waren, langte Davies in einen Schrank und holte etwas heraus, das Simpson als einen weichen Schlapphut von der Sorte, wie sie auch sein Vater einst getragen hatte, wiedererkannte, weiters eine Stoffkappe, ein großes Stück Sackleinwand und eine zerfetzte braune Decke. Alle vier Dinge schienen übersät mit Flecken und sehr schmutzig. Zur selben Zeit wurde Simpson sich einer seltsamen, unangenehmen Geruchsmischung und eines halblauten Stimmengemurmels gewahr.

Schweigend reichte Davies ihm Kappe und Decke; er selbst hängte sich die Sackleinwand wie eine Stola um und setzte den Schlapphut auf. Simpson folgte seinem Beispiel mit Decke und Kappe. Dann geleitete Davies ihn durch eine niedrige Tür.

Der Raum, in den sie traten, wurde von Kerzen, die in leeren Flaschen steckten, nur schwach beleuchtet, und Simpson benötigte eine Weile, um die Szene in sich aufzunehmen. Dann verspürte er höchste Verwunderung. Hier war keine Spur von all dem Luxus, der oben vorgeherrscht hatte: die unverputzten Wände waren verdreckt und feucht, der Boden war stellenweise mit alten Säcken und faulenden Resten von Matten bedeckt. Ein Koksofen machte den Keller zum Ersticken heiß; Zigarettenrauch lastete in der Luft; die ganze Atmosphäre war übelriechend und bedrückend. An einer Wand stand ein primitiver Holztisch, voll mit Flaschen und Teetassen. Unter anderem blickte Simpson auch verständnislos auf einige Laibe Brot, etliche Flaschen Milch, einen Haufen kleiner runder

Dosen und in einer Ecke auf einen altmodischen, rostigen Gaskocher (oder die Nachbildung eines solchen.)

Seine Überraschung und Verwirrung steigerte sich zu leichter Bestürzung, als er das runde Dutzend Männer eingehender betrachtete, die auf alten Obstkisten und kaputten Stühlen herumsaßen oder ausgestreckt auf dem Boden lagen, jeder von ihnen mit irgendeiner arg mitgenommenen Kopfbedeckung und einer Decke oder einem alten Sack um die Schultern. Sie murmelten Unverständliches – manche zu einem Kollegen, die meisten jedoch zu sich selbst. Davies nahm Simpson am Arm und führte ihn zu einer roh gezimmerten Bank an der Wand.

»Mit Hilfe dieser Decken und so weiter hat man damals ganz offensichtlich die demokratische Geisteshaltung zum Ausdruck gebracht, die dem Trinken zugrunde liegt«, flüsterte Davies. »Na, jedenfalls sind wir jetzt fast am Ende des rein rituellen Teils. Unser Film ließ seine volle Bedeutung nicht klar erkennen, aber ganz offenkundig handelte es sich um eine Art persönliche Vorbereitung, möglicherweise sogar um ein Gebet. Der Rest des Geschehens wird weit weniger formell ... ah!«

Zwei der Männer hatten begonnen, lauter zu murmeln, und nun wankten sie drohend aufeinander zu, aber ihre Fausthiebe und die Balgerei waren nur symbolisch, eine Pantomime, wie in einem Ballett oder dem japanischen Theater. Bald hatte einer der Männer seinen Gegner auf dem Boden, hielt ihn fest und ließ Scheinhiebe auf ihn hinabprasseln. (»Bezüglich dieser Szene tappen wir ziemlich im dunkeln«, wisperte Davies. »Möglicherweise eine in Szene gesetzte Bezugnahme auf die uralte Rolle des Trinkens als Konsequenz der physischen Erschöpfung.«) Sobald der flach auf dem Boden liegende Kämpe begonnen hatte, den Bewußtlosen zu spielen, sprach eine laute, gebieterische Stimme:

»ENDE TEIL EINS.«

Augenblicklich geriet alles in Bewegung: jedermann sprang auf, warf die ausgeliehenen schäbigen Sachen ab und zeigte sich darunter adrett in die eleganten Gewänder der Epoche gekleidet. Davies führte Simpson zu dem Mann, der die Ankündigung gemacht hatte, augenscheinlich einem Angehörigen der oberen Schichten und zweifellos der Gastgeber. Das Netz von geplatzten Äderchen in seinem Gesicht übertraf jenes von Davies.

»Sehr erfreut, daß Sie unserer kleinen Feier beiwohnen können«, sagte der Gastgeber, als Davies Simpsons Anwesenheit erklärt hatte. »Eine wirkliche Ehre, einen Fremdweltler dabei zu haben. Nun zu unserem Teil Zwei. Hat Ihnen Pjotr von dem alten Film erzählt, dem wir so viel Wissen zu verdanken haben? Nun, sein zweiter und dritter Abschnitt waren so stark beschädigt, daß wir kaum etwas damit anfangen konnten. Das, was nun folgt, ist, fürchte ich, nicht mehr als eine phantasievolle Rekonstruktion, aber ich denke, wir können schon sagen, daß wir die Tradition mit Geschmack und Ehrerbietung interpretiert haben. Wir können doch beginnen, oder?«

Er gab einem Diener, der neben dem Tisch stand, ein Zeichen, und der Mann ging daran, die Teetassen mit einer Mischung von zwei Flüssigkeiten zu füllen. Eine kam aus einer Weinflasche und war rot, die andere floß aus etwas, das aussah wie eine Medizinflasche, und war fast durchsichtig mit einem zart purpurnen Farbton. Liebenswürdig reichte der Gastgeber Simpson die erste Tasse und sagte: »Bitte erweisen Sie uns die Ehre, mit der Fortführung der Feier zu beginnen.«

Simpson trank. Er hatte das Gefühl, eine Tränengasgranate sei in seiner Kehle explodiert, und eine freundliche Seele habe daraufhin Currypulver in seine Speiseröhre gestreut. Als seine eigenen tränenreichen Hustenanfälle nachzulassen begannen, bemerkte er überrascht, daß seine Gefährten unter ähnlich qualvollen Erscheinungen litten wie er selbst.

»Interessant, nicht wahr?« fragte der Gastgeber keuchend und schwankend. »Ein exquisiter Schock für den Gaumen. Man könnte vielleicht sagen, daß er über eine reine Reizung des Geschmacks- und Geruchssinnes hinausgeht und empfindungsmäßig geradezu greifbare Eindrücke hervorruft. Kaum mehr eine sinnliche Erfahrung – eher asketisch zu nennen, beinahe abstrakt. Die Erfindung eines genialen Geistes, finden Sie nicht?«

»Wie ... wie heißt ...?«

»Red Biddy, mein lieber Freund«, warf Pjotr Davies stolz ein. Ehrfurcht lag in seiner Stimme, als er hinzufügte: »Rotwein und Methylalkohol. Natürlich können wir nicht im entferntesten hoffen, den legendären Charakter des Burgunderweines zu reproduzieren, den man früher dafür verwendet hat, aber unser bescheidener Boschlee ist gar kein übler Ersatz dafür. Seine Rolle ist sowieso nur eine sehr untergeordnete.«

»Wir verwenden nach dem ersten Schock gern einen Strohhalm.« Der Gastgeber reichte Simpson einen. »Ich hoffe, die Teetassen finden Ihren Beifall. Eine hübsche traditionelle Note, denke ich. Und nun machen Sie es sich bequem. Ich muß persönlich nach dem Fusel sehen – man soll da kein Risiko eingehen.«

Simpson setzte sich neben Davies auf eine Obstkiste, die, wie er kurz darauf erkannte, aus einem einzigen Holzblock geschnitzt war. Dann bemerkte er, daß die Feuchtigkeit an den Wänden durch winzige Wasserdüsen aufrechterhalten wurde, die sich in gewissen Abständen nahe der Decke befanden. Wahrscheinlich waren die Säcke auf dem Boden speziell gewebt und dann einem künstlichen Alterungsprozeß unterworfen worden. Er tat so, als würde er an seinem Strohhalm saugen, und wandte sich nervös an Davies: »Was verstehen Sie eigentlich unter Fusel? In meiner Zeit haben die Leute für gewöhnlich ...« Er unterbrach sich eilig und fürchtete, sich verraten zu haben, aber der Mann aus der Zukunft hatte nichts bemerkt.

»Ah, es steht Ihnen ein großes Erlebnis bevor, mein lieber Freund, etwas, das außerhalb dieses Raumes seit ungezählten Jahrzehnten bereits vergessen ist. Für unsere Vorfahren im späten zwanzigsten Jahrhundert mag es alltäglich gewesen sein, aber für uns ist es das Nonplusultra, ein kostbares Juwel, gerettet aus dem Wrack der Geschichte. Sehen Sie genau zu, alles davon ist authentisch.«

Mit großen Augen verfolgte Simpson, wie der Gastgeber die Krume aus einem Brotlaib herausbrach und in die Öffnung eines Emailkruges stopfte. Dann nahm er die Kerze aus der nächstbesten Flasche und hielt die Flamme an eine runde, kleine Scheibe aus bräunlicher Substanz, die der Diener mit einer Zange hielt. Die Flamme loderte hoch auf, und Flüssigkeit tropfte auf das Brot und begann, in den Krug durchzusickern. Die Gäste applaudierten und schrien hurra. Eine zweite bräunliche Scheibe wurde der gleichen Prozedur unterworfen, und noch eine. »Schuhcreme«, stellte Simpson mit brüchiger Stimme fest.

»Genau. Heute abend nehmen wir Dunkelbraun dran, mit einem Hauch Ochsenblut, um dem Ganzen Fülle zu verleihen. Das ergibt einen sehr kräftigen, abgerundeten, lebhaften Drink. Apropos, er verwendet Mischbrot. Vollkornbrot ist zu durchlässig, haben wir herausgefunden.«

Strahlend trat der Gastgeber mit einer halbgefüllten Tasse zu Simpson – einer Kaffeetasse diesmal. »Trinken Sie es in einem Zug, mein Freund«, forderte er.

Alle sahen zu; da war nichts zu machen. Simpson schloß die Augen und trank. Diesmal schien ein Zahnarzt mit hundert stumpfen Bohrern zugleich seine Nase, Kehle und Mundhöhle zu bearbeiten. Aus allen beteiligten Schleimhäuten schoß ihm das Wasser. Es war wie ein Gesichtsbad in heißer Säure. Simpsons Schultern kippten vornüber, und ein Nebel senkte sich vor seine Augen.

»Ich finde, die Hellbraunen haben etwas mehr Biß«, ließ sich eine Stimme neben ihm vernehmen. »Besonders am Gaumen.«

»Jedoch andererseits weniger Blume.« Es folgte ein Schlürfgeräusch und ein unterdrückter Schrei. »Waren Sie letzte Woche beim Mittelbraun-Verkosten hier? Ein wunderbares Feuer – und diese Kraft! Ich war vier Tage lang blind davon.«

»Trotzdem behaupte ich, daß nichts über Hellbraun geht, was Hautverätzungen ganz allgemein angeht. Erstaunliche Wirkung auf Gaumenzäpfchen und Mandeln.«

»Na und Schwarz? Was ist gegen Schwarz einzuwenden?« Eine jüngere Stimme.

Ein verlegenes Schweigen folgte, angereichert durch einen

Hustenkrampf und tiefempfundenes Gestöhne aus verschiedenen Richtungen. Dann sagte jemand weltmännisch: »Jeder nach seinem eigenen Geschmack, selbstverständlich, und zugegeben, es liegt auch Wirkung darin, aber die Erfahrung zeigt, daß diese teerige, an Ölrauch gemahnende Geschmacksrichtung meist als etwas aufdringlich empfunden wird. Mit dem Älterwerden wenden wir uns jedenfalls zunehmend den Brauntönen zu ...«

»Ah! Gut! Er ... ja, er verwendet eine Dose Farblos für den nächsten Krug! Geben Sie acht, wie das auf die Nasenscheidewand wirkt!«

Simpson wankte auf die Füße. »Ich muß weg«, brabbelte er. »Wichtige Verabredung.«

»Was, Sie wollen gar nicht auf Holzgeist in Milch warten? Das macht Gelee aus Ihrem Hirn, sage ich Ihnen!«

»Tut mir leid ... Freund wartet auf mich.«

»Na, dann, adieu! Grüßen Sie uns den Merkur! Vielleicht gelingt es Ihnen, auch auf Ihrem Heimatplaneten einen Verein der Freunde des Fusels zu gründen. Ein wunderbarer Gedanke ...«

»Wunderbar«, echote der Direktor bitter. »Stellen Sie sich das vor! Ist schon der Gedanke an einen Atomkrieg einfach unerträglich – aber diese armen Teufel ... Baker, wir müssen Unterlagen vorbereiten, die Simpson auf seiner nächsten Reise mitnehmen kann, Informationen, wie man einen ordentlichen Wodka oder Gin herstellt, auch wenn es keine Weinstöcke mehr gibt.«

Ich hörte kaum zu. »Gibt's da nicht ein paar komische Dinge, Sir? Schuhcreme – in genau der gleichen Art, wie wir sie haben? Vollkornbrot, wenn es doch angeblich kein Korn mehr ...«

Ein Schrei vom anderen Ende des Labors unterbrach mich, wo Rabaiotti soeben die TIAMARIA überprüfte. Er kam zu uns herübergerannt und stotterte in höchster Lautstärke:

»Phasenverzerrung, Sir! Abnormale Interferenzen! Komplett neuer Effekt!«

»Und der TIOPEPE hat sich darin verfangen, nicht wahr?« fragte Schneider.

»Natürlich!« schrie ich. »Simpson war auf einer anderen Zeitspur, Sir! Eine Alternativmöglichkeit, eine parallele Welt! Kein Wunder, daß die Schätzung der Bodenhöhe nicht stimmte. Erstaunlich!«

»Kein Atomkrieg auf unserer Zeitspur – nicht unbedingt, jedenfalls«, jubelte der Direktor und ruderte aufgeregt mit den Armen.

»Keine Zerstörung der Rebstöcke.«

»Kein Verein der Freunde des Fusels.«

»Trotzdem«, murmelte Simpson in mein Ohr, als wir zum Konferenzzimmer gingen, »in gewisser Hinsicht sind sie besser dran als wir. Zumindest ist das Zeug, das sie verwenden, unverfälscht. Niemand wird Schuhcreme so verpanschen, daß sie einen milderen Geschmack bekommt oder sich länger hält – oder daß man sie für eine teurere Marke halten könnte. Und das, was diese Leute trinken – das kann nur besser werden.«

»Wohingegen wir ...«

»Ja. Das Faßbier, das man uns vorsetzt, ist überhaupt nicht vom Faß: Es kommt heutzutage aus einer riesigen Stahltonne, weil es auf diese Art leichter geht. Und glaubst du, daß die Deutschen umsonst die größten Chemiker der Welt hervorgebracht haben? Frag Schneider nach dem 1972er Mosel! Und was, glaubst du, machen all diese Wissenschaftler in Bordeaux?«

»Aber es gibt doch noch Italien, Spanien, Griechenland. Die ...«

»Italien nicht mehr. Frag Rabaiotti – oder, besser, frag ihn nicht. Spanien und Griechenland werden wahrscheinlich am längsten aushalten, aber spätestens 1980 wirst du schon nach Albanien fahren müssen, wenn du echten Wein willst. Vorausgesetzt, die Chinesen haben ihnen nicht inzwischen geholfen, die Sache zu modernisieren.«

»Und was willst du dagegen tun?«

»Umsteigen auf Whisky. Er ist noch echt. Ja, wenn man's recht besieht, hätte ich mir heute abend gern eine Flasche mit nach Hause genommen. Kannst du mir fünfundzwanzig Mäuse leihen?«

Originaltitel: »The Friends of Plonk«
Copyright © 1964 by Kingsley Amis
(aus: »Collected Short Stories«, 1980)
Aus dem Englischen übersetzt von Biggy Winter

JOHN BRUNNER

Der galaktische Verbraucher-Service
1. Bericht
Preiswerte Zeitmaschinen

Auszug aus ›Der gute Kauf‹, herausgegeben von der Vereinigten Galaktischen Föderation der Verbraucher-Gemeinschaften, Ausgabe Januar 2329

Einleitung

Schon 2107 wurden auf Logaia Experimente mit Zeitreisen nach dem Asimov-Staubtkaum-Prinzip angestellt, aber eine Reihe von Unfällen, zu spektakulär, um hier im Detail besprochen zu werden, führte zu einer Gesetzgebung, die seine Anwendung auf seltene und außerordentlich kostspielige, staatlich genehmigte Forschungsreisen beschränkte.

Vor etwa einem Jahrhundert – durch die eingetretene Rückkopplung ist das Datum so fließend geworden, daß es sich einer genaueren Bestimmung entzieht – ermöglichte eine posthume Besprechung mit Albert Einstein Dr. Ajax Yak von der Universität Spica, die grundlegenden Gleichungen der Versteinerungsfeld-Theorie aufzustellen. Sein berühmtes Postulat, Yaktion und Reyaktion seien gleichermaßen nebeneinanderliegend, ließ das Thema in einem ganz neuen Licht erscheinen. Zeitreisen wurden dadurch so sehr vereinfacht, daß das bislang gültige Gesetz in der Folge aufgehoben und der Öffentlichkeit ein Markt für den Verkauf von Zeitmaschinen erschlossen wurde.

Hinweis: Auf den meisten Planeten wird ein Führerschein verlangt, betätigen Sie die gelbe Tastatur Ihres Computers für Einzelheiten.

Mindesterfordernisse für Sicherheit und Leistung dieser Maschinen sind auf der Erde, auf Osiris, Konfuzius und einer Anzahl anderer Welten aufgestellt worden, galaktische Richtlinien sind in Vorbereitung. Bedauerlicherweise besitzen sie keine Gesetzeskraft, was ihre Ausschlußlisten angeht, siehe unten. Wir sind der Meinung, sie sollten sie haben. Wie unseren Mitgliedern aufgefallen sein dürfte, werden im Preis stark herabgesetzte Zeitmaschinen jetzt überall angeboten, und Zeitreisen haben gute Aussicht, als Urlaubszeitvertreib mit der Raumfahrt in starke Konkurrenz zu treten. Wir können unsere Mitglieder nicht genug davor warnen, den Behauptungen der Inserenten blind zu glauben.

Geprüfte Modelle

Die meisten Hausgeräte-Hersteller bieten in ihren geltenden Katalogen Zeitmaschinen an. Wir hoffen, mit der Zeit das gesamte Angebot gründlich prüfen zu können. Die für zehntausend Krediteinheiten oder weniger angebotenen Geräte dürften jedoch in großer Zahl an unerfahrene Käufer gehen, so daß wir uns entschlossen haben, alle Modelle zu prüfen, die unter dieser Preisgrenze angeboten werden. Wie gewohnt, haben wir die Probegeräte anonym im regulären Einzelhandel erworben.

Wir haben je zwei Geräte von zwei Modellen gekauft, deren Listenpreis über unserem Limit lag, die aber über eine Discount-Agentur verbilligt zu beziehen sind – ›Welt-Wanderer‹ und ›Chronokinetor‹; je eines zum regulären und Discount-Preis von zwei Modellen, der Listenpreis unter 10 000 KE liegt – ›Super-Wandler‹ und ›Tempora Mutantur‹; und je zwei von zwei Modellen, die offenbar ausschließlich auf dem Discount-Markt angeboten werden – ›Jederzeit-Hüpfer‹ und ›Ewigkeits-Twister‹ –, wobei letzteres übrigens als ›importiert‹ bezeichnet wurde.

Um bei allen Modellen vollständige Testreihen zu sichern, kauften wir Ersatz für Geräte, die im Verlauf unserer Prüfung versagten, außer, wenn feststand, daß wir damit unsere Zeit und Ihr Geld vergeuden würden.

Äußeres und Ausführung

Im allgemeinen sind sämtliche Maschinen von annehmbarer Standardqualität, wenngleich eines der Diamant-Instrumentenlämpchen beim ›Welt-Wanderer‹ einen Defekt hatte, während die beim Boden des ›Super-Wandlers‹ verwendete Gold-und-Platin-Einlegearbeit mit einer Ausnahme von unserer gesamten Testergruppe als ›billig und ordinär‹ bezeichnet wurde. Die Innentürgriffe des ›Jederzeit-Hüpfers‹ lösten sich bei der ersten Benützung ab und mußten ersetzt werden. Fünfzehn Zentimeter Hohlleiterrohr Größe neun passen in die Fassung; wir empfehlen die Anbringung vor jedem Gebrauch des Geräts, da Hohlleiterrohr dieser Größe in vielen populären geschichtlichen Perioden nicht leicht beschaffbar ist. Wie die Maschine – als vernünftige Sicherheitsmaßnahme – unsichtbar und unfühlbar ist, solange die Türen geschlossen sind, kann man auch keinen hilfsbereiten Eingeborenen bitten, einen hinauszulassen – und auch niemanden sonst.

Die Werkzeug- und Ersatzteilkästen sind bei allen Geräten ausreichend, mit Ausnahme des ›Ewigkeit-Twisters‹, dessen Ratiocinator defekt war; das Wartungshandbuch war von hinten nach vorn in klassischem Arabisch gedruckt – vermutlich ein Computerfehler in der Fabrik – und die siebenundvierzig Ersatztransistoren erwiesen sich als Klumpen verunreinigten Kunststoffs.

Garantien

Keine der Garantien ist ganz zufriedenstellend. Diejenige für den ›Welt-Wanderer‹ ist fast annehmbar, da sie Ersatz aller fehlerhaften Teile während der ersten hundert Betriebsstunden garantiert, aber der Eigentümer ist verpflichtet, für die Rückgabe der defekten Teile an die Fabrik selbst zu sorgen – was nicht immer einfach sein dürfte.

Wir empfehlen, eine Retemporisierungs-Versicherung abzuschließen, die von verschiedenen Gesellschaften zu vernünftigen Prämien angeboten wird.

Die Garantie für den ›Ewigkeits-Twister‹ umfaßt achtundvierzig Seiten Kleingedrucktes und erforderte eine Computerauswertung, um sie verständlich zu machen. Es stellte sich heraus, daß der Käufer sich der Pfändung seiner ganzen Habe aussetzt, wenn er den Importeuren des Gerätes gegenüber irgendwelche Forderungen geltend macht. Wir sind der Meinung, daß man das *nicht* unterschreiben und, wie verlangt, an die Firma zurückschicken sollte.

Energiequelle, Antrieb und Steuerung

Der ›Welt-Wanderer‹ besitzt einen eingebauten Fusions-Meiler voll hoher Leistung und annehmbarer Zuverlässigkeit, wenngleich der Korken der magnetischen Flasche bei unseren beiden Exemplaren locker und mit dem beigefügten Möbius-Schlüssel schwer zu befestigen war, weil der Griff zu kurz ist.

Alle anderen haben, mit einer Ausnahme, konventionelle Spaltungs-Meiler. Nur der ›Chronokinetor‹ bietet automatischen Auswurf verbrauchter Brennstäbe; die anderen müssen von Hand gesäubert werden. Die Hersteller des ›Tempora Mutantur‹ haben für ihre Stäbe einen Austauschdienst eingerichtet, eine gute Idee, aber vom Standpunkt des Verbrauchers aus noch unvollkommen. Einer unserer Prüfer bekam Anweisung, eine Lieferung von Stäben abzuschicken, während er das Standard-Zielgebiet 1779 besuchte, und mußte bis 1812 auf Ersatz warten, weil das Paket in der Fabrik falsch beschriftet worden war.

Die vorhin erwähnte Ausnahme ist der ›Ewigkeits-Twister‹, angetrieben von NiFe-Batterien und unterstützt durch einen pedalbedienten Generator. Die Importeure behaupten, das sorge für ideale Körperertüchtigung bei Benutzern, die zu barbarischen Zeitzonen unterwegs sind. Unsere Prüfer hielten sich an die beigegebene Anleitung, sahen sich aber, mit einer Ausnahme – Silbermedaillengewinner im Gewichtheben bei der letzten Jupiter-Olympiade – gezwungen, nach der Ankunft eine Ruhepause von mindestens einer Woche einzulegen. Für einen Familienurlaub vielleicht nicht gerade der ideale Anfang.

Bei fünf der sechs Geräten ist der Antriebsmechanismus eine erkennbare Variante der ursprünglichen Yak-Konstruktion, und jeder qualifizierte Wartungsmechaniker müßte in der Lage sein, kleinere Defekte zu beheben. Anmerkung: Vor 2034 sind Mechaniker nicht verfügbar, außer für den ›Super-Wandler‹, dessen Hersteller in einigen beliebten Urlaubszonen eingeborene Helfer ausbilden wollen. Eine Liste ist der Maschine beigefügt.

Wir können uns zum Antriebsmechanismus des ›Ewigkeits-Twisters‹ nicht klar äußern, weil sich das Versteinerungsfeld in einem schwarzen Kasten mit der Aufschrift ›Nicht öffnen‹ befindet. Versuche, das Innere in Augenschein zu nehmen, führten zu schlimmen, wenn auch nicht tödlichen Explosionen. Wir betrachten das als ernsthaften Konstruktionsfehler.

Die Steuerung der billigeren Geräte ist, wenngleich dürftig, annehmbar und auf ordentliche Weise zugänglich. Einen Minuspunkt mußten wir dem ›Chronokinetor‹ zusprechen, weil sich seine 3-D-Wiedergabe in der Haupt-Zeitwahl-Skala spiegelt, so daß der Zeiger schwer abzulesen ist; dem ›Tempora Mutantur‹, weil das Armaturenbrett für 3 D, überspielte Musik, SensiShow-Anschlüsse und Parfümolator-Öffnungen vorgesehen ist, während sich die Steuerelemente auf den Armlehnen des Steuersitzes befinden und durch unvorsichtige Bewegungen des Ellenbogens zu leicht ausgelöst werden können; und dem ›Welt-Wanderer‹, weil der Vorwärts-Rückwärts-Hebel bei einem unserer Geräte falsch beschriftet worden war: Beim ersten Versuch füllte sich unser Labor mit einer Horde lärmender und schlechtgekleideter Wilder, später als Mongolen identifiziert, die sich unseren Bemühungen, sie in die Maschine zurück zu schaffen, widersetzten und schließlich im Rahmen einer staatlichen Verordnung deportiert werden mußten, wonach unerlaubte Einreise in die Gegenwart verboten ist.

Der ›Ewigkeits-Twister‹ ist mit einer Reihe guter Steuerelemente und Instrumente ausgestattet. Die Untersuchung ergab jedoch, daß vier von insgesamt achtzehn nirgends angeschlossen sind. Eine der Ortungsskalen im ›Jederzeit-Hüpfer‹ muß in einem Spiegel abgelesen werden, aber der Zeiger ist nicht zum Ausgleich gegenläufig. Die Hersteller behaupten, er könne direkt abgelesen werden, aber wenn das die Absicht war, hätte man nach unserer Meinung einen Topf Salbe für steife Hälse beifügen müssen.

Leistung

Wie schon erwähnt, ist die Galaktische Norm noch nicht veröffentlicht worden. Wir haben die Konfuzius-Norm KN als Grundlage für unsere Versuche verwendet und sie im Hinblick auf ausgeschlossene Zonen durch die strengeren Vorschriften der Terrestrischen Norm TN ergänzt.

Zunächst haben wir den Radius des Versteinerungsfelds gemessen. KN und TN: fünf Meter. Bis auf zwei Geräte erfüllten sie alle.

Bei einem Exemplar des ›Jederzeit-Hüpfers‹ schrumpfte das Feld bei einem Testsprung nach 1898 auf halbe Größe zusammen, so daß der Kopf des Prüfers in jenem Jahr blieb, während seine Füße in der Gegenwart verharrten. Eine Reparatur wurde sofort in die Wege geleitet, aber bedauerlicherweise entdeckte ein unternehmungslustiger Jahrmarktschreier den isolierten Oberteil des Prüfers, der über acht Stunden, bis die Rettung erfolgte, als neue Zielscheibe in seiner Wurfbude diente.

Die Importeure des ›Ewigkeits-Twisters‹ geben in ihren Inseraten an, der Feldradius ihrer Maschine stehe ›in Übereinstimmung mit den geltenden Normen‹. Eines unserer Exemplare erreichte 4,1 Meter, das zweite nie mehr als 3,7 Meter. Der ›Welt-Wanderer‹ und der ›Super-Wandler‹ dehnten sich ohne Schwierigkeiten auf zehn Meter aus, und wir setzen uns an maßgeblicher Stelle dafür ein, dies bei der Galaktischen Norm als Mindestleistung aufzuführen.

Als nächstes stellten wir Versuche zur Bestimmung von Reichweite und Genauigkeit an. Die KN bestimmt 5000 Konfuzius-Jahre – etwa 4,762 Erd-Normjahre – als die kürzeste erforderliche Reichweite, mit einer Genauigkeit von plus oder minus einem Monat bei zehn Wiederholungen über jede geringere Entfernung.

Alle Geräte schafften das über Entfernungen unter etwa einem ENJ-Erdnormjahr. Bei längeren Reisen erwies sich jedoch keine als zufriedenstellend. Ein Exemplar des ›Chronokinetor‹ landete zweimal im Oberen Pleistozän, das andere in der Trias, jeweils infolge von plötzlichem Energieanstieg. Nachdem wir die Meiler-Moderatoren ersetzt hatten, verhielten sie sich normal. Der ›Welt-Wanderer‹ verfügt über eine wiederholbare Extremleistung von 11 421 ENJ, weit über die Norm hinaus, aber bei diesem hohen Energieausstoß rutschte der Korken immer wieder aus der Flasche.

Der ›Ewigkeits-Twister‹ soll eine Höchstleistung von 2389 Jahren erreichen, aber beide Exemplare erbrachten diese Leistung nicht; der Durchschnitt bei beiden betrug ein Jahr und siebzehn Tage. Ein Exemplar reiste überhaupt nicht, bis die Sicherungen durch fünf Zentimeter lange Stromschienen ersetzt waren, während beim anderen die Isolierung durchbrannte. Die Untersuchung ergab, daß sie aus schlecht gegerbtem Tierleder bestand. Wir ersetzten sie durch modernen Kunststoff, aber es war nicht möglich, den Geruch zu beseitigen.

Schließlich wandten wir uns noch der Frage der ausgeschlossenen Zeitzonen zu, und hier war anstelle von KN oder TN anzuwenden, weil die TN eine größere Übereinstimmung mit den vorherrschenden Vorurteilen besitzt.

Es besteht eine gewisse Unsicherheit darüber, woraufhin die Ausschlüsse zustande kommen, so daß ein Wort der Erläuterung angebracht sein dürfte. Man nimmt oft an, ausgeschlossene Zonen seien jene, die besonders anfällig für Paradox-

Rückkopplung sind, in denen Touristen die Folge von Ursache und Wirkung unabsichtlich stören könnten. Es trifft zu, daß solche Zonen gesperrt sind, aber nicht von uns. Sie werden von bewaffneter Zeitpolizei überwacht, die rund um 10 600 ENJ stationiert sein soll, und es ist ausgeschlossen, daß Touristen an sie herankönnten.

Worauf wir uns hier beziehen, sind die Zonen um Ereignisse in der traditionellen Version, an der bestimmte Interessenverbände festhalten: zum Beispiel die Wanderungen der Kinder Israels, die Meditation Buddhas unter dem Bo-Baum, die Heiligsprechung Emily Dongs, das Streben Bert Tuddles und so fort.

Auf praktisch allen Planeten betrifft die einzige Gesetzgebung zum Betrieb von Zeitmaschinen, wenn man von der Ausstellung von Führerscheinen absieht, die automatische Abschaltung, mit der alle auf dieser Welt zum Verkauf angebotenen Maschinen ausgestattet sein müssen. Bis zu einem gewissen Grade können hier die Wünsche des Käufers berücksichtigt werden, so daß man auf der Erde unter mindestens einem Dutzend rivalisierender christlicher Listen wählen kann, aber die Aussicht darauf, über Neu-Jerusalem eine Koran-Liste zu erhalten, sind praktisch gleich Null, und der Versuch zieht eine hohe Geldstrafe nach sich.

Kein Gerät kann als normgerecht gelten, solange es nicht wenigstens nach einer der Listen arbeitet, von denen es etwa zweihundert gibt. Um sich einen möglichst großen Marktanteil zu sichern, bieten die Hersteller gewöhnlich eine Grundausstattung von etwa zwanzig Listen an, mit Zusatzlisten gegen Aufpreis.

Es wäre eine kaum lösbare Aufgabe gewesen, alle Listen bei sämtlichen Maschinen auszuprobieren. Wir haben deshalb zehn von den beliebtesten ausgesucht, zehn von durchschnittlicher Nachfrage und zehn, die bei Minderheiten Anklang finden. Das Ergebnis sieht so aus:

›Welt-Wanderer‹ Ausgezeichnet bei allen euro-amerikanischen Listen, einschließlich judäisch und katholisch, aber schwach bei asiatischen, und nur mittelmäßig beim Rest.

›Super-Wandler‹: Gut in allen Bereichen, außer in moslemischen. Bei beiden Exemplaren versagte die Hegira-Abschaltung.

›Tempora Mutantur‹: Gut, aber kaum empfehlenswert für Neo-Heiden, da die Liste verfügbarer Extras nicht die Zeit Julians Apostata umfaßt.

›Chronokinetor‹: Hervorragend für hellenistische Wiedererwecker – Hersteller ist eine griechische Firma –, erträglich in anderen Bereichen.

›Jederzeit-Hüpfer‹: Mittelmäßig bis gut in allen Bereichen, nur ist die Wesley-Liste fehlerhaft; es erwies sich als möglich, die Komposition von mindestens sieben Hymnen mitzuerleben.

›Ewigkeits-Twister‹: Nicht beurteilt. Es gibt Abschaltungen, und bei dem noch funktionierenden Exemplar funktionieren sie gut, alles in allem genommen. Sie treten jedoch entweder völlig wahllos auf oder richten sich nach einer Ausschluß-Liste, die den Prüfern nicht zur Verfügung stand. Unsere Prüfer haben sorgfältig jeden Bereich besucht, der angeblich unzugänglich war. Ein Hinweis auf die Schwere des Defekts: der bedauernswerte Prüfer, der die Zone des Strebens von Bert Tuddle untersuchen sollte, kam mit akuter Hysterie in die Gegenwart zurück, und sein Bericht verzögerte sich um drei Stunden, während wir uns bemühten, ihn vom Lachen abzuhalten.

Kaufwert

Abgesehen von der Episode der Mongolen-Eindringlinge bringt der ›Welt-Wanderer‹ eine annehmbare Leistung. Er entspricht den verschiedenen Normen, die wir auf ihn angewendet haben. Aus diesem Grund geben wir ihm das Prädikat ›besonders empfehlenswert‹. Diejenigen, die größere Bequemlichkeit der Leistung vorziehen, werden sich vielleicht dem ›Super-Wandler‹ zuwenden, der weniger kostet, und diejenigen, die sich schnell langweilen, bevorzugen vielleicht das breite Unterhaltungsspektrum des ›Tempora Mutantur‹.

Wir sind aber nicht der Ansicht, daß man irgendeine dieser Maschinen ohne eine ausreichende Retemporisierungspolice erwerben sollte.

Und wir empfehlen *unter keinen Umständen* den Erwerb eines ›Ewigkeits-Twisters‹. Nach dem Zwischenfall mit der brennenden Isolierung haben wir Proben des Tierleders untersuchen lassen. Als es sich als Logaia-Echsenhaut erwies, schöpften wir Verdacht und stellten weitere Untersuchungen an. Es stellte sich heraus, daß diese Maschinen aus dem Jahr 2107 importiert werden. Sie sind nach dem Konstruktionsentwurf eines selbsternannten ›Wissenschaftlers‹ namens Brong gebaut, der, als Zeitreisen gesetzlich eingeschränkt wurden, auf etwa dreißig Millionen Stück davon sitzen geblieben war. Die Importeure machten sich die Aufhebung dieses Gesetzes zunutze. Sie haben seinen gesamten Bestand zu einem Preis von angeblich 18 KE pro Stück aufgekauft und vertreiben das Exemplar zu 3500 KE. Wir haben diesen Wucher der Galaktischen Handelskammer zur Kenntnis gebracht. Nach unserer Ansicht ist sogar der Preis von 18 KE zu hoch. Wir haben unser Exemplar an einen Schrotthändler verkauft und nur 11 KE dafür erzielen können.

Originaltitel: »Galactic Consumer Report No. 1:
Inexpensive Time Machines«
Copyright © 1965 by UPD Publishing Corp.;
mit freundlicher Genehmigung des Autors
Aus dem Englischen übersetzt von Tony Westermayr
Copyright © o. J. (1976) der deutschen Übersetzung
by Wilhelm Goldmann Verlag, München
(aus: »Der galaktische Verbraucherservice: Zeitmaschinen für Jedermann«);
Abdruck mit freundlicher Genehmigung

GARRY KILWORTH

Auf nach Golgatha!

Das Büro der Zeitreiseagentur war im dritten Zimmer eines der
obersten Ausläufer des weitverzweigten Gebäudes untergebracht, und Simon Falk brauchte geraume Zeit, um die rosa-
farbenen Glastüren zu erreichen. Auf einer Tafel an der Außen-
seite stand zu lesen: PAN-PAUSCHALREISEN BIETEN IHNEN
DAS AUSSERGEWÖHNLICHE! SIE HABEN DIE CHANCE, DER
SCHLACHT VON MARATHON BEIZUWOHNEN, DEM ROSEN-
KRIEG, DEM ERSTEN BEMANNTEN RAUMFLUG! OHNE JEDES
PERSÖNLICHE RISIKO! Simon starrte eine Weile ins Innere des
Raumes und trat dann – widerwillig, so schien es – ein. Augenblicklich glitt ein Angestellter des Reisebüros lautlos an seine
Seite, die gefalteten Hände ehrerbietig dem Kunden entgegen-
gehoben. Vielleicht betet er um Beistand von da oben, dachte
Simon, um das potentielle Geschäft zu einem guten Abschluß
zu bringen.

»Kann ich Ihnen helfen, Sir?«

Simon verschränkte seine eigenen Finger zum Ausgleich
hinter seinem Rücken – und als zarten Hinweis darauf, daß er
noch nicht entschlossen war.

»Nur einige Prospekte, bitte. Darf ich welche mitnehmen,
damit ich sie in ... äh, Ruhe studieren kann?«

»Gewiß, Sir.« Die Finger lösten sich voneinander und begannen, mit der Routine eines erfahrenen Obstpflückers viel-
farbig bedruckte Blätter aus den Regalen zu ziehen.

»Wenn Sie und Ihre ...«

»Familie«, fuhr Simon an seiner Stelle fort.

»Richtig.« Die Worte kamen ordentlich und wohlgepflegt, auf
die korrekte Länge zurechtgestutzt und voneinander durch
Pausen genau jener Längen getrennt, die den optimalen Effekt

ergaben. »Wenn Sie und Ihre Familie sich also entschieden haben«, fuhr er fort, »würde ich Sie um einen kurzen Anruf ersuchen, und wir werden das Arrangement zusammenstellen. Für die Buchung ist ein persönliches Erscheinen des Kunden nicht vonnöten …«

Simon wand sich verlegen. »Ich war gerade auf dem Heimweg – ich weiß, ich hätte die Prospekte auch mit der Post bestellen können, aber meine Frau ist schon so ungeduldig.«

»Oh ja«, lächelte der Verkäufer seidenweich. »Hm, ich fürchte, die Krönung Elisabeth I. ist bereits ausgebucht, und für die Revolution auf dem Mars haben wir nur noch einige wenige Restplätze zu vergeben.«

»Ich glaube nicht, daß uns diese Ereignisse allzusehr interessieren«, meinte Simon.

»Das erste Mal, Sir?«

»Ja. Um ehrlich zu sein, ja.«

»Dann darf ich vielleicht die Plünderung Karthagos vorschlagen? Wir mischen uns unter die Händler und Prostituierten auf einem nahe gelegenen Hügel. Doch muß ich hinzufügen, daß dies nicht unbedingt das Richtige für Überempfindliche ist.«

»Wird das nicht ein bißchen gefährlich?« fragte Simon.

»Äh, nein, solange Sie sich an unsere Instruktionen halten.« Der Verkäufer wedelte schelmisch mit dem Finger. »Wir haben noch nie einen Kunden verloren!«

Simon murmelte seinen Dank und rannte fast aus dem Raum. Er haßte diese hektischen Beutezüge, die den Ferien stets vorausgingen, aber er schuldete seiner Familie einen Urlaub, und sie würde ihn bekommen. Es mußte eine dieser Zeit-Pauschalreisen sein, denn einen Raumflug konnte er sich nicht leisten. Sonst gab es nichts. Die Erde war nur mehr ein massiver Block aus Ziegeln und Beton, aus dem baumartig verzweigte Gebäude üppig sprossen, und auf dem Meer wurden seine Kinder seekrank. Er verließ das Gebäude und winkte sich einen Gleiter heran, wobei er dem Gebläse der Luftreiniger auswich, als er das verflieste Flachdach überquerte, um einzusteigen.

Mandy erwartete ihn an der Wohnungstür in der gleichen Gottesanbeterinnenpose wie der Mann im Reisebüro.

»Hast du die Broschüren?«

Er gab einen resignierten Seufzer von sich. »Ja, ich habe sie.«

Sie griff nach dem Packen. »Wunderbar, laß sehen! Ach, schau doch nicht so deprimiert drein, du weißt, du hast noch jedesmal Spaß daran gehabt, wenn es soweit war. Eine Reise in der Zeit!« Sie preßte die Prospekte an ihre Brust. »Ich werde jede Minute davon genießen.«

»Na, ich hoffe, deine Erwartungen werden auch erfüllt«, sagte Simon trocken. »Das alles wird recht teuer kommen, und das Geschäft geht nicht so gut, wie es sollte.« Während er den Satz zu Ende sprach, ging er zur Hausbar und goß sich einen Drink ein.

»Pssst«, antwortete sie. »Ein Urlaub wird dir auch gut tun. Du wirst mit neuen Ideen und gut ausgeruht zurückkommen.« Sie blätterte in den Prospekten, die sie in der Hand hielt. »Wir nehmen nichts, was zu brutal ist – das könnte die Kinder zu sehr aufregen.«

Simon knurrte. »Die Kinder würden nur so im Vergnügen schwelgen. Für James gibt's nichts Schöneres als Blut, und Julie sieht sich auch lieber einen Film über Raumkriege an als eine Ballettaufführung.«

»Sei nicht zynisch, mein Lieber«, protestierte Mandy. »Jedenfalls ein Grund mehr, sie von hier wegzubringen. Alles, was sie heutzutage tun können, ist, auf den Dächern spielen.«

»Alles, was sie tun können …!« rief er und übertrieb den ungläubigen Tonfall. »Hatte ich einen unterirdischen Rummelplatz, noch dazu gratis, als ich ein kleiner Junge war? Hattest du …«

»Ach, fang nicht schon wieder damit an! Wann wirst du verstehen, daß Kinder nicht schätzen, was sie immer schon gehabt haben? Zeigen wir ihnen, wie Kinder in anderen Zeiten, in anderen Ländern lebten.« Mandy machte eine kurze Pause, ehe sie fortfuhr: »Das hätten wir ihnen längst schon zeigen müssen. Vielleicht sollten wir mit ihnen nach Sparta reisen. Wußtest du, daß man in Sparta die Kinder mit acht Jahren in Militärakademien gesteckt und sie vor die Alternative gestellt hat, sich ihr Essen entweder zusammenzustehlen oder zu verhungern? Das

Verbrechen war, sich erwischen zu lassen. Ich frage mich, was unsere Kinder von dem Jungen halten würden, der lieber einen Fuchs an seinem Bauch nagen ließ, als seine Altvorderen entdecken zu lassen, daß er ihn gestohlen und unter seinem Gewand verborgen hatte?« Ihre blauen Augen suchten in seinem Gesicht nach einem Zeichen der Zustimmung.

»Sie würden ihn vermutlich für einen verdammten Idioten halten, genau wie ich«, erwiderte Simon.

Sie versuchte es nochmal. »Vielleicht sollten wir mit ihnen nach Rom reisen . . .«

»Oder nach Pompeji, einen Tag, bevor der Vesuv ausbricht, und sie dort lassen.«

»Sei nicht ekelhaft. Was ist mit dem Heiligen Land . . .?«

». . . zur Zeit der Kreuzzüge«, ergänzte der zwölfjährige James, der kauend aus der Küche kam.

»Doch nicht vor dem Abendessen, James!« sagte seine Mutter vorwurfsvoll. »Vater und ich werden entscheiden, wohin wir reisen – geh und wasch dir die Hände. Wo ist Julie?«

»Kommt gleich.«

An diesem Abend saßen Simon und Mandy Falk beim Tisch, brüteten über Prospekten und stritten über Reiseziele, Preise und Jahreszahlen, bis die Eingangstür leise zu summen begann, was hieß, daß ihre engsten Freunde darauf warteten, eingelassen zu werden. Simon drückte auf den Knopf, und einen Augenblick später traten Harry und Sarah Tolbutt ins Zimmer.

»Hallo, hallo, schon wieder Urlaubszeit, was?« zirpte Harry und öffnete den Zipp seines Overalls.

Simon lächelte und kratzte sich zwischen den Augenbrauen. »Jawohl! Und wir können uns einfach nicht entschließen, wohin wir reisen sollen – oder sollte ich wohl sagen: in welches Wann? Es ist reichlich verwirrend.«

»Wenn ihr an eine Zeitreise denkt«, sagte Sarah, »warum kommt ihr dann nicht mit uns? Wir sehen uns die Kreuzigung an.« Sie warf den Kopf ein wenig zurück.

»Die was?« riefen die Falks wie aus einem Mund.

»Die Kreuzigung Jesu Christi«, antwortete Harry nonchalant. Er wurde ernst. »Wir sind der Meinung, daß die Kinder genau sehen sollen, was damals geschah, damit sie ein echtes Verständnis für Religion, und was sie bedeutet, entwickeln können. Ihr wißt ja, wie Kinder sind.«

»Wir wissen es«, bestätigte Simon in hohlem Tonfall.

Sarah sprach weiter. »Wenn sie genau verfolgen können, wie Jesus starb, um uns zu retten – oder unsere Seelen, oder was immer es war, das er gerettet hat –, könnte das einen tiefen Eindruck auf sie machen. Zumindest hoffen wir das.«

Simon begann, die Drinks zu mixen.

»Ist das nicht ein bißchen frevelhaft?« fragte er ruhig. »Ich meine, schließlich ...«

Harry unterbrach ihn. »Nun, es kann schon sein, daß es, oberflächlich betrachtet, etwas voyeuristisch und blutrünstig aussieht, aber wenn man die richtige Einstellung dazu mitbringt, ist es schon in Ordnung, denke ich. Solange man nicht vergißt, weshalb man gekommen ist.«

»Weißt du, das wollte ich auch gerade eben sagen, ehe ihr herüberkamt, nicht wahr, Simon?« sagte Mandy.

»Jawohl, ich bin Gedankenleser.« Er zwinkerte Harry zu. Mandy ignorierte ihn. »Wir entfernen uns zu sehr von den Dingen auf die es wirklich ankommt im Leben. Wie Religion, zum Beispiel.«

»In den letzten zehn Jahren hast du aber nie den Wunsch geäußert, zur Kirche gehen zu wollen«, spottete Simon.

Mandy tat die Bemerkung mit einer wegwerfenden Handbewegung ab. »Das ist nicht wichtig«, erwiderte sie. »Ein Haufen alter Männer, die die heiligen Schriften herunterleiern, das ist nicht Religion. Ich möchte die Sache unverfälscht sehen. Ich finde, wir sollten das auch tun, Simon.«

Und so wurde es von Mandy und Sarah beschlossen. Simon, seine Familie und seine besten Freunde würden eine Reise zur Kreuzigung unternehmen – im günstigen Pauschalangebot natürlich ...

Die Firma PAN-Pauschalzeitreisen, Gesellschaft mit beschränkter Haftung, hatte ihre Büros auf dem Southend High Square. Zum Einführungsvortrag nahmen die Falks mit den Tolbutts zusammen einen Gleiter, um am Fahrpreis zu sparen. Für die Jahreszeit war der Tag ungewöhnlich schön, und im Gleiter waren sie vor der frischen Meerbrise geschützt und verspürten eine wohlige Aufregung. Simon fühlte sich immer gut, wenn es der Sonne gelang, durch die Wolkenschicht zu dringen, und er sah, wie sich ihre Strahlen an der riesigen schwimmenden Plattform brachen, die die Raumschiffe hoch in den Himmel schickte. Er war noch nie im Weltraum gewesen; in seinem tiefsten Inneren war Simon Falk ein überzeugter Daheimhocker.

Sie kamen zu der kleinen Vortragshalle und nahmen Platz. Simon sah sich um.

»Eine ganze Menge Leute hier«, flüsterte er Harry zu. »Glaubst du, die gehören alle zu unserer Reisegesellschaft?«

»Sie müssen dazugehören«, sagte Harry. »Es ist der einzige Einführungsvortrag heute.«

»Darf ich um Ihre Aufmerksamkeit bitten?« Ein junger, ernsthaft aussehender Geistlicher stand auf der kleinen Rednerbühne vor ihnen. Das Gemurmel erstarb. Der Vikar war ein kleiner Mann mit einer altmodischen Brille aus Glas. Die Geistlichkeit hatte ein Faible dafür. Die Gläser blitzten wie metallene Scheiben im Licht der Sonne, das in Streifen durch die Fenster an der Ostseite der Halle fiel.

»Zuallererst heiße ich Sie bei PAN-Pauschalzeitreisen willkommen. Ich gehöre zu jenen Personen, die Sie auf Ihre Zeitreise vorbereiten sollen. Wir sind dazu da, Ihnen Informationen zu geben über das, was Sie auf Ihrer Reise erwartet, und Ihnen Ratschläge im Hinblick auf Ihr Verhalten zu liefern.« Er lächelte. »Wir legen keine fixen Vorschriften fest, aber es ist sehr wichtig, daß Sie wissen, wie Sie sich zu benehmen haben, denn auf dieser Tour – wie auch auf vielen anderen – werden Sie sich unter die Einheimischen mischen. Sie dürfen nicht auffallen – das ist die erste Regel.«

Ein, zwei Hände schossen in die Höhe, aber der junge Priester winkte ab.

»Ja, ich weiß, viele von Ihnen haben Fragen, aber ich muß Sie bitten, sich zu gedulden. Am Ende des Vortrags stehen wir Ihnen für die ausführliche Beantwortung all Ihrer Fragen zur Verfügung, von denen viele sich möglicherweise im Laufe meiner Ausführungen erübrigen. Sie dürfen nicht vergessen, wir haben das alles schon oft gemacht.«

Er blickte auf und lächelte wieder. Ein Sonnenstrahl fiel auf seine linke Wange und bestrich sie mit heiligem Gold; das Publikum setzte sich in den weichen Sesseln bequem zurecht.

»Vor Ihrer Abreise werden Sie alle mit der passenden Kleidung ausgestattet, und jeder einzelne von Ihnen wird unser Behandlungszimmer passieren, um ganz sicher zu gehen, daß Ihr äußeres Erscheinungsbild mit dem der Einheimischen harmoniert. Das ist ein absolut harmloser Vorgang, der nach Ihrer Heimkehr leicht wieder rückgängig gemacht werden kann. Es geht einfach nicht an, daß hochgewachsene nordische Blondschöpfe herumstehen, wie schlecht verkleidete Wikinger bei einer Ramadanfeier. Einige Tage vor der Abreise werden Sie eingeladen, sich in unserem Sprachlabor einzufinden, wo Sie im Laufe eines Nachmittags nach dem Prinzip der Wissensinjektion das Hebräische erlernen. Wie Sie vielleicht wissen, wird die Kenntnis der Sprache nur etwa einen Monat anhalten und dann komplett aus Ihrem Gehirn verschwinden. Wir können das nicht in zwei, drei Stunden hineinstopfen und erwarten, daß es für immer drinnen bleibt – da wären wir ja alle schon Genies.«

Er kicherte leise.

»Kann ich ein römischer Soldat sein?« rief ein junger Mann mit rotfleckigem Gesicht hinter Simon.

Der Geistliche hob streng einen Finger und wies den jungen Mann vorwurfsvoll zurecht: »Sir, ich habe Sie doch gebeten, alle Zwischenfragen zu unterlassen! Am Ende des Vortrags werden Sie dafür ausreichend Gelegenheit haben. Nichtsdestoweniger werde ich auf Ihre Frage antworten, weil ich Ihnen in Kürze sowieso erklären wollte, warum es für Sie wichtig ist, Hebräer darzustellen: Die Reisegesellschaft muß zusammenbleiben; ein, zwei römische Soldaten, die hinter Zivilisten hertapsen, würden nicht besonders glaubwürdig aussehen. Außerdem hat ein Angehöriger der Besatzungstruppen seine Verpflichtungen – er könnte, zum Beispiel, ganz plötzlich den

Befehl bekommen, ins Lager zurückzukehren; seine Gürtelschnalle könnte nicht blank genug geputzt sein. Ein Soldat ist zu auffällig. Und abgesehen davon haben Soldaten ihre eigene Art, sich zu geben, haben gewisse typische Gesten und Phrasen – wir würden uns sicher verraten. Glauben Sie mir, wir müssen einfach als Zivilisten gehen.«

»Ich mag kein Jude sein«, murmelte James. Simon stieß ihn mit dem Ellbogen an.

Der Sprecher fuhr fort: »Nun, der letzte Teil meiner Ausführungen ist vielleicht der wichtigste – und ich hätte vollstes Verständnis dafür, wenn der eine oder andere von Ihnen sich danach entschließt, nicht weiter mitzumachen. Falls jemand diesen Wunsch hat, wird ihm – aber nur zu diesem Zeitpunkt, später nicht mehr! – die Anzahlungssumme rückerstattet. Also: Wenn ein Mitglied der Reisegesellschaft – aus welchem Grund auch immer – ins Gefängnis gerät, könnte es passieren, daß wir nicht in der Lage sind, ihn rechtzeitig wieder zu befreien, das heißt, bevor er auf einer Sklavengaleere landet oder den Löwen zum Fraß vorgeworfen wird.«

Das Publikum scharrte laut mit den Füßen und begann erregt zu murmeln, und er wartete mit gebeugtem Kopf, bis es sich wieder beruhigt hatte.

»Sie gehen absolut kein Risiko ein«, fuhr er fort, »wenn Sie sich genau an unsere Anweisungen halten. Ich kann nicht genug betonen, wie wichtig das ist. Also: Sie kennen die Geschichte, Sie wissen, was geschehen ist, und wie es dazu kam. Wir werden an dem Tag ankommen, an dem Pilatus die Einwohner von Jerusalem vor die Wahl stellt, wen er freilassen soll, weil die Bürger anläßlich des Passahfestes die Erlaubnis haben, einen der Gefangenen zu begnadigen. Sobald die Menge anfängt, ›Barabbas!‹ zu rufen – wir wissen, daß sie es tun wird –, dann müssen Sie mitschreien. Sie dürfen sich in keiner Weise von den anderen Leuten unterscheiden. Das ist lebensnotwendig. Sie müssen den Anschein erwecken, vollkommen im Einklang zu stehen mit dem Rest der Menge. Sie müssen Jesus Christus verhöhnen und die Fäuste schütteln, wenn er das Kreuz durch die Straßen schleppt. Denken Sie stets daran, daß die Ansiedlungen in jener Zeit nicht sehr groß waren, und wenn in einem solchen Fall ein Teil der Anwesenden schweigt und still bleibt, dann werden die übrigen sich fragen, weshalb, und anfangen, Fragen zu stellen. Und unter Streß würden Sie sich alle verraten – nicht, weil Sie Idioten sind, sondern weil Sie zu klug sind. Die Menschen waren sehr simpel zu jener Zeit. Sie folgten dem Beispiel der Anführer und hätten jeden mit großem Mißtrauen betrachtet, der das nicht getan hätte. Unter psychischem Druck ist es aber viel schwieriger, schlicht und unkompliziert zu sprechen, also tun Sie, was ich Ihnen sage, und keiner von Ihnen wird in Gefahr sein. Es mag Ihnen geschmacklos erscheinen und Ihrer Natur zuwiderlaufen, aber es ist eine Notwendigkeit. Daher müssen Sie lachen, wenn die Tafel ›Jesus von Nazareth, König der Juden‹ ans Kreuz genagelt wird. Diejenigen, die in Ehrfurcht erstarren, während die übrige Menschenmenge tanzt und lacht und johlt, werden durch ihr Schweigen nur die Aufmerksamkeit der anderen auf sich ziehen. Ich wiederhole, es ist nur für Ihre eigene Sicherheit. Und nun zu eventuellen Fragen, die Sie noch haben.«

Die Predigt war zu Ende. Nur zwei Ehepaare (ohne Kinder) ersuchten um die Rückerstattung ihrer Anzahlung.

»Wie konnten sie das nur tun?« fragte Julie wohl zum fünften Mal, unmittelbar vor der Abreise nach Jerusalem. »Wie konnten sie ihn nur kreuzigen? Sein eigenes Volk, dieselben Menschen, die ihm kurz zuvor zujubelten und Palmblätter vor die Füße streuten! Als wollte man jemanden mit einer Konfettischlacht feiern, ehe man ihn hängt!«

»Soll's auch schon gegeben haben«, antwortete Simon.

Nachdem ihr anfänglicher Widerstand gegen die Urlaubspläne geschwunden war, hatten sich die Kinder mit dem Gedanken daran abgefunden und begonnen, die Bibel zu studieren.

»Vergeßt nicht, was der Mann gesagt hat – es waren sehr einfache Leute.«

Simon war angenehm überrascht von Julie; sie ging mit den

richtigen Vorsätzen auf diese Reise: nämlich, die Menschen studieren zu wollen, die Christus hingerichtet hatten, und ihre Motive zu analysieren.

»Ich kann nicht glauben, daß sie gezwungen waren, das zu tun«, fuhr Julie fort. »Ich weiß zwar, daß Jesus sterben mußte, um uns vor der Erbsünde zu retten, aber ...«

»Die ganze Menschheit ist schuld daran. Du mußt in allgemeineren Begriffen denken. Man kann nicht einzelnen Völkern, wie den Römern oder den Juden, die Schuld an seinem Tod geben.«

»Na, ich finde trotzdem, daß es furchtbar war, wie sie ihn behandelt haben.«

Ja, Simon hatte seine Freude an Julie. Bei James war er sich noch nicht so sicher. James war tiefschürfender als Julie und mußte eine Sache längere Zeit ausloten und erforschen, als ihm zur Verfügung gestanden war.

Die Sache im Behandlungszimmer war schmerzlos, wie versprochen, und die Reise selbst beinahe das reine Vergnügen. Man hatte ein leichtes Schwindelgefühl dabei, aber wenn man die Augen geschlossen hielt, hatte man das Gefühl, daß man, sich endlos überschlagend, einen Abhang hinunterpurzelte. Eigentlich war gar nichts dabei. Als Simon die Augen wieder öffnete, saß er im warmen Sand neben einem schmalen Ziegenpfad. Die anderen befanden sich in denselben Stellungen, die sie im Zeitzimmer eingenommen hatten. Sie rappelten sich hoch und folgten dem Ziegenpfad in die Richtung des Städtchens, das von ferne in der Hitze schimmerte. Heiß drückte die Sonne auf den Nacken, und Simon umfaßte James, um ihn zu stützen. Keiner von ihnen war es gewöhnt, auf unebenem Boden, der noch dazu mit spitzen Steinen bedeckt war, zu wandern. Ein bißchen taten Simon die älteren Mitglieder der Reisegesellschaft leid.

Der Reiseleiter betrat die Stadt als erster. Er war erkennbar an seinem verfilzten Haar, den zerlumpten Kleidern und dem Wanderstab, den er trug, aber niemand durfte ihn ansprechen, es sei denn in wirklicher Notlage. Es war ein langer Weg, und die rauhen Gewänder waren unangenehm. Einige der Kinder begannen schon über die Hitze zu klagen und über die wunden Stellen, die der Stoff der Kleider gerieben hatte; aber die Erwachsenen waren durchwegs in aufgeregter Stimmung. Zumindest sehen wir durch und durch echt aus, dachte Simon. Die Kittel und Sandalen waren tatsächlich echt – gekauft von einem Ausrüstungsfachmann des Reisebüros während einer früheren Reise. Auf Ersuchen des Veranstalters waren einige Leute barfuß unterwegs; ihre Fußsohlen waren im Behandlungszimmer gehärtet worden. Dennoch, dachte Simon, werden sie voller Wunden sein, wenn wir zurückkommen. Vermutlich rechnete das Reisebüro damit, daß die Besucher angesichts der Leiden Christi sich ihrer eigenen trivialen Wehwehchen bloß schämen würden. Ein Hund rannte zwischen ihren Füßen hin und her und bellte, als sie sich eine enge, staubige Straße hinunterschleppten. Ihr erstes Zusammentreffen mit einem Einheimischen ... Simon warf Mandy einen Blick zu. Ihre neuen braunen Augen strahlten ihn an, und auf eine gewisse zigeunerhafte Weise sah sie wunderschön aus.

»Froh, daß du hier bist?« flüsterte sie auf Hebräisch.

»Ich weiß es noch nicht«, antwortete er in aller Ehrlichkeit.

Schließlich kamen sie zwischen einigen Lehmhäusern hindurch auf den Platz im Zentrum des Städtchens.

»Gerade zur rechten Zeit«, sagte der Reiseleiter. »Verteilt euch alle.«

Die Menschen standen dicht zusammengedrängt, aber Harry gelang es, am äußeren Rand der Menge ein Plätzchen zu ergattern. Ein großer, schlanker Mann mit intelligentem Gesicht sprach von den Stufen eines steinernen Gebäudes zu der Menschensammlung. Er sah gequält und krank aus und sprach Lateinisch.

»Was sagt er?« flüsterte Simon Harry zu, der als Junge die klassischen Sprachen studiert hatte.

»Er fordert uns auf, denjenigen auszuwählen, der freikommen soll«, antwortete Harry. »Du weißt schon, in der Bibel.«

»Aha«, sagte Simon.

Die Menge scharrte mit den Füßen, schwieg aber. Eine Fliege setzte sich auf Simons schwitzende Nase, und er jagte sie ungeduldig weg. Mein Gott, wie heiß es ist, dachte er. Der Römer wiederholte den vorangegangenen Satz, und plötzlich, als hätte er gerade eben die Frage verstanden, schrie James: »Barabbas!« mit hoher Stimme. Er hatte vor sich hingeträumt, und die Frage hatte ihn, wie so viele lateinische Fragen in der Schule, einfach überrumpelt. Der Klang seiner Stimme hallte über den ausgedörrten Platz, und James sah ein bißchen erschreckt aus ob seines Ausbruchs. Dann begann die Menschenmenge zu murmeln, und bald schrien alle:

»Barabbas! Barabbas!«

Simon verspürte Erleichterung, als das Gebrüll begann. Der Aufschrei seines Sohnes hatte ihn bestürzt, und er fürchtete, daß dadurch die Aufmerksamkeit auf sie alle gelenkt werden könnte. Aber niemand sah herüber.

»Warum hast du das gemacht?« zischte er in das allgemeine Geschrei hinein.

James war nervös und angespannt. »Es tut mir leid, ich dachte, wir sollten das tun. Der da vorn hat uns gefragt – und der Mann vom Reisebüro sagte … Ich weiß nicht.«

»Macht ja nichts«, mischte sich Harry ein. »Es wäre sowieso geschehen. Du hast bloß zu früh angefangen, das ist alles. Aber tu es nicht wieder, sonst kriegen wir noch Schwierigkeiten.«

James sah niedergeschlagen drein, und Simon beließ es dabei. Sinnlos, eine Szene daraus zu machen – was geschehen war, war geschehen. Etwa eine Stunde lang standen sie auf dem Platz, wobei keiner von ihnen ganz sicher war, was eigentlich vor sich ging, und dann verkündete Julie, ihr sei schlecht. Simon und Mandy gingen mit ihr hinter eines der strohgedeckten Häuser, nachdem sie James bei Harry und Sarah und deren Kinder gelassen hatten.

»Das muß die Hitze sein«, meinte Mandy nach einer Weile. »Mir macht sie auch ein bißchen zu schaffen. Können wir uns nicht irgendwo in den Schatten setzen?«

Sie blickte die enge Straße hinunter, aber kein Platz war zu sehen, an dem man sich hätte ausruhen können. Dann kam ihr eine Idee; sie ging zu einem der Häuser hinüber und blickte durch die Türöffnung ins Innere. Auf Stühlen in der Mitte des

Raumes saß eine hebräische Familie mit gefalteten Händen. Fragend hob der älteste Mann der Gruppe die Augen. In der Tür war es kühl, aber es war ganz offensichtlich, daß Mandy sich in eine sehr private Angelegenheit drängte.

»Verzeihung«, sagte sie und trat zurück auf die Straße. Die Hitze drang vom Boden durch die Sohlen ihrer Sandalen, und sie ging weiter zum Nachbarhaus, in dem sich auch Leute befanden, genauso wie im nächsten und übernächsten. Sie kehrte zurück zu Simon und Julie.

»Das ist komisch«, flüsterte sie Simon zu, als sie neben ihm stand. »In allen Häusern sind Menschen.«

»Und?« sagte Simon in gereiztem Tonfall.

»Na, man würde doch annehmen, daß sie an einem Tag wie heute draußen sein würden! Warum sehen sie nicht zu, wie Christus sein Kreuz durch die Straßen zieht? Die anderen Einwohner tun das ja auch!«

»Vielleicht sind sie . . . Was weiß ich. Worauf willst du hinaus?« Er sah nachdenklich drein. »Eigentlich hast du recht. Sehen wir uns noch ein paar Häuser an.«

Sie gingen von Haus zu Haus, durch Dutzende Straßen, blickten durch Türöffnungen, lugten zwischen Vorhängen hindurch, bis sie sicher waren, einen großen Teil des Städtchens gesehen zu haben. Genug, um zu erkennen, daß irgend etwas ganz und gar nicht stimmte. Was es war, das nicht stimmte, begann Simon rasch zu dämmern, und wie sehr auch sein Hirn versuchte, den schrecklichen Gedanken zurückzuweisen oder Ausreden zu erfinden – der Gedanke blieb. Julie folgte ihren aufgeregten Eltern, verständnislos und offensichtlich unter Übelkeit leidend.

»Ich möchte etwas zu trinken«, klagte sie schließlich.

»Hier kannst du nichts haben«, sagte Mandy kurz angebunden. »Das Wasser hier darf man nicht trinken. Es enthält alle möglichen Bakterien.«

»Diese Leute sehen doch alle ganz gesund aus«, maulte sie, stieß aber auf taube Ohren.

Simon spürte, wie ein heißer Lufthauch über sein Gesicht strich. Seine Augen waren gerötet, der Mund fühlte sich trokken an, und zwischen seinen Zehen mischten sich Staub und Schweiß zu einem schmierigen Brei. Das körperliche Unbehagen jedoch war gar nichts, verglichen mit der psychischen Anspannung. Er hatte große Angst.

»Kommt es dir nicht auch seltsam vor, daß die Menschenmenge so riesig war?« fragte er, während er sich mit dem Ärmel über die Stirn wischte.

Mandys Stimme klang mühsam beherrscht. »Nun, auch andere Zeitreiseagenturen haben ein paar Leute hergebracht – PAN ist ja nicht die einzige.«

Simon zitterte jetzt deutlich. »Es gibt Dutzende Agenturen!« rief er. »Und alle echten Einwohner dieses Ortes sind in ihren Häusern und beten! Schnell, wir müssen Harry und die anderen finden!«

Simon packte Julie und setzte sie auf seine Schultern. Sie rannten durch die Straßen, während der Schweiß von ihren Brauen troff, und das Salz zusammen mit dem Staub in ihren Augen brannte. In der Ferne hörten sie die Menge singen und höhnen; sie hörten aufbrandendes Gelächter und schrilles Pfeifen. Es war ein häßlicher, furchteinflößendes Geräusch, wie das Quieken von Affen, wenn der Löwe unter ihren Bäumen umherstreicht. Es war das verlegene Lachen von Hyänen, die in sicherer Entfernung um die Höhle des Löwen schleichen, während seine Lordschaft sorglos in der warmen Sonne badet. Dann plötzlich Stille.

Simon verlangsamte seine Schritte und schnappte nach Luft. Er sah die Furche, die das Ende des Kreuzes auf dem Boden gezogen hatte, und die in der Ferne verschwand. Ein Schauder schüttelte ihn.

»Mein Gott!« schluchzte er, zu seiner Frau gewandt. »Wir haben ihn umgebracht!«

Im Laufen verlor er eine Sandale, aber er ignorierte es. Er spürte keinen der scharfen Steine, die ihn in Fußsohle und Ferse schnitten.

Mandy und Simon stolperten weiter, folgten der inhaltsschweren Linie im Staub, bis sie die Menschenansammlung erreichten. Alle Gesichter waren in eine Richtung gewandt und trugen den Ausdruck betroffenen, erschrockenen Mitleids. Simon wagte nicht, zu den Kreuzen zu blicken. Er wußte, er würde das Bewußtsein verlieren, wenn er es tat; es war genug, daß er ihre Umrisse aus dem Augenwinkel gesehen hatte. Sie fanden Harry und Sarah und die Kinder am Rand der Menge, so still und aufmerksam wie die anderen. Sarah hatte weiße Flekken auf den Wangen, und Harrys Mund stand halb offen.

»Harry«, würgte Simon heraus, so hastig, wie seine Gefühlsregungen es erlaubten. »Harry, wir müssen ihn da herunterholen!«

Harrys betäubtes Denkvermögen brauchte eine Weile, ehe es die Tatsache registrierte, daß Simon wieder bei ihnen war. Er wandte die Augen jedoch nicht von dem Mann ab, der auf dem mittleren Kreuz hing.

Er leckte sich über die Lippen und antwortete hilflos: »Kann man nicht machen, Simon. Es muß geschehen, du weißt das. So ist es nun mal, aber, meine Güte, ich wollte, wir wären nie hergekommen. Er hat mich angeschaut, verstehst du! Ich werde seine Augen mein ganzes Leben lang nicht vergessen. Sie waren so …« – er unterbrach sich, um nach einem Wort zu suchen – »… so tief.«

Simon war außer sich. »Harry. Harry! Schau dir die Menschen an! Schau dich um! Das sind keine Juden! Keine Einheimischen! Hier sind nur wir, die Touristen! Erkennst du die Ungeheuerlichkeit dessen, was wir getan haben? Die ganze Schuld der Menschheit liegt auf unseren Schultern!«

Er schluchzte wild auf. »Wir haben den Sohn Gottes ans Kreuz geschlagen, und wir werden es bei der nächsten Reise wieder tun, und bei der nächsten und bei der nächsten …«

»Immer und immer wieder, bis in Ewigkeit, amen«, vollendete Harry den Satz in Demut.

Originaltitel: »Let's Go to Golgatha«
Copyright © 1975 by Garry Kilworth
Aus dem Englischen übersetzt von Biggy Winter

Zins und Zinseszins

»Ich wünsche Sior Marin Goldini in einer geschäftlichen Angelegenheit zu sprechen«, erklärte der Fremde in miserablem
Italienisch.

Der Pförtner schien mißtrauisch. Durch das vergitterte
Fenster hindurch ließ er seinen Blick über die Kleidung des
Neuankömmlings gleiten. »In einer geschäftlichen Angelegen-
heit, Sior?« Er zögerte. »Vielleicht sollten mich Sior über die Art
dieses Geschäftes informieren, so daß ich meinerseits den
Sekretär seiner *Zelenza*, Vico Letta, in Kenntnis setzen kann ...«
Er ließ den Satz versickern.

Der Fremde überlegte. »Es handelt sich«, antwortete er
schließlich, »um Gold.« Er zog eine Hand aus seiner Jackentasche, öffnete sie und ließ den Pförtner das halbe Dutzend
Münzen sehen, das darin lag.

»Einen Augenblick, *Lustrissimo*«, stieß der Diener schnell
hervor. »Ich bitte um Vergebung. Eure Tracht, *Lustrissimo* ...«
Seine Worte verebbten erneut, und er verschwand.

Einige Augenblicke später kehrte er zurück und riß die Eingangstür weit auf. »Wenn es beliebt, *Lustrissimo* ... Seine *Zelen-*
za erwartet Euch.«

Er ging vor dem Fremden her durch eine gewölbeartige Halle
zum Innenhof, links an einem Springbrunnen vorbei zu einer
breiten Außentreppe, die von gotischen Bögen gestützt und
einem durchbrochenen Geländer gesäumt wurde. Sie stiegen
die Treppe hoch und traten durch eine dunkle Türöffnung in
einen schlecht beleuchteten Korridor. Der Diener blieb stehen
und klopfte zaghaft gegen eine dicke Holztür. Von drinnen war
ein Murmeln zu hören. Der Pförtner öffnete die Tür, ließ den
Fremden eintreten und zog sich zurück.

Zwei Männer standen an einem rohbehauenen Eichentisch. Der ältere war von gedrungener Gestalt, hatte verkniffene Züge und strahlte Kälte aus; der andere war groß und schlank und wirkte ungezwungen. Letzterer machte eine leichte Verbeugung, wies mit einer Bewegung seiner Hand auf den zweiten Mann und sagte: »Seine *Zelenza*, der Sior Marin Goldini.«

Der Fremde versuchte sich seinerseits an einer linkischen Verbeugung und murmelte verlegen: »Mein Name ist ... Mister Smith.«

Es folgte ein Augenblick des Schweigens, das Goldini schließlich brach, indem er das Wort ergriff: »Und das ist mein Sekretär, Vico Letta. Der Diener sprach von Gold, Sior, und von einer geschäftlichen Angelegenheit.«

Der Fremde griff wiederum in seine Jackentasche, holte zehn Münzen hervor und legte sie auf den Tisch. Mit mäßigem Interesse nahm Vico Letta eine davon auf und betrachtete sie prüfend. »Diese Prägung ist mir nicht geläufig«, erklärte er dann.

Sein Herr verzog sein abweisendes Gesicht zu einem humorlosen Lächeln. »Was mich erstaunt, mein guter Vico.« Er wandte sich an den Fremden. »Und was wünscht Ihr mit diesen Münzen anzustellen, Sior Mister Smith? Zugegeben, dies alles erscheint mir sehr verwirrend.«

»Ich möchte«, entgegnete Mister Smith, »daß Ihr die Summe für mich investiert.«

Währenddessen hatte Vico Letta beiläufig eine der Münzen auf einer kleinen Waage gewogen. Er hob den Blick kurz zur Decke und kalkulierte überschlagsmäßig. »Die zehn kommen im Wert schätzungsweise an neunundvierzig Zechinen heran, *Zelenza*«, murmelte er.

Ungeduldig sagte Marin Goldini: »Sior, diese Summe stellt einen Betrag dar, der es kaum lohnend erscheinen läßt, mein Haus damit zu beschäftigen. Die Buchhaltungsarbeiten allein ...«

»Bitte mißversteht mich nicht«, unterbrach ihn der Fremde. »Ich bin mir durchaus darüber im klaren, daß es sich um eine geringe Summe handelt. Jedoch wäre ich bereit, mich mit zehn

Prozent Zinsen zufrieden zu geben und würde die erste Rechnungslegung in ... einhundert Jahren erwarten.«

Die beiden Venezianer hoben überrascht die Brauen. »Einhundert Jahre, Sior? Mag sein, daß Eure Kenntnis der Sprache ...« entgegnete Goldini höflich.

»Einhundert Jahre«, beharrte der Fremde.

»Aber es ist ganz unwahrscheinlich«, protestierte der Chef des Hauses Goldini, »daß auch nur einer von uns dreien dann noch am Leben ist. Wenn es Gottes Wille sein sollte, dann wird in hundert Jahren das Haus Goldini selbst nur mehr eine Erinnerung sein.«

Fasziniert hatte Vico Letta in höchster Eile kalkuliert. »In einhundert Jahren wird Euer Geld, mit Zinsen und Zinseszinsen, mehr als siebenhunderttausend Zecchini wert sein!« meinte er nun.

»Noch einiges mehr als das«, antwortete der Fremde mit fester Stimme.

»Ein hübsches Sümmchen«, nickte Goldini. Das Interesse seines Sekretärs begann ihn anzustecken. »Und während dieser ganzen Zeit würden alle Entscheidungen, die mit der Anlage dieser Summe im Zusammenhang stehen, in den Händen meines Hauses liegen?«

»Ganz richtig.« Der Fremde holte ein Blatt Papier aus seiner Jackentasche, riß es entzwei und reichte eine Hälfte den Venezianern. »Wenn meine Hälfte in einhundert Jahren, vom heutigen Tag an gerechnet, Euren Nachkommen präsentiert wird, so wird der Überbringer berechtigt sein, die ganze Summe zu kassieren.«

»Gemacht, Mister Smith!« rief Goldini. »Eine erstaunliche Transaktion, aber ich bin einverstanden damit. Zehn Prozent sind heutzutage wirklich eine bescheidene Forderung.«

»Es genügt mir. Darf ich nun einige Vorschläge machen? Kennt Ihr vielleicht die Familie Marco Polo?«

Goldini zog die Stirn in Falten. »Ich kenne Sior Maffeo Polo.«

»Und seinen Neffen Marco?«

Goldini war auf der Hut. »Ich habe gehört, daß der junge

Marco von den Genuesen gefangen genommen wurde. Weshalb fragt Ihr?«

»Er schreibt an einem Buch über seine Abenteuer im Orient. Dieses Buch könnte sich als wichtige Informationsquelle erweisen. Und noch etwas. In wenigen Jahren wird es einen Anschlag auf die venezianische Regierung geben; kurz danach wird sich ein Rat der Zehn etablieren, der schließlich zur höchsten Autorität der Republik wird. Unterstützt diese Entwicklung von der ersten Stunde an und seht zu, daß Euer Haus in diesem Rat vertreten ist.«

Die beiden Männer starrten ihn ungläubig an, und Marin Goldini bekreuzigte sich unauffällig.

Der Fremde fuhr fort: »Solltet Ihr außerhalb Venedigs nach gewinnbringenden Investitionsmöglichkeiten Ausschau halten, so schlage ich vor, die Kaufleute der Hansestädte und ihr demnächst entstehendes Bündnis in Betracht zu ziehen.«

Die beiden Venezianer hörten nicht auf, den Fremden anzustarren, der verlegen sagte: »Ich gehe jetzt. Eure Zeit ist kostbar.« Er eilte zur Tür, öffnete sie selbst und war verschwunden.

»Marco Polo, dieser Lügner«, schnaubte Marin Goldini verächtlich.

»Wie konnte er wissen«, fügte Vico verdrießlich hinzu, »daß wir Überlegungen anstellen, unsere Geschäftsverbindungen nach Osten hin auszuweiten? Wir haben das nur unter vier Augen diskutiert.«

»Der Anschlag auf die Regierung«, flüsterte Marin Goldini und bekreuzigte sich erneut. »Wollte er damit andeuten, daß unser Intrigenspiel aufgedeckt wurde? Vico, vielleicht sollten wir uns von den Verschwörern trennen?«

»Möglicherweise habt Ihr recht, *Zelenza*«, murmelte Vico. Er nahm eine der Münzen zur Hand und betrachtete Vorder- und Rückseite. »Es gibt kein solches Land«, grollte er, »aber die Münze ist perfekt geprägt.« Er nahm das zerrissene Blatt Papier und hielt es ans Licht. »Noch habe ich je solches Papier gesehen, *Zelenza*, und auch diese seltsame Sprache ist mir nicht bekannt – obwohl sie, bei genauerer Prüfung, einige Ähnlichkeit mit der englischen Zunge zu besitzen scheint.«

Das Bankhaus Letta-Goldini befand sich nun im Stadtteil San Tomá – ein beeindruckendes Gebäude, durch das die Erträge aus tausend spekulativen Unternehmungen in hundert verschiedenen Ländern flossen.

Riccardo Letta sah von seinem Schreibtisch hoch und auf seinen Assistenten. »Dann ist er also tatsächlich erschienen? Lio, *per favore*, bring mir alle Papiere, die mit dem ... äh, Konto in Zusammenhang stehen. Dann laß mir zehn Minuten Zeit, um meine Erinnerung aufzufrischen, bevor du den Sior einläßt ...«

Der Urenkel von Vico Letta, Chef des Hauses Letta-Goldini, erhob sich elegant von seinem Stuhl, verbeugte sich mit weitausholender Geste, wie es dieser Zeit entsprach, und sagte: »Euer Diener, Sior ...«

Als verlegene Antwort auf diese übergroße Höflichkeit ruckte der Fremde seinen Kopf kurz nach unten und ergänzte: »Mister Smith.«

»Einen Stuhl, *Lustrissimo*? Und nun erbitte ich Euren Pardon für meine ungebührliche Hast, doch wenn man die Verantwortung für ein Haus der Größe von Letta-Goldini in Händen trägt ...«

Mister Smith hielt ihm ein zerrissenes Stück Papier hin. »Der Vertrag mit Marin Goldini, ausgestellt vor genau einem Jahrhundert.« Sein Italienisch war abscheulich.

Riccardo Letta nahm das Blatt Papier. Es war neu, sauber und frisch, eine Tatsache, die Runzeln auf seine Stirn brachte. Er nahm ein gealtertes, gelbes Blatt von seinem Schreibtisch auf und legte das eine dicht an das andere; sie paßten perfekt zueinander. »Erstaunlich, Sior, wie kann es geschehen, daß meine Hälfte des Blattes vergilbt ist und die Eure so frisch?«

Mister Smith räusperte sich. »Zweifellos die unterschiedliche Weise, auf welche die Blätter aufbewahrt wurden.«

»Zweifellos.« Letta lehnte sich zurück und legte die Fingerspitzen seiner Hände gegeneinander. »Und ebenso zweifellos wünscht Ihr nun Euer Kapital und die Zinsen, die es erwirtschaftet hat, zu erhalten. Die Summe ist beträchtlich, Sior. Wir werden gezwungen sein, etliche Kredite sofort fällig zu stellen.«

Mister Smith schüttelte den Kopf. »Ich möchte auf der ursprünglichen Basis weitermachen.«

Letta richtete sich auf. »Ihr meint, für weitere hundert Jahre?«

»Ganz richtig. Ich habe Vertrauen in Eure Geschäftstüchtigkeit, Sior Letta.«

»Ich verstehe.« Riccardo Letta hatte seine Stellung unter den Halsabschneidern der venezianischen Bank- und Handelswelt einzig und allein aus eigener Kraft errungen. Er benötigte nur einen Augenblick, um sich zu fangen. »Das Erscheinen Eures Vorfahren, Sior, hat in diesem Hause eine veritable Legende begründet. Sind Euch die Details bekannt?«

Der andere nickte müde.

»Er gab uns die verschiedensten Anregungen, unter anderen jene, den Rat der Zehn von Anfang an zu unterstützen. Wir haben jetzt einen Vertreter im Rat, Sior. Den Vorteil, den uns diese Tatsache bringt, brauche ich Euch kaum zu unterstreichen. Euer Vorfahr gab uns auch den Rat, uns mit den Reisen des Marco Polo zu beschäftigen, welchen wir nicht befolgten – was wir aber hätten tun sollen. Doch in ihrer Merkwürdigkeit über allen anderen stand die Empfehlung, in die Hanse-Städte zu investieren.«

»Und? War das nicht ein vernünftiger Vorschlag?«

»Gewinnbringend ja, Sior, aber wohl kaum vernünftig zu nennen! Euer Vorfahr erschien im Jahre 1300, doch der Hansebund wurde erst 1358 gegründet!«

Der kleine Mann, gewandet ziemlich ähnlich wie – der Überlieferung nach – der erste Mister Smith, zog das Gesicht schief. »Ich fürchte, ich bin nicht in der Lage, Euch das zu erklären, Sior. Nun, auch meine Zeit ist begrenzt. Doch angesichts der gegenwärtigen Höhe meines Kapitals würde ich Euch ersuchen, einen verbindlicheren Kontrakt ausarbeiten zu lassen, als es der mehr oder weniger verbale mit den Begründern Eures Hauses war.«

Riccardo Letta klingelte mit einer kleinen Glocke auf seinem Schreibtisch, und die nächste Stunde verlief inmitten von Gehilfen und Sekretären. Als die Stunde um war, sagte Mister

Smith, ein Bündel Schriftstücke in Händen: »Darf ich Euch jetzt einige Vorschläge unterbreiten?«

Riccardo Letta beugte sich mit zusammengekniffenen Augen vor. »Ich bitte darum.«

»Euer Haus wird weiterwachsen, und Ihr werdet Euch damit vertraut machen müssen, Niederlassungen in anderen Ländern zu gründen. Doch setzt weiterhin auf die Hansestädte. In nicht allzuferner Zukunft wird ein außergewöhnlicher Mann namens Jacques Coeur in Frankreich zu Berühmtheit kommen. Nehmt ihn als französischen Repräsentanten in Eure Firma. Jedoch solltet Ihr ihm im Jahre 1450 Euer Vertrauen entziehen.«

Mister Smith erhob sich und machte sich zum Aufbruch bereit. »Eine Warnung, Sior Letta. Sobald ein Vermögen groß genug ist, versammeln sich die Schakale. Ich rate Euch, sowohl das Vorhandensein, wie auch den Umfang dieses Vermögens im dunkeln zu lassen und es aufzuteilen. Auf solche Art und Weise mag sich zwar ein gelegentlicher Rückschlag durch die Vorgangsweise dieses oder jenes Prinzen oder die Ereignisse dieser oder jener Revolution einstellen, jedoch wird das Vermögen, im großen und ganzen gesehen, weiterwachsen.«

Riccardo Letta war kein übermäßig religiöser Mann, aber ebenso wie sein Vorfahr bekreuzigte er sich, als der andere den Raum verlassen hatte.

Es waren zwanzig Männer, die im Jahre 1500 warteten; sie saßen rund um einen hübschen Konferenztisch, die Repräsentanten eines halben Dutzends Nationen, mit arroganten Mienen und gelegentlich grausamen Gesichtszügen. Waldemar Gotland sprach als ihr Vorsitzender.

»Eure Exzellenz«, sagte er in passablem Englisch. »Dürfen wir annehmen, daß dies Eure Muttersprache ist?«

Daß die Anwesenden so zahlreich waren, verblüffte Mister Smith zwar, aber er antwortete: »Das dürft Ihr.«

»Und das Ihr als Mister Smith, in englischer Manier, angesprochen werden wollt?«

Smith nickte. »Durchaus akzeptabel.«

»Dann, Sir, ersuche ich Euch um die Schriftstücke. Wir haben ein Komitee unter dem Vorsitz von Emile de Hanse zusammengestellt, das die Dokumente auf ihre Echtheit hin prüfen wird.«

Smith überreichte ihm seinen Packen Papiere. »Ich habe doch den Wunsch geäußert«, klagte er, »diese Investitionen geheimzuhalten.«

»Das wurde auch getan, Eure Exzellenz, soweit es nur möglich war. Der Umfang dieses Vermögens ist jetzt phantastisch. Obwohl der Name Letta-Goldini immer noch beibehalten wird, weilt kein Mitglied der beiden Familien mehr unter den Lebenden. Im Laufe des vergangenen Jahrhunderts wurden zahlreiche Versuche unternommen, sich des Vermögens Eurer Exzellenz zu bemächtigen.«

»Das war zu erwarten«, entgegnete Mister Smith interessiert. »Und was brachte diese Versuche zum Scheitern?«

»Im Prinzip die Anzahl der Männer, die an seiner Verwaltung beteiligt sind, Exzellenz. Als Repräsentant Skandinaviens liegt es wohl kaum in meinem Interesse zuzusehen, wie ein Venezianer oder ein Deutscher den *Kontrakt* bricht.«

»Ebensowenig, wie es in unserem Interesse liegt«, biß Antonio Ruzzini zwischen den Zähnen hervor, »zuzusehen, wie Waldemar Gotland dasselbe versucht. Mehr als einmal, *Zelenza*, wurde deswegen Blut vergossen in diesem vergangenen Jahrhundert!«

Die Schriftstücke wurden für echt befunden.

Gotland räusperte sich. »Wir haben nun einen Punkt erreicht, Exzellenz, an dem das ganze Vermögen des Bankhauses Euch gehört – wir sind nicht mehr als nur Angestellte. Wie schon gesagt, es hat bereits Versuche gegeben, Hand an dieses Vermögen zu legen. Wenn es Euer Wunsch ist, es weiterhin wachsen und gedeihen zu lassen ...«

Mister Smith nickte.

»... würden wir daher vorschlagen, einem noch fester umrissenen Kontrakt zuzustimmen, den wir uns erlaubt haben, für Euch aufzusetzen.«

»Ausgezeichnet, ich werde ihn mir ansehen. Aber vorerst hört Euch meine Instruktionen an.«

Es folgte ein allgemeines scharfes Luftholen, ehe sich die Männer in ihren Stühlen zurücklehnten.

Mister Smith begann: »Mit dem Fall Konstantinopels an die Türken wird die Macht Venedigs sinken. Das Haus muß seine Zentrale anderswo errichten.«

Ein unterdrückter Aufschrei aller übrigen Anwesenden war die Folge.

Mister Smith fuhr fort: »Das Vermögen ist nun groß genug, daß wir Pläne für die fernere Zukunft machen dürfen, welche westwärts liegt. Sendet einen Repräsentanten nach Spanien. In Kürze werden die Entdeckungen im Westen dort neue Investitionsmöglichkeiten eröffnen. Laßt Eure Unterstützung Männern mit Namen Hernando Cortez und Francisco Pizarro angedeihen. Um die Mitte des Jahrhunderts zieht das Kapital aus Spanien ab und legt es in England an, im besondern im Handel und in der Manufaktur. In der Neuen Welt wird es zu einer großen Landverteilung kommen; macht den Versuch, über Eure Repräsentanten soviel Land wie möglich zu erhalten. Mit dem Tod Heinrich VIII. wird es zu einigen Wirren kommen; setzt auf seine Tochter Elizabeth.

Mit der Verbreitung der industriellen Fertigung in den nördlichen Ländern werdet Ihr herausfinden, daß es für den Besitzer etwa einer Großweberei höchst lästig ist, dort arbeiten zu lassen, wo es buchstäblich Dutzende Feier- und Festtage gibt. Unterstützt daher solche religiöse Führer, die eine mehr, ääh, puritanische Lebensweise verlangen.«

Er kam zum Ende. »Noch eine Sache: Diese Gruppe ist zu groß. Ich schlage vor, nur eine Person aus jedem Land, das daran beteiligt ist, an dem Geheimnis des Kontrakts teilhaben zu lassen.«

»Gentlemen«, sprach Mister Smith im Jahre 1600, »wendet Euch verstärkt der industriellen Fertigung und dem Handel in Europa zu, dem Ackerbau, der Bergbau und der Ansammlung großer Ländereien in der Neuen Welt. In diesem Jahrhundert werden auch im Osten riesige Vermögen gemacht werden; seht zu, daß unsere Häuser die ersten sind, die dort zu Profit kommen.«

Sie warteten um den Konferenztisch versammelt in London. Die Uhr – laufend nervös kontrolliert – verriet ihnen, daß noch volle fünfzehn Minuten bis zum Erscheinen von Mister Smith vergehen würden.

Sir Robert nahm eine Prise Schnupftabak und verströmte eine Nonchalance, die er nicht verspürte. »Gentlemen«, begann er, »offen gesagt, ich finde es nicht leicht, diese Geschichte zu glauben. Worauf läuft denn die ganze Sache letzten Endes hinaus?«

»Aber es ist eine hübsche Geschichte, Messieurs«, sagte Pierre Deflage leise. »Im Jahre 1300 erschien ein ziemlich herabgekommen aussehender Fremder vor einem venezianischen Bankier und legte zehn Goldstücke an – und zwar für die Dauer eines Jahrhunderts. Er gab dem Bankier einige Hinweise für die Zukunft, die selbst die Fähigkeiten eines Nostradamus auf eine harte Probe gestellt hätten. Seit damals sind die Nachkommen dieses Fremden auf den Tag und die Stunde genau alle hundert Jahre erschienen und haben die Summe erneut angelegt, ohne jemals auch nur eine Sou für ihren eigenen Bedarf abzuzweigen; stets jedoch hinterließen sie wertvolle Ratschläge. Und nun, Messieurs, haben wir den Punkt erreicht, wo dieses Vermögen bei weitem das umfangreichste auf der Welt darstellt. Ich, zum Beispiel, werde für den reichsten Mann Frankreichs gehalten.« Er hob beredt die Schultern. »Wogegen wir alle wissen, daß ich nicht mehr bin als ein Angestellter dessen, was wir den *Kontrakt* nennen.«

»Ich behaupte«, sagte Sir Robert, »daß diese Geschichte sich unmöglich so zugetragen haben kann. Es sind hundert Jahre vergangen, seit dieser *Mister Smith* angeblich zum letzten Mal aufgetaucht ist. In diesem Jahrhundert war der *Kontrakt* der Obhut ehrgeiziger, skrupelloser Männer anvertraut, die diese phantastische Geschichte zu ihrem eigenen Vorteil ersannen. Gentlemen, es gibt keinen Mister Smith – und es gab nie einen. Die Frage ist die: Sollen wir diese Farce weiterführen oder sollen wir Maßnahmen zur Aufteilung des Vermögens treffen, bevor wir alle unserer eigenen Wege gehen?«

Eine leise Stimme sagte von der Tür: »Wenn Ihr dieses Vorgehen für durchführbar haltet, Sir, dann werden wir uns diesmal noch mehr bemühen müssen, den Kontrakt tatsächlich hieb- und stichfest zu machen. Darf ich mich vorstellen? Meine Herren, Sie können mich Mister Smith nennen.«

Im Jahre 1800 erklärte er: »Zwölf Jahre lang werdet Ihr Euch auf die Seite des Abenteurers Bonaparte stellen. Im Jahre 1812 laßt ihn fallen. Dann müßt Ihr in großem Umfange in die neue Nation, die Vereinigten Staaten von Amerika, investieren. Sendet augenblicklich einen Repräsentanten nach New York. Dieses Jahrhundert wird sich als eines der Revolutionen und der Veränderungen erweisen. Wo Ihr Monarchien unterstützt, entzieht ihnen diese Unterstützung . . .« erschrocken schnappten die Männer, die um den Tisch saßen, nach Luft, ». . . und wendet sie besser den Klassen zu, die in irgendeiner Weise mit dem Kommerz in Verbindung stehen. Setzt auf einen gewissen Robert Clive in Indien. Entzieht Spanien in Südamerika Eure Unterstützung. Im amerikanischen Bürgerkrieg, der ausbrechen wir, setzt auf den Norden.

Im großen und ganzen, Gentlemen, wird dies das Jahrhundert Englands werden. Behaltet das im Gedächtnis.« Eine Sekunde lang blickte er zur Seite, weit weg in eine unbekannte Ferne. »Im nächsten Jahrhundert wird sich das ändern, aber selbst ich weiß nicht, was jenseits seiner Mitte liegt.«

Nachdem er gegangen war, murmelte Amschel Mayer, der Repräsentant aus Wien: »Meine Kollegen, habt Ihr bemerkt, daß zumindest eines der Relikte des ursprünglichen *Kontrakts* seine Bedeutung erlangt?«

Lord Windermere blickte ihn finster an, und als er sprach, machte er kaum Anstalten, seinen Antisemitismus zu verbergen. »Was wollt Ihr damit ausdrücken, Sir?«

Der Bankier öffnete das schwere Kästchen, welches alle Schriftstücke enthielt, die sich seit den Tagen Goldinis angesammelt hatten, und holte eine mittelgroße Goldmünze daraus hervor. »Eine der Originalmünzen, Eure Lordschaft, die durch all die Jahrhunderte aufbewahrt wurde.«

Windermere ergriff sie und las: »Vereinigte Staaten von

Amerika. Zum Henker, Mann, das ist doch lächerlich! Da hat Euch jemand ein Schelmenstück gespielt! Die Münze kann zu Goldinis Zeit nicht existiert haben; die Kolonien haben ihre Unabhängigkeit erst vor weniger als fünfundzwanzig Jahren proklamiert!«

»Und die Zahl am unteren Rand der Münze«, murmelte Amschel Mayer. »Ich frage mich, ob irgend jemand je daran gedacht hat, daß es sich um eine Jahreszahl handeln könnte.«

Windermere starrte noch einmal auf die Münze. »Eine Jahreszahl? Macht Euch doch nicht zum Narren! Man setzt doch nicht ein Jahrhundert vorher eine Jahreszahl auf eine Münze!«

Nachdenklich rieb Mayer sein bartloses Kinn. »Sechs Jahrhunderte vorher, Eure Lordschaft.«

Bei Zigarren und Brandy setzten sie sich mit den Einzelheiten der Frage auseinander. Warren Piedmont, ein junger Mann noch, sagte: »Gentlemen, Sie sind, im Vergleich zu mir, im Vorteil. Bis vor zwei Jahren war mir die Existenz des *Kontrakts* nur sehr vage bekannt, trotz meiner führenden Stellung im amerikanischen Zweig der Hierarchie. Und leider war ich nicht, so wie Sie alle, dabei, als Mister Smith im Jahre 1900 zu Besuch weilte.«

»Da haben Sie nicht viel versäumt«, brummte von Borman. »Unser Mister Smith, der uns alle so sehr an den *Kontrakt* gefesselt hat, daß alles, was wir besitzen – selbst diese Zigarre, die ich in der Hand halte –, ihm gehört – dieser Mister Smith ist ein unscheinbarer, geradezu fadenscheiniger Mensch.«

»Dann gibt es diesen Mann also tatsächlich!« warf Piedmont ein.

Albert Marat, der französische Repräsentant, schnaubte ausdrucksvoll. »Erstaunlicherweise, Messieurs, lautet die Beschreibung seiner Person seit Goldinis Tagen immer gleich – nicht einmal die Details seiner Kleidung ändern sich.« Er lachte in sich hinein. »Doch diesmal haben wir einen gewissen Vorteil.«

Piedmont runzelte die Stirn. »Einen Vorteil?«

»Ohne daß Mister Smith es bemerkte, haben wir im Jahr 1900, bei seinem letzten Besuch, ein Photo von ihm gemacht. Es wird sehr interessant sein, es mit seinem nächsten Erscheinungsbild zu vergleichen.«

Warren Piedmonts Stirn zog sich weiterhin verständnislos in Falten, und Hideka Mitsuki erklärte es: »Sie haben die Romane des klugen Mister H. G. Wells nicht gelesen?«

»Noch nie von ihm gehört.«

Smith-Winston, vom britischen Zweig, sagte: »Um es kurz zu machen, Piedmont, wir haben die Möglichkeit diskutiert, daß unser Mister Smith ein Zeitreisender ist.«

»Ein Zeitreisender! Was, um alles in der Welt, wollen Sie damit sagen?«

»Wir haben das Jahr 1910. Im vergangenen Jahrhundert hat sich die Wissenschaft mit Riesenschritten weiterentwickelt, die weit jenseits des Vorstellungsvermögens auch des vorausschauendsten Gelehrten des Jahres 1810 gelegen wären. Welche Riesenschritte sie in den nächsten fünfzig Jahren zurücklegt, können wir nicht einmal mutmaßen. Daß sie auch die Reise durch die Zeit beinhalten, ist für uns nicht vorstellbar, aber deswegen nicht unmöglich.«

»Weshalb fünfzig Jahre? Fast ein ganzes Jahrhundert wird vergehen, bis ...«

»Nein. Diesmal hat uns Mister Smith mitgeteilt, daß er mit seinem Besuch nicht bis zum Jahr 2000 warten wird, sondern ihn für den 16. Juli 1960 geplant hat. Ich bin der Meinung, meine Freunde, daß dies der Zeitpunkt sein wird, zu dem wir herausfinden werden, was Mister Smith mit dem größten Vermögen, das die Welt je gesehen hat, zu tun beabsichtigt.«

Von Borman sah in die Runde und knurrte: »Ist Ihnen je aufgefallen, meine Herren, daß wir acht die einzigen Menschen auf der Welt sind, die auch nur *Kenntnis* von der Existenz des *Kontrakts* haben?« Er legte die Hand auf die Brust. »In Deutschland weiß nicht einmal der Kaiser, daß ich – im Namen des *Kontrakts*, natürlich – vermutlich zwei Drittel des gesamten Vermögens des Reiches direkt besitze oder zumindest kontrolliere.«

Marat sagte: »Und ist Ihnen je der Gedanke gekommen, Messieurs, daß unser Mister Smith nichts anderes zu tun

465

braucht, als sein Vermögen zurückzuverlangen – und wir alle stehen ohne einen Sou in der Tasche da?«

Smith-Winston lachte bitter auf. »Wenn Sie daran denken, diese Tatsache ändern zu wollen, dann vergessen Sie es. Seit einem halben Jahrtausend haben die besten Juristen der Welt daran gearbeitet, den *Kontrakt* hieb- und stichfest zu machen. Versuche, ihn abändern zu wollen, haben Kriege ausgelöst. Nicht offen, natürlich. Jene, die dabei starben, starben wegen ihrer Religion, zur höheren Ehre ihres Landes … aber keiner der Versuche hatte je Erfolg. Der *Kontrakt* besteht wie vorher.«

»Noch mal zu diesem Besuch im Jahre 1960«, sagte Piedmont. »Warum glauben Sie, daß Smith uns dann seine Ziele verraten wird – wenn diese phantastische Annahme, daß er in der Zeit reist, korrekt ist?«

»Es paßt alles zusammen, mein Junge«, sagte Smith-Winston. »Seit dem Besuch bei Goldini taucht er immer in einer Kleidung auf, die gar nicht so verschieden ist von jener, die wir heute tragen. Er spricht Englisch – mit amerikanischem Akzent. Die Münzen, die er Goldini übergab, waren amerikanische Zwanzig-Dollar-Stücke aus Gold, geprägt in diesem Jahrhundert. Zählen Sie zwei und zwei zusammen. Unser Mister Smith hatte den Wunsch, ein enormes Vermögen zu schaffen. Das hat er getan, und ich glaube, daß wir im Jahre 1960 seine Ziele kennenlernen werden.« Er seufzte und beschäftigte sich wieder mit seiner Zigarre. »Ich fürchte jedoch, ich werde das nicht mehr erleben. Fünfzig Jahre sind eine lange Zeit.«

Schließlich beendeten sie das Thema und gingen zu einem anderen über, das ihnen mindestens ebensosehr am Herzen lag. Von Borman brummte: »Ich sage, wenn dem *Kontrakt* Genüge getan werden soll, dann benötigt Deutschland einen größeren Platz an der Sonne. Ich habe vor, eine Eisenbahn von Berlin nach Bagdad bauen zu lassen und die Reichtümer des Ostens anzuzapfen.«

Seine Worte wurden von Marat und Smith-Winston kühl aufgenommen. »Ich versichere Ihnen, Monsieur«, sagte Marat, »daß wir uns Plänen dieser Art entgegenstellen werden. Dem

Kontrakt ist am besten mit der Aufrechterhaltung des Status quo gedient. Es gibt keinen Platz für die Erfüllung der Expansionswünsche Deutschlands. Wenn Sie darauf beharren, bedeutet das Krieg, und Sie erinnern sich, was Mister Smith prophezeit hat. Im Kriegsfall haben wir Deutschland und, aus welchem Grund auch immer, Rußland unsere Unterstützung zu entziehen und sie dafür den Alliierten angedeihen zu lassen. Wir warnen Sie, von Borman.«

»Diesmal hat sich Mister Smith geirrt«, murrte von Borman. »Er sagte, es muß vor allem in Erdöl investiert werden – wie aber kann Deutschland sich Öl verschaffen ohne Zugang zum Osten? Meine Pläne werden erfolgreich sein, und der Sache des *Kontrakts* wird damit gedient werden.«

Hideka Mitsuki, der Stille, murmelte: »Ich frage mich, ob Mister Smith, als er seine Goldstücke anlegte, klar war, daß der Tag kommen würde, an dem die verschiedenen Zweigstellen seiner Vermögensverwaltung im Namen des *Kontrakts* internationale Konflikte planen und austragen werden?«

Nur sechs Männer waren um den runden Tisch in der Suite des Empire State Buildings versammelt, als er eintrat. Keiner von ihnen war bei seinem letzten Erscheinen anwesend gewesen, und nur einer – Warren Piedmont – hatte mit jemandem gesprochen, der Mister Smith tatsächlich begegnet war. Der Achtzigjährige hielt eine vergilbte Photographie hoch und verglich sie mit dem Fremden. »Jawohl«, murmelte er, »sie hatten recht.«

Mister Smith überreichte ihm einen gewichtigen Umschlag, voll mit Papieren. »Möchten Sie sie nicht kontrollieren?«

Piedmont ließ seinen Blick um den Tisch wandern. Außer ihm selbst saßen da noch John Smith-Winston II, aus England; Rami Mardu aus Indien; Werner Voss-Richer aus Westdeutschland; Mito Fisuki aus Japan; und Juan Santos, der Italien, Frankreich und Spanien vertrat. Piedmont sagte: »Wir haben hier ein Photo von Ihnen, Sir. Es wurde im Jahre 1900 aufgenommen, und wir brauchen keinen weiteren Beweis für Ihre Identität. Doch darf ich hinzufügen, daß wir während der letzten zehn Jahre etliche berühmte Wissenschaftler mit der Klärung der

Frage beauftragt haben, ob das Reisen in der Zeit möglich sei oder nicht.«

»Das habe ich bemerkt«, nickte Mister Smith. »Kurz gesagt, Sie haben also mein Geld dafür ausgegeben, mir hinterher zu spionieren.«

Aus Piedmonts Stimme klang kaum eine Entschuldigung. »Wir haben getreu die Interessen des *Kontrakts* gewahrt, manche von uns unser ganzes Leben lang. Ich will nicht leugnen, daß unsere Gehälter die höchsten der ganzen Welt sind; dennoch ist es nur ein Job. Und ein Teil dieses Jobs besteht darin, den *Kontrakt* und Ihre Interessen vor jenen zu schützen, die sich in betrügerischer Absicht das Vermögen aneignen wollen. Wir geben jedes Jahr Millionen für Nachforschungen aus.«

»Sie haben ganz recht, natürlich. Aber haben Ihre Nachforschungen bezüglich der Möglichkeiten einer Reise in der Zeit ...«

»Ausnahmslos lautete die Antwort: nein, unmöglich. Nur ein einziger Physiker fand die Spur einer Möglichkeit.«

»Ah – und wer war das?«

»Ein Professor Alan Shirey, der seine Forschungen an einer kalifornischen Universität betreibt. Wir hüteten uns natürlich davor, seine Dienste direkt in Anspruch zu nehmen. Als er zum erstenmal mit dem Problem konfrontiert wurde, gab er zu, daß er sich damit noch nie beschäftigt hatte, aber die Sache begann, ihn zu interessieren. Schließlich kam er zu der Ansicht, daß der einzig gangbare Weg derart riesige Energiemengen voraussetzen würde, daß sie einfach nicht vorhanden seien.«

»Aha«, sagte Mister Smith ironisch. »Und nachdem er diesen Auftrag für Sie erledigt hatte, hörte der Professor mit seinen Forschungen an den Zeitreisen auf?«

Piedmont machte eine vage Geste. »Wie soll ich das wissen?«

John Smith-Winston unterbrach das Gespräch. »Sir, wir haben hier den aktuellen Stand Ihres Vermögens genau aufgezeichnet. Zu sagen, es sei unermeßlich, wäre auch für einen Engländer eine Untertreibung. Wir ersuchen Sie um Instruktionen, wie wir in Zukunft damit verfahren sollen.«

Mister Smith sah ihn an. »Ich wünsche, daß augenblicklich Schritte unternommen werden, es flüssig zu machen.«

»Flüssig zu machen!« stießen sechs Stimmen hervor.

»Bargeld, Gentlemen«, erklärte Smith fest entschlossen. »So schnell wie möglich möchte ich mein Vermögen zu Bargeld machen.«

»Mister Smith, auf der ganzen Welt ist nicht genug Geld vorhanden, um damit all Ihre Reichtümer kaufen zu können!« warf Werner Voss-Richer grob ein.

»Das ist auch nicht nötig. Ich werde es so schnell ausgeben, wie Sie mein Eigentum in Gold oder seinen Gegenwert umwandeln können. Das Geld wird sofort wieder in Umlauf gebracht werden.«

Piedmont war bestürzt. »Aber *wozu*?« Voll Entsetzen hob er die Hände. »Erkennen Sie nicht, welche Reaktionen ein solches Vorgehen nach sich ziehen würde? Mister Smith, Sie müssen uns den Grund für all das erklären ...«

»Der Grund sollte doch klar sein«, lächelte Mister Smith. »Und das Pseudonym Mister Smith ist nicht mehr notwendig. Sie dürfen Shirey zu mir sagen – Professor Alan Shirey. Sehen Sie, Gentlemen, die Frage, mit der Sie mich konfrontierten, nämlich, ob das Reisen in der Zeit möglich sei oder nicht, interessierte mich in steigendem Maße. Ich habe schließlich – so glaube ich zumindest – alle damit in Zusammenhang stehenden Probleme gelöst. Was ich jetzt brauche, ist eine phantastische Menge Energie, um meine Apparatur in Gang zu setzen. Diese Energiemenge – um einiges mehr, als gegenwärtig auf dem ganzen Erdball produziert wird – vorausgesetzt, glaube ich imstande zu sein, in der Zeit zu reisen.«

»Aber ... aber *warum*? All diese ... all diese Kartelle, Regierungen, Kriege ...« Warren Piedmonts Greisenstimme erzitterte, erstarb.

Mister Smith – Professor Alan Shirey – sah ihn merkwürdig an. »Nun, damit ich ins frühe Venedig zurückreisen kann, wo es mir gelingen wird, den Grundstein für ein Kapital zu legen, das groß genug ist, um dafür solch eine enorme Energiemenge einzukaufen.«

»Und sechs Jahrhunderte Geschichte der Menschheit«, sagte Rami Mardu, der asiatische Repräsentant, so leise, daß man es kaum hören konnte, »das ist ihre ganze Bedeutung?«

Professor Shirey warf ihm einen ungeduldigen Blick zu. »Wollen Sie damit behaupten, Sir, daß es andere Jahrhunderte der Menschheitsgeschichte gegeben hat, die bedeutender waren?«

Originaltitel: »Compounded Interest«
Copyright © 1956 by Fantasy House, Inc.
(aus: Judith Merril [Hrsg.], »Science Fiction. The Best of the Best. Part One«);
mit freundlicher Genehmigung des Autors
Aus dem Amerikanischen übersetzt von Biggy Winter

WILMA SHORE

Wie aus gewöhnlich gutunterrichteten Kreisen verlautet

Die folgende Niederschrift gibt eine Tonbandaufzeichnung wieder, die nach dem Tode von Dr. Dr. Edwin Gerber in seinem Laboratorium gefunden wurde. Nachdem der Verstorbene das Institut für Verhaltensforschung in Marmouth, Mass., mit der Auswertung seines wissenschaftlichen Nachlasses beauftragt hatte, wurde das vorhandene Material sorgfältig gesichtet.

Obwohl deutliche Hinweise dafür vorhanden sind, daß die Tonbandaufnahme etwa ein Jahr vor Dr. Gerbers Hinscheiden entstanden sein muß, brachten weder seine Notizen noch die Befragung seiner Kollegen nähere Aufschlüsse. Das Institut fördert seine Mitglieder, ohne zu verlangen, daß die Forschungsergebnisse veröffentlicht werden; trotzdem hat das Kuratorium keine Erklärung dafür gefunden, weshalb Dr. Gerber mit den Ergebnissen dieses offenbar äußerst wichtigen Experiments nie an die interessierte Öffentlichkeit getreten ist.

Das Institut kann selbstverständlich keine Garantie für die Authentizität der Niederschrift übernehmen, veröffentlicht sie aber trotzdem, um ihren Inhalt wissenschaftlichen Kreisen zugänglich zu machen. Gleichzeitig verbindet es damit die Hoffnung, daß einer der zahlreichen Physiker, mit denen Dr. Gerber korrespondierte, vielleicht einen Hinweis auf die theoretischen und technischen Voraussetzungen des Experiments geben kann.

Einige Mitglieder des Instituts glauben in der ersten Stimme die Dr. Gerbers erkannt zu haben, aber da diese Vermutung nicht sicher beweisbar ist, sind die Stimmen mit ›F‹ (Frage) und ›A‹ (Antwort) bezeichnet worden. Der erste Teil des Tonbandes enthielt vermutlich Dr. Gerbers Erklärungen zu dem Experiment, aber diese Bemerkungen sind hoffnungslos verzerrt – sicher durch Störungen, die von Dr. Gerbers Geräten ausgestrahlt wurden. Unverständliche oder ganz fehlende Teile der Unterhaltung sind durch Auslassungspunkte angedeutet worden.

(EIN SEHR HOHES SUMMEN)

F. ... muß es riskieren ... über siebzig Milliarden, aber ... weiß? ... vielleicht die vertikalen magnetischen ... achtzig Milliarden? ... noch vier Sekunden ...

(DAS SUMMEN WIRD HÖHER)

F. ... vor allem ... niedrig halten, damit ... nach Möglichkeit konservieren ...

(EIN FÜNFMALIGES KNALLEN IN UNREGELMÄSSIGEN ABSTÄNDEN. DAS SUMMEN LÄSST NACH)

F. ... und jetzt ... äußerst unwahrscheinlich, aber ... Ja! Ja! ... *funktioniert* ... ein *Mensch* ... habe es *geschafft!* ... in Ordnung Sir? ... erste Mensch, der je ... Füße voran, langsam, vorsichtig ... Einstein? ... durch Zeit und Raum ... hier, Sir? ... Mikrophon ... Name?

A. ... elman.

F. Mister Harry Wencelman aus dem Jahr zweitausendund ...

A. ... Arm los.

F. ... etwa Angst, Mister Wencelman?

A. Ich habe schon fast geschlafen, als plötzlich ... dachte sofort an irgendeinen dummen Streich.

F. Sagen Sie ... wirklich glauben ... zwanzigstes Jahrhundert?

A. Schließlich war es schon mitten in der Nacht. Ich dachte, warum gerade jetzt, wenn ich einschlafen will?

F. Wie fühlt man sich, wenn man hundert Jahre weit zurück ...

A. Eigentlich nicht schlecht. Nur mein Arm hier ...

F. Ausgezeichnet! Ich möchte Ihnen nämlich eine Menge ...

A. ... gern ... jederzeit ...

F. ... über das nächste Jahrhundert ...

A. Das nächste Jahrhundert! Wie soll ich wissen, was ...

F. Nein, nein. *Unser* nächstes Jahrhundert. Also für Sie das vergangene.

A. Oh. Ich bin noch etwas durcheinander.

F. Kein Wunder nach dieser Reise!

A. Oh! Dabei reise ich eigentlich oft. Nur mit dem rechten Arm habe ich oft Schwierigkeiten.

F. Was sehen Sie als die wichtigsten Ereignisse Ihres bisherigen Lebens an? Das wäre also seit ... wie alt sind Sie eigentlich, Mister Wencelman?

A. Für wie alt halten Sie mich?

F. Fünfundvierzig? Oder hat die medizinische Wissenschaft ...

A. Siebenundvierzig.

F. Hmm. Also, während Ihres Lebens ...

A. Langsam, ich muß erst überlegen. Ich bin in Chicago geboren, lebte dort bis zum zehnten Lebensjahr und zog dann mit meinen Eltern nach Detroit. Ich habe die Volksschule, die Oberschule und die Universität besucht, bin dann zu *Federated Industries* gegangen, wo ich noch immer arbeite, und als ich einigermaßen verdiente ...

F. Mister Wencelman ...

A. Na, jedenfalls *damals* konnte man einigermaßen davon leben ... und dann habe ich geheiratet. Meine Frau ist ein Jahr jünger als ich. Wir haben drei Kinder, zwei Jungen und ein Mädchen.

F. Vielen Dank. Und während dieser Zeit ... während das alles passierte ...

A. Was soll das heißen, während das alles passierte? Natürlich hatten wir unsere Probleme wie in jeder Ehe, aber ...

F. Nein, nein. In der Welt, meine ich. Was ist dort passiert?

A. Oh. Ziemlich viel.

F. Die wichtigsten Ereignisse?

A. Nun, meiner Meinung nach werden die Menschen immer egoistischer. Die Welt ist zu egoistisch geworden. Deshalb gibt es auch die vielen Kriege.

F. Wo?

A. Afrika. Asien. Überall.

F. Amerika?

A. Amerika hat die Revolution, den Bürgerkrieg und die beiden Weltkriege mitgemacht. Haben Sie das nicht in der Schule gelernt? Das muß doch in Ihrer Zeit gewesen sein – die Jahrhundertfeier liegt kaum zwanzig Jahre zurück. Mit Feuerwerk. Einer meiner Freunde – George Marsh heißt er – hat dabei seinen Mittelfinger verloren. Jetzt muß er sich die Pfeife mit der linken Hand stopfen.

F. Mister Wencelman, ich wäre Ihnen sehr verbunden, wenn Sie mir etwas über die *späteren* Auseinandersetzungen erzählen könnten ...

A. Früher habe ich das alles wirklich aufmerksam verfolgt. Aber inzwischen habe ich eingesehen, daß man höchstens einen Herzschlag bekommt, wenn man sich zuviel über jedes kleine Land aufregt. Was hilft das schon? Schließlich kann man nichts dagegen *tun*. Aber natürlich bin ich ziemlich gut über die *allgemeine* Lage informiert.

F. Existieren die Vereinten Nationen noch?

A. Selbstverständlich. Nein, warten Sie. Vereinte Nationen – ich dachte, Sie hätten Vereinigte Staaten gesagt.

F. Die Vereinten Nationen bestehen also nicht mehr?

A. Warten Sie doch einen Augenblick, Mister. Das habe ich nicht behauptet. Neulich habe ich etwas darüber gelesen, aber ob das *jetzt* oder *damals* war ... Ich weiß es nicht mehr sicher.

F. Vielleicht fällt es Ihnen wieder ein, wenn Sie eine Minute lang darüber nachdenken.

A. Ja, aber Sie werfen mir dauernd Fragen an den Kopf.

F. Entschuldigen Sie, Mister Wencelman. Natürlich bin ich ziemlich aufgeregt. Und wir haben nicht allzuviel Zeit. Könnten Sie mir mit einigen Worten die politische Lage schildern?

A. Mit einigen Worten? Schön, dann muß ich Ihnen sagen, daß die letzten Wahlen eine Schweinerei waren.

F. Wann war das?

A. Am letzten Wahltag.

F. Also am ...

A. Irgendwann vor ungefähr vier Jahren.

F. Weiter, bitte.

A. Jeder wußte, daß geschummelt worden war. Sie hatten die Wahl schon vorher in der Tasche.

F. Die siegreichen Kandidaten?

A. Natürlich. Wer denn sonst? Etwa die Wähler?

F. Wer hat gewonnen?

A. Wollen Sie etwa *alle* Namen hören?

F. Handelte es sich um eine Präsidentenwahl?

A. Ja. Na, jedenfalls Präsident oder Gouverneur, irgendeine wichtige Sache. Ich war damals zufällig zu Hause im Bett und hatte schreckliche Halsschmerzen – über achtunddreißigfünf Fieber. Als ich das hinter mir hatte, war ich noch immer ziemlich wackelig auf den Beinen. Meine Frau war der Meinung, wir sollten nach Florida fahren.

F. Wer ist Präsident?

A. Präsident?

F. Wie *heißt* er?

A. Vorher habe ich es noch gewußt, aber wenn Sie so scharf fragen ...

F. Schon gut. Vielleicht fällt es Ihnen wieder ein. Sie leben also in Detroit.

A. Seit meinem zehnten Lebensjahr. Eigentlich war ich schon fast zehneinhalb.

F. Wie heißt Ihr Bürgermeister?

A. Der von Detroit?

F. Ja.

A. Nicht Harvey. Er *war* Bürgermeister. Ein großer kräftiger Bursche.

F. Ist der jetzige Bürgermeister Republikaner?

A. Republikaner?

F. Oder Demokrat?

A. Oder Demokrat? Entweder oder. Vor sechs Jahren war es ein Republikaner, weil ich mit Len Sammis um einen Hut gewettet habe. Ich hatte mit fünf oder sechs Dollar gerechnet. Aber der Kerl schickt mir eine Rechnung über zweiundzwanzigfünfzig. Sogar zweiundzwanzigachtzig – mit Verkaufssteuer.

475

F. Schön, können Sie mir sagen ...

A. Früher habe ich mich wirklich mehr mit der Politik beschäftigt. Aber jetzt nicht mehr, seitdem so unverschämt gemogelt wird. Außerdem befasse ich mich in den letzten Jahren lieber mit Rebeca.

F. Rebeca? Heißt Ihre Frau so? Oder haben Sie etwa eine ... eine ...

A. Wissen Sie nicht, was Rebeca ist? Rebeca. Es wird mit Pokerkarten gespielt.

F. Oh. Ausgezeichnet. Welche anderen neuen Erfindungen ...

A. Rebeca ist ein Spiel, keine Erfindung. Aber letztes Jahr ist wirklich eine Neuheit auf den Markt gekommen. Ich habe mir das Ding natürlich sofort gekauft. Rauchen Sie Pfeife? Damit wird der *Kopf* viel sauberer als ...

F. Was gibt es in der Industrie Neues? Hat sich die Atomenergie durchgesetzt?

A. Oh, die Veränderungen sind enorm. Ich muß nur eine Sekunde überlegen, wie ich Ihnen das erklären soll.

F. Wie steht es mit Ihrer Firma? Federated Industries? Dort haben Sie doch gearbeitet?

A. Dort *arbeite* ich noch.

F. Wunderbar! Was tun Sie dort?

A. Nun, wenn die Rechnungen in der Buchhaltung ausgeschrieben werden ...

F. Erzeugt Ihre Firma die Waren selbst, die sie verkauft?

A. Wollen Sie mich auf den Arm nehmen? In ganz Amerika gibt es kein Stück Eisen mehr, das nicht mit F.I.-Maschinen bearbeitet worden ist.

F. Mit Hilfe welcher Verfahren?

A. Das weiß die Konstruktionsabteilung. Dort sind sie für die Technik zuständig. Und für Patente.

F. Na, jedenfalls muß es auf anderen Gebieten zahlreiche neue Erfindungen gegeben haben.

A. Man kann nicht immer auf dem laufenden bleiben. Da war doch diese wichtige chirurgische – chirurgische? Oder medizinische. Die Zeitungen waren voll davon, sogar auf der

Straße wurde davon gesprochen. Ich versuche natürlich, so gut wie möglich in Form zu bleiben. Vor einigen Jahren hatte ich diese Halsschmerzen ...

F. Wie leben die Menschen in Ihrer Zeit? Wie wohnen sie, was essen sie?

A. Nun ...

F. Was essen Sie zum Beispiel abends?

A. Was meine Frau auf den Tisch stellt.

F. Na, wenigstens *das* hat sich nicht geändert! Und was setzt Ihre Frau Ihnen vor?

A. Meistens nur Sachen, die ich mag. Ich kann mich nicht beschweren.

F. Nun, heutzutage spielt die Ernährungsfrage eine große Rolle, nachdem die Bevölkerungsexplosion ...

A. Die *was*? Wann soll das gewesen sein?

F. Die Erdbevölkerung nimmt ständig zu, weil immer mehr Kinder ...

A. Wir haben drei. Zwei Jungen und ...

F. Ich spreche von anderen Erdteilen.

A. Wir möchten später eine Weltreise unternehmen. Im Augenblick kann ich mich nur schlecht frei machen.

F. Was wissen Sie über Methoden zur Nahrungsmittelkonservierung, Lagerhaltung und Lebensmittel aus ...

A. Hören Sie, *das* ist aber wirklich eine schwere Frage. Ich gehe nie in die Küche. Meine Frau mag es nämlich nicht, wenn ich ihr in die Töpfe gucke.

F. Sie tragen eine interessante Bekleidung. Wie heißen die Teile?

A. Das hier? Nun, das ist meine ... meine Jacke. Und das hier, das ist meine Hose.

F. Interessant. Welcher Stoff ist das? Woraus besteht er?

A. Hmm, da muß ich erst überlegen ... Auf dem Etikett steht auch nichts. Es muß entweder Wolle oder ... Meine Frau kauft eigentlich alles für mich, wissen Sie. Ich weiß nur, daß die Jacke ein bißchen *kneift*. Hier unter dem ...

F. Wie steht es mit Ihrem Haus? Wo leben Sie, meine ich.

A. Wir wohnen seit der Hochzeit in dem gleichen Haus. Ich

habe damals lange überlegt und klug gewählt. Sogar meine Frau ist damit zufrieden.

F. Leben Sie in einem Vorort? Oder in der Stadt? Wie fahren Sie zur Arbeit?

A. Ich fahre mit dem Ostexpreß. Dabei muß ich nur einmal umsteigen. Die Fahrt dauert neunzehn Minuten.

F. Wie?

A. Mit dem Ostexpreß.

F. Ich meine, bewegt er sich durch die Luft?

A. Wo denn sonst? Vielleicht auf der Erde?

F. Schön, aber handelt es sich dabei um ein Flugzeug? Ein Düsenflugzeug? Gibt es bei Ihnen noch Düsenflugzeuge?

A. Nur für Vorortszüge. Ich fahre mit dem Expreß.

F. Und was ist das?

A. Das habe ich Ihnen doch vorher bereits erklärt. Der Ostexpreß. Er fährt um 7.39, 7.52 und 8.16. Dann erst wieder um 9.48. Warum holen Sie mich eigentlich überhaupt hierher, wenn Sie dann einfach nicht zuhören?

F. Entschuldigen Sie, aber ich kann nicht alles so rasch aufnehmen. Wie ist dieser – äh – Expreß konstruiert?

A. Schlecht. Die Sitze stehen zu dicht hintereinander.

F. Und wie sieht das Ding von außen aus?

A. Was soll das schon wieder heißen?

F. Welche Form hat es? Wie würden Sie es beschreiben? Was können Sie darüber sagen?

A. Nun, im allgemeinen sehe ich nur das hintere Ende. Ich steige an der linken hinteren Tür ein, weil ich dann beim Umsteigen direkt neben dem Vorortzug stehe.

F. Wie wird er angetrieben?

A. Natürlich von der Maschine.

F. Verbraucht sie Treibstoff?

A. Selbstverständlich.

F. Sie sind mir wirklich eine große Hilfe, Mister Wencelman. Können Sie mir vielleicht sagen, welchen Treibstoff die Maschine verbraucht?

A. Es heißt immer wieder, daß sie eine Maschine bauen wollen, die ohne Treibstoff auskommt. Aber das glaube ich erst, wenn ich sie vor mir sehe. Und in der Zwischenzeit wird jedes Jahr der Fahrpreis erhöht. Irgend jemand verdient ganz hübsch daran, glaube ich.

F. Kernbrennstoff, Mister Wencelman? Können Sie mir das sagen?

A. Hören Sie, ich kann Ihnen alles sagen, was Sie wissen möchten, aber Sie müssen vernünftige Fragen stellen. Damit ich überhaupt verstehe, was Sie meinen.

F. Schön, handelt es sich bei diesem Treibstoff um *Kernbrennstoff*?

A. Wissen Sie, damit habe ich mich eigentlich nicht mehr beschäftigt, seit ich die Oberschule hinter mir hatte. Hätten Sie mich vorher gewarnt, anstatt mich einfach mitten in der *Nacht* fortzuschleppen ...

F. Ich bin Ihnen sehr zu Dank verpflichtet. Dieser Expreß ...

A. Aber selbst wenn die Fahrpreise erhöht werden, läßt der Dienst am Kunden immer mehr nach. Gestern abend stand wieder der ganze Bahnsteig voll, weil einfach nicht genügend Züge verkehren. Als ich umsteigen mußte, gab der Schaffner mir einen Stoß, und ich bin gegen ...

F. Wo steigen Sie um?

A. Bei der dritten Station.

F. Ja, aber ... Wie heißt die Station?

A. Kreuzungspunkt Ost. Ich habe also zu ihm gesagt ...

F. Wo liegt das? In welchem Staat? Heißen sie noch immer Staaten?

A. Wer heißt Staaten?

F. Oder gibt es jetzt etwa andere geographische Einteilungen?

A. Er antwortete: Warum lesen Sie auch Zeitung, anstatt die Augen aufzumachen, wenn Sie schon ...

F. Zeitung? Eine Tageszeitung?

A. Den *Chicago & Detroit Report*. Muß wohl eine Tageszeitung sein, schätze ich. Ich bekomme sie jeden Morgen ins Haus gebracht. Manchmal kaufe ich sie auch woanders. Am Bahnhof.

F. Ausgezeichnet! Wunderbar! Können Sie mir erzählen,

was Sie gestern morgen in der Zeitung gelesen haben, Mister Wencelman? Wäre das möglich?

A. Nun, ich ...

F. Augenblick. Welches Datum hatten Sie gestern?

A. Den dreiundzwanzigsten Februar 2066.

F. Den dreiundzwanzigsten Februar 2066. Schön, erzählen Sie bitte weiter.

A. Bei ›Erweitern Sie Ihren Wortschatz‹ habe ich nur bei LIQUIDIEREN nicht die richtige Bedeutung erraten. Es heißt, daß man etwas in den flüssigen Zustand versetzt.

F. Weiter, bitte.

A. Die Prairie Dogs haben vierundsechzig zu fünfunddreißig gegen die Cayugas gewonnen. Hamill durch K. o. in der achten Runde. Das war reines Glück für ihn, denn Ortega hatte bereits alle außer der ...

F. Ja. Weiter.

A. Im Briefkasten wollte eine Frau Auskunft wegen ihrer kranken Schildkröte ...

F. Augenblick, Mister Wencelman. Lassen Sie mich eine Frage stellen. Haben Sie auch die erste Seite gelesen?

A. Selbstverständlich.

F. Schön, dann möchte ich Sie bitten, sich konzentriert an die erste Seite zu erinnern. Schließen Sie die Augen und erinnern Sie sich!

A. Ja.

F. Ja? Auf der ersten Seite rechts oben steht immer der ...

A. Leitartikel.

F. Haben Sie ihn gelesen? Den Leitartikel?

A. Nun, ich kaufe mir die Zeitung ja, um ...

F. Und Sie erinnern sich daran?

A. Nicht Wort für Wort.

F. Das spielt keine Rolle. Wie lautete die Schlagzeile?

A. Sam und Trig schwören ewigen Frieden.

F. Sam? *Onkel* Sam?

A. Sam Prentiss, der berühmte Schlagersänger. Und seine Frau Trig Slade. Angeblich die reinste Traumehe, aber Trig hat letztes Jahr im Mai zu heftig mit Hop Parker geflirtet. Sam hat die Kinder zu sich genommen. Das war ein impulsiver Entschluß, aber meiner Meinung nach konnte er als Mann nicht anders handeln. Natürlich ist das alles ziemlich unwichtig, aber meine Frau verschlingt das Zeug nur so.

F. Mister Wencelman ... Mist Wencelman, hören Sie gut zu. Was stand noch auf der ersten Seite?

A. Ein neues Tief vom Atlantik, Temperaturen der Jahreszeit entsprechend um den Gefrierpunkt. Früher war es im Winter ... Was ist denn los?

F. Unsere Zeit ist um. Ich muß Sie wieder zurücktransportieren. Kommen Sie hierher und ...

A. Was soll plötzlich die Eile? Heute nacht schlafe ich ohnehin nicht mehr richtig.

F. Das hängt mit der Erdrotation zusammen – ich möchte kein Risiko eingehen. Schließlich ist dies das erstemal.

A. Na, dafür können Sie es aber schon recht gut. Ich werde für Sie Reklame machen. Aber ich weiß noch immer nicht, wie Sie ausgerechnet auf mich gekommen sind.

F. Reines Glück, Mister Wencelman. Jetzt ...

A. ... können Sie *wirklich* sagen! Haben Sie sich schon einmal überlegt, wen Sie hätten erwischen können? Einen Farmer oder einen kleinen Jungen? Oder sogar einen ... Ausländer.

F. So, das wäre in Ordnung. Es geht gleich los.

A. ... einen *guten* Rat? Bauen Sie das Armding hier um ... wäre es egal, wenn ich nicht immer diese Schwierigkeiten ...

(EIN SECHSMALIGES KNALLEN. DANN WIEDER
DAS HOHE SUMMEN, LANGSAM TIEFER)

Originaltitel: »A Bulletin from the Trustees«
Copyright © 1964 by Mercury Press, Inc.;
mit freundlicher Genehmigung des Autors
Aus dem Amerikanischen übersetzt von Wulf Bergner
Copyright © 1967 der deutschen Übersetzung
by Wilhelm Heyne Verlag, München
(aus: Wulf H. Bergner [Hrsg.], »Grenzgänger zwischen den Welten.
The Magazine of Fantasy and Science Fiction – 17. Folge«,
unter dem Titel: »Interview mit dem Zeitreisenden«)

ROBERT SILVERBERG

Was heute in der Morgenzeitung stand

1

Wie üblich kam ich abends um 18 Uhr 47 nach Hause und entdeckte, daß unsere friedliche Straße sich bereits den ganzen Tag in einem Stadium fiebriger Erregung befand. Der Zeitungsjunge hatte heute offensichtlich jedem Haus am Redbud Crescent die *New York Times* vom Mittwoch, dem 1. Dezember zugestellt. Da heute jedoch Montag, der 22. November ist, folgt daraus, daß Mittwoch, der 1. Dezember, in die Mitte kommender Woche fällt. Ich sagte zu meiner Frau, bist du sicher, daß das wirklich passiert ist? Weil ich nämlich selbst einen Blick in die Zeitung getan habe, ehe ich heute früh ins Büro ging, und da hat sie noch ganz normal ausgesehen.

Wenn du beim Frühstück sitzt, kann die Zeitung genausogut in Albanisch gedruckt sein, und sie würde dir normal vorkommen, erwiderte meine Frau. Da, schau dir das an! Und sie nahm die Zeitung vom Schrank in der Diele und hielt sie mir gefaltet hin. Sie sah genauso aus wie jede andere Ausgabe der *New York Times*, aber jetzt bemerkte ich, was mir beim Frühstück nicht aufgefallen war, daß nämlich Mittwoch, 1. Dezember daraufstand.

Ist heute der 22. November? fragte ich. Montag?

Na sicher, antwortete meine Frau. Gestern war Sonntag, und morgen ist Dienstag, und Donnerstag ist erst das Erntedankfest. Bill, was sollen wir tun?

Ich überflog die Zeitung. Die Schlagzeilen auf Seite Eins waren matt, muß ich sagen – eben so, wie jeden Tag in den *New York Times*, wenn sich nicht gerade ein Ereignis von weltbewegender Wichtigkeit zugetragen hat. NIXON UND GATTIN BESUCHEN DREI CHINESISCHE STÄDTE IN SIEBEN TAGEN.

Jawohl. BANKRÄUBER SCHIESSEN SICH WEG FREI – ZEHN VERLETZTE. Na gut. ZEHNERGEMEINSCHAFT BEGINNT WÄHRUNGSVERHANDLUNGEN IN ROM. Okay. Ewig das gleiche *New-York-Times*-Zeug, nie was Neues. Aber die Zeitung trug das Datum 1. Dezember, und das, denke ich, war in seiner Art doch mal was Neues.

Es ist bloß ein Spaß, erklärte ich meiner Frau.

Wer sollte wohl so einen Spaß machen? Eine ganze Zeitung zum Spaß drucken? Unmöglich, Bill.

Es ist genauso unmöglich, die Zeitung von nächster Woche heute zugestellt zu bekommen, hab' ich recht? Oder hast du nicht zugehört, was ich sagte?

Sie zuckte die Achseln, und ich öffnete die *Times* weiter hinten. Seite 50. Die Todesanzeigen. Ich gebe zu, daß ich mich plötzlich ein bißchen flau fühlte, denn möglicherweise war das alles gar kein Scherz, und was, wenn ich meinen eigenen Namen darin fand? Zu meiner großen Erleichterung betrafen die Todesanzeigen Harry Rogoff, Terry Turner, Dr. M. A. Feinstein und John Millis. Damit möchte ich nicht sagen, daß mir der Tod dieser Leute Freude bereitete, aber klarerweise besser sie als ich. Ich sah sogar die Todesanzeigen im Kleindruck durch, aber ich schien auch darin nicht auf. Als nächstes schlug ich den Sportteil auf und sah, daß die GLÜCKSSTRÄHNE DER KNICKS BEENDET war: 110:109. Wir hatten im Büro darüber gesprochen, uns Karten für das Spiel zu besorgen, und mein erster Gedanke war nun, daß es die Mühe nicht wert schien. Dann erinnerte ich mich daran, daß man ja auf Basketballspiele auch Wetten abschließen kann, und ich wußte nun, wer gewinnen würde, und das verursachte mir ein seltsames Gefühl. Auch als ich auf Seite 64 nachsah, wo die Rennresultate von Yonkers standen, fühlte ich mich komisch, und dann schnell, flipp-flipp-flipp, war ich auf Seite 69, und vor meinen Augen lag der Börsenbericht. DOW-INDEX STEIGT UM 1,61 AUF 831,34 lautete die Überschrift. National Cash Register stand bei 27 3/8. Dann kam Eastman Kodak: 88 7/8. Zu diesem Zeitpunkt schwitzte ich bereits stark, also gab ich die Zeitung meiner Frau und legte Jackett und Krawatte ab.

Wie viele Leute haben diese Zeitung? fragte ich.

Alle am Redbud Crescent, sagte sie, das sind alles in allem elf Häuser.

Und sonst keiner?

Nein, die anderen haben die normale Zeitung von heute bekommen, das haben wir schon herausgefunden.

Wer ist wir? fragte ich.

Marie und Cindy und ich, sagte sie. Cindy hat es zuerst bemerkt und mich angerufen, und dann haben wir uns zusammengesetzt und darüber geredet. Bill, was sollen wir tun? Wir haben den Börsenstand und alles. Bill.

Wenn es kein Scherz ist, warnte ich sie.

Aber es sieht doch wie eine wirkliche Zeitung aus, nicht, Bill?

Ich glaube, ich brauche einen Drink, sagte ich. Plötzlich zitterten mir die Hände, und der Schweiß lief mir immer noch herunter. Ich mußte lachen, weil wir uns gerade Samstag abend darüber unterhalten hatten, wie voraussehbar und gleichförmig das Leben hier in den Vororten doch ablief, immer und ewig das gleiche. Und jetzt das. Die Zeitung von Mitte nächster Woche. Als ob Gott uns zugehört, heimlich in seinen Bart gelacht und zu Gabriel oder sonstwem gesagt hätte, höchste Zeit, den Strohköpfen auf dem Redbud Crescent ein bißchen Aufregung zu schicken.

2

Nach dem Abendessen rief Jerry Wesley an und sagte, wir haben heute eine Besprechung hier bei uns, Bill, kannst du mit deiner Frau kommen?

Ich fragte ihn, Besprechung worüber? und er sagte, na, wegen der Zeitung.

Ach ja, sagte ich, die Zeitung. Was ist mit der Zeitung?

Kommt zur Besprechung, sagte er, ich will nicht am Telefon darüber reden.

Da müssen wir uns aber erst 'nen Babysitter organisieren, Jerry.

Nein, braucht ihr nicht, das haben wir schon in die Hand genommen, erklärte er mir. Die drei Fischer-Mädels kümmern sich um alle Kinder im ganzen Block. Also kommt 'rüber, so Viertel vor neun.

Jerry ist Versicherungsmakler, sehr erfolgreich noch dazu, hat das schönste Haus am ganzen Crescent, einstöckig, spätgotisch, mit fast einem halben Hektar Grund rundum und einem riesigen getäfelten Hobbyraum im Keller. Dort fand die Besprechung statt. Wir waren das siebente Ehepaar, und bald nach uns kamen die Maxwells und die Bruces und die Thomasons. Klappstühle wurden aufgestellt, und Cindy Wesley hatte, wie üblich, großartige Platten mit Brötchen und ähnlichem vorbereitet, und es gab eine Menge Schnaps, Selbstbedienung an der Bar. Jerry stand auf und stellte sich vor uns alle hin und grinste und sagte, ich nehme an, ihr fragt euch, warum ich euch alle heute abend zusammengetrommelt habe. Er hielt seine Zeitung hoch. Von meinem Platz aus konnte ich nur eine Schlagzeile erkennen, die lautete BANKRÄUBER SCHIESSEN SICH WEG FREI – ZEHN VERLETZTE, aber das reichte mir, um die Zeitung als *die Zeitung* identifizieren zu können.

Jerry fragte, habt ihr alle heute so eine Zeitung bekommen? Alle nickten.

Ihr seid euch doch im klaren, sagte Jerry, daß uns diese Zeitung einige ganz außergewöhnliche Chancen bietet, unsere finanzielle Lage zu verbessern. Das heißt, wenn es tatsächlich die Ausgabe vom 1. Dezember ist und nicht irgendein phantastischer Schwindel ... Ich brauche euch doch nicht zu sagen, welche Vorteile wir daraus ziehen können, oder?

Klar, sagte Bob Thomason, aber warum soll es kein Schwindel sein? Eine Zeitung von nächster Woche, wer soll das glauben?

Jerry sah Mike Nesbitt an. Mike unterrichtet Rechtswissenschaft an der Columbia Universität und ist ein Intellektueller – mehr als jeder andere von uns.

Mike sagte, sicher, natürlich ist der erste Gedanke der, daß sich jemand einen Scherz mit uns erlaubt. Aber habt ihr die Zeitung genau angesehen? Jeder Bericht ist völlig in Ordnung, kein Detail, das unecht klingt. Da wurden nicht neue Überschriften über alte Artikel gesetzt. Also müssen wir die Möglichkeiten überdenken. Welche davon ist die absurdere: Daß sich jemand die Mühe machen würde, eine ganze frei erfundene Ausgabe der *Times* zusammenzustellen, zu setzen, zu drucken und auszuliefern, oder daß wir durch irgendeine glückhafte Entgleisung der vierten Dimension Gelegenheit bekommen haben, einen kurzen Blick in die Zeitung von nächster Woche zu werfen? Ich persönlich finde weder die eine noch die andere Möglichkeit vorstellbar, aber der Gedanke an einen vierdimensionalen Hokuspokus scheint mir akzeptabler als jener an einen Schwindel. Schon allein deshalb, weil man – wenn einem nicht ein Team zur Verfügung steht, das so groß ist wie das tatsächliche der *Times* – Monate brauchen würde, um die falsche Nummer vorzubereiten, und mehr als ein paar Tage im voraus kann sie nicht entstanden sein, weil Dinge darin stehen, die vor einer Woche noch niemand gewußt haben kann, wie die Kämpfe zwischen Indien und Pakistan, zum Beispiel.

Aber wie kommen wir dann zur Zeitung von nächster Woche? wollte Bob Thomason immer noch wissen.

Das weiß ich auch nicht, sagte Mike Nesbitt. Ein Wunder, wenn ihr wollt. Ich kann nur sagen, daß ich bereit bin, sie als echt zu akzeptieren.

Ich auch, nickte Tim McDermott, und ein paar andere sagten dasselbe.

Damit können wir doch 'nen Haufen Geld verdienen, meinte Dave Bruce.

Alle begannen zu lächeln, aber irgendwie merkwürdig verzerrt. Offenbar hatten sie schon die Börsenberichte und die Rennresultate studiert und waren zu den gleichen Schlüssen gekommen.

Jerry sagte, zu allererst müssen wir das wichtigste herausfinden: Hat irgend jemand hier eine Zeitung im Beisein von Personen erwähnt, die sich gegenwärtig nicht in diesem Raum befinden?

Alle sagten, nee, doch nicht ich, und wo denkste hin?

Gut, sagte Jerry. Ich schlage vor, dabei bleiben wir auch. Wir benachrichtigen weder die *Times* noch Walter Cronkite und nicht mal unseren Schwager in der Dogwood Lane, verstanden? Wir legen unsere Nummer der Zeitung an einem verschwiegenen, sicheren Platz ab und leiten alles rasch in die Wege, was wir mit den Informationen vorhaben, die uns jetzt zur Verfügung stehen. Okay? Wir wollen darüber abstimmen. Alle, die dafür sind, daß wir die Zeitung zum Top Secret erklären, heben die rechte Hand.

Zweiundzwanzig Hände reckten sich hoch.

Gut, sagte Jerry. Das gilt auch für die Kinder, seid ihr euch darüber im klaren? Wenn ihr den Kindern was davon erzählt, werden sie die Zeitung in die Schule mitnehmen wollen und alles ausplaudern, Gott steh uns bei. Also Maul halten, Leute, hört ihr?

Sid Fischer fragte, sollen wir bei der Verwertung dieser Sache zusammenarbeiten oder unabhängig voneinander vorgehen?

Unabhängig vorgehen, sagte Dave Bruce.

Ganz unabhängig, sagte Bud Maxwell.

So ging es durch den ganzen Raum. Der einzige, der eine Art Komitee wollte, war Charlie Harris. Charlie hat keine glückliche Hand, was Aktien betrifft, und ich nehme an, sogar mit einer sicheren Sache, wie der Zeitung von nächster Woche in der Hand, hatte er Angst vor dem Risiko. Jerry ließ abstimmen, und es hieß zehn zu eins für das freie Unternehmertum. Wenn sich natürlich irgend jemand einen Partner sucht und findet, sagte ich, so ist nichts dagegen einzuwenden.

Als wir gerade damit anfingen, die Sitzung zu unterbrechen, um eine kleine Stärkung einzunehmen, sagte Jerry, denkt daran, ihr habt nur eine Woche zur Verfügung. Am ersten Dezember ist das hier eine Zeitung wie jede andere, und eine Million andere Leute werden die gleiche Ausgabe haben. Also klemmt euch dahinter, solange ihr noch diesen Vorteil habt.

Der Haken ist, daß man für gewöhnlich keine Chance hat, am Wertpapiermarkt den großen Schnitt zu machen, wenn man bloß die Zeitung von nächster Woche in der Hand hält. Ich will damit sagen, daß die Aktien im Laufe von wenigen Tagen nicht um 50% oder 80% hinaufklettern. So was braucht Wochen oder Monate. Dennoch rechnete ich schon damit, einigermaßen gut auszusteigen mit den Unterlagen, die ich zur Verfügung hatte. In den nächsten Tagen würde es einen ziemlichen Anstieg geben: Laut Nachmittagsausgabe der *Post*, die ich nach Hause gebracht hatte, war der Markt am 22. um sieben Prozentpunkte gefallen, und der Dow stand auf 803,15, der niedrigste Stand des ganzen Jahres. Aber die *Times* vom 1. Dezember erwähnte »eine erstaunliche Steigerung während der letzten beiden Tage«, und am 30. lautete der Stand 831,34. Nicht schlecht. Außerdem konnte ich mit einem Kredit arbeiten und damit meinen Gewinn erhöhen. Damit machen wir 'nen Haufen Geld, sagte ich meiner Frau.

Wenn man sich auf die Zeitung verlassen kann, antwortete sie.

Nur keine Sorge, sagte ich. Als wir von Jerry nach Hause kamen, ging ich in meine Bude, breitete die *Post* und die *Times* aus und begann, alle Aktien zusammenzusuchen, die zwischen 22. November und 30. November zumindest um 10 % gestiegen waren. Ich stellte diese Tabelle auf:

Aktie	22. Nov./Schluß	30. Nov./Höchstk.
Levitz-Möbel	89½	103¾
Bausch & Lomb	133⅜	149
Natomas	45¼	57
Disney	99⅞	116¾
EG & G	19¼	23¾

Du mußt das Risiko streuen, Bill, sagte ich zu mir. Nicht alles auf eine Karte setzen. Auch wenn die Zeitung eine Fälschung war, konnte mir nicht viel passieren, wenn ich alle fünf kaufte. Also rief ich am nächsten Morgen um halb zehn meinen Makler an und erklärte ihm, daß ich ein paar Kaufaufträge hätte, auf Vorschußkonto natürlich. Er sagte, nicht so hastig, Bill, der Markt ist in lausiger Verfassung. Stell dir vor, gestern gab es 201 neue Tiefs, zu Weihnachten sind wir unter 750. Daraus kann man ersehen, daß er ein ungewöhnliches Exemplar von Makler ist, denn die meisten von ihnen versuchen niemals, dir einen Auftrag auszureden, der ihnen eine Provision bringt. Aber ich sagte, nein, ich habe so 'n Gefühl, laß mich nur machen, und gab ihm Aufträge für Levitz, Bausch, Natomas, Disney und EG & G. Ich nützte den Rahmen bis zum äußersten aus und noch 'n bißchen darüber. Okay, sagte ich mir, wenn das so klappt, wie du hoffst, dann hast du dir grade einen Urlaub in Europa und einen neuen Chrysler und einen Nerz für die Frau und ein paar andere schöne Sachen eingehandelt. Und wenn nicht? Wenn nicht, dann verlierst du einen verdammt üppigen Batzen Geld, Billy, mein Junge.

4

Auch den Sportteil unterwarf ich einer praktischen Nutzung.

Im Büro sah ich mich um nach Wetten auf die Knicks gegen die SuperSonics am nächsten Dienstag im Madison Square Garden. Ein paar von den Jungs wunderten sich, weshalb ich mich mit Spielen herumschlug, die noch so weit in der Zukunft lagen, aber ich antwortete nicht mal, und schließlich kriegte ich Eddie Martin dazu, 11 auf die Knicks zu setzen. Und Marty Felks setzte 8 auf Milwaukee gegen die Warriors, am selben Abend. Felks glaubt, Abdul-Jabbar ist der beste Mittelmann, seit es das Spiel überhaupt gibt, und macht auch jede Wette mit, aber in meiner Zeitung stand, daß die Warriors gewinnen würden, und zwar 106:103. Beim Mittagessen mit den Jungs von Leclair & Anderson wettete ich mit Butch Hunter um 250 Dollar auf St. Louis gegen die Giants am Sonntag. Als nächstes besuchte ich den freundlichen Buchmacher in der Nachbarschaft und schloß ein paar Wetten für die Rennen in Aqueduct ab. Mein handlicher Führer in die Zukunft sagte mir, daß die Kombiwette für die ersten beiden Sieger 54,20 Dollar zahlte, und im dritten Rennen die Dreierwette 62,20 Dollar, also setzte ich auf beides ein bißchen. Leider Gottes gab es an diesem Tag keine 2500-Dollar-Happen, aber wenn einem mal ein Wunder auf den Teller gelegt wird, sollte man nicht wählerisch sein, stimmt's?

5

Als ich Dienstag abend nach Hause kam, nahm ich einen Drink und fragte meine Frau, was gibt's Neues, und sie sagte, der ganze Block redet über nichts anderes als die Zeitung, und ein paar von den Mädels haben schon Wetten abgeschlossen und mit dem Börsenmakler telefoniert. Viele von den Frauen hier versuchen gelegentlich ihr Glück auf dem Aktienmarkt und setzen auch mal auf ein Pferd, aber meine Frau ist nicht so, sie überläßt alle Männersachen mir.

Welche Aktien haben sie gekauft? fragte ich.

Na ja, sie wußte die Namen nicht. Aber später rief dann Joni Bruce an und wollte ein Rezept von meiner Frau, und meine Frau fragte sie nach den Aktien, und Joni sagte, sie hätte Winnebago, Xerox und Transamerica. Da war ich sehr erleichtert, denn ich fand, es könnte jemanden mißtrauisch machen, wenn der ganze Redbud Crescent Kaufaufträge für Levitz, Bausch, Disney, Natomas und EG & G durchgab, und das am selben Tag. Andererseits, was hatte ich bloß für Bedenken? Keiner würde daraus Schlüsse ziehen, und wenn ja, dann konnten wir immer noch sagen, die ganze Nachbarschaft hat jetzt einen Klub für Kapitalanlagen gegründet. Na, jedenfalls glaube ich nicht, daß es ein Gesetz gibt gegen Leute, die ihre Aktienkäufe auf der Basis der Zeitung von der nächsten Woche tätigen. Trotzdem – wer braucht schon diese Art von Publicity, und darum war ich froh, daß wir alle verschiedene Aktien gekauft hatten.

Nach dem Abendessen holte ich die Zeitung hervor, um mir

Jonis Käufe anzusehen. Tatsächlich, Winnebago ging von $33\frac{1}{8}$ auf $38\frac{1}{8}$, Xerox von $105\frac{3}{4}$ auf $111\frac{7}{8}$ und Transamerica von $14\frac{7}{8}$ auf $17\frac{5}{8}$. Ich fand es nicht besonders klug von Joni, sich mit Xerox abzugeben, mit einer mickrigen 6%-Steigerung, denn die Prozente bringen ja den Gewinn, aber Winnebago stieg um mehr als 10% und Transamerica um fast 20%. Ich wünschte, ich hätte Transamerica rechtzeitig bemerkt, aber warum habgierig sein, meine eigene Auswahl würde schon reichen.

Etwas an der Zeitung verwirrte mich. Stellenweise sah der Druck ein bißchen verwaschen aus, und auf manchen Seiten konnte ich die Wörter kaum lesen. Ich konnte mich an keine verwaschenen Stellen erinnern. Außerdem schien das Papier plötzlich eine andere Farbe zu haben, dunkler, vergilbt aussehend. Ich verglich sie mit der Zeitung, die wir am selben Morgen bekommen hatten, und die Ausgabe vom 1. Dezember war einwandfrei dunkler. So schnell sollte eine Zeitung nicht alt aussehen, nicht nach zwei Tagen.

Ich weiß nicht, ich glaube, es geht irgend etwas mit der Zeitung vor, sagte ich zu meiner Frau.

Was meinst du damit?

Als würde sie sich irgendwie verändern, sagte ich, brüchig werden, alt ...

Das kann alles geschehen, sagte meine Frau. Wie im Traum, verstehst du, im Traum verändert sich auch alles unentwegt und ohne Vorwarnung.

6

Mittwoch, 24. November. Ich glaube, wir müssen die Sache einfach mit Hangen und Bangen durchstehen, bis jetzt tut sich gar nichts auf dem Markt, in keiner Richtung. Die heutige Nachmittagsausgabe der *Post* gibt die Werte bei Börsenschluß an, am Vormittag gab's einen Schub nach oben, aber bei Schluß war alles wieder dahin, und der Dow steht jetzt auf 798,63. Na, jedenfalls haben alle meine Wertpapiere Dienstag und heute eine passable Steigerung erfahren, also sollte ich mir wohl keine

Sorgen machen. Ich habe schon vier Punkte Profit bei Bausch, zwei bei Natomas, fünf bei Levitz, zwei bei Disney und dreiviertel bei EG & G. Auch wenn das noch weit entfernt ist von den Kursen in der Zeitung vom 1. Dezember, ist es besser als ein Verlust, und außerdem steht ja noch diese »erstaunliche Steigerung während der letzten beiden Tage« am Ende des Monats aus. Vielleicht steige ich doch recht gut dabei aus. Winnebago, Transamerica und Xerox sind auch ein klein wenig gestiegen. Morgen ist die Börse geschlossen. Erntedankfest.

7

Erntedankfest. Am Nachmittag waren wir bei den Nesbitts. Früher mal haben die Leute das Erntedankfest mit ihren Verwandten verbracht, mit ihren Tanten und Onkeln, Großeltern, Vettern, etcetera, aber das geht jetzt in diesen großen Vorortsiedlungen nicht mehr, da kommt jeder von irgendwo anders her, von weit, weit weg, also essen wir statt dessen den Truthahn mit den Nachbarn. Die Nesbitts haben uns, zusammen mit den Fischers, den Harrisens und den Thomasons und mit allen Kindern natürlich auch, eingeladen. Das war eine große, laute Gesellschaft. Die Fischers kamen sehr spät, so spät, daß wir uns schon sorgten und gerade daran dachten, jemand rüberzuschicken, was denn los sei. Als sie endlich auftauchten, war es fast Zeit für den Truthahn, und Edith Fischers Augen waren ganz rot und verschwollen vom Weinen.

Mein Gott, o mein Gott, sagte sie, ich bin gerade draufgekommen, daß meine ältere Schwester tot ist.

Wir fingen an, die üblichen sinnlosen, mitfühlenden Fragen zu stellen, ob sie schon länger krank gewesen sei, wo sie lebte und woran sie starb. Und Edith schluchzte und sagte, ich meine nicht, daß sie schon tot ist, sondern, daß sie nächsten Dienstag sterben wird.

Nächsten Dienstag? fragte Tammy Nesbitt, was meinst du damit, das verstehe ich nicht, wie kannst du das jetzt schon wissen. Und dann dachte sie einen Augenblick lang nach und dann verstand sie es, und wir anderen verstanden es auch. Oh, sagte Tammy, die Zeitung.

Die Zeitung, ja, sagte Edith und schluchzte stärker.

Edith las gerade die Todesanzeigen, erklärte Sid Fischer. Gott allein weiß, warum sie sie überflog, einfach Neugier, denke ich, und ganz plötzlich gibt sie einen gräßlichen Schrei von sich und sagt, da steht der Name ihrer Schwester. Plötzlicher Tod. Eine Herzattacke.

Sie hat ein schwaches Herz, sagte Edith. Sie hatte dieses Jahr schon zwei oder drei schwere Herzanfälle.

Lois Thomason ging zu Edith und legte ihr den Arm um die Schultern – wie es eben nur Lois so gut kann – und sagte, Edith, du Armes, ich weiß, das muß ein fürchterlicher Schock für dich sein, ganz klar, aber es war ja unvermeidlich, früher oder später mußte es passieren, und zumindest muß die arme Frau jetzt nicht mehr leiden.

Aber verstehst du denn nicht, weinte Edith, sie ist ja noch am Leben, und vielleicht sollte ich sie anrufen und sie auf der Stelle ins Krankenhaus schicken, dort kann man sie noch retten. Vielleicht legen sie sie auf die Intensivstation und bereiten sich auf den Anfall vor, noch ehe er kommt? Bloß, das kann ich nicht sagen, stimmt's? Und was kann ich ihr denn sagen? Daß ich ihre Todesanzeige in der Zeitung von der nächsten Woche gelesen habe? Sie würde glauben, ich bin verrückt geworden, und lachen und mir nicht folgen. Oder sie würde sich fürchterlich aufregen und auf der Stelle tot umfallen – alles wegen mir. Was soll ich tun, o Gott, was soll ich bloß tun?

Du könntest sagen, es ist eine Vorahnung, schlug meine Frau vor. Ein sehr lebhafter Traum, der sich bewahrheiten könnte. Wenn deine Schwester auch nur ein bißchen an solche Dinge glaubt, dann kommt sie vielleicht zu der Ansicht, es könnte ja nicht schaden, einen Arzt aufzusuchen, und dann …

Nein, unterbrach Mike Nesbitt sie, das darfst du nicht tun, Edith. Weil niemand sie retten kann. Niemand. Keiner hat sie gerettet, als ihre Zeit kam.

Aber ihre Zeit ist noch nicht gekommen, sagte Edith.

Was uns angeht, sagte Mike, ist die Zeit bereits gekommen,

weil wir die Zeitung haben, die die Ereignisse vom 30. November in der Vergangenheit beschreibt. Also wissen wir, daß deine Schwester sterben wird und im Grunde genommen bereits tot ist. Das steht absolut fest, weil es in der Zeitung steht, und wenn wir die Zeitung als echt und glaubwürdig akzeptieren, dann ist sie eine Zusammenfassung tatsächlich stattgefundener Geschehnisse, von denen wir nicht hoffen können, sie im nachhinein noch zu verändern.

Aber meine Schwester, sagte Edith.

Der Name deiner Schwester steht bereits auf der Liste der Toten. Wenn du jetzt eingreifst, machst du es für ihre Familie nur schwerer und änderst im übrigen gar nichts.

Wie kannst du das wissen, Mike?

Die Zukunft darf man nicht verändern, sagte Mike. Für uns sind die Geschehnisse an diesem einen Tag in der Zukunft so unabänderlich wie irgendein Geschehnis der Vergangenheit. Wir dürfen nicht wagen, die Zukunft verändern zu wollen, nicht, wenn sie uns fix und fertig mit der Zeitung ins Haus geliefert wurde. Mit der Zukunft ist es wie mit einem Kartenhaus, wenn wir eine Karte herausziehen, sagen wir, das Leben deiner Schwester, dann könnte das ganze Haus zusammenfallen. Du mußt die Fügung des Schicksals akzeptieren, Edith. Du mußt einfach, sonst könnte wer weiß was geschehen.

Meine Schwester, sagte Edith. Meine Schwester wird sterben, und ihr laßt mich nichts dagegen unternehmen.

8

Und so ging es weiter. Das setzte natürlich der Erntedankfeier einen gehörigen Dämpfer auf. Nach einer Weile riß sich Edith mehr oder weniger zusammen, aber sie benahm sich nun mal weiterhin wie eine Frau in Trauer, und wie sie so dasaß und dauernd das Schluchzen unterdrückte, fiel es uns schwer, besonders fröhlich zu sein. Die Fischers gingen gleich nach dem Essen, und wir alle umarmten Edith und sagten ihr, wie leid es uns tat. Bald danach gingen auch die Thomasons und die Harrisens.

Mike sah meine Frau und mich an und sagte, na hoffentlich rennt ihr mir nicht auch noch davon.

Nein, sagte ich, wir haben ja keine Eile, oder?

Und so blieben wir noch ein Weilchen sitzen. Mike sprach über Edith und ihre Schwester. Der Schwester kann keiner mehr helfen, sagte er immer wieder. Und es könnte für alle gefährlich werden, wenn Edith versucht, dem Schicksal dreinzupfuschen.

Um das Thema von Edith wegzubringen, begannen wir über den Aktienmarkt zu sprechen. Mike sagte, er habe Natomas, Transamerica und Electronic Data Systems gekauft, wobei letztere von 36¼ am 22. November auf 47 am 30. steigen würden. Ich sagte, ich habe auch Natomas gekauft, und verriet ihm auch meine anderen Aktien, und augenblicklich holte er die Zeitung vom 1. Dezember hervor, damit wir einige der Kurse nachsehen konnten. Als ich über seine Schulter guckte, bemerkte ich, daß der Druck noch verschwommener war, als Dienstag abend bei der letzten Gelegenheit, zu der ich meine Zeitung in der Hand gehabt hatte. Außerdem sahen die Seiten sehr grau und rissig aus.

Was geht da vor, was glaubst du? fragte ich. Die Zeitung altert ganz offensichtlich.

Das ist die schleichende Entropie, sagte er.

Schleichende Entropie?

Die Entropie, verstehst du, das ist die natürliche Tendenz, daß alles im Universum mit der Zeit aus den Nähten platzt. Diese Zeitungen müssen außergewöhnlich starken entropischen Spannungen unterworfen sein, wegen ihrer anomalen Position in der Zeit, wegen der falschen Stelle, an der sie sich darin befinden. Ich habe bemerkt, daß der Druck immer schwerer zu lesen ist, und es würde mich nicht überraschen, wenn er in ein paar Tagen überhaupt nicht mehr zu entziffern ist.

Wir suchten schnell die Kurse meiner Aktien in seiner Zeitung, und der erste, auf den wir stießen, war Bausch & Lomb, mit einer Notierung von 149¾ am 30. November.

Warte mal, sagte ich, ich bin sicher, daß es genau 149 heißen soll.

Mike dachte, es könnte nur der verwaschene Druck sein, aber nein, auf dieser Seite, wo die Aktienkurse vermerkt waren, konnte man alles noch recht gut lesen, und es hieß $149\frac{3}{4}$. Ich sah bei Natomas nach, und der Höchstkurs lautete $56\frac{7}{8}$. Ich sagte, ich bin fest der Meinung, er ist 57. Und so ging es weiter mit einigen anderen Kursen. Die Zahlen stimmten nicht mit jenen überein, an die ich mich erinnerte. Wir hatten deswegen eine freundliche kleine Diskussion, die etwas weniger freundlich wurde, als Mike andeutete, daß mein Gedächtnis möglicherweise nachließ, und am Schluß rannte ich die Straße runter zu meinem Haus und holte meine eigene Zeitung. Wir breiteten die beiden nebeneinander aus und verglichen die Kurse. Tatsächlich, sie differierten! Kaum eine Notierung in seiner Zeitung glich der entsprechenden in der meinen, fast alle lagen ein wenig auseinander, hier um einen Achtelpunkt, da um einen Viertelpunkt. Und was noch schlimmer war, die Zahlen stimmten auch nicht mit jenen überein, die ich am ersten Tag abgeschrieben hatte. Jetzt gab meine Zeitung den Bausch-Kurs vom 30. November mit $149\frac{1}{2}$ an und Natomas mit $56\frac{1}{2}$ und Disney mit 117. Levitz 104, und EG & G $23\frac{5}{8}$. Alles schien ein bißchen verrutscht zu sein.

Schwerer Fall von schleichender Entropie, sagte Mike.

Ich frage mich, ob die Zeitungen überhaupt je übereinstimmten, sagte ich, wir hätten sie am ersten Tag vergleichen sollen. Nun werden wir nie wissen, ob wir je alle vom gleichen Punkt ausgingen.

Vergleichen wir die anderen Seiten, Bill.

Das taten wir. Die Überschriften auf der Titelseite waren gleich, aber es gab ein paar kleine Unterschiede im Text. Viele von den Anzeigen waren neu angeordnet. Einige der Todesnachrichten waren anders. Alles in allem waren die Zeitungen ähnlich, aber keineswegs identisch.

Wie kann denn so etwas geschehen, fragte ich. Wie können sich gedruckte Worte von einem Tag zum anderen verändern?

Wie kann überhaupt eine Zeitung aus der Zukunft zugestellt werden? fragte Mike.

9

Wir riefen einige von den anderen an und fragten sie nach den Aktienkursen. Wir wollen nur etwas überprüfen, sagten wir. Charlie Harris sagte, Natomas notiere mit 56 und Jerry Wesley sagte, mit $57\frac{1}{4}$, und Bob Thomasons Börsenbericht war zu verschwommen, als daß er ihn hätte lesen können, aber er glaubte, der Kurs für Natomas sei $57\frac{1}{2}$. Und so weiter. Alle Zeitungen leicht voneinander abweichend.

Die schleichende Entropie. Schlägt feste zu.

Worauf können wir uns überhaupt verlassen? Was ist richtig?

10

Am Samstagnachmittag kam Bob Thomason ganz aufgeregt herüber zu uns, die Zeitung unter den Arm geklemmt. Er zeigte sie mir und sagte, schau dir das an, Bill, wie gibt's das? Die Seiten zerfielen praktisch und waren absolut leer. Man konnte noch ein paar Schmutzspuren erkennen, wo einmal die Worte gestanden hatten, aber das war auch schon alles. Die Zeitung sah aus, als sei sie eine Million Jahre alt.

Ich holte meine aus dem Schrank. Sie war in schlechtem Zustand, aber es war nicht ganz so arg wie bei Bob. Der Druck war schwach und zerronnen, aber ein paar Sachen konnte ich doch noch ausmachen. Natomas $56\frac{1}{4}$. Levitz-Möbel $103\frac{1}{2}$. Disney $117\frac{1}{4}$. Jedesmal neue Zahlen.

In der Zwischenzeit hat sich der Wertpapiermarkt im wirklichen Leben seit einigen Tagen programmgemäß erholt, und alle meine Aktien steigen. Vielleicht werde ich verrückt, aber es sieht nicht so aus, als würde ich finanziell eine aufs Haupt bekommen.

Montag, 29. November, abends. Eine Woche, seit die ganze Sache anfing. Alle unsere Zeitungen zerfallen. In der meinen kann ich auf zwei, drei Seiten noch Reste von Schrift lesen, aber alles andere ist ziemlich dahin. Dave Bruce sagt, seine Zeitung ist völlig leer, so wie die von Bob Thomason am Samstag. Mikes Blatt ist in besserer Verfassung, aber sie macht's auch nicht mehr lang. Die Entropie frißt sie alle auf. Der Aktienmarkt hat sich heute wieder stark belebt. Gestern wurden die Giants von St. Louis geschlagen, und heute beim Mittagessen holte ich mir meinen Gewinn von Butch Hunter. Gestern sind auch Edith und Sid Fischer zu einem ungeplanten Urlaub nach Florida aufgebrochen. Dort lebt Ediths Schwester, diejenige, die morgen sterben soll.

Ich frage mich unentwegt, ob Edith nicht schließlich doch etwas wegen ihrer Schwester unternommen hat, ungeachtet dessen, was Mike beim Erntedankfest gesagt hat.

Jetzt haben wir also Dienstag abend, den 30. November, und ich habe die *Post* mit den letzten Börsenkursen mitgebracht. Leider kann ich sie nicht mit den Zahlen in den morgigen *Times* vergleichen, weil ich die Zeitung nicht mehr habe; sie ist komplett zu Staub zerfallen. Genauso war es mit den Zeitungen der anderen. Aber ich habe noch die Notizen, die ich mir am ersten Abend machte, als ich die Sache mit den Aktien plante. Und ich freue mich, sagen zu können, daß trotz der Auswirkungen der schleichenden Entropie alles wunderbar geklappt hat. Der Dow für die Industrieaktien schloß heute mit 831,34, was genau mit meinen Aufzeichnungen übereinstimmt. Und hier ist die Liste der Kurse, zu denen der Makler meine Sachen verkauft hat:

Levitz-Möbel	103¾
Bausch & Lomb	149
Natomas	57
Disney	116¾
EG & G	23¾

Was mich diese Woche also an Nerven gekostet hat, wird mehr als wettgemacht durch den Profit.

Morgen ist der 1. Dezember, und es wird lustig sein, diese Zeitung wieder in der Hand zu halten. Mit den Überschriften über Nixon, der nach China reist, und die Verwundeten bei dem Bankraub und die Währungsverhandlungen in Rom. Wie ein alter Freund, der zurückkehrt nach Hause.

14

Ich nehme an, alles muß sich ausgleichen. Heute früh ging ich wie gewöhnlich hinaus um die Zeitung, und da lag sie unter dem Busch, aber das war nicht die Zeitung für Mittwoch, den 1. Dezember, obwohl heute ja tatsächlich Mittwoch, der 1. Dezember ist. Was der Zeitungsjunge heute herübergeworfen hat, war die Zeitung vom Montag, den 22. November, die ich ja nie bekommen habe.

An sich wäre das ja noch nicht so schlimm. Aber die Zeitung ist voll von Dingen, an die ich mich vom letzten Montag her nicht erinnern kann! Als hätte jemand hineingegriffen in die letzte Woche und alles durcheinandergeschüttelt und einen Haufen verdrehter Ereignisse zusammengebastelt. Obwohl ich die Times an diesem Tag ja nicht in die Hand bekommen hatte, bin ich sicher, daß ich mich an die Ermordung des Gouverneurs von Missouri erinnern würde. Und an das Erdbeben in Peru mit zehntausend Toten. Und an Bürgermeister Lindsay, der zurücktritt, um Nixons neuer Außenminister zu werden. Ganz besonders an Bürgermeister Lindsay, der zurücktritt, um Nixons neuer Außenminister zu werden. Diese Zeitung *muß* ein Scherz sein!

Aber was ist nun mit der, die wir letzte Woche bekamen? Was ist mit all den Aktienkursen und den Sportresultaten?

Wenn ich später in die Stadt fahre, dann mache ich zu allererst einen Abstecher in die Stadtbibliothek von New York und nehme mir die *Times* vom 22. November vor. Ich möchte doch wirklich gern wissen, ob die Ausgabe in der Bibliothek irgendwie derjenigen ähnlich sieht, die ich gerade eben bekommen habe.

Und was für eine Zeitung werde ich morgen bekommen?

15

Nicht daß irgend jemand glaubt, daß ich heute noch zur Arbeit gehe! Nach dem Frühstück wollte ich das Auto nehmen und zum Bahnhof fahren und das Auto war nicht da nichts war da bloß grau alles grau kein Rasen keine Sträucher keine Bäume keines der anderen Häuser in Sicht bloß grau wie ein dichter Nebel der vom Boden weg alles schluckt. Stand da auf der Stufe der Vordertür und hatte Angst hinauszutreten in den Nebel. Ging zurück ins Haus weckte meine Frau sagte es ihr. Was soll das bedeuten Bill fragte sie was soll das bedeuten warum ist alles grau? Weiß ich nicht sagte ich. Ich drehe das Radio auf. Aber kein Ton kommt aus dem Radio nichts aus dem Fernsehgerät nicht einmal ein Testbild und auch das Telefon ist tot alles tot und ich weiß nicht was geschieht und wo wir sind ich verstehe überhaupt nichts mehr und das muß ein sehr arger Fall von schleichender Entropie sein. Auf irgendeine verrückte Art und Weise muß die ganze Zeit eine Schlinge in sich selbst gebildet haben ich weiß nicht wie und ich verstehe überhaupt nichts mehr.

Edith was hast du uns nur angetan?

Ich will hier nicht mehr leben und ich will mein Zeitungsabonnement kündigen und ich will mein Haus verkaufen und ich will weg von hier zurück in die reale Welt aber wie nur wie ich weiß es nicht es ist alles grau grau grau alles grau nichts da draußen bloß viel viel Grau.

Originaltitel: »What We Learned from This Morning's Newspaper«
Copyright © 1972 by Robert Silverberg
Aus dem Amerikanischen übersetzt von Biggy Winter

RENATO PESTRINIERO

Knoten

Und jetzt sitze ich hier und warte darauf, daß die Tür geöffnet wird und jemand hereinkommt ... der Richter? In den letzten Stunden habe ich darüber nachgedacht und mir alles ins Gedächtnis gerufen, was vor beinahe zwei Jahren an jenem Abend im Spätsommer geschehen ist. Ich glaube, das Geräusch sich nähernder Schritte zu hören ... aber jetzt weiß ich, daß sie für mich keine Bedeutung haben; ich befinde mich an einem Ort, an dem Schritte nicht immer von einer Person stammen müssen, die vorübergeht. Na also, sie entfernen sich bereits, ich habe keinen Menschen bemerkt, nicht einmal einen Lufthauch. In der Wand zu meiner Rechten befinden sich drei zweibogige Fenster, aber durch sie kann man nichts sehen, obwohl vor den Butzenscheiben keine Vorhänge angebracht sind. Von draußen fällt goldenes Licht herein, das silberne Reflexe hervorzaubert. Auf dem Tisch steht ein Krug mit frischem Wasser. Ich fülle das Glas noch einmal, und der Krug ist beinahe leer; wenn ich ihn ganz geleert habe, wird jemand hereinkommen, das spüre ich.

Mir kommt es wie gestern vor, daß Aura und ich die Corte Contarini besucht hatten, eine Grube, deren Wände aus übereinandergebauten, sich überschneidenden Häusern bestehen, die ohne das geringste ästhetische Gefühl zusammengewürfelt wurden. In der Corte Contarini beginnt die Treppe. Die Sonne stand schon tief, und ihr Licht traf nur noch die Dächer und natürlich auch den oberen Teil der Treppe. Der Marmor der letzten beiden Windungen schimmerte rosa, und der Säulengang, der sie umgab, hob sich von dem im Schatten liegenden Treppenhaus deutlich ab. Diese Wendeltreppe, dieses zu einer Spirale gedrehte Marmorband, das in die Höhe strebt und

502

einen Turm bildet, der überhaupt nicht zu seiner Umgebung paßt, hatte mich immer in Staunen versetzt. Ich fragte mich, wieso diese Bogen, die scheinbar gewichtlos die Treppe in Spiralen aus Schatten und Licht begleiteten, auf einem so engen Raum angeordnet waren, in dem es keine Perspektive gab.

An diesem Abend lauschten wir der Stille (hier scheinen die Geräusche aus ungeheurer Ferne zu kommen), als Aura auf eines der vielen Fenster deutete, die sich an die Treppe lehnen. Und während ich hinabsah, erschien ein Fleck hinter dem Glas, nahm Gestalt an und verschwand sofort wieder. Auras Hand krampfte sich um meinen Arm. »Nur eine Spiegelung«, beruhigte ich sie, und wir begaben uns zu freieren, helleren Plätzen.

Im Blumengeschäft kaufte ich das obligate Dutzend Nelken, die Lieblingsblumen meiner Frau. »Wofür hältst du diesen Schatten hinter den Scheiben?« fragte Aura nach einer langen Pause. Ich zuckte gleichgültig die Schultern. »Ich weiß es nicht, irgendein Lichteffekt, die Spiegelung einer vorüberfliegenden Möwe.« Aura sah mich an, ohne zu antworten; wenn sie so reagiert, weiß ich, daß ich sie nicht überzeugen konnte. Wir waren inzwischen zu Hause angelangt, und damit war die Frage ad acta gelegt. Für mich jedoch nicht. Der Fleck am Fenster, der sofort verschwunden war, hatte sich meinem Gedächtnis eingeprägt und ließ sich nicht daraus vertreiben. Ein Fleck, der seltsam einem Gesicht geglichen hatte, das uns mit aufgerissenen Augen anstarrte.

Vor kurzem hat es auf dem nahen Campanile zehn Uhr geschlagen, aber die Helligkeit hinter den zweibogigen Fenstern war noch die gleiche. Das Klappern einer Schreibmaschine hinter der Wand ist ein Geräusch, das im Alltäglichen verankert ist und an das ich mich klammern könnte. Es gibt hier noch sehr viele vollkommen normale Geräusche: Es ist so, als befände ich mich im Vorzimmer eines Büros, in das durch die umgebenden Wände die Geräusche eifriger Geschäftigkeit dringen. Aber das scheint nur so. Ich warte immerzu darauf, daß die Tür aufgeht, und die Möglichkeit, daß die Person hereinkommt, deren Gesicht ich hinter dem Fenster erblickt habe, macht mir das Warten unerträglich.

Ich weiß noch, daß ich nach drei Tagen des Zauderns den Entschluß gefaßt hatte, in die Corte Contarini zurückzukehren. Natürlich ging ich erst am Abend dorthin, nahm aber meine Canon mit. Ich schlenderte eine Weile herum und beobachtete das Fenster durch das Teleobjektiv meines Fotoapparats, nahm aber keine Spur des Schattens wahr.

»Guten Abend.« Die Kamera in meiner Hand schwankte, und einen Augenblick lang verschwamm das Bild des Fensters.

»Guten Abend«, erwiderte ich den Gruß.

»Interessieren Sie sich für sie?« Der Mann neben mir zeigte auf die Treppe. »Wenn Sie wollen, kann ich Ihnen ein paar Informationen dazu geben.«

»Sind Sie der Pförtner?«

»Ja. Sind Sie allein, oder gehören Sie zu einer Gruppe?« Ich lächelte. »Ich bin kein Tourist, aber die Scala Contarini ist ein Gebäude, das mich besonders anzieht.«

»Das stimmt, es ist ein merkwürdiger Ort. Ich bin der einzige, der noch hier lebt.«

»Außer dieser anderen Person«, bemerkte ich. »Dort, neben der Treppe, wohnt noch jemand, vielleicht Ihr Kollege.«

»Ich bin der einzige Pförtner der Scala Contarini«, widersprach er. »Was genau haben Sie eigentlich gesehen?«

»Ein Gesicht hinter diesem Fenster; vielleicht haben Sie gerade einen Rundgang gemacht.«

Der Mann hatte mich nicht aus den Augen gelassen, als wolle er jede Silbe meiner Erklärung erfassen. Dann begann er unvermittelt zu lachen. »Aber natürlich! Einige Wohnungen führen auf die Treppe. Wenn Sie wüßten, was für ein Labyrinth da drinnen steckt! Wenn man sich nicht genau auskennt, verirrt man sich unweigerlich, so viele Umbauten wurden im Laufe der Jahrhunderte vorgenommen. Sogar heute entdecke ich noch Geheimgänge, die durch ein Möbelstück oder Schichten von Verputz versteckt sind.«

Der Himmel wurde dunkel, teils weil die Nacht hereinbrach, teils weil leichter Nebel aufgekommen war. Einige Augenblicke schwiegen wir beide und betrachteten dieses beunruhigende, in seiner majestätischen Eleganz einmalige Gebäude. Noch ein paar Stunden, und der Ort würde sich in die gewohnte, von Dunkelheit erfüllte Grube verwandeln. »Äußerst fremdartig«, bemerke ich. »Viele Dinge sind für uns unverständlich«, sagte der Mann, als denke er laut. »Aber es würde genügen, in die Zeit zurückzureisen, und man fände für alles eine Erklärung.«

»Das stimmt«, bestätigte ich, »aber es ist unmöglich.« Etwas veranlaßte mich, zu dem Fenster hinaufzublicken, und einen Augenblick lang stockte mir der Atem. Das Gesicht war hinter den Scheiben erschienen, und sein Mund war zu einem lautlosen Schrei geöffnet.

Ich bin in ein System chinesischer Schachteln geraten. Jedenfalls empfinde ich es so. Ich verlasse ununterbrochen einen Raum und bin wieder in einen anderen eingeschlossen, denn die Existenzen wechseln einander ab, gehen von der Wirklichkeit zur Phantasie, vom Konkreten zum Abstrakten, vom Positiven zum Absurden über. Eine Schaukel, die mein seelisches Gleichgewicht erschüttert. Aura … Claudia … meine Wohnung … meine Arbeit … meine ganze Welt, die ich mir in den Jahren des wirklichen Lebens aufgebaut habe, in denen ich Mühsal, Verzicht und Freude kennengelernt habe … sie spiegelt sich jetzt in einem schlechten Spiegel wider, der sie verändert, der Bruchstücke von Bildern wiedergibt, die zwar zu mir gehören, aber so fremdartig sind, daß sie mir die Kraft rauben. Es hätte genügt, wenn ich an diesem Abend nicht zurückgekommen wäre. Die ganze Aufregung wegen eines Gesichts hinter einer Scheibe wirkt vielleicht übertrieben, aber ich hatte das Gesicht nun einmal gesehen, und nichts konnte mich mehr zurückhalten. Ich mußte mich vergewissern.

Verstohlen wie ein Dieb, durch enge Durchlässe, durch ein Labyrinth aus Korridoren und Winkeln, gelangte ich zu einem Türchen, das auf die Scala Contarini hinausging. Die Treppe wand sich um sich selbst und stieg empor, ein helles Band in der Dunkelheit. Ich begann die Marmorspirale hinaufzusteigen.

Links von mir befand sich der Kern, um den sich die Treppe wand, rechts die ununterbrochene Reihe von Bogen, die ins Leere gehen und die dem Ganzen diese unendliche Leichtigkeit verleihen. Alle zehn Stufen kam ich an einer kleinen Holztür vorbei und versuchte vergebens, mir die innere Konstruktion eines Gebäudes mit so vielen Zugängen vorzustellen. Durch die Türen drangen Geräusche, die ich nicht erkannte, eine Art Scharren, ein Gemurmel neben der Tür, das aber zugleich von fern erklang, leichte Schritte, die aus einer Stille kamen, und in eine andere Stille verschwanden. Ich ging die Treppe weiter hinauf, und als ich an dem Teil vorbeikam, der auf die Corte Contarini hinaussieht, erkannte ich, daß etwas an den Entfernungen nicht stimmte. Als wolle sie die Wechselbeziehung zwischen Raum und Zeit betonen, schlug die Uhr vom Campanile sechsmal, und während ich noch dachte, daß der Mechanismus müde sei, schlug sie weitere zweimal. Im Inneren der Treppe schlug einen Pendeluhr wie ein verspätetes Echo siebenmal. Ich sah auf meine Uhr: Es war ein Uhr fünfunddreißig.

Zu diesem Zeitpunkt kam mir zum erstenmal ein seltsamer Gedanke über die Relativität der Zeit, ging jedoch sofort wieder vorüber; es war eine jener absurden Phantastereien, die in den Augenblicken durchbrechen, in denen sich die unveränderlichen Gesetze der Natur, denen wir unterworfen sind, zu verwirren scheinen.

Noch ein paar Dutzend Stufen, und ich blieb stehen; ich atmete schwer, und nicht nur wegen der Anstrengung. Ich hatte die Orientierung verloren, und es gelang mir nicht, das Fenster zu finden, das ich mir näher ansehen wollte. Es hatte keinen Sinn mehr weiterzugehen, und ich beschloß, auf dem Rückweg genau aufzupassen. Um mich herum vernahm ich unaufhörlich Lärm, ein seltsames Gemisch aus Geräuschen, die einander überlagerten und sich in ein kakophonisches, unbegreifliches Tongemälde verwandelten, das auf sinnlicher Ebene beinahe nicht erfaßbar war.

»Guten Abend.« Ich zuckte zusammen und drehte mich um. Der Alte sah mich lächelnd an. Er trug eine militärisch aussehende Schirmmütze, einen Anzug, dessen Farbe ich in der Dunkelheit nicht erkennen konnte, der aber bestimmt dunkel war. Das Weiß des Hemdes und der Haarsträhnen, die unter der Mütze hervorhingen, stach scharf dagegen ab.

»Auch Ihnen einen guten Abend«, antwortete ich nach einer längeren Pause. Offensichtlich handelte es sich um einen weiteren Pförtner, trotz des Exklusivitätsanspruchs des ersten. Der Alte lächelte immer noch und wies auf eine nur wenige Stufen tiefer liegende Pforte. »Bitte«, forderte er mich auf. Endlich konnte ich das Innere der Scala Contarini durch eine der Türen betreten, die von Anfang an meine Neugierde erregt hatten. Ich fand mich in einem sehr großen Raum wieder. Die Beleuchtung war nicht ausreichend; in einigen Teilen des Raums war sie sogar schlecht und ließ einige Stellen in völliger Finsternis liegen; das Licht reichte jedoch aus, um die Ausmaße des Zimmers erkennen zu lassen. Hier und da ein Tisch, ein Stuhl, ein paar große Holzschränke. Und überall Bücher, in bis zur Decke reichenden Stößen, deren Gleichgewicht äußerst fragwürdig war, ungeheure Berge von Büchern, die sich an die Wände, die Tische lehnten, in den Winkeln herumlagen, aus den Kästen quollen und auf den Stühlen aufgestapelt waren. Bücher aller Art, von den billigsten bis zu den kostbarsten und seltensten Ausgaben, Bücher jeden Erscheinungsdatums, ganz alte und eben erst gedruckte; und nicht nur Bücher, sondern auch Zeitungen und Zeitschriften und einzelne Blätter daraus, ein wogendes Meer aus bedrucktem Papier. Ich erkannte Titel in den ausgefallensten Sprachen, manche von ihnen waren so exotisch, daß man daran zweifeln konnte, daß sie wirklich von unserer Welt stammten.

»Es sieht ein bißchen unordentlich aus«, gab der Alte mit einer großzügigen Handbewegung zu. »Aber ich habe nicht genügend Zeit, um sie zu ordnen. Andererseits, wenn man über vollständige und immer auf den neuesten Stand gebrachte Unterlagen verfügen will ...«

Hinter einer Mauer aus Büchern, die bis in die Mitte des Raumes reichte, erklangen Schritte. Das Geräusch wurde von einem leisen, unverständlichen Gemurmel begleitet.

Ich folgte dem Alten, der sich an einer kleinen Tür zu schaffen machte, die durch einen umgestürzten Stoß von Büchern zugebaut war. Er versuchte, sie zu öffnen, und ich mußte ihm helfen, die Bücher wegzuschieben. Jenseits der Tür erstreckte sich ein so enger Korridor, daß wir nicht nebeneinander Platz fanden. »Diese Bücher ...« begann ich, aber der Alte war schon in dem gewundenen Durchgang unterwegs, der nur spärlich von vereinzelten nackten Glühbirnen an der Decke beleuchtet wurde. Zu beiden Seiten des Korridors befanden sich zahlreiche Türen, die alle geschlossen waren und aus denen man gedämpfte Stimmen, Klappern und verworrene Geräusche vernahm. Es war offensichtlich unmöglich, daß alle diese Räume zu der Scala Contarini gehörten, und kalte Tentakeln begannen, mir die Luft abzuschnüren. Ich schob das beängstigende Gefühl unbewußt von mir. Endlich blieb der Alte stehen. »Wir sind gleich da«, tröstete er mich lächelnd und drückte die Klinke einer weiteren Tür hinunter. Wir standen in einem gewaltigen, vollkommen leeren, hallenden Saal. Die einzige Lichtquelle bestand aus zwei Lämpchen beiderseits des Eingangs. Die Umrisse des Raums verloren sich in der Dunkelheit. Eine undeutliche Gestalt nahm langsam Form an, ein skelettartiges Gebilde, in dem sich das schwache Licht der schon weit hinter uns befindlichen Lampen spiegelte. Noch ein paar Schritte, und der zusammengeduckte Körper eines riesigen Insekts löste sich aus dem Schatten. Meine Selbstbeherrschung verließ mich, ich konnte nicht mehr weitergehen. Mein Verstand versagte, die Situation überwältigte mich. Der Alte trat zu mir. »Kommen Sie doch, fühlen Sie sich nicht wohl?« Er faßte mich am Arm und zog mich sanft weiter. »Dieser ...«, ich konnte nicht sprechen. »Was ist ...« und meine Augen konnten sich nicht von dem Insekt lösen, das mich mit seinem Gewirr von Beinen, Zangen und Fühlern am anderen Ende des Saals erwartete. »Gefällt es Ihnen nicht?« erkundigte sich der Alte und zeigte auf das Ungeheuer. »Es ist sehr alt, auch wenn das ein relativer Standpunkt ist.«

»Was ...«

»Kommen Sie nur, von hier aus können Sie es besser betrachten.« Er schob mich energisch vorwärts. Das Insekt bestand aus Metall und regte sich nicht. Das matte Licht der Lämpchen spiegelte sich auf dem Gebilde und rief den Eindruck von Bewegung hervor. Der Pförtner streckte die Hand aus. In dem Gebilde ging Licht an, und seine Kiefer öffneten sich. Wir betraten die Kabine.

»Er ist ein bißchen verrostet, aber er funktioniert, haben Sie keine Angst.« Er drückte auf einen weiteren Knopf, und der Lift stieg in der Dunkelheit zur Decke hinauf.

»Noch höher?« fragte ich.

»Die Scala Contarini ist höher, als es den Anschein hat«, antwortete mein Führer. Wir konnten uns nicht mehr innerhalb der Scala Contarini befinden!

»Worin besteht der Trick?« fragte ich mit bebender Stimme. Der Alte lächelte noch breiter. »Trick? Es gibt keinen Trick. Jetzt sind wir am Ziel.« Der Fahrstuhl hielt, der Pförtner öffnete die Tür und führte mich durch eine weitere Tür auf einen Balkon, von dem aus man ein Meer von Dächern überblickte. Ich beugte mich vor und sah die in Nebel gehüllten weißen Bogen der Scala Contarini. Der Alte ging inzwischen auf einem hölzernen Gang über das Dach des nächsten Hauses. Über dem Himmel lag die Helligkeit eines späten Sommerabends, wenn die Sonne bereits hinter dem Horizont verschwunden ist.

Auf dem Dach des Hauses erhob sich ein hoher Altan. Der Alte stieg mühsam die vier Stufen hinauf, die zum Bretterboden dieses Söllers führten, und ließ sich auf einen Stuhl fallen. »Kommen Sie«, forderte er mich auf und schlug mit der flachen Hand auf einen Stuhl neben ihm. »Setzen Sie sich.« Dann zog er aus einer Jackentasche eine Pfeife und Tabak heraus. Ich sah mich um. Die Dächer Venedigs erstreckten sich, so weit das Auge reichte. Im Westen hob sich die Silhouette von Santa Maria della Salute vom Himmel ab.

»Es ist der zweite Sonnenuntergang, den ich heute erlebe«, stellte ich fest.

»Es beeindruckt jeden«, gab der Alte zu. »Aber je aufgeschlossener man all dem gegenübersteht, desto weniger merkwürdig erscheint es einem. Man muß offen für Erfahrungen sein, die uns scheinbar nicht zugänglich sind. Dann kann uns nichts in Erstaunen setzen ... oder erschrecken.«

»Beziehen Sie das auf mich?«

»Ich treffe nur ganz allgemein Feststellungen, die natürlich auch für Sie und für mich gelten. Kurz, für alle. Sie haben erwähnt, daß dies der zweite Sonnenuntergang ist, den Sie heute erleben; kommt Ihnen das so merkwürdig vor?«

»Ich hätte es schlicht für unmöglich gehalten.«

»Haben Sie sich nie überlegt, wie viele Sonnenuntergänge ein Astronaut, der sich auf einer Umlaufbahn um die Erde befindet, innerhalb von vierundzwanzig Stunden erlebt?«

»Wir befinden uns in keinem Raumschiff.«

»Es geht nur um die Tatsache. Ich habe Ihnen ein Beispiel genannt und damit eine Ausnahme von der von Ihnen als unumstößlich angenommenen Regel angeführt.« Ich zuckte die Achseln. »Vielleicht haben Sie recht. Aber in so kurzer Zeit ...«

Das Lachen des Alten unterbrach mich. »Die Zeit! Sie ist der größte Spaßvogel, den es gibt. Ich verstehe Ihre Einstellung, Sie sind keineswegs der erste, wissen Sie, aber andererseits habe ich Sie nicht hierhergerufen.« Er schwieg lange, dann fuhr er fort. »Die Zeit spielt uns allerhand Streiche, manche davon sind grausam.« Ich wußte nicht, worauf er hinauswollte, aber vielleicht ahnte ich es bereits. Er sah mich zum ersten Mal an, ohne zu lächeln. »Sie werden geboren, leben und sterben und füllen einen Abschnitt der Zeit aus, nicht einen Zeitabschnitt. Wenn Sie geboren werden, beginnt mit Ihnen eine einmalige Raum-Zeit-Sequenz. Aber was ist, wenn es noch andere solche Sequenzen gibt?« Ich weiß nicht, was ich bei diesen Worten empfand. Es war ein weiteres Glied in der Kette von Ereignissen, die mich hierhergeführt hatten.

Der Alte fuhr fort. »Wenn es tatsächlich für jeden von uns mehrere verschiedene Raum-Zeit-Zonen gäbe, wären sie wie Karteikarten in einer Kartei. Aber in welcher Reihenfolge soll man sie einordnen? Normalerweise werden in den Archiven die Akten nach Ordnungszahlen oder in alphabetischer Reihenfolge oder nach Sachgebieten abgelegt. Und um alle diese Daten zu sammeln und zu ordnen, braucht man Kontrollstellen oder Sortierzentren oder wie immer Sie sie nennen wollen. Können Sie sich das Durcheinander vorstellen, das entsteht, wenn es für jedes Lebewesen eine unendliche Zahl von Zonen gibt, die einander gegenseitig beeinflussen und den ihnen zugewiesenen Platz verlassen können? Es ist zum Verrücktwerden.«

Ich antwortete nicht, aber das Gehörte zog mir den Boden unter den Füßen weg, wie es oft geschieht, wenn man sich mit Begriffen wie »unendlich« oder »Ewigkeit« auseinandersetzen will.

»Deshalb darf man sich nicht wundern«, fuhr der Pförtner fort, »wenn man an Orte gerät, an denen gewisse Phänomene erstaunlich wirken. An diesen Orten sind die sogenannten allgemeingültigen Gesetze etwas weniger allgemein.«

»Und die Scala Contarini«, schloß ich, »gehört zu diesen Orten.« Der Alte nickte. »Ein Büro, nach menschlichen Maßstäben nichts als ein Büro. Ein Steinchen in einem bürokratischen Mosaik von kosmischen Dimensionen zur Klassifizierung der Raum-Zeit-Zonen, ihrer Einordnung aufgrund der Bräuche und Sitten dieses Planeten, der Regelung von Schwierigkeiten, die durch unklare Situationen wie die Ihre geschaffen werden, eine Art Knoten.« Er klopfte die Pfeife aus, und als er fortfuhr, sprach er mehr zu sich selbst. »Natürlich verstehen wir es nicht ganz. Ich selbst kann es nicht erklären, ich akzeptiere einfach den Zweck, für den dieses ganze Durcheinander geschaffen wurde.«

»Und was wäre der Zweck?« Der Alte sah mich überrascht an. »Das habe ich Ihnen doch gesagt. Diese Karteikarten ordnen.«

»Das meinte ich nicht, sondern das, was nachher geschieht. Wozu das alles? Und überhaupt, warum haben Sie mich hierhergeführt?«

»Sie sind doch von selbst gekommen. Ich weiß nicht, warum Sie die Treppe betreten haben, aber Sie hatten sicherlich einen Grund.«

»Das stimmt, ich hatte einen. Ich habe hinter einem Fenster ein Gesicht gesehen.« Der Alte steckte die Pfeife langsam in die Tasche und faltete die Hände über dem Bauch. »Eigentlich interessiert mich Ihr Motiv nicht sonderlich. Wenn Sie wollen, dann sprechen Sie darüber, sonst behalten Sie es für sich. Wissen Sie, sobald man sich mit einem bestimmten Ideenkreis ausführlich befaßt hat, läßt die Neugier nach. Versuchen Sie, den Vortrag, den ich Ihnen vorhin über die Zonen gehalten habe, die einander gegenseitig beeinflussen, auf Planeten anzuwenden, dann auf Sonnensysteme, dann auf die bekannte Galaxis, dann auf die unbekannten, aber sicherlich vorhandenen Galaxien, und so weiter … wenn man so weit gelangt ist, welche Bedeutung kann dann noch der Grund haben, aus dem Sie sich hier befinden?«

Mir drehte sich der Kopf. »Worin besteht Ihre eigentliche Aufgabe?«

»Ich habe die Neugierigen zu begleiten.«

»Und was geschieht jetzt?«

»Nichts.«

»Heißt das, daß ich gehen kann?«

»Natürlich.«

»Aber … ich könnte all das doch an die Öffentlichkeit bringen. Die Corte Contarini gilt als vollkommen unbewohnt. Wenn ich einen Journalisten herbringe …«

Der Alte lächelte. »Nein, ich glaube nicht daran.« Damit stand er auf, ging die vier Stufen hinunter und den Laufgang über die Dächer entlang. Er drehte sich nicht um, um zu sehen, ob ich ihm folgte.

Der Fahrstuhl setzte sich quietschend in Bewegung und stürzte sich in die Tiefe. Nach wenigen Sekunden hielt er vor einer Holztür, die immer die gleiche zu sein schien, die sich unendlich oft wiederholte. Der Alte öffnete sie, und ich machte mich schon auf einen weiteren Marsch durch Korridore und beunruhigend große Räume gefaßt. »Hier«, sagte der Alte. »Für diesmal ist meine Aufgabe beendet. Ich wünsche Ihnen für die Zukunft alles Gute.« Ich sah mich um. Ich befand mich am Fuß der Scala Contarini. Der Himmel war viel dunkler, als er hätte sein dürfen.

Ich gieße das letzte Wasser ins Glas. Es ist genauso frisch wie in dem Augenblick, in dem ich es vorfand, und es ist ziemlich viel Zeit vergangen, seit sie mich allein gelassen haben. Ich merke, daß ich mich trotz allem noch immer an den Begriff der Zeit klammere, so wie jedes menschliche Wesen glaubt, daß es ein Recht hat zu leben. Aber es ist nicht so, jetzt weiß ich, daß uns nicht einmal die kurze Zeit unserer Existenz gehört, denn auch sie wird manipuliert, von Daseinsformen gesteuert, deren Wesen sich unserer Logik entzieht. Es hat keinen Sinn, wenn man versucht zu verstehen, wir müssen uns mit der Tatsache abfinden, daß unser Dasein nur ein Auftrag ist, den wir erfüllen müssen, und daß dieser Auftrag widerrufen werden kann, wenn ein unerforschlicher Wille es beschließt.

Nachdem ich an diesem Abend den Pförtner verlassen hatte, empfand ich ein verzweifeltes Verlangen nach dem Faßbaren, Alltäglichen. Ich wollte mit Mainardi sprechen, einem Menschen, der über weitreichende Kenntnisse verfügt und vor allem aufgeschlossen ist, der nicht einmal die absurdeste Theorie a priori ablehnt. Aber ich täuschte mich wieder einmal. Ich hatte das Blumengeschäft bereits hinter mir gelassen, als ich mich daran erinnerte, daß ich Claudia Nelken mitbringen wollte. Ich ging zurück, aber das Geschäft war geschlossen. Ich kehrte also wieder um, wurde aber das Gefühl nicht los, daß etwas nicht in Ordnung war. In diesem Augenblick kam mir Paul zu Hilfe, ohne daß er es wollte. »Wie wäre es mit einem Gläschen?« Obwohl es wie eine Frage klang, war es keine. Ich stimmte begeistert zu. In der Bar tranken wir das erste Glas an der Theke, dann nahmen wir die Flasche an einen Tisch mit. Ich wollte mit Paul nicht über mein Erlebnis sprechen; er ist ein ganz anderer Typ als Mainardi. Aber ich benahm mich wohl so seltsam, daß er mich in seiner direkten Art aufforderte auszupacken. Der Wunsch, mich jemandem anzuvertrauen, war stärker als ich. Während ich erzählte, betrachtete ich sein Gesicht, als sähe ich es zum erstenmal. »Warum kommst du nicht auf einen Sprung zu mir?« fragte er mich plötzlich. »Wir können dort in Ruhe reden, und du kannst dir gleich eine Meinung über meine neue Wohnung bilden.«

»Was für eine Wohnung?«

»Ach, ich habe geglaubt, daß du noch nicht ... oder hast du sie schon gesehen?«

»Falls du nicht vergangene Woche umgezogen bist, habe ich sie schon mehr als einmal gesehen.« Er blickte mich lange schweigend an, und ich muß zugeben, daß ich unsicher wurde. Erst als wir aufbrachen und plaudernd die seiner Wohnung entgegengesetzte Richtung einschlugen, wurde mir die veränderte Wirklichkeit blitzartig bewußt.

»Dein Vater ... tot?« wiederholte ich fassungslos.

»Aber Renato, ich bin ja erst nach seinem Tod umgezogen, und zwar vor sechs Monaten. Du willst doch nicht behaupten, daß du dich nicht mehr daran erinnerst.« Er sah mich fragend an. Ich schüttelte den Kopf, und er lächelte gezwungen. »Die Scala Contarini hat dich wirklich durcheinandergebracht. Denk ein bißchen nach, erinnerst du dich nicht an den Autounfall? Und außerdem ... du warst ja auch beim Begräbnis, oder?« Diese Worte jagten mir einen eisigen Schauder über den Rükken, und ich wurde von Verzweiflung erfaßt. Mit Pauls Vater hatte ich vergangene Woche gesprochen. War der normale Ablauf der Ereignisse gestört worden, oder hatte ich mich verändert?

»Das Blumengeschäft«, stammelte ich, »wo ist das Blumengeschäft?« Paul faßte mich ganz besorgt am Arm. »Was für ein Blumengeschäft? Komm, soll ich dich zu Claudia begleiten?«

»Das Blumengeschäft dort an der Ecke ... warum ist es nicht da?« Ich hatte schlagartig begriffen, was vorher nicht gestimmt hatte. Ich hatte mich darauf beschränkt, optisch das Fehlen der vielfarbigen Auslage zu registrieren, und daraus gefolgert, daß das Geschäft geschlossen war, unbewußt hatte ich jedoch bemerkt, daß sich anstelle des Rolladens ein normales Haustor befand. Ich hatte das Gefühl zu ersticken. Ich betrachtete das Gesicht meines Freundes, und es war das Gesicht eines Fremden. Das Gefühl, daß mir statt Paul ein Fremder gegenüberstand, trog nicht, denn das hier war nicht der Paul, den ich kannte. Ich erlebte anscheinend Zeitphasenverschiebungen.

Irgendwie brachte ich Paul dazu, mich nicht zu begleiten, und begab mich nach Hause. Ich mußte etwas herausfinden, was für mich lebenswichtig war. Als ich vor dem Tor stand, klopfte mein Herz wie rasend. Ich lief die drei Treppen hinauf, steckte den Schlüssel ins Schloß und stellte entsetzt fest, daß er nicht paßte. Ich versuchte es mit Gewalt, aber es war klar, daß es nicht der richtige Schlüssel für dieses Schloß war. Auf der Tür stand zwar mein Name, und es handelte sich um die Tür zu meiner Wohnung, aber wer wohnte wirklich in ihr? Dann hörte ich, wie von drinnen aufgesperrt und die Verriegelung zurückgeschoben wurde, die verhindert hatte, daß ich den Schlüssel ins Schloß stecken konnte. Das war also geklärt, aber ich hatte immer noch Angst davor, daß man mich fragen würde, wer ich war und was ich hier wollte.

Durch die Türspalte klang Auras Stimme: »Bist du es, Papa?«

Aura war vernünftig wie immer und wartete, bis ich mich beruhigt hatte, bevor sie wissen wollte, was mir zugestoßen war. Aber ich mußte noch etwas überprüfen.

»Wo ist Mama?« fragte ich.

»Sie ist zu Bett gegangen, sie hat die üblichen Kopfschmerzen. Jetzt schläft sie.« Ich ging ins Schlafzimmer und trat zu meiner Frau, deren Körper wie immer von der Decke vollkommen verborgen wurde. Nur ein paar Haarsträhnen lugten hervor.

»Würdest du bitte Licht machen, Aura?«

»Du wirst sie aufwecken.«

»Bitte.«

Aura schaltete die Deckenbeleuchtung ein. Ich hob vorsichtig den Rand der Decke.

»Ciao«, sagte Claudia blinzelnd. Ich musterte ihr Gesicht, wie vorher das von Aura, und auch sie hielt mich sicherlich für verrückt. Dann streichelte ich ihre Haare und küßte sie. Angesichts dieser ungewohnten Gefühlsäußerungen sah sie mich verständnislos an. »Du bist es«, beantwortete ich ihre unausgesprochene Frage. »Ihr seid es wirklich.«

»Entschuldige, aber wer sollten wir sonst sein?« Als es draußen hell wurde, sprachen wir noch immer. Ich beherrschte mich einen Tag lang, aber nicht länger. Als ich am zweiten Abend das Büro verließ, begab ich mich in die Corte Contarini. Ich klopfte an die Tür des Pförtners, und eine Frau öffnete mir.

»Ich möchte mit dem Pförtner sprechen«, sagte ich.

»Reden Sie nur.«

»Ich habe neulich mit einem Herrn gesprochen, vielleicht mit Ihrem Mann.«

»Sie irren sich, ich bin nicht verheiratet, und in dieser Wohnung hat es nie einen Mann gegeben. Ich arbeite seit vierzehn Jahren hier und muß es daher wissen.«

Es war, als befände ich mich in einem der Karussells, die es früher gegeben hat, die mit den Holzpferden, die sich endlos drehen.

»Hören Sie«, sagte ich möglichst höflich und versuchte, die Verwirrung zu verbergen, die sich meiner bemächtigte, »dürfte ich vielleicht einen Blick auf die Treppe werfen, auch wenn die Besuchszeit … Ich bin auf der Durchreise, nur zehn Minuten, nicht mehr.« Ich drückte ihr einige Geldscheine in die Hand. Sie verschwand brummend im dunklen Zimmer, einer Höhle, in der von der Balkendecke Vorhänge herabhingen und den Raum unterteilten. Dann erschien sie mit den Schlüsseln zum Gittertor. Sie ließ mich allein, ich stieg die Treppe hinauf und versuchte, mich in die Atmosphäre jener Nacht zu versetzen. Es wurde eine Enttäuschung: Von Anfang an zeigte sich die Treppe als das, was sie war: eine großartige Konstruktion, nicht mehr. Ich erreichte bald die Spitze des Turms, und unterwegs traf ich weder auf quälende Türen, die in absurd große Zimmer führten, noch hörte ich Geräusche aus unsichtbaren Räumen. Als ich jedoch die Dächer überblickte und die Stille in mich aufnahm, dachte ich, daß alles, was ich erblickte, mit seiner Geschichte und seinen Bedeutungen innerhalb eines einzigen Augenblicks verschwinden konnte, für uns unlogischerweise, aber in einem höheren Zusammenhang vollkommen konsequent. Wenn wir den Boden ausheben, um Grundmauern zu errichten, stören wir das Leben von Tausenden von Wesen, für die die vom Bulldozer aufgerissene Erdscholle das Universum bedeutet. Aber wir hören nicht auf, denn das erschiene uns unlogisch. Der springende Punkt ist, daß wir, genau wie die Bewohner der Erdscholle, nichts gegen unser Schicksal unternehmen können; wie sie rennen wir wie verrückt herum, aber die Grundmauern werden trotzdem errichtet. Mir war inzwischen klar geworden, daß die Welt, in der ich lebte, nicht mehr die gleiche war. Sollte ich mich auflehnen, aber auf welche Weise? Mit welchen Mitteln? Ich befand mich allein in einer anderen Welt, in der jeder Schritt falsch, jedes Wort fehl am Platz sein konnte. Mir blieb daher nichts anderes übrig, als mein neues Leben fortzusetzen, und ich schaffte es recht gut, denn ich klammerte mich an die Anwesenheit der glücklicherweise unverändert gebliebenen Claudia und Aura – sonst wäre ich wahrscheinlich verrückt geworden.

Ich trinke wieder einen Schluck Wasser. Es sind ungefähr zwei Jahre vergangen, seit das alles angefangen hat. Ich bin einige Male in die Corte Contarini zurückgekehrt. Der Pförtnerin gab ich immer das gleiche Trinkgeld, und wir waren beide zufrieden. Sie sicherlich mehr als ich. Ich lebte ständig in der Hoffnung (und der Angst), daß ich jemanden hinter dem Fenster der Treppe erblicken würde. Aber während dieser beiden Jahre lief alles vollkommen normal ab: ein paar Worte mit der Pförtnerin, der Aufstieg bis zum letzten Bogen, die Aufforderung der Frau herunterzukommen. Immer das gleiche.

Bis gestern abend.

Seit meinem letzten Besuch war beinahe ein Monat vergangen. Als ich an die Pförtnertür klopfte, kam ein Mann heraus. Sofort schnappte etwas in meinem Kopf ein, alles geriet in wirbelnde Bewegung, und mir war sogleich klar, daß diese zwei Jahre eine Wartezeit, eine Pause zwischen zwei Ereignissen gewesen waren.

Der Mann fragte mich, was ich wollte. Er sah offensichtlich einen Wahnsinnigen in mir und hatte Angst vor ihm. Ein paar Worte, der sinnlose Versuch, meinen Wunsch zu erklären, und ich verließ die Corte Contarini.

Ich wartete wieder einen Abend, aber diesmal empfand ich Angst und die Verzweiflung, die der Gewißheit entspringt, daß ich mich jetzt in einem Zeitknoten befand, aus dem mich nicht einmal der Tod befreien konnte. Schließlich waren die Nacht und die Stille hereingebrochen. Die gewundenen Wege, die zur Scala Contarini führten, hatten sich meinem Geist mit allen Einzelheiten eingeprägt. Hinter der Tür stieg der Fluß aus Marmor in die Höhe, und Geräusche und Anwesenheiten aus unbegreiflichen Dimensionen begleiteten ihn. Die Stimme des Alten, die hinter mir ertönte, überraschte mich nicht, war mir sogar willkommen, weil sie mir die Gewißheit gab, daß die Schlußsequenz begonnen hatte.

»Guten Abend.« Ich drehte mich um, und der Alte stand vor mir, im dunklen Anzug, mit weißem Hemd, und die weißen Haarsträhnen sahen unter der Militärmütze hervor. Sein Gesichtsausdruck war noch immer freundlich, gutmütig, verständnisvoll. »Angeblich ist Ihre Mission zu Ende«, teilte er mir mit. »Anscheinend ist etwas nicht so gelaufen, wie vorgesehen, und … sagen Sie mir, warum haben Sie in dieser Nacht die Abschirmung durchbrechen wollen? Sie haben eine Zone betreten, die nicht die Ihre war, verstehen Sie? Und man mußte das in Ordnung bringen. Wenn Sie das nicht getan hätten, wäre alles normal weitergegangen, jeder hätte sich auf seinem Platz befunden und hätte das gemacht, was ihm zugewiesen war. Aber sobald Sie hier eingedrungen sind, mußte man sie informieren.«

»Worüber?«

»Natürlich über Ihre Raum-Zeit-Position. Als Sie die Scala verlassen haben, haben Sie doch sicherlich bemerkt, daß etwas nicht … wie soll ich es ausdrücken, in Ordnung war? Ich habe versucht, Sie darauf vorzubereiten, aber Sie wissen ja, mit Worten ist das reichlich schwierig, und es ist immer möglich, daß man sich nicht vollkommen verständlich machen kann. Wieviel Zeit ist für Sie vergangen? Ungefähr zwei Jahre, wenn ich mich nicht irre.« – Ich war wieder ein Schüler der ersten Klasse, und vor mir stand der Lehrer und sprach über Dinge, die ich verstand, die aber so groß waren, daß sie mich erdrückten. –

»Ja, mein Herr«, bestätigte ich, »beinahe zwei Jahre.« Der Alte nickte leicht und faltete die Hände. »In dieser Zeit, in der Sie in

Ihre frühere Raum-Zeit-Zone zurückgekehrt sind, ist Ihre Lage überprüft worden.«

»Warum zurückgekehrt?« fragte ich. »Meine Welt war immer die, in der ein Pförtner die Corte Contarini bewacht und nicht eine Frau, in der Pauls Vater noch lebt und es das Blumengeschäft gibt.«

Der Alte hörte mir lächelnd zu und schüttelte den Kopf.

»Nein, Ihre ursprüngliche Zone ist die, in der Sie die letzten beiden Jahre verbracht haben. Sie wurden aus ihr entfernt, als Sie noch ein Kind waren. Sie sind mit dem Fahrrad eine steile Bergstraße hinuntergefahren, und die Bremse hat versagt, wissen Sie noch? Ein böser Sturz, und als Sie wieder zu sich gekommen sind, hatten Sie das Gefühl, daß Ihr Erinnerungsvermögen gelitten hatte. Aber in diesem Alter vergißt man schnell, man wird durch die Spielkameraden und tausend andere Dinge abgelenkt. In diesem Alter besitzt jedes Ereignis eine Komponente aus Geheimnis und Magie, und gewisse Tatsachen, die den Geist eines Erwachsenen verwirren, werden in diesem Alter als vollkommen normal empfunden.« Ich sah den Alten fasziniert an. »Haben Sie je darauf geachtet, wie sehr sich das Gefühl für das Geheimnisvolle im Lauf der Jahre verändert?« fuhr der Pförtner fort. »Wenn man ein Kind ist, verwandelt sich ein Kleiderständer im Schlafzimmer in ein Ungeheuer. Im Lauf der Zeit wird er wieder zum Kleiderständer. Was Ihnen jetzt zugestoßen ist und was Ihren Verstand so schwer erschüttert hat, hinterließ damals keine Spur.« Der Alte streckte die Hände bedauernd aus. »Wenn Sie nicht eingegriffen hätten, wären Sie in Ihrer neuen Raum-Zeit-Zone geblieben. Unglücklicherweise ist es anders gekommen. Ich habe Ihnen zu Beginn eine Frage gestellt. War es nur Neugier, oder haben Sie etwas geahnt?«

»Ich habe mein Gesicht hinter einem Fenster gesehen. Ich habe hinuntergeschaut, und als unsere Blicke sich trafen, sah ich das Entsetzen in jenem Gesicht und begriff, daß im gleichen Augenblick mein anderes Ich sich selbst in der Corte Contarini in Begleitung eines Mädchens gesehen hatte, das meine Tochter war, die dieses Ich vielleicht nie besessen hatte. Deshalb mußte ich wiederkommen. Die Ungewißheit machte mich verrückt, ich mußte der Sache auf den Grund gehen. Aber ich wäre nicht auf die Idee gekommen, daß die Ungewißheit tausendmal besser gewesen wäre. Ganz abgesehen davon, daß sie nach wie vor besteht. Wer war mein anderes Ich eigentlich?«

Der Alte seufzte. »Es tut mir leid, aber ich weiß es nicht. Jedes Lebewesen ist Teil eines so komplizierten Spiels, daß es uns Menschen nicht möglich ist, die Lösung für alles Unbegreifliche zu finden. Vor allem hier kann sich alles ereignen. War es Ihr Gesicht? Möglicherweise. Möglicherweise sind aber Sie und ich und alles, was wir erleben, nur ein Bruchteil einer Gesamtheit, die ausschließlich aufgrund dieses anderen Ichs existiert. Es ist unmöglich, Gewißheit zu erlangen, weil sie immer Teil eines größeren Kontext sein würde, der wieder zu einem größeren Kontext gehört, und so weiter. Wie kann ich Ihnen also die Ungewißheit nehmen? Wir befinden uns in einem Gewirr von Knoten.«

Der Alte begann, die Treppe hinaufzugehen, und überholte mich. »Kommen Sie.« Wir legten den gleichen Weg zurück wie in jener Nacht, und wie damals spielte die Zeit um uns herum ihre Streiche. Wir erreichen den Altan und setzten uns. Der Alte zog die Pfeife heraus und stopfte sie. Es herrschte die gleiche Helligkeit, als wäre seither keine Minute vergangen. »Noch ein Sonnenuntergang«, murmelte ich. Der Alte stopfte weiterhin den Tabak in den Pfeifenkopf.

»Ich habe vorhin von Knoten gesprochen«, nahm er seine Erklärungen wieder auf. »Ich könnte unser aller Lage gar nicht besser definieren. Das Universum ist ein ungeheures Netz, das durch die einander kreuzenden Raum-Zeit-Knoten jedes intelligenten Wesens gebildet wird. In diesem Gewimmel von Knoten müssen die Raum-Zeit-Zonen einander gegenseitig beeinflussen, und es kommt unweigerlich zu unangenehmen Zwischenfällen. Sie haben sich, wie so viele andere, einem Knoten des Netzes zu sehr genähert … das kommt dauernd vor. Dann greife ich ein, um die Situation zu bereinigen. Und manchmal erlebe ich wirklich erschütternde Reaktionen.«

»Kann ich erfahren, warum?« fragte ich. »Wenn sich jemand

in einer solchen Lage befindet, darf er dann das Warum erfahren?« Der Alte zündete endlich die Pfeife an. »Der Grund? Ich persönlich kenne ihn nicht, und auch die, die mich auf diesen Posten gestellt haben, kennen ihn nicht.«

»Aber wenn alles, was wir tun, nur in einem größeren Kontext eine Bedeutung hat, dann müßte doch alles auf ein einziges Ziel ausgerichtet sein, nämlich darauf, daß man etwas Bestimmtes erreicht.«

»Genau. Es ist ein Ziel, weil es alle Formen von Intelligenz betrifft. Und wie viele Formen von intelligentem Leben gibt es außer den Menschen im Universum? Und wie viele Universen gibt es außer jenen, die wir überhaupt erst kennenzulernen beginnen?«

Bei diesen Worten fröstelte mich, denn ich stand ungeheuren Zusammenhängen gegenüber; alle Leistungen der menschlichen Rasse von ihren Anfängen an waren auf ein Glied in einer Kette von Ereignissen reduziert, die wer weiß wann begonnen hatten. Um uns herrschte tiefe Stille.

»Ich wurde zurückgeschickt, weil etwas nicht geklappt hat«, sagte ich mehr zu mir als zum Alten. »Und wenn ich in meine ursprüngliche Raum-Zeit-Zone zurückgekehrt bin, dann ist alles, was mich jetzt umgibt, automatisch ein Teil von ihr, die Dinge und …«

Claudia … Aura … nur Bilder. Vielleicht dachte ich laut, denn der Alte unterbrach mich. »Ganz so ist es nicht, sie gehören nur zu einer anderen Karteikarte.« Das Karussell drehte sich immer weiter … und ich versuchte, mich an den Hals des Pferdes zu klammern, um mich nicht in einem Wirbel von Bildern zu verlieren, die sich unendlich wiederholten. »Also auch meine Frau und meine Tochter, die jetzt in meiner Raum-Zeit-Zone leben … vielleicht hat etwas in dem ihnen zugeteilten Programm nicht funktioniert, vielleicht sind sie in das Gewirr eines Knotens geraten und wurden versetzt.«

»Das ist natürlich möglich.«

»Aber wer kann das alles überblicken?«

»Es ist wirklich etwas Ungeheures. Ein unaufhörliches, kosmisches Gewimmel, die mehr oder weniger freiwillige Teilnahme an einem riesigen Programm.« Als wolle der nahe Campanile die Vergänglichkeit unseres Daseins unterstreichen, kamen von ihm ein paar Schläge. »Wenn Sie wollen, können wir gehen«, erklärte der Alte. »Aber es hat natürlich keine Eile.«

»Noch eine Frage. Der Augenblick wird kommen, an dem das unbegreifliche Ziel erreicht ist; wenn es nicht so wäre, hätte all das keinen Sinn. Was könnte dieses Ziel sein? Die Vollkommenheit? Das Gleichgewicht?«

Der Pförtner zuckte die Schultern. »Möglich, aber bestimmt nicht so, wie wir es verstehen. Ja, es könnte eine elegante Lösung sein, wenn man annimmt, daß das Universum in dem Augenblick, in dem es das völlige Gleichgewicht erreicht, anhält und sich selbst bewundert. Wenn wir etwas schaffen sollen, brauchen wir Zeit dazu und bemühen uns, es so gut wie möglich zu machen. Wenn das Werk fertig ist, sind wir zufrieden und bewundern es. Dann, wenn wir genug davon haben, stellen wir es auf den Dachboden, oder wir zerstören es und beginnen, etwas Neues zu bauen.« Der Alte wandte sich mir zu. »Es ist möglich«, schloß er, »aber es ist natürlich ein Gedanke, der einem menschlichen Geist entsprungen ist.« Wenn also das Gleichgewicht erreicht ist, dachte ich, was hat dann die menschliche Geschichte dazu beigetragen?

Der Alte rauchte weiterhin schweigend, und ich hatte inzwischen begriffen, daß er mir nichts mehr sagen konnte. Er war ein Fragment, wie ich, wie alle. Ich stand auf, und sofort erhob er sich ebenfalls und ging mir über die Dächer voran. In der Scala Contarini durchquerten wir neue Korridore und Treppen, die in einen Wirrwarr von unsichtbaren Aktivitäten gehüllt waren, die durch Ritzen zu uns drangen, einander überlagernde Raum-Zeit-Verbindungen. Schließlich schob mich der Alte in ein Zimmer, dessen eine Wand aus einer Reihe von zweibogigen Fenstern bestand. Es gab einen Tisch und einen Stuhl, und auf dem Tisch einen Wasserkrug und ein Glas.

»Meine Aufgabe endet hier«, erklärte der Pförtner. »Setzen Sie sich, Sie müssen auf jemand Bestimmten warten.« Er blieb unbeweglich stehen und sah mich an, als hätte er nicht den Mut, sich zu verabschieden. Schließlich meinte er: »Es wird

Ihnen von nun an schwerfallen, irgendeine Aktivität zu entwickeln. Auch wenn sie Sie zutiefst befriedigt, wird sie durch das beeinträchtigt, was Sie jetzt wissen. Aber es hängt von Ihnen ab, von der Bedeutung, die Sie für das faszinierende, unbegreifliche letzte Ziel haben werden.«

Der Alte schien sich zu entschuldigen. Er stand vor mir, lächelte traurig, hatte die Hände gefaltet, und ich dachte daran, wie oft er schon gezwungen gewesen war, diese Worte auszusprechen. Dann ging er und schloß die Tür hinter sich.

Und jetzt befinde ich mich hier und warte darauf, daß diese Tür wieder aufgeht. Aber während dieser Zeit ist in meinem Gehirn eine Idee entstanden. Was wäre, wenn ... mit einem letzten Schluck leere ich das Glas, nehme den Krug am Henkel und zerbreche ihn durch einen leichten Schlag auf den Marmor eines Fensters. Jetzt verfüge ich über eine schreckliche Waffe, einen Ring aus gezacktem Glas um meine Faust, der jedes Gesicht innerhalb eines Augenblicks in eine blutige Masse verwandeln kann. Ich trete zur Tür, aber ich habe sie noch nicht erreicht, als sie aufzugehen beginnt. Es ist keine Überraschung, ich war darauf gefaßt. In diesem absurden Universum kann ich jeden töten, der eintritt, um ein Urteil über mich zu fällen. Die Tür geht ganz auf, und ein zierliches Mädchen steht auf der Schwelle. Meine Hand öffnet sich, und das Glas fällt mit einem Klirren zu Boden, das wie ein Schrei klingt. Ich trete zu meiner Tochter und umarme sie.

»Auch du, was ist denn los?« Ich drücke sie an mich und bemerke erst jetzt, daß ihr Gesicht ausdruckslos ist. Ein Gedanke, den ich nicht wahrhaben will, steigt in mir auf.

»Es ist beschlossen«, sagt mir Aura. Als ich höre, wie ihre Stimme diese Worte ausspricht, breche ich endgültig zusammen und fühle, daß wirklich alles entschieden ist. Ich hatte die Absicht gehabt, mich aufzulehnen und unlogisch zu handeln, da hier die Logik keinen Wert mehr hat. Aber wieder gehört alles zu etwas viel Größerem, und ich habe auch diese letzte Chance versäumt. Ich kann mich einfach nicht auf Aura stürzen und sie töten, auch wenn es nicht »meine« Aura ist, die in meiner Raum-Zeit-Zone lebt. Vor mir befinden sich ihr Gesicht, ihr Körper, und nichts auf der Welt kann mich dazu bringen, sie zu töten. »Ganz gleich, von wo du kommst«, versuche ich zu erklären, »stelle ich deinen Vater dar.«

Ihre Lippen öffnen sich, und ich klammere mich an die Worte, die sie sagen wird, weil es das letztemal ist, daß ... »Sie sind jetzt darüber im Bild, in was für einem Netz wir uns alle befinden. Ich habe in keiner meiner Raum-Zeit-Zonen meinen Vater gekannt ... es tut mir leid.« Sie verläßt das Zimmer und verschwindet im Labyrinth im Inneren der Scala.

Jetzt kann ich gehen. Einige Schritte über diese Schwelle, und ich werde mich bestimmt in der Corte Contarini befinden, jenseits der Abschirmung, die die Scala umgibt. Und es wird das letztemal sein. Man hat mir einen Zeitbogen zugewiesen, innerhalb dessen ich mein Leben zu Ende führen werde. Ich weiß nicht, was meine Zukunft enthalten wird, aber in wenigen Minuten werde ich beginnen, es zu erfahren. Es genügt, wenn ich an die Türen der Wohnungen klopfe und darauf warte, wer mir öffnet.

Originaltitel: »Nodi«
Copyright © 1984 by Renato Pestriniero;
mit freundlicher Genehmigung des Autors
Aus dem Italienischen übersetzt von Hilde Linnert
Copyright © 1984 der deutschen Übersetzung
by Wilhelm Heyne Verlag GmbH & Co. KG, München
(aus: Lino Aldani [Hrsg.], »Labyrinthe der Zukunft«)

JOHN SLADEK

Im Überlandbus

Andor saß in der dritten Reihe hinter dem Fahrer. Nachdem er den kleinen Handkoffer ins Gepäcknetz geschoben und zugesehen hatte, wie man seinen großen Koffer unten im Innern des Busses verstaute, gab sich Andor dem angenehmen Prozeß des Entspannens hin.

Zuerst richtete er seine Aufmerksamkeit auf die Waden seiner Beine, ließ ihre Muskelknoten erschlaffen, weich und gefühllos werden. Dann faltete er die Hände auf dem Bauch, in der Linken sicherheitshalber aber noch eine Zeitschrift, für den Fall, daß sein Sitznachbar zu quatschen anfing. Dann ließ Andor die Muskeln von Schultern und Nacken sich entkrampfen, behob ihre Verspanntheit.

Er spürte, wie einiges von der nervösen Spannung, ausgelöst durch die aufgeregte, ansteckende Betriebsamkeit in dem großen Busbahnhof, nun abfloß, als der Bus ruhig und ohne Schaltgeholper anfuhr. Die Beschleunigung bereitete ihm ein leichtes Gefühl der Mulmigkeit, und während der Bus die Tunnel durchquerte, die aus dem Busbahnhof führten, lenkte er seine Gedanken noch einmal auf die Umstände, die zu dieser Reise Veranlassung gegeben hatten.

Vor seinem geistigen Fernsehschirm saß Andor wieder aufrecht am Schreibtisch, bediente einen kleinen Tischrechner und hakte auf rosaroten, weißen, gelben, hellblauen und hellgrünen Formularen Zahlen ab. An den Schreibtischen links und rechts sowie unmittelbar vor und hinter ihm saßen Menschen und erledigten ähnliche Arbeiten. Er nannte ihre Namen, doch nun, außerhalb des Büros, konnte er sich nicht an ihre Gesichter erinnern. Einer der Männer, so meinte er sich entsinnen zu können, hatte weißes Haar. Andor vermutete, daß die Menschen in den Stockwerken unmittelbar darüber und darunter sich mit vergleichbaren Aufgaben befaßten, aber er hatte dafür keine Beweise. In Andors Gedanken durchlief das Büro die Büro-Jahreszeiten.

Herbst. Aitkin, links von ihm, verkaufte Wettscheine für eine Football-Wette; es ging um das Spiel Heer gegen Marine. Andor kaufte einen Schein mit der Nummer 0-0. Jeden Tag, wenn er die Schreibtischschublade aufzog, sah der Wettschein mit seinen leeren Brillengläsern zu ihm auf. Lange nach dem Spiel, der Betrachtung überdrüssig, warf Andor den Schein in den Papierkorb rechts von seinem Schreibtisch.

Winter. Jürgens, der vor ihm saß, litt anscheinend an einer Entzündung der Nasenhöhlen. Man erzählte, daß ein Mann in einer anderen Abteilung beim Schneeschaufeln einen Herzanfall bekommen habe, aber Andor kam nie dahinter, ob das stimmte. Nach den Feiertagen brachte Jürgens ein neues Kofferradio mit ins Büro. Es erwies sich jedoch als unmöglich, es laufen zu lassen, denn ununterbrochen spielte vom Band die übliche Büromusik.

Frühling. Wartungspersonal kam, um im Büro sämtliche Schreibmaschinen und Tischrechner zu reinigen. Es entstanden Unterhaltungen über die Baseball-Ergebnisse, an denen Andor zwar nur selten teilnahm, die er jedoch nie mied.

Sommer. Andor gelangt für zwei Wochen zu seinem Recht: Urlaub. Nachdem er etliche entsprechende Broschüren durchgelesen und mehrere Möglichkeiten erwogen hatte, entschied er sich für einen fernen Badeort am Meer, packte zwei Koffer und fuhr vom großen Busbahnhof aus ab.

Der große Busbahnhof war so hell erleuchtet wie ein Großraumbüro. In kleinen Grüppchen strebten Menschen über den schallgedämpften, gewienerten Boden von Kartenschaltern zu Bahnsteigen, von Bahnsteigen zu Gepäckschaltern oder von Gepäckschaltern zu Ausgängen. Aufregung kennzeichnete ihr lautstarkes Gemurmel und ihr schnelles, zielbewußtes Verhalten. Andor erwarb einen Fahrschein, der aus einem langen, gefalteten Streifen bestand, der unterteilt war in mehrere Abschnitte.

Er betrachtete einen Bildschirm, der verbunden war mit einer Kamera, die irgendwo eine Liste mit Abfahrtszeiten aufnahm; auf diese Weise stellte er fest, an welchem Bahnsteig der Bus abfuhr, den er zu nehmen beabsichtigte. Etliche Minuten vor der Abfahrt übergab Andor seinen Reisekoffer einem Gepäckträger, der ihn zusammen mit einer Anzahl anderer Koffer und einem Fahrradreifen im Gepäckraum eines silbrigen Busses verstaute. Der Mann klappte den Gepäckraum zu und verschloß ihn mit einem silbrigen Schwengel.

Andor ließ den Fahrer von der Fahrkarte einen Abschnitt abreißen, stieg in den Bus und erspähte in der dritten Reihe hinterm Fahrersitz einen freien Platz. Andor setzte sich an das Fenster aus blauem Glas, nachdem er seinen kleineren Koffer ins darüber befindliche Gepäcknetz geschoben hatte. Er zog eine zusammengefaltete Zeitschrift aus der Tasche und begann sich zu entspannen; ein weißhaariger Mann setzte sich auf den Nachbarplatz. Während er sich entspannte, entsann sich Andor all dieser vorangegangenen Handlungen mit gewissem ›Vergnügen‹.

Nun fuhr der Bus durch einen Tunnel hinaus ins blaue Licht und überquerte eine Brücke. Die Klimaanlage summte, verborgen angebrachte Lautsprecher spielten ein Medley von Melodien aus irgendwelchen Shows, blaue Stahlträger flitzten vorbei, dahinter Fabriken. Dies war ein Teil der Stadt, den Andor nicht kannte, aber sein Anblick verursachte ihm keinerlei Panik. Anhand der Geschwindigkeit des Fahrzeugs und der sicheren Bewegungen des Fahrers ließ sich eindeutig feststellen, daß alles seine Ordnung hatte.

Ungefähr am Stadtrand hielt der Bus für zehn Minuten vor einem Restaurant mit Glaswänden und so was wie einem Minarett oder Spitzturm auf dem Dach. Wo man sonst ein Kreuz oder einen Wetterhahn gesehen hätte, befand sich eine Fahne mit ein paar Zeilen eines Kinderlieds darauf: *Backe, backe Kuchen.* Drinnen waren lange Reihen von in rosa und grünem Kunstleder gepolsterten Eßnischen aufgebaut. Die Kellnerin, die Andor den Kaffee brachte, war eine dünne Rothaarige mit schlechten Zähnen und Fingernägeln. Sie trug in Rosa und

Grün gehaltene Dienstkleidung aus Baumwolle. Der Kaffee war zu heiß, und er konnte ihn nicht mehr trinken, ehe der Bus weiterfuhr.

Im Heck des Busses befand sich eine kleine Kabine, an deren Tür ›Toilette‹ stand. Andor ging hinein und wusch sich in dem winzigen Waschbecken die Hände. Auf dem Rückweg zu seinem Platz merkte er, daß eine ganze Anzahl von Soldaten im Bus saß. Da erinnerte er sich daran, daß er in dem großen Busbahnhof sehr viele Soldaten gesehen hatte, und ebenso mehrere Personen in religiöser Tracht.

Er sah nun, daß außer ihm rund vierzig andere Leute mit dem Bus fuhren: zwei Familien, die jeweils aus Mann, schwangerer Frau und kleinem Kind bestanden und beide eine fremde Sprache redeten; zwei ältere und zwei jüngere Frauen in schwarzen Nonnengewändern; zwei jüngere Soldaten in olivfarbenen Uniformen und drei andere in weißen Uniformen; sechs Männer mittleren Alters mit abgewetzten Aktentaschen; drei Männer von schätzungsweise achtundzwanzig mit nagelneuen Diplomatenköfferchen; ein rotgesichtiger Betrunkener unbestimmbaren Alters, der bisweilen irgend etwas vor sich in die Luft hinbrabbelte; ein Cowboy und eine magere junge Frau, die ihm sehr glich, entweder seine Schwester oder seine Frau; ein jüngerer Mann und zwei junge Frauen, die mit Rucksäcken und teurer Wanderkleidung ausgestattet waren; zwei große Frauen in mittleren Jahren, die beide übel rochen; ein junger Mann im Sweater einer Universität; vier sehr alte Männer und drei sehr alte Frauen, welch letztere den gleichen Hut trugen.

Der Bus fuhr an blauen Feldern voller Pflanzen vorüber, die Andor nicht kannte. Er wollte in dem Reisemagazin, das auf seinem Schoß lag, einen Artikel über den Urlaubsort lesen, zu dem er sich unterwegs befand. Er gedachte den Artikel langsam und erwartungsvoll zu lesen, die Vorfreude auszukosten.

»Fahren Sie weit?« erkundigte sich der Mann neben ihm. Er hatte weißes Haar und auf dem Schoß einen Diplomatenkoffer; auf diesem Köfferchen schlug er jetzt ein Exemplar desselben Reisemagazins auf, das Andor in der Hand hielt. Als der Fremde den Namen des Urlaubsorts hörte, den Andor ihm nannte, machte er darauf aufmerksam, daß er soeben in dem Magazin den Artikel über diesen Ort aufgeschlagen hatte. Andor schlug das eigene Exemplar auf und begann zu lesen.

Sämtliche Hotels in dem Badeort besaßen für abendliche Tanzveranstaltungen Tanzsäle, aber darüber hinaus gab es öffentliche Tanzvergnügen in dem beliebten Strandcafé sowie etliche Strandpartys. Jedes Hotel hatte einen beheizten Swimming-pool, so daß man selbst beim schlechtesten Wetter – obwohl das Wetter, wie man in dem Artikel versicherte, eigentlich nie richtig schlecht war – in warmes, blaues Naß tauchen und lautlos durch die Tiefen gleiten konnte, sicher vorm kalten Mond. Was für ein Spaß, dachte Andor (er unterdrückte den Gedanken sofort), würde jemand in dies blaue Wasserbecken Gallerte füllen!

Der Einfall kam ihm fremdartig und erschreckend vor, wie ein chirurgisch in sein Hirn gepflanzter Gegenstand. Er schaute an sich herunter, um sich dessen zu vergewissern, daß sein Schlips noch sicher ans Vorderteil seines Hemdes geklammert saß.

Strandanlagen und Ausrüstung für zahlreiche Wassersportarten waren vorhanden, darunter Segeln, Wasserski, Surfen, Wasserball, Rudern und Hochseefischen. Der Artikel enthielt eine eindrucksvolle Liste von Restaurants, Bars und Klubs. Die Umgebung hatte eine Anzahl historischer oder sonst wie sehenswerter Stätten vorzuweisen. Andor fiel auf, daß der Mann an seiner Seite zur selben Zeit eben diesen Artikel las, und im Kopf ging ihm wie Kaviar ein beunruhigender Gedanke auf: »Jede Person, die die gleiche Zeitschrift liest, ist die gleiche Person.«

Er war verwirrt; hatte er das laut gedacht, oder hatte womöglich der Mann an seiner Seite es laut ausgesprochen? Er warf vorsichtig einen Blick auf den Nachbarsitz, aber der Fremde war gerade aufgestanden, um zur Toilette zu gehen. Noch vor seiner Rückkehr hielt der Bus vor einem großen, vornehmen Restaurant an der Landesgrenze.

Andor stellte erhöhten Appetit fest, während er im Freien

durch die warme, sonnige, rosige Luft eilte und durch eine große Glastür die blaugrüne Kühle betrat. Genau wie im Bus spielten auch hier unsichtbare Lautsprecher ständig gedämpft Pop-Musik-Melodien. Andor setzte sich auf einen rosa-grünen Kunstledersitz vor einem Tisch aus hellem Plastik mit Holzmaserung und schlug die riesige Speisekarte auf.

Ohne viel Gefackel entschied er sich für die Spezialität des Hauses, Fleischklöpse mit Kartoffelpüree und Soße, Mais mit Vanillecreme, Brot und Butter. Das Brot bestand aus einer Scheibe Weißbrot und einer Scheibe Vollkornbrot, zusammen in durchsichtiges Plastik gepackt; die Butter war ein in Folie gehüllter Würfel.

Danach bestellte Andor Kaffee mit Milch. Die Milch befand sich in einem winzigen viereckigen Behältnis aus dickem, mit Plastik beschichtetem Papier; außerdem lagen zwei Papiertütchen mit Zucker dabei, die Andor allerdings unbeachtet ließ.

Nach dem Essen (es ging bemerkenswert schnell hinunter, ausgenommen der Kaffee) verspürte Andor noch immer Hunger, deshalb bestellte er sich einen Becher Erdbeereis.

Nachdem die Kellnerin den wachsweißen Plastikteller abgeholt hatte, fand Andor genug Zeit – bis sie den Nachtisch brachte – zum Betrachten des papiernen Sets, der vor ihm an seinem Platz lag. Darauf abgebildet waren die Vereinigten Staaten, ein Netzwerk aus rosa Strichen (Grenzen der Bundesländer) und grünen Strichen (Verkehrswege). Sie sahen aus wie Venen und Arterien, und Andor konnte sich sogar winzigkleine Korpuskular-Autochen vorstellen, die daran entlang von einer zur anderen Küste sausten. Über der Karte stand in großen grünen Buchstaben der Name der Kette gedruckt, zu der das Restaurant gehörte, gefolgt von dem Satz: »Die wundervolle Welt des Wohlbekomm's!« An verschiedenen Stellen der Karte sah man winzige Türmchen jener Art, die das Markenzeichen dieser Gaststätten-Kette waren; jedes zeigte die Lage eines solchen ›Gasthauses‹ an.

Sonst gab es auf der Karte nichts anderes von Interesse als einen großen Soßenfleck nah an einem Rand zu sehen. Einen Augenblick lang hatte Andor die verrückte Anwandlung, den

Fleck mit dem Finger aufzuwischen und dann den Finger ablecken zu wollen, aber er begriff sofort, was für einen schlechten Eindruck er damit erregen müßte. Nichtsdestotrotz blieb der Drang ziemlich stark, bis er den Becher voll rosafarbenem Eis und mit ihm die hellgrüne Rechnung erhielt.

Als er die Rechnung an der Kasse bezahlte, kaufte er noch eine Tüte der hauseigenen Karamelbonbons und eine Verbraucherzeitschrift. Sobald er wieder im Bus saß, machte er ein Nickerchen von ungefähr einer Stunde Dauer.

Leichter Regen hatte die blauen Fenster mit diagonalen Streifen zu überziehen begonnen, als er aufwachte. Ansonsten wirkte die Landschaft unverändert. Große grün-weiße Schilder markierten Ausfahrten und Kreuzungen; Schatten von Überführungen huschten über den Bus; gelegentlich wies eine Plakatwand auf irgendein abseits gelegenes Spielkasino oder Hotel hin; eine Reihe roter Schilder warb für Rasiercreme:

> *Im Grab*
> *wachsen Bärte schneller.*
> *Nehmen Sie eine Tube mit.*

Der schwache Regen hörte auf, ohne daß Andor es bemerkte. Der Mann auf dem benachbarten Sitz war eingeschlafen, und nun konnte Andor in der schon im Nachlassen begriffenen Helligkeit des Nachmittags seine zerfurchte Stirn und die leicht zottigen Hängebrauen betrachten. Der Anblick dieses Gesichts mißbehagte Andor. Er begann interessante Testberichte zu lesen, die das Fahrverhalten von drei verschiedenen neuen Autos verglichen; er aß Karamelbonbons. Der Bus passierte einen Schlagbaum und bog in die Einfahrt zu einem weiteren Restaurant derselben Restaurant-Kette ab.

»Wir machen hier eine Pause für das Abendessen«, gab der Fahrer bekannt. »Bitte merken Sie sich Ihre Busnummer, dreitausenddreihundertfünfzig.« Er sprach durch einen elektronischen Verstärker, der seine Stimme in der ganzen Länge des Busses hörbar machte.

»Hier muß ich hin«, sagte der Mann neben Andor. »Ich muß hier die Buchhaltung prüfen. Gute Reise.« Er kletterte aus dem Bus und betrat das Gebäude durch eine nicht näher gekennzeichnete Tür neben dem großen, gläsernen Haupteingang. Als Andor ausstieg, fuhr ein anderer Bus vor. Mehrere Frauen in mittleren Jahren, Sonnenbrillen im Gesicht, kamen heraus und geleiteten sich gegenseitig ins Restaurant.

Obwohl Andor sich nicht besonders hungrig fühlte, nachdem er zwischendurch eine halbe Tüte Karamellen gegessen hatte, bestellte er die Spezialität des Hauses, um zu vermeiden, daß er später doch wieder Hunger verspürte. Die Spezialität war Schmorfleisch mit Bratkartoffeln sowie Mais mit Vanillecreme. Sobald er die Mahlzeit verzehrt und dazu einen Saft getrunken hatte, empfand Andor leichten Hunger, ganz als ob das Essen durch irgendwelche unbegreiflichen chemischen Wirkungen seinen Appetit angeregt habe. Rasch bestellte er sich ein Stück Kuchen aus der Glastheke am Ausgabeschalter – von einem Kuchen mit ihm unbekannten dunklen Beeren – sowie ein Glas Milch. Ihm blieb kaum noch Zeit, das Stück Kuchen mitsamt der Milch hinabzuschlingen und zum Bus mit der Nummer 3350 zurückzuhasten.

Ein jüngerer, dünnerer Fahrer hatte nun den Bus übernommen. Er riß einen weiteren Abschnitt vom Fahrschein jedes Passagiers. Außerhalb der blauen Fensterscheiben waren Land und Himmel inzwischen blutrot verfärbt. Der Mann, der die Buchhaltung zu prüfen hatte, stieg nicht wieder zu.

Als Andor das Leselämpchen anknipste, um seinen brandneuen Krimi zu lesen, sah er zu seinen Füßen etwas am Boden liegen. Es war das Reisemagazin, entweder sein Exemplar oder das des Buchprüfers. Andor hob es auf und las schnell noch einmal den Artikel über seinen Zielort.

Auf dem dortigen Rummelplatz konnte man die schauderhaftesten Fahrten machen – zum Beispiel in die Fangarme des Riesenkraken, mit dem Riesenrad oder der Achterbahn –, und es gab die verschiedenartigsten Geschicklichkeits- und Wettspiele, Kuriositäten, Andenken-Shops und einen Biergarten mit einer echten deutschen Blaskapelle. In der Nähe des Vergnügungsparks fand auch jeden Sommer das Wassersportfest statt – einschließlich der weithin berühmten Wassersport-Juxveranstaltungen –, und Andor war froh, noch früh genug in dem Badeort einzutreffen, um diese prächtigen Ereignisse, die der Artikel schilderte, miterleben zu können. Goldene Mädchen liefen Wasserski in Formation, und buntfarbene Scheinwerfer brachten ihr Kielwasser lila, karmesinrot, altrosa und himmelblau ins Schimmern. Man veranstaltete Yachtregatten in strahlendem Sonnenschein, und die vom Wind zur Seite gedrückten Segel glichen fast durchsichtigen, sanft geschwungenen Muscheln. Nackte Schwimmerinnen bildeten auf dem von Flutlicht erhellten Wasser Zeh an Zeh riesenhafte Blumen. Romantische Kreuzfahrten im Mondschein und Sporttauchen waren möglich, es gab rasante Motorbootrennen und Feuerwerk.

Andor schob das Magazin, als er fertig war, in den dunklen Winkel unter dem vor ihm befindlichen Sitz. Er würde nie wieder in diesen Winkel schauen, und beizeiten würde jemand, den er nie kennenlernen sollte, ihn ausräumen.

Durch die Busfenster konnte man nun überhaupt nichts mehr sehen, nur ab und zu ein bläuliches Licht, das sich langsam vorüberbewegte. Andor nahm den Krimi zur Hand und las bis zu der Stelle, wo der unbekannte Angreifer den Detektiv über den Schädel schlug. Der Busfahrer schaltete die gesamte Innenbeleuchtung ab, und Andor richtete sich aufs Schlafen ein, indem er sich quer über beide Sitze legte. Seine Gedanken drehten sich noch eine Zeitlang um den Inhalt des Kriminalromans, in dem es anscheinend um einen Fall von fälschlicher Identität ging.

Einmal wachte Andor mitten in der Nacht auf, als der Bus vor einem Restaurant mit gläsernem Haupteingang und in Rosa und Grün gehaltener Inneneinrichtung für fünfzehn Minuten hielt. Andor trank eine Tasse Kaffee.

Um acht Uhr morgens fuhr der Bus in einen großen Busbahnhof ein. Eine Frühstückspause von fünfundvierzig Minuten war vorgesehen. An die Passagiere erging die Bitte, ihr Gepäck mitzunehmen, weil die Fahrt in einem anderen Fahrzeug fortgesetzt werden sollte. Andor nahm seine beiden Koffer mit in den Busbahnhof und brachte sie in einem stählernen Schließfach mit einem sicheren Schloß unter.

Im Busbahnhof warteten über ein Dutzend Soldaten und zwei oder drei Geistliche auf denselben Bus wie Andor. Die Geistlichen schlenderten hin und her oder lasen im Brevier. Die Mehrzahl der Soldaten flegelte sich auf Sitzbänken herum und versuchte zu schlafen, ein paar allerdings saßen krumm da und lasen Motorzeitschriften. Andor suchte das Restaurant des Busbahnhofs auf, setzte sich auf einen mit grün-rosa Kunstleder bezogenen Sitz an einem Plastiktisch mit Holzmaserung und klappte die riesige Speisekarte auf.

Nach dem Frühstück, das aus Pfannkuchen mit Sirup bestand, holte Andor seine Koffer aus dem Schließfach und rasierte sich in der Herrentoilette des Busbahnhofs. Auf der Fahrt zur Stadt hinaus fuhr der neue Bus – seine Nummer lautete E-4799 – an einer Anzahl Gebrauchtwagenhandlungen vorbei, über deren Stellplätzen Plastikpropeller sich im frischen Morgenlüftchen drehten, oder in dem, was Andor für ein frisches Morgenlüftchen hielt. Der Anblick hob Andors Herz.

Just bevor Andor wieder seinen Krimi aufschlug, gelangte der Bus auf die Autobahn, und aus den verborgenen Lautsprechern ertönte ein spritziges Morgenlied.

Um die Mitte des Vormittags hatte die Lage sich ein wenig verändert. Andor hatte den Krimi zu lesen aufgehört, weil ihm aufgefallen war, daß er ihn schon kannte. Er war sicher, daß der Roman damals einen anderen Titel oder ein anderes Titelbild gehabt hatte. Entrüstet stopfte er das Taschenbuch in das Fach an der Rückseite des vorderen Sitzes. Dabei entdeckte er ein verschlissenes Exemplar eines verbreiteten Nachrichtenmagazins. Es enthielt einen interessanten Artikel über den Badeort, zu dem Andor unterwegs war, außerdem einen Bericht über das alte Ägypten, das »Land der Pharaonen«. Bis er beide Beiträge gelesen hatte, war es an der Zeit, um vor einem Restaurant mit einem bereits wohlvertrauten Türmchen obenauf zum Mittagessen zu halten.

»Fahren Sie weit?« fragte ihn der Handelsvertreter, der sich am Nachmittag auf dem Nebensitz niederließ. Andor nannte den Ort, in den er wollte, und der Fremde stieß einen Pfiff aus. »Auf Urlaub?«

»Richtig«, sagte Andor. »Zwei herrliche Wochen in der Sonne.«

»Ja, ich bin nämlich selbst schon fünfmal dort gewesen. Ein ganz toller Urlaubsort. Viele Frauen machen dort Urlaub, und wissen Sie, die langweilen sich dauernd bloß. Eins gibt das andere – eine Runde im Swimming-pool geschwommen, 'n Drink an der Hotelbar ...«

Sie unterhielten sich noch einige Zeit lang sehr angenehm über den Urlaubsort, und der Handelsvertreter bestätigte vieles von dem, was Andor im Reise- und ebenso im Nachrichtenmagazin sowie in einer Urlaubsbroschüre gelesen hatte: Dort Urlaub zu machen, kam zwar teuer, war das Geld jedoch wert.

In der nächsten Stadt nahm der Handelsvertreter seinen Musterkoffer und stieg aus, während wieder ein neuer Fahrer den Bus übernahm und von Andors Fahrschein einen weiteren Abschnitt abriß. Trotzdem hatte es den Anschein, als sei die Zahl der Abschnitte nicht geringer geworden: Die Fahrkarte sah so lang wie zuvor aus.

Andor legte noch ein Nickerchen ein, während er sein Mittagessen – Hamburger, Pommes frites und kalten Krautsalat – vollends verdaute. Als die Zeit zum Abendessen gekommen war, stieg er mit genug Hunger aus, um ein Rahmschnitzel mit Dampfkartoffeln, jungen Erbsen, Toast und Kaffee zu bestellen. Diesmal war er sich darüber im unklaren, ob er Nachtisch bestellen sollte oder nicht; er verspürte noch Hunger, wußte jedoch genau, daß er gegenwärtig zuwenig Bewegung hatte. Zunächst bestellte er ein Stück Apfelkuchen nach Art des Hauses, aber dann änderte er die Bestellung um in ein Stück Apfelkuchen ohne alle Besonderheiten. Nachdem er an der Kasse die hellgrüne Rechnung beglichen hatte, ging er noch einmal an den Tisch und ließ auf der holzgemaserten Plastiktischplatte eine Münze zurück.

Der nächste Halt fand nach Mitternacht vor einem Restaurant statt, das derselben Restaurant-Kette angehörte. Andor meinte, er sähe in einem anderen Teil des großen Restaurants den Buchprüfer beim Essen sitzen und eine Zeitung lesen. Erst als der weißhaarige Mann aufblickte, sah Andor, daß es sich um einen Geistlichen und völlig fremden Menschen handelte.

Nach dem Essen vertrat er sich draußen ein wenig die Füße. Die Nacht war feucht und kühl. Es dauerte kaum zehn Minuten, bis Andor sich mißbehaglich zu fühlen begann. Fünf Minuten später hatte sein Unbehagen sich zu gelinder Panik verstärkt. Er war heilfroh, als endlich die anderen Fahrgäste das Restaurant verließen und zurück in den Bus stiegen, so daß er sich ihnen anschließen konnte. Wäre der Mann wirklich der Buchprüfer gewesen, was hätte er wohl zu ihm sagen können?

Das Geniesel verflog, als Andor aufwachte und seine Schultern bewegte, um ihre Steifheit zu beheben. Trotz einer Nacht mangelhafter Verdauung und seltsamer Unterwasser-Träume war er mit dem Morgen zufrieden. Dies war seine liebste Tageszeit, diese blaugrauen Stunden unmittelbar vorm Morgenlicht. Der Bus stoppte zum Tanken vor einer Art Busdepot mit Restaurant abseits der Autobahn, fern aller Zivilisation; ein Dutzend anderer Busse standen schon dort, dicht ans Betongebäude gefahren, als wären sie Ferkel neben einer Sau. Nachdem er bei einer Tasse Kaffee vor sich hingedöst hatte, setzte sich Andor in den falschen Bus. Obwohl der Bus, in den er stieg, genau an der Stelle stand, von der er sich daran entsinnen konnte, daß da der richtige Bus gestanden hatte, war der Fahrer, den er sah, hochgewachsen und grauhaarig statt fett und rothaarig. Er bat Andor um den Fahrschein, dann klärte er ihn darüber auf, daß er im falschen Bus saß.

»Das hier ist Nummer E zweitausendachthundertzweiundvierzig, Sie sind mit Nummer E viertausendsiebenhundertneunundneunzig gekommen, der steht auf der anderen Seite des Gebäudes. Beeilen Sie sich mal lieber, wenn Sie ihn noch kriegen wollen.«

Andor sah sofort, welcher Fehler ihm unterlaufen war – er hatte das Restaurant durch eine Tür an der einen und durch eine andere Tür auf der anderen Seite verlassen. Nun eilte er durch die Glastür zurück ins Gebäude, vorüber an den Reihen leerer, in Rosa und Grün gepolsterter Eßnischen, und zur anderen Tür hinaus. Der Fahrer warf gerade den Motor an, als Andor die Stufen hinaufsprang, um an seinen gemütlichen, warmen Platz zurückzukehren. Obwohl die Gefahr damit ausgestanden war, dauerte es mehrere Minuten, bis er seine Panik überwand.

Den Vormittag teilte sich Andor zwischen aufmerksamem Lesen der Urlaubsbroschüre, die seinen Urlaubsort beschrieb, und dem Betrachten von Reklametafeln ein, die für Autoreifen und abseits gelegene Spielkasinos warben. Zum Mittagessen verzehrte er gegrillten Truthahn mit Rahmkartoffeln, Preiselbeeren und Wachsbohnen. Der Dessert bestand aus Schokoladenpudding.

Sein Hotel, so entnahm er der Broschüre, besaß einen eigenen Tanzsaal, in dem jeden Abend Tanzveranstaltungen stattfanden, sowie ein Kabarett, ein Restaurant und einen beheizten, mit Flutlicht beleuchteten Swimming-pool. Selbst beim schlechtesten Wetter – obwohl das Wetter, wie die Broschüre versicherte, eigentlich nie richtig schlecht war – konnte man in warmes, blaues Naß tauchen und lautlos durch die Tiefen gleiten, sicher vorm kalten Mond. Beinahe kam es ihm so vor, als sei er schon dort gewesen.

Andor bemerkte eine Reihe von Hochspannungsmasten, die parallel zur Autobahn verlief, die quer durch die Bundesstaaten führte. Er fing an, sie zu zählen, und irgendwann über hundertzwanzig schlief er ein.

Das Abendessen bestand aus dem Spezial-Sandwich des Hauses, Kartoffelsalat und einem Glas Ginger Ale sowie zum Nachtisch Tapioka. Andor kaufte eine Packung Karamelbonbons und nahm sie mit in den Bus. Der Fahrer trennte noch einen Abschnitt von Andors Fahrkarte ab, die nichtsdestotrotz keineswegs kleiner aussah. Flüchtig dachte Andor daran, die restlichen Abschnitte zu zählen, um zu überprüfen, ob es womöglich wirklich noch soviel waren wie am Anfang, aber er empfand das Zählen als zu aufwendig, und wie hätte er es sich erklären sollen, falls es sich tatsächlich so verhielt? Der Einfall war völlig unsinnig und zwecklos. Im vollen Bewußtsein seiner Langeweile musterte Andor den Sonnenuntergang.

Am folgenden Morgen war es reichlich warm. Der Bus machte in einem großen Busbahnhof halt, wo Andor eine Dusche nahm, die Kleidung wechselte und Eier mit Schinken, Haschee und Kaffee frühstückte. In den Kaffee goß er Milch aus einem winzigen, viereckigen Schächtelchen. Er nahm eine rote Plastiktomate in die Hand und erwog, etwas von ihrem Inhalt aufs Haschee zu pressen, sah zuletzt jedoch davon ab. Der Kaffee, befand er, schmeckte nahezu genauso wie der Kaffee in ... Wie war doch der Name der Ortschaft gewesen?

Irgendwie hatte Andor das Gefühl, der Name, nach dem er suchte, sei der Name einer Ortschaft, die er noch gar nicht erreicht hatte.

Die Zeitschrift, die er las, war ihm von einem Geistlichen geliehen worden. Sie enthielt einen Aufsatz mit dem Thema »Spirituelle Erleuchtung«. Auf den Plätzen vor Andor saßen zwei Männer in Universitätspullovern und spielten auf einem Koffer Karten. Auf der anderen Seite neben ihnen saßen – vor einem eingeschlafenen Soldaten – zwei Nonnen. Vor ihnen schrieb ein Geschäftsmann fortwährend etwas in ein Notizbuch. Hinter dem Soldaten zankte ein Cowboy mit seiner Frau, und eine ausländische Familie von schwärzlichem Aussehen schaute ihnen interessiert zu. Zwei Geistliche verschiedener Religionsgemeinschaften unterhielten sich geistreich über den Mittelgang hinweg. Dahinter saßen noch mehr Soldaten und mehrere Rentner auf Urlaub.

Zum Mittagessen nahm Andor Thunfischauflauf *de luxe* mit gewürfelten Karotten und grünen Salat mit French Dressing.

Als Nachtisch gab es Eierkrem. Andor bildete sich ein, er sähe an der Theke den Handelsvertreter, mit dem er sich vor einiger Zeit unterhalten hatte, aber er war angezogen wie ein Matrose. Er schien jeden zweimal zu sehen, so wie beim Ringelreihn. Die

Bewegung verschmolz Menschen und Tage ineinander, als bestünden sie aus Softeis.

Essen in wieder einem Restaurant mit Spitztürmchen. Als danach die Fahrt weiterging, hatte Andor ein leicht unangenehmes Gefühl. Draußen wirbelten blaue Felder vorbei, auf die die Dämmerung herabsank, doch Andor vermißte den Eindruck eines regelrechten Vorankommens. Ihm war, als betrachte er eine auf Leinwand gemalte Landschaft, die irgend jemand auf hölzernen Rollwagen vorüberschob; eine schlecht ausgeführte Kino-Illusion; einen billigen Spiegeltrick; kurzum, hier hatte die Bewegung aufgehört, *echt* zu wirken. Er spürte es an seinem Hinterkopf, wenn der Bus beschleunigte, und seine Ohren hörten vom Heck das Brummen des Motors, aber irgendwie kamen diese Eindrücke ihm wie plump vorgetäuschte Wahrnehmungen vor. War dort hinten wirklich ein Motor? Vielleicht hätte man ebensogut behaupten können, irgendwo in diesem Kasten (Andor dachte von dem Fahrzeug nicht länger als einem ›Bus‹) spiele ein Streichorchester die Musik. Die einzige Wirklichkeit schien die Wärme zu sein, die sich von seinem Magen aus in ihm ausbreitete, in dem nun, wie er vermutete, Enzyme sich an die Verdauung von Makkaroni, Käse, Bohnen mit Butter und Malzmilch machten. Er döste ein.

Am Morgen standen die Dinge nicht besser, jedenfalls nicht zu Anfang. Als er die Tage rückwärts zu zählen versuchte, stellte Andor fest, daß er nicht wußte, wie lange er sich schon auf dieser Reise befand. Die Zeit wirkte wie aufgehoben; die Tage waren einander so ähnlich geworden wie die »roten« Schilder, die reihenweise vor der »grünen« Landschaft standen.

> *Im Grab*
> *wachsen Bärte schneller ...*

Er mußte sich daran erinnern, daß er alles durch blaues Glas sah und daher die Farben nicht stimmten. Sobald er den Bus verließ, nahmen Erde und Himmel jedesmal eine unheimlich rosa Farbtönung an.

Eine Waffel und ein Würstchen; eine Morgenzeitung einer fremden Stadt; als er sein Geld zählte, fand er zu seiner Freude heraus, daß er noch weit mehr als angenommen zur Verfügung hatte; das stellte Andors gute Laune für den Rest des Vormittags wieder her. Seine Gemütslage festigte sich weit genug, daß er die beschwingten Operettenmelodien mitsummte.

Doch nach seinem Mittagessen aus Schmorfleisch mit Röstkartoffeln fühlte Andor sich wieder unwohl und niedergeschlagen. Das Datum auf der Zeitung war der 13., und er beschloß, durch Rückwärtszählen das Datum seiner Abfahrt zu ermitteln. Aber er konnte nicht bloß keine Klarheit darüber gewinnen, ob er nun vier oder bereits fünf Tage lang unterwegs war, sondern zudem fiel ihm die Möglichkeit ein, die Zeitung könne von gestern sein. Er fragte den Soldaten auf der anderen Seite des Mittelgangs nach dem heutigen Datum.

»Ich wollte, ich hätte 'ne Ahnung«, sagte der Soldat im Tonfall einer Entschuldigung. »Ich habe 'ne Kalenderuhr, aber ab und zu vergesse ich sie zu stellen. Mal sehen – am letzten Sonntag war der zwanzigste oder einundzwanzigste, also müßte der kommende Sonntag der siebenundzwanzigste oder achtundzwanzigste sein. Aber ich vergesse immer, ob es der Mai oder der Juni ist, der dreißig Tage hat, deshalb geht meine Uhr dauernd um einen Tag falsch. Wissen Sie, sie zeigt jeden Monat einunddreißig Tage an, außer wenn man sie richtig einstellt.«

Er hätte einen anderen Passagier fragen können, doch plötzlich gab Andor auf. Wozu sollte das Datum überhaupt wichtig sein? Er kam am Ziel an, wenn er ankam ... in diesem Badeort, an dessen Namen er sich im Moment nicht erinnern konnte.

Ihm ging es keineswegs so, als habe er ihn einfach noch nicht oft genug gelesen, gehört oder ausgesprochen. Vielmehr war ihm, als sei er ihm viel zu gut bekannt. In seinem Geist war daraus ein Stück Inventar von solcher Vertrautheit geworden, daß er es nicht mehr wahrnahm, daß es unsichtbar im Hintergrund seines Bewußtseins blieb; obwohl der Name ihm unablässig auf der Zunge lag, kam er nicht mehr darauf. Tatsächlich kannte er den Ort so genau, daß er sich ohne weiteres vorstellen konnte, schon dort gewesen zu sein. Weil er wußte, wie schwer es war, sich an einen vergessenen Namen zu erinnern, lenkte Andor seine Überlegungen auf den mehr oder weniger neutralen Gegenstand des bevorstehenden Abendessens.

Als Abendessen nahm er eiweißreiche Fischstäbchen, Pommes frites, Baked Beans und grünen Salat in French Dressing sowie zum Schluß einen Becher Bananeneis. Anschließend schlurfte er für ein Weilchen ins Freie, unter den im Dunkeln begriffenen Himmel, sah die ersten Sterne hervortreten. Aber irgendwie empfand er den Anblick dieser Lichtpunkte, die inmitten der gewaltigen Schwärze erschienen, als schrecklich ...

Er las einen Kriminalroman bis zu der Stelle, an der ein unbekannter Angreifer dem Detektiv eins über den Schädel gab. Das Leselämpchen erlosch. Andor lag wach im Finstern und malte sich den noch nicht gelesenen Rest des Romans selber aus. Es war keinesfalls unwahrscheinlich, daß der Detektiv durch den Hieb auf den Kopf die Erinnerung verlor.

Er erwachte in vollkommener Dunkelheit unter lauter Fremden, allein und voller Furcht. Doch fast, als ob er nur auf so etwas gewartet habe, begann der Himmel sich aufzuhellen. Bald konnte Andor die Umrisse von Plakattafeln und in grauem Gewirr ein Autobahnkreuz erkennen.

Er nickte wieder ein und träumte von seinem Urlaubsziel. Kopfüber tauchte Andor in einen Swimming-pool voller blauer Gallerte. Sein Körper zerteilte das zähe Zeug und schwebte immer tiefer in blaue, schützende Düsternis hinab, bis er infolge irgendeiner wundersamen Umkehrung mitten am Himmel wieder zum Vorschein kam, gleich bei der Sonne, und als hellgrüner Regen floß er hinunter auf den vom Sonnenschein überfluteten Strand.

Spiegeleier mit Schinken, Kaffee mit Milch aus einer winzigkleinen viereckigen Schachtel. Eine hellgrüne Rechnung aus den Händen der bleichen Kellnerin. Er merkte, daß er den Krimi schon einmal oder wenigstens einmal zu lesen angefangen hatte. Während er die Hände im winzigen Waschbecken hinten in der Toilette des ›Kastens‹ wusch, fragte er sich, ob er sein Ziel jemals erreichen würde.

Es belustigte ihn, sich zwei Andors vorzustellen, nämlich einen, der von A nach B reiste, und einen, der von B nach A reiste, und einer bewegte sich durch den anderen hindurch – und vielleicht gelangte keiner von beiden an seinen Bestimmungsort, der sich immer nur noch weiter entfernte. Womöglich näherte er sich dem Ende der Fahrt auf asymptotische Weise, mußte in alle Ewigkeit in der dritten Reihe hinter dem Fahrer mitfahren ...

Er zählte sein Geld und stellte fest, daß es noch immer mehr war als angenommen. Der Fahrer trennte erneut einen Abschnitt von Andors Fahrkarte ab, die sich dennoch nicht verkleinerte. Fleischklöpse mit Soße, Kartoffelpüree, Stangenbohnen, Kaffee. Apfelkuchen mit Speiseeis.

Jede Nacht, dachte er, wenn ich schlafe, rutsche ich in der Zeit ein Stückchen rückwärts. Wenn ich den ganzen Tag lang unterwegs bleibe, kann ich dies Stück vielleicht gerade aufholen. Das ist irgendeine Art von Tretmühle.

Junge Erbesen, Schmorfleisch ›Yankee‹, Röstkartoffeln und Kaffee mit Milch. Andor ließ die kleinen Papiertüten mit dem Zucker unbeachtet. Tapioka. ›Land der Pharaonen‹.

Ich komme schon noch hier raus, dachte er. Man kann mich nicht im Bus festhalten. Aber mehr denn je erschreckte es ihn, sich die Einsamkeit draußen, die Sterne und das Schwarz und die starre, kalte Scheibe des Mondes nur auszumalen. Immer wenn er aus dem Bus in ein Restaurant gehen mußte, beeilte sich Andor hinein, ohne den Blick zu heben.

In dem Badeort war er schon einmal gewesen; soviel hielt er für gewiß. Er konnte sich so deutlich an alles erinnern: abends Feuerwerk, tagsüber der beheizte blaue Swimming-pool. Er hatte dort eine Frau kennengelernt, an deren Namen er sich nicht mehr erinnerte. Ein Drink an der Hotelbar, eine Runde im Swimming-pool geschwommen; und so weiter. Später hatten sie den weithin berühmten Vergnügungspark aufgesucht und im strahlenden Sonnenlicht eine Yachtregatta beobachtet.

Abendessen: Dörrfleisch mit Sahnesoße auf Toast, Dampfkartoffel, Spinat, Kaffee, Brot und Butter. Nachtisch: Karamelpudding.

Deutsches Beefsteak, Röstkartoffeln, Mais mit Vanillecreme. Andor drückte etwas vom Inhalt einer roten Plastiktomate über die Kartoffeln. *Ich bleibe draußen*, beschloß er, aber dann war seine Furcht doch wieder zu groß. Als es an der Zeit war, stieg er von neuem in den Bus, den richtigen Bus.

Das ist eine Tretmühle in der Zeit, in einer Aufhängung zwischen Gegenwart und Vergangenheit. Falls ich irgendwo bleibe, rutsche ich in der Zeit zurück, zurück ...

Immer weiter rückwärts in ein Gestern, immer weiter in eine bereits abgeschlossene, vollendete Vergangenheit, ohne zu sterben – weil er längst tot war?

Auf dem Nachbarsitz ließ sich ein Fremder nieder, hielt einen Diplomatenkoffer und eine zusammengerollte Zeitschrift.

»Fahren Sie weit?« erkundigte er sich bei Andor.

Andor schien ihn nicht zu hören. Anscheinend gab sich der Fremde mit Andors Schweigen zufrieden, denn er setzte sich zurecht und fing an zu lesen. Andor starrte weiterhin zum tiefblauen Fenster hinaus, als lägen dahinter die Tiefen eines Wasserbeckens – bis es draußen so dunkel war, daß er nichts mehr sehen konnte als die Widerspiegelung seines eigenen Gesichts.

Originaltitel: »The Interstate«
Copyright © 1971 by John Sladek
Aus dem Amerikanischen übersetzt von Horst Pukallus
Copyright © 1984 der deutschen Übersetzung
by Verlag Ullstein GmbH, Frankfurt a. M. – Berlin – Wien
(aus: »Die Menschen sind los«); Abdruck mit freundlicher Genehmigung

CHRISTOPHER PRIEST

Ein endloser Sommer

August 1940.
Ein Krieg war im Gange, doch das machte keinen großen Unterschied im Leben von Thomas James Lloyd. Der Krieg war
eine Unannehmlichkeit und schränkte seine Freiheit ein, aber
alles in allem war er die geringste seiner Sorgen. Durch ein
Mißgeschick war er in dieses gewalttätige Zeitalter geraten,
und er wollte mit dessen Krisen nichts zu schaffen haben.
Die Schatten der Zeit fielen über ihn, doch er hielt sich abseits.

Er stand auf der Themsebrücke in Richmond, seine Hände
auf die Brüstung gestützt, und blickte nach Süden, dem Fluß
nach. Das Licht der Sonne spiegelte sich im Wasser; er nahm
seine Sonnenbrille aus einer Metalldose in seiner Tasche und
setzte sie auf.

Erst die Nacht würde ihn vom Anblick der Tableaus aus gefrorener Zeit befreien; am Tag mußte er sich mit einer dunklen
Brille behelfen.

Es kam Thomas Lloyd so vor, als sei es nicht lange her, daß er
zum letzten Mal unbekümmert auf dieser Brücke gestanden
hatte, obwohl er nachgerechnet hatte und sehr wohl wußte,
daß dem nicht so war. Die Erinnerung an jenen Tag war klar,
war selbst ein Augenblick gefrorener Zeit, ungeschmälert. Er
erinnerte sich, wie er hier mit seinem Cousin gestanden hatte
und wie sie vier junge Männer aus der Stadt beobachtet hatten,
die ein Boot stromaufwärts paddelten.

Richmond selbst hatte sich verändert seit jener Zeit, doch
hier beim Fluß war der Ausblick so, wie er ihn in Erinnerung
hatte. Obwohl jetzt mehr Häuser die Ufer säumten, waren die
Wiesen am Fuß des Richmond-Hügels unberührt geblieben,

und er konnte sehen, wie der Uferweg hinter der Biegung des Flusses in Richtung Twickenham verschwand.

Im Augenblick war die Stadt ruhig. Vor einigen Minuten hatte eine Sirene Flieger-Vorwarnung gegeben, und während noch einige Fahrzeuge auf den Straßen unterwegs waren, hatten die meisten Fußgänger vorübergehende Zuflucht in Läden und Büros gesucht.

Lloyd hatte sie hinter sich gelassen, um aufs neue durch die Vergangenheit zu gehen.

Er war ein großer, gutgebauter Mann, anscheinend jung an Jahren. Verschiedentlich hatten Fremde ihn für fünfundzwanzig gehalten, und Lloyd, ein zurückgezogener Mann, der wenig gesprächig war, hatte solche Irrtümer auf sich beruhen lassen. Hinter den dunklen Gläsern seiner Brille hatten seine Augen noch den Glanz von Jugendhoffnungen, aber viele winzige Falten in den Augenwinkeln und die Fahlheit seiner Haut deuteten an, daß er älter war. Sein wahres Alter ließen jedoch auch sie nicht ahnen. Thomas Lloyd war Jahrgang 1881, bald würde er sechzig sein.

Er zog seine Uhr aus der Westentasche und sah, daß es kurz nach zwölf war. Er machte kehrt, um zu dem Pub in der Isleworth Road zu gehen, doch dann bemerkte er einen Mann, der allein am Ufer stand. Selbst durch die Sonnenbrille, die die aufdringlicheren Zeugen der Vergangenheit und Zukunft abschirmte, konnte Lloyd sehen, daß es eines derjenigen Wesen war, die er »Frieser« nannte. Der dort unten war ein junger Mann, dicklich und mit früher Glatze. Er hatte Lloyd gesehen, denn als dieser zu ihm hinunterblickte, hatte sich der junge Mann demonstrativ abgewandt. Lloyd hatte nichts mehr von den Friesern zu befürchten, aber sie waren überall, und in ihrer Gegenwart fühlte er sich stets unwohl.

Weit weg, in der Richtung von Barnes, hörte Lloyd wieder Sirenen heulen.

Juni 1903
Die Welt lag im Frieden, und das Wetter war warm. Thomas James Lloyd, seit kurzem zurück aus Cambridge, einundzwan-

zig Jahre alt, mit Schnurrbart, folgte leichten Schrittes dem Weg durch die Bäume von Richmond Hill.

Es war ein Sonntag, und viele Menschen waren im Freien. Am Morgen war Thomas mit seinen Eltern und seiner Schwester in der Kirche gewesen, auf der Bank sitzend, die traditionsgemäß für die Lloyds von Richmond reserviert war. Das Haus auf dem Hügel gehörte der Familie seit mehr als zweihundert Jahren, und William Lloyd, das gegenwärtige Oberhaupt der Familie, war Eigentümer der meisten Häuser im Stadtteil Sheen und leitete auch noch eine der größten Fabriken in Surrey. In der Tat eine begüterte Familie, und Thomas James Lloyd lebte in dem Wissen, daß er eines Tages der Erbe dieser Reichtümer sein würde.

Da die weltlichen Angelegenheiten so gut geregelt waren, konnte Thomas es sich leisten, seine Aufmerksamkeit Wichtigerem zuzuwenden, namentlich Charlotte Carrington und ihrer Schwester Sarah.

Daß er eines Tages eine der beiden Schwestern heiraten würde, stand seit langem für beide Familien fest, aber welche es nun sein sollte, diese Frage gab ihm seit Wochen zu denken.

Jede der beiden hatte viel für sich sprechen – so wenigstens kam es Thomas vor –, doch hätte er sich nicht lange den Kopf zerbrochen, wenn er wirklich freie Wahl gehabt hätte. Zu seinem Leidwesen war ihm jedoch von den Eltern des Mädchens klargemacht worden, daß Charlotte die passendere Gemahlin für einen künftigen Fabrikherrn und Grundbesitzer abgeben würde, und in mancher Hinsicht traf das zu. Schwierig war die Sache geworden, weil Thomas sich stürmisch in ihre jüngere Schwester Sarah verliebt hatte, was allerdings für Mrs. Carrington völlig unerheblich war.

Charlotte, zwanzig Jahre alt, war unbestreitbar ein hübsches Mädchen, und Thomas schätzte ihre Gesellschaft. Sie schien darauf vorbereitet zu sein, einen Heiratsantrag von ihm anzunehmen, und fairerweise mußte man zugeben, daß sie sehr anmutig und intelligent war; aber immer wenn sie allein zusammen waren, hatte keiner der beiden dem anderen viel zu sagen. Charlotte war ehrgeizig und emanzipiert – so gab sie sich jedenfalls – und las ständig historische Traktate. Sie war von der einen Leidenschaft besessen, die verschiedenen Kirchen von Surrey zu besuchen und in ihnen von den Gedenktafeln aus Messing Abreibungen vorzunehmen. Thomas, liberal und verständnisvoll, freute sich, daß sie ein Hobby gefunden hatte, konnte aber seinerseits nicht mit einem entsprechenden Interesse aufwarten.

Ein ganz anderer Fall war Sarah Carrington. Um zwei Jahre jünger als ihre Schwester und daher in den Augen der Mutter noch nicht heiratsfähig (jedenfalls nicht, bis Charlotte unter der Haube war), war Sarah sowohl begehrenswert gerade wegen ihrer Unerreichbarkeit als auch für sich betrachtet ein entzückendes Wesen. Als Thomas seine ersten Besuche bei Charlotte machte, war Sarah noch in der Schule, doch durch schlaues Befragen Charlottes und seiner eigenen Schwester hatte er herausgefunden, daß Sarah gerne Tennis und Krocket spielte, begeistert Fahrrad fuhr und die neuesten Tänze beherrschte. Ein heimlicher Blick in das Fotoalbum der Familie hatte ihm ferner gezeigt, daß sie auffallend schön war. Dies fand er bei ihrer ersten Begegnung bestätigt – und prompt hatte er sich in sie verliebt. Seitdem hatte er, vorsichtig nach außen, seine Aufmerksamkeit auf sie verlagert – und dies nicht ohne Erfolg. Zweimal schon war er mit ihr alleine gewesen … keine geringe Leistung, wenn man bedachte, wie enthusiastisch Mrs. Carrington Thomas stets in Charlottes Nähe manövrierte. Einmal hatte man ihn versehentlich für einige Minuten im Salon der Carringtons mit Sarah allein gelassen, und beim zweiten Mal gelang es ihm während des Familienpicknicks, mit ihr ein paar Worte zu wechseln. Selbst eine so kurze Bekanntschaft hatte ihn davon überzeugt, daß er niemand anders als Sarah zur Frau wollte.

So kam es denn, daß er an diesem Sonntag strahlender Laune war, denn er hatte einen Plan ausgeheckt, der ihm zumindest eine Stunde allein mit Sarah sichern sollte.

Dazu benötigte er einen gewissen Waring Lloyd, seinen Cousin. Thomas hatte ihn immer für einen gewissenlosen Lümmel gehalten, doch rechtzeitig sich erinnernd, daß Charlotte einmal von ihm gesprochen hatte (und mit dem Gefühl, daß beide ausgezeichnet zueinander passen würden), hatte Thomas einen gemeinsamen Nachmittagsspaziergang am Fluß vorgeschlagen. Waring, den er in angemessener Weise eingeweiht hatte, würde Charlotte an einer bestimmten Stelle aufhalten, und Thomas und Sarah könnten allein weitergehen.

Thomas war einige Minuten zu früh zu der Verabredung erschienen und schritt gutgelaunt auf und ab, während er auf seinen Cousin wartete. Am Fluß war es kühler, denn die Bäume standen bis dicht ans Wasser heran; einige der Damen auf dem Pfad hinter dem Bootshaus hatten ihre Sonnenschirme zusammengefaltet und sich Schals um die Schultern gelegt.

Als Waring schließlich erschien, begrüßten sich die beiden Vettern herzlich – herzlicher als je zuvor – und besprachen, ob sie die Fähre über den Fluß oder den längeren Weg über die Brücke nehmen sollten. Da sie noch reichlich Zeit hatten, entschieden sie sich für den Fußweg.

Thomas erklärte Waring noch einmal, was auf dem Spaziergang zu geschehen habe, und Waring bestätigte, daß er verstanden hatte. Das Arrangement verlangte von ihm kein Opfer, denn er fand Charlotte um nichts weniger entzückend als Sarah und war sicher, daß er dem älteren Mädchen allerhand zu sagen haben würde.

Eine Weile später, als sie die Richmond Brücke nach Middlesex überquerten, blieb Thomas stehen, seine Hände auf die steinerne Brüstung der Brücke lehnend. Er beobachtete vier junge Männer, die sich ungeschickt mit einem Boot abmühten, das sie gegen den Strom zur Seite manövrieren wollten, während vom Ufer aus zwei ältere Männer widersprüchliche Anweisungen zu ihnen herüberschrien.

August 1940

»Sie sollten sich lieber in Sicherheit begeben, Sir. Nur für den Fall.«

Thomas Lloyd erschrak, als er die Stimme neben sich hörte, und drehte sich um. Es handelte sich um einen Beamten des Zivilschutzes, einen älteren Mann in dunkler Uniform. Auf seinen Schultern und eingraviert in seinen metallenen Helm waren die Buchstaben A. R. P.* zu lesen. Trotz des höflichen Tonfalls seiner Stimme musterte er Lloyd argwöhnisch. Die Gelegenheitsarbeiten, denen Lloyd in Richmond nachging, brachten ihm gerade genug Geld für Unterkunft und Verpflegung, den geringen Rest gab er gewöhnlich für Bier aus. Er trug im wesentlichen noch dieselben Kleider, die er vor fünf Jahren angehabt hatte, und sie waren dabei nicht schöner geworden.

»Wird es einen Angriff geben?« fragte Lloyd.

»Man kann nie wissen. Der Fritz bombardiert noch die Häfen, aber er kann jetzt jeden Tag mit den Städten anfangen.«

Beide schauten sie zum Himmel in südöstlicher Richtung auf. Dort, hoch oben in der Bläue, hingen einige weiße Kondensstreifen, doch gab es keine weiteren Anzeichen von den deutschen Bombern, die alle so fürchteten.

»Mir wird nichts geschehen«, sagte Lloyd. »Ich mache einen Spaziergang. Wenn ein Angriff kommt, bin ich weg von den Häusern.«

»Schon gut, Sir. Wenn Sie da draußen jemanden treffen, sagen Sie ihm, daß Vorwarnung gegeben wurde.«

»Werd' ich machen.«

Der Beamte nickte ihm zu und ging dann langsam weiter zur Stadt. Für einen Augenblick hob Lloyd seine Sonnenbrille und blickte ihm nach.

Einige Meter entfernt war ein Tableau der Frieser: zwei Männer und eine Frau. Als er zum erstenmal auf dieses Tableau gestoßen war, hatte Lloyd die Gruppe sorgfältig betrachtet; aus ihren Kleidern hatte er geschlossen, daß sie irgendwann in der Mitte des 19. Jahrhunderts eingefroren worden waren. Dieses Tableau war das älteste, das er bis jetzt entdeckt hatte, und als solches für ihn besonders interessant. Es war ihm klargeworden, daß der Zeitpunkt der Auflösung eines Tableaus unvorhersehbar war. Einige Tableaus überdauerten mehrere Jahre, andere nur einen oder zwei Tage. Der Umstand, daß dieses

---

* Air Raid Personnel; *Anm. d. Übers.*

mindestens neunzig Jahre überlebt hatte, bestätigte nur, wie unberechenbar die Erosionen waren.

Die drei eingefrorenen Menschen, mitten im Gehen erstarrt, befanden sich direkt vor dem Beamten, der über das Pflaster auf sie zuhinkte. Er bemerkte nichts, als er sie erreichte, und einen Moment später war er geradewegs durch sie hindurchgegangen.

Lloyd ließ die Brille wieder herab, und das Bild der drei Menschen wurde schwächer und verschwamm.

Juni 1903.
Verglich man Warings Zukunftsaussichten mit denen von Thomas, schienen sie unbedeutend, doch an einem normalen Maßstab gemessen waren sie immer noch beeindruckend. Dementsprechend begrüßte Mrs. Carrington (die über die Verteilung der Lloydschen Reichtümer mehr wußte als irgend jemand außerhalb der engeren Familienkreise) Waring auch huldvoll.

Ein Glas kalten Zitronentees wurde den zwei jungen Männern gereicht, und dann fragte Mrs. Carrington sie nach ihrer Meinung in Sachen Kräuterrabatten. Thomas, der inzwischen mit Mrs. Carringtons Geplauder wohlvertraut war, faßte sich kurz, doch Waring, bemüht zu gefallen, holte aus zu einer detaillierten Erörterung. Er sprach immer noch von Pflanzen und Beeten, als die Mädchen erschienen. Durch die Verandatür kamen sie aus dem Haus und schritten nun über den Rasen heran.

Wenn man sie zusammen sah, war es klar, daß sie Schwestern waren. Aber in Thomas' verliebten Augen stach die Schönheit der einen leicht die der anderen aus. Charlotte war ernster, nüchterner. Sarah gab sich bescheiden und scheu (doch war das, wie Thomas wußte, nur eine Koketterie). Als er ihr Lächeln beim Anblick der beiden jungen Männer sah, wußte Thomas, daß von diesem Augenblick an sein Leben ein ewiger Sommer sein würde.

Zwanzig Minuten vergingen, in denen die vier jungen Leute und die Mutter der Mädchen im Garten auf und ab gingen. Thomas war zuerst ungeduldig, seinen Plan sofort in die Tat umzusetzen, doch nach wenigen Minuten gelang es ihm, sich zu beherrschen. Er hatte bemerkt, daß Mrs. Carrington und Charlotte Spaß an der Unterhaltung mit Waring hatten, und das war ein unerwarteter Glücksfall. Der ganze Nachmittag lag ja noch vor ihnen, und diese Minuten waren gut angelegt.

Schließlich entließ Mrs. Carrington sie freundlich, und die vier machten sich auf den geplanten Spaziergang.

Beide Mädchen hatten einen Sonnenschirm dabei: Charlotte einen weißen, Sarah einen rosaroten. Als sie zum Uferweg hinübergingen, raschelten ihre Kleider im hohen Gras, obwohl Charlotte ihren Rock ein wenig anhob; denn, so sagte sie, Gras mache so häßliche Flecken auf Baumwolle.

Dem Fluß sich nähernd, hörten sie die anderen Menschen: rufende Kinder, ein Mädchen und einen Mann aus der Stadt, die zusammen lachten, und einen Ruder-Achter, dessen Mannschaft im Gleichtakt zu den Anfeuerungen des Steuermanns die Riemen zog. Als sie den Uferweg erreichten und die beiden jungen Männer den Mädchen gerade über einen Zaun halfen, sprang zwanzig Meter weiter ein Hund aus dem Wasser und schüttelte sich wild.

Da der Pfad nicht so breit war, daß sie nebeneinander hergehen konnten, übernahmen Thomas und Sarah die Führung. Gerade noch gelang es ihm, einen Blick mit Waring zu tauschen, und der nickte fast unmerklich.

Einige Minuten später blieb Waring mit Charlotte stehen, um ihr einen Schwan mit seinen Jungen im Schilf zu zeigen; Thomas und Sarah gingen langsam weiter. Sie waren inzwischen ein gutes Stück entfernt von der Stadt, Wiesen breiteten sich auf beiden Seiten des Flusses aus.

August 1940.
Das Pub lag etwas zurückgesetzt von der Straße; der kleine Vorplatz war mit Pflastersteinen ausgelegt. Vor dem Krieg standen hier fünf Eisentische, an denen man im Freien trinken konnte, doch im letzten Winter waren sie im Rahmen einer Alt-Eisen-Sammlung eingezogen worden.

Abgesehen davon und abgesehen von der Tatsache, daß die

Fenster – nach Maßgabe des Innenministeriums – mit Haftstreifen kreuzförmig beklebt waren, um das Herumfliegen von Glassplittern zu verhindern, gab es keine äußeren Hinweise, daß der Betrieb nicht normal war.

Drinnen bestellte Lloyd ein Dunkles und setzte sich damit an einen der Tische.

Er trank in kleinen Schlucken und betrachtete dann die anderen Menschen in der Bar.

Neben ihm und der Barfrau waren noch vier Personen anwesend. Zwei Männer saßen verdrossen beisammen an einem Tisch, halbleere Biergläser vor sich. Ein anderer Mann saß allein an einem Tisch bei der Tür. Er hatte eine Zeitung vor sich und war in das Kreuzworträtsel vertieft.

Der vierte Anwesende, gegen eine Wand gelehnt, war ein Frieser. Diesmal war es eine Frau. Wie die männlichen Frieser trug sie einen eintönigen grauen Overall und hielt ein Frier-Instrument in Händen. Dies sah aus wie ein moderner tragbarer Fotoapparat und wurde an einem Gurt um den Hals getragen, doch war es viel größer als eine Kamera und ungefähr würfelförmig. Auf der Vorderseite, wo bei einer Kamera Sucher und Linse wären, war ein rechteckiger Streifen aus weißem Glas, offenbar lichtdurchlässig; dies war die Öffnung, durch die der Gefrierstrahl heraustrat.

Lloyd, der noch seine dunkle Brille trug, konnte die Frau nur undeutlich sehen. Sie schien nicht in seine Richtung zu blicken; einige Sekunden später trat sie zurück in die Wand hinein und verschwand aus seiner Sicht.

Er bemerkte, daß die Barfrau ihn beobachtete, und kaum hatten sich ihre Blicke gekreuzt, redete sie ihn an.

»Was meinen's, ob die wohl diesmal kommen?«

»Darüber mach' ich mir keine Gedanken«, sagte Lloyd, der nicht in ein Gespräch verwickelt werden wollte. Er nahm mehrere Schlucke vom Bier, um damit fertig zu werden und sich auf den Weg zu machen.

»Diese Sirenen ruinieren das ganze Geschäft«, sagte die Barfrau. »Eine nach der anderen, den ganzen Tag lang und manchmal abends auch noch. Und immer Fehlanzeige.«

»Ja«, sagte Lloyd.

Sie fuhr noch fort mit ihren Beschwerden, doch bald rief sie jemand von der anderen Theke, und sie ging hinüber. Lloyd war erleichtert; er sprach hier nicht gerne mit den Leuten. Allzu lange hatte er sich isoliert gefühlt, und der moderne Gesprächsstil war ihm fremd geblieben. Oft verstand man ihn nicht oder falsch, denn seine Ausdrucksweise war noch so formell wie die seiner eigenen Zeitgenossen.

Er bedauerte jetzt, gekommen zu sein; die Zeit wäre ideal für einen Spaziergang durch die Wiesen gewesen, denn während des Alarms würden nur wenige Leute draußen sein. Er hatte bei seinen Spaziergängen am Fluß nicht gerne andere in der Nähe.

Er trank sein Glas leer, erhob sich und ging zur Tür.

Erst in dem Moment entdeckte er das neue Tableau bei der Tür. Gewöhnlich suchte er nicht nach Tableaus, denn sie beunruhigten ihn. Trotzdem waren neue interessant.

Zwei Männer und eine Frau schienen an einem Tisch zu sitzen; das Bild war unscharf, und deshalb setzte Lloyd seine Sonnenbrille ab. Sogleich blendete ihn die strahlende Helligkeit des Tableaus, die den Mann, der am anderen Ende des Tisches immer noch über sein Kreuzworträtsel gebeugt war, fast ausstach.

Einer der beiden eingefrorenen Männer war jünger als die beiden anderen Personen und saß etwas abseits. Er rauchte, denn eine Zigarette lag auf der Tischkante, ihr Ende nur wenige Millimeter über die hölzerne Tafel hinausragend. Der ältere Mann und die Frau gehörten zusammen, denn die Hand der Frau lag in der des Mannes, und er beugte sich nach vorne, ihr Handgelenk zu küssen. Seine Lippen ruhten auf ihrem Arm, und seine Augen waren geschlossen. Die Frau, noch schlank und attraktiv, obwohl allem Anschein nach schon in den Vierzigern, schien Gefallen daran zu haben, denn sie lächelte; aber sie blickte nicht auf ihren Freund. Statt dessen sah sie über den Tisch hinweg zu dem jungen Mann, der, ein Bierglas an den Lippen, den Kuß aufmerksam verfolgte. Zwischen ihnen auf dem Tisch standen das unberührte Dunkle des Mannes und das Portweinglas der Frau. Sie hatten Kartoffelchips gegessen: eine zerknitterte Papiertüte und das blaue Salzpäckchen lagen im Aschenbecher. Der Rauch aus der Zigarette des jungen Mannes hing, grau und sich kringelnd, bewegungslos in der Luft, und ein Stückchen Asche, das zu Boden fiel, war einige Zentimeter über dem Boden im Flug verhalten.

»Willst du was, Kumpel?« Der Mann mit dem Kreuzworträtsel hatte ihn gefragt.

Lloyd setzte sich die Sonnenbrille mit unziemlicher Hast wieder auf. Er merkte, daß er in den letzten Sekunden den Eindruck gemacht haben mußte, als ob er den Mann anstarre.

»Entschuldigen Sie«, sagte er und griff zurück auf das, was er immer sagte, wenn eine solche peinliche Situation entstand. »Ich dachte, Sie wären jemand, den ich kenne.«

Der Mann blinzelte kurzsichtig zu ihm herüber. »Also, Sie hab' ich bestimmt noch nie gesehen.«

Lloyd nickte vage und ging weiter zur Tür. Flüchtig fiel sein Blick noch einmal auf die Eingefrorenen. Der junge Mann mit dem Bierglas, der ungeniert beobachtete; der Mann, der den Arm küßte, sich so weit vorbeugend, daß sein Oberkörper fast horizontal war; die Frau lächelnd, den jungen Mann anschauend und die Aufmerksamkeit genießend, die ihr gezollt wurde; der Zigarettenrauch statisch.

Lloyd trat durch die Tür ins Sonnenlicht hinaus.

Juni 1903.
»Ihre Mutter wünscht, daß ich Ihre Schwester heirate«, sagte Thomas.

»Ich weiß. Charlotte will das aber nicht.«

»Ich auch nicht. Darf ich mich nach Ihren Gefühlen in dieser Angelegenheit erkundigen?«

»Nun, sagen wir so: Ich habe nicht den Standpunkt meiner Mutter.«

Sie gingen langsam, ungefähr einen Meter getrennt voneinander. Beide hefteten im Gehen ihre Blicke auf den Kies am Boden; sie sahen sich nicht an. Sarah drehte ihren Schirm in der Hand, seine Troddeln wirbelten herum. Jetzt, bei den Wiesen am Fluß, waren sie fast allein; Waring und Charlotte folgten ihnen in ungefähr zweihundert Metern Abstand.

»Würden Sie sagen, daß wir füreinander Fremde sind, Sarah?«

»Wie meinen Sie das? Nach welchen Maßstäben?« Sie hatte etwas gezögert, bevor sie antwortete.

»Nun, zum Beispiel ist dies das erste Mal, daß uns eine gewisse Vertraulichkeit gegönnt ist.«

»Und das durch eine List«, sagte Sarah.

»Wie meinen Sie?«

»Ich habe gesehen, wie Sie Ihrem Cousin ein Zeichen gaben.« Thomas spürte, wie er leicht errötete, aber er sagte sich, daß dies in der Helligkeit und Wärme des Nachmittags kaum auffallen werde. Auf dem Fluß hatte der Ruder-Achter gewendet und zog erneut an ihnen vorbei.

Nach einer kleinen Weile sagte Sarah: »Ich will nicht Ihrer Frage ausweichen, Thomas. Ich überlege, ob wir Fremde sind oder nicht.«

»Und was ist Ihre Antwort?«

»Ich meine, wir kennen uns ein bißchen.«

»Ich würde Sie gerne wiedersehen, Sarah. Das heißt, ohne List.«

»Charlotte und ich werden mit Mama reden. Wir haben schon viel über Sie diskutiert, Thomas, allerdings noch nicht mit Mama. Sie brauchen nicht zu befürchten, daß Sie Charlottes Gefühle verletzen. Sie mag Sie zwar, aber sie will doch noch nicht heiraten.«

Thomas, dessen Puls raste, fühlte eine Woge von Vertrauen in sich.

»Und Sie, Sarah?« fragte er. »Darf ich Ihnen weiter meine Aufwartung machen?«

Sie wandte sich in diesem Moment ab von ihm und stieg durch das hohe Gras am Wegrand. Er sah, wir ihr Rock in langem Schwung über das Gras glitt, und sah den leuchtenden rosaroten Kreis ihres Schirms. Ihre linke Hand hing locker an ihrer Seite herab, leicht über den Rock streifend.

Sie sagte: »Ihre Gesellschaft ist mir überaus angenehm, Thomas.«

Ihre Stimme war leise, doch erreichten ihre Worte ihn so, als hätte sie sie laut und deutlich in einem stillen Zimmer gesprochen.

Seine Antwort kam unverzüglich. Er riß den Strohhut vom Kopf und öffnete seine Arme weit.

»Liebste Sarah!« rief er. »Werden Sie mich heiraten?«

Sie wandte sich zu ihm, einen Augenblick lang war sie still und betrachtete ihn ernst. Ihr Schirm ruhte auf ihrer Schulter, drehte sich nicht mehr.

Dann, als sie sah, daß es ihm Ernst war, lächelte sie ein wenig, und Thomas sah, daß auch ihr das Blut in die Wangen geschossen war.

»Ja, natürlich werde ich das«, sagte Sarah.

Sie machte einen Schritt auf ihn zu, ihre linke Hand ausstreckend, und Thomas, den Strohhut noch in der hocherhobenen Linken, griff mit seiner rechten Hand nach der ihren.

Weder Thomas noch Sarah konnten gesehen haben, daß gerade in diesem Moment ein Mann vom Ufer her auf sie zugetreten war und mit einem kleinen schwarzen Instrument auf sie zielte.

August 1940.
Das Entwarnungssignal war noch nicht gegeben worden, doch schien die Stadt zum Leben zurückzukehren. Verkehr ging wieder über die Richmond-Brücke, und auf der Straße nach Isleworth bildeten wartende Menschen eine Schlange vor einem Lebensmittelgeschäft, während ein Lieferwagen am Randstein parkte. Jetzt, da er sich endlich auf seinen täglichen Weg machte, konnte sich Thomas leichter mit den Tableaus abfinden, und er nahm seine Sonnenbrille ab und steckte sie wieder in ihr Etui.

Mitten auf der Brücke die umkippende Kutsche. Der Kutscher, ein hagerer Mann mittleren Alters mit grünem Mantel und glänzendem Zylinder, hatte seinen linken Arm ausgestreckt, in der Hand die Peitsche, deren Schnur sich in anmutiger Kurve in die Luft schlängelte. Seine rechte Hand ließ schon die Zügel los und fuhr nach vorne zum harten Straßenboden, in dem verzweifelten Versuch, die Wucht seines Sturzes zu mildern. Hinten im Innern der Kutsche war eine ältere Dame, stark gepudert und verschleiert, in einem schwarzen Samtmantel. Als die Radachse brach, war sie von ihrem Sitz aus seitwärts geschleudert worden, vor Schreck hatte sie die Hände hochgerissen. Eins der beiden angeschirrten Pferde hatte offensichtlich nichts von dem Unfall bemerkt, es war mitten im Lauf eingefroren. Das andere hatte den Kopf zurückgeworfen und beide Vorderbeine hochgenommen. Seine Nüstern waren geweitet, und hinter den Scheuklappen waren die Augen zurückgerollt.

Als Lloyd die Straße überquerte, fuhr ein rotes Postauto durch das Tableau, der Fahrer merkte nichts.

Zwei Frieser warteten auf der flachen Rampe, die zum Uferweg führte, und als Lloyd den Weg in Richtung auf die entfernten Wiesen einschlug, folgten ihm die beiden Männer in kurzem Abstand.

Juni 1903 bis Januar 1935.
Aus dem Sommertag mit den beiden eingeschlossenen Liebenden wurde ein lange währender Augenblick.

Thomas James Lloyd, den Strohhut in der erhobenen Linken, seine andere Hand nach vorne greifend. Sein rechtes Knie war leicht gebeugt, als wolle er gerade niederknien, und sein Gesicht war voll Glück und Erwartung. Eine Brise schien sein Haar zu zerraufen, denn drei Strähnen standen in die Höhe, doch rührte dies von der Bewegung des Hutes. Ein winziges geflügeltes Insekt hatte sich auf seinem Rockaufschlag niedergelassen, eingefroren im Moment des Auffliegens, einen Fluchtinstinkt zu spät.

Vor ihm stand Sarah Carrington. Die Sonne schien über ihr Gesicht und glänzte auf den goldbraunen Locken, die unter ihrem Hut hervorfielen. Ein Fuß, auf Thomas zuschreitend, ragte unter dem Saum ihres Rockes hervor, in einen geknöpften Stiefel gehüllt. Ihre Rechte streckte einen rosafarbigen Schirm von ihrer Schulter weg, als ob sie ihn vor Freude schwenken wolle. Sie lachte, und ihre weichen braunen Augen blickten voll Zuneigung auf den jungen Mann vor ihr.

Ihrer beider Hände streckten sich einander entgegen. Sarahs Linke war ein paar Zentimeter von seiner Rechten, ihre Finger krümmten sich schon in der Erwartung, die seine zu halten.

Thomas' Finger, hinausgreifend, zeigten an unregelmäßigen weißen Flecken, daß seine Hände eben noch vor Spannung und Erregung geballt gewesen waren.

Das Ganze: das hohe Gras, feucht noch vom Regen am Morgen, der blaßbraune Kies auf dem Weg, die wilden Blumen auf der Wiese, die Kreuzotter, die einen knappen Meter neben den beiden sich sonnte, ihre Kleider, ihre Haut ... alles verhalten in Farben, die von übernatürlichem Leuchten durchtränkt waren.

August 1940.
Das Brummen eines Flugzeugs kam näher.

Obwohl Flugzeuge zu seiner Zeit nicht bekannt waren, hatte sich Thomas Lloyd inzwischen an sie gewöhnt. Er wußte, daß es vor dem Krieg zivile Flugzeuge gegeben hatte, doch hatte er solche nie gesehen; seitdem hatte er nur militärische Flugzeuge gesehen. Wie jedermann in diesen Jahren war er mit dem Anblick der hohen schwarzen Formen vertraut und mit dem seltsam summenden, pochenden Geräusch der feindlichen Bomber. Täglich kam es zu Luftschlachten über dem Südosten Englands; manchmal entkamen die Bomber den Jagdflugzeugen, manchmal nicht.

Er warf einen Blick zum Himmel. Während er im Pub gewesen war, waren die Kondensstreifen, die er vorher gesehen hatte, verschwunden; weiter nördlich war jedoch ein neues weißes Muster erschienen.

Lloyd wanderte auf der Seite von Middlesex den Fluß entlang. Wenn er über den Fluß blickte, konnte er sehen, wie sich die Stadt seit seiner Zeit ausgedehnt hatte: Auf der Surrey-Seite waren die Bäume, die einst die Häuser verdeckt hatten, verschwunden, an ihrer Stelle waren jetzt Läden und Büros. Diesseits, wo die Häuser etwas zurückgesetzt vom Fluß gewesen waren, hatte man neue Häuser näher ans Wasser herangebaut. Soweit er sehen konnte, hatte nur das Bootshaus aus seiner Zeit überdauert, und es bedurfte ganz dringend eines neuen Anstrichs.

Er war im Schnittpunkt von Vergangenheit, Gegenwart und Zukunft: Nur das Bootshaus und der Fluß selbst waren so klar umrissen wie er. Die Frieser, aus einer unbekannten Periode der Zukunft kommend, so ätherisch für den gewöhnlichen Menschen wie seine Tagträume, bewegten sich wie Schatten durch Licht und stahlen Augenblicke mit ihren geheimnisvollen Apparaten. Die Tableaus selbst, reglos, isoliert, substanzlos, in einer Ewigkeit des Schweigens wartend auf jene Wesen aus der Zukunft, die kämen, sie zu sehen.

Und all dies umgreifend: eine ruhelose Gegenwart, besessen vom Krieg.

Thomas Lloyd, weder der Vergangenheit noch der Gegenwart zugehörig, sah sich selbst als Produkt von beiden und als ein Opfer der Zukunft.

Dann kamen, von hoch über der Stadt, der Krach einer Explosion und das Brüllen von Motoren, und die Gegenwart drängte sich scharf in Lloyds Bewußtsein. Ein britisches Kampfflugzeug drehte ab nach Süden, und ein deutscher Bomber stürzte brennend aus dem Himmel. Nach einigen Sekunden gelang zwei Männern der Ausstieg aus dem Flugzeug, und ihre Fallschirme öffneten sich.

Januar 1935.
Wie wenn er von einem Traum erwachte, so erlebte Thomas einen Augenblick des Erinnerns und Verstehens, der aber sogleich zerrann.

Vor sich sah er Sarah, die ihm die Hand reichte; er sah das grelle Leuchten der gesteigerten Farben; er sah die Stille des gefrorenen Sommertags.

Schwächer wurde das Bild, während er schaute; er schrie Sarahs Namen. Sie rührte sich nicht, antwortete nicht; sie blieb unbeweglich; und das Licht um sie herum dunkelte.

Thomas schwankte, eine große Schwäche überkam seine Glieder, er fiel zu Boden. Es war nun Nacht, dicker Schnee lag auf den Wiesen an der Themse.

August 1940.

Bis zum Moment der Bodenberührung fiel der Bomber in vollkommenem Schweigen. Beide Motoren hatten ausgesetzt, obwohl nur einer brannte; Flammen und Rauch schlugen aus dem Rumpf und hinterließen eine dicke schwarze Spur quer über den Himmel. Das Flugzeug krachte bei der Biegung des Flusses zu Boden, es gab eine gewaltige Explosion. Inzwischen trieben die beiden Deutschen, die sich aus dem Flugzeug gerettet hatten, über den Richmond-Hügel, an ihren Fallschirmen leise vom Wind geschaukelt. Lloyd beschattete seine Augen mit den Händen und versuchte zu sehen, wo sie landen würden. Der eine war vor seinem Sprung noch weiter vom Flugzeug mitgenommen worden als der andere und war nun viel näher; langsam trieb er dem Flusse zu.

Die Zivilschutzbehörden der Stadt wußten offensichtlich Bescheid; denn bald nachdem die Fallschirme aufgetaucht waren, hörte Lloyd schon die Glocken von Polizei- und Feuerwehrautos.

In der Nähe von Lloyd kam es zu einer Bewegung, und er drehte sich um. Zu den beiden Friesern, die ihm gefolgt waren, hatten sich zwei weitere gesellt; einer von ihnen war die Frau, die er im Pub gesehen hatte. Der Frieser, der der jüngste zu sein schien, hatte schon seinen Apparat in Anschlag gebracht, über den Fluß gerichtet, doch die anderen drei redeten auf ihn ein. (Lloyd konnte die Bewegung ihrer Lippen und ihren Gesichtsausdruck sehen, doch wie immer konnte er sie nicht hören.) Der junge Mann schob die ihn zurückhaltende Hand eines der anderen Männer beiseite und ging den Uferhang zum Wasser hinunter.

Einer der Deutschen kam am Rand des Richmond-Parks herab, er verschwand jenseits der Häuser auf dem Rücken des Hügels außer Sicht; der andere, von einer plötzlichen Luftströmung noch einmal aufgehoben, trieb nun hinaus über den Fluß; nur noch etwa 15 Meter war er über dem Wasser. Lloyd konnte sehen, wie der deutsche Flieger an den Schnüren des Fallschirms zerrte, in dem verzweifelten Versuch, sich zum Ufer zu steuern. Das weiße Tuch wurde schlaff, und er fiel schneller.

Der junge Frieser am Flußufer machte sein Gerät bereit, offensichtlich mit Hilfe eines Reflexbildes innerhalb des Apparates zielend. Einen Augenblick später wurden die Anstrengungen des Deutschen, sich vor dem Sturz ins Wasser zu bewahren, in einer Weise belohnt, die er nicht hatte vorhersehen können: drei Meter über dem Wasser wurde er, der die Knie angezogen hatte, um dem Aufprall auf das Wasser die Wucht zu nehmen, und mit einem Arm winkte, im Fluge eingefroren.

Der Frieser senkte das Instrument, und Lloyd starrte über das Wasser auf den Unglücklichen, der in der Luft hing.

Januar 1935.
Die Verwandlung eines Sommertags in eine Winternacht war noch die geringste Veränderung, mit denen Thomas Lloyd es zu tun hatte, nachdem er wieder zu Bewußtsein gekommen war. Innerhalb einer Zeitspanne, die ihm nur für wenige Sekunden galt, war er aus einer Welt der Stabilität, des Friedens und Wohllebens in eine andere geworfen worden, in der Gewalt und Hektik vorherrschten. In derselben Zeitspanne hatte er die Geborgenheit einer gesicherten Zukunft verloren und war arm geworden. Das Schmerzlichste aber war, daß seine Liebe zu Sarah aufgrund eines mysteriösen Geschicks unerfüllt geblieben war.

Nur die Nacht befreite ihn vom Anblick der Tableaus, und Sarah war noch die Gefangene der erstarrten Zeit.

Kurz vor Morgengrauen kam er zu Bewußtsein, und, nicht verstehend, was ihm widerfahren war, ging er langsam nach Richmond zurück. Bald ging die Sonne auf, und als das Licht auf die Tableaus fiel, die über Wege und Straßen verstreut waren, und auf die Frieser, die immer unterwegs waren in ihrer Halbwelt einsickernder Zukunft, erkannte Lloyd weder, daß sie sein Mißgeschick verursacht hatten, noch, daß seine Fähigkeit, die Tableaus und die Frieser wahrzunehmen, selbst ein Produkt seiner Verwandlung war.

In Richmond fand ihn ein Polizist und brachte ihn ins Krankenhaus. Während hier die Lungenentzündung behandelt wurde, die er sich im Schnee geholt hatte, und später der Gedächtnisverlust, der die einzige Erklärung für seinen Zustand zu sein schien, sah Thomas Lloyd die Frieser bei ihrem Geschäft in Sälen und Korridoren. Auch hier die Tableaus: ein Sterbender, der vom Bett fiel; eine junge Krankenschwester – in einer Uniform aus der Zeit der Jahrhundertwende –, eingefroren, während sie ein Krankenzimmer verließ, ihre Stirn in tiefen Sorgenfalten; ein Kind, das im Garten der Rekonvaleszenten mit einem Ball spielte.

Während seine körperliche Gesundheit wiederhergestellt wurde, bemächtigte sich seiner der zwanghafte Drang, zu den Wiesen beim Fluß zurückzukehren, und noch vor seiner völligen Genesung entließ er sich selbst aus dem Krankenhaus und ging geradewegs dorthin.

Der Schnee war inzwischen geschmolzen, aber es war noch kalt, und der Boden war gefroren. Draußen beim Fluß, wo Gras sich neben dem Pfad ausbreitete: das stillgestellte Fragment eines Sommers und in seiner Mitte Sarah.

Er konnte sie sehen, aber sie ihn nicht; er konnte die Hand ergreifen, auf die er ein Anrecht hatte, doch seine Finger glitten haltlos durch die Illusion; er konnte um sie herumgehen, scheinbar durch grünes Sommergras tretend, und dabei die Kälte des gefrorenen Bodens durch seine dünnen Schuhsohlen spüren.

Und wie die Nacht kam, so wurde dieses Stück Vergangenheit unsichtbar, und Thomas war befreit von der Agonie der Vision.

Die Zeit verging, doch gab es keinen Tag, an dem er nicht den Uferweg entlangwanderte, um wieder und wieder vor dem Bilde Sarahs zu stehen und nach ihrer Hand zu greifen.

August 1940.
Der deutsche Flieger hing an seinem Fallschirm über dem Fluß, und Lloyd blickte wieder zu den Friesern. Sie schienen immer noch den Jüngsten aus ihrer Mitte zu kritisieren und waren doch vom Resultat seiner Aktion fasziniert. Sicherlich war es eines der dramatischsten Tableaus, die Lloyd selbst je gesehen hatte.

Jetzt, da der Mann eingefroren war, konnte man erkennen, daß seine Augen zugekniffen waren und daß er, den Sturz ins Wasser erwartend, seine Nase mit den Fingern zuhielt. Außerdem war jetzt auch zu sehen, daß er im Flugzeug verwundet worden war; denn Blut befleckte seine Fliegermontur.

Augenblicklich verstand Lloyd das besondere Interesse, das die Frieser an diesem unglücklichen Manne hatten, denn unversehens schmolz die Blase aus gefrorener Zeit, und der junge Deutsche fiel ins Wasser. Der Fallschirm faltete sich über ihm. Als er auftauchte, fuchtelte er wild mit den Armen herum, um sich von den ihn behindernden Schnüren zu befreien.

Es war nicht das erste Mal, daß Lloyd ein Tableau sich auflösen sah, doch bisher war das nie so schnell nach dem Einfrieren geschehen. Der Zeitpunkt der Auflösung war ihm immer als eine Sache des Zufalls erschienen, aber da er heute die Entfernung bemerkt hatte, aus welcher der Strahl auf den Mann abgeschickt worden war – mindestens 50 Meter –, vermutete er, daß die Lebensdauer eines Tableaus von der Entfernung zwischen Opfer und Frieser abhing. (Er selbst war seinem eigenen Tableau entronnen; war Sarah dem Frieser näher gewesen, als der seinen Strahl auf sie gerichtet hatte?)

In der Flußmitte war es dem Deutschen nun gelungen, sich vom Fallschirm loszumachen, und er schwamm langsam zum gegenüberliegenden Ufer. Seine Landung mußte von den Behörden beobachtet worden sein, denn noch bevor er den Anlegesteg des Bootshauses erreichte, waren dort vier Polizisten von der Straße her aufgetaucht und halfen ihm aus dem Wasser. Er versuchte nicht, der Gefangennahme zu entgehen, sondern lag erschöpft auf dem Boden, auf eine Ambulanz wartend.

Lloyd erinnerte sich an das einzige Mal, da er bislang die schnelle Auflösung eines Tableaus erlebt hatte. Ein Frieser hatte mit seinem Eingriff einen Verkehrsunfall verhindert: Ein Mann, der achtlos in die Fahrbahn eines heransausenden Wagens getreten war, war mitten im Schritt eingefroren worden. Obwohl der Fahrer des Wagens abrupt gestoppt und sich nach dem Mann umgesehen hatte, den er gleich überfahren hätte, mußte er wohl zu dem Schluß gekommen sein, sich den Unfall eingebildet zu haben; denn schließlich fuhr er weiter. Nur Lloyd mit seiner Fähigkeit, die Tableaus zu sehen, konnte den Mann erkennen: zurückweichend, die Arme hochgeworfen in Todesangst, auf das Auto starrend, das er zu spät bemerkt hatte. Als Lloyd drei Tage später wieder an dieser Stelle vorbeikam, hatte sich das Tableau aufgelöst, und der Mann war weg. Wie Lloyd – und wie jetzt der deutsche Flieger – würde er in einer Halbwelt leben, in der Vergangenheit, Gegenwart und Zukunft in irritierender Weise koexistierten. Lloyd beobachtete, wie das Tuch des Fallschirms mit dem Wasser dahintrieb, bis es schließlich sank, und drehte sich dann um, bereit, seine Wanderung zu den Wiesen fortzusetzen. Dabei stellte er fest, daß noch mehr Frieser diesseits des Flusses erschienen waren, daß sie hinter ihm gingen, ihm folgten.

Als er die Biegung des Flusses erreichte, von wo aus er immer schon den ersten Blick auf Sarah werfen konnte, sah er, daß der Bomber auf die Wiese gestürzt war. Die Explosion beim Aufprall hatte das Gras in Brand gesetzt, und der Rauch vom brennenden Gras und vom Wrack verwehrte ihm die Sicht.

Januar 1935 bis August 1940.
Thomas Lloyd verließ Richmond nicht mehr. Er lebte bescheiden, nahm Gelegenheitsarbeiten, versuchte, in keiner Weise aufzufallen.

Die *Vergangenheit*? Er fand heraus, daß am 22. Juni 1903 sein offenkundiges Verschwinden mit Sarah zu dem Schluß geführt hatte, er habe sich mit ihr davongemacht. Sein Vater, William Lloyd, Oberhaupt der angesehenen Familie aus Richmond, hatte ihn enterbt. Colonel und Mrs. Carrington hatten eine Belohnung für seine Festnahme ausgesetzt, doch im Jahre 1910 hatten sie die Gegend verlassen. Thomas fand auch heraus, daß sein Vetter Waring Charlotte nicht geheiratet hatte und daß er nach Australien ausgewandert war. Seine eigenen Eltern waren beide tot, seine Schwester unauffindbar, und das Haus der Familie war verkauft und abgerissen worden.

(An jenem Tag, als er die alten Nummern der örtlichen Zeitung las, stand er bei Sarah, von Kummer überwältigt.)

Die Zukunft? Sie war ein allgegenwärtiger Eindringling. Sie existierte auf einer Ebene, auf der nur diejenigen, die eingefroren gewesen und dann davongekommen waren, sie wahrnehmen konnten. Sie existierte in Form von Wesen, die kamen, um die Bilder der Gegenwart einzufrieren.

(Als ihm zum erstenmal aufging, was diese schattenhaften Wesen, die er Frieser nannte, sein könnten, stand er neben Sarah und schaute mit beschützendem Blick umher. An jenem Tag war einer der Frieser, als ob er Lloyds Ahnung spürte, das Flußufer entlanggekommen und beobachtete den jungen Mann und seine in die Zeit eingeschlossene Geliebte.)

Die Gegenwart? Lloyd gab nichts auf die Gegenwart und teilte sie nicht mit ihren Bewohnern. Sie war gewalttätig, fremd, erschreckend. Die Maschinen und Menschen wirkten bedrohlich. Für ihn war die Gegenwart so vage wie die beiden anderen Dimensionen der Zeit. Nur die Vergangenheit und ihre gefrorenen Bilder bedeuteten ihm etwas.

(Als er zum erstenmal die Erosion eines Tableaus sah, rannte er den ganzen Weg hinaus zu den Wiesen und stand lange bis in den Abend hinein, unablässig nach der ersten Spur von Substanz in Sarahs ausgestreckter Hand tastend.)

August 1940.
Nur auf den Wiesen am Fluß, wo die Stadt fern war und die Häuser hinter Bäumen verborgen, fühlte sich Thomas eins mit der Gegenwart. Hier flossen Vergangenheit und Gegenwart ineinander, denn wenig hatte sich seit seinen Jugendjahren geändert. Hier konnte er vor dem Bilde Sarahs stehen und sich einbilden, es sei noch jener Sommertag des Jahres 1903 und er noch der junge Mann mit dem erhobenen Strohhut und dem sich beugenden Knie. Hier sah er auch nur selten Frieser, und die wenigen Tableaus (ein Stück weiter des Weges war ein älterer Angler eingefroren worden, als er gerade eine Forelle aus dem Strom zog; weiter drüben, in Richtung Twickenham, ging ein kleiner Junge im Matrosenanzug schmollend mit

seinem Kindermädchen spazieren) konnte er als einen natürlichen Teil der Welt, die er gekannt hatte, akzeptieren.

Heute jedoch war die Gegenwart gewaltsam eingedrungen. Bruchstücke des explodierenden Bombers lagen über die Wiesen verstreut. Schwarzer Rauch aus dem Wrack verbreitete sich in einer öligen Wolke über dem Fluß, und das schwelende Gras schickte weiße Schwaden hinterher. Ein Großteil des Bodens war schon versengt.

Sarah sah er nicht, irgendwo war sie von Rauch verhüllt.

Thomas hielt inne und zog ein Tuch aus seiner Tasche. Er beugte sich über den Rand des Flusses und tauchte es ins Wasser; dann, nachdem er es ausgewrungen hatte, hielt er es sich vor Nase und Mund.

Ein Blick hinter sich zeigte ihm, daß inzwischen acht Frieser bei ihm waren. Sie kümmerten sich jedoch nicht um ihn und gingen unempfindlich für den Rauch, weiter, an ihm vorbei, während er seine Vorbereitungen traf. Sie zogen durch das brennende Gras und näherten sich dem größten Teil des Wracks. Einer der Frieser machte sich schon an seinem Instrument zu schaffen.

Eine Brise war in den letzten Minuten aufgekommen, trieb den Rauch rascher vom Feuer weg und drückte ihn zu Boden. Da entdeckte Thomas Sarahs Bild über dem Rauch. Er rannte auf sie zu, alarmiert durch die Nähe des brennenden Flugzeugs, obwohl er wußte, daß Feuer, Explosion und Rauch ihr nichts anhaben konnten.

Seine Füße warfen brennendes Gras auf, und gelegentlich trieb der sprunghafte Wind ihm Rauchschwaden um den Kopf. Tränen traten ihm in die Augen, und obwohl sein nasses Taschentuch ihm als Filter gegen den Grasrauch half, mußte er husten und würgen, als die öligen Schwaden von dem abgestürzten Flugzeug beißend in seine Atemwege drangen.

Schließlich entschloß er sich zu warten. Sarah war sicher in ihrem Kokon aus gefrorener Zeit, und es war sinnlos, sich an den Rand des Erstickens zu wagen, nur um bei ihr zu sein, wenn in wenigen Minuten das Feuer sowieso ausgehen würde.

Er zog sich zurück an den Rand der brennenden Fläche,

wusch sein Taschentuch im Fluß aus und setzte sich, um zu warten.

Die Frieser erkundeten das Wrack mit größtem Interesse, anscheinend durch Rauch und Flammen hindurchgleitend, um ins tiefste Innere des Brandes vorzudringen.

Eine Glocke bimmelte von rechts, und einen Augenblick später hielt eine Feuerwehr auf dem schmalen Weg, der auf der fernen Seite der Wiese verlief. Einige Feuerwehrmänner kletterten heraus und spähten über die Wiese auf das Wrack. Thomas sank der Mut, denn er ahnte nun, was passieren würde. Er hatte verschiedentlich in Zeitungen Fotos abgestürzter deutscher Flugzeuge gesehen; unweigerlich wurden sie stets unter militärische Bewachung gestellt, bis die Stücke zur Untersuchung abgeholt werden konnten. Sollte dies auch hier geschehen, so wäre ihm der Besuch bei Sarah für einige Tage versperrt.

Doch noch konnte er zu ihr. Er war zu weit weg, um verstehen zu können, was die Feuerwehrleute sagten, aber es sah so aus, als würde kein Versuch unternommen werden, das Feuer zu löschen. Rauch drang noch aus dem Rumpf, doch die Flammen waren erstickt, und der meiste Rauch kam nun vom Gras. Da keine Häuser in der Nähe waren und da der Wind zum Fluß hin blies, war es nicht sehr wahrscheinlich, daß das Feuer sich ausbreiten würde.

Er stand wieder auf und ging schnell auf Sarah zu.

In wenigen Augenblicken hatte er sie erreicht, und sie stand vor ihm: die Augen leuchtend im Sonnenlicht, den Schirm erhoben, den Arm ausgestreckt. Sie war in einer Zone der Sicherheit; obwohl Rauch durch sie hindurchzog, war das Gras, auf dem sie stand, grün, feucht und kühl. Wie jeden Tag seit mehr als fünf Jahren schaute Thomas sie an und wartete auf ein Zeichen der Erosion des Tableaus. Wie schon oft zuvor trat er in die Zeitblase hinein. Obwohl sein Fuß auf das Gras von 1903 zu treten schien, leckte eine Flamme an seinem Bein hoch, und er mußte zurücktreten.

Thomas sah einige der Frieser auf sich zukommen. Offensichtlich hatten sie die Besichtigung des Wracks zu ihrer Zufriedenheit abgeschlossen und nichts davon für wert befunden, eingefroren zu werden. Thomas versuchte, sie zu ignorieren, doch ihr unheilvolles Schweigen konnte man sich nicht so leicht aus dem Sinn schlagen.

Rauch quoll um ihn herum, Rauch, der voll war von dem betäubenden Geruch brennenden Grases, und wieder blickte er auf Sarah. Wie die Zeit in jenem Moment um sie herum verhalten worden war, so auch seine Liebe zu ihr. Die Zeit hatte sie nicht abgetragen, hatte sie vielmehr bewahrt.

Die Frieser beobachteten ihn. Thomas bemerkte, daß die acht verschwommenen Figuren, die keine drei Meter von ihm entfernt standen, ihm aufmerksam zusahen. Dann schrie von der abgelegenen Seite der Wiese einer der Feuerwehrmänner etwas zu ihm herüber. Es mußte so aussehen, als stünde er hier allein; niemand konnte das Tableau sehen, niemand wußte von den Friesern. Der Feuerwehrmann ging auf ihn zu, mit einem Arm winkend, ihm zurufend, er solle sich entfernen. Er würde eine Minute oder länger brauchen, um heranzukommen, und das war Zeit genug für Thomas.

Einer der Frieser machte einen Schritt nach vorne, und Thomas sah, wie inmitten des Rauches der eingeschlossene Sommer zu zerrinnen begann. Rauch kam unter Sarahs Füßen hervor, und Flammen züngelten durch das feuchte, zeitverschlossene Gras um ihre Knöchel. Er sah, wie der Stoff am unteren Ende ihres Rockes zu glimmen begann.

Und ihre Hand, ausgestreckt auf ihn zu, senkte sich.

Der Schirm fiel zu Boden.

Sarahs Kopf sackte vornüber, doch sofort kam sie zu Bewußtsein ... und der Schritt auf ihn zu, vor siebenunddreißig Jahren begonnen, wurde vollendet.

»Thomas?« Ihre Stimme war klar, unberührt.

Er neigte sich zu ihr.

»Thomas! Der Rauch! Was ist das?«

»Sarah ... Liebste!«

Als sie in seinen Armen lag, bemerkte er, daß ihr Rock Feuer gefangen hatte, doch er legte seine Arme um ihre Schultern und liebkoste sie zärtlich. Er fühlte ihre Wange, noch warm von dem Blut, das sie vor so vielen Jahren gerötet hatte, sich an die seine schmiegen. Ihr Haar fiel lose unter ihrem Hut hervor und über sein Gesicht, und der Druck ihrer Arme um seine Hüften war nicht geringer als der Druck der seinigen.

Undeutlich sah er eine graue Bewegung hinter ihnen, und schon waren alle Geräusche verstummt, und der Rauch wirbelte nicht mehr. Die Flamme, die den Saum ihres Rockes ergriffen hatte, starb, und die Sommersonne, die sie wärmte, schien milde im Tableau. Vergangenheit und Zukunft wurden eins, die Gegenwart ausgewischt, Leben stillgestellt, Leben für immer.

Originaltitel: »An Infinite Summer«
Copyright © 1976 by Christopher Priest
Aus dem Englischen übersetzt von René Mahlow
Copyright © 1979 der deutschen Übersetzung
by Wilhelm Heyne Verlag, München
(aus: Wolfgang Jeschke [Hrsg.], »Spinnenmusik«)

BRIAN W. ALDISS

Der Mann in seiner Zeit

Seine Abwesenheit

Janet Westermark saß in dem Büro und betrachtete die drei
Männer: den Direktor, der bald aus ihrem Leben verschwinden
würde, den Verhaltenspsychologen, der eben erst in ihr Leben
trat, und ihren Mann, dessen Leben mit dem ihren parallel lief,
aber von ihrem isoliert war.

Sie war nicht die einzige, die in die Betrachtung anderer versunken war. Der Verhaltenspsychologe, Clement Stackpole mit
Namen, saß zusammengesunken in seinem Sessel, hatte seine
häßlichen großen Hände über dem Knie gefaltet und schob
sein intelligentes, affenartiges Gesicht vor, um sein neues For-
schungsobjekt, Jack Westermark, noch besser in Augenschein
nehmen zu können.

Der Direktor der Forschungsklinik für Nervenkrankheiten
sprach lebhaft und engagiert. Jack Westermark schien wie
gewöhnlich gar nicht anwesend zu sein.

Ihr spezielles Problem, unruhig

Seine Hände lagen ruhig in seinem Schoß, aber er selbst war
unruhig, obwohl seine Unruhe gelenkt schien. Es war, als befände er sich in einem anderen Raum, unter anderen Menschen, dachte Janet. Sie stellte fest, daß er ihr in die Augen
schaute, wenn sie ihn gar nicht ansah, und wenn sie seinen Blick
erwiderte, schaute er schon wieder woanders hin.

»Wenn Mr. Stackpole sich auch bisher noch nicht mit Ihrem speziellen Problem befaßt hat«, sagte der Direktor gerade, »so verfügt er doch über umfangreiche Erfahrungen. Ich
weiß ...«

»Das wird bestimmt nicht der Fall sein«, sagte Westermark,
faltete die Hände und nickte fast unmerklich.

Der Direktor notierte sich die Bemerkung rasch mit einem Bleistift, schrieb die genaue Uhrzeit daneben und fuhr fort: »Ich weiß, Mr. Stackpole wäre zu bescheiden, um das selbst von sich zu behaupten, aber er ist sehr geschickt darin, sich in neue Fälle einzuarbeiten ...«

»Wenn Sie meinen, daß es nötig ist«, sagte Westermark. »Ich habe allerdings für eine Weile genug von Ihren Geräten.«

Der Bleistift glitt übers Papier, die sanfte Stimme sprach weiter. »Schön. Sehr geschickt darin, sich in neue Fälle einzuarbeiten, und ich bin überzeugt, daß Sie und Mr. Westermark bald froh sein werden, ihn in Ihrer Nähe zu haben. Vergessen Sie nie, daß er dazu da ist, Ihnen beiden zu helfen.«

Janet versuchte, ihn und Stackpole gleichzeitig anzulächeln, und sagte von der Insel ihres Sessels her. »Ich glaube bestimmt, daß alles gutgehen wird ...«

Sie wurde von ihrem Mann unterbrochen, der sich erhob, die Arme sinken ließ, sich leicht zur Seite wandte und ins Leere sprach: »Hätten Sie etwas dagegen, wenn ich mich noch von Schwester Simmons verabschiede?«

Ihre Stimme zitterte nicht mehr

»Es wird sich alles einrenken, da bin ich ganz sicher«, sagte sie hastig. Und Stackpole nickte ihr zu, verschwörerisch bestätigend, daß er ihren Standpunkt verstehe.

»Wir werden allesamt gut miteinander auskommen, Janet«, sagte er. Sie war noch damit beschäftigt, sich von der Überraschung darüber zu erholen, daß er sie einfach mit ihrem Vornamen angeredet hatte, und der Direktor schenkte ihr nun auch dieses aufmunternde Lächeln, mit dem schon so viele Leute sie bedacht hatten, seit Westermark vor Casablanca aus dem Meer gefischt worden war, da hörte sie ihren Mann, der noch immer sein einsames Gespräch mit der Luft führte, sagen: »Natürlich, das hatte ich ganz vergessen.«

Er hob die rechte Hand, um sie an die Stirn zu führen – oder ans Herz? fragte sich Janet –, ließ sie aber auf halbem Wege wieder sinken und fuhr fort: »Vielleicht kommt sie uns einmal besuchen.« Jetzt drehte er sich um, lächelte in einer anderen Richtung ins Leere und sagte mit einem fast unmerklichen

Nicken, so also müsse er seinem Gesprächspartner zureden: »Du würdest dich doch darüber freuen, Janet, nicht wahr?«

Sie drehte den Kopf in dem instinktiven Versuch, seinem Blick zu begegnen, und erwiderte zaghaft: »Natürlich, Liebling.« Ihre Stimme zitterte nicht mehr, als sie diese Worte sagte, die nicht mehr auf die Aufmerksamkeit ihres Mannes rechnen konnten.

Sonnenlicht, durch das sie einander sehen konnten

In einer Ecke des Zimmers war Sonnenlicht, das durch die Fenster eines Erkers auf der Sonnenseite hereinfiel. Einen Augenblick lang, während sie sich erhob, sah sie das Profil ihres Mannes im Gegenlicht. Es war schmal und abweisend. Intelligent: Sie war schon immer der Meinung gewesen, daß seine Intelligenz ihn zu sehr belastete, aber jetzt kam noch dieser verlorene Blick hinzu, und sie dachte an die Worte des Psychiaters, der früher zu diesem Fall hinzugezogen worden war: »Sie müssen sich vor Augen halten, daß das wache Gehirn unablässig vom Unbewußten umspült ist.«

Vom Unbewußten umspült

Sie verscheuchte die Erinnerung und sagte zu dem Lächeln des Direktors gewandt – diesem Lächeln, das soviel zu seiner Karriere beigetragen haben mußte –, »Sie haben mir sehr geholfen. Ohne Sie hätte ich diese Monate nicht durchgestanden. Aber jetzt müssen wir gehen.«

Sie merkte, wie hastig sie die Sätze sprach, weil sie fürchtete, von Westermark unterbrochen zu werden – was auch geschah: »Vielen Dank für Ihre Hilfe. Wenn Sie irgend etwas herausfinden ...«

Stackpole ging bescheiden zu Janet hinüber, als der Direktor sich erhob und Janet und ihren Mann ermahnte: »Und denken Sie daran, daß wir jederzeit für Sie da sind, falls sich irgendwelche Probleme einstellen.«

»Das wird bestimmt nicht der Fall sein.«

»Und noch etwas, Jack. Wir möchten gerne, daß Sie einmal im Monat zu einer Kontrolluntersuchung zu uns kommen. Wir wollen nicht, daß all die teuren Geräte nutzlos herumstehen, wissen Sie; und außerdem sind Sie ja unser Star – äh – Patient.«

Er lächelte ziemlich gezwungen, während er sprach und schaute auf das Blatt Papier auf dem Schreibtisch, um sich über Westermarks Antwort zu vergewissern. Westermark kehrte ihm bereits den Rücken, Westermark ging bereits langsam zur Tür, Westermark hatte sich bereits verabschiedet, von der einsamen Höhe seiner Existenz aus.

Janet schaute den Direktor und Stackpole hilflos an, bevor sie den Impuls unterdrücken konnte. Es ärgerte sie, daß die beiden zu sehr Fachleute waren, um von der scheinbaren Unhöflichkeit ihres Mannes Notiz zu nehmen. Stackpole schaute sie etwas unbeholfen freundlich an und nahm mit einer seiner dicken Hände ihren Arm.

»Also gehen wir? Mein Wagen steht draußen.«

Nichts sagen, nicken, denken und auf Uhren schauen

Sie nickte, sagte nichts, dachte nur, ohne die Notizen des Direktors zu brauchen, um es zu denken: »Ach ja, an dieser Stelle hat er gesagt ›Hättet ihr etwas dagegen, wenn ich mich noch von Schwester‹ – wie war der Name? – ›Simpson? verabschieden würde?‹« Sie lernte allmählich, auf dem verfallenen Pfad des Gesprächs den Spuren ihres Mannes zu folgen. Er war jetzt auf dem Korridor, die Tür pendelte hinter ihm zu, und der Direktor sagte ins Leere hinein: »Sie hat heute ihren freien Tag.«

»Sie verpassen nie Ihren Einsatz«, sagte sie und spürte, wie die Hand sich um ihren Arm schloß. Sie machte sich vorsichtig los – schrecklich, dieser Stackpole – und versuchte sich zu erinnern, was vor nur vier Minuten gewesen war. Jack hatte etwas zu ihr gesagt; sie wußte es nicht mehr, sagte nichts, wich Blicken aus, streckte ihre Hand hin und schüttelte die des Direktors kräftig.

»Danke«, sagte sie.

»Auf Wiedersehen«, entgegnete er mit fester Stimme und vergewisserte sich rasch: Uhr, Notizen, sie, die Tür. »Selbstverständlich«, sagte er. »Wenn wir irgend etwas herausfinden. Wir sind sehr zuversichtlich ...«

Er zupfte seine Krawatte zurecht und sah wieder auf die Uhr.

»Ihr Mann ist jetzt draußen, Mrs. Westermark«, sagte er jetzt mit sanfterer Stimme. Er geleitete sie zur Tür und fügte hinzu:

»Sie waren sehr tapfer, und ich weiß – wir alle wissen –, daß Sie auch weiterhin tapfer sein müssen. Mit der Zeit wird es Ihnen nicht mehr so schwerfallen; wie läßt doch Shakespeare Hamlet sagen: ›Denn die Übung kann fast das Gepräge der Natur verändern.‹ Darf ich vorschlagen, daß Sie meinem und Stackpoles Beispiel folgen und ein Notizbuch führen, in das Sie die genauen Zeiten eintragen?«

Sie sahen, wie sie kaum merklich zögerte, standen neben ihr, zwei Männer neben einer gutaussehenden Frau, nicht gänzlich frei von eigennützigen Gedanken. Stackpole räusperte sich, lächelte und sagte: »Es besteht die Gefahr, daß er sich jetzt isoliert fühlt. Vor allem Sie müssen seine Fragen beantworten, sonst fühlt er sich isoliert.«

Immer einen Schritt voraus

»Und die Kinder?« fragte sie.

»Warten wir ab, bis Sie und Jack sich wieder zu Hause eingewöhnt haben, vielleicht zwei Wochen oder so«, sagte der Direktor, »bevor wir daran denken, ihn mit den Kindern zusammenzubringen.«

»Das ist die beste Lösung für die Kinder und Jack und auch für Sie, Janet«, pflichtete ihm Stackpole bei.

»Der macht sich's leicht«, dachte sie. »Trost habe ich weiß Gott nötig, aber das ist doch zu billig.« Sie wandte ihr Gesicht ab, weil sie spürte, daß sie in letzter Zeit ihre Gefühle kaum verbergen konnte.

Auf dem Korridor sagte der Direktor zum Abschied. »Bestimmt verzieht die Großmutter die Kleinen nach Strich und Faden, Mrs. Westermark, aber es hat keinen Zweck, sich Gedanken zu machen; davon wird es auch nicht besser.«

Sie lächelte ihm zu und entfernte sich rasch, immer einen Schritt vor Stackpole.

Westermark saß vor dem Verwaltungsgebäude im Fond des Wagens. Sie setzte sich neben ihn. Im selben Augenblick wurde er heftig nach hinten geschleudert.

»Was ist, Liebling?« fragte sie. Er antwortete nicht.

Stackpole war noch nicht herausgekommen; offenbar besprach er noch etwas mit dem Direktor. Janet benutzte die

Gelegenheit, um sich hinüberzubeugen und ihren Mann auf die Wange zu küssen; dabei war ihr klar, daß das – von seinem Standpunkt aus – eine Phantomfrau bereits getan hatte. Seine Reaktion war für sie phantomhaft.

»Wie grün die Landschaft ist«, sagte er. Sein Blick wanderte unstet über den grauen Betonbau gegenüber.

»Ja«, sagte sie.

Stackpole kam die Treppe heruntergerannt, entschuldigte sich, während er die Tür aufmachte, und setzte sich zurecht. Er ließ die Kupplung zu schnell kommen, und der Wagen machte einen Satz. Nun wußte Janet, warum es Westermark zuvor einen Ruck gegeben hatte. Jetzt reagierte er zum zweiten Mal auf die Beschleunigung; hilflos fiel sein Körper nach hinten. Während der Fahrt hielt er sich krampfhaft am Türgriff fest, weil die Reaktionen seines Körpers nicht auf die Bewegungen des Wagens abgestimmt waren.

Sie verließen das Institutsgelände und fuhren über das Land; es war ein schöner Tag mitten im August.

Seine Theorien

Wenn er sich konzentrierte, gelang es Westermark, sich einigen der Gesetze des Zeitkontinuums anzupassen, das er verlassen hatte. Als der Wagen, in dem er saß, die Auffahrt hinauffuhr (die ihm vertraut und doch fremd vorkam, mit den ungestutzten Rhododendronbüschen und ohne eine Spur von den Kindern) und vor der Haustür hielt, blieb er noch dreieinhalb Minuten sitzen, bevor er seine Tür zu öffnen wagte. Dann stieg er aus, stand auf dem Kies und schaute stirnrunzelnd auf ihn hinunter. Waren diese Steinchen genauso wirklich wie eh und je, genauso materiell? Waren sie nicht mit einem feinen glasigen Glanz überzogen – so als scheine etwas aus dem Innern der Erde durch, durch alle Dinge? Oder lag es daran, daß er durch einen Schirm von der übrigen Welt getrennt war? Er mußte sich für eine der Theorien entscheiden, denn nach einer von beiden mußte er sich in seinem Handeln richten. Er hoffte, daß die Durchdringungstheorie sich als richtig erweisen würde; in diesem Fall wäre er lediglich ein Faktor wie das Universum und die ganze übrige Menschheit gewesen. Nach der anderen Theorie war er nicht nur von der übrigen Menschheit, sondern vom gesamten Kosmos (mit Ausnahme von Mars?) isoliert. Er stand erst am Anfang; er mußte noch viel nachdenken, und zweifellos würden sich nach eingehender Beobachtung und Analyse neue Ideen einstellen. Er durfte sich nicht durch Gefühle beeinflussen lassen; er mußte objektiv bleiben. Es konnten durchaus revolutionäre Ideen aus diesem – diesem Leid erwachsen.

Er sah seine Frau neben sich stehen – ein paar Schritte von ihm entfernt, um einen peinlichen oder schmerzhaften Zusammenstoß mit ihm zu vermeiden. Er lächelte ihr schwach durch ihren Glanz hindurch zu. »Ja, der bin ich«, sagte er, »aber ich möchte nichts sagen.« Er ging auf das Haus zu und merkte, wie glatt sich der Kies unter seinen Füßen anfühlte, der sich erst bewegen würde, wenn die Welt aufgeholt hatte. »Ich halte sehr viel vom *Guardian*«, sagte er, »aber im Augenblick möchte ich nicht sprechen.«

Berühmter Astronaut kommt nach Hause

Als sie ankamen, wartete vor der Tür ein Mann auf sie; er hatte sich auf die Lauer gelegt, um Westermarks Heimkehr abzupassen. Mit einem zögernden, halb entschuldigenden Lächeln, aber trotzdem entschlossen, kam er den drei Leuten entgegen, die dem Wagen entstiegen waren, und sah sie fragend an.

»Verzeihen Sie, Sie sind Kapitän Westermark, nicht wahr?«

Er trat zur Seite, weil Westermark geradewegs auf ihn zuging, als sähe er ihn überhaupt nicht.

»Ich bin der psychologische Mitarbeiter des *Guardian*; darf ich Sie einen Augenblick belästigen?«

Westermarks Mutter hatte die Haustür aufgemacht und lächelte ihrem Sohn zur Begrüßung entgegen. Er ging an ihr vorbei. Der Zeitungsmann starrte ihm nach.

»Sie müssen uns entschuldigen«, sagte Janet zu ihm. »Mein Mann hat Ihnen geantwortet, aber er ist wirklich noch nicht in der Verfassung, mit Fremden zu sprechen.«

»*Wann* hat er geantwortet, Mrs. Westermark? Bevor er gehört hatte, was ich gesagt habe?«

»Nein, natürlich nicht. Aber sein Zeitbegriff ... Es tut mir leid, ich kann es nicht erklären.«

»Er lebt tatsächlich der Zeit voraus, nicht wahr? Hätten Sie vielleicht eine Minute Zeit für mich, um mir zu schildern, wie Sie sich jetzt fühlen, nachdem der erste Schock vorbei ist?«

»Sie müssen mich wirklich entschuldigen«, stieß Janet hervor und ließ ihn stehen. Während sie ihrem Mann ins Haus folgte, hörte sie Stackpole sagen: »Ich lese den *Guardian* – vielleicht kann ich Ihnen helfen? Das Institut hat mich mit der Aufgabe betraut, bei Kapitän Westermark zu bleiben. Mein Name ist Clement Stackpole – vielleicht kennen Sie mein Buch *Dauerhafte zwischenmenschliche Beziehungen*, bei Methuen. Aber Sie dürfen nicht sagen, Westermark lebe seiner Zeit voraus. Das ist völlig falsch. Vielmehr müßte man sagen, daß einige seiner psychologischen und physiologischen Prozesse irgendwie nach vorn transponiert wurden ...«

»Esel!« murmelte sie vor sich hin. Sie war auf der Schwelle stehengeblieben, um zu hören, was er sagte. Jetzt ging sie hinein.

Worte bleiben in der Schwebe in den langen Intervallen beim Abendessen

Das Abendessen verlief an diesem Tage nicht ungetrübt, obwohl Janet Westermark und ihre Schwiegermutter einen Hauch melancholischer Feststimmung geschaffen hatten, indem sie zwei skandinavische Kerzenleuchter, Souvenirs von einem Urlaub in Kopenhagen, auf den Tisch stellten und die beiden Männer mit einem hübschen Horsd'œuvre überraschten. Aber die Unterhaltung glich auch weitgehend einem Horsd'œuvre, dachte Janet: kleine Sprachhäppchen, Gaumenkitzel, nichts Nahrhaftes.

Die alte Mrs. Westermark hatte noch nicht den Dreh heraus, wie sie sich mit ihrem Sohn unterhalten sollte, und beschränkte ihre Bemerkungen auf Janet, obwohl sie oft genug zu Jack hinsah. »Wie geht's den Kindern?« fragte er sie. Sie wurde verlegen, weil sie wußte, daß er eine ganze Weile auf ihre Antwort wartete, geriet ins Stottern und ließ ihr Messer fallen.

Um das peinliche Schweigen zu überbrücken, legte Janet

sich gerade eine Bemerkung über den Charakter des Direktors der Klinik zurecht, als Westermark sagte: »Außerdem ist er zugleich rücksichtsvoll und gebildet. Eine erfreuliche Kombination, wie man sie bei Männern seines Typs selten findet. Ich habe den Eindruck gewonnen, wie du offenbar auch, daß er an seiner Arbeit genauso interessiert ist wie an seiner Beförderung. Man könnte fast sagen, daß man ihn *gern haben* muß. Aber Sie kennen ihn besser, Stackpole; was halten Sie von ihm?«

Um seine Verlegenheit darüber zu überspielen, daß er nicht wußte, von wem die Rede war, zerkrümelte Stackpole ein Stück Brot erwiderte: »Ach, ich weiß nicht recht; das ist schwer zu sagen«, suchte Zeit zu gewinnen und sah verstohlen auf die Uhr.

»Der Direktor ist wirklich charmant, findest du nicht Jack?« fragte Janet und half damit Stackpole vielleicht genausoviel wie Jack.

»Er ist auch der Typ für einen Ballmann«, sagte Westermark mit einer Betonung, der zu entnehmen war, daß er einer noch nicht gefallenen Bemerkung zustimmte.

»Ach, *der*!« sagte Stackpole. »Ja, im großen ganzen ist er ein ganz passabler Mensch.«

»Er hat Shakespeare zitiert und mir netterweise auch gesagt, wo das Zitat her ist«, sagte Janet.

»Nein, danke, Mutter«, sagte Westermark.

»Ich habe nur selten mit ihm zu tun«, fuhr Stackpole fort. »Allerdings habe ich ein paarmal mit ihm Kricket gespielt. Er ist ein guter Ballmann.«

»Ach, als Schläger spielen Sie?« rief Westermark aus.

Daraufhin verstummten sie. Jacks Mutter sah hilflos von einem zum anderen, fing den glasigen Blick ihres Sohnes auf und sagte: »Möchtest du nicht noch ein bißchen Sauce, Jack?« Dann fiel ihr ein, daß sie ihre Antwort schon bekommen hatte, ließ beinahe noch einmal das Messer fallen und gab endgültig den Versuch auf, noch weiterzuessen.

»Ich selbst bin Schläger«, sagte Stackpole brüsk in die abermals eingetretene Stille hinein. Als ihm niemand antwortete, redete er weiter, verbreitete sich über das Spiel und das Vergnügen, das es einem verschaffte. Janet saß da und sah ihn an, ein klein wenig verblüfft darüber, daß sie Stackpoles Erzähltalent bewunderte, und ein klein wenig verwundert über ihre leichte Verblüffung; dann stellte sie fest, daß sie zu dem Entschluß gekommen sei, Stackpole unsympathisch zu finden, und widerrief gleich darauf diese Entscheidung. War er nicht auf ihrer und Jacks Seite? Und auch die kräftigen, behaarten Hände waren nicht mehr ganz so abstoßend, wenn man sich vorstellte, wie sie den Gummigriff eines Kricketschlägers umschlossen; und die breiten Schultern ... Sie schloß für einen Moment die Augen und versuchte, sich auf seine Worte zu konzentrieren.

Selbst Schläger

Später kam ihr Stackpole auf dem Treppenabsatz im ersten Stock entgegen. Er hatte eine kleine Zigarre im Mund, sie hatte unter jedem Arm ein Kissen. Er vertrat ihr den Weg.

»Kann ich Ihnen irgendwie helfen, Janet?«

»Ich mache nur mein Bett, Mr. Stackpole.«

»Schlafen Sie denn nicht bei Ihrem Mann?«

»Er möchte die ersten paar Nächte allein sein, Mr. Stackpole. Ich schlafe vorläufig im Kinderzimmer.«

»Dann lassen Sie mich doch bitte die Kissen tragen. Und bitte, sagen Sie Clem zu mir. Alle meine Freunde nennen mich so.«

Sie versuchte, freundlicher zu sein, sich zu entkrampfen, daran zu denken, daß Jack sie ja nicht für immer aus dem Schlafzimmer verbannen wollte. Sie sagte: »Lieber nicht. Aber nur deshalb, weil wir einmal einen Terrier hatten, der Clem gerufen wurde.« Aber es klang nicht so, wie es sollte. Er legte die Kissen auf Peters blaugestrichenes Bett, knipste die Nachttischlampe an und setzte sich auf die Bettkante; er zog an der Zigarre und nahm sie dann aus dem Mund.

»Es ist mir ein bißchen peinlich, Janet, aber ich glaube, ich muß es Ihnen sagen.« Er schaute sie nicht an. Sie stellte ihm einen Aschenbecher hin und blieb vor ihm stehen.

»Wir sind der Meinung, daß die geistige Gesundheit Ihres Mannes leiden könnte, obwohl ich mich beeile hinzuzufügen, daß es keine Anzeichen dafür gibt, daß er sein seelisches

Gleichgewicht verlieren könnte, abgesehen von einer übertrieben intensiven Beschäftigung mit bestimmten Phänomenen
– aber auch hier können wir natürlich nicht sagen, daß dieses
Interesse stärker ist, als man annehmen möchte. Außer unter
völlig unnormalen Umständen, meine ich. Wir müssen in den
nächsten Tagen einmal darüber sprechen.«

Sie wartete darauf, daß er weitersprach, und beobachtete
nicht uninteressiert, wie er mit seiner Zigarre spielte. Dann sah
er ihr ins Gesicht und sagte: »Um offen zu sein, Mrs. Westermark, wir glauben, es würde Ihrem Mann helfen, wenn Sie
sexuelle Beziehungen mit ihm haben würden.«

Ein bißchen verschreckt stammelte sie: »Können Sie sich
vorstellen . . .« Dann korrigierte sie sich: »Da müßte mein Mann
schon die Initiative ergreifen. Ich lasse ja mit mir reden.«

Sie sah, daß er den letzten Satz absichtlich falsch auslegte. Er
wurde sehr direkt: »Davon bin ich überzeugt, Mrs. Westermark.«

Im Dunkeln lag sie in Peters Bett, lebendig

Sie lag im Dunkeln in Peters Bett. Natürlich fehlte er ihr: sehr
sogar, wie ihr immer klarer wurde, seit sie sich wieder getraute,
an diese Dinge zu denken. Während der langen Monate des
Marsfluges, als sie zu Hause geblieben war und er sich immer
weiter von zu Hause entfernt hatte, als er tatsächlich auf diesem
anderen Planeten existiert hatte, war sie ihm treu geblieben. Sie
hatte sich um die Kinder gekümmert, hatte Ausflüge in die Umgebung unternommen und hatte Spaß gehabt an den Artikeln,
die sie für Frauenzeitschriften schrieb, und an den Fernseh-
interviews, als das Raumschiff vom Mars gestartet war und auf
dem Rückflug zur Erde war. Sie hatte sich teilweise im Ruhe-
zustand befunden.

Dann kam die Nachricht – die man ihr zunächst verheim-
lichte – von Verständigungsschwierigkeiten mit der Besatzung
des Raumschiffes. Ein Sensationsblatt brach die Geheimhaltung
mit der Meldung, die neun Raumfahrer seien alle verrückt geworden. Und das Raumschiff hatte das Landungsgebiet verfehlt
und war in den Atlantik gestürzt. Ihre erste Reaktion war ganz
selbstsüchtig gewesen – nein, nicht selbstsüchtig, aber ichbe-

zogen: Er wird nie mehr mit mir schlafen. Und unendliche Liebe und Trauer.

Als er gerettet worden war, als einziger Überlebender, wie durch ein Wunder unverletzt, hatte sie neue Hoffnung geschöpft. Und seither hatte sie diese Hoffnung in sich verschlossen – so wie er in der Zeit eingeschlossen war. Sie versuchte sich vorzustellen, wie die Liebe von nun an sein würde; er würde alles zuerst erleben, bevor sie auch nur … Er würde den Höhepunkt erreichen, während sie … Nein, es war nicht möglich! Aber natürlich war es möglich, wenn sie nur zuvor vernünftig darüber sprachen; wenn sie sich einfach hinlegte … Aber was sie sich da vorzustellen versuchte, alles, was sie sich vorzustellen vermochte, war keine Umarmung, sondern nur eine formelle Unterwerfung unter die Erfordernisse der Drüsenfunktionen und des Zeitablaufs.

Sie setzte sich im Bett auf, sehnte sich nach Bewegung, nach Freiheit. Sie sprang aus dem Bett und machte das untere Fenster auf; es roch immer noch ein bißchen nach Zigarrenrauch in dem dunklen Zimmer.

Wenn sie vernünftig darüber sprachen

Binnen zwei Tagen hatten sie sich daran gewöhnt. Es war, als hätte das milde Wetter ihnen dabei geholfen. Sie mußten die Türen vorsichtig öffnen und sich immer rechts halten, um nicht zusammenzustoßen – ein Tablett mit vollen Gläsern ging zu Bruch, bevor sie sich auf diese Regeln geeinigt hatten. Sie dachten sich einfach Klopfzeichen für die Benutzung des Badezimmers aus. Sie verständigten sich durch Mitteilungen, die keine Fragen enthielten, es sei denn, Fragen waren unumgänglich. Sie ließen stets einen kleinen Abstand zwischen sich. Kurzum, jeder machte einen Bogen um das Leben des anderen.

»Es ist wirklich ganz einfach, wenn man ein bißchen aufpaßt«, sagte Mrs. Westermark zu Janet. »Und Jack ist ja so geduldig.«

»Ich habe manchmal sogar den Eindruck, daß es ihm gar nicht unangenehm ist.«

»Aber, Liebes, wie sollte er denn eine so bedauernswerte Situation als angenehm empfinden?«

»Mutter, hast du bemerkt, auf welche Weise wir hier alle zusammen existieren? Nein, es klingt zu schrecklich – ich kann es nicht aussprechen.«

»Also hör mal, komm mir jetzt nur nicht auf dumme Gedanken. Du bist sehr tapfer gewesen, und es wäre töricht, jetzt doch noch die Nerven zu verlieren, wo sich alles einzurenken beginnt. Wenn du dir irgendwelche Sorgen machst, mußt du es Clem sagen. Dafür ist er schließlich da.«

»Ich weiß.«

»Na also.«

Sie sah Jack durch den Garten gehen. Er blickte auf, lächelte, sagte etwas, streckte eine Hand aus, zog sie wieder zurück und ging, immer noch lächelnd, zu der Bank auf dem Rasen und setzte sich an das eine Ende. Gerührt lief Janet an die Glastür, um zu ihm hinauszugehen.

Sie zögerte. Sie sah schon voraus, sah die Reihenfolge ihrer Handlungen, denn Jack hatte sie bereits in die Zukunft skizziert. Sie würde auf den Rasen gehen, ihn beim Namen rufen, lächeln und zu ihm hingehen, während er zurücklächelte. Dann würden sie gemeinsam zu der Bank hinüberschlendern und sich hinsetzen, jeder an einem Ende.

Dieses Wissen raubte ihr alle Spontaneität. Sie hätte genausogut eine Tretmühle antreiben können, denn was sie tun wollte, war, was Jack mit seinem zeitlichen Vorsprung betraf, bereits getan worden. Wenn sie nun aber nicht hinginge, wenn sie meuterte, einfach zurückginge und das Gespräch mit ihrer Schwiegermutter über die bevorstehenden Hausarbeiten fortsetzte ... Dann hätte Jack auf dem Rasen Grimassen geschnitten wie ein Irrer, gefangen in einer Scheinwelt, zu der niemand sonst Zutritt hatte. Aber sie müßte es darauf ankommen lassen, schon um Stackpole eine Lehre zu erteilen; dann würde er seine Theorie, Jack sei der Zeit voraus, fallenlassen und ihn auf normale Halluzinationen behandeln müssen. In Clems Händen würde er gut aufgehoben sein.

Aber Jacks Verhalten bewies, daß sie hinausgehen würde. Es wäre Wahnsinn? Einem kosmischen Gesetz zuwiderzuhandeln war nicht Wahnsinn, es war unmöglich. Jack handelte ihm nicht zuwider – er war einfach über ein Gesetz gestolpert, von dessen

Existenz bis zu diesem ersten bemannten Raumflug zum Mars niemand etwas geahnt hatte; zweifellos hatten die Raumfahrer etwas von größerer Tragweite entdeckt, als irgend jemand erwartet hatte. Und sie hatte – nein, sie hatte ihn noch nicht verloren! Sie lief auf den Rasen hinaus, rief seinen Namen, flüchtete sich aus ihrer Verwirrung in Aktivität.

Und die Wiederholung barg dennoch ein wenig neues Erleben, denn sie entsann sich, daß sein Lächeln, das sie durch das Fenster gesehen hatte, besonders herzlich gewesen war, so als hätte er sie aufmuntern wollen. Was hatte er gesagt? Das war verloren. Sie ging zu der Bank hinüber und setzte sich neben ihn.

Er hatte sich eine Bemerkung aufgehoben, um die obligatorische, stets gleichbleibende Verzögerung zu umgehen.

»Sei nicht traurig, Janet«, sagte er. »Es könnte schlimmer sein.«

»Wirklich?« fragte sie, aber er antwortete bereits: »Wir könnten durch einen ganzen Tag von einander getrennt sein. 3,3077 Minuten lassen uns wenigstens noch ein bißchen Spielraum für eine Verständigung.«

»Es ist wundervoll, wie gefaßt du das alles hinnimmst«, sagte sie. Sie erschrak über den sarkastischen Unterton ihrer Worte.

»Sollen wir uns jetzt ein bißchen unterhalten?«

»Jack, ich wollte schon seit einiger Zeit einmal alleine mit dir sprechen.«

»Ich?«

Die hohen Buchen, die den Garten nach Norden hin abschirmten, standen so still, daß sie dachte: »Er sieht sie genauso wie ich.«

Er machte eine Mitteilung und schaute auf die Uhr. Seine Handgelenke waren dünn. Er wirkte jetzt gebrechlicher als bei der Entlassung aus der Klinik. »Ich kann mir gut vorstellen, Liebling, wie schmerzlich das für dich sein muß. Wir sind beide durch eine erstaunliche Verschiebung der Zeitfunktion vom anderen getrennt, aber ich habe wenigstens den Trost, daß ich diese neue Erscheinung erlebe, während du ...«

»Ich?«

Über interstellare Entfernungen sprechen

»Ich wollte sagen, daß du in derselben alten Welt steckst, wie sie die Menschheit von jeher gekannt hat, aber ich nehme an, daß du es nicht so siehst.« Offenbar hatte eine ihrer Bemerkungen ihn eingeholt, denn er fuhr zusammenhanglos fort: »Auch ich wollte schon länger mit dir allein sprechen.«

Janet wollte etwas sagen, besann sich aber, weil er ihr gereizt mit dem Finger drohte: »Achte bitte auf den Zeitpunkt deiner Äußerungen, damit wir nicht aneinander vorbeireden. Beschränke dich auf das Wesentliche. Ich frage mich wirklich, Liebling, warum du nicht Clems Vorschlag befolgst und dir aufschreibst, was zu welcher Zeit gesagt wird.«

»Das – ich wollte bloß – wir können doch nicht so tun, als befänden wir uns in einer Aufsichtsratssitzung. Ich möchte wissen, was du fühlst, wie es dir geht, was du denkst, damit ich dir helfen kann, damit du endlich wieder ein normales Leben führen kannst.«

Er hatte auf die Uhr geschaut, so daß er beinahe sofort antwortete: »Ich leide nicht unter irgendeiner Geisteskrankheit, und ich habe mich seit der Bruchlandung körperlich wieder völlig erholt. Es gibt keinen Grund zu der Annahme, daß meine Wahrnehmungen jemals wieder mit deinen synchron ablaufen werden. Sie haben seit dem Start unseres Raumschiffs vom Mars ununterbrochen um genau 3,3077 Minuten vor der Erdzeit gelegen.«

Er machte eine Pause. Sie überlegte: »Nach meiner Uhr ist es jetzt ungefähr 11 Uhr 3, und ich möchte ihm noch soviel sagen. Aber nach *seiner* Zeit ist es schon 11 Uhr 6 vorbei, und er weiß schon, daß ich nichts mehr sagen kann. Es strengt mich ungeheuer an, über diesen Abstand von reichlich drei Minuten mit ihm zu sprechen; wir könnten genausogut über interstellare Entfernungen miteinander sprechen.«

Offenbar war auch er aus dem Takt gekommen, denn er lächelte, streckte eine Hand aus und ließ sie in dieser Stellung. Janet sah sich um. Clem Stackpole kam mit einem Tablett voller Getränke aus dem Haus auf sie zu. Er setzte es vorsichtig auf dem Rasen ab, nahm ein Glas Martini und gab es Jack in die Hand.

»Prost!« sagte er lächelnd, und dann zu Janet, indem er ihr einen Gin and Tonic reichte: »Das ist für Sie.« Sich selbst hatte er eine Flasche helles Bier mitgebracht.

»Können Sie Janet meine Lage klarmachen, Clem? Sie hat es anscheinend immer noch nicht verstanden.«

Ärgerlich wandte sie sich dem Verhaltenspsychologen zu. »Das sollte eigentlich ein persönliches Gespräch zwischen meinem Mann und mir werden, Mr. Stackpole.«

»Dann tut es mir leid, daß Sie offenbar nicht sehr gut zu Rande kommen. Vielleicht kann ich ein bißchen dazu beitragen, Klarheit zu schaffen. Ich weiß, es ist nicht einfach für Sie.«

3,3077

Mit einem kräftigen Ruck öffnete er die Bierflasche und goß sich ein. Er nahm einen Schluck und sagte: »Wir sind seit jeher zu denken gewöhnt, daß sich alles mit demselben Tempo in der Zeit fortbewegt. Wir sprechen natürlich vom Lauf der Zeit und gehen davon aus, daß sie nur eine einzige Ablaufgeschwindigkeit hat. Auch haben wir bisher angenommen, daß für jedes Leben auf einem anderen Planeten in irgendeinem Teil unseres Universums die Zeit genauso schnell oder langsam abläuft wie für uns. Mit anderen Worten, obwohl wir seit langem dank der Relativitätstheorie über einige sonderbare Unregelmäßigkeiten der Zeit Bescheid wissen, haben wir vielleicht manche falsche Denkgewohnheiten behalten. Jetzt aber werden wir umdenken müssen. Können Sie mir folgen?«

»Ja, natürlich.«

»Das Universum ist keineswegs die einfache Schachtel, als die es sich unsere Vorfahren vorgestellt haben. Es kann sein, daß jeder Planet von seinem eigenen Zeitfeld umgeben ist, genau wie von seinem eigenen Schwerefeld. So hat es jetzt den Anschein, daß das Zeitfeld von Mars dem der Erde um 3,3077 Minuten voraus ist. Wir schließen das aus der Tatsache, daß Ihr Mann und die anderen acht Männer, die mit ihm zusammen auf dem Mars waren, unter sich keine Zeitverschiebungen feststellten und nicht ahnten, daß irgend etwas nicht in Ordnung war; erst als sie vom Mars gestartet waren und wieder Verbindung mit der Erde aufnehmen wollten, machte sich der Zeitunterschied sofort bemerkbar. Ihr Mann lebt noch immer in Marszeit. Leider haben die anderen Mitglieder der Besatzung den Absturz nicht überlebt; aber wir können sicher sein, daß sie, wären sie am Leben geblieben, unter demselben Effekt leiden würden. Das ist doch einleuchtend, nicht wahr?«

»Absolut. Aber ich verstehe noch immer nicht, warum dieser Effekt, wenn er so ist, wie Sie behaupten ...«

»Es handelt sich nicht um etwas, was *ich* behaupte, Janet, sondern um Schlußfolgerungen, zu denen viel gescheitere Leute als ich gekommen sind.« Er lächelte, während er das sagte, und fügte beiläufig hinzu: »Was nicht heißen soll, daß wir unsere Schlußfolgerungen nicht von Tag zu Tag neu überdenken und gegebenenfalls korrigieren.«

»Warum wurde dann aber nicht ein ähnlicher Effekt festgestellt, als die Amerikaner und die Russen vom Mond zurückkehrten?«

»Das wissen wir nicht. Es gibt so viel, was wir nicht wissen. Wir *vermuten*, daß es in diesen Fällen keine Zeitverschiebungen gab, weil der Mond ein Satellit der Erde und damit innerhalb ihres Schwerefeldes ist. Aber bevor wir nicht weitere Anhaltspunkte bekommen und weitere Forschungen anstellen können, wissen wir nur sehr wenig und sind weitgehend auf Vermutungen angewiesen. Es ist, als wollte man nach fünf Minuten Spielzeit den Ausgang eines Fußballspiels vorhersagen. Wenn die Raumfahrer von der Venus zurück sind, werden wir schon eine viel bessere Ausgangsposition haben, um Theorien aufzustellen.«

»Von der Venus?« fragte sie schockiert.

»Der Start zu diesem Raumflug findet vielleicht erst in einem Jahr statt, aber das Programm wird jetzt beschleunigt. Dieser Flug wird uns zu unschätzbaren neuen Erkenntnissen verhelfen.«

Zukünftige Zeit, genützt und mißbraucht

»Aber nach dieser Tragödie werden sie doch nicht mehr so verrückt sein ...«, hob Janet an, verstummte aber mitten im Satz. Sie wußte, daß sie so verrückt sein würden, trotz allem. Sie dachte daran, was Peter einmal gesagt hatte: »Ich will auch

Raumfahrer werden. *Ich* will der erste Mensch auf dem Saturn sein!«

Die Männer sahen auf die Uhren. Westermark richtete seinen Blick auf den Kies und sagte: »Diese 3,3077 Minuten sind sicherlich keine universell konstante Zahl. Der Wert könnte von Himmelskörper zu Himmelskörper variieren – meiner Ansicht nach *muß* er sogar variieren. Meine persönliche Meinung ist, daß er zwangsläufig auf irgendeine Weise mit der Sonnentätigkeit zusammenhängt. Wenn ich recht habe, dann wird die Wahrnehmung sich in einem Kontinuum abspielen, das gegenüber der Erdzeit etwas nachhinkt.«

Er stand unvermittelt auf; er wirkte besorgt, die Konzentration war von seinem Gesicht verschwunden.

»Daran habe ich noch gar nicht gedacht«, sagte Stackpole und machte sich eine Notiz. »Wenn die Männer, die zur Venus fliegen, von vornherein entsprechend instruiert werden, müßte sich ihre Rückkehr eigentlich ohne Zwischenfälle bewerkstelligen lassen. Irgendwann einmal wird auch dieses Problem gelöst werde, und ich bin überzeugt, daß die Kultur der Menschheit dadurch ungeheuer bereichert wird. Die Möglichkeiten sind so enorm, daß ...«

»Das ist ja furchtbar! Ihr seid alle verrückt!« rief Janet aus. Sie sprang auf und lief ins Haus.

Andererseits wieder

Jack stand auf, um ihr ins Haus zu folgen. Nach seiner Uhr, die Erdzeit anzeigte, war es 11 Uhr 18 und zwölf Sekunden; nicht zum erstenmal kam ihm der Gedanke, daß er sich eine zweite Uhr anschaffen würde, die er auf Marszeit stellen und am rechten Handgelenk tragen würde. Nein, die Uhr am linken Handgelenk müßte Marszeit anzeigen, denn er war es gewöhnt, auf das linke Handgelenk zu schauen, und nach dieser Zeit lebte er in erster Linie, selbst wenn er gerade damit beschäftigt war, sich mit der erdgebundenen menschlichen Rasse zu verständigen.

Er war sich darüber im klaren, daß er jetzt Janet vorausging, nach ihrer Rechnung. Es wäre interessant gewesen, wenn jemand *ihm* in der Wahrnehmung voraus gewesen wäre; dann hätte er den Wunsch gehabt, sich zu unterhalten, hätte sich der Mühe unterzogen. Allerdings hätte ihm dies das Gefühl genommen, daß er für immer der erste im ganzen Universum war, der erste überall, der alle Dinge wie von Tau überzogen wahrnahm in diesem merkwürdigen Licht – Marslicht! So würde er es nennen, bis er es klassifiziert hatte; die romantische Sicht ging der wissenschaftlichen voraus, ein Anflug von Phantasie war gestattet, bevor die Disziplin wieder in ihr Recht trat. Andererseits wieder – angenommen, die Theorien waren falsch und der Effekt der Zeitverschiebung war nur eine bizarre Folgeerscheinung des langen Raumflugs; angenommen, die Zeit wäre quantal … Angenommen, *alle* Zeit wäre quantal. Schließlich vollzog sich das Altern stufenweise, nicht als kontinuierlicher Prozeß, für die organische wie für einen Großteil der anorganischen Welt.

Jetzt stand er ganz still auf dem Rasen. Der glasige Glanz schimmerte durch das Gras, ließ es so spröde aussehen und tönte beinahe jedes Blatt mit einem winzigen Lichtspektrum. Wenn seine Wahrnehmung der Erdzeit noch weiter voraus wäre, würde dann das Marslicht noch stärker, die Erde noch durchscheinender sein? Wie schön das anzusehen wäre! Nach einer längeren Sternenreise würde man in eine Spinnwebenwelt zurückkehren, die im Hinblick auf die Wahrnehmung Jahrhunderte hinter einem zurück wäre, eine bloße Lichterscheinung, ein Prisma. Sehnsüchtig gab er sich dieser Vorstellung hin. Aber man mußte noch mehr darüber wissen.

Plötzlich dachte er: »Wenn ich bei dem Flug zur Venus dabeisein könnte! Wenn die Leute im Institut recht haben, wäre ich vielleicht sechs Minuten oder sagen wir fünfeinhalb – nein, man kann es nicht sagen – vor der Venuszeit. Ich *muß* dabeisein. Ich wäre wertvoll für sie. Sicher brauchte ich mich nur freiwillig zu melden.«

Er merkte nicht, daß Stackpole ihn freundlich am Arm berührte und an ihm vorbei auf das Haus zuging. Er stand da und blickte auf den Boden, durch ihn hindurch, zu den steinigen Tälern des Mars und den unvorstellbaren Landschaften der Venus.

Die Figuren bewegen sich

Janet hatte eingewilligt, mit Stackpole in die Stadt zu fahren. Er mußte seine Kricketschuhe abholen, die neue Stollen bekommen hatten; sie dachte, sie könne bei dieser Gelegenheit einen Film für ihre Kamera kaufen. Die Kinder würden sich freuen, wenn sie Bilder von ihr mit Daddy bekämen. Vater und Mutter miteinander.

Der Wagen fuhr eine Allee entlang, und die Baumschatten flimmerten rot und grün vor ihren Augen. Stackpole hielt das Lenkrad mit geübter Lässigkeit und pfiff leise vor sich hin. Merkwürdigerweise ärgerte sie sich nicht über diese Angewohnheit, die sie normalerweise irritiert hätte; sie sah darin ein Zeichen dafür, daß es ihm nicht ganz wohl in seiner Haut war.

»Ich werde das unangenehme Gefühl nicht los, daß Sie meinen Mann inzwischen besser verstehen als ich«, sagte sie.

Er widersprach nicht. »Warum haben Sie dieses Gefühl?«

»Ich glaube, er leidet gar nicht unter der furchtbaren Isolation, in der er sich doch befindet.«

»Er ist ein tapferer Mann.«

Westermark war jetzt erst eine Woche zu Hause. Janet sah, daß sie sich mit jedem Tag weiter voneinander entfernten, denn er sprach weniger und stand oft still wie eine Statue und blickte hingerissen auf den Boden. Sie dachte an etwas, was sie einmal ihrer Mutter gegenüber nicht laut auszusprechen gewagt hatte; aber bei Clem Stackpole hatte sie weniger Bedenken.

»Wissen Sie, warum es uns gelingt, vergleichsweise harmonisch nebeneinander herzuleben?« sagte sie. Er fuhr langsamer und wandte ihr halb sein Gesicht zu. »Es gelingt uns nur, weil wir alle Ereignisse aus unserem Leben verbannen, alle Kinder, alle Jahreszeiten. Andernfalls würden wir alle paar Augenblicke daran erinnert werden, wie vollständig wir eigentlich voneinander getrennt sind.«

Stackpole bemerkte den Unterton in ihrer Stimme und beruhigte sie: »Sie sind in jeder Hinsicht genauso tapfer wie er, Janet.«

»Ach was, tapfer oder nicht tapfer. Was ich nicht ertrage, ist, daß nichts geschieht.«

Stackpole sah das Schild am Straßenrand, schaute in den Rückspiegel und schaltete herunter. Die Straße vor und hinter ihnen war leer, so weit man sehen konnte. Er pfiff wieder durch die Zähne, und Janet fühlte sich verpflichtet, wieder etwas zu sagen.

»Wir haben schon zu sehr in die Zeit eingegriffen – wir alle, meine ich. Die Zeit ist eine europäische Erfindung. Der Himmel weiß, wie sehr wir uns alle darin verstricken werden, wenn – na ja, wenn das so weitergeht.«

Als Stackpole antwortete, lenkte er den Wagen gerade auf einen Parkplatz und hielt unter überhängenden Büschen an. Er wandte sich ihr zu und lächelte nachsichtig. »Die Zeit ist eine Erfindung Gottes, wenn man an Gott glaubt, wie ich es immer noch tue. Wir beobachten sie, zähmen sie, beuten sie aus, wo immer es geht.«

»Beuten sie aus?«

»Sie dürfen sich natürlich die Zukunft nicht so vorstellen, daß wir dann alle knietief in Honig waten oder so.« Er lachte kurz auf und legte die Hände aufs Lenkrad. »Ist das nicht ein herrliches Wetter! Ich hab' mir gedacht – am Sonntag spiele ich drüben im Dorf Kricket. Wollen Sie nicht mitkommen und sich das Spiel ansehen? Vielleicht könnten wir hinterher irgendwo miteinander Tee trinken.«

Alle Ereignisse, alle Kinder, alle Jahreszeiten

Am nächsten Morgen bekam sie einen Brief von ihrer fünf-jährigen Tochter Jane, der ihr zu denken gab. »Liebe Mammi, ich danke Dir für die schönen Puppen. Herzliche Grüße, Deine Jane.« Das war der ganze Brief, aber Janet wußte, wieviel Mühe die hohen, ungelenken Buchstaben gekostet hatten. Wie lange würde sie es ertragen, daß die Kinder nicht zu Hause, nicht in ihrer Obhut waren?

Als ihr dieser Gedanke kam, fiel ihr plötzlich wieder ein, was sie sich am Abend vorher gesagt hatte: daß es nämlich besser sei, die Kinder waren aus dem Weg, falls mit Stackpole ›irgend etwas sein‹ sollte – nur damit sie und Stackpole es bequemer

590

hatten. Sie hatte, das wurde ihr jetzt bewußt, nicht an die Kinder gedacht; sie hatte an Stackpole gedacht, der trotz des unerwarteten Feingefühls, das er an den Tag legte, kein Mann war, den sie gern haben konnte.

»Und noch so ein unerträglicher unmoralischer Gedanke«, murmelte sie in dem leeren Zimmer vor sich hin. »Welche Alternative habe ich zu Stackpole?«

Sie wußte, daß Westermark in seinem Arbeitszimmer war. Es war ein kühler Tag, zu kühl, als daß er seinen gewohnten Spaziergang durch den Garten hätte machen können. Sie wußte, daß er immer tiefer in die Isolation geriet, sehnte sich danach, ihm zu helfen, fürchtete sich davor, sich dieser Isolation zu opfern, wollte unter keinen Umständen in sie hineingezogen werden, wollte draußen im Leben bleiben. Sie ließ den Brief fallen, hielt sich den Kopf mit beiden Händen, schloß die Augen und spürte, wie hinter ihrer Stirn alle ihre Handlungsmöglichkeiten sich aneinander rieben, zukünftige Lebensformen, die sich gegenseitig aufhoben.

Janet stand noch immer da, ohne sich zu rühren, als ihre Schwiegermutter ins Zimmer kam.

»Ich wollte mal nach dir sehen«, sagte sie. »Du bist sehr unglücklich, nicht wahr?«

»Mutter, die Leute versuchen immer, vor den anderen zu verbergen, wie sehr sie leiden. Machen es alle so?«

»Vor mir brauchst du nichts zu verbergen – vor allem wohl deshalb nicht, weil es dir sowieso nicht gelingen würde.«

»Aber ich weiß nicht, wie sehr *du* leidest, und es müßte doch gegenseitig sein. Warum verschließen wir uns so voreinander? Wovor haben wir Angst – vor Mitleid oder Spott?«

»Vielleicht vor Hilfe.«

»Hilfe! Aber vielleicht hast du recht ... Das ist ein niederschmetternder Gedanke.«

Sie standen da und starrten sich an, bis die ältere Frau verlegen sagte: »Wir führen nicht oft ein solches Gespräch.«

»Nein.« Sie wollte noch mehr sagen. Mit einem Fremden im Zug hätte sie vielleicht darüber gesprochen; hier brachte sie kein Wort heraus.

Da sie bemerkte, daß dieses Thema abgeschlossen war, sagte Mrs. Westermark: »Ich wollte dir sagen, Janet, daß ich es für besser hielte, wenn die Kinder nicht hierher zurückkämen, solange die Situation sich nicht ändert. Wenn du sie sehen und sie im Haus deiner Eltern besuchen möchtest – ich kann Jack und Mr. Stackpole eine Woche lang allein versorgen. Ich glaube nicht, daß Jack sie sehen möchte.«

»Das ist furchtbar nett, Mutter. Wir werden sehen. Ich habe Clem versprochen – ich meine, ich habe Mr. Stackpole gesagt, daß ich morgen nachmittag vielleicht mitkomme und zuschaue, wenn er Kricket spielt. Das ist natürlich nicht wichtig, aber ich habe es ihm nun schon gesagt – auf jeden Fall könnte ich aber am Montag zu den Kindern fahren, wenn du inzwischen hier die Festung hältst.«

»Du kannst es dir ja immer noch überlegen, falls du doch heute schon fahren möchtest. Ich bin sicher, Mr. Stackpole wird für deine mütterlichen Gefühle Verständnis aufbringen.«

»Lassen wir es lieber bei Montag«, erwiderte Janet – ein bißchen distanziert, denn sie argwöhnte jetzt, daß ihre Schwiegermutter ihr aus einem ganz bestimmten Grund diesen Vorschlag gemacht hatte.

Wohin der Scientific American *sich nicht vorwagte*

Jack Westermark legte den *Scientific American* aus der Hand und starrte auf die Tischplatte. Mit der rechten Hand fühlte er, wie sein Herz klopfte. In der Zeitschrift war ein Artikel über ihn, mit Fotos, die in der Forschungsklinik aufgenommen worden waren. Dieser fundierte Aufsatz stand weit über den sensationell aufgemachten Berichten, die anderswo erschienen waren, diesen seichten Artikelchen, in denen er als »Der Mann, der mehr als Einstein zur Veränderung unserer Vorstellung vom Kosmos getan hat« bezeichnet wurde; und aus eben diesem Grund war er nur um so sensationeller und beleuchtete einige Aspekte der Sache, die Westermark selbst noch nicht bedacht hatte.

Während er über die Konsequenzen dieses Aufsatzes nachdachte, erholte er sich von der Anstrengung, irdische Bücher zu lesen; Stackpole saß derweil am Kamin, rauchte eine Zigarre und wartete darauf, Westermarks Diktat aufzunehmen. Selbst das Lesen einer Zeitschrift war ein kleines Meisterstück zeitlicher Koordination, erforderte Zusammenarbeit, ja Konspiration. Stackpole blätterte in festgelegten Intervallen die Seiten um, Westermark las, wenn sie flach lagen. Er war nicht imstande, sie umzuwenden, wenn sie nicht in ihrem eigenen beengten Kontinuum umgewendet wurden; für seine Finger lagen sie unter diesem glänzenden, geleeartigen Überzug, dieser visuellen Halluzination, die eine unüberwindliche kosmische Trägheit verkörperte.

Die Trägheit gab der Tischplatte einen merkwürdigen Glanz, während er sie anstarrte und sich selbst erforschte, um die Wahrheit des Artikels im *Scientific American* festzustellen.

Der Verfasser des Aufsatzes begann mit einer Bestandsaufnahme der bisher festgestellten Symptome und kam zu dem Schluß, daß diese auf die Existenz von »Ortszeiten« im gesamten Universum hindeuteten; wenn dies zutreffe, so folgerte er weiter, könnten sich daraus eine neue Erklärung für die Expansion des Weltalls und neue Anhaltspunkte für das Alter des Universums (und natürlich seine Komplexität) ergeben. Weiterhin befaßte er sich mit dem Problem, das auch die Verfasser anderer Artikel über dieses Thema beschäftigt hatte: Warum hatte Westermark, wenn er auf dem Mars die Erdzeit verloren hatte, nicht auch umgekehrt bei der Rückkehr zur Erde die Marszeit verloren? Dies vor allem deutete darauf hin, daß die »Ortszeiten« nicht rein mechanisch bestimmt, sondern zumindest bis zu einem gewissen Grad eine psycho-biologische Funktion seien.

In der Tischplatte sah Westermark die Aufforderung, noch einmal zum Mars zu fliegen, an einer zweiten Expedition zu diesen Kontinenten rotbraunen Sandes teilzunehmen, wo das Gefüge von Raum und Zeit auf eine mysteriöse und unüberwindliche Weise der Erdennorm um 3,3077 Minuten voraus war. Würde seine innere Uhr abermals einen Sprung vorwärts tun? Und was würde dann mit dem Glanz der irdischen Dinge geschehen? Wie würde es sich auswirken, wenn man sich nach und nach den ehernen Gesetzen entzog, unter denen die

Menschheit seit den Tagen ihrer pleistozänen Kindheit gelebt hatte?

Ungeduldig ließ er seine Gedanken in die Zukunft schweifen, stellte sich vor, wie es sein würde, wenn es auf der Erde viele verschiedene Zeiten geben würde, Mitbringsel von Reisen durch die leeren Weiten des Weltalls; diese Weiten lagen ebenfalls jenseits der Zeit, und dieser bisher schwer verständliche Begriff (hatte McTaggert nicht seine objektive Realität in Abrede gestellt?) würde nicht länger außerhalb des Begriffsvermögens des Menschen liegen. War dies nicht das letzte Geheimnis, das es zu ergründen galt, der Fluß, in dem die Existenz angesiedelt war, so wie ein Traum in den primitiven Schichten der Seele angesiedelt ist?

Und – aber – würde dieser Tag nicht das Ende der Erdzeit markieren? Und diese Entwicklung hatte er in Gang gebracht. Das konnte nur bedeuten, daß die »Ortszeit« nicht an den jeweiligen Planeten gebunden war; hier hatte sich der Verfasser des Artikels im *Scientific American* nicht weit genug vorgewagt; die örtliche Zeit war ausschließlich ein Produkt der Psyche. Dieses dunkle, innerste Etwas, das sogar dann genau die Zeit einhalten konnte, wenn der Mensch bewußtlos war, war nur ein Provinzler; es konnte aber zu einem Bürger des Weltalls entwickelt werden. Er sah, daß er der erste Vertreter einer neuen Rasse war, wie sie noch vor wenigen Monaten auch dem abenteuerlichsten Phantasten unvorstellbar gewesen wäre. Er war unabhängig von dem Feind, der mehr als der Tod den zeitgenössischen Menschen bedrohte: Zeit. Er trug ein völlig neues Potential in sich. Der Übermensch war da.

Unter Schmerzen bewegte der Übermensch sich in seinem Sessel. Er hatte so lange seinen Gedanken nachgehangen, daß seine Glieder steif und taub geworden waren, ohne daß er es gemerkt hatte.

Universelle Gedanken können sich einstellen, wenn man seine Wanderungen um einen bestimmten Tisch, zeitlich richtig plant

»Diktat«, sagte er und wartete ungeduldig, bis der Befehl in der Vorhölle vor dem Kamin ankam, wo Stackpol saß. Was er zu sagen hatte, war so ungeheuer wichtig – aber es mußte warten, bis diese Leute ...

Wie gewöhnlich stand er auf und begann rastlos um den Tisch herumzugehen; dabei sprach er in kurzen, schnell hervorgestoßenen Sätzen. Das sollte sein Bekenntnis zu der neuen Lebensform werden ...

»Das Bewußtsein ist nicht erweiterbar, sondern gleichlaufend. Zur Zeit der Entstehung der menschlichen Rasse kann es viele Zeitknoten gegeben haben ... Geisteskranke kehren oft in eine andere Zeiterfahrung zurück. Für manche dehnt sich ein Tag zu einer Ewigkeit ... Wir wissen aus Erfahrung, daß Kinder die Zeit im Konvexspiegel des Bewußtseins sehen, über den Brennpunkt hinaus vergrößert ...« Einen Moment lang ließ er sich durch das entsetzte Gesicht seiner Frau irritieren, das draußen vor dem Fenster auftauchte, aber er wandte sich ab und diktierte weiter.

»... und verzerrt ... Doch der Mensch hat in seiner Ignoranz hartnäckig an der Vorstellung festgehalten, daß die Zeit ein in einer einzigen Richtung fließender Strom sei, noch dazu homogen ... trotz der Beweise für das Gegenteil ... Unsere Vorstellung von uns selbst – nein, diese irrige Vorstellung hat den Charakter einer grundlegenden Annahme bekommen ...«

Töchter von Töchtern

Westermarks Mutter hielt nichts von metaphysischen Spekulationen, aber als sie aus dem Zimmer ging, drehte sie sich um und sagte zu ihrer Schwiegertochter: »Weißt du, was ich manchmal glaube? Jack ist so merkwürdig, ich frage mich oft in der Nacht, ob Männer und Frauen sich nicht mit jeder Generation in ihrem Denken und Handeln immer weiter voneinander entfernen – beinahe wie zwei verschiedene Arten von Lebewesen, weißt du. Meine Generation hat ernsthaft den Versuch gemacht, die beiden Geschlechter einander näherzubringen, in bezug auf Gleichberechtigung und alles andere, aber es hat anscheinend nichts gefruchtet.«

»Jack wird sich erholen.« Janet hörte selbst, wie wenig zuversichtlich ihre Stimme klang.

»Ich hatte schon einmal diesen Gedanken – daß Männer und

Frauen sich immer weiter voneinander entfernen, meine ich –, als mein Mann ums Leben kam.«

Plötzlich war Janets ganze Sympathie verflogen. Sie hatte bemerkt, daß ein sattsam bekanntes Thema angeschnitten worden war; nur zu gut kannte sie den Ton, der alles Selbstmitleid überspielte, als ihre Schwiegermutter fortfuhr: »Bob war in die Geschwindigkeit vernarrt, weißt du. Das war die Todesursache, nicht der Idiot, der vor ihm rückwärts auf die Straße fuhr.«

»Dein Mann hatte keine Schuld«, sagte Janet. »Du solltest dir deswegen nicht immer noch Gedanken machen.«

»Aber der Zusammenhang ist doch deutlich zu sehen … Weiterkommen müssen sie. Erst Bob, der unbedingt als erster die nächste Kurve nehmen wollte, und jetzt Jack … Aber was hilft's, als Frau kann man da nichts machen.«

Sie zog die Tür hinter sich zu. Zerstreut hob Janet die Nachricht von der nächsten Frauengeneration auf: »Ich danke Dir für die schönen Puppen.«

Entschlüsse und damit verbundene plötzliche Risiken

Er war ihr Vater. Vielleicht sollten Janet und Peter doch zurückkommen, trotz der damit verbundenen Risiken. Grübelnd stand Janet da, und dann bewegte sie sich plötzlich, weil sie den Entschluß gefaßt hatte, auf der Stelle mit Jack darüber zu sprechen. Er war so reizbar, so unnahbar, aber sie konnte sich ja vergewissern, ob er sehr beschäftigt war, bevor sie hineinging und ihn störte.

Als sie auf den Gang hinaustrat und zur Hintertür ging, hörte sie ihre Schwiegermutter nach ihr rufen.

»Ich komme gleich«, rief sie zurück.

Die Sonne war hervorgekommen und zog Wasser aus dem feuchten Garten. Jetzt war es endgültig Herbst geworden. Sie ging um die Hausecke, machte einen Bogen um das Rosenbeet und blickte in das Arbeitszimmer ihres Mannes.

Sie erschrak, als sie sah, daß er sich halb über den Tisch beugte. Er hielt sich die Hände vors Gesicht. Blut lief zwischen seinen Fingern hindurch und tropfte auf eine Zeitschrift, die aufgeschlagen auf dem Tisch lag. Stackpole saß teilnahmslos neben dem Kamin.

Sie stieß einen unterdrückten Schrei aus und lief wieder um die Ecke; an der Hintertür stieß sie auf Mrs. Westermark.

»Oh, ich wollte nur mal – Janet, was ist denn passiert?«

»Jack, Mutter! Er muß einen Schlaganfall gehabt haben, oder es ist sonst etwas Schreckliches passiert!«

»Woher willst du denn das wissen?«

»Schnell, wir müssen die Klinik anrufen – ich muß zu ihm.« Mrs. Westermark hielt Janet am Arm fest. »Sollten wir das nicht lieber Stackpole überlassen? Ich fürchte …«

»Mutter, wir müssen tun, was wir können. Ich weiß, daß wir keine Ahnung haben, aber laß mich gehen.«

»Nein, Janet, wir sind – es ist *ihre* Welt. Ich habe Angst. Sie werden uns schon rufen, wenn sie uns brauchen.« In ihrer Aufregung umklammerte sie Janets Arm noch fester. Einen Augenblick lang starrten sie sich mit angstgeweiteten Augen an, als sähen sie jemand anderen, und dann riß Janet sich los. »Ich muß zu ihm«, sagte sie.

Sie rannte den Gang entlang und stieß die Tür zum Arbeitszimmer auf. Ihr Mann stand jetzt am anderen Ende des Zimmers am Fenster; seine Nase blutete immer noch.

»Jack!« schrie sie. Als sie auf ihn zulief, traf sie plötzlich ein heftiger Schlag aus dem Leeren an der Stirn, so daß sie zur Seite taumelte und gegen ein Bücherregal fiel. Bücher hagelten vom obersten Bord auf sie herab. Stackpole schrie auf, ließ seinen Schreibblock fallen und lief um den Tisch zu ihr hin. Aber nicht einmal jetzt vergaß er, auf die Uhr zu sehen. Es war 10 Uhr 24.

Hilfe nach 10 Uhr 24 und Bettruhe

Westermarks Mutter tauchte unter der Tür auf.

»Bleiben Sie, wo Sie sind«, rief Stackpole, »oder es passiert noch etwas! Janet, da sehen Sie, was Sie angerichtet haben. Gehen Sie aus dem Zimmer. Jack, ich komme. Der Himmel weiß, wie Ihnen zumute war, allein und ohne Hilfe, die ganzen dreieindrittel Minuten!« Erbost ging er hinüber und blieb zwei Schritte von Jack entfernt stehen. Er warf sein Taschentuch auf den Tisch.

»Mr. Stackpole …«, meldete Westermarks Mutter sich zögernd von der Tür her; sie hatte den Arm um Janets Taille gelegt.

Er drehte kurz den Kopf nach ihr und befahl: »Holen Sie ein paar Handtücher! Und rufen Sie die Klinik an, sie sollen auf dem schnellsten Weg einen Unfallwagen schicken.«

Mittags lag Westermark bereits oben in seinem Bett, und der Notarzt, der sein Nasenbluten behandelt hatte – denn mehr war es glücklicherweise nicht –, war gerade wieder gegangen. Stackpole machte die Haustür zu, drehte sich um und sah die beiden Frauen an.

»Ich halte es für meine Pflicht, Sie zu warnen«, sagte er ernst. »Der nächste Unfall dieser Art könnte verhängnisvolle Folgen haben. Diesmal haben wir noch Glück gehabt. Wenn so etwas noch mal vorkommt, werde ich mich gezwungen sehen, dafür zu sorgen, daß Mr. Westermark wieder in die Klinik kommt.«

Was man normalerweise unter einem Unfall versteht

»Das würde er nicht wollen«, erwiderte Janet. »Außerdem sind Ihre Vorhaltungen absurd; es war eindeutig ein Unfall. Ich möchte jetzt hinaufgehen und nachsehen, wie es ihm geht.«

»Darf ich Sie, bevor Sie hinaufgehen, noch schnell darauf hinweisen, daß es *kein* Unfall war – jedenfalls nicht das, was man normalerweise unter einem Unfall versteht, denn Sie haben ja das Ergebnis Ihrer Handlungsweise durch das Fenster des Arbeitszimmers gesehen, bevor Sie hereinkamen. Was man Ihnen vorwerfen muß . . .«

»Aber das ist doch absurd . . .«, sagten die beiden Frauen wie aus einem Munde. Janet fuhr fort: »Ich wäre nie so aufgeregt in das Zimmer gestürmt, wenn ich nicht durch das Fenster gesehen hätte, daß er Hilfe brauchte.«

»Was Sie gesehen haben, waren die Folgen Ihrer späteren Kollision mit Ihrem Mann.«

In weinerlichem Ton sagte Westermarks Mutter: »Ich verstehe das alles nicht. Womit ist Janet zusammengestoßen, als sie ins Zimmer gerannt kam?«

»Das kann ich Ihnen sagen, Mrs. Westermark. Sie rannte genau auf die Stelle zu, an der ihr Mann 3,3077 Minuten vorher gestanden hatte. Sicher begreifen Sie nun endlich, was es mit dieser Zeit-Trägheit auf sich hat?«

Als sie beide gleichzeitig zu reden anfingen, starrte er sie an, bis sie verstummten und ihn ansahen. Dann sagte er: »Gehen wir lieber ins Wohnzimmer. Ich für meinen Teil brauche jetzt einen Drink.«

Er goß sich einen Whisky ein, und erst als seine Finger das Glas umschlossen, begann er wieder zu sprechen: »Also, ohne Ihnen nahetreten zu wollen, meine Damen – ich glaube, es ist höchste Zeit, daß Sie sich darüber klarwerden, daß Sie nicht mehr in der sicheren alten Welt der klassischen Mechanik leben, über der ein von der Aufklärung des achtzehnten Jahrhunderts erfundener Gott waltet. Für alles, was hier geschehen ist, gibt es eine absolut rationale Erklärung. Wenn Sie aber meinen, daß das Ihr weibliches Begriffsvermögen übersteigt ...«

»Mr. Stackpole«, fuhr Janet ihn an, »würden Sie bitte bei der Sache bleiben, anstatt beleidigend zu werden? Wollen Sie mir nicht erklären, warum es Ihrer Meinung nach kein Unfall gewesen ist? Ich habe inzwischen eingesehen, daß ich durch das Fenster des Arbeitszimmers die Folgen eines Zusammenpralls mit meinem Mann gesehen habe, der sich für ihn etwas mehr als drei Minuten vorher abgespielt hatte und sich für mich erst etwas mehr als drei Minuten später ereignen konnte, aber ich war im Moment so entsetzt, daß ich vergaß ...«

»Nein, nein, Ihre Zahlen stimmen nicht. Der *gesamte* Zeitunterschied beträgt nur 3,3077 Minuten. Als Sie Ihren Mann sahen, war für ihn schon die Hälfte dieses Zeitunterschieds – 1,65385 Minuten – seit dem Zusammenstoß vergangen, und es mußte noch einmal 1,65385 Minuten dauern, bis Sie Ihre Handlung wirklich vollendeten, indem sie ins Zimmer gerannt kamen und mit ihm zusammenstießen.«

»Aber sie *ist* doch nicht mit ihm zusammengestoßen!« protestierte die ältere Frau.

Unnachsichtig unterbrach Stackpole ihre Argumentation und erklärte: »Sie ist um 10 Uhr 24 Erdzeit mit ihm zusammengestoßen, gleich 10 Uhr 20 plus etwa 36 Sekunden Marszeit (oder seine Zeit), gleich 9 Uhr 59 oder so Neptunzeit 156 Uhr 30 Siriuszeit. Das Universum ist groß, Mrs. Westermark! Sie werden so lange nicht klarkommen, wie Sie Ereignis mit Zeit verwechseln. Darf ich vorschlagen, daß Sie sich hinsetzen und etwas trinken?«

»Wenn wir die Zahlen einmal beiseite lassen«, sagte Janet, den Kampf wiederaufnehmend – was für ein gräßlicher Opportunist dieser Mensch doch war –, »wie kommen Sie dazu zu behaupten, es sei kein Unfall gewesen? Sie wollen doch nicht etwa sagen, ich hätte meinen Mann absichtlich verletzt, oder? Aus Ihren eigenen Worten geht doch hervor, daß ich von dem Augenblick an, als ich ihn durch das Fenster sah, nichts mehr dagegen tun konnte.«

»Wenn wir die Zahlen einmal beiseite lassen ...« zitierte er. »Genau da liegt Ihre Verantwortung. Was Sie durch das Fenster sahen, war das Ergebnis Ihres Handelns; in diesem Augenblick ließ es sich nicht mehr vermeiden, daß Sie Ihre Handlung vollendeten, denn sie war bereits vollendet.«

Durch das Fenster weht die Zeit

»Ich begreife das einfach nicht!« Sie faßte sich an die Stirn, nahm dankbar eine Zigarette, die ihre Schwiegermutter ihr anbot, und wies gleichzeitig mit einem Achselzucken ihr tröstendes »Gib dir keine Mühe, es zu verstehen, Liebes« zurück. »Angenommen, ich hätte, als ich Jacks blutende Nase sah, auf die Uhr geschaut und gedacht: ›Es ist jetzt 10 Uhr 20 oder wie spät es auch immer war, und er ist vielleicht deshalb verletzt, weil ich mit ihm zusammengestoßen bin, also gehe ich besser nicht hinein‹ – und wäre wirklich nicht hineingegangen. Hätte dann seine Nase wie durch ein Wunder zu bluten aufgehört?«

»Nein, natürlich nicht. Sie haben eine so mechanistische Vorstellung vom Universum. Denken Sie doch auch einmal an die geistigen Faktoren, versuchen Sie, in Ihrem eigenen Jahrhundert zu leben! Sie konnten das nicht denken, weil das nicht Ihre Art ist; genau wie es nicht Ihre Art ist, sich auf intelligente Weise Ihrer Uhr zu bedienen, genau wie Sie um Ihre eigenen Worte zu gebrauchen, immer ›die Zahlen beiseite lassen‹. Nein, ich werde nicht persönlich; das ist in gewisser Hinsicht alles sehr feminin und sympathisch. Was ich meine, ist folgendes: Hätten Sie sich, *bevor* Sie durch das Fenster schauten, gesagt: ›In welcher Verfassung ich jetzt auch meinen Mann sehe, ich darf nicht vergessen, daß er die nächsten 3,3077 Minuten bereits durchlebt hat‹, dann hätten Sie hineinschauen und Ihren Mann unverletzt sehen können, und dann wären Sie nicht so aufgeregt in das Zimmer gerannt gekommen.«

Sie zog an ihrer Zigarette, verblüfft und gekränkt. »Sie wollen also sagen, ich sei eine Gefahr für meinen Mann.«

»Das haben *Sie* gesagt.«

»Mein Gott, wie ich die Männer hasse!« rief sie aus. »Ihr seid so verdammt logisch, so verdammt selbstsicher!«

Er trank seinen Whisky aus und stellte das Glas auf ein Tischchen, neben dem sie saß, so daß er sie fast berührte. »Sie sind ein bißchen durcheinander«, sagte er.

»Na und? Wundert Sie das?« Sie mußte sich beherrschen, um nicht in Tränen auszubrechen oder ihn ins Gesicht zu schlagen. Sie wandte sich Jacks Mutter zu, die begütigend ihre Hand nahm.

»Warum fährst du nicht jetzt gleich los und bleibst übers Wochenende bei den Kindern, Liebes? Komm zurück, wenn dir danach ist. Jack wird es bald wieder besser gehen, und ich kann mich um ihn kümmern – soweit er das überhaupt will.«

Sie sah sich im Zimmer um.

»Also gut. Ich gehe gleich packen. Sie werden sich freuen, wenn ich komme.« Als sie im Hinausgehen an Stackpole vorbeikam, sagte sie erbittert: »Wenigstens *sie* werden sich keine Gedanken über die Ortszeit auf dem Sirius machen!«

»Eines Tages«, erwiderte Stackpole unerschütterlich von der Zimmermitte her, »wird es sich vielleicht nicht mehr vermeiden lassen.«

Alle Ereignisse, alle Kinder, alle Jahreszeiten

Originaltitel: »Man in His Time«
Copyright © 1965 by Brian W. Aldiss;
mit freundlicher Genehmigung des Autors
Aus dem Englischen übersetzt von Rudolf Hermstein
Copyright © 1972 der deutschen Übersetzung
by Insel Verlag, Frankfurt a. M.;
(aus: »Der unmögliche Stern«); Abdruck mit freundlicher Genehmigung

ROBERT BLOCH

Die alten Rittersleut …

Ich klemme den Fuß auf den Gashebel. Kühle Morgenluft strömte in den Laster und 'n ganzer Wasserfall von Flüchen strömt wieder zum Fenster raus. Ich hab' nämlich am ganzen Leib das Gefühl, als ob ich mit zwei linken Beinen aufgestanden bin.

In der guten alten Zeit hab' ich den Burschen immer erzählt, wie ich mich von dem ganzen Kram wegsehne und daß ich mir 'ne kleine Farm draußen am Land kaufen will, mit 'ner Masse Hühner … Nun hab' ich also die ganzen verdammten Hühner und wünsche mir aus tiefstem Herzen, ich lebte noch in der guten alten Gangsterzeit …

Sie wohnen wahrscheinlich nicht auf dem Land und haben also keine Ahnung, was los ist. Lassen Sie sich's also von einem sagen, der's weiß.

Heute morgen wache ich also um vier Uhr auf, weil so an die fünfzigtausend Spatzen beschlossen haben, unter meinem Fenster 'ne Gewerkschaftsversammlung abzuhalten. Ich hau mir die Schienbeine an 'nem dreckigen Schubkarren blutig, der irgendwo im Hof herumsteht. Das gewisse Örtchen ist nämlich so zirka 'ne halbe Wegstunde weit weg. Während ich mich noch anziehe, muß ich mich schon dranmachen, so mit etwa fünfzig Hühnern Haschen zu spielen. Die will ich nämlich zum Markt bringen. Bis ich die Biester beisammen habe, bin ich über und über voll Federn und sehe aus wie 'n Senator, den die Sioux-Indianer als Ehrenmitglied auf Lebenszeit in ihren Stamm aufgenommen haben. Als nächstes lade ich mir die ganzen verdammten Gackerer in meinen Laster, fahr fünfzig Meilen zur Stadt, verkaufe die Mistviecher mit Verlust und fahr die fuffzig Meilen wieder zurück. Und das alles auf nüchternen Magen …

So muß ich eben sehen, wie ich in der Kneipe unten an der Straße zu meinem Frühstück komme, wo ich ohnedies Tommy Malloon, dem ›Dünnen‹, zehn Dollar ›Schutzgebühr‹ zahlen muß.

So sieht's also aus mit mir, und das erklärt auch, warum ich nicht gerade überschäume vor Freude und Vergnügen. Da gibt's einfach nichts, als die Zähne zusammenbeißen und die Ohren steif halten. Und am besten beißt man die Zähne nach einem kräftigen Schluck aus dem Fläschchen zusammen, das ich da mit dabei habe. Von dem Zeug drin werden dann die Ohren ganz von selbst steif.

Nun, nach einigen raschen Inhalationen ist mir schon viel besser, und ich bin gerade dabei, das Gejammer abzustellen, da sehe ich diese Tafeln an der Straße.

Ich weiß ja nicht, was Sie von dem Zeug halten. Aber mir geht's mit dem Kram so: Ich mag einfach keine Werbeschilder entlang der Straße, und von all den Schildern, die es da so gibt, sind mir die für *Siamesische Rasierkrem* am meisten zuwider. SIAMESISCHE RASIERKREM kann ich einfach nicht riechen.

Die stehen da so dümmlich an der Straße lang und bilden eine Serie. Auf jedem ist eine Zeile von einem kurzen, dafür aber um so blöderen Gedicht. Fährt man also die Reihe lang, so liest man einen kleinen Spruch über SIAMESISCHE RASIER-KREM. Notgedrungen. Diese Gedichte sind fast genauso dumm wie das Zeug aus Kinderlesebüchern. Ich mag auch Kinderlesebücher nicht.

Nun, wie ich die erste Tafel sehe, seufzte ich gequält auf und nehm 'n Schlückchen aus meiner Flasche. Natürlich bin ich zu neugierig, um das verdammte Biest nicht zu lesen. Da steht:

TRAG DEN BART NICHT SCHEUSSLICH LANG

Auf der nächsten Tafel:

WIE 'NE ZIEGE ODER 'N LURCH

Bald komm ich zur dritten Tafel. Darauf steht:

NIMM DEIN MESSER, SEI NICHT BANG

Und nun bin ich plötzlich fröhlich. Ich hoffe, daß vielleicht jemand danebengehauen hat und daß nun auf der vierten Tafel stehen wird:

UND SCHNEIDE DIR DIE KEHLE DURCH!

Natürlich brenne ich jetzt darauf, die letzte Tafel zu sehen. Ich schau also schon weit die Straße voraus und habe die Augen ganz zugekniffen, damit mir bloß nichts entgeht. Dann tret ich aber mit aller Macht auf die Bremse. Vor mir ist da ein Dings, das die Straße blockiert. Um es genau zu sagen: *zwei* Dinger.

Eines dieser Dinger ist ein Pferd. Wenigstens sieht es mir mehr nach einem Pferd aus als irgend etwas anderes, das ich nach vier Drinks noch sehen kann. Das Biest ist mit einer Art gestreiftem Vordach oder Zelt überdeckt, das auf allen Seiten über seine Beine herunterhängt und auch über den Hals hinaufgeht. Wie ich genauer hinsehe, fällt mir auf, daß dieses Pferd über dem Kopf eine Art Maske trägt, mit Löchern für die Augen, wie beim Ku-Klux-Klan.

Das andere Dings reitet auf dem Pferd. Es ist von Kopf bis Fuß silbern, und aus seinem Kopf wächst eine lange Feder. Das Dings sieht aus wie ein Mann und hat eine lange, spitze Stange in der einen Hand und den Deckel einer blechernen Mülltonne in der anderen.

Wie ich mir den Kerl so genauer ansehe, wird mir eines klar: Aus ›Bonanza‹ ist der nicht.

Ich fahr also noch ein Stückchen näher, und meine netten blauen Kinderaugen erkennen: Das, was ich da anstarre, ist ein Mensch in voller Rüstung. Was ich für eine lange, spitze Stange hielt, entpuppt sich als eine gut vier Meter lange Lanze, an deren Spitze so etwas wie ein Rasiermesser angebracht ist.

Wer der Kerl ist und warum er so angezogen ist, mag für gewisse Leute – zum Beispiel die Straßenpolizei – recht interessant sein, aber ich bin weit davon entfernt, etwas mit der Polizei zu tun zu haben. Weit entfernt bin ich übrigens auch noch immer von Tommy Malloon, der jetzt schon ungeduldig auf seine zehn Dollar ›Schutzgebühr‹ wartet.

Also sage ich, als ich da diesen ollen Panzerkreuzer mir die Straße versperren sehe, höflich zu ihm: »Mach, daß du zum Teufel gehst, Brüderchen!« Wie schon gesagt: laut, deutlich – aber höflich.

Stellt sich aber bald heraus, daß das ein Fehler ist. Der Kerl im blechernen Smoking sieht bloß das Lastauto, das da auf ihn zukommt. Als er aus dem Kühlerverschluß etwas Dampf aufsteigen sieht, legt er seinen eisernen Kopf verwundert auf die Seite. Inzwischen schnarcht auch mein Auspuff auf wie 'ne Posaune, denn ich steige einige Male heftig aufs Gas. Das gibt den Ausschlag.

»Heiho!« heult seine Stimme hinter dem Helm auf. »Ein Drache!«

Plötzlich legte er seine Lanze ein, stößt dem Gaul seine Krummzehlein in die Weichen und kommt auf meinen ollen Laster losgaloppiert.

Über dem Klappern seiner eisernen Rüstung höre ich ihn noch: »Für Pendragon und England!« schreien. Dann kommt er schon heran wie 'n kleiner Panzerspähwagen.

Sein vier Meter langes Rasiermesserchen ist geradewegs auf meinen Kühler gerichtet. Ich will natürlich nicht, daß er mir den Motor kaputt macht, und wende also den Laster zur Seite.

Das hat zunächst nur zur Folge, daß der Kühlerverschluß geradewegs in die Luft saust. Dann kommt 'n dicker Dampfstrahl heraus, dem Blechbruder geht sein Pferd in die Höhe, der Kerl stößt einen Schrei aus und läßt die Lanze fallen – Krach! und die Windschutzscheibe ist in Trümmern.

Jetzt reißt mir die Geduld. Ich halte den Laster an und steige aus, aber dalli. »Hören Sie mal, Sie Narrenkopf!« sage ich freundlich zu ihm.

»Aha«, ertönt hinter dem Helm eine Stimme. »Ein Zauberer!« Der Kerl quatscht Zeug zusammen! »Halt!« brüllt er. »Denn es ist Pallagyn, der spricht.«

Ich bin nun nicht gerade in der Stimmung, mir Theaterzeugs und lange Reden anzuhören. Also nehm ich 'nen langen Mutternschlüssel und geh zu dem Mann rüber.

»Schlägst wohl gern meine Windschutzscheibe ein, was, Junge? Machst auf offener Straße Krach, was? Ich werd' dir mal ... Heda!«

Na, ich bin keiner, der aus geringfügigem Anlaß ›Heda!‹ schreit, aber wie dieser kugelsichere Jockey da von seinem Pferd runtergeschlittert kommt, tändelt er mit einem rund drei

Meter langen Schwert herum, ziemlich scharf geschliffen, soweit ich sehen kann. Und wenn jemand so mit rund drei Meter Schwert nach meiner Kehle zielt, so ist das allemal ein ›Heda!‹ wert, will mir scheinen.

Ich rechne mir also aus, daß es doch lohnender ist, mich mal rasch zu bücken, wenn ich einen Haarschnitt samt Rasur vermeiden will. Dabei habe ich noch sehr viel Glück, daß sich diese wandelnde Eisenhandlung so langsam bewegt, denn er rammt das Riesenschwert buchstäblich im Zeitlupentempo nach mir. Ich ducke mich also hurtig und klopfe ihm nur mal so zum Spaß mit dem langen Mutternschlüssel eins auf die Birne.

Kein Ergebnis.

Der stählerne Engel läßt sein Schwert fallen und stößt noch einen Schrei aus. Also geb ich ihm noch mal so richtig zärtlich eine auf den Helm. Immer noch nichts. Beim dritten Mal hab' ich dann endlich Erfolg: Der schwere Mutternschlüssel bricht ab.

Da ergreift mich plötzlich sein eiserner Arm, und los geht's.

Ehe ich noch weiß, was los ist, wird's um mich schwarz und einsam. So viel merke ich noch, daß mein merkwürdiger Partner nach einem Feitel in seinem Gürtel langt. Ich sorge dafür, daß mein Stiebel schneller dort ist als seine Hand. Ich trete mit allem, was ich habe, nach. Es wirkt. So an die hundertfünfzig Pfund Rüstung bekommen das Übergewicht. Dem Kerl drin bleibt nichts anderes übrig, als mitzustürzen. Er landet auf dem Rücken – *seinem*, glücklicherweise. Im Nu sitz ich ihm auf der Brust und mach die Jalousie auf, die er vorn am Helm hat.

»Haltet ein, genug!« sagt er von innen. »Ich beschwöre Euch: Haltet ein!«

»Schon gut, Junge. Aber mach doch mal den Briefkasten da auf. Ich möchte gern das Gesicht von dem Idioten sehen, der da unbedingt einen Verkehrsunfall mit 'ner Wagenladung Blech bauen wollte.«

Er zieht also den Rollbalken hoch und erlaubt mir einen Blick auf sein purpurnes Gesicht mit feuerrotem Bart. Der Bursche hat blaue Augen, die er aber beschämt niedergeschlagen hält.

»Ihr seid der erste, o großer Zauberer, das besiegte Antlitz von Sir Pallagyn of the Black Keep zu schauen«, murmelt er vor sich hin.

Ich hüpfe so geschwind von seiner Brust runter, als wäre es der elektrische Stuhl. Ich hab' zwar schon an manchem einen Narren gefressen, bin aber noch nie auf 'nem Narren gesessen.

»Muß leider rasch weiter«, sage ich möglichst beiläufig. »Ich weiß nicht, wer Sie sind, noch warum Sie so rumlaufen. Vielleicht sollte ich Sie einsperren lassen, aber ich hab's nun gerade eilig, verstehen Sie? Also tschüß!«

Ich beginne wegzugehen, drehe mich aber noch mal um: »Übrigens habe ich es nicht sehr gern, wenn man mich mit ›o Zauberer‹ anredet.«

»Wahrhaftig«, sagt der Kerl, der sich Sir Pallagyn nennt, und richtet sich unter ziemlicher Geräuschentfaltung auf. »Ihr seid aber *doch* ein Zauberer, denn Ihr reitet in einem Drachen, der Feuer, Dampf und Flammen schnaubt und furzt.«

Mir gehen inzwischen der Dampf, das Feuer und die Flammen durch den Kopf, die der ›dünne‹ Tommy Malloon jetzt wohl schon ausstößt, und kümmere mich also nicht weiter um den Blechhaufen. Ich klettere in meinen Laster, da kommt Sir Pallagyn plötzlich angerannt und schreit:

»Halt! Wartet!«

»Worauf soll ich denn warten?«

»Mein treues Roß, mein' Wehr und Waffen – nach hergebrachtem Turnierrecht sind sie Euer!«

Irgend etwas schnappt in meinem Hirnchen ein: Die Sache beginnt mich zu interessieren.

»Wer zum Kuckuck sind Sie denn eigentlich?« frage ich. »Und wo zum Teufel wohnen Sie?«

»Wie ich Euch schon kündete, o Zauberer«, sagt er mir darauf, »ich bin Sir Pallagyn of the Black Keep. Von Merlin bin ich verzaubert und von König Artus' Hof in Camelot hierher entsandt. Dort wohn ich und dort weil ich!«

»Hm?« räuspere ich mich verlegen.

»Und da Ihr mich in rechtem Manneskampfe besiegt, so habt Ihr nach altem Brauch mein Roß, mein Wehr und Waffen errungen.« Er schüttelt seinen Kopf, was ein bißchen wie das

Rattern eines Maschinengewehrs klingt. »Merlin wird gar erzürnt sein, hört er von diesem Strauß, will mir scheinen.«

»Merlin?«

»Merlin, der graue Zauberer, der mich auf diesen Suchgang entsandt'«, erklärt der Schrotthaufen. »Er war's, der mich durch Zeit und Raum geschleudert, das Kappadokische Taburett zu suchen.«

Natürlich ist der Kerl so verrückt, wie man nur sein kann, aber irgend etwas muß doch dran sein an dem, was er da sagt. Diesen König Artus und auch diesen komischen Merlin habe ich mal in 'nem Film gesehen. Da war'n auch so Kerls, die sich Ritter nannten, was hauptsächlich bedeutete, daß sie zur Bande von diesem Artus gehörten. Die sitzen da in irgendeiner Art Schenke um 'nen runden Tisch herum, schlagen ständig Krach und gehen auf allerlei Kreuzzüge und ›Suchgänge‹, was zu gut deutsch bedeutet, daß sie Zeug klauen, was ihnen nicht gehört, oder daß sie anderen Rittern die Dame ausspannen.

Natürlich glaube ich, das alles war so hundert Jahre oder so her und in Europa, in den alten Tagen, bevor sie ihre Rüstung in die Ecke lehnten, bunte Sporthemden anzogen und die verschiedenen ›gesetzeswidrigen Tätigkeiten‹, wie die Sonntagsblätter schreiben, auf 'ne ordentliche, geschäftsmäßige Basis stellten.

Und all der Quatsch mit ›in Zeit und Raum vorwärtsschreiten‹, um irgend etwas zu finden, ist natürlich blanker Unsinn, wenn man es nicht mit Einstein und seinen Theorien hält. Mir persönlich ist Raquel Welsh lieber.

Immerhin, die Situation ist – man könnte sagen: ungewöhnlich, also sage ich zu dem wahnsinnigen Klempner: »Und Sie wollen mir also wirklich weis machen, Sie kämen direktemang vom Hofe König Artus', und irgendein Zauberer hätte Sie ausgeschickt, etwas zu suchen?«

»Wahrhaftig, o Zauberer. Merlin warnte mich schon, man werde mir keinen Glauben schenken«, sagt darauf dieser Pallagyn oder wie er heißt traurig. Dabei kaut er an seinem Schnurrbart, ohne erst Butter daraufzustreichen. Fast sieht es aus, als ob er jeden Augenblick losheulen will.

»Ach, ich glaub dir, Junge«, sage ich, um ihn etwas zu trösten.

»Dann nehmt mir Roß, Wehr' und Waffen – der Brauch gebietet's!« beharrt er.

Was ich wesentlich lieber nehme würde, ist in diesem Augenblick ein Drink. Also tu' ich's, und sofort wird mir besser. Ich steige aus und gehe zu dem ollen Haferbrenner hinüber. »Is mir nich ganz klar, was ich mit dem vierbeinigen Leimtigel soll«, sag ich zu dem Ritter, »und auch für Ihr Manikürzeug habe ich keine unmittelbare Verwendung. Aber wenn's Sie glücklich macht, nehm ich das Zeut mit.«

Ich greif mir also den Gaul, führe ihn nach hinten und lasse die Rampe des Lasters herunter. Nachdem ich den Gaul im Laderaum untergebracht hab', geh ich wieder nach vorn, wo Pallagyn gerade seine stählerne Poloausrüstung auf dem Vordersitz verstaut.

»Ich gebe das hier für Euch auf den Drachen«, sagt er einschmeichelnd.

»Das ist kein Drache«, erkläre ich ihm, »das ist ein Ford.«

»Ford? Von so einem Tier hat mir Merlin nichts erzählt.« Dabei klettert er seinen Konservenbüchsen nach, sieht aber aus, als hätte er Angst, das Lenkrad würde ihn beißen.

»He, wohin wollen Sie denn jetzt?«

»Mit dir, o Zauberer. Wohl sind Roß und Waffen dein, doch ich muß ihnen folgen, und sei's in Gefangenschaft und Sklaverei. So gebietet es das eherne Gesetz der Fahrt.«

»Mensch, Sie haben wohl nichts wie Gesetze im Hirn, da muß einer ja dösig werden. Jetzt hören Sie mal gut zu: Ich mag keine Autostopper ...«

In dem Moment schau ich auf meine Uhr und sehe, es ist beinahe zehn. Nun fällt mir ein, daß ich den dünnen Tommy ja schon um acht hätte treffen sollen. So geht mir durch den Kopf: Warum nicht? Ich werde diese traurige Gestalt ein Stückchen die Straße lang nehmen, ihn an einem stillen Platz abstellen und die ganze Geschichte vergessen. Vielleicht kann ich dabei gleich auch erfragen, ob jemand gerade aus Baycrest abgängig ist – das ist das Irrenhaus hier rum.

Pallagyn pfeift durch sein Bärtchen, als ich den Kasten in

Schwung bringe, also frage ich ihn: »Was ist's, alter Bursche, sind Sie vielleicht durstig?«

»Nein«, keucht er aufgeregt, »aber wir fliegen!«

»Wir fahren bloß achtzig«, sag ich ihm. »Sehen Sie doch auf den Geschwindigkeitsmesser.«

»Achtzig was? Was für ein Messer?«

Jetzt wird mir langsam alles klar. Der Kerl schwindelt nicht. Ich sehe mir seine Rüstung noch mal genauer an. Sieht ganz massiv aus, nicht wie das Zeug, das man so beim Maskenverleih bekommt. Da sind so kleine, hübsche Einlegearbeiten in Gold und Silber. Und der Kerl weiß also doch wirklich nicht, was'n Auto ist oder 'n Tachometer!

»Junge, du brauchst'n Drink«, sag ich und nehm gleich auch einen. Dann reich ich ihm die Buddel rüber.

»Met?« fragt er.

»Ne, Haig & Haig. Genehmigen Sie sich mal 'n kleinen.«

Er setzt die Flasche an und nimmt 'n gewaltiges Schlückchen. Dann heult er auf und wird röter als sein Bart.

»Ich bin verzaubert!« röhrt er. »Du bist ein schwarzer Zauberer!«

»Na, na! Das läßt ganz rasch wieder nach. Übrigens hab' ich schon mal gesagt, daß ich kein Zauberer bin. Bin jetzt'n ganz gewöhnlicher Bauer und Marktfahrer, egal, was die bei der Polente Ihnen erzählen. Mit dem anderem Leben hab' ich längst Schluß gemacht.«

Nach 'ner Weile wird er wieder friedlich und fängt an, mich alles mögliche Zeug zu fragen. Ehe ich noch viel nachdenken kann, erzähle ich ihm auch schon, wer ich bin und was ich so tu'. Nach noch 'nem winzig kleinen Schluck kommt mir die ganze Geschichte auch nicht mehr so verrückt vor. Schließlich kriegt er mich so weich, daß ich ihm das Du anbiete und ihn bitte, mich ›Butch‹ zu nennen. Einige Minuten später sind wir so dick befreundet wie Pennbrüder.

»Nenn mich ganz einfach Pallagyn«, sagt er zu mir.

»Okay, Pal. Wie wär's mit noch 'nem kleinen Sorgenbrecher?«

Diesmal ist er schon etwas vorsichtiger, und es scheint auch schon ganz glatt seine Gurgel runterzurutschen, denn er schmatzt genießerisch und läuft diesmal auch nicht mal rosa an.

»Darf ich dich nach dem Ziel deiner Reise fragen, o Butch?« gibt er nach etwa 'ner Minute von sich.

»Du darfst«, sag ich, »da sind wir schon, gerade vor uns.«

Dabei deute ich auf das Gebäude, dem wir uns gerade nähern. Es handelt sich um 'ne Kaschemme mit dem schönen Namen ›Stolper rein!‹ und ist genau das Rattenloch, in dem der dünne Tommy Malloon in Hut und Pistolenhalfter Hof hält. Das erklär ich Pal in kurzen Worten.

»Es sieht nicht wie ein Rattenloch aus«, bemerkt er.

»Jedes Haus, in das der dünne Tommy einkehrt, wird automatisch zum Rattenloch ehrenhalber«, sag ich Pal, »denn der ›Dünne‹ ist nun eben 'ne Ratte. Er ist so ziemlich das letzte. Nichtsdestotrotz muß ich jetzt rein und ihm zehn Dollar ›Schutzgebühr‹ zahlen, oder er sorgt dafür, daß mein Futterklee das nächstemal mit Lauge gedüngt wird.«

»Was bedeutet das?« fragt nun Pallagyn.

»Ja, mein lieber Paul, ich hab' wirklich 'ne kleine Farm. Und dem dünnen Tommy muß ich alle paar Wochen einen Zehner geben, sonst kommt es eben zu kleinen Ungelegenheiten. Zum Beispiel könnte ich da auf einmal Glas in meinem Hühnerfutter finden, oder 'ne kleine ›Ananas‹-Bombe in meinem Silo.«

»Du zahlst also, um Vandalen daran zu hindern, deine Landwirtschaft zugrunde zu richten?« fragt der Ritter. »Wäre es nicht praktischer, die Übeltäter zu entlarven und zu bestrafen?«

»Entlarven is' nich' nötig. Ich weiß ganz genau, wer meine Farm kaputt macht, wenn ich nicht zahle«, sage ich. »Der dünne Tommy höchst eigenhändig.«

»Ah, es scheint mir, als verstünde ich die Situation: Du bist ein Lehensmann, und dieser hagere Thomas ist dein Herr.«

Irgendwie klingt diese Bemerkung – vor allem auch der Ton, in dem Pal sie macht –, als wäre ich doof und reingelegt. Nun habe ich aber gerade genug getrunken, um etwas dagegen zu haben.

»Verdammt noch mal, ich bin kein Lehensmann. Eigentlich hatte ich schon lange vor, es diesem dünnen Tommy einmal richtig zu zeigen. Also werde ich ihm heute nicht zehn Dollar geben, sondern ihm ins Gesicht sagen, was ich von ihm halte.«

Pallagyn hört mir sehr aufmerksam zu, denn es ist mit seiner Grammatik nicht allzu gut bestellt und er versteht manchmal Englisch offenbar nur mühselig. Aber er versteht schließlich, was ich meine, und lächelt.

»Ihr sprecht wie ein rechtschaffener Ritter«, sagt er dann. »Ich werde Euch bei diesem Waffengang begleiten, denn mein Herz entzündet sich für einen aufrechten Mann mit festem Ziel, und überdies ist mir dieser hagere Thomas nicht sympathisch.«

»Nein, nein, bleib bloß sitzen«, sage ich schnell. »Ich mach das schon selbst. Der dünne Tommy mag es nämlich auf den Tod nicht, wenn fremde Leute bei Tag in sein Lokal kommen, ohne daß er sie eingeladen hat. Dazu bist du noch, na sagen wir: etwas auffällig angezogen. Bleib also lieber da und nimm noch schnell einen aus dem Fläschchen.«

Ich fahr also vor, krieche aus der Kiste und marschiere schön hurtig in die Kaschemme rein.

Mein Herz schlägt ganz schön hurtig, denn was ich nun vor habe, würde jedes wissende Herz schnell schlagen lassen – solange es der dünne Tommy nicht extra am Schlagen hindert. Das tut er nämlich manchmal, wenn ihn etwas ärgert oder kränkt – vor allem, wenn's dabei um Geld geht.

Ich geh aber trotzdem zur Bar ran, und richtig, da steht der dünne Tommy und poliert Gläser. Dabei hat er Boxhandschuhe an. Wie ich dann allerdings genauer hinsehe, merke ich, daß das gar keine Boxhandschuhe sind, sondern einfach die Fäuste des ›Dünnen‹.

Der ›Dünne‹ ist natürlich nicht wirklich dünn, wie Ihnen sicher längst schon klar ist. Man nennt ihn bloß so, weil er nackt so an die dreihundertfünfzig Pfund wiegt. Nackt ist er zum Beispiel, wenn er ein Bad nimmt – so einmal im Monat.

»Du bist's also!« sagt er mit 'ner Stimme wie 'n Bulle.

»Hallo, dünner Tommy«, begrüße ich ihn. »Wie geht's?«

»Du wirst dich wundern wie's dir geht, wenn du die zehn Eierchen nicht rasch und brav in meine Hand legst«, grunzt der ›Dünne‹. »Die anderen waren alle schon vor zwei oder drei Stunden da, und ich kann auch nicht ewig damit warten, das Geld auf die Bank zu tragen.«

»Dann geh doch mal«, sag ich ihm, »*ich* halt dich nicht zurück.«

Der dünne Tommy läßt das Glas, das er gerade poliert, fallen und lehnt sich rasch über die Bar. »Gib den Zaster her!« stößt er durch die Zähne. Es sind große, gelbe Zähne, die in einem nicht allzu einnehmenden Grinsen arrangiert sind.

Ich grinse ihn also auch an, denn er kann ja meine Knie nicht zittern sehen.

»Ich hab' leider nichts für dich, Tommy«, bringe ich gerade noch heraus. »Eigentlich bin ich ja hauptsächlich gekommen, um dir zu sagen, daß ich ab heute keinen Schutz mehr brauche. Also gibt's auch keine ›Schutzgebühr‹.«

»Ha!« brüllt Tommy, haut auf die Bar und kommt dann mit einer für einen Mann seiner Leibesfülle erstaunlichen Geschwindigkeit um die Theke rum und auf mich losgesprungen.

Dabei schreit er »Bertram!« und »Roscoe!«

Bertram und Roscoe sind Tommys Kellner, aber ich habe irgendwie das Gefühl, Tommy ruft sie nicht, damit sie mich bedienen.

Die Burschen kommen in gestrecktem Galopp von hinten raus. Es will mir scheinen, als hätten sie in solchen Dingen schon von früher her Erfahrung, denn Bertram trägt einen kleinen Totschläger mit sich herum, und Roscoe hält ein niedliches kleines Springmesser mit einer etwa 25 Zentimeter langen Klinge einladend in der Faust. Das Messer macht mir dabei am meisten Sorge, denn Roscoe sieht mir überhaupt nicht nach einem Pfadfinder aus.

Während ich das alles noch allmählich wahrnehme, sitzt mir der dünne Tommy schon an der Jacke und versucht, mir 'nen Linken auf die Kinnspitze zu verpassen. Ich mache gerade noch rechtzeitig vor ihm 'ne kleine Verbeugung, inzwischen kommt aber Tommys zweite Hand daher, und schon sause ich quer durchs Zimmer. Dabei stürze ich über einen Stuhl, und nun sind Bertram und Roscoe wirklich gerne bereit, mich zu ›bedienen‹. Einer von ihnen ist sogar so höflich, den Stuhl, über den ich gefallen bin, unter mir hervorzuzerren, aber dann will er mir damit sofort über den Schädel hauen, und das finde ich nun wieder nicht freundlich.

Ich tu' einen Juchzer und greif mir 'nen Salzstreuer vom Tisch. Den stopf ich Bertram in den Schlund. Eben, als ich dabei bin, Roscoes Augen mit ein wenig Pfeffer zu garnieren, kommt der dünne Tommy angesaust, nimmt Roscoe das Messer fort und läßt mich vor sich her in die nächste Ecke kriechen.

In dem Augenblick höre ich draußen eine fürchterlichen Krach, und jemand brüllt: »Hottojoho! Pendragon und Pallagyn!«

Und natürlich galoppiert jetzt Sir Pallagyn in die gute Stube! In der einen Hand hält er sein Schwert, meine Whiskybuddel in der anderen – leer natürlich! Klar, daß er nun bis an die Haarwurzeln hinauf voll Mut ist.

Erst läßt er die Flasche aus. Bertram kriegt sie seitlich übern Schädel, genau in dem Moment, in dem er endlich den Salzstreuer ausspuckt. Was zur Folge hat, daß Bertram mit einem leisen Seufzer zu Boden gleitet. Roscoe und Tommy drehen sich um.

»Ein Roboter!« bemerkt der dünne Tommy überflüssigerweise – und auch nicht völlig wahrheitsgemäß.

»Ja«, sagt Roscoe, der nun plötzlich sehr beschäftigt ist, weil Pallagyn mit seinem Schwertchen auf ihn einstochert. So geschäftig und in Eile ist er, daß er leider über den Stuhl fällt und dabei unglücklicherweise mit seinem Gesicht in einem Spucknapf landet. Pallagyn schickt sich eben an, ihm eine Gründliche zu verpassen, da läßt mich der ›Dünne‹ los und stößt ein schauerliches Grunzen aus.

Er nimmt mit der gleichen Hand den Totschläger und das Springmesserchen auf und schlägt zu. Die springen von Pallagyns Helm natürlich harmlos ab. Also versucht es Tommy mit einem Stuhl. Das funktioniert auch nicht, also greift er sich einen handlichen Tisch.

Pallagyn dreht sich nur etwas überrascht um und geht nun auf Tommy los. Jetzt möchte sich der dünne Tommy dünne machen. Er macht ein paar Schritte nach rückwärts und sagt dabei besorgt:

»Nicht ... nicht ...« Plötzlich langt er in die Hüfttasche und zieht seinen Revolver heraus.

»Obacht!« schrei ich und versuche, zu Tommy zu gelangen, bevor er schießen kann. »Bück dich, Pal, hau dich auf den Boden!«

Pallagyn duckt sich, rennt aber immer noch weiter auf Tommy zu. Seine Rüstung ist so schwer, daß er nicht plötzlich stehen bleiben kann, ohne umzufallen.

Die Kanone ballert über seinen Kopf weg, aber Sir Pallagyn stürmt weiter und mitten in den dünnen Tommy hinein. Er erwischt ihn mit dem Helm geradewegs im Bauch. Der dünne Tommy macht bloß ›u-u-uff‹ und setzt sich auf seine vier Buchstaben. Dann hält er seinen Bauch dort, wo der Helm landete, und verfärbt sich stark ins Grüne.

Pallagyn zückt schon sein Schwert, aber ich sage zu ihm: »Laß ihn in Frieden. Ich glaube, er hat soeben etwas gelernt.«

Im Hinausgehen flüstert mir der dünne Tommy gerade noch zu: »Wer ist der Kerl?«

»Das«, sage ich friedlich, »ist mein neuer Knecht auf der Farm. Wenn ich du wäre, würde ich also lieber keine ›Ananas‹ draußen bei mir anbauen, denn er ist etwas allergisch gegen Obst.«

So verbleiben wir also, und ich krieche wieder auf den Fahrersitz meines Lasters.

»Dank dir, Pal«, sage ich. »Du hast diesen Affen nicht nur zu Tode erschreckt, sondern mir auch praktisch das Leben gerettet. Ich stehe tief in deiner Schuld, wer du auch sein magst, und wenn der dünne Tommy in seiner Kaschemme keine solche Schwefelsäure als Schnaps verkaufen würde, nähme ich dich jetzt zu ihm auf 'nen Drink.«

»Erwähnt es nicht. Es war nur eine Kleinigkeit«, sagt Pallagyn.

»Ich tue gern einmal etwas für dich, alter Freund«, sag ich zu ihm. »Du bist nämlich jetzt wirklich mein Freund, Pal.«

»Es scheint, als könntet Ihr mir schon jetzt helfen.«

»Wie das?«

»Nun, bei der Erfüllung meiner Aufgabe als Gralsritter. Merlin hat mich ausgeschickt, das Kappadokische Taburett zu finden.«

»Mit den neuen Nachtclubs kenne ich mich gar nicht mehr aus«, sage ich ihm darauf. »Ich habe mich aus der Großstadt völlig zurückgezogen und bin ein einfacher Landmensch geworden.«

Pallagyn ignoriert meine Bemerkung völlig und erklärt:

»Das Kappadokische Taburett ist jenes Tischchen, auf dem der Heilige Gral ruhen wird, wenn wir es gefunden haben.«

»Der Heilige Gral?«

Also erzählt mir Pallagyn die Geschichte von König Artus und seiner Schlägergarde. In der Hauptsache sitzen die Burschen um einen runden Tisch herum, saufen und kämpfen miteinander. Scheint, daß dieser König Artus seine Gang nicht besonders straff organisiert hat.

Das Hirn der ganzen Bande ist dieser Merlin, der ein ziemlich hohes Tier in der Magier-Gewerkschaft ist. Er schickt dauernd Burschen aus, um irgendwelche Weiber zu retten, die jemand hat mitgehen lassen, oder um Kerls von rivalisierenden Banden umzulegen – aber er interessiert sich offenbar hauptsächlich für den Heiligen Gral.

Ganz geht mir ja nicht auf, was dieser Heilige Gral eigentlich ist, aber es scheint sich um eine Art Super-Humpen oder Fußballpokal zu handeln, der irgendwann einmal im Mittelalter aus 'nem Pfandleihhaus verschwunden ist. Aber alle sind ganz wild darauf, ihn zu finden, sogar die ganz großen Nummern in der Bande wie Sir Galahad und Sir Lancelot.

Wie Pallagyn die erwähnt, fällt mir ein, daß ich von diesen Knaben schon mal wo gehört habe. Also frage ich ihn alles mögliche und erfahre so eine Menge über die alten Zeiten und die Ritter; wie sie leben und all das Zeug mit Turnieren und so. Die kommen mir etwa so vor wie Bundesligaspiele, aber ohne Bestechung.

Also, um die Sache kurz zu machen: Dieser Merlin kann bis heute den Heiligen Gral nicht in die Pfoten bekommen, so sehr er auch nach allen Seiten Ritter ausschickt. Aber in mancher anderer Hinsicht ist er ein ganz gerissener Bursche. Irgendwie törnt er sich an und kann dann in die Zukunft sehen. Und was er beispielsweise da sieht, ist dieses Kappadokische Taburett. Das ist irgend so'n heiliges Tischchen, das zum Heiligen Gral gehört.

Holt sich also der olle Hasch-Bruder Sir Pallagyn und sagt ihm, er schicke ihn zur höheren Ehre Britannias auf die Reise. Er solle dieses Telefontischchen für den Heiligen Gral besorgen und zurückbringen.

Alles, was Merlin für Pallagyn tun kann, ist, daß er einen Zauberspruch über ihn spricht und ihn in die Zukunft schickt; dorthin nämlich, wo er das Kappadokische Taburett sieht. Also erzählt er ein bißchen über unsere Zeit und unser Land, schüttet ein wenig Pulver auf ihn, und schon sitzt Pallagyn auf seinem Pferd in der Mitte unserer schönen, für Ford-Laster gebauten Landstraße. Dort hab' ich ihn ja dann auch gefunden.

»Ganz leicht zu glauben ist das nicht«, sage ich, als Pallagyn mit seiner Geschichte zu Ende ist.

»Aber ich bin doch hier«, meint der Ritter. Womit eigentlich alles gesagt ist.

Immerhin ist er ein guter Junge und hat mir das Leben gerettet, also muß ich wenigstens versuchen, für ihn etwas zu unternehmen.

»Hat dir der olle Opiumnascher keinen Hinweis gegeben, wo du das Ding finden könntest?« frage ich ihn.

»Merlin? Wahrhaftig, er sprach davon, daß er es in einem ›Haus der Vergangenheit‹ sähe.«

»Was für ein Haus?«

»›Haus der Vergangenheit‹ – so deucht mir, hat er es genennt.«

»Hab' ich noch nie was 'von gehört«, antworte ich. »Höchstens, er meint damit ein Beerdigungsinstitut. Mich bringen sie aber in so'n Leichenhotel nicht rein – nicht mit zehn Pferden, geschweige denn mit deinem alten Gaul.«

Während ich das sage, fahren wir schon in meinen Hof, und ich halte den Laster an.

»Woll'n wa mal 'n Tellerchen voll essen«, schlage ich vor. »Vielleicht fällt uns dabei etwas ein.«

Also hole ich Pallagyn samt Rüstung aus dem Auto raus und

nehm ihn mit rein. Während ich das Essen zubereite, sitzt er in der Küche rum und stellt tausend dumme Fragen. Stellt sich heraus, er ist 'n ziemlich unwissender Bursche. Zu seiner Zeit gab es offenbar weniger Zivilisation als das Schwarze unter den Nägeln der Kerle, die da lebten. Er kennt keinen Ofen, kein Gas, und wie er mir dann auch noch erzählt, daß sie kein elektrisches Licht hatten, geht mir plötzlich auf, warum man immer vom ›finsteren Mittelalter‹ spricht.

Also erkläre ich ihm alles, Autos und Eisenbahnzüge, Flugzeuge und Traktoren, und dann bringt mich mein gutes Herz soweit, daß ich auch noch einige Tips über den Umgang mit Leuten gebe.

Ich erkläre ihm den ganzen Kram mit den Gangs und der Polente und den verschiedenen Dingern, die man dreht. Auch die ganze Schweinerei mit Politik und Wahlen erkläre ich ihm. Und zum Abschluß gibt's noch 'nen kurzen wissenschaftlichen Exkurs – Maschinengewehre und gepanzerte Geldtransportwagen, Tränengas und ›Ananas‹-Granaten, Fingerabdrücke –, ganz große Klasse und auf dem letzten Stand.

Es ist verdammt schwer, einem so unwissenden Kerl wie Pallagyn all das Zeug beizubringen, aber er ist so herrlich dankbar für alles, daß ich ihm auch die letzten Finessen verrate.

Aber schließlich bin ich ja kein Schullehrer, und überdies bringt uns all das der Lösung von Pallagyns Problemchen nicht näher. Er will sich ja immerhin dieses Taburett unter den Nagel reißen.

Also frage ich ihn noch mal recht gründlich über alles aus: Was das für'n Tischchen ist, wie es aussieht und wo dieser miese Bruder Merlin ihm gesagt hat, daß es zu finden ist.

Aber alles, was ich aus ihm herausquetschen kann, ist, daß das Ding im ›Haus der Vergangenheit‹ steht ...

»Großes Haus«, sagt er, »und das Taburett wird von Männern in Blau bewacht.«

»'ne Polizeistation?« geht mir durch den Kopf.

»Es ruht in einem durchsichtigen Sarg«, sagt er.

So was hab' ich noch nicht gesehen, denk ich mir, obwohl man mir erzählt hat, daß sie Stinky Raffaelano in einen Glassarg steckten, als er voriges Jahr irrtümlich in die Flugbahn eines 9 mm-Geschosses geriet ...

»Man kann das Taburett sehen, aber nicht berühren«, fällt ihm noch ein.

Da habe ich plötzlich eine Erleuchtung. 'ne ganz große Bogenlampe geht mir auf.

»Das Ding ist unter Glas«, sage ich zu Pallagyn, »es ist in einem Museum.«

»Glas?«

»Ach, quatsch nicht und mach dir keine Gedanken, was Glas ist«, sage ich. »Klar – Wachen, ›Haus der Vergangenheit‹, blaue Uniformen – es ist ganz einfach das Museum in der Stadt.«

Ich erkläre ihm, was ein Museum ist, und lasse dann meine Gedanken ganz schnell abschnurren.

»Erst müssen wir herausfinden, wo das Ding genau ist. Dann können wir uns den Kopf darüber zerbrechen, wie wir es ganfen.«

»Ganfen?«

»Klar, stehlen, Pal. He, sag mal, weißt du, wie das Biest aussieht?«

»Ei doch. Merlin hat es mir in allen Einzelheiten beschrieben, damit ich nicht fehlgehe und wirklich auch das richtige Taburett erlange.«

»Okay, willst du mir das Ding mal beschreiben?«

»Nun, es ist bloß eine hölzerne Tasse aus rohen Brettern, das an seinen vier Ecken von kurzen Beinen getragen wird. Es ist braun getönt, und es ist kaum vier Handbreit hoch. Es ist ganz einfach, ohne jeglichen Schmuck oder Zierrat, denn es wurde von den guten Kappadokischen Patres mit einfachsten Mitteln verfertigt.«

»So«, sag ich, »mir scheint, ich hab' eine Idee. Wart mal hier«, schlag ich ihm vor, »und tu' was für deine Bildung.«

Dabei geb ich ihm so'n Heftchen mit massenweise nackten Mädchen drin. Inzwischen gehe ich in den Keller runter. Wie ich nach 'ner Weile wieder hochkomme, stürzt Pallagyn mit lautem Blechgeklirre auf mich zu. Er ist ganz aus dem Häuschen.

»Sagt an, wer ist ist dies schöne Fräulein?« fragt er und deutet auf 'ne dumme Stute in 'nem Bikini. »Wahrhaftig, sie gleicht der

›Dame vom See‹«, bemerkt er. »Wiewohl mit mehr ... mehr –«

»Du sagst es, Bruder Pal,« stimme ich zu, »viel mehr. Aber sieh mal her, sieht das nicht wie das Nachttischchen aus, dem du nachjagst?«

»Alle Donner, das ist es ja wahrhaftig! Wo habt Ihr es erlangen können?«

»Ach, das ist bloß so'n Stückchen altes Mobiliar, das ich unten im Keller gefunden habe. Ein Fußschemel. Aber ich habe die Tapezierung runtergerissen und den Firnis etwas abgeschabt. Nun brauchst du bloß Merlin dazu zu bringen, daß er sein Zauberstäbchen schwenkt und dich zurückruft. Dann gibst du ihm das Ding hier. Er wird das nie überlauern«, sage ich, »und wir machen uns damit die Sache ein ganzes Stück leichter.«

Aber Pallagyn wird ganz traurig und beginnt wieder, an seinem roten Schnurrbart zu knabbern.

»Ich fürchte, Sir Butch, Eure Moralbegriffe lassen zu wünschen übrig. Ich bin auf Suchfahrt entsandt! Wie sollte ich es vor meinem eigenen Gewissen verantworten, ein gefälschtes Taburett mit heimzubringen?«

Da wird mir klar, daß ich nun wirklich in der Suppe drin stecke.

»Ich werd's gleich haben, Pal. Geh jetzt bloß mal raus und stell deinen Haferbrenner in'n Stall. Bist du wieder reinkommst, ist schon alles in Butter.«

Er donnert raus, und ich hänge mich inzwischen an die Strippe.

Wie er dann wieder reinkommt, bin ich schon fertig.

»Komm mit raus und stopf dich in'n Laster«, lade ich ihn ein. »Jetzt gehen wir los und holen die Möbel für dich ab.«

»Wahrhaftig? Dann sind wir ja nun auf gemeinsamer Kundfahrt, Sir Butch?«

»Frag keinen Quatsch«, sag ich drauf. »Mach nun schon los.«

Ich greife mir 'n Fläschchen vom Besten, dazu das falsche Taburett und 'nen Glasschneider, marschiere zum Lastwagen, und los geht's.

Es ist 'ne ziemlich lange Fahrt, und mir bleibt daher 'ne

Menge Zeit, Pallagyn alles auseinanderzuklauben. Ich erzähle ihm, wie ich das Museum angerufen habe und rauskriege, daß die dort dieses Nachttischchen haben. Dann hänge ich ein und ruf die Burschen noch mal an, diesmal natürlich mit verstellter Stimme. Ich erzähle ihnen, ich sei von 'nem Eilguttransportdienst und hätte 'ne Rüstung für sie, die ich jetzt rasch mal hinbringen wollte.

»Dufte Idee, was, Pal?« frage ich ihn.

»Aber ich verstehe nicht. Wie konntet Ihr mit dem Museum in der Stadt sprechen, wenn Ihr doch hier wart ...?«

»Immerhin bin ich ja selbst auch 'n Zauberer!« schieß ich los.

»Nun, das ist wohl so, aber dennoch verstehe ich Euren Plan immer noch nicht. Was soll denn eine Rüstung im ›Haus der Vergangenheit›?«

»Nun, es ist doch 'ne Antiquität, nicht? Weißt du denn nicht, daß heute kein Mensch mehr in Rüstungen herumläuft? Heute trägt man bloß noch kugelsichere Westen.«

»Nun gut, aber wie hilft uns das, das Taburett zu – ganfen?«

»Nichts leichter als das. Ich tu' so, als wärest du eine leere Rüstung, und trage dich ins Museum hinein. Dann sehen wir uns um, wo dieses Taburett ist. Ich stell dich in eine Ecke, und wenn dann am Abend die Bude dicht gemacht wird, kannst du es verdammt schnell ganfen. Du kannst den Glasschneider nehmen, um es herauszubekommen. Dann stellst du dieses falsche Taburett hinein, und am nächsten Morgen merkt kein Mensch was davon. Einfach, nicht?«

»Bei der Heiligen Jungfrau, Euer Plan ist ein Wunder an Schläue!«

Ich muß selbst zugeben, daß das Ding verdammt clever klingt. Aber mir fällt auf, daß nun der Verkehr um uns rum dichter wird; ich halte also den ollen Kasten an und sage zu Pallagyn:

»Ab jetzt bist du bloß 'ne Rüstung mit nichts drin. Kriech mal nach hinten und bleib hübsch still liegen. Wenn wir dann zum Museum kommen, zieh ich dich raus, und du bleibst dabei schön hübsch friedlich. Klar?«

»Auf meine Ehre!«

Also springt Pallagyn hinten auf den Laster rauf und legt sich still hin, während ich in die Stadt brause. Ehe ich noch in die Nähe vom Museum komme, nehm ich rasch mal zwei Schlückchen, um mir Mut zu machen, denn ich bin etwas nervös. Es ist immerhin verdammt lange her, seit ich mein letztes Ding gedreht habe.

Ich schwebe zwar nicht gerade, aber ich habe das Gefühl, als ob meine Beine nicht ganz zum Boden reichen, als wir in die Stadt kommen. Das wird wohl der Grund sein, warum ich so zufällig 'nen Kotflügel streife, nämlich den des Autos vor mir, als wir mal im Verkehr stehen bleiben müssen. Ich streife ihn natürlich nur ganz leise, aber dennoch fällt das verdammte Biest runter und bleibt auf der Straße liegen. Es gehört zu einem großen, schwarzen Rolls. Ein bösartig aussehender oller Weißkopf macht die Tür auf, lehnt sich raus und sagt:

»Na, hören Sie mal, Sie Rüpel!«

»Wen nennen Sie denn da 'n Rüpel, Sie flaschennasiger oller Affe?« sage ich freundlich, denn ich möchte, daß wir die Sache ohne Aufsehen beilegen.

»Aaaarch!« sagt darauf der olle Weißkopf und steigt aus seiner Kutsche. »Komm mit, Jefferson, und hilf mir, diesem Burschen Manieren beizubringen.«

Der Chauffeur, der nun aussteigt, ist einfach zu groß für unsere bescheidene kleine Welt. Er ist nicht nur groß, er sieht auch gemeingefährlich aus. Nun kommt er also mit dem Ollen auf mich losmarschiert.

»Warum gehen Sie nicht einfach weg und hüpfen in die Lagune?« schlage ich vor, denn ich mag keinen Streit. Aber der Olle läßt nicht mit sich reden.

»Geben Sie mir Ihren Führerschein«, knurrt er. »Ich werde etwas gegen Burschen wie Sie unternehmen, die rücksichtslos anderer Leute Autos rammen.«

»Ja!« sagt der große Chauffeur und steckt sein rotes Gesicht bei mir zum Fenster rein. »Vielleicht würde dieser Kerl etwas langsamer fahren, wenn der die Welt aus zwei blauen Augen betrachtet.«

»Moment mal«, meine ich nun. »Es tut mir schrecklich leid,

daß ich an Ihren Wagen rangekommen bin und dann etwas aufbrausend war, aber ich muß ganz schnell zum Museum. Wenn Sie mal hinten auf die Ladefläche sehen, so werden Sie dort eine Rüstung finden, die ich dorthin liefern muß.«

Gleich stellt sich heraus, daß das die zweitbeste Lösung ist. Wie ich nämlich den Ollen und den Riesenchauffeur auf mich zukommen sehe, werfe ich die Whiskyflasche hinten in den Laster rein. Nun aber erspäht sie Sir Pallagyn. Wie also der Olle seine Nase über die Bordwand baumeln läßt, vergönnt sich Pallagyn gerade 'n kleines Schlückchen.

Als Pal den ollen Kerl kommen sieht, hält er sich – den Arm hoch in der Luft – völlig still, behält die Flasche im Mund, knallt aber noch sein Visier herunter.

»He, was ist denn das?« will der Olle wissen.

»Hm?«

»Was macht denn die Flasche da, die im Visier des Helmes verklemmt ist? Und wieso wird sie vom Arm der Rüstung festgehalten?«

»Ich habe keine Ahnung. So habe ich das Ding vorgefunden, wie ich es heute morgen ausgepackt habe.«

»Da ist irgend etwas nicht in Ordnung«, beharrt der Olle. »Damals hat man noch nicht Whisky getrunken.«

»Das ist aber verdammt alter Whisky«, sage ich zu ihm.

»Das erscheint mir schon wahrscheinlich«, meint er, richtig eklig. »Wenigstens wenn man Ihrem Atem trauen kann. Mir scheint, man sollte Sie wegen Trunkenheit am Steuer einmal einlochen.«

»Sagen Sie mal«, mischt sich jetzt der Riesenchauffeur ein. »Vielleicht gehört der Laster gar nicht diesem Kerl. Vielleicht lügt er. Kann sein, daß er diese Rüstung gestohlen hat.«

»Das ist mir gar nicht zu Bewußtsein gekommen«, sagt nun der Olle und lächelt wie 'n lausiger Polizeibulle. »Sagen Sie«, und dabei dreht er sich rasch zu mir um, »wenn Sie so viel über diese Rüstung wissen, dann können Sie mir doch sicherlich sagen, wem sie ursprünglich gehörte.«

»Natürlich ... natürlich ...«, stammle ich. »Sir Pallagyn von König Artus' Tafelrunde.«

»Pallagyn? Pallagyn? Von dem hab' ich noch nie gehört«, sagt der Olle nun richtig bös. »Der gehörte doch nie zu König Artus' Tafelrunde.«

»Meistens liegt er drunter«, sage ich. »Er ist 'n ziemlich starker Trinker.«

»Unerhört! Das ist alles irgendein Schwindel.«

»Schauen Sie!« schreit nun Jefferson. »Der Whisky!«

Wir drehen uns alle um, und wirklich: Der Whisky verschwindet zusehends aus der Flasche, denn Pallagyn gurgelt ihn heimlich, still und leise hinunter.

»Schwindel!« schreit der Olle schon wieder und tippt mit seinem Stock an dem Helm.

»Laßt ab, beim Heiligen Sankt Georg!« röhrt Pallagyn. Er setzt sich dabei mit einem Ruck auf. »Laßt ab, eh ich Euch durchbohre, Ihr angejahrter Windbeutel!«

Jetzt steht der Olle da, hat den Stock in die Luft gehoben, sein Mund steht weit offen. Man könnte 'nen Kanarienkäfig hineinhängen.

Pallagyn sieht nur den Stock und greift schon nach seinem Schwert.

Rund um uns herum hupen all die braven Bürger, die mit ihren Wagen nicht weiter können. Wie sie aber Pallagyn aufstehen sehen und er sein Taschenmesser ein wenig herumschwenkt, fahren sie alle möglichst rasch fort.

»Roboter«, murmelt der Weißkopf.

»Was bin ich, ein Raubritter?« sagt Pallagyn nun empört und beginnt am Bauch des Ollen mit dem Schwert herumzuschnipseln.

»He!« schreit der Chauffeur. »Lassen Sie das man bleiben!« und stürzt sich auf den Ritter. Der aber sieht ihn auf den Laster raufklettern und tippt ihn nur kurz mit der Whiskyflasche an den Kopp. Der Dicke macht eine Bauchlandung und sitzt dann ganz still und friedlich auf der Fahrbahn.

Der Weißhaarige tanzt noch kurz herum und rennt dann nach seinem Wagen.

»Ich bin im Vorstand des Museums«, heult er. »Und was immer dieses Ding auch sein mag, es kommt mir nicht ins Haus.«

Nun taucht natürlich gerade die Polente auf. Ich nütze die Chance. Ich deute Pallagyn, sich völlig still zu verhalten, und lange mir den Ordnungshüter.

»Hören Sie, Herr Inspektor«, sage ich zu ihm. »Dieser Mensch und sein Chauffeur haben im Rückwärtsgang meinen Wagen angefahren. Riechen Sie mal an dem Wagenlenker, Sie werden sehen, er ist besoffen. Sehen Sie bloß hin, er ist so betrunken, er ist gar nicht bei sich. Der alte Kerl ist auch 'n Trinker, aber ich«, sage ich und steige aufs Gas, »ich hab's eilig. Muß diese Rüstung rasch im Museum abliefern. Ich erstatte also keine Anzeige.«

»He!« bringt der Ordnungshüter gerade noch heraus, aber ich flitze schon davon. Ehe er noch was sagen kann, bin ich schon um 'ne Ecke rum und schlage mich durch Hinterhöfe und Gäßchen durch.

Inzwischen lese ich Pallagyn gehörig die Leviten.

»Ab nun«, sage ich zu ihm, »rührst du dich nicht, ganz egal was geschieht. Verstehst du?«

»*Hick*«, sagt darauf Pallagyn.

»Ich kann dich nur in das Museum schmuggeln, wenn du ganz still und entspannt bist«, sag ich ihm.

»Hick!« sagt er darauf.

»Da sind wir endlich«, sage ich zu ihm, während ich hinter dem großen, grauen Steingebäude beim Lieferanteneingang stehen bleibe.

Wieder sagt er nichts als: »*Hick!*«

»Halt die Schnauze!« knurr ich ihn an.

Daraufhin macht Pallagyn einfach sein Visier zu.

»Jetzt sei aber still und laß mich alles machen«, sage ich ihm. Ich nehme das Tischchen unter den einen Arm und schiebe mit der anderen Hand den Glasschneider in die Tasche. Pallagyn hat noch immer Schluckauf, also reiß ich ihm die Federn vom Helm, mache das Visier auf, stopfe ihm die Federn in den Mund und knalle den Rollbalken wieder herunter. Dann mache ich den Laster hinten auf und lasse Pallagyn über die Laderampe herunterrutschen.

»Uuuu! Uuuch!« stöhnt er unter seinem Helm.

»Pst! Jetzt geht's los!«

Es ist gar nicht so leicht, Pallagyn an den Armen hinter mir nachzuziehen, aber es gelingt mir schließlich doch, ihn auf die Laderampe hochzukriegen. Auch zur Tür bringe ich ihn noch hinein. Drin aber steht eine Museumswache.

»Neue Rüstung«, sage ich zu dem Mann. »Wo ist Ihre Alteisenabteilung?«

»Das ist aber merkwürdig. Kein Mensch hat mir was gesagt, daß wir heute noch was reinkriegen sollen. Ach was, ich lasse Sie das Zeug einfach abstellen. Dr. Peabody wird sich dann wahrscheinlich morgen um die endgültige Aufstellung kümmern.«

Er sieht mich so an, wie ich so Sir Pallagyn daherziehe und dabei ganz rot im Gesicht bin.

»Seltsam, daß das Zeug so schwer ist. Ich dachte immer, Rüstungen wurden so leicht wie möglich angefertigt.«

»Ach, der Junge hier hat bloß schwere Unterwäsche an«, antworte ich ihm. »Wie wär's, wenn Sie mir 'n bißchen helfen wollten?«

Also hilft er mir, Pallagyn zu tragen, und wir tragen ihn durch eine ganze Menge langer Hallen bis in einen großen Saal.

Da steht eine Riesenmasse alter Rüstungen herum, und einige hängen auch an Drähten von der Decke. Aber noch etwas sehe ich, und das kostet mich einen Seufzer der Erleichterung. Mitten im Saal steht 'ne Glasvitrine, und in der Vitrine drin ist 'n schäbiger, kleiner Tisch – ganz so wie der, den ich unterm Arm trage. Ich stelle das Möbel hin und das Wachorgan bemerkt es nun zum ersten Mal.

»Was haben Sie denn da?« fragt er.

»Da soll dann die Rüstung drauf stehen«, erkläre ich. »Es gehört nu' mal mit zur Garnitur.«

»Ach so! Na, ist in Ordnung. Stellen Sie's bloß da bei der Wand ab. Ich muß jetzt rasch wieder vor zum Eingang.«

Und wirklich geht er weg. Ich blicke mich rasch mal um und sehe: Das Lokal ist wirklich und wahrhaftig leer. Es wird langsam dunkel, und ich denke, daß die hier wohl bald dicht machen.

»Das sind wir nun also«, flüstere ich.

»*Hick!*« sagt Pallagyn.

Er macht sein Visier auf, und sein Blick fällt auf das Taburett.

»Wahrhaftig, das ist es, was ich suche«, flüstert er. »Dank Euch viel tausendmal.«

»Nicht der Rede wert. Was du jetzt bloß noch tun mußt, ist warten, bis es etwas dunkler wird, und dann ziehst du die Chose ab.«

Ich gehe zu der Vitrine hin und klopfe mal dran.

»Sieh mal einer an«, sage ich. »Wir haben Glück. Das Ding geht von hinten auf, und wir müssen nicht mal mit dem Glasschneider arbeiten.«

Pallagyn aber hört nicht auf das, was ich sage. Er blickt der Reihe nach auf die Rüstungen an der Wand.

»Gawain!« schnaubt er unter seinem roten Schnurrbart vor. »Was?«

»Es ist wirklich und wahrhaftig die Rüstung von Sir Gawain!« sagt er aufgeregt. »Einer der Brüder von der Tafelrunde!«

»Was du nicht sagst!«

»Tatsächlich ist sie es – und dort drüben steht das Panzerkleid von Sir Sagramore! Wahrlich, ich kann dort auch die Rüstung des Herrn von Elderford erkennen, der ein Vetter von Sir Kay ist. Und Maligaint …«

Er spuckt rasch die Namen all seiner alten Freunde aus, stolziert dabei rasselnd herum und beklopft all das Blech. Mir aber sieht das Ganze aus wie 'n Haufen von Bestandteilen in einem von den geheimen Nestern, wo sie die gestohlenen Autos auseinandernehmen.

»Ich bin unter Freunden«, kichert er.

»Ja, wirklich? Sei deiner Sache nicht allzu verdammt sicher. Wenn die Burschen vom Museum herausfinden, was du hier vorhast, dann kannst du deiner Kundfahrt ade sagen. Jetzt mach schon weiter, aber rasch! Ich muß langsam wieder heim.« Damit schiebe ich ihn zur Vitrine hin. »Ich geb inzwischen auf die Tür acht, falls jemand kommen sollte«, flüstere ich. »Du vertauschst derweil die Taburetts, aber beeil dich!«

In kürzester Zeit hat Pallagyn die Vitrine offen, aber er hat Mühe, das Taburett herauszuholen, denn es ist befestigt. Er grunzt und reißt daran herum, und ich zittere dabei, denn womöglich macht er mit all dem Krach noch jemand vom Wachpersonal auf uns aufmerksam.

Pallagyn ist ganz andächtig: »Ich bin am Ziel meiner Suche!«

Und mit diesen feierlichen Worten reißt er das Taburett aus der Verankerung und schiebt das andere hinein. Dann verschließt er wieder die Glasvitrine und marschiert auf die Seite des Saales. Nur stößt er auf halbem Wege leider einen Schrei aus, denn er ist auf dem Steinboden mit dem Blechschuh ausgerutscht und saust nun zu Boden wie 'ne Altmetallawine. Es gibt einen fürchterlichen Krach, als wäre die Hölle los.

Und wirklich: Die Hölle *ist* los!

Burschen beginnen in den Korridoren herumzubrüllen, und man hört, wie Leute in unsere Richtung rennen. Ich springe zu Pallagyn hinüber und helfe ihm auf.

Aber gerade in dem Augenblick, wie ich ihn schon beinahe völlig hochgekriegt habe, stürmt 'n Trupp Wachen in den Saal. Jetzt wird die Luft mauerdick!

»Haltet den Dieb!« brüllt der Anführer, und die ganze Bande stürmt auf uns los. Als Pallagyn sie kommen sieht, stößt er einen Streitruf aus, läßt das Taburett fallen und zückt sein Schwert.

»Haltet Abstand, oder ich spieße eure elenden Gedärme auf!« heult er. Dann wendet er sich zu mir. »Beeilt Euch, Sir Butch und nehmt Euren Abgang, während ich die Schurken hier in Schach halte!«

»Gib mir das olle Eisen«, sag ich zu ihm und greif mir sein Schwert. »Ich werde sie zurückscheuchen, und du sieh, daß du verschwindest und mit deinem Lotteriegewinn zum ollen Merlin zurückkommst.«

»Jungs, da ist er!« schreit nun eine neue Stimme. Und wer kommt wohl zur Tür herein? Niemand anders als der olle Weißkopf persönlich und so zirka acht Bullen. Aber auf einmal sind die Bullen vor ihm, denn sie kommen mit erheblicher Beschleunigung auf uns zu. Ein dicker Polizeisergeant fächelt sich mit seinem Schießeisen Luft zu.

»Pendragon und England!« schreit Pallagyn und tippt dem ersten Bullen mit dem flachen Schwert eins auf die Platte.

»Höll' und Scheiße!« schreit seinerseits der Sergeant, was

beweist, ein wie ungebildeter Rohling er ist. Dann läßt er 'ne Bleibohne los, die an Sir Pallagyns Helm abprallt. Nicht einmal 'ne Delle hat er, der Helm.

»Auf ihn, Jungs!« brüllt der olle Weißkopf.

Jetzt wird es wirklich dicke. Ich hau dem Sergeanten eine in den fetten Nacken, und Pal mischt mit dem Schwertchen mit. Aber die anderen sechs schieben uns schließlich in eine Ecke, und die Museumswachen kommen hinter ihnen drein. So schnell wir sie auch niederhauen, immer kommen noch weitere nach. Sie schwärmen einfach über uns weg, wie 'n Rudel Airdaleterriers über 'n Abfallhaufen.

Plötzlich aber rutscht mitten im schönsten Kampf Pallagyn wieder aus und läßt sein Schwert fallen. Zwei Bullen sind sofort auf ihm, bevor er wieder hochkommen kann. Der Sergeant hat schon wieder seinen Meuchelpuffer zur Hand und richtet ihn in unfreundlicher Absicht auf mich.

»Also nun los . . .« sagt er. Seine Bullen greifen uns und stoßen uns vor sich her.

Plötzlich aber schließt Pallagyn die Augen. »Merlin«, flüstert er. »Merlin! Bring Hilfe!«

An diesem Punkt geschieht nun etwas sehr Ungewöhnliches. Zuerst einmal merke ich, daß von allen Seiten und aus allen Ecken des Saales ein Klappern, Klirren und Scharren zu hören ist. Und dann gibt's plötzlich noch 'ne ganze Menge Lärm, so wie ihn Pallagyns Rüstung macht, aber natürlich viel, viel lauter.

»Für Artus und England!« schreit Pallagyn. »Gawain, Sagramore, Elderford, Maligaint!«

»Wir kommen, wir kommen!«

Und aus der Dunkelheit stürzt ein halbes Dutzend Rüstungen auf uns los. Aber nun stecken auf einmal Männer in den Rüstungen. Es sind die gleichen Rüstungen, die vorher friedlich an den Wänden herumstanden, und mir wird nun plötzlich klar, daß Pallagyns Gang ihm zur Hilfe kommt.

»Merlin schickt Hilfe!« grunzt er. Dann nimmt er sein Schwert wieder auf, und los geht's.

Die anderen geben bereits den Bullen Saures, der Lärm von Blech klingt wie in einer Kesselschmiede. Ein Teil der Polente ist bereits im Rückzug, und auch die Museumswache drängt sich zum Ausgang. Aber dort warten die Rüstungen, die noch an der Wand hängen, auf sie und werfen sie zu Boden.

In einer Minute ist alles vorbei. Pallagyn steht in der Mitte des Saales, hält das Taburett hoch, und die Burschen in den Rüstungen drängen sich um ihn.

»Die Suche ist vorbei. Dank sei Merlin und unserem wackeren Sir Butch hier ...«, verkündet er.

Ich bin aber gar nicht mehr ›hier‹, geschweige denn ›da‹. Ich verdrücke mich zum Fenster raus, so schnell ich kann, denn ich habe so schon Sorgen genug und möchte nicht in irgendwelchen weiteren Hokuspokus oder Auseinandersetzungen mit der Magier-Gewerkschaft verwickelt werden. Ich lasse mich also in den Hof hinunterfallen, anstatt an der Siegerehrung teilzunehmen.

Aber ehe ich noch hinuntersause, ist mir, als sähe ich einen Blitz oder so – genau kann ich es nicht sagen. Jedenfalls sehe ich mich rasch noch einmal um, und was sehe ich – der Saal ist leer. Eine Menge Bullen liegen auf dem Boden herum, und eine Menge leere Rüstungen stehen da, aber es ist niemand weit und breit mehr da. Ich bemühe mich, Sir Pallagyns Rüstung zu finden, doch sie ist verschwunden. Also blinzle ich noch mal und sause dann zu meinem Laster, mit dem ich was-haste-was-kannste losfahre.

So stehen also die Dinge, und Sie können sich vorstellen, daß mir auf dem Heimweg so allerhand durch den Kopf geht. Natürlich werde ich auch von der frischen Luft nüchtern und mir kommt zu Bewußtsein, daß ich ja beinahe schon seit dem frühen Morgen völlig besoffen bin. Ja, um es noch genauer zu sagen, eigentlich bin ich besoffen, seitdem ich Sir Pallagyn kennengelernt habe – *wenn* ich ihn überhaupt kennengelernt habe und er nicht bloß meinen Fuselträumen entsprungen ist.

Wenn ich nämlich ins Museum zurücksehe, kann ich ihn nicht mehr sehen, und mir geht durch den Kopf, ob ich mir denn das Ganze nicht bloß eingebildet habe – so aus Luft und Alkohol zusammengebraut, wissen Sie? Natürlich stimmt mich das nachdenklich. Mir ist völlig klar, daß – was immer auch in dem Museum geschehen ist – nichts davon in den Zeitungen zu lesen sein wird. Die Bullen sind nämlich in diesem Punkt sehr empfindlich und, soweit sie es beurteilen können, fehlt ja nichts.

Dann fällt mir etwas ein: Vielleicht kann mich der dünne Tommy Malloon aufklären, wenn ich dort mal vorbeisehe. Also halte ich auf dem Heimweg meinen Laster vor seiner Bruchbude an und geh hinein.

Hinter der Bar steht bloß Bertram. Als er mich sieht, ist er sehr höflich.

»Ich würde gern mit dem dünnen Tommy ein Wörtchen reden«, sage ich.

Bertram schluckt mühsam. »Er ist oben und hat sich 'n bißchen .niedergelegt«, sagt Bertram. »Seitdem du ihm in den Magen geboxt hast, fühlt er sich flau.«

»Wieso ich?« frage ich. »Das war doch mein Kumpel!«

»Du bist allein gekommen«, sagt Bertram. Er sieht mich lange an, aber es sind Kunden an der Theke, also zucke ich bloß mit den Achseln und geh raus.

Ich werde aus Bertram nicht recht klug, und den ganzen Heimweg lang denke ich darüber nach, ob ich nicht vielleicht ein ganz klein bißchen jeck bin. Wie mir jetzt zumute ist, wäre ich vielleicht lieber etwas jeck, als zugeben zu müssen, daß so verrückte Dinge wirklich passieren können. So steht es also mit mir. An diesem denkwürdigen Tag pack ich keine Arbeit mehr an und trinke auch nichts mehr von dem scheußlichen Zeug, das die einem als Schnaps verkaufen. Ich wünsche ganz einfach keine mit Blech beschlagenen Ritter mehr zu sehen, die mir mit dummen Geschichten über Magier, Könige, Zauberer und Kundfahrten kommen. Von nun ab will ich ein braver und relativ nüchterner Junge bleiben.

Mit solchen Gedanken und guten Vorsätzen fahre ich den Laster in die Garage. Dann aber spring ich rasch raus und beginne zu fluchen, wie ich noch nie geflucht habe. Denn plötzlich weiß ich ganz genau, ob all das verrückte Zeug wirklich geschehen ist oder nicht:

Mitten in der Garage steht nämlich der idiotische Gaul mit

der Maske überm Kopf, das gleiche Biest, von dem ich Sir Pallagyn sagte, er soll ihn in den Stall stellen.

Kennen Sie vielleicht jemanden, der 'n Pferd kaufen möchte,
so richtig billig? Das gute Tier ist höchstens zwölfhundert Jahre
alt ...

Originaltitel: »A Good Knight's Work«
Copyright © 1941 by Robert Bloch;
mit freundlicher Genehmigung des Autors
Aus dem Amerikanischen übersetzt von Günter Treffer
Copyright © 1973 der deutschen Übersetzung
by Wilhelm Heyne Verlag, München
(aus: »Die Pension der verlorenen Seelen«)

URSULA K. LE GUIN

April in Paris

*Dies ist die erste Geschichte, für die ich Geld bekommen habe;
die zweite Geschichte, die veröffentlicht wurde; und etwa die
dreißigste oder vierzigste, die ich geschrieben habe. Gedichte
und Prosa schreibe ich, seit mir mein Bruder Ted, der es leid
war, ständig eine analphabetische fünfjährige Schwester in seiner Nähe zu haben, das Lesen beibrachte. Ungefähr mit zwanzig fing ich an, Verlegern meine Werke zu schicken. Einige der
Gedichte wurden gedruckt, Prosa begann ich jedoch erst systematisch loszuschicken, als ich auf die Dreißig zuging. Und
ebenso systematisch bekam ich sie zurück.*

*›April in Paris‹ war das erste ›Genre‹-Stück – kenntlich als Fan-
tasy oder Science Fiction –, das ich seit 1942 geschrieben hatte;
damals hatte ich eine Geschichte über die Entstehung des Lebens
auf der Erde für ›Astounding‹ geschrieben, das sie aus irgendeinem unerfindlichen Grund ablehnte. Mit zwölf war ich hocherfreut, als ich einen echten, gedruckten Ablehnungsbescheid
erhielt, mit zweiunddreißig jedoch war ich hocherfreut, als ich
einen Honorarscheck erhielt. ›Professionalismus‹ ist keine Tu-
gend; ein Profi ist lediglich ein Mensch, der für etwas bezahlt
wird, das ein Amateur aus Liebe zur Sache tut. In einer Geld-
wirtschaft jedoch bedeutet die Tatsache, daß man bezahlt wird,
daß die eigenen Arbeiten verbreitet, daß sie gelesen werden;
die Möglichkeit zur Kommunikation ist das Ziel der Bestrebungen des Künstlers. Cele Goldsmith Lalli, von der diese Story 1962
gekauft wurde, war einer der wagemutigsten und wachsten
Chefredakteure, die ein SF-Magazin jemals gehabt hat, und ich
bin ihr dankbar dafür, daß sie mir diese Tür geöffnet hat.*

Professor Barry Pennywither saß in seiner kalten, düsteren Dachstube und starrte auf den Tisch, an dem er saß, den Tisch, auf dem ein Buch und eine Brotkruste lagen. Das Brot war sein Abendessen gewesen, das Buch war sein Lebenswerk. Beide waren trocken. Dr. Pennywither seufzte; dann überlief ihn ein Frostschauer. Denn obwohl die Wohnungen in den unteren Stockwerken des alten Hauses ziemlich elegant waren, wurde die Heizung ohne Rücksicht auf das Wetter am ersten April abgestellt, und heute war der zweite April und draußen herrschte Schneeregen. Wenn Dr. Pennywither den Kopf ein wenig hob, konnte er von seinem Fenster aus die beiden eckigen Türme von Notre Dame de Paris sehen, die – jetzt, in der Dämmerung, undeutlich und riesig – beinahe zum Berühren nahe waren: Die Île-St-Louis, auf der er wohnte, gleicht einem kleinen Lastkahn, der hinter der Île de la Cité, auf der Notre Dame steht, flußabwärts geschleppt wird.

Die großen Türme versanken im Dunkel. Dr. Pennywither versank in düsteren Gedanken. Voller Abscheu starrte er auf sein Buch. Es hatte ihm ein Jahr Paris eingetragen – veröffentlichen oder sterben, hatte ihm der Dekan erklärt; er hatte veröffentlicht und war mit einem Jahr unbezahltem Studienurlaub belohnt worden. Das Munson College konnte es sich nicht leisten, Lehrer zu bezahlen, die nicht unterrichteten. So hatte er sein mühsam Erspartes zusammengekratzt und war wieder nach Paris gekommen, um hier noch einmal als Student in einer Dachkammer zu wohnen, in der Bibliothek Manuskripte aus dem fünfzehnten Jahrhundert zu lesen, die Kastanien an den Avenuen blühen zu sehen. Aber es hatte nicht recht geklappt. Er war vierzig, zu alt für einsame Dachstuben. Der Schneeregen würde die Kastanienblüten vernichten. Und er hatte die Nase voll von seiner Arbeit. Wen interessierte schon seine Theorie, die Pennywither-Theorie, über das geheimnisvolle Verschwinden des Dichters François Villon im Jahre 1463? Denn schließlich war diese Theorie über den armen Villon, den größten jugendlichen Straftäter aller Zeiten, lediglich eine Theorie und würde niemals bewiesen werden können, nicht über diese Kluft von fünfhundert Jahren hinweg. Gar nichts konnte bewiesen werden. Und außerdem – was spielte es schon für eine Rolle, ob Villon nun am Galgen von Montfaucon oder (wie Pennywither vermutete) auf der Reise nach Italien in Lyon in einem Bordell gestorben war? Das interessierte niemanden. Weil Villon von niemandem genügend geliebt wurde. Und auch Dr. Pennywither wurde von niemandem geliebt; nicht einmal von Dr. Pennywither. Warum sollte er auch? Ein ungeselliger, unverheirateter, unterbezahlter Pedant, der allein in einer Dachkammer eines nicht modernisierten Wohnhauses hockte und sich bemühte, ein weiteres nicht lesbares Buch zu verfassen. »Ich bin unrealistisch«, sagte er laut, seufzte und erschauerte abermals. Dann stand er auf, holte sich seine Bettdecke, wickelte sich hinein, nahm derart eingepackt wieder am Tisch Platz und wollte sich eine Gauloise Bleue anzünden. Sein Feuerzeug funktionierte nicht. Mit einem weiteren Seufzer stand er auf, holte sich einen Behälter mit widerlich riechendem französischen Feuerzeugbenzin, setzte sich, wickelte sich wieder in seinen Kokon, füllte das Feuerzeug und ließ es aufschnappen. Er hatte eine ziemliche Menge Benzin verschüttet. Das Feuerzeug flammte auf, doch ebenso Dr. Pennywither, von den Handgelenken abwärts. »Verdammt!« schrie er laut, während blaue Flammen auf seinen Fingern loderten, sprang auf, schlug wild um sich, schrie noch einmal: »Verdammt!« und verfluchte das Schicksal. Niemals klappte etwas, wie es sollte. Alles war sinnlos. Es war 20.12 Uhr am Abend des zweiten April 1961.

In einem kalten, hochgelegenen Zimmer saß ein Mann über einen Tisch gebeugt. Durch das Fenster hinter ihm blickten in der Frühjahrsdämmerung die beiden eckigen Türme von Notre Dame herein. Vor ihm auf dem Tisch lagen ein Stück Käse und ein dickes, handgeschriebenes Buch mit Eisenschließe. Der Titel des Buches lautete (auf Latein): ›Über den Primat des Elementes Feuer über die anderen drei Elemente‹. Sein Verfasser starrte es voll Abscheu an. Neben ihm kochte auf einem kleinen Eisenofen ein kleiner Destillierkolben vor sich hin. Mechanisch rückte Jehan Lenoir seinen Stuhl hin und wieder näher zum Ofen, um es etwas wärmer zu haben, seine Gedanken aber waren auf weitaus gewichtigere Probleme konzentriert. »Verdammt!« sagte er schließlich (im Französisch des Spätmittelalters), klappte mit einem Knall das Buch zu und stand auf. Wenn seine Theorie nun falsch war? Wenn nun das Wasser das vorherrschende Element war? Wie sollte man derartige Dinge beweisen können? Es *mußte* doch irgendeine Möglichkeit, irgendeine Methode geben, sich über eine einzige Tatsache Gewißheit, absolute Gewißheit zu verschaffen! Aber jedes Faktum führte zu einem anderen, es war ein überwältigender Wirrwarr, die Fachleute waren sich uneins, und ohnehin würde niemand sein Buch lesen, nicht einmal diese elenden Pedanten an der Sorbonne. Die witterten Ketzerei. Alles war sinnlos. Was nützte es, daß er sein Leben allein und in Armut verbrachte, wenn er doch nichts gelernt, sondern lediglich geraten und theoretisiert hatte? Voller Zorn schritt er in seiner Dachstube auf und ab; dann blieb er stehen. »Nun gut!« sagte er, an das Schicksal gewandt. »Na schön! Du hast mir nichts gegeben, also werde ich mir nehmen, was ich will!« Er trat an einen der Bücherstapel, die den größten Teil des Fußbodens einnahmen, zerrte einen der untersten Folianten heraus (wobei er das Leder verkratzte und, als die darüber liegenden Bände wie eine Lawine herabgerutscht kamen, sich auch noch die Knöchel aufriß), knallte es auf den Tisch und vertiefte sich in eine bestimmte Seite. Dann begann er, immer noch mit rebellischer Miene, alles für den großen Versuch vorzubereiten: Schwefel, Silber, Kreide … Obwohl das Zimmer staubig und unaufgeräumt war, hielt er seinen kleinen Labortisch sauber und penibel in Ordnung. Bald war er bereit. Dann hielt er inne. »Ist doch lächerlich!« murmelte er vor sich hin, während er zum Fenster hinaus in die Dunkelheit spähte, in der man die beiden eckigen Türme nur noch erahnen konnte. Unten kam ein Nachtwächter vorbei und rief die Stunde, acht Uhr, und das Wetter kalt und klar. Es war so still, daß er das Klatschen der Seinewellen hörte. Stirnrunzelnd zuckte er die Achseln, nahm die Kreide und zeichnete neben seinem Tisch ein Pentagramm auf den Fußboden; dann nahm er das Buch und begann mit klarer, aber ein wenig zögernder Stimme zu lesen: »Haere, haere, audi me …« Es war ein langer Zauberspruch, und zum größten Teil barer Unsinn. Seine Stimme sank. Gelangweilt und verlegen stand er da. Hastig brachte er die letzten Worte hinter sich, klappte das Buch zu und stolperte rückwärts gegen die Tür, starrte offenen Mundes die riesige, formlose Gestalt an, die innerhalb des Pentagramms stand, beleuchtet nur von dem bläulichen Flackern ihrer in wilden Gebärden geschwungenen Klauen.

Endlich riß sich Barry Pennywither zusammen und löschte die Flammen, indem er die Hände in die Falten der Wolldecke schob, in die er gehüllt war. Ohne Verbrennungen, aber wütend, nahm er wieder Platz. Sein Blick fiel auf das Buch. Dann starrte er es an. Es war nicht mehr dünn und grau, und es trug auch nicht mehr den Titel ›Die letzten Jahre François Villons: Eine Untersuchung der Möglichkeiten‹. Sondern es war dick und braun und trug den Titel ›Incantatoria Magna‹. Auf seinem Tisch? Eine unendlich kostbare Handschrift aus dem Jahre 1407, deren einzig noch existierendes Exemplar sich in der Ambrosischen Bibliothek in Mailand befand? Langsam blickte er sich um. Langsam wurden seine Augen größer. Er sah einen Ofen, den Labortisch eines Chemikers, zwei bis drei Dutzend Stapel seltsamer, ledergebundener Bücher, das Fenster, die Tür. Sein Fenster, seine Tür. Geduckt gegen die Tür gepreßt jedoch stand eine kleine, schwarze, formlose Kreatur, von der trockene, rasselnde Geräusche kamen.

Barry Pennywither war kein besonders tapferer Mann, aber er war rational. Er war sicher, den Verstand verloren zu haben, daher fragte er einigermaßen ruhig: »Bist du der Teufel?«

Das Wesen zitterte und rasselte.

Versuchsweise – mit einem kurzen Blick auf die unsichtbare Notre Dame – schlug der Professor das Zeichen des Kreuzes.

Daraufhin zuckte das Wesen zusammen; es erschrak nicht, sondern es zuckte. Und dann sagte es etwas, schwächlich, aber in wirklich gutem Englisch – nein, in wirklich gutem Französisch – nein, eher in einem etwas merkwürdigen Französich: »Mais vous estes de Dieu!«

Barry stand auf und musterte es. »Wer bist du?« wollte er wissen.

Das Wesen hob ein recht menschliches Gesicht und antwortete bescheiden: »Jehan Lenoir.«

»Was hast du in meinem Zimmer zu suchen?«

Pause. Lenoir erhob sich von den Knien und richtete sich hoch auf, so hoch es seine ein Meter fünfundfünfzig erlaubten. »Dies ist *mein* Zimmer«, erklärte er schließlich, doch überaus höflich.

Barry betrachtete die Bücher und Destillierkolben. Abermals entstand eine Pause. »Wie bin ich dann hierher gekommen?«

»Ich habe Sie hergeholt.«

»Sind Sie ein Doktor?«

Lenoir nickte voller Stolz. Sein ganzes Verhalten hatte sich verändert. »Ja, ich bin ein Doktor«, bestätigte er. »Ja, ich habe Sie hergeholt. Wenn die Natur mich kein Wissen erlangen läßt, vermag ich die Natur selbst zu besiegen, vermag ich ein Wunder zu vollbringen. Zum Teufel also mit der Wissenschaft. Ich war ein Gelehrter ...« Er musterte Barry funkelnd. »Jetzt will ich nicht mehr! Sie nennen mich einen Narren, einen Ketzer – nun gut, ich bin etwas Schlimmeres, bei Gott! Ich bin ein Hexer, ein Meister der Schwarzen Magie, ich, Jehan der Schwarze! Die Magie wirkt, nicht wahr? Also ist die Naturwissenschaft nur Zeitverschwendung. Ha!« sagte er, wirkte im Grunde aber kein bißchen triumphierend. »Ich wünschte, sie hätte nicht gewirkt«, setzte er etwas leiser hinzu und begann zwischen den Folianten auf und ab zu gehen.

»Ich auch«, entgegnete sein Gast.

»Wer seid Ihr?« Herausfordernd sah Lenoir Barry an, obwohl er um fast dreißig Zentimeter kleiner war.

»Barry A. Pennywither. Ich bin Professor für Französisch am Munson College in Indiana, auf Urlaub in Paris, um meine Studien des spätmittelalterlichen Französisch zu vervollkomm ...« Er hielt inne. Zur Sekunde war ihm eingefallen, was für einen Akzent Lenoir hatte. »Welches Jahr haben wir? Welches Jahrhundert? Bitte, Dr. Lenoir ...« Der Franzose sah ihn verständnislos an. Nicht nur die Bedeutung der Wörter wechselt, ihre Aussprache ebenso. »Wer regiert dieses Land?« schrie Barry.

Lenoir zuckte sehr französisch die Achseln (manche Dinge

verändern sich nie). »Louis ist im Augenblick König«, antwortete er. »Louis der Elfte. Diese dreckige, alte Spinne.«

Eine Weile starrten sie einander an, reglos wie holzgeschnitzte Indianer. Lenoir ergriff als erster wieder das Wort. »Dann seid Ihr ein Mensch?«

»Ja. Hören Sie, Lenoir, ich glaube, Ihr … Ihr Zauberspruch ist ein bißchen danebengegangen.«

»Augenscheinlich«, bestätigte der Alchimist. »Seid Ihr Franzose?«

»Nein.«

»Seid Ihr Engländer?« fragte Lenoir hitzig. »Seid Ihr ein widerlicher Goddam?«

»Nein. Nein. Ich bin Amerikaner. Ich komme aus der … aus Ihrer Zukunft. Aus dem zwanzigsten Jahrhundert.« Barry errötete. Es klang so albern, und er war ein bescheidener Mensch. Aber er wußte, daß es keine Täuschung sein konnte. Das Zimmer, in dem er stand, sein Zimmer, war neu. Nicht fünfhundert Jahre alt. Nicht sehr sauber, aber neu. Und das Exemplar des Albertus Magnus auf dem Tisch war ebenfalls neu, in weiches, feines Kalbsleder gebunden, mit schimmernden Goldbuchstaben bedruckt. Und dort stand Lenoir in seinem schwarzen Gewand, nicht etwa einem Kostüm, fühlte sich völlig zu Hause.

»Bitte, setzt Euch, mein Herr«, sagte Lenoir. Und fügte mit der feinen, wenn auch geistesabwesenden Höflichkeit des armen Gelehrten hinzu: »Seid Ihr müde von der Reise? Ich habe Brot und Käse, falls Ihr mir die Ehre erweisen wollt, beides mit mir zu teilen.«

Sie saßen am Tisch und kauten Brot und Käse. Anfangs hatte Lenoir erklären wollen, warum er sich an Schwarzer Magie versucht hatte. »Ich hatte die Nase voll«, sagte er. »Die Nase voll! Seit meinem zwanzigsten Lebensjahr habe ich in der Einsamkeit geschuftet – und wofür? Um Wissen zu erwerben. Über die Geheimnisse der Natur. Sie sind nicht zu enträtseln.« Er rammte sein Messer einen Zentimeter tief in den Tisch. Barry zuckte zusammen. Lenoir war zwar ein dürrer, kleiner Kerl, aber augenscheinlich äußerst leidenschaftlich. Er hatte ein feines, aber bleiches, hageres Gesicht: intelligent, wach, lebhaft. Es erinnerte Barry an das Gesicht eines berühmten Atomwissenschaftlers, das bis 1953 immer wieder in den Zeitungen zu sehen gewesen war. Irgendwie veranlaßte ihn diese Ähnlichkeit zu der Antwort: »Manche doch, Lenoir; wir haben, hier und da, eine ganze Menge Erkenntnisse gewonnen ...«

»Was denn?« erkundigte sich der Alchimist skeptisch, aber neugierig.

»Nun, ich bin kein Naturwissenschaftler ...«

»Könnt ihr Gold machen?« Er fragte es grinsend.

»Nein, ich glaube nicht. Aber Diamanten werden hergestellt.«

»Wie?«

»Kohlenstoff – Sie wissen schon, Kohle –, unter großem Druck, bei großer Hitze, glaube ich. Kohle und Diamanten bestehen beide aus Kohlenstoff, wissen Sie, aus demselben Element.«

»Element?«

»Wie schon gesagt, ich bin kein ...«

»Welches ist das wichtigste Element?« schrie Lenoir mit wildem Blick, das Messer zum Zustechen bereit in der Hand.

»Es gibt ungefähr einhundert Elemente«, gab Barry, der seine Angst gut verbarg, gelassen zurück.

Zwei Stunden später, nachdem er auch den letzten Rest seines Chemieunterrichts im College aus Barry herausgequetscht hatte, eilte Lenoir in die Nacht hinaus, um kurz darauf mit einer Flasche wiederzukommen. »Oh, Ihr mein Herr und Meister!« rief er. »Zu denken, daß ich Euch lediglich Brot und Käse angeboten habe!« Es war ein angenehmer Burgunder, Jahrgang 1477, ein gutes Jahr. Nachdem sie ein Glas zusammen getrunken hatten, sagte Lenoir: »Wenn ich mich Euch nur irgendwie erkenntlich zeigen könnte ...«

»Das können Sie. Ist Ihnen der Dichter François Villon bekannt?«

»Gewiß«, antwortete Lenoir verwundert. »Aber der hat nur französischen Schund geschrieben, niemals Latein.«

»Wissen Sie, wie oder wann er starb?«

»Aber ja. Er wurde '64 oder '65 hier in Montfaucon gehängt, zusammen mit anderen Taugenichtsen wie ihm. Warum?«

Zwei Stunden später war die Flasche leer, ihre Kehlen trocken, und der Nachtwächter hatte drei Uhr an einem kalten, klaren Morgen ausgerufen. »Jehan, ich bin todmüde«, erklärte Barry. »Am besten schickst du mich jetzt zurück.« Der Alchimist war zu höflich, zu dankbar und möglicherweise auch zu müde, um zu widersprechen. Also stellte sich Barry steifbeinig in das Pentagramm, eine hochgewachsene, knochige Gestalt, die, in eine braune Wolldecke gewickelt, eine Gauloise Bleue rauchte. »Adieu«, sagte Lenoir traurig. »Au revoir«, erwiderte Barry. Lenoir begann den Zauberspruch rückwärts zu lesen. Die Kerze flackerte, seine Stimme wurde leiser. »Me audi, haere, haere«, las er seufzend und blickte auf. Das Pentagramm war leer. Die Kerze flackerte. »Aber ich habe doch erst so wenig gelernt!« rief Lenoir dem leeren Dachzimmer zu. Dann schlug er mit beiden Fäusten auf das aufgeschlagene Buch ein. »Ein solcher Freund«, sagte er, »ein wahrer Freund . . .« Er rauchte eine der Zigaretten, die Barry ihm geschenkt hatte – der Tabak hatte ihm auf Anhieb geschmeckt. Einige Stunden lang schlief er, an seinem Tisch sitzend. Als er aufwachte, brütete er eine Weile vor sich hin, zündete seine Kerze wieder an, rauchte die andere Zigarette, schlug die ›Incantatoria‹ auf und begann laut zu lesen: »Haere, haere . . .«

»Gott sei Dank!« Rasch trat Barry aus dem Pentagramm und ergriff Lenoirs Hand. »Hör mal, Jehan! Ich kam dorthin zurück . . . in dieses Zimmer, dasselbe Zimmer! Aber ach, wie alt, wie schrecklich alt war es, und du warst nicht dort . . . O mein Gott, dachte ich, was habe ich getan? Ich würde meine Seele verkaufen, um wieder dorthin zurückkehren zu können, zu ihm . . . Was kann ich denn anfangen mit dem, was ich erfahren habe? Kein Mensch würde mir glauben. Wie soll ich es beweisen? Und wem, zum Teufel, könnte ich es überhaupt erzählen? Wen interessiert so etwas? Ich konnte nicht schlafen, eine Stunde lang habe ich dagesessen und geweint . . .«

»Wirst du bleiben?«

»Ja. Sieh her, das habe ich mitgebracht – für den Fall, daß du mich noch einmal rufen würdest.« Verlegen zeigte er acht Päckchen Gauloises, mehrere Bücher und eine goldene Taschenuhr vor. »Die könnte einen guten Preis einbringen«, erklärte er. »Papiergeld hätte keinen Wert gehabt, das war mir klar.«

Beim Anblick der gedruckten Bücher leuchteten Lenoirs Augen neugierig auf, aber er rührte sich nicht vom Fleck. »Mein Freund«, sagte er, »du sagtest eben, du würdest deine Seele verkaufen ... Weißt du, das würde ich auch. Aber wir haben es nicht getan. Wieso ... Wie ist dies alles eigentlich passiert? Daß wir beide Menschen sind. Und keine Teufel. Keinen Pakt mit unserem Blut unterzeichnet haben. Zwei Menschen, die beide dieses Zimmer bewohnen ...«

»Ich weiß es nicht«, antwortete Barry. »Darüber werden wir später nachdenken. Kann ich bei dir wohnen, Jehan?«

»Betrachte diese Wohnung als dein Heim«, sagte Lenoir mit einer großzügigen Geste auf das Zimmer, die Bücherstapel, die Destillierkolben, die bleicher werdende Kerze. Draußen vor dem Fenster ragten, grau in grau, die beiden riesigen Türme von Notre Dame empor. Der Morgen des dritten April dämmerte.

Nach dem Frühstück (Brotkrusten und Käserinden) gingen sie aus und erklommen den Südturm. Die Kathedrale sah genauso aus wie immer, wenn auch viel sauberer als im Jahre 1961, der Blick von hier oben war jedoch ein ziemlicher Schock für Barry. Er sah hinab auf eine Kleinstadt. Zwei kleine, mit Häusern bedeckte Inseln; am rechten Ufer weitere Häuser, in eine befestigte Mauer gezwängt; am linken Ufer ein paar krumme Straßen rings um die Universität; und das war alles. Tauben gurrten auf den sonnenwarmen Steinen zwischen den Wasserspeiern. Lenoir, der diesen Blick gewohnt war, ritzte das Datum (mit römischen Zahlen) in die Brüstung. »Das müssen wir feiern«, schlug er vor. »Komm, wir fahren hinaus aufs Land. Seit zwei Jahren bin ich nicht mehr aus der Stadt herausgekommen. Wir werden dort hinüber fahren –« er deutete auf einen dunstigen, grünen Hügel, auf dem gerade noch ein paar Hütten und eine Windmühle zu erkennen waren –, »nach Montmartre, eh? Wie ich gehört habe, soll's da drüben ein paar gute Wirtshäuser geben.«

Nicht lange, und ihr Leben wurde von einer gemächlichen Routine beherrscht. Zuerst fühlte sich Barry ein wenig unbehaglich, in den belebten Straßen, in einem von Lenoirs schwarzen Gewändern jedoch wirkte er nur noch wegen seiner Größe fremdartig. Er war vermutlich der größte Mann vom ganzen Frankreich des fünfzehnten Jahrhunderts. Der Lebensstandard war sehr niedrig, Läuse waren nicht zu vermeiden, doch Barry hatte nie großen Wert auf Komfort gelegt; das einzige, was ihm wirklich fehlte, war eine Tasse Kaffee zum Frühstück. Nachdem sie ein Bett und ein Rasiermesser gekauft (Barry hatte seines vergessen) und ihn dem Hauswirt als M. Barrie, Lenoirs Vetter aus der Auvergne, vorgestellt hatten, war ihr Haushalt durchaus komplett. Barrys Uhr brachte eine unermeßliche Summe ein, vier Goldstücke, Geld genug für ein ganzes Jahr. Sie verkauften sie als wundersamen, neuen Zeitmesser aus Illyrien, und der Käufer, ein Kammerherr bei Hofe, der nach einem hübschen Geschenk für den König suchte, betrachtete die Inschrift – Hamilton Bros., New Haven, 1881 – und nickte weise. Leider ließ ihn König Louis in sein Gefängnis für unbotmäßige Höflinge in Tours werfen, bevor er ihm das Geschenk überreichen konnte, und so mag die Uhr noch heute hinter einem Backstein verborgen in den Ruinen von Plessis liegen; das jedoch berührte die beiden Gelehrten nicht. Vormittags schlenderten sie umher, besichtigten Sehenswürdigkeiten wie die Bastille und die Kirchen oder besuchten verschiedene weniger bedeutende Dichter, für die Barry sich interessierte; nach dem Mittagessen diskutierten sie über Elektrizität, die Atomtheorie, Physiologie und andere Themen, für die Lenoir sich interessierte, und führten – gewöhnlich erfolglos – kleinere chemische und anatomische Experimente durch; nach dem Abendessen unterhielten sie sich nur. Es waren endlose, lässige Gespräche, die Jahrhunderte einbezogen, stets aber hier, in diesem düsteren Zimmer mit den Fenstern, die der Frühlingsnacht offenstanden, hier und bei ihrer Freundschaft endeten. Nach zwei Wochen war es, als hätten sie einander ihr Leben lang gekannt. Sie waren

restlos glücklich. Beide wußten, daß sie nichts anfangen konnten mit dem, was sie voneinander erfahren hatten. Wie sollte
Barry im Jahre 1961 je seine Kenntnis des alten Paris beweisen,
wie sollte Lenoir im Jahre 1482 jemals die Gültigkeit der wissenschaftlichen Prozesse beweisen? Aber das kümmerte sie nicht
weiter. Im Grunde hatten sie nie erwartet, daß man sie anhörte.
Sie hatten lediglich lernen wollen.

So waren sie also zum erstenmal im Leben glücklich; ja,
so glücklich, daß bestimmte Wünsche, bisher stets verdrängt
von dem Wunsch nach Wissen, zu erwachen begannen.

»Ich nehme an, Jehan«, sagte Barry eines Abends, als sie sich
am Tisch gegenübersaßen, »daß du nie ernsthaft ans Heiraten
gedacht hast, wie?«

»Hm, nein«, antwortete sein Freund zögernd. »Das heißt, ich
habe die niederen Weihen empfangen ... und außerdem hielt
ich es für unwichtig ...«

»Und kostspielig. Überdies würde in meiner Zeit keine Frau
sich herablassen, meine Art Leben mit mir zu teilen. Amerikanische Frauen sind so verdammt selbstsicher und tüchtig und
elegant, einschüchternde Wesen ...«

»Und die Frauen hier sind klein und dunkel wie Käfer, und sie
haben schlechte Zähne«, bekannte Lenoir düster.

An jenem Abend sprachen sie nicht mehr über Frauen. Aber
am nächsten; und am übernächsten; und am Abend darauf, als
sie die erfolgreiche Sektion des Hauptnervensystems eines
trächtigen Frosches feierten, zwei Flaschen Montrachet '74
tranken und einen Rausch hatten. »Jehan, wir wollen eine Frau
herbeizaubern«, schlug Barry, grinsend wie ein Wasserspeier,
mit lasziver Baßstimme vor.

»Und wenn diesmal ein Teufel erscheint?«

»Besteht da wirklich ein so großer Unterschied?«

Sie lachten brüllend und zeichneten ein Pentagramm. »Haere, haere«, begann Lenoir; als er den Schluckauf bekam, machte
Barry weiter. Er las die letzten Worte. Ein Stoß kalter, sumpfig
riechender Luft kam herein, und im Pentagramm stand mit wildem Blick ein splitternacktes, laut schreiendes Wesen mit langem schwarzem Haar.

»Weiß Gott, eine Frau«, sagte Barry.

»Wirklich?«

Wirklich. »Hier, nimm meinen Umhang«, sagte Barry, denn die Ärmste stand jetzt zitternd und mit vor angstvollem Staunen offenem Mund da. Er legte ihr den Umhang behutsam über die Schultern.

Automatisch zog sie ihn vorn zusammen und murmelte: »Gratias ago, domine.«

»Latein!« rief Lenoir verblüfft. »Eine Frau, die Latein spricht?« Um über diesen Schock hinwegzukommen, brauchte er länger als Bota. Sie war, wie es schien, Sklavin im Haus des Unterpräfekten von Nordgallien, der auf der kleineren Insel der moorigen Inselstadt namens Lutetia wohnte. Sie sprach Latein mit schwerem keltischem Akzent und wußte nicht einmal, wer zu ihrer Zeit als Kaiser in Rom herrschte. Eine echte Barbarin, stellte Lenoir verächtlich fest. Das war sie tatsächlich: eine ungebildete, wortkarge, demütige Barbarin mit wirren Haaren, weißer Haut und klaren grauen Augen. Sie war aus tiefem Schlaf gerissen worden. Nachdem sie sie davon überzeugt hatten, daß sie nicht träumte, vermutete sie augenscheinlich, dies sei wieder einmal eine Posse ihres ausländischen, allmächtigen Herrn, des Unterpräfekten, und akzeptierte ihre Lage, ohne weitere Fragen zu stellen. »Soll ich euch dienen, ihr Herren?« erkundigte sie sich bescheiden, aber ohne jeglichen Mißmut, während sie von einem zum anderen blickte.

»Mir nicht«, knurrte Lenoir und fügte, zu Barry gewandt, auf Französisch hinzu: »Nur zu; ich werde im Vorratsraum schlafen.« Damit ging er.

Bota blickte zu Barry auf. Kein Gallier und nur wenige Römer waren so wunderbar groß; kein Gallier und kein Römer sprach jemals so freundlich mit ihr. »Deine Lampe –« (es war eine Kerze, aber sie hatte noch nie eine Kerze gesehen) – »ist nahezu ausgebrannt«, sagte sie. »Soll ich sie löschen?«

Für zwei weitere Sol pro Jahr überließ ihnen der Hauswirt die Vorratskammer als zweites Schlafzimmer, und nun mußte Lenoir wieder im Hauptraum der Mansarde allein schlafen. Er beobachtete die Idylle seines Freundes mit nachdenklichem, keineswegs eifersüchtigem Interesse. Der Professor und die Sklavin liebten einander voll Freude und tiefer Zärtlichkeit. Ihre Freude wuchs in ganzen Wogen beschützender Zuneigung über ihn hin. Bota hatte ein sehr hartes Leben geführt, war immer nur als Frau, niemals als Mensch behandelt worden. Innerhalb einer kurzen Woche blühte sie auf, wurde lebendig, und unter ihrer sanften Passivität kam ein fröhliches, kluges Wesen zutage. »Du entpuppst dich als eine echte Pariserin«, hörte er Barry ihr eines Nachts vorwerfen (die Mansardenwände waren sehr dünn). »Wenn du wüßtest, was es für mich bedeutet, mich nicht ständig verteidigen, ständig Angst haben, ständig allein sein zu müssen ...«, erwiderte sie.

Lenoir saß brütend auf seinem Bett. Um Mitternacht, als alles still war, erhob er sich, bereitete lautlos den Schwefel und das Silber vor, zeichnete das Pentagramm und öffnete das Buch. Ganz leise las er die Zauberformel. Seine Miene war erwartungsvoll.

Im Pentagramm erschien ein kleiner, weißer Hund. Er duckte sich und klemmte ängstlich den Schwanz zwischen die Beine; dann kam er voller Scheu näher, schnupperte an Lenoirs Hand, blickte mit feuchten Augen zu ihm auf und stieß ein kleines, flehendes Winseln aus. Ein Welpe, der sich verlaufen hatte ... Lenoir streichelte ihn. Voll ungezügelter Erleichterung leckte ihm der Hund die Hände und sprang an ihm empor. Auf dem weißen Lederhalsband war eine Silberplakette befestigt. »Jolie. Dupont, 36 rue de Seine, Paris VI^2«, stand darauf.

Nachdem Jolie eine Brotkruste gekaut hatte, rollte sie sich unter Lenoirs Stuhl zusammen und schlief ein. Und der Alchimist schlug abermals das Buch auf und las, immer noch leise, diesmal aber weniger zögernd und ohne Furcht, denn er wußte, was geschehen würde.

Als Barry am anderen Morgen aus seinem Vorratsraum-Schlafzimmer-Flitterwochenrefugium auftauchte, blieb er überrascht an der Tür stehen. Lenoir saß im Bett, streichelte einen weißen Hund und war in ein Gespräch mit der Person vertieft, die am Fußende seines Bettes saß, einer hochgewachsenen, rothaarigen, ganz in Silber gekleideten Frau. Der Hund bellte. »Guten Morgen!« grüßte Lenoir. Die Frau lächelte rätselhaft.

»Großer Gott!« murmelte Barry (auf Englisch). Dann sagte er: »Guten Morgen. Von wann sind Sie?« Die Gesamtwirkung war Rita Hayworth, doch sublimiert – Hayworth plus Mona Lisa?

»Von Altair, ungefähr siebentausend Jahre später als jetzt«, antwortete sie und lächelte noch rätselhafter. Sie sprach Französisch mit einem noch gräßlicheren Akzent als ein Football-Stipendiat am College. »Ich bin Archäologin. Ich war bei Ausgrabungen in den Ruinen von Paris III beschäftigt. Tut mir leid, daß ich Ihre Sprache so schlecht spreche; wir kennen sie natürlich nur noch von Inschriften.«

»Von Altair? Dem Stern? Aber Sie sind doch ein Mensch ... glaube ich ...«

»Unser Planet wurde vor ungefähr viertausend Jahren von der Erde aus besiedelt – oder nein, dreitausend Jahre später als jetzt.« Sie lachte, überaus rätselhaft, und warf Lenoir einen Blick zu. »Jehan hat mir alles erklärt, aber mir gerät immer noch alles durcheinander.«

»Das war gefährlich, noch einmal diesen Versuch zu wagen, Jehan!« warf Barry dem Freund vor. »Wir haben wirklich großes Glück gehabt.«

»Nein«, widersprach der Franzose. »Glück war es nicht.«

»Aber schließlich spielst du mit Schwarzer Magie herum ... Hören Sie ... Ich kenne Ihren Namen nicht, Madame.«

»Kislk«, antwortete sie.

»Hören Sie, Kislk«, sagte Barry, ohne sich zu verhaspeln, »Sie müssen phantastisch weit gekommen sein mit den Naturwissenschaften. Ist da irgendeine Magie im Spiel? Gibt es so was überhaupt?«

»Ich habe einen belegten Fall von Magie weder gesehen noch jemals von einem gehört.«

»Was geht dann aber hier vor?« rief Barry. »Warum wirkt dieser dumme, alte Zauberspruch bei Jehan, bei uns, nur dieser eine, und hier, sonst nirgendwo, für niemanden sonst, in fünf-, nein, acht-, nein, fünfzehntausend Jahren bekannter Geschichte? Warum nur? Warum? Und woher kam dieser verdammte Hund?«

»Der Hund hatte sich verlaufen«, erklärte Lenoir mit ernster Miene. »Irgendwo in der Nähe dieses Hauses, auf der Île Saint-Louis.«

»Und ich sortierte Scherbenfunde«, berichtete Kislk ebenso ernst. »Auf einer Ausgrabungsstelle, Insel 2, Grabung 4, Abschnitt D. Es war ein wunderschöner Frühlingstag, und ich haßte ihn. Verabscheute ihn. Alles. Den Tag, die Arbeit, die Menschen um mich herum.« Wieder sah sie den hageren, kleinen Alchimisten mit einem langen, ruhigen Blick an. »Ich habe es Jehan letzte Nacht zu erklären versucht. Wir haben nämlich unsere Rasse verbessert. Wir sind alle sehr groß, sehr gesund und sehr schön. Keine Füllungen in den Zähnen. Sämtliche Schädel des Frühen Amerika haben Füllungen in den Zähnen ... Einige von uns sind braun, andere weiß, andere goldhäutig. Aber alle sind wir schön, gesund, gut angepaßt, energisch und erfolgreich. Beruf und Erfolgsstufe werden für uns in den staatlichen Vorschulheimen geplant. Doch gelegentlich kommt es zu einem genetischen Fehler. Ich, zum Beispiel. Ich wurde zur Archäologin ausgebildet, weil die Lehrer erkannten, daß ich die Menschen, die lebenden Menschen, im Grunde nicht mochte. Sie langweilten mich. Alle von außen genauso wie ich, und alle von innen mir völlig fremd. Wenn alles gleich ist, wo ist dann Zuhause? ... Doch jetzt habe ich ein unhygienisches Zimmer ohne ausreichende Heizung kennengelernt. Jetzt habe ich eine Kathedrale gesehen, die keine Ruine ist. Jetzt habe ich einen lebenden Mann kennengelernt, der kleiner ist als ich, der schlechte Zähne hat und unbeherrscht ist. Jetzt bin ich zu Hause, hier kann ich völlig ich selber sein, hier bin ich nicht mehr allein!«

»Allein«, sagte Lenoir leise, zu Barry gewandt. »Einsamkeit, eh? Einsamkeit ist der Zauber, Einsamkeit ist stärker als ... Eigentlich ist es ganz und gar natürlich.«

Bota steckte den Kopf zur Tür herein; ihr Gesicht zwischen den wirren, schwarzen Haarsträhnen war gerötet. Sie lächelte schüchtern und begrüßte die Fremde mit einem höflichen Gutenmorgen auf Latein.

»Kislk versteht kein Latein«, erklärte Lenoir ungeheuer befriedigt. »Wir müssen Bota Französisch beibringen. Französisch ist ohnehin die Sprache der Liebe, eh? Kommt mit, wir wollen Brot kaufen gehen. Ich habe Hunger.«

Kislk verbarg ihre Silbertunika unter dem anonymen Allzweckumhang, während Lenoir sein mottenzerfressenes, schwarzes Gewand überzog. Bota kämmte sich, während Barry sich nachdenklich einen Lausestich am Hals kratzte. Dann machten sie sich auf, um Frühstück zu kaufen. Zuerst kamen der Alchimist und die interstellare Archäologin, die beide Französisch sprachen; dann folgten die gallische Sklavin und der Professor aus Indiana, die Latein sprachen und sich bei den Händen hielten. Die engen Straßen waren voll Menschen und Sonnenschein. Über ihnen reckte Notre Dame ihre beiden eckigen Türme gen Himmel. Neben ihnen plätscherte leise die Seine. Es war April in Paris, und an den Flußufern blühten die Kastanien.

Originaltitel: »April in Paris«
Copyright © 1962 by Ursula K. Le Guin
Aus dem Amerikanischen übersetzt von Gisela Stege
Copyright © 1980 der deutschen Übersetzung
by Nymphenburger Verlagshandlung GmbH, München
und Wilhelm Heyne Verlag GmbH & Co. KG, München
(aus: »Die zwölf Striche der Windrose«)

ROBERT F. YOUNG

Das Mädchen mit dem Löwenzahnhaar

Das Mädchen auf dem Hügel ließ Mark an Edna St. Vincent
Millay denken. Vielleicht war es nur die Art, wie sie so dastand
in der Nachmittagssonne, das löwenzahnfarbene Haar im Wind
tanzend; vielleicht die Art, wie ihr altmodisches weißes Kleid
um die langen, schlanken Beine wirbelte. Auf jeden Fall hatte er
den ganz bestimmten Eindruck, daß sie irgendwie aus der Vergangenheit in die Gegenwart getreten war; und das schien
merkwürdig, denn wie sich herausstellen sollte, war es nicht die
Vergangenheit, aus der sie kam, sondern die Zukunft.

In einiger Entfernung von ihr blieb er stehen, schwer atmend
vom Aufstieg. Sie hatte ihn noch nicht gesehen, und er fragte
sich, wie er sie von seiner Anwesenheit in Kenntnis setzen
konnte, ohne sie zu erschrecken. Während er überlegte, holte
er seine Pfeife heraus, füllte sie und zündete sie an, indem er
seine Hände über dem Pfeifenkopf zu einer Kuppel formte und
paffte, bis der Tabak glühte. Als er das Mädchen wieder an-
blickte, hatte sie sich umgewandt und betrachtete ihn neugierig.

Er ging langsam auf sie zu, während er sich der Nähe des
Himmels intensiv bewußt war und den Wind auf seinem Gesicht genoß. Ich sollte öfter mal wandern, dachte er. Er war
durch die Wälder gestreift, ehe er zu dem kleinen Hügel kam,
und nun lag der Wald hinter und unter ihm, glühte sanft in dem
ersten blassen Feuer des Herbstes. Jenseits des Waldes lag der
kleine See mit dem Wochenendhäuschen und dem Steg. Als
seine Frau die Aufforderung erhalten hatte, als Geschworene
zu fungieren, war er gezwungen gewesen, die beiden Wochen,
die ihm noch von seinem Sommerurlaub verblieben, allein zu
verbringen, und so hatte er ein einsames Leben geführt; tags-

über angelte er vom Steg aus, und an den kühlen Abenden las er vor dem offenen Kamin unter den schweren Holzbalken des kleinen Wohnzimmers. Doch schon nach zwei Tagen war ihm die Routine zuwider geworden, und er hatte sich aufgemacht in die Wälder, ohne bestimmtes Ziel und ohne bestimmte Absicht. Und schließlich war er zu dem Hügel gekommen und hatte ihn bestiegen und das Mädchen erblickt.

Als er näherkam, sah er, daß ihre Augen blau waren – so blau wie der Himmel, der ihre schlanke Gestalt umrahmte. Ihr Gesicht war jung und oval und sanft und süß. Es rief in ihm ein Gefühl des *déjà vu* hervor, das so intensiv war, daß er dem Impuls, die Hand auszustrecken und ihre windgeküßte Wange zu berühren, kaum widerstehen konnte. Und wenngleich seine Hand keine Bewegung machte, spürte er doch ein Kribbeln in den Fingerspitzen.

Mein Gott, dachte er verwundert, *ich bin vierundvierzig, und sie ist kaum älter als zwanzig. Was, um Himmels willen, ist nur über mich gekommen?* »Gefällt Ihnen die Aussicht?« fragte er laut.

»O ja«, sagte sie und beschrieb begeistert einen Halbkreis mit ihrem Arm. »Ist es nicht einfach wunderschön?«

Er folgte ihrem Blick. »Ja«, antwortete er. »Wunderschön.« Unter ihnen erstreckten sich die Wälder im Flachland in warmen Septemberfarben, umschlossen ein kleines Dörfchen in einigen Meilen Entfernung und beschrieben einen Bogen, wo sie an die Stadtgrenze stießen. In der Ferne wirkte der Dunst auf die schroffe Silhouette von Cove City wie ein Weichzeichner und verlieh der Stadt die Form einer weit auseinandergezogenen mittelalterlichen Burg, ließ sie von der Realität zu einer Traumerscheinung werden. »Kommen Sie auch aus der Stadt?« fragte er.

»In gewisser Weise«, sagte sie. Sie lächelte ihn an. »Ich bin aus dem Cove City, das zweihundertvierzig Jahre von hier liegt.«

Das Lächeln verriet ihm, daß sie nicht wirklich erwartete, daß er ihr glaubte – aber es wäre nett, wenn er zumindest so tat, als ob. Er lächelte zurück. »Das wäre dann das Jahr des Herrn zweitausendzweihundertundeins, nicht wahr?« meinte er. »Ich nehme an, die Stadt ist bis dahin enorm gewachsen.«

»O ja, das ist sie«, nickte das Mädchen. »Cove City ist jetzt Teil einer Megalopolis und erstreckt sich bis hierher.« Sie zeigte auf den Waldrand zu ihren Füßen. »Die Zweitausendundvierzigste Straße verläuft direkt durch dieses Zuckerahornwäldchen«, fuhr sie fort, »und sehen Sie die Gruppe Robinien dort?«

»Ja, die sehe ich.«

»Dort ist das neue Einkaufszentrum. Der Supermarkt da drüben ist so groß, daß man einen halben Tag benötigt, um durchzukommen. Da kann man beinahe alles kaufen – vom Aspirin bis zum Flugauto. Und neben dem Supermarkt, dort drüben bei den Buchen, gibt es einen Kleiderladen, der geradezu platzt vor den Neuheiten der führenden Modeschöpfer. Dieses Kleid hier habe ich heute früh dort gekauft. Ist es nicht einfach wunderschön?«

Wenn es das war, dann nur deshalb, weil sie es trug. Jedenfalls betrachtete er es höflich. Es bestand aus einem Material, das er nicht kannte, einem Stoff, der aus einer Mischung von Zuckerwatte, Meeresgischt und Schnee zu bestehen schien. Offenbar gab es keine Grenzen mehr für das, was die Erzeuger von Kunstfasern hervorzubringen imstande waren – noch für die wilden Märchen, welche junge Mädchen hervorzubringen imstande waren ... »Ich nehme an, Sie sind mit einer Zeitmaschine hergereist«, sagte er.

»Ja. Mein Vater hat eine erfunden.«

Er sah sie scharf an. Noch nie hatte er in arglosere Gesichtszüge geblickt. »Und kommen Sie oft hierher?«

»O ja. Das ist meine Lieblings-Raum-Zeit-Koordinate. Manchmal stehe ich stundenlag da und schaue und schaue und schaue. Vorgestern habe ich ein Kaninchen gesehen, gestern ein Reh und heute Sie.«

»Aber wie kann es denn ein Gestern geben«, fragte Mark, »wenn Sie immer an denselben Punkt in der Zeit zurückkehren?«

»Ah, ich verstehe, was Sie meinen«, nickte sie. »Der Grund dafür ist, daß die Maschine genauso wie alles andere vom Gang der Zeit berührt wird, und daher muß man sie alle vierundzwanzig Stunden zurückstellen, wenn man exakt dieselbe Koordinate beibehalten will. Das mache ich aber nie, weil ich lieber an verschiedenen Tagen zurückkommen will.«

»Begleitet Ihr Vater Sie nie?«

Eine V-Formation von Gänsen zog langsam über ihre Köpfe hinweg, und sie beobachtete sie eine Weile, ehe sie weitersprach. »Mein Vater ist ein kranker Mann«, erklärte sie schließlich. »Er würde sehr gern mitkommen, wenn er könnte. Aber ich erzähle ihm alles, was ich gesehen habe«, fügte sie rasch hinzu, »und es ist fast genauso, als käme er selbst. Finden Sie nicht, daß es fast dasselbe ist?«

Es lag ein Eifer, eine Ungeduld in der Art, wie sie ihn ansah, die ihm ans Herz griffen. »Ganz sicher«, antwortete er; dann: »Es muß herrlich sein, eine Zeitmaschine zu besitzen.«

»Sie ist ein wirklicher Segen für Menschen, die gern auf liebliche Fluren wandeln«, nickte sie ernsthaft. »Im dreiundzwanzigsten Jahrhundert gibt es nicht mehr viele liebliche Fluren, wissen Sie.«

Er mußte lächeln. »Auch im zwanzigsten gibt es nicht mehr viele. Ich würde sagen, dies hier ist schon ein seltenes Juwel. Ich sollte öfter hierherkommen.«

»Wohnen Sie in der Nähe?« fragte sie.

»Ich verbringe meinen Urlaub in einem Häuschen, etwa fünf Kilometer von hier. Es ist kein besonders schöner Urlaub, weil meine Frau als Geschworene fungieren muß und deshalb nicht mitkommen konnte. Aber es war nicht möglich, ihn zu verschieben, und so spiele ich hier widerwillig ›Zurück zur Natur‹. Mein Name ist Mark Randolph.«

»Ich heiße Julie«, sagte sie. »Julie Danvers.«

Der Name paßte zu ihr, auf dieselbe Weise, wie das Kleid zu ihr paßte, der blaue Himmel und der Hügel und der Septemberwind. Vermutlich stammte sie aus dem kleinen Dorf mitten im Wald, aber an sich war das bedeutungslos. Wenn sie ihm weismachen wollte, daß sie aus der Zukunft kam, so war ihm das auch recht. Nur eines hatte Bedeutung: die Art, wie er sich gefühlt hatte, als er sie erblickte, und die Zärtlichkeit, die ihn übermannte, sobald er in ihr sanftes Gesicht sah. »Was machen Sie eigentlich so, Julie?« fragte er. »Gehen Sie noch zur Schule?«

»Ich will Sekretärin werden«, antwortete sie. »Aber ich studiere noch.« Sie machte einen kleinen Schritt auf ihn zu, drehte eine hübsche Pirouette und verschränkte die Arme. »Ich freue mich schon sehr darauf, Sekretärin zu sein«, fuhr sie fort. »Herrlich, in einem großen, bedeutenden Büro zu arbeiten und mitzustenographieren, was wichtige Leute so sagen. Möchten Sie mich als Sekretärin haben, Mister Randolph?«

»Sehr gern«, lächelte er. »Früher hat meine Frau als meine Sekretärin gearbeitet – vor dem Krieg. So haben wir uns kennengelernt.« Er fragte sich, warum er das wohl gesagt hatte.

»War sie eine gute Sekretärin?«

»Die beste, die es gibt. Es hat mir sehr leid getan, sie zu verlieren; einerseits verlor ich sie zwar, aber andererseits habe ich sie als Ehefrau gewonnen. Also kann man das kaum ›verlieren‹ nennen.«

»Nein, eigentlich nicht. Nun, ich muß jetzt zurück, Mister Randolph. Dad wird schon ungeduldig sein und wissen wollen, was ich alles gesehen habe. Außerdem muß ich das Abendessen vorbereiten.«

»Werden Sie morgen wiederkommen?«

»Wahrscheinlich. Ich bin ja jeden Tag hier. Auf Wiedersehen, Mister Randolph.«

»Auf Wiedersehen Julie.«

Er sah zu, wie sie leichtfüßig den Abhang hinablief und in dem Zuckerahornwäldchen verschwand, wo in zweihundertvierzig Jahren die Zweitausendundvierzigste Straße sein würde. Er lächelte. Was für ein zauberhaftes Mädchen, dachte er. Es mußte aufregend sein, solch einen unbezähmbaren Sinn für das Wunderbare zu haben, solch eine Begeisterung für das Leben. Er schätzte diese beiden Eigenschaften vor allem deshalb, weil sie ihm selbst versagt geblieben waren. Mit zwanzig war er bereits ein ernster junger Mann gewesen, der sich sein Rechtsstudium mit Arbeit verdiente; mit vierundzwanzig hatte er seine eigene Praxis gehabt, und obwohl recht klein, hatte sie ihn vollauf beschäftigt – nun, nicht ganz. Nachdem er Anne geheiratet hatte, war die tägliche Tretmühle seiner Arbeit etwas in den Hintergrund getreten, zumindest für kurze Zeit. Dann, als der Krieg kam, war das Geldverdienen – diesmal für längere Zeit – zu einem fernen, fast verachtenswerten Unterfangen geworden. Nach seiner Rückkehr ins Zivilleben wurde es jedoch plötzlich wichtiger denn je, weil er nun nicht nur eine Frau, sondern auch einen Sohn zu ernähren hatte. Seither hatte er pausenlos gearbeitet, mit Ausnahme jener vier Urlaubswochen, die er sich jedes Jahr gönnte, und von denen er zwei mit Anne und Jeff an einem Ort ihrer Wahl verbrachte und zwei im Häuschen am See, wenn Jeff ins College zurückgekehrt war. Nur dieses Jahr verbrachte er die beiden letzten Wochen allein. Nun, vielleicht nicht ganz allein.

Schon vor einiger Zeit war seine Pfeife ausgegangen, und er hatte es gar nicht bemerkt. Er zündete sie erneut an und sog heftig, um dem Wind entgegenzuarbeiten; dann stieg er den Hügel hinab und machte sich auf den Weg durch den Wald zurück zum Häuschen. Der Herbst hatte begonnen, und die Tage wurden merklich kürzer. Der heutige war fast vorbei, und die Feuchtigkeit des Abends lag bereits in der Luft.

Er wanderte langsam dahin, und die Sonne war bereits untergegangen, als er den See erreichte. Es war ein kleiner See, aber sehr tief, und die Bäume wuchsen bis ans Ufer. Das Häuschen stand in einiger Entfernung davon unter Kiefern, und ein gewundener Pfad verband es mit dem Steg. Hinter dem Haus führte eine geschotterte Zufahrt zu einem Feldweg, der die Verbindung zur Landstraße herstellte. Sein Wagen stand an der Hintertür, bereit, ihn bei Bedarf augenblicklich in die Zivilisation zurückzuführen.

In der Küche bereitete er sich ein einfaches Abendessen und aß es gleich dort. Dann ging er ins Wohnzimmer, um zu lesen. Im Schuppen summte der Generator, doch ansonsten wurde die Abendstille von keinem einzigen der Geräusche unterbrochen, an die das Gehör des modernen Menschen gewöhnt ist. Er wählte eine Anthologie amerikanischer Lyrik aus dem gut sortierten Bücherregal neben dem Kamin, setzte sich und blätterte sie durch, bis er zu dem Gedicht »Nachmittag auf einem Hügel« kam. Er las die Verse dreimal, und jedesmal sah er sie vor sich, wie sie dort oben in der Sonne stand, das Haar im Wind flatternd, das Kleid wie tanzende Schneeflocken um die langen, schönen Beine; dann formte sich ein Klumpen in seiner Kehle, und er konnte nicht schlucken.

Er stellte das Buch zurück ins Regal, ging hinaus und blieb auf der Veranda stehen, wo er seine Pfeife stopfte und anzündete. Er zwang sich daran, an Anne zu denken, und sofort erschien ihr Gesicht vor seinen Augen – das feste und dennoch sanfte Kinn; der warmherzige, mitfühlende Blick, in dem stets eine Spur Furcht zu liegen schien, die zu analysieren ihm nie gelungen war; die immer noch glatten, weichen Wangen; das liebliche Lächeln; und jede dieser Einzelheiten wurde durch die Erinnerung an ihr schwingendes hellbraunes Haar und ihre schlanke Grazie noch unwiderstehlicher. Wie immer, wenn er an sie dachte, wunderte er sich über ihre Alterslosigkeit, wunderte sich, wie sie es anstellte, nach all den Jahren immer noch so wunderschön zu sein wie an jenem Morgen vor langer Zeit, als er überrascht aufgeblickt hatte, und sie schüchtern vor seinem Schreibtisch gestanden war. Unbegreiflich, daß er sich nur zwanzig Jahre später ungeduldig auf ein Wiedersehen mit einem Mädchen freute, das eine übersteigerte Phantasie besaß und jung genug war, um seine Tochter sein zu können. Naja, ganz so ernst war es nicht – wirklich nicht. Er hatte einen Augenblick lang geschwankt, das war alles. Für einen Augenblick war ihm sein emotionelles Gleichgewicht abhanden gekommen, und er hatte geschwankt. Nun stand er wieder mit beiden Beinen fest auf der Erde, und die Welt drehte sich wieder so, wie es sich gehörte.

Er klopfte die Pfeife aus und ging wieder ins Haus. Im Schlafzimmer zog er sich aus, schlüpfte unter die Decke und löschte das Licht. Aber obwohl er müde war, wollte der Schlaf nicht kommen; und als er schließlich doch kam, war es ein bruchstückhafter Schlummer, durchsetzt mit quälenden Träumen.

Vorgestern habe ich ein Kaninchen gesehen, gestern ein Reh und heute Sie.

Am nächsten Nachmittag trug sie ein blaues Kleid, und in ihr löwenzahnfarbenes Haar war ein passendes blaues Band geflochten. Nachdem er den Hügel erstiegen hatte, stand er eine Weile ganz still und bewegungslos da und wartete darauf, daß dieses beklemmende Gefühl aus seiner Kehle wich. Dann ging er hinüber und stand neben ihr im Wind. Doch der weiche Schwung ihres Kinns und ihres Nackens brachte den Klumpen zurück in seine Kehle, und als sie sich ihm zuwandte und sagte: »Hallo! Ich dachte nicht, daß Sie kommen würden!« da verging eine lange Sekunde, ehe er zu einer Antwort fähig war.

»Aber ich bin doch gekommen, und Sie auch.«

»Ja«, sagte sie. »Darüber bin ich sehr froh.«

Ein Granitfelsen, der nackt aus der Erde ragte, formte eine Art Bank, und sie setzten sich darauf und blickten hinaus über die Landschaft. Er füllte Tabak in seine Pfeife, zündete sie an und blies den Rauch in den Wind. »Mein Vater raucht auch Pfeife«, bemerkte sie. »Und wenn er sie anzündet, hält er seine hohle Hand genauso über die Flamme wie Sie, auch wenn kein Wind weht. Sie sind ihm ähnlich, in mancherlei Hinsicht.«

»Erzählen Sie mir von Ihrem Vater«, sagte er. »Und erzählen Sie mir auch etwas über sich selbst.«

Das tat sie. Sie war einundzwanzig, ihr Vater ein pensionierter Physiker, der für die Regierung gearbeitet hatte. Sie wohnten in einem kleinen Apartment in der Zweitausendundvierzigsten Straße, und sie führte den Haushalt, seit ihre Mutter vor vier Jahren gestorben war. Nachher erzählte er von sich selbst, von Anne und Jeff, daß er vorhatte, Jeff eines Tages als Partner ins Geschäft zu nehmen, erzählte von Annes panischer Angst vor Kameras und davon, daß sie sich sogar an ihrem Hochzeitstag geweigert hatte, sich photographieren zu lassen; und er erzählte von der schönen Zeit, die sie im vergangenen Sommer beim Campingurlaub verlebt hatten.

Als er geendet hatte, sagte Julie: »Was für ein schönes Familienleben Sie haben. Neunzehnhunderteinundsechzig muß ein wunderbares Jahr sein!«

»Mit der Zeitmaschine, die Ihnen zur Verfügung steht, können Sie ja jederzeit herkommen.«

»Ganz so einfach ist es nicht. Abgesehen davon, daß ich nie im Leben meinen Vater verlassen würde, muß man sich immer vor der Zeitpolizei in acht nehmen. Wissen Sie, die Möglichkeit des Reisens in der Zeit ist den Mitgliedern historischer Expeditionen vorbehalten, die die Regierung in Auftrag gibt. Ansonsten sind Zeitmaschinen nicht öffentlich zugänglich.«

»Aber Ihnen scheint es doch gelungen zu sein …«

»Weil mein Vater selbst eine Maschine gebaut hat, von der die Zeitpolizei nichts weiß.«

»Damit brechen Sie doch das Gesetz, oder?«

Sie nickte. »Offiziell ja. Wenn man an das theoretische Konzept glaubt, das die offiziellen Stellen von der Zeit haben. Mein Vater hat aber sein eigenes Konzept.«

Es war so angenehm, sie reden zu hören, daß es eigentlich egal war, worüber sie sprach, und er wollte, daß sie nie aufhörte zu reden, wie weit hergeholt das Thema auch sein mochte. »Erzählen Sie mir davon«, sagte er.

»Zuerst erkläre ich Ihnen den offiziellen Standpunkt. Seine Befürworter sind der Meinung, daß niemand aus der Zukunft an irgend etwas in der Vergangenheit physisch teilnehmen sollte, weil allein seine Gegenwart bereits ein Paradoxon schaffen und zukünftige Ereignisse damit verändern würde. Folglich ist die Regierung streng darauf bedacht, daß nur autorisiertes Personal zu den Zeitmaschinen Zutritt hat, und unterhält eine Zeitpolizei, um Möchtegern-Zeithüpfern das Handwerk zu legen, die sich nach einem einfachen Leben sehnen und sich als Historiker ausgeben, um für immer in eine andere Epoche zurückkehren zu können.

Aber nach dem Standpunkt, den mein Vater vertritt, wurde das Buch der Geschichte bereits geschrieben. Von einem makrokosmischen Gesichtspunkt aus, sagt mein Vater, ist alles, was einmal geschehen wird, bereits geschehen. Wenn daher ein Mensch aus der Zukunft an einem vergangenen Ereignis teilnimmt, so wird er zu einem Teil dieses Ereignisses – aus dem einfachen Grund, weil er von vornherein Teil davon gewesen ist. Damit kann ein Paradoxon gar nicht entstehen.«

Mark nahm einen tiefen Zug aus seiner Pfeife. Er brauchte

ihn dringend. »Ihr Vater scheint ein bemerkenswerter Mann zu sein«, sagte er.

»Das ist er!« Die Begeisterung vertiefte den zarten Hauch von Rosa auf ihren Wangen und erhellte das Blau ihrer Augen. »Sie würden nicht glauben, wie viele Bücher er schon gelesen hat, Mister Randolph! Unsere Wohnung platzt aus allen Nähten! Hegel und Kant und Hume; Einstein und Newton und Weizsäcker. Ich ... ich habe auch einiges davon gelesen.«

»Das habe ich mir fast gedacht. Ich kenne auch einiges davon.«

Hingerissen blickte sie ihm ins Gesicht. »Wie herrlich, Mister Randolph«, lachte sie. »Ich wette, wir haben eine Unmenge gemeinsamer Interessen.«

Die Konversation, die folgte, bewies, daß dem tatsächlich so war – obwohl Mark die transzendentale Ästhetik, den subjektiven Idealismus Berkeleys und die Relativitätstheorie nicht unbedingt für passende Themen zwischen einem Mann und einem Mädchen auf einem Hügel im September hielt, auch wenn der Mann vierundvierzig und das Mädchen einundzwanzig waren. Aber glücklicherweise gab es da gewisse Entschädigungen für ihn: die angeregte Diskussion über die transzendentale Ästhetik führte nicht nur zu A-priori- und A-posteriori-Schlüssen, sondern auch zur Entstehung mikrokosmischer Sterne in ihren Augen; die Analyse der Lehren Berkeleys ließ nicht nur die schwachen Seiten der Theorien des guten Bischofs zutage treten, sondern auch aufgeregte hellrote Flecken auf ihren glatten Wangen; und die Erörterung der Relativitätstheorie bewies zwar, daß E ausnahmslos mc^2 gleichzusetzen ist, jedoch auch, daß Wissen dem weiblichen Charme ganz und gar nicht abträglich, sondern einer seiner wichtigsten Faktoren ist.

Die Stimmung des Augenblicks blieb viel länger bestehen, als es ihr Recht gewesen wäre, und sie war immer noch in ihm, als er zu Bett ging. Heute versuchte er gar nicht, an Anne zu denken; er wußte, es wäre nicht gut. Statt dessen lag er da in der Dunkelheit und ließ den Gedanken, die da zufällig des Weges kamen, freien Lauf – und sie alle betrafen eine Anhöhe in der

Septembersonne und ein Mädchen mit löwenzahnfarbenem Haar.

Vorgestern habe ich ein Kaninchen gesehen, gestern ein Reh und heute Sie.

Am nächsten Morgen fuhr er hinüber in das kleine Dorf und fragte auf dem Postamt nach, ob Post für ihn da sei. Nichts. Aber das überraschte ihn nicht. Jeff haßte das Briefeschreiben genau wie sein Vater, und Anne war vermutlich als Geschworene völlig von der Außenwelt abgeschnitten. Und was seine Praxis anlangte, so hatte er seiner Sekretärin streng verboten, ihn mit anderem als nur dem Allerdringlichsten zu behelligen.

Er überlegte, ob er den ergrauten Postmeister fragen sollte, ob in der Gegend eine Familie namens Danvers lebte, und entschied sich dagegen. Er hätte damit wohl das sorgfältig konstruierte Kartenhaus zum Einsturz gebracht, das Julie aufgebaut hatte, und obwohl er nicht an die Realität dieses Kartenhauses glaubte, hatte er nicht das Herz, es zu zerstören.

An diesem Nachmittag trug sie ein gelbes Kleid im selben Farbton, den ihr Haar hatte, und wieder wurde ihm die Kehle eng, als er sie erblickte, und wiederum fand er das Sprechen schwierig. Aber dann, als der erste Moment vorübergegangen und die Worte gekommen waren, flossen die Ströme ihrer beider Gedanken zusammen wie überschäumende Flüsse und trugen sie heiter durch das Tal des Nachmittags. Diesmal, als sie Abschied nahmen, war sie es, die fragte: »Werden Sie morgen wiederkommen?« und während des ganzen Heimwegs durch die Wälder zum Häuschen vibrierten die Worte in seinen Ohren, und sangen ihn in den Schlaf, nachdem er den Abend mit seiner Pfeife auf der Veranda verbracht hatte.

Am nächsten Nachmittag war der Hügel leer, als er oben ankam. Im ersten Augenblick lähmte ihn die Enttäuschung, aber dann dachte er: *Sie hat sich verspätet, das ist alles. Sie wird jeden Moment kommen. Ganz sicher.* Er setzte sich auf die Granitbank und wartete. Aber sie kam nicht. Die Minuten gingen vorbei und die Stunden. Schatten krochen aus dem Dunkel des Waldes und kletterten einen Teil der Anhöhe empor. Die Luft wurde kühler. Schließlich gab er das Warten auf und machte sich unglücklich auf den Weg nach Hause.

Auch am nächsten Nachmittag kam sie nicht. Und auch nicht am übernächsten. Er konnte weder essen noch schlafen. Das Angeln widerte ihn an. Er konnte auch nicht mehr lesen. Und immerfort haßte er sich selbst, haßte sich, weil er sich benahm wie ein liebeskranker Schuljunge, weil er auf ein hübsches Gesicht und zwei hübsche Beine genauso reagierte wie jeder andere Narr in den Vierzigern. Bis vor ein paar Tagen hätte er eine andere Frau nicht einmal angesehen, und hier hatte er, in weniger als einer Woche, nicht nur eine angesehen, sondern sich sogar in sie verliebt.

Keinerlei Hoffnung regte sich in ihm, als er am vierten Tag den Hügel hinanstieg – und dann sah er sie in der Sonne stehen. Diesmal trug sie ein schwarzes Kleid, und spätestens da hätte er den Grund für ihre Abwesenheit erraten müssen, aber er tat es nicht. Nicht, ehe er an sie herantrat und die Tränen in ihren Augen und das verräterische Zucken um ihren Mundwinkel bemerkte. »Julie! Was ist los?«

Sie hängte sich an ihn mit bebenden Schultern und preßte das Gesicht auf seine Jacke. »Mein Vater ist gestorben«, schluchzte sie, und irgendwie wußte er, daß dies ihre ersten Tränen waren, daß sie mit trockenen Augen die Totenwache und das Begräbnis durchgestanden hatte und erst jetzt zusammengebrochen war.

Sanft legte er seine Arme um sie. Er hatte sie noch nie geküßt, und er küßte sie auch jetzt nicht, nicht richtig. Seine Lippen strichen über ihre Stirn und berührten ihr Haar – das war alles. »Das tut mir leid, Julie«, sagte er. »Ich weiß, wie viel er Ihnen bedeutet hat.«

»Er wußte die ganze Zeit, daß es mit ihm zu Ende ging«, antwortete sie. »Er muß es seit dem Strontium-90-Experiment gewußt haben, das er im Labor leitete. Aber er hat es nie jemandem gesagt – nicht einmal mir ... Ich will nicht mehr leben. Ohne ihn habe ich nichts mehr, für das es sich lohnt zu leben – nichts, nichts, gar nichts!«

Er hielt sie fest an sich gedrückt. »Sie werden etwas finden wofür es sich lohnt. Sie sind noch so jung, fast noch ein Kind.«

Sie warf den Kopf zurück und wandte ihre plötzlich trockenen Augen zu ihm empor. »Ich bin kein Kind! Wagen Sie es ja nicht, mich noch einmal ein Kind zu nennen!«

Überrascht ließ er sie los und trat einen Schritt zurück. Noch nie zuvor hatte er sie wütend gesehen. »Ich wollte nicht sagen ...« begann er.

Ihr Ärger verflog so schnell wieder, wie er gekommen war. »Ich weiß, daß Sie mich nicht kränken wollten, Mister Randolph. Aber ich bin kein Kind mehr, ehrlich, das bin ich nicht. Versprechen Sie mir, mich nie mehr ein Kind zu nennen!«

»Ist ja gut«, sagte er. »Ich verspreche es.«

»Und nun muß ich gehen«, seufzte sie. »Ich habe noch tausend Dinge zu erledigen.«

»Werden ... werden Sie morgen kommen?«

Sie sah ihn lange an. Feuchtigkeit, wie der Dunst nach einem Sommerregen, legte sich über ihre Augen und ließ sie glitzern. »Auch Zeitmaschinen nützen sich ab«, sagte sie. »Manche Teile müssen erneuert werden – und ich kann damit nicht umgehen. Unsere – meine – ist vielleicht noch gut für eine Reise, aber ich bin nicht sicher.«

»Sie werden dennoch versuchen zu kommen, nicht wahr?«

Sie nickte. »Ja, ich werde es versuchen. Und, Mister Randolph ...«

»Ja, Julie?«

»Für den Fall, daß ich es nicht schaffe – und einfach, um es einmal festzustellen: Ich liebe Sie.«

Und weg war sie, lief leichtfüßig den Abhang hinunter und verschwand eine Sekunde später in dem Zuckerahornwäldchen. Seine Hände zitterten, als er seine Pfeife anzündete, und das Zündholz verbrannte ihm die Finger. Hinterher konnte er sich nicht erinnern, wie er nach Hause gekommen, wie er sich das Abendessen bereitet hatte oder zu Bett gegangen war; dennoch mußte er all diese Dinge getan haben, denn er erwachte am nächsten Morgen in seinem eigenen Schlafzimmer, und als er in die Küche ging, standen die Teller im Abwaschbecken.

Er wusch alles ab und kochte Kaffee. Den restlichen Morgen verbrachte er auf dem Steg und angelte und versuchte, an nichts zu denken. Der Realität würde er später ins Auge blicken; für den Moment genügte es ihm, zu wissen, daß sie ihn liebte, daß er sie in ein paar kurzen Stunden wiedersehen würde. Selbst eine abgenützte Zeitmaschine dürfte kaum Schwierigkeiten haben, sie aus dem Dörfchen auf den Hügel zu transportieren, dachte er.

Er kam zu früh, setzte sich auf die Granitbank und wartete darauf, daß sie aus dem Wald trat und den Hang heraufstieg. Er spürte sein Herz hämmern und wußte, daß seine Hände zitterten. *Vorgestern habe ich ein Kaninchen gesehen, gestern ein Reh und heute Sie.*

Er wartete und wartete, aber sie kam nicht. Und sie kam auch am Tag darauf nicht. Als die Schatten lang wurden und die Luft kalt, ging er den Hang hinunter und trat in das Zuckerahornwäldchen. Er fand den Pfad augenblicklich und folgte ihm quer durch den Wald bis zum Dorf. Im Postamt fragte er nach seiner Post, aber es war keine da. Dennoch blieb er stehen und nach einer Weile platzte er heraus: »Wohnt ... wohnt hier in der Gegend eine Familie Danvers?«

Der Postmeister schüttelte den Kopf. »Den Namen habe ich noch nie gehört.«

»Hat es in letzter Zeit ein Begräbnis hier gegeben?«

»Seit fast einem Jahr nicht.«

Danach besuchte er den Hügel zwar täglich, bis sein Urlaub zu Ende war, aber tief in seinem Herzen wußte er, daß sie nicht zurückkehren würde, daß er sie verloren hatte – so endgültig, als hätte es sie nie gegeben. An den Abenden irrte er immer wieder durch das kleine Dorf und hoffte verzweifelt, daß sich der Postmeister geirrt hatte. Aber er fand keine Spur von Julie, und die Beschreibung, die er den zufällig des Weges Kommenden von ihr gab, rief nur Kopfschütteln hervor.

Anfang Oktober kehrte er in die Stadt zurück. Er bemühte sich sehr, sich Anne gegenüber so zu benehmen, als sei nichts vorgefallen; aber sie schien im selben Augenblick, als sie ihn wiedersah, zu wissen, daß sich etwas geändert hatte. Und obwohl sie keine Fragen stellte, wurde sie stiller und stiller, als die Wochen verstrichen, und die Furcht in ihren Augen, die er sich nicht erklären konnte, trat immer deutlicher zutage.

Er begann, an Sonntagnachmittagen hinauszufahren an den See und die Anhöhe aufzusuchen. Golden strahlte der Wald jetzt, und der Himmel war blauer als einen Monat zuvor. Stundenlang saß er auf der Bank aus Granit und starrte auf die Stelle, wo sie verschwunden war. *Vorgestern habe ich ein Kaninchen gesehen, gestern ein Reh und heute Sie.*

Und dann, an einem verregneten Novemberabend, fand er den Koffer. Er gehörte Anne, und er fand ihn durch einen reinen Zufall. Sie war in ihren Bingoklub gefahren, und er war alleine zu Hause geblieben. Nachdem er zwei Stunden damit verbracht hatte, matte Fernsehprogramme anzusehen, erinnerte er sich an die Puzzlespiele, die er im vergangenen Winter in die Mansarde getragen hatte.

In der verzweifelten Suche nach etwas – nach irgend etwas –, das seine Gedanken von Julie abzulenken vermochte, stieg er nach oben, um die Puzzles zu holen. Während er sich durch die verschiedensten Schachteln kramte, die dort aufgestapelt waren, fiel der Koffer aus dem Regal und sprang auf, als er auf dem Boden aufschlug.

Er bückte sich, um ihn aufzuheben; es war derselbe Koffer, den Anne mitgebracht hatte, als sie nach ihrer Hochzeit in die kleine Wohnung einzogen; er erinnerte sich daran, daß sie ihn immer verschlossen aufbewahrt und ihm erklärt hatte, daß es gewisse Dinge gab, die eine Frau auch vor dem eigenen Ehemann verborgen hielt. Das Schloß war in all den Jahren verrostet, und der Aufprall hatte es aufgebrochen.

Er wollte eben den Deckel schließen, als er den Saum eines weißen Kleides herauslugen sah, und hielt inne. Der Stoff kam ihm bekannt vor. Ein Gewebe wie dieses hier hatte er vor nicht allzulanger Zeit erst gesehen – ein Gewebe, das an Zuckerwatte erinnerte, an Meeresgischt und an Schnee.

Er klappte den Deckel auf und ergriff das Kleid mit bebenden Händen. Er hielt es an den Schultern und ließ es sich entfalten, und es hing von seinen Fingern wie leise rieselnder Schnee.

Lange sah er es an, und seine Kehle wurde eng. Dann faltete er es sachte wieder zusammen, tat es in den Koffer zurück und schloß den Deckel. Den Koffer legte er an seinen Platz unter dem schrägen Mansardendach. *Vorgestern habe ich ein Kaninchen gesehen, gestern ein Reh und heute Sie.*

Regen trommelte auf das Dach. Seine Kehle war nun so zugeschnürt, daß er einen Augenblick lang dachte, weinen zu müssen. Langsam ging er über die Treppe nach unten ins Wohnzimmer. Die Uhr auf dem Kaminsims zeigte zehn Uhr fünfzehn. In wenigen Minuten würde sie an der Ecke aus dem Bus steigen und die Straße herunter und zur Haustür kommen. Anne würde ... Julie würde. Julianne?

War das ihr voller Name? Wahrscheinlich. Wenn Menschen einen falschen Namen wählen, dann behielten sie meist einen Teil ihres eigenen bei. Und da sie ihren Familiennamen komplett geändert hatte, war sie wohl sicher gewesen, sich bei ihrem Vornamen einige Freiheiten erlauben zu dürfen.

Außer ihren Namen zu ändern mußte sie wohl auch einiges andere unternommen haben, um die Zeitpolizei abzuschütteln. Kein Wunder, daß sie sich nicht photographieren ließ! Und wie sie sich wohl an jenem Tag vor langer Zeit geängstigt haben mußte, als sie schüchtern sein Büro betreten hatte, um sich um eine Stelle zu bewerben! Ganz allein in einer fremden Zeit, ohne zu wissen, ob der Mann, der sie liebte, als er sich in den Vierzigern befand, in den Zwanzigern ihr gegenüber dieselben Gefühle hegen würde. Aber sie war tatsächlich zurückgekommen, wie sie es versprochen hatte.

Zwanzig Jahre, dachte er verwundert, *und die ganze Zeit muß sie gewußt haben, daß ich eines Tages im September eine Anhöhe hinaufsteigen und sie dort oben in der Sonne stehen sehen würde, jung und süß, um mich noch einmal in sie zu verlieben. Sie muß es wissen, denn dieser Augenblick ist so sehr Teil ihrer Vergangenheit, wie er Teil meiner Zukunft war. Aber warum hat sie mir nichts gesagt? Warum sagt sie jetzt nichts?*

Plötzlich verstand er.

Er hatte Mühe zu atmen, als er in die Diele trat, seinen Mantel anzog und hinausging in den Regen. Er lief den Gartenweg hinunter zur Straße, während der Regen in sein Gesicht prasselte und über seine Wangen lief – und einige der Tropfen waren Regen, und einige waren Tränen. Wie konnte jemand, der so alterslos schön war wie Anne – Julie –, Angst davor haben, alt zu werden? Wußte sie nicht, daß sie in seinen Augen nie altern konnte – daß sie für ihn nicht einen Tag älter geworden war, seit dem Moment, als er damals aufgeblickt hatte von seinem Schreibtisch, als er sie da stehen sehen und sich augenblicklich in sie verliebt hatte? Konnte sie nicht erkennen, daß deshalb das Mädchen auf dem Hügel eine Fremde für ihn gewesen war?

Er erreichte die Straße und schritt hinunter zur Ecke. Beinahe war er dort angekommen, als der Bus anhielt und das Mädchen in dem weißen Trenchcoat ausstieg. Der Klumpen in seiner Kehle wurde zu einer scharfen Klinge, und er konnte überhaupt nicht mehr atmen. Das löwenzahnfarbene Haar war jetzt dunkler, und der mädchenhafte Charme verschwunden. Aber die sanfte Lieblichkeit lag immer noch in ihrem Gesicht, und die langen, schlanken Beine besaßen eine Grazie und ein Ebenmaß in diesem novemberkalten Licht der Straßenlampen, die sie in der Septembersonne nie besessen hatten.

Sie kam auf ihn zu, und er sah die vertraute Furcht in ihren Augen – eine Furcht, die jetzt unerträglich quälend schien, weil er ihre Ursache kannte. Ihre Gestalt verschwamm vor seinen Augen, und er ging ihr blind entgegen. Als er vor ihr stand, wurde sein Blick wieder klar, und über die Jahre hinweg streckte er seine Hand aus und berührte ihre regennasse Wange. Da wußte sie, daß alles so war, wie es sein sollte, und die Furcht verschwand für immer aus ihren Augen.

Hand in Hand gingen sie durch den Regen nach Hause.

Originaltitel: »The Dandelion Girl«
Copyright © 1968 by Robert F. Young
Aus dem Englischen übersetzt von Biggy Winter

ROBERT SILVERBERG
Viele Häuser

Es war ein harter Tag. Alles ist schiefgegangen. Auf dem Weg
zur Arbeit ein Riesenstau mit der Autobahn, schon vor der
Mittagspause zwei Aufträge widerrufen, und jetzt auch noch
dieser unglaubliche Patzer von der Wettervorhersage. Es
schneit draußen. Kaum zu glauben, aber es schneit tatsächlich.
Morgen früh wird er hinausgehen und die Einfahrt freischau-
feln müssen. Er kann sich nicht daran erinnern, wann er zum
letztenmal Schnee erlebt hat. Und natürlich wieder ein Krach
mit Alice. Nie läßt sie ihn in Ruhe. Am giftigsten ist sie, wenn sie
sieht, daß er erschöpft von der Arbeit nach Hause kommt. Ted,
warum tust du nicht das, Ted, hol mir jenes. Jetzt wartet er auf
das Abendessen, mixt sich seinen dritten Drink innerhalb von
vierzig Minuten und spürt, daß sich einer seiner Migräneanfälle
anbahnt. Diese scheußlichen, bohrenden Kopfschmerzen, die
den ganzen Abend verderben können. Was für ein Leben! Er
spielt mit mörderischen Phantasien. Ein kleiner, angenehmer
Spaziergang mit ihr zum Staubecken, ein kurzer scharfer Stoß
mit der Schulter. Sie kann nicht schwimmen. Tiefer versinkt sie,
immer tiefer. Gluck. Adieu, Alice. Endlich frei. –

Sie sitzt in der Küche und tippt wütend auf den Tasten der
Konsole herum. Sie will das Abendessen ganz genauso pro-
grammieren, wie er es haben will. Kalte Vichysoße, gebackene
Kartoffeln mit saurer Sahne und Schnittlauch, Lendensteak,
innen blutig-roh und außen kohlschwarz. Man soll bloß nicht
glauben, es wäre so leicht, ein Essen genau richtig hinzube-
kommen, selbst mit einem Kochautomaten. Alles nur für ihn.
Der Bastard. Warum schwitze ich eigentlich hier und mühe
mich ab, um es ihm rechtzumachen? Hat er mich etwa glücklich
gemacht? Was hat er je für mich getan, außer mir die besten

Jahre meines Lebens zu stehlen? Und er glaubt, ich weiß nichts von seinen anderen Weibern. All die schnellen Nummern in der Mittagspause. Wenn er morgen tot umfallen würde, wäre mir das gerade recht. Ich wäre eine tolle Witwe – beim Begräbnis voller Würde, so eine starke Frau, seht mal, sie weint kaum. Und sie denken alle, wir sind so ein glückliches Paar. Elf Jahre verheiratet, und noch immer verliebt, die beiden. Gerade letzte Woche habe ich das jemanden über uns sagen hören. Wenn sie nur wüßten, wie es bei uns wirklich aussieht. Wenn sie das nur wüßten. –

Martin sieht aus dem Fenster seines Apartments im dritten Stock in Sunset Village. Schnee. Nicht zu fassen. Er kann sich nicht daran erinnern, wann er zum letztenmal Schnee gesehen hat. Vielleicht vor dreißig, vierzig Jahren, als Ted noch ein Baby war. Er weiß es beim besten Willen nicht mehr. Weißes Zeug auf dem Boden – wann war das? Wenn man erst einmal den achtzigsten Geburtstag hinter sich hat, kann man nicht mehr ganz so klar denken wie früher. Er kann es noch immer nicht glauben, daß er ein alter Mann ist. Der Gedanke macht ihm zu schaffen, daß sein Enkel Ted, Marthas Junge, fast vierzig ist. Ich habe den Jungen auf meinen Knien geschaukelt, und er hat mir den ganzen Anzug vollgespuckt. Damals war er vier Jahre alt. Nixon war Präsident. Heutzutage redet kaum noch jemand über Tricky Dick. Das ist Geschichte, längst vorbei. McKinley, Coolidge, Nixon. Wie die Zeit vergeht. Martin denkt an Teds Frau Alice. Was für einen hübschen, runden, kleinen Arsch sie hat. Astreine Titten. Die würde ich gern mal in die Finger bekommen. Ehrlich. Weißt du was, Martin? So eine alte Ruine bist du noch gar nicht. Nicht, wenn du wegen der Frau deines Enkels einen hochkriegst. –

Seine Träume darüber, wie er sie ertränkt, verfliegen so schnell, wie sie gekommen sind. Er ist von Natur aus kein gewalttätiger Mensch. Er weiß, daß er es nie fertigbringen würde. Er kann sich nicht einmal dazu überwinden, auf eine Spinne zu treten; wie sollte er es dann schaffen, seine Frau zu töten? Wenn sie natürlich auf irgendeine andere Art umkommen sollte, ohne daß er dazu konkrete Schritte ergreifen brauchte, dann wäre alles gelöst. Sie fährt gern auf diesen Schnellstraßen zum Friseur, ihr Auto kommt auf einer vereisten Stelle ins Schleudern, und sie prallt mit achtzig Stundenkilometern gegen einen Baum. Gut. Sie macht auf dem Union Boulevard einen Einkaufsbummel, und die Bank wird von einem Aktivisten in die Luft gesprengt; sie wird von fliegenden Trümmern durchbohrt. Gut. Der Zahnarzt gibt ihr ein neues Betäubungsmittel, und es zeigt sich, daß sie dagegen tödlich allergisch ist. Sie schwillt an wie ein Kugelfisch und krepiert in fünf Minuten. Gut. Die Polizeibeamten kommen, lange Gesichter, Triefnasen. Tut uns schrecklich leid, Mr. Porter. Ein entsetzlicher Unfall. Nein, sagen Sie nicht, es ist meine Frau, schreit er auf. Sie nicken kummervoll. Er aber erträgt seinen schweren Verlust tapfer. –

»Du kannst jetzt zum Essen kommen«, sagt sie. Er sitzt, mit einem weiteren Drink in der Hand, zusammengesunken auf dem Sofa. Er trinkt mehr als irgendein anderer Mann, den sie kennt. Gar so viele kennt sie allerdings nicht. Vielleicht bekommt er eine Leberzirrhose und stirbt. Ist Leberzirrhose eigentlich noch tödlich, fragt sie sich, oder gibt es jetzt auch Lebertransplantationen? Das Komische dabei ist nur, daß sie ihn nach elf Jahren noch immer scharf findet. Sie verabscheut ihn, aber sie findet ihn noch scharf. –

Der Schnee erinnert ihn an die Zeit, als er noch ein junger Mann war, an die seit langem vergangenen Tage im Osten. Damals hatte er bei Frauen recht viel Erfolg. Und damals war es keineswegs so leicht, ins Geschäft zu kommen. Ständig haben sich die Frauen Gedanken gemacht, was die Leute sagen würden, wenn es herauskäme. *Was die Leute sagen würden!* Als wäre es eine Schande, wenn sie es mit einem Typ treiben. Oder sie hatten Angst davor, schwanger zu werden? Einen Pariser mußte man benutzen. Das war vielleicht beschissen: als hätte man einen Socken drüber. Die Pille setzte sich erst langsam durch, die Ur-Pille, die Sorte, die einmal am Tag genommen werden mußte. Stell dir einmal eine Welt ohne Pille vor! (»Hat es noch Dinosaurier gegeben, als du klein warst, Opa?«) Trotzdem war Martin nicht zu kurz gekommen. Große, muskulöse Gestalt, starke, ernste Züge, warme, neugierige Augen. Das würde man nie vermuten, wenn man mich jetzt so ansieht. Ich möchte gern wissen, ob es Alice klar ist, was ich früher einmal für ein Kerl gewesen bin. Wenn ich das Geld dazu hätte, würde ich mir eine von diesen Zeitmaschinen mieten, die es jetzt gibt, und sie zurückschicken, damit sie mich so um 1950 besucht. Ein kleines Geschenk an mein jüngeres Ich. Er würde ihn ihr hineinstoßen, daß ihr Hören und Sehen vergeht. Martin durchläuft bei dem Gedanken, wie sein jüngeres Ich in Alice hineinstößt, eine kurze Welle von Erregung. So etwas kann er sich aber natürlich nicht leisten. –

Während er sein Steak hineinschaufelt, stellt er sich vor, wie es wäre, wenn er wieder allein leben würde. Würde ich wieder heiraten? Nie im Leben. Auf jeden Fall nicht, bis ich wirklich bereit dazu bin, vielleicht mit fünfundfünfzig oder sechzig. Erst einmal das Junggesellendasein genießen, einfach herumvögeln wie in der Jugend. Zum Teufel mit der Verantwortung und den Verpflichtungen. Zwei, drei Wochen werde ich noch warten, wenn das Begräbnis vorbei ist, wie sich das schickt, und dann geht es ab nach Hawaii, auf die Fidschi-Inseln, nach Tahiti, irgendwohin. Mit Nolie. Oder Maria. Oder Ellie. Ja, genau mit Ellie. Er denkt an Ellies rosige Schenkel, ihre weichen, schweren Brüste, ihr langes, leuchtendes, kastanienbraunes Haar. Zwei Wochen auf den Fidschi-Inseln mit Ellie. Zwei Wochen auf Ellie mit den Fidschi-Inseln. Ja. Ja. Ja. »Ist das Steak blutig genug für dich, Ted?« fragt Ellie. »Es ist in Ordnung«, sagt er. –

Sie geht nach oben, um bei den Kindern im Schlafzimmer hineinzuschauen. Endlich sind sie beide eingeschlafen. Oder sie verstellen sich so geschickt. Sie bleibt einen Moment lang bei ihren Betten stehen und denkt, ich liebe dich, Bobby, ich liebe dich, Tink. Tink und Bobby, Bobby und Tink. Ich liebe euch, auch wenn ihr mich manchmal in den Wahnsinn treibt. Sie geht auf Zehenspitzen hinaus. Jetzt ein ruhiger Abend vor dem Fernseher. Und dann ins Bett. Immer das gleiche. Herrgott noch mal. Ich weiß selbst nicht, warum ich immer so weitermache. Manchmal könnte ich in die Luft gehen. Wahrscheinlich bleibe ich wegen der Kinder bei ihm. Reicht das als Grund aus? –

Er stellt sich vor, wie er Hand in Hand mit Ellie über den Strand läuft. Sie sind beide nackt, und ihre braune Haut glänzt in der Tropensonne. Überall Palmen. Rosa Sandkörner unter den Sohlen. Sanfte, durchsichtige Wellen überspülen den Strand. Eine stille Bucht. »Hier kann uns niemand sehen«, flüstert Ellie. Er sinkt auf ihren festen, schlanken Körper und dringt in sie ein. –

Ein plötzlicher greller Schmerz drückt wie ein Gurt aus heißem Metall Martins Brustkasten zusammen. Er taumelt von dem Fenster weg und krümmt sich zusammen, während er auf einen Stuhl zustolpert. Das Herz. Oh, das Herz! Das kommt davon, daß du dich an Alice aufgeilst. Alter Bock. »Hilfe«, ruft er schwach. »Na los, du ekelhafte Maschine, hilf mir!« Die Medic-Einheit, durch den Schlüsselsatz aktiviert, rollt lautlos auf ihn zu. Ihre Sensoren sind bereits damit beschäftigt, ihn zu untersuchen, um den Grund für sein Unwohlsein zu finden. Ein ausfahrbarer, stahlverkleideter Arm gleitet aus dem Vorderteil der Einheit, verharrt über Martin in der Luft und fährt eine Ultraschall-Injektionsdüse aus. »Ja«, murmelt Martin, »so ist es richtig, verdammt noch mal. Beeil dich und gib mir die Medizin!« Ruhig. Er muß versuchen, ruhig zu bleiben. Die Düse gibt ein leises mechanisches Geräusch von sich, während sie das Beruhigungsmittel in Martins Vene drückt. Er sinkt erleichtert zusammen. Der Schmerz verfliegt langsam. Ah, das tut gut. Noch mal gerettet. Oh. Oh. Oh. Alter Bock. Du solltest dich schämen. –

Ted weiß genau, daß er weder mit Ellie noch mit sonst jemand auf die Fidschi-Inseln fahren wird. Jede realistische Prüfung der Situation führt unweigerlich zu dem gleichen Schluß. Alice wird nicht bei einem Unfall umkommen. Das ist ebenso unwahrscheinlich, wie daß er sie umbringen wird. Sie wird ewig leben. Das ist bei unerwünschten Ehefrauen immer so. Er könnte natürlich die Scheidung einreichen. Wahrscheinlich würde er dabei alles verlieren, was er hat, aber er würde seine Freiheit gewinnen. Oder er könnte sich einfach selbst umbringen. Das war für ihn schon immer eine Versuchung. Ein einfacher Ausweg, keine Anwälte, keine Streitereien. Aha, so weit ist es also schon. Der Gedanke kommt jeden Abend. Er gibt vor, das Fernsehprogramm zu verfolgen, aber insgeheim genießt er seine Selbstmordphantasien. –

Nackte Tänzerinnen, mit grellen, leuchtenden Farben bemalt, winden sich fast lebensgroß lasziv auf dem Schirm. Alice macht ein finsteres Gesicht. Was heutzutage alles auf dem Fernsehschirm gezeigt wird! Früher war so etwas nur auf den besonderen Kanälen zu sehen gewesen, aber jetzt ist es überall. Und schau ihn dir bloß an, wie er gierig glotzt! Eigentlich weiß sie, daß sie mit den Sex-Shows nicht so kleinlich wäre, aber an Teds Faszination läßt sich sein Mangel an Interesse an ihr ablesen. Sollen sie doch im Fernsehen zeigen, wie Leute bumsen und weiß Gott was sonst noch, wenn das das Publikum sehen will. Ich wünsche mir nur, Ted wäre von mir ebenso begeistert wie von dem Zeugs im Fernsehen. Was sexuelle Freizügigkeit im allgemeinen betrifft, ist sie nicht prüde. Früher hatte sie am Strand nur ein Bikini-Höschen getragen, bis Tink auf die Welt kam und sie langsam weniger stolz auf ihre Figur zu werden begann. Sie zeigt aber immer noch mindestens ebensoviel Haut wie irgend jemand anders in ihrer Clique. Und alle starren sie an, nur ihr Mann nicht. *Er* schaut sich die Püppchen im Fernsehen an. Die anderen Weiber machen ihn wohl fertig. Vielleicht sollte ich selbst auch einmal wieder etwas losmachen. Ihre, kleinen Affären hatte sie auch gehabt. Nicht viele, nichts sehr Ernstes, aber schon einige. Drei Liebhaber in elf Jahren, das ist nicht viel, aber es zeigt, daß sie keine Puritanerin ist. Sie überlegt sich, ob sie sich jetzt wieder mit jemand einlassen soll. Damit könnte vielleicht ihr Leben aus dem Trott herausgerissen werden, solange das noch möglich ist und bevor die Langeweile sie völlig vernichtet. »Ich gehe nach oben und wasche mir die Haare«, verkündet sie. »Bleibst du hier unten, bis es Zeit zum Schlafengehen ist?« –

Es gibt so viele Arten, wie er es tun könnte. Die Pulsadern aufschneiden. Mit dem Auto von einer Brücke herunterfahren. Das sind natürlich alles sehr altmodische Selbstmordmethoden. Etwas Moderneres wäre doch passender. Soll er vielleicht in eine Negerkneipe gehen und mit lauter Stimme rassistische

Beleidigungen von sich geben? Nein, daran ist eigentlich nichts modern. Direkt von 1975. Dann aber fällt ihm etwas wirklich Zeitgemäßes ein. Diese Zeitmaschinen, die es jetzt gibt: Angenommen, er mietet sich eine und reist so ungefähr sechzig Jahre zurück, in eine Zeit, in der einer seiner beiden Eltern noch nicht geboren war. Und bringt seinen Großvater um. Er braucht nur den alten Martin als jungen Mann zu finden und ihm ein Messer hineinstechen. Wenn ich das tue, überlegt sich Ted, müßte ich eigentlich sofort und schmerzlos aufhören zu existieren. Ich hätte sogar nie existiert, weil meine Mutter nie geboren worden wäre. Wusch. Ausgeblasen wie eine Kerze. Dann macht er sich klar, daß er wieder von Mord träumt. Albern: Wenn er jemals jemanden umbringen könnte, so würde er Alice töten, und die Sache wäre ausgestanden. Also ist der gesamte Traum töricht. Zurück zum Ausgangspunkt, wo er jetzt ist. –

Sie sitzt unter dem Fön, als er nach oben kommt. Er hat einen merkwürdig selbstgefälligen Ausdruck auf dem Gesicht, und sobald sie den Fön abschaltet, fragt sie ihn, woran er denkt. »Ich habe möglicherweise gerade eine perfekte Mordmethode erfunden«, sagt er zu ihr. »So?« sagt sie. Er sagt: »Man mietet eine Zeitmaschine. Dann läßt man sich zwei Generationen zurückversetzen und bringt einen Vorfahren des vorgesehenen Opfers um. Auf diese Art wird auch das Opfer ermordet, denn es wird nie geboren werden, wenn einer seiner unmittelbaren Vorfahren getötet worden ist. Dann kehrt man in die eigene Zeit zurück. Man kann unmöglich aufgespürt werden, weil es in einer Zeit vor der Geburt keine Fingerabdrücke an den Akten gibt. Was hältst du davon?« Alice zuckt die Achseln. »Ein alter Hut«, sagt sie. »So etwas habe ich schon ein dutzendmal im Fernsehen gesehen. Außerdem gefällt mir das nicht. Warum sollte ein Unschuldiger sterben, bloß weil er ein Vorfahre der Person ist, die getötet werden soll?« –

Wahrscheinlich liegen sie jetzt zusammen im Bett, denkt Martin übellaunig. Splitternackt liegen sie nebeneinander. Das Licht ist aus. Das Haus ist ruhig. Vielleicht rauchen sie ein bißchen Gras. Nennt man das noch immer Gras, fragt er sich, oder gibt es inzwischen einen neuen Namen dafür? Auf jeden Fall ziehen sich die beiden etwas rein. Genau. Und dann greift er nach ihr. Seine Hände gleiten über ihre kühle, glatte Haut. Er legt ihr eine Hand auf die Brust. Spielt mit dem harten, kleinen Nippel. Saugt daran. Die andere Hand wandert nach unten zwischen ihre geöffneten Schenkel. Und dann sie. Und dann er. Und dann beide. Und dann beide. Oh, Alice, murmelt er. Oh, Ted, *Ted*, schreit sie auf. Und dann beide. Los geht's. Auf und ab, raus und rein. Oh. Oh. Oh. Sie krallt sich in seinem Rücken fest. Sie arbeitet mit den Hüften. Ted! Ted! Ted! Gleich kommt der große Augenblick. Für sie, für ihn. Jackpot! Danach liegen sie ein paar Augenblicke eng beieinander und lassen die Aufregung langsam verebben. Dann rollen sie auseinander. Gute Nacht, Ted. Gute Nacht, Alice. Mein Gott. Sie treiben es jede Nacht, da könnte ich wetten. Sie sind so jung und voller Saft. Und ich bin völlig ausgetrocknet. Herrgott noch mal, mir stinkt das Alter. Wenn ich daran denke, was für ein Mann ich früher einmal war. Wenn ich an die Frauen denke, die ich früher einmal hatte. Mein Gott. Mein Gott. Du da oben, gib mir die Kraft, daß ich es vor meinem Tod nur noch ein einziges Mal schaffe. Und laß mich zwei Stunden lang mit Alice allein. –

Sie kann nicht richtig einschlafen. Zwanghaft wiederholt sich in ihren Gedanken immer wieder eine seltsame Szene. Sie sieht sich selbst, wie sie aus einer aufrecht stehenden, sargähnlichen Kiste aus dunkelgrauem Metall heraustritt, die voller Instrumente und Hebel ist. Die Zeitmaschine. Sie bringt sie in eine dunkle, schmutzige Seitenstraße, und als sie auf die große Straße hinaustritt, sieht sie Mengen von kleinen antiken Autos herumsausen. Hier sind sie allerdings nicht antik: Das sind neue Modelle. Sie ist im Jahr 1947 in New York City. Wird sie in ihren futuristischen Kleidern auffallen? Ihre Brüste sind jedenfalls bedeckt. Das ist hier unbedingt notwendig. Sie eilt zu der richtigen Adresse und widersteht unterwegs der Versuchung, sich die Schaufenster anzusehen. Wie merkwürdig und archaisch hier alles aussieht. Und wie schmutzig die Straßen sind. Sie erreicht ein rotes Backsteingebäude. Das ist das Haus. Keine Kamera überprüft sie, als sie eintritt. Sie haben noch keine Besuchsmelder oder irgendwelche anderen automatischen Wohnraumschutzgeräte. Fünfter Stock. Apartment 5 J. Sie drückt auf die Klingel. *Er* macht auf. Er ist unheimlich jung, nur vierundzwanzig, aber sie findet in dem Gesicht Spuren des Martins der Zukunft, die ausgeprägten Backenknochen, die eindringlichen blauen Augen. »Sind Sie Martin Jamieson?« fragt sie. »Ganz richtig«, sagt er. Sie lächelt. »Darf ich hereinkommen?« »Selbstverständlich«, sagt er. Er läßt sie mit einer Verbeugung in das Apartment ein. Als er ihr kurz den Rücken zukehrt, um die Garderobennische zu öffnen, holt sie das schwere Stahlrohr aus ihrer Handtasche, hebt es hoch über ihren Kopf und schlägt ihn damit auf den Hinterkopf. *Tock.* Sie holt das schwere Stahlrohr aus ihrer Handtasche, hebt es hoch über ihren Kopf und schlägt ihn damit auf den Hinterkopf. *Tock.* Sie holt das schwere Stahlrohr aus ihrer Handtasche, hebt es hoch über ihren Kopf und schlägt ihn damit auf den Hinterkopf. *Tock.* –

Ted und Alice besuchen ihn zwei- oder dreimal im Monat in Sunset Village. Er kann sich darüber nicht beschweren; mehr kann er nicht erwarten. Er ist ein alter, alter Mann, und zweifellos ist er sehr langweilig, aber sie tun ihre Pflicht und kommen, manchmal mit den Kindern, manchmal ohne sie. Er hat sich nie an die Vorstellung gewöhnen können, daß er Urgroßvater ist. Alice gibt ihm immer einen Kuß, wenn sie kommen, und noch einen, wenn sie gehen. Er spielt dann ein privates kleines Spiel und fummelt bei jedem Kuß an ihr herum. Seine Hände streicheln kurz ihren Hintern. Oder manchmal, wenn er wirklich in übermütiger Stimmung ist, läßt er sie leicht über ihre Brüste wandern. Merkt sie das? Wahrscheinlich. Sie läßt sich aber nie etwas davon anmerken. Sie tut so, als sei das eine zufällige Berührung. Höchstwahrscheinlich findet sie es rührend, daß einem Mann seines Alters zumindest eine Spur von sexuellen Bedürfnissen geblieben ist. Es sei denn, sie findet es widerlich. –

Der Trick mit der Zeitmaschine, sagt sich Ted, kann auch so eingesetzt werden, daß es nicht wirklich Mord ist. Zum Beispiel. »Was ist das für ein Kasten?« fragt Alice. Er lächelt listig. »Das ist ein Panchronicon«, sagt er. »Es liefert eine Art Video-Rekonstruktion der Vergangenheit. Der Vertreter hat mir ein Demonstrationsmodell ausgeliehen.« Sie sagt: »Wie funktioniert es?« »Du mußt dich nur hineinstellen«, sagt er ihr. »Es ist schon bereit für dich.« Sie will gerade in das Gerät hineintreten, zögert aber dann, plötzlich mißtrauisch, auf der Schwelle. Er stößt sie hinein und schlägt die Tür hinter ihr zu. *Peng!* Die Steuerung ist schon eingestellt. Alice macht sich auf eine Reise ohne Wiederkehr ins Pleistozän. Das Gerät ist so eingestellt, daß es automatisch zurückkehrt, sobald es sie abgeliefert hat. Das ist doch kein Mord, oder? Sie lebt noch, wo das auch sein mag, wenn die Säbelzahntiger sie nicht erwischt haben. Bis dann, Alice. –

Morgens fährt sie Bobby und Tink in die Schule. Danach geht sie auf die Bank und zur Post. Von zehn bis elf hat sie ihre regelmäßige Sitzung in der Identitätsstärkungszentrale. Normalerweise würde sie danach sofort nach Hause gehen, aber heute morgen geht sie langsam durch das Einkaufszentrum zu dem Büro, das die Zeitmaschinenleute gerade eröffnet haben. TEMPONAUTICS GmbH heißt es auf dem Schild über der Tür. Bis auf zwei Maschinen, zweifellos Demonstrationsmodelle, und einem höflich lächelnden Verkäufer ist der Laden leer. »Tag«, sagt Alice nervös. »Ich möchte mich über den Mietpreis für eine von Ihren Maschinen erkundigen.« –

Martin träumt gern davon, daß Alice ihn einmal an einem verregneten Samstagnachmittag allein besuchen kommt. »Ted konnte heute nicht mitkommen«, erklärt sie. »Er muß Überstunden machen. Ich wußte aber, daß du uns erwartest, und ich wollte dir die Enttäuschung ersparen. Armer Martin, dein Leben muß einsam sein.« Sie tritt nahe an ihn heran. Sie zittert. Er auch. Ihr Gesicht ist gerötet, und ihre Augen zeigen den unverwechselbaren Glanz von Verlangen. Zum erstenmal seit zehn oder zwanzig Jahren verspürt auch er eine sexuelle Erregung, jene Spannung in den Lenden, das Pochen des Bluts in seinen Ohren. Elektrizität. Chemie. Er sieht ihr in die Augen. Ihre Nasenflügel weiten sich, ihre Lippen pressen sich zusammen. »Martin«, flüstert sie heiser. »Spürst du das auch, was ich spüre?« »Das weißt du doch«, antwortet er. Sie sagt: »Wenn ich dich nur kennengelernt hätte, als du noch ein vitaler Mann warst!« Er lacht leise. »Völlig senil bin ich noch nicht«, ruft er überschwenglich. Dann sinkt sie in seine Arme, und seine Lippen suchen ihre duftenden Brüste. –

»Ja, das war wirklich ein schrecklicher Schock für mich«, sagt Ted zu Ellie. »Sie ist einfach verschwunden, völlig von der Erde verschwunden, soweit sich das feststellen läßt. Sie haben alles versucht, um sie aufzuspüren, aber ohne jeden Erfolg.« Ellies makellose Stirn zieht sich in besorgte Falten. »War sie unglücklich?« fragt sie. »Meinst du, sie hat sich umgebracht?« Ted schüttelt den Kopf. »Ich weiß es nicht. Da lebt man elf Jahre lang mit einer Frau zusammen und glaubt, man kennt sie ganz gut, aber dann geschieht eines Tages etwas Unverständliches, und dann erkennt man, daß es unmöglich ist, je einen anderen Menschen zu kennen. Meinst du das nicht auch?« Ellie nickt ernst. »O ja, auf jeden Fall!« sagt sie. Er lächelt auf sie herab und nimmt sie sanft bei der Hand. Er sagt leise: »Komm, wir wollen nicht mehr über Alice reden. Sie ist verschwunden, und das ist alles, was ich weiß.« Er hört ein pulsierendes, symphonisches Crescendo von reinen Engelsstimmen, als er sie in die Arme schließt und flüstert: »Ich liebe dich, Ellie, ich liebe dich.« –

Sie holt das schwere Stahlrohr aus ihrer Handtasche, hebt es hoch über ihren Kopf und schlägt ihn damit auf den Hinterkopf. *Tock.* Der junge Martin sinkt sofort zu Boden, zuckt noch einmal, liegt still. Dunkles Blut sickert langsam durch seine dichten blonden Locken. Wie merkwürdig, Martin mit goldenem Haar zu sehen, denkt sie, während sie neben ihm niederkniet. Sie legt ihre Hand auf die blutige Stelle, tastet ängstlich, findet die tiefe Delle. Ist er tot? Sie weiß nicht sicher, wie sie das feststellen soll. Er bewegt sich nicht. Er scheint nicht zu atmen. Sie überlegt sich, ob sie ihn noch einmal schlagen soll, nur um sicherzugehen. Dann erinnert sie sich an etwas, das sie im Fernsehen gesehen hat. Sie holt einen Spiegel aus ihrer Handtasche. Hält ihn vor sein Gesicht. Der Spiegel trübt sich nicht. Damit ist die Sache eigentlich klar: Du bist tot, Martin. Ruhe in Frieden. Martin Jamieson, 1923–1947. Das bedeutet, daß Martha Jamieson Porter (1948– ...) unter den veränderten Umständen nie empfangen werden wird, und das löscht automatisch die Existenz ihres Sohnes Theodore Porter (1968– ...) aus. Keine schlechte Leistung, Alice, einen ungeliebten Ehemann und eine elende, keifende Schwiegermutter auf einen Schlag loszuwerden. Tut mir leid, Martin. Tschüs, Ted. (Theodor Porter, 1968–1947, Ruhe in Frieden. So ungefähr?) Sie steht auf, geht mit dem Stahlrohr ins Bad und wäscht es sorgfältig ab. Dann steckt sie es wieder in ihre Handtasche. Auf jetzt, zurück zu der Maschine und wieder ins Jahr 2006, denkt sie. Um mein neues Leben zu beginnen. Als sie aber aus dem Apartment herausgeht, tritt ein großer, hagerer Mann aus dem Schatten des Flurs und packt sie mit festem Griff am Handgelenk. »Zeiten-Streife«, sagt er knapp und zeigt ihr seine Marke. »Sie sind wegen temponautischem Mord verhaftet, Mrs. Porter.« –

Der heutige Tag war besser als der gestrige, kaum Krisen und Flauten, aber trotzdem spürt er, daß eine Migräne auf dem Weg ist, als er die Haustür aufschließt. Innerlich ist er auf sämtliche Nörgeleien vorbereitet, die Alice ihn heute abend hören lassen könnte. Merkwürdigerweise scheint sie aber entspannt und freundlich. »Soll ich dir einen Drink holen, Ted?« fragt sie. »Wie war es denn heute?« Er lächelt und sagt: »Also, ich denke, wir haben den Hammond-Auftrag doch noch gerettet. Sonst war eigentlich nichts Besonderes. Und du? Was hast du heute angefangen, Schatz?« Sie zuckt die Achseln. »Ach, das übliche«, sagt sie. »Die Bank, die Post, meine Identitätsstärkungssitzung.« –

Wenn du das Geld hättest, fragt Martin sich, wie weit würdest du sie zurückschicken? 1947, das wäre ein gutes Jahr, denke ich. Mein letztes Jahr als Junggeselle. Es wäre sinnlos, alles zu komplizieren. Auf geht's, ins Jahr 1947, Alice. Sagen wir mal März. Juni habe ich mich verlobt, und im September war Martha unterwegs, obwohl ich das erst später erfahren habe. Ja: März 1947. Also. Der junge Martin öffnet auf das Klingeln und sieht ein attraktives Mädchen im Gang, eigentlich eher eine Frau, älter als er, vielleicht dreißig oder zweiunddreißig. Schlank, dunkelhaarig, appetitlich gebaut. Seltsame Kleidung: ein sehr kurzer, anliegender grauer Überwurf aus einem ungewöhnlichen Stoff, der wie Wasser über ihren Körper fließt. Es ist ihm schleierhaft, wie dieser Eindruck von Flüssigkeit an den Falten erreicht wird. »Sind Sie Martin Jamieson?« fragt sie. Und gibt sich sofort selbst die Antwort. »Ja, natürlich, du mußt es sein. Ich erkenne dich. Wie gut du ausgesehen hast!« Er ist verwirrt. Er weiß natürlich nichts von diesem Geschenk aus der fernen Zukunft von seinem gealterten Ich. »Wer sind Sie?« fragt er. »Darf ich erst einmal hereinkommen?« sagt sie. Sein Mangel an Höflichkeit ist ihm peinlich, und er winkt sie herein. Ihre Augen blitzen schelmisch. »Du wirst es nicht glauben«, sagt sie zu ihm, »aber ich bin die Frau deines Enkels.« –

»Möchten Sie eines unserer Demonstrationsmodelle ausprobieren?« fragt der Verkäufer freundlich. »Völlig gratis und ohne jegliche Verpflichtungen.« Ted sieht Alice an. Alice sieht Ted an. Ihre gerunzelte Stirn zeigt ihre innere Unsicherheit. Sicher wünscht sie wie er, sie wären nie in den Vorführraum von Temponautics gekommen. Der Verkäufer plappert geübt weiter und sagt: »Bei diesen Demonstrationen schicken wir gewöhnlich unsere potentiellen Kunden fünfzehn oder zwanzig Minuten in die Vergangenheit. Ich bin sicher, Sie werden das faszinierend finden. Während Sie sich in der Maschine aufhalten, werden Sie auf einem Sichtschirm sehen können, wie Sie selbst vor kurzer Zeit in diesen Vorführraum gekommen sind. Na? Wollen Sie es nicht einmal versuchen? Sie zuerst, Mrs. Porter. Ich versichere Ihnen, das wird für sie das einzigartigste Erlebnis Ihres Lebens sein.« Alice weiß nicht so recht und versucht, sich zurückzuziehen, aber der Verkäufer schiebt sie sanft und unerbittlich vorwärts, und sie steigt widerwillig in die Zeitmaschine. Er schließt die Tür. Eine längere Feineinstellung der Instrumente folgt. Dann legt der Verkäufer einen Hauptschalter um. Ein grünes Schimmern umgibt die Maschine, und sie verschwindet, aber ein durchsichtiges und undeutliches Bild von ihr – ein Bild auf der Netzhaut? Der Geist der Maschine? – bleibt. Der Verkäufer sagt: »Sie ist jetzt eine kurze Strecke in ihre eigene Vergangenheit zurückgereist. Ich habe die Maschine programmiert, sie achtzehn Minuten zurückzutransportieren und mit ihr insgesamt sechs Minuten dort zu bleiben, damit sie sich den gesamten Anfang Ihres Besuchs bei uns ansehen kann.

Wenn ich sie aber wieder in die Gegenwart zurückbringe, brauchen wir diese sechs Minuten nicht abzuwarten. Für uns wird sie nur dreißig Sekunden lang abwesend gewesen sein. Ist das nicht beeindruckend, Mr. Porter? Das gehört zu den vielen auffälligen Paradoxien, auf die wir in diesem fremden, neuen Gebiet der Zeitreise stoßen.« Er legt einen anderen Schalter um. Die Zeitmaschine nimmt wieder eine feste Form an. »Voila!« ruft der Verkäufer. »Da ist Mrs. Porter, gesund und munter von ihrer Reise in die Vergangenheit zurück.« Er reißt die Tür der Zeitmaschine auf. Der Benutzerstuhl ist leer. Die Gesichtszüge des Verkäufers fallen zusammen. »Mrs. Porter?« kreischt er konsterniert. »Mrs. Porter? Das verstehe ich nicht! Wie konnte es nur zu einer Fehlfunktion kommen? Das ist doch unmöglich! Mrs. Porter? *Mrs. Porter?*« –

Sie eilt die schmutzige Straße hinunter bis zu dem Backsteingebäude. Das ist das Haus. Die Treppe hinauf. Fünfter Stock, Apartment 5 J. Als sie beginnt, auf den Klingelknopf zu drücken, tritt ein großer, hagerer Mann aus dem Schatten des Flurs und packt sie mit kraftvollem Griff am Handgelenk. »Zeiten-Streife«, sagt er knapp und zeigt ihr seine Marke. »Ich verhafte Sie wegen geplantem temponautischen Mord, Mrs. Porter.« –

»Aber ich habe doch gar keinen Enkel«, stottert er. »Ich bin nicht einmal verhei ...« Sie lacht. »Mach dir darüber keine Gedanken!« sagt sie ihm. »Du wirst eine Tochter namens Martha bekommen, und sie einen Sohn namens Ted, und ich werde Ted heiraten, und wir werden zwei Kinder namens Bobby und Tink bekommen. Und du wirst sehr, sehr alt werden. Mehr brauchst du nicht zu wissen. Jetzt wollen wir beide uns ein bißchen vergnügen.« Sie berührt einen Verschluß an der Seite ihres Überwurfs, und das Kleidungsstück fließt wie ein Wasserfall an ihr herunter. Darunter ist sie nackt. Ihre Brustwarzen starren ihn an wie blinde, rosige Augen. Sie winkt ihn näher. »Na los!« sagt sie heiser. »Zieh dich aus, Martin! Du vergeudest wertvolle Zeit!« –

Alice kichert nervös. »Das habe ich mir eigentlich anders vorgestellt«, sagt sie zu dem Verkäufer. »Ich glaube, ich lasse

meinen Mann das Versuchskaninchen spielen. Wie wär's, Ted?«
Sie dreht sich zu ihm um. Der Verkäufer auch. »Sicher, Mr.
Porter. Ich weiß, daß Sie ungeduldig darauf warten, unsere
Maschine zu testen, oder etwa nicht?« Nein, denkt Ted, aber er
spürt, wie ihn die Ereignisse gegen seinen Willen dazu zwingen.
Er steigt in die Maschine. Als die Tür zugeht, fürchtet er, daß
klaustrophobische Panik ihn überwältigen könnte; der Anblick
des Griffs an der Innenseite der Tür beruhigt ihn. Er drückt ihn
herunter, die Tür geht auf, und er tritt gerade rechtzeitig aus der
Maschine, um sein früheres Ich mit Alice in den Vorführungsraum kommen zu sehen. Der Verkäufer kommt auf sie zu, um
sie zu begrüßen. Ted ist nun achtzehn Minuten in seine eigene
Vergangenheit zurückversetzt. Alice und der andere Ted starren ihn entgeistert an. Der Verkäufer fährt herum und ruft:
»Augenblick mal, Sie sollen da eigentlich nicht herauskommen . . .« Wie dumm sie alle aussehen! Wie verwirrt! Ted lacht ihnen ins Gesicht. Dann läuft er an ihnen vorbei, stößt dabei fast den
anderen Ted um, und bricht in das Einkaufzentrum hinaus. Er
läuft in wilder Begeisterung auf den Parkplatz zu. Frei, denkt er.
Endlich bin ich frei. Und ich mußte niemanden dafür umbringen. –

Angenommen, ich miete eine Maschine, denkt Alice, und
lasse mich in das Jahr 1947 zurückversetzen. Dann bringe ich
Martin um. Angenommen, ich mache das wirklich. Was ist,
wenn sie mir das Verbrechen irgendwie nachweisen können.
Schließlich wird ein Verbrechen, das von einer Person aus dem
Jahr 2006 im Jahr 1947 begangen wird, sich bis auf den heutigen
Tag auswirken. Also werden sie den Verbrecher fangen und bestrafen wollen, oder, besser noch, das Verbrechen von vorne-
herein verhindern. Und die Zeitmaschinengesellschaft weiß
ganz sicher, in welches Jahr ich mich von ihr versetzen lassen
wollte. Das ist also vielleicht doch keine so einfache Methode,
ein perfektes Verbrechen zu begehen. Ich weiß es nicht. Mein
Gott, ich verstehe das alles nicht. Versuchen werde ich es. Ich
werde es Ted zeigen, daß er mich nicht weiter wie Dreck behandeln kann. –

Sie liegen friedlich nebeneinander, verschwitzt, schläfrig, in der befriedigten Erschöpfung, die auf eine erstklassige Nummer folgt. Martin streichelt ihr zärtlich den Bauch und die Oberschenkel. Wie glatt ihre Haut ist, wie blaß, wie durchsichtig! Die kleinen blauen Venen so deutlich sichtbar! »He«, sagt er plötzlich. »Mir ist gerade etwas eingefallen. Ich habe keinen Pariser oder sonst irgend etwas benutzt. Was ist, wenn du schwanger von mir wirst? Und wenn du wirklich das bist, was du sagst, dann wirst du in das Jahr 2006 zurückkehren und ein Kind bekommen, das sein eigener Großvater ist, oder?« Sie lacht. »Mach dir darüber nicht allzu viele Gedanken«, sagt sie. –

Eine Woge von Befürchtungen bricht über ihr zusammen, als sie den Vorführungsraum betritt. Das ist verrückt, sagt sie sich. Ich verschwinde hier. Bevor sie sich aber umdrehen kann, erscheint der Verkäufer von gestern aus einem Nebenzimmer und begrüßt sie überschwenglich. Mr. Friesling. In seiner Vorfreude auf einen Vertragsabschluß reibt er sich praktisch die Hände. »Es freut mich sehr, Sie wiederzusehen, Mrs. Porter.« Sie nickt und schaut besorgt auf die Demonstrationsmodelle. »Wie teuer wäre es«, fragt sie, »einige Stunden im Frühjahr des Jahres 1947 zu verbringen?« –

Sonntag ist der große Familientag. Vier Generationen setzen sich zusammen zum Essen an den Tisch: Martin, Martha, Ted und Alice, Bobby und Tink. Ted machen diese Familientreffen eigentlich Spaß, aber er weiß, daß sie Alice zuwider sind, hauptsächlich wegen Martha. Alice haßt ihre Schwiegermutter. Martha hat für Alice auch nie viel empfunden. Er beobachtet sie, wie sie sich über den Tisch hinweg haßerfüllte Blicke zuwerfen. In der Zwischenzeit starrt der alte Martin lüstern auf das Tal zwischen Alices Brüsten. Das eine muß man dem Alten lassen, denkt Ted. Die Lust hat er nie verloren. Allerdings gibt es in seinem Alter nicht mehr allzuviel, was er tun kann, um sie zu befriedigen. Martha sagt süßlich: »Liebste Alice, es würde dir viel besser stehen, wenn du dein Haar zu seiner natürlichen Farbe herauswachsen lassen würdest.« Ein zuckersüßes Lächeln von Martha. Ein säuerliches Stirnrunzeln von Alice. Sie starrt die ältere Frau wütend an. »Das *ist* meine natürliche Farbe«, fährt sie sie an. –

Mr. Friesling gibt ihr das Standardvertragsformular. Acht Seiten, eng mit Maschine beschrieben. »Lassen Sie sich davon nicht einschüchtern, Mrs. Porter. Das sieht zwar sehr beeindruckend aus, aber eigentlich ist es nur eine Menge leeres, juristisches Gerede. Sie können das natürlich Ihrem Rechtsanwalt zeigen, wenn Sie wollen. Ich darf Ihnen aber sagen, daß die meisten Kunden das unnötig finden.« Sie blättert durch den Vertrag. Soweit sie das erkennen kann, wird in dem Vertrag hauptsächlich die Verantwortung abgelehnt. Temponautics GmbH erklärt sich bereit, die Verantwortung für Schadensfälle zu übernehmen, die aus nachweislich von der Firma verursachten Fehlfunktionen entstehen, aber bei höherer Gewalt oder bei Unfällen, die von Kunden verursacht werden, die die Sicherheitsbestimmungen nicht einhalten wollen, ist von ihnen nichts zu holen. Auf der vierten Seite findet Alice eine Klausel, in der der voraussichtliche Mieter davor gewarnt wird, daß die Gesellschaft nicht für Konsequenzen von Handlungen des Mieters haftbar gemacht werden kann, mit denen er fahrlässig oder vorsätzlich in den bereits festgelegten Ablauf der Geschichte eingreift. Sie übersetzt das für sich selbst: *Wenn Sie den Großvater Ihres Mannes umbringen, geben Sie nicht uns die Schuld, wenn Sie in Schwierigkeiten geraten.* Die restlichen Seiten überfliegt sie nur noch. »Das sieht eigentlich ganz harmlos aus«, sagt sie. »Wo soll ich unterschreiben?« –

Als Martin aus der Toilette kommt, verstellt ihm Martha den Weg. »Entschuldigung, bitte«, sagt er mild, aber sie bleibt stehen. Sie ist eine große, dicke Frau. Sie folgt mit ihren achtundfünfzig Jahren der Mode der sehr jungen Leute, und das hat groteske Folgen; diese Neigung von ihr geht ihm stark auf die Nerven. Er kann verstehen, warum Alice sie so wenig leiden kann. »Augenblick mal«, sagt Martha. »Ich möchte mich mit dir unterhalten, Vater.« »Worüber?« fragt er. »Darüber, wie du Alice ansiehst. Meinst du nicht auch, daß das ein wenig zu weit geht? Das ist doch wohl der Gipfel der Geschmacklosigkeit!« »Geschmacklosigkeit? Du mußt gerade von Geschmack reden, und du selbst malst dir dein Gesicht grün an wie eine Fünfzehnjährige.« Sie verzieht verärgert ihr Gesicht; er hat einen Volltreffer gelandet. »Ich meine einfach, daß du mit deinen achtundachtzig Jahren etwas mehr Gefühl für Anstand haben solltest. Es ist einfach unmöglich, wie du der Frau deines eigenen Enkels in den Ausschnitt starrst.« Martin seufzt. »Laß mich doch starren, Martha. Mehr bleibt mir doch nicht mehr.« –

Er sitzt in seinem Büro und ist tief in einen komplizierten Vorgang versunken, als die Sekretärin sich meldet und ihm mitteilte, daß ein Mr. Friesling von der Temponautics-Filiale an der Union Boulevard Plaza angerufen hat. Ted wundert sich darüber: Was wollen die Zeitmaschinenleute denn von ihm? Wollen sie ihn als Kunden gewinnen? »Sag ihm, ich bin an Zeitreisen nicht interessiert«, sagt Ted. Einige Sekunden später meldet sich die Sekretärin jedoch wieder. Mr. Friesling, so erklärt sie, ruft wegen Mrs. Porters Kreditwürdigkeit an. Verwirrter als je zuvor läßt Ted den Anruf zu sich durchstellen. Mr. Friesling erscheint auf dem Schreibtisch-Schirm. Er hat feine Gesichtszüge, helle Augen und sieht einem Eichhörnchen ähnlich. »Bitte entschuldigen Sie, daß ich Sie störe, Mr. Porter«, beginnt er. »Das ist eine reine Routineüberprüfung, aber sie ist notwendig. Wie Sie sicher wissen, hat Ihre Frau beantragt, für eine Zeitreise von neunundfünfzig Jahren ein Gerät von uns zu mieten, und da die Kosten für eine solche Reise den Kredit übersteigen, den wir automatisch gewähren, sind wir nach unseren Bestimmungen angehalten, Sie zu fragen, ob Sie den Zahlungsplan bestätigen, den sie uns vorgeschlagen hat . . .« Ted hustet heftig. »Augenblick bitte«, sagt er. »Meine Frau will eine Zeitreise machen? Also so was, das ist das erste, was ich davon höre!« –

Sie ist von dem Umfang der Vorbereitungen überrascht. Kein Wunder, daß das so teuer ist. Es dauert Stunden, bis sie reisefertig ist. Sie erhält Impfungen gegen bestimmte ausgestorbene Krankheiten. Sie versorgen sie mit Kleidung im Stil des mittleren zwanzigsten Jahrhunderts, die schlecht paßt und unbequem ist. Sie geben ihr Geld aus der Zeit, warnen sie aber, sie solle davon nur im Notfall etwas ausgeben, denn es würde ihr zu dem heutigen numismatischen Wert berechnet, der hoch ist. Sie lassen sie eine Broschüre studieren, in der die Gebräuche und der historische Hintergrund beschrieben ist, und fragen sie dann genau darüber aus. Sie erfährt, daß sie unter keinen Umständen ihre Brüste oder Genitalien in der Öffentlichkeit entblößen dürfe, während sie sich im Jahre 1947 befindet. Sie darf nicht versuchen, irgendwelche gedankenstimulierende Drogen außer Alkohol zu bekommen. Sie soll nichts sagen, was als Lob der Sowjetunion oder der marxistischen Philosophie ausgelegt werden könnte. Sie muß daran denken, daß sie nur als Beobachterin in die Vergangenheit reist, und soziale Kontakte mit den Bürgern der Ära, die sie besucht, sollen auf ein Minimum beschränkt werden. Und so fort. Endlich entscheiden sie, daß es nun sicher ist, sie gehen zu lassen. »Kommen Sie bitte, Mrs. Porter«, sagt Friesling. –

Nachdem Martin eine Weile das Telefon angestarrt hat, drückt er Alices Nummer. Schon vor dem zweiten Klingeln verläßt ihn der Mut, und er unterbricht die Verbindung. Sofort danach ruft er sie wieder an. Sein Herz schlägt so heftig, daß der Medic das mit seiner empfindlichen sensorischen Apparatur bemerkt und auf ihn zurollt. Er winkt den Roboter weg und klammert sich am Telefon fest. Es klingelt zweimal. Dreimal. Ah. »Hallo?« sagt Alice. Ihre Stimme klingt warm und voll und feminin. Er läßt seinen Schirm ausgeschaltet. »Hallo? Wer ist da?« Martin schnauft schwer in den Hörer. Ah. Ah. Ah. Ah. »Hallo? Hallo? Jetzt hör mal zu, du Perversling, wenn du mich noch einmal anrufst...« *Ah. Ah. Ah.* Ein glückseliges Lächeln erscheint in Martins faltigem Gesicht. Alice hängt auf. Martin sinkt zitternd auf seinen Stuhl zurück. Ah, das war gut! Er winkt heftig zu dem Medic hinüber. »Jetzt die Injektion, du Metallungeheuer!« Er lacht. Alter Bock. –

Es wird Ted klar, daß es nicht notwendig ist, den Großvater einer Person umzubringen, die man loswerden will. Man braucht nur in einem entscheidenden Moment in die Vergangenheit dieser Person einzugreifen, das ist alles. Zum Beispiel könnte er zurückkreisen und die Ehe von Alices Großeltern ruinieren. (Wie? Die Großmutter mit achtzehn verführen? »Es tut mir schrecklich leid, Ihnen mitteilen zu müssen, daß die Frau, die sie sich als Braut ausgesucht haben, keine Jungfrau mehr ist, und hier ist der dokumentarische Beweis dafür.« Sie haben das mit der Jungfräulichkeit damals doch sehr ernst genommen, oder?) Niemand müßte sterben. Alice aber würde nie geboren werden. –

Martin glaubt noch immer kein Wort davon, auch nicht, nachdem sie mit ihm geschlafen hat. Höchstwahrscheinlich ist das nur ein blöder Witz. Er wünscht sich allerdings, daß alle blöden Witze so sexy wären wie der hier. »Kommst du wirklich aus dem Jahr 2006?« fragt er sie. Sie lacht reizend. »Wie kann ich es dir beweisen?« Dann springt sie aus dem Bett. Er verfolgt sie mit den Augen, während sie mit fröhlich wippenden Brüsten den Raum durchquert. Was für ein hübscher kleiner Körper. Wie aufmerksam von meinem ältern Ich, sie mir zurückzuschicken. Wenn das wirklich stimmt. Sie sucht in ihrer Geldbörse herum und holt eine Handvoll Münzen heraus. »Schau dir das an«, sagt sie. »Münzen aus der Zukunft. Hier ist eine Dime von 1993. Und das ist ein Zweidollarstück von 2001. Und hier habe ich ein altes Stück, ein Kennedy-Halbdollarstück von 1979.« Er mustert die unbekannten Münzen. Sie wirken fettig, überhaupt nicht wie Silber. Fälschungen? Man wird nicht ewig Silber für Münzprägungen verwenden. Und die Gravur sieht sehr professionell aus. Ein Zweidollarstück, was? Na ja, das kann man nie sagen. Und die hier. Die Halbdollarmünze. Ein gutaussehender junger Mann im Profil. »Kennedy?« sagt er. »Wer ist Kennedy?« –

Jetzt ist es also endlich soweit. Zwei Techniker in grauen Kitteln beobachten sie mit ernsten Gesichtern, wie sie in die Maschine klettert. Sie ist ganz ähnlich wie ein Sarg, wie sie sie sich vorgestellt hatte. Sie kann sich darin nicht hinsetzen: Es ist zu eng. Es ist ihr unheimlich, hier so eingeschlossen zu sein. Man hat ihr natürlich gesagt, daß während der Zeitreise subjektiv keine Zeit vergeht, nur ein oder zwei Sekunden. *Husch!* und schon ist sie da. Also gut. Sie schließen die Tür. Sie hört, wie das Schloß zuschnappt. Mr. Frieslings Stimme ertönt aus einem Lautsprecher. »Wir wünschen Ihnen eine glückliche Reise, Mrs. Porter. Bleiben Sie ruhig, dann passiert Ihnen gar nichts.« Plötzlich leuchtet das rote Licht über der Tür auf. Das bedeutet, daß das Unternehmen begonnen hat: Sie reist rückwärts durch die Zeit. Sie verspürt weder Beschleunigung noch Bewegung. Eins, zwei, drei. Das Licht geht aus. Das wär's also. Bevor sie die Tür öffnet, schließt sie die Augen und wiederholt in Gedanken ihre Geschichtslektion. Der zweite Weltkrieg ist gerade vorbei. Europa liegt in Trümmern. Es gibt achtundvierzig Staaten. Noch niemand hat einen Fuß auf den Mond gesetzt oder zieht das ernsthaft in Erwägung. Harry Truman ist Präsident. Stalin ist Diktator in Rußland und Churchill – ist Churchill noch immer englischer Premierminister? Sie ist sich nicht sicher. Na ja, egal. Sie ist nicht hergekommen, um sich über Politik zu unterhalten. Sie berührt die Klinke, und die Tür der Zeitmaschine schwingt nach außen auf. –

Er tritt aus der Maschine in das Jahr 2006. In dem Vorführraum hat sich nichts verändert. Friesling, die beiden Techniker mit ihren unbeweglichen Gesichtern, der protzige Schreibtisch, der dicke Teppichboden, alles genauso wie vorher. Er geht mit beschwingten Schritten. In Gedanken ist er noch immer in der Vergangenheit bei Alices Großmutter. Ihre weichen Lippen, ihre leisen, eindringlichen Schreie der Erfüllung. Wer hat behauptet, die Frauen seien in den alten Zeiten frigide gewesen? Sie sollten doch selbst einmal zurückreisen und sich davon überzeugen. Friesling lächelt ihm zu. »Ich hoffe, Sie hatten eine äußerst angenehme Reise, Mr. – äh ...« Ted nickt. »Angenehm und nützlich«, sagt er. Er geht hinaus. Nie wieder Alice – wie herrlich! Sein Auto steht nicht an der Stelle, an der er es seiner Erinnerung nach auf dem Parkplatz abgestellt hatte. Wahrscheinlich wird man kleine Veränderungen am Rand akzeptieren müssen. Er hält ein Taxi an und nennt dem Fahrer seine Adresse. Sein Schlüssel paßt nicht in die Haustür. Er ist nun beunruhigt und drückt mit seinem Daumen auf den Anmeldungsknopf. »Wohnt hier Ted Porter?« fragt er. Eine Frau – nicht Alice – sagt mißtrauisch und verärgert. »Nein, der wohnt hier nicht.« Er bemerkt jetzt, daß der Name auf dem Türschild McKenzie lautet. Die Veränderungen sind also doch nicht so klein. Wohin soll ich jetzt gehen? Wenn ich hier nicht wohne, wo denn sonst? »Warten Sie!« ruft er dem Taxi nach, das gerade abfährt. Es bringt ihn zu einem Café in der Innenstadt. Von dort aus ruft er Ellie an. Ihr Gesicht, das ihn von dem winzigen Schirm aus ansieht, trägt einen merkwürdig ablehnenden Ausdruck. »Hör mal, mir ist etwas äußerst Seltsames passiert«, fängt er an, »und ich muß dich unbedingt treffen, sobald es ...« – »Ich glaube nicht, daß ich Sie kenne«, sagt sie. »Ich bin es doch Ted«, sagt er ihr. »Ted, und weiter?« fragt sie. –

Wie eigenartig das ist, denkt Alice. Als wenn man durch eine Rekonstruktion in einem Museum geht, die zum Leben erwacht. Die lauten, kleinen Autos. Die häßliche Kleidung. Die gedrungenen, heruntergekommenen Gebäude des zwanzigsten Jahrhunderts. Das Chaos. Der ölige, rauchige Gestank der verschmutzten Luft. Spuren von schmutzigem Schnee auf den Straßen. Tonnen voller Abfall stehen einfach herum, als hätte noch nie jemand etwas von der Pest gehört. Na ja, lang bleibe ich ja nicht hier. In ihrer Handtasche trägt sie ihr Küchenschneidegerät, ein kleiner, nickelverkleideter Apparat, der mit Laser-Energie betrieben wird. Für Träume mögen Stahlrohre ja in Ordnung sein, aber das ist jetzt die Realität, und sie will den Mord schnell und sicher durchführen. Einmal mit dem Laserstrahl hin und her, und Martin ist hinüber. An einer Ecke bleibt sie stehen, um die Adresse zu überprüfen. Es gibt in diesen primitiven Zeiten keine zentrale Info-Nummer, die man anrufen kann, um sich alle möglichen nützlichen Informationen liefern zu lassen; sie muß ein gedrucktes Telefonbuch benutzen, ein dickes, zerfleddertes Buch mit kleiner, verschmierter Schrift. Da ist er ja: Martin Jamieson, Fünfundvierzigste Straße West, Nr. 504. Das ist nicht weit. In zehn Minuten ist sie da. Ein dunkles Backsteingebäude, fünf oder sechs Stockwerke hoch, mit spinnenhaft dünnen Feuertreppen auf seiner Vorderfront. Selbst für hiesige Verhältnisse macht es einen außergewöhnlich heruntergekommenen Eindruck. Sie geht hinein. Eine Liste der Mieter hängt in der Eingangshalle. Jamieson, 3 A. Es gibt keinen Fahrstuhl und natürlich auch keinen Grav-Schacht. Die Treppen hinauf. Ein düsterer Gang, der von einer einzigen schwachen Glühbirne beleuchtet ist. Da ist Apartment 3 A. Jamieson. Sie klingelt. –

Zehn Minuten später ruft Friesling zurück. Er klingt zerknirscht und sieht besorgt aus. »Ich muß Ihnen leider mitteilen, daß uns ein Irrtum unterlaufen ist, Mr. Porter. Die Techniker wußten offensichtlich nicht, daß die Kreditüberprüfung noch am Laufen war, und sie haben Mrs. Porter auf ihre Reise geschickt, während wir uns unterhalten haben.« Ted ist tief beunruhig. Er klammert sich an der Kante seines Schreibtisches fest. Er reißt sich mühsam zusammen und sagt: »Wie weit wollte sie denn zurück?« Friesling sagt: »Neunundfünfzig Jahre. Ins Jahr 1947.« Ted nickt grimmig. Ihm ist gerade eine schreckliche Idee gekommen. 1947 war das Jahr, in dem sich seine Eltern getroffen und geheiratet haben. Was hat Alice vor? –

Es klingelt an der Tür. Martin hat gerade geduscht, liegt nackt auf dem Bett, blättert durch die neue Ausgabe von *Esquire* und überlegt sich vage, ob er zum Essen ausgehen soll. Er erwartet keinen Besuch. Er zieht sich seinen Bademantel über und geht zur Tür. »Wer ist da?« ruft er. Eine jugendliche, angenehm weibliche Stimme antwortet: »Ich suche Martin Jamieson.« Na gut. Er öffnet die Tür. Sie ist vielleicht sieben-, achtundzwanzig Jahre alt, *sehr* sexy, eher schlank, aber gut gebaut. Dunkles Haar, auf eine seltsam jungenhafte Art geschnitten. Er hat sie noch nie gesehen. »Hallo«, sagt er zögernd. Sie lächelt ihm breit und freundlich zu. »Sie kennen mich nicht«, sagt sie zu ihm, »aber ich bin eine Freundin einer alten Freundin von ihnen. Mary Chambers? Mary und ich sind zusammen in – äh – Ohio aufgewachsen. Ich bin zum erstenmal in New York, und Mary hat mir einmal gesagt, wenn ich jemals nach New York kommen sollte, müßte ich auf jeden Fall Martin Jamieson besuchen, und da bin ich. Darf ich hereinkommen?« »Aber klar«, sagt er. Er kann sich an keine Mary Chambers aus Ohio erinnern, aber was soll's, manche Namen vergißt man eben. Was soll's.

Er ist viel attraktiver, als sie ihn erwartet hatte. Sie kennt Martin nur als alten Mann, den seine krude Lüsternheit und das Alter unattraktiv gemacht haben. Hohlbrüstig, hängende Schultern, ein fleischiges, faltiges Gesicht, vereinzelt weiße Haarsträhnen, blaßblaue Knopfaugen – die Ruine eines Mannes.

Der Martin aber, der da in der Tür steht, ist kräftig, gutaussehend, strotzend vor Vitalität und Energie und Männlichkeit. Sie denkt an das Gerät in ihrer Handtasche und bedauert es ehrlich, daß sie diesen robusten, jungen Mann in seiner Blüte umbringen muß. So eilig ist es aber doch gar nicht, oder? Zuerst einmal können wir ein wenig Spaß miteinander haben, Martin. Dann der Laser. –

»Wann wird sie zurückerwartet?« fragt Ted. Friesling erklärt, daß alle Konzepte von der Zeit relativ und flexibel seien; was die in der Gegenwart vergangene Zeit betrifft, ist sie bereits zurück. »Was?« ruft Ted. »Wo ist sie?« Friesling weiß es nicht. Sie ist aus der Maschine herausgekommen, hat sich von dem Personal von Temponautics höflich verabschiedet und ist aus dem Vorführraum herausgegangen. Ted hebt eine Hand an die Kehle. Was ist, wenn sie Martin schon umgebracht hat? Werde ich dann einfach verschwinden? Oder gibt es so etwas wie eine Verzögerung, und ich werde im Verlauf der nächsten Tage allmählich aus der Realität verschwinden? »Hören Sie mal zu«, sagt er heiser. »Ich gehe jetzt sofort aus meinem Büro, und in weniger als einer Stunde bin ich bei Ihnen. Ich verlange von Ihnen, daß Sie bis dann Ihre Maschine so eingestellt haben, daß ich genau zu der gleichen Stelle in Zeit und Raum transportiert werde, an die Sie meine Frau geschickt haben.« »Aber das ist nicht möglich«, protestiert Friesling. »Wir brauchen Stunden, um einen Kunden richtig vorzubereiten ...« Ted schneidet ihm das Wort ab. »Bereiten Sie alles vor, und auf die richtige Vorbereitung gebe ich einen Dreck«, fährt er ihn an. »Wenn Sie nicht den größten Schadenersatzprozeß seit Entwicklung der Zeitreisen an den Hals haben wollen, bereiten Sie besser alles vor, bis ich da bin.« –

Er öffnet die Tür. Die Frau im Gang draußen ist jung und sieht gut aus. Sie hat kurzgeschnittenes Haar und einen vollen Mund. Vielen Dank, Mary Chambers, wer du auch sein magst. »Bitte entschuldigen Sie, daß ich im Bademantel bin«, sagt er, »aber ich hatte keinen Besuch erwartet.« Sie tritt in das Apartment. Plötzlich bemerkt er die Spannung und Nervosität in ihrem Gesicht. Eine Landpomeranze aus Ohio, die plötzlich Bedenken hat, einen fremden Mann in einer fremden Stadt in seiner Wohnung zu besuchen? Er versucht sie zu beruhigen. »Möchten Sie einen Drink?« fragt er. »Die Auswahl ist zwar nicht groß, fürchte ich, aber ich habe Scotch, Gin, etwas Brombeerlikör …« Sie greift in ihre Handtasche und holt etwas heraus. Er runzelt die Stirn. Eigentlich keine Pistole, aber irgendwie sieht es wie eine Waffe aus, ein glitzerndes Metallgerät, das genau in ihre Hand paßt. »He«, sagt er, »was …« »Es tut mir unendlich leid, Martin«, flüstert sie, und ein schrecklicher Feuerstrahl schießt in seine Brust. –

Sie nippt an dem Drink. Er entspannt sie. Das Glas ist nicht besonders sauber, aber wegen irgendwelcher Krankheiten macht sie sich keine Gedanken, nicht nach all den Injektionen, die Friesling ihr gegeben hat. Martin sieht aus, als könnte auch ihm etwas Entspannung nichts schaden. »Trinken Sie nichts?« fragt sie. »Na gut, ich hole mir auch etwas«, sagt er. Er gießt sich etwas Gin ein. Sie stellt sich hinter ihn und schiebt ihm vorn eine Hand unter den Bademantel. Sein Körper ist kühl, glatt, hart. »Oh, Martin«, murmelt sie. »Oh! Martin!« –

Ted nimmt sich ein Zimmer in einer Pension in der Innenstadt. Als erstes versucht er, Alices Mutter in Chillicothe telefonisch zu erreichen. Er ist noch immer nicht ganz davon überzeugt, daß er mit seinem Zeitreise-Flirt im nachhinein Alice wirklich eliminiert hat. Der Anruf überzeugt ihn aber endgültig. Die mittelalterliche Frau, die sich meldet, ist auf jeden Fall nicht Alices Mutter. Richtige Telefonnummer, richtige Adresse – diese Information entlockt er ihr –, aber die falsche Frau. »Sie haben also wirklich keine Tochter namens Alice Porter?« fragt er sie drei-, viermal. »Kennen Sie vielleicht in der Nachbarschaft jemanden, der eine Tochter hat, die so heißt? Das ist wichtig.« Also gut. Die alte Dame gibt es nicht mehr, also gibt es auch keine Alice. Jetzt aber steht er vor einem anderen Problem. Wie viele Veränderungen hat er im Universum dadurch ausgelöst, daß er Alice und ihre Mutter entfernt hat? Lebt er selbst jetzt in einer anderen Stadt und hat einen anderen Beruf? Was ist mit Bobby und Tink? Hektisch fängt er an, Leute anzurufen. Freunde, Kollegen, den Mann auf der Bank. Die gleiche Reaktion von allen: verständnisloses Starren, Kopfschütteln. Wir kennen Sie nicht, mein Herr. Er schaut sich im Spiegel an. Okay, sagt er zu sich selbst. Wer bin ich? –

Martin reagiert schnell und zielstrebig, wie sie es ihm in der Armee beigebracht haben, wenn man einen gefährlichen Gegner entwaffnen muß. Er macht einen Satz nach vorne, packt den Arm der Frau und stößt ihn nach oben, bevor sie die Chance hatte, das blitzende Ding abzufeuern, mit dem sie auf ihn zielt. Sie erweist sich als stärker, als er angenommen hatte, und sie kämpfen heftig um die Waffe. Plötzlich zuckt ein Blitzstrahl auf. Irgend etwas explodiert zwischen ihnen und schleudert ihn betäubt zu Boden. Als er sich wieder aufrafft, sieht er sie mit einem verkohlten Loch in der Kehle bei der Tür liegen. –

Das durchdringende Klingeln des Telefons reißt Martin aus einem Traum, in dem er sich an Alices sinnlichem, jungem Körper vergnügt. Mit trockener Kehle und verklebten Augen streckt er seine gichtige Hand zu dem Hörer aus. »Ja?« sagt er. Teds Gesicht erscheint auf dem Schirm. »Großvater!« stößt er hervor. »Alles klar bei dir?« »Natürlich ist bei mir alles klar«, sagt Martin gereizt. »Siehst du das denn nicht? Was ist denn los mit dir, Junge?« Ted schüttelt den Kopf. »Ich weiß es nicht«, murmelt er. »Vielleicht war es nur ein schlechter Traum. Ich habe mir eingebildet, Alice hätte sich eine von diesen Zeitmaschinen gemietet und wäre in das Jahr 1947 zurückgereist, um dich umzubringen, damit ich nie existiert hätte.« Martin schnaubt verächtlich. »Was für ein idiotischer Blödsinn! Wie soll sie mich denn 1947 umgebracht haben, wenn ich hier im Jahr 2006 lebendig am Telefon sitze?« –

Alice sinkt nackt in Martins Arme. Seine starken Hände streichen ungeduldig über ihre Brüste und Schultern, und sein Mund senkt sich auf ihren herab. Sie zittert vor Lust. »Ja«, murmelt sie zärtlich und drückt sich an ihn. »O ja, ja, ja!« Sie werden es treiben, und es wird phantastisch sein. Und hinterher wird sie ihn mit dem Küchenschneidegerät umbringen, während er daliegt und die Situation genießt. Plötzlich kommt ihr aber ein beunruhigender Gedanke. Wenn Martin 1947 stirbt, dann wird

Ted 1968 nicht geboren. Okay. Aber was ist mit Tink und Bobby? Wenn ich Ted nicht heirate, werden sie auch nicht geboren. Wenn ich in das Jahr 2006 zurückkehre, werde ich mit jemand anderem verheiratet sein und wahrscheinlich andere Kinder haben. Bobby? Tink? Was tue ich euch da an? Eine plötzliche Angst läßt sie erstarren, und sie zieht sich von dem energischen jungen Mann zurück, der ihren Hals abküßt. »Hör mal, es tut mir leid. Das ist alles ein Riesenirrtum. Es tut mir wirklich leid, aber ich muß sofort hier verschwinden!« –

Das ist also das Jahr 1947. So, so. Alles sieht so chaotisch und schmierig und alt aus. Er eilt durch die kalten Straßen zu der Wohnung seines Großvaters. Wenn er Glück hat und Frieslings Techniker alles genau kalkuliert haben, wird er Alice abfangen können. Das könnte sie sogar sein, die schlanke Frau dort, die in einer Entfernung von einem halben Block vor ihm schnell die Straße entlangläuft. Er beschleunigt sein Tempo. Ja, es ist Alice, und sie ist zu Martin unterwegs. Gut gemacht, Friesling! Ted kommt vorsichtig näher, weil er befürchtet, daß sie bewaffnet ist. Wenn sie in der Lage ist, in das Jahr 1947 zurückzureisen, um Martin umzubringen, würde sie ebensowenig zögern, ihn umzubringen. Besonders hier, wo keiner von ihnen legal existiert. Als er nahe bei ihr ist, sagt er mit leiser, harter, eindringlicher Stimme: »Dreh dich nicht um, Alice. Geh einfach weiter, als wäre alles völlig normal.« Sie zuckt zusammen. »Ted?« ruft sie erstaunt. »Bist du das, Ted?« »Ganz genau, ich bin es.« Er lacht rauh. »Geh weiter bis zu der Ecke. Dann biegst du nach links ab und gehst um den Block zurück zu deiner Zeitmaschine, und dann verschwindest du aus dem zwanzigsten Jahrhundert, ohne daß du irgend jemandem etwas antust. Ich weiß genau, was du vorhattest, aber ich habe dich noch rechtzeitig erwischt, nicht?« –

Martin will gerade wirklich zur Sache kommen, als die Tür seines Apartments aufspringt und ein Mann hereinstürzt. Er ist mittelalterlich, gedrungen und trägt verrückte Kleider – den neuesten Show-Anzug, ein wildes Durcheinander von grellen Kontrastfarben und Mustern, die nicht zusammenpassen; die Schultern sind so wattiert, daß sie wie Regalbretter aussehen –

und schaut wild drein. Alice springt aus dem Bett. »Ted!« schreit sie auf. »Mein Gott, was machst du denn hier?« »Du willst ihn umbringen, du Flittchen«, brüllt der Eindringling. Martin ist nackt und fühlt sich verletzlich. Sein Nervensystem ist von der Unterbrechung wie betäubt, und er sieht völlig verblüfft zu, wie der Fremde sie packt und zu würgen beginnt. »Flittchen! Flittchen! Flittchen!« brüllt er und schüttelt sie in mörderischer Raserei. Das Gesicht der Frau wird langsam schwarz. Ihre Augen treten hervor. Nach einem langen Moment löst sich Martin endlich aus seiner Erstarrung. Er stolpert vorwärts, packt die Finger des Mannes und löst sie langsam und mühselig von der Kehle der Frau. Zu spät. Sie fällt schlaff zu Boden und bleibt regungslos liegen. »Alice!« stöhnt der Eindringling. »Alice, Alice, was habe ich getan?« Er sinkt neben ihrer Leiche schluchzend auf die Knie. Martin blinzelt. »Sie haben sie getötet«, sagt er und kann nicht glauben, daß das wirklich passiert. »Sie haben sie wirklich umgebracht!« –

Das Gesicht von Alice erscheint auf dem Telefon-Schirm. Herrgott noch mal, wie schön sie ist, denkt Martin, und sein Greisenkörper zittert vor Lust. »Endlich«, sagt er. »Ich versuche schon seit Stunden, dich zu erreichen. Ich hatte so einen seltsamen Traum – daß Ted etwas Schreckliches zugestoßen ist – und dann hast du dich nicht am Telefon gemeldet, und ich habe den Verdacht gehabt, daß der Traum vielleicht eine Vorahnung war, ein Omen, weißt du . . .« Alice sieht ihn verwirrt an. »Ich fürchte, Sie haben sich verwählt, Sir«, sagt sie süßlich und hängt auf. –

Sie zieht den Laser, und der nackte Mann drängt sich ungläubig an die Wand. »Was soll das denn, zum Teufel?« fragt er zitternd. »Stecken Sie das Ding weg. Sie haben den falschen Mann erwischt.« »Nein«, sagt sie. »Genau auf dich habe ich es abgesehen. Ich tue das äußerst ungern, Martin, aber mir bleibt keine Wahl. Du mußt sterben.« »Warum?« fragt er. »*Warum?*« »Das würdest du auch nicht verstehen, wenn ich es dir sagen würde«, sagt sie. Sie bewegt ihren Finger auf den Auslöseknopf zu. Plötzlich hört sie hinter sich ein furchterregendes Geräusch von zerbrechendem Holz und nachgebendem

Mörtel, als ginge ein Erdbeben los. Sie fährt herum und sieht entsetzt, wie ihr Mann die Tür zu Martins Apartment aufbricht. »Gerade noch rechtzeitig!« ruft Ted. »Keine Bewegung, Alice!« Er streckt eine Hand nach ihr aus. Sie gerät in Panik und feuert, ohne zu überlegen. Der gleißend helle Lichtstrahl erwischt Ted in der Magengrube, und er sinkt vor Schmerzen gurgelnd zu Boden, packt mit beiden Händen seinen Bauch und stirbt. –

Die Tür fällt mit einem Krachen in das Zimmer, und ein Typ in seltsamen Kleidern erscheint aus der Wolke von Schutt, der verrückter als Napoleon aussieht. Es ist unglaublich, denkt Martin. Zuerst klingelt eine unbekannte Frau an der Tür, lädt sich selbst ein und reißt sich die Kleider vom Leib, und dann, als er sie gerade flachlegen will, passiert das auch noch. Genau wie in einem Film mit den Marx Brothers, nur mit mehr Sex. Martin aber läßt sich das nicht gefallen. Er reißt sich von der keuchenden Frau auf dem Bett los, durchquert das Zimmer mit drei schnellen Schritten und packt den Neuankömmling. »Wer zum Teufel sind Sie?« fragt Martin und knallt ihn hart gegen die Wand. Die Frau tanzt hinter ihm herum. »Tu ihm nichts!« jammert sie. »Oh, bitte, tu ihm nichts!«

Ted hätte alles andere erwartet, als sie zusammen im Bett vorzufinden. Er verstand, warum sie in die Zeit zurückgereist war: um Martin zu ermorden, aber einfach nur wegen einer Affäre mit ihm, das ergab keinen Sinn. Es war natürlich möglich, daß sie hergekommen war, um ihn umzubringen, und daß sie das aufgeschoben hatte, um vorher noch ein kleines Abenteuer zu erleben. Bei Frauen weiß man nie, selbst wenn es die eigene Ehefrau ist. Im Grund sind sie doch alle wie streunende Katzen. Na ja, für ihn ist es ein Glück, daß sie ihm die paar zusätzlichen Minuten gelassen hat, sonst hätte er es nicht geschafft. »Okay«, sagt er. »Zieh dich an, Alice. Du kommst mit mir.« »Augenblick mal, Mister«, knurrt Martin. »Sie haben vielleicht Nerven, so hier hereinzuplatzen.« Ted versucht, zu erklären, aber er kann die richtigen Worte nicht finden. Es ist alles viel zu kompliziert. Er gestikuliert wortlos zu Alice, zu sich selbst, zu Martin hin. Im nächsten Augenblick stürzt sich Martin auf ihn, und sie wälzen sich kämpfend auf dem Boden herum.

»Wer sind Sie?« brüllt Martin und knallt den Eindringling immer wieder rückwärts an die Wand. »Sie sind wohl so ein Detektiv? Sie wollen mich hereinlegen, was?« Peng. Peng. Peng. Er spürt, wie die kleinen Fäuste der Frau auf seinem Rücken herumtrommeln. »Aufhören!« schreit sie. »Laß ihn los, hörst du? Er ist mein Mann!« »Dein *Mann*!« ruft Martin. Verblüfft läßt er den Fremden los und dreht sich zu der Frau um. Einen Augenblick später bemerkt er, daß das ein Fehler war. Aus seinem Augenwinkel sieht er, daß der Eindringling seine Fäuste wie eine Keule hoch über den Kopf gehoben hat. Martin versucht, auszuweichen, aber zu spät, zu spät, und die Fäuste treffen mit entsetzlicher Wucht seinen Kopf.

Alice weiß nicht, was sie tun soll. Sie wälzen sich auf dem Boden herum und kämpfen wie Wildkatzen; einmal ist Martin oben, dann wieder Ted. Martin ist jünger und größer und stärker, aber Ted scheint die Kraft eines Wahnsinnigen zu besitzen; er läuft Amok. Beide Männer haben ein blutiges Gesicht, und überall stürzen mit lautem Krachen Möbel um. Ihr erster Impuls ist, sich zwischen sie zu drängen und diesen verrückten Kampf irgendwie zu stoppen. Dann aber erinnert sie sich daran, daß sie als Mörderin hergekommen ist und nicht als Friedensstifterin. Sie holt den Laser aus ihrer Handtasche und zielt auf Martin, aber dann wälzen sich die Kämpfer plötzlich herum, und sie zielt auf Ted. Sie zögert. Nach einem Augenblick wird es ihr klar, daß es gleich ist, wen von den beiden sie trifft. So oder so müssen beide sterben. Sie zielt sorgfältig. Vielleicht kann sie beide mit einem Schuß erwischen. Als ihr Finger sich aber langsam auf den Auslöseknopf senkt, umklammert Martin plötzlich Ted, hebt ihn halb hoch und wirft ihn fünf Fuß weit durch das Zimmer. Ted schlägt mit dem Hinterkopf gegen die Wand. Ein splitterndes Krachen ist zu hören. Ted sinkt zu Boden und bleibt regungslos liegen. »Ich glaube, ich habe ihn umgebracht«, sagt Martin. »Wer zum Teufel war das?« »Das war dein Enkel«, sagt Alice und beginnt hysterisch zu schreien.

Ted starrt voller Entsetzen auf die regungslose Gestalt zu

seinen Füßen. Die linke Seite von Martins Kopf sieht aus, als sei sie von einem Preßlufthammer zerschmettert worden. »Gott im Himmel«, sagt Ted erstickt, »was habe ich getan? Ich bin hergekommen, um ihn zu schützen, und jetzt habe ich ihn umgebracht! Meinen eigenen Großvater habe ich umgebracht!« Alice versucht, mit weit aufgerissenen Augen, vergeblich, ihre Blöße zu bedecken, indem sie einen Arm über ihre Brüste legt und die andere Hand vor ihrem Schoß ausbreitet, und sagt: »Wenn er tot ist, warum bist du dann noch hier? Hättest du nicht verschwinden müssen?« Ted zuckt die Achseln. »Vielleicht bin ich sicher, solange ich hier in der Vergangenheit bleibe. In dem Augenblick aber, in dem ich versuche, wieder in das Jahr 2006 zurückzukehren, verschwinde ich, als hätte es mich nie gegeben. Ich weiß es nicht. Ich verstehe überhaupt nichts mehr. Was meinst du?« –

Alice tritt unsicher aus der Maschine in den Vorführraum von Temponautics. Da ist Friesling. Dort stehen die Techniker. Friesling sagt lächelnd: »Ich hoffe, Sie hatten eine angenehme Reise, Mrs. – äh – äh . . .« Er stockt. »Ich bitte um Entschuldigung«, sagt er und wird rot, »aber ich habe leider Ihren Namen vergessen.« Alice sagt: »Ich – äh – heiße Alice – äh – wissen Sie was, ich habe meinen Nachnamen vergessen.« –

Die gesamte Familie hat sich versammelt, um Martins dreiundachtzigsten Geburtstag zu feiern. Er schneidet den Kuchen auf, und dann kommen sie nacheinander zu ihm, um ihn zu küssen. Als Alice an der Reihe ist, schwingt er sie geschickt herum, so daß er sie mit seinem Körper vor den Blicken der anderen schützt, und kneift sie herzhaft in den Po. »Ach, wenn ich doch nur fünfzig Jahre jünger wäre!« seufzt er. –

Der Tag ist warm und frühlingshaft. Im Büro ist alles ausgezeichnet gelaufen – drei neue Aufträge zur gleichen Zeit – und die Heimfahrt auf der Autobahn war ein Genuß. Alice erwartet ihn in ihrem schönsten und schärfsten Kleid, zum Ausgehen bereit. Es ist ein ganz besonderer Tag. Ihr elfter Hochzeitstag. Wie schön sie aussieht! Er küßt sie, sie küßt ihn, er zieht mit einer theatralischen Geste die Fahrkarten aus der Tasche. »Eine Überraschung«, sagt er. »Zwei Wochen in Hawaii! Am nächsten

Dienstag geht's los! Viel Glück zum Hochzeitstag!« »O Ted!« ruft
sie. »Wie wunderbar! Ich liebe dich, Ted!« Er zieht sie wieder an
sich. »Ich liebe dich, Alice.«

Originaltitel: »Many Mansions«
Copyright © 1973 by Robert Silverberg
Aus dem Amerikanischen übersetzt von Wolfgang Crass
Copyright © 1984 der deutschen Übersetzung
by Wilhelm Heyne Verlag GmbH & Co. KG, München
(aus: Bill Pronzini; Barry N. Malzberg & Martin H. Greenberg [Hrsg.],
»Die besten Kriminalgeschichten aus England und Amerika«)

PHILIP JOSÉ FARMER
Die Welt, die Dienstag war

Nach Mittwoch zu kommen war beinahe unmöglich. Tom Pym
hatte überlegt, an anderen Wochentagen zu leben. Fast jeder
mit einem Funken Phantasie tat das. Es gab sogar Fernsehshows,
die sich damit befaßten. Tom Pym war in zwei davon aufge-
treten, aber er hatte wirklich keine besondere Lust, seine
eigene Welt zu verlassen. Und dann brannte sein Haus ab.

Das war am letzten Tag der acht Tage Frühling. Er erwachte
und blickte zur Tür hinaus auf die Asche und die Feuerwehrleute. Ein Mann in einem weißen Asbestanzug hieß ihn mit
einer Handbewegung drinnen bleiben. Nach fünf Minuten
winkte ihm ein anderer Mann in einem Schutzanzug zu, daß
jetzt keine Gefahr mehr bestünde. Er drückte den Knopf neben
der Tür und sprang auf. Er sank bis zu den Knöcheln in die
Asche ein; sie war unter der zolldicken, mit Wasser durchtränk-
ten Kruste noch warm. Es war nicht nötig zu fragen, was geschehen sei, aber er tat es dennoch.

Der Feuerwehrmann sagte: »Ein Kurzschluß, nehme ich an.
Genau wissen wir es auch nicht. Es fing kurz nach Mitternacht
an, zwischen der Zeit, in der der Montag aufhörte und wir anfingen.«

Tom Pym dachte, daß es eigenartig sein mußte, Feuerwehrmann oder Polizist zu sein. Ihre Stunden waren so unterschiedlich, obwohl sie immer noch durch die Wände von Mitternacht
begrenzt wurden.

Inzwischen traten die anderen aus ihren Knockouts oder
›Särgen‹, wie man sie auch oft nannte. Jetzt waren nur noch
sechzig besetzt. Sie mußten um 08.00 zur Arbeit. Er würde sich
erst nach dem Dienst darum kümmern können, sich neue Kleider und eine neue Wohnung zu beschaffen, denn das Fernseh-

studio, wo sie arbeiteten, war mit der großen Sondershow hintendran, die sie in hundertvierundvierzig Tagen herausbringen sollten.

Sie nahmen ihr Frühstück in einem Notcenter ein. Tom Pym fragte einen Griff, ob er ihm eine Unterkunft wisse. Die Regierung würde ihm zwar eine suchen müssen, aber wahrscheinlich würde sie sich nicht sonderlich darum bemühen.

Der Griff erwähnte ein Haus, das nur sechs Häuserblocks von seinem bisherigen entfernt war. Ein Make-up-Mann war gestorben, und soweit er wußte, war die Wohnung noch nicht neu besetzt worden. Tom ging sofort ans Telefon, da man ihn im Augenblick nicht brauchte, aber das Büro öffnete erst um zehn, wie ihm eine Aufzeichnung mitteilte. Die Aufzeichnung war ein sehr hübsches Mädchen mit rotem Haar, turmalinfarbenen Augen und einer äußerst sexy wirkenden Stimme. Tom wäre noch mehr beeindruckt gewesen, hätte er sie nicht gekannt. Sie hatte in zwei seiner Shows Nebenrollen gespielt, und die aufregende Stimme war nicht ihre eigene, und die Augenfarbe war auch nicht echt.

Mittag rief er noch einmal an, kam nach einer zehnminütigen Wartezeit durch und fragte Mrs. Bellefield, ob sie eine Bitte von ihm weiterleiten wolle. Mrs. Bellefield maßregelte ihn, daß er nicht schon früher angerufen habe; sie sei nicht sicher, ob man heute noch etwas tun könne. Er versuchte, ihr die Umstände zu erklären, gab es dann aber auf. Bürokraten! An diesem Abend begab er sich in ein Notquartier, schlief die vorgeschriebenen vier Stunden, während die Induktionsfelder seine Träume beschleunigten, wachte auf und begab sich in den stehenden Eterniumzylinder. Dort stand er zehn Sekunden und starrte durch die transparente Tür auf andere Zylinder mit ihren reglosen Figuren und drückte dann den Knopf. Etwa fünfzehn Sekunden später wurde er bewußtlos. Er mußte drei weitere Nächte in dem öffentlichen Knockout verbringen. Drei Tage des Herbstes waren bereits verstrichen; nur noch fünf übrig. Nicht, daß das in Kalifornien sehr viel ausmachte. Als er in Chicago lebte, war der Winter wie eine weiße Decke gewesen, die von einer Verrückten geschüttelt wird. Der Frühling war eine grüne Explosion und der Sommer ein grelles Brüllen und ein heißer Atemhauch. Und der Herbst war wie das Taumeln eines betrunkenen Narren vor einem grellbunten Plakat.

Am vierten Tag wurde er benachrichtigt, daß er das Haus, das er sich ausgesucht hatte, beziehen könne. Das überraschte und freute ihn zugleich. Er kannte ein Dutzend Leute, die ein ganzes Jahr – achtundvierzig Tage oder so etwas – in einer öffentlichen Station mit Warten verbracht hatten. Er zog am fünften Tag ein. Auf die Weise blieben ihm noch drei Tage Frühling. Aber er würde seine zwei freien Tage brauchen, um Kleider zu kaufen. Lebensmittel und andere Dinge zu besorgen und sich mit seinen Hausgenossen vertraut zu machen. Manchmal wünschte er sich, er wäre nicht mit dem Drang zum Schauspieler geboren worden. Fernsehleute arbeiten hintereinander fünf Tage, manchmal sechs, während zum Beispiel Installateure nur drei Tage von sieben tätig waren.

Das Haus war ebenso groß wie das andere, und die sechs zusätzlichen Häuserblocks, die er zu Fuß gehen mußte, würden ihm guttun. Es wohnten acht Leute pro Tag drin, ihn selbst mitgerechnet. Er zog am Abend ein, stellte sich vor und brachte Mabel Curta, die als Sekretärin eines Produzenten arbeitete, dazu, ihn mit der Haushaltsroutine vertraut zu machen. Nachdem er sich überzeugt hatte, daß sein ›Sarg‹ in den Knockout-Raum gebracht worden war, konnte er sich etwas entspannen.

Mabel Curta hatte ihn in den Knockout-Raum begleitet. Sie hatte sich selbst zu seiner Fremdenführerin ernannt. Sie war klein, ziemlich üppig gebaut und etwa fünfunddreißig (Dienstagszeit). Sie war zum drittenmal geschieden und hatte nicht vor, noch einmal zu heiraten, sofern nicht ein Märchenprinz kam. Tom selbst war auch kürzlich geschieden worden, sagte ihr das aber nicht.

»Jetzt sehen wir uns Ihr Schlafzimmer an«, sagte Mabel. »Es ist zwar klein, aber immerhin schalldicht. Gott sei Dank.«

Er folgte ihr, blieb dann stehen. Sie sah sich unter der Tür um und fragte: »Was ist denn?«

»Dieses Mädchen . . .«

Es standen dreiundsechzig der großen grauen Eterniumzylinder da. Er blickte durch die Tür des ihm am nächsten stehenden Zylinders und sah das Mädchen in seinem Innern.

»Klasse! Wirklich schön!«

Wenn Mabel Eifersucht empfand, ließ sie sich nichts anmerken.

»Ja, das kann man wohl sagen.«

Das Mädchen hatte langes schwarzes, leicht gewelltes Haar, ein Gesicht von klassischer Schönheit, eine Figur mit genügend Kurven an den richtigen Stellen, aber nicht zu viel, und lange Beine. Ihre Augen waren offen; in dem schwachen Licht wirkten sie purpurblau. Sie trug ein dünnes silbernes Kleid.

Die Plakette oben an der Tür gab über ihre wichtigsten Daten Aufschluß. Jennie Marlowe. Geboren 2031 San Marino, Californien. Sie war also vierundzwanzig. Schauspielerin, unverheiratet. Mittwochskind.

»Was ist denn?« fragte Mabel.

»Nichts.«

Wie konnte er ihr sagen, daß ein Begehren, das nie befriedigt werden konnte, ihn ganz krank machte? Daß die Schönheit ihn krank machte?

Denn über unseren Willen herrschet das Geschick.
Wer hätte je geliebt und dann nicht auf den ersten Blick?

»Was?« sagte Mabel. Und dann, nach einem Lachen, »Sie machen wohl Witze?«

Sie war nicht ärgerlich. Sie wußte, daß Jennie Marlowe ihr ebenso wenig Konkurrenz machen konnte, als wäre sie tot. Sie hatte recht. Besser für ihn, sich mit den Lebenden dieser Welt zu befassen. Mabel war nicht übel; bestimmt anschmiegsam und, nach ein paar Drinks, ziemlich anregend.

Nach 18.00 gingen sie hinunter ins Fernsehzimmer. Die meisten anderen waren auch dort. Einige trugen Kopfhörer; andere sahen zwar in die Röhre, unterhielten sich aber. Es wurden natürlich gerade Nachrichten gesendet. Alle informierten sich darüber, was am letzten Dienstag und heute geschehen war. Der Speaker des Repräsentantenhauses hatte seine Amtszeit vollendet und trat in den Ruhestand. Seine nützlichen Tage waren vorbei, und sein Gesundheitszustand der letzten Zeit wollte sich nicht bessern. Es folgte eine Aufnahme des Familiengrabes in Mississippi mit dem für ihn vorbereiteten Sockel. Wenn die Wissenschaft eines Tages gelernt hatte, wie man alten Menschen die Jugend zurückgab, würde er aus dem Knockoutzustand zurückkehren.

»Das wird was geben!« sagte Mabel. Sie räkelte sich auf seinem Schoß.

»Oh, ich glaube schon, daß die das schaffen«, sagte er. »Auf der richtigen Spur sind sie schon; den Altersprozeß von Kaninchen haben sie schon angehalten.«

»Das meine ich nicht«, sagte sie. »Klar werden die wieder mal rausfinden, wie man Leute verjüngt. Aber was dann? Glauben Sie vielleicht, daß die dann alle wieder zurückholen? Wo es doch jetzt schon so viele Leute gibt. Und dann sollen die die Bevölkerung verdoppeln, vielleicht verdreifachen, vielleicht sogar vervierfachen? Glauben Sie wohl, denen bleibt was anderes übrig, als die einfach da draußen stehen zu lassen?« Sie kicherte und fügte dann hinzu: »Was würden denn die Tauben dann machen?«

Er kniff sie in den Schenkel, und im gleichen Augenblick ertappte er sich bei dem Gedanken, wie es wohl sein würde, *jenes* Mädchen in den Schenkel zu kneifen. Er war bestimmt ganz weich, aber ohne eine Spur von Fett.

Vergiß sie. Denk an das jetzt. Sieh dir die Nachrichten an.

Eine Mrs. Wilder hatte zuerst ihren Mann und dann sich selbst mit einem Küchenmesser erstochen. Beide waren sofort nach Eintreffen der Polizei ausgeknockt worden, und man hatte sie ins Krankenhaus gebracht. In den Büros der Bezirksverwaltung fand eine Untersuchung statt. Es lagen Klagen über zu langsame Arbeit vor. Es hieß, die Montagsleute bereiteten die Computer nicht richtig für die Dienstagsleute vor. Der Fall wurde den zuständigen Behörden beider Tage übertragen. Der Ganymedstützpunkt meldete, daß der Große Rote Fleck auf dem Jupiter, schwache, aber deutliche Impulse aussendete, die nicht zufälliger Natur sein konnten.

Die letzten fünf Minuten des Programms waren einer Zusammenfassung wichtiger Ereignisse der anderen Tage gewidmet. Mrs. Cuthmar, die Hausmutter, schaltete auf einen anderen Kanal, wo eine Situationskomödie gesendet wurde. Niemand beklagte sich.

Tom verließ das Zimmer, nachdem er Mabel gesagt hatte, daß er früh zu Bett gehen wolle, allein – und um zu schlafen. Morgen stand ihm ein ziemlich schwerer Tag bevor.

Er ging auf Zehenspitzen den Gang hinunter, über die Treppe und in den Knockout-Raum. Die Lichter waren weich, es gab viele Schatten und es war ruhig. Die dreiundsechzig Zylinder wirkten wie uralte Granitsäulen in einer unterirdischen Halle einer versunkenen Stadt. Fünfundfünfzig Gesichter waren wie weiße Schemen hinter dem durchscheinenden Metall. Einige hatten die Augen offen; die meisten hatten sie geschlossen und warteten auf das Feld, das die Maschine im Sockel des Zylinders ausstrahlte. Er blickte durch Jennie Marlowes Tür. Wieder war ihm übel. Unerreichbar für ihn, in endloser Ferne. Der Mittwoch war nur einen Tag entfernt. Nein, sogar nur etwas weniger als viereinhalb Stunden. Er berührte die Tür. Sie war glatt und nur etwas kälter als die Umgebung. Sie starrte ihn an. In ihrer rechten Armbeuge hing eine große Handtasche. Wenn sich die Tür öffnete, würde sie heraustreten, hellwach sein. Manche Leute duschten und machten sich fertig, wenn sie aufwachten, und begaben sich dann unmittelbar in den Sarg. Wenn das Feld um 05.00 automatisch ausgestrahlt wurde, traten sie eine Minute später heraus, bereit, den Tag zu beginnen.

Er wünschte, er könnte zur gleichen Zeit aus seinem ›Sarg‹ treten.

Aber der Mittwoch versperrte ihm den Weg.

Er wandte sich ab.

Er verhielt sich wie ein Sechzehnjähriger. Er war vor einhundertundsechs Jahren sechzehn gewesen. Nicht, daß das einen Unterschied machte. Physiologisch war er dreißig.

Als er ins Obergeschoß ging, hätte er sich beinahe umgewandt, um noch einmal nachzusehen. Aber dann nahm er sich selbst beim Kragen und zwang sich, in sein eigenes Zimmer zu gehen. Dort beschloß er, sich sofort schlafen zu legen. Vielleicht würde er von ihr träumen. Wenn Träume die Erfüllung von Wünschen brachten, würden sie *sie* zu ihm bringen. Es war bis jetzt noch nicht erwiesen, daß Träume immer Wünsche ausdrückten, aber es war erwiesen, daß Menschen, die man am Träumen hinderte, den Verstand verloren. Und so strahlten die Somniums ein Feld aus, das die Menschen in einen Zustand versetzte, in dem sie im Lauf einer Vier-Stunden-Periode all den Schlaf und all die Träume bekamen, die sie brauchte. Dann wurden sie geweckt und gingen kurz darauf in den Sarg, wo das Feld alle atomare und subatomare Aktivität aufhob. In diesem Zustand würden sie ewig bleiben, sofern das Aktivierungsfeld nicht eingeschaltet wurde.

Er schlief, und Jennie Marlowe kam nicht zu ihm, oder, wenn sie es tat, so erinnerte er sich nicht daran. Er wachte auf, wusch sich das Gesicht und ging eilig zum Knockout hinunter, wo die ganze Hausgemeinschaft herumstand. Sie rauchten eine letzte Zigarette, redeten, lachten, und dann traten sie in ihre Zylinder, und ein Schweigen wie im tiefsten Herzen eines Berges senkte sich herab.

Er hatte sich oft gefragt, was geschehen würde, wenn er nicht in den Knockout ging. Wie würde er sich fühlen? Würde er in Panik geraten? Sein ganzes Leben lang hatte er nur Dienstage gekannt. Würde der Mittwoch auf ihn zurasen, brüllend, tosend, wie eine Gezeitenwelle? Ihn hochreißen und ihn gegen die Klippen einer fremden Zeit schleudern?

Was, wenn er irgendeine Begründung erfand, wieder die Treppe hinaufging und nicht wieder herunterkam, bis das Feld eingeschaltet war? Aber dann würde er nicht mehr eintreten können. Die Tür zu seinem Zylinder würde sich vor dem richtigen Augenblick nicht wieder öffnen. Er konnte immer noch zu den öffentlichen Notknockouts laufen, die nur drei Häuserblocks entfernt waren. Was aber, wenn er in seinem Zimmer blieb und auf den Mittwoch wartete?

Solche Dinge geschahen. Wenn die Gesetzesbrecher keine vernünftige Begründung vorzuweisen hatten, wurden sie vor

Gericht gestellt. Es war ein Verbrechen, das unmittelbar hinter Mord kam, die ›Zeit zu brechen‹, und Täter, die keine gute Begründung vorweisen konnten, wurden ausgeknockt. Alle Verbrecher, ob gesund oder krank, wurden ausgeknockt, oder ›gemañanat‹, wie manche sagten. Solche Verbrecher warteten unbeweglich und bewußtlos, unversehrt aufbewahrt, bis die Wissenschaft über Techniken verfügte, um die Geistesgestörten, die Neurotiker, die Kriminellen und die Kranken zu kurieren. *Mañana.*

»Wie war's denn am Mittwoch?« hatte Tom einen Mann gefragt, der wegen eines Unfalls keine andere Wahl gehabt hatte, als den Mittwoch zu erleben.

»Woher soll ich denn das wissen? Bis auf fünfzehn Minuten war ich k. o. Ich war in derselben Stadt, und ich hatte natürlich noch nie die Gesichter der Krankenwärter gesehen, aber die habe ich hier auch noch nie gesehen. Sie haben mich ausgeknockt und mich bis zum Dienstag ins Krankenhaus gelegt.«

Muß ziemlich schlimm gewesen sein, dachte er. Schlimm. Selbst an so etwas zu denken war verrückt. Es war fast unmöglich, zum Mittwoch zu gelangen. Fast. Aber es war möglich. Man würde Zeit und Geduld dazu brauchen, aber möglich war es.

Einen Augenblick stand er vor seinem Sarg. Die anderen sagten: »Wiedersehen! Tschüs! Nächsten Dienstag!« Und Mabel rief: »Gute Nacht, Liebster!«

»Gute Nacht«, murmelte er.

»Was?« schrie sie. »Gute Nacht!«

Er blickte auf das wunderschöne Gesicht hinter der Tür. Dann lächelte er. Er hatte Angst gehabt, sie könnte hören, wie er zu einer Frau, die ihn ›Liebster‹ nannte, gute Nacht sagte.

Er hatte noch zehn Minuten Zeit. Die Lautsprecher brüllten ihren Alarm. »Beeilt euch, ihr alle! Zeit für die sechstägige Reise! Rennt! Lauft! Denkt an die Strafen!«

Er wollte eine Nachricht hinterlassen. Der Recorder stand auf einem Tisch. Er schaltete ihn ein und sagte: »Liebe Miß Jennie Marlowe. Mein Name ist Tom Pym und mein Sarg steht neben dem Ihren. Ich bin auch Schauspieler; ich arbeite sogar im selben Studio wie Sie. Ich weiß, daß das eine Ungehörigkeit von mir ist, aber ich habe noch nie jemanden gesehen, der so schön ist. Sind Sie auch so talentiert wie Sie schön sind? Ich würde mir gern Ihre Shows ansehen. Wären Sie so freundlich und würden ein paar Bänder in Zimmer fünf hinterlassen? Ich bin sicher, daß es dem Bewohner nichts ausmacht. Ihr Tom Pym.«

Er hörte das Band noch einmal ab. Es war ziemlich aufdringlich, aber das war vielleicht ganz gut so. Wenn er seinen Wunsch in zu blumenhafter Sprache ausgedrückt hätte oder vielleicht gar in obszönen Worten, so könnte sie es löschen. Er hatte zweimal ihre Schönheit erwähnt, aber nicht übertrieben. Und der Appell an ihren Berufsstolz war etwas, dem sie sicher nur schwer widerstehen konnte. Das wußte er schließlich am besten.

Als er zu seinem Zylinder ging, pfiff er vor sich hin. Drinnen drückte er den Knopf und sah auf die Uhr. Fünf Minuten bis Mitternacht. Das Licht auf dem großen Bildschirm über dem Computer in der Polizeistation würde nicht für ihn blitzen. In zehn Minuten würde die Mittwochspolizei auf ihrem Revier aus den Särgen treten und ihre Pflichten übernehmen.

Zwischen den zwei Tagen gab es auf der Polizeistation eine zehnminütige Pause. In diesen paar Minuten konnte die Hölle losbrechen. Und manchmal tat sie es auch. Aber es kostete seinen Preis, die Mauern der Zeit aufrechtzuerhalten.

Er schlug die Augen auf. Seine Knie sackten etwas nach vorne und sein Kopf war gebeugt. Die Aktivierung dauerte nur Mikrosekunden – von Eternium zu Fleisch und Blut, beinahe ohne Übergang, und das Herz wußte gar nicht, daß es so lange angehalten war. Trotzdem dauerte die Reaktion der Muskeln immer den Bruchteil einer Sekunde.

Er drückte den Knopf, öffnete die Tür und es war so, als hätte er mit seinem Knopf den Tag auf den Weg gebracht. Mabel hatte letzte Nacht Make-up aufgelegt, so daß sie frisch wie der junge Morgen aussah. Er machte ihr ein Kompliment, und sie lächelte glücklich. Und dann sagte er ihr, daß er mit ihr frühstücken wolle. Auf der Treppe blieb er auf halbem Wege stehen und wartete, bis der Flur leer war. Dann schlich er sich zurück in den Knockout-Raum. Er schaltete den Recorder ein.

Eine Stimme, etwas rauchig klingend, aber gleichzeitig melodisch, sagte: »Lieber Mister Pym. Ich habe schon einige Male Nachrichten von anderen Tagen bekommen. Es hat Spaß gemacht, über den Abgrund zwischen den Welten hinweg hin und her zu sprechen, falls es Ihnen nichts ausmacht, wenn ich jetzt übertreibe. Aber es hat wirklich keinen Sinn, sobald der Reiz der Neuheit einmal verblichen ist. Wenn man sich für einen anderen interessiert, frustriert man sich nur selbst. Dieser andere kann nur eine Stimme in einem Recorder und ein kaltes, wächsernes Gesicht in einem Sarg aus Metall sein. Entschuldigen Sie, das war jetzt vielleicht etwas zu grob gesagt. Und wenn einen der andere nicht interessiert, dann hat es keinen Sinn, die Verbindung fortzusetzen. Es hat also weder so noch so Sinn. Und es mag ja sein, daß ich schön bin – jedenfalls danke ich Ihnen für das Kompliment – aber ich bin auch nicht dumm.

Eigentlich hätte ich mir gar nicht die Mühe machen sollen. Antwort zu geben, aber ich möchte freundlich sein; ich wollte Ihre Gefühle nicht verletzen. Hinterlassen Sie mir also bitte keine Nachrichten mehr.«

Er wartete, während der Recorder stumm ablief. Vielleicht machte sie eine Pause, um mehr Wirkung zu erzielen. Jetzt würde ein glucksendes Kichern kommen oder vielleicht auch ein tiefes kehliges Lachen, und sie würde sagen: »Aber ich möchte mein Publikum nicht enttäuschen. Die Spulen sind in Ihrem Zimmer.«

Aber das Schweigen hielt an. Er schaltete die Maschine ab und ging in den Speisesaal, um zu frühstücken.

Die Siestazeit bei der Arbeit war von 14.40 bis 14.45. Er legte sich auf die Pritsche und drückte den Knopf. Binnen einer Minute war er eingeschlafen. Diesmal träumte er von Jennie; sie war eine weiße schimmernde Gestalt, die aus der Dunkelheit heraus materialisierte und auf ihn zuschwebte. Sie war sogar noch schöner, als sie im Knockout gewesen war.

Am Nachmittag mußte er bei den Aufnahmen Überstunden machen, so daß er gerade rechtzeitig zum Abendessen nach Hause kam. Selbst das Studio wagte es nicht, einen Mitarbeiter über die Essenszeit hinaus festzuhalten, insbesondere, da das Studio nur Mittagessen ausgeben durfte.

Er hatte noch Zeit, Jennie eine Minute lang anzusehen, ehe Mrs. Cuthmars Stimme über die Sprechanlage kreischte. Während er den Korridor hinunterging, dachte er: »Ich fange jetzt richtig an, mich in sie zu verknallen. Lächerlich. Ich, ein erwachsener Mann. Vielleicht ... vielleicht sollte ich meinen Psycher sehen.«

Sicher, mach eine Eingabe und warte, bis ein Psycher Zeit für dich hat, sagen wir in dreihundert Tagen, wenn du Glück hast. Und wenn du mit dem Psycher nicht klarkommst, dann gibst du um einen anderen ein und wartest sechshundert Tage. Eingabe. Seine Schritte wurden langsamer. Eingabe. Wie wär's denn mit einem Antrag – nicht einen Psycher zu sehen, sondern umzuziehen? Warum nicht? Was hatte er zu verlieren? Wahrscheinlich würde der Antrag abgelehnt werden, aber versuchen konnte er es ja.

Selbst das Formular für den Antrag zu beschaffen machte Schwierigkeiten. Er verbrachte zwei arbeitsfreie Tage mit Schlangestehen vor dem Stadtbüro, ehe er die richtigen Formulare bekam. Das erstemal gab man ihm das falsche Formular, und er mußte von neuem beginnen. Es gab keine besondere Schlange für die Leute, die ihre Tage wechseln wollten. Es gab nicht genug Leute mit diesem Wunsch, so daß sich das rentiert hätte. Also mußte er sich vor dem ›Diverses‹-Schalter der Mobilitätsabteilung des Wechselreferats des Austausch- und Transferbüros anstellen. Keiner dieser Titel hatte irgend etwas mit Auswanderungen in andere Tage zu tun.

Als er beim zweitenmal sein Formular bekam, weigerte er sich, das Schalterfenster zu verlassen, ehe er die Nummer des Formulars überprüft und den Beamten um Gegenprüfung gebeten hatte. Die ungeduldigen Rufe hinter ihm ignorierte er. Dann ging er in der riesigen Halle zur Seite und stellte sich vor den Lochern an. Nach zwei Stunden erreichte er eine kleine Maschine von Schreibtischgröße, über der ein großer Bildschirm hing. Er schob das Formular in den Schlitz, sah die Projektion des Formulars an und drückte Knöpfe, um an den rich-

tigen Stellen hinter den richtigen Fragen Markierungen anzu-
bringen. Nachher brauchte er das Formular nur noch in einen
Schlitz zu schieben und zu hoffen, daß es nicht verlorenging.
Oder hoffen, daß er die gleiche Prozedur nicht ein zweitesmal
durchmachen mußte, weil er die falschen Löcher gestanzt
hatte.

An diesem Abend legte er seinen Kopf gegen das harte
Metall und murmelte dem starren Gesicht hinter der Tür zu:
»Ich muß dich wirklich lieben, um alles das mitzumachen. Und
du weißt es nicht einmal. Und was noch schlimmer ist, wenn du
es wüßtest, wäre es dir vielleicht gleichgültig.«

Um sich selbst zu beweisen, daß er immer noch ein Gehirn
hatte, ging er an diesem Abend mit Mabel auf eine Party, die Sol
Voremwolf, ein Produzent, gab. Voremwolf hatte gerade eine
Behördenprüfung bestanden, die ihm die Rangstufe A 13
verlieh. Das bedeutete, daß er zur gegebenen Zeit, und wenn
er etwas Glück und einige Beziehungen hatte, geschäftsfüh-
render Prokurist des Studios werden würde.

Die Party war ein voller Erfolg. Tom und Mabel kehrten etwa
eine halbe Stunde vor Knockout-Zeit zurück. Tom hatte es
fertiggebracht, sich sowohl beim Alkohol als auch bei den Hirn-
bläsern zurückzuhalten, so daß Mabel ihn nicht in Versuchung
führen konnte. Trotzdem wußte er, daß er, wenn er aus dem
Knockout kam, schrecklich verkatert sein würde und dann
irgendwelche Gegenmaßnahmen ergreifen mußte. Es würde
ihm bei der Arbeit speiübel sein, weil er seinen Schlaf verpaßt
hatte.

Er entzog sich Mabel mit einer gemurmelten Entschuldigung
und ging vor den anderen in den Knockout-Raum. Nicht, daß
es ihm etwas nützte, wenn er früher ausknocken wollte. Die
Knockouts funktionierten nur zur vorgeschriebenen Zeit.

Er lehnte sich gegen den Zylinder und tätschelte die Tür. »Ich
habe den ganzen Abend versucht, nicht an dich zu denken. Ich
wollte Mabel gegenüber fair sein; es ist nicht fair, mit ihr aus-
zugehen und die ganze Zeit an dich zu denken.«

In der Liebe und im Krieg ist alles erlaubt ...

Er hinterließ wieder eine Nachricht für sie, löschte sie aber dann wieder. Was hatte es für einen Sinn. Außerdem wußte er, daß seine Worte etwas undeutlich klangen. Er wollte vor ihr einen guten Eindruck machen.

Warum eigentlich? Interessierte sie sich denn überhaupt für ihn?

Aber die Antwort war natürlich, daß er sich für sie interessierte, und das Ganze war mit Logik allein eben nicht zu erklären. Er liebte diese verbotene, unberührbare, in der Zeit unendlich weit entfernte und doch so nahe Frau.

Mabel war, ohne daß er es gehört hatte, hereingekommen. »Du bist krank!« sagte sie.

Tom zuckte zusammen. Warum eigentlich? Er hatte nichts getan, dessen er sich schämen mußte. Warum war er also so verärgert? Es war begreiflich, daß er etwas verlegen war, aber sein Ärger hatte keinen Grund.

Mabel lachte über ihn, und er war froh darüber. Jetzt konnte er sie anknurren, und das tat er auch. Und sie wandte sich ab und ging hinaus. Aber in wenigen Minuten kam sie mit den anderen zurück. Es war gleich Mitternacht.

Er stand inzwischen bereits in seinem Zylinder. Ein paar Sekunden später stieg er wieder heraus, schob Jennies Zylinder auf seinen Rädern zurück und drehte den seinen herum, so daß er ihrem Zylinder gegenüberstand. Dann ging er wieder hinein, drückte den Knopf und stand da. Die Doppeltüren verzerrten das Bild nur sehr schwach, aber sie schien nur noch ferner, ferner in der Zeit und unerreichbar.

Drei Tage später, schon mitten im Winter, erhielt er einen Brief. Die Box in der Eingangshalle summte, als er zur Haustür hereinkam. Er kehrte um und wartete, bis der Brief gedruckt war und aus dem Schlitz fiel. Es war die Antwort auf seinen Antrag, nach Mittwoch umzuziehen. Abgelehnt. Begründung: er hatte keinen hinreichenden Grund für einen Umzug.

Das traf zu. Aber sein wirkliches Motiv konnte er nicht angeben. Es wäre sogar noch weniger eindrucksvoll gewesen als das, das er genannt hatte. Er hatte bei Frage 12 angegeben: *Um in eine Umgebung zu kommen, wo meine Talente mit größerer Wahrscheinlichkeit als hier gefördert werden.* Er fluchte. Dann wurde er wild. Es war sein Recht als Mensch und als Bürger, nach jedem Tag, den er wünschte, umzuziehen. Das heißt, es sollte sein Recht sein. Was hatte es schon zu bedeuten, wenn ein solcher Umzug viel Mühe bereitete. Was hatte es schon zu bedeuten, wenn das eine Verlagerung seiner Identität und aller Akten, die seit dem Augenblick seiner Geburt angefallen waren, erforderten? Was hatte es …

Er konnte sich ärgern, soviel er wollte. Das änderte nichts. Er saß in der Welt des Dienstags fest.

Noch nicht, murmelte er. Noch nicht. Zum Glück gibt es keine Beschränkung für die Zahl der Anträge, die ich an meinem eigenen Tag machen kann. Ich werde also noch einen stellen. Die bilden sich wohl ein, daß sie mich fertigmachen können, was? Nun, dann werde eben ich sie fertigmachen. Mensch gegen Maschine. Mensch gegen das System. Mensch gegen die Bürokratie und die kalten Vorschriften.

Die zwanzig Tage des Winters waren vorbeigehuscht. Die acht Tage des Frühlings rasten im Raketentempo vorbei. Es war wieder Sommer. Am zweiten Tag der zwölf Tage des Sommers, erhielt er eine Antwort auf seinen zweiten Antrag.

Es war keine Ablehnung und auch keine Annahme. Es hieß lediglich, wenn er meinte, sich psychologisch im Mittwoch wohler zu fühlen, weil sein Astrologe das behauptete, dann müsse er die Kritik eines Psychers an der Analyse seines Astrologen beibringen.

Tom Pym sprang hoch in die Luft und schlug die Absätze zusammen. Gott sei Dank lebte er in einer Zeitepoche, in der man Astrologen nicht als Scharlatane abtat. Die Leute – die Massen – hatten protestiert, daß die Astrologie eine Notwendigkeit sei und daß man sie legalisieren und anerkennen müsse. Also wurden entsprechende Gesetze erlassen. Und deswegen hatte Tom Pym eine Chance.

Er rannte in den Knockout-Raum hinüber und küßte die Zylindertür und überbrachte Jennie Marlowe die gute Nachricht. Sie gab keine Antwort, obwohl er glaubte, ihre Augen etwas aufleuchten zu sehen. Das bildete er sich natürlich nur ein, aber trotzdem fühlte er sich wohl dabei.

Eine Verabredung mit seinem Psycher zu bekommen und die drei Sitzungen mit ihm durchzumachen, erforderte ein weiteres Jahr, weitere achtundvierzig Tage. Dr. Sigmund Traurig war ein Freund von Dr. Stelhela, dem Astrologen, und das erleichterte Tom die Dinge etwas.

»Ich habe Dr. Stelhelas Diagramm sehr sorgfältig überprüft und die Hörigkeit, die Sie dieser Frau gegenüber empfinden, gründlich analysiert«, sagte er. »Ich teile Dr. Stelhelas Meinung, daß Sie im Dienstag immer unglücklich sein werden, aber ich bin nicht ganz einer Meinung mit ihm, daß Sie im Mittwoch glücklicher sein werden. Aber nachdem Sie sich nun einmal so an dieser Miß Marlowe festklammern, glaube ich, daß Sie nach Mittwoch gehen sollten. Aber nur, wenn Sie eine Bestätigung unterschreiben und sich verpflichten, dort einen Psycher für eine gründliche Therapie aufzusuchen.«

Erst später erkannte Tom Pym, daß Dr. Traurig ihn vielleicht nur hatte loswerden wollen, weil er zu viele Patienten hatte. Aber das war ein unfreundlicher Gedanke. Er mußte warten, bis die entsprechenden Akten an die Behörden von Mittwoch weitergeleitet werden konnten. Er hatte erst die Hälfte seiner Schlacht gewonnen. Die anderen Beamten konnten ihn ablehnen. Und wenn er sein Ziel erreichte, was dann? Sie konnten ihn ablehnen, ohne ihm noch einmal eine Chance zu geben.

Das war zwar undenkbar, aber möglich.

Er liebkoste die Tür und drückte dann seine Lippen darauf. »Pygmalion konnte Galathea wenigstens berühren«, sagte er. »Aber die Götter – die großen dummen Bürokraten – werden sicher Mitleid mit mir empfinden, der ich dich nicht einmal berühren kann.«

Der Psycher hatte gesagt, daß er einer echten, andauernden Beziehung zu einer Frau unfähig war, wie es so viele Männer in dieser Welt der schnellen, unverbindlichen Verbindungen waren. Er hatte sich aus verschiedenen Gründen in Jennie Marlowe verliebt. Vielleicht ähnelte sie jemandem, den er geliebt hatte, als er noch sehr jung war. Seiner Mutter vielleicht? Nein? Nun, egal. Das würde er ja in Mittwoch erfahren – vielleicht erfahren. Die tiefe, die wichtige Wahrheit war, daß er Miß Marlowe liebte, weil sie ihn nie von sich stoßen, ihn nie hinauswerfen konnte, weil sie ihm nie lästig werden konnte, nie sich beklagen, nie weinen, schreien, ihn beleidigen konnte und all das. Er liebte sie, weil sie für ihn unerreichbar und stumm war.

»Ich liebe sie so, wie Achilles Helena geliebt haben muß, als er sie auf den Mauern Trojas sah«, sagte Tom.

»Ich habe nicht gewußt, daß Achilles je die schöne Helena geliebt haben soll«, sagte Dr. Traurig trocken.

»Oh, er hat es nie gesagt, aber ich weiß, daß es so gewesen sein muß! Wer konnte sie sehen und sie *nicht* lieben?«

»Wie, zum Teufel, soll ich das wissen. Ich hab sie nie gesehen. Wenn ich geahnt hätte, daß diese Wahnvorstellungen stärker werden ...«

»Ich bin ein Poet!« sagte Tom.

»Sie meinen, Sie haben eine überaktive Phantasie! Hm. Das muß ja eine richtige Überfrau sein! Ich habe heute abend nichts besonderes vor. Ich will Ihnen was sagen ... Ich bin jetzt auch neugierig geworden ... Ich komme heute mit zu Ihnen und sehe mir diese fabelhafte Schönheit an, diese schöne Helena.«

Dr. Traurig kam gleich nach dem Abendessen, und Tom Pym komplimentierte ihn den Flur hinunter und in den Knockout-Raum, als wäre er ein Museumswärter, der einen berühmten Kritiker zu einem soeben entdeckten Rembrandt führte.

Der Arzt stand lange Zeit vor dem Zylinder. Er machte einige Male »Hmm« und sah sich die Plakette über der Tür an. Dann wandte er sich um und sagte: »Ich verstehe jetzt, was Sie meinen, Mr. Pym. Na schön. Ich werde mein Plazet geben.«

»Ist sie nicht Klasse?« sagte Tom draußen. »Sie ist von einer anderen Welt, wörtlich und bildlich gesprochen, meine ich.«

»Sehr schön. Aber ich glaube, daß Ihnen eine große Enttäuschung bevorsteht. Vielleicht wird Ihr Herz brechen, vielleicht werden Sie sogar verrückt werden, so ungern ich auch diesen unwissenschaftlichen Ausdruck benutze.«

»Das riskiere ich«, sagte Tom. »Ich weiß, daß ich mich wie ein

Verrückter benehme, aber wo wären wir denn, wenn es keine Verrückten gäbe? Sehen Sie doch den Mann an, der das Rad erfunden hat, oder Columbus oder James Watt oder die Gebrüder Wright oder Pasteur oder wen Sie sonst wollen.«

»Sie können doch schlecht diese Pioniere der Wissenschaft mit ihrer Leidenschaft für die Wahrheit mit sich selbst und Ihrem Wunsch, eine Frau zu heiraten, vergleichen. Aber ich habe mich selbst davon überzeugt, daß sie zweifellos von atemberaubender Schönheit ist. Trotzdem macht mich das höchst vorsichtig. Warum ist sie nicht verheiratet? Was stimmt nicht mir ihr?«

»Nach allem, was ich weiß, ist sie vielleicht schon ein dutzendmal verheiratet gewesen!« sagte Tom. »Worauf es ankommt, ist nur, daß sie es jetzt nicht ist! Vielleicht ist sie enttäuscht und hat geschworen zu warten, bis der richtige Mann kommt. Vielleicht . . .«

»Es gibt gar kein Vielleicht daran; Sie sind ein Neurotiker«, sagte Traurig. »Aber ich glaube tatsächlich, daß es gefährlicher für Sie wäre, nicht nach Mittwoch zu gehen, als es zu tun.«

»Dann sagen Sie also ja!« sagte Tom, ergriff die Hand des Doktors und schüttelte sie.

»Vielleicht. Ich habe noch Zweifel.«

Der Doktor hatte einen fernen Blick. Tom lachte, ließ die Hand los und schlug dem Arzt auf die Schulter.

»Geben Sie es doch zu! Sie hat Sie auch in ihren Bann gezogen! Sie müßten tot sein, um es nicht zu spüren!«

»Sie ist schon in Ordnung«, sagte der Arzt. »Aber Sie müssen sich das überlegen. Wenn Sie dort hingehen und sie Sie ablehnt, können Sie versinken, so ungern ich auch so einen poetischen Ausdruck benutze.«

»Nein, das werde ich nicht. Im übrigen wäre das auch nicht schlimmer. Besser sogar. Zumindest werde ich sie dann von Angesicht zu Angesicht sehen.«

Der Frühling und der Sommer huschten vorbei. Und dann, eines Morgens, den er nie vergessen würde, der Brief mit der Zusage. Und in dem Brief Instruktionen, wie er nach Mittwoch kommen würde. Sie waren ganz einfach. Er mußte dafür sorgen, daß die Techniker im Laufe des Nachmittags zu seinem Knockout kamen und die Schaltuhr im Sockel neu einstellen. Er begriff zwar nicht, warum er nicht einfach selbst auf den Mittwoch warten konnte, indem er einfach nicht in den Knockout ging, aber er hatte es schon lange aufgegeben, den Geist der Bürokratie ergründen zu wollen.

Er hatte nicht vor, es irgend jemand im Haus zu sagen, besonders wegen Mabel nicht. Aber Mabel erfuhr es von irgend jemand im Studio. Sie weinte, als sie ihn beim Abendessen sah, und rannte in ihr Zimmer hinauf. Sie tat ihm leid, aber er folgte ihr nicht, um sie zu trösten.

An diesem Abend öffnete er mit Herzklopfen die Tür seines Knockout. Die anderen hatten es inzwischen erfahren; er hatte es einfach nicht fertiggebracht, das alles für sich zu behalten. Sie schienen sich für ihn zu freuen, und dann tranken sie gemeinsam, und es gab eine Unzahl Trinksprüche. Schließlich kam Mabel herunter, wischte sich die Augen und sagte, sie wünsche ihm auch Glück. Sie hatte gewußt, daß er sie nicht wirklich liebte. Aber sie wünschte, jemand würde sich auch in sie verlieben, indem er in ihren Sarg sah.

Als sie herausfand, daß er Dr. Traurig konsultiert hatte, sagte sie: »Er ist ein sehr einflußreicher Mann. Sol Voremwolf hatte ihn als Analytiker. Er sagt, er hätte sogar Einfluß auf andere Tage. Weißt du, er ist Herausgeber der ›Psychoströme‹, das ist eine der wenigen Fachzeitschriften, die auch von anderen Leuten gelesen werden.«

Andere Leute hießen natürlich die, die von Mittwoch bis Montag lebten. Tom sagte, er sei froh, daß er zu Traurig gegangen sei. Vielleicht hatte dieser seinen Einfluß eingesetzt, um die Mittwochbehörden dazu zu veranlassen, seinen Antrag so schnell zu bearbeiten. Die Mauern zwischen den Welten wurden selten niedergerissen, aber es ging die Rede, daß die sehr einflußreichen Leute das nach Wunsch tun könnten.

Und jetzt stand er zitternd wieder vor Jennies Zylinder. Das letztemal, dachte er, daß ich sie ausgeknockt sehe. Das nächste Mal wird sie warm und in lebendigen Farben vor mir stehen. Fleisch, das man berühren kann.

»Ave atque vale!« sagte er laut. Die anderen jubelten ihm zu und Mabel sagte: »Wie melodramatisch!« Sie dachten, er spräche zu ihnen, und vielleicht hatte er sie sogar in seinen Gruß mit einbezogen. Er trat in den Zylinder, schloß die Tür und drückte den Knopf. Er würde die Augen offen lassen, um so ...

Und heute war Mittwoch. Obwohl das Bild, das sich ihm bot, genau dasselbe war, war es genauso, als befände er sich auf dem Mars.

Er stieß die Tür auf und trat hinaus. Die sieben Leute hatten Gesichter, die er kannte, und Namen, die er auf den Plaketten gelesen hatte. Aber er kannte sie doch nicht. Er fing an, sie zu begrüßen, und dann hielt er inne.

Jennie Marlows Zylinder war verschwunden. Er packte den Mann, der ihm am nächsten stand, am Arm.

»Wo ist Jennie Marlowe?«

»Loslassen. Sie tun mir weh. Sie ist umgezogen. Nach Dienstag.«

»Dienstag! *Dienstag?*«

»Sicher. Sie hat schon lange versucht, hier wegzukommen. Sie hat sich eingebildet, dieser Tag brächte ihr Unglück. Sie war unglücklich, das stimmt. Und erst vor zwei Tagen sagte sie, ihr Antrag sei endlich angenommen worden. Offenbar hat irgendein Dienstagpsycher seinen Einfluß eingesetzt. Er kam herunter und sah sie in ihrem Sarg, und schon war's passiert, Bruder.«

Die Wände und die Leute und die Särge schienen verzerrt. Die Zeit selbst krümmte sich nach allen Richtungen. Er war nicht in Mittwoch, er war nicht in Dienstag. Er war in *keiner* Zeit. Er steckte in sich selbst. In irgendeinem verrückten Datum, das nie hätte existieren dürfen.

»Das kann sie doch nicht!«

»O doch! Genau das hat sie getan!«

»Aber ... Man kann doch nur einmal umziehen!«

»Das ist ihr Problem.«

Und das seine war es auch.

»Ich hätte ihn nie herunterbringen dürfen, um sie anzusehen!« sagte Tom. »Dieses Schwein!«

Tom Pym stand noch lange da, und dann ging er in die Küche. Es war dieselbe Umgebung, wenn man die Leute beiseite ließ. Später ging er ins Studio und bekam eine Rolle in einer Situationskomödie, die genaugenommen um nichts anders war als die Stücke in Dienstag.

An diesem Abend sah er sich die Nachrichten an. Der Präsident der Vereinigten Staaten hatte einen anderen Namen und ein anderes Gesicht, aber die Worte seiner Rede hätten ebensogut von dem Präsidenten Dienstags gesprochen werden können. Dann wurde er der Sekretärin eines Produzenten vorgestellt; ihr Name war nicht Mabel, aber hätte es genausogut sein können.

Der einzige Unterschied hier war, daß Jennie nicht mehr da war, und das machte einen riesigen Unterschied.

Originaltitel: »The Sliced-Crosswise Only-on-Tuesday World«
Copyright © 1971 by Robert Silverberg (»New Dimensions 1«);
mit freundlicher Genehmigung des Autors
Aus dem Amerikanischen übersetzt von Heinz Nagel
Copyright © 1973 der deutschen Übersetzung
by König Verlag GmbH, München
(aus: Terry Carr [Hrsg.] »Die Welt, die Dienstag war«);
Abdruck mit freundlicher Genehmigung

KLAUS MÖCKEL

Der Irrtum

1

Ich schicke ihn zurück, ja, mein Entschluß steht fest, ich werde ihn zurückschicken! Jetzt, wo ich die Möglichkeit vor mir sehe, wo ich, bildlich gesprochen, nur noch das letzte Relais anbringen muß. Heute war Regina da, und das hat den Rest meiner Bedenken hinweggefegt. Sie sah abgespannt aus, gelb im Gesicht, krank. »Er schafft mich«, sagte sie, und in ihren schönen grauen Augen tanzten zwei irre Punkte. »Er ist so hinterhältig, so gerissen, du kannst es dir gar nicht vorstellen.«

Ihre Stimme flatterte, ihre sonst ruhigen Hände krampften sich nervös ineinander, das linke Augenlid zuckte. Da wußte ich, daß ich nicht länger warten darf. Ein paar Tage noch, und ich bin soweit, die Versuche sind so gut wie abgeschlossen. Ich gebe zu, es war ein Irrtum, ein großer Irrtum sogar, aber wer hätte das auch ahnen können. Nun werde ich die Scharte auswetzen. Er wird zurückkehren, ihnen in die Hände fallen, und sie werden kurzen Prozeß mit ihm machen. Die Eiche vorn am Schloßplatz, ein Faß, ein gutes Hanfseil, und vorbei. Er hatte die Chance, er hat sie nicht genutzt – mir bleibt keine andere Wahl. Ich glaubte, die Geschichte ein wenig betrügen, sie in diesem winzigen Detail verändern zu können; es ist nicht geglückt. Fast zweihundert Jahre Unterschied, dachte ich, keine Titel und Vorrechte mehr, das wird ihm zur Lehre dienen. Aber nein, nein, nein! Solche Menschen sind überflüssig, ach was, überflüssig, gefährlich sind sie und höchstens von ihresgleichen zu ertragen. Wenn ihnen dann noch gewisse Umstände entgegenkommen, meinen sie, ihnen sei alles erlaubt. Graf Ernst-August von Frankenfeld-Birnbach wie damals oder einfach E.-A. Frankenfeld wie heute – der Name tut's nicht. Ich hatte trotz allem noch ein wenig Sympathie für ihn übrig, es war nicht nur das große wissenschaftliche Experiment, das mich reizte, es war auch der Gedanke: Dies könnte die härtere und damit wirksamere Strafe sein. Eine hilfreiche Strafe, die ihn im Innern treffen sollte. Und er wand sich ja, er wehrte sich mit Händen und Füßen. Doch wie schnell er sich dann umstellte, wie er sich anpaßte, wie er ein anderer wurde und dennoch ganz der alte blieb, fast könnte es einem imponieren, wäre es nicht so von Übel. So niederträchtig und verworfen; mein Fehler, aber zum Glück kann ich ihn korrigieren.

2

Er war schon als Kind hoffärtig, kein Wunder, bei seiner Ahnentafel und Erziehung. Ich kann mich nur an wenige Einzelheiten erinnern, zu lange ist das her, und ich hatte ja genug mit mir zu tun. Aber das eine und andere fällt mir doch ein, zum Beispiel die Sache mit den Sonnenrädern. Das muß so um 1770 herum gewesen sein, ich war damals vierzehn, er zwölf oder dreizehn. Sein Vater, der alte Graf, ein Hüne von Gestalt, knorrig und knurrig in einem, hatte meinem Vater, dem Schloßgärtner, irgendwelche Aufträge zu erteilen. Sie marschierten durch den Park, und in der Zwischenzeit inspizierte der junge Herr mein Reich, das sich im Geräteschuppen befand. In einem extra abgeteilten Verschlag, er beherbergte allerlei Gerümpel: Töpfe, Tonkrüge, eiserne Röhren, Glasbehälter, Spiegel. Vor allem Spiegel; in jener Zeit hatte ich auf die Kraft der Sonne gesetzt, und nichts anderes interessierte mich. Ich hoffte durch gebündelte Sonnenstrahlen nicht nur Wärme, sondern auch Energie erzeugen zu können (freilich gebrauchte ich damals einfachere Bezeichnungen). Vor allem hatte ich ein paar Spiegelräder erdacht, die sich gleich den Flügeln einer Weihnachtspyramide drehen und so eine Kutsche fortbewegen sollten. Ein unsinniges Projekt, ich gebe es zu, doch ich stand noch am Anfang, und es war mein ganzer Stolz.

Aber auf Gefühle haben die Frankenfelds noch nie Rücksicht genommen. Meine Sonnenräder forderten nur den Spott von Ernst-August junior heraus. Was bedeuteten ihm schon Erfindungen und Erfindergeist, was verstand er davon – seine Welt waren die Pferde und das leichte Jagdgewehr, das er zum Geburtstag geschenkt bekommen hatte. Von seinem Diener begleitet, streifte er durch die herrlichen tiefgrünen Laubwälder hinter dem Schloß, schoß auf Wildtauben und Kaninchen. Das füllte ihn aus, das war seine ganze Leidenschaft.

»Mit diesem Firlefanz will Er eine Kutsche zum Rollen bringen, Nickelas«, sagte er zu mir, denn er redete schon als Kind mit der Zunge der Erwachsenen, »das ist ja lächerlich. Für Kutschen braucht's Pferde, das weiß der dümmste Bauer. Ich werde mit Seinem Vater reden, daß der Ihn mir als Zutreiber schickt. Dann verbringt Er seine Zeit wenigstens mit was Nützlichem.«

»Für Kutschen wird's nicht immer Pferde brauchen, Prinz«, erwiderte ich bescheiden, aber fest. »So wie's zum Schießen auch längst was anderes gibt als Pfeil und Bogen. Nur nachdenken muß man und experimentieren. Das nenn' ich die Zeit durchaus mit was Nützlichem verbringen.«

Doch es paßte ihm nicht, wenn man ihm widersprach, so wie es ihm heute, im Jahre 1977, nach einem so langen Zeitraum, noch immer nicht paßte. Er duldete keine eigene Meinung und konnte von einem Augenblick auf den anderen außerordentlich wütend werden. Er besaß eine kleine Reitpeitsche, mit der schlug er zuerst zornig gegen seine Stiefel und dann, als ich mich davon nicht beeindrucken ließ, sondern mich wieder der Arbeit zuwandte, unvermittelt auf meine Spiegel und Röhren ein, auf meine Räder, daß sie zersprangen und durch den Raum flogen.

»Da hat Er sein Nachdenken, seine Experimente, Nickelas.«

Und weil in diesem Augenblick mein Vater dazukam, durfte ich noch nicht einmal aufbegehren, mußte mich vielmehr entschuldigen und so tun, als ob ich tatsächlich im Unrecht wäre.

Ernst-August IV., er wußte schon als Kind, wie man es den Leuten gibt, besonders solchen wie mir, obwohl er nicht etwa ein Unhold war, ein Raubritter, ein Saufaus und Lodrian, ein Blutsauger, nein, er war nicht der Schlimmste seiner Kaste, besaß in gewissen Augenblicken sogar Charme (was sich bei den Frauen auszahlte, an denen er einen großen Verschleiß hatte). Vor allem aber besaß er etwas, das ich von heutiger Warte aus als Organisations- und Managertalent bezeichnen möchte, als die Fähigkeit, sich mit den Leuten zu arrangieren, die er für seine Zwecke auszunutzen gedachte. Damals zerschlug er meine Brennspiegel, später, als sich sein Vater bei einer seiner wilden Jagden durch den Birnbacher Tann das Genick gebrochen hatte und er vor Schulden nicht mehr ein noch aus wußte, ging er mir um den Bart. Eine Stelle an der Kurfürstlichen Universität hätte er mir verschafft, wäre ich ihm nur um eine Winzigkeit entgegengekommen. Er verlangte gar nicht, daß ich ihm Gold schmolz, er war aufgeklärt genug, um zu wissen, die Zeit der Alchimie war vorbei, selbst die Androhung härtester Strafen konnte das Wunder nicht zustande bringen (wenigstens das hatten ihm die Hohlköpfe von Pseudogelehrten, die er sich an die Tafel holte, seine Sterndeuter und sein Leibarzt, beigebogen). Nein, Gold verlangte er nicht, er wäre mit ein wenig Porzellan, mit glitzernden Steinen, künstlichen Brillanten oder Smaragden zufrieden gewesen, die er mir zutraute, aus dem Nichts zu erschaffen. Er wollte mir ein Labor einrichten, eine große Werkstatt, schon immer, behauptete er, hätte er mein Talent bewundert, was ich auch zustande brächte, es wäre ihm recht, wenn es sich nur zu Gold machen ließe.

Hoffärtig war er und oft geradezu, aber auch klug, wenn es um seinen persönlichen Vorteil ging, dumm natürlich im historischen Sinn, er kannte kein Nachgeben gegenüber den Bauern in seinem Herrschaftsbereich, auch nicht, als es jenseits der Landesgrenzen bereits grollte und in Frankreich die große Revolution mit Blitz und Donner über den Adel hereinbrach. Er war klassenbeschränkt, das ja, aber sehr elastisch, wo er glaubte, Geschäfte machen zu können. Nur, daß er sie mit mir nicht machte. Was interessierten mich seine Edelsteine, was reizte mich schon die Kurfürstliche Universität.

In jenen Jahren arbeitete ich bereits an meiner ENTDEK-KUNG. Ich hatte das Problem noch nicht voll gepackt, aber ich näherte mich ihm auf spiralförmiger Bahn. Die Sonnenräder und Brennspiegel lagerten in den hintersten Kästen meines zum Experimentier- und Forschungslabor ausgebauten Kellers; die Sonne als Kraftquelle, gewiß, das war gleichfalls wichtig, dennoch hatte ich diese Arbeit zurückgestellt. Meine gesamten Bemühungen, mein Fleiß, meine Besessenheit, meine bohrenden, unermüdlichen Untersuchungen, Berechnungen und Versuche galten nur ihr, der großen, alles beherrschenden, alles überlagernden, alles durchdringenden Lebenskomponente: der Zeit!

Es waren glückliche Augenblicke. Ich war nahe am Ziel, sah bereits den Punkt, wo ich den Hebel ansetzen konnte, hatte die Einstiegsluke entdeckt. Mehr als ein Jahrzehnt hatte ich mich abgeplagt; nach dem Besuch der Kurfürstlichen Knabenschule und des Evangelisch-Lutherischen Kollegs von Birnbach, wo ich immerhin mit den neuen mathematischen Lehren Eulers und d'Alemberts in Berührung kam, hatte ich das kleine Erbe, das mir von meinem Vater verblieben war, nur zu diesem Zweck genutzt: zu finden, was noch keiner gefunden hatte, den Schlüssel zur Zeit. Sie hielten mich für einen Narren und zeigten mir's auch. Die Wasserköpfe am kurfürstlichen Hof. Die Bibliotheksgelehrten, mit denen der Graf Freundschaft hielt. »Da kommt honoris tempus«, sagten sie, wenn sie mich sahen und glaubten sehr witzig zu sein. Wie heutzutage Dr. Grebusch, einer der Chefingenieure im Betrieb, der mich gern den kleinen Erfinder nennt, aber keine Ahnung hat, wie fern und zugleich nah er damit der Wahrheit ist. Dieser Grebusch ist dermaßen von seinem Wissen überzeugt, daß er es für eine Zumutung hält, noch etwas hinzuzulernen. Zwar würde er das nie zugeben, er behauptet eher das Gegenteil von sich, doch wehe, es kommt einer und sagt: »Die Konstruktion Eurer Keramiköfen ist längst überholt.« Wie ich es ihm kürzlich klarzumachen suchte. Er stößt auf eine Mauer überheblicher Ablehnung.

Insofern rechnete ich's Ernst-August damals eigentlich hoch

an, daß er mit seinen Wünschen gerade an meine Tür klopfte. Einen Augenblick lang lockte mich sogar der Gedanke, den Studenten das wahre Wissen zu vermitteln, sei's auch über den Umweg der Porzellanherstellung. Aber es ging nicht, ich durfte mich nicht verzetteln. Die Formel war's, die mich faszinierte und der ich mein Leben verschrieben hatte. Ich war kurz davor, die entscheidende Bresche zu schlagen.

Ich versuchte es zu erklären, wohl wissend, daß er kein Wort begreifen würde, aber sein Vertrauen in meine Fähigkeiten schien mir dieses Entgegenkommen wert. Lächerliche Sentimentalität, ich hätte mich an die Sonnenräder und an seine Reitpeitsche erinnern sollen. Ich seh' ihn noch vor mir an jenem Tag, er hatte geruht, mich persönlich in meinem Haus aufzusuchen. Lässig saß er in meinem besten, mit grauem Plüsch bespannten Sessel, er hatte einen blauen, silberbestickten Rock an, und die mit kostbaren Ringen geschmückte Hand ruhte auf der gedrechselten Sessellehne. Er war ein schöner Mann, Ernst-August, ist es heute noch. Mit seinen breiten, etwas eckigen Schultern, seinem Cäsarenkopf und der vollen, dunklen Mähne, die inzwischen freilich stark ins Grau spielt. Ein schöner Mann, damals wie heute, im Gegensatz zu mir, der ich klein bin, flachbrüstig, unscheinbar. Der ich dünnes, strähniges Haar habe und ein Allerweltsgesicht. Lebendige, dunkelblaue Augen, gut, die hab' ich, hätte er mir nur einmal richtig in die Augen geschaut, er hätte mich wiedererkannt, trotz des gewaltigen Sprungs durch die Zeit. Aber das gehört ja gleichfalls zu solchen Leuten: Sie geben ihre Anordnungen, marschieren durch den Raum und palavern, nur in die Augen blicken sie dir nicht. Sie schauen über dich hinweg, durch dich hindurch, doch wer du im Innern bist, kümmert sie nicht. Selbst wenn sie äußerlich Interesse zeigen ... Na, mir kam das sehr entgegen.

Damals war das auch schon so, ich versuchte ihm einen Begriff von den großartigen Erscheinungen zu geben, denen ich auf der Spur war, ihn die Zukunft wenigstens schnuppern zu lassen – er saß da in lässiger Eleganz, tat, als höre er mir interessiert zu, und war doch in Gedanken nur bei seinen Geschäften.

Krämerseele, er erahnte den Genius nicht, der durch den Raum schwebte. Er verstand lediglich, daß er mit seinem Porzellan und seinen Steinen kein Glück bei mir hatte. Und wie bei den Sonnenrädern packte ihn auch diesmal die Wut. Seine Miene verdüsterte sich, er sprang auf und schob mit einem Ruck den Sessel zurück.

»Er sagt nein, Nickelas?«

»Der Herr Graf mögen verzeihen, ich hab' es zu erklären versucht, mir bleibt keine Zeit für diese Dinge.«

»Keine Zeit, keine Zeit, ich habe eine Bitte an Ihn, und Er kommt mir mit billigen Ausreden. Sein Schacht durch die Jahrhunderte, welch ein hanebüchener Unfug! Aber so leicht kommt Er mir nicht davon. Er wird sich's überlegen. Sein Vater hat dem meinen gedient. Er dient mir. Er hat eine Frist von vierundzwanzig Stunden, keine Minute länger. Morgen mittag gibt Er mir seine Zustimmung, sagt mir, was Er zur Arbeit braucht. Und keine Ausflüchte mehr, ich lasse mich nicht zum Narren halten. Meine Geduld hat ihre Grenzen.« Hoheitsvoll-zornig rauschte er hinaus.

Was sollte ich tun? Ich kannte ihn, mir blieb nur die Wahl zwischen einem Lakaiendasein und der Flucht. Nach langem Nachdenken entschied ich mir für die zweite Möglichkeit. Es fiel mir nicht leicht. In der Nacht brachte ich meine Forschungsunterlagen, die wichtigsten Geräte und Tabellen zu einem unverdächtigen Freund, gegen Morgen überschritt ich die Frankenfeld-Birnbachsche Grenze nach Sachsen. Ich ließ die Gassen und Winkel zurück, die mir von Kindheit an vertraut waren, die Felder und Wiesen, die ich so oft in langen grüblerischen Spaziergängen durchstreift hatte, meinen Garten, mein Haus, die zum Glück wenigen Freunde und Bekannten und – was mich am meisten schmerzte – auch die Frau, zu der ich mich in letzter Zeit mehr und mehr hingezogen gefühlt hatte. Kathrin, die Küsterstochter aus dem Dorf Kleinbirnbach – ich werde später noch von ihr sprechen. Ich ging, ich zog die Leidenszeit im Exil der Sklaverei im eignen Land vor. Vielleicht war es trotz allem ein Fehler, aber wer will das immer so genau wissen. Jedenfalls konnte ich erst nach Jahren in die Heimat zurückkehren. Die Schwierigkeiten in der Fremde, die Not, die ich zumindest in der ersten Zeit litt, warfen mich in meinen Experimenten weit zurück. Auf fremdem Boden wollte die Arbeit nicht gedeihen.

3

Nach alldem mag es erstaunen, daß ich gerade Ernst-August jene Chance einräumte, um die sich heutzutage jeder Bursche und jedes Mädchen mit nur fünf Gran Phantasie, jeder einigermaßen jung gebliebene Wissenschaftler reißen würde. Wir haben nichts, aber auch gar nichts gemeinsam, stehen auf diametral entgegengesetzten Positionen. Er diktatorisch, ich Demokrat, er dem äußeren Schein lebend, ich auf die Substanz der Dinge bedacht, er lauttönend in seinen Worten, ich zurückhaltend, er kleinkariert im Denken, ich ... doch das könnte gar zu sehr als Eigenlob herauskommen. Er ist egoistisch, E.-A., obwohl er sich den Umständen der neuen Zeit angepaßt hat und immer das Wort vom gesellschaftlichen Nutzen im Munde führt.

Er liebt es, sich wie ehedem mit einem Hofstaat zu umgeben, mit dienstbeflissenen Lakaien, er sieht auf sie herab, nutzt sie aus und regiert durch sie. Damals gehörte das zum System, doch jetzt? Ich erinnere mich an seinen Ersten Ratgeber, einen hageren Kerl mit spitzer Nase und dicken Augenwülsten, der versuchte, die zerrütteten Finanzen der Grafschaft in Ordnung zu bringen, und dem dabei jedes Mittel recht war. Er ersann ständig neue Steuern und liebte nichts mehr als Bürger, denen er wegen unrespektierlicher Äußerungen eine hohe Geldstrafe aufbrummen konnte. Hier hat es E.-A. tatsächlich geschafft, den gleichen Typ vor seinen Karren zu spannen. Er, der Betriebsleiter, entwickelt die hochfliegenden Projekte – Birke, sein ökonomischer Direktor, der Mann mit den Augenwülsten, bemüht sich um die notwendigen Mittel. Wie ähnlich die Bilder sind. Birke ist ein serviler Kerl, der eingestellt wurde, als der alte Ökonom in Rente ging. Drei Bewerber standen zur Auswahl,

E.-A. hat den durchgesetzt, der ihm für seine Zwecke am genehmsten schien. Von dem er wußte, daß er ihm den Steigbügel halten würde. Die Arbeitsbedingungen in der Kunsttischlerei sind schlecht, jeder weiß es, die nötigen Gelder aber werden nicht bewilligt. Statt dessen wurden die Räume der Betriebsleitung innerhalb kurzer Zeit zweimal renoviert und umgestaltet. E.-A. hielt das aus Repräsentationsgründen für unbedingt notwendig, Birke stellte die finanziellen Mittel bereit. Oder die selbstherrliche Entscheidung des Betriebsleiters, Briefbeschwerer in Form des Frankenfeld-Birnbachschen Schlosses zu produzieren. Die von Hand bemalt und vergoldet werden mußten und die zu dem hohen Herstellungspreis keiner kaufen wollte. Die Leute in der Kalkulation waren von Anfang an dagegen, aber der Chef-Ökonom, der natürlich ebensogut Bescheid wußte wie sie, behauptete, daß die Tradition gewahrt werden müßte. Ein Argument, das immer auftaucht, wenn andere Beweisgründe versagen. Später bekam dann die Abteilung Andenkenherstellung den Schwarzen Peter zugeschoben. Sie hatte im entscheidenden Augenblick nicht energisch genug protestiert.

Birke ist aber nicht der einzige, den E.-A. auserwählt und den er sich gezogen hat. Da gibt es Klaus Benjamin, Abteilungsleiter bei den Gestaltern und des Chefs Sprachrohr in der Gewerkschaftsleitung. Er gleicht, in diesem Fall weniger äußerlich als vom Charakter her, dem Fürsten von Klein, der seinerzeit gräflicher Kammerherr war. Das gleiche untertänige Gehabe, die gleichen leeren Reden, die dem Munde des Herrn abgelauscht sind. Benjamin ist der erste, der dem Betriebsleiter applaudiert, der letzte, der ihm widerspricht. Nur einmal, als es um die Jahresendprämie ging, war er anderer Meinung. Da war nach seiner Ansicht die Leistung seiner Abteilung nicht genügend gewürdigt worden. Selbstverständlich machte der Chef hier seinen Einfluß geltend, und die Sache wurde korrigiert.

Oder Manja Klotz, die Werbeleiterin, die seinen Ruhm in alle Presse- und Rundfunkbüros trägt. Jeder Erfolg, den die Belegschaft ermöglicht hat (vor allem unsere Imitationen von historischen Jagdwaffen sind Exportschlager), ist seinem persönlichen Verdienst zuzuschreiben. So kommt es wenigstens bei ihr heraus, wenn sie auch nie vergißt, allgemein auf die Leistungen der Arbeiterklasse hinzuweisen. Nun gut. Manja Klotz ist die Geliebte E.-A.s, warum denn nicht, die beiden geben ein ansehnliches Paar ab, sie ist fast so groß wie er und mit vielen äußerlichen Vorzügen ausgestattet, eine stramme rothaarige Person von gepflegtem Aussehen, stets elegant gekleidet, aber das ist noch lange kein Grund für diese ständigen Lobeshymnen. Wieder drängen sich mir Vergleiche auf. Ich brauche E.-A. und Manja Klotz nur auf einer Pressekonferenz zu beobachten und sehe vor meinem inneren Auge sofort das Bild jener Empfänge oder Festlichkeiten, da noch die Komteß von Rudow seine bevorzugte Mätresse war. Die ›Diplomatin mit dem Schleier‹, wie sie im Volksmund genannt wurde, denn sie zeigte sich gern mit einem hellblauen Seidenschleier vor dem Gesicht und wurde vom Grafen immer dann zum Kurfürsten oder zum König von Sachsen geschickt, wenn seine Aktien nicht eben günstig standen.

Sie war ein wenig kleiner als Manja Klotz, die Komteß, zierlicher, wenn ich mich recht entsinne, doch gleichfalls gut proportioniert, rothaarig und vor allem – ebenso redegewandt. Was für jene Zeit etwas heißen wollte. Sie hatte ein Interesse, überall Ernst-Augusts Erhabenheit zu rühmen, denn nur auf diese Weise konnte sie ihre einflußreiche Position auf die Dauer behaupten. Gab es doch genügend Anfeindungen durch neidische Höflinge und die gekränkte, eifersüchtige Gräfin. Für Manja Klotz freilich existierten solche Gründe nicht. E.-A. hat nicht wieder geheiratet, er hat in dieser Hinsicht aus der Vergangenheit gelernt und sich die Hände frei gehalten. Ich glaube, die Werbeleiterin ist ehrlich von seiner Größe überzeugt. Mit seinem Auftreten, seinen großen Reden und Gesten hat er sie geblendet und nahezu hörig gemacht.

Doch den Frauen habe er noch am wenigsten vorzuwerfen. Die Liebe – das kann ich erst richtig beurteilen, seit ich Regina kenne – ist eine eigenartig verwirrende Kraft, die je nach dem Objekt ihrer Wünsche sehend oder blind macht. Wenn man jung ist wie Manja Klotz und es mit einem Mann zu tun hat, der sich stets bewußt in den Mittelpunkt stellt, aber auch von anderen in den Mittelpunkt gerückt wird, kann man schon dem äußeren Schein verfallen. Abgesehen davon, daß er ihr natürlich Urlaubsreisen nach Jugoslawien oder Bulgarien und seine Achtzigtausendmark-Finnhütte mit allen Extras zu bieten hat. So wie er der Komteß den alljährlichen Aufenthaltsort in sächsischen Bädern bot und das Lustschloß ›Au soleil‹. Nur lagen die Dinge damals eben ein wenig anders.

Der Komteß hatte ich, wenn ich ehrlich sein will, sogar meine Rückkehr in die Heimat zu verdanken. Im Jahre 1786 war das, ich erinnere mich genau. An den Fürstenhöfen Europas war es nach dem Vorbild Frankreichs schon seit einiger Zeit Mode, mit der Aufklärung zu kokettieren. In Frankenfeld-Birnbach bemühte sich die Rudow um eine gewisse Weltoffenheit. Eine kleine Pompadour, wenn auch mit einigen Jahrzehnten Verspätung. Sie korrespondierte mit deutschen und französischen Philosophen, eine Zeitlang wohl sogar mit Diderot. Sie führte einen literarischen Salon, in dem freilich solche Narren wie der Pseudoastronom Kern und der Doktor von Rebus den Ton angaben. Der den Aderlaß zum Allheilmittel für jede Krankheit erhob und auf diese Weise Patienten vom Leben zum Tod beförderte, denen mit ein paar feuchten Umschlägen hätte geholfen werden können. Doch über diese profanen Dinge sprach man bei den Gesellschaften selbstverständlich nicht.

In jener Zeit also war ich in Dresden und begann mir nach Jahren der Kargheit mit meinen Brennspiegeln endlich einen bescheidenen Ruf zu erwerben. Mein Leben hatte ich mir bis dahin recht und schlecht als Schleifer von Lorgnongläsern verdient. Eines Tages tauchte ein Bote der Komteß in meiner bescheidenen Behausung auf und überbrachte mir ihre Bitte,

doch in die Grafschaft zurückzukehren. Ihre Bitte – dazu wäre
Manja Klotz nie fähig! Sie appellierte an mein nationales Gefühl
und versprach mir in verschlüsselten Worten, daß ich künftig
unbehelligt meinen Forschungen nachgehen könnte. Ernst-
August, so teilte mir der Bote vertraulich mit, hätte einen
Chemiker gefunden, der ihm seine künstlichen Steine aus Ton
erschaffen wollte.

Ein Scharlatan oder ein Verrückter, ich bedauerte ihn schon
im voraus. Und in der Tat, er brachte nie etwas zustande, steckte
nur hohe Honorare ein und endete einige Jahre später folge-
richtig im Turm.

Wie dem auch war, ich zögerte, ihr Angebot anzunehmen.
Schließlich war ich im Begriff, in Sachsen eine Position und
Freunde zu gewinnen, und besaß kaum noch Bekannte in Birnbach. Selbst Kathrin, die von mir erwähnte Küstertochter, war
verloren, sie hatte einen braven Fleischermeister geehelicht.
Doch dann siegte trotz allem das Heimweh. Und die Überzeugung, mit meinem großen Versuch in der Fremde auf der Stelle
zu treten. Es mag albern klingen, aber ich spürte: Nur der Ort,
wo ich aufgewachsen war, der Heimatboden, der Raum, wo ich
meine ersten Entdeckungen gemacht hatte, konnte mich
inspirieren, mir die entscheidenden Anstöße für meine letzten
wichtigen Experimente geben.

5

Freilich, ich war klüger geworden; nach Birnbach zurückgekehrt, führte ich eine Art doppelter Existenz. An Ruhm lag mir
nichts, ich war zu schwerfällig, mich in spitzfindigen Diskussionen oder gelehrtem Schriftwechsel zu behaupten. Ich tat das
Notwendige: zeigte mich ab und an im Salon der Komteß, verfaßte einige geschraubte, nichtssagende Artikel zu physikalischen Problemen, meist auf dem Gebiet der Optik, was mir
ebenso nichtssagendes Lob durch die Hohlköpfe an der Kurfürstlichen Universität einbrachte. Die Komteß von Rudow
war's zufrieden. Sie hatte einen verschrobenen Gelehrten

mehr in ihrer Raritätensammlung, und hätte es nicht den im stillen noch immer vorhandenen Groll ihres Geliebten gegeben, ich wäre zum ›Gräflichen Erfinder Zweiten Grades‹ ernannt worden. Diese Würde wurde mir nicht zuteil, doch durfte ich zur Entschädigung die Lorgnons für Fräulein von Rudow und ihren gesamten Bekanntenkreis fertigen. Ich nahm gepfefferte Preise, lebte aber bescheiden – ich brauchte das Geld zu wichtigerem Zweck. Keinen Menschen ließ ich wissen, woran ich heimlich arbeitete. Sollten sich die sogenannten Gelehrten ruhig über die Existenz oder Nichtexistenz der alles veredelnden Seele streiten, ihre Gottesbeweise entwickeln oder sie anfechten. Ich hatte wie früher in meinem Keller ein Labor eingerichtet, hielt es jedoch geheim. Die Tür war fugenlos in den Boden eingelassen und mit einem dicken Teppich bedeckt. Übrigens hätte ich, selbst wenn das weniger gefährlich gewesen wäre, kaum jemanden eingeweiht. Die Versuche, die ich dort unten durchführte, wichen zu weit vom Üblichen ab, als daß die Menschen um mich her sie verstanden hätten. Es ging mir um die Relativität der Zeit, ich wollte die Tage derart auseinanderziehen oder zusammenpressen, daß Sprünge über Jahrhunderte und Jahrtausende möglich wurden.

Dem Laien ist das schwer zu erklären. Wenn man davon ausgeht, daß für die Eintagsfliege eine Minute ebensolange dauert wie für den Menschen, sagen wir ein Jahr, macht man sich vielleicht noch am ehesten verständlich. Für den Menschen bleibt das Jahr der Eintagsfliege eine Minute. Gelänge es nun, ihn für kurze Zeit psychisch und physisch so einzurichten, daß er hundert oder zweihundert Jahre als eine Stunde empfände und erlebte, wäre der Sprung geschafft. Die Zeit würde dann rasend schnell an ihm vorüberziehen, er aber fände das normal, würde kaum altern. Allerdings müßte, damit der Mensch in der Gemeinschaft von seinesgleichen weiterleben könnte, nach dieser Stunde (oder, wenn man so will, nach diesen zweihundert Jahren) ein Stopp erfolgen. Der Mensch müßte in sein Eintagsfliegendasein zurückkehren. Im wesentlichen bestand mein Problem darin, das Hirn und den Körper des Menschen so vorzubereiten, daß er für eine Stunde, aber nur eben für eine

Stunde, aus der Rolle der Eintagsfliege heraustreten konnte. Auch mußte ich eine oder mehrere Zellen (tief in der Erde verborgen) konstruieren, die das Versuchsobjekt gegen schädliche Außeneinflüsse schützten und es beim ›Erwachen‹ gewissermaßen automatisch in die veränderte Umwelt entließen.

Es war ungeheuer kompliziert, aber ich spürte, wie ich an Boden gewann. Chemie, Physik, Anatomie, ich mußte mir Spezialkenntnisse auf vielen Gebieten aneignen. Vor allem in der Zoologie, denn mit wem sollte ich meine Experimente durchführen, wenn nicht mit Insekten und kleinen Tieren. Welch ein Triumph, als es mir zum erstenmal gelang, besagte Eintagsfliege um achtundvierzig Stunden, also um etwa hundert Jahre, in die Zukunft zu schicken. Leider hatte ich damals noch nicht die Möglichkeit, ihre Rückkehr in die Vergangenheit zu gewährleisten und zu steuern.

6

Ernst-August IV. begegnete ich in den ersten Jahren nach meiner Rückkehr in die Grafschaft nur selten, und wenn es geschah wurden höfliche, belanglose Worte gewechselt. Es war eine Situation, die der jetzigen gleicht: Damals betrachtete er mich als einen im Grunde überflüssigen Narren, der ihm noch dazu einen Dienst verweigert hatte, heute sieht er einen kleinen, verschrobenen Arbeiter seines Betriebes in mir, der ein paar Neuerervorschläge gemacht hat, ihm aber wegen seiner Freundschaft mit der Querulantin Regina Flenz verdächtig ist.

Ich hüte mich übrigens, ihm allzuoft unter die Augen zu kommen, am Ende würde er sich noch erinnern. Wesentlich an meinem Experiment mit ihm war ja, daß die alten Bilder aus seinem Hirn gelöscht wurden. Einige Vorstellungen würden bleiben, das war mir schon damals klar, schemenhaft muß ihm wohl noch so manches aus der alten Zeit vorschweben, sonst hätte er sich nicht sofort der Antiquitätenherstellung verschrieben. Und auch das »von« hat er ja nur äußerlich abgestoßen.

Vom Schuldgefühl dagegen, das ich ihm einpflanzen wollte, ist nichts mehr zu spüren, charakterlich stellt er noch genau das dar, was er einst war.

Doch wenn wir 1786 und in den folgenden Jahren auch kaum miteinander zu tun hatten, wenn er mich auch nicht beachtete – *ich* war schon gezwungen, ihn im Auge zu behalten. Schließlich konnte sich ein Stimmungsumschwung, ein erneutes Aufflammen seines Zorns sehr negativ auf meine weitere Arbeit auswirken. Außerdem war er nun einmal die Hauptperson der Grafschaft, weshalb jeder seiner Schritte, jede seiner Handlungen in der Stadt und den Dörfern ringsum Gesprächsstoff für eine ganze Woche boten. Ob ich es also wollte oder nicht, ich mußte mich mit ihm beschäftigen. Und ich gebe zu, es war etwas dran an seiner Person. Wie es ihm gelang, Frankenfeld-Birnbach, diesem Zwergstaat, eine Stimme im Konzert der größeren Länder ringsum zu verschaffen, das imponierte mir. Der Mann besaß diplomatisches Geschick, und er wählte Leute zu Gesandten, die in Sachsen, Thüringen oder beim Kurfürsten beredte Vertreter seiner Interessen waren. Keiner der Anliegerstaaten konnte es wagen, gegen die Grafschaft vorzugehen, ohne gleich die anderen Nachbarn zum Waffengang zu fordern. Wenn der Appetit auch groß war, Ernst-August band ihnen den Maulkorb vor. Er hatte sich abgesichert, bei Gefahr spielte er einen Nachbarn gegen den anderen aus.

Ja, er verstand es, seine Stellung zu behaupten, sich den Schein des Unabkömmlichen zu geben. So wie er es heute wieder versteht. Er schlug sich im richtigen Augenblick auf die Seite des Stärkeren, verbündete sich einmal mit den Katholiken, ein andermal mit den Lutheranern und scheute sich auch nicht, die ganz Großen zu Hilfe zu rufen, den König von Preußen, die österreichische Kaiserin. Das geschah allerdings nur, wenn er befürchten mußte, seine mittelgroßen Nachbarn könnten ihn gemeinsam verspeisen. In unserer Zeit hat er weniger Spielraum, doch ich beobachte ihn bei den gleichen Manövern. Wie er den Kreis gegen den Bezirk auszuspielen versucht, den Binnenhandel gegen das Transportwesen. Mal spannt er die Gewerkschaftsleitung für seine Interessen ein, mal die

Partei, und die Versorgung der Bevölkerung ist ihm nur so lange wichtig, wie sie in den offiziellen Berichten vor dem Export zu rangieren scheint. Ob bei seinem Vorgehen Lücken im Angebot entstehen, ob die Stimmung der Arbeiter wegen der vielen Überstunden auf den Nullpunkt absinkt, kümmert ihn nicht. War das ein Theater, als die Birnbacher Bierseidel mit dem Jagdfalken auf dem Deckel plötzlich in Kanada Anklang fanden. Der ganze Betrieb wurde umgemodelt, selbst die Kunsttischler und Bildrestauratoren mußten an die Keramiköfen. In den Läden der Stadt und des Kreises war monatelang kein einziger Bierkrug mehr zu entdecken, aber auch unsere gefragten einbeinigen Mahagonitischchen und die Birnbachschen Historiengemälde fehlten. Ein ganzes Jahr brauchte der Betrieb, um den gewohnten Rhythmus wiederzufinden. Zwei Kunsttischler hatten gekündigt, einer der besten Maler nahm seinen Hut. E.-A. freilich hatte seine Presse gehabt. Und seinen großen Erfolg. Obwohl der Betrieb anschließend in die Kreide geriet, war seine, des Herrschers, Position gefestigter denn je.

Es ist immer wieder das gleiche – ein Mensch, der bestimmte Fähigkeiten durchaus besitzt, setzt sie skrupellos ein, um sich zu erhöhen. Befindet er sich in bescheidener Stellung, verfügt er weder über Ruhm noch über Macht, so mag das noch angehen, der Schaden für die Allgemeinheit bleibt gering. Hat er sich aber erst einmal genügend hochgeschwungen, bekommt die Sache ein anderes Gesicht. Seine Ellbogenstöße zeitigen dann weit größere Wirkung, er spannt Hinz und Kunz für seine Ziele ein, und wehe dem Würmchen, das sich ihm entgegenstellt, ihm zu verstehen gibt: Ich halte deine Ansicht und deine Wahrheit nicht für die einzig richtige. Manchen kannte ich vor rund zweihundert Jahren, der für lange, lange Zeit in den Turm wanderte, nur weil er der Meinung war, ein Zwergstaat wie Frankenfeld-Birnbach müsse demokratischer und nicht mit dem Aufwand eines großen Königreichs regiert werden. Dem Holzschnitzer Rohm, einem meiner wenigen Freunde, wurden die Hände abgeschlagen, weil er den Herren und Damen vom Hof auf seinen Reliefs ›höchst anstößige Züge‹ verlieh, wie sich die Zensoren ausdrückten. So glaubten sie zum Beispiel in einem

Dieb, der den Bauern in die Taschen griff, Ernst-August selbst wiederzuerkennen. Noch schlimmer erging es dem jungen Dichter Wittstock, der unter einem Pseudonym einige Spottverse über die Verschwendungssucht der Komteß von Rudow veröffentlichte, aber dann die Urheberschaft an dem Lied ausplauderte. Er wurde so grausam gefoltert, daß er den Verstand verlor.

Neben diesen vom Grafen als völlig gerechtfertigt empfundenen Strafen scheinen die kleinen Intrigen E.-A.s gegen Leute, die sich seiner diktatorischen Art im Werk widersetzen, harmlos. Der Zeichner Benndorf, ein Mann, mit dem ich mich bis zu seinem Weggang aus der Stadt gut verstand, hatte eines Tages ein viel belächeltes Bild an die Wandzeitung gebracht. Er hatte den Betriebsleiter und einige seiner Mitarbeiter als Rennfahrer gemalt, die die Mitbewohner beim Kampf ums Silberne Bierseidl mächtig in die Seiten stießen. E.-A. zeigte sich – im Gegensatz zum ökonomischen Direktor Birke, der gleich sauer reagierte – nach außen hin belustigt, sorgte aber dafür, daß Benndorf künftig allerhand Schwierigkeiten bekam. So fanden seine eigenwilligen Entwürfe von Stilmöbeln und Vasen plötzlich in der Herstellung keinen Anklang mehr, und ihm blieben lediglich die Skizzen für die Routineproduktion. Dadurch fielen natürlich einige Vergünstigungen für ihn weg, und er wurde in eine niedrigere Lohnkategorie eingestuft. Er erhob Einspruch bei der Konfliktkommission, bekam den früheren Lohn nach einigem Hin und Her sogar wieder gezahlt, machte seine Arbeit jedoch fortan lustlos. Auch wurden ihm von nun ab immer dann brandeilige Aufträge erteilt, wenn er aus persönlichen Gründen den Betrieb pünktlich oder einmal eine halbe Stunde früher verlassen wollte. Eine ständige Häkelei, die ihn nach und nach entnervte, so daß er mürrisch wurde, streitsüchtig und eines Abends, nachdem er sich wieder einmal gräßlich geärgert hatte, in ein Auto lief. Ein Glück, daß er mit Knochenbrüchen und einer schweren Gehirnerschütterung davonkam.

Ähnliches widerfuhr einem unserer Uhrmacher, dem Laienschriftsteller Zimmerling, der es gewagt hatte, in einer Belegschaftsversammlung Manja Klotzens auffälliges Engagement für den Betriebsleiter aufs Korn zu nehmen. In einem Spottgedicht, das den ganzen Saal zum Lachen brachte. Als einmal die Produktion an Kuckucksuhren und Wiener Zapplern eingeschränkt werden mußte, war das die Gelegenheit, ihn in die Verpackungsabteilung abzuschieben. Er rebellierte, zerschlug in seiner Wut die Imitation einer Radschloßbüchse aus dem 16. Jahrhundert, die für einen Schweizer Kunden bestimmt war, und mußte am Ende froh sein, nicht vor Gericht zu kommen. Vor Ärger zog er sich eine Gelbsucht zu, an der er jetzt noch laboriert.

Wie gesagt, das sind Schäden, die gegenüber den Leiden früherer Jahrhunderte geringfügig erscheinen mögen. Bei Licht betrachtet, erweist sich aber, daß sie auf viel hinterhältigere Art zugefügt wurden, denn seinerzeit bekannte sich Ernst-August offen zu den Folterungen, glaubte er, tatsächlich im Recht zu sein. Womit ich ihn und seine Helfer keineswegs entschuldigen will. Eins scheint mir allerdings wichtig. Daß man nämlich heutzutage mit anderen Maßstäben messen muß.

7

Als 1789 die Große Revolution in Frankreich ausbrach und die Nachrichten über dieses Ereignis mit Verzögerung schließlich unsere Region erreichten, hätte niemand in Frankenfeld-Birnbach auch nur im entferntesten an eine Rebellion unserer Bauern geglaubt. Zu sehr waren es die fürstlichen Herrschaften gewohnt, daß ihre Untertanen die Nacken beugten, Kopf-, Grund- und Mehlsteuer widerstandslos zahlten, unentgeltliche Dienste für den Grafen, seinen Hof und seine Mätressen erbrachten, den weltlichen wie den kirchlichen Herren treue Gefolgschaft leisteten. Gewiß, es ging ihnen nicht besser als anderswo in deutschen Landen. Sie plagten sich von früh bis zur Nacht auf ihren Äckern, lebten von Kohlsuppen und Schwarzbrot, wurden von Krankheiten dahingerafft, weil sie den Arzt nicht bezahlen konnten, hungerten sich von einer Ernte zur anderen durch, während die Komteß von Rudow, der Erste

Ratgeber Hirsch prunkvolle Feste feierten. Aber sie hatten sich doch stets an die Devise Ernst-Augusts gehalten, daß sie, die Bauern und Dorfarmen, alle seine Kinder seien, Mitglieder der großen Birnbachschen Familie. Sie lebten doch ruhig und mußten nicht wie die Franzosen, Preußen und Sachsen ständig in neue Kriege ziehen. Wenn der Graf auch, um Schulden im Ausland zu begleichen, von Zeit zu Zeit ein paar Dutzend der kräftigsten Burschen in die Dienste des Kurfürsten überstellte. Aber das war schon immer und alle Tage so gewesen.

Dennoch kam diese Rebellion, zwar einige Jahre später, doch um so heftiger. So wie der Ausbruch eines Vulkans, der sich lange Zeit ruhig verhält, in seinem Innern jedoch feurige Lava anstaut. Einige Mißernten hatten das ihre beigetragen, ebenso die Tatsache, daß Ernst-August gerade in jenem Jahr anläßlich eines kurfürstlichen Besuchs den Schloßpark zu Repräsentationszwecken völlig neu gestalten ließ. Eine kostspielige und höchst überflüssige Maßnahme. Sie brachte das Faß zum Überlaufen.

Mich erbitterte diese Verschwendung gleichfalls, wenn ich auch damals noch nicht so sehr auf das Elend der Leute sah. Mich erzürnte vor allem, daß die Wissenschaft darben mußte. Nicht nur die Mathematik oder Philosophie, also die etwas abstrakteren Disziplinen, blieben ohne Unterstützung, selbst die Physik, Medizin und Ökonomie – Forschungszweige, die dem Land hätten weiterhelfen können – führten ein Schattendasein. Gefördert wurden lediglich die paar Scharlatane, die in der Gunst der Komteß standen. Ein beklagenswerter Zustand. Ich selbst hatte übrigens eine Abfuhr erhalten, als ich mich Anfang der neunziger Jahre für einen jungen Doktor der Agrarforschung einsetzte, der an einem Plan zur besseren Ausnutzung des Weide- und Ackerlandes arbeitete. Es war ein gutes Projekt, das großen Nutzen gebracht hätte, aber zunächst einer finanziellen Spritze bedurfte. Auch griff es auf bescheidene Weise die Vorrechte der besitzenden Kaste an. Ich wurde bei der Komteß vorstellig und nahm warmherzig für den Plan Partei. Damals stand ich kurz vor dem Abschluß meines eigenen Experiments, ich bekam die Augen wieder für andere Probleme frei, und der junge Agrarwissenschaftler, der mich um Hilfe ersucht hatte, schien mir der Unterstützung wert.

Sie hatte ein reizvolles Profil, die gräfliche Mätresse, ein schmales Gesicht, das sich mir über Jahrzehnte hinweg eingeprägt hat, mit leicht schrägstehenden Augen, einem etwas zu breiten Mund und einer Nase, die ein wenig eckig war. Sie saß mir auf einem gelbgeblümten Sofa gegenüber, tief dekolletiert, in bauschigem Seidenrock und nach der neuesten Pariser Mode à la tourterelle frisiert. Unter einem Gemälde mit badenden Nymphen im Salon ihres Schlößchens ›Au soleil‹. Sie streichelte ein Pekineser Hündchen auf ihrem Schoß und wollte zunächst wissen, weshalb der Doktor nicht selbst zu ihr gekommen sei. »Kann Er nicht in eigener Person vortragen, was Ihm so am Herzen liegt?«

Ich riß meinen Blick von den Nymphen los und setzte ein gewinnendes Lächeln auf. »Er hat es mehrfach versucht, Komteß, Ihr habt ihn nicht empfangen.«

Ihr Erstaunen schien echt. »So? Ich erinnere mich nicht. Ich war allerdings in der letzten Zeit sehr beschäftigt. Also gut, dann berichte Er.«

Ich tat es, so beredsam ich konnte. Ich legte die Gedanken des jungen Mannes dar, schilderte die Vorzüge seines Projekts. Sie hörte aufmerksam zu, sie war nicht dumm, die Komteß.

»Und das Geld für die Pferde, die wir brauchen, für die neuen Ackergeräte, wo nehmen wir es her?«

Ich schwieg, diese Fragen mußte ja gerade sie beantworten.

»Ich sehe schon, worauf das hinausläuft«, sagte sie nach einer Weile. »Wir müßten unsere Ausgaben für den Rennstall, das geplante Waldhaus oder die Veränderungen im Park einschränken. Nein, mein Lieber, dazu werde ich den Grafen nie bewegen können.«

Die Nymphen blickten spöttisch auf mich herab, ich gab mich noch nicht geschlagen. »Aber es würde sich lohnen … die Zukunft des Landes …«

»Die Zukunft«, sagte sie schnell, »was wissen wir über die Zukunft. Stellt er wenigstens etwas dar, sein Doktor, daß man ihn dem Grafen vorzeigen kann?«

Das tat er nun leider wirklich nicht.

»Er stellt so wenig dar wie ich«, versuchte ich zu scherzen, doch ich merkte, wie ihr Interesse erlosch.

»Na gut, wir werden es überdenken«, sagte sie hoheitsvoll. »Wir werden sehen, was sich tun läßt.«

Es ließ sich nichts tun; meinem jungen Freund blieb nur eins übrig, sein Projekt in die Tiefen einer alten Eichentruhe zu versenken, die er von seinen Eltern geerbt hatte. Ernst-August verzichtete weder auf sein Waldhaus noch auf eines seiner Rennpferde. Von der Neugestaltung des Parks ganz zu schweigen. Und im März 1795, als der große Gondelteich hinterm Schloß vor seiner Vollendung stand, in den Bauernstuben aber wieder einmal die kärglichen Reste an Kartoffeln und Korn aufgebraucht waren, hatte er sie dann am Halse, die Revolution.

8

Am Vormittag des 22. März hatte der Bürgerrat von Birnbach getagt und festgestellt, »daß es künftigens nicht mehr so fortgehen könne mit der Willkür und Armut im Lande«. Am Nachmittag brannte ›Au soleil‹, und am Abend zogen die Bauern zu Hunderten aus allen Ecken der Grafschaft vors Schloß, um den ›Peiniger der Rechtschaffenen‹, wie sie Ernst-August nannten, zur Verantwortung zu ziehen.

Es war ein Tag voller Regen und Wind. Mit Sensen, Dreschflegeln und uralten Steinschloßflinten bewaffnet, jagten die Aufständischen die gräfliche Garde auseinander, stürmten das Zeughaus und verteilten die Waffen. Sie waren nicht zimperlich, sie hatten ihre Wut lange genug zurückdrängen müssen. Der Hauptmann der verhaßten Garde, der sich ihnen mit einigen seiner Leute entgegenstellte, wurde am Ort erschlagen, der Erste Ratgeber Hirsch, der ihnen in die Hände fiel, als er durch die Felder entwischen wollte, baumelte am erstbesten Buchenbaum. Die Komteß von Rudow kam mit dem Schrecken davon, sie hatte den Braten gerochen und war noch am Morgen über die nahe Grenze ins Sächsische geflüchtet.

Dagegen erlitt ihre Zofe, die ihr all die Jahre hindurch treulich die Stange gehalten und manchen Vorteil davon gehabt hatte, ein nicht gerade erfreuliches Geschick. Als Bauernfrau verkleidet, versuchte sie die Gemächer ihrer Herrin zu verlassen, wurde aber erkannt, nackt ausgezogen und mit Peitschenhieben zur sächsischen Grenze gejagt. Ebenso erging es dem Obersten Hofjäger des Grafen, der manchen armen Burschen wegen eines einzigen mit der Schlinge gefangenen Hasen in den Turm gebracht hatte. Lediglich Ernst-August selbst war verschwunden. Dabei schworen die vor Angst bibbernden Bediensteten, sie hätten ihn noch kurz vor dem Eintreffen der Aufständischen im Schloß gesehen.

An diesem Tag, dessen Ereignisse mich in ihrer Heftigkeit genauso überraschten wie alle, die nicht unmittelbar beteiligt waren, hatte ich meine Vorbereitungen für den großen Zeitensprung endlich abgeschlossen. Die Jahre, da ich meine Formel an Fröschen und Eintagsfliegen erprobt hatte, waren Vergangenheit; es war mir bereits gelungen, ein Kaninchen in die Zeit zu schicken, nur das Experiment mit dem Menschen fehlte noch. Natürlich dachte ich bei der Versuchsperson an niemanden anderen als an mich. Abgesehen davon, daß ich ziemlich zurückgezogen lebte und (wie erwähnt) keinen Menschen in meine Forschungen eingeweiht hatte, mußte ich das Risiko – gefährlich war dieser erste Sprung ohne Zweifel – schon selbst auf mich nehmen. Ich hatte mich deshalb gründlich auf das Kommende vorbereitet und sah meine Epoche gewissermaßen bereits als historisch für mich an. Um so mehr, als mir die vergeblichen Reformversuche solcher Männer wie des genannten jungen Agrarwissenschaftlers deutlich die Begrenztheit meiner Zeit vor Augen führten.

Doch die Bauernerhebung, die Geschehnisse, von denen ich zuletzt berichtet habe, machten mich unschlüssig. Ich sympathisierte selbstverständlich mit den Aufständischen und hätte gern unmittelbar miterlebt, wie es in Frankenfeld-Birnbach weitergehen würde. Ich überlegte, was zu tun sei. Auf die Straße traute ich mich nicht, immerhin war bekannt, daß mich die Komteß mit ihrer Huld bedacht hatte. Ein Nachbar kam zu mir, berichtete Einzelheiten und ging wieder. Es wurde dunkel, ich saß in meinem Arbeitszimmer, hörte den Lärm, der vom Schloß herüberdrang, sah den Schein der Feuer und Fackeln und wartete. Die Hand am Hebel – im übertragenen Sinne, ich konnte mich nicht überwinden abzureisen. Und im Augenblick, als ich am wenigsten wußte, wie ich mich entscheiden sollte, klopfte *er* an meine Tür.

Er, Seine Gräfliche Hoheit Ernst-August IV., persönlich – zunächst begriff ich überhaupt nicht, daß es sich bei dieser vermummten, im Gesicht mit Ruß beschmierten Gestalt um unseren ›Landesvater‹ handelte.

»Erkennt Er mich denn nicht, Nickelas? Ich bin in größter Not. Sie suchen mich überall, sie haben geschworen, mir die Schlinge um den Hals zu legen. Laß Er mich ein, Nickelas, schnell, bevor sie hier auftauchen; verberg Er mich für einige Tage.«

Meine Verblüffung war groß, meine Sympathie für den Aufstand nicht gerade dazu angetan, ihn mit offenen Armen zu empfangen.

»Zu mir kommt Ihr, Graf, ausgerechnet zu mir? Mir will es nicht scheinen, daß wir je etwas füreinander übrig gehabt hätten. Warum geht Ihr nicht zum Pfarrer?«

»Unmöglich, dort würde man mich zuerst vermuten. Außerdem kann ich nicht länger durch die Straßen laufen – sie haben überall Feuer angezündet, ein Wunder, daß ich ohne aufzufallen bis hierher gelangt bin. Nur für einige Stunden soll Er mich aufnehmen. Nickelas. Ich werd's Ihm hoch vergelten, wenn der Spuk erst einmal vorbei ist.«

Er hoffte auf seine Freunde jenseits der Grenzen, und wahrscheinlich hatte er recht. Wenn sich die Bauern nicht auch dort zum Handeln entschlossen, würde der Aufstand hier über kurz oder lang im Blut erstickt werden. Ein Grund mehr, den Grafen abzuweisen oder gar die Aufständischen herbeizurufen. Doch in diesem Augenblick begann sich in meinem Unterbewußtsein ein eigenartiger Gedanke zu formen. Mitleid war es nicht, das ihn hervorrief, eher wohl die Vorstellung, gerade einem Ernst-August beweisen zu können, wie sehr er mich unterschätzt hatte, wie klein er mir gegenüber eigentlich war. Seine erhabene Pose mußte er dann aufgeben, die Strafe wäre vielleicht härter als der sofortige Tod, würde er doch in einer anderen Welt auf keins seiner Vorrechte pochen können. Nun ja, es war ein Irrtum! Wie hätte ich auch wissen sollen, welche Möglichkeiten sich Talente wie ihm selbst in der neuen Zeit boten.

Ich ließ ihn ein, verriegelte die Tür, verschloß die Fensterläden. Er zeigte sich sehr erleichtert, von seinem Stolz war nicht allzuviel geblieben. Zwar sann er auf Rache, doch ging's ihm jetzt erst einmal ums Überleben. Er erzählte mir seine Geschichte. Daß er seine Familie mit den wertvollsten beweglichen Gütern am Morgen über die Grenze geschickt, selbst aber einige Minuten zu lange ausgeharrt hätte. Plötzlich wären alle Fluchtwege versperrt gewesen. Mit Mühe und Not hätte er durch den Keller entkommen können.

Seine Worte waren Wind für meine Ohren, sie drangen kaum in mich ein. Während er redete, setzte ich bereits meinen soeben erst gefaßten Gedanken in die Tat um. Ich führte Ernst-August ins Labor, von dem er in seiner Verstörtheit nur mit mäßigem Erstaunen Kenntnis nahm, nötigte ihn unter dem Vorwand, daß er sich erholen müsse, in einen bestimmten Sessel und erledigte die tausendmal geübten, meinem Zwecke dienenden Handgriffe. Ich hätte ihn gleich betäuben und chemisch zeitfest machen können, doch ich wollte zuerst sehen, wie er reagieren würde. Also schaltete ich die mechanischen Greifer ein. Plötzlich legten sich stählerne Fesseln um seine Arme und Beine, um den ganzen Körper, hielten ihn unbeweglich auf seinem Sitz fest.

Der Schrecken auf seinem Gesicht, das dumpfe Stöhnen, das aus seiner Brust drang, entschädigte mich für ganze Jahre der Erniedrigung. Er dachte nichts anderes, als daß ich ihn überlistet hätte, um ihn den Aufständischen auszuliefern. Nun, was das anging, so konnte ich ihn beruhigen. Ich sagte ihm, seine Befürchtungen wären grundlos. Wenn auch aus seiner Rache und der erneuten Übernahme der Herrschaft in Frankenfeld nichts würde, so dürfte er sich doch vor dem Strick sicher fühlen.

Sofern er nicht dort, wo ich ihn hinschickte, seine Fehler und Vergehen wiederholte. Er könnte sich im Gegenteil freuen und glücklich schätzen, eine Reise zu unternehmen, die vor ihm noch keinem Menschen gelungen wäre. Und ich erklärte ihm, daß er von nun an um etwa zweihundert Jahre im voraus leben dürfte.

Wahrscheinlich hielt er mich für irrsinnig und verfluchte den Augenblick, da er an meine Tür geklopft hatte. Er glaubte mir gewiß kein Wort, erwartete, daß ich ihn, besessen von meinen Ideen, mit meinen Experimenten umbringen würde. Er flehte mich an, ihn freizulassen, rief Gott um Hilfe an und drohte mir, als das alles nichts nützte, mit der Hölle, die letztlich jeden Schwarzkünstler verschlingen würde. Als ich genug von seinem Gewinsel hatte, betäubte ich ihn und machte mich dran, ihn für die Reise zu präparieren. Er sollte möglichst viel von seiner Vergangenheit vergessen und dort, wo er ankam, ohne jedes Privileg sein, angewiesen auf die Arbeit seiner Hände.

Die Reise, oder sollte man besser von einem Schritt, einem kurzen Hinüberdämmern sprechen, war ein Wagnis, doch wir bestanden es. Da mich Ernst-August hier auf keinen Fall wiedererkennen sollte, hatte ich in seinem Hirn nicht nur jede Erinnerung an mich ausgelöscht, sondern seinen Weg auch um ein geringes verkürzt. Er kam Ende der fünfziger Jahre hier an, ich Anfang der siebziger. Da wir auf dem Weg nur um etwa eine Stunde alterten, war er 1972 zweiundfünfzig, während ich neununddreißig Jahre zählte. Dabei war ich früher zwei Jahre älter gewesen als er.

9

Es wird gewiß niemanden verwundern, daß ich mich, in der Gegenwart angekommen, zunächst um anderes zu kümmern hatte als um Ernst-August IV. Ich mußte mich erst einmal zurechtfinden, das Neue auf mich wirken lassen – nicht einmal in großen Zügen hatte ich in meiner unterirdischen Abgeschlossenheit die Veränderungen zur Kenntnis nehmen können, die sich in den zwei Jahrhunderten vollzogen. Es stimmt, ich war nicht blind in die Zukunft hineingetappt, nicht mit dem Glauben jener Narren der alten Epoche, die Königtum und Feudalherrschaft für ewig hielten. Ich rechnete nicht nur mit natürlichen und technischen, sondern auch mit gesellschaftlichen Veränderungen. Dennoch war es schon rein äußerlich ein Schock. Wo waren die Wälder hin, die im Norden und Westen bis dicht an das Schloß herangereicht hatten, der Prinzessinnenhügel hinter der Stadt, der südliche Zipfel des Ortes selbst. Das Schloß stand noch, immerhin, es war sogar kürzlich renoviert worden, diente es doch als Museum und Anziehungspunkt für Touristen aus dem In- und Ausland, aber die Gegend drum herum – ein Chaos. Wo wunderbare Wälder, saftige Wiesen, Felder gewesen waren, erstreckten sich jetzt endlose flache, dreckige Gruben, an deren Rändern mit gewaltigem Getöse riesige stählerne Maschinen herumwühlten. Ich hatte mir in meiner Phantasie allerhand großartige Gerätschaften für die Zukunft vorgestellt, an die Förderbrücke eines Braunkohletagebaus hatte ich nicht denken können.

Oder die Großblockbauten im Birnbacher Neubaugebiet. Das Chemiekombinat mit seinen Hallen und Schornsteinen, die Autobahn, die an der Stadt vorbeiführte. Keine einzige Kutsche mehr auf den jetzt asphaltgedeckten Straßen, kein Reiter, kein Maulesel, dafür jedoch das Gedränge der Pkws und Lastwagen, der Motorräder und Busse und jenseits des Tagebaus die Eisenbahnlinie. Hier ist nicht der Platz, die Verblüffung wiederzugeben, die ich empfand, als ich mein erstes Flugzeug sah, mein erstes Motorboot, meine erste U-Bahn, als ich zum erstenmal ein Radio spielen hörte, eine Fernsehsendung betrachtete. Ich hatte echte Schwierigkeiten, mich mit dem gewaltigen Lärm abzufinden, den all diese Fahrzeuge und Gerätschaften erzeugten, mein Gott, war das Leben laut und trotz unleugbarer Fortschritte auf neue Art ungemütlich geworden. Als ich meinen ersten Autounfall mit ansehen mußte (ein Lkw quetschte einen winzigen Personenwagen zusammen), sehnte ich mich mit aller Kraft nach unseren friedlichen Eselskarren und Sänften zurück.

Und schließlich gab es da die inneren Veränderungen im Leben der Gesellschaft, die auf den ersten Blick nicht ganz so auffällig waren, aber um so tiefer nachwirkten. Ich hatte damit gerechnet, daß die Fürsten einige ihrer Privilegien würden hergeben müssen, aber daß sie so völlig von der Bildfläche verschwunden wären, daß es keinen privaten Großgrundbesitz mehr geben würde, keine Wälder, die nur ihnen gehörten, keine Seen, auf denen nur ihre Boote fuhren, hätte ich nun doch nicht gedacht. Ich mußte mich erst daran gewöhnen, daß die Frauen wie Männer gekleidet gingen, an der Universität studierten und in den Gaststätten Bier tranken. Daß die Arbeiter nicht den Hut vor ihrem Patron zogen, daß die Bauern den Bürgermeister mit Handschlag begrüßten und an vieles andere mehr.

Kurz, es war eine enorme Umstellung für mich, und sie verlangte mir einiges Stehvermögen ab. Ich konnte ja nicht nur zuschauen und mich wundern, ich mußte handeln, mir eine völlig neue Existenz schaffen. Nahrung, Wohnung, Papiere, Kleidung: Ich hatte unmöglich voraussehen können, welche Schwierigkeiten es machen würde, ein paar Goldmünzen umzutauschen, ein bescheidenes Zimmer zu mieten, passende Möbel zu kaufen, mir einen Paß ausstellen zu lassen!

Irgendwie schaffte ich es; mein Erfindergeist, meine Kenntnisse im Optikerberuf halfen mir weiter, so daß ich den Kopf wieder für anderes freibekam. Da begann ich mich auch erneut für Ernst-August zu interessieren und nach ihm zu forschen. Nun, ich brauchte mich nicht lange umzuschauen. Ich begegnete ihm schon nach wenigen Wochen auf einer Parkbank. Er lachte mir von der ersten Seite der lokalen Tageszeitung entgegen.

Ich erkannte ihn sofort, wenn er auch älter geworden war. Er war in voller Größe aufgenommen, in seinem Arbeitszimmer, zwischen Möbeln, deren geschwungene Formen, deren Verzierungen und Beschläge antike Eleganz verrieten. Seine Hand streichelte eine bauchige Vase, um seine Lippen spielte ein siegessicheres Lächeln. »E.-A. Frankenfeld«, stand unter dem Foto, »erst vor einem guten Jahrzehnt in unsere Stadt gekommen, ist heute Direktor des Antiqui-Werks, eines der erfolgreichsten Exportbetriebe unserer Stadt.«

Ich legte die Zeitung aus der Hand, meine Verblüffung war riesengroß. Direktor eines Betriebes (unter Antiqui konnte ich mir zunächst nichts vorstellen), wie hatte er das geschafft? Hut ab, dachte ich, bei allem, was dieser Mann in der Vergangenheit an Schuld auf sich geladen hat, Hut ab vor seiner Leistung. Schließlich hatte er nie etwas Richtiges gelernt, konnte nichts als ein wenig reiten und schießen, brachte also nach meiner Meinung keinerlei Voraussetzungen für diese Auferstehung mit. Doch zugleich stutzte ich, begann zu grübeln. Ich wußte noch wenig über die neue Zeit, dennoch, war es nicht vielleicht möglich, daß die äußere Erscheinung meines Mannes, sein sicheres Auftreten, die Rücksichtslosigkeit, mit der er immer vorgegangen war, ihm auch zu seiner jetzigen Stellung verholfen hatten?

Eins hatte er ja stets verstanden: die Leute anzustellen und für sich arbeiten zu lassen. E.-A. Frankenfeld! Ich mußte mir unbedingt Gewißheit verschaffen, wie er auf seinen jetzigen Posten gelangt war.

10

Die Bauernrevolte von Birnbach, erst in den letzten Jahren von den verdienstvollen Forschern D. und G. Bräken der Vergessenheit entrissen, endete, wie es Ernst-August in meinem Labor vorausgesehen hatte, mit der grausamen Niederschlagung durch kurfürstliche und sächsische Truppen. In diesem Punkt waren sie sich einig, die Rivalen, sie setzten den schwächlichen jüngeren Bruder des Grafen auf den Thron und hatten das Land nun völlig und endgültig in ihrer Hand. Die gräfliche Familie bekam ihre Güter zurück, die Komteß von Rudow allerdings verlor ihren Grundbesitz, sie wurde lediglich mit einer größeren Summe Frankenfeldscher Taler abgefunden. Sie heiratete und adelte damit einen hessischen Bankier. Später soll sie mit den Napoleonischen Truppen kollaboriert und nach der

Rußlandschlappe Bonapartes in ein Kloster gegangen sein. Eine Überlieferung, die mir freilich nur zum Teil glaubwürdig erscheint. Ich kannte die Rudow! Für ein Kloster war sie bestimmt am allerwenigsten geschaffen.

Ernst-August IV., so heißt es, sei in den Wirren der Revolution verschollen, möglicherweise sei er mit jenem vorgeblichen Mönch identisch, den die Aufständischen am Abend des 22. März kurz vor der Grenze unter dem Verdacht ergriffen und aufgeknüpft hätten, ein bekannter Wucherer zu sein. Nun, ich weiß es besser, doch ich hüte mich wohl, das auszuplaudern. Niemand würde mir glauben. Zweihundert Jahre haben noch nicht ausgereicht, die Menschen auf den Stand meines einmaligen Experiments zu bringen. Manchmal bin ich nahe daran, die Experten von damals mit den heutigen Spezialisten in einen Topf zu werfen. Vor allem Leute wie die Doktoren Grebusch und Renk nerven mich, die in ihrer Gescheitheit ständig die Namen der großen Weltenveränderer Marx, Engels und Lenin auf den Lippen haben, selbst aber eifersüchtig darüber wachen, daß in ihren sogenannten Forschungsabteilungen auch nicht die winzigste Veränderung vor sich geht. Wo ist da der Unterschied zu dem Quacksalber Rebus oder dem Astrologen Kern, die vorgeblich im Namen von Kopernikus und Paracelsus handelten, in der Wissenschaft jedoch stets alles beim alten belassen wollten. Zum Glück ist heutzutage der Grundsatz vom ständigen Fließen und Sich-Verändern eine anerkannte Tatsache. Dagegen werden weder Renk noch Grebusch, noch E.-A. Frankenfeld auf die Dauer ankommen.

Der Betrieb, den E.-A. seit sechs Jahren leitete, war durch den Zusammenschluß einiger andenkenproduzierender Werkstätten entstanden und hatte sich zu einer wahren Antiquitätenfabrik entwickelt. »Des Chefs Verdienst«, sagte mir Manja Klotz einmal, als ich bereits die Stelle im Konstruktionsbüro angenommen und wegen unserer venezianischen Spiegel mit ihr zu tun hatte. »Der Chef schwamm schon zuzeiten auf der Nostalgiewelle, als die Petroleumlampen und Porzellannippes noch auf den Dachböden verkamen oder im Müll landeten. Damals schworen die Kunstgewerbler ausschließlich auf moderne

Form- und Farbgebung. Aber er hat jeden Widerstand gegen eine Erweiterung der Produktion im Kreis niedergerungen. Die Entwicklung hat ihm recht gegeben.«

Nun, es mag stimmen. Einen Riecher für bestimmte Entwicklungen, wenn es nicht demokratische oder revolutionäre Entwicklungen betraf, hatte E.-A. schon immer. Und Leute ›niederzuringen‹, die sich ihm in den Weg stellten, das verstand er früher auch. Alles in allem will ich ihm gewisse Verdienste gar nicht absprechen. Will ihm nicht ankreiden, daß er für seine neue Karriere ausnutzte, was ihm an Erinnerungen aus seiner Vergangenheit blieb. Und nicht, daß ihm die Umstände entgegenkamen: Erfolgsmeldungen konnte man im Kreis immer gebrauchen, besonders in jenen Jahren, da die Kleinbirnbacher LPG auf beiden Beinen hinkte und das Chemiewerk nicht aus den roten Zahlen fand. Ankreiden muß ich ihm jedoch den Lebens- und Herrschaftsstil, den er nach feudalem Vorbild erneut pflegte. Daß er sich mit Figuren umgab, die mit seiner Zunge redeten. Daß er sich in der Presse, in Betriebs- und Gewerkschaftsversammlungen loben und schmeicheln ließ wie der Fürst von seinem Hofstaat. Daß er Kritik an seiner Person nur dem Schein nach duldete, in Wirklichkeit aber die eigene Meinung für unumstößlich hielt. Und daß er infolgedessen eigenmächtige Entscheidungen traf, die, auf die Dauer gesehen, das Betriebsklima zerstörten und mehr Schaden als Nutzen brachten.

Man merkte das nicht gleich, wenn man in den VEB Antiqui kam. Am Fabriktor prangte die richtige Losung, in den Büros und Werkhallen lief die Arbeit scheinbar auf Hochtouren. Daß die Tischler die eine Woche nicht in die Betten kamen, weil der Chef großspurig einen Exportauftrag übernommen hatte, der nicht zu erfüllen war, daß die Kunstschlosser in der anderen Woche Däumchen drehten, weil er aus dem gleichen Grunde statt des notwendigen Bandstahls Edelhölzer bestellt hatte, sah man erst, wenn man länger dabei war. Weitere Beispiele habe ich schon angeführt. Es bleibt dabei, E.-A. gehört nicht auf diesen Posten.

11

Ich habe von Frankenfelds Hofstaat gesprochen, von Manja Klotz, seiner Geliebten, die bei allen Empfängen, Pressekonferenzen oder Betriebsfeierlichkeiten das große Wort führt, von Benjamin, dem servilen Gewerkschaftsonkel, von Birke, E.-A.s durchtriebenem ›Ersten Ratgeber‹, ich könnte noch seine Sekretärin Bondasch nennen, eine echte Hofdame, die es versteht, die Leute auf einmalig arrogante Art abzuwimmeln, wenn sie mit einem wichtigen Anliegen zum Chef kommen, seine Günstlinge Brenden und Rasch, die niemals Abteilungsleiter in ihren Bereichen geworden wären, würden sie nicht auf alle seine Vorschläge und Wünsche mit eifrigster Zustimmung reagieren. Ich habe die Namen Grebusch und Kern genannt, ich vervollständige die Aufstellung nicht, ich führe nur noch ein letztes Beispiel dafür an, daß ich es einfach als meine Pflicht betrachte, E.-A.s doppeltes Spiel zu durchkreuzen. Wir leben in einer Gesellschaft, zu deren Prinzipien ich mich nach all dem Häßlichen und Erniedrigenden, dem ich in der Vergangenheit begegnet bin, bekenne. Doppelzüngigkeit, Karrierismus, aristokratisches Diktatorentum haben darin keinen Platz.

Es handelt sich um eine sehr persönliche Angelegenheit, die gerade darum größtes Gewicht für mich hat. Den Namen erwähnte ich schon ein paarmal: Regina Flenz; dieses Mädchen steht mir näher als sonst jemand auf der Welt. Doch um mich verständlich zu machen, muß ich etwas weiter ausholen. Ich habe in meinen Aufzeichnungen einen Punkt bisher kaum berührt – mein Verhältnis zu Frauen. Aus gutem Grund: Ich ging lange Zeit völlig in der Wissenschaft auf und war – gewiß wegen meines früher erwähnten, nicht eben stattlichen Aussehens – dem anderen Geschlecht gegenüber schüchtern, ja gehemmt. Meine Jugendliebe, die Tochter eines Kammerdieners, ein hübsches, aber flatterhaftes Wesen, hatte mich abgewiesen und verlacht. Noch heute habe ich ihre spöttischen Worte in den Ohren, mit denen sie meinen aus tiefstem Herzen kommenden Heiratsantrag ablehnte. »Er, Nickelas, ausgerechnet Er will mich ehelichen, wo Er auf keinen grünen Zweig kommt, weil Er den ganzen Tag in seinem Keller herumwühlt und dabei, verzeih Er mir, fast selber wie ein Kellergeist aussieht.« Sie hatte sich einen Medizinstudenten in den Kopf gesetzt, die Schöne, und ich konnte mir gut vorstellen, wie die beiden ihre Witze über mich rissen.

So wagte ich über viele Jahre hinweg kaum noch, die Augen zu einer Frau aufzuschlagen. Später fand ich eine mir verwandte Seele in Kathrin, der Küsterstochter, von der ich an anderer Stelle erzählt habe; aber meine erzwungene Flucht ins Ausland setzte unserer eben erst erwachten Zuneigung ein Ende. Kathrin mußte bei ihrem erkrankten Vater bleiben, und die Umstände taten das übrige. Unsere Verbindung riß ab. Auch diese unerfüllte Hoffnung meines Lebens geht zu Lasten Ernst-Augusts.

Danach fügte ich mich in meine Rolle als Junggeselle, war auch bis zu meiner Übersiedlung in die Neuzeit ganz von meinen Forschungen ausgefüllt. Nie hätte ich gedacht, daß sich mir, einem Mann, der inzwischen die Vierzig erreicht hatte, nochmals die Liebe mit ihrer ganzen Leidenschaft offenbaren würde. Aber was die Abgeschiedenheit meines früheren Daseins, möglicherweise auch Vorurteile, die sich bei mir im Verlauf der Jahre herausbildeten, verhindert hatten, machte die neue Zeit, die mir in ihrer moralischen Unbekümmertheit zunächst recht bedenklich erschien, unvermutet wahr. Bei einem Betriebsfest von Antiqui, zu dem ich mich eigentlich nur verirrt hatte, weil ich E.-A. einmal in mehr privater Atmosphäre beobachten wollte, kam ich mit einer jungen Frau ins Gespräch, die mir bis dahin kaum aufgefallen war. Vielleicht war es ihr Interesse für utopisch-phantastische Schriften, das den ersten Funken überspringen ließ, vielleicht bewirkten der Wein und die gelockerte Stimmung, daß wir so schnell miteinander warm wurden. Regina arbeitet im ökonomischen Bereich, unter der Regie von Birke, ist achtundzwanzig Jahre alt und geschieden (nach allem, was sie erzählt, war ihr Mann ein sehr unpoetischer und humorloser Mensch). Sie ist von einer unauffälligen herben Schönheit. Klein, ein wenig drall, mit einem beinahe kantigen, aber ausdrucksvollen Gesicht. Viele Männer finden nichts an ihr, doch ich, wenn sie auf hochhackigen Schuhen über den Flur klappert oder sich im leichten Sommerkleid, die festen Brüste straff eingehalftert, zu mir über den Schreibtisch beugt, könnte meine Zeichnungen, meine Experimente vergessen und laut das Lob ihres Körpers singen. Und das ihres Charakters, denn ihn beweist sie täglich. Im Gegensatz zu ihrem Abteilungsleiter und manch anderem im Betrieb macht sie die krummen Touren E.-A.s nicht mit.

Sie ist von fröhlicher Geradheit; an jenem ersten Abend nahm sie mich ohne großes Drumherumreden mit in ihre Wohnung und stieß sich nicht daran, daß ich in Liebesdingen (ich will es ehrlich zugeben) unerfahren war. Es ging schon auf Mitternacht, ich in meiner Verlegenheit klebte auf ihrem Sofa fest und redete, redete, sie aber begann sich plötzlich einfach auszuziehen. Stück um Stück, die Bluse, den Rock, das Hemd. Bis ich diesen Vorgang zur Kenntnis nehmen mußte. »Genug der Kopfarbeit«, sagte sie, »wir haben ein Recht auf Entspannung.«

Dieses Recht nahm sie in den folgenden Stunden voll in Anspruch. Und überzeugte mich, das gleiche zu tun. Erst trieben wir unsere gegenseitigen Erkundungen auf dem erwähnten, ein wenig unbequemen Sofa voran, dann wechselten wir in ihr frisch bezogenes Bett über, das durch ihre Phantasie zur prächtigen Spielwiese wurde. Zum Feld vergnügter Hin- und Hergabe. Wir liebten uns, ich vergaß die Zukunft und die Vergangenheit. So glücklich-verwirrt wie in dieser Nacht war ich noch nie gewesen. So beschwingt wie am nächsten Morgen hatte ich noch nie gefrühstückt.

Das Glück ist geblieben. Drei Jahre kennen wir uns inzwischen, und ich darf wohl behaupten, daß wir uns prächtig ergänzen, einander nicht mehr missen mögen. Regina ist ein wertvoller Mensch, das sage nicht nur ich, der sie liebt, das erklären auch ihre Kollegen, die sie nun schon zum zweitenmal hintereinander mit großer Stimmenmehrheit in die BGL gewählt haben. Sie ist bescheiden, hilft aus, wenn irgendwo Not am Mann ist, und hört hin, wenn jemand eine andere Meinung hat als sie. Sie überlegt genau, bevor sie eine Entscheidung trifft, und lehnt Vorschläge ihrer Vorgesetzten auch mal ab. Und wie eigentlich nicht anders zu erwarten, hat sie seit einiger Zeit gerade deshalb Schwierigkeiten. Die ihre Fröhlichkeit mehr und mehr zunichte machen. Nein, ich sehe mir das nicht länger mit an.

Es begann mit dem Streit um jene zweite Neugestaltung der Direktionsräume, die ich im Zusammenhang mit der Rolle Birkes erwähnte. Ein Jahr zuvor erst waren moderne Möbel angeschafft, der Fußboden frisch ausgelegt, die Wände auf antik tapeziert worden. Doch jetzt genügte das nicht mehr, angeblich hatten sich französische Gäste, Kunden der Firma, über die lieblose Zusammenstellung der Farben, das ungeschickte Arrangement mokiert. Nun sollte eine Wand versetzt werden, es sollten nochmals andere Tapeten her, andere Lampen, das Mobiliar sollte erneut ausgetauscht werden. »Eleganz und Würde, liebe Kollegen«, sagte E.-A., »das müssen wir uns was kosten lassen, schließlich ist es unser aller Betrieb, wir sind doch wohl hoffentlich einer Meinung.«

Die lieben Kollegen, wenigstens der größte Teil von ihnen, waren es nicht; sie hatten dieselben Argumente schon ein Jahr früher gehört. Das hätte er sich beim erstenmal überlegen sollen, murrten sie, soll er's jetzt aus der eigenen Tasche bezahlen. Vor allem die Kunsttischler und die Lackierer, die in häßlichen, verwinkelten Räumen arbeiteten und mit veralteten Ausrüstungen auskommen mußten, dachten so. Sie gingen zur Gewerkschaftsleitung und brachten ihren Protest vor. Aber Birke im Verein mit Benjamin beschwichtigte sie. Zumal gerade die Zeit der Bierseidel kam und die Möbelproduktion ohnehin eingeschränkt wurde.

Lediglich Regina, die einen Einblick in die Finanzplanung hatte, gab sich nicht zufrieden. Sie schenkte Birkes Behauptung, Mittel für den Ausbau der Tischlerei würden im ersten Quartal des folgenden Jahres zur Verfügung gestellt, zu Recht keinen Glauben. Sie ging zu E.-A. und versuchte ihm klarzumachen, daß das vorhandene Geld für die Werkstatt gebraucht würde. Für ein paar Jahre wenigstens müsse er sich mit der jetzigen Ausstattung seiner Räume begnügen – eine Umgruppierung der Möbel würde bestimmt eine gute Ersatzlösung schaffen.

Natürlich holte sie sich eine Abfuhr. Aber sie gab nicht auf, brachte in einer Abteilungssitzung das Problem erneut zur Sprache und wurde nun vom Betriebsleiter als Querulantin abgestempelt. Um so mehr, als sie die Hektik bei der Bierkrugproduktion kritisierte und die von mir früher erwähnte satirische Wandzeitungsmalerei des Zeichners Benndorf verteidigte. Zunächst sprach E.-A., dem ihre Funktion in der Gewerkschaftsleitung nicht paßte, von den neuen Besen, die glauben, unbedingt gut kehren zu müssen, dann warf er ihr mangelnde Übersicht in den perspektivischen Belangen des Betriebes vor. Als das nichts half, tat er so, als negierte er sie und ihre Ansichten, ließ sie aber durch Birke derart mit Arbeit eindecken, daß sie nicht mehr dazu kam, den Kopf von ihren Zahlen zu heben. Noch übler – sie konnte nicht alles bewältigen und beging einige Fehler, die ihr normalerweise nicht unterlaufen wären. Plötzlich wurden Lücken in ihrer Ausbildung festgestellt sowie eine ungenügende Arbeitsmoral. Sie durchschaute das Manöver, wehrte sich, saß aber alles in allem am kürzeren Hebel.

Und genauso ist die Situation heute noch. Zwar könnte Regina den Betrieb wechseln – sie würde ohne weiteres eine neue Stelle finden –, doch gerade das will sie nicht. Das hieße für sie klein beigeben. So bemüht sie sich, die übermäßigen Anforderungen zu erfüllen und sich dennoch nicht zu beugen. Aber ich sehe die hektischen Flecken auf ihren Wangen, stelle fest, wie ihr Blutdruck steigt, ihre gute Laune zum Teufel geht, wie sie sich quält und kaputtmacht, und ich will und werde das nicht zulassen.

Ich habe Ernst-August in die Gegenwart geholt, ich wollte ihm helfen, jetzt werde ich E.-A. in die Vergangenheit zurückschicken. Seit ich hier bin, arbeite ich daran, den Sprung ins Gestern möglich zu machen. Es ist eine komplizierte Aufgabe, schwieriger noch als die Reise in die Zukunft, muß ich noch den Faktor der Dauer ins Negative verkehren, aber ich nähere mich dem Ziel mit Riesenschritten. Noch ein paar Tage, noch eine

Woche, und ich habe erreicht, was ich anstrebte. E.-A. hatte seine Chance, er hat sie nicht genutzt, er hat den Fehler von vorgestern wiederholt und ins Heute hineingetragen. Daß ihm dabei bestimmte Schwächen der neuen Zeit zugute gekommen sind, kann keinesfalls als Entschuldigung genügen. Mag er also büßen, mag er das Schicksal erleiden, das ihm ursprünglich zugedacht war.

Nachsatz

Götz Niklas, Konstrukteur im VEB Antiqui, von dem der oben abgedruckte, dem phantasiefremden Leser gewiß sonderbar und unwahrscheinlich anmutende Bericht stammt, wurde am 1. Oktober 1977 tot im Keller seines Hauses aufgefunden, den er in ein großes Labor verwandelt hatte. Es scheint, daß er bei chemischen oder physikalischen Experimenten zu Tode kam, über deren Charakter ich mir nur aufgrund der genannten Aufzeichnungen ein (freilich höchst unfertiges) Urteil bilden kann. »Ein tragischer Unfall«, hieß es in der Presse, »ein Amateur-Chemiker mußte seine leichtsinnige Spielerei mit dem Leben bezahlen.« Nun, die Zeitung mag schreiben, was sie will, ich weiß es besser. Niklas war alles andere als ein leichtsinniger Mensch, auch wenn er das Risiko, das er vielleicht wegen eines neuen Zeitabenteuers einging, in diesem Fall unterschätzt haben mag.

Den Bericht des Konstrukteurs bekam ich übrigens vor einigen Wochen von Frau Regina F. zugeschickt, zur Zeit Ökonomische Leiterin im VEB Antiqui, mit der ich flüchtig bekannt bin. Sie konnte mir die Angaben ihres Freundes über seine Vergangenheit natürlich nicht bestätigen (er hatte sie nie in diese speziellen Probleme eingeweiht), unterstrich aber jedes Wort, das er über den ehemaligen Betriebsleiter geschrieben hat. Einige Monate bevor der Konstrukteur verunglückte, war E.-A. Frankenfeld tatsächlich auf geheimnisvolle Weise aus dem Betrieb und der Stadt verschwunden. Ein Rätsel, das von der Polizei nicht aufgehellt werden konnte. Die Ermittlungen laufen noch, scheinen aber ohne jede Aussicht auf Erfolg.

Mit dem Herrn stürzte in diesem Fall das System; unter dem neuen Betriebsleiter wurden die Mängel des Ökonomischen Direktors Birke offenbar: Er soll jetzt irgendwo beim Antiquitätenhandel beschäftigt sein. Auch Dr. Grebusch arbeitet nicht mehr im VEB Antiqui, ebensowenig wie der Ingenieur Renk, es ist ein Prozeß, der wohl noch so manchen die Treppe hinunterfallen lassen wird. Ein wenig tragisch erscheint nur das Schicksal von Manja Klotz, die seit dem Verschwinden des alten Betriebsleiters mit einem Nervenzusammenbruch in der Klinik liegt, sich von dem Schock einfach nicht erholen kann. »Ich verstehe das nicht«, klagt sie jedem, der sie besucht, »ich verstehe das nicht.« Aber wer soll ihr da schon helfen. Geschichten wie diese passieren ja wirklich nicht alle Tage.

HERBERT ROSENDORFER
Briefe in die chinesische Vergangenheit

*Der nachfolgende Text stellt Passagen aus Herbert Rosendor-
fers Roman »Briefe in die chinesische Vergangenheit« vor, der
1983 in der Nymphenburger Verlagshandlung erschien. Leider
können wir hier aus Platzgründen nur einige Auszüge vorstellen, aber uns erscheint Rosendorfers Werk so wichtig, daß wir
es Ihnen wenigstens in dieser verkürzten Form nahebringen
wollen. Wir sind sicher, daß nach der Lektüre mancher geneigte Leser Lust auf den gesamten Roman haben wird.*

*Kurz zum Inhalt: Der ehrenwerte Kao-tai, Mandarin der
vierthöchsten Rangklasse und Präfekt der kaiserlichen Dichtergilde ›Neunundzwanzig moosbewachsene Felswände‹, reist
mittels eines mathematischen Zeitsprungs aus dem China des
10. Jahrhunderts in das München des 20. Jahrhunderts. Die Welt
der Zukunft ist rätselhaft und verwirrend, doch mit Hilfe einiger
neugewonnener Freunde – des freundlichen Herrn Shi-shmi,
der attraktiven Dame Kei-kung und des trinkfreudigen Forst-
beamten Yü-len-tzu – findet er sich einigermaßen zurecht.
Seine Beobachtungen schreibt er auf Zeitreisepapier nieder,
das er an seinen Freund Dji-gu in die chinesische Vergangenheit schickt.*

*Erleben Sie nun, wie unsere Welt unter den klugen Blicken
eines fernöstlichen Weisen aussieht.*

Kao-tai über seinen ersten Tag in der Welt der Zukunft

Die Straße, die ich überqueren wollte, ist eine Allee. Links und
rechts des Pflasters zieht sich ein kümmerlicher, lieblos gehaltener Rasenstreifen hin. Die Steine sind ebenfalls sehr nachlässig

in die Straße eingelassen, die dadurch ziemlich holprig ist. Wäre der Erhabene Sohn des Himmels nur ein einziges Mal über diese Straße gefahren, er hätte den Obersten Straßenbau-Mandarin unverzüglich köpfen lassen. In den Rasenstreifen wachsen unschöne, ungepflegte Bäume.

Nichtsahnend schickte ich mich an, diese Allee zu überqueren, als sich ein unvorstellbares Heulen, Knirschen und Rattern näherte, für das in unserer Welt jeder Vergleich fehlt. Gleichzeitig raste mit der Geschwindigkeit eines Blitzes ein großes Tier – oder ein feuriger Dämon, schoß es mir durch den Sinn – auf mich zu, ja: schneller als der Blitz, so ungeheuer schnell, daß ich das Tier oder Ding gar nicht sehen konnte. Inzwischen weiß ich ungefähr, was für Dinge das sind – es sind keine Dämonen, jedoch mindestens so gefährlich wie für abergläubische Leute Dämonen –, aber damals war ich natürlich noch völlig unvorbereitet. Ich hatte die Straße schon zur Hälfte überquert, als mich – so meinte ich – das schnaubende Tier erblickte. Alles spielte sich in Bruchteilen von Augenblicken ab. Ich erkannte, daß der Dämon es nicht auf mich abgesehen hatte. Er gab vielmehr einen – wenn möglich – noch gräßlicheren Heulton von sich und versuchte auszuweichen. Auch ich wollte ausweichen und sprang mit ein paar Sätzen zur Brücke zurück. Wie ein in höchster Wut rasendes Wildschwein aber konnte das Tier (größer als zehn Wildschweine) seine Richtung nicht so schnell ändern. Noch immer heulend, dann einen Knall ausstoßend, den man nur erzeugen könnte, wenn man das gesamte kaiserliche Feuerwerksmagazin für das Neujahrsfest auf einmal anzündete, sprang der Dämon, schien es mir, auf einen Baum hinauf. Ich stürzte zu Boden und verlor die Besinnung.

Als ich wieder erwachte, hatte sich eine noch größere Menge von Großnasen, von denen wieder einer aussah wie der andere, versammelt. Mich hatte man zwar auf eine Holzbank gelegt, die zwischen den Bäumen stand, kümmerten sich aber fast nicht um mich. Alles stand um den Baum herum, auf den der schnelle Dämon ›Zehn Wildschweine‹ hinaufgeklettert war. Nein: er war nicht hinaufgeklettert, sah ich, als ich mich ein wenig erhob, er hatte sich am Stamm festgebissen. Heute weiß ich: es war gar kein Dämon und auch kein drachengroßes Wildschwein. Es war ein Wagen aus Eisen. Herrn Shi-shmis Haus ist in der Nähe jener Brücke, und ich bin seitdem mehrmals an der Stelle vorbeigekommen. Der Baum, fürchte ich, wird eingehen.

Solche Wägen aus Eisen mit vier Rädern, die ganz ohne Pferde fahren und viel, viel schneller laufen als jemals ein Pferd, gibt es hier in überaus gefährlichen Mengen. In jedem Wagen sitzt in der Regel einer von den Großnasen, der an einem weiteren Rad im Inneren des Wagens dreht und damit recht und schlecht den Wagen lenkt. Sie fahren so schnell, daß sie, ehe Du Dichs versiehst, links verschwunden sind noch ehe sie rechts auftauchen. Auf all den Steinstraßen hier kann kein Mensch gehen, so zahlreich sind diese Eisen-Wägen. Sie rasen kreuz und quer durcheinander, und ich frage mich, wie sie das machen, daß sie nicht dauernd zusammenstoßen. Wahrscheinlich haben sie ein Mittel, das sie voneinander wegmagnetisiert. Sperlinge fliegen ja auch in verwirrenden Scharen durcheinander um die Bäume, und noch nie habe ich gesehen, daß zwei Sperlinge mit den Köpfen aneinandergestoßen wären. So ähnlich stelle ich mir das mit den Eisen-Wägen vor. Aber auch das werde ich zu erkunden versuchen. Sie nennen die Eisen-Wägen übrigens: A-tao. Das ist eines der ersten Wörter der Lärm-Sprache, die ich gelernt habe.

Selbst wenn aber keines dieser A-tao in Sicht ist, wagt niemand, die Straßen zu betreten. Diese Teufelsdinger sind so schnell da, daß auch dem Behendesten keine Zeit bleibt, auf die Seite zu springen. Man hat deshalb auf beiden Seiten der Straßen etwas erhöhte eigene kleine Straßen angebracht, auf denen man einigermaßen sicher gehen kann. Auf diesen kleinen Geh-Straßen drängen sich dann auch die Leute und machen Lärm. Die Geh-Straßen sind im Gegensatz zu den Eisen-Wägen-Straßen sehr schmal. Ich schließe daraus, daß die Leute, die in den A-tao sitzen, die Stadt und wohl das ganze Land regieren, und daß die Menschen, die gehen, nichts zu sagen haben.

Aber zurück zur Reihenfolge der damaligen Ereignisse am ersten Tag: – richtete mich auf. Als ich den Sachverhalt mit dem am Baum festgebissenen A-tao erkannt hatte, gewahrte ich einen Anzahl von anderen solchen A-tao-Wägen, die am Rand der Straße festgemacht waren. Ich wollte aufstehen und weggehen, denn ich erkannte sogleich, daß man womöglich mir Auffallendem, wenngleich Harmlosem, die Schuld daran zuschieben könnte, daß jener Eisen-Wagen – der nun dumm dastand und qualmte – mittels des Baumes seine Fahrt beendet und den Baum womöglich beschädigt hatte. Aber zwei Riesen in grünen, gleichartigen Kleidern, an die eine übermäßige Anzahl von silbernen Knöpfen genäht war, hatten mich, wie ich erkennen mußte, beobachtet und hielten mich sogleich fest. Ohne Zweifel handelte es sich um kaiserliche Schergen. Der Ton, in dem sie mit mir brüllten – ich verstand natürlich kein Wort –, war mir sogleich geläufig. Es war dies die erste Ähnlichkeit mit der mir vertrauten Welt, und es heimelte mich fast an, so unangenehm der Griff auch war, mit dem sie mich anfaßten.

Ich sagte zu den Schergen: »Ehrwürdige, überaus alte kaiserliche Schergen! Ich bin der nichtswürdige, ungewaschene, wenngleich harmlose Mandarin Kao-tai, Kuan der vierthöchsten Rangstufe, Ehemann zweier Nichten der erhabenen, alles überstrahlenden Majestät, der unlängst leider verblichenen Chiang-fu, vierter Lieblingsfrau des überaus glücklichen Herrschers, Sohn des Himmels, sowie Präfekt der Dichtergilde ›Neunundzwanzig moosbewachsene Felswände‹. Habe die von mir unverdiente Freundlichkeit sowie Gnade, mich unverzüglich loszulassen, andernfalls es sein könnte, daß der Freund meiner unsagbar unwerten Person, der höchst angesehene Polizei-Mandarin, dessen Vetter zu sein ich die, mir in meiner moralischen Befleckheit selber unerklärliche, Ehre habe, der überaus mächtige Kwan Fa-kung, Euer sonnenstrahlengleicher Vorgesetzter, Euch leider recht ernst zu nehmende Schwierigkeiten machen könnte, die Eure nahezu unvergleichlich schönen, mit einer dem kaiserlichen Staatswald im Vorfrühling in Farbe ähnlichen Dienstmützen bekleideten Köpfe unter Umständen nicht überleben könnten.« In meiner Verwirrung hatte ich vergessen – so geht es mit der Gewohnheit, die oft die Oberhand behält, wenn die Gedanken aussetzen –, daß mein Vetter Fa-kung ›hier‹ schon seit fast tausend Jahren tot ist und längst ein anderer Mandarin über die Schergen gebietet, ein Mandarin, dem vielleicht der Name Fa-kung nichts mehr sagt.

Aber die Schergen verstanden mich natürlich ohnehin nicht. Der eine brüllte dann noch etwas – ich schüttelte immerzu den Kopf, bis sie begriffen, daß eine Unterhaltung zwischen uns nicht möglich war.

Die grünen Schergen redeten eine Zeitlang miteinander. Ich glaube mich nicht zu irren, wenn ich in ihren ziemlich flachen nichtssagenden Mienen Ratlosigkeit zu erblicken meinte. Sie führten mich dann recht unsanft zu einem A-tao-Wagen, der dort in der Nähe stand. Es mag sein, daß sie mich unabsichtlich unsanft führten, denn die Riesen-Schergen konnten es vielleicht gar nicht anders. Sie hatten Hände groß wie Palmwedel und ungelenk wie Kistenbretter. Sie schoben mich in den Eisen-A-tao. Ich hatte schreckliche Angst. Meine Reisetasche preßte ich an mich.

Im A-tao-Wagen der Schergen, offenbar ein Dienstfahrzeug, war es fürchterlich eng, eng wie in einer primitiven Sänfte. Aber immerhin war eine gut gepolsterte Bank vorhanden. Einer der grünen Schergen setzte sich neben mich, der andere verfügte sich weiter vorn hin, dort, wo das innere Rad war. Es stank schrecklich in dem Wagen, und als er mit unnennbarem Tosen und Rattern zu fahren begann, verlor ich wieder das Bewußtsein. Ich bin seitdem schon ein paar Mal mit solchen A-tao gefahren. Man gewöhnt sich an alles. Die ungeheure Schnelligkeit macht mich zwar nicht mehr bewußtlos, aber mit geöffneten Augen kann ich immer noch nicht fahren. Wenn die Häuser und Bäume draußen mit im wahrsten Sinn des Wortes unmenschlicher Geschwindigkeit vorbeisausen, ist es, als raffelte eine große Feile an meinem Vermögen, Eindrücke aufzunehmen. Ich halte es nicht für ausgeschlossen, daß den ›hiesigen‹ Leuten diese große Feile der Schnelligkeit alle ihre feineren Empfindungen weggeschliffen hat. Vielleicht sind sie deshalb so ungeschlacht.

Die beiden Schergen brachten mich in ein sehr großes, sehr dunkles Haus. Dort waren viele andere Schergen. Es gibt, scheint es, einige Dinge auf der Welt, die die Jahrtausende überdauern. Ich habe einmal, ich war damals in meinem zweiunddreißigsten Jahr und erst Kuan der Rangstufe A 7, als Angehöriger einer Hofkommission die Gefängnisse der Hafenstadt Hai-chou inspiziert. Das Charakteristische an den Gefängnissen erschien mir ein gewisser ranziger Geruch. Diesen Geruch stellte ich in dem Gebäude, in das ich gebracht wurde, wieder fest und erkannte es somit als Gefängnis. Gewisse Eigenschaften gewisser Dinge überdauern also die Jahrtausende. Es sind dies offenbar weder die besten Eigenschaften noch die besten Dinge.

In dem Gefängnis, das offenbar gleichzeitig die Befehlszentrale der Schergen ist, wurde ich einem Ober-Schergen vorgeführt. Vorher hatte mir ein Scherge meine Reisetasche weggenommen und sie durchsucht. Als ich durch die langen, finsteren, ranzig riechenden Gänge geführt wurde, trug ein Scherge meine Reisetasche; gewiß nicht aus Höflichkeit.

Dem Ober-Schergen gegenüber machte ich gar nicht mehr den Versuch einer Anrede. Ich schwieg und verbeugte mich nur immer ein wenig, wenn er etwas sagte. Er aber redete mich in der sehr lauten, harten und unmelodiösen Sprache unserer unglückseligen Nachkommen an. Auch auf seinem Gesicht machte sich Ratlosigkeit bemerkbar. Ich mußte mich auf eine schmutzige Holzbank setzen. Die Reisetasche stellte man – als offenbar ungefährlich – neben mich hin. Unzählige Schergen kamen, scheinbar beiläufig, in den Raum, um mich anzustarren. Ich mußte, trotz meiner gedemütigten Lage, lachen. Peinlich war es mir aber doch.

Inzwischen war es Abend geworden. Man sperrte mich – ja, lieber, treuer Dji-gu –, man sperrte Deinen Freund Kao-tai, Kuan der vierthöchsten Rangstufe und Präfekt der Dichtergilde ›Neunundzwanzig moosbewachsene Felswände‹ in eine Gefängniszelle. Es regte mich schon nicht mehr auf. Vorher mußte ich einige wohl rituelle Zeremonien über mich ergehen lassen. Ich mußte meine Finger in schwarze Tusche tauchen und dann ein Papier berühren. Vermutlich Dämonen-Abwehr. Dann kam ich in einen Raum, in dem ein Scherge mit einem unverständlichen Gerät hantierte, das kleine Blitze von sich gab. Ich mußte mich auf einen bestimmten Hocker setzen, einmal geradeaus, einmal links, einmal rechts schauen. Jedesmal blitzte es im Kasten, es geschah mir aber nichts. Vielleicht handelt es sich um einen Reinigungszauber. Zur Vorsicht verbeugte ich mich vor dem Blitz-Kästchen dreimal mit einer Zwei-Drittel-Verbeugung. Wenn sie schon so abergläubisch sind, dachte ich mir, muß ich ihrem Aberglauben diese Ehre antun. In der Zelle war es sehr ungemütlich, auch kalt und schmutzig, und es roch ranzig. Dennoch legte ich mich auf eins der Holzbetten und deckte mich mit einer groben, braunen Decke zu. Ich schlief ein – nicht ohne vorher mit einem Seufzer an Dich, mein Freund, an meine geliebte, süße Shiao-shiao (die so oft mein Lager teilt) und an meine blau-seidenen Kissen daheim zu denken, und an die safranfarbene Decke, die meine Träume beschützt. So verbrachte ich die erste Nacht in dieser fernen Zeit im Gefängnis. Je nun – auch das ist eine Erfahrung. Möglicherweise war dies die schlimmste Demütigung, die mir auf dieser Reise zugedacht ist. Und dann ist es vielleicht gut, daß ich sie gleich am Anfang erfahren habe. Ich gebe die Hoffnung nicht auf, daß ich auch gute und nützliche Erfahrungen hier machen kann, obwohl ich manchmal verzweifle: in diesem Nebelloch an Zukunft.

Kao-tai über Essen und Trinken

Das Essen in dieser Welt ist eine eigene Betrachtung wert. Hundefleisch gilt als ungenießbar, ja abstoßend. Dafür essen die Großnasen Kühe und Ochsen, und sie trinken die Milch von Kühen, mir wird ganz schlecht, wenn ich zuschaue, und essen Derivate aus dieser Milch, die in feste Form umgewandelt wird. Die Derivate heißen Bu-ta und Kai-'ße. Bu-ta ist gelb und schmeckt nach gar nichts (sie schmieren das Bu-ta auf Fladen); Kai-'ße ist auch gelb und riecht stark nach ungewaschenen

Füßen. Das schlimmste aber, was sie aus der Kuhmilch gewinnen, ist eine wackelnde, weißliche Masse, die stark nach dem Grundprodukt stinkt und Yo-kou heißt. Herr Shi-shmi ißt das zum Frühstück, hat auch mir schon davon angeboten. Er sagt, es sei sehr gesund. Ich kann mir nicht vorstellen, daß etwas gesund sein kann, wovon es einem normalen Menschen wie mir den Magen umdreht.

Übrigens ekelt es die Großnasen offensichtlich selber vor ihren Speisen. Davon habe ich Dir ganz zu Anfang schon berichtet, im Zusammenhang mit dem Eß-Instrument Gan-bal, das ein Stab ist, der vorn in vier Spitzen ausläuft. Damit spießen sie die einzelnen Fleischhäppchen auf, die sie mit kleinen Tischsäbeln vom Stück abschneiden. Außerdem gibt es ein Instrument, das sich vorn zu einem Schüsselchen verbreitert. Damit schlabbern sie unter anderen ihren Yo-kou. Die Speisen mit den Händen zu berühren, gilt als peinlich und äußerst unfein.

Herrn Shi-shmi habe ich soweit gebracht, daß er mir nur noch kocht, was ich gewohnt bin: Fleisch vom Schwein, Huhn, Ente, Fisch. Das alles gibt es auch hier, aber die Vorliebe der Großnasen gilt kulinarisch dem Rindvieh. Sollte das der Grund für ihre dumpfe Verrohung sein? – Ich nehme an, Herr Shi-shmi hat die Dame Kei-kung von meinen Essensgewohnheiten unterrichtet, denn ich halte das Menü kaum für einen Zufall: es gab zunächst fein geschnittenen Lachs mit Zitronen. Zum Glück kalt; ansonsten ziehen es die Großnasen vor, ihr Essen glühendheiß zu verzehren. Die Geschmacksorgane verschließen sich vor der Hitze sofort. Kein Mensch kann so feinere Nuancen unterscheiden. Aber der Lachs war kalt. Dann kam Salat, dann ein Stück Schwein, aber in Scheiben flach auf den Teller gelegt. Reis kennt man zwar auch, aber er ist nur entfernt dem unseren ähnlich; die Hauptbeilagespeise ist eine uns völlig unbekannte Wurzel, eine gelbliche Knolle, die, sagt Herr Shi-shmi, aus einem Land kommt, von dem meine Zeitgenossen keine Ahnung hatten, weil nie einer hingekommen ist.

Allerdings – zu meinem Erstaunen – hat sich eine der Errungenschaften unserer Küche nicht nur über die Jahrhunderte erhalten, sondern ist auch aus unserem ›fernen‹ Reich der

Mitte (oder China, wie es die Großnasen nennen) bis hierher nach Min-chen gedrungen: die Nudel. Herr Shi-shmi zeigte mir den Weg unserer Nudel auf seinem Kugel-Welt-Modell: ein Reisender – dessen Reise ungleich mühsamer war als meine – aus einer etwas südlich Min-chen gelegenen Stadt namens Weng-de-di fuhr siebenhundert Jahre vor der Zeit des Herrn Shi-shmi in das Reich der Mitte und wird somit dreihundert Jahre nach unserer Zeit bei uns ankommen. Er hieß – oder wird heißen – Ma-ho-po-lo und wird die Gunst des dermaligen Himmlischen Erhabenen erringen und sogar Gouverneur der Provinz Süd-Chiang werden. Eines Tages wird ihn aber das Heimweh ergreifen, und er wird nach Weng-de-di zurück- reisen und unter anderem die Kenntnisse mitnehmen, wie man Nudeln macht. Diese Kunst wird sich von Weng-de-di aus aus- breiten; auch sonst, sagt Herr Shi-shmi, ist Weng-de-di eine bedeutende Stadt. So verdanke ich also dem zu unserer Zeit noch ungeborenen Herrn Ma-ho-po-lo, daß ich bei Frau Kei- kung Nudeln zu essen bekam, die freilich viel dicker und plum- per als unsere Nudeln sind. Übrigens – aber sag das nicht weiter – wird der Kaiser, bei dem Ma-ho-po-lo hoch in Gunst stei- gen wird, schon nicht mehr aus der Dynastie der Sung stam- men.

Am Ende der Mahlzeit servierte die schöne, in das weithin- leuchtende und durchschimmernde Wellenkleid gehüllte Dame Kei-kung eine Süßspeise. Die Großnasen nämlich, mußt du wissen, unterscheiden streng nach süßen und sauren Spei- sen. Sie mischen kaum. Süßes mögen sie, kommt mir vor, lieber, denn das gibt es immer am Schluß der Mahlzeit.

Was Frau Kei-kung servierte, war sicher gut gemeint, aber für mich ungenießbar. Zwar die anderen, Herr Shi-shmi und der andere, dessen Name so kompliziert ist, konnten sich nicht genug tun vor »Ah« und »Oh« und fielen über den stark dunkel- braunen, flaumig-festen Brei her. Ich versuchte von meinem eingetauchten Finger und stellte fest: der Brei enthielt Rinds- milch. Ich machte eineinhalb Verbeugungen vor Frau Kei-kung und verzichtete auf die Speise.

Übrigens gilt – wie so vieles, was wir als natürlich empfinden –

das Eintauchen des Fingers in das Essen, um zu kosten, als unfein. Ebenso wird es als nachgerade unanständig empfunden, nach dem Essen als Zeichen, daß es einem geschmeckt hat, zu rülpsen oder einen Wind fahren zu lassen.

Aber da ich vom Essen geschrieben habe, fragst du vielleicht auch nach dem Trinken. Fast bin ich versucht, zu antworten: in nichts unterscheidet sich die Welt der Großnasen von unserer Welt so sehr wie in den Trinkgewohnheiten. Während wir uns mit Wasser und Thee und – sofern man das als Getränk im engeren Sinn bezeichnen kann – mit Reiswein begnügen, gibt es hier unzählige, äußerst verschiedene Getränke. Zunächst: Wasser zu trinken, vermeidet man. Es gilt als Zeugnis der Armut, obwohl das Wasser ganz hervorragend und klar ist, und obwohl in jedem Haus und in jeder Wohnung, ja fast in jedem Zimmer eine äußerst leicht zu handhabende Quelle ist (gar nicht zu reden von jener Porzellanquelle, mit deren Hilfe sie hinwegspülen, was der Körper von sich gibt.) Ich trinke – zu Hause, was ich hier unter zu Hause verstehe: Herrn Shi-shmis Wohnung – immer Wasser, wenn ich Durst habe. Jetzt hat sich Herr Shi-shmi daran gewöhnt, aber anfangs hat er mich ständig mit großen Augen angeschaut und den Kopf darüber geschüttelt, wie man nur Wasser trinken kann.

Thee gibt es, aber sie verhunzen ihn natürlich. Sie versetzen ihn mit allem möglichen, gelegentlich sogar mit Rindsmilch. Herr Shi-shmi hat mir Theeblätter mitgebracht und mir gestattet, den Thee nach meiner Art zu kochen. Der schmeckt aber ihm nicht. Immer und überall trinken die Großnasen Rindsmilch. Mir scheint das ein Laster der Großnasen zu sein, und unausrottbar. Ich kann mir nicht vorstellen, daß das gesund ist; ich kann mir aber sehr wohl vorstellen, daß die Brutalität dieser Großnasen, die sich in ihren unaussprechlichen Manieren, in ihren verkehrten Sitten und nicht zuletzt in ihren ordinär tiefen und lauten Stimmen äußert, auf dem weitverbreiteten Mißbrauch der Rindsmilch zum Trinken beruht. Vielleicht ist auch ihre Schlechtsichtigkeit darauf zurückzuführen. Du mußt dir das ausmalen: Was aus dem ädrigen, schwammigen Euter der Kuh herauskommt, was ein so auf und auf schmutziges Tier produziert, führt man an die Lippen und schluckt es sogar hinunter. Schon wie ich das hinschreibe wird mir schlecht.

Ein weiteres Getränk ist dunkelbraun, fast schwarz und heißt: Ka-fei. Es wird wie Thee heiß getrunken, stark gesüßt und schmeckt recht anständig, ist auch anregend, sofern es nicht wieder – was die meisten Großnasen tun – durch Hineinschütten von Rindsmilch verunreinigt wird. Daneben gibt es eine unzählige Reihe von Getränken, die aus Obst gewonnen werden. Sie lassen sich in zwei Gruppen einteilen: berauschende und nicht berauschende. Zu den berauschenden gehören die zwei Lieblingsgetränke der Großnasen (neben der Rindsmilch): Wein aus Trauben – der nicht schlecht schmeckt, es gibt dunkleren roten und helleren gelblich-grünen – und ein ganz abscheuliches Getränk, das schäumt und vor allem der Volksbelustigung dient. Es sei, sagt Herr Shi-shmi, besonders hier in Ba Yan verbreitet, werde bei allen Gelegenheiten, aber mit besonderer Vorliebe in speziellen Gärten getrunken, auch sehr oft in eigens verfaßten Hymnen besungen. Das Getränk hat zwei Namen, je nach dem Gefäß, aus dem es getrunken wird: Ma-ßa oder Hal-bal. Ab und zu trinkt Herr Shi-shmi abends einen Hal-bal. Ich habe es versucht; es schmeckt mir nicht. Zu meinem Erstaunen ist es nicht üblich, in den Traubenwein oder in Ma-ßa und Hal-bal Rindsmilch zu schütten.

Ein sehr rätselhaftes Getränk kommt, sagt Herr Shi-shmi, aus demselben fernen und zu unserer Zeit noch unbekannten Land, aus dem jene gelblich-mehligen Wurzelknollen kommen, die als Beilage verzehrt werden. Das Getränk heißt: Ko-kao-la-koa oder so ähnlich. Es ist auch dunkelbraun, wird aber kalt getrunken. Herr Shi-shmi sagt, daß der Hersteller dieses Ko-koa-la-koa Getränks die Zusammensetzung geheim hält, und daß bis jetzt auch noch kein Mensch darauf gekommen ist, woraus es besteht. (Rindsmilch enthält es jedenfalls nicht, habe ich festgestellt.) Vor einigen Jahren, sagt Herr Shi-shmi, habe einer in einem Buch geschrieben, Ko-koa-la-koa bestehe aus toten, getrockneten und zerriebenen Hunden. Daraufhin habe ich es nochmals versucht, aber es schmeckt mir trotzdem nicht.

Zum Essen bei der Dame Kei-kung habe ich Traubenwein ge-

trunken. Es gibt ihn übrigens auch in schäumender Form. Dann
nennt man ihn Mo-te Shang-dong. Daran könnte ich mich
recht gut gewöhnen. Aber man muß vorsichtig sein; man trinkt
ihn wie Wasser und er steigt in den Kopf.

Kao-tai über eine lokale Münchner Lustbarkeit

Ich habe nicht angenommen, daß es öffentliche Lustbarkeiten
für die Großnasen gibt; aber es gibt sie doch. Ich sage Dir: sie
sind schrecklicher als der Mißmut. Es ist schon länger her, es war
noch, bevor ich Dir den letzten Brief geschrieben habe, da hat
mich Herr Shi-shmi zu einer solchen öffentlichen Lustbarkeit
mitgenommen. Es sei dies, sagte er, einer der Höhepunkte des
Jahres und dauere knapp einen halben Mond. »Das Fest des
Herbstmondes« heißt es und spielt sich auf einer gigantischen
Wiese etwas abseits vom Zentrum der Stadt ab. Es ist nahezu
unbeschreiblich. Ich glaube, daß ich mich nie so geekelt habe
wie dort. Dennoch bin ich einige Stunden geblieben. Schon
von weitem leuchtete der Himmel über den Häusern, als ob
eine Feuersbrunst ausgebrochen sei. Tosender Lärm hüllt einen
ein, je näher man kommt. Obwohl ich mich sonst doch schon
recht frei hier bewege, klammerte ich mich an den Arm von
Herrn Shi-shmi. Aus Tausenden von Schellen, Trommeln und
Rasseln quälte ein unversiegender Strom von kreischendem
Lärm. Es soll Musik sein. Man kann sich nur schreiend unterhalten. Was würde Euer Meister We-to-feng zu diesem Lärm
sagen?, schrie ich. Er war ja taub! schrie Herr Shi-shmi zurück.
Das kann ich jetzt verstehen! schrie ich.

Zunächst erkannte ich gar nichts. Als sich meine Augen an
das Blenden und Blitzen gewöhnten, das zahllose grelle Lampen verbreiteten, sah ich riesige Räder sich drehen, Schaukeln
flogen, überall saßen Großnasen und ließen sich furchtlos oder,
besser gesagt, selbstmörderisch durch die Luft schleudern.
Überall stank es, denn zu der Lustbarkeit gehört es offenbar,
daß sie ihre Notdurft verrichten, wo immer sie der Drang über-
kommt, und da ein Hauptteil der Lustbarkeit darin besteht, daß

man Ma-'ße und Hal-bal in ungeheuren Mengen trinkt, müssen sie auch sehr viel von sich geben.

Ich weigerte mich natürlich, mich auf so ein Rad schnallen oder an so eine fliegende Kette hängen zu lassen. Aber ich folgte dann, nachdem ich – immer noch an den Arm meines Freundes geklammert – einen Rundgang von vielleicht einer Stunde gemacht hatte, Herrn Shi-shmi in eine der Haupt-Trink-Stätten. Das sind unvorstellbar riesige Zelte, in denen es vor Menschendampf wie in einem Stall riecht. Eine Gruppe von Musikern spielte auf sehr dicken Trompeten auf einem Podium in der Mitte äußerst kräftige Musik, die mit der des Meisters We-to-feng nicht das geringste zu tun hat. Die meisten Leute sind grün gekleidet und tragen stark lächerliche Hüte. Unvorstellbar dicke Dienerinnen, die – wie mir Herr Shi-shmi sagte – eigens darin ausgebildet sind, zehn, zwölf und noch mehr Ma-'ßa-Krüge gleichzeitig zu schleppen, stampfen von Tisch zu Tisch und verteilen die Krüge. Man muß unverzüglich bezahlen. Die Großnasen, oft mit merkwürdigen Insignien geschmückt, mit Papierblumen bekränzt oder mit Haarbüscheln am Hut, schlagen sich auf die Schenkel und schreien ohne ersichtlichen Grund. Sie öffnen den Mund weit und schütten das Ma-'ßa-Getränk, kaum daß ihnen die Dienerin den Krug gebracht hat, in den Schlund. In regelmäßigen Abständen spielt die ohnedies alles übertönende Musik noch lauter ein sehr kurzes, offenbar äußerst beliebtes Lied, dessen Sinn mir nicht ganz klar war. Es lautete: Wan-tswa-xu-fa ..., worauf auf einer gewaltigen Trommel drei mächtige Schläge erdröhnen. Das ist das Zeichen, daß jeder seinen Ma-'ßa Krug ergreift und soviel in sich hineingießt, wie ihm möglich ist. Danach entlädt sich ein Brüllen, und alle schreien nach den Dienerinnen, damit neues Ma-'ßa gebracht wird. In riesigen Fässern wird es von draußen herangerollt, und dämonische Berserker in Lederschürzen mit Händen wie Schaufeln stechen die Fässer an bestimmten Stellen an, aus denen sich dann die Flüssigkeit in die Krüge ergießt.

Es bleibt natürlich nicht aus, daß die sehr bald berauschten Großnasen entweder untereinander oder mit den Krug-Dienerinnen zu streiten anfangen. Das artet oft blitzartig in eine

Schlägerei aus, und dann kommt so ein Dämon mit Schaufel-
händen, ergreift den zappelnden Unruhestifter und schleudert
ihn aus dem Zelt hinaus. Das ist stets von mehr oder weniger
freudigen Zurufen begleitet, und unmittelbar danach spielt die
Musik wieder das beliebte: Wan-tswa-xu-fa ... und alle singen
mit ihren tiefen Stimmen mit.

Das geht fast bis gegen Mitternacht so, dann werden die Lichter gelöscht und keine Fässer mehr hereingerollt. Die zu der
Zeit längst besoffenen Großnasen schlagen – sofern sie nicht
schon unter den Tischen liegen – mit den Krügen auf die Tische,
weil sie weiteres Ma-'ßa wollen. Sie kriegen aber keines mehr.
Die Stadtverwaltung ist immerhin so weise, daß sie, aus Angst
wohl, daß die Großnasen sonst die ganze Stadt zertrümmern
würden, nur begrenzten Ma-'ßa-Ausschank zuläßt. Auch die
Musiker packen ihre Instrumente ein. Nur noch das Grölen
und Rülpsen der Trinker ist zu hören. Endlich kriechen sie nach
Hause.

Auch wir gingen – vorsichtig, um nicht in Kot oder Erbro-
chenes zu treten –, und ich war wie betäubt. Vierzehn Tage
halten die Großnasen das durch. Dabei vergessen sie oder vertreiben mit Gewalt und zwanghaft ihren Mißmut. Viele werfen,
sofern sie noch in der Lage dazu sind, ihre Hüte in die Luft und
stoßen dabei kurze, gellende Rufe aus. Viele steigen dann in
ihre A-tao-Wägen und fahren gegen Bäume, was die anderen
besonders komisch finden. Das ist die Lustbarkeit der Großnasen. Ich habe Herrn Shi-shmi gefragt: ob das denn *ihm* wirklich gefalle? Nein, hat er gesagt, aber er sei mit mir hingegan-
gen, weil er meine, ich müsse das auch sehen. Damit hat er freilich recht.

Kao-tai über eigentümliche Freizeit-Rituale

Im Winter, wenn alles Wasser zu kalt oder sogar gefroren ist,
wälzen die Großnasen sich im Schnee. Ja – es ist nicht zu glauben: Sie fahren eigens mit dem A-tao-Wagen zwei Stunden, bis
sie in eine Gegend mit abschüssigem Terrain kommen. Dort

lassen sie sich mit schwebenden A-tao-Wagen auf die Gipfel der Berge tragen, werfen sich in den Schnee und rollen herunter. Damit es nicht zu gefährlich ist, und damit sie nicht zu rasch rollen, schnallen sie sich längliche Bretter an die Füße und nehmen zwei Stöcke in die Hände. Die spreizen sie, wenn die Gefahr droht, daß das Wälzen zu schnell wird. Dennoch brechen sich die Großnasen, wie nicht anders zu denken, bei dieser Gelegenheit oftmals die Gliedmaßen oder den Hals, wenn sie einen felsigen Abhang herunterfallen, gegen einen Baum oder gegen eine andere sich wälzende Großnase prallen. Eine solche Verwundung gilt nicht als schimpflich, sondern im Gegenteil.

Frau Kei-kung verleitete mich dazu, das Schneewälzen zu lernen. Schon im Sommer und im Herbst hat sie mich immer dazu bewegen wollen, mit ihr im See herumzuschwimmen. Das habe ich immer abgelehnt. Aber jetzt, dort in Ki-tsi-bü ... ich konnte nicht gut ablehnen; nicht, weil ich ihr geglaubt hätte, daß mir das Schneewälzen, so sagte sie, große Freude bereiten würde, sondern weil ich, ehrlich gesagt, ein schlechtes Gewissen wegen der Sache mit Kleiner Frau Chung hatte. So gab ich nach. Frau Kei-kung meldete mich bei einem Meister der Schneewälze-Kunst an. Ich bekam einen der komischen Antsu, die etwa so aussehen, wie die Kleider, in die die Völker der nördlichen Steppe ihre Kleinkinder hüllen, und ich bekam auch längliche Bretter (sie heißen bezeichnenderweise: *Leichnam**) und Stöcke. Ich näherte mich dem mir angekündigten Meister der Schneewälz-Kunst mit Ehrfurcht, stellte aber dann mit Erstaunen fest, daß es sich bei ihm um einen ganz jungen Lümmel von rüden Manieren handelte. Er hatte langes, fettiges Haar und roch aus dem Mund. Er schrie fürchterlich, und wir – das heißt: ich und vielleicht zehn andere Schneewälzungs-Lernbegierige – mußten uns weiter oben an einem Abhang aufstellen. Ich wollte es besonders gut machen, warf mich hin rollte auch sehr schön den Abhang hinunter direkt bis zum Meister, den ich allerdings dabei leider umwarf. Da ihn eines

---

* Leichnam: chinesisch Shi

meiner länglichen Bretter am Kopf berührte, wurde er ungehalten und, wenn möglich, noch unhöflicher als vorher. Ich
verlor meine Fassung nicht, stand auf, verbeugte mich, so gut es
mit den Brettern an den Füßen ging und sagte: »Sie sehen, Ehr-
würdiger Meister des Schneewälzens, mich als einen des ver-
feinerten sprachlichen Ausdrucks unkundigen, verächtlichen
Bösewicht außerstande, mein Bedauern über eine möglicherweise stattgehabte Verletzung Ihres bewundernswürdig
schönen Hauptes auszudrücken; meine Zerknirschung ist so
groß, als hätte ich meiner Schwiegermutter zu Neujahr statt
eines gebratenen Ferkels eine Hand voll Grütze dargereicht.« Er
hielt sich den Kopf und schrie noch lauter. Ich verstand nichts,
was er schrie. Er wedelte mit den Armen. Als ich Miene machte,
den Abhang nochmals zu erklimmen, überschlug sich seine
Stimme, und ich verstand wohl recht, wenn ich aus seinen
unartikulierten Lauten zu entnehmen vermeinte, daß er mit
großem Bedauern darauf verzichte, mich weiter in die Geheimnisse seiner Kunst einzuführen.

So verließ ich den Platz. Da ich nicht imstande war, ohne die
Hilfe von Frau Kei-kung (die sich entfernt hatte und mich erst
nach einer Stunde, nach dem Ende der Unterweisung wieder
abholen wollte) den komplizierten Mechanismus zu lösen, der
die sperrigen Bretter mit meinen Füßen verband, mußte ich so,
wie ich war, durch den Ort ins Hong-tel stapfen. Ich hörte viele
böse Worte von anderen Passanten. Als ich im Begriff war, eine
Straße zu überqueren, fuhr ein unachtsamer A-tao-Wagen
knapp vor meinen Füßen über die Bretter. Da sie somit kürzer
geworden waren, erleichterte sich mir von da ab das Gehen
etwas. Im Hong-tel entfernte mir ein Diener das Shi von den
Füßen. Ich war naßgeschwitzt und legte mich ins Bett. Insofern
– als ich wenigstens im Schweiß gebadet war – hatte sich der
Zweck aber erfüllt.

Frau Kei-kung wälzte sich gern im Schnee. Sie oblag dem
jeden Tag. Der Körper war mit unschönen blassen Flecken
übersät. An den Freuden der Liebe hinderte sie das aber nicht.

Wir blieben mehr als zehn Tage in Ki-tsi-bü. Nachdem mich
der Schneewälz-Meister von der weiteren Unterweisung aus-

geschlossen hatte, zog ich mich in die Halle des Hong-tel zurück, wo ich tagsüber fast allein war, und las in verschiedenen Büchern. Ab und zu versuchte ich mich mit einem der Diener zu unterhalten, aber das war so gut wie unmöglich. Ki-tsi-bü liegt im Land Ti-long und die Sprache der Leute von Ti-long ist fast unverständlich. Es ist eine Art mit Sprechen verbundenen Rülpsens. Auch scheint mir die Intelligenz nicht diejenige Eigenschaft zu sein, die die Leute von Ti-long an allererster Stelle auszeichnet. Als wir wieder fortfuhren, war ich froh.

Kao-tai über Architektur & Industrie

Herr Yü-len-tzu mietete einen A-tao-Wagen, und wir fuhren in eine Gegend der Stadt, wo ich noch nie war. Daß das Wetter scheußlich war – es schneite vermischt mit Regen –, verstärkte den trostlosen Eindruck der Stein-Straßen und der schmutzigen Häuser. Diese Häuser sind überaus hoch und unregelmäßig gebaut. Sie sind gar nicht aus Stein, wie es aufs erste Hinsehen erscheint, sondern gegossen. Herr Yü-len-tzu hat mir das erklärt: aus zerriebenen Steinen, Wasser und anderen Ingredienzien wird ein Brei gemacht, der, wenn er trocknet, sehr hart wird. Aus Holz werden Formen gezimmert. Der Brei wird in die Formen gegossen. Man wartet ein wenig, bis er getrocknet ist, dann schlägt man die Form weg, und das Haus steht da. Wie bei uns Glocken gegossen werden. Die Architekten der Großnasen haben es in dieser schnellen Art des Häusergießens zu großer Fertigkeit und Schnelligkeit gebracht. Wir fuhren also an einer Reihe von solchen Guß-Häusern vorbei. Es ist ein ganzes, einheitlich auf einmal gegossenes Stadtviertel. Tausende von Leuten wohnen darin. Von weither, sagt Herr Yü-len-tzu, kommen lernbegierige Architekten, um dieses gegossene Stadtviertel zu sehen. Es gilt als besonders schön und gelungen. Ich kann das nicht finden.

In der Nähe davon steht ein Turm, der – ob Du es glaubst oder nicht – fast ein halbes Li hoch ist. Keines der uns geläufigen Gebäude, nicht die höchsten Tempel, sind annähernd so hoch.

Wenn man am Fuß steht und die Spitze sehen will, muß man den Kopf ganz in den Nacken legen. Der Turm ist ebenfalls ganz schmucklos und hat keinen ersichtlichen Zweck; jedenfalls konnte mir Herr Yü-len-tzu keinen nennen. Man kann mit einer Art senkrecht laufendem A-tao-Wagen hinauffahren, aber ich habe das abgelehnt. Herr Yü-len-tzu sagte zwar, man habe von oben einen ganz außerordentlichen Blick in die Weite, aber ich meine, daß die Welt der Großnasen aus der Perspektive der Vögel nicht schöner aussieht als von der Erdbodenhöhe aus betrachtet. Auch der Turm ist ganz aus dem Stein-Brei gegossen.

Nahebei befindet sich ein mir völlig rätselhaftes Gebäude, wenn man überhaupt so sagen kann, auf das selbst der sonst so aufgeklärte Herr Yü-len-tzu so stolz war, als habe er es selber gegossen. Dieses Gebäude ist so gut wie ohne Dach, ist nur teilweise von einem schmutzfarbenen Ding überdeckt, das ganz entfernt wie ein riesiges Zelt aussieht. Das Gebäude ist eigentlich nur ein unvorstellbar großes Oval, das von außen der Mitte zu absinkt in Stufen, auf denen unzählige Stühle angebracht sind, die alle in eine Richtung zur Mitte hin ausgerichtet sind. Fast hunderttausend Leute können in diesem Riesenoval gleichzeitig sitzen. (Den Lärm und den Gestank kann ich mir lebhaft vorstellen!) In der Mitte befindet sich ein großes, aber auf die Entfernung klein wirkendes Rasenstück. Herr Yü-len-tzu schien sich zu wundern, daß ich von diesem Bauwerk noch nie etwas gehört hatte. (Er weiß zwar, daß ich von weiter her komme, ahnt aber nichts davon, daß ich aus einer anderen Zeit stamme.) Er sprach von seiner Meinung nach offenbar weltbewegenden Ereignissen, die in diesem ovalen Haus stattgefunden haben und in regelmäßigen Abständen stattfinden. Er redete in mir vollkommen unklaren Ausdrücken. Ich glaubte ihn so zu verstehen, daß es sich um irgendwelche Massen-Rituale handelt, möglicherweise um öffentliche Hinrichtungen.

Auch dieses Riesen-Oval ist gegossen. An sich ist dieses Steingießen natürlich eine gute Sache. Aber wie so oft verleiten Erleichterungen schwieriger Tätigkeiten dazu, daß allerhand

Unfug angestellt wird. So pervertieren die besten Errungenschaften, und es wäre letzten Endes besser, man ließe es beim Althergebrachten bewenden. Wenn die Großnasen ihre Häuser aus gestampftem Lehm und gebrannten Ziegeln mühsam errichten müßten, würden sie es sich schwer überlegen, ob sie sinnlose Gebäude wie den halb-Li-hohen Turm und das große Oval bauen wollten!

Wir fuhren weiter. Unser eigentliches Ziel war eine Groß-Werkstätte, sozusagen eine Schmiede gigantischen Ausmaßes.

Sie besteht nicht aus einem Haus oder gar einem Raum, sie ist vielmehr eine Ansammlung von zahlreichen Häusern (alle gegossen, versteht sich), die verstreut auf einem unübersichtlichen Areal stehen, eine ganze Stadt, umgeben von einer Mauer. Einige Häuser haben unvorstellbar hohe Schornsteine, fast so hoch wie jener Turm. Die stoßen schwarzen, gelben und weißen Rauch aus; der Gestank ist unvorstellbar.

Es war inzwischen später Nachmittag geworden. Es regnete noch immer, mit Schnee vermischt. Es war dunkel. Die Arbeit in der Schmiede hörte auf. Die Leute, die gearbeitet hatten, strömten aus dem Tor. Gegenüber befand sich ein großes, freies Feld, auf dem eine unübersehbare große Menge von A-tao-Wägen stand. Jeder Schmiede-Sklave schlich, müde, wie er war, zu einem der A-tao-Wägen und fuhr weg. *Jeder* hat einen solchen Wagen, sagte Herr Yü-len-tzu. Es gab ein unglaubliches Gewühl. Zwei rumpelten aneinander und beschimpften sich dann.

Da sehen also diese Leute nichts als den Ruß und Schmutz den ganzen Tag, abends fahren sie im Gewühl mit ihren A-tao-Wägen zwischen anderen A-tao-Wägen, dann verkriechen sie sich in ihren Häusern aus gegossenem Stein, in denen sie ihre großnäsigen Frauen erwarten, trinken Rindsmilch oder Hal-bal … kann man sich ein freudloseres Leben denken? Es ist nicht zu verwundern, daß ihnen der Sinn für die Schönheit und das Bewußtsein vom Zusammenhang der Dinge geschwunden ist. Ich bin weit davon entfernt, der Lehre des alten Mo-ti anzuhängen, der behauptet, jeder könne sich ernähren, wenn er sein eigenes Gärtlein bebaue und im übrigen die allgemeine

Liebe übe. Das geht nicht, wie auch wir längst wissen, aber hier – was ich hier gesehen habe in dieser Schmiede, das kann nur zum Chaos des Geistes führen. Dabei ist diese Schmiede, die ich heute besichtigt habe, sagt mir Meister Yü-len, eher eine kleine. Selbst in Min-chen gäbe es solche, die sich zu der verhalten, wie diese zu einem Betrieb, wie wir ihn kennen. Und die größte Schmiede in Min-chen ist klein gegen Schmieden in einem gewissen Gebiet weiter nördlich, wo ganze Landstriche praktisch eine einzige Schmiede sind, oder gar jene, die in jenem Land Am-mei-ka aufgebaut sind, wo sich ganze Schmiedestädte in ewigem Rauch und Qualm aneinanderreihen. Es habe Zeiten gegeben, sagte Meister Yü-len, da habe man diese Schmieden als Triumph des Fortschreitens bejubelt. Inzwischen sagte er, bekäme man Zweifel. Er fürchte aber, fuhr er fort, daß diese Zweifel zu spät kämen.

Bald, so habe ich das Gefühl, habe ich alles gesehen, was diese unordentliche Welt zu bieten hat. Ich werde zurückkehren. Lang dauert es nicht mehr. Was bringe ich mit? Nicht viel, höchstens die Erkenntnis, daß es sich nicht lohnt, die Zukunft zu kennen.

Kao-tai über ein Gleichnis zum Stand der Zivilisation

Die Welt der Großnasen – das ist nicht nur das Fazit unseres Gespräches, das selbstverständlich an meine Eindrücke an jenem Tag in der großen Schmiede anschloß, sondern auch das Fazit meiner bisherigen Beobachtungen – die Welt der Großnasen ist dem Untergang geweiht. Das politische System ist verworren und gibt der Selbstsucht der Politiker Vorschub. Das gesellschaftliche System ist in Unordnung, weil jede natürliche Autorität fehlt. Die Familie als Einrichtung gibt es fast nicht mehr. Die Religion ist ein Aberglaube. Allein der Handel ist es letzten Endes, der hier den Gang der Dinge bestimmt.

Herr Yü-len-tzu hat mir folgendes Gleichnis erzählt: er stammt aus bäuerlichem Geschlecht. Sein Vater hatte einen

Bauernhof in der Ebene, die sich nördlich von Ba Yan bis zum Meer erstreckt. Eines Tages, als eine gute Ernte verkauft war, beschloß der verewigte Vater Yü-len, anstelle der alten Bettgestelle und Schränke neue anzuschaffen. Das geschah auch, allein die alten Bettgestelle und Schränke stammten noch aus der Zeit von Herrn Yü-len-tzus Vaters Großeltern und waren überdies mit wertvollen Schnitzereien verziert. (Unsereiner hätte diese Wohn-Geräte weiter benutzt; nicht so die Großnasen, die müssen immer etwas Neues haben. Aber dieses Phänomen, das ich oft genug erwähnt habe in meinen Briefen, gehört nicht zu dieser Geschichte.) Aus Pietät also, was immerhin doch ein schöner Zug ist, wurden diese Bettgestelle und Schränke nicht zerhackt und verheizt, sondern in einem unbenutzten Zimmer oben im Haus aufbewahrt. Dort drangen die Holzwürmer in die Gestelle und Schränke. Die Umstände wollten es, sagte Herr Yü-len-tzu, daß die Temperatur und die Feuchtigkeit dieses Zimmers, das fortan so gut wie nie jemand betrat, vorzüglich günstig für Holzwürmer waren. Sie vermehrten sich, und da sie an Bettgestellen und Schränken einen ungeheuren Vorrat an Nahrung vorfanden, wurden sie größer und fetter und damit fortpflanzungsfreudiger als gängige Holzwürmer. Sie vermehrten sich immer mehr und mehr und immer schneller, wurden mit ihrer Vermehrung immer noch größer und fetter, und je größer und fetter desto gieriger, und fraßen die gesamten Bettgestelle und Schränke auf, bis alles zu Staub zerfiel und nichts mehr da war – und da verreckten die ganzen großen und fetten Holzwürmer auf einen Schlag. – Genau in dieser Zeit, kurz vor dem Zusammenbruch des Systems, befinden sich die Großnasen.

Der Handel, sagte ich, bestimmt in der Welt der Großnasen letzten Endes den Gang der Dinge. Ihr Handel – und damit das Geldsystem, damit wieder die Steuern, damit das Staatswesen, damit das Zusammenleben der Großnasen – floriert nur, wenn ständig Neues hervorgebracht wird, ob man es wirklich braucht oder nicht. Wörtlich sagte Herr Yü-len-tzu: Das wirtschaftliche System funktioniert nur solange, als jeder Arbeiter einen größeren A-tao-Wagen hat, als er es sich eigentlich

leisten kann. Die Großnasen leben auf Kredit auf die Zukunft. Sie werden die Zukunft aufgebraucht haben, ehe sie
kommt.

Zeit – eine variable Konstante?

Nachwort der Herausgeber

Von all den klassischen Themen der Science Fiction ist die Zeitreise das Handlungsmotiv, das uns am stärksten berührt. Raumschiffe, Weltall, ferne Planeten, fremde Wesen – das alles kann uns interessieren oder amüsieren, aber es kann uns auch gleichgültig sein. Die Zeit dagegen kann uns nicht gleichgültig sein. Denn sie umgibt uns, bestimmt unser Leben mit jeder Sekunde, die vergeht.

Kein Wunder, daß das Phänomen der Zeit auf Generationen von Schriftstellern einen starken Reiz ausgeübt hat. Und es scheint, daß dieser Reiz immer stärker wird, je weiter Technik und Naturwissenschaften fortschreiten. Denn gerade in einem technischen Zeitalter wie dem unsrigen, in dem fast alles machbar und manipulierbar ist, verstört uns dieses sperrige Ding namens Zeit bis ins Extrem, weil es sich allen Beeinflussungsversuchen widersetzt. Die Zeit läßt sich nicht abbauen, ernten, lagern, kaufen, vermieten, vermehren, ja nicht einmal – als obligatorische letzte Lösung – zerstören. Sie ist einfach da und kümmert sich einen Teufel um uns.

Es ist das besondere Verdienst der Science Fiction – und eine schandbar vertane Chance der Mainstream-Literatur – daß sie sich über all das hinweggesetzt hat und frech einfach so tut, als könne man die Zeit beherrschen oder zumindest an ihren Symptomen herumkurieren. Dieses ist eine so kühne Idee, daß sie erst im späten 18. Jahrhundert erstmals in literarische Form gekleidet wurde. Mit seinem 1771 anonym publizierten Werk *Das Jahr 2440* schuf Louis-Sébastien Mercier das Grundmuster für die Zeitreisegeschichten der kommenden Jahrzehnte: Ein Mann schläft ein und wird erst viele Jahre in der Zukunft wieder wach.

Bei H. G. Wells geht es dann schon wissenschaftlicher zu. In seiner 1888 veröffentlichten Erzählung ›The Chronic Argonauts‹ ersetzt er den simplen, zufallsabhängigen Zeitreisemechanismus des Einschlafens und Wachwerdens in der Zukunft durch eine kontrollierte technische Alternative: die *Zeitmaschine*. Es lebe der Fortschritt!

Wells' Roman *Die Zeitmaschine*, eine erweiterte Fassung der ›Chronic Argonauts‹, stand mit seiner für damalige Verhältnisse ziemlich bizarren Thematik lange Zeit ohne rechte Nachfolger in der literarischen Landschaft. Erst mit dem Aufkommen der ersten Science Fiction-Magazine änderte sich das, und Wells' Meisterwerk erwies sich in der Folgezeit als Kristallisationspunkt, um den sich immer mehr und immer vertracktere Zeitreisegeschichten lagerten. Mittlerweile geht ihre Zahl sicher in die Tausende. Es gibt kaum einen bedeutenden SF-Autor, der sich diesem Thema nicht wenigstens einmal zugewandt hat.

Zwei Aspekte sind dabei besonders bemerkenswert:

Zeitreisegeschichten stehen thematisch und stilistisch meist über dem Durchschnitt der oft sehr hausbackenen Science Fiction-Kost. Das liegt zum einen daran, daß ein Autor einfach einen gewissen Qualitätsstandard braucht, um eine Zeitreisegeschichte überhaupt in den Griff zu bekommen. Mittelmäßige Autoren schrecken vor diesen Anforderungen in der Regel zurück, dies um so mehr, als es ziemlich zeitraubend ist, Zeitabenteuer zu entwickeln. Neben diesen rein handwerklichen Gesichtspunkt tritt die intellektuelle Faszination des Themas. Deshalb ist es nicht weiter erstaunlich, daß sich gerade die Meister des SF-Genres der Zeitreise bevorzugt zuwenden – einige von ihnen, wie etwa Aldiss, Ballard oder Silverberg, mit solcher Beharrlichkeit, daß es fast zwanghaft wirkt. Dem Niveau der daraus resultierenden Stories bekommt dies natürlich vorzüglich. Wirklich schlechte Zeitreiseerzählungen wird man deshalb recht selten finden, höchst gekonnte und originelle dagegen recht häufig. Ich möchte sogar die Behauptung wagen, daß unter allen klassischen Themen der Science Fiction die Zeitreise jenes mit der höchsten Qualitätsdichte ist (gefolgt vielleicht von den Dystopien und den Alternativweltgeschichten).

Der zweite interessante Aspekt ist, daß die Entwicklung des Zeitreisemotivs im Vergleich zur restlichen SF-Literatur atypisch verlief. In den 30er, 40er und 50er Jahren war SF eine sehr technisch orientierte und entspechend fortschrittsgläubige Literatur; die Betonung lag mehr auf Science als auf Fiction. Gigantische interstellare Raumschiffe kreuzten bis an die Grenzen des Universums; smarte Wissenschaftler entwickelten, unterstützt von hübschen, kaffeekochenden Assistentinnen, in der Abstellkammer neben der Küche bahnbrechende Erfindungen; stählern blickende Superhelden schossen sich ohne jeden Anflug von Gewissensbissen ihren Weg durch schleimige / spinnenhafte / reptilienartige / rassisch minderwertige Aliens. Alles war machbar, und der Terraner war das Maß aller Dinge.

Nicht so in den Zeitreisegeschichten. Da agiert der Held nicht, sondern reagiert nur. Er wird in einen Dimensionsstrudel saltoschlagender Logik gerissen, strampelt darin herum, ist immer mehr Opfer als Beherrscher der Zeit. Entfremdung, Entwurzelung in einer zusehends unbegeiflicher werdenden Welt, Herumgestoßenwerden von Kräften, die man nicht beeinflussen kann – diese zentralen Themen der späteren Science Fiction ab Mitte der 60er Jahre tauchen schon in den ganz frühen Time Travel Stories auf. Die Zeitreisegeschichten waren (wen wundert's) dem Rest der SF um Jahrzehnte voraus. Auch dies unterstreicht zweifellos die Sonderstellung dieses Themas im Gesamtspektrum der Science Fiction.

Aber was macht nun eigentlich den spezifischen Reiz der literarischen Zeitreise aus? Meines Erachtens sind es im wesentlichen vier Motive:

Wir sind alle Zeitreisende. Denn was ist das Leben anderes als eine Zeitreise? Im Zug der Zeit sitzen wir in einem Waggon namens Gegenwart und fahren damit unsere Strecke zwischen Geburt und Tod ab. Der Preis, den wir dafür zahlen, ist das Altern. Es ist eine sehr restriktive Reise; der Zugang zu anderen Abteilen weiter vorn oder weiter hinten auf der Strecke ist uns verwehrt. Die hypothetische Vorstellung, wir könnten mit Hilfe einer Zeitmaschine aus unserem Abteil aussteigen und ein paar

Abteile weiter vorn wieder in den Zeitzug einsteigen, um zu sehen, wohin er fährt, übt deshalb eine geradezu magnetische Faszination aus. Ob dies jemals möglich sein wird, sei dahingestellt. Denn wie soll man eine Zeitmaschine konstruieren, wenn man nicht einmal imstande ist, die Zeit selbst zu begreifen? »Was ist Zeit? Wenn mich niemand fragt, weiß ich es. Wenn ich es jemandem erklären will, weiß ich es nicht«, schrieb der Kirchenvater Augustinus im 4. Jahrhundert, und daran hat sich bis heute nichts geändert. Alles, was uns bleibt, ist der bohrende Gedanke: Was wäre, wenn …?

Ist die Zeit ein offenes oder ein geschlossenes System? Oder anders gesagt: Gibt es eine Zeitachse von der fernsten Vergangenheit bis in die fernste Zukunft, auf der alle Ereignisse bereits eingetragen sind? Oder ist die Zeitachse wie eine Straße, die nur bis zum Heute reicht und täglich weitergebaut wird? Diese etwas akademisch anmutende Fragestellung führt uns zu dem grundsätzlichen Problemkreis ›Determinismus oder freier Wille‹. Falls auf der Zeitachse tatsächlich alles bereits festgelegt ist, wie können wir uns dann der Illusion hingeben, daß wir uns frei entscheiden und unser Verhalten selbst bestimmen können? Wenn andererseits nur die Vergangenheit festgelegt ist, dann existiert nichts über das ›Jetzt‹ hinaus; wie kann also eine Reise in die Zukunft möglich sein, da diese Zukunft doch nicht existiert? Wir können keine Strecke befahren, die noch gar nicht gebaut ist – sollte man meinen. Wie lassen sich dann aber wiederum die hinlänglich bewiesenen Phänomene wie Hellsehen, Vorahnungen usw. erklären? Wie wir sehen, ranken sich eine Fülle existentieller philosophischer Fragen um die Zeit und die Zeitreise. Lösen können wir sie (noch?) nicht. Aber bis dahin bietet das Thema wenigstens einen hervorragenden Übungsplatz für die schweißtreibendste Hirnakrobatik. Daraus folgt auch schon der nächste Punkt:

Das intellektuelle Vergnügen an der Zeitreise. Es beginnt mit so harmlosen Vergnügungen wie dem bekannten mörderischen Gedankenspiel von dem Mann, der in die Vergangenheit zurückgeht, um seinen Urgroßvater zu töten. Gelingt es ihm, seinen Vorfahren zu töten, wird der Urenkel nie geboren werden. Also kann er seinen Urgroßvater gar nicht töten. Deswegen existiert der ungeliebte Ahnherr weiter – aber auch sein Urenkel mit den Mordabsichten. Was meinen Sie: Schafft er's, oder schafft er's nicht?

Das ist natürlich nur ein Beispiel von vielen. Der Gedankensprung von einer Zeitepoche in eine andere hebt alle Beschränkungen auf, denen realistische Literatur unterworfen ist. Der Held/Autor weiß, was im nächsten Jahrhundert passiert, ist allwissend und allmächtig, kann die Vergangenheit ändern und vielleicht auch die Zukunft, kann die verrücktesten Paradoxa produzieren und unser vertrautes Weltbild so richtig schön auf den Kopf stellen. Carl Amery hat das im *Königsprojekt* mit sichtlichem Vergnügen demonstriert.

Der ideale Tummelplatz für derlei kontrollierte literarische Amokläufe ist natürlich die Vergangenheit. Veränderungen einer Zukunft, die wir sowieso nicht kennen, lassen uns ja doch ziemlich kalt; erst wenn Zeitabläufe, die wir kennen, verändert und deformiert werden, entfaltet das die rechte Würze. Solche spieltheoretischen Ansätze wie etwa ›Angenommen, das deutsche Kaiserreich hätte den Ersten Weltkrieg gewonnen‹ sind höchst anschauliche geschichtswissenschaftliche Laborexperimente. Die Erzählung tritt dabei an die Stelle des Reagenzglases im naturwissenschaftlichen Experiment – und siehe, auch sie vermittelt uns neue Erkenntnisse über Motive und Zusammenhänge menschlichen Handelns. Wenn einmal ein Dozent den Mut hätte, ein solch fiktives Thema in einem historischen Hauptseminar zu stellen, er würde mit einer der aufregendsten und diskussionswütigsten Veranstaltungen seiner akademischen Laufbahn belohnt. Solche fiktiven Szenarios vermitteln uns erst die Einsichten, die durch reine Faktenhuberei und ›realistische‹ Beschreibungen nie erzielt werden.

Zeitreisen in die Zukunft haben dagegen meist andere Anliegen. Sie wollen mit negativen bis apokalyptischen Visionen warnen oder heutige Entwicklungen rückblickend kritisieren. Diese Zeitsprünge ins Land Dystopia sind, falls sie sachlich fundiert und engagiert geschrieben wurden, intellektuell sehr anregend, wenn auch meist ziemlich erschreckend.

Die Zeitreise ist ein genialer erzählerischer Kniff. Um Vorgänge in der Vergangenheit oder in der Zukunft zu schildern, kommt man auch ohne Zeitmaschine aus. Der Autor braucht ja nur einen schlichten historischen oder einen ganz normalen SF-Roman zu schreiben. Aber die Ereignisse im Jahre 2847 oder 1721 werden einfach schlagartig interessanter, wenn ein Mensch aus der Gegenwart in sie verwickelt wird. Mit ihm können wir uns leichter identifizieren; der direkte Vergleich verschiedener zeitlicher Realitäten, der Zusammenprall ganz unterschiedlicher Verhaltensweisen und kultureller Normen erregt unser Interesse und animiert uns zu kritischer Reflexion. Wie das Einspritzen radioaktiver Teilchen in der Medizin dient der Zeitreisende dramaturgisch als Kontrastmittel, gegen den sich die zukünftige oder vergangene Welt um so deutlicher abhebt. Dieser Kunstgriff trägt ganz wesentlich dazu bei, daß wir uns vor Zeitreisegeschichten unmittelbarer ins Geschehen verstricken lassen, als dies bei herkömmlichen Inhalten der Fall ist.

Es gibt also viele gute Argumente – von denen jedes für sich allein schon gewichtig genug ist – die für die literarische Umsetzung des Themas Zeitreise sprechen. Allerdings: Ein Wermutstropfen vergällt unser positives Fazit doch ein wenig. Viele Leser und Autoren – selbst innerhalb der SF-Szene – betrachten das Zeitreisethema mit deutlicher Reserviertheit. Dem einen ist es zu verspielt, dem anderen zu irrelevant, wieder anderen ist es einfach zu phantastisch. Ehrenwerte Gründe sind dies sicherlich, aber Anti-Materie, schwarze Löcher oder Klone waren vor nicht allzu langer Zeit auch noch ein ziemlich wildes Garn. Heute sind es Fakten.

Wenn es Anti-Materie gibt, warum soll es nicht auch Anti-Zeit geben – um nur ein Beispiel zu nennen. Man kann das unter der Rubrik Hirngespinste abtun. Aber es sollte uns doch zu denken geben, daß sich hochqualifizierte Wissenschaftler heute mit Gedankenmodellen beschäftigen, in denen die Zeit rückwärts läuft oder in unterschiedlich schnellen, parallelen Zeitsträngen; oder in denen die Zeit implodiert. Sollte die *Science* tatsächlich mehr Mut zur Spekulation haben als die *Fiction*?

Lassen wir uns überraschen. Und lesen wir bis dahin gelegentlich eine gute Zeitreisegeschichte. Selbst wenn es tatsächlich nur Hirngespinste sein sollten, gehören sie doch zu den schönsten, die es gibt. Und sich mit dem Phänomen der Zeit auseinanderzusetzen – und damit auch mit Aspekten wie Vergänglichkeit, Tod, Veränderung, Beharrung oder dem schnellen Wandel ›ewiger‹ Werte – ist ein Denkanstoß, der uns manch nützliche Erkenntnis für unser eigenes Leben vermitteln kann.

Trivialliteratur ist eben auch nicht mehr das, was sie einmal war.